Knaus

K

PAVEL KOHOUT

Ende der Großen Ferien

Roman

Albrecht Knaus

Titel des tschechischen Originals
«Konec velkých prázdnin»

Übertragen von Georg Birno
Lektor Dr. Albrecht Knaus

Zitate aus Edmond Rostands «Cyrano de Bergerac»
in der Übersetzung von Ludwig Fulda mit freundlicher
Genehmigung von Felix Bloch Erben, Berlin

Gleichzeitig entstand der Fernsehroman in
sechs Teilen «Das Flüchtlingshotel»
von Pavel und Jelena Kohout

Der Albrecht Knaus Verlag ist ein Unternehmen
der Verlagsgruppe Bertelsmann

1. Auflage

Gesetzt aus Korpus Sabon
Satz: IBV Satz- und Datentechnik GmbH, Berlin
Schutzumschlag: Ondřej Kohout / Kaselow Design, München
Druck und Bindung: Wiener Verlag
Printed in Austria
ISBN 3-8135-0756-4

VERLAUF DES ROMANS

Dieser erdachte Roman erzählt über Schicksale von zufällig zusammengescharten Menschen, die zur Sonnenwende 1983 ihrem Vaterland den Rücken kehren und sich in die freie Welt absetzen.

Ein bestimmtes Datum wurde gewählt, weil sich Fluchtbedingungen ständig verändern; weder die Zeit und die Schauplätze noch die Nationalitäten sollten jedoch darüber hinwegtäuschen, daß die Emigration weltweit ein Jahrhundertproblem darstellt, das in wechselnden Kulissen und Kostümen ähnliche Sorgen und oft auch Tragödien mit sich bringt.

Ich widme dieses Buch meinen Lieben und Freunden im ungewollten Exil, das von einem neuen Aufbruch der Demokratie in der Tschechoslowakei beendet worden ist, und insbesondere, als Dank für ihre entscheidende Mitwirkung, Jelena Kohout und Albrecht Knaus.

20. Juli 1990 *P. K.*

I

ANFANG DER GROSSEN FERIEN

Der Tag davor

Montag, den 20. Juni 1983

1. Der Schauspieler

Von jedem ausgefallenen Haar
Nahm Abschied er
Als wär's ein Freund
Auf Nimmersehn verreisend...

Diese Strophe aus einem plumpen Gedicht, das er gestern als sein letztes «Opus» in der Heimat fürs Radio aufgezeichnet hatte, schien sich ihm unauslöschlich eingeprägt zu haben. Obwohl er dagegen ankämpfte, wiederholte er es am Steuer wohl alle fünf Minuten aufs neue. Höchstens gelang es ihm, den Rhythmus zu zersetzen, die Worte aber drängten wieder und wieder auf seine Zunge.

Jeder seiner Psychiaterfreunde, von denen er als eine scheinbar starke Persönlichkeit in all den Jahren eine ganze Sammlung angelegt hatte, als sie sich an seinem Ruhm aufzurichten und nach einem Halt für ihre eigene Verwirrung suchten, hätte ihm gewiß verraten, was er bereits wußte: Der blöde Satz sprach sein Zentralproblem aus.

Milan Čech – nomen est omen – noch immer ständiges Mitglied des Nationaltheaters in Prag und ein Fixstern aller großen Serien des tschechischen Fernsehens, verließ nun doch für immer das verrückte Land, in dem er durch einen unglücklichen Zufall geboren wurde, um den Sternenhimmel des normaleren Teils der Welt zu stürmen.

Von einem einzigen unerläßlichen Stopp abgesehen, saß er bereits in der sechsten Stunde am Volant. Obwohl er vor Erregung nachts kaum geschlafen hatte und sich Dora als Chauffeur seinem ewigen Dazwischenreden zum Trotz völlig sicher war, gab er seit Prag das Steuer nicht ab, als läge gerade darin der Erfolg des Unternehmens. Jetzt wurde ihm langsam klar, die Sache zu weit getrieben zu haben. Seine letzte, wahrscheinlich überflüssige Absicherung war dieser Umweg über Komarom. Er wollte damit selbst dem wachsamsten Auge des Staates beweisen, daß er in der Tat über Südjugoslawien nach Bulgarien wollte. Als Dora einwandte, dies sei übertriebene Vorsicht, die ihnen nichts als hundert Kilometer schlechte Straße einbrächte, fuhr er sie an, wie er es gewöhnlich tat, wenn er seine eigenen Zweifel zum Verstummen bringen wollte.

Die Spannung zwischen den Eltern bewirkte, daß Petřík, im allgemeinen nur der Stumme dahinten, sich jetzt noch dazu unnatürlich versteifte, was seltsamerweise den Schauspieler noch zorniger machte: Er verspürte darin eine Verbocktheit, wie sie der Entfremdung vorauszugehen pflegt, doch er wußte sich keinen Rat. So schwieg auch er. Ab Bratislava herrschte Ruhe im Auto, und irgendwann mußte Dora eingeschlafen sein; sie reagierte selbst dann nicht, als man in das Gebiet etlicher riesiger Wasserbaustellen einfuhr, in denen sich ein wahres Labyrinth von Umleitungen auftat.

Der Stolz verbot ihm, sie zu wecken, um ihr unglaubliches Orientierungstalent zu Hilfe zu rufen, und so verirrte er sich bald hoffnungslos. Mit jedem Kilometer wuchs seine Verbitterung. Doras Teilnahmslosigkeit wie auch die Stumpfheit seines Sohnes, er will mit mir seit unserer Abfahrt überhaupt nichts zu tun haben! riefen in ihm ein zunehmendes Gefühl der Verlassenheit und des Unrechts hervor. Ich tu's doch nur für sie! sagte er sich und erinnerte sich an seine Devise, mit der er seine ledigen Jahre verbracht hatte: Ich muß mir täglich nur einen Liter Wein und eine Semmel verdienen, zu einem Bett lädt mich schon jemand ein.

In diesem Winkel der Großen Schütt, offenbar zur Überflutung freigegeben, schien keine Menschenseele mehr zu hausen, er fuhr durch eine Mondlandschaft, in der nur immer neue Umleitungen zwischen Betondämmen eine monströse Zivilisation bezeugten. Endlich kapitulierte er, hielt an, ließ die Fensterscheibe herunter und versuchte sich zu orientieren. In den helleren Wolken hinter ihm erahnte er den Westen. Voller Bitterkeit entschloß er sich, zu wenden und weitere sechs Stunden an dieser Richtung festzuhalten. Er stellte sich vor, wie er die beiden Mitreisenden nach Mitternacht vor ihrer Prager Wohnung weckt und sagt, wie er es in einem dummen Schwank gesprochen hat.

«Mit euch gelangt man höchstens dorthin, wo man losmarschiert ist...»

In diesem Augenblick hörte er ihre Stimme.

«Na, endlich!»

Noch bevor er es schaffte, sich aufzuspielen, sah auch er vor sich, was sie, kaum aus dem Schlaf erwacht, bereits erblickt hatte: eine fast unleserliche Tafel, auf der durch den Schmutz die Inschrift STAATSGRENZE 2 KM schimmerte.

Der Übergang, der zu ihrem Tor in die neue Welt werden sollte, diente hier vorwiegend dem kleinen Grenzverkehr. Jene berüchtigten technischen Einrichtungen, die die Grenze gegen die Welt der Kapitalisten schützen und deren drohende Dominanten die mammutartigen Hochsitze für Scharfschützen bildeten, lohnten hier nicht. Hier konnte man nur aus einem Käfig in den anderen flüchten, und das Lebensniveau, beiderseits tief abgesunken, ließ selbst die einst blühende Schmuggelei verdorren.

Der Offizier der Grenzwache, der ihre Reisepapiere zur Kontrolle mitnahm, machte jedoch die gleiche aufmüpfige Miene wie seine Kollegen bei den großen Passierstellen. Doch als sich der Fahrer absichtlich aus dem Fenster des Škodas hinauslehnte und der Mann das vom Böhmerwald bis zu den Tatrabergen bekannte Fernsehgesicht erkannte, verwandelte er sich rasch, bezaubert vom Flimmer eines unerreichbaren Lebens, in einen Heimatburschen ostslowakischer Kartoffelfelder, der er auch immer geblieben war.

«Sind Sie nicht...» fragte er, beinahe liebenswert naiv, er konnte sich davon doch von Amts wegen überzeugen aus den Papieren, die er in der Hand hielt, «nicht der...?»

«Sieht so aus», half der Fahrer wie gewohnt nach und grinste ihn an, für sich hinzufügend: Bolschewist du blöder!

Der junge Mann, den über das Mittelmaß nur die Uniform hinaushob, glaubte, eine Erscheinung vor sich zu haben.

«Du lieber Gott, Sie waren doch gerade im Fernsehn, es ist keine halbe Stunde her!»

Der Schauspieler dachte nach, was es sein konnte. Halb sieben! Was für Kinder?

«Als was kam ich?»

«Was meinen Sie?»

«Was ich darin spielte.»

«Den Prinzen doch...»

«Ach so!»

«Aber wie kommt es denn, daß Sie hier sind...» erst jetzt hat er im Paß den Namen nachgeblättert und fast feierlich ausgesprochen «Herr Čech?»

Der Schauspieler war es natürlich aus diesem verdammten Land gewohnt, sich mit jedem Idioten unterhalten zu müssen.

«Ach, das haben wir bereits im April gedreht», erklärte er geduldig, obwohl in ihm schon alles kochte, «und weil ich ab heute keine Proben mehr habe und nicht mehr spielen muß, springt für mich eine Woche Ferien mehr heraus!»

Er hat das mit jenem verschwörerischen Grinsen begleitet, mit dem die Tschechen und Slowaken jedem stolz erzählen, wie sie das nun mal wieder geschafft haben, das Regime reinzulegen, das eben ohne diese kollektive Schlitzohrigkeit längst vor die Hunde gegangen wäre.

Der Grenzverteidiger quittierte dies mit der üblichen Mischung von Neid und Bewunderung.

«Na ja, ihr Künstler, ihr wißt es schon zu richten! Und der Bub, der schwänzt halt die Schule, was?»

Er beugte sich zum Fahrer runter, als wollte er nur besser auf das stille Kind blicken, auf dem Hintersitz unter dem Gepäck fast vergraben; es war jedoch klar, daß er vor allem verstohlen die schöne Dora anschaute. Dem Schauspieler schlug aus seinem Mund Sauerkrautgeruch des Abendessens entgegen. Er erinnerte ihn an seine eigene endlose, wenn auch ziemlich fesche Wehrpflicht und an den ganzen Berg von militärischen und danach auch zivilen Schindereien, die er soeben hinter sich lassen wollte. Was geht dich das an, du Hanswurst, dachte er wütend.

«Er hat eine ärztliche Bescheinigung», sagte er und zwinkerte ihm zu. Auch diese Biedermannsart war einer der Tricks, zu denen in diesen Regionen Menschen, vor welchen sich in der übrigen Welt der Plebs beugte, greifen mußten, um sich der grenzenlosen Frechheit von Funktionären, Waffenträgern aller Sorten und, wenn man ordentliche Ware haben wollte, sogar von Obst- und Fleischhändlern zu erwehren. Nein, weg von hier, nichts wie weg!

Auch dieser Lakai des Regimes hat angebissen und schaute nicht so aus, als wollte er diesen Reisenden seine Macht zum Beispiel dadurch beweisen, daß er sie bis zum letzten Schräubchen und Slip durchsuchen läßt, um dann mit Siegesgeschrei die paar unchristlich hochbezahlten Devisen ans Licht zu holen. Im Gegenteil: Überraschenderweise zog er aus seiner grünen Bluse eine abgegriffene Brieftasche und aus ihr das Photo eines massigen Wesens weiblichen Geschlechts: Üppige Farben verliehen ihr das Aussehen einer Schlampe.

«Das ist die Resi», vermeldete er stolz, «meine Verlobte!»

«Aha...» sagte der Schauspieler und half sich mit einem Jux aus der Peinlichkeit, «möchten Sie sie mir geben? Für gewöhnlich erlaubt das die Gattin nicht, aber Sie können's per Befehl schenken, stimmt doch?»

Der Waffenträger brauchte einen Augenblick, um das zu verarbeiten.

«Du lieber Gott, das nicht, ich hab' nur dieses! Aber Sie könnten für sie darauf unterschreiben, ja?»

«Warum nicht», stimmte der Schauspieler zu, ließ aber noch nicht lokker, «nur erkläre ich hiermit, daß ich für Sie keine Alimente zahle, das haben nämlich mit mir schon drei andere probiert.»

«Na klar... Sie haben ja auch kein richtiges Paradiesleben, wie man glaubt...» plötzlich schien er ganz froh, in der eigenen Haut zu stecken, als er jetzt dem Schauspieler seinen Kugelschreiber gab, «ich werd' Sie inzwischen abfertigen.»

Er verschwand in der Einheitsbaracke, und sie waren wieder allein. Einen knappen Kilometer vor ihnen schaute über die Maisfelder der ungarische Zoll herüber, ebenso menschenleer.

«O Himmel!» stöhnte der Schauspieler, als stünde er auf der Bühne, «gib, daß dies mein letztes Autogramm ist – in diesem beschissenen Land!»

«Petřík schläft nicht», sagte Dora.

«Um so besser! Kinder sollen hören, was ihnen die Eltern vermachen.»

«Für so was ist er vielleicht doch noch zu klein.»

«Und bleibt bis in den Tod blöd, wenn du mit ihm wie mit einem Mädel umgehst. Mir hat mein Vater vielleicht als erstes Wort gesagt, der Bolschewik wär' eine Hure, und trotzdem habe ich fünfunddreißig Jahre gebraucht, um das Loch aus dem Käfig hier zu finden!»

Abergläubisch klopfte er sich schnell auf den Kopf und fügte hinzu.

«Mein Sohn muß es besser haben!»

«Dreh wenigstens das Fenster rauf...»

«Sei nicht ewig so ängstlich, er ist es ja auch schon! Hier gibt es doch keinen weit und breit.»

Dann ließ er das Reden und widmete sich dem Photo. Schrieb und grinste.

«Worüber lachst du so?»

Er führte es ihr vor. FÜR RESI, DIE HEISSGELIEBTE, DASS SIE UNSERE VERRÜCKTEN STUNDEN NIE VERGISST, malte er in seiner üblichen Versalschrift, FÜR IMMER IHR MILAN ČECH.

«Du bist verrückt geworden!»

«Der merkt nichts mehr. Er wird die ganze Bande hierherschleppen, um sich wichtig zu machen!»

Wie war ihr seine Angeberei zuwider, doch bald mußte sie seine Menschenkenntnis erneut bewundern: Wie aufs Stichwort marschierte aus der Baracke eine ganze Riege Uniformen an. Ihr Betreuer natürlich vorneweg.

«Hier, Milan», brüllte er, gab ihm beide Pässe und nahm das Photo an sich, «mach's gut und bring uns 'ne Flasche bulgarischen Mastika, wenn du zurückkommst, wir übersehen dafür eure neuen Pelze! Abfahren!»

Er drückte bereits die Schalttaste der elektrischen Schranke, um die neue Bekanntschaft mit niemandem teilen zu müssen und dabei ihre Wackeligkeit zu verraten.

Der Schauspieler ließ den Motor an und trat das Gaspedal, als bräche er zu einer Rallye auf. Kaum hunder Meter weiter, nachdem er die Säule mit dem Hoheitszeichen der Tschechoslowakischen Sozialistischen Republik hinter sich gelassen hatte, bremste er heftig und lehnte sich aus dem Fenster.

«Ich hab' deinen Kuli geklaut, Blödmann!» schrie er nach hinten.

«Waas...?» rief der Kerl, winkte sogar zum Abschied und joggte strebsam Richtung Ungarn.

Der Schauspieler wartete, bis der Offizier auf Hörweite herankam, und dann, ehe er das Gaspedal durchtrat, schrie er seinen letzten Gruß in die Heimat.

«Leckt mich!»

2. *Der Korporal*

Er schaute zu, wie die blendende orangefarbene Sonnenscheibe schnell hinter den Wall des Mischwalds auf dem Nachbarhügel sinkt, doch anstatt des Gefühls eines stillen Behagens, das diesen Augenblick früher begleitet hatte, stellte sich wieder der dumpfe Magenschmerz ein. Um ihn loszuwerden, atmete er die feuchte Vorabendluft tief ein, die nach frischem Heu roch, und ließ dabei im Fernglas die ihm liebsten Details im Blickwinkel des Wachturms herankommen: Buschgruppen, die niedrige Remise, verwilderte Birnbäume auf Rainen, die ihm als lebendige Denkmäler längst vergangener Zeiten vorkamen. Er, ein leidenschaftlicher Großstädter, der gern sagte, sein Moos sei der Asphalt und Schornsteine seien ihm die liebsten Bäume, begann ziemlich bald, diesen verlassenen Winkel Südmährens zu mögen, bis er ihm plötzlich ans Herz gewachsen war, um so überraschender, als es hier um eine vergewaltigte Landschaft ging, ihrer Natur beraubt, bevölkert höchstens von Halberwachsenen in Uniform, die eine schon seit langem sinnlos gewordene Aufgabe erfüllten: im Herzen Europas, das feierlich Verträge über gemeinsame Sicherheit und Zusammenarbeit unterschrieb, künstlich die Zeit der zerrissenen Wege und abgebrochenen Brücken zu verlängern. Obwohl er schon früher so gefühlt hatte, und er verheimlichte das kaum, galt er allgemein als ein guter Soldat, und er war es auch. Sein Charakter lehnte alle zu simplen Ansichten ab, sei es für oder gegen. Seit der Kindheit wollte er alles in der Welt selbst entdecken, wenn es ging persönlich, und zwang sich bis dahin, immer den möglichst objektiven Standpunkt zu vertreten. Darum war er auch zu einer Staatsmacht loyal, auf die er nach der Ausbildung den Eid geleistet hatte, obwohl die meisten ihrer Vertreter ihn abstießen. Armeen hat man auch auf der anderen Seite, warum sollten deren Politiker und Generäle besser sein. Übrigens, zum Militär hierzulande mußte man pflichtgemäß, und er hat sich diesen Elitedienst beim Grenzschutz nicht mit krummen Tricks erkauft. Er war, versteht sich, im Jugendverband, wollte sich in den legalen politischen Strukturen engagieren, weil ihm all die diversen Chartas wie Heimatvereine aus den Zeiten der nationalen Wiedergeburt erschienen waren, niemals aber nahm er sich ein Blatt vor den Mund, offensichtlich ein Grund dafür, warum er es zwei Jahre nacheinander nicht zur Hochschule für Ökonomie gebracht hat. Er ist keinen der üblichen Schleichwege gegangen, nie hat er die Miesepeter vom Stadtkomitee, die ihn wahrscheinlich auf dem Gewissen hatten, um etwas angebettelt, obwohl sie gewiß dar auf gewartet haben. Er wich selbst vor Eltern und Brüdern nicht zurück, die er ehrlich mochte, als sie ihn davon zu überzeugen versuchten, daß Starrköpfigkeit zu gewissen Zeiten nur eine Art von Dummheit ist, und ein vernünftiger Kompromiß hat noch niemanden um seine Ehre gebracht. Für so was, sagte er, bliebe ihm Zeit genug, ebenso wie für Mädchen, die anscheinend nur das eine wollen. Gelassen ließ er sich einberufen, und in der Armee stellte man bald fest, wen man da vor sich hatte. Nicht einmal dort ließ er sich jedoch etwas einfallen, was er nicht unbedingt mußte; das war auch der Grund, warum man ihn, den hochgewachsenen, starken, wendigen und außerdem auch hübschen Jungen, den städtischen Jugendmeister in Karate, nicht mehr zum Offizier drängte, man freute sich, einen so tüchtigen Mann ganze zwei Jahre am

Grenzzaun zu haben. Jetzt wurde er schon Unteroffizier, hatte einen Spezialkurs für Nahkampf absolviert; seinen dritten Hochschulantrag hat die Armee vorbehaltlos empfohlen, und so genoß er die letzten Wochen des Lebens in der freien Natur, die er für sich entdeckte und die ihm während der Zeit hier so vertraut wurde. «Ein Paradies fürs Auge...» fing er an, die tschechische Hymne zu verstehen, die ihm lieber war als die eigene slowakische, in der es nur so blitzte und donnerte.

Doch dann schlug auch hier ein Blitz ein.

Nach achtzehn Monaten, in denen hier nur die Hufe des Hochwilds den glattgeeggten Ackerboden des Sicherheitsstreifens stempelten, hat es in der ersten Mainacht gerade im Abschnitt seiner Kompanie einen Fluchtversuch gegeben. «Der Störer» hat wirklich Alarm ausgelöst, und die hochgedrillte Militärmaschinerie war ihm im Handumdrehen auf der Spur, griff nach seinem Nacken. Dann machte der Jüngling die letzte Dummheit seines kurzen Lebens. Statt sich zu ergeben und sich die drei Jahre aufbrummen zu lassen, die bei guter Führung halbiert werden konnten, stand er auf, gewiß durch den Schrei seiner Jäger verblödet, das Hundegebell und die leckenden Zungen der Scheinwerfer, und ist direkt auf die österreichische Grenze zugerannt. Nicht einmal so wäre er ihnen entwischt, es hat ihn überdies der Stacheldrahtzaun erwartet, und vielleicht wäre er schließlich vor dem Fluß zurückgeschreckt, noch immer angeschwollen nach dem Sturzregen im April. Zum Unglück jedoch kreuzte gerade Oberleutnant Scherg seinen Weg. Sein Name war auch seine Visitenkarte, unterschiedslos hetzte er hier alle, als versuchte er seinen ewigen Frauenfrust, sie konnten seinen beißenden Schweiß nur schwerlich ertragen! mit Kraftmeierei auszugleichen, die ihm das Gefühl, ein Mannsbild zu sein, wieder verschaffte. Er lief einem Rekruten nach, der soeben aus dem Ausbildungskamp angekommen war, ohne die geringste Ahnung, wie es hier in Wirklichkeit zugeht, und brüllte ihm ins Ohr wie von Sinnen.

«Schieß, Himmelherrgott, schieß!»

Da zischten bereits die Leuchtraketen ringsumher hoch, und der Nachthimmel blühte mit weißen, grünen, blauen und orangen Girlanden auf, sie markierten Schießsektoren. Der Rekrut hat nachtwandlerisch reagieren müssen, denn gleich darauf hat Scherg losgelegt.

«Los, Feuer, Kruzitürken, sonst kommst du vor den Kadi!»

So pumpte er ihn von hinten mit Blei voll, schoß auf fünfzig Meter das Magazin explosiver Geschosse leer, wonach man dann den armen Teufel zum Kübelwagen in der Plane tragen mußte und die Reste erst bei Tagesanbruch einsammeln konnte. Er hat genug für zehn abbekommen. Während der Untersuchung hat sich Scherg feige verteidigt, er habe nur zum Warnschuß kommandiert, der Grünschnabel hätte das doch wissen müssen, und falls er bei der Schulung gepennt haben sollte, sei das doch sein Problem! Natürlich hat den Leutnant keiner gefragt, warum er denn nicht selbst geschossen hat, er hielt doch seinen Neun-Kaliber in der Hand! Aber es sollte noch schlimmer kommen. Als der Schütze, die Hose voller Angst, zum Regiment gebracht wurde, hat jeder fest damit gerechnet, der Mann kriegt wenigstens zwei Wochen Bau, statt dessen hat ihnen abends der Kommandantvertreter einen Helden eingeliefert, den die Bonzen, bevor sie ihn mit Bier vollaufen ließen, für den Mord mit einem Lobvermerk und einer Woche Urlaub belohnten. Er trat ihn an, sobald er seinen Rausch ausgeschlafen hatte, und der Korporal hatte bereits zehn andere im Visier, die ebenso dringend nach Hause zu ihrer Alten mußten und sich nun im klaren waren, wie das am schnellsten zu deichseln sei. Sie waren jetzt fähig, ganz ohne Warnung selbst auf Heidelbeeren- und Pilzsammler loszuballern, die sich ab und zu bis in die äußere Schutzzone verirrten. Scherg, den man, weil er sich von dem Malheur so distanzierte, bei dem Lobspenden ausgelassen hatte, wollte nun das Versäumte nachholen und gab in der Offizierskantine, wenn er sich wieder einmal besoffen hatte, diverse Schreiereien von sich, es habe sich damals um eine geheime Richtlinie gehandelt, die er kannte, und deswegen habe er das Kommando gegeben.

Das Schlimmste daran war, daß ihm der Korporal glaubte.

Erst dann befiel ihn die Angst, und die meldete sich immer wieder mit chronischen Magenschmerzen. Die Landschaft, an der er Gefallen fand, vor allem ihrer weichen Arglosigkeit wegen, begann ihm wie eine Falle vorzukommen, auch ihm, ihrem Beschützer, gestellt. Er hörte nicht auf, darüber nachzudenken, wie er sich selbst in einer solchen Lage verhielte. Natürlich hätte er zuerst in die Luft geschossen, dessen war er sich sicher, aber was wäre, wenn der Angsthase weiterliefe? Ihn nicht zu treffen, mit Absicht? Auf die Entfernung und mit der tollen Knarre? Wer sollte ihm hier auf den Leim gehen? Scherg wäre jedenfalls der Letzte. Auf die Beine zielen – leicht gesagt, doch es klappt nur im Schießstand, im Terrain reicht es, wenn einer der beiden stolpert. So hätte er ihn wahrscheinlich weniger durchlöchert, doch sicher mit dem gleichen Ergebnis. Die zweite Möglichkeit bot nur der Divisionsankläger an, und der Korporal bezweifelte nicht, daß er von Scherg während der Ermittlungen in die Pfanne gehauen würde, der hat hier doch seine unbeugsame Starrköpfigkeit am schlechtesten vertragen. Und obendrein hätten die niederschmetternden Kaderbegutachtungen ihn total fertiggemacht, von den Bratislaver Jugendverbandsonkeln freudig ausgestellt. Alles in allem würde dabei dasselbe herausspringen, was auch der Trottel für versuchte Republikflucht bekommen haben könnte, wäre er nicht in Panik geraten. Auch wenn der Korporal ein Gottloser war, die Eltern, gläubige Kommunisten, haben alle Söhne für die Partei erzogen, da fehlte nur er noch als Benjamin! hat er seit jener Nacht im stillen wiederholt gesagt: Mein Gott, verkünde wenigstens deinen flüchtenden Christen, sie sollten diese Kompanie meiden, solange ich bei ihr mir die Beine in den Bauch stehen muß, sonst wüßte ich ehrlich nicht, was ich anfangen würde... In diese trüben Gedanken fiel das Gerassel des Feldtelefons ein. Er verließ das Fernrohr, durch das er ohnehin seit langem nichts mehr wahrnahm, und griff nach dem Hörer.

«Die Wolke hier, ich höre.»

«Die Sonne. He, paß auf, bald kriegst den Sheriff! Ende!»

Der Kamerad in der Kompaniezentrale schaffte es nur knapp abzuklingeln, da sah der Korporal bereits den Geländewagen, wie er mit dichtem Staubschleier hinter sich aus dem Wald auf ihn zuraste. Der Hauptmann fuhr selbst und winkte ihm zu, er solle oben bleiben. Als er bremste, blieb er am Steuer sitzen und sprach ihn an, während sich die Staubschleppe langsam legte.

«Tono, das Staatsgut möchte morgen die Wiese vor dem Felsen drüben runternehmen, die haben wieder neue Leute gekriegt, überprüfte, heißt es, doch ich will keine neue Scheiße haben. Du hast das Kommando, hol dir noch einen dazu, und kannst den ganzen Tag in der Sonne fünfzehn machen!»

Dem Korporal schien, man hätte ihm in den Magen getreten. Ein totaler Blödsinn fiel ihm ein: Und was, wenn man mir keinen Christen schickt, sondern einen Heiden, den der Himmel nicht warnt? Jesus, was dann?

Er hob den Finger zur Klingeltaste und wünschte sich dabei, sie wären nicht zu Hause, denn er wußte genau, wie es ausgehen wird. Aber wo sonst könnten sie zu dieser Stunde sein? Die Kleine mußte bald zu Bett, und Zdena schien noch keinen neuen Partner zu haben; in den seltenen Gesprächen, die sie am Telephon führten, kam sie ihm ebenso wehleidig vor wie letztes Jahr, als sie endlich begriffen hatte, daß ihre Ehe auseinanderging. Ich könnte mir den sinnlosen Ausflug sparen! überlegte er sich, wenn bei den Kreuzungen ein Rot nach dem anderen fiel, doch fuhr er weiter, quer durch ganz Prag, und jetzt schellte er bereits.

Erst Kinderrufe, dann schlurfende Schritte und das Klappern im Guckloch. Endlich machte ihm die Tochter auf. Sein Blick fiel auf die ausgelatschten Schlappen und den uralten Hausrock mit Papageien, den er einst, sie war noch ledig und man wohnte gemeinsam, ihr aus Paris mitgebracht hatte. Ihre fettigen Haare, sicher tagelang nicht gewaschen, und das aschgraue, ungeschminkte Gesicht machten das traurige Bild vollkommen. Wie immer hob in ihm das schlechte Gewissen eine Mitleidswelle empor. Und wie immer sorgte Zdena dafür, daß sie schleunigst wieder abebbte.

«Na, so was!» sagte sie zu dem Mädchen, das hinter ihr im Nachthemd stand, «der Opa persönlich hat den Weg zu uns gefunden, na, da staunen wir, nicht wahr, Zuzi?»

So wichtig war ihm diese Begegnung, daß er sich beherrschte und zu lächeln versuchte.

«Ich glaubte, ihn niemals verloren zu haben... Grüß dich, Zdena, grüß dich, Zuzilein...»

Es gelang ihm, sie beide zu küssen. Daß die Tochter nicht zurückzuckte, wie so oft, um ihm klarzumachen, wie die raren Zeichen seiner Zuneigung sie vielmehr erschreckten, hielt er bereits für ein gutes Omen, doch sie hat ihm sofort einen ihrer Kratzer versetzt.

«So begrüß doch den Opa schön, Zuzi, und frag ihn, was er dir mitgebracht hat!»

«Opilein», kürzte das Kind den Auftrag ab, «hast du was mitgebracht?»

Am liebsten wäre er in die Erde versunken, daß es ihm ausgerechnet heute nicht einfiel, doch er hat sich zu diesem letzten Versuch erst vor einer Stunde durchgerungen, als die Geschäfte schon zu hatten. Zdena sah doch seine leeren Hände, und es war von ihr darum noch ungerechter, als er den beiden immer etwas anschleppte, zugegeben, aus dem Ausland vorwiegend Kleinigkeiten, aber mehr war bei den bescheidenen Spesen eben nicht drin: Er führte zwar oft Delegationen an, doch solange ihn die Partner nicht zu einem ordentlichen Essen einluden, lebte er sogar in guten Hotels von Brötchen, Wurst und Dosenbier, die er an den sich verbeugenden Türhütern vorbei im Aktenkoffer ins Zimmer schmuggelte.

«Entschuldige, Zuzilein», sagte er demütig, «heute habe ich es tatsächlich nicht geschafft, morgen fliege ich fort, und bis jetzt war ich in der Arbeit...»

«Tja, der Opa flog immer so herum, weißt du», erklärte die Tochter der Enkelin, «drum hat er schon für mich keine Zeit gehabt.»

Sie strafte ihn auch noch mit dieser Anrede, die ihm, wie sie wußte, tief zuwider war. Er zwang sie sogar einst, jetzt schämte er sich für solche Eitelkeit, ihn «Karel» zu nennen. Mit «Papa» trotzte sie seiner Entscheidung, die Mutter und sie zu verlassen wegen einer der vielen austauschbaren, meist gefärbten Blondinen, die es endlich geschafft hatte, ihn so weit zu bringen. Als er sie dann sogar heiratete, verlor die Tochter an ihn drei Jahre kein einziges Wort. Dann nahm sie ihn wieder in Gnaden auf, weil er sich wenigstens um sie beide anständig kümmerte, und vor allem, weil das tolle Frauchen inzwischen mit einem Jüngeren verschwand, der noch dazu Devisenausländer war. Ausschlaggebend wurde, daß er damals für seine Bitte um Versöhnung ausnahmsweise überzeugende Worte fand.

Er durfte sogar seine Tochter zum Standesamt führen, und bei der Hochzeitstafel, die er als anständiger Brautvater natürlich ausgerichtet hatte, saßen alle mal wieder zusammen. Dann jedoch hat auch die Tochter der Ehemann verlassen, und sie kehrte ihre ganze Bitterkeit gegen den Vater, als wäre er der wirkliche Urheber dieses Verrats. Sie hörte auf, ihn direkt anzureden, sprach zu ihm nur über die Kleine, grundsätzlich in der dritten Person.

«Zdena!» flehte er sie an, «ich muß dich dringend sprechen. Darf ich wenigstens rein?»

«Aber gewiß doch...» sagte sie, durch diesen Ton überrascht.

Auch er konnte sich nicht darauf besinnen, diesen Wunsch je geäußert zu haben, dem er selbst so oft kein Gehör gab, als seine erste Frau oder die Tochter mit ihm das ziemlich abgedroschene Thema noch einmal erörtern wollten, er solle sie doch nicht verlassen. Er hat jedoch mit dem Staunen der Tochter gerechnet und es in seine Überlegungen einkalkuliert. Er hoffte, wenn auch schwach, daß Zdena ihren Schützengraben verläßt, den sie vor allem gegen ihn ausgehoben hatte, und bietet ihm an, was eigentlich? wenn nicht gerade Liebe, so doch einiges Verständnis. Und würde sie das tun, hatte er sich auf dem Weg hierher geschworen, werde ich auf alles andere husten, springe aus diesem Zug, ehe er mich dorthin führt, von wo es keine Rückkehr mehr gibt. Bald bin ich doch fünfzig! und ich kann mir an den Fingern abzählen, was mir früher oder später auch mit Gerda bevorsteht, obwohl sie mir heute jedesmal in den Armen zu sterben pflegt und schwört, nie einen Besseren gehabt zu haben. Übrigens, kann ich mit Sicherheit ausschließen, daß dabei nicht Geld auch eine Rolle spielte? Für diesen big deal kriegt sie doch bestimmt eine Provision!

Solche Gedanken schossen ihm durch den Kopf, als er geistesabwesend die Enkelin befragte, wie sie sich im Kindergarten fühlt, und ihr Geplapper, gleichermaßen gierig und wirr, beim anderen Ohr rausgehen ließ, während Zdena in der Küche ihm einen Türkischen kochte, das erste Zeichen einer Gunst? oder bloß eine Atempause, um sich inzwischen gegen mich zu wappnen?

Doch sie machte sogar den Fernseher im Zimmer an und erlaubte der Tochter, die Abendnachrichten anzuschauen; ihn lud sie in die Küche ein, damit ihn das Kind nicht störte, die Nervosität des Vaters kannte sie nur zu gut.

«Wieder mal 'nen Korb gekriegt?» verkniff sie sich nicht.

Er überging das und versuchte, die Barriere zu durchbrechen.

«Ich möcht' mich mit dir beraten...»

«Du mit mir?»

Ganz und gar auf seine Worte konzentriert, rührte er sinnlos lang im Kaffee herum.

«Zdena, du kannst über mich denken, was du willst, doch du weißt gut, mir lag schon immer etwas an dir!»

«Wissen tu' ich's nicht, sonst wärst du bei der Mutter geblieben.»

«Ach, bitte, sprich mit mir nicht wie ein Backfisch, du hast doch deine eigene Erfahrung hinter dir!»

«Jawohl, daß das Beispiel Schule macht.»

«Willst du damit sagen, er hätte dich meinetwegen sitzenlassen?»

«Nein, das nicht...» sagte sie leise und wirkte plötzlich so alt und erbärmlich, daß es ihm eng ums Herz wurde, «worüber also wolltest du mit mir...»

«Ich habe ein Angebot bekommen...» begann er ganz allgemein undeutlich, weil ihm erstaunlicherweise bis jetzt nicht einfiel, was und wie er ihr mitteilen will und vor allem darf, «ein tolles. Jemand will mich endlich beschäftigen und bezahlen, wie ich es verdiene.»

Sie schaffte es sogar zu lächeln.

«Wie Mutter immer sagte, für Bescheidenheit könntest du nicht bestraft werden.»

«Nur», wehrte er sich, «wenn jemand in diesem rückständigen Land es noch versteht, kompliziertes Laborglas in Spitzenqualität herzustellen, dann bin ich es.»

«Das kann wahr sein», gab sie nach und fügte freundlicher hinzu, «lange habe ich doch gedacht, du wärst ein Alchimist! Und es stimmt ebenfalls», hat sie das sofort mit einem Giftpfeil ausgeglichen, «man hat dich sehr schlecht bezahlt, gemessen an den Alimenten, die du uns geschickt hast.»

«Ich hab' immer geschickt, war ihr gebraucht habt!«

«Entschuldige, ich möchte dich nicht weiter unterbrechen...»

Er rührte weiter in seinem Kaffee.

«Und deswegen bin ich auch hier. Es war vor allem die Arbeit, die mich euch wegnahm, glaub mir! Die Weiber... waren meine Schwäche, doch habe ich noch immer zurückgefunden, das Glas aber – das ist meine wahre Liebe! Von dem weiß ich zehnmal mehr, als man mich hier zeigen ließ. Nehme ich den Job, werde ich auch darum glücklich sein, weil ich dir und dem kleinen Zuzilein reichlich entgelten kann, was ich euch schuldig blieb, wie du meinst.»

«Aha? Das klingt ganz interessant.»

«Die Sache hat aber einen Haken.»

«Alles hat einen. Mußt du deswegen wieder mal heiraten?»

«Warum sollte ich müssen», fragte er verblüfft.

«Na, wenn dich draußen mal nicht eine reiche Witwe haben möchte, damit du ihre Glashütte übernimmst!»

Nicht zu fassen, daß sie die Witwe erraten hat. Mit dem anderen lag sie leider daneben.

«Es geht jetzt nicht um meine, wie du es gern nennst, Techtelmechtel, sondern um den Job, der in der Tat im Ausland sein soll.»

«Na und, dort bist du doch unentwegt.»

«Nun, würde ich annehmen, müßte ich auf Dauer übersiedeln.»

Sie wurde aufmerksamer.

«Du meinst also auswandern?»

«Ja.»

«Und wohin?»

«Je nachdem, wo mich die Firma brauchen würde», sagte er zunächst vage, je weniger sie weiß, um so besser für sie, auch für den schlimmsten Fall; dann jedoch wurde er präziser, «wahrscheinlich in Asien.»

«Und das würden dir die Unseren erlauben?» fragte sie mißtrauisch, «du bist doch so was wie ein Geheimnisträger, oder nicht?»

«Mag sein», wich er aus, «wie du aber siehst, man läßt mich dennoch in den Westen. Bei uns, du weißt doch, kann man sich alles richten.»

«Und wie willst du die schmieren?» forschte sie nach, «pauschal oder in Prozenten? Hoffentlich bleibt da für uns noch was übrig.»

Er wußte, sie spielt nur ihr Spiel, geldgierig war sie nicht, die Spielregel hat ihr die Mutter beigebracht mit ihrer Kampfparole: Was er uns nicht gibt, schnappen sich seine Hurenweiber! Zdena wollte nichts von ihm, niemals. Und wenn er dann fragte, was er ihr mitbringen soll, bestellte sie immer etwas für die Mama, damit sie sich endlich einen Mann anlacht! Dazu hatte er natürlich keine Lust, und so kaufte er für die Tochter, was ihm seine Reisekollegen empfahlen, die sich besser auskannten. Nie hat er was davon an ihr gesehen, bis sie ihm endlich sagte, er solle lieber, wenn es schon sein müsse, etwas für die Kleine mitbringen, für sie habe er nun einmal kein Auge.

«Zdena», bat er sie jetzt, «laß das Sticheln, du meinst das sowieso nicht ernst.»

«Und ob ich das meine!» sagte sie plötzlich unerwartet hart, so daß es ihn um so mehr verletzte, «denn viel mehr als etwas Geld hast du mir nie gegeben. Und wenn du mich tatsächlich ernsthaft fragen willst, ob ich dich entbehren werde, so sage ich dir, wie ich das fühle: Falls du irgendwo landest, wo der Pfeffer wächst, und ich weiß, daß du auf dieser Halbkugel einfach nicht mehr stattfindest, käme es mir natürlicher vor als jeder deiner Besuche, bei denen du ja nur an die Zeit denkst. Nein! bitte, unterbrich mich nicht, solange ich den Mut habe, dir das zu sagen. Ich bin schließlich erwachsen, ich glaube, seit dem Augenblick, in dem du mir verboten hast, dich ‹Papa› zu nennen. Gut, ich gebe zu, das mit der Mutter habe ich übertrieben, es war vielmehr nur ein pubertärer

Trotz, ab und zu verstand ich sogar, daß du es mit ihr nicht aushalten konntest, so wie ich jetzt selbst manchmal helle Momente habe und beinahe begreife, warum es mit mir genauso ausging. Frauen sind Weibchen oder Raubkatzen, der Unterschied besteht darin, daß die Raubtiere sogar ihren Wurf auffressen, wenn er sie stört. Mutter und ich, wir sind beide nun mal Weibchen, die gewillt sind, eigene Ambitionen für ein Familienleben aufzugeben. Schon daß der Mann auf die Jagd geht, ertragen wir kaum, das muß ihn zum Aufstand provozieren. Doch wie du zu verfahren? so niveaulos, so brutal, daß jeder unser Elend sieht und sich daran weidet? Weiber zu haben, die uns menschlich nicht einmal bis zur Gürtellinie reichen, na, bitte: Vielleicht sind die gut im Bett! Aber uns öffentlich zu brüskieren, das macht man einfach nicht! Der größten Schlampe, entschuldige, aber das weißt du inzwischen selber, hast du durch die Scheidung von der Mama und eure Hochzeit direkt ein Diplom ausgestellt, das sie nur deswegen haben mußte, um uns zu degradieren, dich hat sie dann wie einen kleinen Studiker sitzenlassen. Ich lehnte es ab, mit dir zu reden, jawohl, bei dir hat es aber drei Jahre gedauert, was die meisten Väter über Nacht begreifen, mir einen Kuß zu verpassen und zu sagen, was du so spät gesagt hast: Ich bin vielleicht ein Saukerl, aber dich, meine Tochter, dich mag ich! Darum habe ich dich auf der Stelle gebeten, mir Geleitschutz zu geben bei meinem Schicksalsschritt zu jenem Herrn, der dir so ähnlich war, daß ich ihn an deiner Statt zu lieben anfing. Keine Angst, ich werde dir nicht vorwerfen, du hättest mir das damals nicht ausgeredet, denn du hattest keine Chance. Was mir aber dabei nicht entging, als er mich sausenließ, war deine, ich sage nicht etwa Zufriedenheit, das nicht, wohl aber eine Art Genugtuung, daß ich nun endlich dich begreifen werde.»

«Zdenka, das glaubst du doch selber nicht...»

«Einen Moment mal, ich bin gleich fertig! Natürlich glaube ich es, nur du bist nach wie vor nicht imstande, vor dir selbst etwas zuzugeben, denn ehrlich zu sich selber zu sein, das tut am meisten weh. Ich habe es dir heute an der Tür fast geglaubt, du möchtest dich mit mir tatsächlich beraten. Nur wolltest du mir verkünden, daß du jetzt auf mich total pfeifen willst, und falls ich das absegne, blätterst du wieder mal leicht was hin, um ein reineres Gewissen zu haben.»

Er war entsetzt.

«Das denkst du von mir?»

«Was sonst? Würde ich dir näherstehen als der Job, wie du es nennst, hättest du ihn gleich abgelehnt, mir davon gar nichts erzählt, damit ich nicht bis ans Lebensende mit dem Vorwurf leben muß, ich hätte dir so eine Chance verdorben! Verstehst du denn tatsächlich nicht, daß du mit mir hier Gefühlserpressung treibst? Oder noch schlimmer, ein Schmierentheater aufführst, weil du gar nicht dahin willst, aber ich soll dir bis ins Grab dankbar sein?»

Niedergeschlagen schüttelte er den Kopf und dachte.

«Nein, das hat keinen Sinn...»

In der Tat sagte er das laut. Seltsamerweise beruhigte sie sich.

«Ja, da hast du recht», sagte sie, «jedenfalls heute nicht und mit Sicherheit nicht in diesem Punkt. Bleibe am besten dabei, was du dein ganzes Leben lang gemacht hast: Tu, was du willst.»

«Also gut», griff er nach einem Satz, den wiederum sie nie ausstehen konnte, «überlassen wir das Denken den Pferden, die haben die größeren Köpfe.»

Er stand auf. Sie fühlte nun offenbar das Bedürfnis nach einem versöhnlichen Schluß.

«Trinkst du deinen Kaffee nicht aus?» fragte sie, «genug umgerührt ist er.»

Alles in ihm versteifte sich jedoch, er fühlte sich ganz wie aus seinem unzerbrechlichsten Glas und legte endlich den Löffel auf die Untertasse.

«Er ist schon kalt.»

«Soll ich einen neuen machen? Wird gleich fertig...»

«Nein, danke, eigentlich bekommt er mir abends nicht.»

«Danach bist du immer am sichersten eingeschlafen», erinnerte sie sich unwillkürlich.

«Bin nicht mehr zwanzig», verriet er ihr und gedachte seiner Eltern, die sie als Kleines so liebten; nach der Scheidung hat sie sie nimmer besucht, nicht einmal zu ihrem Begräbnis ging sie. Bitter fiel ihm ein: Soeben hast du, mein Töchterlein, entschieden, daß mein Grab am anderen Ende der Welt liegen wird. Doch immer noch stand er da, denn er wußte nicht, wie man für immer geht. Selbst dabei half sie ihm.

«Wenn es dir nichts ausmacht, lass' ich die Zuzi im Wohnzimmer, sie regt sich bei dir immer so auf.»

«Gewiß, laß sie nur...» er war bereits an der Tür, «also, verzeih mir...»

«Verzeih du...»

Er war wieder gefaßt, sogar ein Lächeln gelang ihm

«Bon, so verzeihen wir uns also gegenseitig.»

Dann hat sie ihm den letzten Schlag versetzt.

«Adieu, Papa», sagte sie zu seinem Rücken hin, «du hast nicht einmal gefragt, ob ich nicht vielleicht mit möchte.»

Und schloß die Tür.

Ziemlich lange hatte er Leere im Kopf. Er setzte sich in sein Auto und wartete, als würde sie nachkommen. Er zog aus der Brusttasche den Dienstreisepaß, betrachtete das Photo eines Mannes, der ihm bekannt vorkam, dessen Identität ihm jedoch entschwand, er las wieder und wieder: Ing. Karel Markalous, aber das half ihm nicht weiter. Nach einer Weile startete er und widmete sich ganz dem Fahren.

Das erste, was ihm in den Sinn kam, war einer der wenigen Sätze, die ihm aus der Geschichtsstunde geblieben waren, dem einzigen nichttechnischen Fach, das ihm Spaß machte. «Die Würfel sind gefallen.» Dabei ist ihm gleich klargeworden, daß er mit einer an Sicherheit grenzenden Wahrscheinlichkeit durch diese Straßen nie mehr fahren wird. Aus einem plötzlichen Impuls dirigierte er seinen lieben Renault, der bald dem Staat anheimfallen sollte, auf einem Umweg zum Hradschinplatz, um noch einmal von der Burgrampe aus Prag zu sehen. Gerade gingen die Lichter an. Kaum hatte er angehalten, fiel ihm ein, daß er sich schon morgen mit Gerda lieben wird, und eine plötzliche Sehnsucht hat allen Schmerz verscheucht.

«Ein Saukerl», dachte er trotzig, «das hat auch seine guten Seiten.»

4. *Die vier Zufallsbekannten*

Die Pianistin hat wie auf Dornen warten müssen, bis sich das laute Mädchen endlich entschied, welche ihrer allesamt fürchterlichen Blusen es zum Abendbrot überziehen würde, sich die Haare noch einmal hochtoupiert und das Gesicht übergeschminkt hat, als ginge sie zu einem Ball. Erst dann durfte auch sie so tun, als müßte sie ihr Äußeres in Ordnung bringen. Und bat die Zimmergenossin, eine hochtoupierte Kaufhausverkäuferin, die sie zum erstenmal heute morgen gesehen hatte, ihr da unten einen Tischplatz zu sichern. Erst dann konnte sie blitzartig die nächtliche Flucht vorbereiten.

Wie sie sich das augedacht und auch ihm ins Gedächtnis eingeprägt hatte, hoffentlich sitzt er bereits am Tisch, damit die gleichzeitige Verspätung keine Aufmerksamkeit erregt! hängte sie auf den Kleiderbügel ein paar abgewetzte Sachen, die sie opfern wollte. Über das Waschbekken legte sie die Reservezahnbürste und ein halbes Dutzend minderwertiger Cremes, wodurch die Szene perfekt war. Alles wirklich Wertvolle befand sich in ihrer Handtasche und dem Koffer, den sie unauffällig an der Tür abstellte. Es genügte, den Mantel vom Haken zu nehmen und weg... wenn das Mädchen, so hoffte sie, schon schläft. Daß er nicht verschlafen wird, dessen war sie sich sicher, sie bangte nur, daß es vor lauter Aufregung nicht ihr passiert.

Das kleine oberösterreichische Hotel war bei aller Schlichtheit sagenhaft sauber, mit vielen weitaus teureren, aber schlechteren in Böhmen nicht zu vergleichen. Das tat ihr wohl, als sie hinunterging. Solange sie hier konzertieren durfte, kam sie in große Städte, in denen Komfort nichts Überraschendes hatte. Das Niveau dieses kleinstädtischen Betriebs, den sich die tschechische Reisegesellschaft für ihre ziemlich billige Busfahrt leisten konnte, wirkte aufmunternd, er erschien ihr wie ein letztes Zeichen dafür, daß sie für sie beide richtig entschieden hatte.

Die Reisegruppe mußte sie nicht erst suchen, aus dem ersten Stock hörte sie einen Lärm, typisch für jeden Tschechenhaufen, sobald er die Alltagsbindungen wegwirft und sich in eine Zufallsgemeinschaft verwandelt. Sie jedoch ging nicht dem Geräusch nach, sondern in die Gegenrichtung. Der Eingangsraum, als Rezeption verwendet, war leer, auf der Theke lag eine Tastenbox mit der Inschrift KLINGELN. Sie drückte und hoffte, daß keiner der Landsleute sich hierher verirrt. Sie hatte Glück, als unmittelbar darauf ein nettes Mädchen erschien, dem es nichts ausmachte, daß es offensichtlich beim Essen gestört würde. Nach all den verlorenen Jahren durfte die Pianistin nun ihr Deutsch testen, auf das sie einst so stolz war: Sie hatte den besten aller Lehrer dafür – die Liebe...

«Entschuldigen Sie, bitte, ist hier Telephon...?»

Es amüsierte sie, daß auch die andere sich um korrektes Deutsch bemühen mußte, aufgewachsen in oberösterreichischer Mundart.

«Natürlich, Sie können hier, ich schalte nur den Zähler ein.»

Sie tat das und wollte gleich wieder weg. Die Pianistin fragte schnell:

«Bleibt das Haus nachts offen? Wenn wir hinaus möchten...»

«Ihr Reisebegleiter hat die Schlüssel für alle schon geholt.»

Die Tür konnte sie also vergessen. Es gab hier aber auch ein Fenster, und das ging direkt auf den Stadtplatz. Für ihn waren die zwei Meter ein Witz! Sie wählte die Rufnummer, die sie auswendig gelernt hatte, und freute sich auf Margrits stürmischen Jubel, nachdem sie ihr die sensationelle Neuigkeit mitgeteilt haben würde, man könne sie um zwei Uhr nachts vor der hiesigen Kirche für immer abholen, sogar mit einem viel jüngeren Liebling, wie ihn gerade Margrit ihr einst empfohlen hatte. Die Freundin meldete sich jedoch bloß von einem rauschenden Gerät.

«Konzertagentur Prohaska. Sie haben Pech, weil ich gerade eben unterwegs bin, doch vielleicht auch Glück, falls ich in Ihrem Interesse reise. Rufen Sie nächsten Montag wieder an, ich freue mich schon heute darauf!»

Zuerst erschrak sie, als hätte sie entdeckt, daß sie auf einer leeren Insel gestrandet war. Erst, als das andauernde Rattern des Zählers zu ihrem Gehirn durchgedrungen war, legte sie auf und konnte wieder logisch denken. Na und? Was soll's? Auch Margrit könnte nichts anderes tun, als sie beide gleich morgen ins Flüchtlingslager zu bringen, wo jeder, wie bekannt, ausnahmslos das Fegefeuer der amtlichen Formalitäten passieren mußte. War das nicht sogar besser, gleich allein zu zweit anzufangen, ohne fremde Hilfe? Gewinnt damit nicht das Ganze einen tieferen und deshalb dauerhafteren Wert? Wird sich vor allem er nicht besser fühlen?

Der Zähler zeigte sechs zwanzig. Verschwenderisch legte sie ein Zehnschillingstück auf die Theke und folgte zum letztenmal den heimatlichen Stimmen, um Václav durch das verabredete Zeichen mitzuteilen, nun gelte seine Ersatzlösung.

Durch die geätzte Mattglastür trat sie in das Vereinszimmer. In Zigarettenqualm gehüllt, saßen dort Männer, Bierröte im Gesicht, die ihre gute Laune erklärte. Ihn hat sie gleich erblickt, obwohl er fast verdeckt wurde von dem ausladend herumfuchtelnden Mann, der sie den ganzen Tag lang an jemanden erinnerte. Jetzt wußte sie es: an den seligen Komiker Fernandel, den dieser Schuft von Ilja so liebte, der Teufel soll ihn holen! Eben hat er sein Pferdegebiß gefletscht und gewiehert wie ein Roß. Dabei lehnte er sich nach hinten, bis er fast vom Stuhl kippte, so daß ihre Augen sich nun unbeschattet mit denen von Václav treffen konnten.

Wenn auch seine Erregung, das wußte sie, größer war als ihre, denn ihn erwartete noch zusätzlich eine ganz unbekannte Welt, strahlte sein asketisches Gesicht jene innere Ruhe aus, die sie bereits damals, bei seinem ersten Besuch, bezaubert hatte. Indem sie so tat, als suchte sie das

Mädchen, das ihr einen Stuhl freihalten sollte, kämmte sie sich die Haare mit der Linken. Linkshänder war er, so erfuhr er, daß es nach ihm gehen soll.

Die Verkäuferin sah sie gleich. Sie sprang auf und setzte sich in dem Lärm mit ihrer Stimme und wilder Gestik mühelos durch.

«Hier! Heda, hallo, hierher!!»

Sie atmete auf. Sie fürchtete schon, dieses Weib hat sich vielleicht davongemacht. Die drei Blödmänner, zu denen sie sich nun absichtlich hinsetzte, um sie allesamt für ihre Sache zu gewinnen, waren, wie sie soeben mit Schrecken erkannte, in einem solchen Fall imstande, die ganze Gruppe mit Gewalt in den Bus zu stopfen und noch nachts in Budweis abzuliefern. Der Reiseleiter hat sich gleich beim ersten Treff am frühen Morgen als «verdientes Parteimitglied» vorgestellt und tat auch weiter so, als käme er direkt aus der Klapsmühle. Selbst die Pinkelpause hat er mit dem Ruf begleitet, sie müßten alle wachsam bleiben, und als der Bus im ersten österreichischen Dorf an vollgestopften Schaufenstern vorbeifuhr, griff er nach dem Mikrophon und grölte, sie sollten auf die Errungenschaften stolz sein, die in der Heimat wieder auf sie warteten.

Der zweite Knacker war um so schlimmer, als er das Mikrophon überhaupt nicht aus der Hand ließ, und wenn sie ausstiegen, blökte er weiter in eine Blechtüte. Es war ein Lehrer in Rente, aber er verlangte immer, daß man ihn mit «Genosse Lektor» ansprach. Auf der Platte saß ihm ein schlecht haftendes Toupet mit Lockenwelle, die Taschen quollen über von Broschüren, aus denen er unentwegt ganze Seiten über die Arbeiterbewegung in Österreich herunterleierte. Es war zum Verzweifeln.

Der Dritte im Bunde war der Busfahrer, vermutlich zugleich der Spitzel, der auf sie aufpaßte. Seine gut hundertzwanzig Kilo hatten ihre Bleibe vor allem in seinem Bierwanst. Das hinderte ihn kaum, sich für einen unwiderstehlichen Verführer zu halten. Unentwegt pfiff er vor sich hin und blinzelte wie verstohlen all den Frauen zu, die solo mitfuhren. Ihr persönlich hat er seine Gunst bedeutet, als er ihren Leinenkoffer im Gepäckraum nach oben schmiß, damit deine Robe nicht zerknautscht wird, wenn wir aufbrechen, im Prater das Tanzbein zu schwingen, Genossin! Oh, du meine Omi, das war der Gipfel!

Wenn sie sich trotzdem zu diesen Typen hinsetzte, hatte das seinen guten Grund. Nie hätte sie gedacht, daß fünfzig Erwachsene sich das gefallen ließen wie dieser Verein. Die Bezeichnung «Thematische Fahrt» hielt sie wie alle anderen für den üblichen Vorwand, in die Welt losziehen zu dürfen. Daß sie aber beim ersten Ausflug in den Westen, der ihre ganzen Ersparnisse verschlang, per Schub von einem Museum ins andere befördert wurde und das gleiche Geschwafel anhören mußte wie zu Hause, nahm ihr den Glauben an die Menschheit. Angestrengt suchte sie nach einem Verbündeten, bis sie ihn in der Indianerin fand.

So nannte sie für sich dieses Weib, das inmitten der geschmacklos aufgetakelten Muttertypen selbst in dem einfachen, aber eleganten Sommerkleid geradezu exotisch wirkte, auch dank der gewaltigen Make-up-Schicht, die sicher ihre Falten zuklatschte. Auf jeden Fall sah sie für ihre vierundvierzig, die Verkäuferin warf an der Grenze ein schnelles Auge auf die Liste in der Hand des Reiseleiters, ganz passabel aus, vor allem dank ihrer Figur. So gut sogar, daß sich in sie sowohl der Dauerquatscher wie auch der Schnüffelbauch verknallt hatten. Deshalb hängte sie sich an sie und konnte leicht an den gemeinsamen Zimmerschlüssel gelangen. In der Schar ausgedörrter Glucken und überfälliger Mastgänse war auch der Indianerin keine bessere Wahl geblieben.

Nur darum ging es der Verkäuferin: schnellstens die Wiener Boulevards zu erreichen, von denen sie so viel gehört hatte, und ihren Plan auszuführen. Nein, sie war nicht auf den Kopf gefallen wie die Behämmerten, die so hastig abgehauen waren, kaum daß sie das erstemal dem Käfig entflogen, um dann in Flüchtlingslagern dahinzusiechen und mit Kerlen unterzugehen, die gerade zur Hand waren. Sie hatte die Klügeren vor Augen, die sich zunächst einen richtigen Mann geangelt und ihn um den Finger gewickelt hatten, so daß er ihnen durch die Hochzeit die Welt zu Füßen legte; das verschaffte ihnen die Möglichkeit der steten Rückkehr zu Muttilein, na, und auch zu den tschechischen Jungs natürlich, die ihnen selbst das bißchen ersetzten, was sie durch den Heimatwechsel entbehrten.

Die Verkäuferin stand im Briefwechsel mit einer alten Busenfreundin, in Australien verheiratet, die ihr einmal zwar abgetragene, aber noch immer so kühne Modellkleider geschickt hatte, daß man da nur zu Hause reinschlüpfen konnte, wenn man nicht vom erstbesten Bullen als Spionin oder Nutte kassiert werden wollte. Das wahrlich leuchtende Beispiel aber war für sie Jarina Jiráková. Die stinknormale Göre, mit der sie einmal einen Gemeinschaftsurlaub in der Dedeärr durchgealbert hatte, hatte sich gleich im Anschluß den vielleicht reichsten aller Amerikaner ergattert, dem Hotels, Spielkasinos und Wolkenkratzer gehörten. Die alten Jiráks folgten der Tochter, noch ehe die Zurückgebliebene sich die Adresse verschaffen konnte.

Darum war sie ausgereist und hatte nun diese Indianerin nötig, die gewiß in allen Sprachen brabbeln konnte, als sie sich durch ganz Europa klimperte; die wird sie zur Wiener Hauptpost bringen, wo Telephonbücher liegen sollen, für überallhin. Jarina Climb! Von denen kann es in Nijork nicht so viele geben, als daß sie nicht ausfindig zu machen wäre. Und die hundert Mark, die sie schwarz gewechselt und in den BH genäht hatte, die müßten für ein Gespräch langen, in dem sie erklärt, um was es ihr geht. Daß Jarina auch diesmal die Kurve kriegt und ihr nach Budweis einen Freier schickt, so ausgewählt, daß er auf sie fliegen würde, daran zweifelte sie nicht. Und wenn er dann weich landet und erlebt, wie eine echte böhmische Buchtel schmeckt, beißt er nie mehr in etwas anderes rein.

«Na, sieh mal!» rief der Lehrer freudig aus, als sich die Pianistin zu dem letzten Vorspeisenteller setzte, «ich hatte schon Angst, ein Kapitalist hätte Sie zu was Besserem entführt!»

Der Fahrer grinste und räumte die Mundhöhle frei, die eben ein Schnitzel mampfte.

«Und ich wiederum dachte, es hätte Sie die Sudetenrache erwischt!»

Als sie nicht verstand, machte er es ihr klar.

«Man kriegt es hier manchmal busweise, es kommt von der Vollmilch. So rächt man sich an uns für den Abschub der Fritze nach dem Krieg.»

«Und was soll das sein?» fragte sie unbeholfen.

«Ganz normal, mit Verlaub, heißt es Schieteritis!»

Er lachte laut. So was Plumpes! dachte sich sogar die Verkäuferin und warf auf die Indianerfrau einen Verschwörerblick, der, was sie erfreute, zur Kenntnis genommen wurde. Die Pianistin stand im Brennpunkt des Interesses beider Verehrer.

«Er wollte schon Ihre Vorspeise wegputzen», verpetzte der Lehrer den Rivalen, «doch ich habe es ihm nicht erlaubt!»

«Hätte ich es gewollt», sagte der Fahrer kampfentschlossen, «so könnte mich keiner daran hindern, ich aber zum Glück», fügte er großzügig hinzu, «wollte nicht!»

Wüßte sie nicht, daß es nicht möglich war, könnte sie den Zweikampf der beiden ausgedienten Platzhirsche für eine Farce halten, die sie lächerlich machen sollte. So aber fiel ihr ein, daß sie in letzter Zeit tatsächlich gut aussieht. Es hat ihr geschmeichelt; sie brauchte ein bißchen weibliches Selbstbewußtsein, gerade jetzt, wenn sie den doppelten Salto mortale riskieren wollte.

«Ich danke Ihnen», sagte sie also zu den beiden und machte sich, obwohl sie gar keinen Appetit hatte, an den kalten Aufschnitt, um diesem Geschwafel zu entgehen. Nur noch diese Stunde, ermunterte sie sich, und ich habe es hinter mich gebracht, in Ewigkeit Amen.

«Ich wollte gerade den Genossen hier vorschlagen», eröffnete die Verkäuferin ihren Versuch, «wir könnten doch morgen früh direkt nach Wien fahren, oder? Die Museumser haben wir heute genug genossen, nicht, Genossen, oder wie denkt ihr darüber?»

Sie hing an der Pianistin mit geradezu flehentlichen Augen, so daß diese begriff, warum sie mit diesem Trio infernale tafeln mußte. Es war eigentlich das letzte, was sie noch wollte, doch ehe sie die Kleine enttäuschen konnte, tat es der Reiseleiter selbst.

«Genossin... Karhánková, nicht wahr?»

«Havránková!»

«Ach ja... Du mußt kapieren, daß die Mehrheit hier an anderen Sachen interessiert ist als nur an Kaufhäusern. Wir machen eine Studienfahrt auf den Spuren der Gewerkschaftsbewegung!»

«Aber ich arbeite doch in einem Kaufhaus, dort ist die Bewegung auch.»

Das Mädel ist klüger, als es aussieht, dachte sich die Pianistin. Daß sie und Václav die gleiche Reise bekommen hatten, sie durch Bestechung, er dank seiner Frau, lag jedoch gerade an der Reizlosigkeit der Ziele.

«Dann solltest du dir eine andere Reise kaufen!» das verdiente Mitglied beharrte auf seinem Standpunkt.

«Ja, und welche denn? Die besseren waren alle, ehe sie noch in die normalen Reisebüros kamen.»

«Willst du damit etwa andeuten, da sei irgendein Schmu im Spiel, Genossin Varhánková?»

«Havránková! Das wollte ich nicht, aber warum lassen Sie nicht wenigstens darüber abstimmen, wer morgen direkt nach Wien möchte?»

«Das Abstimmen ist nicht dazu da, die Beschlüsse der Mehrheit zu verändern.»

«Wann ist hier was beschlossen worden?»

Die schrille Stimme der Verkäuferin, mit der sie offenbar auch die gängigsten Informationen von sich gab, war sogar in diesem Gelärme klar zu hören. Von den Nachbartischen drehten sich ihnen die Köpfe zu, die

Augen verrieten gespanntes Interesse. Der Reiseleiter schien in seinem Element zu sein und antwortete mit der Donnerstimme eines geschulten Massenredners.

«Darüber hat jeder von uns abgestimmt, auch du, eben durch den Kauf dieser Reise!»

In der still gewordenen Gaststube fragte jemand.

«Wann geben die uns eigentlich unsere Pässe zurück?»

Die Pianistin spitzte die Ohren. Mit den Pässen ginge alles wesentlich einfacher. Sollten sie soviel Glück haben? Diese Hoffnung hat der Reiseleiter gleich ausgelöscht.

«Keine Angst, Genossen, jetzt hat sie die hiesige Polizei. Es heißt, zur Anmeldung. Warum wirklich, wird man uns kaum sagen, hier sind wir nicht bei uns zu Hause, sondern im Westen, wo es von Geheimdiensten nur so wimmelt. Darum, Genossinnen, laßt die Pässe auch danach besser bei mir.»

Darauf hat keiner gemuckst, und es wurde der Schweinsbraten aufgetragen; mit dem Geklimper der Bestecke wurden auch die Stimmen wieder lauter. Die Verkäuferin begriff, daß der Widerstand in dieser Herde keinen Sinn hat, nachdem ihr nicht einmal die Indianerin beisprang. Die aber würde sie, wenn man nur so kurz in Wien sein soll, noch viel dringender brauchen. Um nichts zu vermasseln, machte sie sich mit Appetit ans Essen.

Der Mann hatte graumelierte Haare wie Stacheldraht, eine krumme Nase, und das ganze Gesicht war wie zerknautscht. Beim Essen schlürfte und schmatzte er, beim Sprechen spuckte er, aber immerhin verstand er Witze zu erzählen, er schüttelte einen nach dem anderen aus dem Ärmel, bis sich der Tisch vor Lachen bog. Bei den Pointen lächelte selbst der Gärtner, obwohl sie ihm meist geschmacklos und grob vorkamen: Er saß neben dem Erzähler und sollte mit ihm ein Doppelzimmer gerade in dieser Nacht teilen, was dem unschuldigen Mitschläfer allerlei Unannehmlichkeiten bereiten konnte. So wollte er ihm wenigstens diese Freude machen.

Der Gärtner war ein tiefgläubiger Mensch. In seinem Glauben lag auch seine Kraft: Weil er sich nur vor Gott fürchtete, hatte er vor niemandem auf der Welt Angst. Daß er dennoch nicht, nicht einmal für seinen Glauben, auf die Barrikaden ging, war keine Äußerung von Schwäche, sondern von Demut. Er hielt sich nicht für so wichtig, als daß er die

Sorgen seiner Nächsten vermehren wollte, solange ihn niemand dazu zwang, seinen Glauben aufzugeben.

Er bedurfte dafür keiner sichtbaren Symbole, er war einfach ein Christ, das wußte er und mußte es nicht vorführen. Es fiel ihm also nicht schwer, die Besuche in der Ortskirche einzustellen, als ihn Věras Vater so dringend darum bat. Er hatte sich auch mit der standesamtlichen Trauung abgefunden. In allem war er der Sohn seiner Eltern, schlichte Gärtnersleute, die ihr Inneres Christus geweiht hatten und glaubten, ihm durch ein Leben in Wahrheit und Anstand besser zu dienen, als sich für ihn in der Arena von Löwen in Stücke reißen zu lassen.

Zu diesen zählte auch Věras Vater, und ein Christ in der Familie tat ihm geradezu weh. Nur daß er bei dem Ruf der Tochter nicht allzu wählerisch sein konnte. Daß sie zu guter Letzt noch einen so fleißigen und gutaussehenden Mann ergattern würde, war an sich schon ein Wunder, also versöhnte sich der Vater damit, daß er, Hauptmann der öffentlichen Sicherheit, einen Schwiegersohn aus einer bigotten, katholischen Sippschaft bekommen sollte. Er hat es von den Kameraden bei der Staatssicherheit erfahren, nachdem er ihn dort vorsichtshalber durchleuchten ließ; der künftige Eidam hatte zum Glück nicht einen einzigen Ritzer auf dem Kerbholz, was irgendwelche Aktivitäten betraf. Als er kam und um Věra anhielt, redete der Brautvater in Uniform mit ihm Klartext. Der junge Mann war so verknallt, daß er hoch und heilig versprach, sich von den Schwarzröcken fernzuhalten.

Heute wußte der Gärtner, daß er damals mehr versprochen hatte als nötig. Andeutungen seiner Umgebung entnahm er bald, daß fast jeder schon vor ihrer Hochzeit etwas mit Věra gehabt hatte. Doch ein Bestandteil seines Glaubens, so seine Überzeugung, war die Pflicht zu verzeihen, und zu den biblischen Geschichten, die ihn am meisten ergriffen haben, gehörte die von Maria Magdalena. Er mochte Věra, deshalb galt für ihn nur ihr gemeinsames Leben. Sie waren aber immer weniger zusammen, nachdem es sich ergeben hatte, daß sie keine Kinder bekommen würden, und sie wieder in das Büro der Baugenossenschaft zurückging. Mit der Zeit bekam er spitz, daß die «Prämien», die ihr Normalgehalt weit überstiegen, Belohnungen für Manipulationen der Wohnungszuteilungsliste darstellten, und er machte sich zunehmend Sorgen um sie.

«Und was ist dabei?» scherzte sie anfangs, «bei euch heißt es Ablaß, bei uns Schmiergeld, wenn man da anfangen würde, jemanden einzusperren, müßten längst alle sitzen. Außerdem ist mein Vater ein Bulle.»

Später fing sie an, ihn auf eine Art zu quälen, die ihn besonders traf. «Eigentlich bist du ein Scheinheiliger», sagte sie, als sie sich gerade am heftigsten liebten, «anstatt zu beten, bumst du mich andauernd!»

Sie verursachte, mit Absicht, wie er heute glaubte, seine sich steigernde Unlust, sie zu umarmen. Sie war übrigens immer weniger zu Hause, die abendlichen «Baustellenkontrollen» wurden immer häufiger, was spinnst du? die Genossenschaftsmitglieder müssen tagsüber arbeiten! Auch Partys gab's jetzt häufiger, wir müssen doch die Lieferanten motivieren! Er war bald überzeugt, daß sie ihn betrügt, doch vielmehr schmerzte ihn das Bewußtsein, daß sie ihn verabscheute. Auf der Leiter der Menschen, mit denen sie zu tun hatte, befand sich ein Gärtner auf der niedrigsten Sprosse, nicht einmal gut genug fürs Malochen: Beim Städtebau gab es für Grün weder Platz noch Geld.

Er litt darunter, und weil er in jenen Jahren auch die beiden Eltern verlor, blieb ihm außer Gott nur noch sein Beruf, und um so mehr hing er an ihm. Als Gärtner für das ehemals Rosenhainsche Schloß Klíčov gesucht wurden, ein verlorener Posten in den Wäldern, wohin niemand wollte, legte er sich ein Motorrad zu und nahm an; schon damals ging er gewissermaßen ins Exil.

Dort hat ihn an einem verregneten Samstag eine Besucherin angesprochen, die er wegen ihrer Kapuze nicht einmal richtig sehen konnte. Er wußte selbst nicht, warum er ihr versprach, am Sonntag die Hecke ihres nicht weit entfernt liegenden ehemaligen Bauernhauses zu stutzen. Er kam, schnitt und hörte dabei den ganzen Tag zu, wie sie Klavier spielte. Bei der Jause erklärte sie ihm knapp, sie halte sich bloß in Form, weil sie schon im vierten Jahr nicht auftreten durfte. Das nahm ihn für sie ein, dazu entdeckte er bei sich ein Bedürfnis nach Musik, von dem er vorher keine Ahnung hatte. Als sie ihm sein Geld gab, fragte er scheu, ob er den Rest nicht ein anderes Mal erledigen könnte.

Heute nacht sollte er sich mit dieser Frau, die er vor einem Jahr noch nicht einmal kannte, gegen alle Gesetze versündigen; er war glücklich, daß sich kein göttliches darunter befand. Er war Věras Vater dankbar, daß er ihnen die kirchliche Heirat untersagt hatte. Seine einzige, aber um so schwerere Sorge bestand aus einem Hindernis, das er erst heute entdeckt hatte, obwohl er es hätte voraussehen können: Er verstand hier niemanden.

Als er vorhin das Zeichen auffing, daß es mit ihrer Freundin nicht geklappt hatte und somit seine Ersatzlösung dran war, traf ihn die Einsicht, daß seine Sprachunkenntnis ihm mehr zu schaffen machen würde als geahnt und er auch der zweiten Frau, die er je liebte, lästig fallen und sie verlieren könnte. Die vor ihm liegende Aufgabe war federleicht, überstieg aber trotzdem seine Kräfte. Es hat ihn so bedrückt, daß er seinen Nachbarn zuerst überhörte.

«Ich frage», wiederholte der Mensch, «schnarchst du bereits hier?»

«Nein, nein...»

Sie beide blieben allein am Tisch. Tschechen haben es sich schon längst abgewöhnt, die Nächte durchzumachen, denn der Tag war verdammt lang. Er schaute zu ihr hin. Offenbar hat sie nur darauf gewartet, denn sie stand sofort auf, das Mädchen folgte ihr. Der «Lektor» und der Fahrer versuchten vergeblich, sie zu überreden.

«Machen wir noch einen kleinen Gesundheitsbummel?» fragte den Gärtner sein Tischgenosse und stieß ihn freundlich an, «ein Bierchen vom Faß auf meine Rechnung?»

Ehe er abzulehnen vermochte, begriff er, daß ihm das sogar helfen könnte.

«Sprechen Sie Deutsch?» fragte er.

«Mit Händen und Füßen! Null Problem! Geh'n ma?»

Er war so ein Typ, der alles kann und alles weiß und jeden duzt und zufolge dem, was er am Tisch alles verzapft hatte, auch Koch und Magier zugleich, also höchstwahrscheinlich ein harmloser Schwafler, jedenfalls keiner, vor dem man auf der Hut sein müßte.

«Aber gern», sagte er; wenn einer seine Maß hat, wird er auch gut schlafen.

«Na, prima», freute sich der Nachbar und stand auf, «ich bin ein gewisser Pepa, Josef Strniště, die beste Friedensware, Ia Qualität! Der beste Beweis: Ich habe ein halbes Jahrhundert und die halbe Welt mit diesem Schrecknamen gemeistert.»

«Rada... Václav.»

«Also, Václav, auf geht's!»

«Genossen!» rief der Reiseleiter ihnen nach, «um zehn ist Zapfenstreich, dann ist die Bude zu!»

«Um zehn horchen wir schon seit einer Stunde an der Matratze», versicherte ihm Strniště.

«Und die Koffer, gepackt, vor dem Frühstück an die Rezeption!»

Als sie auf den Stadtplatz traten, schlug die Uhr erst acht, aber weit und breit kein Mensch. Wie bei uns, dachte sich der Gärtner, nahm jedoch gleich wahr, wie hell, sauber und irgendwie gemütlich es hier war. Sein Begleiter seufzte lustvoll.

«Komm mal her, nun guck dir das an, das gibt's doch nicht...» er lief um einen blauen Minibus herum, auf dessen Frontscheibe innen ein Zettel mit Zahlen klebte, «zehntausend, das ist doch geschenkt!»

«Für unsereinen ist das eine Million», wandte der Gärtner ein.

Der andere schien vor seiner eigenen Begeisterung zu erschrecken.

«Na ja... legen wir's lieber in Bier an, und wo?»

Die Richtung durfte der Gärtner bestimmen.

«Was steht da dran?» fragte er im Gäßchen hinter der Kirche vor einem Haus, das dem gesuchten am meisten ähnlich war.

«Pfarramt...»

«Und darunter?»

«In Notfällen klingeln. Mensch, willst du dich taufen lassen?»

Darüber lachte er noch, als sie die gegenüberliegende Gaststätte ansteuerten. Der Gärtner drehte sich zu der Tür um, durch die er mit Lída sechs Stunden später in ein zweites Leben treten sollte. Daß es eben diese war, gab ihm das Vertrauen zurück.

Josef Strniště hatte nur ein Stehbier im Sinn. Selbst als man sie in dieser Spelunke höflich an einen Tisch komplimentiert hatte, wollte er sich nicht mehr als eine Halbe genehmigen. Die letzte Sauferei in diesem Land vor vielen Jahren war schuld daran, daß er sich in Linz im Bahnsteig irrte. Statt in Wien wachte er wieder in Budweis auf, leider ausgerechnet an dem Tag, als der neue Oberkommunist Husák erklärte, die Heimat ist kein Taubenschlag, wo jeder beliebig raus- und reinfliegen kann.

Die drei Maß Bier mit drei doppelten Kurzen haben ihm bald drei Jahre und drei Monate eingebracht, von denen man ihm aufgrund guter Führung drei Tage erlassen hat, um ihm nicht noch einen Weihnachtskarpfen spendieren zu müssen. Als er damals in die frostige, aber herrliche Luft hinaustrat, hat er sich geschworen, daß ein einziges Bier jetzt seine Norm sein wird, solange er nicht den Paß eines Landes besitzt, für das die ganze Welt ein Taubenschlag ist. Von diesem Traum war er noch hübsch weit entfernt, aber er trank dieses halbe Bier nun bereits dreißig Kilometer östlich von Linz und mußte nur noch einen kleinen Zaubertrick hinlegen, um, wie man militärisch sagt, das erste Etappenziel zu erreichen; viel später als gewollt, aber immerhin.

Er beäugte seinen schweigsamen Landsmann, aus dem er nur den Beruf herausbekommen hatte, doch war er sich ziemlich sicher, dieser Langweiler kann doch kein Spitzel sein. Obwohl dies die bekannte Krankheit war, unter der im Tschechenlande jeder litt, hatte auch er das Gefühl, das Auge des Regimes ruhe stets auf ihm, und das unerwartete Ausreisevisum für drei Tage nach vierzehn Jahren könne eine neue Falle sein, die selbst in Österreich zuschnappen würde, wohin es für Stasi und KGB nur ein Katzensprung war.

Mit seinem politischen Profil und seiner Visage leider so leicht bemerkbar, wollte er nicht den geringsten Verdacht erregen, bis daß er übermorgen hinter die Mauern des berühmten Lagers gelangen würde, wo im Gegensatz zu anderen die Freiheit nicht endet, sondern erst recht beginnt.

«Also dann», sagte er und hob das Glas mit dem letzten Schluck Bier, um mit der Pfütze von Limonade anzustoßen, die sich der Schweiger überraschenderweise bestellt hatte, «damit wir die kapitalistische Hölle überstehen und heil in unser heimatliches Paradies gelangen!»

5. *Der Zahnarzt und seine Frau*

Schläfst du, Terka?» flüsterte Doktor Čierniak plötzlich in der Dunkelheit, er hat sich ehrlich bemüht einzuschlafen, aber seine Nervosität war stärker.

«Nein...»

«So schlaf doch, morgen müssen wir beide absolut fit sein.»

«Auch du kannst nicht...»

«Irgendwie bin ich wieder hellwach geworden... Hör mal, hast du den Keller richtig abgeschlossen?»

«Ja, doch.»

«Hast du dich davon überzeugt?»

«Ich war noch mal drunten, schlaf jetzt!»

«Also gute Nacht...»

«Dir auch...»

Es raschelten Kissen, die er sich zurechtrückte, da er nur auf der kühlen Seite einschlafen konnte.

«Terka?»

«Ja?»

«Soll ich das Surfbrett nicht doch zu uns reinholen?»

«Lieber nicht, die Kinder würden sich fragen...»

«Hast recht... Ich möchte schon einen Tag älter sein...»

«Wir werden doch alle... Schlaf doch, es kann nichts passieren, vor allem du mußt fit sein!»

«Ja, ja...»

«Also gute Nacht.»

«Dir auch...»

Eine Weile Stille.

«Vielleicht soll ich doch noch nachsehen, ob im Keller alles in Ordnung...»

«Bohdan, ich bitte dich! Du weckst nur die Magda. Du weißt, wie leicht sie jetzt schläft.»

«Höchste Zeit, daß es mit dem Bengel ein Ende nimmt.»

«Natürlich. Wie wär' das, wenn du eine Tablette nehmen würdest, Schatz?»

«Da bin ich morgens wie verblödet.»

«Dann versuch mal einzuschlafen.»

«Na gut, also, gute Nacht...»

«Dir auch!»

Dann hörte sie seinen Seufzer. Sie wußte, was ihn bedrückt. Sie ließen hier nicht nur ihre alten Eltern, Verwandte, Bekannte und Erinnerungen zurück, sondern auch ein nicht unbeträchtliches Vermögen, das, wenn sie nicht auffliegen wollten, nur teilweise in Werte umzusetzen war, die sie mitnehmen konnten. Dennoch waren sie felsenfest überzeugt, daß sich das Unternehmen reichlich auszahlen würde. Sie ließ sich wieder vernehmen.

«Bohdan...!»

«Ja...»

«Ich möchte dir nur sagen, wie ich dich bewundere...»

«Ach, nein», sagte ihr Mann, «Terinka, ich tu's doch nur den Kindern zuliebe.»

Er war ihr jedoch für diese Worte tief dankbar. Er spürte, wie der Druck in seiner Brust langsam nachließ, und glaubte, nun doch noch einschlafen zu können.

Magda, ihre Tochter, hockte im gleichen Augenblick auf den kalten Fliesen des Badezimmers, wohin sie in der Dunkelheit gekrochen war, als sie mit Sicherheit annehmen konnte, ihr blöder kleiner Bruder schläft. Die Pubertät, die ihn soeben gepackt hatte, drohte ihn zu einem noch schlimmeren Wachhund werden zu lassen als den Vater. Unterwegs nahm sie ganz leise vom Gang das Telephon mit. Solange die Schnur sich nicht irgendwo verknotete, reichte sie bis an die Badewanne. Er wartete auf den Anruf im Arbeitszimmer seines Vaters, das eine Polstertür hatte, und sie erzählten einander in diesen mitternächtlichen Gesprächen bereits im dritten Monat, was sie, wenn sie sich tagsüber trafen, nicht auszusprechen wagten. Das heutige dauerte am längsten und hatte so viele Schichten gehabt, daß es Magda an das Hörspiel erinnerte, in dem sich zwei kennengelernt, verliebt, verheiratet und getrennt haben, alles per Draht, ohne sich je gesehen zu haben. Obwohl sie sich zum letztenmal nachmittags um fünf im Park an der Donau geküßt hatten, schien es ihnen wie vor Zeiten gewesen zu sein. Aber noch schlimmer: Als Ewigkeit kamen ihnen die nächsten vier Wochen vor, in denen sie sich nicht einmal hören konnten. Vor ihm stand das Ferienpraktikum in Bardějov, während auf sie die Dosenfutterfahrt wartete, wie sie die Familientouristik zu den Kapitalisten nannte; sie dauerte immer so lange, bis auch die letzte Blutwurstkonserve aufgebraucht war. Dank der Patienten ihres Vaters aus der Staatsbank und aus der Paß- und Visaverwaltung konnte sie Jahr für Jahr stattfinden. Heuer stand Sizilien auf dem Programm, worauf sich Magda noch zu Weihnachten riesig freute. Damals konnte sie nicht ahnen, daß sie sich inzwischen in den schönsten Jungen verlieben würde, den es je in Bratislava gab. Gabo war gertenschlank und so blond, wie sie es am liebsten hatte. Ein toller Tänzer und einfach die Nummer eins in allem. Leider auch darin, wie er den Mädchen den Kopf verdrehte. Sein zweites Jahr Medizinstudium ging zu Ende, auf sie wartete das Abitur erst im nächsten Frühjahr. Außerdem war sie noch immer Jungfrau, nicht etwa mangelnder Interessenten wegen, sondern aus irgendeiner Trotzhaltung. Als in der Klasse das Rennen losging, wer schneller und wer mehr, entschied sie sich, absichtlich die letzte zu sein. Dies war es erstaunlicherweise, worauf Gabo flog. Und sie begriff mit Hilfe irgendeines sechsten Sinns, mit angeborener Intelligenz und aus diverser Lektüre, daß sie ihn nur dann total an sich binden und festhalten kann, wenn sie ihm verweigerte, so lange es nur ging, was ihm die anderen im Schnelldienst boten. Ausgedacht, durchgehalten und bislang gewonnen! Nur daß sich eine panische Angst ihrer eben jetzt bemächtigte, sie sollten auseinandergehen, ohne ein klares Wort und ohne ein physisches Band, das sie über Zeit und die Entfernung hinweg zusammenhalten könnte. Und so quälte sie sich, während sie absichtlich über andere Dinge sprach, und war eifersüchtig auf die unbekannten Krankenschwestern im entfernten Bardějov, die ihr den unbefriedigten Liebsten leicht abspenstig machen könnten.

«Magduška!» flüsterte er plötzlich so heftig, daß sie erschrak, sein Vater sei in sein Zimmer gekommen und sie müßten, ohne Abschied, auflegen, jedoch fuhr er nach einer kleinen Pause fort, «weißt du was? Ich sag' dir jetzt für die Reise, was noch keine, aber echt keine von mir gehört hat, ja?»

«Ja...» sie wurde plötzlich heiser, vor Aufregung ganz trocken in der Kehle.

«Willst du?»

«Ich will...»

Dann hörte sie es aus seinem Mund.

«Ich liebe dich...»

Sie schwieg.

«Es sieht so aus, als ob ich mich in dich total verknallt habe.»

Sie spürte, wie die Tränen über ihre Wangen rannen, und lächelte die Badewanne an, die im Dunklen weiß blitzte.

«Ich bin direkt verrückt nach dir, glaub mir.»

«Ja...»

«Und du...?»

Warte, mahnte sie sich, halte aus, sag nichts, und du gewinnst alles!

«Ich auch...» sagte sie doch.

In der Leitung war kein Ton. Auch zum zweitenmal hielt sie nicht durch.

«Bist du noch da?»

«Ja», meldete er sich, «so geht es uns beiden gleich.»

«Na, fein...» sagte sie, etwas Besseres fiel ihr nicht ein.

«Ja, mehr als fein. Nur weiß ich nicht, wie ich das hier durchstehen werde.»

«Du fährst ja nicht in die Wüste», munterte sie ihn auf, doch fühlte sie dabei einen Stich in der Herzgegend, «du findest da einen ganzen Harem vor. Krankenschwestern... und dann die Zigeunerinnen.»

«Magduška, ich schwöre dir...»

«Schwöre lieber nicht», sagte sie schon wieder klug, «wir sind doch beide freie Menschen», und für sich fügte sie hinzu: bisweilen! Es hat gewirkt.

«Ich möchte dich nur bitten», sagte der eroberte Eroberer demütig, «daß du mir das mit der Freiheit nicht übertreibst. So frei bist du nämlich gar nicht mehr!»

«Aha... das wußte ich nicht.»

Alles sang in ihr. Und er zappelte immer stärker im Netz.

«Dann weißt du's jetzt.»

«Ja, jetzt weiß ich's.»

«Und versprichst du's mir?»

«Was?» mit Absicht verstand sie nicht.

«Daß du wartest!»

«Worauf...?»

«Auf mich! Ich möchte dein... erster sein!»

Die richtigen Worte flogen von ganz allein auf ihre Zunge.

«Warten, das mußt du, ich kann nur zurückkommen.»

«Ich werde von jetzt an nichts tun, nur noch warten! Doch du, komm zurück, so, wie du bist, ja...?»

Ihr neuer Sinn, der immer besser funktionierte, sagte ihr, dies sei der beste Augenblick aufzuhören.

«Ja», lachte sie, «aber ich bin eine Hexe, weißt du? Ich erfahre gleich alles! Wenn du nicht wartest, so wie du eben bist, brauchst du auf mich auch nicht mehr zu warten. Ahoj, Gabriel Babraj!»

Und legte auf. Dann trug sie das Telephon auf Zehenspitzen in den Gang, um die Spuren zu verwischen, und kehrte wie gewöhnlich ins Badezimmer zurück. Sie machte Licht und trank genüßlich direkt aus dem Wasserhahn.

Dabei stellte sie fest, daß sie sich plötzlich furchtbar, aber furchtbar! auf Sizilien freute.

Sie war bereits vor geraumer Zeit aufgewacht, als er irgendwo heftiger bremsen mußte, ließ es sich jedoch nicht anmerken. Sie liebte die Augenblicke, in denen sie ihn beobachten konnte, ohne daß er es merkte. Einmal verriet sie es ihm, und er wunderte sich: Ob sie nicht daran genug hat, wenn sie ihn auf der Bühne sieht? Natürlich sagte sie ihm nicht, daß sie auf ihn immer dann am meisten eifersüchtig war, wenn er in fremde Kleider und Schicksale schlüpfte, wo ihr von ihm nichts mehr gehörte.

Hätte ihr jemand vor zehn Jahren gesagt, sie würde sich von früh bis spät mit der Frage quälen, ob sie geliebt werde, würde er bei ihr sorgloses Lachen ausgelöst haben, für das sie alle um so mehr mochten, als es ihre fast unirdische Schönheit menschlich machte. Mit ihrem klaren Antlitz und dem streng geknoteten dunklen Haar schien sie den großen Frauen des tschechischen Risorgimento ähnlich. Dora glaubte damals, sie sei geboren, um geliebt zu werden. Weil sie aber auch von guter Natur war, mißbrauchte sie das nicht, quälte nicht ihre zahlreichen Verehrer, spielte nicht mit ihnen; sie wußte sie davon zu überzeugen, daß sie sie achte, selbst wenn sie nicht mit ihnen schlafen wollte. So wurden sie nicht zu Feinden, sondern zu Kameraden.

Den Vater hatte sie so früh verloren, daß es sie noch nicht verletzen konnte, und die Mutter hat ihn erfolgreich ersetzt: Bei aller Liebe wurde sie auch zu einer Autorität für sie. Ich habe mich daran gewöhnt, gab Dora einst Milan zu, in jeder Situation einen Schirm über mir, unter mir ein Netz und vor mir jemanden zu haben, der mir rät, wie und wo den Fuß hinzusetzen. Doch begann sie daran erst bei ihm zu leiden, denn anders als die meisten Halbwaisen hat sie dank der Mutter eine heitere und harmonische Jugend verbracht.

Das erste, was zwischen die beiden trat, war die Augustnacht 68, als sie als eine der ersten in Prag vom Motorenlärm russischer Flugzeuge und Panzer geweckt wurde. Sie wohnten in der Nähe des Flughafens und kriegten die Okkupation aus erster Hand mit. Doch während Dora in gerechtem Zorn entflammte, weil sie, wie ihre ganze Schule, dem scheuen Pierrot die Daumen hielt, den Millionen, obwohl er der höchste Politiker des Landes war, Saschenka nannten, atmete die Mutter beinahe auf. Der Verlauf des turbulenten gesellschaftlichen Prozesses, «Prager Frühling» genannt, erfüllte sie mit steigender Angst, dadurch könnte alles zunichte gemacht werden, wofür Generationen gekämpft hatten.

Doras Familie konnte man mit Recht eine kommunistische Dynastie nennen. Der Großvater, ein berühmter Anwalt der Armen, bezahlte dafür mit seinem Leben unter dem Fallbeil der Nazis; so fühlten sich seine beiden Kinder verpflichtet, die Worte des alten Arbeiterliedes in die Tat umzusetzen, «Wenn wir alle fallen sollten, stehen neue Kämpfer auf». Sie traten bereits in den ersten Nachkriegstagen in die Partei ein, und nach ihren eigenen Worten «folgten wir ihr, wohin immer sie uns schickte». Da sie aber des Vaters Aufrichtigkeit geerbt hatten, wählten sie den Weg des stärksten Widerstands, auf dem Knochenarbeit und Konflikte sie erwarteten.

Ihr Name Javor hat Gewicht gehabt und sie beide das notwendige Quentchen Glück, so daß ihnen manches gelang. Die Mutter wurde Leiterin der Personalabteilung eines großen Verlagshauses, das als erstes mutig damit begann, moderne Weltliteratur herauszubringen. Der Onkel, ein Arzt, Mitglied des Stadtkomitees der Partei, bemühte sich erfolgreich, den Sumpf im Gesundheitswesen auszutrocknen. Ein tragisches Ende nahm allein Doras Vater, Mutters Liebe und Kommilitone aus gemeinsamem Jurastudium. Er leistete gerade seinen Grunddienst, als die heimische Armee ein Kontingent nach Korea zur Kontrolle der Demarkationslinie des Waffenstillstands entsenden mußte. Er hatte den Parteiauftrag angenommen, zog die maßgeschneiderte Uniform eines falschen Leutnants an und trat gleich beim ersten Inspektionsgang auf eine echte Mine. Von ihm blieb nur ein schmales Bändchen Gedichte, ebenso aufrichtig wie später peinlich, als sich die besungene Zeit als eine Epoche der Lüge und des unschuldig vergossenen Bluts erwies.

Doch die Gegenwart bemühte sich, das schlimmste Unrecht gutzumachen, Dora wirkte wie ein Sonnenkind, und niemandem wäre eingefallen, sie für die Vergangenheit mitverantwortlich zu machen, die auch das Siegel ihres Familiennamens trug. Sie kam als erste darauf zu sprechen, als die Mutter die Richtigkeit der politischen Erneuerung bezweifelte. Dora, tief getroffen von den Tag für Tag enthüllten Ungeheuerlichkeiten, begangen unter dem Banner der gerechtesten aller Revolutionen, fragte sie, ob nicht auch sie sich schuldig fühle. Nein! erklärte die Mutter kategorisch, höchstens betrogen. Dora sollte sich in ihrer Wohnung und ihrem Leben umsehen, da finde sie nichts, was nicht ehrlich erworben worden sei. Ihr Großvater und Vater bezahlten ihre Überzeugung mit dem Leben, und die Idee, für die sie gefallen sind, ist so lebendig und notwendig wie früher, die Mehrheit der Menschen dieser Welt stirbt doch noch immer an Hunger! Dora sollte sich umschauen und betrachten, wer am meisten nach Demokratie ruft!

Sie gehorchte und sah eine ganze Reihe Typen, die der Mutter recht gaben, doch die Sympathie für Dubček, mit seinem entwaffnenden, scheuen Lächeln und seinem natürlichen Anstand, wuchs in ihr, und der Einmarsch der fremden Armeen, Deutsche darunter, schrie zum Himmel. Die Mutter erlebte, wie ihre Argumente versagten, und hat damals zum erstenmal ein Machtwort gesprochen.

«Du gehst mir zu keinen Demonstrationen mehr! Du bist eine dumme Fünfzehnjährige, die jeder an der Nase herumführen kann, und darum bleibst du daheim. Wenn du mal achtzehn bist und es verdauen kannst, kannst du deinen Namen ändern lassen!»

Für Dora war auch Friedfertigkeit bezeichnend, ein Kaninchen ist im Vergleich mit dir ein Tiger! pflegte Milan zu sagen, anfangs eine Liebeserklärung, erst später ein Vorwurf, mit dem er auch ihr scheues Kind erziehen wollte. Bis jetzt aber mußte Dora um nichts kämpfen, alles hat ihr Lächeln in Ordnung gebracht oder die Mutter geregelt. Darum hat sie auch damals stumm nachgegeben und dachte das Ihre dabei. Die Begeisterung des berühmten Jahres ist übrigens schneller verraucht, als sie aufgeflammt war, und Dora konnte nur staunen, wie die lautesten Erneuerer in ihrer Klasse plötzlich Hals über Kopf den neuen Machthabern hinten hineinkrochen. Da hat die Mutter unbestreitbar recht behalten. Sie selbst ging wieder einmal den schwierigsten aller Wege.

Da sie an dem Prozeß, der nunmehr Konterrevolution hieß, nicht teil genommen hatte, gehörte sie automatisch zum «gesunden Kern» der Partei, der von der Schraube der Repressionen nicht erfaßt wurde. Mit Hilfe des Namens, der wieder Klang hatte, versuchte die Mutter diesmal, die Ausschreitungen der Gegenseite zu verhindern. Noch ehe Dora das richtig einschätzen konnte, lernte sie Milan Čech kennen.

Eine Klassenkameradin vom Sprachinstitut, die er vernaschen wollte, bekam von ihm zwei Karten für den «Hamlet», und sie lud die von allen geliebte Dora ein, um ihre tolle Errungenschaft vorzuführen. Dora hatte das Stück schon vorher gelesen und gesehen, aus anderen Vorstellungen kannte sie auch den Darsteller, den Senkrechtstarter der Nachaugustära. Sein wie zerstreut wirkender Hamlet, außerstande, die uferlose Brutalität menschlichen Machtstrebens zu begreifen, sprach sie an wie bisher kein Mensch in ihrem Leben; sie hatte das Gefühl, er betrete direkt ihre Seele.

Obwohl sie von geselligem Wesen war, mied sie Premierenfeiern, sie wollte sich den Eindruck nicht damit verderben, daß sie Personen eines guten Stücks entzaubert sieht. Diesmal ging sie gerade deswegen hin. Sie wollte sich bestätigen lassen, daß zwischen dem Helden und seinem Darsteller Welten liegen und ihre Verzauberung ausschließlich dem Dänenprinzen galt.

Die Feier war schon längst feuchtfröhlich geworden, nur er kam und kam nicht. Doras Freundin Lada hat seinen Kollegen geglaubt, eine neue hätte sie ausgebootet, die ihn in seiner Garderobe abgefangen hat. So lag sie beschwipst kurz darauf in den Armen des Horatio. Dora verließ gerade den Club, als er eintrat, bleich wie der Tod. Ohne Hintergedanken fragte sie ihn, ob sie ihm irgendwie helfen könne.

«Bitte, bitte, ja», antwortete er, sobald er sie wahrnahm, «könnten Sie mit mir irgendwo eine Weile schweigen?»

Sie verstand das als Aufforderung, ihn in Ruhe zu lassen, doch er war schon mit ihr am Weggehen und wischte mit einer Handbewegung den Beifall weg, der jetzt zu seinen Ehren aufbrauste. Draußen hakte er sich bei ihr ein und führte sie zu seinem gelben kleinen Fiat um die Ecke.

«In allen Kneipen ringsherum sitzen jetzt diese fürchterlichen Leute, die alles auf der Welt in einen Brei zerkauen. Fahren wir ein bißchen durch die Luft, ja?»

Er brachte sie auf den Vyšehrad, sie machten einen Rundgang durch die verlassenen Schanzen der alten Festung, und er erzählte ihr von den Seinigen, die dort hinter der Friedhofsmauer lagen. So erfuhr sie, daß den Namen Čech eine andere berühmte Dynastie führte, von der sie noch nie etwas gehört hatte, obwohl sie seit Generationen die Bau- und Bürgermeister der Prager Bezirke Vinohrady und Vršovice stellten. Dann kletterten sie ein bißchen waghalsig den Felsen hinab zu dem Horymír-Sprung, wo er sein Sakko ausbreitete und ihr vorschlug, sich neben ihm zu lagern und ihren Kopf auf seinen Arm zu legen. So, während über ihnen die Sternenuhr langsam weiterlief, schilderte er ihr, wie er nach vergeblichen Versuchen, Architektur zu studieren, was ihm als «Millionärssöhnchen» nicht gelang, vor Verzweiflung bei einer Schmiere landete und bis zum Ende seiner Tage in Klattovy versauert wäre, hätte es da nicht eine gewisse Ähnlichkeit mit einem von den Deutschen hingerichteten Parteihelden gegeben, über den gerade ein Film gedreht werden sollte.

«Sobald ihr mir einen Kommunisten liefert, der dem Fučík nur halb so ähnlich sieht, kriegt er die Rolle!» erwiderte der Regisseur und Staatspreisträger listig auf die heftigen Einwände der ewigen Kaderreferenten, «bis dahin hat sie der Čech».

Er durfte spielen, und es ist ein ganz anständiger Film entstanden, der jedoch vor allem deshalb ein Erfolg wurde, als sich herumgesprochen hatte, daß darin ein junger, sie soll entschuldigen, daß es so eitel klingt, aber so war es eben! Gerard Philippe spielte; auch Dora hat es damals so gehört, sich den Film aber gerade deswegen nicht angeschaut. Nach einem Jahr übernahm ihn das Nationaltheater, was ihm, gab er vor ihr zu, so in den Kopf stieg, daß er eines Nachts da oben die Friedhofsmauer überkletterte und seinen Ahnen aus seiner ersten Rolle rezitierte, woran sie ihn heute glücklicherweise hindere.

Vieles hat er von sich preisgegeben in dieser Nacht seines Triumphs, und ihr gefiel, daß er von sich selbst kritisch zu erzählen wußte, und auch, daß er die Situation nicht zu anderen Vertraulichkeiten ausnutzte, die das Einzigartige der Nacht nur zerstört hätten. Er schlief für eine Weile neben ihr ein, und sie verliebte sich offenbar währenddessen: Sie wurde unglücklich bei der Vorstellung, ihn bald wieder zu verlieren.

Als er sie mit seinem gebrauchten Fünfhunderter vor das Haus fuhr, nahm er ihre Hand in die seine und sagte.

«Dora, ich habe bis heute keine Frau getroffen, die gleichzeitig so schön, so gescheit und so gutherzig wäre. Und darum möchte ich Sie, noch bevor die schlechten Kritiken erscheinen, schnell fragen: Möchten Sie mich nicht heiraten?»

Sie faßte das als Scherz auf und erwiderte im gleichen Ton, sie würde, falls die Kritiken tatsächlich schlecht sein sollten... Sie schlief mit dem Gefühl ein, daß dieses theatralische Kompliment die einzige Taktlosigkeit war, die ihm unterlaufen ist, leider... Am übernächsten Morgen kam ein Brief, in dem er seine Frage wiederholte, wie er schrieb, in gebührender Form. Sie gab ihn verwirrt der Mutter zu lesen und war unangenehm überrascht, wie eben diese Worte deren Unwillen erregten. Sie versuchte vergeblich, ihr zu erklären, die Rückkehr zu alten Manieren sei eine Reaktion der Jungen auf die Ära der verlogenen Volksbiederkeit.

«Ein Herrschaftssöhnchen!» so urteilte die Mutter, «aufgeblasen, verwöhnt und egoistisch. Halt ihn dir vom Leib, sonst zahlst du schrecklich drauf.»

Vom Leib aber hielt sie seltsamerweise er, obwohl sie ihm bald nichts verweigert hätte. Bereits beim zweiten Rendezvous erklärte er ihr, warum er sie erst in der Hochzeitsnacht lieben möchte.

«All die Mädchen und Weiber, die mich für sich ausgesucht haben», erklärte er, als hätte er über sie auf der Bühne ein Todesurteil zu fällen, «waren nur bessere Flittchen. Du bist eine Königin! Dich habe ich für mich ausgesucht, und darum mußt du wissen, daß es da für mich einen Unterschied gibt.»

Dieser Satz hat sie in den siebten Himmel gehoben, als höchste Auszeichnung, die er ihr verleihen konnte. Erst später, in Situationen, in denen die gleichen Worte die Nichtigkeit seiner Untreue beweisen sollten, wurde daraus eine immer peinlichere Phrase.

Obwohl sie seinen Besuch bei ihrer Mutter lange mit ihm geprobt hatte und er versprach, sich dabei noch klassenbewußter zu benehmen als der selige Fučík selbst, kam es dennoch bereits nach einer halben Stunde zum Streit. Die Schuld lag eindeutig bei der Mutter, die alle ehemaligen Bürgermeister der Prager Gemeinden Lakaien kapitalistischer Blutsauger nannte.

«Gnädige Frau», erwiderte er, sich aus dem jungen Kommunisten in Büchners Camille Desmoulin unter der Guillotine verwandelnd, «meine Leute haben dieser Stadt gewiß besser gedient als die Ihren, die hierher Tyrannen, Henker und Panzer gerufen haben.»

Nach ihrer wütenden Tirade, die er höflich zu Ende angehört hat, gab er ihr mit der Eleganz eines Mercutio, den er bereits in Klatovy spielte, den letzten Stoß, als er sich erhob, sich verbeugte und sagte.

«Alles, was ich noch bei Ihnen einklagen könnte, verblaßt vor dem Geschenk, das Sie Böhmen und mir mit Dora gemacht haben.»

Er küßte Doras Hand und ging.

«Was für ein Recht hat er», schrie die Mutter noch lange danach, «in unserem Nationaltheater aufzutreten?»

Als Dora begriff, daß die Mutter dabei war, zum erstenmal ungerecht zu handeln, verwandelte sie sich vom Kaninchen zum Tiger, für dieses eine Mal.

«Wenn ihr es damals auch noch so gut gemeint haben solltet, Mami, eure Wahrheit hat eine Unmenge Menschen ins Unglück gestürzt. Schadet sie jetzt auch ihm, wirst du nie mehr von mir hören.»

Sie versöhnten sich freilich, aber der Zustand früherer Vertraulichkeit kehrte nicht wieder ein. Zur Hochzeit kam die Mutter, sprach über nichts und wieder nichts mit der Elite des tschechischen Schauspielertums, der sie nicht verzieh, wie feige sie in der Krisenzeit die Partei verließ; sie begrüßte sich freundlich mit den überraschend alten Eltern des Bräutigams, die Jahrzehnte der Ungnade zu einem mit allem versöhnten Rentnerpaar plattgewalzt haben und die nun über den unerwarteten Erfolg ihres späten Sprosses mehr Furcht als Freude empfanden. Zu Milans Premieren ging sie grundsätzlich nicht. Eine Wiederannäherung bewirkte erst Petřík, ihr Peterchen.

Auf das seltsam verschlossene Kind übertrug sie alle Liebe, die sie früher für die Tochter empfand. Milan sah das nicht gern, und seine Ausfälle gegen die Schwiegermutter haben längst jegliche Eleganz eingebüßt. Je mehr sich die Streitigkeiten mit Dora häuften, die er selbst provozierte, ich kann deine waidwunden Augen nicht mehr ertragen! um so verletzender wurde das Vokabular, mit dem er ihr bewies, woher sie wohl diese völlige Unempfindlichkeit hatte gegenüber den «innersten Antrieben eines Künstlers, der täglich in das Tiefste des menschlichen Seins hinabsteigt», wie er es kurz davor in einem Interview formulierte.

Dennoch, allen Eskapaden mit Kolleginnen und Verehrerinnen zum Trotz, liebte er sie offensichtlich über alles. Während der neuneinhalb gemeinsamen Jahre kniete er dreimal vor ihr und hat echt geweint, als er sie beschwor, ihn nicht zu verlassen, er könne vielleicht ohne gelegentliche Sinnesverwirrungen Theater nicht spielen, doch ohne sie könnte er überhaupt nicht leben, Untreue ist etwas wie ein Schnaps im Stehen, du bist ein feierliches Gefolge! Und er war es, der sie darum bat, Petřík für ein paar Tage bei der Mutter zu lassen, und schleppte sie dann Nacht für Nacht, ja sogar zwischen den Proben, durch die Kneipen und über die Hügel rings um Prag wie am Anfang ihrer Liebe.

Jeder neue Verrat hat sie dann um so mehr getroffen.

Der letzte so tief, daß sie bereits ihre Koffer gepackt hatte und sich die Kraft zumutete, den schlimmsten Weg anzutreten: Zurück zur Mutter, die sie vor ihm gewarnt hatte.

«Du hältst mich hier nur noch aus Eitelkeit!» mit diesem einen Satz machte sie Schluß mit ihm, «und das ist gemein!»

Er brauchte eine ganze Nacht, bis er ihr verächtliches Schweigen durchbrach. Wie immer schloß er die Wohnung ab und nahm die Schlüssel an sich, bis er sicher sein konnte, die Herrschaft über sie wieder gewonnen zu haben. Diesmal kam er ihr mit einem ganz neuen Vorschlag: Er lebe hier in der Gefangenschaft eines Stereotyps! er wiederholte dieses Wort unentwegt, als hätte er es soeben entdeckt, sein Leben bewege sich in einem abgeschlossenen Kreis und so stürze er immer wieder in die gleiche Falle.

Überdies deprimiere es ihn, in der ewigen Lüge zu leben: Gerade wollte man es von ihm schriftlich haben, daß er für die Kandidaten der Nationalfront stimmen wird, es würde genügen, wenn er ein paar unschuldige Sätze über Frieden und Kinder unterschreibt, die ein Journalist für ihn zusammenbastelt, Sie waren doch damals, es klang drohend! so plötzlich erkrankt, als die Künstler den Protest gegen die verräterische Charta 77 unterschrieben, höchste Zeit also, sich wenigstens jetzt zum Sozialismus zu bekennen! Zum Kotzen, aber wenn er ablehnt, verliert er die wenigen klassischen Rollen und wird nur noch jede Scheiße spielen müssen. Nein! er ist dafür, auch ihretwegen, sich von alldem mit einem Schlag zu befreien: Weg nach Amerika!

Jawohl! Sein ganzes Leben lang lernte auch er Englisch, ganz für die Katz, jetzt könnte es das Pfund sein, das ihm Zinsen bringt. Er ist im Christusalter, wo man entweder bis zum Tod unter dem Kreuz bleibt, oder man rafft sich zu einer Tat auf. Im tschechischen Theater kann er nicht mehr werden als die Nummer eins, also bleibt ihm nichts anderes übrig, als sich auf den Weltbühnen zu versuchen, was so manche heimische Schauspieler probierten, aber keiner hat es geschafft. Er aber, mit ihr gemeinsam! er schafft es, ja mehr noch: Diese Aufgabe wird sie beide zwingen, zu den Quellen ihrer Beziehung zurückzukehren, während Petřík in einem freien Land heranwächst.

So redete er und bat und bettelte, und nach langer Zeit weinte er wieder, bis sie die Koffer auspackte, vor allem aus Rücksicht auf Petřík, den Milan nicht einmal zur Schule gehen ließ und der mucksmäuschenstill in seinem Zimmer saß… ein Kaninchen ist im Vergleich mit ihm ein Tiger, dachte sich Dora mit zärtlicher Wehmut und kapitulierte von neuem. Diese verrückte Idee nahm sie ebensowenig ernst wie seine anderen Versprechungen und schöpfte neue Kraft für die nächste Runde.

Dann aber erschien der Artikel, dem er schließlich zustimmte, leider gerade dann, als man einige kritische Künstler in den Knast schickte. «Ich gehe zur Wahl», schrieb man für ihn, «damit mein kleiner Sohn ein glückliches Leben im Sozialismus führen kann.» Die Sympathien, deren er sich bislang fast uneingeschränkt erfreute, verkehrten sich über Nacht in Spott und Zorn, er bekam ins Theater einen Stoß anonymer Briefe, und unbekannte Stimmen weckten ihn und auch Dora nachts aus dem

Traum, um ihn trotz ihrer Geheimnummer als kommunistische Sau zu beschimpfen. Dora sah ihn zum erstenmal wirklich leiden.

Sich erfolgreich zu wehren ging nur auf eine Art, die ihn im Handumdrehn auf die schwarze Liste gebracht hätte. Damals klammerte er sich an seinen Fluchtgedanken als einzige Rettung. Und Dora, die fast dreißig Jahre lang die Heimat und die Geburtsstadt beinahe wie die Luft wahrnahm, die man überall atmen kann, erschrak plötzlich, ob sie nicht Geborgenheit gegen einen Trug im Labyrinth der Welt eintauschten.

Je näher der Tag ihrer Abreise «nach Bulgarien» kam, um so mehr wurde ihr bewußt, daß ihr die stillen Winkel der Gäßchen, der Blick aus dem Fenster, Geräusche, Gesichter, der Sonnenuntergang hinter dem gegenüberliegenden Dach, die Überfülle von Details, die sie früher kaum beachtet hatte, gefährlich ans Herz wuchsen; jetzt kamen sie ihr wunderschön vor, einzigartig und fast unentbehrlich. Dies alles, sagte sie sich, ist die Bühne, die uns formte, Milan und mich, keine wechselnde Scheinkulisse, sondern ein festes System von Wahrnehmungen, dem verdanken wir unser Denken und Empfinden. Wie wird sich ohne das alles Petřík entwickeln...?

Milan klammerte sich an die Vorbereitungen dieses Unternehmens mit verbissener Leidenschaft, so wie er sich in die schwierigsten Rollen stürzte. Während er zur Täuschung der Umgebung sich von Kollegen die Adressen von Privatzimmern in Bulgarien besorgte, dorthin schrieb und sogar eine Anzahlung schickte, büffelte er Tag und Nacht Englisch mit einem Walkman, der ihm die Lektionen ins Ohr trichterte. Ab und zu wechselte er die Kassetten, um Neugierige mit klassischer Musik irrezuführen. Er ließ im Kino keinen amerikanischen oder englischen Film aus, studierte die Technik berühmter Kollegen, deren Duktus und Gestus, wie in früheren Zeiten hielt er dabei Dora im Arm, drückte sie bei eindrucksvollen Szenen an sich und flüsterte dann beschwörend.

«Und doch sitze ich da nicht auf der Ersatzbank.»

Anders als bei den Theaterproben, wenn er sich ihr durch die immer näher kommenden Premieren mehr und mehr entfremdete und fast unzurechnungsfähig wurde, erlebte Dora diesmal, wie er sich beruhigt und zu ihr zurückkehrt, wie er wieder zu einem Ratgeber wird, zum Partner und Freund, zur Stütze und Liebe.

Darum erhob sie keinen Einwand, darum belästigte sie ihn mit keiner ihrer Sorgen und weiblichen Ängste. Sie dachte darüber nach, wie man mit drei Koffern Sommersachen möglicherweise auch durch den Winter kommen könnte, sie lernte zu Englisch auch noch Deutsch, überschüttete das Kind mit übermäßiger Zuneigung und versuchte, die Angst zu unterdrücken, ohne ein Abschiedswort, das sie nicht riskieren durfte, ihre Mutter bald verlassen zu müssen.

Um dies zu bewältigen, nahm sie all ihr Vertrauen zusammen und setzte es auf ihn.

So sah sie nun sein Profil in der matten Spiegelung der Instrumente im Armaturenbrett, der Wagen entführte sie vom Unerträglichen ins Ungewisse, sie hörte einer leichten Vormitternachtsmusik zu, wie sie mit einem Rauschen der Ferne nach wie vor von Prag ausgestrahlt wurde, und wünschte sich, dieser Augenblick möge nie enden. Seine Augen, durch Hunderte von Kilometern ermüdet, haben den Ausdruck ständiger Wachsamkeit verloren und sahen verwundbar aus... wie damals im Hamlet, erinnerte sie sich. Als hätte alle Trauer der Jahre sie plötzlich zugeschüttet, verspürte sie eisiges Erschrecken. Was erwartet uns? Da trat er heftig auf die Bremse.

«O nein...» sagte er, statt sich zu entschuldigen, fast flüsternd.

Dem Škoda saß auf der engen südungarischen Straße, die sich da vor ihnen nach Westjugoslawien bog, eine riesige Eule gegenüber. Unbeweglich, mit spähenden Augenschlitzen, die direkt auf sie gerichtet waren. Irgendwie sah sie wie ein Polizist aus, der gerade den Verkehr stoppt.

«Was ist das...?» sagte der Schauspieler, verstummte aber gleich.

Ein paar Meter hinter dem Vogel begann eine Herde Wild die Straße zu überqueren. Zwischen den Ricken stolperte ein Zug Kitzen auf Wakkelbeinchen dahin.

«Petřík, schläfst du?»

Das Kind hat sich sofort gemeldet.

«Nein, Papi.»

«Siehst du es?»

«Ja...»

«Schau doch, du siehst das vielleicht nie wieder! Ein wahrhaftiger Sommernachtstraum!»

«Ja, Papi...»

Der immer wie verscheucht klingende Ton des Sohnes, der ihn so oft reizte, denn er sehnte sich nach einem Kumpel, wie er selbst es war, hat ihn in diesem Augenblick seltsamerweise berührt. Es wurde ihm klar, daß er sein Kind aus vertrauter Umgebung ins Unbekannte fährt, von dem auch er nur eine papierene Vorstellung hat. Das ferne Prag hat ihm zum letztenmal geholfen, als es jetzt die Nationalhymne brachte. Er schaltete ab, ohne einen giftigen Kommentar, den er schon auf der Zunge hatte, er spürte, daß das seltsame Genre dieser Szene keine Plumpheit verträgt. Dem Jungen wollte er jedoch eine Freude machen.

«Weißt du, was ich dir versprechen kann, Petřík?»

«Nein...»

«Die längsten Ferien von allen deinen Kameraden. Freust du dich?»

«Ja, Papi...»

Als letztes erschien auf der Straße ein majestätischer Hirsch, vielleicht ein Sechzehnender. Er verharrte in der Mitte der Fahrbahn und schüttelte herausfordernd den Kopf gegen die Scheinwerfer. Der Fahrer hupte kurz. Daraufhin streckte sich das Tier, und aus seiner Kehle drang ein Ton, der sich von der Hupe wie die Posaune von der Klarinette unterschied. Die Eule flatterte unter schwerem Flügelschlag in die Dunkelheit. Der Hirsch gab ihnen nur noch einen abschätzigen Blick und verschwand mit einem langen, anmutigen Satz im Wald.

Der Schauspieler lachte endlich, zum erstenmal seit diesem Morgen, und fuhr wieder an.

Dora wandte sich nach links und stützte ihren Kopf zwischen der Polsterung der Vordersitze ab. So konnte sie mit der Linken Petříks Finger fassen und die Rechte auf Milans Knie legen.

Meine Liebsten, flüsterte sie ihnen unhörbar zu, meine Lieben, ihr seid die Heimat, die mit mir reist.

II

DAS SCHMALE TOR ZUR WEITEN WELT

Der Tag

Dienstag, den 21. Juni 1983

Der Gärtner ist mit einem Wecker im Kopf auf die Welt gekommen. Schon die Eltern staunten darüber, daß es genügte, abends eine Uhrzeit zu nennen, und der Junge erwachte beinahe auf die Minute pünktlich. Obwohl er gestern schon um drei Uhr früh aufgestanden war, als er sich entschied, direkt von Klíčov zum Treffpunkt zu fahren, damit er Věra nicht unbeholfen anlügen mußte, wurde er auch jetzt wach wie gewollt: zwanzig vor zwei. Wie Lydia hat er vermutet, die ganze Reisegruppe befinde sich zu dieser Stunde in tiefem Schlaf. Sein Mitschläfer bestätigte das. Er lag auf dem Bauch, einen Kissenknebel im Mund und atmete sausend durch die Nase.

Geräuschlos in die Kleider zu schlüpfen war die Sache eines Augenblicks. Die Tür, das wußte er seit gestern, knarrte ein wenig. Er öffnete beim nächsten Schnarcher, trug rasch, wie er das am Abend ausprobiert hatte, den Koffer samt Stuhl auf den Gang und stellte die Lehne unter die Klinke, um sie zu sperren. Er lauschte. Das Führertrio im Nebenzimmer schlief ebenfalls fest. Er hob den schweren Koffer und eilte die Treppe hinunter.

Auch die Pianistin hatte keine Probleme. Ihre laute Zimmergenossin bot ihr gestern an, sie könnte ihr nachts gern auf dem Kopf herumtanzen, sie schlafe wie ein Ziegelstein. Die Decke, unter der sich ihr toupierter Kopf verkrochen hatte, verriet in der Tat durch nichts, daß darunter ein Lebewesen steckte. Die Pianistin war so aufgeregt, daß sie nicht einmal einnicken konnte: Sie schlug die Zeit tot auf eine altbewährte Art, die ihr über die Wahnsinnsnächte hinweggeholfen hatte nach dem Verlust von Ilja, als sie am stärksten der Gashahn lockte.

Auch heute wählte sie eine passende Komposition, Beethovens «Pathétique» in c-Moll, die Tonart der Schicksalssymphonie, und sie ließ vor der Netzhaut die Klavierpartitur ablaufen. Nach all den Jahren, als sie sieben Tage die Woche zehn und mehr Stunden täglich übte, brauchte sie weder Noten noch Tasten und Pedale, nicht einmal Finger und Fußgelenk mußte sie bewegen, und dennoch spielte sie. Und war sie mit einer

Stelle unzufrieden, wiederholte sie sie zum Umfallen oft, bis sie ihrer Vorstellung nahekam.

Als sie zu Ende war, ertönte stürmischer Beifall, wie ihr Gehör ihn bei dem letzten Konzert, das sie im Prager Rudolfinum noch geben durfte, dem Gedächtnis eingeprägt hatte. Sie schaute auf die Uhr: viertel zwei. Jede ihrer Bewegungen war überlegt, drei Minuten reichten, um sich anzuziehen und sich mit Koffer, Mantel und Stuhl auf den Gang hinauszuschleichen. Sie blieb also liegen und starrte das leuchtende Rechteck eines fremden Fensters an, teilnahmslos wie ein Papier ohne Botschaft.

Die letzten Jahre erschienen ihr, als stünde sie auf einer Felsebene, von allen Seiten durchweht. Der Wind der Enttäuschungen und Befürchtungen legte sich erst, als sie endlich den Panzerbalken passierte, geschmückt mit den Farben einer Nation, die ihn schon lange nicht mehr bedienen durfte. Den ganzen Tag über, während dem sie mit ihrem Liebsten nur verstohlen Blicke wechseln konnte, lebte sie in einem seltsamen Zustand der Gefühls- und Sinnenstarre. Als der Gärtner bei ihr zum erstenmal arbeitete, erklärte er ihr, Bäume kann man auch im Sommer verjüngen an bestimmten Tagen, an denen der Saft in ihnen zum Stillstand kommt. So fühlte sie sich jetzt selbst. Als hätte man in ihrem Leben eine Pause eingelegt, die Gönner und Kritiker hätten den Saal verlassen und ihr erlaubt, auf verdunkelter Bühne Atem zu holen.

Sie ahnte es: Sobald sie jetzt aufsteht, wird sie zum Spielball der Elemente, um so schlimmer, daß sie mit ihnen keine Erfahrung hat. Gerade darum hat sie die letzten Minuten zwischen den Stürmen ausgekostet. Liegend schwebte sie über ihrem Schicksal und schöpfte die Hoffnung, einmal ebenso weich wie auf diesem Bett auf dem neuen Planeten zu landen, wo sie all das vorfände, was der alte ihr verwehrte.

Um ein Uhr vierzig, fünf Minuten früher, als sie sollte, stand sie auf, zog sich an, trug den Koffer hinaus und kam zurück, um den Stuhl zu holen, mit dessen Lehne sie die Türklinke festkeilte. Vielleicht ganz überflüssig, das Mädchen schien aus der Welt zu sein.

Das Treffen ging vonstatten, wie es sonntags im Bauernhaus vereinbart wurde, wohin er unter dem Vorwand, heuen zu müssen, ausnahmsweise am Tag gekommen war. Seitdem sie die Flucht vorbereitet hatten, erschien er nur selten und erst am späten Abend; er versteckte seine Jawa im Jungholz vor diesem ehemals deutschen Dorf, das nach der tschechischen Armee Prager Urlauber besetzten, und kroch durch das Loch herein, das er sich in die Hecke geschnitten hatte. Und verschwand noch vor Morgengrauen.

Sie hat immer zu den Manipulierten gehört, frei war sie nur am Klavier, doch in dieser Beziehung mußte sie den Taktstock übernehmen, er war zu unsicher und gehemmt. Als sie es endlich glaubte, daß er ihr mit Leib und Seele verfallen sei, als sie die Zweifel überwand und sich für ein doppeltes Abenteuer entschied, ihr Leben mit einem vierzehn Jahre jüngeren Mann zu verbinden und mit der Flucht ins Ausland auch die letzte Sicherheit aufzugeben, ergriff sie die Initiative.

Wenn es sein mußte, konnte sie kühl denken. Das schwächste Glied ihres Plans blieb noch immer, seine Frau auszuschalten. Der Gärtner mußte für beide um ein Visum ersuchen und dem Schwiegervater andeuten, daß er Věra zum Geburtstag überraschen will. Es dauerte einige Abende, bis Lydia ihn überzeugte, darin keine Lüge zu sehen, bei der er gefährlich errötet wäre, sondern einen Akt der Notwehr gegen einen Menschen, der für ihn jahrelang «Überraschungen» parat hatte. Hat er ihr nicht etwa erzählt, wie seine Frau ihn jahrelang der Unfruchtbarkeit bezichtigte, ehe er per Zufall erfuhr, sie habe sich noch vor ihm nach drei Abtreibungen sterilisieren lassen?

Noch gestern, als er vor dem Bus die Gattin wegen Krankheit ungeschickt entschuldigte, starb sie vor Angst, das Unternehmen könnte bereits an der Grenze scheitern. Nein, über sie konnte man nichts wissen, im Garten rief sie ihn fälschlich «Herr Krůta!», doch es hätte gereicht, wenn sich der Polyp vor der Tochter verplappert oder sich von ihr verabschieden wollte. Die zwei Stunden, bevor sie den Zoll erreichten und abgefertigt wurden, waren schrecklich. Wäre mein Haar nicht schon gefärbt, sagte sie sich, ich wäre schlankweg grau geworden!

Dann also fuhren sie glücklich los, die Spannung in ihr ließ jedoch nicht nach; ich trage in mir, beschimpfte sie sich, den schäbigen tschechischen Hang zum Kapitulieren, mit dem die Politiker von rechts wie von links das einstige Volk der Hussiten angesteckt und verdorben haben! Sie hatte in der Tat Angst, der Staat könnte sie mit Hilfe einer seiner schmutzigen Tricks selbst von hier noch zurückholen, sollten sie sich vorzeitig verraten. Sicherheit sah sie erst hinter dem Tor einer Anlage für Flüchtlinge, die sich auf das Wort «Asyl» öffnete. Dorthin war es noch weit, der entscheidende Sprung wartete noch auf sie. Er maß lächerliche zwei Meter, sollte jedoch lebenslang Folgen haben.

Es freute sie, wie Václav handelte, er übernahm jetzt gänzlich das

Kommando. Schnellte ihr treppauf entgegen, nahm auch noch ihren Koffer und eilte mit beiden lautlos nach unten, als wären sie leer. Er warf sogar einen Blick hinter das Pult der nicht besetzten Rezeption und fand, was sie dort nie gesucht hätte: einen Stoß tschechoslowakischer Pässe. Die ihren herauszufinden dauerte keine halbe Minute, es gelang ihm noch, ihr siegesbewußt zuzulächeln, als er bereits das Fenster öffnete.

Er stellte die Koffer auf das Fensterbrett und sprang hinab. Gewöhnt, von den Ästen ins Gras herunterzuspringen, schlug er dabei mit den Nägeln seiner Wanderschuhe Funken aus dem Bürgersteig. Der Aufprall erscholl auf dem Stadtplatz wie ein Kanonenschuß.

«Schnell!» befahl er laut, es spielte jetzt keine Rolle mehr.

Nach und nach schob sie die Koffer über das Sims zu seinen Händen hinunter. Als er sie beide auf das Pflaster gestellt hatte, warf sie den Mantel nach samt Handtasche und kletterte selbst auf das Fensterbrett. Als bliebe die Zeit für sie stehen: Ruhig schaute sie auf die angestrahlten Portale der Renaissancehäuser, mitleidlos zerschnitten durch die modernen Ladenfenster, Geschmack, dachte sie sogar, könnten sie von uns noch lernen! auf die bunten Beete glänzender Autokarosserien und auf den Kirchturm, der unter den Nachtwolken segelte, die gewaltigen Uhrzeiger standen sieben vor zwei... da fehlt nur noch der Text GRUSS AUS..., sie verfiel in seltsame Euphorie.

«Mach doch, spring!»

Er stand darunter mit geöffneten Armen, und ihr kam noch in den Sinn, daß sie mit diesem Bild ziemlich gut sterben könnte. Vielleicht deshalb stieß sie sich ab und sprang so sorglos, so riskant, als hätte man da unten einen Federberg aufgehäuft. Ihr Liebster hat sie ebenso sicher und weich mit seinen starken Händen aufgefangen und auf den Boden gestellt, der nun für sie beide zur neuen Heimat werden sollte.

Der gelernte Koch, später der Zauberei verfallen, um seine herrlich wendigen Hände zu beschäftigen, bevor sie ihn zu fremden Taschen oder Safes verführen würden, lernte den leichten Hasenschlaf im Knast. Mit ihm in der Zelle schmorte ein Amokläufer, reif für die Klapsmühle; wann immer er sich in den Kopf setzte, man habe ihn gelinkt, versuchte er Mithäftlinge im Schlaf zu erwürgen. Und weil er kräftig war, half nur die Abwehr im Augenblick der Attacke.

Er wußte also, daß sich sein Kompagnon angezogen hat und aus dem Zimmer fortging, nur maß er dem keine Bedeutung bei: Die Toilette lag auf dem Gang. So versank er wieder in tiefere Gewässer des Schlafs. Nicht einmal der donnernde Krach von draußen sagte ihm etwas, erst die Rufe haben ihn aus dem Bett ans offene Fenster befördert. Er lehnte sich hinaus, riß die Augen noch rechtzeitig auf und sah, wie der durchtriebene Gärtner die fallende Frau auffing. Ein Blitzblick zur Tür: Der zweite Koffer fehlte.

Er geriet in Panik. Ventre Saint Gris! nicht mit der Konkurrenz zu rechnen, man sollte sich selbst eine herunterhauen! Er hätte sich nicht träumen lassen, daß dieser Niemand ein gerissener Komödiant ist. So blieb ihm nichts übrig, als die eigenen Siebensachen zusammenzupacken und ebenfalls raus aus dem Nest, bevor das Netz der Vogelfänger fällt. Angezogen war er in zehn Sekunden, das konnte er noch aus der Legion. Dabei schaute er rasch hinaus, um festzustellen, wohin die beiden verschwinden. Er erblickte sie in der Mündung der kleinen Gasse, die zu der Kirche führte. Darum also fragte mich der Halunke aus! Na gut, man nimmt dort auch einen Dritten auf! Er griff nach der Türklinke – und erstarrte.

Er rumpelte und drückte, umsonst! Hat ihn der Schuft hier eingesperrt? Dabei steckte doch der Schlüssel im Schloß! Verdutzt drehte er sich um wie eine Taube, bis er es herausbekommen hat: Der zweite Stuhl war weg. Der Scheißkerl! Und nun? Die drei Krüppel von nebenan wären imstande, eine Fahndung auszurufen... Moment! warum tigere ich so herum? Wir sind doch in Österreich! Ohne Paß jedoch, und vor allem: Er vermißte alles, was er vor einer Durchsuchung im Bus versteckt hatte, sozusagen im Schatten des Leuchters. Wie immer kam ihm in der Not eine Idee. Er begann an die Wand zu schlagen, hinter der in einem besseren Appartement, sogar mit Klo, die Busbonzen schliefen.

«Hallo», rief er, «hallo, Genosse Reiseleiter! Hallooo!»

Die uralten Wände waren noch nicht in den Genuß von Abdichtungen gekommen. So weckte er das halbe Hotel. Von nebenan kamen verwirrte Stimmen.

«Ans Fenster!» schrie er durch die Mauer, «macht das Fenster auf! Das Feensteeer!»

Schon klirrte im Nebenzimmer Fensterglas. Er beugte sich hinaus und sah den Reiseleiter samt dem Lehrer, der, da sein Toupet im Schlaf verrutscht war, aussah, als habe er ein drittes Ohr.

«Was ist los...? Was geht hier vor?»

«Sie sind verduftet.»

«Was...?»

«Was, was! Abgeschwirrt! Kurve gekratzt! Fliege gemacht! Futschikato! Merde, weg sind sie, abgesprungen, abgehauen, ich hab' sie gesehen.»

Die beiden von nebenan wurden jetzt von der speckigen Brust des Busfahrers beinahe aus dem Fenster weggedrückt.

«Wer?»

«Rada, der Gärtner, und mit ihm irgendein Weibsstück.»

«Wer war das?»

«Weiß ich nicht.»

«Das Hotel», der Reiseleiter bereitete sich sein Alibi vor, «ist doch abgeschlossen...!»

«Sie sind vom Fenster heruntergesprungen. Mit Koffern!»

Der Chauffeur hat seinen wahren Beruf nicht verleugnet. Er duzte ihn sogar.

«Der Rada, der wohnt doch mit dir zusammen!»

«Ja.»

«Wie konntest du ihn laufen lassen?»

«Er hat mich eingesperrt, diese Ratte, bevor er verduftet ist! Ich sitze hier fest!»

Dafür dankte er jetzt dem Himmel. Über und unter ihm öffneten sich die Fenster.

«Genosse Kozel», rief der Lehrer bereits aus der Tiefe des Zimmers, «Genossen, rein in die Hose, wir müssen sofort Maßnahmen ergreifen.»

In die Szene klang mit vier hellen und zwei dunklen Schlägen die volle Stunde. Von allen Leuchtschriften blieb als einzige die am oberen Ende des Stadtplatzes übrig: GENDARMERIE. Hier roch der Busfahrer seine Verbündeten.

«Wir übergeben das der Polizei. Die muß sie doch herausrücken!»

«Hast du spitzgekriegt, wohin sie rannten?» fragte der zermarterte Reiseleiter den eifrigen Informanten.

Strniště wußte noch aus dem Knast, daß der Judas am schlimmsten endet. Er hat seine Rolle erfolgreich gespielt, und darum hat er jetzt auf den unteren Teil des Platzes gezeigt.

«Dort! Dort! Eine Karre hat auf sie gewartet.»

«Was für eine?» fragte der Busfahrer, schon im Parka, «hast du dir das Kennzeichen notiert?»

«Nein, aber es war ein schwarzer Mercedes.»

«Na ja, dann war es der CIA», sagte der Spitzel routiniert, «die können wir vergessen!»

Als sie das Geschrei vom Hotel her hörte, verlor sie die Nerven und fing an zu laufen. Weil sie, seitdem sie zusammen waren, Absätze trug, um ihn durch ihre ansehnlichen Beine von den Falten um die Augen abzulenken, kam sie jetzt ins Stolpern. Er kriegte es mit der Angst.

«Liduška, spiel nicht verrückt!»

«Sie sind hinter uns her...»

«Sie können uns doch nichts anhaben! Du brichst dir noch das Bein.»

Atemlos erreichte sie das Gäßchen an der Kirche. Die Fußgelenke trugen sie fast nicht mehr, sie hat die Schuhe abgestreift, hielt sie fest und eilte auf Strümpfen weiter. Er hatte keine dritte Hand, so bemühte er sich, sie wenigstens mit Worten zu stützen.

«Das hätten wir geschafft, Liduška, beruhige dich doch!»

Links sah er das Beisl, in dem er abends mit dem Mann saß, der nun die Strafexpedition gegen sie zusammentrommelte. Rechts lag das Pfarrhaus. Er knallte die Koffer auf den Boden, er hatte selbst genug, und drückte die Klingel. Er hob den Kopf zum Kirchturm empor, ehe er begriff, daß er das engelartige Bimbam selber auslöste. Er glaubte nicht, daß dies jemanden wecken könnte, und so schellte er erbarmungslos weiter, bis er im Haus Schritte hörte. Dann faßte er Lída um die Schulter und drückte sie an sich.

Sie zitterte wie in einem Anfall von Schüttelfrost. Ihre Zähne klapperten. Er war kein guter Tröster, traute seiner Fähigkeit nicht, Gefühle in Worte zu kleiden. Seit dem Tag, als sie ihn mit der Musik bezauberte, hat er ihre intellektuelle Überlegenheit anerkannt. Er begriff natürlich, daß er sie als Mann für sich gewonnen hat, schon in der ersten Nacht vergaß er, sich je mit Věra geliebt zu haben, erst mit dieser Frau entdeckte er die Seligkeit der Leidenschaft. Sie schien wie er zu fühlen, stöhnte in seinen Armen, wie sie es bisher noch nie erlebte, schwor sie ihm. Als sie sich jedoch anzog, fand er sie wieder unerreichbar; er verstand nicht, warum sie sich mit ihm abgeben sollte.

Erst jetzt, als ihr Kopf an seiner Brust lag, höher reichte er nicht, und ihren schlanken Körper, dem sie durch Gymnastik und Hungerdiät seine Mädchengestalt zu bewahren suchte, ein Krampf schüttelte, begriff der Gärtner, daß er es ist, der ihrem Geist in der Not Kraft verleihen soll. Das hat ihn ermutigt.

Die massive Tür öffnete sich, eine alte Frau erschien, so kantig und mächtig, daß sie den Rahmen ausfüllte. Mit dem grauen Kopf voll ragender Haarwickel war sie ein prachtvolles Exemplar von Pfarrhausköchin. Forschend musterte sie das Paar mit Augen, die rasch wach werden konnten.

Die Pianistin kam wieder zu sich, ich bin ein Stehaufmännchen! sagte sie gern, wirft mich eine Ohrfeige nieder, bin ich so schnell wieder auf, daß ich mir die zweite selbst von der gleichen Hand hole. Sie machte einen Schritt auf die Frau zu.

«Bitte, entschuldigen Sie die späte Störung, wir sind...»

«Eben geflohen?»

«Ja!»

«Aus einer Busgruppe?»

«Ja...»

«Nun, kommt herein! Na, bitte schön! Ihr braucht ganz sicher einen Kaffietschko!»

Noch nicht gewöhnt, in der Umzingelung einer fremden Sprache zu leben, wurde ihnen verspätet bewußt, daß sie ihre Muttersprache hörten. Lydia staunte.

«Sie sind Tschechin?»

«Budweiser Ecke, aber nur von Mutterseite. Der Vater war Ungar und seine Eltern Serben. Ich bin... na, wie sagt man bei euch, Gehacktes?»

«Faschiertes...»

«Jawohl! Ein echtes österreichisches Laberl. Nur herein! Der Herr Pfarrer zieht sich schon an.»

Sie nahm ihr den Mantel aus der Hand und ging die breite Treppe voraus. Lydia erinnerte es hier an ehrwürdige Privatpensionen, die Margrit Prohaska ihr auf ihren Tourneen besorgte, nur daß anstelle eines Hausdieners ihr Liebhaber die Koffer trug. Der Salon in der Etage roch angenehm nach einer Mischung von altem Stoff und Wachs, hier müssen oft Kerzen gebrannt haben. Jetzt hat sie ein Lüster willkommen geheißen.

«Keine Angst vor dem Herrn Pfarrer», sagte die alte Frau, «er ist noch jung, versteht den lieben Herrgott mehr als die Welt. Aber wir werden es schon packen...!»

Hochwürden, durch die andere Tür kommend, ähnelte eher einem Studiosus aus alten Heimatfilmen. Die betonte Ernsthaftigkeit seines Auftretens verriet seine Jugend nur um so mehr. Nachdem er beiden die Hände sanft gedrückt und auf die Lehnstühle mit den gestickten Kissen gezeigt hatte, setzte er sich ihnen gegenüber, legte die Hände zusammen und lauschte, während in der Küche Geschirr klapperte, verschlafen dem Bericht von der Flucht; ständig nickte er dazu. Lydia hatte sich vor Ermüdung auf das Wichtigste beschränkt.

«Hat man euch drüben verfolgt?» fragte er dann.

«Ja. Ihm», sie zeigte auf den Gärtner, «hat man verboten, in die Kirche zu gehen, und ich habe seit langer Zeit keine Möglichkeit mehr bekommen zu konzertieren.»

Er machte eine so skeptische Miene, daß sie gereizt hinzufügte.

«Es gibt auch gewöhnliche Situationen, die ein Mensch unter normalen Umständen löst, indem er das Land wechselt. Und wenn man es nicht darf, muß er manchmal flüchten!»

«Welche Situationen haben Sie im Sinn...»

«Die persönlichen.»

«Ach so...» er schaute den Gärtner an, «durfte etwa Ihr Herr Sohn nicht studieren?»

Sie spürte ihr Erröten.

«Er ist ein Gärtner. Im Gegenteil, er hatte eine glänzende Stelle auf einem Schloß, und er ist nicht mein Sohn... so alt bin ich wieder nicht!»

Keiner hat gelacht. Der Pfarrer, weil er nicht begriff, Václav, weil er nicht verstand.

«Was sagt er?» fragte er in der Pause.

Er ahnte nicht, daß dies der Satz ist, den er von diesem Augenblick an immer wird wiederholen müssen. Sie wollte jedoch das Gespräch nicht komplizieren und antwortete darum ausweichend.

«Er interessiert sich...»

Verlegen lächelte er den Pfarrer an. Der suchte lieber nach einem anderen Thema.

«Wo haben Sie so gut Deutsch gelernt?»

«Wer gewohnt ist, Noten zu lernen, kommt auch bald mit Vokabeln zurecht. Und ich habe hier ziemlich viel gespielt.»

Sie erinnerte sich an Johann Christopher, der sie dazu brachte, deutsch zu schreiben...

«Seltsam, daß Sie so verschiedene Berufe haben, Sie und Ihr Mann.»

«Er ist auch nicht mein Mann.»

«Aha...» der Priester schüttelte verwirrt den Kopf, und die Gelenke seiner zusammengefalteten Finger wurden langsam bleich, sie verrieten das krampfhafte Bemühen des erwachenden Geistes, etwas zu begreifen.

«Er ist noch nicht geschieden!» sagte sie bewußt direkt.

Das hat ihm total die Rede verschlagen.

«Was hast du gesagt?» fragte Václav sie.

«Wie es mit uns beiden so aussieht.»

«Und was sagte er?» das wollte sein schlechtes Gewissen erfahren.

«Bislang nichts.»

Mit der Köchin trat ein starkes Aroma ein, das aus der Mündung einer Majolikakanne drang. Sie trug außerdem eine Platte mit dicken Kuchenscheiben auf.

«Der Kaffietschko ist da», verkündete sie, «der wird euch auf die Sprünge helfen. Dann nehmen Sie eine heiße Dusche, die bringt Sie in die Heia. Das Zimmer ist fertig», gab sie dem Pfarrer bekannt.

Lydia ertappte sich dabei, daß sie sich bereits amüsiert.

«Ich glaube», sagte ernsthaft der junge Herr, der erst in einigen Jahren zu der Größe seiner Lebensaufgabe finden sollte, «Frau Agnes, Sie richten besser noch ein weiteres Zimmer her.»

«I wo!» winkte sie mit der eben frei gewordenen Hand ab und wandte sich an den Gärtner, «ihr schlaft doch nicht getrennt, oder?»

«Nein...» gestand er und setzte gleich eifrig hinzu, «könnten Sie den Herrn Pfarrer fragen, ob ich morgen beichten darf? Ich durfte es so schrecklich lange nicht mehr...»

Als sie das übersetzte, sagte ihr Jüngling verlegen.

«Ich kann doch nicht Tschechisch.»

«Ich aber», sagte sie resolut, «der alte Herr Pfarrer läßt es zu, wenn es sich um Flüchtlinge handelt, und ich vergesse alles gleich wieder!»

2. ——— *Den selben Tag, 07.30*

Sie warteten etwa fünfzig Meter vor der Schranke. In der Morgendämmerung hatten sie bereits vorher auf einem Waldparkplatz angehalten, um sich nach der Nacht in Ordnung zu bringen. Auf dem schmutzigen WC floß wie ein Pißstrahl dünn das Wasser, sie konnten sich ein bißchen abspülen. Rasieren war nicht nötig, die Natur hat den Schauspieler mit einem Flaum ausgerüstet, den abzukratzen alle zwei Tage genügte. Bei seinem Beruf eine Himmelsgabe.

Dann gab Dora ihren Männern frische Hemden und ermahnte sie, sich nicht zu bekleckern, denn die nächsten versprach sie ihnen erst drüben. Dabei sah sie, daß ihr Mann wieder das Stieramulett von seiner Mutter um den Hals trug. Jetzt kamen die beiden Thermosflaschen dran. Den Kaffee leerte Milan selbst, den Tee teilte die Mutter mit dem Sohn. Das Salamibrot aus der Alufolie schmeckte wie frisch. Der Himmel leergefegt, und die leichte Brise versprach einen angenehmen Reisetag. Von seinen Tücken sprachen sie nicht.

Er kippte den Sitz zurück und schlief eine Stunde lang tief, während Dora und Petřík auf der nahen Wiese sich den Ball zuwarfen, leise, um den Schläfer nicht zu stören. Als er wach war, lud er den Sohn zu einem Konditionslauf ein. Es ärgerte ihn, daß der Junge allzuschnell zu schnaufen beginnt. Dora füttert ihn zu gut und verzieht ihn! Er war entschlossen, im Flüchtlingslager, in dem sie für einige Zeit zum bloßen Warten genötigt sein würden, mit ihm Sport zu treiben. Doch er hat ihm jetzt damit nicht gedroht und ihr nichts vorgeworfen. Er wollte vor der Schlüsselszene keinem die Laune verderben.

In dem jugoslawischen Zollamt, hinter dem die Welt begann, mit keinem Stacheldraht umzäunt, war nicht viel los. Höchstens drei Autos rollten gleichzeitig zur Abfertigung. Der Schauspieler studierte die lässige Art, mit der die Fahrer, alle Österreicher, die Hand aus dem Fenster mit den Pässen hinausschoben, die von zwei jungen Grenzern abwechselnd auf einem Tischchen vor dem Gebäude gestempelt und gleich zurückgereicht wurden. Die Amtshandlung endete mit einem Lächeln.

Das Problem bestand darin, daß ihre Pässe nicht die richtige Farbe hatten. Um die undichte Stelle in dem Zaun der riesigen Besserungsanstalt zuzustopfen, für die Milan das ganze «Lager des Friedens und des Sozialismus» hielt, hat man sich in Prag für Jugoslawien zweierlei Pässe ausgedacht. Die normalen grünen wurden Prominenten ausgestellt mit Ausreisevisum für westliche Länder, zu denen, pflegte Milan zu sagen, hat er sich noch nicht durchgehurt. Für den Plebs, der höchstens nach Rumänien Auslauf bekam, gab es seit neuestem graue Pässe, und die Jugoslawen haben sich nolens volens verpflichtet, ihren Inhabern den Transit ausschließlich ostwärts zu gewähren.

Zu ihrer Ehre haben sie sich daran nur halbwegs gehalten, selbst die skeptische Dora wußte von Freunden, die hier ohne Schwierigkeiten durchkamen. Es war nur schwer festzustellen, wo wer aus dem Käfig herausgeflogen war, das hat man hier vielleicht gern mißbraucht. In Prag sprach sich herum, es sei gut, den Paß in grünes Papier einzuwickeln, damit das verräterische Grau nicht so schreie und den Wohltätern die Hilfe erleichtert würde. Das grüne Papier fehlte natürlich im heimatlichen Warenangebot, zuletzt halfen Petříks Wasserfarben. Nun lagen die frisch eingehüllten Pässe auf Milans Schoß, aber er wartete noch. Dora sah, er ist aufgeregt wie vor einer großen Premiere. Sie versuchte, ihn auf eine ihm vertraute Art zu beruhigen: Unerwartet beugte sie sich zu ihm und deutete drei Glücksspucker über seine linke Schulter an.

«Hals und Beinbruch!» wünschte sie ihm.

«Man wird mir schon dazu helfen...» sprach er nach seinem Ritual, «schnell, tut so, als ob ihr schlaft! Beide! Allez hopp!»

Und wie immer verschwanden Magenkrämpfe, Herzklopfen und die Rotation im Gehirn. Er startete und stürzte sich auf die Bühne, um sie für sich ganz einzunehmen, wie das nur Milan Čech konnte.

Man ließ hier den Grenzbalken kaum herunter, er blieb auch nach dem Wagen vor ihm oben. Gleich war Milan dran, reichte dem jungen Offizier die Pässe mit der Lässigkeit eines Mannes, der so was täglich tut. Wie er sich schon immer mit jeder Rolle auch physisch zu identifizieren wußte, befiel ihn sogar ein Gähnen, das bei ihm, nur Dora war es bekannt, ein Zeichen höchster Erregung war.

Der Offizier stempelte die Pässe ab, wandte sich zu ihm, um sie zurückzureichen. Und wie in einem Theaterstück zog er die Hand zurück, schaute sich den grünen Umschlag an und nahm ihn auseinander. Graue Farbe kam zum Vorschein.

«Moment mal!» sagte er, hielt die Dokumente zurück und fuhr in irgendeiner der südslawischen Sprachen fort, «fahren Sie dorthin.»

Er zeigte auf die Abstellspur. Der Schauspieler kämpfte jetzt gegen die Versuchung, das Gaspedal, Pässe ja oder nein! herunterzutreten. Noch bevor er sein Gehirn von der Ehrfurcht vor den wertlosen Papieren zu befreien vermochte und dies dem Fuß übermitteln konnte, drückte der Soldat eine Taste, und die Schranke schnellte nach unten. Die Chance war vorbei, und er, sich selbst verfluchend, bog ab, wohin befohlen.

«Was ist los?» flüsterte Dora, die Augen zu.

«Er geht ins Zollhaus...»

»Warum...?»

«Wie soll ich das wissen!»

«Macht nichts», war sie bemüht, ihn zu beruhigen, «wir haben dich lieb, weißt du?»

Es half wenig. Er sah im Rückspiegel, wie der Sohn dahinten krampfhaft die Augenlider zusammendrückte, und dieser unbeholfene Gehorsam reizte ihn obendrein.

«Schau doch mal lieber normal zu, anstatt so blöd zu grinsen!»

Jetzt zwinkerte der Junge wie schwachsinnig mit den Augen, doch ehe der Vater ihn weiter einschüchtern konnte, sagte Dora besänftigend.

«Jetzt muß der Hunderter helfen...»

Ihre Bekannten sind auch durchgekommen, nachdem sie geschmiert hatten, und so schob Dora in der Frühe einen der Hundertmarkscheine, bislang im Schuh versteckt, unter den grünen Umschlag. Der zweite Grenzer fertigte lächelnd und salutierend immer neue Autos ab. Die Sekunden zogen sich hin, es fing schon an, heiß zu werden, aus dem Zollhausfenster klang jugoslawische Volksmusik. Eine sich endlos wiederholende Melodie ging dem Schauspieler auf die Nerven; seine Sinne befanden sich in Lauerstellung für den kommenden Auftritt.

Da war er! Ihr Offizier kam aus dem Gebäude mit einer höheren Charge zurück. Ein älterer braunhäutiger Mann mit albanischer Nase hielt ihre Pässe.

«Aussteigen!» befahl er, und als er sah, daß der Fahrer dies nur auf sich bezog, fügte er hinzu, «alle drei!»

Milan tat, als weckte er sie.

«Dora...! Petřík! Wir müssen aussteigen!»

Sie half dem Sohn, sich aus dem Gepäck herauszuschälen. In ihre Ohren prägte sich schmerzhaft das eintönige Musikmotiv ein, und ihre Augen brannten von den schrillen Farben der Wagen, die froh die Grenze der beiden Welten passierten. Ihr Herz verkrampfte sich. Wie vereinsamt sie hier waren, wie machtlos. Milan spielte mit Ausdauer weiter.

«Eine Durchsuchung? Soll ich den Koffer aufmachen...?»

Seine glaubhafte Sorglosigkeit wirkte nicht. Das Nashorn hielt eine kurze Rede.

«Sie haben die Vorschriften Ihres Landes mißachtet, die auch wir hier respektieren müssen. Ist Ihnen das klar?»

«Ich verstehe nicht...»

«Sprechen Sie Deutsch?»

Er war wie ein Papagei, selbst aus dem Deutschen hat er genug mitgenommen in der Zeit, als er den Fučíkfilm drehte; den Kommissar Böhm, einen Gestapo-Mephisto, spielte ein Kollege aus der DDR, sie wetteten damals, wer von wem mehr lernt, und Milan gewann turmhoch.

«Ein wenig», untertrieb er, um sich nicht in ein gefährliches Gespräch einlassen zu müssen; sein ausgezeichnetes Englisch verriet er nicht.

«Ihr habt nicht die richtigen Pässe», sagte ihm der Jugoslawe in gutem Deutsch.

«Was...?»

«Sie haben keine Pässe für den Westen. Die grünen. Die grauen gelten an diesem Übergang nicht.»

«Na, und...?» täuschte er Begriffsstutzigkeit überzeugend vor.

«Sie haben sich eines Vergehens schuldig gemacht. Wir müssen Sie bis zur Entscheidung Ihrer Behörden festhalten.»

Das gibt's nicht! Das Gehirn suchte hartnäckig nach einem Weg aus dieser Falle. Um Zeit zu gewinnen, verhedderte er sich im Deutschen.

«Ich verstehe nicht... Was müssen Sie?»

Der Mann legte seine Handgelenke bildhaft kreuzweise übereinander, es fehlten nur die Handschellen. Der Schauspieler erschrak, wie das nur Unschuldige schaffen.

«Warum denn?»

Der Offizier führte mit zwei Fingern einen Lauf auf die Grenze vor.

«Flucht. Flucht nach Westen! Husch, husch!»

«Westen?» Der Schauspieler pokerte ums Ganze. «Warum Westen? Wir nix Westen, wir Hungaria! Ungarn! Wir Praha! Prag!»

Der Mann hat hier so viele Schwindeleien erlebt, daß er darin unterrichten könnte.

«Dort nix Ungarn», er lachte ihn aus, «dort Österreich.»

Dann wurde er doch noch überrascht, als sich seine Geisel unerwartet zu der verträumt wirkenden Frau umdrehte und sie anschrie, um so überzeugender, als er das auf tschechisch tat.

«Hör mal, du bist so blöd, das hat die Welt noch nicht erlebt. Warum hast du mich hierher bugsiert, du blöde Gans?»

Er sah, daß er sogar sie überraschte, und brüllte um so echter.

«Meine Herren, da endet man noch im Irrenhaus. Sie soll mich nach Ungarn lotsen und bringt mich hierher! Ich probiere morgen, Probe! Nationaltheater, nix Österreich. Bin tschechischer Schauspieler!»

Sie haben's geschluckt, triumphierte er, als ihre amtlichen Masken von unwillkürlicher Sympathie ausgelöst wurden der Frau gegenüber, die auch in ihrem Erschrecken noch schön war. Petřík weinte bereits lautlos vor sich hin. Die Kindertränen brachten auch die Entscheidung. Der Ältere fragte.

«Wo haben Sie die Karte?»

Der Schock seines Kindes warf den Schauspieler aus dem Konzept.

«Was...?»

«Die Landkarte.»

Er kam wieder zu sich und schlüpfte ins Auto zurück. Sie lag hinter der Windschutzscheibe. Während Dora Petřík besänftigte, faltete der Offizier die Karte auf der Motorhaube auseinander und zeichnete mit einem dicken Bleistift die Strecke an, von hier zur ungarischen Grenze.

«Schleunigst!» befahl er dann, «nix rechts, nix links, schnurstracks gradaus!»

Er drohte ihm mit dem Finger wie einem Schuljungen und marschierte ins Zollhaus zurück. Der Jüngere, der von ihm die Pässe bekam, bedeutete jetzt dem Schauspieler, den Wagen umzudrehen.

«Steigt ein!» kläffte Milan die Seinen an, er mußte das Schmierentheater zu Ende führen. Er warf einen wütenden Blick auf Dora, lächelte dem Kerl ganz unterwürfig zu, der ihr soeben die verräterischen Dokumente zurückgab und dazu galant den Hunderter.

Kurz darauf hielt Milan an der ersten Stelle, an der er von der Grenze aus nicht mehr zu sehen war, und studierte fieberhaft die Karte.

«Wo kommen wir jetzt durch? Vielleicht sicherheitshalber erst bei der übernächsten Grenzstation, ich denke, sie haben's gefressen, glaubst du auch?»

«Petřík auf jeden Fall», sagte Dora.

«Er ist doch nicht so blöd, er kapiert, wann ich Theater spiele und warum! Hast du's tatsächlich nicht gemerkt?»

«Nein, Papi...» piepste das Kind gerade so, wie er es am wenigsten vertragen konnte.

«Manchmal hab' ich das Gefühl, du bist irgendwie auf den Kopf gefallen und hast es vor uns verheimlicht.»

«Nein, Papi...»

«Er braucht heute eher eine Aufmunterung...!» versuchte Dora ihn milde zu stimmen.

«Heute würde ich es vor allem brauchen! Und wenn ich mich nicht irre, war dieser Übergang hier deine Idee.»

Sie kannte seine Zustände uferloser Verbitterung, aus denen er sich mit krampfhaften Sprüchen und auch Taten freizumachen versuchte, was ihn bereits ein paar gute Rollen und Bekannte gekostet hatte. So stellte sie sich lieber auf seine Seite.

«Papa hat recht, wir müssen ihm heute behilflich sein. Es war nicht echt, weißt du. Er schrie nur so, damit die denken, ich bin schuld daran, und lassen uns frei, verstehst du?»

«Ja, Mami…»

Der Schauspieler beruhigte sich wieder und wußte sogar zu scherzen.

«Du solltest besser zu mir sagen: Gut gebrüllt, Löwe! Weißt du, woher das stammt?»

«Nein, Vati…»

«Ich hab' dir doch den Titel des Stücks gesagt, als wir in der Nacht die Eule und die Rehlein gesehen haben… na? Erinnerst du dich? Du hast es sogar gesehen: Ich war darin der Waldfürst Oberon.»

Als das Kind den Kopf schüttelte, sagte er ihm mitleidig vor.

«Der Sommer… Der Sommernacht… na?…»

Petřík erinnerte sich trotzdem nicht, was den Vater wieder verärgerte.

«Na, doch der Sommernachtstraum, Mensch. Du kannst dir aber auch gar nichts merken! Du wirst am Ende bei der Post landen.»

«Also, wo jetzt…» fragte Dora, um dem Jungen zu helfen.

«Was wo?»

«Wo wollen wir es jetzt versuchen?»

Er war wieder voll bei der Sache und stach entschieden mit dem Finger in die Karte.

«Überlaß das jetzt mir! Sicher ist sicher: Wir fahren bis hierhin nach unten!»

3. ———————————— *Den selben Tag, 08.00*

Der Schnitter kam aus dem Staatsgut auf dem Mofa an. Mit seinem Gerät über der Schulter, die Schneide in Plastik eingewickelt, kam er dem Korporal wie ein motorisierter Sensenmann vor. Er konnte um die Vierzig sein, beinahe zwei Meter groß, das mit einem Anker geschmückte T-Shirt war von Bizepsmuskeln aufgebauscht. Wer soll an der Grenze so ein Kraftpaket bewachen? Falls er Nahkampf kann, nicht einmal ich!

«Bei der Marine gearbeitet?» klopfte er ihn ab.

«Nää», verzog der Riese die Miene, «beim Zirkus.»

«Als was?»

«Als etwas Ähnliches wie Sie: Scharfschütze.»

Er wollte ihn wohl verarschen.

«Aha... und das gefiel Ihnen weniger als auf dem Staatsgut?»

«Gefiel oder nicht», erwiderte der entlaufene Zirkusmann, «es brachte keine Mäuse. Man wird da bezahlt wie in einem Kinderhort, so hab' ich drauf geschissen. Hierher wird man angeworben wie in die Fußballiga, sogar Trennungsgeld gibt's. Blöd, wer nicht zupackt.»

«Nicht einmal...» der Korporal hielt inne, dann sprach er doch weiter, «durchleuchtet wird man vorher?»

Der Mann hat ihn aus der Höhe spöttisch angeschaut.

«Warum denn? Möchte ich über den Fluß auf und davon, sind doch Sie da, nää?»

«Folgen Sie mir!» befahl der Korporal barsch, «ich führe die Belehrung durch!»

Er brachte ihn zum Pappmachémodell des Grenzabschnitts. Die Wiese unterhalb des Felsens lag in der Mitte. Ziemlich oft unter Wasser, blieb sie noch lange durchnäßt, Heu von dort war säuerlich, man hat es immer nur einmal gewendet, damit es ein bißchen trockne, und dann, halbverfault, verbrannt. Die Aktion fand ausschließlich aus Sicherheitsgründen statt: Im wuchernden Gras könnte sich eine ganze Rotte Grenzverletzer verstecken. Früher mähten die Soldaten selbst, bis die Abwehrfritzen von der Division zu meckern anfingen, darunter würde die Qualität der Grenzüberwachung leiden. Und jetzt schicken sie uns also Typen, die man erst recht bewachen muß!

«Die Wiese ist lang, doch nicht allzu breit. Wenn Sie früher gekommen wären, hätten Sie damit bis Mittag fertig sein können.»

«Arbeit hat keine Beine», kicherte der Typ, «sie läuft nicht davon.»

«Meine Freizeit aber durchaus. Ich sollte heute Ausgang kriegen.»

«Na, und? Ich mähe doch allein!»

«Sie haben anscheinend vergessen...» er zeigte auf den Alustreifen, der auf dem Relief den Fluß darstellte, «daß es hier eine Grenze gibt.»

«Die stehle ich doch nicht.»

«Es ist meine Pflicht, Sie darauf aufmerksam zu machen, daß Sie während der Arbeit nie die gedachte Linie zwischen mir und dem anderen Soldaten, der mitgehen wird, übertreten dürfen!»

«Eine kleine Arbeitsbrigade also? Einer mäht, und zwei andere schießen auf ihn?»

Den Korporal machte das Gewäsch schon sauer; der Mann hat ihn dazu gebracht, daß er jetzt schon wie ein Politoffizier daherredet.

«Wir tun hier auch unsere Arbeit. Nur daß sie eben keinen Kies bringt.»

«Erzählen Sie mir nicht, man kriegt hier keine Abschußprämien! Wieviel ist damals bei der doofen Nuß herausgesprungen, die ihr so mit Blei vollgepumpt habt?»

Er war nicht weit von der Wahrheit weg, darum stand es dem Korporal schon bis zum Hals.

«Würden Sie die Kurve kratzen, werde ich gezielt und ohne Warnung schießen, die haben Sie gerade bekommen. Unterschreiben Sie hier die durchgeführte Belehrung!»

Nachdem sich der Herkules mit einem Kopierstift in einer Kladde eingetragen hatte, verzog er sein Gesicht besonders bedeutungsvoll. Dir, du slowakischer Saukopf, meinte ihn der Korporal verstanden zu haben, dir haue ich noch ab, wann ich will, sogar mit deiner Knarre, schlimmstenfalls ziehe ich dir eins mit der Sense über! Sein Magen revoltierte jetzt gewaltig, als meldete er: Dieser Mann, der ist es! Der wird's tun!

4. ——— *Den selben Tag, 08.15*

Schlapp saßen sie über einem reichlichen Frühstück, bei dem ihnen die Lust verging, als sie erfuhren, dies sei der Abschiedsschmaus.

«Genossen», schloß der Reiseleiter, dessen inneren Zustand die rot angelaufenen Augen und der unrasierte Stoppelbart verrieten, seine Rede, «die erste Reisegruppe auf den Spuren der Arbeiterbewegung kann eine solche Niedertracht nicht einfach wegstecken, als wäre alles in Butter! Diese Schande wieder reinzuwaschen, das geht nur mit unserer sofortigen Rückkehr, um die positive Einstellung aller ehrlich arbeitenden Menschen bei uns zu den sozialistischen Errungenschaften dadurch zu demonstrieren, daß wir dem Kapitalismus einmütig den Rücken zeigen! Damit jeder hierzulande erkennt, Genossen, daß wir uns nicht blenden lassen! Wir stimmen darüber ab: Wer, Genossinnen und Genossen, dafür ist, soll die Hand heben...»

Erst jetzt wurde der Verkäuferin klar, auf was der Ochse hinauswill.

Sie wäre vorher nie auf die Idee gekommen, daß sich jemand so einen Blödsinn ausdenken könnte.

«Momeeent!» zog sie mit ihrer unverwechselbaren Stimme das Wort in die Länge, «wieso denn das? Ist doch bezahlt!»

Das Plenum, voll ähnlicher Befürchtung zitternd, blieb an ihr hoffnungsvoll mit den Augen haften. Der Reiseleiter blies sofort in sein Versammlungshorn.

«Genossin...»

«Havránková!»

«Ja doch! Es gibt in der Welt auch viel wichtigere Werte als nur den Mammon!»

«Was heißt hier Mammon? Dafür habe ich ehrlich geschuftet!»

Der Zauberer im Koch hat auf ein Wunder oder wenigstens eine Eingebung gewartet. Da war sie, und er fing mit einem Manöver an.

«Ich meine, Genossen, die Genossin hat recht. Die positive Beziehung zu den Errungenschaften des Sozialismus können wir am besten demonstrieren, wenn wir uns weiterhin dicht an die Spuren der hiesigen Arbeiterbewegung halten und keiner mehr abhaut!»

«Genosse Strniště, du meinst es gewiß gut, nur wer wird das so verstehen? Nein! Das Positive an seiner Einstellung kann jeder von uns bloß durch die Rückkehr demonstrieren, und ich gebe Ihnen hiermit mein Parteiwort, daß ich Ihnen allen, wie Sie hier sitzen, bald eine neue Ausreise verschaffe, und dann muß es nicht mehr die Arbeiterbewegung sein, sondern zur Belohnung etwa deine Kaufhäuser, Genossin Šafránková.»

Sie hat ihn nicht mehr korrigiert, sie erstickte vor Wut.

«Also: Wer ist nun mal dafür...?»

Josef Strniště wußte, was auch die anderen wußten: Bei diesen drei Lumpen handelt es sich nur darum, daß ihre eigenen Hintern weiterreisen können, und der Spitzel von Busfahrer wird ihn direkt an der Grenze zu einem Komplizen des Geflohenen erklären und ihm alles auf ewig versauen. Daß eben dieser Fettarsch beim Frühstück fehlte, sprach dafür, daß er irgendwo Unheil ausbrutete. Waren die Stasimänner zur Grenze unterwegs, um ihn dort dingfest zu machen? Seine Lebenserfahrung sagte ihm, daß der einzige Weg nach vorn im Augenblick rückwärts führt. So wechselte er sofort die Fronten und stimmte als erster dafür.

«Aber doch alle, nicht wahr?»

Daraufhin flogen die Hände hoch, bis auf die der Verkäuferin. Sie sagte in die Stille hinein:

«Du meine Omi, das darf doch nicht wahr sein...!»

Die Antwort auf diese Frechheit hat der Reiseleiter verschluckt, aber sie stand in seinen Augen. Fast alle hatten Kinder zu Hause, meistens ähnlich großmäulig wie diese Unglückskrähe, armes Mädel, sie tat ihnen leid, du kommst nie mehr raus aus dem Käfig. In die Gaststube platzte der Busfahrer.

«Fertig!» schnaufte er zufrieden und ließ sich zum Frühstück nieder.

«Hier war's einstimmig!» teilte ihm der Reiseleiter stolz mit, «sodann: Genossen, sobald Sie gegessen haben...»

Strniště schmiedete eifrig das Eisen, das er auszuglühen half.

«Aber vorher dürfen wir doch noch schleunigst ein bißchen Obst und ein paar Geschenke einkaufen, nicht wahr? Sollten wir mit dem Taschengeld wieder nach Hause kommen, würde man uns für total belämmert halten!»

Mehr als die noch vor kurzem zelebrierte Loyalität kam ihm jetzt zugute, daß sich das schwer geprüfte Kollektiv zu einem klangvollen Zustimmungsjubel durchrang. Der Reiseleiter begriff, daß er den Bogen nicht überspannen darf. Er zwinkerte dem Fahrer zu, und als er auf keine Ablehnung gestoßen war, ließ er locker.

«Klar. Sie haben eine Stunde Zeit.»

«Doch lieber mindestens zwei!» verlangte unerwartet eine dürre Frau am Nebentisch und erntete wieder allgemeine Unterstützung.

«Also, gut!» gab der Reiseleiter noch einmal nach; es wurde ihm leichter ums Herz, daß er das heikle Problem so gemeistert hat, er erinnerte sich, daß ihm seine eigene Frau eine lange Einkaufsliste mitgegeben hatte, und verwandelte sich in einen gütigen Vater, «dann treffen wir uns Schlag zwölf, dann muß sich niemand hetzen.»

Beifall wurde sein Lohn.

«Tja», fügte er noch hinzu, «unter diesen Umständen gilt natürlich: Vertrauen ist gut, Kontrolle ist besser. Ihre Pässe bleiben bis zur Grenze bei mir, und alle Koffer samt Mänteln ließ Genosse Dadák bereits in den Bus laden.»

Der Fahrer schenkte sich dabei mit einer Hand Kaffee ein, während die andere mit seinen Autoschlüsseln rasselte. Gespannt paßte der Zauberer auf, wohin er sie steckte.

Die uralte Tupolew der Tschechoslowakischen Aerolinien landete in Wien-Schwechat beinahe pünktlich. Die kleine Delegation des GLASIMPEX, auf die präzise vorbereitete Verhandlungen warteten, mit einem Weekend in Salzburg gewürzt, war jedoch nicht frohen Muts. Obwohl sie in azurblauer Luft wie in einem Fauteuil saßen, wurde ihrem Chef gleich nach dem Start übel. Er versuchte den Magen mit tiefen Atemzügen zu beruhigen, als aber das Frühstück kam, konnte er doch nicht widerstehen. Den Rest der Reise verbrachte er auf dem WC.

Seine drei Begleiter, die den Ausflug bereits auf dem Prager Flughafen mit einem doppelten grusinischen Kognak gefeiert hatten, gingen inzwischen ihrer guten Stimmung verlustig. Sie fürchteten, schon heute den Vertrag zu unterschreiben und gleich danach zurück zu müssen. Mit ihm, das wußten sie, waren sie überflüssig, ohne ihn verloren. Selbst in der Branche, wo man sich gegenseitig nicht einmal das Schwarze unter dem Nagel gönnte, konnte man kaum bestreiten: Es war vor allem das Verdienst des Ingenieurs Karel Markalous, Erfinder und Organisator, daß es mit dem technischen Glas nicht auf das gleiche hinauslief wie mit so vielen tschechoslowakischen Erzeugnissen, einst weltberühmt und heute hoffnungslos hinterm Mond.

Er war einsame, die Dunstglocke der Mittelmäßigkeit durchstoßende Spitze, und manche ahnten, um wieviel größer er noch sein könnte, hätte er nicht sein Glas unter die Füße der heimischen Elefanten blasen müssen. Darum duldete man bei ihm sogar, was anderen das Genick brechen würde, hauptsächlich seine Weibergeschichten. Zum Glück hat er nie jemandem eine abspenstig gemacht: Ihn zogen vor allem Geschiedene und Witwen an, in dem Alter, in dem auch Frauen, wie er sich vernehmen ließ, den besten Weinen ähnlich, Reife erlangen.

Er wußte Technologien zu erfinden, die es den veralteten Glaswerken möglich machten, im harten Wettbewerb mit Amerikanern und Japanern zu bestehen. Außerdem verstand er die Trends des Weltmarkts und war als einziger imstande, gute Verträge mit den richtigen Partnern zur rechten Zeit abzuschließen. Daß er mit dieser Gottespfründe in Böhmen blieb, wo sie nie geschätzt werden konnte, überraschte trotzdem nicht. Man wußte, daß er außer seinen Heißgeliebten, die ihn eben aus diesem Grunde rasch zu verlassen pflegten, nur das Glas liebt.

Sobald ein neuer Gedanke ihn überfiel, war er gern bereit, sich mitten in der Nacht ins Auto zu werfen und einen Glasschmelzer, den er gerade nötig hatte, aus dem Ehebett zu holen. Er wußte es aber reichlich zu belohnen, und die Glasfabriken konnten sich auf neue Bestellungen freuen, so daß ihn niemand dorthin trat, wohin man jeden anderen längst getreten hätte. Dies, wiederholte er jahrelang vor ausländischen Abwerbern, würde man ihm nirgendwo in der Welt erlauben, überall geht es nur ums Geld, allein in der Tschechoslowakei weiß man trotz allem noch immer, daß Glas eine Seele hat. Nur dem Glas zuliebe ist er in die Partei eingetreten, damit er studieren durfte; mit dem Glas hat er sich auch in jenem stürmischen Jahr 68 beschäftigt, als die anderen nur noch Politik kannten, das Glas hat ihn sein Leben lang beherrscht und in den tristen Jahren der «Normalisierung» sogar geschützt.

Auch heute kreuzte er durch die Luft wie die erste Taube nach der Sintflut: Durch seine Unterschrift sollte er eine neue Ära einleiten. Hartnäkkig setzte er für das führende tschechische Glaswerk eine perspektivenreiche Kooperationsform durch, mit der größten Firma, die sich in Österreich mit der Entwicklung und Herstellung von hochqualifiziertem chemischen Glas beschäftigte. «Joint-venture» hieß die Zauberformel, die den Landsleuten eine stattliche Devisenspritze versprach: Sie sollten Glas nach Maß, noch dazu mit Seele liefern, während die draußen Aufträge und Rohstoffe sicherten.

Obwohl die österreichische Firma zu den verstaatlichten Betrieben gehörte und für die Tschechoslowakei den Vertrag eigentlich ein Stellvertreter des Ministers unterzeichnen müßte, haben alle die Finger davon gelassen: Man wußte nicht, was die Sowjets für ein Gesicht machen würden. Schließlich hat man es zu einem Experiment erklärt, Markalous wurde zum Direktor einer Sonderabteilung ernannt, und man beschloß, er sollte allein unterschreiben.

«Ein Wirtschaftsexperiment auf tschechisch», scherzte der Beförderte bitter, «ist wie ein Versuchstaxi, das, um die berühmte Effizienz des Londoner Taxidienstes zu testen, durch Prag unter Einhaltung aller Rechtsregeln links fahren soll!»

Daß man ihn aber so unverfroren zum Abschuß vorgesehen hatte, sicher bei dem ersten «Verkehrsverstoß», leitete eine wichtige Veränderung seines Denkens ein, was seiner Umgebung entging: Zum erstenmal stellte er sich die Frage, weshalb er hier eigentlich für eine Bande feiger Nichtskönner schuftet. Zu jener Zeit hat er Gerda kennengelernt...

«Genosse Ingenieur», flüsterte eine Stimme in sein Ohr, «wir landen...»

Er wußte von sich, daß er ein schlechter Schauspieler ist, wenigstens haben ihn die Frauen immer schneller durchschaut als er sie; nachdem er sich entschieden hatte, heute Übelkeit vorzutäuschen, verbrachte er den halben Flug lieber in der Toilette versteckt. Auch jetzt nickte er nur und hielt die Augen weiter zu.

«Geht es Ihnen ein bißchen besser?»

Er nickte matt. Štrasmajer mußte sich vor Angst winden, bei dem Gedanken, die Verantwortung für die Verhandlungen müsse er übernehmen. Obwohl er mit Rücksicht auf die Wiener Partner Markalous nur vertreten durfte, stand er zu Hause als Stellvertreter des Direktors einer staatlichen Exportgesellschaft und als Mitglied des Parteistadtkomitees hoch über ihm. Über Joint-ventures wußte er, so seine Mitarbeiter, nur soviel, daß es sich nicht um ein Kap von Afrika handelte. Die Aussicht, Markalous ersetzen zu müssen, versetzte ihn in Panik, um so mehr, da ihn gleich zwei Zeugen im ganzen Fachbereich unmöglich machen könnten.

«Vielleicht wäre es am besten, das erste Treffen auf morgen zu verlegen, damit Sie im Hotel wieder auf die Beine kommen können... oder vielleicht gleich auf übermorgen?»

Dieser Einfall war ein Kind des Gedankens, aus der Schlinge herauszuschlüpfen und sich noch den Ausflug zu verlängern. Markalous beließ ihm die Hoffnung; er nickte nochmals. Als sie ausrollten, angelte Štrasmajer erbötig nach Markalous' Aktenkoffer, vergeblich natürlich: Drinnen lag der Schlüssel zu «Jenseits», wie Markalous ironisch und nostalgisch den Westen gern nannte. Er behielt als Talisman auch seinen abgetragenen englischen Überzieher an, erlaubte jedoch dem Jüngsten des Trios, auch seinen Koffer vom Transportband zu nehmen und ihn neben eigenes Gepäck auf den Kuli zu stellen. Währenddessen drückte er sein Taschentuch an den Mund, um sich laienhafte Mimik zu ersparen. Er kam sich schon wie ein Läufer vor dem Startschuß vor, wie er sie manchmal auf dem Bildschirm sah.

Als sie durch den Zoll die Halle betraten, erblickte er das miteinander plaudernde Empfangskomitee der Österreicher eher als sie ihn. Das kam ihm gelegen. Ganz plötzlich bat er Štrasmajer.

«Begrüßen Sie sie und entschuldigen Sie mich inzwischen, ich verschwinde mal kurz zum Klo!»

Er überließ die drei ihrem Schicksal und strebte eilig der Treppe zu, die nach unten rollte. Dort ließ er das Spiel mit dem Taschentuch sein, es war ihm schon alles egal: Er brach aus dem Startblock aus. Und aus dem gesamten Ostblock.

Die Flucht dauerte keine Minute. Er lief ganz gezielt, kannte sich hier aus, die Strecke hatte er sich wochenlang vorgestellt, wenn er vorm Einschlafen an Gerda dachte. Er ließ das WC links liegen und schoß durch den Betonärmel Richtung Parkhaus. Er riß die Stahltür auf und war in einem riesigen Raum, einem von denen, die in ihm hier im Westen die beklemmende Vorstellung der Welt nach der Bombe hervorriefen. Die Betondecke lag nur so hoch, daß darunter ein Lieferwagen durchkonnte. Einige lange Sekunden suchte er im fahlen Licht der Neonröhren ihren flotten Sportwagen. Dann quäkte eine Hupe das altvertraute Signal.

«Should all acquaintance be forgott…»

«Abschiedswalzer», wurde es in Prag genannt, jetzt aber war es eine Begrüßungsfanfare. Aus dem feuerroten Porsche stieg eine feuerrothaarige Frau in feuerrotem Kleid aus. Sie machte ihn schon auf die Entfernung hin glühend. Er roch das bekannte Parfüm, es betäubte ihn wie Opium. Schon in ihren Armen hörte er die verlockende Stimme flüstern.

«Karel… ach, Karel!»

«Gerda…!»

Und mit der tschechischen Verkleinerung, die sie so liebte.

«Gerdička…»

Die Herrengesellschaft trank an der Bar Kaffee und besprach die neuesten Ergebnisse des europäischen Fußballs. Damit war Štrasmajer mit seinem Deutsch am Ende. Als ihm klarwurde, daß ihn seine beiden Untergebenen mit ihrem bedeutungsvollen Schweigen ins Dauerabseits stellen möchten, hat er ihnen das vermasselt: Er brach selber in das Unterirdische auf, um sich als teilnahmsvoller Samariter zu erweisen. Nach einer Weile kehrte er zurück, und in seinen Augen stand Staunen.

«Er ist nicht da…» sagte er zu seinen Begleitern auf tschechisch.

«Wo ist sein Aktenkoffer?» fragte der eine automatisch.

«Den hat er behalten», flüsterte der andere.

Und je nach Naturell wurden sie blaß oder rot. Sie begriffen.

Er hat sich entschieden zu glauben, daß die Jugos nicht die Zeit oder Technik hätten, dem Irrflug eines jeden Böhmenvogels zu folgen. Also wollte er es riskieren. Die zweite Möglichkeit, Schreck laß nach! war der Urlaub in Bulgarien mit einem neuen Versuch bei der Rückkehr. Er wollte ein Profi bleiben, auch auf der Flucht: Deshalb stellte er das Auto auch hier in Sichtweite der Grenze ab, um, wie er oft sagte, wenn er für eine Rolle in Kneipen und auf Spielplätzen Leutchen studierte, das Gezappel zu beobachten.

Sie aßen den Rest ihres Proviants. Sein Magen vertrug Konserven nicht, so daß sie sich die demütigende Ladung ersparen konnten, unter der in bolschewistischer Neuzeit die Autos tschechoslowakischer Touristen zusammenbrachen. Früher, klagte er bitter, ließ der Tscheche auf dem Mount Everest seine Flagge zurück, heute nur leere Gänseblutdosen. Wie immer, wenn er auf ein Ziel lossteuerte, schloß er jede andere Möglichkeit aus und verbrannte alle Brücken hinter sich. Als ihn Dora vorgestern noch fragte, was sie einkaufen sollte, erklärte er.

«Brot, Wurst, Käse und Äpfel. Dienstag abend füttern uns entweder die Österreicher oder unsere Gefängniswärter!»

Er aß wie ein Spatz, er überwachte seine Figur, damit sein Romeo, lachte er, nicht wie die Tenor-Hänschen aus der «Verkauften Braut» aussehe. Nur vor Premieren stopfte er sich wie ein Nimmersatt voll, um die Bäche von Schweiß wettmachen zu können. Dora kam nicht auf den Gedanken, daß eben dies hier eine seiner größten sein könnte, und kaufte so ein. Jetzt reichten ihm gerade noch die letzten Reste, und sie konnte nur hoffen, daß sie bald durch sind und vor dem Abend im Flüchtlingslager ankommen.

Dabei dachte er nicht einmal ans Essen. Er saß auf dem Plaid, das sie für ihn auf der Grasböschung ausgebreitet hatte, schluckte gierig, ohne zu merken, was, und drückte unauffällig den Stopper seiner Uhr, so wie er in der Garderobe seine Auftritte kontrollierte, damit sie sich nicht wie bei den Schmierenkollegen maßlos ausdehnen oder verkürzen.

«Pünktlich zwanzig Sekunden!» sagte er vor sich hin, «die Taste läßt die Schranken immer gleich schnell rauf und runter... ein einziger Zöllner, meistens ein einziges Auto... wenn ich mich als zweiter einreihe und direkt hinter dem Vordermann losfahre, muß ich in zwanzig Sekunden dreimal durch sein... schießen können sie nicht, schon wegen dem vorne.»

Damit wandte er sich ihr zu. Sie nickte. Doch er wollte es von ihr laut hören.

«Riskieren wir's?»

«Wir können es probieren...»

«Bist also nicht dafür?»

«Aber doch...»

«Das sagst du nicht gerade begeistert!»

«Verzeih mir, bin ein bißchen müde...»

«Du? Du hast die ganze Nacht geschlafen!»

«Sei mir nicht böse, es geht gleich wieder vorbei. Vielleicht bin ich aufgeregt.»

Damit goß sie nur Öl ins Feuer.

«Aufgeregt darf heute nur ich sein, denn ich trage unsere Haut zu Markte!»

«Ich weiß doch, sei mir nicht...»

«Wenn du aber willst, drehen wir einfach um!»

«Warum sollten wir...?»

«Morgen bist du wieder bei deiner Genossin Muttilein!»

«Milan!» sie wollte um jeden Preis einen sinnlosen Streit verhindern, «ich bitte dich, laß das! Mein Platz ist bei dir!»

«Das klingt direkt, als wäre das ein ganz gefährlicher Arbeitsplatz. Etwas wie eine alte Kohlengrube vorm Einsturz! Wenn man hier einen einbuchtet, bin ich das, euch zwei läßt man gewiß laufen, mußt keine Angst haben!»

Er hat eben die Dreharbeiten an der Filmversion von Čapeks Roman «Die erste Schicht» beendet, für jede Klappe in dem echten Schacht brauchte er einen Schnaps; er glaubte, das Ganze wird gleich runterfallen, und wollte nicht begreifen, wie jemand jeden Morgen unter Tage einfahren kann, lieber würde ich nichts fressen! vertraute er sich bleich Dora an. Ähnlich erwartete er den Herzinfarkt, als er in einem anderen Streifen einen kranken Arzt mimte, und seit «Hamlet»-Zeiten schenkte er sich den Wein allein ein, als fürchtete er sich vor Giftmischern. Es kam ihr vor, er verliere sich jetzt in der zukünftigen Rolle des Häftlings, und sie wollte ihn rechtzeitig befreien.

«Milan, Liebster, ängstige dich nicht selber und uns noch dazu! Du hast dich einmal entschlossen, also los! Du hast es hier immer gehaßt, bist dir gewiß, daß du es dort schaffst, sollst du dir ewig vorwerfen, daß du diese Chance auf den letzten Metern hast sausen lassen? Andere sind durchgekommen, wir kommen auch durch. In der Früh war es einfach Pech, steigen wir ein, und los!»

«Mami», sagte Petřík in die Pause hinein überraschend, «ich hab' noch Hunger...»

Auch wenn er wütend war, wußte Milan immer, was er tat, eine Berufsdeformation sicherlich, wie es ihm Dora einmal anschaulich vorgeführt hatte. Auch jetzt wurde ihm bewußt, daß er da angelangt war, wo jedesmal die Entscheidung fiel, ob er sich beruhigte und wieder normal würde oder ob er sich bis zur Unzurechnungsfähigkeit gehen ließ, die im Gebrüll oder sogar im Abgang gipfelte und am nächsten Morgen mit Entschuldigungen und Rosen endete. Die Anspielung des Kindes genügte, um Dora zu beschimpfen, sie hätte wieder wie üblich an nichts, aber auch an gar nichts gedacht! er begriff jedoch rechtzeitig, daß, falls er sich jetzt nicht beherrscht, alles aus ist. Die Fähigkeit einer schnellen und genauen Reaktion verhalf ihm dazu, die Stimmung schlagartig zu verändern.

«Nein!» er schlug sich mit der Hand gegen die Stirn, «ich habe dir alles weggeputzt! Verzeihung, Petřík! Die Mutti hat recht: Wir steigen ein und fahren los, und du kannst dir in der ersten Konditorei bestellen, was dein Magen schafft!»

«Alles...?» vergewisserte er sich mißtrauisch.

«Ich soll auf der Stelle versinken!» wiederholte er ihre alte Zauberformel, die das Ehrenwort ersetzte, «also», er wandte sich zu Dora, als hätte er vorher nie gefragt, «ist das dein Wunsch?»

So fragte er sie zum erstenmal in der Hochzeitsnacht, als sie endlich zu seiner Geliebten werden sollte. Sie hat begriffen, was für ihn unerläßlich war: daß die Verantwortung für wichtige Entscheidungen wenigstens dem Anschein nach sie zu tragen hat. Aus Aberglauben! behauptete er hartnäckig, sie aber erkannte bald die wahre Ursache: Obwohl er gern auch vor ihr den strammen Kerl spielte, der er in den meisten Rollen war, brachte ihn jeder Mißerfolg so aus dem Gleichgewicht, daß er ihn jemand anderem anhängen mußte. Aber schließlich war sie gerade deswegen seine Frau, eigentlich konnte sie ihm nur so im Leben helfen.

«Ja», sagte sie auch jetzt, «es ist mein Wunsch. Ich wünsche es mir wegen dir, wegen Petřík und auch für mich selbst!»

«Okay!» sagte er, wie er es sich angewöhnt hatte, seitdem er seinen ersten Western mit John Wayne gesehen hatte, heimlich in Westberlin eingeschlichen, während östlich der Mauer die Galapremiere seines Fučíkfilms lief, «okay», wiederholte er erleichtert, «wie du willst. Dein Wunsch ist für uns Befehl, nicht wahr, Petřík? Come on!»

Er stand auf, schaute zu der Grenze hin und erstarrte.

«Scheiße!»

«Ist was?»

«Hast du keine Augen? Da ist jetzt noch ein zweiter! Sie fertigen paarweise ab!»

«Und was willst du...?»

«Was wohl! Na, was wohl? Sich aufknüpfen oder warten!»

7. ——— *Den selben Tag, 12.15*

Der Zauberer fing an zu verzagen. Als ahnte der Fahrer etwas, stand er die ganze Zeit vor dem abgeschlossenen Bus, der bald zu einem fahrbaren Kerker werden sollte, die gekreuzten Arme unter die Achseln gesteckt, so daß die rechte Hand den Zugang zu der Hemdtasche betonierte, in die er vorher den Schlüsselbund geschoben hatte. Solange er die Pratzen nicht runternimmt, hilft kein Trick! Danach müßte man ihn nur für einige Sekunden weglocken, damit Strniště an seinen Umschlag käme.

Er hat sich bereits damit abgefunden, den Koffer in dem Bauch des Blechwals zurückzulassen, in dem Umschlag aber befanden sich Versicherungsscheine für seine Zukunft, ohne die müßte er umkehren. Den meisten seiner Landsleute hatte er voraus, den Westen zu kennen, und er wußte, wie hier der Hase läuft. Vor fünfzehn Jahren hätte er es gewagt, mit nacktem Arsch gegen die gesamte Konkurrenz anzutreten, seine geschickten Händchen hätten es allein geschafft; heute, in seinem Alter, sollte ihm der geschickt versteckte Umschlag helfen. Allzu geschickt versteckt!

Seit dem Augenblick, als er das fliehende Duo erblickte und begriff, daß ihn der durchtriebene Gärtner wie einen Schulbuben reingelegt hatte, lähmte ihn die Vorahnung, daß es ähnlich wie beim letztenmal enden wird. Als er beim Frühstück eine Verschiebung der Abfahrt herausgeschunden hat, kam es ihm natürlich nicht in den Sinn, irgendeinen Krimskrams einzukaufen. Im nahen Supermarkt wühlte er in einem Berg verbilligter Herrenslips herum, von dem aus er den Bus sehen konnte. Die ersten Ausflügler auf den Spuren der europäischen Arbeiterbewegung, die sich bereits mit ihrem Schicksal versöhnt und ihre bescheidenen Devisen verbraucht hatten, baten den Fahrer, ihnen aufzumachen, worauf der wiederholt mit dem Kopf verneinte, ohne sich zu rühren. Die Mäntel und weitere Habseligkeiten, vom nichtsahnenden Hausdiener während des Frühstücks in den Bus gebracht, stellten samt Koffern und Pässen das wirkungsvollste Pfand dar.

Da sah Strniště, wie der verdiente Reiseleiter und der Lehrer zurückkommen, die offensichtlich für den Fahrer mit eingekauft hatten; sie reichten ihm zwei der bunten Einkaufstüten hin, mit denen sie behängt waren, er zog seine fleischigen Hände aus den Achseln und übernahm die Ware. Da ließ der Zauberer die Unterwäsche sein und eilte nach draußen, um sein Können vorzuführen. Im Laufschritt erreichte er den Bus, vor dem soeben der Streit losbrach.

Die hochtoupierte Verkäuferin hielt eine durchsichtige Plastiktüte in der Hand; eine knallrote Strumpfhose prangte darin und ein schwarzer BH mit purpurner Nylonspitze. Mit einer Stimme, vor der auf dem Platz kein Entkommen war, verlangte sie ihren Koffer, was das Führungstrio ablehnte.

«Na hör'n Sie mal», schrie das Mädchen und zeigte auf die Gruppe, die mit ihren Einkäufen herumstand, «wir werden an der Grenze wie eine Schmugglerbande aussehen.»

«Dort, Genossin», nach dem Namen suchte der Reiseleiter nicht einmal mehr, er wollte nichts als weg von hier, «werde ich das schon erklären, darauf kannst du dich verlassen! So, Genossen, alle da?»

Zustimmendes Gemurmel antwortete ihm.

«Also aufmachen, Genosse Dadák!»

«Momeeent», rebellierte das Mädchen, «ich will in Budweis nicht wie eine Nutte aussteigen, ich möchte das in den Koffer reinstecken.»

Er war im Geist bereits in Böhmen, danach klang auch sein Ton.

«Steck es dir sonstwohin! Den Koffer kriegst du erst daheim. Hier bin ich dein Reiseleiter.»

«Aber nicht mein Wärter.»

«Was... hast du da gesagt?»

«Und duzen Sie mich nicht. Wer, glauben Sie, sind Sie denn?»

Die Gruppe beobachtete die plötzlich ausgebrochene Streiterei wie ein spannendes Tennismatch, die Köpfe pendelten zwischen den beiden hin und her. Strniště hat sich zum Fahrer durchgeschlängelt. Erst das Stutzen des Lehrers hatte den Reiseleiter darauf aufmerksam gemacht, daß auf dem Trottoir ein paar ortsansässige Zuschauer stehenblieben, vom Duell exotischer Stimmen angezogen. So zischte er das Mädchen nur an, was jedoch einem Gebrüll gleichkam.

«Das werde ich dir... Ihnen», verbesserte er sich zwar, doch das klang noch unheilvoller, «zu Hause schon zeigen... Alles rein, wir starten!»

«Wissen Sie was», kreischte das Mädchen, «ich zeige Ihnen auch was, und zwar gleich!»

Sie schmiß die Tüte mit der Wäsche auf das Pflaster, drehte dem verdienten Parteigenossen den Rücken zu, beugte sich tief nach vorn und hob mit beiden Händen das ohnehin kurze Röckchen hoch. Sie enthüllte einen rosigen Hintern, mit durchsichtigem Höschenstoff nur spärlich bedeckt. Dabei blieb sie ziemlich lange. Der Reiseleiter klappte lautlos den Mund auf, wie ein Fisch auf dem Trockenen. Er stach seinen zitternden Zeigefinger in Richtung Popo und beklagte sich vor seinen Landsleuten.

«Ihr habt das... alle... gesehen...»

Sie schauten benommen weiter zu, bis das Mädchen den Rock wieder fallen ließ. Noch in der Verbeugung griff sie nach ihrer Tüte, richtete sich auf und ging weg. Der Konflikt nahm ein neues Ausmaß an.

«Wohin geht sie...?» stotterte der Mann, «wohin geht sie? Sofort zurück, ich habe Ihren Paß!»

Sie drehte sich um und erklärte feierlich klangvoll.

«Dann werd' ich mir halt einen anderen besorgen müssen. Aber nur von einem Land, in dem Bolschewisten noch auf Bäumen klettern!»

Sie zog wieder los und davon, immer schneller wie ein Wagen im Anfahren. Der Bonze verlor endgültig die Nerven und setzte ihr nach.

«Stehen bleiben! Halt! Steh!»

Er holte sie ein und ging gleich vom Duzen zu Taten über: Er packte sie bei der Hand, doch umgehend landete mit einem Schwung in seinem Gesicht die Tüte mit der Reizwäsche, die als Köder für den reichen Ami-Beau dienen sollte, den die Jarina ihr sicher schickt. Das Mädchen hieb damit einige Male auf den völlig verstörten Genossen ein, was der Tschechenhaufen, versteinert, wie eine Szene aus alten Slapstickfilmen wahrnahm. Sie aber, die eben diese Art von Flucht stets für eine hirnverbrannte Idee dummer Gänse hielt, die dann, wegen Republikflucht verurteilt, jahrelang nicht nach Hause fahren durften, wurde nun von dem Schrecken ergriffen, diese Reisekameraden würden sie jetzt mit Gewalt in den Blechkorb zwingen und zu jenem Hühnerstall einliefern, aus dem nach einem solchen Theater kein Entkommen war, selbst wenn Robert Redford sie heiraten möchte!

Běla, Bobina genannt, legte wie die meisten ihrer Altersklasse die Faulheit nur in der Disco ab. Nicht einmal schwimmen zu lernen hatte sie Lust, und niemand hat sie jemals rennen gesehen. Wenn sie jetzt losspritzte wie ein scheugemachter Hase, wurde davon sie selbst überrascht.

«Ihr naaach!» donnerte der verdiente Kommunist, dem mit ihr der Traum von weltweit geführter Arbeiterspurensucherei für immer entschwand, «glotzt nicht so, haltet sie fest, sie macht uns alle noch fix und fertig!»

Einige Männer schossen gehorsam los, als fände diese Jagd auf der Heimatscholle statt. Niemand zerbrach sich den Kopf, wie man sie brüllend und beißend aus einer fremden Stadt entführen wird, die dank einer anderen Zeitgeschichte Ähnliches jahrzehntelang nicht mehr erlebt hatte. Die Österreicher, durch barbarische Töne und Bilder angezogen, standen bisher unentschlossen da.

Als wollte er beim Fahrer Seelentrost finden, stützte sich Strniště auf dessen Schulter.

«Fürchterlich, nicht wahr?» sprach er zu ihm und zog ihm die Schlüssel so gekonnt aus der Hemdtasche, wie er das bei Maestro Toscani gelernt hatte, «fangen Sie sie!» lockte er ihn vom Bus weg, «schöne Schlappe für uns alle!»

Worauf ihm der Kerl eine fast amüsierte Antwort gab.

«Für mich wohl kaum.»

Die Hetzjagd nahm inzwischen ein schnelles Ende. Obwohl die Verkäuferin kein einziges Fremdwort blöken konnte, begriff sie in der Gefahr irgendwie, was das Schild GENDARMERIE bedeutet, das sie am oberen Platzende entdeckte. Die Angst verlieh ihr eine akrobatische Wendigkeit, sie überquerte das Katzenkopfpflaster ohne Stolpern und konnte gerade noch auf der Schwelle der Wachstube einem Beamten ausweichen, der gerade rausging. Die Verfolger hielten an, schnaufend schauten sie zu dem Eingang wie eine Meute hungriger Wölfe. Der verdatterte Gendarm rückte vorsichtshalber sein Koppel mit der Pistole zurecht. Da zogen sie sich bereits zurück.

«Meiner Empfehlung nach hätten wir schon am Morgen weg sollen!» spendete sich der Busfahrer ein Selbstlob und pfiff vor sich hin.

Strniště klopfte ihm voller Anerkennung wieder auf die Schulter.

«Köpfchen muß man haben!»

Dabei steckte er ihm die Schlüssel in die Tasche zurück. Er konnte nicht mehr riskieren, daß sich der Dickwanst daran erinnerte, wer die folgenschwere Verzögerung vorgeschlagen hatte, und dies mit dem verschwundenen Schlüsselbund in den richtigen Zusammenhang bringt. Unmittelbar darauf fischte der Mann tatsächlich danach. Als er aber dann öffnete, pferchte er sich als erster in den Bus hinein und verdeckte mit dem Riesenschrank seines Rückens den Fahrersitz: An einen Griff zu dem Umschlag war nicht zu denken.

Des kreideweiß bleichen Reiseleiters und des beefsteakroten Lehrers bemächtigte sich ein einziger Gedanke: den Rest der Herde hinter den Drahtzaun zurückzujagen.

«Einsteigen, einsteigen! Jetzt haftet jeder persönlich für jeden! Abfahrt!»

Niedergeschlagen mußte der Zauberer ebenfalls einsteigen und zerbrach sich den Kopf, wo sich noch eine Gelegenheit bieten könnte.

8. ——— Den selben Tag, 12.30

Der Mann schuftet wie eine Maschine, sagte sich der Korporal. Einmal in fünfzehn Minuten dengelte er die Sense nach, einmal in einer halben Stunde steckte er sich eine Zigarette an, nach drei Zügen drückte er sie aus und schob den noch heißen Stummel zurück hinter das Ohr. Einmal in der Stunde ging er zum Pförtchen im Drahtzaun, um aus einer großen Thermosflasche, in der man das Wasser mitbrachte, zu trinken, ein bißchen davon goß er auch in die Wetzsteinscheide nach. Er mähte schnurgerade, mit langsamen, aber breiten Schwüngen, so daß er bereits eine Hälfte der Wiese geschafft hatte. Als ihm in der Frühe der Korporal vorhielt, die Soldaten wären hier oft schon mittags fertig gewesen, verriet er in seinem Ärger nicht, daß es dann zwei oder gar drei waren.

Gerade die Leistung machte ihn so nervös. Er hat auf dem Staatsgut bislang nur Musterexemplare von Faulenzern erlebt. Was hatte also dieses Kraftpaket unter ihnen zu suchen, das sich hier abplagte, als gehörte ihm der Grund? Warum hängte er seine Zirkusscharfschützerei an den Nagel, die doch tausendmal interessanter sein mußte? Nur dem Kies zuliebe? Was konnte er denn auf dem Hungerposten hier verdienen?

Heute früh fing er auf der Schmalseite an. Als der Korporal einwand, man hätte hier bis jetzt der Breite nach gemäht, spuckte der vor sich hin und stichelte, es müßten wahre Könner gewesen sein, sie schritten mit der Sonne, nicht mit dem Schatten. Es gebe dafür, konterte der Korporal, einen Befehl, der Sicherheit wegen: Man erledigt zuerst den Flußstreifen und geht auf den Felsen zu. Der Schnitter grinste spöttisch und meinte, hier wären doch zwei MG gegen eine Sense, dann sollten sie ihn gefälligst bewachen und nicht kujonieren. Er fügte hinzu, er würde sonst den ganzen Laden schmeißen, und jeder wird sie auslachen, sollten sie ihm ankreiden, daß er kein trockenes, sondern feuchtes Gras mähen wollte, damit die Schneide nicht ständig stumpf wurde.

Dem Korporal wurde klar, daß der Mann in der Sache recht hat, man könne das Unternehmen nicht einfach abpfeifen aus bloßem Verdacht, er wollte etwa türmen. Jeder würde doch das gleiche sagen: Auch ein Zauberschütze kann aus keiner Sense schießen! Und der Gutsdirektor könnte ihnen erleichtert vorschlagen, sie sollten wieder allein mähen wie früher. Und so, obwohl er hier das Kommando hatte und einen jungen Hüpfer als Mädchen für alles dazu, schmorte er lieber persönlich im Sonnenstreifen, der bessere Fluchtbedingungen bot. Der Fluß tauchte hier aus dem Mäander auf und war weitaus enger als ein Stück weiter. Vom Felsen an hob sich die Wiese zu ihrer Mitte, von wo sie zum Wasser abfiel, ein Vorteil für einen, der im Hocken laufen kann … Von einem heftigen Magenschmerz begleitet, kam ihm der Gedanke: Jesusmeingott, wird heute hier wirklich geschossen?

Nein, er konnte nicht und war auch nicht bereit, das Gewissen seines jungen Kameraden zu belasten, dem er das befehlen konnte, wie kürzlich Scherg, das Stinktier! Von ihm sprangen die Gedanken zum Bataillonskommandeur, der als Prämie für vorsatzliches Totschießen Urlaubsscheine verteilt, und von ihm weiter bis zu der simplen Frage, was ist das für ein System, das all dem Rechtsschutz gewährt. Doch das wurde von dem Selbstvorwurf übertönt, daß er es längst und nur allzugut weiß, niemals jedoch dagegen tat, was er hätte tun sollen; ein paar freche Sprüche reichten bei weitem nicht.

Wie er da in der sengenden Junisonne schwitzte, wurde sein Kopf erstaunlich klar; er kapierte plötzlich, daß das ständige Verschieben des Parteieintritts, zu dem ihn die Eltern samt Brüdern überredeten, nichts anderes war als der unbewußte Ausdruck eines Widerwillens; dieser wuchs in ihm, seit er Verstand annahm. Allzu viele Dinge stimmten nicht überein, selbst zu Hause nicht. Es schien ihm, daß der Vater, für einen Vorzeigekommunisten, als den er sich ansah, zu kurz im Widerstand, zu lange in der Kirche, zu spät in der Partei und zu früh mit allem fertig war, was seinem Sohn den Kopf durcheinanderbrachte.

Und am wenigsten gefiel es ihm, daß seine Brüder die Parteimitgliedschaft nur für eine bessere Netzkarte hielten: Sie klebten einfach regelmäßig eine kostengünstige Monatsmarke drauf und fuhren erster Klasse herum, zu der Spezialläden, Vorzugsspitäler und Erholungsheime im brüderlichen Ausland gehörten, ebenso wie das nachsichtige Lächeln eines Verkehrspolizisten, wann immer er sie vollgetankt hinter dem Steuer erwischte. Dabei waren sie nicht Gott weiß welche Opportunisten, sie haben nur einfach bei Husák und seinen Leuten gelernt, die Partei als Werkzeug zu verstehen; mit ihm konnten die braven Slowaken endlich die tückischen Tschechen in die Pfanne hauen, von denen ihnen so viel Mist aufgezwungen worden war.

Auch der Korporal war auf sein Slowakentum stolz, und die Tschechen fuchsten ihn zunächst: Als er zum erstenmal in Prag war, vor acht Jahren, beim Staatsturnfest, Spartakiade genannt, suchten die nebenan zeltenden Pilsener die slowakischen Mädchen mit der plumpen Kraftprotzerei wegzulocken, wieviel besser es sei, nach Böhmen zu heiraten. Außerdem erteilte ihm ein Taxifahrer, den er höflich nach dem Weg fragte, den Rat, er solle sich heimschleichen zum Scherenschleifen und Kesselflicken.

Erst als er in seiner Dienstzeit ein paar prima Prager kennengelernt hatte, erfuhr er nach und nach, daß das Leben in beiden vereinigten Republiken bereits jahrelang auf verschiedene Weise vor sich geht. Während in Böhmen die besten Leute aus der Partei rausgeflogen sind und damit auch aus den Führungspositionen, haben sich die Slowaken vernünftig überlegt, daß ein ähnlicher Aderlaß sie die historische Chance kosten könnte, sich all das zurückzuholen, was ihnen die Tschechen gestohlen hatten. Wenn man schon einen der Eigenen wegräumen mußte, schickte man ihm gleich eine Flasche Sliwowitz und beschaffte ein warmes Archivpöstchen, auf dem er ungestört lesen und kritzeln konnte, was ihm gefiel, und selbst, mit Gottes Hilfe, politisch weiterirren.

Aus dem Erzählen der Prager auf Patrouillen und Wachtürmen, wo kein Politdepp dabei war, machte er sich ein ungefähres Bild von jenem heute insgeheim gepriesenen, öffentlich verfemten Jahr, in dem er acht war. Damals bedeuteten die russischen Panzer und das Aufsehen um sie eine willkommene Abwechslung und Ferienverlängerung. Zu Hause jedoch hörte man gleich nach der ersten Wut auf, davon zu sprechen, man feierte irgendeine Föderalisierung, was er auch nicht verstand.

Erst in Mähren begann er seine älteren Landsleute zu verdächtigen, daß sie bloß ihren Katzenjammer und ihr schlechtes Gewissen beschwichtigt hatten und daß es sich in jenem geheimnisvollen Jahr um keinen ruhmreichen Kampf edler Slowaken gegen tschechische Bösewichter handelte, der letztlich zugunsten der Erstgenannten von den gerechten Russen entschieden wurde. Ziemlich bald war er sich gewiß, daß es sich in keinem Fall um eine Konterrevolution handeln konnte, inspiriert vom Westen, wenn an deren Spitze ein waschechter Slowake namens Dubček stand, von dem die Tantenschaft des Korporals bis heute wie von einem Heiligen sprach.

O Gott! erschrak er jetzt auf der sonnenheißen Wiese, und mangels einer anderen Autorität hob er seinen Geist wieder zum Himmel, und was, wenn damals die Panzer diesen tschechischen Zirkusschützen aus der Bahn geschleudert haben? Sein Alter würde genau hinhauen, das könnte der Grund sein, warum er, statt auf Welttournee herumwandern zu dürfen, sich hier abrackert. Und gesetzt den Fall, er möchte sich wirklich mit der Sense einen Pfad in die breite Welt freimähen, soll ich ihn nur dafür abknallen wie ein Raubwild?

In diesem Augenblick gab ihm der Gluthimmel barmherzig einen Ausweg ein, der ihm bis heute nie eingefallen war: Wenn schon, dann statt schießen selber abkratzen! Es war eine törichte, irrsinnige und unmögliche Idee, aber offensichtlich auch eine gute: Der Magenschmerz ließ sofort nach…

Ein doppeltes Pfeifsignal, vom Felsenecho vervielfacht, kündigte an, daß man ihnen die Menage brachte. Der gedrillte Soldat in ihm ließ das Meditieren sein und vergewisserte sich, wie das Dienstreglement es bei jedem Öffnen des Grenzzauns befahl, ob seine Waffe schußbereit sei.

«Masopust!» schrie er seinem Rekruten über die Wiese hin zu, «mach das Türchen auf!»

Der Schnitter stach den Sensenstiel geschickt in den Boden dort, wo er sich gerade befand, und machte ein paar leichte Übungen, als hätte er einen Konditionslauf hinter sich. Dann zeigte er, dabei die Bizepse durchlockernd, auf den Fluß und rief dem Korporal zu.

«Darf ich mich ein wenig erfrischen?»

«Nicht, natürlich.»

«Klaro!» wieherte der Tscheche belustigt, «wir baden dann gemeinsam, zur Belohnung, nää?»

Und er schaute den Korporal an, als könnte er dessen Gedanken lesen, und wartete nur auf einen Wink.

«Wegtreten!» befahl dieser und richtete die Waffe vorschriftsmäßig zu ihm hin, «da lang, wir essen hinter dem Draht...» und ließ sofort seine MP sinken, als habe er nur einen peinlichen Scherz gemacht.

9. ——— *Den selben Tag, 12.45*

Karel Markalous konnte den Aufschrei nicht mehr unterdrücken. Obwohl Leidenschaft für ihn den Gipfel des Seins bedeutete, in der Arbeit wie in der Liebe, konnte er sich immer kontrollieren, aber er vernaschte Gerda, seitdem er die Luxussuite betrat, die sein nächster Arbeitgeber für ihn gemietet hatte, und war wie von Sinnen.

Bereits in der Flughafen-Parkhalle haben sie sich voneinander nur schwer trennen können, während der Fahrt über die Stadtautobahn lag er mit dem Kopf in Gerdas Schoß, am Anfang hatte er sich vor den wartenden Fahrern der österreichischen Potentaten versteckt, dann blieb er weiterhin so und berührte durch die Seide ihrer Bluse die Brüste, bis sie seufzte, während sie steuerte. Sie gönnte es ihm, sich im uferlosen Gefühl von Glück und Freiheit gehenzulassen, sie sagte ihm nur, das Mittagessen mit ihrem Chef finde um halb drei statt, so hätten sie jetzt fast drei Stunden für sich.

Als er sie in der Tiefgarage des Hotels wieder umarmte, flüsterte sie, das Bett sei doch angenehmer. Er ließ sich von ihr zum Lift führen, dankbar, daß sie die Rezeption vermeiden konnten, nicht der Geheimhaltung wegen, er konnte es einfach nicht mehr erwarten!

Das Appartement, dessen Schlüssel sie schon bei sich hatte, lag im obersten Stock und dürfte das Monatsgehalt eines Durchschnittswieners kosten, einige exklusive Lampen brannten hier, die Vorhänge der riesigen Fenster waren zugezogen. Er hat noch abgewartet, bis sie eine Flasche Veuve Cliquot öffnete, mein Witwentrank! wie sie mit ihm zu scherzen lernte, doch sobald er den ersten Schluck hinunterschüttete, machte er sich daran, sie auszuziehen.

Ihr Körper bewegte sich entgegenkommend, so ging es schneller mit dem Aufknöpfen. Einen Büstenhalter trug sie nie und hatte heute auch keinen Slip an – er sollte sie gleich nackt sehen. Er warf sich auf sie wie ein Höhlenmensch auf die erste Frau. Erst nach einer Weile kam sie dazu, ihre Schuhe abzuschütteln.

Sie liebten sich pausenlos über eine Stunde. Einige Male war ihm, als könnte man es nicht mehr steigern, doch die Spirale drehte sich höher, sein Gesicht flammte, von ihrem Busen gepeitscht, ein Wellengang! Sie hatte ihm für sich noch einiges abverlangt, bis sie ihm erlaubte, bei ihr zu bleiben. Lange lag er ganz erschöpft. Dann küßte sie ihn auf die geschlossenen Augen und flüsterte.

«Noch am Leben?»

«Falls nicht», antwortete er heiser, während mit der Stimme das Denkvermögen zurückkehrte, «so muß der Tod herrlich sein... Alte fromme Glasarbeiter bei uns drohten mir oft, ich würde selbst in der Hölle in siedender Schmelze baden! Und lebe ich doch, dann weiß ich nicht, wofür noch, alles habe ich gerade bekommen...»

«Lästere nicht!»

Sie verschloß ihm den Mund mit der Hand, er sprach jedoch zwischen ihren Fingern weiter.

«Ich werd's dir kaum je erklären können!»

«Ich brauche keine Erklärung.»

«Aber ich. Du hast nie nach etwas gefragt. Manchmal kommt es mir vor, als wäre ich dir total egal!»

»Kam dir das auch in der letzten Stunde so vor?»

«Du weißt, wie ich es meine!»

«Ja. Und ich erklär's dir. Deine Vergangenheit mußte mir egal sein. Ich wäre verrückt geworden über jede Minute, die du mit anderen verbracht hast.»

«Manchmal glaube ich, dich interessiert an mir nur das Glas...»

«Karel, du spinnst! Ich mag dein Glas, das hat uns ja auch zusammengebracht. Und wie, das haben wir soeben erlebt, du vielleicht nicht?»

«Ja», stimmte er leidenschaftlich zu, «ja, ja, ja! Du bist die phantastischste Frau, die ich je hatte!»

«Kein Wort von den anderen, bitte! Ich bin nämlich schrecklich eifersüchtig!»

«Warum denn? Ein Mann über Vierzig», untertrieb er ganz schön, «wenn er kein Eunuch ist, muß bereits neun Leben hinter sich haben. Das zehnte und letzte möchte ich mit dir verbringen. Die davor will ich jedoch nicht verleugnen.»

«Tu es aber! Es hat keinen Sinn, im Abfalleimer zu wühlen, höchstens bleibt der Gestank an dir hängen.»

«Und bist du es nicht...» er sprach jetzt aus, was ihn längst beunruhigte, «die mir diesen Rat gibt, weil du dich fürchtest, von der eigenen Vergangenheit zu reden? Warum darf ich immer noch nicht wissen, wie dein Mann gestorben ist?»

«Weil ich es nicht will», sagte sie entschieden, «ich will von nichts und niemandem von früher sprechen. Du hast heute alle Brücken hinter dir verbrannt, dann darf ich das wohl auch tun.»

Sie wartete nicht auf Antwort und ging in die Knie, damit sie ihnen beiden Champagner nachgoß.

«Das ist doch nicht möglich!» lachte sie auf.

«Was denn?»

«Das ganze Eis ist weggeschmolzen.»

Er hat sich mit ihrer Haltung abgefunden, für ihre Tragödie hätte er ihr sowieso nur billige Bettgeschichten bieten können. Sie war zu allem auch lebensklug.

«Und das wundert dich?» sagte er deswegen, «unter uns würde ein Eisberg glatt wegschmelzen.»

«Zum Glück ist die Flasche immer noch kalt. Nein, bleib du liegen!»

Sie füllte sich den Mund mit Champagner, legte ihn auf seine Lippen und ließ langsam einen kalten Strahl hineinrinnen. Sowie der ihm in den Hals glitt, stieg perlendes Schäumen in seinen Kopf. Er schluckte den Rest und sagte.

«So. Du hast aus mir den letzten Funken Energie herausgewetzt, und dazu habe ich mich noch besoffen.»

«Wie das...?»

«Seit heute morgen habe ich nichts gegessen.»

«Ach!» sie wurde besorgt, «das wollte ich nicht! Du mußt einen klaren Kopf haben, wenn du sie triffst!»

«Wie spät ist es...?»

Seine Armbanduhr lag irgendwo in dem Häufchen Wäsche am Boden.

Gerda trug ihre Uhr in einem Ring, den sie nie ablegte; dieser Liliputzeitmesser hat sie beide vor einem Jahr zusammengebracht, als sie, vom Computer nebeneinander plaziert, den Luftsprung Hamburg – Frankfurt absolvierten; zunächst hielt ihn ihr hochgeschlossenes schwarzes Kleid auf Abstand, bevor er feststellte, daß sie genau sein Typ war und obendrein ausgesprochen freundlich; nachdem er sorgfältig nachgerechnet hatte, daß seine Fünftagespesen für ein anständiges Abendessen zu zweit ausreichen mußten, lud er sie ein; sie schaute kurz auf die Uhr und meinte, es sei leider schon zu spät; es besteht wohl kein Unterschied, bedauerte er, zwischen den Medici und Ihnen! die trugen Gift in ihren Ringen, Sie führen ebenda die mordende Zeit mit sich! Da lachte sie und willigte ein; beim Wein kam heraus, daß sie beide in der Glasbranche arbeiten…

«Fünf nach eins», hörte er sie da sagen und erschrak.

«Könnte man das nicht…»

Er wagte den Vorschlag nicht auszusprechen, sie tat es für ihn.

«Verschieben…?»

«Ach nein, ich steh' schon auf…»

«Warte!» stoppte sie ihn, «du hast ein Recht, dich ein bißchen auszuruhen, es war brutal von mir, nicht daran zu denken…» sie legte die Hand in seinen Schoß, «und eine ebenso schwere Nacht steht dir noch bevor, mein Armer!»

Sein Körper reagierte sogleich, doch sie sprang schon auf, ging durch die offenstehende Schiebetür in den Wohnraum zum weißen Schreibtisch mit dem Telephon. Er wollte ihr nachrufen, ein Apparat stehe doch hier am Bett, unterließ es jedoch, um auf diese Distanz ihre Figur betrachten zu dürfen; mit ihr könnte sie es mit jedem Spitzenmannequin aufnehmen. Gleich als dieser Liebeswahn begann, damals in Hamburg noch, wollte er ihr auch nur ungern ihr Alter abnehmen. Sie sprach von Mitte Dreißig, während er der festen Haut und dem frischen Teint nach ihr zehn Jahre weniger zugetraut hätte. Warum aber sollte sich eine Frau älter machen? Es war eben ein Teil des Wunders, und auch in seiner Ermüdung konnte er sich nicht sattsehen, ein Wahnsinn, daß sie jetzt mir gehört!

Sie wählte die Nummer auswendig und legte gleich los. Von hier verstand er nicht jedes Wort, doch bei seinem recht guten Englisch begriff er, daß sie von seiner leichten Indisposition sprach. Jemand mußte ihr Fragen gestellt haben, auf die sie nach kurzen Pausen ebenso kurz Antwort gab. Schließlich lachte sie und wünschte dem Partner am Ende der Leitung, er möge nicht Hungers sterben.

«See you soon», sagte sie überraschenderweise, ehe sie auflegte.

«Ich muß hoch, nicht wahr?» so verstand er das, «sie warten…»

«Sie warten einstweilen nur auf mich, du darfst noch in den Federn bleiben», sie kehrte mit ihrem unnachahmlich erotischen Schritt zum Bett zurück.

«Wieso…?»

Sie kniete zu ihm nieder, und ihre Brüste brachten ihn wieder zum Schweigen.

«Dich laden sie zum Dinner ein. Und bitten nur darum, daß sie inzwischen deine Schätze anschauen dürfen. Ihr spart so allerseits Zeit.»

«Ich würde aber gern…»

«Den besten Eindruck machen!» neckte sie ihn, «versuch es lieber, dich fit zu machen für deinen Abend und unsere Nacht. Ich muß nämlich noch in Wien bleiben.»

Das verblüffte ihn.

«Und ich…?»

«Wenn ihr heute das Abkommen getroffen habt, fliegst du mit ihnen morgen nach Hongkong. Ursprünglich wollten sie sogar noch heute starten. Das habe ich verhindert, verstehst du?»

«Gar nicht… was wird mit dir?»

«Der Vizechef muß hier noch eine Woche bleiben.»

«Willst du damit etwa sagen, daß ich dich eine ganze Woche nicht sehen kann?»

«Zwei Wochen.»

Er schob sie erregt zur Seite, um sich aufsetzen zu können.

«Was soll das, bitte…»

«Die erste Woche bin ich von früh bis abends eingespannt, wann soll ich da zum Packen kommen?»

«Im Packen bin ich Weltmeister, deine Wohnung kenne ich wie meine Westentasche. In zwei Stunden habe ich dich fertig gepackt, sogar für einen Mondflug.»

«Und was passiert mit der Wohnung?»

«Was soll mit ihr?» fragte er begriffsstutzig.

«Du hast mir gesagt, du möchtest das erste Jahr in Asien bleiben, bis sich hier die Wogen glätten. Soll ich da die ganze Zeit in Wien Miete zahlen? Ich habe gekündigt, und am nächsten Freitag findet die Übergabe statt, ich muß aus dem Hausherrn die Kaution herausquetschen und die Möbel verkaufen. Oder soll ich sie vielleicht einlagern?»

Sachliche Fragen beantwortete er in jeder Lage sachlich.

«Das sind sie nicht wert.»

«Machst du uns demnächst welche aus deinem neuen Glas?»

Bevor er dazu etwas sagen konnte, eilte sie zu der Stelle, wo er sie ausgezogen hatte, und kam mit ihrer eleganten Tasche zurück. Sie zog ein schmales Heft heraus.

«Postsparbuch», erklärte sie, «von dem du noch heute abheben kannst. Die Banken machen um drei zu, die Postämter um sechs.»

Er schlug es auf. Für den Überbringer ausgestellt, lautete die Einlage auf 100 000 Schilling.

«Als Taschengeld», fügte sie heiter hinzu, «wenn du unterschreibst, kriegst du in Hongkong dieselbe Summe in Dollars. Falls du sie verlangst, natürlich!»

Das überstieg seine Vorstellungen um hundert Prozent.

«Und was, wenn sie erfahren, daß du mich managst. Schmeißen sie dich dann raus?»

«Höchstwahrscheinlich. Da bin ich aber bereits deine Frau, nicht wahr? Oder hast du es schon für eine andere parat?»

«Gerda!»

«Ein dummer Witz, ein böhmischer, wie du es mir beigebracht hast. Aber Vorsicht: Die Schillinge bekommst du nur auf ein Kennwort. Vorsichtshalber habe ich deinen Namen nicht angegeben.»

«Klar ... und wie heißt es?»

«Dreimal darfst du raten. Was ist für dich das Wichtigste?»

«Du!»

«Das wäre für einen Dieb allzu einfach. Was nach mir? Glas, versteht sich! Das wäre geradezu kinderleicht. Na?»

«Ich geb's auf. Liebe...?»

«Na, der Sex doch. Jawohl: Kennwort SEX!»

Da lachte auch er, beruhigt; er wußte, er benahm sich wieder einmal, würde seine Tochter Zdena sagen, wie einer, der von der Pubertät nicht loskommt. Und als sie von neuem auf ihre Mediciuhr blickte, beeilte er sich, um sich nicht endgültig zu blamieren.

«Bon. Die Papiere sind im Aktenkoffer. Der versiegelte Umschlag, sie sollen ihn öffnen!»

Er riskierte nichts. Was sie da finden würden, muß ihnen reichen, nicht nur für heute, sondern für allemal. Zum Glück hat er die kapitalistischen Marktgesetze zu gründlich aus der Nähe kennengelernt, als daß er sich einen primitiven Fehler leisten würde. Was er ihnen da schickte, war immerhin ein Rezept für gutes Gebrauchsglas, bei dessen Produktion man etliches einsparen könnte. Sein Traumprojekt hat er sogar Gerda nur vorsichtig angedeutet, davon durfte noch lange keiner wissen, bevor er sich nicht auch anderswo umsehen würde. Und auch jetzt lieferte er nur das Schloß, den Schlüssel dazu behielt er weiter: die Schmelzeformel. Die hatte er fest im Kopf. Er konnte sich erlauben zu feilschen.

«Unter einer Bedingung!»

«Und zwar...?»

«Daß du ruck zuck wieder hier im Bettchen landest!»

«Das läßt sich hören!»

Ihre Spannung lockerte sich sofort, rasch zog sie sich an, und während ihre sonnenbraune Haut im roten Stoff verschwand, ergriff ihn die Sehnsucht nach ihr noch stärker als am Flughafen. Er erhob sich, trat zu ihr und schob die Hand in ihren Ausschnitt. Sie wehrte sich nicht, sagte nur.

«Wenn du sie dort noch zehn Sekunden läßt, dann gehe ich nicht mehr weg, und wir verbumsen beide den Job!»

Gehorsam zog er die Hand wieder zurück und schaute zu, wie flink und gekonnt, zu sehr gekonnt! durchfuhr es ihn schmerzlich, sie das wirre Rothaar zurechtkämmt, mit dem Lippenstift dem Mund die Kontur zurückgibt und wie sie vergeblich versucht, seinen Aktenkoffer aufzumachen, bis er kam und lächelnd den Code eingab: Ihr Geburtsdatum 031 050. Daß sie Waage ist, vermutete er schon, als er sie zum erstenmal sah, und sofort wurde ihm klar, daß er alle Hebel in Bewegung setzen muß, wenn er Ungreifbares behalten will. Sie nahm den Umschlag, in dem er im Prager Büro zwischen den Verhandlungsunterlagen auch seine privaten Papiere versteckt hatte, und spuckte dreimal darauf, toi toi toi! Das rief eine vage Erinnerung in ihm wach, doch er hatte keine Zeit nachzudenken, an was.

«Ich sperre dich lieber ein!» erklärte sie, «und hänge draußen das rote Zimmerschild hin. Die Suite läuft auf meinen Namen, schlaf dich gut aus für mich, Liebster!»

Bevor sie die Tür hinter sich zumachen konnte, hatte er sie bei der Hand gepackt.

«Wann?»

«Vorsicht! Du bist doch nackt!»

«Wann kommst du wieder?»
«Bis der Hahn dreimal gekräht hat... Quatsch! Um vier.»
«Um drei!»
«Also um halb vier.»
«Viertel nach drei!»
«Um zwanzig nach.»
«Also fünfzehn siebzehn!»
«Bon!» sagte sie, wie er es üblicherweise tat, hauchte ihm einen Kuß hin und schlug die Tür zu. Er hörte die Schlüssel, die Schritte schluckte der Gangläufer.

Müdigkeit befiel ihn, und er war froh, das Treffen verschoben zu haben. Er verspürte das Verlangen nach einem heißen Bad und ging, das Wasser richtig zu mischen. Beim Warten trank er zwei Fläschchen Bier aus der Minibar; er verheimlichte Gerda bis jetzt, daß ihm Champagner wie sprudelnde Molke schmeckte. Er betrachtete dabei fachmännisch den bräunlichen Spiegel, der die ganze Stirnwand des Schlafzimmers einnahm. Darin hatte er vorhin nach Voyeursart zugeschaut, wie sie ihn liebte. Jetzt sah er einen nackten Bock, sein Instrument noch immer aufragend, keinesfalls ein Muster menschlicher Schönheit, statt dessen aber das Bild eines erfolgreichen Mannes. Ich hab's geschafft!

In einer Anwandlung animalischer Freude trommelte er gegen seine haarige Brust und gab dabei ein dunkles Gebrüll von sich.

10. ——— *Den selben Tag, 13.30*

Seine Omegauhr tickte kaum neunzig Minuten runter, für Dora war es eine Ewigkeit. Die ganze Zeit benahm sich Milan unzurechnungsfähig. Er hat die beiden gezwungen, bei laufendem Motor im Wagen zu sitzen, der auf dem baumlosen Betonparkplatz wie ein Ofen glühte, nur weil man von dort die Schranke sehen konnte. Der zweite Zöllner verschwand und kam gleich wieder, die Schranke hob sich und sank, wie es Milan nicht brauchen konnte. Er hatte den Fuß unentwegt auf dem Gaspedal wie am Start, schaltete die Kupplung ein und aus. Er fluchte dabei hemmungslos, doch wagte Dora es nicht, ihn zu maßregeln. Sie hat sich damit abgefunden, daß Petřík ein traumatischer Tag bevorsteht, und hoffte nur, daß dieser von künftigen Erlebnissen aus dem Gedächtnis des Kindes gelöscht werde.

Die Grenze verlief hier durch eine Gebirgslandschaft, die gleich hinter dem Schlagbaum aufzuhören schien; die abgefertigten Autos versanken sofort unter dem Horizont, die anrollenden tauchten schlagartig auf. Von Österreich waren nur entfernte Hügelscheitel zu sehen, als wollte sich ihr Ziel vor ihnen verstecken. Das, spürte Dora, deprimierte ihn am meisten. Obwohl selbst launisch und unberechenbar, unverständlich oft sich selbst, brachte ihn die kleinste Irrationalität aus dem Gleichgewicht. Das erste entschuldigte sie mit seinem Beruf, sie hat sich mit den Jahren davon überzeugt, daß Schauspielerei sich in einem bestimmten Arbeitsstadium in eine Art Schizophrenie verwandelt. Das zweite störte sie mehr und mehr, denn von ihm, der sich in so viele erdichtete Schicksale eingefühlt hatte, erwartete sie ein wenig Verständnis für die echten.

Mehr als seine Seitensprünge, die sie für eine Art Geistesverwirrung gehalten hatte, für ihre Ehe nie wirklich bedrohlich, verletzte sie seine Gefühllosigkeit, ja seine Brutalität, mit der er sie anzugreifen pflegte, wann immer er tief im Unrecht war. Langsam kam sie dahinter, daß selbst diese Rüpelhaftigkeit nur eine Art Fieber ist, das im Körper Schadstoffe liquidiert, eine Art Siedepunkt, bei dem im Wasser Bakterien getötet werden. Wenn er genug getobt und früher sogar vor Wut etwas zertrümmert hatte, entschuldigte er sich und tat Buße, versprach goldene Berge und das Blaue vom Himmel.

Mit seiner Kaputtschmeißerei hörte er erst auf, als sie einmal in ihrer Verzweiflung dagegen ein Mittel fand. Er zerschlug zwar, war ihr aufgefallen, was ihm unter die Hand kam, doch selbst in anscheinend blinder Rage wählte er immer einen ersetzbaren Gegenstand, meist aus dem Zwiebelmusterservice, das schlimmstenfalls im Devisenladen nachzukaufen war. Und so, als er wieder auf dem Höhepunkt eines wilden Auftritts die blauweiße Platte mit dem Rest eines Baiserkuchens zertrümmert hatte, griff sie nach der uralten dreistöckigen Pralinenetagere aus dem rosaweißen Karlsbader Überfang, die sie selbst ungemein mochte, und führte das gleiche Theater auf.

Danach wurde ihr mordsübel, und sie erwartete, er würde sie zum erstenmal schlagen, aber in seinen Augen war nur kindliches Staunen, er war sprachlos, versteinert. Dann schoß er aus dem Zimmer, doch die Außentür hat nicht geknallt, er kam mit der Schaufel zurück und begann die Scherben zu beseitigen. Also holte sie den Eimer voll heißen Wassers und putzte mit dem Lappen das Baiser samt Johannisbeeren vom Teppich. Schweigend führten sie das Werk gemeinsam zu Ende und fingen zu reden an, als wäre nichts passiert. Seit diesem Tag hat er nie mehr etwas zerschlagen.

Damals hat sie die Medizin gegen seinen Jähzorn zum ersten- und zum letztenmal gefunden. Dieser hat seine schärfsten Kanten verloren, doch die verbalen Ausfälle dauerten um so länger an. Sie haben sich von einem Tag auf den anderen gelegt, als er sich entschieden hatte, aus der Heimat fortzugehen, was sie vor allem anderen mit dieser Absicht versöhnte. Sie glaubte, er spare jedes Quentchen Energie für das Ringen, das draußen hauptsächlich ihn erwartete.

Wenn sie und Petřík jetzt wieder im Kraftfeld seines Zorns gefangen saßen, um so aufreibender, je weniger er an ihrer Lage etwas ändern konnte, hat sie sich erstmals die Frage gestellt, ob sich an ihrem Schicksal «dort» etwas bessern würde. Gewiß, er ließ hier den Ballast zurück, der ihnen Leben und Liebe verdorben hatte, an erster Stelle «den Bolschewisten», wie er für sich die ganze politische Geschwulst vereinfachend nannte, wozu alles gehörte, von dem «Kotz» der Regimeautoren, die er spielen mußte, bis zu dem «Scheiß» der Staatsjournalisten, in den er sich dann so unglücklich eingetunkt hatte, als auch die endlosen Konflikte mit Doras Mutter und dazu noch die Prozession von Weibern zwischen fünfzehn und fünfzig, von der Gier befallen, mit Hamlet oder Fürst Myschkin und weitaus lieber noch mit dem widerlichen Jago zu schlafen, was offensichtlich auch einigen gelungen war...

Nur, da war der Haken: Was er nicht dalassen konnte bei dem riskanten Versuch, die ihm verweigerte Ehre und Freiheit anderswo zu erlangen, war sein Charakter. Wenn sie jetzt von neuem erlebte, wie er sich völlig gehenließ und dem gefährlichen Punkt näher kam, wo er nicht mehr wußte, was er tat, fröstelte sie bei der Erkenntnis, daß er sein Hauptproblem mit sich schleppt, in sich, wie eine Krebszelle, die jederzeit weiterwuchern kann, und wer wird das ausbaden? Immer nur...

«Papa», ließ sich Petřík plötzlich vernehmen, «wann fahren wir...?»

O nein! Es hat Dora weh getan, er wählte heute für das Wiederfinden der Sprache die schlimmsten Momente! Da schrie der Schauspieler bereits.

«Halt die Klappe! Du hältst sie doch das ganze Jahr über, also halt sie auch jetzt, oder ich setz dich hinaus, und du darfst da brabbeln bis zum Sterbetag!»

Da brauste auch Dora auf, doch ehe es ihr gelang, die Tür aufzumachen und das arme Kind von hinten rauszuholen, damit er mit sich alleine schimpfe und fahre bis ans Ende der Welt, schrie er schon wieder.

«Los geht's!»

Der Motor lief immer noch, er legte den Gang ein und gab mächtig Gas. Vor dem Schlagbaum stand nur ein einziges Auto und ein einziger Zöllner.

«Haltet euch fest!» befahl er verspätet, «ich fahre bis hinter den Wagen und breche gleich mit ihm auf!»

Der vorangegangenen Szene war er sich offensichtlich überhaupt nicht bewußt, und Dora wünschte sich nichts mehr, als endlich mal drüben zu sein.

«Petřík», wiederholte sie sanft, damit der verstörte Junge es begriff, «halt dich, wie du kannst, es wird nochmals einen Ruck tun!»

Der Schauspieler bremste, um noch im Fahren den Augenblick zu erwischen, wenn der Österreicher vor ihm, der soeben seinen Paß zurückbekam, losstartet. Der Schlagbaum hob sich, und der Zöllner stand auf dem Bordstein, es muß klappen! war sich Milan ebenso sicher wie bei einem Bühnenauftritt.

«Noch eh der Jugo kapiert, daß ich nicht anhalte, bin ich durch!»

Er weiß nicht einmal, daß er laut denkt, begriff Dora. Da brüllte er schon wieder.

«Mach doch, Idiot!»

Wider Erwarten blieb der Vordermann stehen und fing mit dem Zöllner zu ratschen an. Milan fuhr schon im Schrittempo.

«Fahr in den Arsch! Mir kommt die Scheiße hoch!»

Der Schuft und Schurke, wie er ihn beschimpfte, regte sich nicht. Sie mußten hinter ihm anhalten, und Dora riskierte jetzt, Milan in eine noch größere Raserei zu bringen, doch ihre Angst um Petřík war stärker: Sie lehnte sich nach hinten und zog ihn an sich. Er zitterte am ganzen Körper. Es soll ein Ende nehmen! flehte Dora das Schicksal an. Und es hat sie erhört, wenn auch auf ganz andere Weise als erhofft.

Überraschend setzte sich der vordere Wagen in Bewegung. Der Zöllner ging auf sie zu.

«Jetzt!» befahl sich der Schauspieler selbst, krümmte den Buckel, wie er es in seiner Jugend beim Skispringen tat, und trat das Gaspedal bis zum Boden durch.

Der Škoda stand.

«Was soll das...?» stotterte er verwirrt, bis ihm klar war: Der Motor war gestorben.

Das Auto vor ihm befand sich noch unter der Schranke. Er startete. Nichts. Noch einmal. Nichts. Der andere fuhr bereits in das Tal hinunter, das man von hier schon sehen konnte. Hinter dem österreichischen Zollamt flatterten bunte Fahnen einer Tankstelle wie vor einem Zirkus. Dora sah, wie Milan der Schweiß über Stirn und Nase rann. Der Anlasser lud mit Gequietsche die Batterie leer, der Motor sprang nicht an. Entsetzen übertrug sich auch auf sie.

Dann begann der Schlagbaum zu sinken, hinter ihnen hat sich plötzlich ein halbes Dutzend Autos eingefunden, und aus dem Gebäude tauchte der zweite Mann auf. Der erste stand vor ihnen, freundliches Interesse in den Augen. Er hob den Zeigefinger, als wollte er sich zu Wort melden, beugte sich nach unten und pferchte den Kopf in das Fahrerfenster. Er schaute kurz auf das Armaturenbrett, nickte zufrieden und rückte mit des Rätsels Lösung heraus.

«Nema sprita...» und er wiederholte es deutsch, «kein Benzin!»

Milan sah aus, als würde er in Ohnmacht fallen. Jetzt hatte Dora Angst um ihn. Der Uniformierte besänftigte ihn.

«Macht nichts! Ich Ihre Pässe...» er führte das Stempeln vor und zeigte auf den Kollegen, der an ihnen vorbei auf den nächsten Wagen zuging, «wir dann beide...» er ahmte das Schieben bergab zur Tankstelle nach und streckte die Hand nach den Dokumenten aus.

Dora reichte sie ihm, in der grünen Verkleidung und mit dem eingelegten Hundertmarkschein. Das Schicksal nahm die Gestalt eines Feschaks mit Schnurrbart an. Als Zugabe lächelte sie ihn an, so bezaubernd, wie es ihr unter diesen Umständen gelang. Er strahlte auf, doch sein Genosse kehrte plötzlich zurück, nahm aus der Tasche einen Zettel, trat vor den Škoda. Kein Zweifel, daß ihn das Kennzeichen interessierte.

Die Hoffnung stirbt als letztes, war Milans Devise. Die seine lag im Sterben! Dora nährte ihr Flämmchen: Sie versuchte nun auch, mit dem zweiten zu kokettieren. Ein Blick des Ekels traf sie. Ob er, mit Milan gesagt, ein Supersaubolschewist war oder einfach ein Schwuler, sie durfte auf das Schlimmste gefaßt sein. Er nahm dem ersten die Pässe ab und führte ihm wie ein Schullehrer ihr graues Innenleben vor.

«Steigen Sie aus!» befahl er Dora spöttisch, und als sie verblüfft gehorchte, sogar Petřík im Wagen zurücklassend, wandte er sich zum Fahrer, «gehen Sie in den Leerlauf, wir schieben Sie zurück!»

Er bedeutete den Glückspilzen dahinter zurückzusetzen, um dem Škoda Platz zu machen. Die Hoffnung wurde unwiderruflich zu Grabe getragen.

11. —— *Den selben Tag, 14.00*

Ab und zu beschlich sie das selige Gefühl, als lebte sie bereits in der Zukunft, die sie sich vor einem halben Jahr noch zu Hause erträumte, damit sie alle Risiken wagen konnte. Jetzt saß sie wieder in einem Garten, von einer undurchsichtigen grünen Palisade umgeben, ähnlich dem, den sie schweren Herzens im geliebten Südböhmen zurückgelassen hatte, sie trank einen Tee, schwarz und stark, aus einem altertümlich bauchigen Frühstückstopf, hörte den Vogelflöten und -klarinetten zu, die aus der wohlbekannten Partitur spielten, und schaute, wie ihr Geliebter die Rosen beschnitt.

Aus ihren Träumen riß sie ständig der Jüngling in der schwarzen Soutane, der neben ihr scheu seinen Tee schlürfte, mit reichlich Wasser verdünnt. Er muß doch, fiel ihr lästerlicherweise ein, teuflisch begabt sein, hier als Stellvertreter die fromme Herde weiden zu dürfen, oder hat er einen Bischof zum Onkel? Er stammte eher aus bescheidenen Verhältnissen, da er nicht wußte, daß der vom Tassenhenkel vornehm abgespreizte kleine Finger kein Beweis von Kinderstube bedeutet. Am meisten bedrückte sie jedoch der Eindruck, sie spreche mit einem Menschen von einem anderen Planeten.

Obwohl sie sich neben Václav an den Katholizismus als Lebenshaltung gewöhnt hatte und sich immer öfter dabei ertappte, wie ihre eingefleischte Gottlosigkeit in der Wärme seiner schlichten, aber echten Frömmigkeit dahinschmilzt, bewahrte sie sich dennoch zur Kirche eine ähnlich kritische Distanz wie zu der Staatspartei. Der antikatholische Vorbehalt war uralten Datums: Das Unrecht von Konstanz an Johannes Hus traf sie in der Kindheit tief. Ihre Beziehung zu den Kommunisten, zunächst neutral mißtrauisch, hat sich für kurze Zeit gebessert, was aber kein Verdienst von Marx und Lenin war; sie mußte eine solche Unmenge Noten lesen und erfahren, daß sie auch zur schönen Literatur nur selten kam. Der erfolgreiche Agitator hieß Ilja.

Er stand kurz vor dem Abschluß des letzten Jahrgangs im Fach Komposition und Dirigieren, als sie am Konservatorium erschien, und so schwebte er für sie in den Wolken. Bei dem Absolventenkonzert, als er seine eigene «Partita für neun Holzinstrumente» dirigierte, verkrachte sie sich mit einer Freundin, die während der Pause giftete, das zehnte und führende Holzstück sei er selbst. Das Mädchen ging mit seinem Kommilitonen und somit Konkurrenten, und Lydia brachte dem Geschmähten ähnliche Sympathie entgegen wie einst dem verbrannten Magister Hus.

Es störte sie nicht, daß diese ablehnende Meinung offensichtlich von vielen geteilt wurde. Ilja kriegte das schlechteste Angebot des ganzen Jahrgangs, nur das «Haus der jungen Pioniere» in Tábor, der Provinzstadt, hat sich für ihn erwärmt. Er nahm das Engagement nicht an, versteht sich, und schlug schnell und erfolgreich als Musikrezensent Wurzeln beim Prager Abendblatt. Und eben er war es, der fünf Jahre später über ihr Absolventenkonzert schrieb, der Janáček möge ruhig unter seinem «verwachsenen Pfad» weiterschlafen, er habe die Interpretin gefunden, für die er komponiert habe.

Sie erhielt Angebote in Hülle und Fülle und konnte von Anfang an wählen, was, wo und auf welchem Flügel sie spielen will. Nach weiteren fünf Jahren konnte sie im führenden Musikblatt über ihre «Apassionata» lesen: «Die Gutenberg beherrscht das Pedal so meisterhaft wie einst ihr berühmter Namensvetter die Druckpresse.» Diese Kritik brachte ihr neben Hohn und Neid der weniger glücklichen Kollegen auch die erste Einladung ins Ausland. Das Konzert in Salzburg hat die mollige und geschwätzige, dabei aber unglaublich nette und vor allem tüchtige Margrit Prohaska zustande gebracht, die auch den tschechischen Kritikerpapst eingeladen hatte.

Er kehrte nach Prag gemeinsam mit Lydia zurück und erzählte im Speisewagen von seiner mißlungenen Ehe mit einer Kunstmalerin, die soeben vor dem Scheidungsrichter endete. Er räumte ein, er habe vorerst keine Kinder gewollt, und Lydia hat es als Grund verstanden. Sie befand sich auf dem Höhenflug, und bis auf das Klavier sollte alles andere warten. Als sie in der Nacht in Prag ankamen, wunderte sie sich, wieso er ihr früher unattraktiv erschienen war. Gern gab sie ihm ihr Telephon.

Sie hat bis dahin nur ein paar flüchtige Bekanntschaften gehabt, «damit die Saiten nicht morsch werden», wie man zynisch auf dem Konservatorium sagte, mit einem Mitschüler, einem Gynäkologen, einem italienischen Jurymitglied bei einem Wettbewerb, den sie auch ohne ihn gewonnen hätte, und schließlich mit einem berühmten Opernregisseur; der wollte sie sogar heiraten, leider war er bereits ein unrettbarer Alkoholiker. Ilja war nur fünf Jahre älter als sie, imponierte ihr jedoch mit seiner Selbstsicherheit, seinem Ehrgeiz und natürlich auch mit der Position, die er sich erkämpft hatte, von vielen gehaßt, von allen respektiert. Noch dazu hat sie erst mit ihm den Gipfel der Liebe entdeckt und fühlte sich nun endlich als Frau.

Als er sie fragte, ob sie mit ihm das Leben teilen möchte, zögerte sie nicht mit ihrem Ja. Auch gefiel ihr sein Vorschlag, jeder solle in der eigenen Wohnung bleiben, sie müsse üben, er schreiben, und ihre beiden Instrumente könne man kaum aufeinander abstimmen. Außerdem wäre es gar nicht gut für sie, wenn sie sich so demonstrativ unter seine Obhut begäbe. Damit war vielleicht jener Fehler begangen.

Vorher kam noch das legendäre Achtundsechzig. Ilja war schon auf der Schule Kommunist, was ihm zu allem übrigen noch die Nachrede eintrug, er müsse jede Taktangabe bei der Partei erfragen. Zweifellos verhalf ihm die Mitgliedschaft in das vom Stadtausschuß der Partei herausgegebene Blatt; danach jedoch konnte ihm niemand mehr streitig machen, er unterstützte Qualität gegen Nichtskönnen, selbst wenn es wer weiß was für ein Genosse zelebrierte. Wie die Zeit für die Reform reifte, so schrieb er mehr und mehr über Politik und behauptete, die dahinsiechende politische Konstellation sei auch für eine so unpolitische Kunst wie die Musik schädlich gewesen. Er überzeugte die Musiker, sie sollten sich nicht mehr «in ihren Futteralen verstecken», sondern der Partei beitreten, die sich damit «aus einer Tambourkapelle schneller in ein Symphonieorchester verwandeln wird». Lydia hat er im Mai 68 überzeugt. Hundert Tage später kamen die Panzer.

Noch ein halbes Jahr glaubte sie, es sei da noch etwas zu retten, besuchte Versammlungen und unterzeichnete Solidaritätserklärungen. Hinter dem Sarg von Palach, dem Studenten, der sich in der knabenhaften Hoffnung, seine Tat würde die abgestumpften Herzen wachrütteln, verbrannt hatte, sah sie viele ihrer Kollegen zum letztenmal. Als der neue Generalsekretär Husák den besiegten Vorgänger Dubček als Botschafter in die Türkei schickte, nannte man bald das Idol von gestern «Schwanda der Dudelsackpfeifer», und es klang schadenfroh.

Die Säuberung, die auch die Künstlerverbände dezimierte, hat bei den Musikern den harmlosesten Verlauf genommen. Die Obrigkeit sah ein, daß in Zukunft nur Musik einiges an Devisen einbringen würde, so begnügte sie sich zur Buße mit einem Häufchen Asche auf den Häuptern. Iljas Artikel wurden nicht als direkte Attacken gegen die gesunden Kräfte in der Partei angesehen; der Vorsitzende der Überprüfungskommission, der ihm offensichtlich helfen wollte, tat sie milde als «intellektuelles Blabla» ab. Ilja erhielt einen Verweis, zugleich aber auch das Angebot, sich des Aufbaus des erneuerten Musikverbandes anzunehmen.

Nachdem das laut wurde, traf ihn nicht, wie sie gefürchtet hatte, Verachtung. Es haben ihn sogar Leute dazu ermutigt, die ihn früher als Karrieristen verpönten. Nähme er an, könne er unzählige Werte retten, bevor sie für ein Jahrhundert von irgendeinem Parteiochsen niedergetrampelt werden, der anno dazumal eine schlechte Polka komponiert hatte. Als Ilja es sich bei ihr bestätigen lassen wollte, war er bereits entschieden, und sie redete ihm auch nichts aus. Die anderen konnten doch recht haben. Sie gestand ihm nur, im nachhinein, daß sie ihre kurze Parteimitgliedschaft bereits beendet hat, der Dubček habe ihr genauso leid getan wie einst Hus und nach ihm er.

Er sagte, sie sei verrückt geworden! Kann sie vielleicht etwas anderes außer Klavierspielen? Und sie war dann die erste, die er in seiner neuen Funktion rettete, als er unter vier Augen, wie du mir, so ich dir! den Sekretär der Überprüfungskommission erweicht hatte, Lydias gewagte Tat für einen Akt zu halten, der im Gegenteil ihre politische Unschuld wieder hergestellt hat: War es denn nicht Dubčeks Partei, der beizutreten Rechtsopportunisten und Verräter sie gezwungen hatten? Ihre Anmeldung hatte zum Glück ein soeben Geflüchteter unterschrieben.

Margrit Prohaska, die zwar wie andere normale Europäer das diluviale Problem, so nannte sie es, nicht verstehen konnte, doch inzwischen Lydia wie eine Schwester mochte, hat schleunigst eine halbjährige Konzerttournee durch mittelgroße österreichische Städte zusammengebastelt; durch einen vordatierten Vertrag hat es der immer noch anständige Direktor der Prager Konzertagentur abgesegnet, kurz ehe man ihn feuerte. Sein Nachfolger, der aus dem Parteiapparat kam, hätte das Papier am liebsten makuliert, überlegte sich aber diesen Schritt in der Furcht, eine Konventionalstrafe in Devisen könnte seine auf schwachen Füßen stehende Karriere gefährden.

Das halbe Jahr verbrachte sie wie in Trance, sie verstand nichts und glaubte an nichts mehr, sie wartete auf ein Wunder. Sie rief Ilja in Prag nur an, wenn ihr hundsmiserabel zumute war, und er sie nur «dienstlich», beide nahmen sie an, sie seien in der Leitung nicht allein und jedes offene Wort könnte sie bedrohen. Die mitleidige Margrit wurde zur Kupplerin: Sie machte Lydia mit dem Redakteur des österreichischen Rundfunks bekannt, der sich bis über die Ohren in sie verliebte.

Johann Christopher war jedoch der erste Mann in ihrem Leben, der jünger war als sie, um fünf Jahre sogar! und das machte ihr mehr zu schaffen, als das dahinvegetierende Verhältnis mit Ilja. Vergeblich versuchte Margrit sie zu überzeugen, wie sichtbar gut ihr die neue Beziehung bekam, und daß der junge Mann, den sicherlich eine steile Karriere erwartet, sie ewig lieben wird, weil er sie auch als Künstlerin vergöttert: Sie werde es gut haben im Beruf wie im Bett! Lydia ließ es nie zum Siedepunkt kommen.

Er flehte sie an, mit ihm nach dem letzten Konzert für zwei Wochen in die Toscana zu reisen, sie sollte selbst erfahren, daß sie mit ihm problemlos leben kann. Doch sie schrieb ihm einen Brief, dankbar, zärtlich und traurig, über den Unterschied «von fünf Sternenjahren», und den Protesten ihrer Freundin zum Trotz flüchtete sie in die Heimat zurück, die sich über ihr wie Wasser schloß.

Vor den Neidern, die ihr nach ihrer Rückkehr das Leben sauer machen wollten, rettete sie ein unverhoffter Eisregen. Sie fiel auf einem nicht gestreuten Bürgersteig hin und brach sich arg den kleinen Finger der linken Hand. Als sie auf der Unfallstation davon erfuhr, weinte sie heftig, bis Ilja sie beruhigt hatte: Von allem Unglück, das ihr in dieser bösen Zeit begegnen konnte, sei dies, versicherte er, das angenehmste. Sie komme in das Alter, in dem eine Pianistin reif wird, und wenn sie sich mit aller Energie ehrlich kurierte und übte, schaffte sie es noch, ihre wirklich großen Konzerte zu spielen. Jetzt entschwinde sie für einige Zeit den Augen jener, die sich an ihr feige für seine schlechten Kritiken von einst rächen möchten, sie werde ein auskömmliches Krankenkassengeld beziehen, mindestens zwei Jahre! währenddessen müsse sich doch die aus allen Fugen geratene Zeit wieder einrenken.

Er irrte in allem. Die Rehabilitierung der Linken dauerte viel länger, und auch danach hielten Lydias Zweifel an, sie würde nie wieder spielen können wie früher; und obwohl das allen Gesetzen der gesellschaftlichen Entwicklung widersprach, wurde die politische Lage immer schlimmer. Am schlimmsten im Januar 1977.

Damals konzertierte sie bereits fleißig im Lande, denn, ungeachtet der Lockrufe und Vorwürfe ihrer Margrit, traute sie sich noch immer nicht ins Ausland. Da brach die hysterische Kampagne gegen die «Charta» aus. Ende Januar zitierte man nacheinander alle registrierten Mitglieder in den Musikerverband und stellte sie ohne Umschweife vor die Wahl: Falls sie weiter auftreten wollten, müßten sie, angefangen mit den Jungs, die irgendwo im Keller Jazztrommeln schlugen, bis zu den gefeierten Staatspreisträgern, durch ihre Unterschrift eine Petition verurteilen, die sie nicht einmal lesen durften.

Ilja hat den verdammten Aufruf Lydia heimlich nach Hause gebracht, er kannte sie und hatte Angst vor ihrer «heiligen Einfalt», wie er ihren krankhaften Glauben an irgendeine überirdische Gerechtigkeit nannte. Dieser Text, beschwor er sie, beinhalte nichts als ähnlich einfältige Enthüllungen über Dinge, die hier jeder kennt, doch einstweilen keiner ändern kann, er sei doch nicht so viel wert, als daß man deswegen den Rest der nationalen Kultur den Repressionen ausliefern dürfte. Fünf Jahre habe sie der Sturz auf dem gefrorenen Regen gekostet, wolle sie sich da jetzt noch freiwillig das Genick brechen?

Die schlichten Sätze aber, die die Regierung zur Einhaltung der elementaren, verfassungsmäßig garantierten Rechte aufforderten, seit Jahren wieder mit Füßen getreten, sprachen ihr aus der Seele, und sie stieß bei den Unterzeichnern auf Namen vieler Leute, die sie sehr schätzte, ehe man sie alle barbarisch zum Schweigen brachte. Sie selbst hätte sich ihnen nie angeschlossen, dazu hatte sie nicht den Schneid, doch sie fühlte sich außerstande, sie schamlos zu verleugnen und mit eigener Unterschrift wie mit einem Stein auf Unschuldige zu werfen. Auf wiederholte Vorladungen reagierte sie nicht, und mit Hilfe eines anständigen Postboten gelang es ihr, das Einschreiben zurückzuschicken, Adressat verreist! Ein kindisches Versteckspiel von kurzer Dauer: Man hat sie zu Hause überfallen.

Das negative Ergebnis unterbreitete man eilends Ilja, und der kam angerannt, ohnmächtig vor Wut. Wer sich aus Dummheit zum Selbstmord entschlossen hat, schrie er, kann von keinem normalen Menschen verlangen, daß er sich ihm anschließt. Sie versuchte, ihm ihre Gründe zu erklären, ohne Aussicht auf Erfolg. Er schlug die Tür zu, und was das bedeutete, hat sie am nächsten Morgen begriffen: Es war auch die Tür zu ihrer beider Beziehung.

Bald bestätigte sich, daß er noch dazu recht behielt. Es schien, als wären alle Konzertveranstalter in Bezirks- und Kreisstädten, alle Rundfunk- und Schallplattenredakteure, die sich noch gestern um sie geprügelt haben, plötzlich spurlos verschwunden. Eine Hinrichtung in Etappen. Lydia erfüllte, wenn nicht einer von ihnen eine schlaue Ausrede fand, noch zwei Jahre ihre Vertragsverpflichtungen, wußte aber, daß man sie längst hinterrücks umbrachte, und konnte sich nicht wehren.

Noch einmal hat es Margrit Prohaska versucht, man ließ sie jedoch, um ihr nichts Geschriebenes auszuhändigen, auf Umwegen wissen, die Gutenberg sei nach ihrem Unfall leistungsmäßig nicht mehr auf der Höhe und somit liege Auslandsrepräsentation momentan nicht im Interesse der Staatskultur. Als Margrit in Prag Krach schlagen wollte, hat sie kein Visum bekommen, man wartete ab, bis sie abkühlte; erst dann erschienen bei ihr die neuen Herren aus dem PRAGOKONZERT mit einem schönen Erpressungsangebot: Falls sie auch regimetreue Solisten in Kauf nimmt, bekommt sie als Zulage ihre Lieblingspianistin, vorausgesetzt, sie ist in Form, versteht sich.

Lydia bemühte sich hartnäckig, wieder Fuß zu fassen, doch als fiele sie von einem Fels herab, stieß sie auf Kanten und Zacken. Ihre letzte Chopin-Aufnahme wurde «versehentlich» gelöscht, und das Studio war leider für ein Jahr ausgebucht; das Konservatorium mußte Sparmaßnahmen treffen, also wurde von der Liste der Pädagogen gerade sie gestrichen. In ihrer Zerstreutheit vergaß sie, im Bad das Wasser abzustellen, und überflutete die Parteien darunter, auf dem Rückweg von der Sparkasse ließ sie die Handtasche mit dreitausend Kronen in der Straßenbahn liegen; das alles war bislang nie passiert. Ilja zog inzwischen zu einer jungen Harfenistin, von der er lobend schon zu Lydias Zeiten schrieb; sie hat es ihr damals gewünscht, doch es war seltsam zu lesen: «Evelyna Freud versteht die Harfenseele so vollkommen wie einst ihr berühmer Namensvetter die menschliche Psyche...»

Sie hat sich an die einzige Freude geheftet, die ihr blieb, das kleine Bauernhaus in Südböhmen, zum Glück hat sie es noch in den Tagen ihres Ruhms und Wohlstands gekauft. Lange hat sie es vernachlässigt, obwohl sie dort einen zweiten Flügel aufstellte, das Hin- und Herfahren kostete Zeit. Erst im Vorjahr, nach einer depressiven Nacht, als sie beinahe den Gashahn aufgedreht hatte, verließ sie Prag und blieb in Klíčov auf Dauer. Damals faßte sie den Entschluß, sich entgegen ihrer finanziellen Situation einen Gärtner zu leisten, der den verwahrlosten Garten zum Leben erwecken sollte...

Jetzt beobachtete sie gerührt, wie er gerade einen oberösterreichischen Pfarrgarten in Ordnung brachte, und war seinem Gott dankbar, daß er ihn geschickt hat. So wurden die bitteren Niederlagen zur Hoffnung, daß sie gerade dank ihnen schließlich gewann, wovon sie seit der Jugend träumte: Raum für Arbeit und Glück in der Liebe.

«Denken Sie nicht schlecht von mir, Hochwürden», sagte sie nach einer Pause zu dem Buben in der Soutane, «Sie sind zwar Priester, dabei aber, Verzeihung, noch ein sehr, sehr junger Mensch.»

Er wurde rot, als hätte sie ihm eine Sünde vorgeworfen.

«Ich bin hier nur als Aushilfe...» entschuldigte er sich, «solange der alte Herr Pfarrer in der Kur bleibt...»

«Ich sage es Ihnen ohne Umschweife», setzte sie leidenschaftlich fort, als ob er mit ihr einen Streit austrüge, «ich glaube nicht einmal an Gott! Nie habe ich einer Fliege etwas zuleide getan, und doch bin ich fortwährend gestraft worden. Der, den ich liebte, hat mich verlassen, selbst die Musik hat man mir eigentlich genommen, erst das Publikum verleiht meinem Spielen einen Sinn...» längst hat sie ihren Tee vergessen, die Hände lagen im Schoß, gefaltet wie zum Gebet, doch der Heilige, den sie anflehte, klapperte unweit von hier mit einer mächtigen Schere, «er ist meine letzte Hoffnung!»

Der Priester wußte sich mit diesem lästerlichen Bekenntnis keinen Rat. Zum Glück wandte sich soeben der Gärtner ihnen zu.

«Sag dem Herrn Pfarrer, daß ich nur Erste Hilfe leiste, hier gäbe es genug Arbeit für eine ganze Woche. Ich würde gern verschneiden, sobald die Vegetation zum Stehen kommt!»

Kein ganzes Jahr war es her, daß sie diese Worte zum erstenmal hörte, ihre Hoffnung war noch immer zerbrechlich und schwankend, sie zitterte um sie und war bereit, jeden zu beißen und zu kratzen, der sich daran vergreifen möchte, selbst einen Priester.

«Er mag mich», sagte sie geradezu herausfordernd, statt Václav zu übersetzen, «und ich ihn auch, dort ließ ich alles zurück, was ich je besaß. Als ich die Ausreise beantragte, ist mir ein Diamantring von der Mutter aus dem Handschuh herausgekugelt und blieb zwischen mir und dem Beamten liegen. Ich hob ihn dann nicht auf, und auch er sagte nicht etwa, ich hätte was verloren, da wußte ich, diesmal werde ich rauskommen!»

Sie zeigte ihm den blassen Streifen um ihren Ringfinger, und der Priester war gespannt, als erzählte sie ihm einen Krimi, und zugleich verlegen, daß er sich nicht hinter dem Beichtstuhlgitter verstecken durfte.

«Ich weiß», fuhr sie fort, «daß wir beide es anfangs nicht leicht haben werden, um so mehr muß mir mein Comeback gelingen! Ansonsten sind wir beide gewöhnt, bescheiden zu leben!»

«Er...» warf der Priester ein, um nicht unentwegt nur peinlich zu schweigen, «wird doch sein Auskommen gleich finden, eine Menge Leute haben hier ihre Gärten...»

«Das kommt gar nicht in Frage!» erwiderte sie so resolut, daß sie erschrak, «entschuldigen Sie, das gilt natürlich nicht für Sie, aber ich will nicht, daß ihn mir jemand abspenstig macht, wie ich ihn. Jawohl, es mag zwar schamlos klingen, doch eines weiß ich ganz sicher: Entweder er bleibt bei mir, oder ich habe keinen Grund zu leben mehr!»

Der Priester schüttelte ratlos den Kopf und wußte nicht, ob er sie wenigstens für diese Versündigung tadeln sollte. Der Auftritt der Köchin hat ihn gerettet. Wie eine Riesenente watschelte sie aus dem Haus, mit einem Bündel Formulare winkend.

«Sodann: Man wird Sie erst im Flüchtlingslager registrieren. Der Zug nach Wien geht um fünf, und vor der Abfahrt richte ich euch eine kleine Jause her.»

Der junge Herr Pfarrer schaute sich die Fahrkarten an und wunderte sich.

«Wieso sind Sie drei...?«

«Ach!» schlug sie sich vor die Stirn, «wir haben Zuwachs gekriegt, nur macht sie gerade Pipi.»

Aus dem Haus kam die Verkäuferin, schwenkte die Plastiktüte mit der rotschwarzen Reizgarnitur und kreischte ihren Landsleuten erleichtert entgegen.

«Ahoooj, Leutchen, da habt ihr mich wieder! Ich dachte schon, ich muß mich abknallen lassen, aber dann erschien das brave Omachen. Von den blöden Bullen kann kein einziger tschechisch quaken!»

Wohlgefällig musterte sie dabei den Gärtner, was höchstens dem jungen Schwarzrock entgehen konnte.

12. *Den selben Tag, 15.33*

Doktor Čierniak war ein gewissenhafter Mann. Ähnlich wie er es in der Poliklinik stets verstand, die Patienten so zu bestellen, daß sie nicht stundenlang warten mußten, plante er sorgfältig die Flucht. Die Entscheidung traf er gemeinsam mit seiner Frau zu Weihnachten, als sie den Amerikaner trafen. Sie nahmen sich seiner an, als er in den Gäßchen unter dem Bratislaver Schloß herumirrte, und begleiteten ihn zum «Carlton», wo er abgestiegen war. Seit er pensioniert war, reiste er durch exotische Länder und war, so ein Zufall! selber Zahnarzt gewesen. Er lud sie zu einem Abendessen ein, das ihr Leben völlig veränderte.

Als er auf ihren Wunsch vorrechnete, wieviel ihm seine bescheidene Privatpraxis eingebracht hatte, und ihnen erzählte, in seinem heimatlichen Kalifornien mangelte es dennoch an Zahnärzten, riß der Damm, den das Paar seit Jahren zwischen ihre reale Sicherheit und einen riskanten Traum hartnäckig aufzuschütten versuchte. Warum probierten sie es denn nicht? fragte der Mann, nachdem er sich ihr Lamento angehört hatte. Sie müßten flüchten, erklärte ihm Doktor Čierniak, und zur Emigration seien sie nicht mehr jung genug. Ein junges Alter, versicherte ihnen der Kalifornier, wäre in ihrem Fall eher von Nachteil, ein Zahnarzt muß Vertrauen in sein Können erwecken, und vierzig Jahre seien so gesehen ideal. Würde man denn dort sein Diplom anerkennen, wollte Doktor Čierniak noch wissen. In Amerika zähle die Leistung, nicht das Papier, hieß es. Auf dem Heimweg haben sich die Eheleute zum zweitenmal das Jawort gegeben.

Der Erfolg des Unternehmens hing von der Geheimhaltung ab. Deswegen vermieden sie jede Andeutung vor den Kindern. Sie waren Mieter eines halben Doppelhäuschens, sparten auf eine eigene Villa, und dieses Geld wollten sie natürlich nicht hier liegenlassen. Wie aber eine Währung, die drüben beinahe Nullwert besaß, in konvertibles Kapital zu verwandeln, zum heimlichen Transport über eine Grenze geeignet, an der sie schon zweimal eine Kontrolle erlebten, bei aller Zufälligkeit sehr gründlich? Ein Einfall seiner Frau begeisterte den Doktor; in den darauffolgenden Monaten hat er ihn mit findiger Sorgfalt verwirklicht.

Am Tag der «Sizilien»-Abreise setzte jedoch eine gefährliche Pechsträhne ein. Zunächst hat der kleine Miro den Schlüssel zum Keller verlegt, in dem das Surfbrett lag, der wertvollste Gegenstand, den sie mitführten. Nach einer Stunde vergeblichen Suchens mußte der Doktor die Tür aufbrechen, zum Mißfallen des Hausbesitzers, der nicht zulassen wollte, daß der Raum unverschlossen blieb; es hat gedauert, bis er erweichte und versprach, die Reparatur für sie in Auftrag zu geben. Zum erstenmal, seit sie den Simca fuhren, hatten sie dann einen Platten, und das auf der Donaubrücke, so daß die Mutter den Verkehr dirigieren und der Vater in der Hupenflut erboster Fahrer sich als Monteur betätigen mußte. Eine Weiterreise ohne Reservereifen konnten sie nicht riskieren, so haben sie über eine Stunde auf einen neuen Schlauch gewartet. Und obwohl sie noch vor Schulende losfuhren, gerieten sie an der Grenze in einen Stau. Es waren die Polen, offensichtlich aufs Exil zusteuernd, denen die tschechoslowakischen Zöllner zum letztenmal Lust und Wonne des Sozialismus vorführten: Man durchsuchte jede Hosentasche.

Als nach zwei Stunden die Čierniaks dran waren, erhofften sie sich vergebens eine slowakische Gunst, Grenzer waren bereits gegen jedermann allergisch geworden. Auch diesmal hatte der knochige Oberleutnant keine Mühe, einen Vorwand zu finden. Nachdem er die Zoll- und Devisenerklärung des Familienoberhaupts studiert hatte, stach er mit dem Finger in das pralle Ding auf dem Dach; mit dem Brett waren auch Mast und Segel zusammengeschnürt.

«Und das hier, ist was?»

Das Ehepaar zuckte zusammen, nur mit Mühe unterdrückte es seine Verwirrung.

«Das ist ein Brett», erklärte der Doktor, folgsam wie ein Abc-Schütze, «ein sogenanntes Surfbrett!»

«Zu was?»

«Na, zum Surfen. Damit gleitet man am Meer auf den Wogen...»

«Ich bin kein Tartar!» erklärte der Zolloffizier mit überraschender Respektlosigkeit vor einem sowjetischen Brudervolk, «mich interessiert, zu was Sie das haben?»

«Nun, zum... zum Surfen doch...»

«Nicht zufällig zum Verkaufen?»

Der Doktor stand vor dem Zusammenbruch. Überzeugt, daß jemand sie angezeigt hatte, schickte er sich schon an, zu seiner Entlastung lieber gleich alles zu beichten. Noch bevor ihm das Harakiri gelang, ließ der Uniformierte durchblicken, um was es ihm ging.

«Es fehlt in Ihrer Zollerklärung, wissen Sie das nicht?»

Im Doktor ging die Hoffnung wieder auf, vor Erleichterung brach er in unsinniges Lachen aus.

«Verzeihung, wir haben es total vergessen. Ich habe gänzlich verbummelt, daß es auch eine Wertsache ist... Sie glauben doch sicher nicht, wir wollten ein Ding wie ein Kamel unauffällig durchschmuggeln!»

Das Knochengesicht maß ihn wie einen besonders pfiffigen Filou.

«Was ich denke, ist meine Sache. Sie haben das Gerät nicht aufgeführt, so kann ich es auch konfiszieren.«

Die Aussicht hat den Doktor beinahe niedergeschmettert. Seine Frau wußte ihm nicht zu helfen, es ging ihr ähnlich. Übereinstimmend glaubten sie beide, daß ihre Reise hier endet. Sie wollte gerade vorschlagen, sie würden lieber umkehren, um daheim abzuwarten, bis das Vergehen geklärt ist, als sich zur Überraschung aller die Tochter meldete.

«Vati, ich habe es in Muttis Papier eingetragen...»

«Ich bitte dich, misch du dich nicht... was?»

«Verzeihung, aber ich habe das Surfbrett bei der Mutti aufgeführt», Magda sprach bereits zu dem Offizier, «ich wußte nicht, daß man es in beiden Formularen angeben muß.»

Er faltete das zweite Formular auseinander, nickte, drückte den Stempel drauf, sprach das Mädchen beinahe freundlich an, als hielte er nur sie hier für kompetent.

«Mach's gut!»

Als sie einstiegen, zitterten des Doktors Knie, und er fühlte sich so geschwächt, daß er vorerst die Kupplung nicht durchzutreten vermochte. Sie waren um Haaresbreite einem Desaster entronnen! Er sammelte alle Kräfte, brachte endlich das Pedal nach unten, und in einer Minute waren sie am österreichischen Zoll. Im Exil! Er lehnte sich nach hinten und umarmte dankbar die Tochter.

«Magduška, dafür erfülle ich dir jeden Wunsch...»

Zur selben Zeit keuchte zur Grenze der ČSSR ein Bus, der ursprünglich mit fünfzig Südtschechen bis Samstag den Spuren der Arbeiterbewegung nachgehen sollte. Statt dessen bezeugten sie jetzt ihre Schmähung. Drei leere Sitze klagten darüber, und in der Karosse herrschte auch bei dem äußerst warmen Juniwetter, das über ganz Europa lag, eine Allerseelenstimmung.

Nur drei Männer haben daran geglaubt, daß ihnen die Buße, vorzeitig zur Schau gestellt, Ablässe in Form weiterer Ausreisen einbringen würde. Der Rest machte sich keine Illusionen, daß man je den Teil Europas wird erblicken dürfen, der nach der Meinung des «Lektors» im Kapitalismus hoffnungslos verfault, nunmehr die tschechoslowakischen Errungenschaften nicht einmal abwarten kann. Nur ein einziges Gehirn ratterte, dem Motor des Busses ähnlich, der den letzten Hügel Österreichs hinaufkletterte.

Josef Strniště wußte, er kann seine gesamte Zauberei vergessen, falls ihm jetzt kein befreiender Trick einfällt. Erwischt er seinen versteckten

Umschlag nicht rechtzeitig, entdeckt man ihn bei der Durchsuchung, die sie zweifellos alle erwartete. Und die hatten genügend Mittel, um schnell festzustellen, wem die Bescherung anzukreiden wäre. Obwohl die Macht selbst schamlos stahl und schob, strafte sie das Vergehen gegen das Devisengesetz fast wie Meuchelmord. Sollte der Magier auffliegen, hätte er seine letzte Westreise erlebt.

Das Malheur bestand andauernd darin, daß die Lederjacke des Busfahrers über die mit einem Reißverschluß versehene Rückenlehne seines Sitzes hing, mit irdischen Mitteln konnte man zum Umschlagversteck nicht gelangen. Im übrigen war es genial gewählt. Auf der Hinreise hat auch keiner nach Schmuggelware in den heiligen Hainen des Stasi-Fahrers gesucht.

Sie ließen das Straßenschild STAATSGRENZE 1 KM hinter sich, und dem Magier schwante es, er würde für den Rest seiner Tage wieder zum Koch werden, am ehesten zum Gefängniskoch. Bald hielten sie vor dem österreichischen Zollhaus an, in Sichtweite wehte die rot-blau-weiße Fahne der stiefmütterlichen Heimat. Der Reiseleiter trug das Pfand namens Pässe in das Gebäude, während der Lehrer zum letztenmal nach dem Mikrophon griff, und das Gedicht «Verläßt du mich, wirst du sterben» las, das, laut ihm, der Klassiker Dyk ahnungsvoll den künftigen verräterischen Emigranten gewidmet habe.

Der Zauberer, neben dem drohend des Gärtners Sitzplatz klaffte, betrachtete mit den Augen eines Ertrinkenden den Ort seiner letzten Chance. Neben der alten Baracke hat man eine neue Abfertigungsveranda mit riesigen Glasfenstern angelegt, nebenan befand sich ein Büfett im Aufbau. In Paletten warteten Ziegel, bis man sie vermauert. Josef Strniště wußte plötzlich genau, was zu tun sei, und verspürte jene fruchtbare Spannung wie vor den Spitzennummern seines Repertoires. Nur in diesem Zustand entsteht Kunst! flößte ihm der alte Toscani ein, als er sich auf seine alten Tage herbeiließ, ihm seine Tricks zu verkaufen gegen tägliche Abendmahlzeiten, die der Koch für ihn aus der Kantinenküche ins Henkeltöpfchen verschwinden ließ.

Das übrige war Routine, die ihm im Blut lag. Er mußte nur die Aufmerksamkeit des Publikums von der technischen Durchführung des Wunders so ablenken, daß niemand sie wahrnehmen konnte. So also hat er abgewartet, bis vor dem Zollhaus der Reiseführer erschien, von zwei Österreichern begleitet, mehr aus Höflichkeit als in der Absicht, die armen Schlucker einer ernsthaften Amtshandlung zu unterziehen. Da erhob er sich, und mit schallender Stimme, die das ganze Fahrzeug erfüllte und selbst zu den Männern draußen durchdrang, verkündete er.

«Schaut euch mal die Fratzen an!» er zeigte unmißverständlich auf die beiden Österreicher, «schaut sie euch mal an, diese aufgedunsenen Kapitalistenärsche und -mäuler!»

Sechsundvierzig Tschechen verspürten das gleiche Gefühl: Er ist verrückt geworden! Schon weil die Zöllner ausgesprochen schlanke Burschen waren.

«Die denken, sie würden uns ein paar faule Bananen oder Strümpfe andrehen, und wir machen uns vor Rührung gleich die Hose voll!»

Er hat seinen Sitzplatz verlassen und drang durch die Reihen versteinerter Reisender nach vorn, an dem nicht weniger schockierten Lehrer und dem Fahrer vorbei, stieß draußen den Reiseleiter zur Seite, schoß aus allernächster Nähe mit dem Finger auf die beiden Uniformen und brüllte sich die Lunge aus dem Hals.

«Die glauben doch tatsächlich daran, daß wir ohne ihre beschissenen Bananen und Behas nicht leben können! Sie hätten gern, daß wir wegen dem bißchen beschissener Modeslips unsere Heimat verleugnen!»

Die Österreicher standen wie Salzsäulen da. Aus dem Gebäude eilten Kollegen herbei, und die Mienen verrieten, daß sie ein solches Spektakel zum erstenmal erleben. Inzwischen hat der erschrockene Reiseleiter die Sprache wiedergefunden.

«Genosse, die da, die wollen es bestimmt nicht...»

«Einen Dreck werde ich leugnen!» tobte der Magier weiter, «ich schätze meine sozialistische Heimat, ich liebe sie, ich bin auf meine sozialistische Heimat stolz, der ganze Kapitalismus kann mich nun mal! Für den hab' ich nur das hier übrig!»

Ehe noch jemand seine Absicht erraten konnte, rückte er zu dem nächstliegenden Ziegelhaufen vor, faßte beidhändig ein oben links liegendes Stück und warf es mit voller Wucht gegen die gläserne Auslage des Zollhauses. Die große Scheibe brach mit einem Knall in Scherben zusammen. Die Zöllner standen mit halbgeöffnetem Mund da.

«Hah!» johlte Josef Strniště siegesbewußt, «und genauso wird eines schönen Tages auch euer Scheißkapitalismus zusammenkrachen!»

Er griff nach dem zweiten Ziegelstein, an dessen Abwurf ihn jedoch der Busfahrer Dadák hindern konnte, der dabei ein Spezialtraining preisgab, so blitzschnell konnte er seinen dicken Wanst zu dem Irren hinbefördern und ihn mit einem Würgegriff unschädlich machen.

«Laß mich los, Genosse!» röchelte der Gewürgte, «ich bin stolz darauf, ein Tscheche zu sein, dir wird man es zu Hause noch beibringen!»

Der King Kong aus Budweis verfrachtete den machtlos Fuchtelnden im Schraubstock seiner Arme in den Wanderkäfig. Von dem Fahrersitz war der jedoch nicht mehr loszureißen. Er verspreizte sich mit Händen und Füßen, man hätte ihn zum Krüppel machen müssen, und das konnte sich Dadák hier doch nicht leisten, die Amtspersonen wären imstande, sie alle hierzulassen! Er lockerte den Griff und überließ das Agieren dem Reiseleiter, der draußen gegen die Herzschwäche und sein schwaches Deutsch ankämpfte.

«Er krank... wir ihn... bald heim...!»

«Moment mal!» besann sich die höchste der österreichischen Chargen mit Blick auf die Scherbenwüste, «zuerst ist der Schaden zu begleichen! Sie müssen einen ausreichenden Reparaturvorschuß hinterlegen!»

Damit die Tschechen verstehen konnten, zeigte er im internationalen Code mit Zeigefinger und Daumen, daß der Spaß sie teuer zu stehen käme.

«Aber wir...» jammerte das verdiente Parteimitglied, «nix Geld... alles futschi...!»

Dem Zollamtsvorsteher hat es gereicht.

«Dann muß eben der Täter so lange hierbleiben, bis die zuständigen Stellen die Schadenshöhe eruieren und die Geldstrafe bemessen. Jawohl: der Mann da drinnen!»

Jetzt peilte er auf die Entfernung den Hintern des noch immer zwischen den ersten Sitzen verspreizten und sich da mit Fingern, Ellbogen, Knien und Sohlen festklemmenden Magiers an. Seine Leute umzingelten inzwischen den Bus von allen Seiten. Den Reiseleiter ließ die Aussicht erzittern, er könnte noch eine vierte Seele verlieren.

«Der aber... muß doch mit...!»

«Sein Name!»

«Genosse Strniště... also Strniště Josef...»

Der Österreicher war Herr der Lage, hat den Namen sogar richtig nachgesprochen.

«Den Sternischtje-Paß hierbehalten! Und heraus mit dem Mann!»

«Genosse Dadák...», befahl der Reiseführer schlaff, «laß ihn los...»

Dieser gehorchte, Strniště jedoch wechselte nur den Griff und umarmte den Fahrersessel.

«Zu Hilfe!» randalierte er, «Genossen, schützt mich, ich will heim!»

Jetzt konnte er bequem die Linke unter die Lederjacke schieben, den Reißverschluß öffnen, das Kuvert herausnehmen und in seine Zaubertasche verlagern. Dann ließ er sich heraustragen. Und weil die Gunst des Augenblicks fortwährte, donnerte er weiter herum, zur Abwechslung auf deutsch, damit die Richtigen ihn verstanden.

«Meinen Koffer her! Ich möchte meinen Koffer haben. Gebt mir meinen Koffer heraus! Er liegt unten im Laderaum!»

Dadák mußte öffnen, und der Magier hatte wieder alles, was ihm gehörte. Zwei Grenzer hielten ihn zwischen sich fest, damit er keine Heimflucht versuchen konnte. Als ihre Kollegen den kleinlauten Rückkehrern ihre Pässe zurückreichten und Dadák den Motor anließ, hat sich der Zauberer mit einem wendigen Dreh von seinen Bewachern befreit, nahm Habachtstellung an und salutierte, wie der brave Soldat.

«Lebt wohl, Genossen, lebt wohl! Grüßt von mir die Genossen in Budweis! Richtet ihnen aus, daß ich auch hier ewig treu bleibe!»

Er wartete ab, bis die Budweisriege vom Vaterland verschlungen wurde, und dann, noch ehe man es vermeiden konnte, warf er sich auf den Boden. Zu ihrem Staunen küßte er den warmen Asphalt, wie der Heilige Vater unterwegs. Beim Aufstehen zauberte er den fetten Umschlag heraus, riß ihn auseinander und führte ein prächiges Banknotenbündel hervor, das er professionell durch die Finger fahren ließ, als mischte er Karten. Schillinge, Mark, Dollar und Franken flimmerten auf. Er drehte sich zu der erblindeten Wand des Zollamts und fragte, als hätte er im Restaurant zu zahlen.

«Meine Herren, was bin ich schuldig?»

13. ______ *Den selben Tag, 16.00*

Das vergitterte Zimmer im ersten Stock des jugoslawischen Dienstgebäudes, in das man sie wortlos eingesperrt hatte, war mit Diplomen behängt, die die Grenzschutzeinheit für die beste floristische Ausstattung des Geländes, den ersten Platz in der Fußball-Divisionsliga und andere Friedensleistungen lobten. Für die drei war es ein Gefängnis, und Dora kamen alle vorangegangenen Erlebnisse des Tages wie eine Idylle vor, verglichen mit den zwei Stunden hier.

Milan spielte im Leben allzu oft Komödien, denen Dora zunehmend weniger Gewicht beimaß, ähnlich wie seinen Anfällen von Jähzorn. Er schaffte es leicht, scheinbar völlig zusammengebrochen, das Telephon zu übernehmen und mit einem Regisseur zu schwadronieren, der ihm eine gute Rolle anbot. In lichten Augenblicken nannte er das selbst «professionelle Deviation» und schämte sich dafür: Solange sich der Clown keine rote Nase aufgesetzt hat, soll er sich zivilisiert benehmen!

Jetzt, könnte sie schwören, täuschte er nichts vor. Er saß auf seinem Stuhl, sinnlos in die Mitte des Zimmers gestellt, so wie er sich darauf niedergelassen hatte, kaum daß das Türschloß eingeschnappt war, schaute vor sich hin und wiederholte nur dasselbe.

«Verzeiht mir... bitte, verzeiht mir...»

Sie litt gemeinsam mit ihm und noch stärker mit dem Kind, dem heute nichts erspart bleiben sollte. Sie selbst schöpfte Mut dadurch, daß sie ihn ermutigte. Zuerst versuchte sie, ihm auszureden, er habe sie alle für immer zugrunde gerichtet. Noch ist nichts passiert! Man kann sie nicht ausliefern, solange man sie nicht verhört hat, und man wird ihnen schwer beweisen können, daß sie sich nicht auch das zweite Mal verirrt hatten, sie beide sollten sich jetzt lieber klug verabreden, als daß sie sich abquälten! Er schien sie nicht zu hören.

Zum erstenmal fiel Dora ein, daß sie ihr Zusammenleben durch einen Irrtum verdarb, der ihr schon zu Beginn widerfuhr. Daß der Rädelsführer, den er vor der Welt so überzeugend darstellte, bis auch sie daran glaubte, nicht er war und auch niemals gewesen ist. Es war ihr plötzlich unbegreiflich, daß sie sich ihm so auslieferte, obwohl er, sobald er zu Hause mit ihr allein blieb, oft sich selbst nicht helfen konnte. Ein Herrschaftssöhnchen, hörte sie die Mutter sagen, verwöhnt und egoistisch, halt ihn dir vom Leib... Sie tat es nicht, und jetzt mußte auch Petřík dafür büßen...

Sie zerriß den Gedanken und warf ihn weg wie eine unheilbringende Nachricht, die eine ohnehin schlechte Lage nur noch verschlimmert. Mit den Augen bat sie den Sohn, der schon wieder den Tränen nahe war, daß er jetzt zu all dem nicht auch noch loslegt, und zu Milan wiederholte sie, sie wußte nicht mehr, zum wievielten Mal, damit es zu seinem blockierten Gehirn endlich durchdrang.

«Wir haben dir nichts zu verzeihen. Wir sind doch deine Familie!»

«Nein!» sträubte er sich in einer Aufwallung von Selbstpeinigung dagegen, «ich dachte nur an mich selbst! Nur und nur an mich!»

«Aber nicht doch! Wir wollten auch mit... wollen doch nach wie vor!» verbesserte sie sich schleunigst, «Petřík freut sich schrecklich auf die Indianer, nicht wahr, Petřík?»

Der Sohn nickte, unkindlich ernsthaft. Ihr kam es vor, als hätte sie zwei Kinder, das größere schüttelte verzweifelt den Kopf und tat sich selbst leid.

«Ihr werdet bis zum Tode in Böhmen gefangen sein... und ich kehre die Straßen!»

«Milan! Wahrscheinlich verhört man uns hier bloß und läßt uns dann laufen! Und wenn nicht, wir sind noch jung genug, es kann sich noch so viel ändern. Laß uns froh sein, daß wir zusammen und gesund sind...»

Ihr Kredo hat ihn anfangs bezaubert und später abgestoßen, durch das, wie er es am zahmsten nannte, ihrer unwürdigen Primitivität. Jetzt hoffte Dora sogar, er würde in Wut geraten, auch das könnte ihm aus diesem psychischen Tief heraushelfen. Doch selbst das blieb aus, Milan schien tatsächlich am Ende zu sein.

Auch plötzliche Schritte auf dem Gang und der Schlüssel im Schloß brachten nichts, obwohl Milan es haßte, die eigene Schwäche Fremden vorzuzeigen. Er hat sich nicht einmal dann bewegt, als Breschnew in das Zimmer trat. Der Neuankömmling, wenn auch viel jünger, ähnelte dem Kremlherrscher fatal bis zu den wild zusammengewachsenen Augenbrauen, den Eindruck schwächten nur absurde Requisiten ab: In der Hand hielt er einen Motorradhelm, und beide Lederjackentaschen quollen über von zwei Flaschen gelblichen Schnapses. Er sprach sie langsam und deutlich an, ob das nun kroatisch, serbisch oder slowenisch war, sie konnten ihn verstehen.

«Wohin ging die Reise?»

Der Ton und das Auftreten verrieten einen Soldaten. Der Schauspieler raffte sich endlich auf. War es ein Verhör, so lag nun alles an ihm.

«Nach Prag...»

«Über Österreich? Mit den grauen Pässen?»

«Nein, über Ungarn!»

«Dort», nickte Breschnews Doppelgänger zum Fenster, hinter dessen Gitter sich wie eine Fata Morgana die grünen Hügel der freien Welt abzeichneten, die sie aus dem Auto kurz gesehen hatten, «liegt aber Österreich.»

«Wir haben uns verfranzt.»

«Heute zum zweitenmal!»

Der Schauspieler stand wieder auf der Bühne, glaubwürdig wie eh und je.

«Es tut mir wirklich leid. Wir waren die ganze Nacht unterwegs, und ich mußte allein am Steuer sitzen, es waren beidesmal Fehler aus Müdigkeit. Dürfen wir endlich nach Hause?»

«Sie müssen sogar. Ihre Behörden bestehen darauf, daß wir den tschechoslowakischen Bürgern, die sich auf diese Art verfranzen, ihre Reisepapiere abnehmen und in die Botschaft schicken, wo sie sie persönlich abzuholen haben.»

«Aha...» Milan ließ es unkommentiert, er wartete, was kommt.

«Ihre Behörden werfen uns vor, wir machen ihren Staatsangehörigen gesetzwidrige Heimatflucht möglich. Unsere Republik hat genug eigene Probleme und kann sich keine neuen leisten.»

«Jawohl...»

«Sodann.»

Breschnews Linke fuhr in die Jackentasche und wühlte darin unter der Flasche. Dabei verlautete er teilnahmslos.

«Sie nehmen den kürzesten Weg nach Beograd. Da werden Ihre Behörden schon dafür sorgen, daß Sie sich nicht weiter verfranzen.»

«Das ist doch schrecklich weit. Ich habe morgen in Prag eine Fernsehprobe!»

«Bei Ihnen gehen die Ferien zu Ende? Bei uns fangen sie erst an.»

Inzwischen stellte er eine der Flaschen auf den Tisch und fischte aus der Tasche eine Apfelsine. Er reichte sie dem Kind.

«Nimm...!»

Petřík regte sich nicht.

«Probier doch mal!» sagte der Mann freundlich.

«Hörst du, du sollst mal probieren...!» redete ihm Dora zu.

Er griff nach der Frucht, stand aber da wie ein Häufchen Unglück.

«Und sag auch danke schön!» ermahnte sie ihn.

«Danke schön...» piepste er, und nichts weiter.

«Iß doch», sagte Dora, «du hast Hunger!»

Sie schälte ihm die Orange und teilte sie in Scheibchen, die sie dem Kind in den Mund schob. Die drei Erwachsenen schauten schweigend zu, wie er aß. Seltsam, dachte sich Dora, ich verspüre kaum den Duft. Ähnlich wie Milan mußte auch sie so aufgeregt sein, daß ihre Sinne gefährlich abstumpften.

«Falls Sie sich aber nicht wieder verfranzen wollen», sagte der Jugoslawe unerwartet, «gebe ich Ihnen eine Adresse hier in der Nähe, da werden Sie gut beraten.»

Sie schauten ihn verständnislos an.

«Man hat dort bereits viele Ihrer Landsleute gut beraten. Niemand hat sich bislang beschwert. Sind Sie interessiert?»

Der Schauspieler, durch seinen Mißerfolg benommen, verstand immer noch nicht, dafür aber Dora.

«Ja, natürlich sind wir das!»

Der Unbekannte mit dem bekannten Gesicht zog jetzt ein Papier aus der Brusttasche. Übersichtlich war darin eine Route eingezeichnet. Er legte noch ihre beiden Pässe dazu, ohne die grünen Hüllen; aus dem oberen schaute wieder der Hundert-DM-Schein heraus. Er stellte zu der ersten Flasche auch die zweite und lächelte zum erstenmal.

«Das ist kein Sliwowitz. Das ist Benzin. Ihr Wagen steht vorn beim Bistro, und die neue Schicht im Dienst kennt Sie nicht. Gute Reise!»

Sie nahm die Banknote aus dem Paß und reichte sie ihm wortlos; vor Rührung konnte sie nicht sprechen. Er lehnte ab und machte ihnen die Tür auf.

«Bei der Rückkehr.»

14. ———— *Den selben Tag, 16.30*

Der Korporal erkannte sich nicht wieder. Er wußte, daß er seine Ansicht ändern kann, falls ein Irrtum vorläge, doch er ahnte nicht, daß es so schnell vonstatten gehen könnte. Seit dem Augenblick, da der Gedanke in ihm wie eine Automatenmünze klickte und ihn mit seinen alten Zweifeln verband, änderte sich seine Einstellung zu dem aufmüpfigen Schnitter gründlich. Als er beim Gulasch in seine spöttischen Augen schaute und neue Boshaftigkeiten zu hören bekam, begann der Mann ihn gleichermaßen anzuziehen, wie er ihn noch heute früh gefuchst hatte.

Er war sich gewiß, daß der Tscheche abhauen wird, sobald er die erste Gelegenheit wittert, und als die Sonne auf das österreichische Ufer wechselte, das jetzt wie auf einem Reiseprospekt erstrahlte, fragte er sich, warum das gleiche bislang nicht ihm eingefallen war. Seit langem glaubte er nicht mehr an das Gewäsch aus der politischen Schulung, das man höchstens noch Schwachköpfen auftischen konnte, nur Agenten und Kriminelle würden die Republik verlassen. Er selbst hatte doch entfernte Verwandte, die nach dem Krieg, dem Februar 48 und August 68 geflohen waren und jetzt als hochwillkommene Landsleute auf Besuch kamen, denen man hier gern von ihren Devisen abhalf.

Außerdem war der Korporal längst der Meinung, die Menschen sollten das Land selbst wählen können, in dem sie leben und sterben möchten. Nun verhalf ihm dieser trotzige Sensenmensch zu der Entdeckung, daß es eigentlich eine Art Verbrechen ist, die eigenen Bürger in der Heimat wie im Knast zu halten. Bei der Vorstellung, daß er jetzt auf jemanden schießen sollte, der sich hier den Weg zur Freiheit freimähte, war er dem Ersticken nahe, und Empörung kam in ihm hoch auf die Bonzen Marke Scherg, die ihre Soldaten vor die Wahl stellten, zu Mördern oder zu Häftlingen zu werden. Er verspürte Lust, es ihnen zu zeigen.

Wie er jedem, der es wissen wollte, versicherte, er habe genug Zeit für Mädchen wie auch für die Hochschule, wurde ihm jetzt obendrein klar, daß er auch Zeit fürs Wandern habe! Sein Großvater und dessen Brüder haben vor dem Krieg in Pest und Wien geschuftet, wohin sie von zu Haus mit der Straßenbahn fahren konnten, und alle sind danach ans größere Geld und zu höheren Ehren gekommen als die Faulpelze, die nirgendwohin wollten. Sollte nicht auch er, solange sich hierzulande ohnehin nur Füchse und Hasen Gute Nacht sagten und die Schergs mit den senilen Jugendverbändlern herumkommandieren, einen Ausflug in die Welt machen, von der ihn kaum zwei Dutzend Schwimmzüge trennen? Auch Schülerchampion im Kraulen war er gewesen!

Und sollte man ihn in Abwesenheit wegen Fahnenflucht verurteilen, so ließen ihn alle die immer wiederkehrenden Verhaue tschechoslowakischer Geschichte hoffen, er könnte noch vor seinem Dreißigsten wieder zurück sein, rechtzeitig genug für eine Heirat in der Heimat. Als ein fertiger Mann, wohl bemerkt, der es in einer fremden Welt und Sprache gemeistert hatte. Er kannte ein paar Brocken Ungarisch, war durch das Wiener Fernsehen geschliffen, hatte einen bulligen Willen und vor allem Zeit, Zeit, Zeit! Seine dreiundzwanzig Jahre erschienen ihm wie ein Rammbock, mit dem er jedes Tor aufreißen wird.

Er hat einmal einen Kulturfilm gesehen: Korn in der Nährlösung, einmal pro Stunde aufgenommen, wuchs vor den Augen der Zuschauer in einigen Sekunden zur reifen Ähre. Ähnlich schien ihm die Entscheidung, die in ihm erst heute aufging. Zuletzt tauchten in seinem Gedächtnis auch Verse wieder auf, die einzigen, die er je auswendig gelernt hatte, weil ihm der langnasige Held so imponierte, der sie auf der Bühne sprach.

Wir fliehen vor weichlichen Betten
Und sammeln kein Geld in der Truh'
Wir pflegen das Haar nicht zu glätten
Wir lieben und zürnen im Nu
Wir halten zusammen wie Kletten
Und gilt es zu kämpfen, zu retten
Dann kommen wir gerne dazu
Wir sind die Gascogner Kadetten...

Nachdem er durch das Pförtchen zurückgekehrt war und der Schnitter sich an den Rest der Wiese gemacht hatte, beschäftigte den Korporal nur eine einzige Überlegung: Wie?! Dieser Mensch hatte ohne ihn keine Chance, doch auch er wird genug Probleme haben: Als den zweiten Mann nahm er natürlich einen, der am tüchtigsten aussah. Das könnte sich jetzt an ihm rächen. Der Neuling war schon einen Schuß Pulver wert, seit dem frühen Morgen hat er dem Korporal vorgeführt, was für ein toller Bursche er sei, nicht einmal in der Mittagshitze bat er um Erlaubnis, die Bluse ablegen zu dürfen, die MP trug er ununterbrochen vorschriftsmäßig, so konnte er im Nu schießen. Er glühte spürbar vor Verlangen, sich eine Woche Urlaub zu erschießen. Würde er vierzehn Tage bekommen, wenn er sie alle beide erlegt?

Bald hat er zwei Köpfe gehabt. Im einen lief die Gegenwart, im anderen die Zukunft ab: Lebhaft stellte er sich vor, wie der Riese plötzlich die Sense fallen läßt, nach drei Zickzacksätzen kopfüber in den Fluß springt, währenddessen er das Magazin ins Wasser wirft, da er weder mit seiner Waffe flüchten noch aus ihr abgeknallt werden möchte, und dann allein im munteren Strom zu den Fischerbuden hinüberkrault, wegen des häufigen Hochwassers auf mannshohe Pfähle gestellt; wie er mit dem Tschechen in das Jungholz hineinwatet, den österreichischen Zöllnern entgegen, die hier gegen fünf promenieren, auf der ausgetrockneten Zunge verspürte er sogar den bitteren Geschmack des Weins, mit dem sie beide am Abend auf Brüderschaft anstoßen werden.

Gleich morgen früh wird er sich zu einem Deutschkurs melden und ab Herbst auf die Hochschule. Für die Eltern der Flüchtlinge galt ein Gewohnheitsrecht, sofort zu einem «Überredungstrip» anzutreten; er traute sich zu, die Tat vor der Familie erfolgreich zu verteidigen, um so mehr, als ihr daraus kaum Unannehmlichkeiten erwachsen würden. In der Slowakei nahm man auch das sportlicher als in Böhmen.

Den ersten Kopf zerbrach er sich über dem Problem, wie er sich von seinem Milchbart loseisen könnte, um ein schlimmes Malheur zu vermeiden. Ihn unter irgendeinem Vorwand wegschicken? Ihn sofort zu entwaffnen? Blödsinn! In beiden Fällen könnte der Streber, falls sich ein Schräubchen in seinem Gehirn lockerte, eine Garbe rausjagen, er läuft ja entsichert herum! Ihm in die Eier zu treten? Das kam für ihn nicht in Betracht, er wäre unfähig, einen Jungen gemein anzufallen, der ihn für einen Kameraden hielt. Jesusmariajosef! haderte er schon wieder mit dem Himmel, wie mach' ich's nur?

Dann gewann der Selbsterhaltungstrieb die Oberhand: Ein paarmal hat er heftig mit dem Kopf von links nach rechts und zurück gezuckt, ähnlich wie auf Nachtposten, wenn er gegen das Einschlafen ankämpfen mußte. Der Fahnenfluchtfilm riß sofort ab. Der Korporal stand auf der Wiese unter dem Felsen, wie so oft vorher, hundert Meter entfernt schob Masopust Wache, und zwischen den beiden rückte Schritt für Schritt der emsige Arbeiter gegen das letzte Geviert des hohen Grases vor. Alles in Butter wie sonst auch! mit der üppigen Phantasie würde er sich bald Rat wissen: Abends einen Ausritt nach Břeclav und einen Meter Bier im Nationalhaus; vielleicht hat Hanka, die flotte Kellnerin, Dienst, die ihm so anständig vorkam, dann geht er mit ihr danach in den Stadtpark, und morgen hat er wieder nur einen einzigen Kopf, einen ganz normalen.

«Genosse Korporal...!»

Es war sein Masopust.

«Ja...?»

«Ich muß mal!»

Er traute seinen Ohren nicht.

«Wie?»

Über die ganze Wiese hin rief der Soldat schuldbewußt.

«Groß...»

Was nun? überlegte der Korporal. Der Junge hielt das Schweigen für eine Ablehnung und entschuldigte sich unglücklich.

«Wahrscheinlich Dünnschiß...»

Der Himmel hat sich inzwischen weiter ganz tüchtig bemüht: Unter der ersten Bude jenseits des Flusses tauchten zwei österreichische Zöllner auf. Der Tscheche starrte ihn gespannt an. Den Korporal quälten jetzt keine Zweifel mehr. Er befehligte wie ein General.

«Wegtreten, zu dem Dingsbums da... zum Weidengebüsch... daß nicht gleich die halbe Welt sieht, wie Sie scheißen! Und sichern Sie die Schußwaffe, sonst treffen Sie noch den eigenen Arsch!»

«Zu Befehl!» rief der Junge ganz nach Vorschrift und sauste los, wohin ihm befohlen wurde.

In voller Kühle schätzte der Korporal ab, wann der Mann da die Hose runterläßt. Man hatte jetzt mindestens eine Minute Zeit. Wie vorher in Gedanken, riß er das Magazin der MP heraus und schlug die Patrone aus dem Lauf. Der Halbkreis der Felsen verstärkte den metallenen Klang. Der Schnitter erstarrte mitten im Schwung, doch nichts weiter. Der Korporal zeigte zum Fluß.

«Na, mach doch!» zischte er dem anderen zu.

Der Kerl blieb stehen, als wären ihm vor Schreck die Beine gefesselt. Mein Gott, erschrak auch der Korporal zu spät, ein Provokateur...? Er warf die MP weg und brach allein zum Fluß auf.

«Renn!» schrie er dem Mann zu, «lauf doch!»

Am Ufer stieß er mächtig ab und holte aus, vereinte Sprung und Wurf. Das Magazin hörte er noch vor dem anderen Ufer ins Wasser plumpsen. Nach einigen Zügen drehte er sich um und war baff: Der Tscheche schmiß zwar die Sense hin und spurtete zum Fluß, doch gleichzeitig johlte er zum Weidengebüsch.

«Alarm! Er türmt!»

Er hatte die liegende Waffe erreicht, und der Korporal konnte im Fluß noch die Sperrklappe hören, o Gott! hat er wieder mal unwillkürlich gebetet, gib, daß er die scharfe nicht findet... damit er richtig reagieren konnte, wechselte er in die Rückenlage und sah seinen Rekruten, wie er unglaublich schnell auf das Ufer zurannte, die Hose mit einer Hand hochhaltend, darum konnte er noch nicht schießen, obwohl der Saukerl von Schnitter, gewiß ein getarnter Offizier auf Grenzkontrolle, jetzt wie Scherg brüllte.

«Feuer, verdammte Scheiße, pump ihn voll mit Blei!»

Masopust, der endlich kapierte, daß er die zweite Hand braucht, blieb stehen und ließ seine Hose fallen, die zwar bis zu den Knobelbechern herunterrutschte, ihn aber nicht mehr am Schießen hinderte. Vor dem Korporal lag das unterhöhlte Ufer, das er nun hinaufklettern mußte, er spürte es jedoch in den Knochen, daß der Schuft, Österreich hin oder her!

gleich loslegen wird, komisch, erfaßte er noch, daß ich jetzt, statt vor denen Angst zu haben, auf mich selbst wütend bin... Da erschien der Schatten.

Einer der dickleibigen ältlichen Zöllner, von den tschechoslowakischen Cowboys spöttisch «Grufties» genannt, sprang nun flink vom Ufer ins Wasser zum Korporal hinunter, riß ihn beinahe um und machte die molligen Arme vor ihm breit.

«Hooolt!» fast jodelte er aus voller Kehle zur tschechischen Seite, «Se zül'n auf österreichiches Gebiet! Se begeh'n a strafbare Grenzverletzung!»

Die drüben wurden zum lebenden Bild. Und der Korporal konnte über den Fluß hin den schluchzenden Masopust hören.

«Mist... so ein Mist...»

Er kroch das Ufer hinauf, der andere Österreicher half ihm dabei, der Korporal glaubte, man habe ihm von oben eine komplette Schutzengelpatrouille geschickt. Auf dem Weg zum Jungholz deckten ihm die Zöllner den Rücken, und er hatte endlich Zeit, sich darüber klarzuwerden: Anton Vágner, heute morgen noch im Jugendverband und in der Armee, war jetzt Deserteur und Emigrant.

15. ——— *Den selben Tag, 17.00*

Als Karel Markalous aufwachte, kannte er sich weder in der Zeit noch im Raum aus. Obwohl er vor sich hinstierte, nahm er nur Dunkelheit wahr. Er dachte, er sitze noch in jenem feuchten Keller, und er fürchtete sich ungemein, daß er am Morgen sterben muß.

Am vorigen Tag sind durch das Glasstädtchen an der Sávaza deutsche Einheiten durchgezogen, die amerikanischer Gefangenschaft zueilten. Es war nicht mehr die schreckenerregende Kraft, die letzten Pimpfe legten eilends die Schußwaffen vor den hiesigen Feuerwehruniformen nieder. Sie berichteten, die Rote Armee rolle dicht hinter ihnen her, und die Stadt steckte gleich Fahnen heraus, die morschen, dreifarbigen Flaggen der Tschechoslowakischen Republik. Die Radionachricht über den Prager Aufstand hat mehrere Mannen samt Karels Vater veranlaßt, vor und hinter der Brücke Barrikaden zu errichten.

Auch der kleine Karel bewaffnete sich: mit einem wackeligen deutschen Stahlhelm und verrostetem Bajonett, Besseres hatten ältere Jungs gegriffen. Am Nachmittag jedoch kamen statt russischer Panzer die mit dem Hakenkreuz: SS-Eliteeinheiten aus Benešov, auf der Suche nach der letzten Lücke. Die Barrikadenkämpfer ergaben sich ohne einen einzigen Schuß der Übermacht, wurden gezwungen, die Durchfahrt freizumachen, und danach in den Keller der Feuerwache hineingepfercht, mit dem Versprechen, daß man sie morgen früh, sobald die Division drüben ist, zusammen mit der Brücke in die Luft jagen würde. Die verwilderten Deutschen sperrten den Zehnjährigen zu ihnen. Trotz der Todesangst schlief er bald vor Müdigkeit ein.

Auch damals wachte er im Dunkeln auf, und er vergaß später nie, wie ihm Tränen über die Wangen rannen bei der Vorstellung, daß er nach einem Weilchen in Stücke gerissen werden sollte und nie mehr ins Kino, zum Angeln oder sonstigen Freuden der Kindheit könnte, ja, damals erschien ihm selbst die Schule ein Paradies...

In der Morgendämmerung hat die Gefangenen zum Glück ein SS-Offizier übernommen, der sein Leben nicht mehr dadurch komplizieren wollte, daß er sich noch in den letzten Stunden des Krieges auf die Verbrecherliste setzte. Zuerst hat er Karelchen mit den Worten entlassen, mit denen Augenzeugen ihn ewig geneckt haben.

«Ein kleines Kind spielt nicht im Hochwasser!»

Langsam kam er nun zu sich und begriff, wo er sich tatsächlich befand und was er da suche. Der Schlaf kam ihm bestens zugute. Keine Spur von Alkohol, und was nicht weniger wichtig war, keine Gewissensbisse. Bald wird er doch Zdena überzeugen, daß sie ihm unrecht tat, und die kleine Zuzi, daß sie einen braven, jawohl! Opa hat, denn es kommt doch nicht auf den Titel an. Eine leichte Ermattung der Glieder erinnerte ihn an den Liebeskampf, bei dem er besser bestanden hatte, als viele Jüngere es schaffen würden. Und sein ausgeruhtes Gehirn war begierig, wieder auf vollen Touren in Sachen Glas und Zukunft zu laufen.

Die Dunkelheit wurde von den schweren Vorhängen künstlich erzeugt, und Gerda war pünktlich, es konnte also noch nicht Viertel nach drei sein... fünfzehn siebzehn! lächelte er, als ihm das kindische Lizitationsspiel in den Sinn kam. Genüßlich streckte und reckte er sich, bereitete sich geistig darauf vor, was ihn erwartete.

Von seinem Vertrag hatte er eine präzise Vorstellung, und er leitete sie über Gerda beim letzten Wiener Besuch nach Hongkong weiter; Gerdas Postkarte, mit abgesprochenem Grußtext, hat ihm nach Prag das Ja der Firmenleitung bestätigt. Er setzte keine Komplikationen voraus, der Inhalt des Umschlags müßte die Leute selbst in seiner unvollständigen Fassung überzeugt haben, daß sein Angebot dem Verlangten entsprach. Unerfreulich war nur die neue Trennung von ihr, doch er hat schon Schlimmeres überlebt als vierzehn Tage luxuriöse Einsamkeit in der Metropole der Sünde. Übrigens konnte er sich aus diesem Grund am Anfang ganz und gar seinem Job widmen, und um so mehr würde er dann Zeit für sie haben. Spätestens im August möchte er sich seinen Traum erfüllen: einen Urlaub auf Tahiti.

Er machte das Licht über dem Bett an, um das Zifferblatt seiner Uhr abzulesen, und war schockiert: zehn Minuten vor fünf! Gleichzeitig ertönten die Kirchenglocken von Wien. Na klar, sie war schon hier und ließ mich weiter süß schlafen! Er sprang aus dem Bett und zog die Gardinen auseinander. Die großen Fensterscheiben führten auf das Herz der Stadt, hinter dem blühenden Stadtpark zogen sich die stolzen Portale der Paläste am Ring dahin, und über all dem zeigte der schlanke Finger des Doms in den Himmel. Die Sonne stand noch hoch, der längste Tag des Jahres doch!

Er drehte sich um und suchte nach einer Nachricht. Als er nichts fand, zog er sich schnell an, damit er gleich aufbrechen könnte, sobald sie erschien. Widerwillig schlüpfte er in das alte Oberhemd, über frische verfügte er nicht, weil sich der Koffer bei den verflossenen Landsleuten befand; er mußte gleich noch zumindest zwei neue kaufen und Wäsche für die Reise, bevor er sich in Seide kleidet, die in Hongkong für ein Spottgeld zu haben sei. Sofort wollte er auch etwas Tolles für Tochter und Enkelin aussuchen, Gerda wird gern ihm mit Rat und Tat beistehen, auch den Versand besorgen. Schmeißt Zdena alles trotzig weg, ist es ihre Sache!

Als er fertig war, schlug es fünf, und er verspürte Unruhe. Ist ihr was passiert? Er zog sein dünnes Telephonbuch, fand ihre hiesige Nummer, unter einem fiktiven tschechischen Namen chiffriert, tippte sie in den Tastenapparat ein und wartete. Ein Piepston meldete sich, als hätte ein Papagei abgenommen, und eine metallene Stimme wiederholte den automatischen Text.

«Kein Anschluß unter dieser Nummer... Kein Anschluß...»

Anscheinend hat Gerda das Telephon schon abgemeldet. Und was sollte sie zu dieser Stunde im fernen Grinzing suchen? Ihre Chefs müssen sie aufgehalten haben. Irgendeine Komplikation? Die Firmennummer hatte er sich vorsichtshalber nie notiert; im Fach des Telephontischchens lag das vierteilige Fernsprechbuch. Da erinnerte er sich, daß die hiesige Vertretung des CHINAGLASS ihren Sitz bei einer anderen Firma hat, um die er sich bislang nicht gekümmert hatte, da die Kontakte allein Sache der auffällig unauffälligen Gerda bleiben sollten.

Er entschloß sich, für alle Fälle ein paar Tausender abzuheben, und lobte Gerda für die Idee, das Geld auf ein Postsparbuch einzuzahlen, eine Post findet man überall. Auf das Hotelbriefpapier kritzelte er die Nachricht, er komme sofort zurück, sie solle hier warten; er legte es auf den Teppich an der Tür. Als er sie hinter sich zuschlug, durchfuhr es ihn: Er hatte keinen Schlüssel. Und wunderte sich gleich: Sie hat ihn doch eingesperrt, wie kam er also raus? Ach! beruhigte er sich, es ist ein Hotelschloß, hier kann man immer öffnen.

Für einen Ersatzschlüssel mußte er jetzt in die Halle hinunterfahren und dort einfach melden, er sei der Gast im Appartement 1213, von Frau Gerda Vargasz bestellt und zu bezahlen. Dabei blitzte es ihm durch den Kopf, sie könnte bei der Bestellung die Telephonnummer der Firma angegeben haben, und er fragte, ob er den Auftrag sehen könne. Die Empfangschefin blätterte zuvorkommend im Ordner nach, doch dann stockte sie.

«Wer soll zahlen?»

«Frau Gerda Vargasz», wiederholte er.

«Hier steht aber ein ganz anderer Name.»

«Der Firma vielleicht!»

Noch immer hat sie ihm das Papier nicht überreicht und studierte es weiter.

«Heißen Sie Marka-luss?» fragte sie; den Doppellaut «ou» kannte die deutsche Sprache nicht.

«Markalo-us!» verbesserte er sie, wie er es hier gewöhnt war, »Ingenieur Karel Markalous.»

«Das stimmt, aber das ist auch schon alles. Die Bestellung kommt aus Prag, und hier steht, Sie zahlen selbst.»

«Ausgeschlossen!» erwiderte er heftig, daß er hier wohnen würde, wußte er selbst heute früh noch nicht.

Da dämmerte ihm, daß das Ministerium, das Prager Unterhändler stets im Hotel «König von Böhmen» einquartierte, zur Vertragsunterzeichnung ausnahmsweise diesen Luxus bestellt haben könnte. Als lauerten hinter ihm bereits Štrasmajer und Co., drehte er sich rasch um. Da standen sie nicht, zum Glück, aber es konnte ihn noch nicht beruhigen. Sie reichte ihm den Papierbogen, und er starrte auf eine Reservierung der Monopolgesellschaft GmbH GLASIMPEX, die für den 21. 6. 1983 eine Suite für Ing. Karel Markalous bestätigt, von dem Gast persönlich bar zu bezahlen, unterzeichnet Ing. K. Markalous.

Wüßte er nicht genau, daß er das nie unterschrieben haben konnte, müßte er sich jetzt für einen hoffnungslosen Sklerotiker halten. So aber wurde er von Panik ergriffen: Was soll das alles? Der erfahrenen Rezeptionistin war seine Verwirrung nicht entgangen. Sie wurde aufmerksam.

«Irgendein Problem?»

«Nein, nein! Ein Fehler meines Sekretariats, nichts weiter…!»

Im Handumdrehen hatte er eine neue Erklärung. Natürlich! Gerda entschloß sich zu dieser Fälschung, um seine neue Verbindung nicht vorzeitig zu verraten. Daß sie nicht dazu kam, es ihm zu sagen, war schließlich seine Schuld. Erleichtert lächelte er der Frau zu und verließ das Thema mit der Frage nach dem nächsten Postamt. Sie zeigte ihm gleich zwei auf dem Hotelstadtplan und fragte nicht weiter. Als er sich jedoch in der Drehtür umwandte, sah er, wie sie, die Ordre in der Hand, mit jemandem telephoniert.

Schnell schlug er sich das Bild aus dem Kopf; jedenfalls besaß er das Sparbuch! Und er muß sich ohnehin daran gewöhnen, nicht mehr der alte Klinkenputzer zu sein, sondern internationaler Spitzenfachmann, der nur in den teuren Hotels absteigt und natürlich auch selbst zahlen kann. In Gedanken vertieft, verirrte er sich und nahm dann mit einer kleinen Post in der Nähe der Oper vorlieb, wo er am Schalter ziemlich lange warten mußte, die Betriebsboten brachten die Tageskasse und Massensendungen. Vor Nervosität und Hitze wurde seine Kehle trokken, die Stimme versagte beinahe, als er endlich die Beamtin fragen konnte, ob er von seinem Sparbuch einen höheren Betrag abheben könne. Er mußte es wiederholen.

«Je nachdem», meinte sie dann, «wie hoch?»

«Zehntausend…»

«Die haben wir bestimmt da.»

Falls es Ironie war, klang sie höflich. Sie schob ihm ein Blatt zu.

«Schreiben Sie das Kennwort drauf!»

Mit einem Kugelschreiber, an der Kette diebstahlgesichert, setzte er in Blockschrift SEX. Sie strich es quer durch und gab ihm das Papier zurück.

«Sie müssen sich bessern.»

«Wie...?» er verstand sie nicht.

«Das Kennwort lautet anders!» erklärte sie schon ein wenig ungeduldig, eine neue Schlange bildete sich hinter ihm.

Er rief sich die Worte vom Mittag in Erinnerung, noch glaubte er, etwas verwechselt zu haben.

«Liebe!»

«Nein.»

«Ich weiß schon: Glas...»

«Nein.»

«Gerda?»

«Es tut mir leid.»

Er wurde rot, dieses Ratespiel stempelte ihn zum Betrüger, doch er sah nicht danach aus, und die Beamtin schien bereits Mitleid mit ihm zu haben, vielleicht auch seines tschechischen Akzents wegen. Leise, daß die anderen es nicht hörten, versuchte sie, ihm vorzusagen.

«Offensichtlich ebenfalls ein Name... ein fremder...»

«Markalous! O-u...»

Sie schüttelte den Kopf. Mehr konnte sie ihm nicht helfen. Er hielt sich jedoch an seiner letzten Hoffnung fest.

«Ich habe das Sparbuch erst heute mittag bekommen, man hat sich vielleicht vertan. Was nun?»

«Den Einzahler kennen Sie?»

«Natürlich.»

«Fragen Sie also nach. Die Telephonzelle ist dort.»

Und streckte die Hand nach einem Stoß Einschreibebriefe aus, die ihr der hinter Markalous stehende Bote aufdrängte.

«Danke...» sagte er niedergeschmettert, «ich hole mir bloß die Nummer...»

Er entfernte sich langsam, sie rief ihm nach.

«Ihr Sparbuch.»

Er kehrte zum Schalter zurück, steckte es ein und ging wie betäubt auf die Straße hinaus. Nein... das alles..., es muß doch ein Traum sein, eine Fortsetzung des Kellertraums... Das bestätigte sich, als er auf dem Rükken eines Zeitungsverkäufers, der soeben an der Ecke aufgetaucht war, sein eigenes Porträt erblickte! Er kam näher und sah die Titelseite der Abendausgabe, in eine Sichthülle gesteckt.

FLUCHT ODER ENTFÜHRUNG? fragte die daumendicke Schlagzeile.

Unter einem Agenturphoto, gewiß während eines der vorherigen Besuche geschossen, meldete ein fetter Untertitel: TSCHECHOSLOWAKISCHER DELEGATIONSCHEF VERMISST.

Er blieb stehen. Wenige Meter von ihm entfernt fing ein Leierkastenmann mit Melone an, die Kurbel zu drehen. Der breite Boulevard, in eine Fußgängerzone verwandelt, quoll über von eilenden und flanierenden Menschen, über deren Köpfen wie ein bizarres Luftschiff eine Traube grellfarbener Luftballons in Häschenform schwebte... immer schon wollte er sowas Zuzi mitnehmen, jedesmal aber schämte er sich, wie er wohl damit an der Grenze dastehen würde, erst jetzt fiel ihm ein, daß er hier das Gas herauslassen und es zu Hause im Labor wieder einfüllen konnte... in der anbrechenden Dämmerung wurden langsam die Neonschriften sichtbar, begleitet von der suggestiven Filmmelodie aus dem «Dritten Mann». Hoch darüber schien der bis dahin blasse Mond an der Turmspitze anzulegen.

Als er hier zum erstenmal war, vor mehr als zwanzig Jahren, drängte sich zu Füßen des Turms eine schaulustige Menschenmenge und blickte gespannt zu den Wasserspeiern empor, an die sich in schwindelerregender Höhe eine menschliche Gestalt klammerte. Er hatte damals keine Zeit herumzulungern, im übrigen litt er seit frühester Jugend unter Schwindelanfällen, weshalb ihm das bloße Hinaufschauen weh tat. Tags darauf las er in der gleichen Boulevardzeitung, die jetzt sein Verschwinden brachte, der Turmmensch habe seine Arbeit verloren und drohte herunterzuspringen, falls er sie nicht wiederbekäme. Darauf war von innen, aber immerhin auch halsbrecherisch, sein Chef zu ihm hinaufgeklettert, hatte ihn dort oben wieder eingestellt und sogar sein Gehalt erhöht; die Reporter schrieben höhnisch, normalerweise hätte die Firma für eine vergleichbare Reklame eine Riesensumme zahlen müssen, wer weiß, ob es nicht ein abgekartetes Spiel war.

Nach einiger Zeit, als sich das Gehirn immer schwächer dagegen wehrte, begriff Ingenieur Karel Markalous, daß er soeben alles verloren hatte, was ein Mensch im Leben besitzt: Heimat, Liebe, Geld und Ehre. Er konnte nur noch auf den Turm klettern, doch niemand würde ihn retten. Ein kleines Kind, dröhnte es in seinem Kopf, darf nicht im Hochwasser spielen...

Das Pech, das seit dem frühen Morgen an ihnen klebte, blieb in der Tschechoslowakei zurück, wohin es nach Meinung des Ehepaares Čierniak auch gehörte, wie die Kommunisten. Von der Grenze an war ihre Laune nicht minder strahlend als das Wetter. In Carnumtum leisteten sie sich wie bei allen vorherigen Reisen den teuren Genuß der Einkehr in ein Gartenrestaurant. Da sie nach all ihren Verspätungen schon regelrecht ausgehungert waren, durfte es sogar was Warmes sein.

Nachdem es Miro glückte, auf Anhieb den Bananensplit mit Schlagsahne und heißer Schokolade herauszubetteln, bat Magda um ein bißchen Taschengeld in Devisen und bekam es auch. Abseits schrieb sie die erste versprochene Postkarte an Gabriel. Sie war froh, daß es ihr genauso unverbindlich verbindlich gelang, wie sie sich das vorgestellt hatte.

Ahoj, Gabo. Bereits eine ganze halbe Stunde von Dir entfernt, bin ich bislang niemandem begegnet, der einer Sünde wert wäre. Es grüßt Dich Deine Kameradin M.

Terezie Čierniak, ihre Mutter, lehnte sich sonnenhungrig in ihren Stuhl zurück, um ihr mehliges Gesicht endlich zu bräunen, beobachtete dabei aber mit halb geschlossenen Augen verstohlen den Gesichtsausdruck der Tochter; er verriet ihr alles. Kinder pflegten sich heute den Eltern nicht mehr anzuvertrauen, wie sie es noch selbst getan hatte, im Gegenteil, sie brachten fast überbetont zum Ausdruck, daß sie ihre Erfahrung wenig schätzten. Von Welt und Geschichte hatten sie zwar nur eine nebulöse Vorstellung, und Politik ekelte sie wie eine ansteckende Krankheit, dennoch erkannten sie instinktiv, daß sie in einer stinkenden Sackgasse leben mußten, in die sie von den großmauligen Vorgängern gebracht worden sind.

Diese Jungen, wußte die Mutter, waren nicht auf den Kopf gefallen, ohne mit der Wimper zu zucken, papageiten sie die ideologischen Phrasen und nahmen an den Staatsritualen teil, ihren Spott erntete jedoch jeder, der sie davon überzeugen wollte, daß man damit irgendwelchen Idealen diene. Die Lüge war ihnen ein Mittel zum Zweck: eine private Wahrheit zu entdecken, die jeder in etwas anderem suchte. Und wenn sie meinten, sie entdeckt zu haben, logen sie weiter, um sie für sich zu erhalten.

Magdas Mutter hatte noch Ideale gehabt, doch bald wurde sie darum gerade von jenen Menschen gebracht, die von ihr verlangten, dafür zu kämpfen. Nach dem Abitur bekam sie als ziemlich aktives Mitglied des Jugendverbands, sie tanzte gern und organisierte deshalb eine Volkstanzgruppe an der Schule, ein Angebot: als bezahlte Instruktorin des Zentralsekretariats weiterzumachen. Bald durchschaute sie, daß sie von Zynikern umgeben war, die ihrer Karriere wegen auf alles pfiffen, was sie vor den Massen inbrünstig für heilig erklärten.

Sie beschloß, auf Jura umzusteigen, in der Erwartung, dabei ihren alten Glauben wiederzuentdecken. Noch vorher hatte sie an der zahnärztlichen Fakultät Bohdan kennengelernt, nicht als künftigen Zahnarzt, ihr Gebiß war noch heute ohne jede Plombe, sondern als Leiter und Primas einer Cimbalkapelle, die sie zur Maidemonstration einladen wollte. Er war ein anständiger, strebsamer und im ganzen nicht häßlicher Slowake vom Land, der ihr noch in derselben heiligen Nacht des Proletariats an der Mauer des Ehrenfriedhofs ihr Kränzchen raubte. Während ihres Falls vernahm sie wonniges Lustgestöhn von rechts und links und war etwas irritiert, daß das Fest des Lebens in Hörweite der gefallenen sowjetischen Helden stattfand.

Einen Monat später wußte sie bereits, daß sie sich in anderen Umständen befand, geschwängert von einem Burschen, meilenweit vom Bild eines Mannes entfernt, den sie lieben möchte. Die Möglichkeit einer nicht genehmigten Abtreibung gab es damals nicht, und noch dazu liebte er sie über alles; sie traute sich nicht, vor der Kommission als Grund anzugeben, daß er sie langweile. So endete, mit einer kurzen Wiederkehr, die Jugend von Terka Raňajková, die sich allmählich an ihre Ehe gewöhnte, um so leichter, je weniger glückliche Frauen sie um sich sah. Sie wünschte sich sehnlich, ihre Tochter möge ein besseres Schicksal erwarten; das war es auch, was sie von dem Land der unbegrenzten Möglichkeiten erwartete.

Bis gestern abend zitterte sie, daß Magda auf den Leim gehen könnte, auf dem die Träume der Mutter klebengeblieben waren. In dem selben Maß, in dem sie ihr erstes Erglühen für ihren Gabriel beobachtete, war sie in der Tiefe ihrer Seele glücklich über das Fluchtunternehmen, das dieser Beziehung ein Ende setzte. Es verschreckte sie, daß die Tochter die Geschichte der Mutter wiederholen sollte; hübsch, leidenschaftlich und naiv genug, war sie nach ihr geraten. Das Malheur bestand darin, daß Magda es anders als sie gelernt hatte, kämpferisch und stur zu sein.

Als sie die Tochter so unbeobachtet beobachtete, wie sie mit ihrem ganzen Wesen der sich leiblich entfernenden Liebe seelisch immer näher kam, befiel die Mutter Angst, ob sie imstande sein würden, Magda glaubhaft zu machen, daß sie nur ihr Bestes im Sinn haben. Sie hatte mit ihrem Mann ausgemacht, daß sie, ehe das Flüchtlingslager sie schluckt, den letzten Abend und die Nacht in angenehmer Umgebung verbringen und mit den Kindern offen reden werden. Sie stand auf, wollte schon dort sein, um sich nicht länger wie eine Betrügerin vorzukommen.

Magda warf die Postkarte in den Briefkasten, Miro hat ein Comic-Heft ergattert, und weiter ging's gen Sizilien. Um sich von ihrer Nervosität zu befreien, fing die Mutter Volkslieder zu singen an, und die anderen fielen mit ein. Die Kinder begrüßten mit Indianergeheul, daß der Vater plötzlich von der bekannten Route abbog und ihnen ankündigte, man werde zur Feier der beginnenden Ferien, die sie so geschickt verlängert hatten, in einem sagenhaften Hotel übernachten, wo er dank einer Einladung vor zwei Jahren an einem Zahnärztekongreß teilgenommen hatte!

Von dem Städtchen Rust waren sie hell begeistert. Auf jedem Schornstein staksten in flachen Nestern Störche. Das Hotel am See hat sie geradezu hingerissen, es bot mehr Komfort als das beste in Bratislava. Sie badeten dann im herrlichen Wasser, und alle drei verwunderte Vaters Eröffnung, daß selbst an der tiefsten Stelle der riesigen Wasserfläche, auf der schon die Rundung der Erde sichtbar war, man immer noch stehen konnte. Mit dem Quartier gab es irgendwelche Probleme, doch die Kinder nahmen sie nicht wahr, sie erlebten diesen Luxus zum erstenmal.

Im Speisesaal empfing sie eine Zigeunerkapelle, vor allem jedoch ein kaltes und warmes Bufett unglaublicher Leckerbissen, von denen sie nach Belieben nehmen durften, ohne Aufpreis! Miro protzte am Anfang, er werde radikal alles wegputzen, doch nach einer Viertelstunde war er geschafft. Er wollte sich einige der Köstlichkeiten für die weitere Reise einpacken und wunderte sich zum zweitenmal, daß das nicht erlaubt war. So saß er aufgebläht da und kämpfte gegen die Lust, laut zu rülpsen, wie man sich damit in der Schule zu übertrumpfen suchte, doch die Eltern hätten ihn gewiß ins Zimmer geschickt. Magda schrieb eine Ansichtskarte mit eingekreister Nr. 2.

Servus, Gabo! Jetzt liegen mehr als fünfzig Kilometer zwischen uns, doch ich bin immer noch, wie ich war. Und du? Bis dann. M.

Sicherheitshalber zog sie damit gleich zu dem Briefkasten am Hoteleingang. Die Mutter verscheuchte inzwischen die schwarzen Gedankenwolken. Magda reist doch so schrecklich gern! Schon die Vision von Hollywood müßte sich schließlich als stärkerer Magnet erweisen als eine zum Glück nur platonische Verwirrung.

«Jetzt sagen wir es ihnen», erklärte sie ihrem Mann entschieden.

«Was?» interessierte sich der vollgestopfte Miro.

«Etwas. Sei nicht neugierig, warte, bis Magda zurück ist.»

Da war sie wieder.

«Sie wollen uns was sagen«, rief Miro wichtigtuerisch.

«Aha, und zwar was?»

«Was würdet ihr beide dazu meinen», fing Doktor Čierniak von weither an, «wenn wir heuer viel weiter fahren würden als nach Sizilien?»

«Wohin?» Miro platzte vor Neugier und rülpste nun endlich doch.

Ein vernichtender Blick der Familie strafte ihn, doch seltsamerweise kein Rausschmiß. Nicht einmal eine Rüge bekam er. Lächelnd spannte der Vater die Kinder auf die Folter.

«Sehr weit. Ratet mal!»

«Nach Australien», schwadronierte der Sohn ermuntert.

«Das nicht. Dort gibt's doch nichts außer Kaninchen!»

»Nach Afrika», tippte die Tochter mit mehr Logik, weil es in der geplanten Richtung lag.

«Nach Amerika», gab der Vater stolz bekannt, «und zwar in dessen schönsten Teil, nach Kalifornien.»

Damit hat er wie erwartet die beiden begeistert.

«Mordsding!»

«Nein! Wieso?»

Und so schenkte er ihnen reinen Wein ein. In einer kurzen, nicht gerade schlechten Rede versuchte er, ihnen zu erklären, warum Menschen ihre Heimat verlassen und warum er mit der Mutter auch für sie, ihre Kinder, eine solche Entscheidung getroffen hat.

«Wir wollten und durften es euch nicht sagen, es wäre ein großes Risiko gewesen, es auszuplaudern.»

Er gab zu, sie haben ein halbes Jahr gebraucht, unauffällig die Brücken hinter sich zu verbrennen, damit sie für sie beide ein neues Zuhause im besten Land der Welt aufbauen konnten. Deshalb führen sie nicht nach Italien, sondern in ein Flüchtlingslager, dort wird man sie einige Wochen versorgen, ehe sie Asyl und Einreisevisa bekommen. Dort ist nicht gerade Komfort zu erwarten, doch vom Urlaubsgeld kann man immer etwas zuschießen. Sie werden Englisch lernen und im Wiener Prater ein- und ausgehen, der so viele phantastische Attraktionen bietet. Jenseits des Teichs verdient sich der Vater schnell einen kleinen Bungalow mit Swimmingpool, sie beide können studieren, was ihnen gefällt, werden durch die Welt reisen können und bald sogar nach Bratislava, weil Amerikaner, zu denen sie werden, einfach alles dürfen.

«Hurra!» rief Miro, hingerissen von der Vorstellung, daß er vielleicht monatelang nicht in die Schule muß.

Magda dagegen heftete sich mit verängstigten Augen an den Vater, als hoffte sie, er werde noch alles für einen Spaß erklären. Als er schließlich fragte, ob sie sich ähnlich freute wie die Eltern, platzte aus ihr heraus, was die Mutter erwartet hatte.

«Was würde er von mir denken?!»

«Wer?» fragte der Vater ahnungslos.

«Der Gabriel doch...!» erklärte seine Frau anstelle ihrer geschockten Tochter.

«Na und?» er tat, als hätte er den Jungen längst vergessen, «ist er es, dem du die zwei Postkarten geschickt hast? So schreib ihm doch ruhig weiter!»

«Vati...!» Tränen schossen ihr in die Augen, «du hast mir an der Grenze gesagt, falls ich einen Wunsch hätte, du würdest ihn mir erfüllen...»

«Jawohl. Ich halte immer mein Wort!»

«Vati, ich bitte dich, fahren wir nach Sizilien und kehren zurück. Ich möchte zu Hause bleiben... Ich bitte dich, Mama...» sie suchte bei ihr Hilfe, und Terezie wurde bang ums Herz.

«Magduška, du hast doch noch das Leben vor...»

«Ja! Und ich will es bei uns daheim verbringen!»

«Glaub mir», tröstete sie der Vater, «du gewöhnst dich bald...»

«Nein!» das klang so stark, daß sich nach ihnen, da die Musik eben Pause machte, die Gäste samt dem Oberkellner in der Tschamara umwandten; sie kümmerte sich darum nicht und setzte ebenso laut fort, «nein, ich gewöhne mich nicht! Ich will mich nicht gewöhnen! Ich mache nicht mit, auch wenn ich allein zurück muß!»

Dr. Čierniak zog das Portemonnaie heraus und vor Aufregung zählte er immer wieder seine Schillinge.

«Ich bitte dich, Terka, bring sie nach oben, warum hier so einen Aufstand machen! Wir kehren doch nicht wegen einer Rotznase in die Wüste zurück!»

Magda zitterte vor heiligem Zorn.

«Du bist gemein!»

Wiewohl sonst ein friedlicher Mensch, kochte er jetzt vor Wut.

«Und du noch nicht volljährig, und deswegen wirst du tun, was man dir sagt. Geh, Terka, geh mit ihr nach oben und sperr sie da ein, und zwar gut!»

Miro freute sich weiter. Die Ferien begannen einfach stark.

17. ——— *Den selben Tag, 20.30*

Eine neue Hoffnung stellte Milan immer blitzartig auf die Beine. Dora erlebte während der anstrengenden Theaterproben seine Stimmungstiefs, in denen er fast im Sterben lag, um mit einem neuen Einfall wie der sagenhafte Phoenix aus der eigenen Asche wieder aufzusteigen. Es funktionierte auch jetzt. Er schüttete den Inhalt der beiden Literflaschen in den leeren Tank des Škoda, den jemand vor das Bistro geschoben hatte, legte die Skizze auf die Knie und brach auf, ohne daß jemand das zur Kenntnis nahm.

Bald fuhr er ab auf den Lehmweg, der entlang der grünen Grenze verlief. Sie verführte sie fast dazu, das Auto Auto sein zu lassen, die Koffer zu schnappen und direkt rüberzugehen, schlimmstenfalls auf zweimal. Doch ihr Retter, sicherlich eine höhere Charge, hatte sie nachdrücklich davor gewarnt. Der Schein trügt, hatte er vor dem Abschied hinzugefügt, sie würden riskieren, auf eine Patrouille zu stoßen, die auf Drogenschmuggler lauert und leicht schießen könnte vor Angst, selbst ins Feuer zu geraten. Das durfte kein normaler Mensch riskieren. Außerdem, meinte Dora, muß jede Kette Rücksicht nehmen auf das schwächste Glied, und das ist in diesem steilen Terrain Petřík!

Die Zeichnung war klar und genau, nach einer Viertelstunde langsamen Geratters erreichten sie in der Dämmerung eine Ansammlung von Gebäuden, gewiß ein ehemaliger Gutshof. Ringsumher ragten Mauern von jahrelang nicht mehr beschnittenen Büschen oder verwilderten Bäumen, umschanzt von wucherndem Unkraut wie von Stacheldraht. Das Anwesen war heruntergekommen, aber hie und da konnte man frische Ausbesserungen vermerken.

Die Zufahrt säumten Autokarosserien in allen Stadien des Zerfalls. Ein kleiner Kran verriet, was ihnen auch bald bestätigt wurde: Es war ein Lager und die Reparaturwerkstatt ausgedienter Vehikel. Milan kam aus einem Land, in dem Wracks, wieder fahrbar gemacht, das Gros des Autoparks darstellten, deshalb war er von diesem Blechfriedhof nicht geschockt. Die Werkstätte deutete auf die Nähe geschickter Menschen hin, mit denen ein intelligenter Zeitgenosse sich schnell verständigt.

Niemand hieß sie willkommen, doch sie hörten einen satten Bariton; er sprach mit Pausen und allein. Der Stimme folgend, betraten sie einen dunklen Raum, der einmal als Stall gedient haben mochte; die Fenster waren blind von Staub, und in der einzigen Lampe brannte eine ganz schwache Birne. Darunter stand ein Mann im verölten Sweater und telephonierte. Als er sie sah, legte er den Hörer des vorsintflutlichen Apparats gleich auf, ging auf sie zu und putzte sich die Hände an einem Lappen ab, von dem sie nur noch schmutziger werden konnten. Die Rechte reichte er dem Schauspieler, Frau und Kind nahm er nach balkanesischer Sitte nicht zur Kenntnis.

«Weiß ich», sagte er ohne Umschweife auf gut deutsch, «Sie sind die, die um jeden Preis nach Österreich wollen!»

«Ja», sagte Dora noch vor Milan, «können Sie uns dabei helfen?»

Unterwegs war sie zu dem Entschluß gekommen, möglichst viel Verantwortung auf sich zu nehmen, um es ihm leichter zu machen. Dadurch konnte sie ihn allerdings wiederum anders reizen. Oft warf er ihr Unbeholfenheit beim Verhandeln vor, und im übrigen wollte er nie die zweite Geige spielen; heute war das jedoch das kleinere Übel, und er ließ sie bis jetzt gewähren.

Auch der Mann nahm sie zur Kenntnis. Aus der Schublade des ungehobelten Tisches, auf dem Schlüssel, Schrauben und Muttern herumlagen, zog er eine neue Terrainskizze hervor und winkte, sie sollten nähertreten. Den beiden kam der gleiche Gedanke: daß sie sich auf einer Trasse bewegten, die manche vor ihnen schon passiert hatten. Das beruhigte sie.

«Wir sind hier», er legte den Finger auf die Karte und schob ihn weiter, «hier verläuft die Grenze, und hier liegt der Tunnel.»

«Was für ein Tunnel?» fragte Dora.

«Ein Eisenbahntunnel. Einfahrt Jugoslawien, Ausfahrt Österreich.»

«Und die Grenze...»

«In der Mitte. Nur eine Tafel.»

«Und die Wachen?»
«Keine.»
«Wie das?»
«Nun darum. Hier wird wenig geflüchtet.»
«Aber...» sie verstand überhaupt nichts, «warum, wenn es hier keine Bewachung gibt...?»
«Weil man fast nichts mitnehmen kann. Der Tunnel ist lang.»
«Wie lang...?»
«Achteinhalb Kilometer.»
Es wurde ihr dunkel vor den Augen, als wäre sie schon drinnen.
«Das geht doch nicht», sagte sie erschreckt.
«Moment», mischte sich ihr Mann ein, «warum nicht?»
«Milan!»
Er jedoch hat bereits das Gespräch an sich gerissen.
«Acht Kilometer sind nichts, die bist du täglich mit dem Kinderwagen gefahren, als Petřík noch klein war!»
Verzweiflung stieg in ihr hoch.
«Doch nicht über die Gleise...» sie wandte sich an den Mann, «da fahren doch Züge!»
«Jawohl», nickte er ihr zu, «aber nicht immer, er hat recht», stimmte er mit Milan überein, «es ist nicht gefährlich, wenn man weiß, wann die Züge gehen. Und ich weiß es. Da kommt nichts zwischen halb elf und Mitternacht.»
«Aber das sind nur...» protestierte sie weiter.
«Neunzig Minuten!» unterbrach sie Milan, «reichlich genug!»
«Petřík kann nicht so schnell...»
«Petřík ist doch ein Sportsmann», sagte er zu seinem Sohn beschwörend, «nicht wahr, Petřík?»
Der Junge nickte geschmeichelt. Dora kämpfte weiter.
«Weißt du noch, wie du dich im Schacht gefürchtet hast?»
«Ein Schacht ist ein Schacht, ein Tunnel ist ein Tunnel!»
«Und wenn doch ein Zug kommt?»
«Man kann ihn von weitem hören», mischte sich der Jugoslawe wieder ein, «und alle zweihundert Meter ist eine geräumige Nische in der Wand. Keine Angst.»
Aber in ihr bebte bereits ein animalischer Instinkt, nicht zugänglich logischen Argumenten. Fieberhaft suchte sie, wie sie dieses Wahnsinnsunternehmen verhindern könnte.

«Da müßten wir ja das Auto hierlassen und so gut wie alle Sachen …?»

Der Mann zuckte bedauernd mit den Schultern. Dora hoffte, daß es Milan überzeugen könnte. Sie hat doch seine liebsten Hemden, Pullover und maßgeschneiderten Sakkos eingepackt. Und er zögerte tatsächlich.

«Können Sie uns auch da helfen?» wandte er sich an den Mann.

«Ich tu' es doch bereits.»

«Ich meine mit den Koffern, das Auto soll der Teufel holen.»

Der Mann schloß es entschieden aus.

«Das mach' ich nicht. Aus Sympathie berate ich Sie, doch das Risiko, und damit auch die Koffer, das müssen Sie schon alles selber tragen.»

«Ich lasse Ihnen dafür den Wagen», versuchte es der Schauspieler noch einmal.

Der Bariton lächelte nachsichtig.

«Ich will ihn nicht.»

«Er muß doch hierbleiben …!»

«Dann stellen Sie ihn anderswo ab.»

«Wo denn?»

«Weiß ich nicht. Falls Sie ihn hierlassen, schlachte ich ihn aus und zahle damit den Abtransport zum Schrott. Spuren dürfen hier keine bleiben!»

«Milan», bat ihn Dora drängend auf tschechisch, «ist dir das schon klar? Wir verlieren hier alles! Probieren wir es doch noch anderswo. Wie sollen wir da drüben mit nackten Händen …»

«Gott!» schrie er auf, «Gott, Gott! Wovon redest du? Was helfen uns die Klamotten, wenn wir hier versauern! Sollen wir uns hier weiter so verfranzen, bis man uns wirklich per Schubs zurückschickt? Mir hat immer eine Flasche Wein und ein Stück Brot gereicht …» das Bett ließ er lieber weg, «was mußt du denn haben? Möchtest du im Lager eine Modenschau abgeben?»

«Milan …»

Er vergegenwärtigte sich, daß der Mann die Szene beobachtet, und begriff vor allem, auf diese Art würden sie nirgendwohin kommen. So wechselte er den Ton.

«Sobald ich mit euch beiden dort bin, wird mir kein Schatz der Welt fehlen, aber natürlich», sagte er, breitete die Arme aus und tat, was bei ihr immer wirkte, «du bist seine Mutter, du mußt entscheiden! Ich …» fügte er bitter hinzu, «ich hatte heute bereits zweimal Pech, habe also kein Recht dazu …»

Sie wußte, daß er jetzt nicht spielt, Buße war bei ihm aufrichtig, doch gleichzeitig erpreßte er sie immer. Auch jetzt hatte sie keine Wahl, weil sie für sie drei keinen besseren Ausweg vorschlagen konnte. Alles in ihr sträubte sich, zwang sie, sich entschieden zu wehren, doch die Aussicht, zum drittenmal und wahrscheinlich zum letztenmal im Netz der Macht hängenzubleiben, war nicht weniger furchtbar.

«Also, entscheide es», er sah sie durchdringend an, «wie du willst, aber irgendwie, damit wir endlich weiterkommen...» und er machte es ihr noch schwerer, «ich bitte dich, richte dich nach deinem besten Wissen und Gewissen!»

In dieser Ausweglosigkeit wandte sie sich wieder dem Jugoslawen zu, der teilnahmslos zuschaute und sich nicht anmerken ließ, wieviel er verstand. Mit dem Schraubenschlüssel, den er vom Tisch nahm, klopfte er sich auf die Handflächen. Da fragte sie, sicherlich vergeblich, aber es gab ihr den Mut zu dem Sprung ins Unbekannte.

«Sind da viele gegangen?»

«Aber ja», sagte der Bariton.

«Auch mit so kleinen...» sie zeigte auf den Sohn.

«Auch mit Säuglingen.»

«Und es ist niemals... was passiert...?»

«Niemals.»

Gehupft wie gesprungen! dachte sie sich niedergeschlagen, und mit dem Wissen des schlechten Gewissens entschied sie sich für das Übel, das ihr um nichts kleiner erschien als das andere.

18. ______ *Den selben Tag, 22.30*

Běla-Bobina hatte die durchdringende Stimme von der Mutter; wann immer deren Kinder in alle Teile des Hofes und hinter die Tenne gehuscht waren, rief sie die Schar mit Schreien zusammen, die an eine Sirene erinnerten, und das ganze Dorf wußte, daß bei Havráneks gefuttert werden sollte. Ähnlich wie die Groß- und Urgroßmutter war auch Bělas Mutter eine Landarbeiterin. Die arme böhmisch-mährische Hochebene hatte die Rote Armee begeistert begrüßt und die Kommunisten gewählt, die allen versprachen: Wer mit eigenen Händen sät und pflanzt, wird nie mehr Not ernten. Als die Jüngste ihren früheren Mitschüler heiratete, wurde das Paar von beiden Eltern feierlich nach Südböhmen begleitet, in ein malerisches Dorf an der österreichischen Grenze; dort sollte sie Bäuerin werden.

Große und kleine Höfe im ehemaligen Sudetenland wurden nach dem Abschub der Deutschen zunächst von Plünderern und dann von Brandstiftern heimgesucht; nach den «Volksverwaltern», die meist stahlen, was sie nur konnten, spielte hier dann übungsweise eine Friedensarmee Kalter Krieg. In der Mitte der fünfziger Jahre blitzte in dem entvölkerten und verwüsteten Landstrich die Hoffnung auf, als man Tausenden jungen Menschen anbot, hier ihr eigenes Heim zu gründen. Ruinen wurden abgerissen, die besser erhaltenen Häuser sogar verputzt und an das Stromnetz angeschlossen.

Keinesfalls repariert, selbst nach Stalins Tod nicht, wurde das politische System. Bělas Eltern stellten fest, daß sie auch hier nur zwischen dem Schlamm eines schlecht funktionierenden Staatsguts und dem Mist einer miserabel geführten Genossenschaft zu wählen hatten. Sie entschlossen sich für das erste, der Staat schien ihnen ein mächtigerer Beschützer zu sein, doch es lief dabei auf dasselbe hinaus: Sie haben wieder Frondienst geleistet. Was sie vielleicht mehr verdient haben, war für die Katz, in die Stadt fuhr der Bus nur früh morgens, und hier herrschte Ödnis, nicht einmal eine Kneipe oder ein Kino gab's, selbst keinen Gott, denn die Kirche war Jahre vorher zur beliebtesten Zielscheibe beim Scharfschießen der Panzer geworden. Das Radio strahlte Reden und wieder Reden aus. Also machten sie nach Dämmerung Kinder.

Běla war das siebte und letzte, der Vater soff bereits hoffnungslos, und die Mutter rackerte sich für zwei ab. Wieder klar im Kopf, schlug er die ihm gerade zu nächst stehenden Sprößlinge zusammen, samt Frau, falls die sie schützen wollte. Eines Winters ging er verloren, und sie hofften, er wäre über die Hügel nach drüben gegangen; sie meldeten es einige Tage lieber nicht, um ihn um Gottes willen nicht zurückzubekommen. Sein Traum seit Jugendtagen war die Fremdenlegion, er hatte darüber einst einen komischen Film mit Laurel und Hardy gesehen.

Als das Eis schmolz und man die Jauche zum Felderspritzen in die Karren pumpte, entdeckte man ihn auf dem Boden der Senkgrube. Jemand hat die Mutter anonym angezeigt, sie hätte ihn hineingeschubst; Polizei hat sie nach Budweis transportiert, doch nach einem halben Jahr war sie wieder da, der Augenzeuge ließ sich nicht erkennen, das Gut brauchte zur Erntezeit jede Hand, und außerdem gab es im Kreiswaisenhaus keine sieben freien Plätze.

Die Jüngste, Běla, hatte Mordsglück, in der neunten Klasse eine mitfühlende Lehrerin zu bekommen, die diese vorlaute Göre für weltgewandt hielt und sie im Internat und in der Lehrlingsschule für Verkäufer im «Sozialistischen Gebrauchswarenhandel» in Budweis durchboxte. Im Vergleich mit Zuhause ging es ihr da wahrhaftig besser, und sie fing endlich an, sich zu amüsieren.

Alles in allem aber hat ihr das Leben in den zwanzig Jahren wenig geboten, ein paar Burschen, mit denen sie auf Sausen und in diversen Wochenendhäuschen schlief, einen Sommerurlaub in der DDR, den sie mit der heutigen Mitbesitzerin amerikanischer Wolkenkratzer an der Ostsee durchfror und durchalberte, und einen zweiten Urlaub in Rumänien, den hatte sie größtenteils mit einem Darmkatarrh auf den hoffnungslos verstopften türkischen Klos verbracht. Langsam kam sie dahinter, daß das Schicksal sie gehörig beschissen hat und offensichtlich auch nicht beabsichtigte, sich zu bessern. Der größte Treffer, der ihr vielleicht noch zufallen konnte, war die Hochzeit mit irgendeinem Verkäufer oder Ausfahrer vom Kaufhaus.

Sich dessen endlich bewußt, beschloß sie, ihr Leben in die eigenen Hände zu nehmen. Sie beschimpfte sich, daß sie damals Jarina so dumm hatte wegfahren lassen, glaubte jedoch, es noch gut wettmachen zu können. Damals brütete sie ihren Plan aus, den sie nun mit ihrer närrischen Reaktion auf eine lächerliche Kränkung, wie sie unzählige erlebt und überlebt hatte, selber versaut hat. Sie, die sich in Notlagen mit der ihr angeborenen Schlauheit und ihrem proletarischen Mundwerk immer zu helfen wußte, verspielte selbstverschuldet das wenige, was sie zu Hause mühsam zusammengekratzt hatte, und alles nur, um einem alten Knakker den Hintern zu zeigen.

Als sie atemlos in die Gendarmerie reinplatzte, zu der sie mit untrüglichem Instinkt hinsteuerte, war sie auf sich so wütend, daß sie sich die ersten Minuten nur an die Stirn schlug, bis man beinahe den Arzt rief. Es ging rechtzeitig vorüber, und sie rasselte ihre Geschichte herunter. Daß man sie hier nicht verstand, machte ihr nicht das geringste aus, ohne Scheu, wie sie Gebildete lahmlegt, plapperte sie mit Händen und Füßen drauflos, so daß man sie trotzdem begriff.

Zudem war sie eine der vielen, die den Entschluß faßten, dem Vaterland den Rücken zuzukehren, und die Gendarmen wußten genau, was zu tun ist. Meistens riefen sie einen von den Vertriebenen zu Hilfe, der noch Tschechisch konnte und dem längst aufgegangen war, daß das Unrecht des Nachkriegs ihm ein halbes Jahrhundert Sozialismus erspart hatte. Bĕlas Glück bestand darin, daß kurz nach ihr die Pfarrköchin eintraf, die hier das Schicksal ihrer Tschechen erörtern wollte.

Die Gendarmen hatten sich überzeugt, daß die gelichtete Reisegruppe weg war und den Flüchtlingen keine Entführung oder andere Gefahr drohte. Sie riefen die Fremdenpolizei an, die sich des Falls in der Urlaubszeit kurzerhand durch das Versprechen entledigte: die Ankunft des Trios im zentralen Flüchtlingslager anzumelden. Die Fahrkarten, erklärte die Köchin, beschaffe sie lieber selbst, die Rechnung schicke sie hierher nach. Bĕla gefiel ihr besonders gut, einesteils sprach sie eine Mundart, die auch in ihr noch nachklang, andernteils besaß sie den natürlichen Charme von einfachen, aber munteren Menschen, die nichts vortäuschen. Die Zuneigung der alten Frau brachte die Verkäuferin zu der Ansicht, sie habe zumindest nicht weitere tote Jahre verloren. Mit der Leichtigkeit einer Sonnenblume drehte sie sich der Zukunft entgegen und erwartete nun sehnsüchtig ihre Gaben.

Die erste war der Gärtner, den sie in dem Pfarrgarten wieder erblickte. Bereits gestern früh stellte sie fest, daß er als einziger des ganzen Vereins eine Sünde wert wäre, und tagsüber zwinkerte sie ihm einige Male verschwörerisch zu, was er nur zweimal mit einem scheuen Lächeln erwiderte, sonst aber nichts unternahm. Sie hatte vor, mit ihm im Prater eine Sohle hinzulegen, statt mit dem fetten Fahrer, und sie bedauerte, als sie von der nächtlichen Flucht erfuhr, daß er nicht sie mitgenommen hatte, ja, vielleicht vollführte sie ihr mittagliches Glanzstück mit einem Gedanken an ihn.

Daß er mit dieser Frau floh, machte sie zunächst nicht stutzig, zu zweit flüchtet sich's besser! Sie wäre nie darauf gekommen, daß er mit der alten Schachtel etwas haben könnte. Als sie das jetzt sah, zerbrach sie sich den Kopf: Ist sie so gut im Bett, oder hat sie einen Onkel mit Kies draußen, und darin liegt ihr ganzer Zauber?

Jedenfalls reagierte er auch hier auf nichts, und für Bĕla war die Indianerhaut weiterhin wichtig, sie wollte es sich mit ihr nicht verderben. So füllte sie lieber den Garten mit ihrem Gedröhn, leerte das Backblech voll frischer Buchteln, pumpte dann beim Abschied kräftig die Hand des Pfarrers und versuchte ihm den tschechischen Ahoj-Gruß beizubringen; der Köchin führte sie vor, wie man einen echten Zwickschmatz setzte, und lud sie schon jetzt nach Amerika ein; sie wird ihr, versprach sie, sobald sie in Nijork heiratet, ein Altenteil verschaffen, weil sie wieder eine liebe Großmutter haben möchte.

Die anderen schliefen im Zug sofort ein, und so beäugte sie durch das Fenster die wohlgeordnete Landschaft, genoß die Reise in dem sauberen Abteil und rief Jeee! und Neee! und Ooh! und Du liebe Omi! oder Herrschaftszeiten! als sie schließlich die abendlichen Straßen Wiens erreichten. Die Pianistin, die sich da auskannte, hat das Grüppchen vom West- zum Südbahnhof befördert. Daß sie sich ein Taxi leisten konnte, bestätigte Běla in ihrem Verdacht, und sie schrieb den Gärtner ab.

Was sie jedoch nicht daran hinderte, die beiden unter einem unaufhörlichen Wortstrom zu halten. Sie zeigte mit der Hand, in der sie die ewige Plastiktüte hielt, auf Menschen und Dinge, wobei sie unabsichtlich allen ihre Reizwäsche vorführte, stellte unentwegt Fragen über Fragen, ohne auch nur Antwort abzuwarten, immer wieder von einer neuen Entdekkung fasziniert. Zwischendurch, bereits in der Lokalbahn, gab sie platte Histörchen zum besten und Klatsch aus Budweis und würzte alles mit ihren Urteilen, ebenso verwirrt wie naiv.

Lydia ist gestern nicht entgangen, wie bemüht sie war, Václav zu angeln, es amüsierte sie sogar seine Verlegenheit als Beweis seiner Unerfahrenheit im Flirten. Das alles verlieh ihr die Hoffnung, die sie jetzt brauchte, und als das Mädchen im Pfarrgarten davon abließ, zeigte es außer der Einfalt ihres Geistes auch gewisse Reinheit ihres Herzens. Die Pianistin empfand gegen sie keinerlei Abneigung, eher Mitleid.

Das verließ sie jedoch, als sie jetzt eine Litanei mitanhören mußte, ähnlich unendlich wie die Allee, durch die sie vom Minibahnhof zum Lager zogen. Ununterbrochene Spaliere geparkter Pkws, meistens östlicher Herkunft, kündigten es an, bei einigen fehlten die Kennzeichen, bei anderen Räder, eine traurige Schau jenes Teils von Europa, der den Krieg gewann und den Frieden verlor.

«Also die Jarina», leierte die Verkäuferin unermüdlich, «das ist vielleicht eine Marke für sich, die hat heute Villen mit Schwimmbecken rund um die Welt, eine von uns hörte im Radio Frijurop, daß sie in der Früh ihrem Mann sagt, heute möcht' ich unbedingt Hummer haben! er schaut auf einem Plan, wo man gerade frische hat, und klingelt da an, daß man gleich kocht, weil sie schon fliegen; aber auch Danuš, mein Kumpel aus der Lehrlingspenne, die hat sich in der ‹Eisernen Jungfrau› einen Australier geangelt, als der dort gerade mit seiner Reisegruppe angekommen ist, so daß sie mit ihm jetzt eine Farm mit Känguruhs hat und zum Friseur mit 'm eigenen Hubschrauber fliegt, und alle ledigen Bekannten ihres Mannes prügeln sich um tschechische Mädeln, denn das ist vielleicht das einzige, was es im Westen nicht gibt, geschickt in allem, vom Herd bis zum Bett, und darüber hinaus klug wie die Affen... was...?»

Das galt dem Gärtner, der die Koffer auf den Boden stellte, damit Lydia aufatmen durfte. Er konnte es nicht fassen, wie sie bei ihrer zarten Konstitution mit all dem fertig wurde, was man heute von ihr verlangte. Ihre kindlich dünnen Beine haben ihn mehr als je zuvor gerührt, er fürchtete wieder, sie könnte in ihren wackligen Pumps das Gelenk brechen. Das pausenlose Geschwätz hörte er gar nicht mehr, er hatte nur einen Gedanken: wo sie die Schuhe loswerden konnte.

«Das da muß es sein», sagte er eher ungläubig.

Die Wipfel der Bäume haben bis zum letzten Augenblick den Komplex von Kasernengebäuden verdeckt. Hinter einer Mauer strahlten still in die Nacht Dutzende Fenster hinaus, er überlegte sich, was an ihnen so sonderbar war, und kam dahinter: Es fehlten die Gardinen und vor allem das bläuliche Fernsehlicht, typisch für die leeren Straßen tschechischer Städte. Dennoch atmete er auf, er hatte nur mit Holzbaracken über einem schlammigen Boden gerechnet, mit Brettern verbunden, nur lose auf Ziegel gelegt, wie er das vom Militär kannte.

Auch die Verkäuferin wurde vom Anblick des Lagers so gefesselt, daß sie verstummte. Plötzlich standen sie vor einem Portal, das sie an das alte Budweiser Krankenhaus erinnerte. Davor lag im Anbau eine verglaste Pförtnerloge, aus der endlich bläulich die Zivilisation leuchtete. Ein alter Mann in Uniform saß drin, mit dem Rücken zu ihnen, und sah sich einen Western an; das Heulen der Wilden und das Bellen der Colts drang bis in die Allee raus. Der Gärtner blinzelte zur Pianistin. Sie nickte, ordnete mit den Fingern das nasse Haar und nahm ihre letzten Kräfte zusammen. Ihr Klopfen ans Glas drang durch den Lärm nicht hindurch, also machte sie die Tür auf.

«Guten Abend», grüßte sie, und als der Mann sie wahrnahm, lächelte sie ihn trotz ihrer Müdigkeit an, «wir sind die drei aus Oberösterreich.»

Er schien verwundert.

«Was...?»

Hinter ihm verfolgten die Rothäute auf Pferden eine Kutsche, deren Insassen sich mit dichtem Feuer verteidigten, die Angreifenden kippten malerisch vom Sattel. Sie wiederholte es geduldig.

Im Lärm des Gefechts merkte er jetzt ihren Akzent.

«Flüchtlinge!»

«Ja. Tschechen, wir waren mit einer Reisegruppe hier.»

«Morgen!» sagte er barsch und drehte den Kopf zum Bildschirm zurück.

Sie dachte noch, er hätte nicht verstanden.

«Man hat uns versprochen, wir könnten schon heute hier schlafen. Die Polizei soll angerufen haben...»

«Erst nach der Registrierung», sagte er über die Schulter zurück.

«Und wo findet die statt?»

«Ebenda. Zwischen sechs und zweiundzwanzig. Jetzt ist's bald elf.»

«Man mußte Ihnen doch melden», ließ sie nicht locker, «daß wir es nicht rechtzeitig schaffen werden.»

Seine Schultern hoben und senkten sich wieder. Der Gärtner fragte von draußen.

«Was sagt er?»

Sie konnte nicht antworten. Soviel Gefühllosigkeit hier, wo man auf ratlose und hilflose Menschen vorbereitet sein sollte, bedrückte sie. Wir interessieren ihn weniger als die abgeschossenen Indianer. Sie fragte zu dem Rücken hin.

«Wo sollen wir also heute schlafen?»

Der Nacken nickte unbestimmt in die Nacht.

«Rundherum gibt's Pensionen.»

Das Geld war nicht ihr Problem, sie konnte es sich bei Margrit leihen, doch es empörte sie, da er doch mit Mittellosen rechnen mußte.

«Und wer nichts hat?»

«Der... konnte ja zu Hause bleiben, da hatte er doch gewiß was. Fast jeder kommt mit einem Auto zu uns.»

Das hat ihr die Sprache verschlagen.

«Oder», setzte er fort, in die Schüsse und das Hufgetrappel hinein, »es ging ihm dort tatsächlich so schlecht, daß er eine Nacht unter freiheitlichem Himmel gern in Kauf nimmt.»

«Was...» wollte der Gärtner fragen, doch er verstummte, als er das Beben von Lydias Schultern bemerkte und sie schluchzen hörte.

«Lydia... was ist??»

Für das Mädchen Běla fand hier neben dem Fernsehen noch ein unverständliches Theater statt. Sie hatte keine Ahnung, um was es geht, und Tränen gehörten nicht zu ihrer Natur. Bereits in der Kindheit begriff sie:

Was man sich nicht selber nimmt, heult man sich nicht herbei! Und Václav hat bislang bei Lydia keine Träne gesehen. Weinend sah sie noch älter aus, und so zwang sie sich die ganze Zeit, ihm ihren Kummer nicht zu zeigen. Jetzt aber, nach der Anspannung der letzten Monate, löste sich ihre Selbstbeherrschung.

«Liduška, was ist mit dir…?»

Das Geschehen im Fernsehen ging mit einem Filmschnitt in eine leisere Szene am Lagerfeuer über, so daß auch der Wächter das Schluchzen nicht mehr überhören konnte. Er drehte sich wieder um. Er hat hier zu viele Tränen gesehen, als daß sie ihn noch rühren könnten, aber auch wenige Frauen, wie sie eine war. Sie paßte nicht in das ihm vertraute Bild. Er spürte eine Regung, ihr seine Haltung zu erklären.

«Das ist eine Anordnung von Amts wegen, Gnädigste, in der Nacht darf man hier keinen aufnehmen. Dort draußen wußte man das wahrscheinlich nicht. Können Sie nicht im Auto übernachten?»

Als hätte man ihn für sie bestellt, kam in diesem Augenblick ein roter Kleinbus aus der Allee und bog zum verschlossenen Tor ab. Der Fahrer ließ das Fenster runter.

«Leutchen», kreischte draußen Bobina auf, «kommt her! das ist aber ein Volltreffer.»

Auch der Mann hinter dem Steuer erkannte sie und rief begeistert.

«Es lebe Budweis! Aber ohne uns! Kann mir der Alte da aufmachen?»

Verblüfft schaute der Gärtner auf das Fahrzeug, das gestern abend vor ihrem Hotel auf dem Stadtplatz parkte.

«Er hat ihn für siebentausend rausgerückt», rühmte sich der Zauberer vor dem Zeugen seines Erfolgs, «ein Geschenk des Himmels, das auszuschlagen wäre Undankbarkeit gewesen.»

Die Pianistin nahm sich inzwischen zusammen. Jetzt konnte sie den anderen die Lage klarmachen.

«Erst morgen früh um sechs, vorher will man uns nicht reinlassen!»

Was ihr als eine Katastrophe erschien, hörte sich für den Glückspilz wie die Nachricht der Nachrichten an.

«Na denn, worauf wartet ihr noch, Herrschaften? Das muß gefeiert werden!»

Sein klangvoller Auftritt zwang auch den Westernfan, aus seiner Loge herauszukommen.

«Wo hier offen?» verhörte ihn der Mann im Wagen, «aber nix Spelunka, Ia Lokal, und offen bis quattro, compris?»

«In Baden», meldete der Alte gehorsam.
«Weit von hier?»
«Nein... sechs Kilometer... immer geradeaus...»
«Also einsteigen, einsteigen!» er öffnete alle Türen.
Da schau mal! wunderte sich die Verkäuferin, die ihn auf der ganzen Reise nur eines einzigen und zugleich letzten Blickes gewürdigt hatte, der Onkel ist flott...! Sie schickte ihm einen Probeballon hinüber.
«Ich bin blank.»
«Keine Angst», sagte er, was sie auch von ihm erwartete, «heute bin ich dran! Sie mit den Koffern», trieb er ungeduldig das Paar an, «nach hinten, und das Fräulein zu mir, wie heißt du, Kätzchen?»
«Běla, doch man nennt mich Bobina.»
«Na prima, mich hat man Genosse genannt, jetzt bin ich wieder Herr Strniště Josef. Aber für dich immer nur Pepi, Pepíček. Abfahrt!»
Die Nacht roch ihm nach Freiheit, Welt und Geld und jetzt noch nach junger Haut dieses vollbusigen Pflänzchens mit dem sexy Arsch, der ihm schon gestern aufgefallen war. Sie sah nicht so aus, als würde sie sich zieren, wenn er sie mit seiner dicken Brieftasche bekannt machen würde, geschweige denn mit seinem noch immer flinken Josefik.

19. ——— Den selben Tag, 22.33

Die Zeit in der seltsamen Autowerkstatt, die sich zweifellos an der Not der Flüchtlinge mästete, was auch die Großzügigkeit des geheimnisvollen Grenzers erklärte, hatte für Dora den Anstrich des Irrealen. Sie ließ sich einst von Milans Kollegen zu einem Scherz überreden, als er den jungen König Karl IV. spielte: Man legte ihr ein Kostüm an und führte sie in eine riesige Außendekoration hinter den Studios von Barrandov. Der Herrscher sollte sich allein in ein Dorf verirren und dort der Versuchung schöner Dörflerinnen widerstehen. Sie befand sich unter ihnen, und er, nachdem er sie erkannt hatte, verdarb husarenartig die Aufnahme, hob sie geschickt zu sich in den Sattel und ritt mit ihr vom Drehort. Begleitet von Ovationen, die sie zum erstenmal zusammen mit ihm erlebte, lernte sie das Opiat kennen, dem er verfallen war. Es blieb ihr dabei im Gedächtnis haften, daß der Dorfplatz, der so echt ausgesehen hatte, auf der Rückseite nur ein Gewirr von Brettern, Latten und Stützen war.

Seit dem Augenblick, als sie ihre Zustimmung gab, kam es ihr ab und zu vor, als hätte Milan sie in einem anderen Stück in eine ähnlich glaubhafte Dekoration versetzt. Bald aber geriet sie wiederholt in den Zustand von Angst, der um so stärker anwuchs, je näher die Stunde des Aufbruchs rückte. Von dem Tunnel trennte sie zum Glück kein Kilometer, sie haben deutlich bei einigen Zügen das Rattern der Achsen über die Gleisnähte gehört.

Die Koffer und Taschen trugen sie in die Werkstatt und stellten sie unter der schwachen Glühbirne ab, dabei half der Jugoslawe. Dann ging er, und sie konnten ungestört umpacken. Dora wollte Petřík noch einmal in den Škoda setzen, zum Ausschlafen, doch er wehrte sich verzweifelt dagegen, und sie verstand, daß er nicht allein bleiben mochte. Sie versuchte das Unmögliche: aus den bereits sorgfältig ausgesuchten Sachen die nötigsten und wertvollsten herauszuholen. Milan traute sich zu, zwei große Koffer und eine Tasche um den Hals zu tragen, sie übernahm das Köfferchen mit Toiletten- und Wertsachen, den Sack mit Schuhen und beide Bademäntel, ohne die sie sich das Leben in einer Gemeinschaftsschlafstätte nicht vorstellen konnte. Für Petřík blieb der kleine Rucksack, wo sie in Prag heimlich sein Spielzeug unterbrachte und viel wichtigere Sachen dafür zurückließ.

Zu ihrer Erleichterung schien Milan sich wieder zu fangen. Er warf sogar einige seiner Lieblingspullis und -blazer raus, die er sich in Prager Devisenshops gekauft hatte. Er achtete darauf, daß sie nicht zu kurz kam, und ahnte nicht, wie dankbar sie ihm war. Sie griff wie nach einem Strohhalm nach allem, was diesem Risiko Sinn gab. Zum Schluß zogen sie zwei Sweater an und darüber ihre Trenchs. Übrig blieben zwei Taschen und ein Koffer voller aussortierter Textilien, flüchtig aufeinandergehäuft. Oben lag das Kleid, das sie beim «Hamlet» getragen hatte, seit langem hat sie es nicht mehr angehabt, doch es wegzuschmeißen, dazu fand sie den Mut erst jetzt. Er erkannte es.

«Das könnte man doch sicher noch…»

«Komm», sagte sie nachdrücklich, «lassen wir das hier und gehen wir! Wir kaufen uns alles wieder und schöner, wenn wir dort sind, heil und miteinander!»

«Dora», plötzlich sprach er ganz nachgiebig, «wenn du willst, lassen wir es noch.»

Ach, nein! stöhnte sie im stillen, nicht schon wieder! Er kannte sie zu gut, um das nicht zu ahnen, und er gab sich die größte Mühe, sie zu überzeugen.

«Bitte, glaube mir, es ist mein Ernst! Wir packen zusammen und fahren direkt nach Hause, morgen früh sind wir an der Grenze, und dann kann kommen, was will, ich rede die Unseren in Grund und Boden, sie werden doch glauben, daß einer, der soviel spielt und dreht wie ich, kein Ochse ist, um zu wagen, was bislang kein tschechischer Schauspieler je geschafft hat. Los, fahren wir!»

Sie litt um so mehr, weil da immer der arme Petřík herumstand. So sagte sie fast aggressiv.

«Und dann?»

«Was dann...»

«Dann wird was? Schon morgen abend wird es mit dir nicht auszuhalten sein! Bitte...» sie kam seiner Antwort zuvor, «erbarme dich unser und fang nicht wieder an!»

«Gott!» sagte er wieder dreimal, «Gott, Gott, glaubst du mir wenigstens, daß ich dich liebe?»

«Ja! Aber jetzt sollst du vor allem Petřík lieben, damit er es schnell hinter sich hat!»

Als hätte er sie nicht gehört, wiederholte er gequält.

«Ich liebe dich! Ich liebe dich, Dora!»

Sie nickte, mehr schaffte sie nicht.

«Was auch immer geschehen ist, ich hab' dich geliebt, nur dich!»

Sie nickte wieder.

«Was ich auf dieser Welt am meisten möchte, ist, dich glücklich zu sehen!»

«Dann komm...!»

«Willst du es tatsächlich?»

«Ich will es...»

«Und nicht nur meinetwegen? Bitte, sag es mir!»

«Nicht nur deinetwegen!» sagte sie mit allerletzter Kraft, «auch wegen Petřík und meinetwegen! Wegen uns allen! Komm schon...!»

Sofort beruhigte er sich.

«Nun gut. Also, los!»

Der Mann zeigte ihnen die Richtung und schob in Milans Manteltasche einen Gegenstand, an den sie selbst nicht gedacht hatten: eine große abgewetzte Stablampe.

«Sie ist kräftig und hat eine frische Batterie, sie hält durch, laßt sie gleich hinter dem Tunnel rechts im Gras. Zum Bahnhof sind es dann nur ein paar Schritte. Und nun, guten Übergang!»

Der Pfad führte nach unten, der zunehmende Mond beleuchtete ihn, und so war er mühelos zu gehen. In den Hügeln herrschte Kälte, gut, daß sie tüchtig eingemummt waren. Sie gelangten zum Tunnelportal, weit früher als gedacht, und warteten hinter den Büschen. Die Pause vor dem letzten Akt ihrer Flucht war die erste seit heute früh, in der sie bewußt Luft holen konnten und die Natur vernehmen. Erst jetzt hörte Dora das metallische Brausen der Zikaden und den rohen Schrei eines unbekannten Raubvogels. Verdorrte Gräser schnitten ihr ins Fußgelenk, alles hier war ihr fremd. Sie preßte einen Augenblick den Kopf des Sohnes an ihre Seite.

«Erinnerst du dich an die Kitzlein...?»

«Ja, Mami...»

Es waren nicht einmal vierundzwanzig Stunden vergangen, doch sie kam sich um Jahre älter vor. Sie verspürte die Sehnsucht, die dahinjagende Zeit zum Stehen zu bringen.

«Sobald wir dort sind, Petřík, legen wir uns alle drei zusammen ins Bett, knubbeln uns im Knäulchen zusammen und werden schlafen, schlafen und schlafen. Und wenn wir aufwachen, kauft uns der Vati soo einen großen Berg Eis mit Sahne!»

«Ja, Mami...»

«Komm schon», flüsterte Milan voller Spannung. Seine Omega zeigte eine Minute vor halb elf, in seinem Gehirn schellte es Alarm. Was, wenn sich der Zug verspätet? Jede Sekunde Verspätung zwang sie, die Strecke um einen Schritt schneller zurückzulegen, doch irgendwo lag die natürliche Leistungsgrenze. Gleich danach beruhigte er sich, als in der Tunnelmündung ein unbekannter, geradezu außerirdischer Klang zu vibrieren anfing, der sich plötzlich in das gewöhnliche Rattern von Rädern einer Lokomotive verwandelte, die auch bald erschien.

Sie warteten ab, bis der letzte Waggon mit den roten Schlußlichtern an ihnen vorbeigedonnert war, und der Tunnel verschlang sie.

Bei den ersten Schritten erkannten sie, daß ihnen ein Arm fehlte, der die Lampe halten könnte. Milan wußte sich Rat: Er steckte die Lampe in die Achselhöhle, so daß der Lichtkegel vor seine Füße fiel.

«Haltet euch an mich! Wenn möglich, auf die Schwellen treten! In achteinhalb Kilometern gibt es höchstens zehntausend davon! Okay: Eins, zwei, drei, vier, fünf, sechs, sieben...»

Bald meldete er nur noch jede zehnte, später jede hundertste. Die Schwellen lagen ziemlich weit auseinander, er mußte die Schritte lang nehmen, hatte mehr von dem Sauerstoff nötig, der mit aufgewirbeltem, stechendem Staub übersättigt war. Dora und Petřík, das wußte er, konnten nicht in seinem Rhythmus gehen, immer wieder traten sie auf den buckligen Schotter. Doch es war ihre letzte teuer erkaufte Chance, sie waren jung und gesund, wie sie immer behauptete, deshalb hat er sie beide jetzt erbarmungslos vorwärtsgehetzt.

Es war mühseliger, als sie es sich vorgestellt hatte, aber wiederum nicht so schrecklich, wie sie befürchtete. Erleichtert stellte sie fest, daß man es zu den Nischen vorn oder hinten höchstens hundert Meter weit hat. Die Röhre war ganz still, gab nur ihre Schritte wieder. Auch Petřík, den der Vater geschickt dadurch munter machte, indem er ihn anfeuerte wie ein Trainer seinen Athleten, konnte den zweiten Atem schöpfen und marschierte munter voran. In Bodennähe war die Luft für ihn reiner. Erstaunt hörte sie, wie Milan bald fünftausend meldete; weil sie selbst vierundzwanzig Nischen gezählt hatte, hatten sie wohl ziemlich die Hälfte geschafft.

«Wie spät ist es?» rief sie keuchend.

Das hat er ausgenutzt, um die Koffer wieder einmal abzusetzen und den Rücken zu strecken.

«Viertel. Viertel zwölf.»

Das «Bald» dauerte also eine dreiviertel Stunde.

«Die Hälfte?» fragte sie vorsichtig.

«Klar! Es läuft prächtig, nur müssen wir ein bißchen zulegen, aber das ist noch drin, nicht wahr, Petřík. Wie bei der Olympiade. So läuft man Marathon, weißt du? Am Anfang schnell, wie es geht, dann dreht man etwas auf, ab der Wende wird richtig gelaufen, und vor dem Stadion setzt man zum Finish an. Also, leg zu!»

«Ja, Papi.»

Milan hat mit seiner ganzen Last tatsächlich beschleunigt, und Dora hatte viel zu tun, um mit ihm Schritt zu halten. Sie bewunderte Petřík, daß er so gut nachkommen konnte, obwohl seine Beinchen sich viel mehr bewegen mußten. Daß sich bei ihnen alles auf nur zwei Funktionen, Laufen und Tragen, konzentrierte, ermöglichte es ihnen allen offensichtlich, tief in die Reserven zu greifen. Das Lampenlicht tanzte vor ihnen wie ein

Riesenfalter, der sie anzuführen schien. So legten sie das dritte Viertel zurück, als Petřík zum erstenmal stolperte. Zweimal fing er sich wieder, beim drittenmal fiel er hin.

«Ist dir was passiert?» erschrak sie.

«Nein...»

Der Falter flog davon.

«Milan! Halt!»

Das Licht, auf sie gerichtet, blendete die ans Dunkel gewöhnten Augen.

«Schnell, schnell«, hörte sie ihn, «nicht stehen, laufen.»

«Petřík kann nicht mehr...!»

«Quatsch! Klar kann er. Wir sind fast da! Petřík, jetzt geht's um die Goldene, hörst du?»

Das Kind brachte nichts heraus. Dora hatte den rettenden Einfall.

«Falls du jetzt die Mäntel und Schuhe... ich nehme ihn an die Hand...»

«Her damit!»

Doch er konnte die Sachen nicht fassen; dabei stellte er fest, daß sein Hemd total durchnäßt war, das viele Zeug, das er übergezogen hatte, war zu einer Schwitzpackung geworden, in die er einst von seiner Mutter bei jeder Erkrankung gesteckt wurde. Das Gehirn half ihm wieder.

«Kommt nach vorn! Vor mich hin! Du trägst ihn und er die Lampe, ich kann euch besser voranbringen!»

Beim Wechsel reichte er die Stablampe dem Sohn.

«Du darfst sie nicht fallen lassen! Nicht, daß du sie fallen läßt, verstehst du? Oder wir sind im Arsch!»

«Nein, Papi...»

«Also, wir machen weiter! Na, Dora!»

«Ja...»

«Leg zu! Du hältst es aus, der Mensch kann alles, wenn er muß!»

Er hatte recht. Obwohl sie keine besondere Sportlerin war und diesen Wahnsinnslauf nun schon mehr als eine Stunde mitmachte, war sie schweißübergossen noch imstande, das Kind zu tragen und sogar ihre Schritte zu beschleunigen. Nur das Zählen der Nischen gab sie auf, die Zeit blieb für sie stehen und dann vielleicht auch die Bewegung, ihr war, als wäre sie an einem Punkt steckengeblieben, und unter ihr lief der zweifache Stahlstreifen samt Schwellen nach hinten. Dann stolperte auch sie. Ihm gelang es, dicht hinter ihr anzuhalten.

«Vorwärts! Weiter! Der letzte Tausender.»

Das waren nicht mehr die Muskeln, nur der Wille allein, der ihren Körper wieder zum Gehen zwang. Petřík, obwohl längst nur getragen, umklammerte krampfhaft mit der linken Hand ihren Hals, als wollte er es ihr leichtermachen, er konnte den Lampenstiel mit der Rechten nicht mehr festhalten, dieser sank nach unten, und der Lichtkegel zielte auf Doras Füße. Milan hat das bemerkt.

«Halt sie ordentlich... leuchte vor uns, daß wir nicht stolpern!»

Sie ließen eine weitere Nische hinter sich, als wiederum der seltsame Klang ertönte. Sie dachte zuerst, es dröhnte in ihrem Kopf, doch einige Sekunden später hatte sie keine Zweifel mehr. Vor Schreck blieb sie stehen. Er hat sie von hinten beinahe umgerissen.

«Weiter! Weiter!»

«Der Zug...»

«Lauf, zum Teufel, lauf!»

«Der Zug kommt...!»

Er konnte sich noch orientieren.

«Von hinten. Wir schaffen es! Nur noch einige hundert Meter!»

Er schoß los. Da er aber das Denken und Sich-Bewegen nicht mehr in eins bringen konnte, nahm er nicht wahr, daß sie noch dastand. Er rammte sie, und Petřík ließ die Lampe fallen. Glas klirrte, und die totale Dunkelheit hat sie umgeben.

«Du Idiot!» brüllte Milan wütend, «was hast du da getan?»

»Laß ihn!» schrie sie jetzt auch und preßte das Kind an sich, «laß ihn in Frieden!!»

Ihre Stimmen verhallten fast in der donnernden Vibration, die mit der Gleichmäßigkeit eines langsamen Paukencrescendos anschwoll. Da hörte Dora ihn wieder brüllen.

«Schau nach vorn, dort!»

Jetzt sah sie selber den schwachen Lichtbogen des zweiten Portals. Milan war noch einmal fähig, das Kommando zu übernehmen.

«Gib her!»

Er nahm ihr auch das Köfferchen weg, es war ihr, als müßte sie gleich vor Leichtigkeit schweben. Sie hörte ihn über das Geröll stolpern und begriff seine Absicht. Er legte das Gepäck an der linken Tunnelwand ab und würde es dort später abholen. Er übernahm den Sohn und fing schwerfällig an zu traben.

«Mir nach!»

Er schöpfte aus dem Letzten, aber lief wirklich wie im Finish, und sie blieb nicht zurück. Der Bogen vorne schien langsam aufzuleuchten, nicht jedoch zu wachsen. Dafür wurde das Dröhnen der riesigen Kesselpauken, das die stehende Luft bereits erbeben ließ, immer stärker. Dora übermannte der Zwang, sich umzudrehen. Deutlich nahm sie ein Dreieck leuchtender Augen wahr.

«Milan, er ist schon...!»

Er hörte sie offenbar nicht mehr. Er sprang vor ihr über die Schwellen und hechelte wie ein großes Tier, über seinen Rücken flog ihr Schatten hin und her.

Die Scheinwerfer der Elektrolok begannen den Raum ringsherum zu durchleuchten. Sie schnitten die Silhouette einer Nische aus, auf die sie hinsteuerten.

«Milan! Da hin! Da hin!»

Er verpaßte die Nische, taumelte mehr, als er lief, als wäre er selbst eine Maschine, die diese Gleise nicht verlassen kann.

Als Dora begriff, daß ihn nur ein automatischer Reflex nach vorn treibt und er jeden Sinn für die Wirklichkeit verloren hatte, tat sie das einzige, wozu sie noch fähig war. Sie wandte sich gegen die Zyklopenaugen und breitete weit die Arme aus. Das letzte, was sie noch hörte, waren der betäubende Pfiff und das nervenzerreißende Gekreische blockierender Eisenräder, die die mächtige Kraft der Trägheit Hunderte Tonnen weiter nach vorn schob.

III

DER ERSTE TAG IM ZWEITEN LEBEN

Der Tag danach

Mittwoch, den 22. Juni 1983

1. Die vier Zufallsvereinten

Sie kamen sich sorglos und frei von Verpflichtungen vor, wie auf einem Schulausflug oder vielmehr beim Schulschwänzen.

Sie stiegen aus dem Minibus, als eine unsichtbare Turmuhr Mitternacht schlug. Wie in ihnen die Feder der Erregung nachließ, die sie lange Stunden angetrieben hatte, so nahmen sie nicht wahr, daß bereits der erste volle Tag in ihrem neuen Leben anbrach.

Die Eingangshalle des Kasinos, die sie aus einem niedlichen Park betraten, war nüchtern. Außer einer runden Sitzgruppe stand dort nur ein Empfangspult, an dem man gerade eine Gruppe malerisch bekleideter Afrikaner bediente. Gleichzeitig nahm ein unbekanntes Summen ihre Aufmerksamkeit gefangen. Erst als sie zu den verglasten Schiebetüren aufsahen, die als Kontrollschleuse und Schaufenster der riesigen Spielstätte dienten, erkannten sie die vielschichtige, durch den Raum gedämpfte Stimme einer Menschenmasse.

Das Kasino begeisterte sie durch seine Farbtönung, in durchdachter Harmonie mischten sich hier alle Schattierungen von Braun: auf den bemalten oder vielleicht geätzten hohen Fenstern, auf den Holzverschalungen der Wände, auf den Teppichen, Vorhängen und Bezügen; mit dem Braun harmonierte das Messing der Beleuchtungskörper und der Klinken und auch die gelblichen Ovale des Lichts aus den niedrighangenden Lampen, die aus dem Dämmerlicht die Spieltische ausschnitten. In dem riesigen Saal fand beinahe keine Bewegung statt. Zu den Tischen schienen sich Gruppen von Figurinen niederzubeugen, und über ihnen stieg ein Nebel aus Zigarettendunst empor.

Jeder der vier Tschechen empfand etwas anderes.

Der Zauberer und Koch: Dreißig Jahre habe ich auf dich gewartet, mein geliebtes Kügelchen!

Die Verkäuferin: Von all diesen Knackern muß doch wenigstens einer ein geschicktes tschechisches Mädel suchen.

Der Gärtner: Ist das die Welt, in der wir gemeinsam leben sollen...?

Die Pianistin: Christopher... Was macht jetzt Johann Christopher?

Es war für sie kaum noch vorstellbar, daß sie hier einmal mit jenem kraushaarigen Wirrkopf stand, der hier sein ganzes Gehalt gelassen haben würde, hätte sie ihm nicht gedroht, er würde sie dann nie mehr sehen. Er pflegte leidenschaftlich zu verlieren, um ihr zu beweisen, daß das Schicksal ihm allein das Glück in der Liebe gönnt, und sie hat sich dabei ertappt, wie sehr sie dadurch erregt wurde. Sein Gehalt vom Radio war übrigens für ihn nur ein Zubrot zu den Zinsen aus dem ererbten Familienkapital. Neben dem Altersunterschied warnte sie auch sein Reichtum, aus der Literatur kannte sie nur das schlimme Ende ähnlicher Typen... der Altersunterschied? was würdest du, mein lockiges Christöphchen, dazu sagen, würdest du mich jetzt hier, zehn Jahre älter, mit einem um fünfzehn Sternenjahre jüngeren Liebhaber sehen? Sie seufzte.

«Bist du müde?» hörte sie ihn sagen, «wir haben doch genug für ein Hotel.»

«Nein, nein!» sie war ihm dankbar für seine Fürsorge, doch wollte sie heute nicht allein zwischen vier Wänden sein, «ich bin froh», rechtzeitig ließ sie das Wörtchen «wieder» weg, «hier zu sein! Wie eine Zäsur, eine Pause ist das, weißt du, zwischen der einen und der anderen Welt.»

«Halli, hallo», befahl energisch ihr selbsternannter Führer, der sich hier inzwischen orientiert hatte, «alle Mann mir nach, Herrschaften gehen wir's an!» Er zeigte auf das Pult, das die Exoten gerade verließen.

Die Verkäuferin riß ihre Augen von dem nie gesehenen lebenden Bild im Kasino los und staunte nun die üppig befransten Burnusse an. Die Frau in ihr lehnte sich auf, als sie auf das eigene leinene Complet zeigte; daß es in Budweis ein «Importstück» war, half ihr hier wenig.

«Kann ich denn so gehen?»

«Eine echte Dame», sagte der Zauberer, «darf heute auch in einem Kartoffelsack herumlaufen, falls sie dazu eine Nobelmiene trägt, und um uns Herren», er zeigte auf seinen offenen Kragen, «muß man sich doch bemühen, wenn man unseren Kies will.»

«Sie haben sich damit gebrüstet, hier die Bank zu sprengen», maunzte das Mädchen.

«Pst, das dürfen die doch nicht ahnen!»

Er trat zum Pult, wo er von zwei schwarzgekleideten Jünglingen, die Uniform der hiesigen Angestellten, mißtrauisch beäugt wurde.

«Viermal», befahl er und streckte dazu noch vier Finger hoch, als bestellte er in einer Kneipe eine Runde. Eine weitere Abkühlung der Geschäftsbeziehungen trat dadurch ein.

«Flüchtlinge?» fragte der ältere der jungen Männer.

«Warum denn?» antwortete Strniště mit einer Frage.

«Flüchtlingen wird der Besuch hier nicht empfohlen», erklärte der jüngere Jüngling.

«Und zwar warum?»

«Es ist nicht der Sinn der Unterstützung für Asylbewerber, daß man sie hier verspielt.»

«Sehr vernünftig», sagte er, «ich beabsichtige aber, hier zu gewinnen.»

«Wir bedauern, doch ...»

Die Pianistin wurde wütend. Sie versöhnte sich bereits damit, daß sie in der Nacht nicht im Lager aufgenommen wurden, doch hier war sie einst gewissermaßen als Königin aufgetreten und wollte nun nicht wie ein lästiges Insekt verscheucht werden.

«Ist das eine Empfehlung oder ein Verbot?»

Beide Empfangsleute schauten sie genauer an und wurden milder.

«Eine Empfehlung», sagte der Ältere, «doch wir richten uns nach ihr, wir haben hier schon Tragödien erlebt.»

«Was sagt er?» fragte der Gärtner.

Der Antwort hat Strniště wahrhaft wie ein Zauberer vorgegriffen. In der Hand, vor einem Augenblick noch leer, hielt er ein grünes Büchlein und sagte höflich.

«Der Irrtum besteht nur darin, daß wir ordentliche Bürger der Tschechoslowakischen und obendrein noch Sozialistischen Republik sind. Ist auch denen hier der Zutritt verboten?»

Verlegen haben sie darin geblättert. Strniště wandte sich seinem Häuflein zu.

«Bemühen Sie sich bitte, auch Ihre Pässe vorzuzeigen, damit sie uns zum letztenmal von Nutzen sind. Und du», ordnete er ähnlich unverbindlich Bobina an, «verdünnisiere dich auf zwei Nullen!»

«Wie ...» sie begriff nicht.

«So, die Richtung, in die dein Hintern zeigt, und dann links, ich kann es dir jetzt nicht zeigen, schleich dich dann einfach nach, danke!» dies galt bereits dem Paar, das ihm seine Papiere wiedergegeben hatte.

Die Wachsamkeit der Jünglinge zerstreute sich, das Mißtrauen noch nicht.

«Bei uns wird nur in Gesellschaftskleidung gespielt.»

Der Zauberer zeigte spöttisch in den Spielraum. An der Kasse hinter der Tür wechselte eine Männerschar in amerikanisch schrillen Sakkos Geld ein.

«Sehen wir da nicht besser aus?»

«Die Herren tragen Krawatten.»

«In jedem guten Kasino dieser Welt», sagte er bedeutungsvoll, «hat man mir einen Schlips geliehen.»

Ein zweitesmal versuchten sie, die Oberhand zu gewinnen.

«Hier wird nur um harte Währung gespielt.»

«Schillinge?»

Es klang enttäuscht und für sie endlich wie der Punkt hinter diesem Auftritt. Sie beugten sich bereits über irgendwelche Papiere, als er sie endgültig fertigmachte.

«Und keine Mark?»

«Nur westliche.»

«Aha. Und Fränkli?»

«Die auch.»

«Und Pfund. Ich meine das englische?»

«Natürlich», das klang bereits gereizt.

«Und Dollars. Ich meine die amerikanischen?»

«Wir nehmen jede konvertible Währung an.»

«Ach, so geht's hier zu. Und die Untergrenze? Wie zum Beispiel, daß ich mindestens tausend haben muß?»

Zu Recht hielten sie ihn schon für einen Spinner.

«Sie müssen soviel haben, um spielen zu können.»

«Und wie hoch ist der niedrigste Einsatz?»

«Tagsüber zwanzig, jetzt fünfzig Schillinge», sagte der Jüngling abschätzig.

«So daß das da reichen müßte!»

Er knöpfte die Manchesterjacke auf, und dann erstarrte auch das böhmische Duo. Eine Miniweste mit sechs aufgequollenen Täschchen überspannte das Hemd, die er der Reihe nach öffnete, um jedesmal ein Bündel zusammengefalteter Banknoten ein wenig zu lüften, jede Tasche eine Währung.

«Ich bin noch nicht dazu gekommen, mir einen Safe zu mieten», erklärte er freundlich den sprachlosen Rezeptionisten, «findet man jetzt für uns ein Schlipspärchen?»

Da sie dorthin mußte, wollte die Verkäuferin auch zugleich das WC ausnutzen und erlebte dabei den ersten Schock. Zuerst war sie außerstande zu erkennen, daß sie tatsächlich dort war, wohin sie sollte. Ein Marmorsalon mit einer Reihe sonderbar geformter Waschbecken, in den sich leise Musik ergoß, erinnerte an nichts, was sie je gesehen hatte. Als sie endlich feststellte, daß sich hinter den Spiegeltüren Kabinen verbargen, war sie sich wiederum nicht sicher, ob die Sitze aus geblümtem Porzellan wirklich so einem niederen Zweck dienten. Danach erlebte sie das Schlimmste: Sie konnte die Spülvorrichtung nicht finden. Kein Hebel, keine Kette, aber auch kein Wasserkasten, nichts.

Am Rande der Verzweiflung hatte sie einen Druckknopf entdeckt, fast unsichtbar in die Kachelwand eingelassen. Dann erschrak sie, als ein giftiggrüner Wasserstrahl in die Schüssel sprang, erst an dem wohlriechenden Duft, den er mit sich führte, hat sie das Reinigungsmittel erkannt.

Mit einiger Scheu wollte sie sich in einem der prachtvollen Becken die Hände waschen. Sie war immer ein reinliches Mädchen gewesen, doch in Böhmen ging sie lieber verschmutzt nach Hause, statt sich in der rostigen Flüssigkeit säubern zu müssen, die aus den Röhren im Kaufhauswaschraum tröpfelte. Hier jedoch fand sie keinen Wasserhahn, nur einen seltsamen Hebel, der sich nicht niederdrücken ließ. Langsam wurde sie wütend auf die ganze Vornehmheit, hier will mir jemand mit aller Macht zeigen, daß ich total blöd bin!

Es gelang ihr, den Hebel nach links und rechts zu schwenken, ohne einen Tropfen herauszumelken. Kaputt! beschloß sie endlich und versuchte beim nächsten ihr Glück. Kein Wasser! fiel ihr eine weitere tschechische Erklärung ein, und es freute sie; geschieht ihnen recht, den Angebern! Dabei zog sie den Hebel nach oben und schrie auf. In die Schüssel prallte heißes Wasser, im Nu verschwand der Spiegel im Dampf. In Panik drückte sie den Hebel in die richtige Stellung. Oh du liebe Omi, schon gefährlich dieser Westen!

Ein Handtuch suchte sie gar nicht erst. Zu Hause hingen überall höchstens fleckige Fetzen, schon der bloße Anblick ekelte sie. Aber in diesem Luxus muß sich der Mensch doch abtrocknen können! Drei Kästchen an der Seitenwand zogen ihre Aufmerksamkeit auf sich; Lufttrockner, fiel ihr ein, doch sie fand keinen Schalter. Dann hat man sie wieder reingelegt. Als sie bereits nur der Ordnung halber unten herumtastete, blies es plötzlich heiß heraus. Das Vieh reagiert allein! Sie trocknete sich, stolz, alle hiesigen Tricks durchschaut zu haben, aber zugleich in Sorge, wieviel schlimmere sie in dieser Welt noch erwarteten.

Die Empfangsherren schenkten ihr keinen Blick mehr, und den Kontrolleur entwaffnete sie mit tschechischem Gruß.

Ihr Busen schien der beste Passierschein zu sein.
«Ahoj! Das bin nur ich wieder!»

Die Pianistin staunte, wie ein Streifen bedruckten Stoffs den Charakter eines Menschen verändern kann: Der Gärtner sah mit der breiten Leihkrawatte geradezu weltmännisch aus. Als sie es ihm verriet, während der Zauberer Geld für Jetons wechselte, nickte er bedrückt.

«Jawohl... ich würde lieber weggehen.»

«Was ist mit dir?» wunderte sie sich; darauf war sie nicht gefaßt.

«Ich fühle mich hier nicht wohl.»

«Und warum?»

Soll ich mich auf Müdigkeit rausreden? überlegte er, doch wie immer gewann seine Wahrheitsliebe.

«Ich gehöre nicht hierher.»

Kann er meine Gedanken lesen? erschrak sie. Ahnt er, daß ich an einen anderen denke, sieht man es mir an? Damals hatte sie mit dem Jungen nichts, sie war so dumm, an einen Ilja in Prag zu glauben, dessen glatte und flache Sprüche sie von Anfang an hätten warnen müssen, und eben der Schiffbruch hat sie zu diesem Mann vom Lande hingezogen, ihr gegenüber fast dreimal so jung wie Christopher damals. Doch was heute ihre Beziehung bedrohte, war ganz anderer Natur.

«Václav!» sagte sie leise, aber eindringlich zu ihm, «bitte fang nicht wieder damit an! Wenn du meinst, es wäre eine Lasterhöhle, so reimt es sich nicht mit deiner Toleranz allem Menschlichen gegenüber; das hier ist eine der wenigen Chancen, die das Leben wirklich jedem bietet. Und wenn du damit sagen willst, daß du nicht hierher gehörst, denkst du nicht wie ein Christ!»

«Wie kommst du darauf?» staunte er.

«Die Kommunisten haben sich, damit alle Menschen gleich werden, ausgedacht, daß einige von ihnen eine Avantgarde bilden müssen, die führende Kraft und wie sich das nennt. So haben sie sich an ihre Vorgänger mit Kasten und Titeln angepaßt. Auch ihr Katholiken habt was Ähnliches in der Kirche eingeführt, doch als Christen bekennt ihr bis heute, daß die Menschen wenigstens vor Gott gleich sind. Das solltest du auch hier gelten lassen.»

«Ich habe nicht geahnt», er mußte lächeln, «daß du mir mal das Christentum predigen wirst, dazu noch in einer Spielbank!»

«Ich predige dir gar nichts, ich bitte dich nur, deine Welt nicht nur auf die Kirche einzuengen, wohin ich bald mit dir gemeinsam zu gehen beginne, jawohl!» sie reagierte auf seine Verwunderung, «doch komm auch du mit, wo es mich freut. Das Leben hat eine Unmenge Gesichter, stammen sie für dich nicht alle von Gott? Schau dir die Leute an, bis auf ein paar leidenschaftliche Spieler alles nur einfache Touristen und Kurgäste, für einen Augenblick steigen sie aus dem Alltagstrott aus, um ihr Schicksal zu prüfen, ob sie nun an Gott oder den Zufall glauben...» bevor sie zu Ende war, erschrak sie: Gott gebe, daß er nicht fragt, woher sie das alles weiß!

«Woher weißt du das alles?» fragte er logisch.

Die fromme Lüge diente ihr bis in das vorige Jahr, immer wenn die nichtigen Wahrheiten ihre Arbeit und Beziehungen unnötig bedrohten; seitdem sie Václav kennengelernt hatte, redete sie sich ein, die erste Lüge würde seinen Gott bewegen, ihr ihn wieder zu nehmen.

«Ich war hier schon mal», gab sie zu.

Möge er jetzt wenigstens nicht fragen, mit wem! In der Nacht, in der sie die gemeinsame Flucht vereinbart hatten, zählte sie ihm ihre Lieben auf, damit er wußte, daß sie vor ihm alle ihre Geheimnisse preisgibt; Johann Christopher hat sie dabei ehrlich vergessen. Daß sie mit ihm nicht schlief, war kein Maßstab, es war geistige Überlegenheit, die Václav deprimierte, und Lydia wollte nicht, daß er fürchtete, hier würde neben all dem Unbekannten noch ein Rivale lauern. So entschloß sie sich, es zu verheimlichen.

«Entschuldige», sagte er, «das letzte, was ich heute und irgendwann will, ist, dir die Freude zu verderben. Mach dir meinetwegen keine Gedanken, ich werde mich an alles gewöhnen, was du gern hast!»

«Ahooj, Leute«, lärmte Bobina, »war einer von euch hier schon auf dem Häuschen? Das ist ein Jux, da braucht man Hochschule, wenn man auf den Topf will!»

«Herrschaften!» rief der Zauberer und klickerte mit den Jetons, als schüttle er Würfel, «hereinspaziert, mir nach, Fortuna entgegen!»

Bislang haben sie keinen der von Menschentrauben umlagerten Roulettetische frei erblickt. Der Zauberer schritt aber nun mit nachtwandlerischer Sicherheit auf den drittgelegenen zu und beschlagnahmte als erster drei soeben frei gewordene Stühle.

«Hierher, meine Damen!» er plazierte höflich Lydia links und Bobina rechts neben sich, «der Herr Václav stellt sich dahinter auf als Schmiere, daß uns niemand den Haufen Geld klaut, den wir jetzt gewinnen!»

Der Gärtner und die Verkäuferin sahen zum erstenmal ein echtes Roulette.

«Zunächst beobachten», ermahnte sie der Anführer, die Jetons behielt er weiter in der Hand, «und dann erst mich fragen, wie wir diese Bank zur Ader lassen werden!»

Er gönnte es ihnen drei Runden lang, sich an das Milieu und das Spiel zu gewöhnen. Der Gärtner bemühte sich, wie er versprochen hatte, ein Verhältnis zu alldem zu finden, doch die Zeit reichte nicht einmal aus, die Spielregeln zu begreifen. Bobina dagegen hatte gleich blitzartig erkannt, daß man hier hauptsächlich auf Nummern und ihre Gruppen setzt. Sie staunte, wie genau zwei andere Jungs im Schwarzen mit langstieligen Harken Türme von verschiedenfarbigen Ringeln zusammenfegten und den Spielern zuschoben, viel öfter jedoch zu sich, wo sie sie blitzschnell zu den selben Farben in der Bank ordneten. Dann entdeckte sie einen dritten, der auf einem erhöhten Sessel, das Gesicht über der ovalen Lampe im Halbschatten, offensichtlich zu beobachten hatte, daß nicht geschwindelt wird. Bobina kam es vor, als hätte er ihr zugezwinkert. Aha! diese Art Aufsicht kennen wir von daheim.

Lydia war aufgeregt wie schon damals. Als sie Christopher dazu zwang, sein Wahnsinnsspiel aufzugeben, tat sie es auch zu ihrem eigenen Wohl. Obwohl sie lebenslang eine Gefangene ihrer Disziplin war, von der sie mehr als von Notenlinien zusammengeschnürt war, verspürte sie beim Roulette, wie leicht sie selbst der Leidenschaft verfallen würde, die der holpernde Lauf der kleinen Kugel erweckte. Gerade jetzt hatte sie es durch ihre Tat bestätigt: Sie hatte das Sichere für das Unsichere verworfen, gab sich einer unbekannten Zukunft an der Seite eines unbekannten Menschen preis.

Ich bin eine Spielerin, gestand sie sich, eine Hazardeuse, und am Ende werde ich alles verspielen. Erschreckt suchte sie hinter sich nach seiner Hand, drückte sie fest zu und ließ nicht locker, als wäre diese Hand jener feste Punkt, an dem ihr Leben hängt.

Der Zauberer gab jedem fünf Jetons zu zwanzig. Václav überließ sie ihr, und Lydia, ohne zu zögern, setzte alles auf die Zwei.

«Auf uns beide», flüsterte sie ihm nach hinten zu, «alles oder nichts!»

«Wieviel kann man da rauskriegen?» fragte Bobina, als die Kugel wieder losrollte.

«Mal fünfunddreißig», rechnete der Zauberer, «macht siebentausend.»

«Nee, wohin soll ich es pflastern?»

«Der Spielgott liebt keine Kiebitze, beim Roulette und im Tod steht jeder allein. Im Unterschied zur Liebe, wo es ab zwei losgeht.»

Sie schaute sich den schwarzen Aufseher an. Er fixierte sie weiter. Sie setzte für zwanzig auf Nummern, die sie jahrelang vergeblich im Lotto versucht hatte, sieben, elf, dreizehn, zweiundzwanzig, dreiunddreißig. Sie schaute schnell zu dem Kerl auf. Zweimal gezwinkert! freute sie sich, also in Butter! Es geht hier wie zu Hause zu, man muß nur den Richtigen picken. Wieviel wird er dafür wollen, der Schlaumeier, oder vielleicht, was? Das geb' ich lieber, er sieht ganz passabel aus...

Es fiel die Drei.

Was soll das? Sauer schaute sie auf den Ratgeber. Er zwinkerte dreimal, und sie erkannte zu spät, er hat nur so einen Tick.

«Siehst du», sagte Lydia zu Václav, «wir haben Glück in der Liebe.»

«Oder es montiert sich ein Dritter dazwischen», lachte der Zauberer.

Das erinnerte beide daran, daß Věra in Budweis inzwischen alles weiß und gemeinsam mit dem Polizeipapa fieberhaft überlegt, wie ihnen hier einzuheizen wäre. Sie hörten auf, daran zu denken, als der Zauberer zehn Ringel mit der Ziffer 100 auf dem schwarzen Viereck absetzte.

«Ach, du meine Güte», sagte die Verkäuferin verblüfft, «wohin schieben Sie das alles?»

«Auf die Farbe, auf Schwarz.»

«Und soviel? Was, wenn Rot fällt?»

«Wie könnte es», wunderte er sich flunkernd, «wenn ich auf Schwarz stehe!»

Die Kugel lief in der Schale immer langsamer, bis sie in das schwarze Fach fiel.

«Nee!» rief das Mädchen begeistert, «wieviel hat das gebracht?»

«Das Zweifache.»

Die Harken wischten die meisten Jetons anderer Spieler für die Bank zusammen. Zu seinem Säulchen schoben sie aber ein weiteres, genau so hoch. Das Roulette drehte sich schon wieder.

«Packen Sie es doch weg», sorgte sich Bobina, «warum nehmen Sie es nicht?»

«Weil ich weiter das Doppelte will.»

Bald darauf hatte er es und ließ bereits vier Säulchen da stehen.

«Na, so was!» Bobina kaute an den Nägeln, «wieviel wäre das bei uns?»

«Rechne zwei Kronen für einen Schilling und multiplizier das gleich mit zwei.»

Er irrte nicht. Als die Kugel richtig einfiel, hat er in Jetons achttausend gehabt, was also sechzehntausend Kronen ausmachte. Das bleibt mir zu Hause nach allen Abzügen für ein Jahr! Es fuchste sie, als wäre sie immer noch dort; laut ängstigte sie sich.

«Nun nehmen Sie es schon weg, nee?»

Auch die beiden anderen fühlten sich wie auf Dornen, seltsam, dachte Lydia, fremdes Geld, und man zittert darum.

«Wollen Sie tatsächlich weiterspielen?» fragte sie ihn vorsichtig.

Er schaute auf sein Kapital, zu dem einige Spieler ihre Marken zulegten, um sich an seinem Glück zu erwärmen, und kratzte sich am Kopf.

«Ich passe, ich mach' eine Pause», erklärte er und schob alles zu sich, doch er verfolgte das Spiel konzentriert weiter, als bliebe er dabei.

Rund um den Tisch rumorte es, als Rot fiel. Bobina staunte.

«Oh du liebe Omi, wer hat's Ihnen gesagt?»

«Störe nicht, jetzt geht's rund.»

«Gib Tausender», wies er den Mann an, der auf seiner Seite die Bank bediente.

Die Harke fuhr seinen Haufen weg, und die Finger schickten zu ihm gleitend acht große Ringel mit der Ziffer 1000 hin. Eine Höllenmaschine, fiel Lydia ein, als die Schale wieder losging, Václav hat recht! Der Zauberer wartete ab, bis alle gesetzt hatten, inzwischen ordnete er die Scheiben aufeinander und schob sie wieder auf das freie Schwarzfeld.

»Warum nicht lieber auf das rote?» konnte sich Bobina nicht verkneifen.

«Das rote ist für mich seit heute gestorben», verkündete er feierlich, «bis zum Todestag.»

Die Kugel ratterte außerordentlich lang, bis sie wieder auf Schwarz fiel.

«Ein Teufel sind Sie», stöhnte die Verkäuferin voll Bewunderung auf.

Die Menge rund um den Tisch wurde dichter, der Gärtner sah, wie sich hier mit einem Schlag Zuschauer von überall zusammenzogen. Riecht das Glück? Dann erinnerte er sich daran, daß einige Blumen im Klíčover Gewächshaus schneller verwelkten, wenn er bei ihnen wegen Věra litt. Warum sollte die Freude nicht noch stärker strahlen?

Sechzehn Tausenderjetons häufte der Zauberer zu einem dicken Turm und ließ ihn auf Schwarz stehen. Bobina blickte zu dem Vogel da oben, der sie so schön reingelegt hatte. Er hatte aufgehört zu zwinkern und verfolgte jetzt das Spiel wie ein echter Falke. Václav entzog Lydia seine Hand.

«Was ist?» stutzte sie.

«Verzeih... es tat weh...»

Sie sah in seiner Haut Einschnitte ihrer Nägel, kam jedoch nicht dazu, sich zu entschuldigen, weil sie nur die Kugel wahrnahm, als gehörte der Einsatz ihr selbst, Schwarz, befahl sie ihr, auf Schwarz!

Schwarz kam.

«Jetzt aber Schluß!» stieß es aus Bobina heraus.

«Schweig still!»

Sie sah ihn im Profil mit neuen Augen an, nein! er war keinesfalls ein Tattergreisschlawiner, wie es ihr noch am Morgen vorkam, sondern ein Mann wie ein Baum, der es auch sicher verstand, es einem Weib zu besorgen...

Er stellte sechzehn neue auf die sechzehn alten Scheiben und ordnete sie sorgfältig in der geometrischen Mitte des schwarzen Feldes. Ringsherum gab es nur Bagatelleinsätze, eigentlich spielte er allein gegen die drei schwarzen Bankiers. Doch obwohl sie die Kugel mit mehr Energie als vorher reingeworfen hatten, kreiselte sie in der Gegenrichtung nur zweimal, übersprang wild eine Reihe von Fächern, fiel in das rote, und aus ihm heraus schaukelte sie in das schwarze.

Anerkennender Beifall erklang. Der Zauberer wartete, bis man ihm den Gewinn zuschob, und nach langer Zeit sprach er wieder.

«Wo ist Limit?» fragte er den auf dem Hochsitz.

«Sie sind gerade drauf», erwiderte der Falke mit unbewegtem Gesicht.

«Was sagt er?» flüsterte der Gärtner, bereits gefesselt, Lydia zu.

«Es ist der höchste Betrag, den man hier setzen darf.»

«Da werden Sie... hundertachtundzwanzigtausend haben», quiekte Bobina; in Kronen eine Viertelmillion, für die sie mehr als zehn Jahre roboten müßte.

Als wurde er aus einer Trance wach, wandte er sich an sie und seufzte.

«Keinesfalls.»

«Wieso?»

«Faites votre jeu», fing man schon wieder an, die Schale zu drehen.

«Weil jetzt Rot kommt.»

«Meine Güte, dann dalli weg damit!»

Er nahm drei Ringel weg.

«Warum nicht mehr?»

«Aus zwei Gründen», beobachtete er die kreisende Kugel fast melancholisch.

«Wirklich», sagte Lydia nervös, auch ihr schien es, als hätte er plötzlich nicht alle bei sich, «warum lassen Sie es nicht sein?»

«Erstens», erklärte er, als spräche er zu einem Kind, «beleidigte ich dadurch eben den Spielgott und zweitens... einen Moment!»

Er verstummte, weil die Kugel mit letzter Kraft umhersprang und dann auf Rot fiel. Für Bobina verschwammen Bild und Ton zugleich. In das enttäuschte Murmeln klimperten die weggeharkten Jetons, rund um den Tisch stand beinahe niemand mehr. Sie verspürte einen Schubs in den Rücken, und erstaunt stellte sie fest, daß der Zauberer, anstatt zu weinen, sie fröhlich angrinste.

«Und zweitens, meine Herrschaften, erster Gewinn macht nur arm. Das hier ist ein Kasino für Rentner, wenn ich mal eine Bank sprengen werde, so müssen darin schon ein paar Millionen liegen, gehn wir auf einen Drink.»

«Da bleiben Ihnen nicht einmal die drei übrig», fing sie an, doch sah sie bereits, wie er den drei schwarzen Ganoven je einen Jeton zuwarf.

«Merci, Messieurs!»

Ehrerbietig verneigten sie sich vor ihm.

Nachdem ihr Gönner ihnen an der Bar zu den belegten Brötchen einen Schlummertrunk, wie er es nannte, aufgezwungen hatte, bestellte sich der Gärtner Tee, die Pianistin ein Glas Rotwein, die Verkäuferin verlockte er zu einem Drink, von dem er behauptete, ihn in Afrika getrunken zu haben. Sie glaubte ihm wieder kein Wort, es schmeckte nach Anis und wurde matt durch das Wasser wie ein gewöhnlicher Bulgarenschnaps. Man schloß bereits, sie mußten zurück in die Nacht. Der Morgen war noch weit, und sie hatten genug. Der Fahrer studierte die Karte, und dann startete er mit ihnen los, bis der Minibus auseinanderzubrechen drohte.

Sie fuhren aus der Stadt hinaus, in wenigen Minuten mieden sie die Ausfahrt zu der Gemeinde, wo sich das ungastliche Lager befand, schon bald verließen sie die Bundesstraße und stiegen durch eine sich schlängelnde Allee in das Unbekannte hinauf. Nicht einmal vor einem weißen Schild EINFAHRT VERBOTEN machten sie Halt, hinter dem ein Feldweg in einem Terrain anfing, wie sie es aus Südböhmen nicht kannten.

Auch in der Nacht schien es im Schatten zu liegen, um so mehr blendete sie hinter der ersten Bodenwelle der fast volle Mond, ungewohnt groß und nah. Dann hörte auch dieser Weg vor einem Holzbau auf.

«Endstation!» rief Strniště und öffnete die Tür, «die Herren rechts, die Damen links, danach wird empfohlen, es sich im Coupé so bequem wie möglich zu machen. Bald ist sowieso Wecken.»

Sie stiegen aus und sahen, daß sie von Weinbergen umgeben waren, die über ihnen zu einem weiteren Horizont hinaufstiegen und unter ihnen zu den beleuchteten Inseln der Gemeinden herunterfielen, bis in das Unsichtbare zogen sich Reihen von Pfeilern, mit Drähten verbunden, auf denen die junge Rebe emporkletterte. Das hölzerne Monstrum, das unangenehm an einen mittelalterlichen Galgen erinnerte, war eine alte Weinpresse, hier als Denkmal aufgestellt, als Symbol oder nur zur Zierde.

Alle vier verteilten sich zuerst gehorsam. Die Pianistin dachte, sie sollte gemeinsam mit Václav eine Weile spazierengehen, sich von ihm umarmen lassen und schweigend die warme Nacht wahrnehmen, damit in ihnen die Hitze und Hetze der vierundzwanzig Stunden abklingt, die seit dem großen Sprung dahingeflossen waren. Als sie sich jedoch vor dem Auto trafen, befiel ihre Glieder und Zungen eine solche Müdigkeit, daß sie kaum in den Wagen hineinklettern konnten. Die schmale Pianistin rollte sich hinten auf dem Sitz zusammen, die Knie des Gärtners waren ihr Kissen; die Verkäuferin vorn stützte den Kopf an der Schulter des Fahrers ab, und sie schliefen alle vier einträchtig in einigen Sekunden tief ein.

Der Zauberer erwachte um fünf Uhr dreißig, wie er das vom Militär und vom Gefängnis her gewöhnt war. Er spuckte zum Fenster hinaus, als er an das Pech dachte, das seine Prachtserie verdorben hatte. Aus der Nähe schaute er sich bei der Dämmerung das schlafende Mädchen an und war zufrieden. Ein schöner Knochen, sagte er, und sie weiß jetzt, daß ich kein Kasperl bin, für soviel Geld wenigstens etwas. Als er sie vorsichtig beiseite schob, machte er sich mit der Form ihrer Brüste vertraut und stellte sein Lieblingsmaß fest. Er war versucht, sie mit einer Vertraulichkeit zu wecken, die sie einander schnell näherbringen würde, doch er wollte nicht riskieren, daß sie, noch verschlafen, zu kreischen anfing.

Vorsichtig ließ er also den Wagen anfahren, dessen Insassen von seinen Stößen erwachten, sich die Augen rieben, gähnten und sich fragten, wo man sich eigentlich befand. Er formte aus den Händen einen Trichter und blies eine militärisch schrille Melodie.

«Bonjour, guten Morgen in der Freiheit!» meldete er wie ein Radiosprecher, «es ist Mittwoch, der zweiundzwanzigste Juni neunzehnhundertdreiundachtzig. Wir erwarten warmes, sonniges Wetter und nähern uns unserem vorübergehenden Heim. Es wurde mir von Leuten, die sich auskennen, nahegelegt, gleich vor den Toren ‹Asyl›! zu schreien und schußsichere Gründe anzugeben... Träume ich? Habt ihr so was je gesehen?»

Sie waren schon wach und staunten wie er verdutzt die Frauen und Mädchen an, die im Selbstangebot vor ihnen paradierten, hinter den dahinlaufenden Bäumen der Allee postiert.

«Nutten am Morgen? Noch nie gesehen. Und was wollen diese Schönlinge?»

Am Rand der Fahrbahn führten ihnen Männer jeden Alters ihre Muskeln vor.

«Reihen die sich zum Aufmarsch ein?» fragte aus Bobina die Erfahrung.

Dann stießen sie alle aneinander, so heftig mußte er bremsen.

«Wohl verrückt!» rief er aus dem Fenster einem jungen Mann von orientalischer Visage zu, der ihm ganz plötzlich in die Bahn trat.

Mit einem Schlag waren sie von vielen anderen umstellt.

«Ich machen alles», riefen die Männer durcheinander, «Haus, Hof, Feld, Weinberg, die Stunde finfzik Schilling.»

Und als er keine Antwort gab, riefen sie im Chor.

«Finfundvirzik!»

«Sie suchen Arbeit!» begriff er, «Arbeit?»

«Arbeit, Arbeit, virzik und Essn», unterboten sie sich gegenseitig.

«Na prima, boys, ich nehme euch, aber hier warten, bis ich Firma habe. Ich erst heute Kurve gekratzt, compris?»

Und er trat das Gaspedal im festen Vertrauen, daß man ihm den Weg freimacht, worin er zum Glück nicht irrte. Gleich darauf erblickten sie wieder die Pförtnerloge, in der ein neuer junger Kerl saß. Josef Strniště stützte die Hand auf die Hupe und donnerte in das Jaulen durchs Fenster:

«Asyyl!»

2. Der Zahnarzt und seine Familie

Wann immer sie in den letzten Monaten Zweifel befielen, ob sie richtig handelten, oder sie verspürten Angst, vorzeitig entlarvt zu werden, malten sich die Eheleute Čierniak den ersten Abend in der Freiheit fröhlich aus. Im farbigen Kunstdruckprospekt des Hotels am Neusiedlersee, das den Zahnarzt während jenes Symposiums so verzaubert hatte, wählten sie schon längst ihren Tisch auf dem Podium am Fenster aus, an dem sie es sich mit den vom reichen Büfett begeisterten Kindern gutgehen lassen wollten, wonach sie dann, wenn sie die beiden in die Heia geschickt hätten, zu zweit eine schöne Flasche Sekt leeren würden, koste es was wolle.

Später kam noch die Absicht dazu, sich in Rust zwei Zimmer zu leisten, um einander, bevor die Gemeinschaftsschlafräume des Flüchtlingslagers sie auf keusch schalten ließen, zu beweisen, daß ihre alte Liebe nicht einmal in der neuen Welt roste. Aus alldem wurde nun nichts.

Im Hotel tagten diesmal Gerichtsmediziner. So waren sie froh, noch den letzten Parkplatz in der Garage zu bekommen, auf dem der Doktor vor allem bestanden hatte, und das letzte Doppelzimmer mit zwei Zusatzbetten. Vor den Kindern konnten sie sich ein Liebesspiel unmöglich erlauben; während des Badens schwebte ihnen ein Spaziergang in der lauen Nacht ins Grüne vor, wie damals zum erstenmal in Bratislava, als sie aus Unerfahrenheit unverzüglich Magduš gezeugt hatten, doch gerade deren Auftritt machte das Fest zunichte.

Sie hat sie auch dadurch schockiert, daß sie wider Erwarten den Streit nicht fortsetzte, sondern noch am Tisch zu sprechen aufhörte. Im Zimmer, wohin die Mutter sie laut Befehl brachte, schüttelte sie den Sommeraufzug ab und ging ins Bad, die Zähne zu putzen. Als Terezie nach längerer Zeit an die Tür klopfte und sich kein Laut vernehmen ließ, öffnete sie beunruhigt, doch die Tochter hörte noch nicht auf, vor dem Spiegel ihr makelloses Gebiß, von der Mutter geerbt, weiter zu säubern.

«Keine Angst, Magduš», sie übertrug die eigene Furcht auf die Tochter, «ich sperre dich nicht ein, du bist doch vernünftig. Verzeih mir, wenn ich dir nichts verraten habe, und sei auf den Vati nicht böse, er hat von uns allen das meiste verloren!»

Magda bewegte weiter die Hand mit der Bürste hin und her wie eine mechanische Puppe in der Schießbude.

«Nicht einmal reden willst du mit mir! Warum denn?»

Die Tochter spuckte den Schaum aus, gurgelte und sagte erst dann herablassend.

«Der Mensch lernt das Sprechen, um mitteilen zu können, was er sich denkt. Falls ich das nicht darf, bin ich wahrscheinlich noch ein Embryo, so fragt mich erst, wenn ich achtzehn bin.»

Damit bohrte sie sich nackend unter die Decke des hinteren Zusatzbetts und drehte sich der Wand zu. Die Mutter wußte, daß nun nichts mehr mit ihr anzufangen war.

Sie kam nach unten, gerade als Miro vom Vater eine Ohrfeige fing. Noch bevor er laut losheulte, konnte sie ihn umarmen.

«Was ist passiert?» fragte sie still den Exekutor und den Bestraften und erfuhr, daß dieser trotz ausdrücklichen Verbots sich die Taschen mit Schokoladenriegeln vollgestopft hatte. Also führte sie ihn nach oben ab, reinigte seine verschmierte Jacke, während er sich wusch, und brachte ihn neben seiner Schwester zu Bett, die sie nicht anzureden wagte, obwohl Magduš todsicher noch nicht schlief.

Wieder ging sie nach unten und mußte erleben, was sie bereits ahnte, daß ihr Mann sich nämlich weder nach Sekt noch nach ihr sehnte. Er zitterte vor Zorn.

«Das ist dein Werk», beschuldigte er sie, «immer hast du ihnen eine Extrawurst gebraten, und auf mich kommt jetzt alles runter. Die eine habe ich ihrer unsterblichen Liebe entführt, den anderen schlage ich zusammen, weil das arme Kind Hunger hat. Immer ich bin der Bösewicht.»

«Bohdan... ich weiß, du hast für heute genug, was heißt für heute, für die ganzen Monate, aber wir konnten uns gemeinsam mit allen Wenn und Abers auseinandersetzen. Es war ausschließlich unsere Entscheidung, wir können uns bei niemand beklagen! Während die Kinder... Dank diesem Büfett ist Miro noch nicht bewußt geworden, daß er niemals mehr seine Kameraden aus der Straße, aus der Schule sehen wird, die Großeltern und Tanten...»

«Was erzählst du mir da!» er regte sich immer mehr auf, «wir fahren doch nicht auf den Mars, Amerika hat als einziges Land mit der Tschechoslowakei seit dem Ersten Weltkrieg Konsularbeziehungen, sobald wir uns dort ein Haus zugelegt haben, werden dir deine Verwandten aus der Heimat zum Hals heraushängen. Miro wird in einigen Wochen Englisch besser schwätzen als Slowakisch, er wird einen dicken Amerikaner abgeben, und an Bratislava wird er nur denken, wenn er mit einem Superschlitten auf Mädchenjagd fahren wird, und die Magduš, wenn sie Hollywood oder Disneyland nur gesehen hat, wird im Handumdrehen vergessen, daß es je einen Gabriel Babray gab.»

«Du hast ganz recht», versuchte sie es vorsichtig nochmals, «aber...»

«Und was kaufe ich mir dafür?» legte er wieder los.

Dienstbeflissen kam der Ober angerannt in der Meinung, er sei gerufen worden. Er erkundigte sich nach ihren Wünschen.

«Einen Rum», befahl der Zahnarzt tatsächlich.

«Welchen bitte, Jamaica oder Bacardi?»

«Mir egal.»

«Bohdan!» bat sie, als der Ober sich entfernte, «sei vernünftig, du weißt doch, daß du vom Klaren Sodbrennen kriegst...»

«Mir egal.»

«Komm, geh'n wir schlafen, sie überschläft es auch...»

«Die? Die kommt direkt nach dir! Mit dem Abizeugnis bringt sie gleich ein Kind daher!»

«Was sagst du da? Hast du vergessen, wie das damals mit uns war?»

«Nur, daß sie es im Charakter hat. Erinner' dich an Karlsbad!»

Er deutete damit, ohne es zu ahnen, auf Terezies einzigen geheimen Aufstand hin. Und sie ahnte nicht, daß sie ihn damit für seinen Ausbruch bestrafte, der ihm allerdings noch dazu mißlungen war.

Die Tochter ging ins neunte Jahr, und er war langsam ehemüde. Seine neue technische Assistentin, eine fesche Ostslowakin mit ungarischem Feuer, vertraute ihm bedeutungsvoll bereits im Frühjahr an, sie würde auch den Sommer über in Bratislava bleiben; er begriff den Hinweis als Einladung zu einem Flirt. Damals verbrachte die Familie die großen Ferien noch in der sommerlichen Tatra, die ihn nicht weniger langweilte. Mit Hilfe des befreundeten Chefarztes inszenierte er eine kleine Intrige: Ausnahmsweise bekam er erst im Winter Urlaub.

Terezie hatte nichts gegen die Änderung, als er ihr vorschlug, das Nützliche mit dem Angenehmen zu verbinden, und über Bekannte ein Privatzimmer und eine Kur in dem entfernten und berühmten Karlsbad bestellte. Auch damals sah alles so vielversprechend aus, und endete dann schlimm.

Die Assistentin ließ sich zu einem delikaten Abendessen ins Hotel «Carlton» einladen und verriet ihm erst an der Bar, sie gehe schon längst heimlich mit dem Chefarzt, der ihn grüßen lasse, da er heute mit seiner

Gattin ausgehen mußte. Bohdan war stocksauer und deutete ihr nicht einmal seine Absicht an, um sich nicht noch lächerlicher zu machen. Die restlichen drei Wochen bummelte er durch die Bratislaver Nachtlokale, wo man sich Weiber suchen konnte, aber die meisten machten eben Ferien oder waren vergeben. Die einzige, die er endlich nach Hause brachte, hat ihn unerwarterweise aufgefordert, im voraus zu blechen. Er gehorchte aus Angst, ihr Zuhälter könnte sonst auftauchen.

Dann wäre er lieber vor Scham in die Erde versunken, als sie aus der Handtasche ihr eigenes Bettlaken herausfischte, weil sie ihn nicht kenne, und ihm wie ein Bereitschaftsarzt befahl, sich schnell freizumachen, denn er sei nicht der einzige in der Stadt, der sie brauche. Schließlich mahnte sie ihn, wie er seine Patienten, keine Angst zu haben und sich zu lockern, das andere würde schon sie besorgen. Es gelang ihr auch nach einer Weile, in der sie ihm eher Schmerzen bereitete, sein schlappes Glied zu wecken, um ihm dann «ein Strümpfchen anzuziehen», dann kippte sie ihn auf sich und bemühte sich vergeblich, «ihn einzuführen», bis sie ihn schließlich ungeduldig auf den Rücken umdrehte und sich auf ihn stülpte, um aus ihm unbarmherzig seine Säfte herauszupressen, wie ein Küchenroboter! stöhnte das erniedrigte Männchen in ihm.

Danach duschte sie sich lang im Bad, spritzte sich irgendein Desinfektionszeug ein, packte das Laken wieder zusammen und fragte nach weiteren dreihundert Kronen oder zwanzig Mark, falls er sie habe, für «Besonderes». Und er wußte nicht, daß er für seine Geilheit am schlimmsten ein halbes tausend Kilometer entfernt büßen muß: Terezie hat sich in dieser Nacht in einen anderen verliebt.

Nach all den Jahren passierte es ihr in der Fremde, die Böhmen für sie immer bedeutete, beinahe in Reichweite des Westens, der sich hier in Bauten, in Erinnerungstafeln, im Sendestrahl des westdeutschen Fernsehens, in Gästen aus aller Welt und in der Lebensart der Einheimischen manifestierte. Der Sohn des Villeninhabers, bei dem sie mit der Tochter wohnte, einer der wenigen Deutschen, die hier als «Antifaschisten» verbleiben durften, war in Terezies Alter. Er sprach fließend tschechisch, deutsch, englisch und russisch; ein Jurist, mit Eigentumsangelegenheiten der Vertriebenen befaßt, durfte er hin- und herreisen. Als er eines Morgens beim Frühstück, während dem er wie immer schwieg, so daß Terezie schon glaubte, er habe etwas gegen sie oder die Slowaken überhaupt, mitbekam, wonach die kleine Magduš sich so sehnte, setzte er sich in den Wagen und war zu Mittag mit einem Walkman zurück, den er hinter der

Grenze samt einem Dutzend Kassetten gekauft hatte. Das Mädchen war auf dem Gipfel der Seligkeit, und die Mutter zerbrach sich den Kopf, wie sie sich revanchieren könnte. Sie mußte nicht allzulange überlegen.

Am darauffolgenden Tag fuhr er seine Eltern nach Deutschland und kehrte überraschend mit der Nachricht zurück, sie blieben einige Zeit bei Verwandten in Bayern. Das Frühstück würde er für die Gäste besorgen, und er wollte eigentlich längst gefragt haben, ob er sie nicht zu einer Landpartie einladen dürfe. Bislang lebte Mutter samt Tochter ruhig dahin, morgens pflegte sie Massagen zu nehmen, dann fuhren sie gemeinsam mit dem Bus zur Talsperre baden, abends trank sie ihr Quellwasser, kochte was Einfaches, und dann schauten sie sich das deutsche Fernsehen an, das sie nicht verstanden, spielten «Domino» und «Mensch ärgere dich nicht». Jetzt wurde alles anders. In drei Tagen erlebten sie Marien- und Franzensbad, besuchten Loket und Cheb, ehemals Ellenbogen und Eger, aßen in guten Restaurants, und er ließ nicht zu, daß sie auch nur ein einziges Mal bezahlte.

Nach der Rückkehr war Magduš so müde und voll von Eis und Oblaten, daß sie keinen Einwand erhob, als man sie zu Bett brachte und um die Erlaubnis bat, noch ein bißchen frische Luft schnappen zu dürfen. Die roch nach Parfüm und Zigarren; die berühmte kleine Halle des Grandhotels in Karlsbad war fest in der Hand von Ausländern. Stephan erwies sich als glänzender Tänzer, und sie erlernte, zum erstenmal seit ihren Jugendverbandszeiten, mit wachsender Selbstsicherheit moderne Schritte und Rhythmen. Es kam ihr wie ein uralter Traum vom Leben vor, aus dem sie ein gewisser junger Zahnmediziner allzu früh in den grauen Alltag vertrieben hatte.

Daß der Ehemann nicht telephonierte und nicht schrieb, sie waren es nicht gewohnt, denn sie hatten dazu selten Gelegenheit, entschwand aus ihrem Sinn, als wäre er dort nie gewesen, und auch der Tochter, bezaubert von dem neuen Freund, war der Vater keinen Schluchzer wert. Es konnte also kaum anders enden, als es endete.

Eines Abends bei der Rückkehr begleitete Terezie ihn folgsam in seine Dachstube hinauf. Sie liebte sich mit ihm bis in die wonnige Sattheit und schlummerte dann beseligt in seinen Armen, bis zu ihnen der Tag durchs Fenster kam. Danach stieg sie hinunter, wo Magduš, die Hörer an den Ohren, noch immer fest schlief und auch sie ohne Gewissensbisse nochmals einnickte, in der glücklichen Erwartung, auch morgen werde das alles weitergehen.

Es ging auch weiter, Nacht für Nacht. Und er gestand ihr bald, er liebe sie und möchte, daß sie sich scheiden ließe. Er bat sie, sie solle nach Bratislava allein zurück, um alles mit ihrem Mann zu regeln, die Tochter könne gleich hierbleiben! Terezie begriff, daß er ein Pfand wollte. Es war so berauschend, dabei zugleich so wirklich, daß sie es tatsächlich auch so gemacht hätte, wäre da nicht Magda gewesen.

Als sie sich bei der letzten Wiederkehr aus der kleinen Halle, wo sie auf die gemeinsame Zukunft angestoßen hatten, nur schnell überzeugen wollte, ob die Tochter schlafe und sie sich ihrer Leidenschaft hingeben konnte, fand sie das Kind in Tränen vor. Sie erschrak, es könne erkrankt sein, und war schon dabei, den Liebhaber zu Hilfe zu rufen, doch Magduš hat es ihr geradezu wütend verboten. Sie konnte nicht einschlafen, gab sie der Mutter zu, so sei sie durch die Villa geschlendert und dabei in sein Zimmer, wo sie im Papierkorb diese Abscheulichkeit fand! sie zeigte ihr ein zerknittertes Briefkonzept, in dem Stephan ihr wahrscheinlich vor der Reise noch eine Liebeserklärung machen wollte.

Ehe es ihr gelang, sich der Tochter anzuvertrauen und sich ihre Zuneigung zu erbitten, wurde ihr plötzlich bewußt: Das Mädchen ahnte nicht, an wen die Zeilen gerichtet waren. Daß Stephan mit ihrer Mutter was haben könnte, war Magduš undenkbar. Langsam begriff Terezie die wahre Ursache dieser wilden Trauer: Die Tochter hatte sich verliebt. In Stephan!

Zum erstenmal in ihrem Leben, mit aller Kraft erwachender Sinnlichkeit. So glücklich war sie, klagte sie der Mutter, daß er ledig sei und sie doch Zeit habe, für ihn erwachsen zu werden, denn er ist erst achtundzwanzig, ihr würden zehn, ja vielleicht nur acht Jahre genügen, und so lange könnte er auf sie warten. Doch jetzt ist alles zunichte, er liebt eine andere, und die Mutter müßte sie kennen!

Sie gab es zu und erlebte eine solche Explosion des Hasses auf die Unbekannte, daß sie die Wahrheit verschwieg und der Tochter schwor, nicht zu wissen, um wen es da ging. Stephan, gestand sie bloß, habe tatsächlich jemanden gern, der nicht frei ist...

«Wie, nicht frei!» rief die Tochter, «falls sie dazu noch verheiratet sein sollte, so sind sie beide Dreckskerle, und ich will ihn bis zu meinem Todestag nicht wiedersehen.»

Im gleichen Augenblick klopfte der nichtsahnende Urheber der Verzweiflung an die Tür, und Magduš bohrte sich mit einem Aufschrei unter die Decke. Als er eintrat, legte Terezie den Finger auf den Mund und bat ihn mit den Augen, wieder zu gehen. Er zog sich zurück, sie saß stundenlang bei dem bitter weinenden Kind, und mit jeder Träne schmolz ihr Mut, nach dem Glück zu greifen, das noch so nahe war.

Zu Tode erschöpft schlief das Mädchen um fünf Uhr endlich ein, und sie, aschgrau, kroch nach oben, wo er sie erwartete, die Augen vom Zigarettenrauch gerötet. Sie erklärte ihm, was geschehen war und daß er sie beide gehen lassen muß und abwarten, bis die Zeit alles heilt.

«Wie ich sie und dich kenne», prophezeite er niedergeschlagen, «wird sie es dir nie erlauben, und du allein bringst nicht den Mut dazu auf.»

Sofort ging sie wieder nach unten und fing zu packen an. Als gegen Mittag das Taxi kam, wurde ihr klar, wie richtig er alles vorhergesehen hatte. Magduš stellte ihren geliebten Walkman mit den Kassetten auf das Tischchen neben der Tür und ging ohne Gruß. Terezie wagte nichts mehr, als ihm zaghaft zuzuwinken.

Das Problem der Tochter ließ sie das eigene vergessen. Sie kehrte in die redlich lasche Ehe ohne Widerstand zurück. Nur einige Wochen legte sie allerlei Gründe zurecht, warum sie sich mit ihrem Mann nicht lieben konnte. Doktor Čierniak, durch seine eigene Entgleisung gereift, erahnte natürlich hinter der Geschichte von Magdas Leidenschaft für den jungen Vermieter, die ihm seine Frau anvertraute, möglicherweise noch eine andere, doch er fragte lieber nicht. Er dankte dem Schicksal, daß er für seine Hurerei nicht ärger bestraft wurde.

Die Frucht des Ablasses war das Jahr darauf Miro.

«Karlsbad», wehrte sich jetzt an der Schwelle zu einer lichten Zukunft Terezie Čierniak gegen diesen Namen, der in der Familie zum Symbol einer dunklen Vergangenheit wurde, «das war ausschließlich das Werk ihrer beginnenden Pubertät!»

«Und du hast sie dort das zweitemal gekriegt, was?»

Er bekam gerade seinen Rum und schockte sie abermals, als er ihn wie ein Maurer auf einen Sitz hinunterkippte.

«Noch einmal!» befahl er dem Ober.

«Nein!» versuchte sie das zu verhindern, doch der Mann im Schnürrock befand sich bereits auf dem Marsch zur Bar.

Harter Alkohol setzte in ihm drei Prozesse in Gang: den hartnäckigen Drang weiterzutrinken, ein uferloses Selbstmitleid und am Ende eben das schreckliche Sodbrennen, weil er, ähnlich wie sie, ein schlechter Trinker war. Sie mußte ihn stoppen, aber wie? Sie waren jetzt die letzten im Lokal, aber dem Pußtamenschen war alles egal, Hauptsache, das Geschäft lief.

«Wie komme ich dazu», ließ ihr Mann seine übliche Litanei los, die Terezie auswendig herbeten konnte, «das ganze Leben lang schufte ich für die Familie, Jahr für Jahr putze ich Klinken, um ihr ein bißchen Sonne und Meer zu verschaffen, ihretwegen schmeiß' ich all das weg, was mich ein halbes Leben gekostet hat, und meine eigene Tochter sagt mir, ich sei gemein!»

Der Ober stellte mit unverhohlenem Ausdruck männlicher Solidarität ein neues Stamperl vor ihn hin, bis zum Rand gefüllt. Jetzt oder nie, entschloß sie sich, in die Enge getrieben. Sie griff nach dem Gläschen und goß es auf einen Schlag in sich hinein.

«Terka!» rief Doktor Čierniak zutiefst entsetzt, weil er wußte, der Alkohol bekam seiner Frau noch viel schlechter als ihm, «dir wird übel werden!»

«Mir egal!»

So blieb ihm nichts anderes übrig, als sofort zu bezahlen und sie ins Bett zu befördern.

Wie immer schliefen die, die das Unrecht verursachten, den Schlaf der Gerechten, währenddessen jene, denen es zugefügt wurde, kein Auge zutun konnten. Terezie, weil das Bett unter ihr wie ein Schiff schaukelte, er, weil ihn abwechselnd Wehleidigkeit, Zorn und Sodbrennen schüttelten. Der Morgen war jedoch barmherziger als der Abend.

Miro versuchte ein lieber Junge zu sein, doch die größte Überraschung war die Tochter. Man hörte von ihr zwar keine Entschuldigung, doch sie verschonte sie wenigstens mit der verbissenen Sprachlosigkeit von gestern abend. Sie hat ihnen schon vom Bett aus guten Morgen gewünscht, frühstückte mit ihnen wie üblich an dem unerschöpflichen Büfett, das Miro inzwischen «Tischlein, deck dich» nannte, sie half dabei, die Sachen ins Auto zu bringen, das der Vater samt Surfbrett aus der Garage hinausfuhr, und machte widerstandslos die weitere Familienreise mit. Die Eltern wußten, daß der Streit nur vertagt war, doch waren sie ihr selbst für diesen Waffenstillstand dankbar, denn sie hatten eine Menge anderer Sorgen: Die Mutter mußte sich nach dem Trotztrunk rechtzeitig wieder ins Lot bringen, der Vater wollte das Brett unbedingt irgendwo deponieren.

Für Magda war es nun eine Reliquie, mit der sie am liebsten schlafen ginge, es trug Abdrücke seiner Spuren. Dafür fragte Miro immer, warum man den Kram nicht auf dem Dach lassen könne, wenn er mit Kette und Schloß abgesichert sei. Der Vater erklärte, es wäre nicht klug, als wohlhabende Urlauber zu wirken, wenn sie für einige Zeit arme Flüchtlinge sein sollten, die Leute gönnen einem nicht die Nase zwischen den Augen, nein, Neid können wir jetzt nicht gebrauchen! Er löste das Problem, indem er das Ding in der Gepäckaufbewahrung des Badener Bahnhofs aufgab, wo es einstweilen dreißig Tage sicher war. Dann hat sie bereits das Lager verschlungen.

Später stellten sie fest, daß auch sie nicht die ersten Stunden beschreiben können, in denen sie, leicht wie einen Regenschirm, ihre Staatsangehörigkeit abgelegt hatten und ein unbestimmt langes Warten auf eine andere begann. Sobald sie, das Auto eingeparkt, mit ihren Koffern die Pforte erreichten und ihre Absichten verkündeten, verschlang sie ein Trubel, der, wie sie nachträglich erfuhren, feste Ordnung war. Man trug sie ein, man nahm ihnen ihre Papiere ab, man gab ihnen Essensmarken, die erste Mahlzeit, Vorratsbettwäsche, Handtücher und Tüten mit Hygieneartikeln, man führte sie in den großen Schlafraum mit den Etagenbetten, lud sie in die Waschräume ein und zur ärztlichen Untersuchung vor, auch zu einem rätselhaften «Interview», fast alles in einem einzigen der großen Gebäude, für Doktor Čierniak ein wenig beunruhigend «Quarantäne» genannt.

Hier hat man sie sogar eingesperrt, man betonte jedoch, es geschehe vorübergehend und nur darum, daß sie sich nicht aus Unkenntnis der Lage irgendwohin verirrten, bevor sie Lagerausweise erhielten.

«Sie haben Glück», erfreute sie in ungewöhnlich passablem Englisch irgendein weißhaariges Faktotum vom Dienst, das bemerkt hatte, daß Terezie sich offensichtlich nicht wohl fühlte, und bereitwillig ihre Koffer übernahm, «Sie haben einen schwachen Tag erwischt, vielleicht werden Sie schon heute abend weiterreisen können.»

«Wohin?» sorgte sich Doktor Čierniak, «wir möchten nämlich nach Amerika, wissen Sie. Ich bin Zahnarzt, ich soll in Kalifornien von einem Bekannten die Praxis übernehmen.»

«Nun, darauf werden Sie noch ein wenig warten müssen.»

«Wie lange etwa?»

«Zuerst müssen die Amerikaner Sie überhaupt zu einem Interview einladen.»

«Das macht mir eben Sorgen», gab er zu, «schrecklich ungern möchte ich mich mit der Presse einlassen, ich habe in der Slowakei Familie und Bekannte...«

«Keine Sorge, Herr Doktor», lächelte der Alte verständnisvoll, »Interview nennt man hier jedes amtliche Gespräch über Fluchtmotive und Pläne.»

Nach zwei Stunden stand der Doktor bereits mit Terezie auf dem Gang vor der einschlägigen Tür. Sie hielten ausgefüllte Fragebogen und Röntgenaufnahmen von sich und ihren Kindern in der Hand, die inzwischen im Nachtlager Karten spielten. Ohne sich zu verständigen, waren die Eltern froh, daß das Gitter unten zu war. Sie kannten Magduš und waren sich gewiß, daß das Ärgste noch vor ihnen lag.

«Geht es dir schon besser?» entsann sich der Ehemann.

«Ja», behauptete sie, obwohl sie sich noch nicht allzugut fühlte.

«Ich dachte, ich könnte mit Miro noch vor euch zum Abendbrot gehen. Inzwischen kannst du mit Magduš von Frau zu Frau reden...»

Es kam ihm schwer über die Zunge, für ihn war die Tochter ein Fröschlein, das eher ein paar hintendrauf verdient hätte, doch unter den gegebenen Umständen konnte er nicht anders.

»Ich versuche es... doch ich fürchte, mit Worten ist da nicht viel zu machen.»

«Mit was denn dann?» er war wieder gereizt.

«Zeit. Gib ihr Zeit, sei lieb zu ihr, das ist die beste Medizin.»

Im Gang saßen einige Leute auf der Bank oder standen herum, meist scheue Asiaten, während auf dem Fensterbrett gegenüber ihrer Tür ein älterer grober Typ hockte, geradezu ein Musterbeispiel von Balkanese, mit hervorstehenden Backenknochen, niedriger Stirn und schnabelartiger Nase.

«Ich setze mich zu ihm», sagte Terezie, als sie keinen anderen freien Platz sah, «ich bin noch immer ein bißchen schlapp.»

«Aber nicht dicht bei ihm», warnte sie Doktor Čierniak, dem anderen lächelte er jedoch zu, um seine Gefühle zu verbergen.

«Flöhe habe ich keine», ließ sich der Mann tschechisch hören, «und alle Kinderkrankheiten hab' ich heil überstanden. Gnädigste kann sich ruhig neben mir platzen.»

Den Eheleuten flimmerte es vor den Augen.

«Entschuldigen Sie, bitte...» stotterte die unschuldige Terezie.

«Ich wollte Sie nicht verletzen...» bemühte der Doktor jetzt sogar sein Tschechisch.

«Vojtěch Rous!» brach der falsche Mann vom Balkan in Gelächter aus.

«Doktor Čierniak, und das hier ist meine Gattin.»

«Nun, ich habe mich nicht vorgestellt, ich habe nur Schwejk zitiert, den einzigen Klassiker, den ich kenne, die Geschichte aus Tirol, oder dort irgendwo, als er im Zug seine Jause auspackt und einem Mitreisenden sagt, der gierig in seinen Mund glotzt, fressen möchtest du, nicht wahr? worauf der andere auch in Tschechisch erwidert, das möchte ich gern, wenn du mir was abgibst, es war irgendein Vojtěch Rous! Ich bin irgendein Josef Strniště, beste Vorkriegsware, letztlich wohnhaft in Budweis.»

Er schüttelte ihnen herzlich die Hände, ohne seine Sitzlage aufzugeben, während Terezie sogar aufgestanden war, um die vorherige Unanständigkeit mit aller Höflichkeit aus der Welt zu schaffen.

«Hier wimmelt es geradezu von Rous'», fügte er hinzu, «paßt nur auf!»

Doktor Čierniak begann aus Gewohnheit gleich zu flüstern.

«Meinen Sie, wir werden hier bespitzelt?»

«Von wem denn?»

«Von den Unseren.»

«Das ist ja wie in dem Witz», lachte er wieder laut, «von den zwei Moskauer Juden, die mit dem Ohr an der Stimme Amerikas lauschen, die Israelis hätten von neuem Brüderchen Araber aus dem Sinai herausgeprügelt, und sie flüstern sich zu: Da werden die Unseren stinksauer sein, daß die Unseren gewonnen haben!»

Weil die Eheleute verständnislos dreinschauten, erklärte er es für Unbedarfte.

«Na also, falls uns hier jemand von drüben bespitzelt, so ist er für uns nicht mehr der Unsere, sondern der Ihre, nicht wahr?»

«Gewiß», bejahte der verwirrte Doktor beflissen, «ich dachte, ob die Hiesigen vielleicht nicht etwa auch... damit sie erfahren, warum wir geflüchtet sind...»

«Die werden Sie doch jetzt darüber ausfragen.»

«Wollen die uns glauben? Hier denkt sich doch jeder wer weiß was aus, um als Politischer anerkannt zu werden!»

«Was heißt hier ausdenken? Ich habe eintausendeinhundertvierundfünfzig Striche an der Wand, das muß ihnen reichen.»

«An der Wand...?»

«An der Knastwand. Für jeden Tag einen. Und Sie?»

«Wir...?» fragte er erschrocken, war aber gleich danach froh, so unerwartet gefragt zu werden, er konnte die Antwort ausprobieren, an der er mit seiner Frau den ganzen Frühling über gefeilt hatte, damit nicht gleich Lügen herauslugten, die hier, so glaubten sie, kurze Beine hätten, «uns haben dazu prinzipielle Gründe ethischer Natur bewogen...»

«Das ist was?» fragte der Tscheche verwundert, doch er sollte es nicht erfahren, denn zugleich kullerte aus der Tür, vor der er Wache hielt, das vollbusige Mädchen heraus, mit Haaren, die aus dem Kopf wie Disteln herausragten, «na», der Mann sprang vom Fenster herab, «wie ist es gelaufen?»

«Wie mit Butter geschmiert», schrie sie, «die wollten nicht einmal sehen, wie ich ihm meinen Hintern zeigte.»

«Prima, dann muß ich vielleicht auch nicht vorführen, wie ich den Kapitalismus zu Klump hauen wollte.»

Auf der Türschwelle erschien ein seltsamer Mensch. Sein Gesicht, ja seinen ganzen Schädel, auf dem sich nur ein paar lange Blondhaare abhoben von der sonnengebräunten Haut, machten vor allem die Augenhöhlen aus, mit versunkenen dunklen Pupillen. Selbst im offenstehenden Hemd weckte er Respekt.

«Eheleute Bohdan und Terezie Čierniak!», rief er sie tschechisch auf.

Es konnte nur der hiesige Chef sein, und ihr Mut sank.

Rückschauend hatten sie von ihrem «Interview» einen gemischten Eindruck. Sie sagten, was sie wollten und sollten, doch sie verspürten plötzlich, daß die Gründe, mit denen sie ihre Flucht rechtfertigten, fragwürdig erschienen angesichts ihrer langjährigen Loyalität zum Regime, vor dem sie jetzt politisches Asyl suchten. Die durchbohrenden Augen, eher die eines Hellsehers, beobachteten sie dabei unbewegt, keiner von den beiden konnte in ihnen lesen, was sich der hohe Funktionär über sie dachte. Die Antworten übersetzte er einer älteren Frau, die sie auf der Schreibmaschine protokollierte. Am Nebentisch taxierte sie offensichtlich ein weiterer Beamter, die Zeitungslektüre täuschte er sicher nur vor; warum sollte er sonst dabei sein?

Am meisten störte sie das weißhaarige Faktotum, das ihnen am Morgen die Koffer trug. Er überbrachte dem Chef die Nachricht, daß zu Mittag irgendein dringender Fall auf ihn wartete, blieb dann aber da und schälte seelenruhig einen Apfel. Die endlose Schalenschlange, die in einer Spirale zum Fußboden heruntersank, hat Doktor Čierniak durcheinandergebracht. Selbst wenn er die erwarteten Fragen auf beste Art und Weise beantwortete, hörte er sich den Lebenslauf eines Bürgers schildern, der sich niemals und gegen niemanden aufgelehnt hatte und überdies auch nichts ausließ, was ihm dort jemals von Nutzen sein konnte. Einen Augenblick schwand ihm die Hoffnung auf Asyl gänzlich, als die Frage nach seiner Mitgliedschaft in der Partei fiel, obwohl er vor allem diese Antwort zu Hause eingepaukt hatte.

«Meine Ehefrau trat nicht in die Partei ein und mußte deshalb Hausfrau bleiben, man ließ sie nicht auf die Hochschule. Und ich, bitteschön, ich bin in eine andere kommunistische Partei eingetreten, als in die, die da jetzt regiert.»

«Und nämlich?»

«In die von Dubček. Alexander Dubček, soweit Sie sich noch erinnern können, war...»

«Ich weiß. Wann war es?»

«Wann ich also...? Na, das war, bitteschön, fünfundsechzig.»

«Dubček wurde erst achtundsechzig Generalsekretär.»

«Gesamtstaatlich gesehen», triumphierte er, «in der Slowakei war er bereits vorher Erster Sekretär, und da habe ich seine Reformbemühungen eben dadurch unterstützt, daß ich eintrat.»

«Und blieben auch danach, als er gefeuert wurde.»

Auch diese Vorhaltung hatte er erwartet, und ermuntert, wie gut er bereits gepunktet hatte, schlug er sich tapfer weiter.

«Wenn Sie wissen, wie es bei uns zuging, und wer kann es besser wissen als Sie hier! so sind Sie auch informiert, wie jene endeten, die nach der brüderlichen Hilfe... meine ich ironisch! es wagten, den Parteiausweis zurückzugeben. Ich hatte Frau und zwei Kinder, bitteschön!»

Der Chef schaute auf den Fragebogen.

«Eins.»

«Zwei. Wir haben eine Tochter und einen Sohn.»

Er hatte den Eindruck, daß ihn die Augen ungefähr so menschlich betrachteten wie eine doppelläufige Jagdflinte.

«Damals haben Sie nur die Tochter gehabt.»

«Bitte...?» er fiel aus dem Konzept, sein Kopf wurde leer, wie es ihm einst so oft bei Examen passierte, mit was hat er mich da reingelegt? Er erinnerte sich und war beruhigt, «ja, natürlich, entschuldigen Sie, aber darüber hinaus war ich an den Hippokratischen Eid gebunden, weiter zu heilen, das ist so ein Eid...»

«Ich kenne ihn.»

«Eben! Viele Kollegen sind damals geflohen, Zahnärzte sind nur wenige geblieben, auszutreten, wem könnte es nützlich gewesen sein? Auch die nächste Reform kann nur aus der Partei kommen, so blieb ich einfach dort.»

«Jetzt haben Sie die Reform samt Patienten verlassen.»

«Ja, jetzt, bitteschön, konnte ich nicht mehr.»

«Würden Sie mir irgendwie konkret definieren, Herr Doktor, weshalb Sie sich für einen politischen und nicht für einen wirtschaftlichen Flüchtling halten?»

Darauf war er besser vorbereitet als einst aufs Abitur.

«Natürlich kann ich es, Herr Direktor.»

«Ich bin kein Direktor.»

«Wie soll ich Sie also...»

«Ich heiße Mládek.»

«Ja, Ihre Frage, Genosse Mládek...» er sprach nicht weiter, so erschrak er, jetzt schmeißt er mich raus! dessen war er sich gewiß, verzweifelt irrten seine Augen zur Ehefrau.

Doch sein Inquisitor lächelte zum erstenmal leicht.

«Eisernes Hemd Gewohnheit», beruhigte er ihn, «ich habe das sogar noch lange danach benutzt, nachdem man es mir gerichtlich verboten hat.»

Doktor Čierniak verstand nichts.

«Kein Problem, Herr Doktor, machen wir weiter.»

«Nun... zum Fortgehen haben uns prinzipielle Gründe ethischer Natur bewogen», damit betrat er wieder das feste Eis des eingeübten Textes, «die sind nämlich am besten daran erkenntlich, wenn man unseren verhältnismäßig hohen Lebensstandard in Betracht zieht, den wir freiwillig zugunsten von geistigen Werten aufgegeben haben, wie sie für uns vor allem Demokratie und Freiheit darstellen. Meine Gattin und ich, wir konnten den weiteren Verbleib in einem totalitären Regime einfach durch nichts mehr rechtfertigen!»

«Warum haben Sie die Entscheidung so spät getroffen?» er blätterte in ihren Pässen, die er mit anderen Unterlagen vor sich hatte, «nur in den letzten sechs Jahren haben sie fünf ähnliche Gelegenheiten gehabt.»

«Das eben ist es ja!» rief Doktor Čierniak, ohne zu zögern, auch diese Frage haben sie natürlich erwartet, «ich konnte sehr lange nicht das Gefühl loswerden, daß die Reisen eine gewisse Verbesserung der Gesamtlage bedeuteten, bis ich schließlich begriffen habe, daß man mich dadurch kaufen wollte, darüber hinaus öffnete uns jede von ihnen mehr und mehr die Augen, bis wir uns das vorige Mal schworen: Falls man uns je noch rausläßt, denn einmal hat man uns schon aus sogenannten Devisengründen abblitzen lassen! bleiben wir draußen, damit wir wenigstens unsere Kinder in der Wahrheit erziehen können. Denn mein Sohn, stellen Sie sich bitte vor, hat bis heute, bitteschön, keine Ahnung, wie der Mann am Kreuz heißt, den er ab und zu auf irgendeinem Bild zu sehen bekam!»

Während des deutschen Diktats ins Protokoll fragte unerwartet das Faktotum in Englisch.

«Warum haben Sie es ihm dann nicht längst selbst gesagt?»

Doktor Čierniak war mit den Nerven am Ende. Er wollte bereits schreien, daß man den Hilfskräften, falls man ihnen schon erlaubt, durch Äpfelschälereien Leute verrückt zu machen, wenigstens verbietet, sich in Gespräche einzumischen, bei denen es um alles geht. Zum Glück ergriff der Mann, der bis jetzt die Befragung führte, noch vorher das Wort.

«Das ist Herr Radetzky, Regierungsrat. Er ist der Direktor der ganzen hiesigen Einrichtung.»

Der Weißhaarige winkte liebenswürdig mit der Hand, die das Taschenmesser hielt, mit der anderen schob er den ersten Happen in den Mund.

«Weil ich...» begann also der Schwergeprüfte, nachdem er mitbekommen hatte, wie diese Antwort jetzt an Bedeutung gewann, «weil ich...» und vor lauter Verzweiflung suchte er Zuflucht bei der reinen Wahrheit, «weil ich, bitteschön, den Mut nicht hatte... deswegen will ich wenigstens verhindern, daß auch mein Kind ein ähnlicher Duckmäuser sein wird, wie ich es geworden bin.»

Niemand fragte weiter. Und in der Stille erhob sich der fleißige Zeitungsleser, schob vor Terezie ein schwarzes Kissen und fing an, einen Finger nach dem anderen darauf zu wälzen, um sie dann auf einem Formular mit zwei mal fünf Feldern abzudrucken. Danach war ihr schweißgebadeter Mann dran.

«Warum ist die Tochter eigentlich nicht da?» fragte der Regierungsrat den Mann namens Mládek, «sie muß den Antrag bereits selber unterschreiben, nicht wahr?»

«Sie ist noch nicht volljährig!» beeilte sich der Vater, «für sie unterschreibt meine Gattin, wie ich für den Sohn!»

Als er gestern vor dem Postamt wieder zu sich gekommen und sicher war, daß er weder einen Herzinfarkt noch einen Hirnschlag erlitten hatte, ließ er sich noch eine Weile von dem trägen Menschenfluß mitführen, bis er sein Porträt in der Hand eines anderen Zeitungsverkäufers erblickte und erschrak, daß ihn nun jedermann erkennen kann.

In Panik bog er in die erste Gasse nach links. Sie führte ihn in die einstigen Kaisergärten. Er stieß nur auf zwei Hundebesitzer, von ihren Lieblingen völlig eingenommen, und eine Gruppe Japaner, die die zerfallene Orangerie ablichteten. Er setzte sich auf eine einsame Bank, von einer Trauerbirke versteckt, und versuchte, seine Gedanken zu ordnen.

Er mobilisierte das zweite Wesen in sich, das ihm als Sparringspartner bei der Lösung verzwickter chemischer Scharaden zu helfen pflegte und ihn wie ein Advocatus diaboli aus den Gedankenklischees herausriß. Sein Verstand zögerte noch zu glauben, daß die besten Gefühle, die er jemals für jemanden hegte, so schändlich betrogen worden waren.

Die besten Gefühle! schrie er sich an, du einfältiger Narr! jeder auf der Welt, der dich reinlegen wollte, mußte doch längst gewußt haben, was in der heimischen Branche jeder weiß: daß deine Achillesferse im Herzen liegt, was heißt hier Herzen, wozu die lächerliche Poesie! es genügt, daß dir dein unersättlicher Schwanz anschwillt, und schon gehst du jeder auf den Leim, die es ihm besorgt, nein! du bist mehr als ein simpler Depp, du bist ein einziger stumpfer Superpißschwanz!

Er murmelte die schweinischen Worte fast laut, als müßte er sie auch hören, seine Schande allen Sinnen mitteilen, das alles in sie hineinbrüllen, in den ganzen Körper hineintreten. Und je wütender er wurde, desto mehr lockerte sich der Herzmuskel, der kurz vorher noch in Krämpfen zu bersten drohte, und das Pauken in den Schläfen, das sein Gehirn sprengen wollte, ließ nach.

Ein wenig später war er wieder imstande, wie ein denkender Mensch zu handeln, der soeben erfahren hat, daß sein Haus niedergebrannt ist. Er zuckte nach dem Portemonnaie und rechnete nach, was ihm die Tschechoslowakische Staatsbank gnädigst zugeteilt hatte; in Prag hatte er in den Umschlag, den die Sekretärin ihm gab, nicht einmal hineingeschaut, im Vergleich mit dem Betrag, den er hier erwarten durfte, war es ein Almosen. Jetzt stellte es alles dar, was ihm im Leben übrigblieb.

Er hatte viertausenddreihundertzwanzig Schilling in Banknoten und Reiseschecks auf weitere fünftausend als Repräsentationsfonds, den er ursprünglich zurückzahlen wollte. Dabei blieb er auch jetzt, denn er konnte sich zu allem nicht noch das Etikett eines Defraudanten leisten. Doch selbst das bettelarme Betriebskapital gestattete ihm, bis morgen zu überleben, diese Nacht im Hotel zu verbringen und in Ruhe zu entscheiden, was weiter. Er mußte den Schock überschlafen, um wieder urteilsfähig handeln zu können.

Nach den Chefs von CHINAGLASS zu suchen war sicherlich sinnlos. Soweit es sie tatsächlich gab, hatten sie von der Existenz einer gewissen Assistentin namens Gerda kaum eine Ahnung gehabt. Um auch den letzten Zweifel zu beseitigen, hat er abgewartet, bis es dunkler wurde, ging auf den Ring und stoppte ein Taxi. Die Abendausgabe lag zusammengefaltet auf dem Mitfahrersitz, offensichtlich noch ungelesen. Er stieg hinten ein und gab die bekannte Adresse an.

«Himmelstraße... in Grinzing...»

«Zum Oppolzer?» fragte der Taxifahrer kennerisch.

Die Frage berührte Markalous, überrascht stotterte er.

«Wieso... warum...?»

Der Wiener hat erst jetzt den Ausländer erkannt.

«Entschuldigung, ich dachte... Oppolzer heißt Heuriger, so werden hier die Weinlokale...»

«Nein, ich... es liegt ein bißchen höher... darf ich mir Ihre Zeitung ausleihen?»

Der Mann belästigte ihn nicht mehr, so konnte er endlich über sein geheimnisvolles Verschwinden in Schwechat nachlesen. Die Übelkeit, die ihn nach Schilderung der hinterbliebenen Tschechen bereits seit Prag begleitet habe, verstärkte sich nach der Landung derart, daß er die Toilette aufsuchen mußte. Zwanzig Minuten später sei er im Untergeschoß nicht mehr aufzufinden gewesen. In der Zwischenzeit sei kein Zug der Schnellbahn abgefahren, und das Parkhaus hätten nur wenige Wagen verlassen, in denen er von niemandem gesehen worden sei.

Der Berichterstatter vermutete, der Verschollene habe dem Regime den Rücken gekehrt, was aber dessen Vertreter geradezu hysterisch bestritt: «Mein Chef muß von den Feinden des Friedens und der Zusammenarbeit zwischen den Völkern mit verschiedenen gesellschaftlichen Systemen entführt worden sein, denen die geplante wirtschaftliche Kooperation ein Dorn im Auge ist.»

Der Hofrat Waschitschek vertrat in dem Blatt eine dritte Auffassung: Ingenieur Markalous, für dessen Loyalität seinem Land gegenüber er die Hand ins Feuer legen möchte, habe sich so schlecht gefühlt, daß sich seiner ein zufällig vorbeigehender Automobilist angenommen haben könnte und ihn, im Fond liegend, aus dem Parkhaus zur ärztlichen Versorgung beförderte, weshalb ihn niemand habe sehen können, und nicht ausgeschlossen sei, daß er sich bald melden werde... Markalous war erstaunt: Der inkompetente Prager wie auch der verknöcherte Wiener verfügten über eine Phantasie, die ihm einen möglichen Ausweg wies.

Sie fuhren in Grinzing ein, schlängelten sich an Dutzenden von Bussen vorbei, die vor den Wirtschaften auf ihre erquickten Touristen warteten, und schlüpften in eine enge, steile Gasse. Rechts blitzte der Eingang zum benannten Lokal auf, wo er mit Gerda noch in diesem Frühling im aufblühenden Garten beim Wein vom Vorjahr saß und sich von einem Liebeskampf für den nächsten erholte, die er alle in der modernen Mietsvilla erlebte, vor der das Taxi gerade anhielt.

«Warten Sie, bitte...» bat er den Fahrer und nahm sicherheitshalber die Zeitung mit.

Im Haus waren einige Fenster erleuchtet. Ihres war dunkel. Er stieg zur Eingangstür hinauf, beugte sich zu den Namensschildern. Wie vermutet: Das zweite von oben fehlte. Trotzdem drückte er den Klingelknopf und ließ lange Sekunden nicht locker. Nichts rührte sich. Er könnte die Hausmeisterin herbeiklingeln, doch eine so fleißige Leserin der Abendzeitungen wußte sicherlich Bescheid und wäre imstande, die Polizei zu alarmieren... Es war ihm klar, daß er daran nicht vorbeikommt, doch vorher mußte er mit sich selbst ins reine kommen. Eilig kehrte er zum Wagen zurück.

«Niemand daheim?» wollte der Fahrer sich endlich unterhalten.

«Zum ‹König von Böhmen›», gab Markalous statt dessen an, um weiterhin Spuren zu verwischen, dann schwieg er beharrlich.

Im Zentrum ließ er eine Straße früher anhalten, um nicht durch eine Ironie des Schicksals in die Arme seiner «Waisenkinder» zu laufen, und ungeachtet seiner Armut ließ er dem Chauffeur ein großes Trinkgeld, damit der Mann ihm auch dann seine Gunst bewahrte, wenn er die Zeitung gelesen hat. Er schaute sich um, bevor er ausstieg, wartete, bis das Taxi weg war, und kehrte zu seinem Hotel zurück. Es war die tote Zeit. Die große Halle gähnte vor Leere, und an der Rezeption arbeitete ein Unbekannter. Markalous konnte das Zittern der Stimme nur mit Mühe unterdrücken, als er die Zimmernummer angab, doch der Mann schaute nur routiniert in sein Fach und reichte ihm den Schlüssel.

«Möchten Sie geweckt werden?» fragte er zuvorkommend, er sah in ihm also nur den Gast aus der teuren Suite.

Markalous verneinte und betrat den Lift. Ihm war, als röche er darin noch immer ihr Parfüm, und er war froh, als er aussteigen konnte. An der Klinke hing noch das lustige Schild mit der Zeichnung eines Mannes, der in der Badewanne Papierschiffchen treibt und nicht gestört werden will. Das Zimmer fand er unverändert vor, das Bett immer noch von Leidenschaft zerwühlt... hat sie auch die nur vorgetäuscht? Er untersuchte, wie man in dem klimatisierten Zimmer die Fenster öffnen kann, und lüftete dann, so gut es ging. Das Kissen, auf dem mittags ihr Kopf lag, schmiß er in den Schrank.

Dabei fand er an dessen Wand den Zimmerpreis: ÖS 2500 pro Person. Er mußte damit rechnen, daß auch der Champagner auf die Rechnung kommt, doch hielt er sich immer noch über Wasser. In dem riesigen Rauchglasspiegel erblickte er diesmal jedoch einen Mann, der ihm nicht gefiel: die Schultern abgesunken, die Haare angeklebt, die Glatze auf dem Hinterkopf enthüllend; dazu roch er noch seinen eigenen Schweiß. Das hat ihm zugesetzt.

Entweder springe ich jetzt aus dem Fenster, sagte er sich, oder ich fange an, mich aus dem Mist herauszuwühlen! Er grinste sauer: Durch die Lüftungslücken könnte er sich sowieso nicht durchzwängen. Also lag harte Arbeit vor ihm. Zu diesem Zweck zog er sich aus und begann damit von Grund auf. Er machte einige Liegestütze zur Aktivierung der schlaffen Muskeln, dann wusch er Hemd, Unterhose und Socken. Er badete und wusch sich die Haare. Schließlich griff er nach einem Whisky aus der Minibar und sinnierte, als löste er das Problem einer neuen Glastechnologie, was hinter dem Beschiß stecken und wie er sich retten könnte.

Das Telephon weckte ihn. Erst nach dem dritten Klingeln streckte er die Hand nach dem Apparat aus, zog sie aber sogleich zurück. Stopp! warnte ihn das alarmierte Gehirn, aufheben, falls es sie sein sollte, doch sich nicht melden, wenn es wer anderer ist...! Er hob ab, legte den Hörer ans Ohr und wartete zu. Er hörte nur ein Rauschen und war beinahe soweit, ganz albern ihren Namen zu flüstern.

«Hallo», ertönte rechtzeitig eine schrille Männerstimme, «hallo, Herr Markalous...?»

Der Angerufene hielt den Atem an und bewegte sich nicht, während der Mann jemanden bat, aufs neue verbunden zu werden. Erst nach ihm legte er auf und schaute auf die Uhr: halb neun früh, er schlief also beinahe acht Stunden wie ein Stück Holz und fühlte sich, für die Verhältnisse, passabel. Das bestätigte ihm, daß er sich in der Nacht richtig entschieden hatte; auch jetzt zeigte ihm sein Plan den einzig begehbaren Weg. Nur ein bißchen Schwein und besser lügen! Doch weil die Wahrheit sein totales Aus bedeuten würde, hatte er sowieso keine andere Wahl: Ich muß es halt lernen! Er ging unter die Dusche, sich zu stärken.

Noch immer peitschte er sich mit eisigen und heißen Wechselgüssen, als es an die Tür klopfte und dann schlug. An der Klinke mußte nach wie vor der Eintrittsstopp hängen, so konnte es nur die Polizei sein. Er wußte, daß Türenaufbrechen nicht landesüblich war, deshalb hat er sich sorgfältig mit dem Frottiertuch abgetrocket und sich hastig angezogen. Das Hemd hat sich gut ausgehängt und roch nach Sauberkeit; auch das half dem neu aufkeimenden Selbstvertrauen.

Die Schläge an der Tür hörten nicht auf, und dazu klingelte wieder pausenlos das Telephon. Er war erfreut festzustellen, daß der ganze Alarm ihn nicht aus der Fassung brachte, im Gegenteil: als würde er jetzt seine angeborene Schüchternheit vertreiben, die er bislang nur beim Sex zu überwinden wußte, und ihm die Fähigkeit verleihen, das Spiel zu machen, für das er sich in der Not entschieden hatte und das ihm wenigstens eine Verschnaufpause versprach. So rasierte er sich noch mit seinem flachen Apparat, den er immer im Aktenkoffer dabeihatte, und krönte das Werk mit Eau de Cologne aus der Kollektion erlesener Mittel, die im Badezimmer zur Verfügung stand.

Als er fertig war, wußte er bereits, daß es vernünftiger sein wird, sich nicht dem Klopfenden, sondern dem Rufenden zu stellen.

«Ja, bitte», meldete er sich, wie vorgenommen ganz leise, und es gelang ihm auch ein Krächzer.

«Hier die Rezeption», erkannte er die Frauenstimme von gestern, «sind Sie in Ordnung?»

«Jawohl», sagte er langsam und matt, «danke, jetzt schon wieder...»

«Ist was passiert?»

«Ich möchte darüber das Ministerium informieren. Können Sie mich verbinden?»

«Jawohl, aber... man ist hinter Ihnen her.»

«Ja, ich höre... jemand schlägt an die Tür, er hat mich geweckt...»

«Ach, Verzeihung, ich schicke gleich den Boy nach oben!»

Es war jetzt klar, daß draußen keine Polizei stand, doch er wußte noch nicht, ob das gut oder schlecht war. Vorsichtig fragte er.

«Was ist eigentlich los...?»

«Journalisten sind da. Und auch Fernsehen. Wir versuchen, sie in der Halle aufzuhalten, doch mit wenig Erfolg, wie Sie hören. Möchten Sie ihnen wenigstens eine kurze Erklärung gewähren?»

Jetzt mußte er in die Rolle voll einsteigen, und er war froh, dies ungesehen tun zu können.

«Eine Erklärung», sagte er, «habe ich selber nötig. Der wievielte ist heute...?»

«Der zweiundzwanzigste...»

«Juni?»

«Jawohl...»

«War ich gestern... an der Rezeption?»

«Ja», erwiderte sie immer mehr verunsichert, «wegen der Bestellung doch.»

«Aha... und hab' ich geredet... ich auf Sie normal gewirkt? Ich meine: War ich auch ganz bei mir?»

Er hörte, wie dort Stimmen auf sie eindrangen und sie rief.

«Ruhe, bitte! Nein, das hat nicht Ihnen gegolten... Sind Sie etwa krank?»

«Habe ich auf Sie gestern den Eindruck gemacht?»

«Es kam mir so vor, als ob Sie nicht gut beisammen wären. Wegen des Irrtums, dachte ich... Brauchen Sie einen Arzt?»

«Nein», sagte er auch bei vorgetäuschter Müdigkeit entschieden, «aber ich möchte Ruhe haben. Sagen Sie den Herren, sie sollen mittags kommen.»

«Ich fürchte, das wird sie nicht überzeugen...»

«Also in einer Stunde. Oder meinetwegen sollen sie auch warten, aber jetzt will ich meinen Frieden haben, ich bitte Sie, sorgen Sie dafür! Und verbinden Sie mich... Augenblick...!» er wühlte in den Taschen.

«Wenn Sie jetzt den schwarzen Knopf auf Ihrem Apparat drücken, haben Sie das Amt und können anrufen nach Belieben. Oder brauchen Sie vielleicht eine bestimmte Nummer?»

«Nein, nein danke!» Es paßte ihm nicht, daß sie Wind bekämen, auf welchem Weg er Reißaus nehmen wollte, «ich danke Ihnen; ich hoffe doch, ich muß Sie nicht allzulange belästigen.»

Er legte auf, als der Lärm draußen aufhörte, und hörte durch die Tür gedämpft einen Streit, der sich allmählich entfernte. Im Notizbuch fand er das österreichische Handelsministerium heraus, und auch die Durchwahl des Sekretariats. Er drückte und nahm sofort Frau Muckenschnabels Stimme wahr.

«Herrn Hofrat Vašíček, bitte!» er sprach den Namen tschechisch aus und hörte sie schlucken, bevor sie fragte.

«Wen soll ich...?»

«Ingenieur Markalous.»

Er sah es geradezu vor sich, wie ihr spitzes, ziegenartig behaartes Kinn herunterfiel.

«Wen, bitte...?»

Er achtete darauf, daß es weiterhin recht müde klang.

«Hier spricht Ingenieur Karel Markalous...»

«Jawohl... Augenblick... sofort...»

Der Augenblick dauerte mehr als eine Minute, in der der hohe Beamte anscheinend eine momentane Ohnmacht überwinden mußte. Für Markalous war er immer ein Bilderbuchexemplar vom k. und k. Beamten gewesen, dem zu seinem Urvorbild nur Stehkragen und Zwicker fehlten. Auf die kleinste Komplikation reagierte er wie auf eine widerliche Seuche, ließ seine Untergebenen damit allein und erschien erst wieder, wenn sie vorbei war. Vielleicht nahm er schon gestern Krankenurlaub und läßt sich vertreten von...

«Kolowiczyni», meldete sich tatsächlich der Regierungsrat, Waschitscheks Vertreter, «wer spricht da...?»

«Ingenieur Markalous», wiederholte er ebenso geduldig und matt.

Der andere konnte seine Aufregung nicht unterdrücken.

«Wo... wie... von woher...»

«Ich rufe vom Hotel aus an.»

«Von einem Hotel in Wien?»

«Ja...» er nannte es, «ich muß mit dem Herrn Hofrat sprechen.»

«Der Herr Hofrat befindet sich... Herr Hofrat ist momentan nicht anwesend, er hat mich jedoch gebeten, Ihnen... Sie... daß wir, sobald Sie sich gemeldet haben sollten, daß ich Sie frage, was passiert ist...»

Markalous stellte sich den kreidebleichen Waschitschek vor, wie er über den Lautsprecher auf seinem Apparat mithört und dem Untergebenen vorzusagen versucht, ohne selbst einen vernünftigen Satz herauszubringen.

«Wann soll der Herr Hofrat zurück sein?» bohrte er unnachsichtig weiter, «ich muß mit ihm direkt...»

«Oh, er wird... nicht so schnell wiederkommen, er hat jetzt... viele Probleme... wie Sie sich gewiß denken können... mit Ihren Landsleuten... was?»

Das galt höchstwahrscheinlich Waschitschek, der jetzt in voller Rage mit den Händen fuchteln mußte; Kolowiczyni versuchte, den Lapsus eiligst zu korrigieren.

«Haben Sie was gesagt? Pardon, es kam mir so vor... Könnten Sie einstweilen nicht mit mir vorliebnehmen? Ich fürchte, es entsteht sonst Verzögerungsgefahr.»

«Ja. Man belagert mich hier, die Journalisten.»

«Sind Sie...» dem Regierungsrat wollte das Wort nicht auf die Lippen, dann jedoch hat er es ausgesprochen, «haben Sie sich etwa abgesetzt...?»

«Keinesfalls», sagte Markalous.

Auf der anderen Seite schnappten sie hörbar nach Luft.

«Aber warum denn dann...»

«Das geht nicht am Telephon. Holen Sie mich ab, ich möchte hier herauskommen und mit Herrn Hofrat entscheiden, was weiter, bevor ich mich der Presse und der Polizei stelle...»

«Lassen Sie mich, bitte, überlegen...»

Gewiß hat er jetzt das Mikrophon mit der Hand zugedeckt, während sie sich berieten. Dann fragte er ängstlich.

«Sind Sie noch da?»

«Ja...»

«Machen Sie keinem Menschen auf, heben Sie nicht einmal ab, wir besprechen mit der Hotelleitung, wie wir Sie unauffällig herausbekommen können!»

«Jawohl...»

«Hauptsache: Keine Erklärungen vor der Presse, das vor allem in Ihrem eigenen Interesse!»

«Natürlich, ich weiß. Ich werde warten. Danke.»

Er legte auf, überzeugt, daß er bislang nicht mehr und es nicht besser machen konnte. Der Herr Hofrat schien nicht minder Schiß zu haben wie er. Eine Verschnaufpause! befahl er sich, und dann, wie man es dir zu Hause sagte, halt die Ohren steif, Karlíček!

Er saß dann mehr als eine Stunde im Wohnraum der Suite und sehnte sich nach einer Tasse starken Kaffees. Er verspeiste zumindest die Tafel Schokolade aus der Minibar und kam sich auch sofort wie der Seemann Popeye vor nach einer Dose Spinat: satt und stark, allem gewachsen. Das Klopfen wiederholte sich nicht, das Telephon blieb stumm, sicher eine Frucht der Zusammenarbeit von Ministerium und Hotel. Er wartete gespannt und erschrak dann, als irgendwo ein Schlüssel knirschte und aus dem Bad ein Bursche in Livree eintrat.

«Guten Morgen», grüßte er den belagerten Gast verkrampft, «haben Sie, bitte, Gepäck?»

Er war noch die Unerfahrenheit selbst, und Markalous hoffte, er werde nichts verpatzen. Die Frage verneinte er, den Aktenkoffer wollte er niemandem mehr anvertrauen, er stellte alles dar, was ihm momentan in dieser Welt noch gehörte. Daß darin der Umschlag fehlte, trug er leichter als Gerdas Verrat, denn alles Wesentliche blieb wie immer in seinem Kopf. Auch die Sparbuchnummer; als er durch das Bad zu einer Verbindungstür schritt, die er vorher nicht wahrgenommen hatte, warf er noch einen Blick in die Kloschüssel, aber im Wasser schwamm kein Fetzchen. Er hatte das Heft in der Nacht zerrissen und runtergespült; falls ihn jemand erpressen oder examinieren wollte, müßte er sich doch melden, dann genügte zur Nummer das richtige Kennwort.

Er wartete ab, bis der Boy wieder abgeschlossen hatte, und folgte ihm durch die Nebensuite, in der verschiedene Teile Damengarderobe herumlagen. Eine Erinnerung an den gestrigen Mittag kam ihm in den Sinn, und sein Herz krampfte sich zusammen. Aber das Bild wechselte gleich barmherzig mit einem anderen ab: Sie kamen durch ein Appartement, in dem man eben beim Anstreichen war, die Möbel wie von Wolken mit weißen Tüchern bedeckt, und der Handwerker oben auf der weißgesprenkelten Leiter schien am Pinsel von der Decke herabzuhängen. Der nervöse Hotelboy warf einen Blick auf den Gang, winkte Markalous, schnell, schnell! Der kurze Seitengang mündete in die Feuertreppe.

Sie stiegen lange herunter, bis in zweite Untergeschoß. Rote Pfeile mit der Inschrift INS FREIE leiteten sie. Der Begleiter bedeutete ihm, hier zu warten, und schlüpfte wachsam hinter die Eisentür, die für eine Sekunde den Blick in eine Tiefgarage freigab, ähnlich der, wo sie ihn gestern erwartet hatte... Und wieder überfiel ihn die Hoffnung, daß jetzt das nostalgische Erkennungssignal ihrer Hupe ertönen und er für die bestandene schwere Prüfung reichlich belohnt würde.

Die Tür wurde heftig aufgerissen, und der Boy bedeutete ihm hastig, er solle sich nun beeilen. Motorengeräusch kam näher, durch das Betonecho verstärkt. Schnell vergrößerten sich die Lichter eines rückwärts fahrenden Wagens, der Hoteldiener öffnete den hinteren Wagenschlag, und Markalous erblickte das zu ihm gewandte erregte Gesicht des Regierungsrats.

«Die Decke», sagte Kolowiczyni statt eines Grußes, «legen Sie sich auf den Sitz und decken sich gut zu!»

Sie verließen die Hotelgarage genauso, wie es der Hofrat Waschitschek dem Redakteur des Abendblatts beschrieben hatte.

Der Regierungsrat hielt bereits kurz darauf in einer verlassenen Gasse an, entledigte ihn der Zudecke mit der Entschuldigung, sie gehöre seinem Setter, doch er beließ ihn weiter auf dem Hintersitz. Markalous wiederholte sein Ansuchen, den Hofrat sprechen zu können, und Kolowiczyni die Ausrede, Waschitschek sei noch immer verhindert. Dann wollte er dringend wissen, um was es eigentlich gehe.

Als Markalous ihm als erstem Zuhörer müde seine Geschichte schilderte, die er sich in der Nacht zusammengereimt hatte, damit alles wie eine chemische Formel ineinanderpaßte, konnte er sich selbst beweisen, daß sie sich zwar wirr, aber durchaus glaubwürdig anhört. Der Regierungsrat eilte zu einer nahen Telephonzelle und verweilte dort lange Minuten. Markalous hatte währenddessen die Möglichkeit, alle Lücken auszufüllen, die er während seiner Erzählung selber enthüllt hatte.

«Man erwartet uns», sagte der Hofratsvertreter, als er endlich zurückkam, «in der Direktion der Staatspolizei. Sie möchten es im vorab ganz diskret behandeln...»

Bewaffnete Polizisten bewachten leger das Seitentor eines riesigen Gebäudekomplexes und ließen sie herein, sobald sie das Kennzeichen des Wagens erblickten. Von dem kleinen Hinterhof begleitete sie ein wortkarger Mensch durch den Trakt, in dem sich offensichtlich der Untersuchungsarrest befand. Die Häftlinge waren gerade dabei, die Essensmenagen zu verteilen, und Markalous schuttelte es bei diesem Anblick, er konzentrierte sich um so mehr auf den entscheidenden Auftritt.

Durch eine Reihe von Gitterschleusen und über eine schmale, steile Diensttreppe gelangten sie plötzlich auf einen sonnendurchfluteten Gang, von dort in ein geräumiges, hohes Büro, das er hier nicht erwartet hat. Es war voller Gummibäume, Palmen und anderem exotischen Grün. Durch diese Kulisse zerstreut, überhörte er die Namen der drei Männer, die sich ihm vorgestellt hatten, zweifelte einen Moment, ob er seine Rolle auch hier beherrschen werde, doch sie haben ihm unerwartet geholfen: Von Anfang an gaben sie der Verhandlung eine Richtung, auf die er selbst nie gekommen wäre.

«Der Fall», sagte der Älteste von ihnen, der auch der Höchste zu sein schien, «wie uns der Herr Regierungsrat kurz informierte, hat neben dem kriminalistischen auch noch einen politischen Aspekt. Da Sie für uns, Herr Ingenieur, ein fremder Staatsangehöriger sind, notabene mit Dienstpaß, muß ich Sie zuerst in aller Form fragen, ob Sie bereit sind, mit uns aus freiem Willen zu sprechen.»

«Natürlich...», sagte er, «mit wem sonst?»

«Also gut. Darf ich Sie nun bitten, uns den Verlauf des gestrigen Tages so detailliert wie möglich zu schildern.»

«Aber natürlich!»

«Und darf mein Kollege hier das kleine Gerät laufen lassen, das uns ein mühsames Protokoll erspart?»

«Jawohl, aber... ich bin nicht in der besten Verfassung... habe immer noch so ein Gefühl, als hätte ich tagelang nicht geschlafen... und dabei schlief ich mit nur einer kleinen Pause fast zwanzig Stunden.»

«Das schließt sich nicht aus. Symptomatisch für gewisse Drogenarten.»

«Ich jedoch... ich nehme nicht einmal die einfachsten Tabletten!»

«Sie müssen davon nichts gewußt haben. Haben Sie vorher etwas getrunken?»

«Ja schon, morgens in Prag, auf dem Flughafen... dann nichts mehr, es wurde mir übel.»

Die drei Männer wechselten einen kurzen Blick untereinander.

«Was haben Sie da getrunken?» wollte der Chef wissen.

«Kognak, den armenischen.»

«Hat man ihn vor Ihren Augen aus der Flasche geschenkt?»

«Nein, er wurde in Gläsern hereingebracht. Ich habe ihn nicht bestellt.»

«Aha. Und wer denn?»

«Jemand von meinen Kollegen, glaube ich...»

«Welcher?»

«Eigentlich weiß ich das nicht...»

«Gewöhnlicherweise prostet der, der einlädt, den anderen zu, bei Ihnen auch?»

«Ja… das schon…»
«Können Sie sich erinnern, daß einer von Ihren Kollegen…?»
«Eigentlich nicht… doch wer sonst sollte uns was spendieren…»
«Wer hat ihn bezahlt?»
«Das… habe ich nicht bemerkt… aber…»
Die drei haben sich wieder mit den Augen verständigt. Er verstummte absichtlich.
«Lassen Sie sich nicht stören», forderte ihn der Gesprächsführer auf, «wann fing das mit der Übelkeit an?»
«Bereits beim Start drehte sich mir alles vor den Augen… und ich bekam Ohrensausen…»
«Fliegen Sie oft?»
«Ziemlich…»
«Und kennen Sie ähnliche Beschwerden?»
«Nein. Ich mußte auf die Toilette und dort… es war mir zum Erbrechen, aber es ging nicht, zum letztenmal habe ich am Tag vorher zu Mittag gegessen.»
«Im Flugzeug haben Sie nichts konsumiert?»
«Dazu hatte ich keinen Appetit…»
«Und wie war es dann in Schwechat?»
«Während wir auf die Koffer warteten, kam es wieder, so bat ich die Kollegen, mich zu entschuldigen, ich käme gleich zurück…»
«Ich sah den Herrn Ingenieur kurz«, bezeugte Kolowiczyni, «wie er zur Rolltreppe eilte. Er hielt ein Taschentuch vor den Mund.»
«Ich kannte die Toilette», sagte Markalous farblos.
Alle anderen nickten ernsthaft, sie kannten sie auch. Er legte eine Pause ein, und als hätte er den Faden verloren, irrte sein Blick über den Botanischen Garten rundum.
»Und weiter…?» fragte der Vorsteher taktvoll.
«Wieder nichts…» er tat, als nähme er sich tapfer zusammen, «ich war fürchterlich erschöpft, es schien mir Fieber zu sein. Wahrscheinlich habe ich jedes Zeitgefühl verloren, deswegen war ich nicht überrascht, daß mich draußen jene Frau erwartete.»
«Können Sie sie uns beschreiben?» meldete sich der Mann, der das Gespräch festhielt.
«Ich denke unentwegt daran, doch ich sehe sie nur wie im Nebel… dabei habe ich mit ihr wenigstens eine Stunde verbracht, vielleicht mehr, ich weiß es einfach nicht!»

«Beruhigen Sie sich», sagte der Chef, «falls Sie tatsächlich das Ziel einer Aktion gewesen sein sollten, die Ihre Mission verhindern wollte, hat es die Täter gestört, daß sie sich hier in einem Rechtsstaat befinden. Sie mußten Sie möglichst schonend ausschalten, und das war bei all dem Ihr großes Glück.»

«Kam Ihnen an dieser Frau etwas auffallend vor?» wollte der zweite wissen.

«Nein.»

«Haarfarbe?»

«Nein.»

«Parfüm?»

«Ich weiß es nicht.»

Plötzlich kam das einem Verhör gefährlich nah.

«Doch weil Sie wissen, daß Sie mit ihr weggegangen sind, werden Sie sich vielleicht erinnern, warum?»

«Nun, das ja», stimmte er dem beflissen zu, als hätte er den Faden selbst gefunden, «sie hat mich mit Titel und Namen angesprochen und fragte, wie es mir geht. Meine Genossen, sie nannte sie vielleicht Kollegen, seien bereits mit den Gastgebern unterwegs zum Lunch, sie soll mich ins Hotel bringen, wohin schon ein Arzt bestellt sei. Dem schenkte ich Glauben.»

«Natürlich. Den Wagen hatte sie im Parkhaus?»

«Kann sein... Sie half mir jedenfalls zu ihm, meine Beine gaben unter mir nach... ich legte mich auf den Rücksitz...»

«Genau so hat es sich unser Hofrat gedacht», erinnerte Kolowiczyni stolz.

«War es ein Dienstwagen?» der Neugierige ließ nicht locker.

«Ich weiß nicht...»

«Ein Sportwagen?»

«Ich habe tatsächlich keine Ah...»

«War er eher breit und länglich oder niedrig und eng? Mußten Sie sich ducken, oder konnten Sie sich ausstrecken?»

«Ich war in der Tat nicht imstande...» begehrte er auf.

«Regen Sie sich nicht auf, Herr Ingenieur», griff der Vorgesetzte ein, und es klang wie eine Mahnung an den Untergebenen, «lassen Sie sich von keinem hier irritieren, und versuchen Sie uns einfach alles zu sagen, was in Ihrem Gedächtnis haftenblieb.»

«Ja, danke... dann habe ich mich irgendwie auf jenem Zimmer befunden, und sie telephonierte, während ich auf der Toilette vergeblich versucht habe... dann sehe ich noch, wie sie mich zum Bett führte, wo sie mich wahrscheinlich... offensichtlich...»

«Offensichtlich was...» half ihm der Chef wie einem Kranken nach.

«Offensichtlich hat sie mich ausgekleidet, denn ich bin dann aufgewacht... nackt... doch vorher noch...»

Er kam sich nicht mehr als Lügner vor, viel eher wie damals in der Jugend, als er von einem Stein des Sázaver Wehrs zum anderen hüpfte und das Wasser darunter hinströmte; jetzt trat er mit der selben Sicherheit auf die festen Steine der Wahrheit, die der verflossenen Geschichte Halt gaben.

«Veuve Cliquot. Sie behauptete, mit einem Arzt gesprochen zu haben, der verspätet war, aber dazu riet, mehr von dem Champagner zu trinken, dies würde mir helfen. Heute früh habe ich eine leere Flasche gefunden.»

«Primitiv, aber wirksam!» nickte der Hauptstaatspolizist zustimmend, «dadurch hat sie die Wirkung der Droge verstärkt, die Sie wahrscheinlich bereits am Morgen im Kognak zu sich genommen haben.»

Markalous gelang ein niedergeschlagenes Kopfschütteln.

«Lassen Sie sich nicht deprimieren, Herr Ingenieur, das ist auch schon Erfahreneren passiert. Wir wissen mit Sicherheit, daß sie mit niemand gesprochen hat.»

«Also war es meine Halluzination...»

«Keinesfalls, der Automat hat tatsächlich zwei tote Gespräche notiert.»

«Tote...»

«Der Teilnehmer nahm ab, wählte eine beliebige Nummer und täuschte das Gespräch nur vor. Aber fahren Sie, bitte, fort.»

«Weiter weiß ich nichts... das heißt, ich muß mich irgendwie abends angezogen haben und nach unten gegangen sein.»

«Jawohl, Sie haben mit der Rezeptionistin gesprochen und ihr gesagt, das Zimmer nicht bestellt zu haben. Sie fragten auch nach dem nächsten Postamt.»

«Postamt?»

«Sie haben auf sie geistesabwesend gewirkt.»

«Und was wollte ich auf dem Postamt?»

«Das wissen wir nicht.»

«Ich auch nicht...»

«Wenn Sie damit einverstanden wären, könnten wir das herausfinden», mischte sich der Lästige wieder ein, «wir gehen mit Ihnen dorthin!»

«Gern», sagte er und dankte dabei dem Zufall, daß er sich gestern so weit von den beiden Postämtern verirrte, die ihm die Rezeptionistin empfohlen hatte», wann bin ich zurückgekommen?»

«Der Nachtportier hat Ihnen den Schlüssel um halb neun ausgehändigt», beschied ihn der Chef, «auch ihm sind Sie ein wenig aus der Form geraten vorgekommen, auf die Zeitung ist er erst beim Frühstück gestoßen. Höchstwahrscheinlich hat er die Nachricht der Presse verkauft.»

«Wann haben Sie denn den Verlust der Unterlagen entdeckt?» wollte der unersättliche Ermittler wissen.

«Heute früh.»

«Gestatten Sie?»

Ehe sich Markalous noch versah, nahm er das Köfferchen von seinem Schoß und versuchte, es zu öffnen, «ich sehe, Sie codieren die Verschlüsse.»

«Ja...»

«In diesem Fall müssen Sie gestern abend den Code benutzt haben, sonst hätte die Person doch das ganze Zeug mitgenommen.»

Das kam ihm so quer, daß er ein Erröten spürte. Er konnte es nicht verhindern und fühlte sich bereits verloren.

«Sie müssen sich keine Vorwürfe machen, Herr Ingenieur», sagte zu seinem Erstaunen der Chef geradezu väterlich, «gegen Drogen ist der stärkste Wille und die festeste Moral machtlos. Dieser Lockvogel hat Ihnen wahrscheinlich vorgemacht, daß Ihre Kollegen die Unterlagen dringend benötigen.»

Er war nur dazu fähig, mit den Schultern zu zucken, nur langsam kam er wieder zu sich.

«Darf ich Sie bitten», sagte der bisher schweigsame Dritte, «mir hier zwei oder drei Unterschriften zu leisten? Ich möchte sie gern vergleichen», er zeigte ihm die gefälschte Ordre und zog gleichzeitig eine Lupe hervor.

Mit ruhigem Gewissen unterschrieb er, so gut er konnte.

«Jawohl», führte ihnen der Fachmann vor, «den Namenszug hat man zweifellos kopiert. Hier, hier und hier sind die Bögen, bei Ihnen wie eine Schlittschuhspur fließend durchgezogen, mit Unterbrechung sichtlich nachgeschwungen.»

«Sie sind ohne Zweifel das Opfer eines raffinierten Komplotts geworden», resümierte der erste und verriet Markalous eine echte Neuigkeit, «den Zimmerschlüssel hat für Sie nämlich bereits gestern früh ein Mann abgeholt, der sich als Fahrer des Handelsministeriums ausgab.»

«Nein», erschrak Kolowiczyni, und Markalous durfte nur leise staunen, «wir haben doch niemanden...»

«Das haben wir bereits eruiert, die Beschreibung eines robusten, sonnengebräunten und sportlich angezogenen Mannes paßt zu keinem bei Ihnen. Es war Teamarbeit, und die Organisatoren kann nur das Motiv enttarnen. Was verschwand eigentlich aus dem Koffer... falls Sie natürlich nicht die Absicht hegen, dies erst Ihren Amtsstellen zu Hause mitzuteilen?»

Damit hat er ihm wieder eine Brücke über einen Abgrund gebaut.

«Details muß ich mir tatsächlich für später aufheben», sagte er unverbindlich, denn die Trümpfe hielt er erst für seine nächste Station parat, «doch einer der Gründe könnte der Versuch sein», er wandte sich dem Regierungsrat zu, «unsere lange geplante und bereits unterschriftsreife Kooperation zu verhindern.»

Kolowiczyni nickte erbötig.

«Politik?» fragte der allwissende Staatspolizist.

«Eher Konkurrenz», lächelte Markalous verbittert, «doch darüber darf ich ausschließlich mit Herrn Hofrat Waschitschek sprechen.»

Als er die kurze Erklärung unterschrieb, mit der der Bediener des Aufzeichnungsgeräts extrem unzufrieden, doch gegen die Kulanz seines Chefs machtlos war, begab sich Markalous mit Kolowiczyni zum Auto zurück. Er verließ das grüne Staatspolizeiparadies, froh, daß es dort so glimpflich abgelaufen war, gleichzeitig aber mit dem nervösen Hintergedanken, wie es wohl wäre, wenn ihm diese geborenen und somit naiven Anstandsdemokraten wirklich vor dem verlängerten Stahlarm seiner volksdemokratischen Heimat, geschweige denn dem des großen Bruders beschützen sollten. Ein Glück, daß ich nur so ein kleiner Fisch bin, beruhigte er sich, dem es nie um Macht, sondern immer nur um einen guten Fick ging...

Auch ins Ministerium traten sie von hinten ein, und selbst der Regierungsrat irrte eine Weile im Labyrinth der Nebengänge umher, bis sie die Mahagoniresidenz des Ressortleiters fanden. Die Lage erzwang seine persönliche Anwesenheit, und er war jetzt mächtig bemüht, den Eindruck wettzumachen, vorher auf Distanz gegangen zu sein.

«Mein lieber Markalous!» eilte er ihm entgegen und schüttelte gerührt seine Hand, bis der bärtigen Muckenschnabel die Augen aus den Höhlen traten, «willkommen, willkommen, ich bedaure zutiefst, daß ich Ihnen nicht persönlich zur Seite stehen konnte, doch... Sie wissen, wie es im Amt zugeht! Ich hoffe, mein engster Mitarbeiter hat sich um Sie ebenso gut gekümmert!»

Er pferchte sie beide in riesige Ledersessel.

«Setzen Sie sich, setzen Sie sich, auch Sie, mein lieber Kolowiczyni! Ich weiß bereits alles! Man hat mich schon von allen Seiten angerufen. Fürchterlich! Es hört sich ja wie ein billiger Krimi an. Mata Hari bei uns in Wien! Was haben die Herrschaften von der Staatlichen dazu gemeint?»

«Die tippen auf Wirtschaftsspionage», referierte diensteifrig der Regierungsrat, «besonders nachdem ich Ihnen mitgeteilt hatte, daß sich für das Projekt eine ganze Reihe von Firmen in Ost und West interessierten. Wir sind zu einer Übereinkunft gekommen. Wir wurden uns einig, daß der Herr Ingenieur absolutes Schweigen einhält, damit die Übeltäter eher einen Fehler begehen würden. Die entwendeten Unterlagen hat er sowieso im Gedächtnis und ist bereit, sie schnell zu rekonstruieren, es muß also keinesfalls eine allzu große Verzögerung entstehen. Was natürlich heißt, wir müssen ihn irgendwo abseits unterbringen.»

«Das versteht sich von selbst! Haben Sie bereits etwas Bestimmtes im Sinn? Wie wäre es mit einem von diesen kleinen Schlößchen außerhalb Wiens, mit Komfort und deliziöser Küche? Wir werden uns ganz nach Ihren Wünschen richten, es ist uns alles lieber, als wenn Sie...» er stockte und maskierte es mit einem Hüsteln, «haben Sie die Ihren bereits kontaktiert?»

Er erhob sich und eilte zur Telephonanlage am Tisch.

«Frau Muckenschnabel...» er wandte sich wieder Markalous zu, «können wir bereits am Nachmittag anfangen? Aber vielleicht sollten wir mit einer Pressekonferenz beginnen und die Boulevardpresse auslachen!»

«Herr Hofrat!» setzte sich Markalous endlich durch, «seit heute früh wollte ich vor allem mit Ihnen sprechen!»

«Meinen Sie, ich nicht? Aber Sie wissen doch, wie es in der Politik läuft, einen Augenblick noch, Frau Muckenschnabel! Ich hatte doch keine Ahnung von Ihren wahren Absichten.»

«Nun, in die wollte ich Sie gerade einweihen. Ich kann an der Pressekonferenz unmöglich teilnehmen... das heißt, an einer solchen, wie Sie es sich vorstellen.»

«Später, Frau Muckenschnabel!» meldete sich Waschitschek ab und kehrte wieder in das Leder zurück, noch immer glaubte er an ein schnelles Übereinkommen, «ich verstehe, Sie würden am liebsten gleich unterschreiben und ab nach Hause. In diesem Fall werde ich das gemeinsame Communiqué allein präsentieren.»

«Ich kann nirgendwohin zurückkehren», sagte Markalous.

«Wie bitte...?»

«Die Umstände zwingen mich leider, um politisches Asyl anzusuchen... und ich zähle dabei auf Ihre Hilfe, Herr Hofrat!»

Endlich kehrte er in seine echte Geschichte zurück und kam sich dabei sicherer vor. Dafür zerstoben Waschitscheks Illusionen schlagartig, und er versuchte vergeblich, sie zu retten.

«Nicht doch, mein lieber Markalous, warum? Sie sind doch ohne jede Schuld.»

«Ja, das bin ich.»

«Warum also wollen Sie Ihre einmalige Stellung aufgeben... Möglichkeiten, die Ihnen kein anderer bieten kann!»

Es war beinahe rührend, wie er ihm den Kommunismus anpries, über den er die schlimmste Meinung hatte.

«Es bleibt mir nichts anderes übrig.»

«Aber, mein Lieber... die Unterlagen waren sicher wichtig, und ihr Verschwinden ist peinlich, doch wenn es uns, Ihren Partnern, nichts ausmacht, warum sollte es Ihren Leuten zu Hause etwas ausmachen? Wir akzeptieren Ihr Angebot, und Sie kehren in allen Ehren nach Prag zurück, die gesamte Konkurrenz kann sich mit dem gestohlenen Papierkram nur noch den...» auch in der Erregung behielt er die Manieren eines hohen Staatsbeamten bei, «das Papier wird für sie wertlos!»

«Wie ich für meine vorgesetzten Organe.»

«Unsinn!» rief der Hofrat verzweifelt und beschwor dabei die Unterstützung seines Vertreters, «ich kann mich für Ihre, er kann sich für Ihre, wir alle hier können uns für Ihre Tadellosigkeit verbürgen, jawohl, das ist sogar unsere höchste moralische Pflicht!»

Der Mann wollte und konnte ihm vielleicht helfen, doch Markalous hatte sich während der Nacht ausgerechnet, daß eben dies das größte Risiko von allen wäre. So war er total überzeugt von dem, was er jetzt von sich gab.

«Herr Hofrat, Sie... Sie haben keine Ahnung! Ich komme von dort und ich weiß: Nach diesem Malheur bin ich für die da ein toter Mann, der nie mehr und nirgendwohin wird ausreisen dürfen, vielleicht nicht direkt ein Spion, aber jedenfalls einer, der irgendwie versagt hat, den man jederzeit erpressen kann, und überhaupt... offen gesagt, Herr Hofrat, angenommen, ich bin Ihr Emissär und komme mit einem solchen Märchen zu Ihnen, würden Sie es mir abkaufen? Würden Sie mir glauben, ohne Beweise, ohne Zeugen, ohne alles, würden Sie mit Ihrem ganzen Ruf und Ihrer Stellung garantieren, daß ich einen solch exponierten Job weiter betreuen darf? Hand aufs Herz!»

Waschitschek legte sie zwar nicht dorthin, doch er fand in sich keine Kraft mehr, dem überzeugend zu entgegnen.

Karel Markalous lag zwar noch immer am Boden des Lichtschachts, hat jedoch bereits einen Fenstersims ertastet, an dem er sich wieder zu anständigen Menschen hochziehen könnte.

4. — *Der Korporal*

Aus festem Schlaf weckte ihn ein fürchterlicher Knall, nie zuvor hatte er so was gehört, er sprang vom Lager und zog pfeilschnell die Uniform an, durch das wirre Hirn schossen Gedanken, auf die man ihn monatelang dressiert hatte: Alarm, ungeahnter Überfall, Krieg, natürlich atomar... Körperreflexe hörten auf zu funktionieren, als die Finger in der Dunkelheit nicht die vertrauten Reißverschlüsse, Patentknöpfe, Schnallen und Taschen finden konnten, zuerst erkannte er die Glocke, deren metallenes Herz in der Nähe dröhnte, dann vergegenwärtigte er sich nach und nach, wo er war und warum. Er bemühte sich nicht mehr, den Schalter der Lampe ausfindig zu machen, die er in der Nacht abgedreht hatte, die Augen gewahrten ein lichtes Zeilenmuster, er tappte bis ans Fenster, hat aber keine Glasscheibe ertastet, die Fensterflügel waren nach innen geöffnet, die Läden von draußen zugeklappt, als er sie von sich stieß, mußte er lange mit den Augen zwinkern, der frühen Stunde zum Trotz hat ihn die Sonne geblendet wie vorgestern noch die Scheinwerfer in der Sicherheitszone. Das Gebäude der Zollwache lag dicht bei der Kirche, auf die mal rege, mal lasch alte Frauen zuschritten, die Gemeindemitte, halb Stadt- halb Dorfplatz, zerteilte scheitelartig ein sorgsam gepflegter Bach, durch zahlreiche Stege überbrückt. Die Autos, von denen hier gestern abend mehr herumstanden, als in ganz Břeclav tagsüber fuhren, waren weg, die Fassaden strahlten im frischen Verputz, die Fenster der Häuser waren mit Blumenkästen geschmückt, niemals vorher hatte er in der alten Heimat so viel anmutige Gemütlichkeit gesehen. Ebenso widerlegten die Menschen, denen er bislang begegnete, die Vorstellung, die er sich drüben, auf der anderen Seite der Welt, von ihnen gemacht hatte, als er sie nur noch über den Fluß hinweg sah wie Figuren eines fremden Stummfilms; der dicke Onkel, der ihm das Leben rettete, als er wie ein junger Musketier vom Ufer ins Wasser sprang und ihn dann mit seinem Körper abschirmte, hat ihn auch später wie seinen eigenen Sohn behandelt, kaum waren sie durch die Aue vom Fluß getrennt, zwang er ihn, die vollgesogenen patschnassen Monturteile auszuziehen, half ihm, sie auszuwringen und in der immer noch sengenden Sonne auszubreiten, zum allernötigsten Trocknen. Als der Korporal auf dessen matschende Schuhe und die bis zur Hüfte durchtränkten Hosen zeigte, winkte er nur ablehnend mit dem dicklichen Händchen und setzte in krächzendem Dialekt seine Rede fort, aus der der Entlaufene Zuneigung und Gunst entnehmen konnte, zugleich zündete ihm der Retter, sobald er sich versichert hatte, daß seine Zigaretten trocken geblieben waren, eine an der anderen an, so daß der Gerettete zumindest anstandshalber den Dunst im Mund wälzte, so fertig war er, sein Atem sträubte sich dagegen. Der andere Österreicher war sofort verschwunden, um das Ufer abzusichern, glaubte der Korporal; nur aus diesem Grund war er willig, die kleine Raucherparty hier zu erdulden, denn er wußte allzugut, was drüben jetzt los war: Der Abwehrfranz, und es konnte kein anderer gewesen sein! schlug Alarm zumindest auf Bataillonsebene, jenseits des Flusses wimmelte es nur so von Armierten, für die es kinderleicht war, ihn zurückzuholen samt den beiden Onkeln, die man später mit einer Ausrede, ebenso plump wie dreist, retournieren könnte, wohingegen man ihm vor Wut fünfzehn Jahre Festung als Mindestmaß aufgebrummt hätte, für Spionage. Er erschrak, als der zweite nach einer halben Stunde aus der Gegenrichtung erschien, auf einem Mofa; die beiden Guten haben sich nicht die Bohne um die ganzen tschechoslowakischen Manöver gekümmert, es ging ihnen nur um ihn, der Kollege holte Jeans, alt zwar, aber sauber, ein Hemd und Tennisschuhe hervor, mit Freude machte er Bierflaschen auf, die er aus der vollgestopften Tasche, eine nach der anderen, zog, nichts als hier weg! brüllte es in des Korporals Schädel, er genehmigte sich einen Schluck und versuchte dann, ihnen näherzubringen, was hier allen dreien droht, sie haben ihn vielleicht sogar verstanden, doch lachten sie weiter, klopften ihm auf die Schultern, zeigten ihm mit dem Daumen, was für ein toller Hecht er sei, und so gab er auf und trank mit ihnen, bis auch er aufhörte zu glauben, daß in dieser sonnigen und duftenden Welt irgendwelche Gefahren lauern könnten, endlich erlaubten ihm die zwei, seine Sachen zu packen, und haben ihn hierhingefahren, auf die Grenzstation. Sie baten ihn von Zimmer zu Zimmer und zeigten ihn den Kollegen, als wäre er nie Soldat jener feindlichen Armee gewesen, die ihnen bisweilen mit blanker Waffe entgegengeklirrt hatte und ab und zu auch vor ihren Augen auf Menschen scharf schoß, sondern ein willkommener Besuch; so ungefähr, erinnerte er sich, schleppten die Politoffiziere Zug um Zug die sogenannten Waffenbrüder der Bruderländer zur Schau, denen dann die Bedienung in der Kantine heimlich ins Bier spuckte... niemandem kam es in den Sinn, mit ihm ein Protokoll anzufertigen, er hat nur ein Formular unterschrieben, auf dem sich die Worte «Politisches Asyl» wiederholten, man hat irgendwo angerufen und ihm an der Armbanduhr und der Karte gezeigt, daß man ihn morgen dorthin verfrachten würde, wo er auch hingehört, heute jedoch möge er sich nach seinem Husarenritt sattessen, volltrinken und ausschlafen, damit inzwischen seine wie war das Wort? trocken werden...?

«Klamotten», wiederholte er wie ein gedrillter Papagei das erste neue Wort, da haben sich bereits auch seine Schutzengel in Zivil geworfen und zogen mit ihm über den nächsten Bachsteg ins Wirtshaus. Der Korporal hatte einen Teil der Verwandtschaft auf dem slowakischen Lande bei Nitra, er kannte eine Menge dörflicher Straußwirtschaften, die er für gut hielt, jetzt stellte er eben fest, daß seine hinkelfüßige Heimat auch in dieser Hinsicht hinter dem Mond zurückblieb, in einer schlichten Kneipe bekam er eine Speisekarte vorgesetzt, mit der sich jedes Bratislaver Lokal rühmen würde, als sie begriffen, daß er Wein dem Bier vorzieht, was er in seinem ersten ganzen Satz herausbrachte.

«Tscheche Biir, Slowack Wajn!» haben sie ihn schnurstracks in den Keller geführt, wo es nach Faßholz roch, reichten ihm die Probierkelle, und er lernte, daß er sich auch in dieser Fremde ein wenig heimatlich fühlen kann, weil ihn zwar von den Menschen die Sprache und vielleicht auch viel anderes trennt, doch gewiß verbinden ihn mit ihnen die grünen Rebenranken, die auf den Drähten hüben wie drüben zur Sonne emporklettern und deren Saft auf beiden Flußufern in die Becher tropft. Hier floß reichlich der Heurige, und der Korporal ließ sich mit der Zeit angenehm vollaufen und fing an, ihnen slowakisch mit ungarischen Brocken Erlebnisse der letzten Monate zu schildern, er mischte eins ins andere, den Schrecken über den Tod des flüchtenden Jungen und allerlei Kalauer aus dem Präsenzdienst, Familienberichte und Überlegungen zu der jüngsten Geschichte seiner Heimat, er wußte genau, daß er alles durcheinanderbringt und ihn dazu noch keiner hier versteht, aber vielleicht hat gerade das ihm ein Gefühl nie gekannter Freiheit gegeben. Wiederholt zeigte sich ihm während des Abends das Bild jener von der Sonne bombardierten Wiese, auf der er einen Riesen bewacht und dann plötzlich seine Flucht vordenkt, und er brach in schallendes Gelächter aus, wie schön dumm er den ganzen Tag über war, ich bin doch aus Versehen hier! erzählte er Mal um Mal seinen Tischgenossen, und sie haben ihm erneut so herzlich auf die Schulter geklopft und Wein nachgeschenkt, bis sie sich, wer weiß wann und wie, direkt in die Wirtshausstube hinaufbegeben haben, was ihn vor dem berüchtigten Anprall frischer Luft rettete, wie er in seiner Heimat die Trinker einer MG-Garbe gleich niederzumähen pflegte, hier aß er eine Kreuzung von Leber- und Blutwurst, weinte vom scharfen Meerrettich, bald aber sang er ihnen die wehmütigen Lieder der Tatraräuber vor, und als sie schließlich auf den Dorf- oder Stadtplatz hinausgetreten waren, verstummte der Korporal, wie aus Břeclav gewohnt, wo es zu dieser Stunde nur im Loch enden konnte, doch sie stachelten ihn an.

«Sing, sing!»

«Sing-Sing? Das ist ein Knast», fühlte er sich in seiner Angst bestätigt und führte ihnen gekreuzte Gelenke vor, bis er begriff, daß man ihn nur zum Singen ermutigte.

«Polizei kommen!» warnte er sie, sie wieherten nur noch lauter.

«Mir sind de Polizei, sing also, sing!»

Er war stolz, wie der Vater und der Großvater trinken zu können, er hat nie vergessen, wie der Opa noch auf dem Sterbebett die ganze Familie zu sich einlud, die gewiß Ratschläge für den Rest ihres Lebens erwartet hatte, die hat sie auch bekommen, als er mit seiner Hand, wie ein Stäbchen dünn, auf das Schnapsgläschen zeigte, aus dem er in den letzten Jahren seinen Morgentrunk zu sich nehmen mußte: Hätt' ich nicht auf den Doktor gehorcht, beschwerte er sich vor ihnen bitter, hätt' ich nur wie früher aus dem Kaffeebecher getrunken, könnte ich noch lange dableiben...! So gelangte jetzt auch sein Enkelsohn auf eigenen Beinen in die Etage der Zollverwaltung, wo man für ihn in einer der Übernachtungskammern das Bett machte, und erst dort fiel er wie gefällt um. Wie er da jetzt, durch die Glocke geweckt, sich das morgendliche Städtchen anschaute, das er aus der Stabskarte kannte als das «erste Marschziel eines eventuellen Gegenangriffs des sozialistischen Lagers als Vergeltung für den heimtückischen Überfall seitens des Weltimperialismus», wußte er noch nicht, was er von alldem zu halten hat, wohl ein Gespinst des besoffenen Hirns? Doch der gute Wein beließ seinen Kopf klar und scharf, der Korporal betrachtete sich das Zimmer ringsum und war erfreut, auf dem Waschbecken Seife, Kamm, Zahnpaste und Zahnbürste, in Kunststofffolie eingeschweißt, zu sehen, um die vier Sachen bin ich besser dran als gestern! dachte er sich, geschehen ist geschehen! Es hatte keinen Zweck, über den gestrigen Tag zu weinen, sondern nur: dem Schwachsinn einen Sinn zu geben. Die fieberhafte Begeisterung von gestern, in der er sich, wahrscheinlich weil die Sonne auf ihn seit frühmorgens ganz so heruntergebrannt hatte, einen Weg über den Fluß direkt an die Uni vorzeichnete, hat ihn zwar verlassen, aber er hatte keinen moralischen Kater, es fand doch kein Krieg statt, und selbst zu Hause paukte man ihm die Entspannung ein, der er ganz einfach entgegengekommen war, vielleicht ein wenig voreilig, aber: Wenn ihn die Bratislaver Jugendverbandsbonzen nicht kleingekriegt hatten und auch der Scherg ihn nicht weichzuklopfen wußte, was droht ihm schon in der freien Welt? Er zog, als er die Uniform nicht fand, die Klamotten von gestern an, kletterte auf den einzigen Stuhl und besah sich von oben bis unten im Spiegel über dem Waschbecken; er hatte sich seit Weihnachten nicht mehr in Zivil gesehen und fand sich jetzt in den schick verwaschenen Jeans und dem groben Leinenhemd ziemlich interessant. Er brachte mit dem feuchten Kamm seine Haare in Ordnung, und da meldete sich der Magen wieder, zum Glück nur vor Hunger; er freute sich auf einen Tee, als er die Klinke drückte, und dachte zunächst, die Tür klemmt, bis er kapierte, daß man ihn eingesperrt hatte.

«Nanu...!» er war ein bißchen sauer, doch besann er sich gleich, in einem Militärobjekt zu sein, und noch dazu als Angehöriger einer anderen, eigentlich feindlichen Armee, so überlegte er nur, ob es angebracht wäre, ihnen verständlich zu machen, daß er raus möchte, oder lieber abzuwarten, bis er rausgeholt wird; er könnte auch wahrheitsgetreu melden, er müßte mal endlich, aber Männer können ins Waschbecken pinkeln, also tat er das einfach, aus eiserner Gewohnheit baute er vorschriftsmäßig sein Bett, die sollen sehen, daß wir keine Papparmee sind! und kehrte dann gutgelaunt wieder ans Fenster zurück, wollte sich hinauslehnen und bemerkte erst jetzt die Gitter. Es war ihm nicht danach, sich hier wie ein Affe im Käfig zur Schau zu stellen, er setzte sich nieder und dachte nach, was nun. Aufs Klo für groß! beschloß er, denn es fiel ihm ein, seine Gönner schliefen noch und die neue Schicht habe von ihm keinen Schimmer, so pochte er, zweimal, dreimal, munterte sich dabei auf, verlieh den Schlägen mehr Nachdruck, damit man ihn unten hörte, der Erfolg stellte sich sofort ein, nur in unerwarteter Gestalt: Zwei Paar schwere Schuhe kamen die Etage hinauf, ein Schlüssel ratterte, und vor der Tür standen zwei Soldaten, einer die Rechte am Pistolengriff, der andere die MP in Bereitschaft, um keine Zeit zu verlieren.

«Was wollen Sie?» fragte der mit der Pistole.

Er hat ihn verstanden und sagte slowakisch, er müßte aufs Klo, das haben wiederum sie begriffen und ihn wortlos hinausgeführt, doch als er die Tür hinter sich zumachen wollte, schob der Postenführer ganz ohne Umstände den Fuß dazwischen und schaute durch den Spalt direkt auf ihn; der Korporal war von den Übungslagern an Feldlatrinen gewöhnt und hat sich während der Bulgarienferien an die «Türkenklos» gewöhnen müssen, war also kein zimperliches Fräulein, dennoch dieses Getue hier fuchste ihn; was ist das, großer Gott, für ein Land, wo man einem zuerst auf eigenes Risiko das Leben rettet und ihn dann nicht einmal zivilisiert, mit Verlaub, scheißen läßt! Es stellte sich bei ihm das Gefühl ein, man hätte ihn mit jemandem verwechselt, er brach also das unwürdige Ritual ab und versuchte auf dem Rückweg den beiden klarzumachen, er sei der, na der, der gestern … sie reagierten nicht und sperrten ihn kurzerhand wieder ein, ihr Benehmen schien ihm ausgesprochen feindselig. Kurz darauf brachte ihm der Gunman jedoch ungebeten Tee und dazu zwei knusprige Salzstangerln mit Butter, während der MP-Schütze den Kollegen aus dem Gang heraus mit strenger Miene sicherte; für das Geschirr kam keiner mehr, und so mußte er es mit dem Rätsel bis Mittag allein aushalten, als er wieder Schritte hörte, doch anstelle des Mittagessens, auf das er langsam Appetit hatte, brachten ihm wieder die beiden eine Dienstmütze und das MP-Magazin. Er begriff ihre Frage, ob das ihm gehöre, seine Mütze hat er erkannt, aber das Magazin hat ihn nie so intensiv beschäftigt, um es identifizieren zu können, so zuckte er nur mit den Schultern, Jesus Christus! wandte er sich gedankenversunken an seine Lieblingsadresse, als sie weg waren, falls es tatsächlich das meine sein sollte, warum machten sie sich die Mühe, es aus dem Fluß zu fischen? mit dem siebten Sinn begriff er jedoch, daß sich um ihn ein Schlamassel anbahnte, das schlimmste dabei war, daß er sich mit ihnen über nichts verständigen konnte, selbst wenn er sich einen höheren Dienstgrad herbeitrommeln würde, falls der nicht Ungarisch kann, er stellte bereits fest, daß er mit seinen Deutschbrocken nicht weit kam, so schmorte er im eigenen Saft und fühlte sich unfreier als drüben hinter dem Fluß. Vom Kirchturm schlug es halb zwei, als unten ein Auto anhielt. Er wollte sich nicht allzu auffällig zeigen, beobachtete also nur in der Fensterspiegelung, wie ein magerer Mann mit Aktentasche aus einem zivilen Jeep aussteigt, Leinenhose, das Hemd offen, auf dem braunen Schädel nur ein paar lange graue Haare, er verschwand im Gebäude, und nach einer Weile erschien er in Begleitung der beiden Soldaten oben bei ihm; mit der jungenhaften Kleidung kontrastierte ein Greisengesicht, beherrscht von tiefliegenden, lauernd unbeweglichen Augen.

«Guten Tag», sagte er in hartem Tschechisch, «ich heiße Mládek, Herr Vágner?»

«Hej», bejahte er in Slowakisch mißtrauisch und hoffnungsvoll zugleich. Die beiden Bewacher behielten ihren feindseligen Ausdruck bei, und auch der Neue sah nicht so aus, als könnte er für ihn in ähnlicher Sympathie entflammen, mit der man ihn gestern abend erwärmte.

«Ich bin amtlicher Dolmetscher des zentralen Flüchtlingslagers», fuhr der Angekommene fort, «ich konnte erst in der Mittagspause kommen, so mußten Sie warten.»

Dazu konnte er nur unbestimmt nicken.

«Vielleicht wundern Sie sich, heute ein schärferes Regiment zu erleben.»

Er nickte bestimmter.

«Bevor ich es Ihnen erkläre, muß ich Ihnen einige Fragen stellen. Nehmen Sie Platz!»

Er schickte die Wache weg, setzte sich an den Tisch und bot ihm den zweiten Stuhl an. Dann zog er einige Blätter aus der Tasche, eins davon schob er dem Korporal hin und legte einen Stift darauf!

«Sie können sich Notizen machen.»

«Ich?»

«Sie können sich notieren, was ich Sie frage. Es ist kein Verhör, sondern ein vorläufiges Interview zu Ihrem Asylantrag, doch es hängt ziemlich viel davon ab. Deswegen haben Sie das Recht, Ihr eigenes Protokoll zu führen als auch eine Aussage zu verweigern, wenn diese Sie belasten sollte.»

Es wurde immer spannender.

«Also, fangen wir an: War Ihre Flucht spontan oder geplant?»

«Eigentlich beides...» sagte er auf seine Art offenherzig.

«Wie soll ich das verstehen?»

«Ich wußte in der Früh noch nicht, daß ich abhauen würde, aber den ganzen Tag über habe ich mich darauf eingestellt.»

«Warum das?»

«Ich hatte Angst, daß der Mann, der da mähte, abhaut und ich eingelocht werde, oder aber...» es wollte nicht über seine Lippen, der Dolmetscher beobachtete ihn aus seinen Augenhöhlen, half ihm aber nicht, so mußte er seine Angst benennen, «...oder daß ich schießen muß.»

«Ist Ihnen das vorher passiert?»

«Nein», sagte er schnell, «um Gottes willen, das nicht!»

Der Mann wartete wieder, ob er noch mehr dazu sagen würde. Dann übernahm er das Wort.

«Sie haben um Asyl ersucht. Gibt es dafür wichtige Gründe?»

«Was sind wichtige?»

«Sind Sie politisch verfolgt worden?»

«Mit einer politischen Macke könnte ich doch nicht beim Grenzschutz dienen.»

Es schien ihm, als ob die Totenschädelaugen reagierten, doch er rätselte weiterhin vergeblich, um was es hier ging.

«Den Asylantrag müssen Sie mit politischen Gründen belegen. Sind Sie zum Beispiel aus Protest gegen den Kommunismus desertiert?»

«Nein!» sagte er, «das bestimmt nicht. Ich kenne den Kommunismus gar nicht. Sie meinen, daß es bei uns Kommunismus gibt?»

Die unerwartete Frage hat den Glatzkopf sichtbar überrascht, sein linkes Auge verengte sich.

«Das denke ich wahrhaftig nicht. Ich werde Sie also anders fragen: Wollten Sie sich dadurch zum Kapitalismus bekennen? Sagen wir besser: zur freien Welt?»

«Das alles kenne ich noch weniger, aber, wie ich so lese und höre, gibt es auch hier so einige Tücken. Davon kann ich mich jetzt persönlich überzeugen, nicht wahr? Was ich aber bei mir meine, ist, daß der Sozialismus als Idee vieles für sich hat.»

«Eine Idee, die etwas für sich hat, und Sie werden zum Überläufer, um nicht auf die schießen zu müssen, die sich weigern, mit ihr zu leben, wie reimt sich das zusammen, Herr Vágner?»

«Na, eben überhaupt nicht, sonst wär' ich doch nicht hier! Ich wollte meine Hände nicht mit Blut beflecken, um vielleicht mal den wahren Sozialismus mitaufbauen zu können. Falls es geht, möchte ich hier politische Ökonomie studieren.»

Jetzt könnte er darauf schwören, daß ihn wenigstens das linke Auge auslacht.

«Kommt es Ihnen nicht sonderbar vor, sich im Kapitalismus darauf vorzubereiten, wie man den Sozialismus zum Blühen bringt?»

Er ließ sich nicht in die Defensive treiben, im Gegenteil, er griff jetzt an, als stünde vor ihm einer der Bratislaver Jugendverbandsblödiane.

«Mir scheint's wiederum dumm, daß sich jeder darum kümmert, wie man die beiden Systeme am weitesten auseinandertreiben kann, und nicht umgekehrt. Auch Sie hier müssen eigentlich ein Interesse daran haben, daß nur ein paar Kilometer weg anständige und zufriedene Menschen leben, die Sie nicht fürchten müssen. So geben Sie doch dem eine Chance, der das probieren will!» und er fügte in seiner Erregung aggressiv hinzu, «falls es Sie natürlich als ehemaligen Sudetenmann nicht fuchst!»

«Wie haben Sie erkannt, daß ich einer bin?»

Der Korporal freute sich heimlich, ins Schwarze getroffen zu haben.

«Ein solches Tschechisch wird heute nicht mehr gesprochen. Es haben uns zwar Superidioten geschult, doch soviel glaube ich denen, daß jemand, der von dort mit Gewalt abgeschoben wurde, uns nicht mag. Jedenfalls würde ich mich nicht wundern, wenn Sie uns zur Strafe die heutige Scheiße wünschen würden, obwohl Ihnen eben diese dadurch erspart geblieben ist.»

«Sie sprechen gut tschechisch?»

«Etwa so, wie bei uns alle die jeweils andere Sprache sprechen: Ich versteh' alles. Dort drüben werden seit eh und je Sportsendungen und Nachrichten wechselweise tschechisch und slowakisch gesendet, falls Sie sich daran noch aus der Kindheit erinnern.»

«Können Sie auch die Zungenbrecher mit dem tschechischen Buchstaben ‹ř›?»

Es kam ihm zwar komisch vor, doch er trug einen der berühmten Abzählverse vor und mußte dann zugeben.

«Ihr ‹ř› ist besser.»

«Rauchen Sie?» wollte der Dolmetscher wissen und zog aus der Tasche eine Schachtel Camel.

«Ab und zu, doch gestern hab' ich so schrecklich gequalmt, daß mein Magen jetzt für ewig dagegen ist. Aber Sie können sich ruhig eine anzünden», fügte er großzügig hinzu, als der andere die Zigaretten wieder einstecken wollte.

«Ich bin Nichtraucher.»

Das linke Auge grinste bereits schamlos, und der Korporal war die Sache leid.

«Haben Sie noch irgendeine interessante Frage, die ich mir notieren sollte?»

«Jawohl. Erinnern Sie sich an den diesjährigen ersten Mai?»

«Bei uns an der Grenze gibt es keine Aufmärsche», vergalt er ihm den Spott, doch der nächste löste in seinem Gehirn Alarm aus.

«Dafür aber Jagdpartien?»

«Wieso...?»

«Ich werde Ihnen helfen, es war ein Sonntag.»

«Na und...?»

«Prägte er sich bei Ihnen irgendwie ein?»

Da wußte er, was die Glocke geschlagen hat, die Erinnerung trat ihn in den Magen, er zuckte zusammen.

«Weiß ich nicht...»

«In der Nacht ist es, wie man bei euch sagt, zu einer Grenzverletzung gekommen.»

«Aha...»

Sein Kopf war leer, er verstand nicht, warum es ihn auch noch hier so mitnimmt.

«Ein junger Mann hat versucht, die Grenze in Ihrem Abschnitt zu überwinden...», er zog aus der Tasche ein anderes Papier und las vor, «Jan Kobylka, Automechaniker aus Mährisch Ostrau, fünfundzwanzig Jahre alt, verheiratet, zwei Kinder, er flüchtete vielleicht vielmehr von seiner Familie, für dieses Verbrechen hat er jedoch keine Todesstrafe verdient, glauben Sie nicht auch?»

Der Korporal schwieg wie gelähmt.

«Zeugen eben aus der Dienststelle hier, die zwei, die mich zu Ihnen brachten, haben das Ende der Aktion beobachtet, sie hat sich doch in übersichtlichem Terrain abgespielt. Den Jungen hat man gar nicht vorgewarnt, statt dessen wurde er in Fetzen geschossen, auf Zimperzamper, wie man in Prag sagte.»

Er schwieg, wußte nicht, was er dazu sagen sollte.

«Der Tote hat in Österreich einen Onkel, der Strafanzeige gegen Unbekannt erstattet hat. Jawohl, er hat sogar Schritte unternommen, um die Identität des Täters festzustellen. Sie wissen selber am besten, wie in Böhmen getratscht wird. Es ist nicht allzu schwer, einem auf die Spur zu kommen, falls jemand zum Beispiel Bekannte im Břeclaver Nationalhaus hat, das die Soldaten so mögen, stimmt doch?»

Er zuckte mit der Schulter.

«Ich, der nur für Ihre um Asyl nachsuchenden Landsleute dolmetsche, erfahre dabei mehr als so mancher Geheimdienst.»

Um nicht weiter so blöd dazuhocken, raffte er sich zu einem plumpen Witz auf.

«So lassen Sie sich da anwerben.»

«Danke für den Ratschlag, aber passen Sie lieber selbst auf, daß Sie dort nicht landen.»

«Ich?»

«Sie werden mächtige Beschützer brauchen, falls das Asyl für Sie ausbleibt.»

«Warum sollte es...?»

«Weil der hiesige Kommandant heute früh eine Anzeige erhielt. Zwar anonym, aber laut Gesetz muß man ihr nachgehen.»

Der Korporal blickte wieder nicht durch.

«Was für eine Anzeige?»

«Gegen Sie. Ein Tscheche höchstwahrscheinlich, dem Akzent nach. Er rief jedenfalls aus der Tschechoslowakei an.»

«Und was...?»

«Daß Sie in der Nacht vom ersten auf den zweiten Mai diesen Jahres Jan Kobylka, ohne Warnschüsse abzugeben, kaltblütig erschossen hätten. Man hat uns zu einem solchen Zuzug gratuliert.»

Eine Weile blieb er sprachlos. Vor allem das verdammte linke Auge seines Gegenüber schien vor Schadenfreude lüstern zu strahlen. Etwas aber mußte er jetzt sagen.

«Das ist ja... das ist eine Gaunerei, die zum Himmel stinkt!»

«Was?»

«Nun, daß man uns zum Schießen zwingt und hinterher noch denunziert. Das waren doch die Lumpen von der Abwehr, klarer Fall!»

«Haben Sie geschossen, Herr Vágner? Falls Sie es zugeben, wird es für einen mildernden Umstand gehalten, genauso wie bereits die Aussage beider Zeugen, nach der Sie dazu ein Offizier mit gestreckter Waffe gezwungen haben soll.»

«Die behaupten, mich erkannt zu haben…?» sagte er entsetzt.

«Nein. Es liefen dort eine Menge Soldaten herum, und Raketen stiegen hinter ihnen auf. So sah man die Gesichter nicht.»

Fieberhaft dachte er nach.

«So daß sie auch nicht bestätigen können, ich wär's nicht gewesen!»

«Sehr logisch gedacht. Doch Sie haben noch eine Chance.»

«Welche?»

«Daß Sie den Schützen kennen und ihn auch nennen können.»

Der Name lag ihm bereits auf der Zunge, doch er stockte. Anstelle von Jankovec, dem Vieh, hätte auch ich genauso gut da laufen können!

«Das… kann ich nicht!»

«Und warum?»

«Der Junge hat durchgedreht. Sie sagen doch selber, man hat ihn gezwungen!»

«Sie wollen sich doch rechtfertigen.»

«Gar nicht», er wurde bockig, »ich muß nicht, denn ich war es nicht. Und wenn alle da Denunzianten sind, ich will keiner sein.»

Der Dolmetscher starrte ihn an, und den Korporal brachte es aus der Fassung, daß das rechte Auge seinen scheinbar teilnahmslosen Ausdruck behielt, als wollte es ihn bluffen. Wie macht er das? fragte er sich trotz aller seiner Sorgen.

«Herr Vágner», sprach der Dolmetscher, «Sie begreifen Ihre Lage noch immer nicht. Gegen Ihren Asylantrag steht eine Anzeige, die eine positive Entscheidung ganz und gar ausschließt. Liefern Sie ein Gegenargument.»

«Das Ehrenwort! Jawohl, ich kann Ihnen mein Ehrenwort geben, daß ich nicht geschossen habe!» Er wußte gleich, daß das eine weitere Eselei wäre, und kam der Reaktion zuvor, «jetzt würden Sie mich erst richtig auslachen, was?»

Der Dolmetscher wandte den Schlangenblick von seinem Opfer ab, griff nach den unbenutzten Blättern und Stiften und schob sie in die Aktentasche zurück. Dabei sagte er wie beiläufig.

«Nein, ich lache Sie nicht aus.»

Der Korporal war völlig ratlos.

«Also, was nun...?»
«Haben Sie schon gegessen?»
«Wie...?»
«Ob Sie Hunger haben?»
«Gefrühstückt hab' ich...»
«Das ist ziemlich lange her, nicht?»
«Hej...»
«Wo sind Ihre Sachen? Die Uniform ist den Ihren unverzüglich zurückzuerstatten.»
Er konnte sich keinen Reim darauf machen, was hier eigentlich gespielt wurde.
«Unten auf der Wache... vielleicht...»
«Ich habe ein Auto draußen, ich werde Sie in das Zentrallager zum Registrieren fahren, und dort setze ich mich bei der Anstaltsleitung dafür ein, daß man Sie gleich in eine anständige Pension auf dem Lande verlegt. Es ist nicht in Ihrem Interesse, allen möglichen Leuten in die Augen zu stechen, der Presse vor allem, solange das Ganze nicht vorbei und geklärt ist.»
Er war maßlos überrascht.
«Sie glauben mir also?»
Der Dolmetscher erhob sich bereits und hat mit der Hand seine paar grauen Haare auf dem Schädel glattgestrichen.
«Aber natürlich.»
«Wegen des Ehrenworts?»
«Nun, wissen Sie, nicht nur. Inzwischen weiß man hier nämlich ziemlich genau, daß der, der den armen Jungen so zugerichtet hat, im Gegensatz zu Ihnen nie geraucht hat, dafür aber die Zungenbrecher mit ‹ř› gut beherrschte. Er muß ein Tscheche sein, sagen die Mädel in Břeclav. Stimmt's?»
«Warum haben Sie mich dann so ausgefragt?»
«Um Sie ein wenig besser kennenzulernen, Herr Vágner, das gehört nämlich zu meinen beruflichen Pflichten. Und ich fürchte, daß Sie es mit Ihrer Natur hierzulande nicht viel leichter haben werden als drüben.»

Das Grundgefühl, mit dem sie die erste Hälfte des Tages verbrachte, war Freude. Bevor sie noch die Augen aufgemacht hatte, durch das Holpern des Minibusses geweckt, sagte ihr der angenehme Geruch von Václavs Körper, wo sie war. Sie neckte ihn oft, er rieche wie ein Säugling, obwohl sie nie an einem gerochen hatte, sie kannte lauter kinderlose Musiker, wir vermehren uns wie Noten durch Teilung! lachte sie. Vielleicht, weil er nicht geraucht und kaum getrunken und sein Leben zwischen Blumen verbracht hatte, blieben an ihm keine Absonderungen der modernen Zivilisation haften.

Als sie dann sah, wie sich ringsumher unter dem sich erhellenden Himmel das Rebenmeer sanft wogte, und ihr bewußt wurde, um ihn nun keine Angst mehr haben zu müssen, tat es ihr leid, daß sie sich jetzt nicht gleich an den Flügel setzen kann, mein Spiel würde gewiß selbst Gott gefallen! sie flüsterte es Václav zu. Er hat sie verstanden, ich bin ein Auserwählter! dachte er sich verwundert.

Nach der Gewohnheit aus den Zeiten, in denen er nicht die Lippen bewegen durfte, um sich nicht zu verraten, sprach er sein Morgengebet in Gedanken. Es enthielt den Dank für all die Gaben, die ihm beschert waren, die Bitte, die Gnade möge andauern, sowie das Gelöbnis, alles zu tun, um sie sich zu verdienen. Nach dieser Nacht kam noch das Versprechen hinzu, daß er alles als sein Eigenes ansieht, was Lydia Freude macht, und sein «Bauernmißtrauen», wie sie es nannte, gegen alles Unbekannte bezwingt. Er ratselte nur, wie es ihm gelingen soll, dem um so viel Jüngeren und in dieser fremden Welt verloren, sich bei ihr die Achtung zu bewahren, deren Verlust, das hat ihm Věra vorgeführt, jede Beziehung tötet.

Die ersten Stunden im Lager erlebte er, als ginge er im Klíčover Park bei Nebel. Dort wie hier haben Gegenstände, Gestalten und Geräusche ihre vertrauten Konturen und Farben verloren, sie wirkten unwirklich. Er war hier machtlos, in allem auf Lydia angewiesen, aber dankbar, daß sich nicht bestätigte, was er am meisten befürchtet hatte: Nichts erinnerte hier an Kasernen, sein Alptraum.

Die zwei Jahre, in denen er seinen Dienst ableisten mußte, haben vielleicht sein späteres Eheversagen verursacht. Statt aus einem stattlichen Bauernburschen einen Mann zu machen, der sich auskennt, schafften sie es, ihn um den letzten Rest Selbstvertrauen zu bringen. Er wurde drei Jahre nach dem Einmarsch des Warschauer Pakts eingezogen, als sich in der Armee die reaktivierten Kommandierer aus den Fünfzigern, die die politisch Unzuverlässigen ablösten, noch einmal nach Herzenslust austoben durften.

«Dusel haben Sie, Rada!» brüllte ihn der Politoffizier an, als er seine Papiere sah, «daß man die Strafbataillone noch nicht wieder eingeführt hat, dort würde ich Sie mit Bibelblättern Latrinen putzen lassen, und, falls Sie dabei mucksen, würden Sie mir das heilige Zeug den ganzen Tag auf allen vieren im Maul apportieren!»

Er hat seinem Unteroffizier befohlen, mit Rada täglich Nahkampf zu exerzieren, besonders das Bajonettstechen in Figuren in Bundeswehruniform, in der Hoffnung, der Neuling werde es aus religiösen Gründen ablehnen, wofür er ihn wegen Gehorsamsverweigerung in die Festung bringen könnte. Václav, der Familientradition getreu, stach demütig in das gepreßte Heu unter der feindlichen Montur, weil er wußte, daß er sich dadurch nicht versündigt.

Als sie sich ausgetollt hatten, beschlossen sie, den «Bock zum Gärtner zu machen»: Sie haben ihn als Faktotum des Stabstrupps der Frauenbaracke zugeteilt, den Unteroffzierinnen von Beruf, Kompanietippsen und Kabelmäuschen. Es waren keineswegs von Grund auf schlechte Weiber, aber schon der Umstand, daß sie das Soldatische gewählt haben, deutete auf ihre Neigung zur Rauheit hin. Die meisten wurden zu Amazonen, die in Kraftmeierei oft die Männer übertrumpften.

Der «Stabssoldat» Rada wurde ihnen gehörig empfohlen, und sie unterließen keine Gelegenheit, ihn in Versuchung zu führen, und als sie erfolglos blieben, ihn wenigstens zu verletzen. Absichtlich führten sie vor ihm schlüpfrige Reden, produzierten sich halbnackt bis ganz nackt. Wie der schöne Kerl sie vorher lockte, so widerte er sie später an. Bald riefen sie ihn nicht anders als den «Impotenten!»

Was ihn aber am meisten deprimierte, war die Unzuverlässigkeit seines Körpers. Unter den Marketenderinnen gab es einige hübsche Frauen, wenn er sie ab und zu in Zivil sah, drehte er sich nach ihnen um wie jeder normale Mann, und es genügte ein herausforderndes Lächeln, daß sein Körper sie wollte. Damals, keine zwanzig und völlig unerfahren, wußte er nicht, was mit diesem Drüsenaufstand anzufangen sei. Ab und zu bekam er mit, wie andere Rekruten sich über ihre Kümmernisse austauschten, und fing auch zu onanieren an.

Urlaub wurde ihm nur selten und für wenige Stunden gewährt, die Kirche in der Garnisonstadt traute er sich in Uniform nicht zu betreten, und so sank er seinem Empfinden nach immer tiefer in die Unreinheit des Körpers und der Seele. Am Rande dieses Verfalls, er war bereits so verzweifelt, daß ihm der Selbstmord weniger sündhaft vorkam als die Sünde, von der er sich nicht befreien konnte, hat ihn Tomáš gerettet.

Der kam einmal aus dem Lazarett, irgendein spezielles Desinfektionsmittel in der Hand, schon dadurch auffallend, daß er über Dreißig war und ohne jeglichen Rang. Während er den Stabssoldat instruierte, wie man mit dem Zeug umgeht, fragte er ihn leise, ob er nicht christlichen Trostes bedürfe. Daß er kein Provokateur ist, davon überzeugte er Václav, als er über den Frauenklos aus der katholischen Liturgie aufsagte. Er sei Priester der Untergrundkirche, flüsterte er, und er wisse über alle seine Brüder in Christo hier Bescheid, könne ihnen also auch beistehen, wenn sie sich in Not befinden. Er riskiere zwar Jahre Festung, doch dies sei seine Mission, und Václav möge sich frei entscheiden, ob er mit Gott durch seine Vermittlung verkehren wolle.

Er war in Not und stimmte zu. Bei der Desinfizierarbeit hat er Tomáš sein auswegloses Leiden anvertraut, was soll er tun? Betet er? wollte der Geheimpriester in der Uniform des gottlosen Staates wissen. Jawohl, gewiß! er verordne sich selbst Buße und sage ganze Nächte das Vaterunser und Ave Maria auf, manchmal könne er sich am Tag vor Erschöpfung nicht auf den Beinen halten. Und hilft es? Nein! er sündige weiter und habe keinen Mut mehr, Gott anzusprechen.

Jung sei er, sagte Tomáš zu ihm, deswegen wisse er nicht, daß er gewöhnliche Symptome von Körperlichkeit erlebt. Die Onanie sei in seiner Lage ein Ausweg, den ihm ebenso Gott gewährt, damit er sich nicht mit den Flittchen einlassen muß, die ihn auch noch anstecken würden. Er solle weiter beten, wie er es vorher gewöhnt war, und ohne Schuldgefühle leben, solange er hier sein muß. Unrein wäre er erst, wenn er auf die Art weitermachen würde, sobald er zu seiner Frau finden kann.

Das sonderbarste war, daß dieser Soldat nie wieder erschienen ist und Václav ihn auch nicht ausfindig machen konnte, was ihm Lydia, als er ihr diese Geschichte noch in Klíčov preisgab, sehr irdisch erklärte: Er muß sich mit einem falschen Namen getarnt haben. Václav, dem er dazu verhalf, auch das zweite Jahr des erniedrigenden Wehrdiensts in innerem Frieden zu überstehen, hatte dafür seine eigene Erklärung.

Zum erstenmal seit jenen Zeiten lernte er jetzt eine Organisation kennen, die, der militärischen ähnlich, unvergleichlich freundlicher war. Obwohl er die meisten Leute hier nicht verstand, spürte er in jenem Nebel einen ersten Hauch des Vertrauens zu der bisher nicht sichtbaren Welt, in der er sich durchsetzen sollte. Also verschloß er sich ihr nicht. Das Fließband der Registration lud auch ihn und Lydia kurz vor Mittag an der Tür ab, in die gerade der ihnen bekannte Landsmann gerufen wurde, mit dessen Namen sich die deutsche Sprache keinen Rat wußte.

«Ster-nisch-tje...!»

«Gleich lege ich mir einen neuen Namen zu!» rief er ihnen zum Gruß entgegen, «wie der Prager Metzger, der Adolf Prdelka, also Ärschlein, hieß und sich nach dem Krieg ganz antifaschistisch in Rudolf Ärschlein hat umnennen lassen.»

Lydia setzte sich neben eine Frau, die an Statuen von Göttinnen erinnerte. Sie war von ungewöhnlicher Größe, aber in allem harmonisch gestaltet, also auf seltsame Weise schön. Ihr großes Gesicht trug slawische Züge, durch einen Zopf noch verstärkt. Sie sprach Lydia in einem sauberen Deutsch an.

«Entschuldigung... sind Sie Tschechen?»

«Ja...»

«Aus Prag?»

«Nur ich, er,» sie zeigte auf Václav, «er kommt aus Südböhmen.»

«Oh, wunderbar, beide also von der silbernen Moldau!»

«Und Sie? Aus Ostdeutschland?»

«Leider! Von weit her, bis von der Wolga.»

«Was sagt sie?» fragte Václav.

«Daß sie Russin sei... Doch Sie sprechen akzentfrei!»

«Ich war Deutschlehrerin.»

«Ach so...» schöpfte Lydia Verdacht, «und was haben Sie an der Moldau getan? Sind sie da etwa mit unseren Okkupanten gewesen?»

«Nein!» sie bekreuzigte sich sogar, «ich kenne die Moldau nur von Smetana. Wir sind Wolgadeutsche, mein Mann und ich. Nachdem wir den Aussiedlungsantrag stellten, waren wir drei Jahre lang arbeitslos, und jetzt erlaubte man die Ausreise nur mir.»

«Und Sie sind ohne Ihren Mann gegangen?» wunderte sich die Pianistin.

Václav beschloß, Lydia nicht mehr zu stören, solange sie ihm nicht von selbst sagen würde, wovon die Rede ist. Er schaute aus dem Fenster auf die Gärten der gegenüberliegenden Villen und überlegte, was er darin lassen oder verändern möchte.

«Das war die Bedingung!» erklärte die Russin hastig, als wollte sie sich gegen eine schreckliche Verdächtigung wehren, «damit später auch er ausreisen durfte, so sichert sich der Staat ab, daß wir hier nicht reden. Wenn er ausgereist ist, bleibt dort noch seine Schwester und dann wiederum ihr Mann...»

Tränen stürzten ihr aus den Augen, so unerwartet, daß Václav sich nicht zurückhalten konnte.

«Was hat sie gesagt?»

Schnell erzählte sie es ihm und kramte aus der Handtasche ihre ganzen Kosmetika aus.

«Ich glaube, meine Farben würden Ihnen passen.»

Die Russin wurde sofort still, sie bewunderte die bunten Schönheitsartikel.

«Herrlich! Tschechisch?»

»Nein doch! Französisch!»

«Bei uns hat man einmal im Jahr tschechische Ware verkauft, mal Möbel, mal Porzellan oder Glas, niemand wußte im voraus was, doch wenn es sich herumgesprochen hatte, ‹Praga› sei auf Lager, standen wir ab Mitternacht Schlange. Für uns seid ihr der reiche Westen gewesen.»

«Nur daß ihr uns in eine arme russische Goubernie verwandelt habt! Nichts für ungut...»

«Ich verstehe...» sagte die Russin, die sich nur schnell die Augen verschönte, und gab die Sachen zurück, «ich danke Ihnen, daß Sie mir trotzdem...»

«Ach!» besann sich Lydia, «Sie tragen doch keine Schuld...»

«Jeder von uns ist schuldig! Nur ändern kann das niemand und niemals!»

Sie hat es für Václav übersetzt, den sich die majestätische Russin dabei genauer ansah.

«Ihr Mann?»

Zum erstenmal seit der Dauer ihrer geheimen Bekanntschaft hatte Lydia Gelegenheit, von ihm mit jemandem zu sprechen. Kurz erzählte sie die Geschichte. Sie halte ihn natürlich für ihren Mann, schloß sie, obwohl er noch nicht geschieden sei.

«Das wird Ihnen beiden aber jetzt schwerfallen», sorgte sich die Russin, «hier getrennt wohnen zu müssen.»

«Getrennt?»

«Die hiesigen Behörden befinden sich, so sagt man, überwiegend in katholischer Hand, also sind sie in dieser Hinsicht ziemlich streng.»

«Was heißt das praktisch?» Lydia wurde nervös.

«Wer keine Familie dabei hat, muß aus der Quarantäne in die Frauen- oder Männerbaracke, und es soll nicht leicht sein, darin zu leben, ein jeder wird dort von der ganzen Wut und Trauer der Welt befallen. Ich möchte, da ich auf meinen Mann warte, gleich in eine Pension.»

«Wo ist das?»

«Überall! Die guten Österreicher haben Dutzende von kleinen Hotels gemietet, in denen Familien und Ehepaare wohnen, solange nicht entschieden ist, was mit ihnen weiter passiert. Ich traue mich nicht, Ihnen Ratschläge zu erteilen, Sie aus dem Herzen Europas kennen sich doch in allem besser aus als wir aus der Tundra, aber trotzdem: Wer außer Ihnen beiden weiß über seine Frau Bescheid?»

«Bis jetzt niemand...»

«Seien Sie also der Zeit voraus und tun Sie, als gäbe es sie nicht mehr. Warum sollte sie ihm nach alldem hier noch ganz sinnlos schaden?»

Lydia schaute zu Václav hinüber, der schon wieder am Fenster von Gärten träumte, schöner als die, die er gerade sah.

«Er lügt nie...» sagte sie, als spräche sie von einer Krankheit.

«Nun, so eine Lüge nennt man an der Wolga die ‹göttliche›.»

Noch bevor Lydia sie über die Verwandtschaft der Sprachen aufklären konnte, öffnete sich die Tür, Strniště trat heraus und winkte mit erhobenen Händen nach hinten wie ein siegreicher Boxer. Mit ihm kam ein silberhaariger Mann und noch ein anderer, fast ohne Haare, um so mehr fielen seine Augen auf. Christus! fiel Lydia ein, so würde El Grecos Gekreuzigter aussehen, hätte er seine Augen offen.

«Leider muß ich fort!» sagte er sanft, «kommen Sie, bitte, nach dem Mittagessen wieder, um drei etwa.»

Lydia sah, welchen Eindruck er auf Václav gemacht hatte, der von Greco keine Ahnung hatte. Sie konnte sich nicht vorstellen, wie er, selbst «göttlich», in diese Augen lügen würde.

Obwohl sie sich stolz eine Pragerin nannte, stammte sie aus einer Kleinstadt, die nach dem Münchner Abkommen wie das letzte Tschechennest auf der Grenze zwischen dem Reich und dem Protektorat Böhmen und Mähren geblieben war, als Hitler nach der Sudetenvorspeise auch die

Restrepublik verschlang. An dem Schlagbaum endete die Welt, Bělá, auch Weiswasser bei der Burg Bezděz-Bösig, lag plötzlich am Ende einer der trostlosesten Sackgassen Europas. Dank dessen hat hier jedoch der Krieg keine Krater geschaffen, weder durch Bomben noch durch Todesanzeigen der Gefallenen. Um so strenger herrschten hier die drei Prinzessinnen aller Kleinstädte, Beschränktheit, Neid und Langeweile.

Lydias Vater hatte ein Photoatelier, ihre ganze Kindheit schien von der roten Farbe beleuchtet, so häufig saß sie in der Dunkelkammer herum und bewegte bei Kunstlicht mit einem Stäbchen die sich im Entwickler- und Fixierbad unentwegt verändernden Bilder. Bei Tageslicht wurden sie schwarzweiß, und der Vater hat sie auf Wunsch der Kunden mit strahlenden Wasserfarben koloriert. Auch dabei hat sie ihm gern geholfen und wundert sich bis heute, daß sie nicht Malerin geworden ist.

Es war wahrscheinlich ein Abwehrreflex ihrer Seele, die rechtzeitig die Gefahr von Kitsch erkannte und sich so weit wie möglich von ihm zur Musik abwandte. Paradoxerweise verhalf ihr wiederum eine andere leichte Muse dazu. Im Musikpavillon auf dem Stadtplatz fanden auch während des Krieges Promenadenkonzerte statt, und die junge Lydia hat auf dem Podium, eine der runden Stützsäulen umarmend, ganze Abende durchgestanden und Lieder aus allen bekannten Operetten mitgesungen. Der Dirigent, ihr Schuldirektor, riet dem Photographen, der musikalischen Tochter ein Pianino zu kaufen.

Es stand dann im Gartenatelier, damit auch davor die frisch vermählten Paare malerisch posieren konnten, die hier zum Andenken ihr glückliches Lächeln verewigten, bevor auch das vom bösen Atem der Kleinstadtherrscherinnen fortgeblasen wurde. Lydia hatte drei Schwestern, alle um vieles älter als sie, die sich nach dem Muster der Mutter rasch vermehrten und in den Sorgen des Alltags untergingen. Der Vater überschüttete seine späte Frucht mit Zuneigung, im übrigen aber war er ein Abklatsch seiner schrillen Farbkreationen. Geistig blieb sie allein.

Seltsamerweise konnte sie sich selber helfen. Von den ihr unbekannten Ahnen hatte sie reiche Phantasie geerbt, es genügte eine Andeutung, ein Anlaß, ein Fetzen, Scherben einer Geschichte, und sie erdachte sich den Rest so, daß sie oft bald nicht wußte, was noch wahr war. So erschrak sie zum Beispiel nachträglich, als man im Park an der Stelle, wo sie heimlich Blumen hinlegte, weil dort ein verwunschener Prinz schlafen sollte, nach dem Krieg die Statue des tschechischen Legionärs ausgegraben hat, vor den Deutschen versteckt; ein großes Glück, daß ihre Besuche keinen von ihnen auf die Spur brachten!

Das Schreiben und das Träumen ließ sie bald sein, alles ersetzte ihr die Musik. Es ärgerte sie, wann immer sie etwas von «Reproduktionskunst» las, sie war überzeugt, jeder wahre Interpret ruft einen ähnlichen Prozeß hervor, wie sie ihn aus der Dunkelkammer des Vaters kannte, als auf den leeren weißen Blättern sich zunächst rätselhafte Konturen in ein Motiv verwandelten, das im richtigen Augenblick fixiert werden mußte, um nicht flau zu bleiben oder in Schwarz zu verschwinden. Der örtliche Musiklehrer konnte mit ihr bald nicht mehr Schritt halten und empfahl sie in die Kreisstadt. Der Vater hatte dort eine Schwester und entschloß sich schweren Herzens, die Tochter ebenda in die Schule zu schicken, er wollte sie nicht mit der ewigen Fahrerei quälen. Damals hat sie sich für ewig von Zuhause verabschiedet; ihr weiterer Weg führte direkt nach Prag, auf das Konservatorium und in das Studentenheim.

Nach Hause fuhr sie vorerst noch, wenn es Ferien gab. Sie mochte das kleine Freibad, den Wald auf dem Galgenberg, besonders zu Weihnachten, als der barmherzige Schnee das Grau und den Schmutz der fünfziger Jahre überdeckte und ihr das Städtchen der Kindheit zurückgab. Doch bald hatte sie sich hier mit keinem mehr etwas zu sagen. Die Schwestern entfremdeten sich ihr, die Eltern wurden alt. Als sie für beide schließlich in einem Jahr auf der Orgel zum Begräbnis spielte, war es für sie zugleich ein Requiem für ihren Geburtsort.

Sie suchte nach dem Lebenssinn freilich auch außerhalb der Musik, sehnte sich nach Freundschaft, Liebe und Sex, wie jetzt fortschrittlich das körperliche Lieben genannt wurde, für das es daheim oder in der Schule kein Wort gab, nur Umschreibungen und Andeutungen mit einem Geschmack von Verdorbenheit. Und sie fand es nur selten; im Unterschied zu anderen hat sie sich eine eigene Moral geschaffen und erhalten, auf die sie stolz war.

Mit Václav fand ihr Leben einen neuen Maßstab. Neben seiner Frömmigkeit, die jedoch zu keinem Hindernis wurde, denn ihm war nichts Natürliches fremd, was Lydia bald erleichtert im Bett erfuhr, erschien ihr vor allem sein Bedürfnis an Wahrheit wichtig. Sie wunderte sich, wie er mit dieser absoluten Forderung auf freiem Fuß bleiben konnte, du betest geradezu darum, eingesperrt zu werden, sobald du den Mund aufmachst! Dagegen, sagte er lächelnd, gibt es ein einfaches Rezept: den Mund halten.

Schweigsamkeit war dabei nicht nur eine taktische Waffe, sondern ein Teil seines Wesens. Im übrigen geriet er in seinem Fach nur selten in die Mühlen der Politik, in denen sie, obwohl sie nur eine einfache Musikerin war, bis zum Hals steckte. Und wohin haben die Anfälle von Aufrichtigkeit sie gebracht? In eine neue Sackgasse, aus der sie nicht einfach wie damals aus Bělá-Weiswasser entkommen konnte. Für eine Prise Wahrheit mußte sie ihren Beruf und jetzt auch ihre Heimat aufgeben; um so weniger aber war sie bereit, ihr Glück dafür zu opfern, noch dazu für eine Nichtigkeit wie seine längst tote Ehe.

Das Problem der Wahrheit wurde für Lydia schon früh in einem Erlebnis gelöst, an das sie sich bis heute voll Scham erinnerte. Sie ist ein kleines Mädchen und watet im letzten Kriegssommer durch das Freibad, wo ihr ein muskulöser Bademeister an der Stange das Schwimmen beibringt. Plötzlich lähmt ihn ein erstickender Hustenanfall, und die Mutter sagt dann beim Abendessen zum Vater, der arme Mann erlebe Weihnachten nicht mehr, sie wisse das von seiner verzweifelten Frau. Den nächsten Tag fragt ihn Lydia neugierig, und es bleibt ihr ewig sein gläserner Blick im Gedächtnis haften, als er wissen will, wie sie darauf komme. Sie rückt damit heraus, und er flüstert, also ist es doch wahr! und fängt an zu husten und zu weinen.

Die Mutter faßte sich dann zu Hause ans Herz, wisse sie denn nicht, schrie sie die Tochter an, daß man so was nie sagen darf? Aber er hat doch gefragt, wehrte sie sich, und damals erfuhr sie, daß die Wahrheit immer dann, wenn sie allzu wehtut oder Menschen zugrunde richtet, durch eine «heilige» Lüge ersetzt werden darf, aus selbstloser Rücksicht auf die anderen...

Beinahe vier Jahrzehnte später erzählte sie nun Václav diese Geschichte in der Ecke des riesigen, hellen Speiseraums im Flüchtlingslager, als sie mit einem Tablett auf das Dreigängemenü warteten, in einer Schlange, in der alle Völker der Welt zu stehen schienen. Sie winkte dem nächtlichen Roulettespieler, der seltsamerweise die geschwätzige Verkäuferin gut vertrug, und suchte für Václav und sich Plätze neben den tafelnden Vietnamesen. Die konnten sie nicht verstehen, und überdies waren sie in ein Duell mit so unbekannten Eßinstrumenten verwickelt wie Messer und Gabel.

Sie beide haben lustlos gegessen, ihr Gesprächsthema schloß andere Wahrnehmungen aus.

«Du weißt», sagte er unglücklich, «daß ich nichts vorspiele, auch darum ging ich von dort weg.»

«Doch schließlich hast du ein wenig lügen müssen, sonst würdest du nicht hier sein. Und dies da ist eine viel kleinere Lüge!»

«Ich kann es nicht...»

«Dann lerne es also! Was hättest du gestern an der Grenze getan, wenn dich da jemand gefragt hätte, ob du nicht etwa flüchten willst? Erzähl mir nicht, du hättest dich wie der letzte Einfaltspinsel dazu bekannt?»

«Keiner hat gefragt...»

«Und das nennst du ‹in der Wahrheit leben›? Im stillen zu lügen, solange niemand fragt?»

«Du bist ungerecht!»

«Das bin ich! Denn ich liebe dich und glaube, du mich auch. Ich bin, leider Gottes, nicht mehr zwanzig, und ich will nicht allein in einer Frauenkaserne vegetieren. Meine Mutter nannte so eine Lüge heilig und die Russen sogar göttlich, weil gerade Gott so was verstehen muß, sonst müßte ich an ihm wieder zweifeln!»

«Gott», sagte der junge Mann mit seiner natürlichen Würde, die sie nur selten bei älteren und gebildeten Leuten fand, «ist kein Heiratsvermittler. Der echte Glaube richtet sich nicht danach, ob Gott uns jeden Wunsch erfüllt.»

«Ich habe nur einen einzigen: bei dir zu bleiben. Und den kannst du mir allein erfüllen! Du darfst dann beichten, nicht wahr? Ihr Katholiken habt doch solch eine gemütliche Sündenwäscherei! Gestern hat es nicht geklappt, geh also gleich morgen hin, hier darfst du täglich!»

Gleich überfiel sie ein ungutes Gefühl, die Saite überspannt zu haben. Natürlich hatte er recht, er konnte einwenden, es gebe keine größere oder kleinere Lüge, ebenso wie es keine kleinere oder größere Hälfte gibt, jawohl, zum erstenmal seit ihrem Zusammensein konnte er eine Kränkung verspüren und obendrein Bitterkeit, daß sie damit wartete, bis sie ihn hierhergeschleppt hat, von wo es für ihn kein Zurück gab. Schon wollte sie sich bei ihm entschuldigen.

Ihm war in der Tat, als hätte sie auf einen lebenden Nerv getroffen, der seine ganze Persönlichkeit durchdrang. Sie irrte gewiß, doch er zweifelte zum erstenmal, ob die absolute Wahrheit eben das sei, was Gott von dem Menschen erwartet, dem er so viele Leidenschaften und Gefühle mitgegeben hatte, und ob er es gerade von ihm zum Schaden dieses zerbrechlichen Geschöpfs verlange, das er ihm anvertraute.

«Gut, Liduška», sagte er zu ihrer und seiner Überraschung, «ich versuch's, nur...»

Ihre Augen hingen an ihm.

«Nur habe ich Angst: Wenn der Mensch eine Lüge entschuldigt, schafft er das genauso mit der zweiten und mit der nächsten. Ich mußte bereits in Budweis... wo soll das denn ein Ende nehmen?»

«Keine Angst, Vašíčku», sagte sie vor Erleichterung zärtlich, so nannte sie ihn, wenn sie gemeinsam einschliefen, «ich gebe dir einen guten Rat, der wieder von meiner Mutter stammt, gebe ihr Gott den himmlischen Frieden: Lüge nur, wenn du nicht anders kannst, und bete, daß du nie mehr mußt.»

Erst jetzt fiel ihnen auf, daß alle Vietnamesen bei Tisch im gleichen Rhythmus essen, wie sie jede ihrer Bewegungen angestrengt nachahmen. Also führten sie ihnen verlangsamt vor, wie man mit den scharfen Geräten umgeht, und das Verlorensein dieser kleinen Leute zeigte ihnen, wie gotteslästerlich sie sich verhielten, ihr eigenes Glück zu verkennen.

Erst um vier hat Grecos Christus Herrn Václav Rada in das Büro gerufen. Lydia erhob sich mit ihm von der Bank und ließ seine Hand nicht los. In einer plötzlichen Regung trat sie mit ein und begann gleich Deutsch zu reden.

«Entschuldigung, ich weiß, daß hier übersetzt wird, aber er spricht selbst tschechisch wenig, und ich möchte vor allem etwas für uns beide Ihnen allen mitteilen, darf ich das?»

Das stämmige Grauhaar war wieder dabei, von dem sie wußten, daß er hier die ranghöchste Person ist, eine Sekretärin und ein Mann, vor dem irgendwelche Büroutensilien lagen. Sie fürchtete Ablehnung und redete erregt weiter, als hätte sie sich mit ihnen schon eine Weile gestritten.

«Wir haben uns die Reisepapiere getrennt erschlichen, um gemeinsam flüchten zu können. Was mich betrifft, waren die Gründe nicht nur politisch, obwohl ich vielleicht als einzige Konzertpianistin die Aburteilung der Charta 77 nicht unterschrieb und dafür nicht mehr auftreten durfte. Ich wollte nämlich außerdem nicht jedem bartlosen Funktionär und Beamten erklären müssen, warum ich einen um vierzehn Jahre jüngeren Mann liebe! Deswegen möchte ich Sie bitten, unsere Bindung zu respektieren, obwohl wir amtlich noch nicht zusammengehören!»

«Sie sind geschieden, gnädige Frau?» fragte der graue Direktor höflich, als plauderte er vom Wetter.

Das hat ihr sehr geholfen.

«Ledig«, zeigte sie ihnen stolz ihre Wunde, «er ist nämlich der erste, der mir die Heirat angeboten hat. Traurig, nicht?»

«Und Herr Rada?» fragte er, statt zu antworten.

Er hat Václav so angestarrt, daß der sich verwirrt zu Lydia wandte.

«Was sagt er...?»

Zu spät hat sie begriffen, daß ihr unerwarteter Auftritt, den er gar nicht verstehen konnte, ihn gefährlich verwirren könnte, doch ehe es ihr gelang, ihm anzudeuten, daß sich nichts geändert hatte, erklärte ihm bereits der Mann mit dem Christusgesicht.

«Herr Regierungsrat Radetzky fragte Sie, ob Sie verheiratet sind.»

Zu Lydias Staunen zögerte er nicht und ließ auch nicht die kleinste Unsicherheit erkennen, als er langsam antwortete.

«Ich wollte in der Kirche heiraten, doch man drohte mir mit dem Verlust meiner Arbeit. Deswegen bin ich geflüchtet.»

Er blickte sie dabei an, und sie glaubte, in seinen Augen den Knabenstolz zu erkennen, es hätte ihm statt der Lüge eine Halbwahrheit genügt.

«Was sind Sie von Beruf?» wollte der Mann mit dem durchdringenden Blick für das Protokoll wissen, sobald er die Antwort übersetzte, als möchte auch er dieses dünne Eis schnell verlassen.

«Gärtner.»

«Wo?»

«Das letzte Mal auf Schloß Klíčov, es liegt unweit von...»

«Ich weiß», lächelte ihm der Mann freundlich zu, «einst hat's den Rosenhains gehört. Sind Sie katholisch?»

«Ja.»

«Praktizierend?»

«Was ist das?»

«Haben Sie regelmäßig die Kirche besucht und die Sakramente empfangen?»

«Das war in meinem Fall nicht möglich...»

«Haben Sie sich in Ihrem Glauben verfolgt gefühlt?»

«Ja...»

«Möchten Sie damit Ihren Asylantrag begründen?»

Lydia bekam Angst, das würde als Grund nicht ausreichen, und mischte sich auf deutsch mit Nachdruck wieder ein.

«Die UNO-Konvention führt den Glauben als einen der legitimen Exilgründe...»

«Gestatten Sie, gnädige Frau», unterbrach sie der Lagerleiter, «uns ist diese Konvention natürlich bekannt, und Sie haben selbstverständlich recht, es geht aber um etwas anderes. Kann uns Ihr... Ihr Freund das Vaterunser aufsagen, auf tschechisch, versteht sich?»

Er sprach zu ihr, und so mußte sie es vermitteln.

«Du sollst ihnen das Vaterunser aufsagen.»

«Warum denn?» er war erstaunt.

«Ich weiß nicht...»

Sie schaute wieder zu dem Fragenden auf und fand in dessen Miene ein wohlwollendes Interesse.

Václav sagte den Text verlegen auf, er war es nicht gewohnt, die heiligen Worte wie ein Schulgedicht zu deklamieren. Lydia beobachtete den Weißgrauen, wie er sich mit aufmerksamem Blick nicht ihn, sondern den Dolmetscher anschaut, dessen Lippen sich lautlos gemeinsam mit denen Václavs bewegten. Beiläufig erinnerte sie sich an die mimenden Vietnamesen am Mittagstisch. Was soll das hier?

«Danke», sagte der Regierungsrat wieder zu ihr, offenbar begriff er, daß ihre Stimme den Scheuen beruhigt, «und weiß Herr Rada zufälligerweise, welches Evangelium heute gelesen wird?»

Nervös hat sie ihm diese für sie rätselhafte und listige Frage übersetzt und war dann ganz außer sich, als der Geliebte sofort die Antwort gab.

«Matthäus, den Vers weiß ich nicht...»

«In Ordnung», sagte der Direktor Radetzky zu Lydia ähnlich zufrieden, als würde er einer Mutter bekanntgeben, ihr Sohn habe erfolgreich bestanden, «er ist ein wahrer Christ. Na ja, wissen Sie, Gnädigste», setzte er noch hinzu, «hier wird oft unchristlich gelogen!»

6. *Die Minderjährige*

Magda wußte, daß ihre Lebenserfahrung gleich Null war. Aber dieses Bewußtsein, sagte sie sich seit dem Frühling, als sie endlich glaubte, auf die richtige Art den schönsten Jungen in Bratislava erobert zu haben, eben dies ist meine Stärke. Ich weiß, daß ich nichts weiß! Der komische Satz aus der Geschichtsstunde wurde zu ihrer Losung. Im Unterschied zu den Mitschülerinnen, die die Weisheit mit Löffeln gegessen hatten, war sie bisher nie durch irgend etwas verblüfft oder von jemandem enttäuscht worden. Sich um Politik zu kümmern, das lehnte sie ab, sie vertraute nur Naturwissenschaft und Grammatik, der Rest war für sie Lüge oder Phrase, die eine Vergangenheit verdunkelten, von der sie wenig wußte und sich zur Zeit auch kaum danach sehnte; gute Bücher haben sie belehrt, daß Geschichte und Wahrheit wie Wasser sind, man kann sie lange eindämmen, doch eines Tages brechen sie durch und kommen von allein zu ihr. Noch immer hatte sie keine Ahnung, was sie im Leben tun möchte, Vaters Drängen, sie solle Medizin studieren, erweckte in ihr die Lust zur Philosophie oder zur Rechtswissenschaft, erst jetzt hat die Medizin einen neuen Sinn bekommen: Sie könnte ihrem Geliebten auch tagsüber nahe sein. Geboren im November, kam sie erst mit fast sieben zur Schule, hatte also ein ganzes Jahr Jugend gewonnen. Sie freute sich bereits, wie sie es auskosten würde, sie lernte spielend und konnte sich somit völlig dem Entdecken der Liebe widmen. In der Heimat ging es ihr ganz gut, in Bratislava lebte ihr Liebster, die Slowakei gefiel ihr, Böhmen hat sie seit den Kinderjahren gelockt als eine aufregende Chance, selbst Gabo wollte später dorthin. Und weil sie fast Jahr für Jahr dank Vaters Patienten in die Welt reiste, entbehrte sie nichts, was ihr den Verlust von so vielen Sicherheiten wert sein könnte. Die Flucht einiger Bekannter nahm sie nur zur Kenntnis, sie freute sich, wenn ihre Freundin ihr aus Paris Modejournale schickte, doch es wäre ihr niemals eingefallen, selber fortzugehen. Die Tat der Eltern hat ihr Leben aus den Fugen gerissen. Nach dem ersten Schock erwachte sie im Zustand machtloser Schwäche, die sie bei sich noch nicht kannte. In keiner Lebenslage hat sie bisher darüber nachgedacht, wie sie reagieren sollte, ob sie nun zu schreien, zu weinen, zu bitten oder lieber gleich zu handeln begann, sie hat sich immer so verhalten, wie es ihrer Natur entsprach. Das war vorbei! Die Entscheidung, die ihre Pläne ins Gegenteil verkehrte, fiel hinter ihrem Rücken, ohne sie und gegen sie. Rechtfertigen sollten es die lächerlichen hundertfünfzig Tage, die sie noch von der Volljährigkeit trennten. Gerade die Vorstellung, daß das ganze Recht, mit ihr nach Belieben zu verfahren, ähnlich einem Zentimetermaß entschwindet, wie die Jungs gegen Ende der Präsenzzeit es jeden Morgen kürzer schneiden, deprimierte sie am meisten, dann könnte es schon für alles zu spät sein! Sie wußte sich keinen Rat, und so entschied sie sich, vorläufig nichts zu tun. Mehr als die Rücksicht auf die Mutter, seit dem Tagesanbruch bleich wie die Wand und sich mehrfach Anhalten erbittend, um den Magen zu erleichtern, bewegte Magda das unbestimmte Gefühl, ihrer Sache am besten zu dienen, wenn sie nichts übers Knie bricht. Sie spielte kein Versöhnen vor, war nicht bemüht, mit ihnen zu zwitschern, stellte sich aber auch nicht quer und gefährdete ihre Behördengänge nicht. Sie kümmerte sich um Miro, obwohl er mit seiner Stallhasenalbernheit auf ihren Nerven trampelte, in der er immer noch die verlängerten Ferien feierte. Sie spielte mit ihm «Schwarzer Peter» und stellte gerade bei diesem vertrauten Tun fest: Ich gehöre dieser Familie nicht mehr an! Sie war eine Gefangene, die listig auf die Gelegenheit lauerte... zu was eigentlich? Selbst das hat sie noch nicht gewußt, doch sie wollte auf alles gefaßt sein. Ihre List hatte Erfolg, die Eltern fingen an, mit ihr zu verhandeln, schneller als sie erwartet hatte. Sobald sie mit der Nachricht zurück waren, die «Quarantäne» sei für sie noch heute zu Ende, lud sie der Vater zum Eis ein. Im Städtchen soll es einen tollen Italiener geben! Er wußte natürlich, daß Mutter und Tochter sich vor Süßigkeiten hüteten, Magda erriet, um was es hier ging, wehrte sich aber nicht; jeder Schritt der Gegenseite war ihr willkommen, dadurch gab der Feind seine Absichten preis, und sie wurde nicht gezwungen, die eigenen zu lüften. Das kannte sie vom Kartenspielen, neu dabei war, daß sie diesmal mit den Eltern nicht um Streichhölzer spielte, sondern um das eigene Glück.

Als sie mit der Tochter allein blieb, zerbrach sich die Mutter den Kopf, wie sie am klügsten das Gespräch einfädeln sollte. Verlegen schlug sie vor.

«Ein bißchen spazierengehen, möchtest du das?»

Sie hat nicht gemocht. Es war von Vorteil, in der kargen Bude zu bleiben, sie demonstrierte am deutlichsten die Lage eines jeden, dem sie ein Zuhause ersetzen sollte. Von den zwei Dutzend Betten war nur die Hälfte belegt, die vielen Koffer, zum größten Teil nicht ausgepackt, machten deutlich, daß der Irrweg ihrer Besitzer hier nicht zu Ende war. In der Ecke gegenüber schlief eine rumänische Familie, die sich vorher vergeblich bemüht hatte, sich mit ihnen zu verständigen. In der Nacht sind sie unter Gefahren durch den ungarischen Stacheldraht gebrochen, unentwegt zeigten sie die Löcher in ihren ohnehin dürftigen Kleidern vor. Sie hatten nichts als eine Papiertüte mit schwarzweißen Photos, auf denen traurige Gesichter derer zu sehen waren, die zurückgeblieben sind, und ein kümmerlicher Hof mit ein paar Hühnern, für sie wohl ihr verlorenes Paradies. Čierniaks haben sie kaum verstanden, und hauptsächlich: Sie hatten ihre eigenen Sorgen, sie konnten keine fremden auf sich nehmen. Jetzt haben die drei Rumänen, der Mann und auch die beiden Frauen, die sich vorher in der Pflege um ihn überschlugen, laut geschnarcht, was Terezie aus der Fassung brachte; Magda konnte sich keine bessere Kulisse wünschen als Beweis dafür, wohin man sie geschleppt hat. Als der Versuch eines alltäglichen Weibertratsches scheiterte, mußte die Mutter in den heißen Brei tappen. Sie wiederholte mit eigenen Worten Vaters gestrige Gedanken. Die Mühe galt dem Versuch, Einwände der Tochter zu provozieren, selbst die heftigsten wären Terezie lieber als dieses Schweigen, mit dem man nicht streiten konnte. Als sie zu Ende sprach, schwieg Magda weiter.

«Du sagst mir nichts?» die Mutter wurde traurig, «womit habe ich das verdient? Ich habe dir klargemacht, warum wir mit dir darüber nicht sprechen durften, dort wird doch alles mitgehört, und jeder verpetzt jeden, noch dazu wußte ich, daß du dich verliebt hast... als Frau wollte ich dir diese schwere Entscheidung ersparen.»

Die Tochter schaute weiter unverwandt auf die dicken Fußbodenbretter, glattgerieben von Generationen von Schrubbern. Es hat für Tausende vorwurfsvoller Worte gereicht.

«Warum solltest du dich unnötig quälen, Magduš?»

Keine Antwort.

«Du hättest dir das zum Schluß doch vernünftig erklären lassen!»

Stille.

«Ja oder nein?»

Nichts.

«Weiche nicht aus, Magduš! Wenn du mit uns abgestimmt hättest, hättest du über das Interesse der Menschen, die dir Leben, Erziehung und Liebe schenkten und die sich jetzt zum Weggehen entschlossen hatten aus so gewichtigen Gründen, daß sie ihnen ihr ganzes Hab und Gut wert waren, hättest du da einen Jungen, den du letztendlich nicht einmal richtig kennst, höhergestellt?»

Das konnte sie nicht auf sich sitzen lassen.

«Ich kenne Gabo!»

«Magduš! Du hast mit ihm ja noch gar nicht... du bist doch immer noch Jungfrau!»

«Bin ich nicht!» brach sie aus.

Terezie schüttelte den Kopf. Das hat die Tochter noch mehr empört.

«Ich bin nicht verpflichtet, dir diesen Verlust zu melden!»

«Das nicht. Ich hätte es dir aber angesehen.»

«Ich wüßte nicht, wie!»

«Dir sieht man doch alles an.»

«Deswegen geht ihr mit mir wie mit einem Deppen um!»

«Offenheit und Geradlinigkeit sind immerhin deine besten Seiten, Magduš. Ich hätte es erkannt, weil du im siebten Himmel gewesen wärst.»

«Da war ich auch! Und jetzt bin ich hier!»

Sie nahm sich zusammen, um nicht loszuheulen, wie es ihr immer noch öfter passierte, als ihr lieb war; die Mutter hatte recht, sie verrät sich immer wieder. Nun, damit ist jetzt endgültig Schluß! Sie hielt die Tränen wirklich an.

«Du bist nur für kurze Zeit hier, Magduš, höchstens für ein paar Tage, man hat uns gesagt, wir dürfen uns frei entscheiden, wann wir in eine Pension auf dem Land möchten, und weil wir mit unserem Auto zu den Verhandlungen mit den Amerikanern auch von dort aus fahren können, ziehen wir noch heute um, wenn es dir gefällt, ihr werdet mit Miro baden können…»

Das paßte ihr nicht, nur keine falsche Idylle! hierorts hatte der Widerstand größere Chance, und sie wußte bereits, daß von hier aus bis in die Mitte Wiens die Straßenbahn fährt, wer weiß aber, wie sie dorthin aus irgendeinem Kaff gelangen würde?

«Warum soll ich mich hier entscheiden, wenn ich es dort nicht durfte? Warum soll ich hier Ferien spielen, wenn ihr sie mir genommen habt, jawohl! es sollten meine schönsten sein, denn ich hätte mich freuen können, wie es mit Gabo weitergeht. Und wenn du also weißt, ich hätte noch mit keinem gedingst, solltest du dich auch daran erinnern, daß es einem Mädchen nicht egal ist, wer… der erste sein wird!»

«Ich kann mich bestimmt noch erinnern… und ich bin auch wieder nicht so alt, um nicht zu begreifen, was es dir bedeutet, nur daß ich noch etwas habe, was dir fehlt…»

«Erfahrung», sagte Magda geringschätzig, «dieser berühmte Sack, den ihr uns bei jeder Gelegenheit über den Kopf stülpt, wenn wir uns auf unsere eigenen Augen und Ohren berufen. Seid ihr so eitel, so einfältig oder so durchtrieben, daß ihr die Erfahrung für übertragbar erklärt und eben die eure noch dazu für allgemeingültig?»

«Einmal wirst du mir für diesen Satz noch Abbitte leisten», Terezie kämpfte tapfer mit den Tränen, «wenn deine eigene Tochter mit dir so spricht…»

«Mamilein», Magda suchte Zuflucht bei der vertrauten Anrede, um diesen Tränen zuvorzukommen, denn sonst würde sie bald mit ihr gemeinsam weinen, «sei nicht beleidigt, du weißt, daß ich recht habe, und du kannst doch nicht für mich meine Jungfräulichkeit verlieren! Gabo könnte zugleich der Junge sein, mit dem ich es bis zu meinem Tod ausgehalten hätte!»

«Die ersten Lieben», raffte sich Terezie zusammen, weil sie davon fürwahr etwas verstand, «sind oft schön, aber Schaum. Von Tausenden überlebt eine.»

«Nun, diese war die eine!» rief ihre Tochter aus.

Die Rumänen hörten schlagartig auf zu schnarchen, der Mann hat sich sogar im Bett angstvoll aufgesetzt.

«Pardon…!» entschuldigte sich Terezie.

Er begriff, daß ihm keine Gefahr droht, und sank in den Schlaf zurück.

«Nehmen wir einmal an, du hättest recht», sagte die Mutter wieder, «warum aber fürchtest du dich dann, daß es enden müßte?»

«Weil», platzte Magda heraus, in ihrer schwersten Befürchtung angesprochen, «er zwar ein prächtiger, aber trotzdem ein normaler Bursche ist, daß er auf mich wie ein Mönch warten würde, bis ich als Amerikanerin zurück bin, daran kann höchstens noch der Vati glauben!»

Terezie schwieg sich darüber aus, daß eben dies Vaters Kalkül war.

«Falls er dich genauso gern hat», versuchte sie es jetzt anders, «kommt er nach!»

«Mit vier Semestern? Da müßte er behämmert sein!» vor Magda tat sich wieder die schiere Hoffnungslosigkeit auf, «und das wegen anderthalb Meter…»

«Weswegen?»

«Wäre ich nur um hundertfünfzig Tage älter, könnte ich leben, wo ich will!»

«So hätten auch wir dort bleiben müssen.»

«Aber warum?»

«Weil irgendein Datum wenig daran ändert, daß Eltern so lange bei Kindern bleiben sollen, bis die tatsächlich versorgt sind.»

«Bitte, dichte nicht, schau dich um, wieviel Elternpaare auseinandergehen, wenn jemand von ihnen auf seine alten Tage die Liebe trifft. Nach dir selbst darfst du nicht urteilen, Mami!»

«Du glaubst, mich traf sie nicht?» die Mutter empfand es als eine Beleidigung.

«Ich möchte dich nicht kränken, doch ein siebter Himmel war dir nie anzusehen.»

Terezie dachte angestrengt nach: Soll sie mit dem letzten Trumpf herausrücken, dem einzigen Geheimnis, das sie hatte? Das Leben, gab sie sich verbittert zu, hat mir zwar gefürchtete Schluchten erspart, dafür aber keine ersehnten Gipfel gegönnt...! bis auf den einen, zu dem sie nicht hinaufgestiegen war, eben Magdas wegen. War dieses Opfer, das sie eigentlich immer bereute, nicht gerade darum gebracht worden, damit sie in dieser Krise ihr Kind davon überzeugen konnte, daß es bereits selbst für andere verantwortlich ist? Sie wagte es.

«Erinnerst du dich an Stephan?»

«Meinst du den Blödian, dem ich mit Mathe half?»

«Nein... den Sohn unserer Wirtin in Karlsbad. Er kaufte dir solche Mengen Eis, daß du es seitdem nicht mehr sehen kannst.»

«Wirklich? Deswegen also?»

«Jawohl. Du warst ihm dann schrecklich böse, erinnerst du dich noch? Wegen des Briefes...»

«Des Briefes?»

«Du hast einen Brief gefunden, in dem er sich einer Frau erklärte.»

«Aha... Keine Ahnung.»

«Magduš! Es ist keine zehn Jahre her!»

«Acht war ich?»

«Du gingst in das achte. Er war deine erste Liebe!»

«Mit acht zählt so was vielleicht nicht.»

«Du warst so schrecklich in ihn verknallt, daß du einen Anfall bekommen hast, als du den Brief entdeckt hast. Du hast Stephan sogar deinen heißgeliebten Kassettenrecorder zurückgegeben, den er dir geschenkt hat.»

«Den hab' ich doch noch immer.»

«Der Vati kaufte dir einen neuen.»

Hatte der unerwartete Ausflug in die Kindheit Magda am Anfang interessiert, so ärgerte er sie jetzt langsam. Sie wollte sich von ihrem Problem durch nichts weglocken zu lassen.

«Und was hat das mit mir heute zu tun?»

Endlich fand Terezie den Mut, es über die Lippen zu bringen.

«Die Frau war ich...»

«Welche?»

«Die, der er den Brief schrieb. Ich war es, die der Stephan liebte. Er hat mich beschworen, mich scheiden zu lassen und mit dir bei ihm zu bleiben.»

Das nahm Magda mit.

«Nein…! Und du? Hast du ihn auch geliebt?»

«Über alles. Das ist nicht gegen den Vati gerichtet, aber ich war mit dir schwanger, bevor ich mich in ihn verlieben konnte. Stephan war meine erste wahre Liebe… die größte… und die letzte…»

Wenn die erste und letzte, juckte es Magda einzuwenden, war es kaum schwer, zugleich die größte zu sein! doch sie hielt die Zunge im Zaum, zum erstenmal hörte sie ein solches Bekenntnis und glaubte es, nur vermochte sie sich nicht vorzustellen, wie ihre Mutter einen Mann leidenschaftlich liebt…

«Ich kann mich nicht mehr erinnern… Wie sah er denn aus?»

«Ein hochgewachsener Blonder, deswegen gefallen dir solche bis heute, hübsch und elegant, gebildet und guterzogen, du und ich, wir beide waren hin von ihm. Er war beinahe dreißig, wie ich damals, und du hast dir erträumt, er würde auf dich warten.»

«Nein!»

«Dann wurdest du fast krank vor Haß gegen diese Frau.»

«Doch du hast mir nicht gesagt, daß du es bist…»

«Du hättest mich gehaßt!»

«Mit acht? Was konnte ich damals schon?»

«Du hast es geschafft, daß ich nach Hause zurückkehrte.»

«Hast du ihn später gesehen?»

«Niemals.»

«Und er, er ließ es so, hat sich nie mehr gemeldet?»

«Er wußte, es hat keinen Zweck.»

Ich hätte es nicht aussprechen sollen! bereute sie, so viele Jahre unbenannt, hat Stephan eigentlich nicht mehr existiert, und jetzt, oh, Gott! so muß ein frisch gezogener Zahn weh tun. Sie heftete die Augen auf die Tochter und hoffte noch, ihre Beichte hätte wenigstens Sinn gehabt.

«Weißt du was?» sagte Magda und stockte gleich, als wägte sie eine wichtige Mitteilung ab.

«Was?» half Terezie ihr voller Hoffnung.

«Das schlimmste daran ist, daß ich… daß ich davon heute gar nichts weiß. Eine solche Affäre, und ich kann mich überhaupt nicht erinnern, ist das nicht schrecklich? Du hast doch meinetwegen dein Glück geopfert!» sie blieb wieder stecken, und ihr kam ein Verdacht, «und was wolltest du mir heute damit sagen, Mami? Nicht etwa, daß du daran gut getan hast?»

Diese Frage hat Terezie nicht erwartet, so fand sie keine rasche Antwort, es dauerte nur den Bruchteil einer Sekunde, die Tochter aber brach bereits in ihre Zweifel ein wie in eine morsche Tür.

«Wenn du mir damit ein Beispiel selbstloser Opferbereitschaft geben willst, mußt du mir auch ehrlich sagen: War das, was du dabei gewonnen hast, das wert, was du dadurch verloren hast?»

«Gewonnen habe ich Miro!» wandte sie ein, «und dir ist der Vati geblieben...»

Darüber wollte sie mit der Mutter nicht streiten, ebenso wie es nicht den geringsten Sinn hatte einzuwenden, auch der Vater hätte es vielleicht besser haben können, zum Beispiel mit einer anderen nachholen, was er mit der Mutter verpaßt hatte, und würde sich mit seinen Vierzig jetzt nicht wie ein Sechziggjähriger benehmen, er hätte dann andere Sorgen gehabt, als die Tochter über den Ozean zu verfrachten, damit man mich daheim nicht vorzeitig anzapft! Statt dessen sagte sie.

«Nach dem, was du mir da anvertraut hast, versteh' ich nur eines nicht, Mami. Warum hast du dich damals sklavisch der Laune eines Görs unterworfen, und warum ist es dir jetzt nicht eingefallen, Rücksicht auf die ernsten Gefühle einer beinahe erwachsenen Frau zu nehmen?»

Terezie Čierniaková starrte die Tochter sprachlos an, und zum erstenmal verstand sie, daß sie kein Kind mehr ist, und noch weniger das ihre. Sie hat recht! resignierte sie, total und in allem, wovon soll ich sie noch überzeugen? Und was berechtigt mich, sie zu belehren? Wenn sie nicht das gleiche Ende nehmen will wie ich, so darf sie mir in nichts, aber in gar nichts gehorchen!

Endlich brach sie in Tränen aus. Und Magda schloß sich ihr seltsamerweise nicht an, im Gegenteil, in einer Anwandlung von Großzügigkeit, die dem Gefühl ihrer plötzlichen Übermacht entsproß, setzte sie sich von ihrem Feldbett auf das der Mutter, umarmte sie, legte ihren bebenden Kopf auf die eigene Schulter und wuschelte mit der freien Hand in ihren Haaren, wie sie es noch unlängst selbst von ihr erfuhr.

«Aber, Mamilein!» tröstete sie Terezie in das Geschnarche der armen Rumänen hinein, «nicht doch, nicht weinen, ich habe dich ja gern...!»

7. Die zwei Zweckvereinten

Die Verkäuferin und der Zauberer schlüpften in das Flüchtlingslager wie zwei verwandte Fische in den vertrauten Teich.
Was dem scheuen Gärtner und besonders der Pianistin, selbst unter bescheidensten Umständen an ein bestimmtes Niveau und eine, wenn auch beschränkte Privatsphäre gewöhnt, Schwierigkeiten bereitete, war für diese beiden selbstverständlich. Bobina lebte nie anders als in einem Getümmel von Geschwistern und Mädeln ihres Schlags, Strniště verbrachte lange Jahre auf Pritschen von Kasernen und Gefängnissen. Die saubere Baracke in der «Quarantäne», obwohl für Männer, Frauen und Kinder gemeinsam, erschien ihnen mit den Wasch- und Eßräumen geradezu wie ein Mehrsternehotel.

Bobinas Empfangsgespräch hat sich kaum von ihren anderen Auftritten unterschieden. Sie plapperte, was das Zeug hielt. Sie bemerkte sofort, daß der einzige junge Kerl, der hier in der Not eine Sünde wert wäre, ihr über die Zeitung hinweg zublinzelte; sie hat sich also mehr oder weniger ihm gewidmet, bis der Dolmetscher mit den versunkenen Augen, als hätte man sie ihm ausgestochen, fiel ihr ein, und ihm waren darunter neue gewachsen, sie ernsthaft ermahnen mußte.

«Von diesem Protokoll hängt ab, ob Ihnen Asyl gewährt wird, bisher haben Sie keinen einzigen Beweis geliefert, daß Sie verfolgt waren. Sie riskieren, eine staatenlose Person zu bleiben, und damit lebt es sich sehr unbequem.»

Danach riß sie sich an Riemen, erzählte mehr oder weniger zusammenhängend von ihrem Streit mit dem Reiseleiter und fauchte laut gegen die Kommunisten, wie sie es daheim im stillen tat; die hier sollen sich das selbst zusammenreimen, dafür werden sie doch bezahlt, nee? Zum Schluß war sie jedoch ganz froh, daß der ältliche Pepi auf sie draußen wartete.

Nach einem halben Tag war sie sich sicher, daß es hier keinen richtigen Mann für sie gibt. Allerlei «Bambusboys», wie man in Böhmen Fremdarbeiter aus Vietnam nannte; Türken, Bulgaren und andere Polacken mit leeren Taschen schloß sie natürlich von vornherein aus. Für Landsleute, auf die sie vor allem setzte, weil sie ihre Sprache verstand, sollte die Verschwindibussaison erst mit den Ferien beginnen. Bevor sie sich einen nach ihrem Gusto wählt, entschied sie, sich an diesen älteren Jahrgang zu halten, der ihr mit seinem Auto und Spielbank-Auftritt darüberhinaus bewiesen hatte, er kenne sich wenigstens aus. Gern ließ er die Rubel rollen, und sie hatte eine harte Schulung durchgemacht, wie man sich lüsterne Seelöwen vom Leib halten kann.

Der Zauberer hingegen hatte konkretere Pläne mit ihr. Sie verband in einer Person die beiden geschickten Weibertypen, die er wie Salz benötigte: eine fürs Geschäft, die andere fürs Bett. Ohne Assistentin konnte er höchstens ein simples Programm auf die Beine stellen, ein schlechter Start! und ein reges, ordentliches Rammeln konnte er nur an der Front oder im Knast entbehren. Als er in Böhmen einsaß, hatte seine langjährige Partnerin und Geliebte die letzte Glocke der Jugend vernommen und ist ihm mit seinem einzigen Kameraden durchgebrannt. Auch der war Koch, zum Glück kein Zauberer, er hat mir zwar, atmete der Entlassene tief durch, das Möschen samt Rezepten entwendet, doch Requisiten und Tricks dagelassen!

Der Koffer voller Zauberzeug, größtenteils noch vom seligen Toscani, wurde an der Grenze nicht kontrolliert, so mußte er nicht kühn behaupten, er habe vor, für die österreichischen Genossen zugunsten ihres Streikfonds aufzutreten. Eine Assistentin hier zu suchen war für ihn jedoch noch riskanter als zu Hause. Sie könnte leicht die Nummer, die hier kaum jemand bisher kannte, an die Konkurrenz verkaufen; sich ihrer durch private Fesseln zu versichern war die beste Lösung. Bei der Leistungsfähigkeit seines wendigen Josefiks war ihm um den Erfolg nicht bange, er mußte sie nur bald mit ihm bekannt machen.

Gleich in der Früh unternahm er wichtige Schritte. In einem unbeobachteten Augenblick hat er mit einem Stück Draht das Schloß der «Quarantäne» spielend geknackt, wie selbstverständlich verließ er das Lager und eröffnete in dem nächsten Geldinstitut ein Konto, auf das er fast seine ganze Barschaft einzahlte, in Böhmen bei ihm bekannten Kellnern und Taxifahrern vorteilhaft erstanden. In hiesiger Währung machte das auch nach dem Kauf des Karren beinahe siebzigtausend aus, genug, um hier fürs erste das Zelt aufzuschlagen und fürs nächste die Spielbank zu sprengen.

Bei dieser Busenbombe, für die er bereits den Begleiter und Dolmetscher spielte, konnte er erwartungsgemäß Punkte sammeln, als er für sie von seinem geheimen Ausbruch eine Tüte mitbrachte, in der sie ein perfektes T-Shirt und eine Garnitur Unterwäsche fand, damit sich ihr schwarzrotes Sexyset nicht unnötig verschleißt! hat er erklärt. Der Ge fahr ihrer Trennung in verschiedene Pensionen kam er dadurch zuvor, daß er ihr klarmachte, sie könnte ihre Vorhaben am besten hier mit seiner Hilfe verfolgen. Zusätzlich lockte er sie durch eine Einladung zu einem «Bissen blutigen Fleisches», nach dem man noch «eine kesse Sohle aufs Parkett legen könnte».

Davor bewältigte er die Spitzennummer des heutigen Programms, sein Interview. Ein Mann, der die Fragen stellte, verunsicherte ihn dabei. Die eingefallenen Augen im mageren Gesicht erinnerten ihn mächtig an jemanden, doch nicht in Verbindung mit diesem Kahlkopf. Der Dolmetscher sah wie ein Falschspieler aus, doch wen immer er von dieser Gattung in der weiten Welt angetroffen hatte, den behielt er gut im Gedächtnis. Trotzdem war er hier von der ersten Sekunde an verdammt auf der Hut.

Als er ihnen seine Daten angab, bemühte er sich bei aller Kürze um Vollständigkeit. Weil die anderen nicht Tschechisch konnten, auch nicht Französisch verstanden, hat er zur Sprachmelange der Varietés gegriffen, was ihn vom Dolmetscher unabhängig machen sollte. Der aber diktierte den Lebenslauf, bei dem zu Hause Beamte und Polizisten an die Decke gingen, ins Protokoll so, als hätte er keinen banaleren gehört, der Verhörte hat sich beinahe gekränkt gefühlt, ehe er sich vergegenwärtigte: Erst die Jahre, die er gezwungenermaßen in der verdammten Urheimat verbrachte, haben in ihm das dämliche Gefühl hervorgerufen, ein ordentlicher Bürger wird geboren und stirbt, ohne je etwas Unsinniges, geschweige denn Unerlaubtes erlebt zu haben.

«Sie sind also gelernter Koch?» fragte der bekannte Unbekannte dann.

«Koch und Magier. Koch früher, Zauberer lieber. Trat auch im Ausland auf, international leider nur im Est, Ouest prohibité. Simsalabim.»

Mehr herbeigezaubert als herausgezogen, holte er nun einen kleinen Stoß Zeitungsausschnitte und Handzettel aus der Tasche und machte einen Fächer daraus.

«Größere ich nicht mitnehmen durfte. Pepino il divino, tutto completto c'est moi! Neunzehnhundertneunundsechzig Engagement primo Wien, leider ist mir unterwegs grand malheur passiert, und ich wieder heim.»

«Was war das für ein Malheur?»

Der Dolmetscher hielt ihn zum Tschechisch an.

«Ich bin», sagte er wie gewohnt, wenn er es jemandem vernünftig klarmachen sollte, «in Linz ausgerutscht und fuhr zurück, mich verarzten zu lassen, doch am nächsten Tag machte Husák die Grenzen dicht.»

«Und was passierte eigentlich?»

«Dann bin ich dort wieder versauert.»

«Ich meine, in Linz?»

Halt deinen Rand! ermahnte er sich, zuerst nimmt er dir ruhig ab, du wärst bei der Legion gewesen, und dann fragt er dich zu deiner einzigen Lüge aus.

«Pardon», entschuldigte er sich, «ich rühme mich damit ungern: Ich ließ mich vollaufen und stieg in den falschen Zug ein, das war das Malheur der Malheurs.»

Der Dolmetscher schien zufrieden zu sein.

«Im Fragebogen geben Sie an, Sie waren mehr als drei Jahre im Gefängnis wegen Teilnahme am Jahr achtundsechzig. Können Sie das näher beschreiben?»

«Das war meine Paradenummer mit Zylinder.»

«Mit Zylinder?»

«Ja, Sie haben sicher schon gesehen, wie im Zylinder Dinge verwandeln. Als Russe einmarschierte, sind Menschen eine Woche lang um Panzer gestanden und schimpften, haut ab nach Hause! nun, und ich hab' Okkupanten durch meine Nummer geschult: Ich kam da im weißen Totenhemd und anfing zu schwenken, und wurde daraus tschechoslowakische Fahne, darunter trug ich Frack, dann reichte mir meine schöne Assistentin Zylinder, ich drückte Fahne hinein und abrakadabra! sie war jetzt weiße Taube, jeder konnte streicheln, ich hab' wieder in Zylinder gesteckt, abrakadabra! und fischte lebendige Ratte heraus, auf dem Rükken Hammer und Sichel gemalt. Publikum hat dazu verrückt auf Finger gepfiffen, und Zärtere von Russen heulten.»

«Aha...?»

«Na, und dann haben in Moskau Protokoll unterschrieben, daß also alle Reformen weiterlaufen, aber Soldaten bleiben, im Fernsehen heult zur Abwechslung Dubček und fleht uns an auszuhalten, in Budweis drückt mir damals jeder Hand und bestellt Kurze, sogar Polizei! wem würde nicht schmeicheln, nach soviel Lebensbeschiß plötzlich jemand sein. Erst ziemlich spät haben mir Gönner auf schnelle Tournee in Österreich organisiert, und die in Linz kaputt, wo ich aus früher Freude blau war. Bald darauf haben mich gleiche Polypen hopp genommen, und faßte ich halt tausendhundertfünfzig und vier Tage für Beleidigung verbündeter Staat, Aufwiegelung, unerlaubtes Gewerbe und vielleicht auch Tierquälen. Drei letzte haben sie mir erlassen, um Weihnachtskarpfen sparen. Inzwischen meine Assistentin geheiratet, aber ich sowieso Auftrittsverbot und froh, wenigstens Kocherei darf machen.»

«Und wie konnten Sie ausreisen?»

«Nun so einige Zeit verflossen, zehn Jahre, aber vor allem half wieder Rattennummer...» er las in den aufmerksamen Augen Nichtverstehen, «jawohl, nur bißchen verändert, halbes Jahr vorher trifft mich bei Bier Typ, der mich damals eingebuchtet, ist inzwischen Oberpolyp und treibt Volksnähe. Gewesen ist gewesen, sagt er, wäre Volltreffer, du trittst auf unserem Ball! Ich darauf, wollen mich reinlegen, wissen doch, ich darf nicht, aber er, wer darf, bestimme ich, und dann wird dir niemand verbieten! Und so hab' ich Frack von Naphtalin gelüftet und dann ohne Assistentin, soll mir einer nachmachen! zuerst einige dankbare Palmagen, dann Kartentricks und endlich Zylinder; lege rotes, blaues und weißes Taschentuch rein, und was zieh' ich raus? Stars und Stripes, sehe schon, wie sie starr, also schubs damit in den Hut, abrakadabra! und was ziehe ich raus? wieder Ratte, nur auf Rücken diese Strips und Straps! Im Saal Riesenhallo und nach paar Wochen Visum für Kurzausflug; nun, und den hab' mir lebenslänglich verlängert.»

Mehr wollten sie nicht wissen.

«Wir erlauben uns, Ihnen die Fingerabdrücke abzunehmen», gab der Dolmetscher bekannt.

«Na klaro, haben schon überall von mir, nur Vietnamesen nicht, hatten kein Stempelkissen.»

«Sie könnten Frankreich beantragen», meinte der weißhaarige Mann, «Sie haben vielleicht ein Anrecht darauf.»

«Ja, ja, man mir schon einmal gesagt, aber Frankreich und ich haben schon unseren Spaß gehabt.»

«Wollen Sie nach Amerika?»

«Dort würden sie mir vielleilcht Ratte auch ankreiden, alle Großmächte gleich kleinkariert!»

«Also wollen Sie in Österreich bleiben?»

«Wenn ich darf wollen, gern.»

«Und als was? Zauberer oder Koch?»

Er überraschte sie mit der dringenden Frage, als wäre er plötzlich in höchster Eile.

«Wieviel Uhr?»

Der Dolmetscher, der Weißkopf, die Typistin und der Fingerabdrucksammler schauten gleichzeitig auf ihr Handgelenk und gaben ziemlich die gleiche Zeit an. Er sprang auf und drückte jedem dankbar die Hand. «Thanks, merci, danke.»

Als erinnerte er sich, daß er ihnen die Antwort schuldig blieb, setzte er sich wieder artig hin und fuhr fort.

«Schwierige Wahl. Hängt davon ab: Kann ich noch gut changieren oder nicht? Erfahrung international null, zehn Jahre gekocht und gekocht. Wieviel Uhr?»

Er zwang sie unwillkürlich, wie vorher zu tun. Verwirrt starrten sie jetzt ihre Handgelenke an, an denen sich höchstens blasse Rändchen abzeichneten. Er gab einem jeden seinen Chronometer mit offenem Riemen zurück.

«Vielleicht geht's», sprach er mit gespielter Bescheidenheit, die ihm früher um so größeren Applaus bescherte, «muß nur üben, üben und üben!»

Die vier, die für kurz, aber unvergeßlich der Zufall zusammengeführt hatte, nahmen Abschied. Daß der Gärtner mit der Pianistin noch heute in eine Pension wechseln würde, hat Bobina mehr getroffen, als sie erwartete. Bei dem gestrigen Wiedersehen mit ihnen tat es ihr wohl, in der Fremde Bekannte zu haben. Der Gärtner war immer noch der einzige, der ihr von den Männern hier gefiel, und obendrein fürchtete sie, daß sie ohne die Pianistin niemals Jarina ausfindig machen könnte.

Diese Sorge hat ihr der Zauberer rasch ausgeredet, der von den beiden gern Abschied nahm. Ihm konnte er nicht vergessen, wie er ihn reingelegt hatte, und sie drohte Bobinas Abhängigkeit von ihm zu lockern; die aber war das Fundament aller seiner Pläne! Nach dem amtlichen Gespräch hat man ihn in die normale Baracke verlegt, also begleitete er mit der Verkäuferin die Scheidenden hinaus.

Auf der Karte Österreichs, die neben der Pforte hing, fanden sie kein Rohlau, doch die sattgrünen und braunen Farben um Sankt Pölten erweckten eine Vision von Natur, auf die sich Lydia und Václav freuten. Sie wollten tief die frische Waldesluft atmen, noch bevor sich nach Margrits Rückkehr Wien ihrer bemächtigte. Die Pianistin wurde immer glücklicher, daß ihre Freundin ihnen in der kritischen Zeit nicht helfen konnte. Diese Stunden haben sie und Václav einander nähergebracht als die Monate davor. Obwohl sie darüber kein Wort wechselten, hatten sie den gleichen Wunsch: einen einsamen Platz zu finden und sich unter dem blauen Himmel im Gras zu lieben, wie sie es in Klíčov nie durften.

«Also, ahooj!» verabschiedete sich die Verkäuferin, «laßt es euch gutgehen, Leutchen, wir sehen uns wahrscheinlich nie mehr.»

«Wohin habt ihr den Antrag gestellt?» fragte Lydia sie und den Zauberer gleichzeitig.

«Wir?» hat sich das Mädchen dagegen verwahrt, als störte sie diese Verbindung gewaltig, «ich nach Nijork, wohin er, weiß ich nicht.»

Mit Erfolg täuschte er vor, den Stich nicht gemerkt zu haben.

«Ich muß es mir noch gründlich überlegen, denn in welchem Land ich auch war, jedes endete schlecht.»

Erstaunlicherweise ergriff Lydia Nostalgie.

«Wir haben uns doch erst vorgestern getroffen, und mir kommt es vor, als würden wir uns bereits ewig kennen.»

«Im Ausland duftet selbst das größte Arschloch von Landsmann nach Vergißmeinnicht.»

Unweit hielt ein Wagen an. Bobinas interessierter Blick führte den Zauberer wie ein Lampenstrahl auf einen gutgewachsenen jungen Mann mit anziehendem Gesicht unter dem kurzen dunklen Bürstenschnitt; er saß im Geländewagen neben Mládek und betrachtete die Verkäuferin ebenso neugierig wie sie ihn.

Schöne Buchtel! schätzte er sie ein, hoffentlich fährt sie mit!

Wo warst du? fragte sie ihn mit den Augen, eben dich habe ich hier den ganzen Tag lang vergeblich gesucht!

Attention, attention! mahnte sich der Zauberer, sie fliegt auf ihn wie Bienen auf Blüten!

«Steigen Sie hinten ein!» lud der Dolmetscher die zwei, die er fahren sollte, ein, «Sie werden da schon irgendwie mit den Koffern zusammenrücken! Das da ist», er zeigte auf den Jungen, «Ihr Landsmann, er ist auch gestern geflüchtet, kommt zur gleichen Pension.»

«Böhmen hat gestern», sagte Strniště erleichtert, «drei seiner besten Mannen verloren.»

«Bin Slowake», sagte der Junge.

«Nein! Slowaken flüchten auch? Ich dachte, unter Husák ist jeder Slowack Minister?»

Mach dein Maul auf, du Schmalzdackel, wünschte er sich, ich stutze dich dann erst richtig zurecht!

«Sie», fing Bobina an und ging plötzlich zum Duzen über, «wo hast du denn deine Koffer?»

Kommst du noch hierher zurück, bedeutete ihre Frage, und sie erfuhr sofort einen tiefen Dämpfer, als er auf seine Zahnbürste zeigte, die aus der Oberhemdtasche ragte, er verabschiedete sich mit unverhohlener Verachtung.

«Gehab dich wohl bei deinen Opa.»

«Beleidigt zu sein», pflegte dem kleinen Wüterich Běla die Großmutter zu sagen, «das dürfen nur Herren, die dafür den Rechtsanwalt haben, du zahl gleich zurück oder schluck es und laß es unten rauskommen wie einen Pflaumenkern!»

Die gestrige Kränkung durch den Reiseleiter hat Bobina leider mit allem drum und dran bezahlt, für diesen Slowakenflegel blieb ihr kein schnelles Wort übrig. Das zu schlucken half ihr gerade der Magier, der sich im Gegensatz zu ihm dabei als Grandseigneur zeigte. Bei Nacht verwandelte er sich wundersam, auch im Tanzlokal hat er den Ober gleich überzeugt, daß er «nur für Ia» bezahle, so daß sie wieder einmal so zechen durfte, wie zum ersten- und letztenmal mit der verlorenen Jarina, als sie beide in Stralsund den verlebten alten Kater an der Nase herumgeführt hatten.

Im Unterschied zu ihm hat sie der Möchtegernzauberer prima unterhalten, obwohl sie ihm beinahe nichts glaubte, denn alles, was er dann auftischte, widersprach dem gesunden Menschenverstand. Sie würde ihm doch nicht abkaufen, er habe anfangs die ganze Welt bereist, um am Ende in Budweis hängenzubleiben und sich eine Rundfahrt auf den Spuren der Arbeiterbewegung zu kaufen! Ebenso nahm sie ihm nicht ab, daß jedes Land, in das er kam, danach ausnahmslos von jemandem okkupiert worden ist, so daß er gezwungenermaßen immer weiter mußte, bis er die russischen Panzer nach Böhmen gezogen hat! Und das Gewäsch, er habe in der Wüste und im Dschungel gekämpft, da er in der Fremdenlegion gewesen sei? Was spielt er ihr da vor und warum? Nur ein Stasipetzer konnte wissen, daß ihr Vater, wenn er sich richtig bedudelt hatte, sich für einen Fremdenlegionär hielt, wie er sie seit seinem einzigen Kinobesuch bewunderte.

Gegen diesen Verdacht sprach jedoch das Nachtspiel im Kasino. Sie hat doch mit eigenen Augen erlebt, wie er in ein paar Minuten beim Roulette eine Viertelmillion Böhmendollar verdient hatte und die dann ja geradezu absichtlich wieder verpulverte. Er muß einfach bescheuert sein! entschied sie, wilde Phantasie hat er, kurzum, ich muß ihm auf die Finger gucken!

Die Beleidigung des Slowaken hat sie geschluckt und reichlich nachbegossen, doch sie lag ihr trotzdem im Magen, weshalb sie froh war, daß dieser Schwätzer ihr nicht noch auf den Pelz rückte und sie zum Tanzen zwang, obwohl sie unter dem Tisch das Beinchen leise schwang: Der einzige Musiker am Parkett entlockte einer kleinen Elektrobox mit zwei Reihen Tastatur den Paradeklang einer ganzen Band. Es geht mir jedenfalls ziemlich gut, besser, als ich für meine Dummheit verdient hätte! Herrschaftszeiten, ich muß schnell an die Mutter schreiben, daß sie nicht durchdreht, wenn bei ihr wieder einmal die Polizei am Herd erscheint, vielleicht schafft sie es, meine Sachen aus dem Heim zu holen für meine Schwesterchen, bevor man sie kassiert...

Von der Bar her hat sie bereits ein vollgefressener junger Einheimischer fixiert, aus dessen offenstehendem Hemd eine dicke goldene Kette glänzte. Er wetzte sich auf dem Hocker neben einem Paar ähnlicher Typen, und Bobina, gutgelaunt, hat sein Interesse mit einem doppelten Zwinkern quittiert. Beim zweiten hat sie überhört, was ihr Tischgenosse fragte.

«Was haben Sie gesagt?»

«Na eben! Ich hab' gesagt, du sollst mich duzen.»

«Das geht nicht.»

«Und wieso?»

«Wir kennen uns doch kaum.»

«Den Slowaken kennst du länger? Daß du ihn gleich geduzt hast. Oder hat er dir aus der Seele gesprochen? Komme ich dir opahaft vor?»

«Nein...» sagte sie nicht gerade überzeugend.

«Schau mal», lachte er, «damit du kapierst: Du bist zu alt für mich!»

«Wie denn das?»

«Ich hatte immer was für Häschen übrig. Die erste, die mit mir das Dingsbums machte, war vierzehn.»

«Das ist doch unterm Gesetz!»

«In Oran.»

«Wo?»

«Das liegt in Afrika. Dazu konnten sie mich nicht einsperren, weil ich erst dreizehn war.»

Nein, diesem Aufschneider war nicht zu helfen. Er sah, daß sie ihm nicht glaubte.

«Du denkst, ich verschaukle dich ständig, nicht wahr? Gib's zu.»

«Na, ja...»

«Also merk dir ein für allemal, daß Pepi Strniště und das stolze Langohr nie schwatzen.»

«Was für ein stolzes...»

«Du kennst die Zote nicht, wie der vollgesoffene Hase vier Füchslein trifft und sagt, ihr Stinker, richtet eurer Mutter, der alten Hure, aus, wenn ich sie mal treffe, dann fick' ich sie kreuz und quer. Und hinter ihm erklingt, was hast du gesagt, Hase? Da geht ihm auf, es wird schlimm, und schwups weg, und die Füchsin schwupsschwups ihm nach, sie hat ihn fast, und plötzlich rups!...»

«Gehn wir tanzen?» kam es statt der Pointe, und Bobina witterte als erste einen Scheiß, den sie selbst angerichtet hatte.

Über ihnen wiegte sich der Mittlere von der Bar, sein glänzender, dünner Anzug, vielleicht Seide, schien ihm vom Körper zu platzen, und ein Ohrring hat keinesfalls die Gesichtszüge eines Schlägers veredelt, er hielt es nicht einmal für nötig, die Zigarette aus dem Mundwinkel zu ziehen. Das vernünftigste war jedenfalls, ihm zu folgen.

«Entschuldige», hat sie deshalb schleunigst ihren Begleiter geduzt, um sich ihn geneigt zu machen, «ich fege mit ihm eine Tour...»

Sie war natürlich im Recht, er selbst hatte sie nicht eingeladen, doch ihm war schon mit dem Slowaken genug; daß ihn auch dieser Fratz wie ein Stück Landschaft übersah, konnte er nicht mehr schlucken, sonst würde er bei dem Mädel allen Respekt verlieren. Selbst eine Prügelei fürchtete er nicht, da hat er schon ganz schlimme ganz gut überlebt, doch vor allem wußte er, wie er solche Prahlhanse auch ohne zu schlagen auseinandernimmt.

«Komm, Mizzi», sprach sie der Hiesige wie die letzte Nutte an, für die er sie, dem Lager so nahe, höchstwahrscheinlich auch hielt, «mach tanzi, tanzi!»

Er wollte sie bei der Hand nehmen und staunte, als er statt ihrer die des Zauberers griff. Der war schneller auf den Beinen als sie, pumpte mit seiner Rechten, hat ihn sogar kurz umarmt und klopfte ihm auf die Schulter, wobei er begeistert in seinem Esperanto rief.

«Ahoj! ciao! grüßdich! bienvenuto...!» dann schaute er sich den Verdutzten gründlicher an und schaltete von den Äußerungen uferloser Zuneigung in den Rückwärtsgang um, «Pardon, excuse me, Irrtum!» er setzte sich wieder und trank zufrieden ein Schlückchen.

Der Platzhirsch schüttelte verärgert den Kopf und widmete sich wieder der Bobina.

«Mach schon!»

Sie erhob sich sofort, am ersten Abend im Westen hatte sie keine Lust auf eine Wirtshausprügelei böhmischer Art. Sie waren fast allein auf dem Parkett, er wollte sie mit der Bravour eines Tanzlöwen in den Dreh bringen, aber schon dabei ist es ihm passiert: Er stolperte und fiel um.

Ungläubig starrte sie, wie er sich vor ihren Füßen hochrafft, versteht noch immer nicht, was los ist, mit ihr weitertanzen will und kann nicht. Ringsherum erscholl Gelächter. Selbst bestens Erzogene konnten sich nicht zurückhalten beim Anblick des fleischigen Tänzers, der in Sakko und Unterhose auf dem Parkett dastand, hoffnungslos in seine Hosenbeine verwickelt, um die sich die Hosenträger ringelten. Auf der Vorderseite seines weißen Slips, in dem sich ein winziges Glied abzeichnete, leuchtete rot die stolze Inschrift THE HOUSE OF MONSTER.

Von der Bar eilten ihm Freunde zu Hilfe, auch Bobina half ihm, noch immer nichtsahnend, bis er ihre Hand wegstieß, dann hatte er seine beiden Hände nötig, um sich die Hose hochzuziehen und unterwegs zur Toilette festzuhalten. Ganz verdutzt kam sie zu ihrem Tisch zurück, wo Strniště ihr höflich den Stuhl zurechtrückte und in seiner Geschichte fortfuhr, als wäre er nie unterbrochen worden.

«...und plötzlich rups! und die Füchsin liegt im Eisen. So stellt der Hase seine Flucht ein, geht an die Füchsin von hinten ran, fickt sie und sagt: ‹Damit du weißt, daß der Hase kein Lügenmaul ist!›»

Alles hat sie kapiert, als er ihr vier Hosenträgerknöpfe reichte.

«Mensch Meier, wie haben Sie ihm das...»

Er hob ihr sein Glas entgegen.

«Hast mich schon geduzt, oder?»

Der Gedemütigte erschien nicht mehr, die zwei von der Bar verdufteten ebenfalls. Die Heiterkeit, die zum Schluß des Abends, da waren sie bereits allein im Lokal, der Sekt weiter genährt hatte, verließ sie draußen. Er soll eine Taxe nehmen, redete sie ihm ein, er habe ihr bereits genug vorgeführt, sie glaubt ihm, er könnte auch besoffen am Steuer sitzen, aber er soll nicht noch einmal das Glück... dabei schaute sie auf ein Rad am Minibus.

Der Reifen ähnelte ohne Luft einem Scheuerlappen, um die Felge gewickelt. Trotzdem stand der Wagen nicht schief: Sämtliche Schläuche waren durch Schnitte erledigt.

«Du meine Güte, schau dir das an.»

Er war gewohnt, auszuteilen und einzustecken, doch die Bilanz mußte stimmen. Zwischen zwei Mitternächten hat er bereits zum zweitenmal überreizt. Du Ochs, schnauzte er sich an, du machst Mist wie einer mit Zwanzig, wundere dich nicht, wenn du auf die Schnauze fällst! Doch er war nicht gewillt, vor diesem Mädel Schwäche zu zeigen. Als sie ihn, auf einmal wieder ganz nüchtern, erneut bat, zurückzugehen und eine Taxe zu rufen, fuhr er sie an.

«Spiel nicht verrückt! Es liegt doch um die Ecke, jeder Taxler lacht uns aus.»

Kaum! wollte sie sagen, wenn du ihn richtig schmierst, aber er hat heute schon genug hingeblättert, ich darf nicht über die Stränge schlagen.

Beide hatten den Spaziergang eigentlich nötig, laue, frisch nach Heu riechende Luft machte sie munter, durchlüftete Lunge als auch Hirn. Er fing an, in einer unverständlichen Sprache zu singen, und behauptete schon wieder, es wäre ein Lied der Fremdenlegion. Sie ließ ihn dabei und kümmerte sich nur darum, ob sie auf dem richtigen Weg sind.

Troa scheehn tambuhr
se rewene de gehr...

Sie beruhigte sich, als er sie bei wer weiß welcher Strophe sicher in die bekannte Allee mit dem Zaun führte, hinter dem die Fenster des Lagers aufleuchteten. Da aber hörte sie schnelle Schritte, es kam ihr bald so vor, als liefe jemand in kurzen Abschnitten hinter ihnen. Sie drehte sich um und erblickte eine Gestalt, die gleich mit einem Baum verschmolz. Sie nahm den Sänger bei der Hand, um seine Aufmerksamkeit auf sich zu ziehen, und flüsterte fast laut.

«Jemand ist hinter uns her.»

Er nahm nur das warme Pfötchen zur Kenntnis, drückte es gern und sang schon wieder den Refrain.

Errann errann
rattataplann...

Er marschierte voran und sie mit ihm, den Kopf nach hinten gewandt.

«Zwei sind es, hörst du?»

Er hat gehört, war doch nicht taub und gar nicht blöd, er hatte aber nur eine einzige Chance, wie er sie schon einige Male anständig genutzt hatte: zu tun, falls ein Verduften nicht mehr möglich war, als ahne er nichts, damit ihm wenigstens das Überraschungsmoment gehörte. So sang er laut weiter und dachte nach, wann er sich das letzte Mal geprügelt hatte, im Knast natürlich, und wie immer gut! nun, heute bist du kein Pepé le Tcheco mehr, sie sind zwei und jünger, und was mit der da? Gleich danach fühlte er sich erleichtert, als in der Ferne vor ihnen ein Auto erschien. Zur Pforte waren es noch knappe zweihundert Meter, es reicht, in die Fahrbahn zu treten, und die da hinten sind im Aus! Er schob Bobina dahin und fiel wie in alten Zeiten ein.

Allons enfants de la patrie...

Dann hörte er den Feind stampfen und schnaufen.

«Lauf!» beendete er den Gesang, und mit der Hand, die sie noch immer hielt, stieß er sie mit Schwung nach vorn.

«Mach, lauf, renn, hau ab!»

Er stellte sich ihnen und fing gleich den ersten Schlag, gab ihn gut zurück, das fühlte er im Handgelenk, doch er bekam zwei weitere ab, Dreschflegel! wußte er gleich, dem halte ich nicht stand, es wurde ihm bange, seine letzte Hoffnung war der Fahrer, der gerade bei ihnen war und in der Tat bremste, er traf immer häufiger ins Leere, inkassierte dagegen voll, mon dieu, sollen sie doch endlich die Kurve kratzen! er stieß französische Flüche aus, «merde» am meisten, aus dem Wagen lief ihm jemand zu Hilfe... doch eben der hat ihm von hinten den Volltreffer versetzt, nach dem sein Kopf, dessen war er sich sicher, zerbrach und er in Ohnmacht fiel.

Auch Bobina hat auf den Fahrer gehofft, doch vom Steuer sprang ihr Tänzer, und nach seinem Schlag, mit einer Flasche geführt, fiel der Zauberer wie eine Puppe in sich zusammen.

«Hilfe!» brüllte sie los, bis sie selber die Ohren voll hatte, «Mörder!»

Mich machen sie auch fertig, war sie überzeugt, ergriff dennoch nicht die Flucht, stand aufrecht da und kreischte weiter, wie eine Sirene, und hörte bald, wie sich im Flüchtlingslager die Fenster öffneten und Stimmen ertönten.

«Was ist los? Ruhe! Säufer! Nein, jemand ist überfallen worden!»

Da schlugen schon dreimal die Wagentüren zu, und das Auto hob so kräftig vom Platz ab, daß alle Räder wild quietschten. Auf dem Asphalt blieb nur ein Hampelmann liegen.

Für den jungen Mann hegten sie alle Respekt.

Obwohl er physisch und psychisch am Boden sein mußte, an der Strecke gemessen, die er zurückgelegt hatte, und auch an dem Geschehen, das er erlebte, machte er keine Schwierigkeiten. Rührend kümmerte er sich um Frau und Sohn und war dabei sogar imstande, sachlich Fragen zu beantworten, die ihm, je mehr die Rettungsaktion anwuchs, immer mehr Leute stellten.

Zum Glück hatte der Lokführer schon vorher die Geschwindigkeit heruntergedrückt, weil der österreichische Bahnhof gleich hinter dem Tunnel lag, so schaffte er es, vor der Liegenden anzuhalten. Über seinen Sender konnte er sofort Hilfe herbeirufen. Als erste waren Eisenbahner und Zöllner zur Stelle, aber auch auf einen Arzt mußte man nicht lange warten, er kam über die Schwellen gelaufen, die Trage wurde auf einer Draisine gebracht.

Man wußte hier seit langem, daß diese lange Röhre gelegentlich zur Flucht benutzt wird, und obwohl bisher nichts geschehen war, haben sich einige Verantwortliche längst den Kopf darüber zerbrochen, was wäre, wenn. Dank ihnen war selbst trotz der späten Stunde bald klar, daß keiner von den dreien eine sichtbare und wahrscheinlich auch keine innere Verletzung erlitten hatte. Die Frau und das Kind standen jedoch unter Schock, und der junge Mann stimmte ihrem Abtransport ins Krankenhaus auch ohne ihn selbst zu.

Glücklich, daß sie um Haaresbreite dem Unglück entkommen waren, war Milan bereit, alle Folgen ihres Unternehmens zu tragen, das nicht einmal die Sympathien, die ihm entgegengebracht wurden, legaler machte. Er blieb für alle, die mit ihm von Amts wegen sprechen wollten, an Ort und Stelle. Dabei konnte er ihnen sagen, daß irgendwo im Tunnel die letzten Reste ihres Hab und Gutes liegen, und begleitete die Sucher die Garnitur entlang. Sie fanden die verstreuten Sachen noch weiter hinten, er würde nie glauben, daß er einen so langen Abschnitt mit Petřík auf den Armen laufen konnte.

Da wußten sie schon, daß er Tscheche ist, und machten sich ein Bild des gestrigen Irrens und der Nachstellungen, die ihn zwangen, mit seiner Familie einen so gefährlichen Weg zu gehen. Er tat ihnen leid, und sie machten es ihm nicht schwerer als notwendig. Dennoch zogen sich die

Formalitäten drei Stunden lang hin, es haben sich internationale Züge verspätet, und jemand mußte für die Verluste haften. Wenn er das nicht sein wollte, mußte er sofort Asyl beantragen, damit der österreichische Staat zum Garanten wurde.

Als sie mit allem fertig waren, dämmerte es. Sie konnten ihn mit der Nachricht aus dem Krankenhaus beruhigen, der Sohn und seine Mutter hätten nach der Versorgung kleiner Abschürfungen Spritzen bekommen und schliefen tief, er könne sie nicht früher als nachmittags besuchen. Und ob es ihn nicht selbst nach einer Untersuchung verlange? Er lehnte es ab, er wollte vor ihnen nicht als Schwächling erscheinen. Es half ihm, daß er gezwungen war, unentwegt zu handeln und zu sprechen, sich vor allen hier wie vor einem Publikum zu verhalten. Am Ende stellte sich bleierne Müdigkeit bei ihm ein, wie nach der letzten Verbeugung.

Er war dankbar, als man ihm ihre Habseligkeiten in ein kleines Hotel über der Straße brachte, in dem ihm die aus dem Schlaf geweckte Inhaberin voller Mitleid ein großes Zimmer anbot und den Boiler anstellte, damit er duschen konnte. Es gelang ihm kaum, Schuhe und Hose auszuziehen. Bevor er noch das Licht löschte, erblickte er in dem Haufen Sachen die kaputte Taschenlampe, für die er sein Auto hergab, wie Hans im Glück! fiel ihm das uralte Märchen ein. Dann schlief er wie ein Toter.

Er hatte keine Träume und wachte spät auf, so daß ihm zunächst Hals und Rücken stark schmerzten. Er milderte es durch Turnen und stand dann lange unter der Dusche, wie er es nach schweren Rollen in durchgeschwitzten Kostümen gewöhnt war. Immer lief ihm dabei wie in einem Film die soeben zu Ende gegangene Vorstellung vor den Augen ab, die er, solange er ihr lebendiger Bestandteil war, nur durch das parallel funktionierende Gefühlssystem der Bühnenfigur wahrnahm.

Auch jetzt wurde ihm mit dem zeitlichen Abstand der sich steigernde Wahnsinn des gestrigen Tages klar, und er stellte sich vor, wie es den beiden ergangen war, die er so liebte und ihnen trotzdem nichts erspart hatte. Er fühlte sich vor ihnen schuldig wie noch nie und wollte schnellstens bei ihnen sein, um alles wieder gutzumachen.

Zwischen ihm und seinem Ziel, sich am Broadway oder in Hollywood durchzusetzen, lagen noch verdammt viele Hindernisse, und er machte sich keine Illusionen mehr über sich selbst. Bei aller Schauspielereitelkeit wußte er sich kritisch zu sehen, auch wenn es ihm selten half. So wußte er auch, daß er seine erstaunliche Arbeitsdisziplin, die viele seiner Kollegen unmenschlich nannten, oft mit einer Unzurechnungsfähigkeit aufwog, die er sich nur privat erlauben konnte, und am unerträglichsten, erschrak er, bin ich zu den Meinen!

Während die warme Peitsche der Dusche seine Müdigkeit verjagte und er sich seine gestrigen Krisen in Erinnerung rief, wurde er mehr und mehr weich gestimmt. Jawohl, die Schauspielerei ist für mich zwar die einzige Art einer «sinnvollen» Existenz, das Wort hat er von seinem früheren Freund übernommen, doch ihr wahrer höherer Sinn kann nicht im Erfolg liegen, dem eigentlichen Schlüssel zu meinen Seitensprüngen! ich rede mir ein, sie seien genauso unwirklich wie meine Rollen.

Es flogen Weiber ganz bestimmten Typs auf ihn, vor allem «Biester mit Bisam», wie er diejenigen nannte, von sechzehn bis sechzig, die von weitem ein erotisches Signal ausstrahlten. Er nahm sie seit geraumer Zeit ohne die geringsten Skrupel, vergeudete keine Minute mit Erobern, er war sich sicher, sie kommen zu ihm, bereits von seinem Hamlet, Myschkin oder Jago erobert, und gerade den Erhabensten grapschte er mit Vorliebe räuberisch in den Schoß; keine fühlte sich beleidigt, sofort nahmen sie das Sexspiel auf. Doch versuchte eine von ihnen für sich ein Anrecht daraus abzuleiten, wurde sie gleich von der nichtsahnenden Dora aus dem Rennen geworfen.

Er selbst konnte lange nicht begreifen, warum er sich so an sie klammerte. Unabhängigkeit ging ihm seit Kindheit über alles, noch früher als mit dem Regime rang er darum mit den Eltern. Seine Parole, daß er nur für Brot und Wein verdienen müsse und darum nicht zu kaufen sei, war dessen Ausdruck. An fremde Betten, die er mühelos fand, gewöhnte er sich wie andere an Hotels, um so angenehmer, als sie umsonst waren. Er war sich sicher, daß er auf diese Weise bis zu seinem Ende besser leben und mehr arbeiten könne als seine Kollegen, durch Ehe und Liebesstürme gebeutelt.

Als nach dem «Hamlet» im Theaterklub ein Mädchen namens Dora erschien, wurde alles anders. Ihretwegen wurde er sogar zum Schwiegersohn einer eisernen Kommunistin, obwohl er alles aus dieser Richtung für die Pest des Jahrhunderts hielt, schlimmer, weil hinterlistiger als der durchsichtig brutale Nazismus. Bald stellte er fest, daß die Beziehung zu Dora ihm wegen ihres absoluten Anspruchs über den Kopf wächst, und er befreite sich auf die alte Weise in fremden Betten davon. Erschrocken aber kehrte er zurück, wann immer ihm drohte, Dora zu verlieren. Um diesen Zauber zu brechen, forschte er nach seinem Ursprung.

Bestimmt war es ihre außerordentliche, beseelte Schönheit, die ihn als erstes fesselte und selbst nach Jahren nichts von ihrem Geheimnis verlor. Berühmte Photographen bemühten sich vergeblich um eine gelungene Aufnahme von ihr. Der beste sagte ihm, photogen sei jede Kuh, in den ganz besonderen Fällen sei das Gesicht ein Teil des intellektuellen und emotionellen Systems und pulsiert wie die Seele, die nur Gott knipsen könnte, weil er weiß, wann... Doch vor allem war er, was er sich auch in Augenblicken der Wahrheit zugab, der Gefangene ihrer Güte.

Das Kriterium «brav» war für ihn früher unteilbar mit Einfalt verbunden, wenn nicht gar mit Dummheit. Brave Menschen, die er aus den Rollen, von Meistern der Psychologie geschaffen, kannte, haben die meisten Katastrophen und Tragödien auf dem Gewissen, sie ließen Tyrannen an die Macht und machten Kriege möglich. Auch seine Eltern schätzte er nicht mehr, als er begriff, sie waren so idiotisch ehrenhaft und opferten die Früchte der Ahnen dem Bolschewisten. Er mochte lieber als Egoist gehaßt werden oder als Anarchist gefürchtet, als beliebt zu sein als gute Seele.

Mit Dora kam zu ihm die Gutmütigkeit selbst, wie, so hat es einst sein bester Freund genannt, den er gerade durch seinen Egoismus verloren hatte, die dritte Spitze des Dreiecks neben Schönheit und Intellekt. Der Satz, den er ihr manchmal in der Wut hinwarf, ein Kaninchen ist im Vergleich mit dir ein Tiger! war in Wirklichkeit bis heute ein Ausdruck seiner Bewunderung für Doras leise, aber unbestechliche Wahrheitstreue, wem auch immer sie galt.

Sie hat ihn geliebt, und dennoch hat sie ihm keine Schlechtigkeit verziehen, die sie an ihm entdeckte. Unnachgiebig verteidigte sie menschliche oder künstlerische Qualitäten seiner Feinde, was ihn oft in Rage brachte. Doch, wenn er sich wieder beruhigt hatte, mußte er zugeben, daß sie im Recht war. Allmählich wurde ihm bewußt, daß sie, im Unterschied zu den Schleimern beiderlei Geschlechts, die sich in seine Gunst oder seine Arme schmeicheln wollten, sich als einzige darum sorgte, daß er von dem ganzen Ruhm nicht oberflächlich, hohl oder wild wurde.

Und zu all dem dies: Es war Dora, seine eigene Frau, mit der er am besten und am liebsten schlief. Er gab es ihr nie zu, um sich ihr nicht völlig auszuliefern, er hat es nur seinem Noch-Freund anvertraut, der ihm darauf sagte, in Dora liebe er sich selbst, wie er wäre, wollte er sich nicht immerzu als Bock aufspielen. Er sei doch, fuhr der verbotene Dramatiker fort, der Milan oft seine Wohnung zur Verfügung stellte und ab und zu an seiner Liebestafel mitnaschte, er sei ein Kleinbürger, der heimlich an

Monogamie glaube und sich nur aus dem Gefühl, er schulde es seinem Beruf und seiner Stellung, als sexueller Exhibitionist gebe, der Positionen und Orgasmen als Spitzensport betreibe, während er doch, dozierte der Freund mit seinem geschädigten «s» über Milans eigenes Bekenntnis, «feinen Famen nicht fpritzen läfft, weil er fich heuchleriff alf ‹Doratreu› » vorkomme.

Milan nannte darauf den Dramatiker einen Fickabtöter, dem er demnächst keinen Treiber mehr abgeben werde, und warf ihm im besoffenen Streit zur Strafe vor, durch sein idiotisches Dissidententum verlängere er nur die Macht der Idioten; er verpaßte dann die Zeit, in der er sich für diese blöde Beleidigung noch hätte entschuldigen können.

Mit Dora hat er sich ohne Plan und Absprache geliebt, manchmal waren sie wochenlang enthaltsam, dann wieder wollten sie sich jede Nacht, immer spontan und beide. Selbst in den Pausen, mehr durch Rollen als Affären verursacht, entfremdete sie sich ihm nicht, doch wann immer er sie umarmte, sei es nach einer Krise oder gleich morgens früh nach einer Liebesnacht, war es immer wie zum erstenmal: Er eroberte eine Jungfrau, die er in eine leidenschaftliche Geliebte verwandelte.

So sehnte er sich wieder nach ihr, als er unter der Dusche stand in dem Minihotel ganz am Rande der freien Welt, wohin sie sich so dramatisch durch ein Nadelöhr gezwängt hatten, und er wollte alles tun, damit sie glücklich war. Er fängt damit an, daß er nicht wie ein Verrückter in Englisch ertrinkt, sondern sich viel Petřík widmet, der ihr Abbild war und eine männliche Erziehung brauchte, damit er auch mit diesen ihren Eigenschaften zu einem Mann würde.

Obwohl elf vorbei war, bekam er unten ein prächtiges Frühstück und dazu die Nachricht, im Zollamt liege eine Fahrkarte für ihn, die Züge nach Graz führen jede Stunde; erst jetzt wurde ihm klar, daß man seine Liebsten gestern in eine Stadt gebracht hatte, die er aus der böhmischen Geschichte als Steiergraz kannte. Das schöne Wetter hielt an, die Hotelbesitzerin lehnte Geld ab, und die Zöllner waren die Liebenswürdigkeit selbst. Erst nach dem Besuch im Krankenhaus sollte er sich entscheiden, ob sie in das zentrale Flüchtlingslager fahren oder sich bei der hiesigen Landesfremdenpolizei registrieren lassen wollen.

Er fühlte sich wie nach einer Premiere, die mit Schmerzen geboren wurde und gut endete. Es hat Nerven gekostet, doch es gelang, und nun ging es darum, schleunigst Amerika zu beantragen, fleißig zu lernen und «das Gezappel» zur Abwechslung hier zu beobachten. Seine Alterchen, denen die Prager Wohnung zum Glück noch immer rechtlich gehörte, muß er benachrichtigen, wo die Sparbücher zu finden sind, und sie auch mit dem Versprechen vertrösten, man würde sich in einem Jahr in Manhattan umarmen können, nach dem sie sich ihr Leben lang sehnten. Dora wird an ihre Mutter schreiben, die wird sich eine Ausreise zu ihrem Liebling Petřík bei ihren Beziehungen noch früher verschaffen können; während ihres Besuches wird er sich in Hollywood umschauen.

Er fuhr mit jungen Leuten im Abteil, und es freute ihn, wie sich nach den nächtlichen Verhandlungen sprunghaft sein Deutsch gebessert hatte, als hätte der Schock die Gehirnzellen mit vergessenen Vokabeln geöffnet; er konnte sich über fast alles verständigen. Um so mehr hat ihn enttäuscht, wie ablehnend die mitfahrenden Studenten reagierten, als sie erfuhren, daß er nicht in die Heimat zurückkehre, sondern im Gegenteil aus dieser samt Familie flüchte. Sie behaupteten, daß auch hierzulande Menschen für ihre Ansichten verfolgt würden, und er versuchte vergeblich, ihnen ihre Ahnungslosigkeit klarzumachen. Offensichtlich für diesen Verrat am Sozialismus haben sie ihm in Graz nicht dabei geholfen, sein schweres Gepäck zur Aufbewahrung zu bringen.

Glücklicherweise sah er einen Gepäckkarren und vergaß die Leute, davon überzeugt, unglücklicherweise auf die paar Deppen gestoßen zu sein, die hier Moskau bezahlt. Noch auf dem Bahnhof entdeckte er eine Konditorei, und damit er, seinem Versprechen treu, den Berg Süßigkeiten kaufen konnte, den Petřík nie vergessen sollte, wechselte er einen der Hundertmarkscheine in Schillinge, die er noch im Hotel aus dem Schuh herausgezogen hatte. Dann wählte er am Blumenstand elf rote Rosen aus, ihre Zahl! sie haben sich am elften Juni getroffen… jetzt entsann er sich, daß er in der letzten Woche im Trubel der Vorbereitungen ihr rundes Jubiläum vergessen hat. Er kaufte noch weitere zehn Rosen dazu und wechselte den zweiten Hunderter. Geld machte ihm nie Kopfschmerzen, bin ein doppelter Tschech und kein Schotte!

Er ließ sich, feierlich gestimmt, durch die Stadt kutschieren, er hat bereits Westberlin erlebt, und was konnte schon einen Kudamm übertrumpfen? doch die Provinzstadt, die von Leben und Reichtum mehr pulsierte als Prag mit seiner Million Menschen, faszinierte ihn. Dabei war sie nur eine bescheidene Ausgabe jener Welt, die auf ihn jenseits des Ozeans wartete, höchste Zeit, daß ich dort bin! ach nein, nur keine Hektik! eins nach dem anderen auskosten, zuerst das Treffen mit meinen Liebsten!

Der Taxifahrer hat ihn zuerst irrtümlicherweise zur Geburtsklinik gebracht und von dort zum Zentralempfang. Mit den Rosen wollte man ihn wieder zu den Wöchnerinnen schicken, bevor er seinen Fall verständlich machte. Er mußte seinen Namen aufschreiben, damit der Computer ihn lesen konnte, dann wies man ihm den Weg. An der Pforte des Hochhauses der Inneren Abteilung dieselbe Prozedur. Ein junger Arzt, der eine besorgte alte Frau hinausbegleitete, fing seinen Namen auf.

«Ich führe den Herrn dorthin», sagte er zu der Schwester, «bitte, dort drüben ist der Aufzug.»

«Wissen Sie, wie es meiner Frau geht?» fragte ihn Milan.

Der Arzt schien von den Rosen eingenommen zu sein, ihr Duft erfüllte den Lift.

«Der Herr Primarius wird Ihnen persönlich berichten.»

«Herr Primarius?» wunderte er sich bereits über die Ehre, die er hier nicht erwartete; hat man etwa einen seiner Filme im hiesigen Fernsehen gebracht?

«Sie sprechen gut Deutsch!» plauderte der andere, als wußte er kein besseres Thema.

«Ach», antwortete er geschmeichelt und mit seiner beliebten Phrase, «nur eine passable Aussprache, sonst benutze ich statt Grammatik Phantasie.»

In irgendeinem Stockwerk kamen sie aus dem Lift zu der gegenüberliegenden Tür, auf der sich kein Schild befand. Der Arzt klopfte und trat ohne zu warten ein.

«Herr Čech», meldete er, «ich bin ihm unten begegnet.»

In dem spartanisch eingerichteten Raum standen außer dem Schreibtisch und drei Stühlen nur ein Kleiderständer, ein Regal mit Fachliteratur und eine Ausziehcouch, alles verwohnte Billigmöbel, wie bei uns, wunderte sich der Schauspieler. Bekannt kam ihm auch der zierliche Mann im weißen Kittel vor, die dunklen Haare machten ihn auf die Entfernung jünger, in der Nähe hatte er das durchfurchte Gesicht eines Mannes über Sechzig.

«Lindberg», er reichte ihm die Hand, «bitte nehmen Sie Platz. Verstehen Sie Deutsch?»

«Glänzend», lobte ihn der junge Arzt beinahe krampfhaft, «prächtig!» er schaute noch immer auf die Rosen.

Der Chefarzt zeigte weiter auf den Stuhl, also setzte sich Milan, die weißen Kittel blieben stehen.

«Ich habe gehört, Sie sind gerade geflüchtet«, sagte der Primarius.

«Ja...»

«Was sind Sie von Beruf?»

Sie wußten also nichts.

«Schauspieler.»

«Und haben Sie gespielt?»

Er verstand die Frage nicht, so daß der Primarius sie gleich ergänzte.

«Haben Sie dort zu den Verbotenen gehört?»

Er wußte also zumindest mehr als die Studenten im Zug.

«Im Gegenteil, ich bin...» er korrigierte sich, «ich war Mitglied des Nationaltheaters, aber ich brachte es nicht mehr fertig, mich auf die Bühne schämen zu gehen, wenn Sie mich verstehen... also wenn Sie die Situation bei uns kennen.»

«Schon. Doch eben in Ihrem Fach ist die Emigration ein Risiko, nicht wahr?»

«Mein Ziel ist Amerika. Ich spreche viel besser Englisch als Deutsch. Und dort habe ich auch eine viel größere Chance, an die Spitze zu kommen, glaube ich wenigstens.»

An Stelle eines Kommentars ging der Primarius auf das Waschbecken zu, drückte den Stöpsel ein und ließ kaltes Wasser einlaufen. Er ging zum Schauspieler zurück, für seine Rosen. Milan stand auf.

«Kann ich nicht gleich zu ihr?»

«Noch nicht, Herr Čech.»

«Schläft sie noch immer?» er wurde nervös.

Der Primarius lockerte den Strauß und legte die Blumen fächerartig auseinander. Dabei nickte er zustimmend.

«Aber sie ist doch nicht verletzt!»

«Nein, aber sie muß schon noch ein paar Tage bei uns bleiben.»

«Wieso?»

«Wußten Sie, daß sie Schwierigkeiten mit dem Herzen hatte?»

«Sie hat einen Herzfehler, doch man hat ihr längst gesagt, sie darf ganz so leben, wie sie sich fühlt...» er erschrak, «hat es sich verschlechtert?»

«Nein, aber es wäre gut, sie vor jeder Aufregung zu schützen, solange die Medikamente nicht völlig greifen.»

«Da können Sie sich ganz auf mich verlassen. Ich tue alles, damit sie schnellstens wieder in Ordnung kommt.»

«So. Aus diesem Grund sollte sie auch einstweilen nicht wissen, daß Ihr Kind gestorben ist.»

«Was, wie...» er war sich gewiß, nicht richtig verstanden zu haben.

«Jawohl, Herr Čech», sagte der Primarius ebenso teilnahmslos, wie das der medizinische Fachberater im vorigen Jahr dem Schauspieler beibrachte, als er die Rolle des Arztes drehte, der sich zum Schluß selbst den Krebs diagnostiziert hatte, «es tut mir leid, Ihr Sohn hat wahrscheinlich die Veranlagung der Mutter geerbt, was leider nicht rechtzeitig erkannt worden ist. Sein Herzchen hat das nicht ausgehalten, er starb bereits im Unfallwagen. Ich habe verboten, es Ihnen zu telephonieren. Ich wollte Sie persönlich sprechen.»

Die schwache Brise vermochte nicht, das Dachblech abzukühlen, auf das die Sonne prallte. Im Krankenhausareal herrschte Nachmittagsruhe, auf dem grünen Rasen in der Tiefe ähnelten unbewegliche Patienten in ihren farbigen Morgenmänteln exotischen Blumen. Die Zivilisationsgeräusche aus der Stadt, die über dem Windschutzwall der Bäume emporragte, mischten sich zu einem Summen, es erinnerte ihn an nächtliche Klänge der Moldauwehre aus seiner Jugend.

Der Blick auf sie wurde ihm gestohlen, als man zu ihnen, den Hausinhabern und somit bürgerlichen Leuteschindern, in den Fünfzigern zwangsweise Untermieter einquartiert hatte. Er schlief dann mit den Eltern im Zimmer auf den Hof hinaus, das Wasserrauschen reichte aber bis dorthin und ersetzte ihm das entschwundene Bild fünfzehn Jahre lang, bis die Eindringlinge in besser gewordenen Zeiten in eigene Wände umgezogen sind. Die rücksichtsvollen Alterchen verbrachten die meiste Zeit des Jahres in einer uralten Kate auf dem Lande, so daß er die Kaiwohnung ganz für sich hatte, er hat dort auch seine Frau hingebracht und später aus der Entbindungsklinik seinen Sohn.

So wie er es vermochte, sich in fiktive Figuren einzuleben, bis er auf der Bühne während des Spielens überzeugt war, selber sie zu sein, ertappte er sich dabei, manche, vor allem ungünstige Lebenssituation, aus einer Distanz zu betrachten, als wären sie nicht wirklich. Oft mußte er sich zwingen, sie ernst zu nehmen, und nicht als nur einen mißlungenen Versuch, den man wie auf der Probe durch Wiederholung besser machen könnte. Dies hat ihm eine weitere Gewohnheit aus der Kinderzeit erschwert: Wenn er etwas schrecklich ungern sah oder aß, machte er die Augen zu und drückte die Lider krampfhaft zusammen, bis man ihm meistens nachgab. Im Lauf der Zeit machte er aus der Not eine Tugend, er verwandelte sie in eine Art Erster Hilfe.

Während der Proben einer schwierigen Szene, mit der er sich keinen Rat wußte, bat er um eine Erholungspause, lief über die Feuertreppe auf das Theaterdach, machte im Schatten der bronzenen Statuen ein paar scharfe Kniebeugen und Liegestütze, um das Blut in Wallung zu bringen, kniff die Augen zu und rief Bilder herbei, die er erlebte oder erleben wollte, meist ging es um Sex. Er war fähig, sich augenblicklich in sie so einzuleben, daß die Vorstellung die Sinne in Aufruhr versetzte, die Müdigkeits- und Skepsisgase wegschwemmte und ihm neue Lust und Energie einpumpte.

Es war eine Art höchster Verzückung, ein mentaler Orgasmus, durch den er sogar die Angst vor dem Zahnarzt zu überwinden lernte und manchmal auch tatsächlich Versuchungen in Zeiten, in denen er Dora treu bleiben wollte. Als er diesen geistigen Siedepunkt passiert hatte, öffnete er die Augen und kehrte in die Gegenwart zurück; sie erschien ihm dann weitaus günstiger. Voller Vertrauen und Optimismus öffnete er sie auch jetzt, nachdem er im Geist intensiv die Wonnen eines sich an ihn schmiegenden Körpers erlebte, der nur Dora gehören konnte. Er war noch imstande, die ruhige, idyllische Kulisse des Parkkrankenhauses wie von der Höhe des Schnürbodens wahrzunehmen, als ihn ein wilder Schmerz traf. Er hat begriffen, daß Petřík tot ist.

Tod, Tote, sterben, dahin, vorbei, krepier, verrecke! wie oft hatte er solche Worte in allen Zeitformen und Beugungen wiederholt, wie oft hat er auf der Bühne selbst getötet, wie oft persönlich die Schwere und den Schrecken des Sterbens erlebt, riß die Augen auf oder schloß sie dahinsiechend, um sie dann wieder aufzutun und stolz für seine vollendete Täuschung den Beifall zu ernten, das Lob der Kritik, die Gunst der Frauen und anständige Honorare. Jetzt war ein Stück von ihm wirklich vom Sein ins Nichtsein weggegangen, und es war sein Sohn...

Er stand auf dem glühenden Dach, ohne zu ahnen, wie er dahin gelangt war, hat den Namen der Stadt vergessen, die hinter den Bäumen wie die Moldauwehre rauschte, er wußte nicht, wer er ist und was er da will. Der Himmel wurde schwarz, nein, es verdunkelte sich nur alles vor seinen Augen, als bliesen die Pyrotechniker bei den Dreharbeiten in einen gebauten Schacht Kohlenstaub, mit dem sie den Stolleneinsturz vortäuschten. Hier wurde er echt verschüttet durch die Masse der Ereignisse, die nicht wegzuspielen waren; Petřík lebt nicht mehr, und ich habe schuld daran!

Da brachen bereits die Schutzdämme auf, und in sein Bewußtsein drangen Szenen, so frisch, daß sie noch Klänge, Farben und Düfte beibehielten, um ihn um so mehr zu verletzen: Petřík versucht am Waldparkplatz vergeblich mit ihm beim Laufen Schritt zu halten, Mami verwöhnt dich! Petřík auf dem Rücksitz täuscht ungeübt Schlaf vor, grins nicht so blöd! er tut vor den Jugoslawen so, als brüllte er Dora an, und Petřík heult los, bist auf den Kopf gefallen und hast es vor uns verheimlicht! Petřík, unter den Koffern verschüttet, fragt scheu, wann weitergefahren wird, halt die Klappe oder ich setz' dich hinaus! Petřík kann nicht so schnell! wendet Dora ein, Petřík ist doch ein Sportsmann, nicht wahr, Petřík? Petřík nickt eifrig, um sich beliebt zu machen, jawohl! behauptet Dora, weil er sie dazu zwingt, ich will es auch wegen Petřík und meinetwegen! sobald wir dort sind, beschwichtigt sie ihr Kind, knubbeln wir uns alle drei im Knäulchen zusammen, Petřík! lockt er ihn, in der ersten Konditorei kannst du dir alles bestellen, was dein Magen schafft, oder ich soll auf der Stelle versinken! so läuft man Marathon, weißt du? ja, Papi! Milan, Petřík kann nicht mehr! Quatsch! Petřík, jetzt geht's um die Goldene! du darfst die Lampe nicht fallen lassen, oder wir sind im Arsch! nein Papi, du Idiot! -diot, -iot, -ot donnert die Felsenröhre, in der plötzlichen Stille erklingt die Nationalhymne, und vor ihnen im Halogenlicht der Scheinwerfer fließen wie in Zeitlupe Ricken, Kitzen und der Hirsch dahin, Petřík, ich verspreche dir die längsten Ferien von allen deinen Kameraden! ja, Papi...

Der schwarze Star war vorüber, er sah das Klinikareal wieder. Irgendwo darin nahte für Petřík der erste Abend seiner ewigen Ferien, und woanders in dem Betonquader schlief seine Dora wie eine verwunschene Prinzessin! Sobald man ihr erlaubt zu erwachen, wird sie als erstes nach ihrem Kind fragen. Er erschrak vor dem Gedanken, der ihr dabei vor allen anderen einfallen mußte: Wer nahm es mir? Wie in einer antiken Tragödie konnte er vor seiner Schuld zu einem einzigen Wesen flüchten: seinem Opfer. Es überkam ihn ein ihm bekannter Krampf im Unterleib, bis er aufstöhnte!

Bevor er noch zum letztenmal die Augen schließen wollte, maß er die Tiefe vor sich. Schmerz und Trauer wurden barmherzig von der Hoffnung gemildert, daß im nächsten Augenblick der sattgrüne Rasenspiegel auseinandertritt und er wie Oberon in einen gnädigen Sommernachtstraum einsegeln würde ...dorthin, wo er mit Kitzen spielt, mein... Fremde Finger drückten ihm das Handgelenk.

«Zigarette»? fragte der Primarius.

«Wie...?»
«Ob Sie rauchen?»
«Nur wenn ich muß... auf der Bühne...»
«Dann zünden Sie sich jetzt eine an.»
Er ließ seine Hand locker und bot ihm aus einem silbernen Etui an. Er gab ihm und sich mit einem ähnlich altmodischen Benzingerät Feuer. Milan zog gierig ein, holte tief Atem und hat sich geschüttelt, als hätte er einen Schluck eisigen Wodkas hinuntergekippt, den er im Gefrierfach immer parat hatte.

«Menthol», erklärte der Arzt, «das macht frischer. Ich bin auch ein Exilierter», sagte er unvermittelt, als knüpfte er an ein unterbrochenes Gespräch an, «aus Berlin. Meine erste Station war eben Prag, dort habe ich mein ursprüngliches Fach abgeschlossen, die Chirurgie, bei Professor Zahradníček, damals die Kapazität Europas. Aber Hitler hat mich auch bei euch eingeholt. Im ersten Schock floh ich bis hinter den großen Teich.»

Erst jetzt wurde dem Schauspieler bewußt, daß sie beide Englisch sprachen.

«Als ich zu mir kam, fand ich eine Art, es dem Führer ein wenig heimzuzahlen, und trotzdem, schwor ich mir, nie wieder zurückzugehen, wo man Deutsch spricht, ich bin Jude.»

Eine Weile rauchten sie schweigend.

«Ich habe alle verloren, Herr Čech. Alle, die ich damals liebte, durch den Schornstein geflogen. Und glauben Sie mir: Ich habe auch danach noch viel Glück erlebt, durch nichts getrübtes Glück. Es erlaubte mir, nach Europa zurückzukehren und mich auch mit der deutschen Sprache zu versöhnen, mittels Österreich. Es sind nicht weniger Nazis hier, aber sie tun wenigstens so, als wären sie nie welche gewesen.»

«Sie haben sich nichts zuschulden kommen lassen», sagte der Schauspieler, das uferlose, selbstzerstörerische Leid ließ etwas nach, er konnte wieder sprechen und denken, ja, er brauchte es, «mich wollte keiner ins Gas schicken, mir hat sich nur der Magen umgedreht bei der Vorstellung, ich müßte dort bis zu meinem Todestag auch außerhalb der Bühne Theater spielen, mich ducken, anderen in den Arsch kriechen...»

«Das waren noch vor den Gaskammern für viele Leute gute Gründe zum Emigrieren.»

Er verfiel dem Zwang nach Selbstbezichtigung, seit jeher glaubte er, dadurch den Prozeß seiner Bereinigung zu beschleunigen.

«Wenn das Hunderte von Kollegen und Millionen von Mitbürgern ertragen konnten, warum nicht ich? Ich hätte weitergelogen, aber... er wäre noch da!»

Hier fehlte jedoch Dora, die Trösterin. Der Primarius zeigte keine Neigung, ihm zu widersprechen.

«Ihre eigene Verantwortung können nur Sie selbst beurteilen. Doch wenn Sie es so fühlen, haben Sie eine noch größere Pflicht Ihrer Frau gegenüber.»

«Ich?» fragte er in aufrichtiger Verzweiflung, «was kann ich noch?»

«Nicht davor zu fliehen wie ein Minderjähriger. Ein Mann sein... oder, verzeihen Sie, ich kenne Sie nicht, dazu werden.»

«Wie...» flüsterte der Schauspieler, dem die Stimme versagte und der den Stummel wegwarf, er hat die Zigarette fast auf einmal aufgesaugt, wie in einem Zug.

Der Primarius zertrat sie zusammen mit der seinen, die nicht einmal zur Hälfte heruntergebrannt war, und nahm ihn leicht unter den Arm.

«Von Anfang an!» antwortete er, «rasieren Sie sich zunächst einmal, ich leihe Ihnen meinen Apparat.»

Beim Rückweg wollte Milan nicht glauben, daß er hier aufs Dach gekommen war, begriff nicht, wie er die Feuerleiter ausfindig machen und die kompliziert abgesicherte Falltür öffnen konnte.

«Ich habe gesehen», erklärte der Arzt im Aufzug, «wie Sie nach oben fuhren, und folgte Ihnen. Sie haben sich vorher zu ruhig verhalten, es mußte also kommen, sobald Sie damit allein waren.»

«Stand ich lange da...?»

«Ein paar Sekunden. Aber Ihre Augen waren zu, ich hatte Angst, Sie könnten das Bewußtsein verlieren, so nah am Dachrand.»

Sie waren wieder im Ärztezimmer. Noch vor kurzem trat er wie ein Weltmeister ein, dessen Welt dann in dieser Dutzenddekoration, gut für ein Boulevardstück, nach einem einzigen Satz wie beim Erdbeben zusammenbrach, er hat ohne Schramme überlebt, aber sein Geist war schwer verkrüppelt. Was soll ich nur tun? Zum erstenmal wußte er sich überhaupt keinen Rat, auch seine eiserne Gewohnheit, vor keinem außer Dora seine Schwächen und Wunden zu zeigen, hatte ihn völlig verlassen

«Ich glaube, ich wollte springen...» gab er zu.

Der Chefarzt kramte in seinem Schreibtisch.

«Ich mache Ihnen einen Kaffee», sagte er, und gleichermaßen sachlich reagierte er auf dessen Eröffnung, «ein Künstler ist wahrscheinlich um so mehr verletzbar, als sich ihm oft die Grenze zwischen Dichtung und Wahrheit verwischt.»

Er knüpfte an die Gedanken an, die er sich auf dem Dach gemacht hatte. Milan fuhr in der Selbstgeißelung fort.

«Wie oft habe ich auf der Bühne geglaubt, daß ich sterbe... jetzt kommt es mir wie der Gipfel des Zynismus vor!»

Der Gastgeber ließ bereits über den Rosen im Waschbecken Wasser in einen kleinen Messingkocher laufen und stellte ihn auf die Heizplatte.

«Ein guter Schauspieler», wandte er ein, «kann kein Zyniker sein. Er kann doch tiefer als jeder andere in Menschenseelen schauen. Jedenfalls besser als ich, obwohl ich dem Tod beinahe täglich begegne, für mich hat er eine zu konkrete Form von Organen, die havarierten oder ausgedient hatten. Was haben Sie eigentlich gespielt?»

«Eigentlich alles, von Hamlet bis Macbeth.»

«Ach. Mich hat immer interessiert, wie ein Schauspieler das Sterben eines Bösewichts erlebt. Mit innerer Genugtuung?»

«Nein!» entrüstete er sich, als wenn er sich zu Hause mit blöden Kritikern stritt, «wie könnte ich ein guter Macbeth oder Jago werden, wenn ich sie von außen denunzierte, keine Rechtfertigung hätte für jede ihrer Taten? Ich starb für sie verbittert, daß ich mein Ziel nicht erreicht hatte. Nur eines war anders als bei dem Tod Unschuldiger. Ich bekam fast jedesmal Schwindel.»

«Leiden Sie an Schwindelgefühlen?»

«Nie, in der Jugend kletterte ich in den Felsen und dann später ein paarmal aus lauter...» er suchte vergeblich nach einem deutschen oder englischen Wort für Angeberei, bis er es umschrieb, «um Eindruck zu machen über Hotelsimse in die Fenster von Kolleginnen. Als schottischer Schlächter siechte ich dahin mit fürchterlichem Schmerz in den Hoden, laut meinen Freunden, den tschechischen Ärzten, ein klassisches Symptom für Schwindel. Es war, als öffnete sich unter meinen Beinen die Hölle... das habe ich auch dort oben erlebt...»

Niedergeschlagen blickte er auf die Dächer der gegenüberliegenden Pavillons, die nach wie vor im Licht der Junisonne lagen, während seine innere Uhr tiefe Nacht anzeigte. Der Primarius ließ das Wasser im Becher zum zweiten- und drittenmal aufkochen.

«Erzählen Sie weiter, Herr Čech, ich höre zu. Leider das einzige, was ich für Sie tun kann.»

«Es kommt mir peinlich vor, mit Ihnen hier übers Theater zu reden, während mein ...» er führte es nicht zu Ende, es erschien ihm noch peinlicher, wie er unentwegt sein Leid vorführt, ich stehle, schämte er sich, selbst dem Toten die Schau!

«Das Leben erzwingt sich andere Verläufe als die Kunst, geben Sie ihm frei Bahn. Mir blieb nie was anderes übrig, wahrscheinlich war ich gefühlsmäßig unfähig, etwas anderes zu werden als Arzt. Nicht einmal Liebesgedichte habe ich verfaßt wie jeder normale Jüngling. Das ist auch der Grund, warum ich es nicht wage, andere als medizinische Ratschläge zu erteilen ...ich habe da viel Zucker reingetan», er reichte ihm die Tasse, »Sie brauchen ihn.»

«Aber, wie soll ich mit ihr eigentlich sprechen, Sie haben mir verboten, ihr die Wahrheit zu sagen.»

«Expressis verbis habe ich gesagt, sie soll ihr erspart bleiben, solange die Therapie nicht anschlägt. Dabei kann ich nicht mehr tun, als ihren Kreislauf anzuregen und ihren psychophysischen Zustand zu stabilisieren. Ich kenne weder Ihre Frau noch Sie, auch Ihre Beziehung nicht, weiß nicht, wie Sie ihr antworten sollen oder dürfen, wenn sie fragt. Ich würde sagen, es gibt Lügen, die nachträglich ein tiefes Vertrauen in den Partner entschuldigt. Trinken Sie das heiß! Glaubt sie Ihnen?»

«Ich hatte Affären mit Frauen, doch ich konnte sie immer davon überzeugen, daß ich nur mit ihr leben will und kann. Gewiß hat sie mir geglaubt, deswegen ist sie mir ja mit dem Kind gefolgt... jetzt kann sie mir erst recht vorwerfen...» gehorsam schlürfte er den Kaffee, obwohl er sich dabei die Zunge verbrannte, weil er eine noch heißere Bitte hatte, «könnten nicht Sie es ihr sagen? Ich fürchte, sie könnte anfangen, mich zu...» das Wort hat er aus Aberglauben nicht ausgesprochen.

«Jedenfalls werde ich Sie dazu nicht zwingen.»

«Meinen Sie, ich bin feige?»

«Ach, darum geht es ja nicht. Lassen wir es bis zum Abend, ich werde sie gründlich untersuchen, bevor ich Sie zu ihr überhaupt reinlasse, eventuell verlängere ich den Schlaf um weitere zwölf Stunden. So, und jetzt muß ich zur Visite, darf ich mich jetzt auf Sie verlassen?»

«Wie meinen Sie das?»

«Daß Sie wenigstens nicht aus dem Fenster springen!» ohne eine Antwort abzuwarten, holte er aus einer anderen Schublade einen flachen Rasierapparat heraus, «er läuft mit Batterie; legen Sie sich dann auf die Couch, solange ich weg bin. Soll ich Ihnen zur Beruhigung eine Spritze geben?»

«Nein, nein, ich wollte immer alles spüren, bis auf den Zahnarztbohrer...» ehe er weitersprach, erschrak er, daß er sich hier aus Gewohnheit so aufführt, als brauchte er auch diesen Schmerz für eine nächste Rolle.

Der Primarius gab ihm nichts dergleichen zu erkennen.

«Wenn Sie nicht einschlafen, bedienen Sie sich aus dem Bücherregal, es steht dort auch ein großes Lexikon deutsch-englischer Idiome...» er erblickte in den Augen des Schauspielers eine Frage, «haben Sie noch was auf dem Herzen?»

«Wo ist...?»

Die Frage hat er erwartet und antwortete fast brutal.

«Man hat ihn sofort in die Pathologie gefahren.»

«Wird man ihn...» er zitterte.

«Natürlich. Das muß sein.»

«Darf ich ihn vorher noch sehen?»

«Vorher oder danach, für den Augenschein verändert er sich nicht. Sie müssen sich nur überlegen, wie Sie ihn in Erinnerung behalten möchten. Wir sehen uns später.»

Später traf er den Schauspieler tatsächlich über dem Lexikon an. Milan hat es gleich nach seinem Weggang geöffnet, doch das getäuschte Hirn revoltierte, was gehen mich die idiotischen Idioms an, wenn mein Sohn, mein Söhnchen, Peter, Petřík, Petříček ...eine neue Bö der Trauer hat seine Augen getrübt, er hatte kein Taschentuch, ging auf das Becken zu, um sie zu spülen. Eine Weile zählte er die Rosen, und immer irrte er, als endlich die Zahl stimmte, sprengte er mit den Fingern die in der Hitze matt gewordenen Blüten.

Er sah sich im Spiegel und staunte: Wie konnte er das mittags übersehen? Oder wuchsen ihm die Stoppel von der Nachricht? Er grübelte darüber, als er mit der Rasur anfing, doch dachte bald nicht mehr daran, für seine paar Haare reichten ihm jahrelang dreimal die Woche ein Pinsel und eine Klinge aus, die elektrischen Klingen ritzten die ungewohnte Haut, bis er vor Schmerzen zischte. Dabei hat die Verzweiflung nachgelassen, von Müdigkeit abgelöst, das macht der Duft der Rosen, dachte er und ging, das Fenster zu öffnen, doch er schlug es sofort wieder zu, als hätte er den Blick des Professors gespürt.

Er legte sich auf die Couch, sie war hart, wie er es mochte, so waren auch die Betten zu Hause, Dora hat sich daran gewöhnt, nur Petřík protestierte, daß man darauf nicht herumhopsen kann wie bei den Alterchen… ich muß sie benachrichtigen! es gab ihm einen Stich, auch Doras Mutter, nein! das muß man noch verschieben, wenn jetzt in seinem und Doras Leben für etwas kein Platz ist, dann sind es die Erinnyen, die sie beide zu Hause hetzten: seine ewigen Weiber und ihre Mutter. Von alldem müssen sie sich gemeinsam befreien, erst wenn sich jeder durch den anderen stark fühlen wird, können sie sich der Welt stellen…

Um auf andere Gedanken zu kommen, griff er nach dem Wörterbuch und suchte nach dem deutschen Ausdruck für «take it easy»; «immer mit der Ruhe, sachte!» prägte er sich ein, als der Primarius wieder erschien, so schnell? wunderte er sich, hat er was vergessen? er schaute auf seine Armbanduhr: Der Augenblick hatte neunzig Minuten gedauert.

«So», der Arzt setzte sich zu ihm, «ich bin fertig, wir werden hier erst spät abends wieder nützlich. Mittlerweile habe ich Ihre Sache mit einigen meiner Patienten besprochen. Österreich», machte er ihm klar, «ist ein Land, dessen Gesetze, noch aus der Zeit der Monarchie, jede Vibration der menschlichen Existenz dadurch auffangen, daß sie sie erlauben oder vielmehr verbieten. Theoretisch ist hier jede Lebensäußerung unmöglich. Praktisch ist das eine Heimat von dicken und frohen Menschen, eine der letzten in der Welt, in der es fast eine Freude ist zu leben. Das verdankt sie der Gnade, mit der ebenfalls die Monarchie sie beschenkt hatte: daß sich jeder Befehl und jedes Verbot vernünftig umgehen läßt, sei es durch Beziehung oder Bestechung. Dank der geselligen Natur der Bewohner überwiegt zum Glück die erstere Methode.»

Während er sprach, als hielte er eine Vorlesung vor Studenten, stand er auf, hängte den Kittel in den Schrank, das Hemd und die Hose, legte die weißen Schuhe ab, so daß er eine Zeitlang nur in weißer Unterwäsche dastand. Er benahm sich ungezwungen wie ein Schauspieler in der Garderobe, und Milan bewunderte unwillkürlich seinen kleinen und mageren, doch für sein Alter guterhaltenen Körper.

«Der Primarius eines Landeskrankenhauses hat nach dreißig Jahren Dienst natürlich eine anständige Klientel, in der es an den Häuptern aller politischen Schattierungen und grauen Eminenzen nicht fehlt. Fazit meiner telephonischen Bemühungen: Die Fremdenpolizei erteilt euch beiden eine interimistische Aufenthaltsbewilligung als tschechische Staatsbürger, die sich ohne Visum aufgrund einer außerordentlichen Lage hier befinden. Sie sind vorübergehend bei mir angemeldet, ich habe in der Nähe eine Wohnung mit einem Gästezimmer. Wo sind übrigens Ihre Sachen? Oder haben Sie alles verloren?»

«Nein», Milan nahm sich zusammen, «die sind in der Gepäckaufbewahrung, aber...»

«Wir machen einen Abstecher dahin. Der Sinn der Maßnahme besteht darin, Ihnen die freie Entscheidung zu ermöglichen. Sie sind bis jetzt keine Flüchtlinge, sondern weiterhin Bürger Ihres Staates, die in jede Richtung weiterfahren können, auch zurück.»

An das hatte Milan noch nicht gedacht: Petříks Tod hat eine völlig neue Lage geschaffen, in der nicht galt, was gestern unumstößlich war.

«Sehen Sie eine solche Möglichkeit?» fragte der Primarius.

Er schüttelte entschieden den Kopf.

«Ich meine, ob Sie drüben Familienbindungen haben, die Ihnen beiden helfen könnten?»

«Meine Eltern sind alt und leben seit langem für sich allein. Und die Mutter meiner Frau...» er zögerte kurz, sprach es aber aus, «haßt mich sowieso wie die Pest.»

«Ich habe natürlich auch die Möglichkeiten sozusagen in Ihrer Fahrtrichtung untersucht, habe auch Amerikaner angerufen. Ich bin, daß Sie es wissen, selbst Amerikaner, so sehr habe ich dem neuen Europa nicht getraut. Zu meinen Freunden zählt der heutige Erste Sekretär der Botschaft. Ich habe ihm Ihre Story erläutert, und er hat sich umgehend über Sie informiert. Für Sie günstig.»

«Wie konnte er das so schnell schaffen...»

«Man kann Glück im Unglück haben, das ist nur gerecht. Der neue Chef der Konsularabteilung kam unlängst aus Prag, wo er fünf Jahre verbracht hatte. Er lernte dort anständig Tschechisch und besuchte fleißig das Theater. Milan Čech war sein Favorit, er will es Ihnen sogar bei einem Empfang gesagt haben, zu dem er Sie eingeladen hatte, stimmt es?»

«An zwei oder drei davon habe ich mit Dora teilgenommen, immer mußte es mein Theaterdirektor billigen, doch ich kann mich nicht erinnern...»

«Hauptsache, er erinnert sich. Er meint, Sie seien einer der wenigen Schauspieler Europas, der in den Staaten eine Chance hat. Er wartet auf Ihre Nachricht, wie Sie sich entscheiden. Wenn ich Ihre Frau länger hierbehalten muß, ist er bereit, das Interview für Sie beide mit Ihnen zu führen, sie unterschreibt es dann nur. Man teilt dort meine Meinung, es sollte nicht die üblichen sechs bis zwölf Monate dauern, sondern höchstens die Hälfte davon, damit Sie so bald wie möglich einen Luftwechsel erleben.»

Ungläubig schüttelte der Schauspieler den Kopf.

«Warum tun Sie das alles für uns?»

«Ihr Glück besteht auch darin, daß Sie auf einen Mann gestoßen sind, der in Ihrer Schuld steht.»

«In meiner?»

«Sie sind Tscheche, Sie heißen Čech und sind der erste nach einem halben Jahrhundert, dem ich ein Taschentuch zurückgeben kann, ich sehe, Sie haben keins.»

Milan nahm wahr, daß er schnüffelte, vielleicht aus Erregung, genug, Schluß damit, er sperrte sich, als quälte ihn ein verrückter Regisseur, der keine Schmerzgrenze kannte, was treibt er da mit mir? mal spricht er vom toten Sohn, mal vom Taschentuch, ja, er holt sogar eins aus dem Schrank!

«Nehmen Sie!» sagte der Primarius, «das erste, was ich im Exil bekommen habe, war eben ein Taschentuch von Professor Zahradníček, ich hatte Schnupfen.»

Ein Taxi brachte sie zum Bahnhof, wo der Professor einen Gepäckträger nahm. In der Villa schickte er den Taxifahrer mit dem Schauspieler zum Aufzug, er selbst trug nichts.

«Ich habe Probleme mit der Wirbelsäule», erklärte er; er kam in seinem Arbeitszimmer darauf zu Hause zurück, vor einem Schwarzweißphoto, auf dem eine Gruppe junger Männer in Uniform vor einem uralten Flugzeug posierte, «das ist unsere geliebte Rosemary, eine Flying Fortress, in der sich ein armer deutscher Jude mit dem Führer selbst messen konnte. Den persönliche Zweikampf hat Hitler gewonnen: Man holte uns mit Rosi über der Biskaya runter. Seit der Zeit, was eigentlich angenehm ist, darf ich keine Koffer schleppen.»

«Und die anderen?» fragte Milan, doch gleich fiel ihm ein: Was geht mich das an? mir ist der Sohn gestorben, der Sohn, der Sohn! und wieder hat es unerträglich geschmerzt.

«Drei waren schon in der Luft tot, dreien gelang es nicht, rechtzeitig rauszukommen, drei starben vor Erschöpfung im Boot. Der zehnte lädt Sie zum Büfett ein.»

Das große Bett im Gästezimmer war aufgedeckt, der Primarius muß einen dienstbaren Geist verständigt haben. Der Schauspieler trug die Sachen nacheinander in den Raum und ließ sie so, er war nicht fähig, die Gegenstände zu berühren, die Dora gestern zu dieser Stunde unter der schwachen Glühbirne der Autowerkstatt eingepackt hatte, wo man sich von den Flüchtenden mästete; da stand er noch still bei ihnen und schaute mit seinen Stallhasenaugen zu... Milan erblickte den kleinen Rucksack, und prompt überkam ihn Husten, er mußte sich anstrengen, um sich nicht zu erbrechen. Als er durch tiefes Atmen den Magen beruhigte, schob er das Ding unter das Bett und verließ Hals über Kopf das Zimmer.

«Ich habe überhaupt keinen Hunger», entschuldigte er sich bei dem Gastgeber.

«Hab' ich mir gedacht», sagte der Primarius, «wir bleiben hier und warten ab, bis Ihr Körper sich meldet, hoffentlich wird es Sie nicht stören, wenn ich allein ess', ich hatte nichts zu Mittag.»

«Aber natürlich!» er fürchtete, daß er sich wieder melodramatisch benimmt, «ich trinke ein bißchen Mineralwasser.»

Nach einer Viertelstunde hatte er der offenen Flasche Burgunder nicht widerstehen können, und nach einem Glas fand sein Magen eine neue Sprache, möchtest du alles bewältigen, knurrte er, dann gib mir was, das letzte waren die Frühstücksstangerln! Das Brett, auf das der Professor Schinken, Salami, Pastete und einige Sorten Käse gelegt hatte, rüttelte die Sinne wach. Der Geist, der flagellantisch das Fasten befahl, war geschlagen.

«Ich kann es nicht fassen», entschuldigte er sich, als er zu einem weiteren Glas Wein die dritte Scheibe Brot mit Butter bestrich.

«Das ist ein Beweis dafür, daß Ihr Organismus den Schlag überwinden will. Lassen Sie Ihre Physis Ihrer Psyche helfen. Sie müssen lernen, nach vorne zu denken und zu leben. Wenn Sie Ihrer Frau neue Hoffnung geben, werden sie gemeinsam weitere Kinder haben, das kann ich Ihnen versprechen.»

Mit den biologischen Vorgängen haben sich auch die geistigen erneuert. Er entdeckte auch die kommenden Folgen der Katastrophe.

«Doch, was für eine Hoffnung bleibt mir? Ich habe mit fünf Jahren Knochenarbeit gerechnet, unter maximal günstigen Umständen, bis ich es dort schaffe... aber so?»

«Aus eigener Erfahrung weiß ich, daß ungünstige Bedingungen Menschen zu phantastischen Leistungen zwingen können.»

Er nickte, er wußte es, doch wie die Zeit des Treffens mit Dora näherrückte, wurde sie zu einer immer größeren Unbekannten. Er schämte sich, vor diesem schmächtigen Mann, der eine schlimmere Hölle durchgemacht hatte, zu verzweifeln, ihm jedoch genügte seine Wunde, genau wie Mercutio. Dessen Ende hat er sich einst selbst «gegen den Strich» einfallen lassen, als einen lustigen Tanz mit den Montague-Freunden; zuletzt hat er mit ihm unsichtbar getanzt, bis er ihm das Bein stellte, der Theatertod; das Publikum war außer sich, und Romeo hatte nach der Pause viel Mühe zu beweisen, daß das Stück auch von ihm handelt.

Heute stach ihn kein stumpfer Degen, sondern der wahre Tod und traf ihn dort, wo er das nicht im Traum erwartet hatte: in den kleinen Körper, den er bisher nicht einmal richtig zur Kenntnis genommen hatte, denn er sollte erst in vielen Jahren zu seinem Ebenbild heranwachsen. Und er taumelte nicht, sank nicht, schrie nicht, ja, er röchelte nicht, er holte wie üblich Atem, er kaute, er schluckte und schlürfte, er sprach und putzte sich die Nase mit einem geschenkten Taschentuch; und obwohl er glaubte, in das Innere von Königen, Philosophen und deren Mördern eindringen zu können, hat er nicht die geringste Ahnung davon, wie sich ein Mann verhalten soll, der seinen einzigen Sohn verloren hat.

Die Zeiger der Elektrouhr sprangen auf zehn, als er mit dem Rosenstrauß vor Doras Zimmer stand. Das Paket Süßigkeiten schenkte er den Schwestern. Es konnte ihm nicht verborgen bleiben, daß die mit Abstand Interessanteste sich für ihn interessierte: Als eine nach der anderen ihm ihr Mitgefühl bekundete, drückte sie seine Hand ganz anders als die anderen, es war keine mitleidige, sondern die herausfordernde Berührung einer Frau, die keineswegs an Tod dachte.

Gerade sie hat den Primarius begleitet, als er Dora untersuchen ging. Milan hat den Stuhl im Schwesternzimmer abgelehnt, er wartete auf dem Gang wie vor seinen Auftritten, wenn er sich nicht durch Getratsch zerstreuen lassen wollte. Das blaßblaue Licht der Neonröhre, weiße Wände, Flügeltüren und auch die Uhr erinnerten ihn an den vertraut bekannten Gang im Nationaltheater, in dem er sich noch am Sonntag konzentrierte... wieder machte er die Augen zu und versuchte die Zeit dadurch zurückzuholen, daß er dem Hirn befahl, ihm den ersten Satz seiner Rolle zu liefern.

Er geriet in Panik, weil er ihn nicht kannte, riß die Lider auf, um sich zu retten. Wenn es ihm im Theater passierte, hatte er die Möglichkeit, in die Garderobe zu stürzen, in der immer der Text aufgeschlagen dalag, zur Not konnte er auch auf die Bühne marschieren und dort die gefürchtete Pause durchstehen, in der man meint, Palmen könnten darin wachsen, obwohl sie nur drei, vier Sekunden dauert, bis der Souffleur oder ein Kollege begreift und das Rettungswörtchen zuflüstert, für das im Klub dann eine Flasche fällig wird. Hier gab es keinen, der ihm hätte helfen können, er zitterte, bis er sich an die Wand lehnen mußte, Gott, Gott, Gott! was soll ich ihr sagen?

Die Zimmertür ging auf, und er war völlig unfähig einzutreten. Es war jedoch die Schwester, sie kam allein heraus und sprach ihn sichtbar erregt an.

«Falls Sie mit ihr auch später sprechen möchten, ich habe Nachtdienst, kommen Sie, wann Sie wollen.»

Schnell ging sie zum Schwesternzimmer. Er war sich sicher, daß sie ihn eingeladen hat, sich mit ihr in irgendeinem freien Ärztezimmer zu lieben, er kannte das gut aus Böhmen. Wie kannst du? Petřík ist tot! hinter dieser Schwelle wartet deine Dora! schrie der Geist, doch der Körper drehte sich im Selbsterhaltungstrieb nach dem unbekannten Mädchen um, das ihm einen Weg wies, für eine Weile dem frostigen Schatten des Todes zu entkommen, sich vom Leben in seiner ganzen nackten Schönheit umarmen zu lassen, seine stärkste Entladung zu erleben und dann mit neuer Kraft dem Verfall zu trotzen.

Er hörte die Tür, wandte sich um und wußte, daß er ertappt war. Aus der Stimme des Primarius klang jedoch nur Mitgefühl.

«Ich gehe schon vor Ihnen nach Hause, Herr Čech, den Schlüssel haben Sie, wenn Sie miteinander gesprochen haben, machen Sie vielleicht noch einen kleinen Spaziergang, versuchen Sie, auf andere Gedanken zu kommen.»

Er schämte sich um so mehr.

«Herr Professor, ich habe eine Bitte an Sie.»

«Ja…?»

«Ich möchte mit Ihnen nach Hause gehen!»

«Aber gewiß», lächelte er, «ich warte auf Sie bei mir, lassen Sie sich ruhig Zeit.»

«Und könnten Sie nicht… auch jetzt mit mir hinein?»

«Nein», sagte der Professor kühl, «Sie müssen endlich einmal begreifen, daß sich die wichtigsten Sachen im Leben ohne Publikum abspielen. Also, alles Gute, Freund.»

9. *Dora und ihre Lieben*

Dora ging es am besten, wenn sie so lag, wie sie das fürs Leben gern hatte, von vorne wärmte sie der Sohn, von hinten der Mann, sie schliefen «im Knäulchen», wie sie es mit Petřík nannte, er hat den Namen erfunden, als ihnen einst in der Sommerkate bei den lieben Alterchen die Gasflasche ausging und es draußen fror, bis morgens früh hat sie die Körperwärme geschützt, und seitdem wünschten sich Mutter und Sohn von Milan das Knäulchen zusätzlich als Geschenk zu Geburtstagen, Namenstagen und anderen fröhlichen Jubiläen, Dora hatte sich, verriet Milan vor ihr dem gemeinsamen Freund, dem verbotenen Dramatiker, eine neue Liebesstellung ausgedacht: die dreifache Embryonale! der Dramatiker hat es mit Frau und Tochter ausprobiert, rief dann an, sie hätten es in den «dreifach gerollten Čech» umgetauft, Dora hat es ein bißchen leid getan, als hätten sie jemandem tatsächlich die intimste Art ihres Liebens verraten, doch im nächsten Knäulchen hat sie es vergessen, und Petřík umarmend, kuschelte sie sich selig in Milans Armen, alle geschmeidig bewegungslos, ihre zwei Männer sind meistens schnell eingeschlafen, einer atmete tauig an ihrem Hals, der andere an ihrem Unterarm, und sie schnurrte fast vor Glück, nein, es ist keine Phrase, vor Wonne zu sterben! einmal hielt sie ein Buch in der Hand über die Ausgrabungen in Pompeji, da fand sie das Photo einer Familie, die im Knäuel von der Asche des Vesuvs erstickt wurde, sie ertappte sich bei dem blasphemischen Gedanken, sie zu beneiden, denn in einem Lande, wo Vulkane nur in den Menschen explodieren, hatte sie keine solche Hoffnung, sie trug eine private Angst mit sich herum, die sie selbst Milan nicht anvertraut hatte, daß sie einmal ohne die beiden sterben muß, sie zitterte, wenn sie traurige Greisinnen traf, die ihre Kinder überlebt hatten, sie hielt es für die schlimmste Strafe, die das Schicksal Menschen bereiten kann; in ihrer Kommunistenfamilie ist sie natürlich Gott nicht begegnet, doch sie fand ihn mit der Zeit für sich allein, nicht in der Kirche, sondern in der Tiefe des Herzens, es haben sie auch die Photos der Kosmonauten geängstigt, denen die Erde ohne die Illusion, die uns hier unten für einige Stunden der Erdentag beschert, als nichtige Erbse erschien, in eine schwarze Höhle fallend; gleich wie die Luft brauchte Dora zum Leben die Hoffnung, einst reichten ihr dazu die Mutter und die Liebe vieler Menschen ringsum, aber das alles hat Milan Čech verjagt, der sich Dora preisgab und sich dadurch ihrer bemächtigte, sie befreite und damit auch einkerkerte, um ihr zu huldigen und sie zu demütigen, zu betrügen und um so mehr zu lieben, sie ihrer Freunde zu berauben, dafür aber mit einem Sohn zu beschenken, wie sie ihn sich erträumte, weil er ihr Abbild war; mit seiner Scheu hatte sie keine Probleme, sie war in ihrer Kindheit genauso verschlossen, und in der Pubertät flammte dann alles auf einmal aus ihr, was sie vorher gehört, gesehen und bedacht hatte; wenn sie mit Petřík allein war, sprachen sie lange Stunden miteinander, er begann die Welt auf eine erstaunliche Weise zu reflektieren, so nahm er zum Beispiel bald, obwohl man es vor ihm versteckte, den Zank zwischen Milan und ihrer Mutter wahr, Dora staunte, wie er imstande war, beide Seiten zu verstehen und nie Öl ins Feuer zu gießen, oder auch, wie er sich zu Milan oder zu ihr in der Zeit der häuslichen Krisen verhielt, solange Milan wütete, war Petřík wie verschwunden, bei der Versöhnung fand man ihn gewaschen, nach dem Frühstück und zur Schule bereit, er gab beiden ein Bussi, sagte, er freue sich schon auf danach, da staunte selbst Milan, von wo hat der Knirps so was her, so viel Vernunft und Liebreiz? der eben überstandenen Gefühlskatastrophe zum Trotz war sie dann überglücklich, weil sie am meisten litt, wenn Milan Petřík ausschimpfte, er sei ein Faulenzer, Nichtskönner und ohnehin ein Taugenichts, wohingegen er in seinem Alter bereits! es folgte eine Aufzählung eingeschlagener Fenster und allerlei Bubenstreiche, für die er als erster Petřík verprügelt hätte, zum Glück verpaßte er ihm nur einen einzigen Klaps, als er die «Dreigroschenoper» probte, und war kurz vor der Premiere Mackie Messer auch zu Hause, eben damals hörte Petřík nicht auf, die schottische Meersalzmühle zu testen, die ihnen ein von Macbeth begeisterter Diplomat geschickt hatte, als er zum drittenmal den Griff gedreht und erneut die blaue Tischdecke berieselt hatte, klebte ihm Milan diese eine, Petřík erstarrte in schmerzhaftem Staunen, unfähig zu essen, ihm drohte, daß er noch eine zweite für seinen Trotz fängt, so schickte sie ihn aufs Kinderzimmer und sagte zu Milan, schlägst du ihn noch einmal, sind wir weg! er hatte von ihr nie ähnliches gehört und nahm es ernst, um so mehr strafte er den Sohn mit ätzenden Worten, doch er hatte ihn, dessen war sie sich gewiß, gern, er war nur überzeugt, ein Vater solle das nicht vor dem Sohn zeigen, um ihn nicht zu verwöhnen, er konnte nur zu ihr zärtlich sein, für Petřík wollte er mannhaft anspruchsvoll bleiben und ärgerte sich, wenn er stets an Stelle einer Partnerschaft nur kindliche Verlegenheit fand, deswegen waren die Stunden der Harmonie so wichtig, die eben das Knäulchen mit sich brachte, und so war Dora froh, daß jetzt darin auch diese schreckliche Reise ausklingt, gestern fürchtete sie einige Male, sie nehme kein gutes Ende, an die Folgen einer Rückkehr wagte sie nicht einmal zu denken, darum dankte sie dem Wesen, an dessen Güte sie fest glaubte, seit sie sich ihm vor ein paar Jahren genähert hat in Gedanken, Gebeten ähnlich, nur daß sie nicht in Worte gefaßt waren, und sie hat nie darin um etwas gebeten, jedesmal hoffte sie nur inbrünstig, und ihre Hoffnung wurde gerade wieder erfüllt, so daß sie auch die Stimmen und Klänge nicht zu sehr störten, mit denen sie in einem Flüchtlingslager rechnete, sie war jetzt froh, die beiden Morgenmäntel nicht dortgelassen zu haben, wenn sie jetzt aufstehen, werden sie nicht wie Strolche herumlaufen müssen, aber noch nicht! noch eine Weile wollte sie Schlaf vortäuschen, um das Knäulchen zu verlängern und die Gedanken weiter so frei in der Vergangenheit schweifen zu lassen, die sie jetzt endlich ohne Trauer überblicken konnte, denn die lag hinter ihr, durch den langen Tunnel getrennt... Tunnel? schon wieder störte sie jemand und wollte wissen, wie es ihr geht, gut, sagte sie, ohne die Augen zu öffnen, danke, sehr gut, es liegt jetzt hinter uns, und es war ganz schlimm, gerade auf uns zu, jetzt erinnere ich mich, raste ein riesiger Zug, doch mir gab mein Jemand, mein gütiger, großer Irgendjemand soviel Kraft, daß ich ihn stoppte! darum darf ich jetzt hier mit meinen beiden Lieben im Knäulchen liegen, wie bitte? jawohl, ich bin schon auf, mein Mann? der liegt doch hinter mir, mich besuchen? ob er darf? ist er schon früher aufgestanden? das habe ich nicht bemerkt, warum klopfen Sie auf meine Backen? ach, Sie sind der Arzt, ja, ich erinnere mich verschwommen, wir haben uns schon mal gesehen, aber wo? hier? entschuldigen Sie, ich bin schrecklich verschlafen, und mein Sohn Petřík, ist er auch schon auf? man wartet nur auf mich? ich komme schon...

Als der Mann im weißen Kittel, der mit ihr Englisch sprach, ach, man hat uns direkt nach Amerika gebracht! sich vom Bettrand erhob und aus der Tür ging, überzeugte sie sich schnell, daß er recht hatte: Sie lag im Knäulchen allein, auf die Brust das Kissen gepreßt, und hinter dem Rükken wärmte sie nur die zusammengedrückte Zudecke, unsere neue Wohnung? wunderte sie sich, und in der Tür erschien Milan.

Er trat in einer Duftwolke ein, die ein Armvoll roter Rosen ausströmte, und Dora wußte, daß Petřík bald hinter ihm wahrscheinlich mit einem Bündel Feldblumen erscheinen wird, die er für sie bei den Alterchen pflückte, früher hat er für sie auch Kränzchen geflochten, bis Milan ihn spöttisch Petra nannte... wie habt ihr das geschafft, daß ihr mich nicht geweckt habt, meine Jungs?

Ihr Mann schloß die Tür hinter sich, kam ans Bett, legte die Rosen zu ihren Füßen, neigte sich zu ihr und küßte sie wie immer, wenn er Buße tat, auf die Augen- und Mundwinkel, dann, anstatt nach all den überstandenen Prüfungen loszustrahlen, legte er die linke Wange auf ihre rechte und blieb so, um welche geht es diesmal? wurde ihr bange, bevor sie erschrak.

«Wo ist Petřík...?»

«Dora...» flüsterte er, und das war alles.

Unter seiner Schwere konnte sie sich nicht bewegen, sie versuchte, wenigstens die Augen schärfer einzustellen, das hier ist doch keine Wohnung, kein Schlafsaal? im Sichtfeld hingen durchsichtige Schläuche, durch die eine Flüssigkeit rann, von woher? am weißen Ständer eine Plastikflasche, wohin? der Blick glitt zu einer Nadel, unter einem Pflaster verborgen, in der Beuge irgendeines Arms, gleichzeitig spürte sie einen stechenden Druck an dieser Stelle, das ist mein Arm! ich bin im Krankenhaus? und Milan sagt nicht, wo Petřík ist, und wieder flüstert er nur.

«Dora, Dora, meine Liebste...»

Da pochte ihr Herz bereits, in den Ohren rauschte das Blut, und im Hirn ging das Karussell der Möglichkeiten los, er ist müde, er ist verkühlt, er hat sich verirrt, er hat sich verletzt... der wirbelnde Ring hielt plötzlich an, und Dora wußte alles.

«Ist er tot...?»

Es blieb noch die Möglichkeit, daß sie jetzt beide erschrecken, das Spiel übertrieben zu haben, Milan springt auf, und Petřík stürzt jubelnd durch die Tür herein...

Doch sie fühlte bereits, wie der Kopf, dicht an den ihren gedrückt, stumm nickte. Nein, stemmte sich ihre ewig betrogene Seele dagegen, das nicht!

Was will der Quäler wieder von mir...

Wie lange soll ich es noch ertragen?

Wer wird mich vor ihm schützen?? Das ratlose Mädchen in ihr sagte verzweifelt.

«Ich will meine Mami!!»

IV

DIE ALTE HEIMAT SCHLÄGT ZURÜCK

Der siebte Tag

Dienstag, den 28. Juni 1983

1. Am frühen Morgen in Rohlau

Den Hahn haben beinahe alle gehaßt!

Das Ungeheuer brüllte zum erstenmal um halb fünf los und setzte das mit der Regelmäßigkeit einer Turmuhr jede Viertelstunde fort, bis sieben in der Früh, als es wahrscheinlich vor Erschöpfung eingedöst war. Professor Klößlein, Naturwissenschaftler aus Brünn, der auf seine alten Tage zu einer betuchten Verlobten nach Kanada zog, weil sie aus irgendjemands perverser Lust für die Tschechoslowakei kein Visum mehr erhielt und er nicht mehr ausreisen durfte, war zwar in Meteoriten bewandert, behauptete jedoch, mit dem Gekrähe verkünde das Männchen seine Liebeserfolge, und die Frequenz des Gekreisches könnte man durch die Verminderung der Hennenanzahl senken.

Das mußte Krebs, der Wirt, irgendwie erfahren und ein paar Glucken dazugekauft haben, denn der potente Macho fing bereits um vier an und hörte erst um acht auf.

Den Neuankömmlingen hat Professor Klößlein seine Theorie am Beispiel der Pension Krebs erläutert, in der sie Zuflucht fanden, während ihr Asylverfahren und die Anträge um Aufnahme in den Zielländern liefen; solange das kleine Dorf Rohlau an der Hauptpoststraße nach Wien lag, gab es hier vier Hotels. Die Reisenden haben ebenda nach langer Fahrt den Staub und die Müdigkeit abgeschüttelt, um am nächsten Morgen mit Glanz und Frische die Wiener Boulevards erreichen zu können.

Das Projekt einer modernen Fernstraße, ein paar Kilometer weiter entfernt geführt, rief zwar ursprünglich Begeisterung hervor, denn es versprach, den dauerhaften Verkehrsinfarkt zu heilen und die Idylle des ersten sanftgrünen Alpenkamms zu erneuern. Noch bei der feierlichen Eröffnung der Betonmagistrale hat gemeinsam mit den Sektflaschen auch ein archaischer Mörser der hiesigen Scharfschützen geknallt. Tags darauf erkannten die Rohlauer, daß sie ihr eigenes Begräbnis gefeiert hatten.

Es war niemandem mehr danach, die Zeit in einem noch so malerischen Nest zu verbringen, wenn er in einer Stunde im Schoß der Großstadt sein konnte. Einige Zeit haben hier noch mächtige Brummis aus ganz Europa geparkt, bevor die ortskundigen Fahrer von Neulingen ohne Erinnerung abgelöst wurden. Drei Unternehmen gingen in einem Jahr in Konkurs, die Pension Krebs, höher am Hang liegend, wurde mit Hilfe von Inseraten noch zwei Saisons von Reisebüros aufgefangen. Dann hat sich leider herumgesprochen, die hiesigen Hügel seien für Sportler zu niedrig, für Rentner zu steil, das Baden sei weit und der Wald ohne Pilze.

Ein Verwandter im Innenministerium, wußte Professor Klößlein, verhalf dem Ehepaar Krebs in die Aktion einzusteigen, die von der polnischen Krise zur Zeit des Kriegsrechts hervorgerufen worden war. Tausende von Flüchtlingen konnte das Zentrallager nicht fassen, so hat man Dutzende von Beherbergungsunternehmen angemietet. Zu jenen, die sich dadurch während der Wirtschaftsflaute über Wasser gehalten hatten, gehörte auch die Pension Krebs.

In zwei Dutzend Zimmern wohnten manchmal bis zu sechzig Personen, als sich vor allem die Großfamilien der Tamilen dagegen wehrten, auseinandergerissen zu werden, und lieber zu sechst auf dem Fußboden schliefen, um gemeinsam der unbekannten Welt zu trotzen. Neben einigen Verbliebenen wohnten jetzt ein paar Rumänen und vor allem Tschechoslowaken hier. Heuer wurde noch nicht allzuviel geflüchtet, und Professor Klößlein hörte, wie der Wirt telephonisch irgendeinen einflußreichen Kurt beschwor, er solle ihm die Quote aufstocken.

Das hindere ihn natürlich nicht, wollte der Geologe beobachtet haben, die Flüchtlinge mehr oder weniger für Vagabunden zu halten; ihr so oft vernachlässigtes Äußeres, ihr manchmal unzivilisiertes Auftreten, ihre ab und zu fast ekelerregenden Angewohnheiten, aus exotischen Traditionen erwachsen, ihr Gerümpel und Gelumpe, das die Zimmer vollstopfte, das Näseln, Krächzen, Knurren und Zischen, das menschliche Rede ersetzen sollte, die immer verstopften Klos, die manche erst hier kennenlernten und dann auch für Abfalleimer hielten, dies alles führe Krebs Tag für Tag den Verfall seines einst so stolzen Familienunternehmens vor Augen und erkläre seinen groben Umgang mit den ebenso ungeliebten wie leider unentbehrlichen Gästen.

Der Hahn, dozierte Professor Klößlein den Neuzugängen, krähe anstelle von Krebs' geschändeter Seele; ähnlich wie die schrille Kirchenglocke niemanden von den Hiesigen stört, mit diesen Klängen sind sie großgeworden! Daran sollen uns jetzt wir Schmarotzer gewöhnen, die wir hier auf Kosten der Steuerzahler herumhängen, von denen wir viele, darunter auch die Krebssche Sippe, nach dem Krieg aus der gemeinsamen Heimat vertrieben haben, wobei sie damals nur das nackte Leben mitnehmen durften.

Zum Glück sei die Krebssche das Gegenstück des Gatten, wo sie nur kann und vor allem dort, referierte Professor Klößlein, wo es der Gatte nicht sehen kann, sei sie lieb zu den Flüchtlingen. Hauptsächlich koche sie recht gut für sie, von anderswo weiß man, daß man den Kontrollen zum Trotz selbst bei Einhaltung aller Normen durchaus üblen Fraß kochen kann. Für mehr verblieben ihr allerdings keine Kräfte, und sie sei sich mit ihrem Mann darin einig, daß die Sauberhaltung aller Räume Sache der Benutzer ist. Die Folge sei eine Art Selbstverwaltung der anwesenden Nationen, die nach Anzahl der Köpfe wie beim Militär Putzrayone verteilt und die Ordnung kontrolliert.

Professor Klößlein war bereit, diese undankbare Funktion für die Tschechen und Slowaken weiterhin auszuüben, nach achtzehn Monaten sei er hier konkurrenzlos der Doyen, denn Kanada forsche noch immer nach, ob es sich lohnen würde, einen Mann in die Staats- und Ehebindung aufzunehmen, der längst das Durchschnittsalter des Planetenbewohners überschritten habe. Die Pianistin und der Gärtner haben ihm gern sein Mandat bestätigt.

Sie beide haben hier nach all den überstandenen Gefahren keine Mängel bemerkt, die Hauskost schmeckte ihnen, mit den anderen grüßten sie sich freundlich, das bescheidene Zimmer mit Waschbecken, wo sie miteinander sein durften, bevor ihnen Margrit Prohaska eine Wohnung in Wien beschafft, genügte ihnen. Das Dorf, angeblich so verarmt, schien ihnen, verglichen mit den südböhmischen, unendlich wohlhabender, und vor allem bot es unvergleichbar mehr zum Leben an.

«Das ist gerade eine Strafe Gottes», sagte Lydia zu Václav, «wir haben die Leute ins Glück vertrieben.»

Am meisten hat sie beide der gesunde und wie ein Garten erhaltene Wald begeistert. Pilze konnten sie entbehren, sie suchten die Liebe darin. Als sie sich am Freitag nachmittag zum erstenmal hier wieder geliebt haben, erlebte sie, wie sie ihm später verriet, wahrhaftig einen Anfall von Glück, die körperliche Wonne wurde dadurch gesteigert, daß sie den intensiven Duft der blühenden Wiese verspürte, die sie zugleich mit jeder Pore ihrer nackten Haut wahrnahm. Am Ende schrie sie so laut und lange auf, daß er erschrak

«Habe ich dir weh getan?»

«Ach nein, bleib, bleib, ich möchte einmal», sie lachte, «dasselbe aus dem Klavier herausholen, was du aus mir...!»

Als sie eng umschlossen aus dem Wald herauskamen, von der Vesperglocke gerufen, und «ihr Dorf» erblickten, als schwebte es auf einem grünen Teppich über dem Tal, seufzte sie.

«Rohlau sehen und sterben.»

Václav bezauberte es, daß ein so kleines Dorf seine Kirche und seinen Pfarrer hat. Lydia begleitete ihn am Sonntag zur Messe und war über so viele bekannte Gesichter verwundert, bis sie begriff, daß es die Pensionsbewohner sind, die sich bemühten, feierlich auszusehen. In der ersten Reihe saßen beide Krebse, und sie sah erst jetzt, wie abgearbeitet sie sind.

«Sind Sie gläubig?» flüsterte ihr Professor Klößlein zu.

«Natürlich», erwiderte sie verlegen.

«Ach so, Verzeihung. Wer hierherzugehen pflegt, kriegt nämlich bessere Portionen. Es ist wie bei uns beim Maiaufmarsch, nur zweiundfünfzigmal pro Jahr.»

Sie war froh, daß Václav es nicht gehört hatte. Nach der Messe begleitete sie ihn zu dem Pfarrer und dolmetschte seine Bitte um die Beichte. Er spreche natürlich, fügte sie überflüssigerweise hinzu, nur Tschechisch.

«Pflegen Sie jemals nach Wien zu fahren?» fragte der alte Mann, der sich als Pater Thoma vorstellte.

«Wir wollen zum erstenmal am Dienstag dorthin.»

«Da gibt es zwei Kirchen mit tschechischen Geistlichen. Sie können es sich aussuchen und die beiden von mir grüßen.»

Er wollte den Stadtplan holen, doch Lydia kannte die beiden Orte. Der eine lag in der Nähe von Margrits Agentur.

«Am Dienstag», verkündete sie Václav feierlich, «kannst du auf mich den ersten Stein werfen.»

«Ich...?»

«Sagt ihr denn nicht, der werfe den ersten Stein, der ohne Sünde ist? Du wirst es am Donnerstag nachmittag sein, das verspreche ich dir!»

Der Hahn hat auch in der Nacht auf Donnerstag verursacht, daß sie aus der Schlaftiefe auftauchte, immer jedoch mit angenehmen Bildern; sie erkannte die Arme, die sie hielten, und sank in den Traum zurück, glücklich, ihre Freude nicht gänzlich verschlafen zu haben. Als sie hellwach wurde, vernahm sie das Orchester des morgendlichen Rohlau, die

Hennen, Hunde, Vögel, die Schafs- und Kuhglocken. Vor Furcht, den Bus zu verpassen, drehte sie sich heftig um und sah in seine längst frischen Augen.

«Morgen», küßte er sie, «gut geschlafen?»

«Sensationell. Auch träumte ich unentwegt etwas, meistens von meiner Jugend in Bělá, so was ist mir seit Jahren nicht mehr passiert. Ich mag diese Klänge, so muß es einmal im Paradies geklungen haben, glaubst du nicht?»

An dieser Beziehung freute sie, daß sie auch Banalitäten aussprechen durfte, bei denen Ilja die Augen verdrehte. Diese Erleichterung, nichts vorspielen zu müssen! jawohl, ich kehre nicht nur im Traum zu der Quelle der Unschuld zurück...

Auf dem Hof brach lärmender Streit aus. Zwei Männer kläfften wütend, wahrscheinlich rumänisch, aufeinander ein. Dann schrie eine Frau los, ein-, zwei-, dreimal, als steckte sie am Spieß. In nächster Nähe wurde ein Fenster krachend aufgerissen, und eine grobe Stimme brüllte tschechisch.

«Ruhe, ihr Mistviecher! Geht euch auf eurem Scheißbalkan prügeln!»

Die drei verstummten, doch von irgendwoher kam ein herzzerreißendes Kinderweinen.

Oh, du mein Mädchen, dachte der Gärtner zärtlich, als der Glanz in ihren Augen erlosch, du bist am schönsten, wenn du dich nicht schminkst und unter all deinen Falten das ewige Kind in dir hervorlugt... laut sagte er fest entschlossen.

«Jawohl, Liduška! Für uns ist es ein Paradies, und wir lassen uns daraus nicht vertreiben!»

Doktor Čierniak hat über dem Gekrähe die erste Nacht kein Auge zugedrückt. Und in der Nacht auf heute war er so fertig, daß er wie ein Klotz schlief, Hahn hin, Hahn her. Es half ihm, daß er sich mit der Tochter im Grunde ziemlich ausgesöhnt hatte.

Bis zum Sonntag verdächtigte er sie, sie sei wegen des verfluchten Medicus, der jetzt in Bardějov ganz gewiß auf Schritt und Tritt fremd geht, sogar fähig durchzudrehen. Er hat sich mit Terka den Dienst eingeteilt, und sie ließen sie nicht aus den Augen. Das konnte nicht ewig dauern, sie mußten zu zweit wichtige Besuche erledigen. Nach Beratung mit seiner Frau erreichte er über den Dolmetscher die Einweisung in dieses Voralpendorf, von wo ein Bus nach Wien einmal täglich ging.

Er wußte, daß ihre Dickköpfigkeit Zeit braucht, und bald glaubte er, aus dieser Wolke würde es nicht mehr regnen. Als er am Sonntag nach dem Frühstück, sicherheitshalber im letzten Augenblick, den Kindern einen Geheimausflug ankündigte, schien sich auch Magda zu freuen. Selbst als sie erkannte, daß es sich um einen Umzug handelte, wurde sie nicht bockig, sondern half den Simca zu packen und nahm den üblichen Platz hinter der Mutter ein. Ihre Wunde hat sie nur einmal erwähnt, als sie vor dem Bahnhof auf dem Träger das ovale Brett befestigten.

«Das letzte Mal stand ich mit Gabo drauf», platzte sie heraus, aber das war auch alles, sie stieg ein, und sie fuhren weiter.

Unter Geheimausflug verstanden die Eltern einen halbtägigen Aufenthalt im Prater. Das Auto vertrauten sie dem Parkwächter an und erlebten einige wirklich lustige Stunden, als selbst Magduš herumtobte wie nie vorher in den slowakischen Vergnügungsparks. Fürwahr, sie konnten sich mit dem Prater messen wie ein Dorf mit Wien, wiederholte Doktor Čierniak bezaubert, als er in sich Bubengelüste entdeckte, die er für längst erloschen hielt.

Terezie mied die Hälfte der Attraktionen, sie starb schon vor Angst beim Zuschauen, wie die drei aus schwindelerregenden Höhen kopfüber nach unten stürzten; als sie zu ihr zurückkamen, war sie grün. Trotzdem ließ sie sich auf das Riesenrad locken, und in der Kabine, groß wie ein Straßenbahnwaggon, in der sie ganz allein waren, schrie sie mit ihnen voller Bewunderung der Riesenstadt aus der Vogelperspektive.

Im Autoscooter nahmen sie dann je ein Gefährt für Herren und Damen, und beide Kinder lieferten sich hinter dem Steuer ein modernes Turnier, wie verrückt lenkten sie die Fahrzeuge mit den Gummistoßstangen in scharfe Kurven, um dann aus einem günstigen Winkel mit mächtigem Stoß den Gegner aus der Bahn zu schleudern. Auch die Mutter wußte, daß es nicht gefährlich ist, und so flog sie tapfer mit, vorwärts, rückwärts, in der Hoffnung, mit diesen bockigen Erschütterungen kehre das Familienleben in die alten Gleise zurück. Das gleiche las sie in den Augen ihres Mannes, sooft sie frontal zusammenprallten.

Spät am Nachmittag fuhren sie aus Wien über die Autobahn westwärts; in der Gegenrichtung rollte die Blechlawine der zurückfahrenden Ausflügler. Čierniaks wählten die Ferienrouten immer so aus, daß sie sich die Autobahnraserei samt Maut ersparten; erst an diesem Vorabend traf es sie wie der Blitz, um wieviel ihre einst so berühmte Heimat, die sie jetzt verließen, auch von diesem kleinen Land überholt worden war.

«Mein Vater», erinnerte sich Doktor Čierniak, «erzählte mir, als die Österreicher uns kurz nach dem Krieg geholfen hatten, die Eishockeyweltmeisterschaft zu gewinnen, ganz unerwartet schlugen sie die führenden Schweden! schickten ihnen unsere Bergleute Züge voller Kohle und die Bauern Laster mit Fleisch, einen nackten Arsch hat man hier damals gehabt, und jetzt?»

«Und, Vati», staunte Miro, «in Amerika wird es auch so sein?»

Er spielte ihm damit eine Antwort zu, natürlich für Magda bestimmt.

«Amerika hat das alles schon vor dem Krieg gehabt, so rechne zu alldem da noch fünfzig Jahre dazu. Es ist ein Land freier Menschen, die können alles, was sie wollen, und deswegen haben sie auch, was sie sich nur wünschen.»

«Und ich, werde ich auch alles können?»

«Selbstverständlich. Weil du Amerikaner sein wirst.»

«Und wann, Vati?»

«Wie uns bei der Amiorganisation für Flüchtlinge gesagt wurde, spätestens in fünf Jahren.»

«Also werd' ich Amerikaner, wenn ich vierzehn bin.»

«Hej.»

«Und, Vati?» verpatzte Miro das Ganze, «da werd' ich auch schon rauchen können?»

Es blieb nichts anderes übrig, als ihm klarzumachen, daß selbst in dem freiesten Land der Welt die Volljährigkeit mit achtzehn beginnt, womit er wieder in der alten Patsche steckte, die er und Terezie so vorsichtig mieden. Die Tochter jedoch, das sah er im Rückspiegel, betrachtete die Landschaft.

Rohlau stellte sich den Eheleuten so vor, wie es dem Zweck dienen sollte: ein anmutiger Käfig für einen Fluchtvogel. Die nette Wirtin ließ sie sogar zwischen zwei Zimmern wählen. Sie zogen das kleinere vor, dafür jedoch mit Blick aufs Dorf, weil das größere auf den Hof ging, der sicherlich laut war. Zwischen den vier Nachtlagern und dem Schrank mußten sie sich ein wenig durchschlängeln, doch im Vergleich mit dem üblichen Campingzelt war es komfortabel, nur die Mutter dachte daran, daß sie sich hier vielleicht wochenlang drängen müssen.

Dazu hat sich Doktor Čierniak entschlossen, in das Zimmer auch das Surfbrett zu holen. Die Kinder haben sich mit seinem kindischen Einfall ausgesöhnt und halfen ihm dabei, mit dem Ding die Kurve durch das enge Treppenhaus zu drehen, als aus dem Lokal der Gong ertönte. Auf einen Schlag rollte aus dem zweiten Stock eine Welle Asiaten an, und man konnte nicht weiter. Mit diensteifrigem Lächeln haben die Leute das Brett über ihre Köpfe nach oben befördert, doch der Lärm rief den Wirt herbei, der die Čierniaks gröblich beschimpfte. Schließlich gab er deshalb nach, weil es jetzt schon einfacher war, das Brett ins Zimmer zu befördern, als es wieder nach unten zu schleppen, und auch, weil Magda ihn überraschenderweise darum bat.

«Sag ihm, Vati», wandte sie sich seit Rust zum erstenmal wieder an ihn, «ich möchte weiter darauf rennen, es darf nicht beschädigt werden.»

Krebs machte sich mit der Erklärung Luft, sie kämen spät an und könnten erst ab dem Frühstück auf die Verpflegungsliste gesetzt werden. Das störte sie nicht, vom Mittagessen im Prater, sagte für sie Terezie, ist unser Magen noch gut gepolstert, und wir haben Obst aus dem Lager mit! Sie gingen gern spazieren. Die Eltern überschlugen sich im Lob von Luft und Stille, in die nur die sanften Glocken der lagernden Kühe bimmelten. Miro stellte erleichtert fest, daß in den beiden Geschäften das farbige Plakat mit Eisleckereien an der Tür hing, und Magda erspähte bereits, wo die Bushaltestelle liegt.

Die Familie schlief ein, sobald sie sich hingelegt hatte, nicht einmal die Koffer hatten sie ausgepackt. Der Doktor wälzte sich hin und her und raunzte mit sich selbst, daß er zu Hause die Schlaftabletten liegengelassen hatte. Durch den Kopf zogen ihm alle Kalamitäten, denen er begegnen konnte, bevor er sich erneut gesettelt hätte, in schwarzseherischen Vorstellungen erschien am meisten die Tochter. Zuletzt zeigte ihm die Armbanduhr drei, dann fiel er in Schlaf. Ab vier ließ ihn der Hahn nicht mehr schlafen.

Beim Frühstück war er ganz benommen, erst am Nachmittag kam er zu sich und übernahm die Leitung der Familie mit der Anordnung, keine Kontakte zu den Tamilen oder Rumänen zu knüpfen und sich ständig die Hände zu waschen, falls sie sich nicht etwas einfangen wollten. Die Landsleute sollten sie grüßen, sie sich aber vom Leib halten, wenigstens einer davon muß ein Spitzel sein, der noch immer ihre Pläne zunichte machen könnte. Besonders warnte er vor dem alten Brünner, der behauptet, ein Wissenschaftler zu sein, und dabei steckt er schon das zweite Jahr in dieser Pension; entweder haben die Kanadier etwas gegen ihn, oder er ist dienstlich hier.

Dessen wahres Gegenteil war der kantige Typ, den man hierher am Montag nachmittag aus dem Zentrallager schickte, zusammen mit einer gleichermaßen dickleibigen Frau. Abends setzte er sich an den Tisch des verdächtigen Professors und gab laut zum besten, daß es alle hören konnten, er vertrage «die Rotschwänze etwa wie Hämorroiden», doch jetzt «murkse er ihnen die Eier ab», sobald er den Amis «Lichter aufstecke, bis sie sich vor Vergnügen bepissen» über das Verkehrsministerium in Prag, wo er Pförtner war.

«Beantragt hier auch jemand Juesej?» rief er zu den Tischen seiner Landsleute hin.

«Nur still!» flüsterte der Doktor seiner Frau zu, «er wird dann mit uns nach Wien wollen.»

Er entschloß sich, die ausgefüllten Fragebogen aus dem Lager auf dem amerikanischen Generalkonsulat möglichst bald abzugeben. Er lud die Kinder zu einem neuen Ausflug ein und war zufrieden, auch bei der Tochter wieder im Kurs gestiegen zu sein. Die angesammelte Müdigkeit war in der zweiten Nacht stärker als die Stimme des Hühnerfickers. Der Doktor schlief gut, wachte gut auf, und gut gelaunt begab er sich samt Familie zum Frühstück.

Der Korporal hat den Hahn während der fünf Tage nicht einmal zur Kenntnis genommen. Sein junger Organismus hat es sich beim Militär angewöhnt, sich wie eine Batterie aufzuladen, wann immer er es konnte. Wenn er einerseits beim Alarm direkt aus dem Traum in die Montur zu springen verstand, wenn er es schaffte, auf Wache selbst in der verführerischsten Zeit nicht einzunicken, dann wußte er es sich andrerseits in seiner Freizeit zu vergüten, ungeachtet jedes Krawalls, der ihn nichts anging. Der Sprung aus der Kaserne in die Pension rief in ihm gemischte Gefühle hervor, prima, daß man hier von keinem geschurigelt wird, freute er sich, nur dieser Saustall müßte hier doch nicht sein! Er kostete seine plötzliche Anonymität aus und ging als letzter zum Essen, damit er sich an einen unbesetzten Tisch setzen konnte.

Es interessierten ihn die Ausländer. In Bratislava oder Břeclav liefen einige Vietnamesen herum, angeblich im Rahmen der brüderlichen Wirtschaftshilfe, doch hat man sie dort schön geschunden; er hörte sie nie ein einziges Wort sprechen, sie lächelten krampfhaft. Die Tamilen in der Pension besaßen nur ein paar Lumpen, aber im Speiseraum schnatterten sie wie ein Schwarm ausgeflippter Vögel. Die Rumänen dagegen wirkten niedergeschlagen, bis dann unter ihnen im Nu und unvorhergesehen ein gespenstischer Konflikt ausbrach, im Handumdrehen legte er sich wie der Wind, und die rotgewordenen Gesichter nahmen die alte Aschfarbe wieder an.

All die armen Teufel hatten ihm jedoch voraus, daß sie auch anderer Sprachen mächtig waren, die Rumänen sprachen fließend Französisch, die Tamilen zischelnd, dafür aber schnell Englisch, nur er, der Mitteleuropäer, konnte bloß von dem Opa leidlich Ungarisch, was in der Welt noch weniger Menschen verstanden als Slowakisch. Deppen hat man dort aus uns gemacht! richtete er die alte Heimat, und mir hat es gepaßt! gab er selbstkritisch zu, aber damit ist es jetzt, er benutzte das zweite deutsche Wort, das er nach «Klamotten» gelernt hatte, «Schlußaus».

Der Mann mit den Augen, die anfangs auf ihn so hinterlistig wirkten, der Dolmetscher Mládek, hat ihm nicht nur die grüne Welle von der Grenze über das Lager bis zu diesem angenehmen Ort verschafft, sondern gab ihm zum Abschied auch ein abgewetztes «Lehrbuch der deutschen Sprache für Tschechen».

«Sie können so die beiden Sprachen gleichzeitig lernen», riet er ihm.

Der Korporal war sich nicht sicher: Meinte er das ironisch? Er entschied sich jedoch, die Sache so ernst anzugehen, daß er das verlockende Angebot des alten Professors aus Brünn ablehnte: Durch seine Vermittlung warben die Bauern ringsum Hilfskräfte für die Heuernte an, gefragt waren jedoch nur Ungarn und Tschechen. An den ersten fehlte es momentan, bedauerte der Professor, von den Unsrigen zeigt keiner Interesse, die würden zunächst lieber ihren Schmuck verkaufen; bei den übrigen stört die Einheimischen die Hautfarbe, behauptete er.

«Was soll ich hier mit Geld?» sagte sich Tono Vágner, am meisten fehlt mir, daß ich keinen Piepser in einer anderen Sprache machen kann, wenn ich hier schon, Gott weiß wie lang, hängenbleiben muß, lerne ich wenigstens Deutsch. Von seinem Taschengeld kaufte er sich als allererstes ein liniertes Heftchen. Wie in der Schule schrieb er von vorn die Worte ein, von hinten die Aufgaben.

Außerhalb der Mahlzeiten paukte er tagsüber auf einer nahen Waldschonung und nachts im Bett wie das letzte Mal vor dem Abitur. Das Abendprogramm im Fernsehen wurde für ihn zur praktischen Übung, seitdem ihm jener Professor, der den komischen Mahlzeitnamen trug, verraten hatte, er habe sein Deutsch nur daher. In dem kleinen Klubraum saßen allein die Tschechen auf den Stühlen, die anderen grundsätzlich auf dem Fußboden; als er sie beim erstenmal auf die Stühle locken wollte, erklärte ihm sein mährischer Mentor.

«Sie haben mit uns ihre Erfahrungen, für sie ist Ihre Gefälligkeit ein neuer Trick. In den vielen Monaten habe ich mich hier oft gleich doppelt geschämt. Als Tscheche, daß wir so tief gesunken sind, und als Mann, daß ich ein Angsthase bin und mich deshalb nicht prügeln kann. Mit der Regelmäßigkeit des Vollmonds», belehrte er ihn, «explodieren im Flüchtlingshotel aufgestaute Leidenschaften und Haß. Dabei funktioniert so etwas wie eine gewisse Regel der Proportionale: Je mehr einer zu Hause den Mächtigen in den Arsch kroch, um so mehr ersetzt er sich das hier beim Quälen der Schwächeren.»

Ein Schulbeispiel dafür, dieser Ministeriumspförtner, traf am Montag mit einem neuen Schub ein, und der Korporal war anwesend. Nach einer Frau von so unbestimmtem Äußeren, daß ihm von ihr am meisten ihre eleganten Lederkoffer haftenblieben, rollte aus dem Lagerbus ein Pärchen heraus, das man nicht so schnell wiedersehen konnte. Zwei Fässer Bier! Doch den wahren Ekel rief in ihm ihr Gesichtsausdruck hervor, in dem sich nur Habgier und Bösartigkeit spiegelten. Der Kerl führte es vor, als er noch vom Sitz aus einen ungeduldigen Tamilenburschen anrempelte, der unter den Grüßenden einen Kameraden entdeckte. Er schrie auf, faßte sich an den Bauch und zog sich zu den Eltern zurück. Die schnaufende Hopfentonne hat nicht einmal seiner Frau geholfen, sie mußte sich selbst durch die Tür zwängen.

Zum Abendessen stieg der Korporal den beiden nach. Von der Schwelle aus schauten sie lang angewidert zu den asiatischen und balkanischen Tischen, bis sie sich beim Professor Klößlein niederließen. Weshalb, begriff der Korporal bald, als dieser Prolet immer unverschämter fragte, ob er etwas von dem Professor zu Ende essen kann, von den Brötchen über den Salat bis hin zum Apfelstrudel. Ein Parasit! Er fuchste ihn dermaßen, daß er nicht einmal zum Fernsehen ging und im Bett lernte, bis ihm die Augen zufielen.

Er wurde, wie es ihm der eingedrillte Reflex befahl, Punkt sechs wach, und wie gewohnt lief er zum Frühsport los. Ohne sich zu verschnaufen, erreichte er den Wald oben, seine Grasmulde, in der er die Armeegymnastik durchnehmen konnte, ohne der weiten Umgebung wie ein Trottel vorzukommen. Dann zog er im scharfen Laufschritt nach unten. Er war fast am Ziel, als aus dem Hintereingang die Besitzerin des Ledergepäcks in einem Gewand herauslief, das er schon aus der Fernsehwerbung als Jogginganzug kannte. Erst jetzt registrierte er, daß sie auch Haare hat; mausfarbig, wie ein Bub geschnitten.

«Guten Morgen», begrüßte er sie in der Sprache, die er soeben entdeckte.

«Guten Morgen», erwiderte sie mit dem unverwechselbaren tschechischen Akzent und lief in die Richtung, von wo er eben kam.

Bereits in der Diele, wo sie ihn nicht sehen konnte, drehte er sich nach ihr um. Sie lief munter bergauf, ihr Schritt verriet schöne Beine. Es schien ihm vorhin, als hätte sie keinen Busen, doch er wußte längst, wie Trainingsanzüge täuschen. Warum interessiert sie mich so? fragte er sich, den Falten um die Augen nach ist sie gut zehn Jahre älter. Doch zwischen dieser Musikerin und ihrem Galan, mit denen zusammen er hierher gekommen war, bestand sicherlich ein noch viel größerer Altersabstand, und es sah nicht so aus, als störte die das. Zweimal kamen sie an ihm im Wald vorbei, als er da lernte, und übersahen ihn, so ineinander versunken. Eine Ältere muß es um so besser können!

Er vergegenwärtigte sich, daß er noch immer der Laufenden nachschaute. Junge, Junge, du brauchst dringend ein Weib, also was? Setz dich einfach zu ihr!

Die Dusche war frei, er kam pünktlich um sieben zum Frühstück, doch nicht als erster. Er traute seinen Augen nicht, als er das Dickwanstpaar sah, wie es von den Tischen, die für die Tamilen gedeckt waren, die frischen Brötchen nimmt und sie in eine Plastiktasche stopft. Das Faß erblickte ihn und winkte ihm zu wie einem Mitglied desselben Klubs.

«Die Gelbzwerge werden sowieso nicht mehr wachsen! Haben Sie gehört, wie am Morgen das Zigeunergesindel rumtobte? Es scheint mir, daß wir ihnen bald eine Lektion in guten Manüren verpassen müssen!»

«Jesus Christus!» beschwerte sich der Korporal bei seiner Lieblingsinstanz, «Du läßt doch nicht zu, daß ich mich in meinem neuen Leben gleich prügle!»

2. ——— *Am selben Morgen in Graz*

Der Wiener Schnellzug fuhr in der Halle auf die Minute pünktlich ein. Der Schauspieler hat schon vorher einen Platz gefunden, wo er die Menschenströme überblicken konnte, die auf die beiden Treppenabgänge zusteuerten. Er entdeckte sie bald, sie war gekleidet, wie er es erwartete, im schwarzen Kostüm; über dem Arm trug sie ihren schwarzen Überzieher.

Er hoffte den ganzen Donnerstag, Dora würde ihren Wunsch wieder vergessen, er verließ das Zimmer nicht, das der Primarius ihr allein überlassen hatte. Etwa dreimal wurde sie wach und war offensichtlich froh, daß er bei ihr ist, daß er sie mit dem nassen Waschlappen erfrischt und löffelweise mit bitterem Tee versorgt. Dann hielt er sie bei der Hand, in die noch immer die Glukose tropfte, und sprach zu ihr leise, bis sie wieder einschlief.

Der Professor schloß nicht aus, daß es ihr nützlich sein könnte, wenn er sie vorsichtig zu der fernen Zukunft hinwendet, in der sie nicht bei jedem Schritt von Erinnerungen verletzt würden. Wenn sie schlief, hatte er Zeit, sich darauf vorzubereiten, wie er mit ihr sprechen wird. Er war es gewohnt, Abend für Abend aus der dunklen Zuschauergrube die Reaktionen des unsichtbaren Tiers, des Publikums, zu erraten. In einem bestimmten Augenblick, zu jeder Zeit anders, erkannte er, daß er gewonnen hatte. Dessen war er sich auch heute gewiß, als Dora beim Abschied seine Hand drückte.

Ungeduldig wartete er im Ärztezimmer, bis der Professor sie für die Nacht untersuchte. Als der endlich in der Tür erschien, bat er ihn, schnellstens die Aktion mit dem gönnerischen Konsul in die Wege zu leiten. Dann erlebte er einen Schock.

«Warum richten Sie sich nicht nach ihr?» fragte der Primarius.

«Worin...? Ich habe doch alles getan, was sie nur...»

«Sie hat Sie angeblich dringend darum gebeten, ihre Mutter hierherzurufen, doch hörte sie dazu von Ihnen kein Wort. Soeben hat sie also mich ersucht.»

«Aber... sie ist unser Verderb!»

«Vor allem ist sie ihre Mutter.»

«Wenn sie da ist, überzeugt sie Dora davon, daß es allein meine Schuld war!»

«Noch gestern haben Sie es selber so empfunden.»

«Ja, natürlich... deswegen will ich es aber wiedergutmachen, koste es, was es wolle! Sie wird es verhindern! Sie müssen wissen, sie hat ihre Tochter mit Affenliebe geliebt, sie haßt in mir denjenigen Menschen, der ihr Dora wegnahm. Sie heftete sich dann an Petřík, den wollte sie wiederum mir nehmen. Jetzt wird sie den einzigen Wunsch haben: wenigstens Dora heimzuholen.»

«Und wie wollen Sie das vermeiden?»

«Wir müssen schnellstens von hier weg.»

«Mein lieber Freund, selbst wenn Ihre österreichisch-amerikanische Lobby hier Wunder veranstalten sollte, werden Sie nicht früher als in drei Monaten ‹Land in Sicht› rufen können! Und wenn den Wunsch Ihrer Frau nicht Sie erfüllen, muß ich es eben tun, das ist meine Pflicht.»

«Wie soll ich also verhindern...»

«Die Dame kann doch eine erwachsene Frau nicht zur Rückkehr zwingen. Bringen Sie es zustande, daß Dora sich für Sie entscheidet.»

«Aber wie?»

«Sie stellen mir unentwegt Fragen, auf die ich nicht antworten kann und will, ich habe Ihnen bereits erklärt, warum. Doch diese würden Ihnen viele gleich beantworten. Im klassischen Dreieck gewinnt à la longue immer der, der dem Streitobjekt mehr bietet. Im vorliegenden Fall Liebe, und zwar keine egoistische, sondern im Gegenteil: die alles begreifende, die selbst vor dem eigenen Opfer nicht zurückschreckt.»

«So soll ich sie also her...?»

«Es ist in jeder Hinsicht vorteilhafter, als wenn es jemand anderer tut. Dann müssen Sie sich nur noch so benehmen, wie sich ein anderer Mensch benehmen müßte, damit Sie selber in einer ähnlichen Situation ihm den Vorzug gäben.»

Er rief die Schwiegermutter am Freitag morgen aus der Wohnung des Primarius in ihrem Büro an.

«Jawohl!» er sah die junge Sekretärin geradezu strahlen, die ihm am Telephon immer die kalten Duschen zu wärmen pflegte, die losbrausten, sobald Doras Mutter festgestellt hatte, daß in der Leitung statt der Tochter der Schwiegersohn sei, «die Genossin ist frei, ich verbinde. Auf Wiederhören...!»

Die Mutter fragte gleich nervös.

«Was ist passiert?»

Er hat den Schuß aus der Hüfte nicht erwartet und hatte Mühe, sich an den vorbereiteten Text zu halten.

«Frau Javorová...» nie hat er sie anders angeredet, weil er für sie nur «Herr Čech» blieb, «uns ist ein Unglück geschehen.»

«Dora?»

«Nein, Petřík.»

Er hörte sie schlucken.

«Und was ist mit ihm?»

«Er lebt nicht mehr...» sagte er, wie er das eingeübt hatte, und war überrascht, daß das so pathetisch klang.

«Mit dem Auto?» fuhr sie ihn an; sie wußte, daß nur er am Steuer sitzt.

Er spürte sogar eine kleine Erleichterung, daß er das verneinen konnte.

«Nein... vielleicht ein verborgener Herzfehler, noch weiß man es nicht.»

Stille in der Leitung. Sie mußte natürlich an die Schwierigkeiten denken, die Dora als Kind mit dem Herzen hatte. Keinesfalls konnte sie ihnen den Vorwurf machen, nicht rechtzeitig entdeckt zu haben, woran auch sie hätte denken sollen. Ihre Stimme wurde weicher.

«Was ist mit Dora?»

«Sie liegt im Krankenhaus, bekommt Beruhigungsmittel. Sie möchte Sie sehen», er empfand Respekt vor ihrer Selbstbeherrschung.

«Milan», nannte sie ihn zum erstenmal mit seinem Vornamen, »rufen Sie mich heute nachmittag an, ich lasse mir sagen, was nach Sofia fliegt. Wo genau seid ihr?»

Er holte tief Atem und sprach es aus.

«In Graz.»

«Wo?»

«In Steiergraz.»

«Aber das liegt doch... in Österreich?»

«Ja.»

«Wie seid ihr dorthin gekommen...»

Mit Absicht sagte er ins Telephon die Wahrheit, damit er alle Brücken hinter ihnen verbrannte.

«Aus Ungarn über Jugoslawien. Wir wollten hier einen Asylantrag stellen und weiter nach Amerika gehen. Dora wollte Sie da nicht hineinziehen.»

Wieder Stille in der Leitung. Er versicherte sich, ob die Verbindung nicht gekappt wurde.

«Hallo...?»

«Ich höre Sie. Sagen Sie ihr, ich denke an sie und komme. Rufen Sie mich morgen um diese Zeit zu Hause an.»

In Prag wurde aufgelegt. Er tat es auch. Er gewann wenigstens vierundzwanzig Stunden, um ihr entgegenzutreten.

Es tat ihm leid, daß er dem Chefarzt gefolgt war. Dora hat die Nachricht mit der Gleichgültigkeit eines Kindes aufgenommen, das seine gestrige Laune schon wieder vergessen hat. Dabei war er froh, daß sie endlich wenigstens ihre Suppe aß und, noch wichtiger, daß sie nicht widersprach, als er ihr das Bemühen des Professors schilderte, für sie beide das Asylverfahren und das Amerikavisum zu beschleunigen. Die lächerliche Möglichkeit einer Rückkehr hat er nicht einmal erwähnt.

Als er mit dem Primarius abends zu Hause den Whisky zum Einschlafen nahm, fragte ihn dieser erneut so unerwartet.

«Was erzählen Sie ihr über den Sohn?»

«Nichts!» versicherte er ihm, «kein Wort, wir sprechen einfach nicht darüber.»

«Und das beunruhigt Sie nicht?»

«Das ist doch ein gutes Omen, oder etwa nicht?»

«Mit mir spricht sie über ihn, jedesmal, wenn ich bei ihr bin, das bedeutet immer, wenn Sie hinausgehen. Ich dachte, sie würde das Gespräch mit Ihnen fortführen.»

«Was soll das heißen?» fragte er betroffen.

«Daß Sie das heikle Thema ihrer Mutter überlassen. Daß Dora um so mehr auf ihren Besuch warten muß.»

«Aber was soll ich ihr von ihm erzählen?»

«Was Sie von mir wissen. Daß sie, obwohl sie das nicht wußte, bei seinem Ende dabei war. Daß er nicht gelitten hat, er ist einfach aus seiner Bewußtlosigkeit nicht mehr erwacht, in der er mehr oder weniger war, noch als Sie ihn getragen hatten. Daß er also bis zu seinem Tod mit euch beiden zusammengewesen ist, schon das bringt einer Mutter Trost. Durch ihren Kopf schwirren viele Fragen, seien Sie es, der ihr darauf in einer ihr bekannten Sprache Antworten gibt.»

Er hat es versprochen, doch am nächsten Morgen, als er Dora auf die Augen küßte, hat ihn ihr gepeinigtes Lächeln davon abgehalten, nein! dieser Mensch kennt sie nicht so gut wie ich! von mir erwartet sie, daß ich sie vom Tod zum Leben zurückbringe. Er handelte weiter nach seiner Art. Er rief jedoch, wie er sollte, am Samstag morgens die Schwiegermutter an.

«Ich bekomme die Ausreise und das österreichische Visum Montag früh», teilte sie ihm ohne Gruß und Anrede mit, «sagen Sie Dora, ich komme am Dienstag mit dem Frühzug aus Wien an. Gibt es da mehrere Krankenhäuser?»

«Sie liegt im Landeskrankenhaus, aber ich komme in jedem Fall, Sie abzuho...»

«Nicht nötig, eine Landesanstalt gibt es sicher nur einmal da!» sagte sie und legte auf.

Diese blitzartige Bewilligung bewies ihre Kontakte, nur begriff er nicht, warum sie eine Verbindung wählte, die sie in Wien zu übernachten zwang. Er hat so aber drei Tage mehr gewonnen, und bereits für den Sonntag hatte sich Konsul Randolph angemeldet, der das Angenehme mit dem Nützlichen zu verbinden gedachte: zum erstenmal die Steiermark zu besuchen und dabei ihren Fall unbürokratisch zu lösen.

Den Samstag hat Milan mit Dora vor dem Fernseher überstanden, den man ihr ins Zimmer gebracht hatte, ein Kabelgerät, und er selbst kam dabei auf andere Gedanken, als er wie verzaubert zwei heimische, ein jugoslawisches, ein schweizerisches, zwei italienische, drei deutsche Programme durcheinanderschaltete und noch andere, von Satelliten in die Palette gebracht. Abends lief in englischer Fassung der Film, von dem er immer nur hatte schwärmen hören: «Die besten Jahre unseres Lebens.»

Er hatte eine Schwäche für Kriegsfilme, es war ihm ziemlich egal, wer gegen wen, es faszinierte ihn die Mentalität der Kerle, wie er selbst einer zu sein suchte: hart zu sich und zu den anderen. Die Story amerikanischer Veteranen des Zweiten Weltkriegs, die ihre schwerste Schlacht erst um ihre Stellung im Zivilleben führen müssen, ergriff ihn durch schauspielerische Leistungen. Bei der Szene, in der ein ehemaliger Flieger auf dem Flugzeugfriedhof seine Maschine entdeckt und darin sitzt, ähnlich wie sie abgemustert, wollte er wie immer seine Begeisterung Dora mitteilen. Er sah sie leise weinen, zum erstenmal.

«Soll ich das ausmachen», erschrak er.

Sie schüttelte den Kopf.

«Aber ich muß nicht fernsehen, wirklich nicht!»

«Nein!» sagte sie entschieden, »mir gefällt es sehr, nur daß sie mir alle so leid tun...»

Er fragte in der Nacht den Primarius, ob das ein Symptom sein könnte, daß sie aus eigenem Leid erwacht und auch die übrige Welt wahrzunehmen beginnt.

«Vielleicht. Habt ihr schon von eurem Sohn gesprochen?»

«Verzeihung», lehnte er sich dagegen auf, «ich glaube, es ist besser, wenn sie mit Ihnen davon spricht und mit mir eher über die Zukunft, meinen Sie nicht?»

«Mein Freund», der Professor zuckte die Schultern, «Sie kennen das Zitat: Ich habe das Meinige getan, tun Sie das Ihre».

Der Schauspieler hat Richard Randolph gleich in der Tür des Cafés im Hotel «Erzherzog» erkannt. Er erinnerte sich, wie der junge Brillenträger ihn auf dem Prager Empfang mit seinem Tschechisch erheiterte: Er sprach fehlerlos wie ein Buch, doch mit Prager Akzent, den er von seinem Chauffeur haben mußte. Er sagte ihm damals, er konnte in Prag ein Wirtshaus aufmachen, und der Konsul fühlte sich bis heute geschmeichelt, er stimmte jedoch zu, jetzt Englisch zu sprechen, damit Milan sich in den amerikanischen Zungenschlag einhören konnte.

«Say Rick to me, Milan», lud er ihn sofort ein und kam zur Sache; nicht nur Milans schauspielerisches Talent, das er so oft bewundert habe, sondern auch seine Haltung als Bürger erwecke in ihm Respekt, er habe ja nie zu den Aktivisten des Regimes gehört.

Milan atmete auf; der unglückliche Artikel ist offenbar nicht jedermann vor Augen gekommen.

Wie er bereits Professor Lindberg gesagt habe, setzte Rick fort, bezweifelte er nicht, daß Milan der Sprung auf prominente amerikanische Bühnen gelingen würde, besonders, wenn er jetzt hört, wie sich sein Englisch verbessert hat.

Milan war ihm dankbar, daß er ihn in seinem erschütterten Selbstbewußtsein aufrichtet.

Seine «authorities», erklärte Rick, sähen darin auch eine gewichtige politische Geste, die sie zu unterstützen bereit seien. Mit Rücksicht auf die tragischen Umstände habe er die Vollmacht erhalten, die Formalitäten maximal abzukürzen.

Milan gefiel, wie er, anstatt ihm krampfhaft lange die Hand zu schütteln, ihm nach angelsächsischer Art auf die Schulter schlug.

Oben im Zimmer, fügte Rick hinzu, lägen die Formulare, er würde ihm gern beim Ausfüllen helfen, und sie brächten sie dann ins Krankenhaus, damit auch «paní Čechová», er sprach es tschechisch aus, sie in seiner Gegenwart unterschriebe. Ein Antrag von Eheleuten werde nur gleichzeitig behandelt, sonst drohe eine Verzögerung. Das Datum würde Rick erst an jenem Tag einsetzen, an dem der Asylantrag gestellt wird, also wenn Dora wieder ganz genesen ist.

Milan folgte ihm dankbar durch das bizarre Interieur des altertümlichen Etablissements in eine riesige Suite, in der Ricks Frau sie mit dem

Tee erwartete. Auch sie sprach ihm in unaufdringlicher Weise ihr Beileid aus und übergab ihm für Dora ein ansehnliches Päckchen in dezentfarbigem Geschenkpapier.

«Nur etwas Kosmetik. Einer Frau hilft immer ein bißchen, wenn sie sich gut geschminkt hat.»

«Damals bei Ihnen», erinnerte er sich plötzlich, «gefiel ihr eine Salzmühle, und Sie haben uns so eine zu Weihnachten geschickt...»

«Ach, tatsächlich...?» sie konnte sich nicht mehr besinnen.

«Ich weiß es, weil ich nämlich deswegen meinem Sohn den einzigen Klaps seines Lebens verpaßte.»

«I'm so sorry», sagte sie sinnlos.

In das Krankenhaus hat Rick ihn mit einem ganz und gar unamerikanischen Karren europäischer Marke befördert, deren Lob er sang. Ein rundes Segeldach saß auf der Blechschachtel, und das Ganze rechtfertigte den Spitznamen «Ente». Milan bedauerte es, Dora nicht dabei zu haben, das Verhalten der beiden und auch ihr komisches Gefährt verliehen dem unbekannten Amerika, das sie im gestrigen Film durch seine Härte schockierte, ein weitaus menschlicheres Antlitz.

Der Professor hat sie bereits erwartet, Randolph kannte er nur vom Telephon, doch hat er ihm auch gleich angeboten, ihn mit Frank anzusprechen. So erfuhr Milan nach vier Tagen, daß das F. auf der Visitenkarte Franz wie František bedeutete. Dora, sagte er ihnen, sei gerade zum erstenmal aufgestanden, um ihre Haare in Ordnung bringen zu können; sie sei schwach, doch sie erwarte sie, nein! er bleibe hier, er wolle sich nicht in die Amtshandlung einmischen.

«Dora», sagte der Schauspieler dann vorsichtig, weil er in allen Nerven die dünne Eisdecke dieses Versuchs spürte, «das hier ist Richard Randolph, erinnerst du dich an ihn noch aus Prag?»

«Jawohl», überraschte sie sie beide, «Ihre Frau hat lange blonde Haare...»

Der Konsul war tief beeindruckt und bestellte Grüße, während Milan das Paket aufmachte und auf Doras Decke eine Reihe edler Creme-, Schmink- und Puderdosen legte, als wollte er ihr ein Theaterschminkpult einrichten. Sie gab eine matte Freude zu erkennen, hörte sich die Nachricht über alles an, was die Männer im Hotel vereinbart hatten, und ohne Fragen zu stellen, unterschrieb sie den ausgefüllten Fragebogen.

«Ou kej», sagte Rick, wie Milan es selbst gern tat, «and now good luck to you, see you again in Vienna and in the States.»

Bald nachdem er gegangen war, wurde Dora übel, ihre Temperatur stieg, und der Professor mußte die Therapie dem anpassen. Am Montag legte er selbst dem Schauspieler ans Herz, ernsthafte Themen zu meiden. Da er irgendeinen Amtstag vor sich hatte, empfahl er Milan noch, einen Spaziergang zu machen. Ziellos irrte er durch die Stadt, bestieg den dominierenden Berg und sonnte sich auf einer Bank, bald jedoch ging er wieder hinab und kaufte sich eine Karte für einen Superfilm über die Landung der Alliierten in der Normandie, den er seit Jahren zu sehen wünschte. Leider war es ein Kino im Taschenformat, und selbst die lautesten Szenen konnten seine anwachsenden Sorgen nicht übertönen.

Der Frühzug aus Wien, das wußte er bereits, hatte keinen Anschluß von Prag. Wollte die Schwiegermutter in Wien mit jemandem verhandeln? Worüber? Vom Kino kehrte er ins Krankenhaus zurück, und die verführerische Schwester, die ihn seit Mittwoch konsequent schnitt, teilte ihm eisig mit, er solle nach Hause gehen, der Herr Primarius habe für heute jeglichen Besuch verboten. Hat sie damals etwa gehört, wie beleidigend er sich gegen ihre Gunst gesichert hatte?

Der Professor war nicht daheim, hatte jedoch das übliche kalte Abendbrot für ihn vorbereitet. Milan stellte den geliehenen Wecker auf halb sieben, der Gastgeber war jedoch gegen seine Gepflogenheit bereits weg, er hatte für das Frühstück gedeckt. Es sah so aus, als wollte er weiteren Bitten um Rat aus dem Weg gehen. Jedenfalls erzielte er damit, daß Milan sich schämte: Bin ich tatsächlich nur vor Publikum ein Mann?

Als er die Schwiegermutter sah, warf er die Zigarette weg, in den letzten Tagen zwang er sich zum Rauchen wie in der Kindheit zum Lebertran. Er holte Atem, trat ihr entgegen, legte die Hand an den Koffergriff.

«Guten Morgen», sagte er im richtigen Ton, «gestatten Sie?»

Sie machte keine Szene, zog die Finger zurück und ließ sich führen.

«Wie geht es Dora?» wollte sie bloß wissen.

«Es ist ihr schon besser gegangen, gestern hat ihr der Arzt wieder Schlaf verordnet.»

Mehr fragte sie nicht, in der Taxe schwieg sie, erst als er vor der Klinik, um ihr zuvorzukommen, rasch zahlte, merkte sie an.

»Wir begleichen das später.»

Milan versprach sich viel von seiner Dolmetscherrolle: Doras Mutter wird von ihm abhängig sein. Als er sie jedoch zum Primarius hineinbegleitet hatte, sagte sie in einem passablen Deutsch.

«Ich möchte Sie allein sprechen.»

«Gehen Sie zu Ihrer Frau voraus, Herr Čech!» schlug der Professor ihm ungewöhnlich demonstrativ vor.

Er eilte also zu Dora, um den letzten Vorsprung zu nutzen, den er noch hatte. Sie war wach, zum erstenmal saß sie im Bett. Der fremde Duft verblüffte ihn, ehe ihm klarwurde, daß sie die geschenkten Kosmetika benutzt hatte.

«Morgen, meine Liebste! Wie geht's dir?»

Sie nickte und starrte an ihm vorbei.

«Besser?» fragte er besorgt.

Wieder nickte sie und ließ ihre Augen nicht von der Tür.

«Hast du was gegessen?»

«Wo ist die Mutter?» fragte sie ungeduldig.

«Gekommen, keine Angst. Sie spricht mit dem Professor, bald wird sie da sein.»

Ihr Gesichtsausdruck entspannte sich, sie stützte sich aufs Kissen, schaute jedoch zur Decke hinauf, als wäre sie hier allein. Er setzte sich zu ihr und küßte ihr die Hand, aus der Armbeuge ragte noch immer die Nadel, er hat sich hier die ganzen Tage überwinden müssen: Bis zuletzt ließ er sich lieber von Dora wie früher von seiner Mutter in nasse Bettücher wickeln, Federdecken herum, unter denen er unerträglich schwitzte, als zum Arzt zu gehen, bei dem eine Spritze drohte; diesen Anblick hier auszuhalten war das stärkste Zeichen seiner Liebe, ihre plötzliche Gleichgültigkeit machte ihn ängstlich.

«Dořička...» er benutzte den Namen, der ausschließlich zu ihrem Lieben gehörte, «bitte, bitte, fürchte nichts mehr mit mir » er war tief verunsichert, keine Worte zu haben, mit denen er sie noch überzeugen könnte, auf die Zunge drängten nur die hundertmal abgeleierten, lauter ausrangierte Banknoten! er hat recht! erinnerte er sich des Professors, ich spielte Theater auch zu Hause, dieses gepeinigte Geschöpf hab' nur ich auf dem Gewissen, außerhalb des Bettes war sogar sie für mich nur Publikum, das sich alles gefallen lassen muß; fieberhaft suchte er nach etwas, was sie noch einmal beeindrucken könnte.

Dabei konzentrierte er sich schon auf den Hauptauftritt, den er sich, heute von seinem Hauswirt verlassen, zurechtgelegt hatte: Wenn sich die Mutter mit Dora trifft, war er fest entschlossen, sich im Hintergrund zu halten, keineswegs die erste Umarmung zu stören und nicht ins Gespräch einzugreifen, solange er nicht mußte. Er wollte ihnen bald anbieten, sie allein zu lassen, er komme dann zurück, um die Mutter zum Mittagessen abzuholen, an dem auch der Primarius teilnehmen sollte; Milan hatte erneut hundert Mark gewechselt.

Noch bevor er Worte fand, klappte die Tür hinter ihm, und Dora setzte sich wieder ruckartig im Bett auf. Es war die beleidigte Schwester.

«Sie sollen zum Telephon!» sagte sie unwirsch und sandte der Kranken einen strahlenden Blick, als ob sie ihr Befreiung gebracht hätte.

«Ich?» er roch einen Trick, «wer kann mich hier...»

«Der Herr Primarius!»

«Ich... gleich... verzeih!» verabschiedete er sich von Dora verwirrt; da lag sie schon wieder und blickte zur Zimmerdecke.

Das Schwesternzimmer war leer, der Hörer lag tatsächlich neben dem Apparat.

«Hallo?»

Er hat Stille erwartet, einen dummen Scherz, es meldete sich aber die ihm bekannte Stimme.

«Lindberg. Könnten Sie bitte da auf mich warten? Frau Javorová bat, mit der Tochter allein zu bleiben.»

Er erstickte beinahe aus Wut vor diesem Unrecht und seiner Machtlosigkeit.

«Aber das ist... ich bin doch ihr...»

«Frau Javorová wünscht es sich, und ich habe keinen Grund, ihr eine Absage zu erteilen, ich ließ auch Sie mit Ihrer Frau allein, sooft Sie es wollten.»

Er sprach wieder kalt und unwiderruflich, Milan kannte das schon.

«Wie Sie wünschen», er war bemüht, daß es möglichst bitter klang.

«Wir wünschen uns alle das gleiche», sagte der Primarius darauf in seinem normalen Ton, «daß es Dora bald wieder gutgeht.»

«Ja, gewiß... ich warte hier auf Sie», er unterordnete sich.

«Danke.»

Der Schauspieler hielt den Hörer weiter in der Hand, und seine Augen suchten in diesem sterilen Raum vergeblich nach etwas, was die niedergedrückte Seele erfreuen könnte. Er kam sich gleichermaßen gefangengenommen vor wie vor einer Woche in der jugoslawischen Zollfalle, die sich dann so hinterlistig öffnete, damit sie um so sicherer von dem Schlund des Tunnels verschluckt würden...

Das Bimbam der Glocke schleuderte Karel Markalous zur Tür. Um so größer war seine Enttäuschung, als er das Gesicht der türkischen Putzfrau mit dem verlegenen Lächeln vor sich hatte, das sie anscheinend nie verließ.

«Haben Sie denn noch immer keinen Schlüssel?» herrschte er sie an. «Schlüssel, the key...» er erinnerte sich, wie er es ihr gestern erläuterte, und bewegte den Handrücken, «schließi, schließi!»

Sie schüttelte den Kopf, bis ihm klarwurde, daß sie gestern nichts verstanden hatte und er sich dort befindet, wo er seit Freitag ist.

Am Freitag abend gelang es ihm nur mühsam, den Erdrutsch zum Stehen zu bringen, so daß er mit dem Aufbau einer neuen Existenz beginnen könnte. Das eilig zusammengestoppelte Märchen hielt überraschend gut stand, es war zum Glück glaubwürdiger als alles, was die Österreicher ursprünglich darüber dachten, ob Ministerialbeamte, Polizeichargen oder Meinungsmacher.

Seine Achillesferse war, daß er nur selbst raten konnte, was der Betrug zu bedeuten hatte. Als er ihn bis zum Treffen mit Gerda im Flugzeug nach Hamburg zurückspulte, erschienen ihm zwei Erklärungen wahrscheinlich: daß sie tatsächlich ein Lockvogel der Konkurrenz war, der den aussichtsreichen Handel zunichte machen sollte, oder aber daß sie ihn auf eigene Faust reinlegte, aus Gründen, die er noch erfahren wird. So oder so schwammen die geheimnisvollen Kontrahenten in der Affäre zusammen mit ihm. Wollte jemand aus dem halbgelungenen Raub Nutzen ziehen, mußte er mit ihm eher verhandeln, als ihn erpressen.

Das Gehirn, wieder brillant in Schuß, riet ihm beim Treffen mit Waschitschek zu einem weiteren wirksamen Zug. Er bot sich an, die gemischten Verhandlungen dadurch zu retten, daß er die tschechoslowakische Delegation gewissermaßen in Abwesenheit leiten würde: Falls er eine erstklassige Sekretärin bekommt, kann er die verschwundenen Vertragsunterlagen mehr oder weniger ersetzen. Er war nicht überrascht, als der skeptische Hofrat, der den Rest der in der tschechoslowakischen Botschaft tagenden Delegation anrief, von dort praktisch im Gegenzug die Zustimmung erhielt.

Markalous hat richtig kalkuliert, daß Štrasmajer mit Hilfe der Entführungslegende den pragmatischen Standpunkt durchsetzt, um mit der Reputation eines Mannes zurückkehren zu können, der sich in einer so heiklen Lage Rat wußte. Doch auch die Österreicher begeisterte die Aussicht nicht, wieder von Null an mit neuen, gewiß weniger versierten Leuten verhandeln zu müssen; und es gefiel ihnen, als ein so betroffener Mann seiner Heimat durch ihre Vermittlung den Repräsentationsfonds zurückerstattet hat.

Bei diesem anspruchsvollen Schachspiel ist ihm entgangen, wie peinlich die Beamten bemüht waren, ihn vom Gelände des Ministeriums fernzuhalten. Unter dem glaubwürdigen Vorwand, sie möchten ihm außer Arbeitsruhe auch ein Versteck vor den Journalisten verschaffen, die immer noch hungrig auf die Fortsetzung seiner Story warteten, beförderte man ihn noch am Mittwoch abend in ein für ihn geheim angemietetes Appartement.

Als Kolowiczyni ihn wieder persönlich transportierte, dachte sich Markalous zuerst ziemlich unlogisch, daß sie gemeinsam den Abend beim Heurigen verbringen würden, sie fuhren auch durch die Hauptstraße des Vororts Neustift im Walde, wo in jedem Garten massive Vierterln schepperten. Sie bogen jedoch scharf links herauf ab und setzten die Fahrt durch ein Villenviertel fort, in dem sie keiner Menschenseele begegneten, bis dann vor ihnen ein Komplex kaum fertiggestellter moderner Mietshäuser auftauchte: Auf der verlängerten Fahrbahn fehlte noch die Asphaltschicht, von Hunderten Fenstern strahlte kaum ein halbes Dutzend in die Dämmerung.

Ja, bestätigte der Regierungsrat, man habe hier zeitweilig eine möblierte Wohnung von einem der Makler angemietet, die man nacheinander anrief, hie und da fehlt es an diesem oder jenem, ein Telephon zum Beispiel, doch für den doppelten Nutzungszweck ist sie wie geschaffen. Er selber war hier zum erstenmal, aber die Schlüssel stimmten, und die Räume konnten sich sehen lassen: die gute Stube, zwar phantasielos, aber erstklassig eingerichtet, das Schlafzimmer mit Bett mindestens für drei, das Bad, groß wie ein zusätzliches Zimmer, dazu eine Küche, in der neben der Geschirrspülmaschine sogar eine Mikrowelle war.

Nach dem langen Tag hatte Markalous die Nase voll, beim Abschied fragte er nicht einmal, wie es morgen vor sich gehen sollte. Zwei grüne Meinl-Tüten, die Kolowiczyni im Wohnzimmer auf die dicke Glasplatte des Beistelltisches gestellt hatte, trug er nicht mehr in die Küche, er aß die Delikatessen mit den Fingern aus dem Einwickelpapier, das Bier trank er aus der Flasche, die er auf Glasbläserart an der anderen geöffnet hatte. Er schlang und schlürfte, dabei auf etwas im Fernseher glotzend, der hier freilich nicht fehlte. Seit gestern, dachte er sich vor dem Einschlafen, habe ich einen Weg zurückgelegt, für den viele andere ein ganzes Leben brauchen: vom Himmel in die Hölle und zurück, zumindest in ein erträgliches Fegefeuer.

Auch am kommenden Tag ließ der Strom österreichischer Gunst nicht nach. Knapp nach Bad und Frühstück erschien Schlag neun die Sekretärin, eine aparte sogar! mit ihr zusammen lieferte ein Fahrer eine elektrische Schreibmaschine, und Markalous zeigte sich vor der ansehnlichen Vierzigerin in bester Form. Um halb eins klingelte ein junger Mann in Livree, zwei seltsame Gepäckstücke in der Hand. Er hat wie im besten Restaurant gedeckt, wartete, bis sie sich hinsetzten, hob die Alpaka-Glocken und präsentierte einen Tafelspitz, klassisch couvertiert mit Apfelkren und Schnittlauchsauce. Er bat die beiden, danach das schmutzige Geschirr in seine Container zu schichten, die er morgen gegen neue eintauschen werde, und entfernte sich mit Wünschen eines guten Appetits.

Den hatten sie tatsächlich, auch das ihm unbekannte Dessert Tiramisu schmeckte einmalig. Er schlug beim Essen einen persönlichen Ton an, und sie erwies sich als angenehme Tischgenossin, dazu schmeichelte es ihr natürlich, daß er sich ihr gegenüber wie zu einer Dame benahm. Bis sechs, als der Chauffeur sie abholen kam, leisteten sie eine Menge Arbeit, waren aber bei weitem noch nicht fertig.

Er sehnte sich nach einer Weinstube, doch es wäre ein gravierender Verstoß gegen die Regel, mit dem Risiko verbunden, daß ihn jemand erkennen und die Presse holen würde. Er bediente sich also von den gestrigen Resten, die noch für eine Woche reichten, sah irgendeiner Fernsehserie zu, in der er sich nicht auskannte, und ging bald schlafen.

Im Bett entsann er sich der Sekretärin: Vielleicht bleibt sie morgen hier mit ihm? Am Nachmittag hatte sie plötzlich einen Knopf im Ausschnitt offen, und er konnte den Ansatz eines vielversprechenden Busens erblikken. Sie trug keinen Ehering, ob sie seine Einladung nicht geradezu erwartete? Er schlief mit einem schadenfrohen Gefühl ein, als würde er bereits an Gerda Rache nehmen.

Doch morgens früh kam Kolowiczyni mit ihr angefahren und blieb den ganzen Vormittag da, stellte Ergänzungsfragen, und Markalous kam sich wie in einem seltsamen Kabarett vor, als er hier, bereits ein Emigrant, einen bilateralen Vertrag abrundete, während die staatlichen Vertreter, die ihn unterzeichnen werden, in Salzburg faulenzten. Štrasmajer wußte, daß er sich auch noch jetzt verlassen kann: Markalous wollte, daß seine Glasmacher ihn in gutem Gedächtnis behalten.

Der Partyservice hat heute für drei gedeckt, der Regierungsrat speiste mit ihnen gratinierte Leber mit Wildreis und Topfenschnitten mit heißer Vanillesauce, wonach er sich aus Familiengründen bis Montag entschuldigte. Er komme, ihn genau über die Verhandlungen zu informieren, die, wie er jetzt sehe, glimpflich verlaufen werden, die letzten Unterlagen will der Herr Hofrat über Sonntag selber studieren.

Nun fing Markalous an, die Arbeit künstlich zu verzögern, damit er die Sekretärin elegant zum kalten Abendessen einladen könnte. Im Kühlschrank warteten ein paar Flaschen edlen Rosés, die er ebenfalls in den Tüten fand. Ihren Blick auf die Uhr begriff er als Signal, den privaten Teil des Tages zu eröffnen. Aus der wohligen Vorstellung wurde er grausam gerissen, als sie ihn scheu bat, sich doch etwas zu beeilen, denn draußen warte im Wagen längst ein Freund.

Er kam sich wie ein Schüler vor, über einem durchschaubaren Schwindel ertappt, schnell kam er zum Schluß, half ihr, die Papiere zu ordnen, und küßte auf der Türschwelle ihre Hand. Hinter dem Vorhang beobachtete er beklommen, wie sie die Gaben ihres Körpers, mit denen er fest gerechnet hatte, zu einem anderen bringt. Vom Lenkrad stieg ihr höflich ein Neger entgegen. Es geschieht dir recht! verwünschte er sich in einem weiteren Aufblitzen von Selbsterkenntnis, es wird nicht lange dauern, und deine Geilheit macht dich endgültig fertig!

Allem zum Trotz hat er sich entschieden, auf die Hauptstraße hinauszugehen. Er setzt sich, ein Taschentuch vor der Nase, an einen verborgenen Ecktisch und hört den angenehm leisen Lärm rundum, die Österreicher machen keinen Radau beim Wein, sie zelebrieren ihn gewissermaßen, er nimmt seinen Liter zu sich und stumpft seine Gier ab, um einschlafen zu können. Er steckte sein noch immer anständig gefülltes Portemonnaie ein und suchte nach den Schlüsseln. Erst jetzt stellte er fest, daß das Bündel nicht da war. Kolowiczyni muß es gleich vorgestern mitgenommen und dann vergessen haben, es zurückzugeben.

Er wußte, daß er hier auf jede andere Todesart sterben könnte, nur nicht Hungers, doch er war sauer auf diesen Idioten, der ihn dazu verurteilt hatte, bis Montag in diesem paradoxen Käfig zu stecken, aus dem er nach Belieben heraus-, doch nicht zurückkonnte. So machte er die Flasche aus dem Kühlschrank auf, schaute sich irgendeinen Kommissar Soundso an, doch er kam nicht zur Ruhe, im Gegenteil.

Er schöpfte den Verdacht, daß man die Schlüssel absichtlich mitnahm, um sich durch diesen «Irrtum» seines Versprechens sicher zu sein. Es ärgerte ihn um so mehr, als er es tatsächlich brechen wollte und sie sich also als pfiffiger erwiesen. Im Bett stellte er sich die nackte Sekretärin vor, wie sie da eben mit ihrem Schokoladenlover loslegt, und endete wie in ähnlichen Situation üblich. Er half sich selbst und wusch sich dann über der Wanne ab in einem neuen Anfall von Demütigung.

Als er wach wurde, ging es ihm nicht besser. Er klammerte sich an dem Mittag fest, zu dem der Speisenträger erscheinen mußte, ab halb zwölf lauerte er am Fenster, und um eins stellte er fest, daß er umsonst wartete: In einer plötzlichen Eingebung ging er in die Küche und entdeckte in den etikettierten Alufolien vier weitere Mahlzeiten, die man in der Mikrowelle nur aufzuwärmen hatte. Er kämpfte mit Heulen. Am Nachmittag beruhigte er sich, es gelang ihm, eine Erklärung darin zu finden, daß die Österreicher sich ganz rational benommen hatten. Er selbst hatte doch vorgeschlagen, bis zur Protokollunterzeichnung «wegzuräumen», damit er keine weiteren Komplikationen verursachte, um so mehr wären sie ihm dann zu Dank verpflichtet. Den Trick mit den Schlüsseln, falls es einer war, könnte man ihnen zum Vorwurf machen, aber was würde an ihrer Stelle er getan haben? Hierher kommen zum Kartenspiel?

Er machte den Fernseher aus, stellte das Saufen ein und fing ein bißchen an, «auf Glas zu malen», wie er die Formeln nannte, mit denen er seinen Lebenstraum theoretisch betastete, ja bereits modellierte, schweres Glas, das Stahl ersetzen könnte. Das sollte sein hohes C werden, der Trumpf, den er nur für sich selber ausspielen wollte.

Sein Geist, durch dieses Projekt erhoben, das die nächste technische Revolution in Reichweite rückte, ließ ihn glatt den Montagmorgen erleben. Dann druckte er die Teilergebnisse in sein Gehirn ein, beschriebene Blätter zerfetzte er zu Flöckchen, die er nach und nach runterspülte, zog ein frisches Hemd an und wartete, bis ihn Waschitschek bittet.

Das erste Klingeln meldete nur die türkische Putzfrau an, sie hat sich mit ihrem Firmenausweis vorgestellt und wollte von ihm, daß er ihr den Staubsauger zeigt. Er fand ihn im Küchenabstellraum, bat die Frau, zuerst den Wohnraum sauberzumachen, und wartete weiter. Sie war bald fertig und verabschiedete sich mit dem Wort «morgen». Er versuchte, ihr begreiflich zu machen, er werde nicht mehr hier sein, sie solle sich ihren eigenen Schlüssel besorgen, the key, schließi, schließi.

Das zweite Klingeln leitete den Auftritt des fliegenden Kellners ein, der diesmal ein Ein-Mann-Menü brachte. Während er geschickt die Reste von Freitag abräumte, schrieb Markalous für ihn Telephonnummern auf. Der Junge versprach, direkt nach seiner Runde das Ministerium anzurufen und eine Nachricht auszurichten, die auf dem Zettel stand.

«Ich verlange einen unverzüglichen Termin beim Herrn Hofrat. Ich sehe keinen Grund, hier weiter zu verbleiben.»

Das rosa gebratene Roastbeef verspeiste er ohne Appetit, die Birne in Schoko mit Schlag ließ er stehen, schaute abwechselnd auf die Uhr und aus dem Fenster. Bis zur Dämmerung erschien jedoch niemand, und als Markalous sich endlich ein Bier holen wollte, fand er im Kühlschrank ein kaltes Abendessen vor: eine Lachsplatte, Hummer mit Kaviar. Auch Champagner erschien dort, eine unbekannte Marke zum Glück, Veuve Cliquot hätte er für den Beweis gehalten, daß ihn die selbe Bande in der Hand hat.

Er schaltete gerade rechtzeitig die Tagesschau ein und erfuhr, daß die Vereinbarung am Nachmittag unterschrieben worden sei. Die Landsleute, sagte er sich, haben sich natürlich ein feierliches Bankett ausgebettelt. Er war sich zumindest sicher, nicht schlechter zu Abend gegessen zu haben, und einigermaßen versöhnt ging er zu Bett. Er schlief sogar mit dem Gedanken ein, diesen feschen Knast noch einige Tage aushalten zu können, er würde hier ein schönes Stück Arbeit leisten.

Als aber an Stelle Kolowiczynis sich wieder die Türkin ohne Schlüssel einstellte, hatte er genug. Er tat, was er bereits hätte gestern tun sollen: Er brachte der blöden Gans mit Gesten bei, sie dürfe nicht weg, solange er nicht zurückgekehrt ist, und lief auf die Straße, die in all den Tagen den Charakter einer Mondlandschaft nicht verloren hatte, wie zu Hause! wütete er auf der vergeblichen Suche nach einer Telephonzelle.

Kaum hatte er sie schweißgebadet endlich entdeckt, verzweifelte er, keinen Schilling zu haben, da er unterwegs keinen einzigen Menschen oder auch nur einen Laden traf. Als er eine Münze in der Tasche fand, jubelte er beinahe laut. Die Nummer kannte er auswendig wie alle, die er mehr als einmal gewählt hatte, sein Gehirn machte zwischen Zahlenkombinationen keinen Unterschied. Er hörte gleich die rettende Stimme des Ziegenbarts.

«Hier Ingenieur Karel Markalous, ich möchte Herrn Hofrat Waschitschek sprechen, Frau Muckenschnabel!» verkündete er förmlich, um sie für sich zu gewinnen.

«Hallo», sagte sie, «hallo, ist da wer?»

«Hallo!» schrie er beunruhigt, «hier Markalous, hören Sie mich?»

Im Hörer knackste es, die blöde Kuh legte auf! Im Nu wußte er, daß er, Scheiße! diesen behämmerten österreichischen Zahlknopf nicht gedrückt hatte, sie sollen sich damit in den Arsch beißen! er suchte panisch nach einem anderen Schilling und fand natürlich keinen mehr. Eine neue Befürchtung überfiel ihn: Die Türkin ist blöd genug, um inzwischen wegzugehen. Atemlos erreichte er die Tür und schellte lange vergeblich, sie saugte gerade Staub. Er verlangte Schillingmünzen von ihr, was sie länger nicht begreifen konnte, vielleicht fürchtete sie, er wolle etwas von ihrem Lohn. Als sie schließlich ungern die abgewetzte Tasche öffnete, fand sie nur einen papierenen Zwanziger.

Er war so erledigt, daß er aufs Klo ging und sich dort, so wie er war, auf die Schüssel setzte, ähnlich wie er einst in Sázava bockte. Doch die Mutter hat nicht an die Tür geklopft und sagte nicht, Karlíček, laß das, ist schon alles gut! Nach einer halben Stunde ging er von allein raus, da war die Putzfrau bereits fort.

4. *Am selben Morgen im Zentrallager*

Der Zauberer und Koch hat mit der einzigen freien Hand für zwei zu Ende gefrühstückt und wartete in dem sich leerenden Speiseraum über dem Kaffeerest auf eine gute Nachricht. Die Rechte hing in der Binde auf der Brust, seine Stirn schmückte ein Pflaster, sein rechtes Auge schaute malerisch aus einem zwetschgenblauen Rahmen heraus. Er kannte sein Aussehen aus dem Spiegel und war zufrieden. Wer ihn suchte, konnte ihn leicht finden. Er war sich sicher, daß man hinter ihm her war.

An allem, was Josef Strniště seinen Weibern, zufälligen Zuhörern oder Amtspersonen erzählte, war das verrückteste, daß es beinahe der Wahrheit entsprach. Die unglaublichsten Episoden seines Lebens hat er lieber verheimlicht, um nicht als ein unverschämter Lügner zu gelten, der keine Grenzen mehr kennt. So zum Beispiel die Geschichte seiner überirdischen Auferstehung im Dschungel, bei der er in den Schoß seiner wahren Heimat an der Moldau zurückbefördert wurde.

Was die Staatsangehörigkeit betraf, davon hat er mehrere gehabt, auch wenn sie, streng juristisch betrachtet, strittig waren. Geboren wurde er als Tschechoslowake, und sein Vater, so prahlte er, war sogar der berühmte Unbekannte Soldat. Im Bauch der Mutter, einer jungen Serviererin aus der Prager Vorstadt Karlín, nahm er die Parade des örtlichen Infanteriebataillons ab, das zum Zweck der Identifizierung des gewaltsamen Samenspenders angetreten war, der das Mädchen angeblich mit seinem Bajonett zur Liebe zwang. Dabei hat sie sich leider nicht einmal den Rang gemerkt, und von den Rekruten hat sich keiner danach gesehnt, seine allfällige Frucht zu ernähren und zu erziehen.

Kurz darauf sperrte man die Schwangere ein, weil sie in den Mänteln der Gäste fischte. Sie arbeitete in der Gefängnisküche weiter, wo sie im siebten Monat zwischen dampfenden Kesseln mit einem molligen Jungen niederkam, das erste Wunder. So spendeten die Parzen Josef, nach der Mutter Bodlák genannt, was Distel bedeutet, alle Insignien, die seinen Lebensweg bestimmen sollten: das Bajonett, den Polizeiknüppel, den Kochlöffel und den Zauberstab.

Nur ein Zauber konnte es bewirken, daß sich bald danach in die Mutter ein Mann verliebte, zwar bucklig, aber um so solider, der ihr und dem Kind seinen Namen bot. Vom Bodlák zum Strniště, also von der Distel zur Stoppel, fragte er oft, ist das nicht wie vom Regen zur Traufe? Der neue Vater war Leibdiener und Koch des jungen Grafen Olowrant, dem als kinderlosem Junggesellen die schwere Aufgabe zufiel, das Eigentum, von Generationen angehäuft, allein zu verschleudern. Ausgiebig hat ihm dabei Adolf Hitler geholfen.

Hat der Strniště Josef behauptet, die Länder, in die er je kam, seien hinterher von Katastrophen heimgesucht worden, so übertrieb er nicht. Es fing im Sommer sechsunddreißig in Südspanien an, wo die Familie mit dem Grafen an der Corrida teilnahm, als irgendein General Franco meuterte. Die Rebellenoffiziere, selbst Granden, ermöglichten dem Adligen sichere Abreise samt Begleitung. Weil er augenblicklich keinen Koch hatte, nahm sie alle auf dem Deck seiner riesigen Yacht ein führender spanischer Habsburger auf, der vorübergehend auf die Domäne seiner Verwandten bei Wien übersiedelte. Es hat ihm so vorzüglich geschmeckt, daß er sie auch zum Aufenthalt auf dem Festland einlud, bis der Sturm sich legen würde.

Er legte sich nicht. Nach der Vereinnahmung Österreichs kehrte der Graf mit der Familie des Kochs, die er inzwischen ins Herz geschlossen hatte und auch zu allen weiteren Diensten engagierte, vom Aufräumen bis zum Jagdtreiben, nach Prag zurück. Weil er eine bessere Nase hatte als die anglofranzösischen Unterzeichner des Münchener Abkommens, sind sie rechtzeitig übersiedelt, zuerst nach Dänemark, wo er ein Schloß hatte, und dann nach Norwegen, wo er eine Bierbrauerei besaß. Doch es schien, als hätte es Hitler auf ihn persönlich abgesehen.

Die Irrfahrt führte weiter nach Frankreich, zuerst nach Norden, knapp vor dem Blitzsieg dann in den Süden. Der siebten Okkupation entkamen sie mit einem Sprung über das Mittelmeer, nach Tobruk. Josef grübelte später, warum der Graf nur über die europäischen Schachbrettfelder zog, immer nur als Bauer, höchstens als Springer, und nie eine große Königsrochade durchführte über das große Wasser. Vielleicht war es Angst, sich von der Alten Welt abzuseilen, in der seine Familie eine ruhmreiche Rolle spielte, und Gegenden zu wählen, in denen er sich als ein Niemand fühlen mußte.

In Afrika gelang es ihm noch, sich vor Marschall Rommel in die französischen Besitzungen abzusetzen, wo ihn ein sinnloser Tod ereilte. Er war dem Krieg entkommen, um sich in einen Bus zu setzen, unter dem eine morsche Brücke über einen Bewässerungskanal einbrach. Die Wagenfenster konnte man nicht herunterkurbeln, und die Retter hatten weder Taue noch die Stangen, mit denen man die Scheiben hätte einschlagen können. Die Zeugen schilderten dann, wie inmitten des schrecklichen Sterbens unbewegt ein weißer Mann saß, der fast neugierig in das steigende Wasser starrte, bis es über ihm zusammenschlug. Die Leiche soll verschränkte Arme gehabt haben.

Ohne Beschützer und Ernährer mußte sich die Familie auf eigene Faust durchschlagen, was im Anfang nicht schwer war. Strniště senior, mit allem, was er konnte, faßte gleich Fuß in einem Hotel für Beamte der Vichy-Regierung und erlebte darin seine letzte Okkupation, als Franzosen von Franzosen besetzt wurden, denen aus London. Er konnte noch für General de Gaulle kochen, doch dann hat ihn samt Gattin das afrikanische Fieber hinweggerafft, Malaria kombiniert mit Ruhr.

Der Junge blieb im Hotel als Tellerwäscher, doch wie Personal und Offiziere ständig wechselten, wußte bald niemand mehr, wer er ist, und niemand hatte ihm gegenüber Verpflichtungen. Zwei Jahre nach dem Krieg hat man das Hotel geschlossen, und der Siebzehnjährige stand auf der Straße. Mutters Erbteil führte ihn in eine Bande minderjähriger Langfinger, doch zum Glück wurde er erhascht, noch bevor es ihm gelang, gemeinsam mit ihnen jemanden auch noch abzustechen. Hinter Gittern fand an seinen geschickten Fingern der Illusionist Lefêbre Gefallen, der auf sein Verfahren wegen Mordes an seiner Assistentin wartete, die seinem jüngeren Kollegen im Bett seine besten Tricks verriet. Als er erkannte, daß er nicht an der Guillotine vorbeikommt, gab er dem Jungen alles preis, was er vor seiner Überführung in die Todeszelle gerade noch schaffte. Er konnte sich zwar aus einigen mehrmals verschlossenen Ketten befreien, aus der Umarmung des Henkers jedoch nicht.

Der bemerkenswerte Lebenslauf des weißen Burschen rief die Aufmerksamkeit des Gefängnisdirektors hervor. Er hat ihn der Küche zugeteilt und dann auf eigener Zunge ein weiteres Wunder erlebt: als hätte Josef auch die Begabung des Stiefvaters ererbt! Der Direktor verhinderte seine Rückkehr zu den jungen Abstechern, indem er ihn vor Ablauf seiner Strafe den Killern von Staats wegen empfohlen hatte, der Fremdenlegion.

Josef, längst schon Pepé le Tcheco genannt, hatte für sein kurzes Leben den Hals von den Soldaten voll und lehnte den Dienst mit der Waffe ab. Um aber zum hochbezahlten Stabskoch zu avancieren, mußte er die Grundausbildung in der Festung Sidi Belem absolvieren. Daß er das Vierteljahr der Nahkampfübungen, bei denen Knochen barsten, der Dauermärsche durch die glühende Wüste, bei denen er vor Erschöpfung, Hunger und Durst fast umfiel, als auch der brutalen Strafen für den kleinsten Versuch, den Schikanen zu trotzen, gesund überlebte, war das nächste aller Wunder. Als er endlich die Stabsküche betrat, glaubte er, in dem sich nun anbahnenden Zeitalter des Friedens bis zum Lebensende ausgesorgt zu haben.

Die Zauberei hat er verheimlicht, um seine jeweiligen Partner in Karten ausnehmen zu können. Was er gewann, verpulverte er beim Roulette, das ihn verzaubert hatte. Bald begriff er das Geheimnis: Ich kann die Bank nur dann sprengen, wenn ich auf alle Systeme pfeife und nur einer Eingebung folge! Und der große Coup gelingt nur ein einziges Mal, wer mehr will, endet als Bettler! Für seinen Schicksalstag hat er sich sogar mit Hilfe arabischer Derwische gerüstet, die ihm für ein paar Pastis beibrachten, wie man sich so lockert und konzentriert, daß man sogar über glühende Kohlen gehen kann.

Noch ehe er das alles erproben konnte, schürte das Schicksal den glimmenden Indochinakonflikt. Frankreichs Ehre wurde dabei vor allem von der Legion verteidigt, der nichtkämpfende Koch mußte den von ihm betreuten Mägen folgen. Die ersten Monate haben sich nicht so sehr von den vorherigen unterschieden, nur wurde das Sandmeer vom Dschungelozean abgelöst. Jedermann war überzeugt, daß man sie hierher auf eine leichte Jagd geschickt hatte, bei der sie mit gelben Kaninchen schmusen könnten. Jedoch: Am Anfang gelegentlich, dann immer häufiger wurden sie zum Opfer hinterlistiger Raubtiere, die auf sie wie Hasen jagten.

Der Feind ekelte sich vor nichts. Vor Erdfallen nicht, in denen Legionäre auf Bündel von Speeren aufgespießt wurden, nicht vor primitiven Pfeilen, in Gift getaucht, das die Verletzten kläglich ersticken ließ. Es ist nicht bloß einmal geschehen, daß ein Mädchen, das sich ihnen in einem besetzten Dorf von selbst angeboten hatte, eine Handgranate entsicherte und sich mit den geilen Männern in zuckenden blutigen Klumpen verband.

Außer sich vor solcher Barbarei, die ihre Zivilisation beleidigte, begannen sie, auf gleiche Art zu kämpfen. Josef war entsetzt, als er in der Kantine den Schilderungen von Abschlachtereien zuhörte, die sie jetzt präventiv veranstalteten. Aus den zwar harten, für ihn aber noch normalen Jungen, die eine ähnliche Lebensschule durchliefen, wo die Mutter samt Lehrern bald von Bullen und Kommißhengsten abgelöst worden war, wurden sie hier mit steigenden Verlusten zunächst Greise, dann gefühllose Henker; ihre Opfer, oft nur durch Zufall abgefangene Dorfbewohner, folterten sie bereits.

Pepé hat mit seinen tschechischen Antennen schnell begriffen, daß er sich hier auf einem falschen und obendrein verlorenen Posten befindet. Er besorgte sich ein paar Stoffe, mit deren Hilfe er sich schadenfrei, aber so wirkungsvoll vergiften wollte, daß er aus der höllischen Garnison, Dien Bien Phu genannt, nach Hanoi verlegt würde, aus dem er durch einen neuen Trick zurück in die Wüste gelangen konnte, von hier aus erschien sie ihm ein irdisches Paradies. Er hat es noch nicht geschafft, da waren sie schon umzingelt.

Der Umsturz stellte sich ungeahnt ein, noch lange konnten sie ihre Lage nicht fassen. Sie wußten längst, daß die Gelbaffen zu allem fähig sind, doch eine ordentliche Militäroperation trauten sie ihnen nicht zu. Bis sie entdeckten, daß sie wie ein paar Rosinen im Mohnkuchen einer gut gedrillten Armee steckten, die zu allem Überfluß noch von russischen und chinesischen Kommunisten schwere Waffen erhalten hatte.

Der französische Kessel lag ganze Tage unter dichtem Artilleriebeschuß, der auch jede wirksame Luftunterstützung ausschloß, von den Fallschirmen mit Nachschub profitierte meistens der Feind. Das Oberkommando versprach Hilfe und rief zum Durchhalten auf. Bald kam der

Augenblick, als auch der Koch eine Waffe faßte. Unglücklicherweise wurde er einer Einheit von Halsabschneidern zugeteilt. Von Calvados mächtig gestärkt, unternahmen sie einen kopflosen Vorstoß, von niemandem abgesichert, und besetzten eine vor kurzem verlorene Kote. Er lief einfach mit, und wenn er schon nicht schießen wollte, brüllte er wenigstens wie ein Irrer «Trois jeunes Tambours» oder «Allons enfants», er schrie sich beinahe die Lunge aus dem Leibe. Dann erlebte er die Hölle.

Hinter der Höhenstellung stießen sie auf ein Feldlazarett des Vietmin. Er konnte nur noch zuschauen, wie die aufgebrachten Angreifer es auf ihre Art liquidierten. Den Unterstand voll Verletzter haben sie mit Handgranaten vollgeschüttet, das weibliche Sanitätspersonal abgeknallt, nachdem sie sich vorher die drei jüngsten ausgesucht hatten, über denen sie sich schnellstens abwechselten, bevor sie sie einfach abstachen. Es war ihre letzte Nummer: Gleich waren sie selbst abgeschnitten. Sie wußten, was sie erwartete, falls sie sich nicht bis zu ihrer Befreiung wehren konnten. Sie bezogen eine Kreisverteidigung, die immer enger wurde, je mehr Heckenschützen sich auf sie einschossen, während die entfernte Basis voll damit ausgelastet war, eine neue Kanonade zu überleben.

Die letzten zwei Dutzend Legionäre verbrachten die Nacht im Unterstand auf den Körpern zerfetzter Vietnamesen und vergewaltigter Frauen, mit dem Rest ihrer Munition hielten sie den Feind auf Distanz. Der hatte keine Eile, er wußte, sie gehörten ihm, spielte mit ihnen wie ein Kater mit einem Häuflein Mäuse. Er schoß Leuchtraketen auf Fallschirme über ihre Köpfe und zwang sie mit spöttischem Geschrei, verrückt drauflsoszufeuern. Auch Josef glaubte, er erlebt seine letzte Nacht.

Wie er nie über etwas lange grübelte, kam ihm in jener Nacht, daß er aufgehört hat, Mensch zu sein, und nur noch zum Raubwild in der Falle wurde. Es gelang ihm nicht, an irgend etwas Vergangenes zu denken, auch nicht zu hoffen, um so weniger zu beten, als hätte das alles nie zu seiner Gattung gehört, die nur noch verdiente, ausgerottet zu werden. Gemeinsam mit den anderen fraß er, was er in der Grube fand, furzte laut und pißte sich vor Angst in die Hose. Seine Waffe, aus der er nicht einmal in die Luft geschossen hatte, verlor er, ohne zu merken, wann.

Wie in Trance erlebte er dann, wie auf sie alle lautlos eine Flut von kleinen Soldaten fällt. Allein auf ihm lagen drei, fesselten seine Hände am Rücken mit Draht und trieben ihn mit den anderen von der Kote durch den Dschungel, der feucht zum neuen Tag erwachte. Auch auf dem nicht weit entfernten Schlachtfeld, wo der Kern der Legion sein

Ende erwartete, herrschte noch Ruhe. Zum erstenmal in vielen Monaten nahm er den Dschungel wahr, eine majestätische und wunderschöne Natur, mit der er liebend gerne in Frieden leben möchte. Zu spät.

Auf der Schonung, aus der Dunst emporstieg, stand ein getarntes Zelt, man führte sie dorthin, einen nach dem anderen. Keinen sah er lebendig wieder, man führte sie durch den Hinterausgang hinaus, alle paar Minuten krachte dort eine kurze Garbe. Das Tierische offenbarte sich auch noch darin, daß die Männer, die auf den Tod Schlange standen, jegliche Bindung zueinander verloren hatten, gleichgültig schauten sie zu Boden, bis sie dran waren. Josef kam als letzter; er empfand es als schreiendes Unrecht, daß gerade er, der als einziger keine Schuld auf sich geladen hatte, nicht nur wie ein räudiger Hund abkratzen muß, sondern noch dazu so allein.

Als man ihn, der keinen Widerstand leistete, ins Zelt eher hineingetreten als geführt hatte, war er bereits wütend. Auf dem Klapptisch brannte vor dem Kruzifix eine Kerze, selbst bei dieser Scheiße mimen sie Europa! Von den drei Offizieren am Tisch führte der mittlere das Wort. In perfektem Französisch forderte er ihn auf, seine Nationalität anzugeben, wobei er sich zweimal den Geburtsort wiederholen ließ. Dann las er ihm vor, das Zelttribunal verurteile ihn zum Tode für Kriegsverbrechen, unvereinbar mit der Konvention Nummer so und so.

Er ließ die Sätze durch das andere Ohr wieder heraus, es kam ihm lächerlich vor, daß sie hier diese Maskerade veranstalteten, wenn sie ihn ohnehin in der nächsten Minute umlegen. Und auf die Frage, ob er noch etwas hinzuzufügen habe, erwiderte er schmissig auf tschechisch.

«Jawohl. Leck mich am Arsch, du Pißschwanz!»

Er fühlte sich nur für eine Sekunde erleichtert, bis der Vietnamese ihm im reinsten Pragerisch befahl.

«Dann schmeiß deine Scheißbuchse runter, du Ochse!»

Der Major, trotz vierzig wie ein Kind aussehend, studierte gleich nach dem Krieg Jura an der Karlsuniversität in Prag. Seine Bleibe lag in der Vorstadt Karlin. Seine Beisitzer verfolgten geduldig, wie die beiden sich weiter unterhielten. Das Wunder aller Wunder konnte Strniště nicht ungenutzt lassen. Er erklärte kurz, aber glaubwürdig seine Anabasis und beantwortete richtig die listige Frage, wie denn böhmische Obstknödel gemacht werden.

Dann palaverte der Offizier lange mit den Beisitzern, von denen einer offensichtlich meinte, die Kenntnis von Kochrezepten sei noch kein

Grund, eine Hinrichtung auszusetzen. Der andere schien ihm beizupflichten, und Josef verspürte schon wieder die feuchte Grube, als der Major ihn anherrschte.

«Strecken Sie die Pratzen vor sich aus!»

Daß er ihn siezte, war ein schlechtes Zeichen, er meldete sich aus Karlín ab auf die Seite der hingemordeten Landsleute.

«Kann ich nicht», er zuckte mit den Achseln, «sind doch gefesselt!»

Die Wache hinter ihm erhielt einen Wink, den Draht wegzuwickeln, da hätte ihm auch Lefêbres Kunst nichts genutzt, er sah, daß ihm vom Gelenk Streifchen abgeschürfter Haut herunterhingen; daß es nicht schmerzt? war er verwundert, die Nerven haben halt andere Sorgen! Er hielt die Arme wie befohlen nach vorn ausgestreckt und schämte sich für ihr Zittern. Doch der Militärjurist faßte sie fest und roch daran, na! dachte sich der Gefangene, da kannst du höchstens echte Scheiße riechen. Der Major lud die anderen dazu ein und redete schnell, solange auch sie am Riechen waren. Schließlich sprach er Josef wieder an.

«Hast nie eine Flinte gehabt?» duzte er ihn wieder.

Das Grab entfernte sich erneut.

«Ja, hab' ich», gab er sicherheitshalber zu.

«Aber nie geballert!»

«Nie, hab' sie irgendwo gelassen, als es oben mit der Ballerei losging.»

«Hast Schwein gehabt, daß sie nicht draufgekommen sind.»

«Hab' immer Massel.»

«Das ist doch Pech?»

«Sie meinen vielleicht Schlamassel, ich meine Dusel.»

«Dusel war bei euch was für Auto!»

«Das heißt Diesel. Dusel ist eben Schwein, ich bin ein Glückspilz, Sonntagskind.»

«Ab heute auch ein Mittwochskind, weil du Diesel hast, ausgerechnet dem Vojtěch Rous getroffen zu haben.»

Und so hat der Koch nach dem philologischen Disput im Dschungel zusätzlich erfahren, daß es einen Schwejk gibt; der vietnamesische Major prahlte damit, das Buch auswendig zu kennen. Daraufhin hat man Strniště von der Anklage freigesprochen und ihn zum rechtmäßigen Kriegsgefangenen erklärt, Paragraph der und der, das konnte sich der Jurist nicht einmal hier verkneifen, wenn man es ihm in Prag schon einmal beigebracht hatte.

An den Leichen vorheriger Kampfgefährten vorbei, gerade mit ungelöschtem Kalk zugeschüttet in einer langen Grube, in der Platz genug für weitere Zugänge war, erreichte er taumelnd einen Jeep und gelangte mit seinem Retter zum höheren Stab. Dort ließ ihn der Major die stinkende Hose ausziehen, schickte ihn in den Fluß baden und brachte ihm eine neue, noch bevor er ihn als Opfer des Hitlerfaschismus vorgeführt hatte, von der Heimaterde in die Legion verschleppt. Zum Glück kannte niemand der Anwesenden Europa so gut, daß er sich darüber wundern konnte.

Der schlitzäugige Karlíner kümmerte sich auch weiter um ihn. Als Josef sich bereit erklärte, in die Heimat zurückzukehren, weil dort inzwischen der Sozialismus gesiegt hatte, schleppte er drei Wochen lang Bahren mit Verletzten in der Kolonne, die nach Südchina für Munition zurückkehrte; von dort aus fuhr er etappenweise mit dem Zug drei Monate lang über Peking, Ulan Bator und Moskau nach Prag. Das war gerade dabei, aus dem nicht weniger blutigen Brei der fünfziger Jahre herauszuwaten, und der Heimkehrer wurde zwar ohne Ehrenbezeigungen empfangen, aber auch ohne Einwände. Im Karlíner Rathaus hat man ihn im Geburtsregister gefunden, und das Jugendorgan brachte sogar seine Lebensgeschichte.

Unter dem Titel «Der weinende Söldner» stand neben den üblichen Angaben lauter Schmarren. Der Autor brach in die Seele des altneuen Landsmannes ein und tollte darin wie von Sinnen. Strniště erfuhr, er sei ein Odysseus, von dem er nie was hörte, und habe zwanzig Jahre sein «sozialistisches Ithaka» gesucht, ununterbrochen von dem richtigen Weg durch verschiedene «Skyllas und Charybdisse» weggerissen, zu denen vor allem der bourgeoise Adelige Ulowrant gehörte, der die fortschrittliche Familie in den imperialistischen Westen verschleppt hatte, statt in die Sowjetunion, von der sie träumte. Über diese ist wenigstens der Sohn glücklich zurückgekehrt, nachdem er durch sein Überlaufen von der unrühmlich berühmten Fremdenlegion das «zweite Waterloo» der Franzosen bei Dien Bien Phu beschleunigt hatte. Zum Schluß sattelte der Schreiber auf die Bibel um: Der verlorene Sohn, der mit seinen Erfahrungen der sozialistischen Gastwirtschaft nützlich sein möchte, erblickt den Hradschin, über dem die rote Fahne flattert, und bricht in Tränen aus.

Der Artikel bescherte ihm eine Reihe von Angeboten, doch die Prager Interessenten hatten plötzlich keine Planstelle frei, am Ende blieb nur die Betriebskantine einer großen Bleistiftfabrik in Budweis. Mit der Zeit vertraute ihm der besoffene Kaderreferent an, für dessen Frau er Fleisch besorgte, er habe vor seiner Einstellung einen Stasi-Besuch bekommen: Auch um den Preis der persönlichen Freundschaft sollte er den neuen Koch überwachen, da dieser ein französischer Spion zu sein scheine; höchstwahrscheinlich war es dieser Verdacht, der Josef sehr viel später für eine einzige Ratte im Zylinder fast vierzig Monate Knast eingebracht hatte. Von dem ihm amtlich zugeteilten Freund erfuhr er ebenfalls, daß man ihm vorläufig keine Auslandsreisen erlaube, um seine hiesigen Geheimverbindungen zu enttarnen.

Die jedoch waren alle sexueller Natur, und die Schlinge ließ mittlerweile locker. Selbst in ihr konnte er besser atmen als je zuvor, langsam glaubte er, daß ihn der gräfliche Protektor in der Tat irregeführt hatte. Natürlich weinte er nicht, als er den Hradschin sah, war jedoch froh, daß sich darunter sein verflixter Kreis schloß.

Aus der Kinderzeit blieb ihm eine einzige Erinnerung, vom September 1938: Der Vater setzt ihn auf seinen Buckel, damit er über die Köpfe der Menge den General mit Augenbinde sehen kann, der das Volk gegen Hitler führen sollte. «Gebt uns die Waffen, wir haben sie bezahlt!» donnerten Zigtausende, und Josef sah später, allen Meldungen vom tragischen Schicksal Böhmens zum Trotz, immer jene entschlossenen Massen vor sich. Nur vor ihnen hat er sich auf dem Weg nach Hause gefürchtet, daß sie ihn wieder in etwas eintunken würden; als er sie aber jetzt zum erstenmal mit Fähnchen bei einem Maiaufmarsch sah, an dem er zusammen mit Polizisten und Soldaten teilnahm, die Kinderlein huckepack trugen, und auch er, die weiße Kochmütze auf, mitskandieren durfte «Moskau – Prag, den Feind schlag!» glaubte er fest daran, hier am Ort seiner Wiege auch gern sein Grab erwarten zu können.

Beim Ehrenkochen auf dem Südböhmischen Friedensfest lernte er den alten Zauberer Toscani kennen, der hier seinen Abschied vom Publikum nahm. Die Bandscheiben haben ihn gequält, aber vor allem war ihm seine lebenslange Assistentin und Gefährtin weggestorben, er hatte weder Kraft noch Lust, sich eine neue zu suchen. Darum stimmte er sofort dem überraschenden Angebot eines Kochs zu, der ihm einige wenig bekannte Tricks zeigte, ihm unter der Hand sein Gewerbe zu verkaufen. Einige Wochen ging Strniště zu ihm in die Lehre und lieferte dafür als Zaubergeld die täglich abgezweigten Menüs. Das Geschäft stellte beide zufrieden. Zum Schluß legte er gern noch fünftausend zu, und Toscani hat sich für ihn zusätzlich noch den Firmennamen ausgedacht: Pepino Divino.

Von seinen vielen flüchtigen Bekanntschaften kam als Assistentin am ehesten Majka in Frage, die gleichzeitig einen hohen Standard im Beischlaf aufzuweisen hatte, eine äußerst wichtige Voraussetzung, denn von seinen beiden Meistern demonstrierte vor allem Lefêbre, wie eine schlechte Wahl einen auch den Kopf kosten kann. Auf Toscani hörte er wiederum darin, daß er bei Seitensprüngen aufpassen müsse, wenn er die Partnerin nicht ganz albern verlieren wolle, zugleich aber sie nicht Hals über Kopf heiraten solle, damit sie sich nicht zu sicher fühlte und fremdginge. Im Lauf der Zeit zauberte er mehr, als daß er kochte, bis er nach den Leistungsprüfungen von PRAGOKONZERT gänzlich übernommen wurde. Das geschah Ende Frühling 1968, und inmitten der allgemeinen Begeisterung war er der erste, der prophezeite, die Sowjetrussen würden sie besetzen.

«Aber warum denn?» schrie man den Unker an.

«Weil ich hier bin...» erwiderte er düster.

In jener Augustnacht trat er mit Majka in einer Exklusivbar am Jungmann-Platz auf, in der sie beide ein Pariser Diplomat, vom Programm und Josefs Französisch begeistert, mit Sekt getränkt hatte. Er hat aus ihm den Dienst in der Fremdenlegion herausbekommen.

«Ach! So werden Sie bald unsere Pension kriegen!»

Als er erfahren hatte, daß dem nicht so sei, lud er ihn gleich am nächsten Tag zu sich in die Botschaft ein, er wolle seinen Antrag persönlich weiterleiten. Es war ihm, als spürte er wieder den Gestank des Unterstands voll zerrissener Krüppel und abgestochener Krankenschwestern. Ihm drehte sich der Magen um.

«Nein!» er lehnte es so entschieden ab, daß auch das Auge des Jugendzeitungsreporters feucht geworden wäre, «für dieses Geld müßte ich mir einen Strick kaufen.»

Er sollte es später bereuen, doch an jenem Abend, vor lauter Freude, ein ehrlicher Rentner in Böhmen werden zu dürfen, zauberte er von neuem, er nahm den verbliebenen Gästen, dem Ober und dem Barmann unentwegt Uhren, Portemonnaies, Ringe, Brieftaschen, Notizblöcke, Taschentücher, Füllfedern und Hosenträger weg, mochten sie aufpassen, wie sie wollten, alles weinte längst vor Lachen, nicht einmal Majka hat ihn je in besserer Form erlebt.

Als sie ihn bei anbrechendem Tag endlich mit dem Koffer voller Requisiten, prächtig angetrunken, auf die Straße hinausbeförderte, stand ein Panzer vor der Bar. Auf dem menschenleeren Platz unter dem Denkmal des sitzenden Patrioten sah er wie eine Attrappe aus, die obendrein noch ihr Auto blockierte. In der Nähe von Prag drehten Amerikaner einen Kriegsfilm über die Brücke von Remagen, und der Verkehr wurde stets von schweren Lastwagen behindert, die solche Pappmachémonster schleppten.

«Was soll der Unfug!» er wandte sich an Majka, «das Arschloch von Fahrer hat sich da irgendwo vollaufen lassen. Einen Bullen her, sag denen in der Bar, sie sollen die anrufen!»

Er verpaßte dem Ding einen Fußtritt und erstarrte, als in der Nachtstille Metall dröhnte. Gleich daraufhin öffnete sich knirschend die Panzerturmluke, und er schaute in das Laufrohr der gleichen MP, mit der man ihn schon einmal abknallen wollte.

«Idjitje!» brüllte der Soldat, «uchadjitje, dawaj, bjegi, a to streljaju!»

Vor Schreck erstarrt sahen sie weiter, wie sich aus dem Loch eine dritte Hand schob, den Wahnsinnigen am Gürtel faßte und ihn wie einen Krampus dorthin zurückzog, wo er herausgeschnellt war. Der Deckel krachte, der Motor sprang an. Unter Hunderten von dunklen Fenstern der Bürohäuser und Läden schauten sie nach wie vor mutterseelenallein, wie sich das Ungeheuer krächzend drehte, wobei es ihren kaum gebrauchten Lada langsam zur Seite schob und an die Säule der Straßenlaterne preßte, bis diese nicht mehr hielt und wie ein Baum umknickte. Da war das Auto längst entzwei.

Der Panzer rasselte bereits die Nationalstraße herunter, als aus der Bar die letzten Gäste herauskamen. Der Franzose war erfreut, die beiden wiederzusehen, erschrak jedoch sofort über die Bescherung. Als er dem Zauberer endlich abnahm, daß soeben das Land okkupiert wurde, bot er ihm gerührt an, gleich mit ihm abzureisen.

«Das», ließ Josef Strniště in Kavaliersmanier verlauten, als würde aus ihm Graf Olowrant sprechen, «kann ich Frankreich nicht noch einmal antun!»

Doch bald hat er sich selbst verflucht, auf Majka nicht gehört und keinen Paß beantragt zu haben. Er tat es, sobald er nach einer Woche, in der er gegen das Invasionsheer mittels der Rattennummer ankämpfte, wieder in Budweis war, doch dort nahm man ihn schon wieder unter die Lupe. Bevor sich die lokalen Bekanntschaften und Schmiergelder auswirken konnten, war fast ein Jahr vergangen. Er reiste noch vor Majka ab, die er überredet hatte, ihr Sommerhäuschen zu verkaufen, wir werden es doch nicht denen in den Rachen schmeißen! Die Habgier rächte sich. Ohne Majka besoff er sich vor lauter Freude gleich hinter der Grenze, hat es in Linz noch weiter getrieben, und am nächsten Morgen war er in der Frühe wieder zurück, nicht einmal die Grenzkontrolle nahm er wahr. Das nur einmal verwendbare Ausreisevisum in den Westen war verbraucht, das nächste bekam er in vierzehn Jahren...

Und gleich am ersten Tag hier hat man ihn verdroschen. Er hatte Glück, aus Afrika auch einen Trick gegen die Übermacht zu kennen; sofort nach dem Schlag in den Nacken, den er nicht erwartet hatte, weshalb er auch den Mordsschlag in das Auge kassierte, wußte er, daß er null Chance hat, und er ging so zu Boden, daß er den Sack zwischen die Schenkel, Kinn und Nase in die Handflächen und die Seite mit der Niere zum Asphalt drückte, so daß man ihn zwar schlagen, aber nicht verkrüppeln konnte. Außerdem hat er effektvoll geröchelt, als gurgelte ihm das Blut aus der Lunge, und weil das Mädchen wie am Spieß schrie, ein abgestochenes Ferkel! hat er nicht soviel abgekriegt, und, malerisch zusammengebrochen, kostete er es beinahe aus, wie die nichtsahnende Assistentenkandidatin samariterartig seinen Kopf in ihrem Schoß wiegt; wahrhaft Ia Titten! konnte er sich selbst im Schmerz überzeugen.

Das half ihm wieder auf die Beine. Er stellte fest, mehr abbekommen zu haben, als er dachte, doch hat er sich aufrecht gehalten, weil er nicht riskieren wollte, daß ihm jemand, während man ihn im Krankenhaus behalten würde, diese Allzweckgeschickte wegnaschte. Ähnliche Raufereien mußten hier aber gang und gäbe sein, denn die Polen, als erste angerannt, fanden es erfreulich, daß man zur Abwechslung einen Tschechen zusammengehauen hat. Der Lagerchef schickte ihn nach Baden zum Röntgen, wo man ihm einen gleich heruntergekommenen Zustand attestierte wie vor der Prügelei.

Der Arzt fügte in seinem Bericht trotzdem hinzu, er sei besonders brutal angegriffen worden und nur dank Glück habe er keine ernsthafte Verletzung erlitten.

«Werden Sie Anklage erheben?» fragte er ihn, «in diesem Fall legen Sie das dazu.»

So brachte er ihn auf die Idee. Der Zauberer war nicht von gestern, als daß er daran glaubte, gerade hier etwas herausprozessieren zu können, er kannte jedoch den Schläger: Er muß ein schöner Schlappschwanz gewesen sein, sonst hätte er ihm gleich die Fresse poliert, sofort und allein, und die Bar hätte ihn beklatscht. Er hat sich bei der Krankenschwester Verbandszeug erbettelt, und noch im Lift hängte er die Rechte in die Schaukel auf der Brust.

Mit dem Dolmetscher als Vertreter des Lagers begab er sich am Nachmittag zur Ortspolizei, führte Bobina als Zeugin an und beschrieb den Täter so genau, daß man ihn gleich in Farbe hätte porträtieren können. Offensichtlich war er bereits bekannt: Postwendend kam eine Vorladung, ihn heute um drei zu identifizieren.

Seitdem stellte er im Lager ununterbrochen seine eingehängte Rechte und das Veilchenauge zur Schau, überzeugt, daß der hiesige Karpfen anbeißen muß; der besaß genug goldene Ketten und sicherlich auch Zähne, daß davon auch für die anderen etwas abspringen konnte. Ein ordentliches Gebiß war sich Josef Strniště immer noch schuldig, im Mund wakkelte tschechischer Ersatz. Eben überlegte er, ob er sich nicht auf der Bank am Tor posieren sollte, als der in die Ecke getriebene Protz endlich antippte.

Als Strohmann erschien die farblose Österreicherin, die er ab und zu bei der Essensausgabe sah. Sie wischte unnütz saubere Tische, um sich ihm unauffällig nähern zu können.

«Man will Sie sprechen», sagte sie schiefmäulig im lokalen Dialekt.

«Wie...» er versuchte Zeit und Oberhand zu gewinnen.

«Verstehen Sie Deutsch?» probierte sie flüsternd Schriftsprache.

«Ja.»

«Jemand will Sie treffen.»

«Ach so», täuschte er mangelndes Interesse vor, «wer denn?»

«Ein Bekannter.»

«Kenn' hier niemand», behauptete er betont arrogant.

«Aber er Sie», drängte sie bittend, «er schickt Ihnen was.»

Sie nahm ihm seine halbvolle Tasse ab und steckte in seine gesunde Hand ein gefaltetes Papierchen. Sofort hat er den Fünfhunderter erkannt, regte sich aber nicht.

«Der Bekannte reist wohl auf die billige Tour?»

«Was?» sie verstand den Ausdruck nicht.

«Auf der Visitenkarte steht keine Adresse», sagte er, anstatt es ihr zu erklären.

«Rechts von der Pforte am Ende der Allee. Sofort. Es pressiert!»

Noch ehe er sich dagegen wie eine ehrliche Jungfrau sträuben konnte, verschwand sie, früher als er hat Bobina ihn gesehen, mit der Frühstücksplatte auf ihn zusteuernd. Es glückte ihm, den Schein in der Hand zu verstecken und sich auf den linken Ellenbogen zu stützen, damit er wie in Gedanken versunken mit dem Handrücken seinen Mund bedecken konnte. Er wollte vor ihr nicht noch erbärmlicher aussehen, als er schon mußte.

«Ahooj», begrüßte sie ihn, «ich muß mir hier wohl die Schlafkrankheit geholt haben.»

«Ahoj», war seine Antwort, «du sollst dich halt nachts nicht herumtreiben.»

«Was soll's!» ging sie ihm auf den Leim, «ich war daheim, hab' nur länger mit den Mädels geschwätzt, die auf die Ausreisen warten, eine davon, irgendeine Maruš, hatte alle Nerven im Eimer, bekam ein Schreiben von ihrer Schwester aus Australien, die vor ihr abgehauen war und jetzt nicht weiß, wie von dort Reißaus nehmen, sie schreibt, sie habe Kaninchen auch im Bett, und ihr Alter ist schon ein halbes Känguruh, er rackert sich so ab, daß er schon beim Nachtmahl wegratzt, und zur nächsten Disco ist es wie von Prag in die Tatra, so hat der Maruš irgendeine Baruš geraten, lieber um Südafrika anzusuchen, ihr Verlobter schickt ihr von dort in jedem Brief einen kleinen Diamant, die Erde soll sie dort geradezu schwitzen, na, und in Wien soll es eine Stelle geben, wo ein Mädel nur noch ausfüllen muß, wie alt es ist und wie groß und so, und so ein Automat spuckt den Namen von dem Kerl aus, der so was haben will, und gleich dabei, was er an Kasse macht, Baruš hat versprochen, uns dort morgen hinzubringen.»

«Das wird ein krummes Ding sein», meinte er sorgenvoll und verdeckte weiter seinen Mund, «da fahre ich lieber mit dir hin.»

«Sie haben mir die Nummer von der Nijorker Climbsi versprochen, und wo ist sie!»

«Man sucht sie für mich», log er, «und du siezt mich noch immer.»

«Ich vergess' es halt stets», log wiederum sie.

Hast wieder keinen Bock! warf er ihr im Geiste vor, beim Hinblättern in der Bar ist der Strniště gut genug für dich, bei Tageslicht wahrst du dein Dekor, für irgendeinen Händler mit weißem Fleisch! Er mußte sie sich schnellstens sichern.

«Keine Angst, hab' dir schon erklärt, daß du für mich zu alt bist, denk dir, ich bin dein braver Onkel, und sag ruhig du zu mir.»

Wenn du mich kennenlernst, meldete sich aus der Hose sein Josefik, wirst du noch gern zur Tante...

«Hab' jetzt ein Geschäft, vergiß nicht, um drei an der Pforte zu sein.»

«Klaro!» sie vermied wieder klug die Anrede, «auch wenn die dort zwanzig Kerle zusammentrommeln, den unsrigen erkenn' ich immer.»

Strniště spürte den Fünfhunderter in der Hand.

«Mal sehen!» sagte er bedächtig, «kann sein, daß es nicht nötig sein wird!»

Er war für eine Weile unaufmerksam, und sie erblickte etwas Seltsames an seinen Zähnen. Sofort hielt er ein Taschentuch davor.

«Nichts, nichts, ich probiere nur eine neue Nummer. Ahoj!»

Damit sie ihn nicht wieder als Schwätzer verdächtigte, verheimlichte er ihr, daß ihm diesen Dreh der Mörder einer untreuen Assistentin beigebracht hatte. Er ließ sie einstweilen von dem Diamantenschweiß träumen, bevor er sie lehrt, wie gut man das Gold im alten guten Europa schürfen kann, und brach zu seiner Beute auf.

Es war kein Beweis von gutem Geschmack, daß der Parlamentarier gerade dort wartete, wo man ihn verdroschen hatte, doch es war keiner von den dreien. In einem amerikanischen sportlichen Oldtimer mit langen Haifischflossen hockte ein strammer Junge mit allen Merkmalen der Kuppelzunft: aufgedunsenes Gesicht, schrille Revers und Schmuckstein an jedem Finger. Fehlt nur noch, grinste der Zauberer, die Fahne mit einer Fotze auf dem Kühler. Der Typ winkte, er solle sich zu ihm setzen. Er hat ihm aber über dem Taschentuch, mit dem er den Mund verdeckte, das Auge vorgeführt, das in der Sonne in allen Farben des Regenbogens spielte. Mit seiner Linken trug er die Rechte im Tuch wie ein totes Gewicht.

«Willst du mich fertigschlagen?» fragte er mit ersterbender Stimme.

Das örtliche Kauderwelsch, in eindringlichem Ton vorgebracht, verstand er ungefähr so.

«Komm rüber, sei nicht blöd, red kein Blech, hock dich her zu mir, hab' für dich was auf Lager.»

Er kam dem nach, weil er wenig riskierte, und der Zuhälter fuhr mit ihm so schnell los, daß er die Überlastung verspürte; ein paar Minuten später hat er sich beim Quietschen der Bremsen beinahe das gesunde Auge eingeschlagen. Sie standen auf dem Vorplatz eines leeren Fußballfeldes. Der Fahrer bot ihm aus einem goldenen Etui eine dicke Memphis an, die der Zauberer auch nahm. Bei einer seiner Nummern ließ er brennende Zigaretten verschwinden, hat also ab und zu rauchen müssen, um sich auf der Bühne nicht zu verschlucken.

«Ich soll dir sagen», kam der Kerl zur Sache, «von meinem Bruder, es war ein Irrtum. Er hielt dich für einen Ungarn, auf den er scharf ist. Es tut ihm leid.»

«Hast einen Klassebruder», versuchte er das Karlínerische ins Deutsch zu bringen, «ich hoffe, er lädt mich bald zu einer irren Fete ein.»

Er hatte keinen Sinn für feinen Tschechenhumor, der Afterhuf.

«Jawohl», nickte er ernst, «der ist schon Spitze.»

«Oder hat er vielmehr spitzgekriegt, wir sollen ihn heute identifizieren?»

«Vom Hörensagen. Das wär' nicht gut für ihn.»

«Und war das hier gut für mich?» führte Strniště Hand und Auge vor.

«Der Bruder möchte das in Ordnung bringen.»

«So?»

In den Fingern der Hand, die vor dem Mund das Taschentuch hielt, erschien mit Hilfe der einfachen Palmage der Fünfhunderter.

«Na geh, hör mal! Das war nur Vortrab. Ich soll abklopfen, was du willst.»

«Revanche. Was flötenging.»

«Die Pneus waren abgefahren. Also zwei Blaue?»

«Blaue was?»

«Blaue sind Tausender.»

«Hältst du mich für einen Deppen? Dafür putz' ich ein Rad auf.»

«Zwei», vertat sich der Unterhändler.

«Also zusammen vier Blaue.»

«Okeh», wollte er schon einschlagen.

«Moment mal! Fangen erst an. Wieviel Blaue für das blaue Auge?»

Diese Forderung war tatsächlich nicht zu übersehen.

«Auch zwei.»

«Auch vier, nicht? Bei vier sind wir doch verblieben.»

«Das Auge ist doch nicht geplatzt.»

«Da müßte er mir eine Rente hinblättern. Vier, und er soll sich freuen.»

«Okeh», wollte er wiederum einschlagen.

«Komm, sei nicht blöd, red kein Blech», der Zauberer übernahm bereits seinen Wortschatz, «und was ist das da?» er hob die tote Rechte, «weißt du, wie blöd man sich mit der Linken den Arsch putzt?»

Offensichtlich wußte der das, und vor allem war er immer noch innerhalb des Limits, wie die Rührigkeit bewies, mit der er bei der Steigerung mithielt.

«Also, zehn?» versuchte er zum Abschluß zu kommen.

«Bis hierher. Doch von hier ab?»

Er legte das Taschentuch ab und spielte den Trumpf aus. Mitten im Obergaumen klaffte ein ekelhaftes Loch, nach der Eins links. Auch der Zuhälter hielt den Mund offen.

«Das haben dir doch... nicht die Unsrigen... getan», er verriet einfältig die Regel der hiesigen Überfälle, «jeder weiß doch, was hier der Zahnklempner kostet.»

«Und wer sonst?» trumpfte er weiter, «der Quacksalber, der mir das schriftlich gab?»

«Also, was willst?» fragte der Bote genervt.

Immer mit der Ruhe, nichts verschießen! warnte sich der Zauberer und blieb bei seinem Budget.

«Sieben!»

«Drei! Als Flüchtling bist doch versichert», er ließ eine überraschende Informiertheit erkennen, ohne Zweifel haben sie ihn nicht als ersten verhauen.

«Ich lass' mir das Maul nicht mit Alpaka zupflastern!»

«Aber auch nicht Platin! Vier!»

«Ich will das Einfachste, aber in Gold, sechs!»

«Fünf und Sense!»

Genau hierher wollte er gelangen. Tragisch seufzte er auf und spielte den Resignierten.

«Zusammengerechnet also fünfzehn!»

«Okeh, fifty gleich, fifty später.»

«Einen Dreck, solche Späßchen kenn' ich. Dein Bruder weiß doch gut, nicht erkennen kann ich ihn nur einmal. Sobald ich sage, er war es nicht, kann er auf mich scheißen.»

Der Unterhändler hat den Zaster selbstverständlich dabei gehabt und wollte die Aktion vom Hals haben. Er zog aus der Gesäßtasche ein dickes Bündel und zählte fünfzehn ab. Der Zauberer sah zwar, was ihm noch übrig blieb, aber er hat gekriegt, was er wollte, ein gewisses Sommerhäuschen hat ihn längst belehrt, wohin Habgier führt, sie hat ihn damals den Knast, Majka und seine besten Jahre gekostet. Er streckte die Hand aus. Der andere zuckte noch zurück.

«Schau mal, komm her, noch was. Der Bruder warnt dich. Falls du ihn rein zufällig reinlegen willst, beißt du ins Gras, da wäre ihm alles egal!»

Du armer Schlucker! maß ihn mitleidsvoll der Exlegionär, das haben mir schon andere Kanonen versprochen... doch er spitzte die Ohren, als er den Unterhändler hinzufügen hörte.

«Das gilt auch für den Hasen.»

«Was für einen Hasen...?»

«Na, für deine Fickbiene, sag ihr Bescheid!»

Er versuchte daraus wenigstens einen Zuschuß herauszuschlagen.

«Und was kriegt sie?»

«Sei nicht blöd, red kein Blech!» regte sich der andere schon mit Recht auf, «wenn sie nicht dichthält, kriegt sie dasselbe ab!»

Kompromißlos zeigte er auf seine Hand, den Mund und das Auge.

5. *Am Mittag des selben Tags in Wien*

Den Bus haben sie natürlich verpaßt.

Frohen Muts brachen sie also per Anhalter auf. Jeder, der fortmußte, hat jedoch das abgeschnittene Dorf bereits in der Früh verlassen. Der Marsch zur Hauptstraße erschöpfte Lydia. Sie bemühte sich, es sich nicht anmerken zu lassen, sie wollte für ihn jung erscheinen. Absichtlich wurde er langsamer, behauptete, es sei ihm heiß. Sie glaubte es nicht, holte im Gegenteil schneller aus und schwor sich, ab morgen wieder mit ihrer Gymnastik anzufangen. Unten hat zu ihrem Glück der erste Laster angehalten. Der Fahrer nahm sie beide nach vorn.

«Flüchtlinge?» fragte er; er sprach einen Dialekt, der von den Vokalen nur einen Laut kannte, dem Doppellaut «uo» nahe.

Sie hat aufgeschnappt, daß er sie für Polen hält, und berichtigte ihn, er jedoch lamentierte bereits wütend. Dabei fuchtelte er unentwegt mit der rechten Hand herum, und auch die linke hob er oft vom Lenkrad, um mit Nachdruck darauf zu schlagen. Er fuhr wie der Teufel und sah dabei mehr auf sie beide als auf die Fahrbahn.

«Was sagt er?» fragte zu alldem noch Václav.

«Versteh' kein Wort, aber kannst du nicht ein bißchen beten? Ich fürchte, er will uns auskippen.»

Im ganzen hat sie den Sinn der Aufregung begriffen: Die Flüchtlinge mehren sich, und die Arbeit schwindet, er bekam es mit der Angst, man könnte sie auch ihm bald nehmen. Damit sie nicht zum Opfer seiner jähzornigen Rache würden, versuchte sie ihm zu erklären, daß sie nur eine Klavierspielerin und Václav ihr Impresario sei, sie führte ihm die Finger vor, wie sie über die Tasten laufen, sang dazu Motive aus bekannten Kompositionen und stellte dar, wie Václav telephoniert und sich Notizen macht, sie war so lange bemüht, bis der Wüterich auf einmal zahm wurde, nickte und wie ein Lamm auf die Grenze von Wien zusteuerte. Dort zeigte er ihnen die Haltestelle der Stadtbahn, lehnte hastig Dank ab und schlug schnell hinter ihnen die Tür zu.

«Was war das?» staunte sie.

«Falls er noch nie etwas von einer Pianistin und einem Impresario gehört hat», erklärte ihr Václav, «mußte er aus deinem Veitstanz schließen, daß wir beide Verrückte sind, ich wenigstens friedlich!»

Sie lachten erheitert, doch sie hat der Gedanke nicht losgelassen, daß in der Empörung des Fahrers eine beunruhigende Information steckte.

Dann war sie überrascht, als der Zug in den Untergrund tauchte, eine U-Bahn gab es hier zu ihrer Zeit nicht, um so viel ist sie also älter geworden, ich bin krank! fuhr sie sich selber an, und ich werde wirklich komplett verrückt, wenn ich damit nicht aufhöre.

Dem Verkehrsplan entnahm sie, daß sie Václav durch Umsteigen auf die Linie eins einen unvergeßlichen Blick auf den Dom schenken würde. Zufällig haben sie auch die richtige Rolltreppe genommen. Sie selber war entzückt, als vor ihnen der mächtige Turm aus steinernem Spitzengewebe emporwuchs. Václav war sprachlos. Sie nahm ihn an der Hand und schlug ihm vor, auf was sie sich seit Wochen freute.

«Komm, wir fangen dort drinnen an!»

Sie war nur einmal vorher dort gewesen, und der Dom hat sie nicht bezaubert. Wenn schon Gotik, dann wenigstens nicht monumental! Einst bereisten sie und Ilja mit der Reisegruppe des Musikfonds Mittelfrankreich, die kleinen Kathedralen fand sie nicht schlecht. An den Veitsdom, in dem Konzerte des «Prager Frühlings» stattfanden, hat sie sich langsam gewöhnt, ihr Herz gehörte jedoch dem Barock. Als sie Václav kennenlernte, aber sich noch nicht traute, ihre Scheu abzulegen und ihn zu verführen, erwähnte er bei einer Jause, die liebste Kirche sei ihm die Goldene Krone bei Krumlov, der Bau ist so seltsam, behauptete er, und warum denn? na, ganz anders als andere...

Sie wollte ihn nicht verhören, er kannte sich in Baustilen nicht aus, und sie bemerkte das erstemal, er komme sich mit ihr minderwertig vor. Dafür hat sie ihm aber den Vorschlag gemacht, er sollte sie dorthin mit dem Motorrad bringen, damit sie nicht dreimal Bus und Zug wechseln mußten. Alles war ihr klar, sobald der Kreuzgang des Klosters sie in die Kirche führte. Das gewohnt strenge gotische Schiff, nur mit schlichten Säulen und Holzbänken versehen, endete vor einem hochbarocken Altar; dieser Raum war mit Statuen, Bildern und Fenstern reichlich geschmückt. Von Farben dominierte Gold, selbst in der Abenddämmerung ersetzte es noch die Sonne.

Es genügte, sich umzuwenden, und der Besucher geriet in eine andere Kulturepoche. Leise erklärte sie ihm das Wunder, und er war sichtlich verlegen, daß er das früher nicht selbst bemerkt hatte.

«Und welcher Teil gefällt Ihnen mehr?» interessierte sie.

Es überraschte sie nicht, daß er ohne Zögern die Gotik wählte. Daß Lydia gegen sie Widerwillen empfand, daran war vielleicht schon das Bild von Johannes Hus in der Schule schuld, dem man gerade in dieser heuchlerisch erhabenen Kulisse die Ketzermütze aufsetzte. Ilja beschuldigte sie in einem seiner, wie sie heute wußte, pseudomarxistischen Vorträge, sie gehe den wahrlich schlimmeren Feinden des tschechischen Volkes auf den Leim, den Jesuiten, die mit Hilfe des panoptikalen Dekors der Heiligtümer, obszöner Nacktheit der Schutzpatrone und -patroninnen und mit Tonnen Flittergold ähnliche Einfaltsschwestern wie sie verblödeten, damit die wahre Lehre Christi in Vergessenheit gerate, die eben in der Gotik Hus verteidigt hatte.

Daraufhin wagte sie nicht mehr, einfältig zu sagen, der Barock erinnere sie weniger an den Tod.

Der Ausflug nach Krumlov, ihr erster und letzter zugleich, denn danach wurden sie vorsichtig, brachte sie und Václav auch physisch einander näher: Auf dem Motorrad mußte sie in den Kurven die feste warme Taille umarmen. Nach der Rückkehr in das Bauernhaus bot sie ihm ein einfaches Abendbrot, und beim Abschied haben sie sich wie selbstverständlich geküßt.

«Bleib!» schlug sie vor, er hätte sich so etwas nie erlaubt, und so ist er für das übrige Dorf mit viel Gepolter weggefahren und schlich sich in einer halben Stunde vom Wald her über den Garten das erstemal zu ihr, er fand die Hintertür geöffnet und im Schlafzimmer sie im seidenen Nachthemd von Margrit, das niemand vorher gesehen hatte.

Sie stellte sich jetzt ihre erste Nacht wieder vor, während ihr Liebster neben ihr innig betete, und plötzlich wurde sie ängstlich, daß sie wohl niemals fähig sein würde, die Botschaft zu vernehmen, die er hier gewiß hörte. Da erklang die Orgel. Sie präludierte, und gleich die ersten Takte verrieten Lydia, daß der unsichtbare Musiker ein ebenso guter Komponist war, sie erkannte eine einfallsreiche Variation einer Bachschen Fuge; sie sprach zu ihrer Seele.

Sie kniff die Lider zusammen, und sofort leuchteten Bilder auf, wie von dem hölzernen Kasten mit der Linse geschaffen, deren Deckel der Vater blindlings abnahm, selber unter einem schwarzen Tuch verhüllt. Darauf wechselten Eltern und Schwestern ihre Mienen und ihre Kleider, aber jedesmal schauten alle auf die Jüngste, Lidunka, die in der Mitte nacheinander eine Rassel in der Hand hielt, ein Stoffkaninchen, die Schlafaugenpuppe, einen Ball, eine Torte mit fünf Kerzen, den Schulranzen, das Zeugnis, ein Parasol, die Notenmappe, die erste Handtasche mit weißen Handschuhen für die Tanzstunde...

Die Orgel mußte längst verstummt sein. Ihre Hand auf die Kirchenbank gestützt, verspürte sie eine männliche. Sie lächelte Václav an, überzeugt, daß sein Gott hier in einer Sprache zu ihr redete, die sie verstand. Sie wollte die verschwommenen Bilder als eine symbolische Versicherung verstehen, daß in ihr stets genug Jugend bleibt, für sie beide.

Über den Graben führte sie ihn an der Hand und kam sich wie diese laute Verkäuferin vor, als sie begeistert zu beschreiben versuchte, was er selber sah, die Cafés unter Sonnenschirmen, alte Litfaßsäulen aus Gußeisen, in schwarzes Glas geätzte goldene Aufschriften über den Nobelgeschäften, die noch immer ihre längst erloschenen Filialen in Karlsbad und anderen böhmischen Städten empfahlen, sie rühmte, als hätte sie selbst ihn geschaffen, den mächtigen tschechischen Löwen auf der Pestsäule und lenkte dann Václavs Augen zu den Dächern hinauf.

«Weißt du, Vašek, ich habe fast alle Hauptstädte Europas kennengelernt, aber nur hier, obwohl ich aus dem Mädel vom Land zur eingefleischten Pragerin wurde, nur hier habe ich mir oft gesagt, könnte ich im Ausland leben. Von der ersten Tournee mieten wir uns hier eine Wohnung, hab keine Angst, da oben gibt es Dachgärten, und den unsrigen wirst du zum schönsten machen!»

In einer Gemütswallung blieb sie stehen, stellte sich auf die Zehenspitzen und legte die Hände um seinen Hals, zum erstenmal küßte sie jemanden so frivol in aller Öffentlichkeit, sämtliche Ängste waren von ihr abgefallen, und sie kam sich wie das Gör aus dem Grenzstädtchen Bělá vor, nur jetzt Gott sei Dank viel klüger und endlich, endlich glücklich!

«Vašek!» jubelte sie, bis sich die Leute umdrehten und eigenes Lächeln beisteuerten, «Vašíček, wir sind frei, frei, laß uns froh sein», intonierte sie sogar den Chor aus der Verkauften Braut, «solange uns der Herrgott Gesundheit gibt...!»

Da sah sie schon Margrits Büro und hoffte nur, die Freundin stehe nicht am Fenster, sie wollte, daß Václav den Geiser ihrer Überraschung erlebt. Der majestätische Lift in dunklem Nußbaum, spiegelverschalt wie ein Boudoir, trug sie erhaben hinauf, an «Unthertheilung» und «Mezzanin» vorbei in die dritte Etage, als erste bezeichnet zwecks höherer Mietforderungen! enthüllte ihm Lydia. Vor der Tür mit dem Schild KONZERTAGENTUR PROHASKA beruhigte sie ihn, obwohl nur sie erregt war.

«Mach dir keine Sorgen. Sie riet mir immer dazu, mir einen Jüngling anzulachen, der mit meinem Temperament Schritt halten kann. Jetzt wird sie ihn sehen!»

Sie schellte.

«Weißt du», wiederholte sie heute mindestens zum drittenmal, «sie war für mich immer die einzig wahre Schwester. Wir müssen nur ihre Anfangsbegeisterung überleben!»

Drinnen rührte sich nichts.

«Vielleicht solltest du vorher anrufen», riet er zu spät.

Noch bevor sie unsicher werden konnte, klapperten Absätze. Sie ergriff wieder Václavs Hand und richtete sich auf wie die Besitzerin allen Glücks.

Eine magere junge Maus machte die Tür auf und fuhr unwirsch mit den Augen über das Pärchen.

«Sie wünschen?»

Lydia ließ sich ihr Gefühl von niemandem verderben.

«Ist Margrit da?» Sie strahlte weiter.

«Wer...?»

«Margrit Prohaska.»

«Sind Sie angemeldet?» Die Maus ließ sich durch das Familiäre nicht irreführen.

«Nein», Lydia lächelte lässig.

«Die Chefin hat eine wichtige Besprechung.»

«Macht nichts! Wir möchten sie nur kurz begrüßen.»

«Tut mir leid», sagte die Person wichtigtuerisch, «da müßte ich Ihnen einen Termin geben. Diese Woche geht es jedenfalls nicht mehr.»

Mitleidig schaute die Pianistin sie an.

«Sie sind hier wohl neu, was? Richten Sie ihr aus, die Lydia ist da.»

«Lydia?» wiederholte sie mißtrauisch, als wäre das ein durchtriebener Trick.

«Jawohl.»

Die Maus machte die Tür zu. Die Pianistin kicherte.

«Jetzt erlebt sie was», prophezeite sie.

Wieder Schritte und die Tür. Die Maus gewann noch immer.

«Welche Lydia, läßt man fragen», sie sparte nicht mit Strenge.

Václav bangte allmählich, das nimmt kein gutes Ende! Für sie wurde es jedoch immer unterhaltsamer.

«Lydia Gutenberg aus Prag», sagte sie, wie es früher auf den Plakaten stand.

Das Mädchen rief es in die halbgeöffnete Tür. Dann hat Václav tatsächlich etwas erlebt. Die Bürotür hob sich fast aus den Angeln, wie sich durch sie ein Kugelblitz drängte. Eine rosige mollige Fünfzigerin drückte Lydia fest an den üppigen Busen, küßte sie feurig und schrie enthusiastisch zwischen dem Lippenschmatzen.

«Lydia! Mein Gott! Lydia! Bist du es? Nein, das darf nicht wahr sein! Laß dich anschauen! Tatsächlich, du bist es! Es gibt noch Wunder! So viele Jahre! Dreh dich um! Immer noch schlank wie eine Gerte! Warum hast du nichts... wann bist du... wo bist du... und das da ist dein...?»

Sie stach dem Gärtner mit dem Finger in die Brust. Lydia nickte stolz.

«Dieser Feschak da? Dieser junge Gott? Darf ich ihn auch...» Zustimmung wartete sie nicht ab und küßte ihn mit voller Wucht.

Der Gärtner war überrumpelt, ähnlich wie die Sekretärin. Der Orkan ging weiter.

«Nicht doch! Ich werde verrückt. Die Berge tun sich auf! Es hat also doch geholfen! Der Beneš war da, weißt du? Der eure, vom Pragokonzert! Oder hat der Schuft dir nichts gesagt? Ich erzähle dir gleich alles, aber vorher müssen wir darauf anstoßen, kommt, kommt schnell rein!»

Sie zog jeden an einer Hand zu ihrer Tür und stutzte, als sie dort zwei leicht verdatterte Männer sah, die sie offenbar völlig vergessen hatte.

«Mein Gott», schrie sie wieder, «ich bin aber! Questo professore Pasquale Farace e maestro Salvatore Federico della Teatro di Carlo a Napoli, e questa», zeigte sie feierlich auf Lydia, «e mia cara amica, una grandissima», mitten im Satz wandte sie sich an sie, «ti parli italiano, non vero?»

Als Lydia verneinte, sprach sie zu ihr unerschütterlich weiter.

«Scusi, sono molto eccitata! sie», versuchte sie zur Abwechslung auf deutsch den Italienern zu erklären, «war wie meine Schwester, bevor man sie nicht mehr hierher ließ, scusi!» sie begriff ihren Fehler, «permette!» machte ihnen die Tür vor der Nase zu und sprach jetzt nurmehr zu Lydia und Václav, »mir platzt der Kopf, Kinder, ich bitte euch, ich mach' hier schnell Schluß, und du, Gerlinde, sag alle Termine für den Nachmittag ab!»

«Auch Baardson?» setzte sich endlich die Sekretärin durch.

«Bist du verrückt? Den doch nicht! Bentheim Baardson, kennst du ihn, Lydia? aber natürlich nicht, kannst du nicht, ein Norweger, ein noch jüngerer Milchbart als der deine und schon ein Star, wann kommt er? ich weiß, um fünf! wie spät haben wir's? high noon», antwortete sie sich selbst, «wie lange kann dieses Heckmeck dauern? eine Stunde! Kinder», faßte sie zusammen, «unten in der Straße ist ein Beisl mit einem kleinen Gärtchen auf dem Trottoir, laßt euch dort was auf meine Rechnung kommen, und schaut euch das Leben an, ich bin um halb zwei da, dann haben wir bis fünf Zeit genug, Bussi!» sie bot Lydia die Wange, Václav verpaßte sie mit Lust selbst einen Kuß, und noch in der Tür zeigte sie die zusammengedrückten Fingerkuppen der rechten Hand, um der Freundin ihre gute Wahl zu attestieren.

Die Kirche haben sie sofort entdeckt, obwohl sie im Gewirr der alten Gassen versteckt war. Als sie ihm vorschlug, die Zeit zu nutzen, lehnte er beinahe ab. So aus heiterem Himmel, ohne geistige Vorbereitung! Doch schnell stimmte er zu, wollte den Herrgott nicht kränken. Die Tür öffnete der gesuchte Priester selbst, ein älterer magerer Mann. Sein Blick war streng, die Stimme jedoch liebenswürdig.

«Das macht nichts», sagte er, als sie sich entschuldigte, daß sie zur Mittagsstunde stören, «eine hungrige Seele hat beim Vater Vorrang.»

Auch am Fuß der Kirche standen auf der Straße Tischchen. Sie bat ihn, Václav auf jeden Fall kurz vor halb zwei wieder zu entlassen, und ging sich beruhigen und ein wenig sonnen beim Kaffee.

«Nichtsdestotrotz», fragte der Pfarrer den Gärtner drinnen, «haben Sie keinen normalen Hunger? Wir könnten etwas zu uns nehmen.«

«Seien Sie mir nicht böse», gab er aufrichtig zu, «für so was habe ich keine Gedanken, ich bin schrecklich aufgeregt.»

Kurz erzählte er seine Geschichte eines tschechischen Katholiken, die den Geistlichen nicht überraschte. Er kenne viele ähnliche, erklärte er, sorge seit Jahren für Flüchtlinge. Er sei Wiener Tscheche, doch durch seine Wurzeln gehöre er auch dorthin, sein Heiliger sei Johann Nepomuk, und über alle Maßen liebe er das Prager Jesulein, fahre zu ihm jedes Jahr... da entschuldigte er sich, er wollte keine frische Wunde aufreißen. Herr Rada, versicherte er ihm, würde schließlich bald erkennen: Anstelle der Heimat wird er mehr Gott haben.

Nach langen Monaten hat Václav gebeichtet und empfing eine milde Vergebung: Daß er Frau und den Schwiegervater belogen hatte, dafür sollte er mit Rücksicht auf die mildernden Umstände zwei Vaterunser und zwei Ave Maria beten; er sollte sich aber schnellstens scheiden lassen und die neue Bindung, die er angesprochen hatte, durch eine echte Trauung heiligen.

Aus der Kirche, in der sie allein waren, brachte ihn der Priester ins Pfarrhaus zurück und bot ihm Tee an. Als sie ihn tranken, fragte der Gärtner den Pfarrer scheu, was er von dem Problem halte, das seinen Streit mit Lydia im Lager verursacht hatte. Er wiederholte die beiden Standpunkte. Der Pfarrer war nicht verlegen.

«Als Theologe muß ich uneingeschränkt Ihnen recht geben, menschlich verstehe ich Ihre Freundin gut.»

«Wie paßt das zusammen?» er wurde wagemutiger.

«Rechtgeben und Verstehen, das sind zwei verschiedene Dinge. Wer wüßte es besser als ein Priester, wie schwer der Mensch absolute Maßstäbe erreicht... denn diejenigen, die sie erreichten, wurden dafür zu unseren Heiligen. Sie haben angedeutet, daß Ihre Freundin einen lapidaren Satz benutzt hat...»

«Jawohl: Lüge nur, wenn du nicht anders kannst, und bete, daß du es nie mehr mußt.»

Der Priester nickte.

«Im Katechismus würde ich das nicht lehren, doch ich hätte nichts dagegen, daß sich ein wahrhaft anständiger Mensch danach richtet. Wie alt ist das Mädchen?»

Václav begriff nicht gleich, dann war er verlegen.

«Vierundvierzig», er gab wenigstens die untere Grenze an, «Sie haben sie doch gesehen...»

«Ach, die Dame, die Sie hierher...»

Auch ohne gefragt zu sein, entschloß sich Václav das Fehlende zu ergänzen.

«Ich bin erst einunddreißig.»

«Und das bekümmert Sie?»

«Ich kann mit ihr nicht Schritt halten. Ich meine geistig. Sie ist Künstlerin, Konzertpianistin, war sehr bekannt, solange sie auftreten durfte.»

Der Pfarrer fragte taktvoll nicht nach dem Namen, nur nach dem Grund dafür.

«Sie hat es abgelehnt, die Kollegen zu verurteilen, die ein gewisses Manifest unterzeichnet hatten...»

«Die Charta?» überraschte ihn der Geistliche, «eine tapfere Frau, sie hat sogar ihren eigenen Wahlspruch außer acht gelassen. Und die läßt Sie spüren, daß Sie mit ihr nicht mithalten können?»

«Nein, das nicht!» sagte er entsetzt, «doch ich weiß es selber, sie ist belesen, kennt die Welt, sie muß mich hier an der Hand führen, ich kann auf deutsch nicht einmal nach Wasser fragen.»

«Das lernen Sie bald.»

Václav schüttelte zweifelnd den Kopf.

«Haben Sie kein gutes Gedächtnis? Oder lernen Sie vielleicht ungern?»

«Nein... bisher habe ich nur keine Gelegenheit gehabt...»

«Aber jetzt ist sie doch da. Es wird Wochen dauern, bis Sie Asyl erhalten und normal arbeiten können, nutzen Sie diese Ferien im Leben für sich selbst. Sie wird Ihnen dabei gewiß helfen.»

«Wie lange wird sie es aushalten?»

«Herr Rada, in dieser Hinsicht bin ich kein berufener Kenner, und ich habe sie ja nur ganz kurz gesehen, doch ihre Zuneigung zu Ihnen war nicht zu übersehen. Sie müssen doch selbst wissen, was wiederum sie bei Ihnen gefunden hat... ich meine, geistig!» fügte er schnell hinzu.

«Sie sagt mir, niemand sei zu ihr so gut gewesen...»

«Und das kommt Ihnen zu wenig vor? Herzensgüte ist heute Mangelware.»

«Ich bin ihr für so viel dankbar und habe nichts, mit dem ich es vergelten kann.»

«Sie sind ein frommer Mensch, sie auch?»

«Nein, sie glaubt nicht.»

«Und was für eine Beziehung hat sie zu Ihrem Glauben? Versucht sie, es Ihnen auszureden?»

«Im Gegenteil, sie sagt, sie beneide mich darum.»

«Und was wollen Sie damit machen?»

Er hat nicht gleich verstanden.

«Wenn jemand den Glauben entbehrt, den Sie haben, geben Sie ihm davon.»

«Aber wie...?»

«Sie tun es bereits durch das persönliche Beispiel eines gottesfürchtigen Lebens. Die zweite, nie austrocknende Quelle ist die Bibel. Lesen Sie mit ihr in der Bibel, wie das die Eltern mit Ihnen zu Hause taten. Ich habe nichts gegen das Fernsehen, doch es fröstelt mich, wie sich die Menschen abstumpfen lassen, sie schauen sich ganze Abende schwachsinnige Geschichten an, die nicht einmal ein Schatten der spannenden Bibelgeschichten sind. Lesen Sie mit ihr, als Künstlerin wird sie sie besonders gut verstehen, sprechen Sie gemeinsam darüber, die Heilige Schrift wird zu Ihrem geistigen Band. Sie haben doch gesagt, Sie möchten die Dame... heiraten...»

«Ja.»

«Dann fragen Sie sie, ob sie mit Ihnen das Sakrament der Ehe empfangen will. Wenn ja, wird ihr Weg zunächst zur Kirche führen.»

«Sie mag Hus...» wandte er ein.

«Es spräche gegen sie, wenn sie es nicht täte.»

«Aber Hus war doch...»

«Ketzer, jawohl. Ein Dilemma, das wir vorhin angeschnitten haben. Als Theologe kann ich mit Hus nicht übereinstimmen. Als Mensch und Christ bewundere ich den Entschluß, für die Idee der Wahrheit den höchsten Preis zu bezahlen, wie der Nepomucenses. Es war unzweifelhaft die Äußerung einer größeren Frömmigkeit als die Lasterhaftigkeit so mancher seiner Richter, von denen anzunehmen ist, daß sie mehr dem Kaiser und sich selbst als Gott gedient haben.»

«Schade, daß sie das nicht aus Ihrem Mund hören kann!»

«Warum sollte sie nicht? Ich würde Sie gerne alle beide begrüßen. Jetzt muß ich Sie aber leider hinausbegleiten, ich habe ihr versprochen, daß Sie pünktlich sein werden.»

Der Gärtner faßte Mut. «Darf ich Sie um eines bitten?»

Er bat Lydia, ihr sein Erlebnis nicht gleich, in der Eile, erzählen zu müssen, er wollte sich alles im Kopf zurechtlegen, auch sagte er ihr nicht, was er in seinem Päckchen hatte. Sie kamen ohnehin zu spät, die Agentin saß bereits an einem Tisch für drei, schon von weitem winkte sie und rief.

«Tutto a posto, ach Gott, wieder parliere ich Italienisch, doch jetzt bin ich ganz die Eure, tutta la vostra! laß mich dich anschauen, daß ich dich richtig anfassen kann», sie umarmte Lydia, «und ihn natürlich auch!» sie schloß ihn mit noch größerem Vergnügen ans Herz, «nehmt Plätzchen, jetzt wird nur noch getrunken und gegessen, diese Räuber in Prag haben euch doch sicher wieder keine Devisen gegeben, was?» sie selbst hat Lydias Handtasche geraubt und einen Firmenumschlag hineingestopft, «das ist à conto, Wirtschaft!» rief sie dem Ober zu, der gerade im Verschwinden war, «aber Wort hat der Beneš gehalten, ich habe ihn auch in die Mangel genommen, zehn Jahre tanze ich nach eurer Pfeife, verkündete ich ihm, aber damit ist Schluß jetzt! Wenn ich bis zum Herbst die Gutenberg nicht kriege, sattle ich komplett auf Polen um, die haben eine ganz anständige Auswahl und sind doppelt so billig, ich mach' mich doch nicht in die Dingsbums, doch euch werden die Devisen verdammt fehlen, na, was sagst du zu mir?»

Auf die Antwort hat sie sogar gewartet, so daß Lydia zu Wort kommen konnte.

«Und er hat es...»

«Versprochen. Bist du nicht da? Wirtschaft!»

Die Pianistin schaute Václav so verwirrt an, daß er zu fragen wagte.

«Was sagt sie?»

«Pragokonzert hat ihr versprochen, daß ich wieder hier spielen kann...»

«Spricht er kein Deutsch?» begriff die Freundin, «laß uns also Englisch sprechen, du kannst es doch! We can speak English, darling!» kam sie dem Gärtner entgegen.

«Was sagt sie...?» fragte er wieder.

«Er spricht nur tschechisch», verriet ihr Lydia.

«Wie schade!» es tat der Agentin aufrichtig leid, «da werden wir miteinander wenig zu tratschen haben, was ist er für einer? ein Sänger? wart!» stoppte sie Lydia, «laß mich raten!» sie maß ihn mit professionellem Blick, «klar, Tänzer! der Taille und der Größe nach, was?»

«Gärtner!»

«Wie bitte?»

«Er hat sich um meinen Garten gekümmert...» sagte Lydia.

«Und dich gleich mit begossen», kicherte Margrit, «nein! das übersetze ihm, bitte, nicht, er muß nicht wissen, was ich alles zusammenquaßle, jedenfalls ist er ein Paradestück von Mannsbild, ahoj!» winkte sie ihm zu, «sag ihm, das ist alles, was ich auf tschechisch kann.»

Sie hat es ihm übersetzt, während die Agentin zum Staunen des internationalen Publikums nach Männerart mit den Fingern schnipste, diesmal zu einer entschwindenden Serviererin.

«Und hat man euch gemeinsam fahren lassen?» sie wandte sich wieder an die beiden.

«Nein, nein, wir sind...»

«Jeder solo, nicht? Ist er nicht zufälligerweise verbandelt?»

«Er ist...»

«Madonna mia, Mädchen, du bist vielleicht Klasse, das Verbot hat dir eigentlich nur gutgetan, bist vor allem den Wichtigtuer los, der sich noch dazu als schrecklicher Widerling erwies; sobald man dich auf Eis gelegt hat, hat er versucht, mir diese seine Harfenistin zu verhökern, aber hier», sie kam auf das Thema zurück, «wohnt ihr doch hoffentlich zusammen?»

«Ja.»

«Wo eigentlich?»

«In einer Pension in Rohlau.»

«Wo...?»

«Rohlau bei Sankt Pölten.»

«Bist du meschugge? Warum hast du nicht angeklingelt? Ach so! Flitterwochen, was?» der wesentliche Teil ihres Denkvermögens war weiter mit der Jagd auf das Personal beschäftigt, sie war noch zerstreuter als gewöhnlich, «aber keine lange Faulenzerei, Lydia, bitt' ich mir aus, du bist nicht zwanzig, mußt sofort ins business zurück. Du warst doch nicht nur im Bett fleißig?»

«Das ja.»

«Will ich auch hoffen, nach so einer Pause wird es kein Spaß sein, doch du hast den Willen und ich die Praxis, und wenn auch er sich tummelt...» sie fletschte grinsend zu Václav ihre Eichhörnchenzähnchen, «natürlich mit Maß, daß du dich noch auf dem Hocker halten kannst! Und was macht dein Finger?»

«Er pariert...»

«Zeig her.»

Gehorsam streckte sie ihn aus. Margrit übte damit wie ein Orthopäde.

«Verhält sich normal. Hallo!» sie schnappte endlich ihre Beute, der jungen Serviererin gelang es nicht zu fliehen, «liebes Kind, das Menü, subito, und was zu trinken, subito presto, wir verenden. Was haben Sie für Weine, ich vergess' das immer.»

Wie auf dem Schulpodest drehte das Mädchen die Augen zum Himmel und begann an den Fingern abzuzählen, kam aber nicht weit.

«Haben wir den... weißen...»

«Aha!» begriff Margrit Prohaska, «wissen Sie was? möge sich der neue Herr Ober selber zu uns bemühen, aber pronto, sagen Sie ihm, daß meine Gäste sich langsam wundern, wo ich sie hingeschleppt habe!»

Lydia suchte nach einer Gelegenheit, es ihr endlich beizubringen.

«Wieviel Tage dürft ihr bleiben?» half ihr die Freundin.

«Für immer», sagte sie also.

«Nein! Du hast sogar ein Dauervisum? Und er?»

«Margrit!» versuchte sie mit erhöhter Stimme durch den Wortschwall zu ihrem Scharfsinn durchzudringen, der aus ihr die erfolgreiche Unternehmerin machte, «wir sind doch beide geflohen! Jawohl, aus einer touristischen Rundreise, in die wir höchstwahrscheinlich mit Gottes Hilfe reingekommen sind. Heute ist es eine Woche her, du warst nicht da, bislang sind wir mit allem allein fertiggeworden, der Asylantrag läuft, ich habe dich mit Verlaub als Garanten für uns beide genannt. Wir sind vorläufig in einer Flüchtlingspension, solange ich mit dir nicht vereinbart habe, was weiter!»

Wie sie endlich zusammenhängend sprechen konnte, wurde sie innerlich locker, und bald strahlte sie wie vorhin an der Bürotür; sie legte ihre Hand auf Václavs Knie und jubelte.

«Wir haben es gemeinsam geschafft! Bist du froh?»

In den Augen der Agentin spiegelte sich reinstes Entsetzen.

«Du bist verrückt geworden!»

In den nächsten zwei Stunden haben sie nicht einmal eine einzige Flasche geleert. Nur Václav wußte vielleicht noch, daß er ein knuspriges Schnitzel aß, weil er dem Gespräch nicht folgen konnte. Aber selbst aus den spärlichen Informationen, die ihm Lydia ab und zu fetzchenweise und eher unwillkürlich mitteilte, begriff er das Problem. In dem knappen Jahr hat er von ihr genug über das Wirken von Staat und Partei im Bereich der Kunst erfahren. Vorher glaubte er, nur einfache Menschen wie er seien machtlos, bald staunte er, daß sogar kleine Schergen des Regimes, Věras Vater ähnlich, nach Belieben auch mit so berühmten und klugen Menschen wie Lydia umspringen konnten.

Selbst die mit allen Wassern gewaschene Konzertagentin ging ihnen auf den Leim. Je dringlicher sie auf ihrer Favoritin bestand, desto sicherer ging sie ihnen ins Netz, bis sie sich darin verfing. Vor einigen Wochen schloß PRAGOKONZERT einen Generalvertrag mit ihr, der ihr führende Solisten und Kammerensembles sicherte. Einmal im Jahr durfte Margrit einen Künstler eigener Wahl einladen, und es war klar, daß es Lydia sein sollte. Gern unterschrieb sie im Gegenzug, daß sie keine tschechischen oder slowakischen Emigranten vertreten wird, was ihr nicht schwerfiel, ich kannte ja keine! Umgehend meldet sich der erste, und das ist Lydia.

Die Pianistin erlebte, wie eine Frau, die sie für noch widerstandsfähiger hielt als sich selbst, völlig ratlos wurde.

«Ich habe mich doch nur deinetwegen dazu verpflichtet», wiederholte sie niedergeschlagen über dem kaltgewordenen Rostbraten, «verstehst du, spätestens in einem Monat wollte ich dich überraschen und hierher mitnehmen, dich irgendwo ein Vierteljahr schuften lassen, damit du mit dem ersten Konzert zum besten Termin herauskommst, noch vor Weihnachten, und sie kratzt die Kurve!» sie wandte sich angeekelt Václav zu wie zu der Schlange der Versuchung, «war das seine Idee?»

«Nein!» nahm ihn Lydia in Schutz, «ich konnte dort nicht mehr schnaufen, ich wollte wieder für Menschen spielen und ihn nur für mich haben, weißt du, wie alt ich bin?»

«Du konntest mich anrufen!» warf ihr die unglückliche Margrit vor.

«Hat dich dein Beneš, den Schlaumeier kenn' ich nicht einmal, so verhext, daß du vergessen hast, wie es bei uns zugeht? Anrufen! Man hätte dich sowieso betrogen», Lydia entrüstete sich so, daß sie ihre ewige Rücksicht aufgab, «glaubst du ernsthaft, daß man die hiesigen Kritiker hätte fragen lassen, warum ich eigentlich nicht einmal zu Hause spielen durfte? Höchstwahrscheinlich hätte ich dann auch diese letzte Chance verloren und ihn dazu! Würdest du mir das wünschen?»

An ihnen vorbei eilten Passanten die enge Gasse hinunter, die ihnen keine Aufmerksamkeit schenkten. Sie saßen in dem Schanigarten längst allein, nur die Serviererin wagte zu fragen, ob sie weiter zu essen geruhten, die Frauen ließen volle Teller abtragen, der Ober erschien lieber gar nicht mehr. Lydias Ausbruch hat die Agentin geschockt.

«Verzeih...!» sie erhob sich sogar, um Lydia näher zu kommen und sie küssen zu können, «natürlich bin ich deppert, wir sind hier alle blöd, einen ähnlichen Mist haben nur die Ältesten hier erlebt, und die halten das Maul, damit sie niemand fragt, wie sie damals mitgegangen sind, jawohl, wahrscheinlich hat mich der Schurke reingelegt, nur bin ich schließlich keine Heilsarmee, sondern eine Privatagentur, die verdienen muß, um Arbeit und Brot für die anderen zu besorgen, ich bin doch die Residentur Prags geworden, führe Spitzenqualität...» sie zählte ein paar Namen auf, die Lydia wirklich überraschten, «menschlich stehst du ohne Zweifel weit über ihnen, aber du bist eben die Ausnahme, und wenn ich mich für dich entscheide, kann ich meinen Laden zumachen.»

Sie verstummte und schaute mit verlorenem Blick über den Zaun aus Blumenschalen. Václav fragte lieber nichts, und Lydia hatte keine Kraft, es ihm von sich aus zu sagen.

«Eine schreckliche Ungerechtigkeit!» empörte sich Margrit über den Blumen, «daß ich heute ein Monopol für Tschechoslowaken habe, um das mich die Branche beneidet, hast du auf dem Gewissen, du meine Erste und Beste. Und ausgerechnet dir soll ich jetzt den Laufpaß geben...!»

Das Wort kannte Václav aus Böhmen und bekam um Lydia Angst.

«Sie will dich nicht?»

«Sie will mich, aber sie darf nicht!»

«Und wer verbietet es ihr?»

«Pragokonzert.»

«Du hast gesagt, das hier ist die freie Welt.»

«Was sagt er», wollte zur Abwechslung die Agentin wissen.

Erbarmungslos übersetzte sie. Und Margrit brach in Tränen aus.

«Kinder, ich weiß, daß ich mich versündige, wenn ich vergleichen würde, doch man hat euch mehr gestohlen, als ihr ahnt. Man nahm euch die Möglichkeit, die Welt richtig kennenzulernen und zu entdecken, daß das mit der Freiheit auch hier so eine Sache ist, überall hat sie einen anderen Namen... lassen wir das!» sie wischte sich die Tränen mit der Serviette, «sag ihm, daß ich natürlich alles tun werde, um dich zu plazieren. Zum erstenmal werde ich mein eigenes Pferd der Konkurrenz anbieten, du mußt sie aber bald überzeugen, daß es nicht hinkt. Bitte, fang vor allem zu üben an, ich melde mich bald bei dir.»

Als ihr Lydia den Umschlag zurückgeben wollte, wurde sie wieder leidenschaftlich.

«Willst du mich bis auf den Tod kränken?»

«Es sollte à conto sein», erinnerte sie Lydia.

«So denk dir, es ist ein Weihnachtsgeschenk.»

«Im Juni?»

«Na und? Du hast mir auch eine schöne Bescherung geliefert!»

Sie waren beide bemüht, einander zuzulächeln, obwohl ihnen weiterhin nur nach Heulen zumute war.

«Wir haben uns nicht einmal zugeprostet...» klagte die Agentin und hob das Glas, «Prost, a Schluckerl!»

Tapfer stieß Lydia mit an und brachte auch Václav dazu.

«Will er sich scheiden lassen?» wechselte Margrit absichtlich das Thema.

«So schnell es geht.»

«Wie macht man so was von hier aus?»

«Der Schwiegervater ist bei der Polizei, wir hoffen, daß er sich einen Emigranten als Schwiegersohn nicht lange leisten kann und das selber in die Wege leitet.»

«Es wäre besser so. Unsere Heuchler wären imstande, euch kein Asyl zu geben.»

«Meinst du?» erschrak Lydia.

«Eigentlich nicht, doch er soll damit lieber nicht prahlen, oder ist's bereits passiert?»

«Man hat ihn zum Glück bisher nicht gefragt!»

«Warum zum Glück?»

«Weil er nie lügt.»

«Oh, nein!» rief die Freundin entsetzt aus, «wie macht er das?»

«Entweder spricht er die Wahrheit, oder er schweigt.»

«Und wie kann man mit so einem leben?»

«Das weiß ich noch nicht», gab Lydia zu, «ich versuch' es erst eine Woche. Bisher hat er mich deswegen nur einmal beinahe verlassen.»

«Oh, Schwesterchen», seufzte die Agentin, «du wirst in den Himmel kommen!»

«Das hoffe ich... er ist dazu noch gläubiger Katholik.»

Sie nahmen kurz vor fünf auf dem Busbahnhof Wien Mitte Abschied, wohin sie Margrit mit der Taxe brachte. In der Droschke erlebten sie erneut eine warnende Geschichte, als Václav Lydia wieder fragte, was denn Margrit soeben gesagt habe, und statt ihrer der Fahrer auf tschechisch antwortete.

«Wien ist Wien», die Agentin war entzückt, als hätten sie eine lustige Mittagszeit verlebt, «hier muß man auf seine Zunge achten! Zeig ihm mal hier ein Telephonbuch!» versuchte sie ihre geknickte Freundin zu zerstreuen, «bis heute gibt es da die meisten Namen tschechisch, früher habt ihr statt Musiker Köchinnen exportiert, deswegen bin ich wie eine Melone.»

Sie löste für sie die Fahrkarten und war bemüht, sie weiter aufzuheitern, aber Lydia hat es nur noch mehr deprimiert, sie erinnerte also an das Treffen mit dem Norweger.

«Danke, danke», atmete auch Margrit auf, erleichtert, daß das mißlungene Treffen zu Ende geht, «keine Angst», versicherte sie Lydia zwischen Küssen, «ich denke mir schon was aus, nur übe, übe und übe!»

Václav drückte sie beim Abschied nur lange die Hand, als fürchtete sie, daß er einem Kuß ausweichen würde, was er auch vorhatte.

«Kümmern Sie sich um sie», trug sie ihm auf, «übersetz das, Lydia!»

«Darauf kann sie sich verlassen», sagte er so hart, wie die Pianistin es von ihm noch nie gehört hatte, «ich kümmere mich jedenfalls besser als sie.»

Feige hat Lydia nur den Anfang gedolmetscht. Als sie allein waren, hat er verbittert begründet.

«Sie hat vergessen, dir zu raten, wie man übt, wenn man kein Klavier hat.»

Im Bus hat er ihr in den Schoß sein Päckchen gelegt. Sie fand darin eine tschechische Bibelausgabe.

«Ach, nein!» staunte sie, «da hast du mir, Václav, eine große Freude gemacht, weißt du, daß ich das nie gelesen habe? Ich freue mich wahnsinnig!»

Wie sie es gewohnt war, roch sie erst an dem Buch, bevor sie es andächtig öffnete und die erste Seite aufschlug.

«Am Anfang schuf Gott Himmel und Erde... schön fängt es an!»

Er wollte ihr sagen, daß man es so nicht liest, doch er stockte. Und warum eigentlich nicht? Warum sollte man das Buch der Bücher nicht als Buch lesen?

6. *Am selben Mittag in Graz*

Er wartete weiter im Schwesternraum, obwohl ihm die Verschmähte in Fortsetzungen demonstrierte, wie widerlich er ihr war. Bei all ihrer Anmut war sie einfältig, ahnte nicht, daß alles eine natürliche Grenze hat. Lieber zu dünn als zu dick auftragen, Herr Kollege, sagte Milans Heiliger Karel Höger zu Lebzeiten, neben dem er noch auf der Bühne des

Nationaltheaters stehen durfte und sich wie ein blutiger Laie fühlte, wer tragischer sein möchte als tragisch, ist zum Lachen!

Nach einer Weile verließen ihn seine Schuldgefühle, und er führte ihr vor, wie es aussieht, wenn man jemanden gekonnt schneiden will. Bald war sie so nervös, daß ihr alles aus der Hand fiel, und als sie schließlich direkt vor seinen Füßen auseinandergerollte Tabletten einsammeln mußte, ohne daß er sich auch nur rührte, wurde sie rot und floh irgendwohin, wahrscheinlich, um dort zu plärren.

Zu einer anderen Zeit hätte er sich darüber amüsiert, doch sein Geist beschäftigte sich mit der Wende, die die Schwiegermutter so unerwartet in ihren sich so lange hinziehenden Streit hereingebracht hatte. Solange er mit ihr direkt zusammengestoßen war, vor allem daheim, behielt er die Oberhand, im Wortgefecht verlor sie mit ihrem «vorsintflutlichen bolschewistischen Gewäsch aus den Zeiten vor Kronstadt» jede Chance. Das hat er ihr vor Jahren ins Gesicht geschleudert und zählte auch all diejenigen auf, die man nach den rebellierenden Matrosen abgeknallt hatte, weil sie die roten Ideale ernst nahmen. Er hat damals bei seinem Freund, dem Dramatiker, zu diesem Zweck einen kurzen Kurs genommen, sonst pfiff er einfach auf die ganzen Kommunisten.

Das lernte er, als er zu denken begann, die zweite Möglichkeit war, sich einsperren zu lassen oder als Kanalputzer zu enden; auf den Gedanken zu flüchten kam er damals nicht, vielleicht den Eltern zuliebe. Er war ein Spätgeborener, kam auf die Welt, als sie sich kurz vor ihrem Vierzigsten animalisch zwei Schicksalsschlägen widersetzt hatten. Der kommunistische Umsturz bedeutete das Ende der Familienfirma, die hundert Jahre lang das bürgerliche Prag baute. Und eine Erkältung, die sie unterschätzten, hatte zunächst eine Lungenentzündung und dann den Tod ihres damals zwanzigjährigen Erstgeborenen zur Folge; er studierte Architektur und sollte ursprünglich den Betrieb übernehmen.

Milan wurde wie ein Augapfel gehütet, abwechselnd verwöhnt und abgehärtet, je nachdem, wie die Mutter die neuesten Erkenntnisse der Wissenschaft verfolgte und sich dann mit Ärzten und Psychologen beriet. Die moderneren unter ihnen haben glücklicherweise die Oberhand behalten, dank dem konnte er bald Sport treiben, gewann an Kraft und Selbstvertrauen. Nur gegen nasse Wickel wußte er sich nicht zu wehren, mit denen die Mutter jede Krankheit zu verjagen glaubte, warum, weinte sie bis heute, hat sie damals den Zbyněk nicht so eingepackt...!

Der Vater hat ihm lange mit seiner englischen Ruhe und seiner Anständigkeit imponiert. Von ihm hat er die ruhmreiche Geschichte der Familie erfahren und verstand immer weniger, warum er sie ihm nur flüsternd erzählt und nie vor anderen. Mit der Zeit verstand er, daß die Kommunisten dem wahren Verursacher des Firmenniedergangs zuvorkamen. Der Vater war vor allem ein schwacher und scheuer Mann, wußte nichts zu riskieren und hatte Angst, auch nur den geringsten Widerstand zu leisten. Die Anrede «Alterchen», die er für die beiden bald erfunden hatte, war der unbewußte Ausdruck dessen, daß er sie nicht mehr schätzte. Selbst Mitleid jedoch kann zu bindendem Kitt werden, ihre Güte hielt Milan wie ein Magnet bis zu dem Augenblick an zu Hause fest, als er Dora traf.

Sie war der erste Mensch, der seine Einsamkeit verscheuchte.

Diese hatte mit ihm von der Pubertät an nur sein toter Bruder geteilt. Als er seine Liebesgedichte fand, wurde er von ihrer Originalität überwältigt, er schickte sie seinen ersten Lieben, als wäre er der Autor. Alles an Zbyněk hat er bewundert, seine Verschlossenheit, seine Scheu, seine Echtheit, das alles in Verbindung mit aktiver Geistigkeit, so möchte ich auch sein! nur so läßt sich auf adelige Weise der Stumpfheit und Gemeinheit des Bolschewisten trotzen.

Er las die Bücher, die noch von dem Bruder geblieben waren, und versuchte sich in Zbyněks Gedankenwelt einzufühlen. Er trug seine Hosen, Jacken und Schuhe in der Hoffnung, daß er ihm so ähnlich würde. Er ließ sich auch für Architektur einschreiben, doch man nahm ihn als «Millionärssöhnchen» nicht an, diese Arschlöcher! er glaubte dem Vater, daß zum letztenmal sein Urgroßvater vor dem Ersten Weltkrieg eine Million gesehen hat, als Kredit, für den er das Nationalhaus erbaut hatte, den Großvater traf sehr bald die Krise der dreißiger Jahre, und der Vater? der flüsterte nur: Du weißt doch... und Milan wußte das Seine.

Seiner und des Bruders gemeinsamer Weg endete abrupt dank der momentanen Sinnesverwirrung, die ihn aus Verzweiflung, direkt von der Schulbank zum Militär zu müssen, auf den Gedanken brachte, zum Theater zu gehen. Mit Milan war auf dem Gymnasium ein Junge mit ähnlichem Schicksal, der sich mit ihm anfreundete; er sah für sie beide die einzige Fluchtlücke ins Reich der Musen.

«Wenn wir den Fozialifmuf gefunden Leibef meiftern wollen», vertraute er Milan an, der bald seinen Sprachfehler nicht mehr belächelte, als er darunter den sprühenden Intellekt erkannte, «müffen wir unf in den Kunftftrukturen verftecken!»

Der Mitschüler schrieb auch von klein auf, jedoch verrückte Erzählungen, die nicht einmal die Tschechischlehrerin verstand, erst als er «Ali Baba und die vierzig Räuber» dramatisiert hatte, räumte sie ihm ein gewisses Talent ein. Daß sich bei der Lesung die Klasse schieflachte, rechnete sie irrtümlicherweise jenem Sprachfehler zu, es ist ihr völlig entgangen, daß die Räuber über das unverwechselbare Vokabular des Lehrkörpers verfügten.

Das flog erst während der Pause der Schulpremiere auf. Sie hat das Publikum dermaßen begeistert, daß den Betroffenen nur ein säuerliches Lächeln blieb und sie als erste vor allem dem Hauptdarsteller gratulierten, der sie beinahe alle allein mimte. Diese seine Fähigkeit, kurz vor zwölf entdeckt, führte dann Milan Čech einem Provinztheater vor, in das seit Jahren kein anständiger Schauspieler die Nase mehr hineinsteckte. Man engagierte ihn sofort, und er telegraphierte dem guten Ratgeber.

BIN IN DEN FTRUKTUREN FREIB FUER MICH EIN FINNVOLLEF FTUECK!

Die junge Postbeamtin hat er davon überzeugt, der Psychiater habe empfohlen, vor dem schwerbehinderten Freund dessen Redeweise schriftlich zu benutzen, damit er nicht in Depressionen verfalle. Das Mädchen ertrank förmlich in seinen vertrauenerweckenden Augen, und er, der noch keine Wohnung besaß, kam zu seinem ersten Freibett. Mit einem netten Fick obendrein. Seit dieser Zeit entfernte er sich von Zbyněks Bild auf allen Linien und fühlte sich endlich von einem Gespenst befreit. Zbyněk hatte in dieser lausigen Zeit keine Chance. Er war rechtzeitig gestorben!

Bald hatte er ein Zimmer im Schauspielerheim, hier im Volksmund «Mimenbude» genannt, doch die Brieftaube hielt ihn für ihre Beute, erst recht als er in einer französischen Farce glänzte und man sogar aus der Kreisstadt anreiste, um sich ihn anzuschauen. Dann bekam sie zu Ohren, er gehe gleichzeitig mit jener Schauspielerin, die er auf der Bühne zu ihrer Freude betrügt. Sie entschloß sich, wie sie das irgendwo gelesen hatte, ihm, sobald er wieder bei ihr erscheint, Ätzlauge ins Gesicht zu spritzen. Zum Glück vertraute sie sich damit ihrer Freundin an, einer Friseuse, die fast vor Lachen platzte: Der Čech schlafe hier bereits fast mit jeder, soll sie doch lieber stolz sein, daß er bei ihr weiter verkehrt, und mal dazu auch die Kameradin einladen, vielleicht gefällt es ihm zu dritt.

Die Postlerin kam aus einem Dorf, aus dem zwar der Pfarrer längst verschwunden war, nach ihm aber noch genügend gute Sitten hinterblieben, sie glaubte fest, daß der Himmel für solche Lasterhaftigkeit den Menschen mit schrecklichen Krankheiten straft; die gierige Freundin hat ihr jedoch gut zugeredet, bis sie nachgab. Bei seinem nächsten avisierten Besuch fand Milan im Bett statt eines Mädchens zwei vor, und seltsamerweise hat es ihn verlegen gemacht.

Bis zu diesem Augenblick glaubte er, seine sexuellen Entladungen seien verborgen geblieben, bis auf diejenige, auf die sie zielten. Nach seiner ersten echten Liebesstunde mit einer Schulfreundin aus der Zehnten hat er noch den Bedarf eines Moralkodexes verspürt. Zbyněk hatte nie, wie er seinem Tagebuch anvertraute, mehr als eine ernsthafte Beziehung gehabt, erst als er von der einen oder anderen verlassen wurde, wandte er sich gänzlich der nächsten zu. Das geschah verdächtig oft, so daß sich Milan fragen mußte, ob der Bruder nicht doch ein Abbild des Vaters gewesen sei.

So ein Glück hab' ich nicht! seufzte er immer heuchlerischer, wie er mehr und mehr erlebte, daß ihn die Frauen nicht nur nicht verlassen, sondern ihn für sich allein haben wollen. Mit der Zeit modifizierte er seine moralische Einstellung zu der Sache. Er war bald imstande, schon auf dem Wege von der ersten sich für die andere zu erwärmen, und bald zählte er in der Provinzstadt sieben Verhältnisse, drei sogar verheiratet. Meine Moral, entschied er damals, liegt darin, daß mich jede total hat, wenn sie mich gerade hat, damit sie nicht auf andere eifersüchtig sein kann, sie hätten mich vielleicht mehr. Er war überzeugt, daß es ihm beinahe genial gelingt, sieben geheime Leben zu führen. Niemals hat er einer die Liebe erklärt, doch keine blieb weniger beglückt.

Vor den beiden Provinznymphen in durchsichtigen Nylon-Nachthemden, die sich Mut angetrunken hatten und laienhaft vortäuschten, ihn nicht erwartet zu haben, begriff er: Die Versteckspielerei ist aus. Geh nach Haus! befahl sein Gewissen, sonst bist du nicht mehr du, geschweige Zbyněk! Er saß angekleidet und trank mit ihnen billigen Wermutwein, leicht der Verführung widerstehend. Die Postzicke kannte er auswendig, und die Friseurmaus konnte ihm kaum bessere Künste vorführen als jede von den örtlichen Schönheiten, die er hier bereits hatte. Es erwartete ihn die gleiche Musik, die doppelte Schinderei und außerdem der zweifelhafte Ruhm eines Bezirksbeschälers. Die zweite wird es doch sicher über jeden Haarwickel austratschen.

Die meisten seiner jugendlichen, aber auch späteren Abenteuer vergaß er sofort, nach kurzer Zeit erkannte er die Gesichter kaum wieder, die er zur Leidenschaft entflammt hatte, die Frauen glaubten, er kränke sie absichtlich, und liefen ihm um so mehr nach, als wäre das eine besondere Liebeskunst weltmännischer Art. In Wirklichkeit nahm er mittels fremder und auswechselbarer Körper zunächst nur die eigene Begierde wahr, seit der Begegnung mit Dora hat er sich auch bei den anderen immer im Geiste mit ihr geliebt. An die zwei arglosen Landpomeranzen erinnerte er sich jedoch bis auf den heutigen Tag.

Als er ihnen erklärte, er habe morgen früh eine schwere Probe und im übrigen für solche Spielchen nichts übrig, bemächtigte sich der beiden Peinlichkeit, sie wurden still. Was vorher Reizworte und herausfordernde Gesten nicht erreicht hatten, bewirkte das Stilleben mit den beiden Mädchen, die sich in den Armen lagen. Aus ihren Augen verflüchtigte sich das Verlangen, trunkene Enttäuschung und Müdigkeit lösten es ab. Ganz unverhofft haben sie ihm beinahe schmerzhaft leid getan, zum Altwerden in einer trostlosen Kleinstadt verurteilt, in der es nicht einmal einen tüchtigen Kerl gibt. Und als wäre er ein Messias, kniete er bei ihnen nieder, umarmte sie und flüsterte, weil sie beide Jana hießen.

«Janas... Janinkas...»

Er wußte nicht, wie lange sie so verblieben, die beiden kuschelten sich nun in seinen Armen fast atemlos, als fürchteten sie, den Zauber zu brechen. Irgendwann fing er an, sie zu küssen, nur zart, und sie, beinahe wie Kinder, schnäbelten zurück, bald wußte er nicht mehr, welche schon längst die seine war und welche noch fremd, und er hat nie mehr erfahren, welche er als erste nahm, als er, die Augen zu, sein T-Shirt auszog, die Jeans und die Turnhose; sie lagen weiterhin aneinander geschmiegt, die Arme um den Hals, als er sie zu lieben begann.

Später war er erstaunt, wie das Puttchen von der Post und das Möschen vom Figarosalon die Nacht nicht im geringsten verdorben hatten, sie waren zärtlich auch dann, wenn die Lust ihnen den Atem raubte, mit der Zeit sind sie zu einer einzigen Jana geworden, zu der schließlich auch er gehörte; sie wurden ein gemeinsamer heißer und in höchster Anspannung pulsierender Körper. Lange nach Mitternacht, nach einem wer weiß wievielten Höhepunkt, gab es, fragte er sich später verwirrt, überhaupt einen? sind die zwei in seiner Umarmung eingeschlafen, so zog er sich nach einer Weile von ihnen zurück, kleidete sich an, küßte sie auf die Stirn, als würde er kleine Mädchen zu Bett bringen, und ging.

Nie mehr hat er mit ihnen etwas gehabt, doch jedesmal, wenn er sie noch traf, besonders die Postbeamtin, begrüßte ihn ein Glanz in den Augen, in denen kein Vorwurf stand. Ebenfalls hörte er nie, daß sie es in der Stadt ausposaunt hätten. Es hat ihn ganz anders gekennzeichnet, als er befürchtete, aber eigentlich schlimmer. Daß die schönste Nacht, die er erlebt hatte, ganz ohne Liebe und Moral stattfand, nahm ihm den Glauben an ihre Existenz.

Aus dem Nest hat ihn indirekt der tote Kommunist Fučík gerettet, den er ohne jede Skrupel spielte. Als ihm einige Leute, die seine Ansichten kannten, Prinzipienlosigkeit zum Vorwurf machten, lachte er nur.

«Seine Genossen haben meiner Familie das Leben gestohlen», sagte er zu den Vertrautesten, «höchste Zeit, daß er es mir zurückerstattet!»

Er war vorsichtig genug und schoß ähnliche Giftpfeile nicht vor jedem ab, der ihm vor die Füße kam. Er soff nicht und schuftete, sein Talent wuchs, er schritt von Erfolg zu Erfolg, so hat er, seiner Klassenherkunft zum Trotz, sogar einen feschen Wehrdienst verbracht, in den schlimmsten Jahren der Schweinereien, Normalisierung genannt. Dem Schicksal verdankte er, als Soldat dienen zu dürfen, als viele Künstler zu Kreuze krochen, er hat es auf Distanz beobachtet, und nach der Rückkehr strickte er fleißig an seinem Ruf eines Hurenbocks als Alibi, warum ihn Politik nicht interessiert. Man ließ ihn spielen, froh, daß er als einer der wenigen nicht in die Vor- oder Nachaugustgeschichte verstrickt war. Bei Bedarf meldete er sich nervlich krank, bis man ihn wieder in Ruhe ließ.

Er litt allein daran: Aus der reichen Gefühlswelt von Figuren, die er sich aneignete, bis er mit ihnen zu leben begann, verfiel er nach jeder Probe und besonders nach jeder Premiere in einen Zustand, für den er keinen anderen Namen als Marasmus hatte. Bei den Entscheidungen, welches Bett er sich heute mit dem besagten Wein und Brot aussucht, stach er oft blindlings mit dem Finger in sein Adreßbüchlein, manchmal überließ er sogar die Wahl dem Dramatikerfreund.

Dieser war nach einem kurzen Höhenflug bereits verboten, die Räuber in der Politik ließen sich nichts Ähnliches gefallen wie die Schullehrer damals. Milan blieb ihm treu, die Mahnungen taten ihm sogar wohl: Er wußte, daß er unentbehrlich ist. Den Dramatiker hat wiederum erregt, daß er dem berühmt gewordenen Freund die Liebhaberinnen bestimmen durfte, das hat ihn mit der Lage des Geächteten versöhnt.

«Ef ift toll, daf Fickfal zu fein, daf zum Ficken verdammt.»

Bei den Hamlet-Proben war der Schauspieler auf dem besten Weg zum geistigen Kollaps. Je näher der Augenblick rückte, in dem er aus der Welt des tugendhaften Prinzen in den bodenlosen moralischen Kater herausgespuckt werden sollte, wurde er nachts immer öfter von dem Gedanken geweckt, ob die Art seines Daseins noch einen Sinn habe, einen Wert, eine Berechtigung. Mehr und mehr beneidete er den dänischen Jüngling um seinen jähen Tod an der Schwelle des erreichten Ziels. Es bemächtigte sich seiner gefährlich der Wunsch, auch für den eigenen Becher ein rasches Gift zu besorgen.

Aus diesem Tief führte ihn zu neuer Sicherheit und Reinheit eine weibliche Verkörperung von Menschlichkeit, Dora genannt.

Darum vergötterte er sie seit der ersten Frage, die sie ihm gestellt hatte, darum hat er ihr als der einzigen die Ehe angeboten, darum stimmte er erbarmungslos dem Vorschlag der Alterchen zu, aus der Wohnung in das Landhäuschen umzuziehen, ein Überbleibsel besserer Zeiten, aber nur für den Sommer gebaut, nicht für ein ganzjähriges Altenteil. Ich muß ihnen sofort schreiben! erinnerte er sich wieder, aber was? Wie schreibt man den gebrechlichen Eltern, daß ihr einziger Sohn geflohen und ihr einziges Enkelkind gestorben ist? Etwa: Ihr könnt zurück, die Wohnung ist wieder frei...?

«Herr Primarius...» die erniedrigte Schwester reichte ihm mit zitternder Hand den Hörer, in ihrem Blick stand die Bitte um Gnade mit dem Angebot bedingungsloser Kapitulation.

«Danke!» sagte er geistesabwesend.

«Entschuldigen Sie die Verspätung», sagte Lindbergs Stimme.

«Ich weiß nicht einmal, wie...»

«Bald haben wir zwölf.»

«Ach nein...!» er vernahm vom Gang das Klirren der Teller, er wartete hier gute zwei Stunden.

«Ich mußte noch schnell in die Landesregierung, wegen meines Nachfolgers.»

«Aha...» er kam auf das für ihn Wesentliche, «darf ich zu ihr?»

«Sie hat da noch immer die Mutter.»

«Ich habe vielleicht das Recht...»

«Lieber Freund, nur keine Hysterie! Ich möchte Sie gern sprechen, kommen Sie mit zu Tisch? Vom Spital ein Katzensprung.»

Er nannte das Lokal und beschrieb den Weg.

«Und beeilen Sie sich, habe Hunger und bin gleich dort!»

Das Restaurant, im steiermärkischen Stil eingerichtet, wirkte ein wenig kitschig, muß jedoch einen sehr guten Ruf gehabt haben, in dem großen

Vorderraum war kein freier Stuhl. Da eilte schon der Empfangschef auf sie zu, im Lodenanzug, mit Hirschleder verziert, was Milan nach einer Woche bereits anwiderte: Eigentlich trugen sie alle Uniform.

«Herr Professor!» rief der Mann, als hätte er nur ihn erwartet, «was für eine Ehre! Nach so langer Pause! Folgen Sie mir gnädigst.»

«Meine Niere», erklärte der Primarius leise Milan, auf den Lodenrükken zeigend, als beschriebe er ein lebendes Exponat.

Auch nebenan war es voll, doch der Besitzer der auskurierten Niere wußte sich sofort Rat. Höflich, aber bestimmt hob er zwei japanische Gäste von einem Tisch für drei und setzte sie zu einem anderen Paar. Ein Wink, daß sich der Ober, ein vertrocknetes Männchen, bei den Gästen entschuldigte, von denen er soeben die Bestellung aufnahm und zu ihnen eilte.

«Grüß Gott, Herr Professor, ich habe den Herrschaften erklärt, Sie seien in Eile, was darf es sein?»

Er drückte ihnen beiden glänzende Speisekarten in die Hand, dicht be druckt wie eine Zeitung.

«Worauf haben Sie Appetit?» wollte der Primarius wissen.

«Ich habe keinen Hunger...»

«Das reden Sie sich wieder nur so ein, heute haben Sie nicht einmal richtig gefrühstückt. Also gut, dann bestelle ich. Bringen Sie uns, Herr Herbert», er gab die Menükarte zurück und diktierte auswendig, «zweimal Ochsenschwanzsuppe, als Vorspeise Spaghetti alle vongole, Sie haben nichts gegen ein bißchen Muscheln? ein gemischter Salat dazwischen und dann ein Pfeffersteak, blutig?» wandte er sich an den Schauspieler.

«Ja.»

«Richtig, sonst soll man lieber eine Wurst essen, und was rät uns der Chef zum Dessert?»

«Den Mohr...»

«...im Hemd... bravo. Trinken Sie mittags Wein, mein Freund? Ich auch nicht», setzte er fort, als der Schauspieler nicht gleich antwortete, «solange ich arbeite, also zwei kleine Bier vom Faß.»

Der Ober eilte zur Küche hin, sie hörten, wie er unterwegs die Gäste mahnt, die er vorher verlassen hatte.

«Bißchen Geduld, bitte, hab' nur zwei Beine.»

«Und beide eigentlich von uns, er konnte vor Schmerz nicht mehr stehen», bemerkte der Primarius, er warf den Betroffenen ein entschädigendes Lächeln zu und ging zur Sache über, «nun, Ihre Lage sieht folgendermaßen aus: Die Frau Schwiegermutter, eine starke Natur, muß man schon sagen, hält es für selbstverständlich, daß ihr Enkel in der Heimaterde bestattet wird und daß ihn dabei die Eltern begleiten, seine Mutter auf jeden Fall.»

«Wir dürfen dort nicht mehr hin!»

«Sie hatte eine ähnliche Idee wie ich. Sie verhandelte mit den zuständigen Stellen und erzielte eine Vereinbarung. Es wird zur Kenntnis genommen, daß Sie sich infolge einer Autopanne in unbekanntem Terrain in einen Tunnel verirrt haben und in Österreich herauskamen. Woher hat die Dame einen solchen Einfluß?»

«Ihr Vater war in der kommunistischen Widerstandsbewegung, wurde von den Nazis hingerichtet, und sie war so felsenfest treu, daß sie sich nicht einmal mit Dubček eingelassen hat!»

«Dann glaube ich, daß tatsächlich alles abgesichert ist. Sie dürfen sogar weiter im Nationaltheater auftreten. Sie hat natürlich nicht verhehlt, daß sie das nur wegen der Tochter erreicht hat, keinesfalls aus Sympathie zu Ihnen.»

Es leuchtete ihm ein, daß sie ihn durchdacht in eine Falle zwingt.

«Aber», widersetzte er sich ihm, «selbst wenn man das vertuschen wollte, so eine Schuld läßt sich dort nur durch absolute Untertänigkeit wegwaschen!»

«Wie ich das aus meiner Jugend noch kenne, werden Sie schon recht haben.»

Milan verstand nicht, warum er also so teilnahmslos bei seinem Untergang assistiert.

«Glauben Sie etwa, ich bin vor Ruhm und Geld geflohen und habe dabei sogar… meinen Petřík verloren, um am Ende zu einem Spitzel zu werden?»

Seine Augen wurden feucht, er war versucht, die Serviette hinzuwerfen, den Stuhl umzukippen und wegzurennen. Er konnte nicht: Das Steierkostüm hat ihm bereits über die rechte Schulter die Suppe serviert.

«So bitte, der Koch wünscht guten Appetit, Herr Professor, seiner Gattin geht es wieder schlechter, er würde sich erlauben, wenn Sie erlauben, sie mal wieder vorzuführen.»

Der Anfall von Unbeherrschtheit war vorüber. Er wußte nur zu gut, daß er, wohin er auch fliehen würde, erniedrigt und geschmäht zurückkommen muß. Dieser Mann hier war trotz allem seine einzige Stütze. War er nicht fähig, seine Lage zu begreifen, oder war er so gefühllos, als er ihm ganz normal guten Appetit wünschte? Er wollte den Primarius davon überzeugen, daß er im Recht ist und sie das Maß des Unglücks vollenden wird. Er soll endlich seine Distanziertheit ablegen, sein geradezu krampfhaftes Unvermögen, einen anderen als medizinischen Rat zu erteilen. Ohne die Suppe anzurühren, fragte er erregt.

«Was wollen Sie eigentlich von mir?»

Der Primarius schaute auf ihn über den vollen Löffel hinweg, in den er pustete.

«Nichts. Ich kann Sie nur bitten, Herr Čech, sich zusammenzunehmen. Ich möchte meine These noch klarer zum Ausdruck bringen: Für jeden Jungen kommt mal der Augenblick, daß er sich wie ein Mann benehmen muß. Bei Ihnen ist es höchste Zeit. Aber jetzt essen Sie jedenfalls, damit Sie dazu genug Kraft haben. Mahlzeit!»

Mit der Linken hat er die gestickte Serviette aufgenommen, altmodisch hinter den Schlipsknoten gesteckt und aß.

7. *Am selben Mittag in Rohlau*

Als der ehemalige Korporal die sechste Lektion beendete, sich Wörter herausschrieb und die Aufgaben mit dem Schlüssel verglich, war er stolz auf sich. Es gab keinen Fehler, und er konnte mit der Familie Mayer, die seinen Sprachführer belebte, ruhig einkaufen gehen. Er wunderte sich nur, woher sie dazu das Geld nimmt und wo sie sich das alles beschaffen will, Roastbeef! Ananas! er kannte nur die Regale von daheim. So entschloß er sich, nachmittags endlich ins Dorf hinunterzugehen und es auszukundschaften.

Zuvor aber lud ihn der Gong zum Mittagstisch. Auch hinunter schritt er mit den Mayers, überprüfte, daß hier nichts fehlt, was in ihrem Häuschen war, der Gang, die Treppe mit die Stufen, der Geländer, nein, das! man hat hier auch Erdgeschoß, eine Tür mit das Glas, er öffnete sie und trat in einen anderen Speiseraum, als er ihn kannte.

Die vorderen Vierertischchen waren in eine Reihe zusammengerückt wie bei der Grenzkompanie, wenn der Sheriff nach erfolgreicher Kontrolle, erfolglose waren verboten, für Großkopfete und Stabshengste ein Freßgelage ausrichtete. Hier thronte in der Mitte der abscheuliche Dreizentner-Pförtner mit seinem unappetitlichen Weib, umgeben von fast allen Landsleuten, die sich in der Pension aufhielten. Nicht einmal die Kofferinhaberin fehlte, wie er sie bei sich nannte, diesmal in einem enganliegenden Nicki, sie hat's! hat ihn ihr Busen erfreut, gleich aber wurde er von Geschrei abgelenkt.

«Hier her! Zu uns! Ich hab' hier ein bißchen umorganisiert, damit wir einen tschechischen Stammtisch haben!»

Der selbsternannte Führer zeigte seinen Rücken den beinahe an der Hinterwand klebenden und unnatürlich stummen Rumänen und Tamilen. Das gefiel dem Korporal gar nicht, und er war dabei, seinen Einwand anzumelden, als ihn ein flehender Blick von Professor Klößlein erreichte; er duckte sich neben dem Pförter und bat mit den Augen, daß nicht auch er noch loslegt.

Alles entschied der freie Stuhl neben der interessanten Frauenperson, er ging also auf sie zu. Noch bevor er sich vorstellen konnte, kamen die Čierniaks.

«Hallo, hierher», lärmte der Protz, «ich hab' hier umgeräumt, damit wenigstens wir Tschechen wie Menschen essen können!»

«Aber wir sind doch Slowaken...» stockte der kleine Miro; aus seinen Worten klang ein so gewaltiger Schreck, daß er um sein Essen kommen könnte, daß alle losplatzten. Die Spannung lockerte sich, auch der Volkspatriot gab nach.

«Na geh, das ist doch fast dasselbe. Ich mein' gerade, wir als ein Kulturvolk müssen nicht mitanschauen, wie die Bambusine und die Drakulaner sich in ihren verfaulten Zähnen bohren. Da könnten wir gleich bei den Rotschwänzen bleiben!»

Der Wirt teilte schweigend die Suppe aus.

Wie in einer billigen Parodie begann der Schreihals sofort zu schlürfen und schmatzen. Der Korporal, den Teller immer noch leer, wollte wieder die Nachbarin ansprechen, als zu ihm der Wirt trat. Suppe hat er ihm jedoch nicht eingeschenkt.

«Sind Sie der Vágner, der Soldat?»

Es ärgerte ihn, daß er darüber Bescheid wußte, da es niemandem gesagt werden sollte, doch er nickte.

«Kommen Sie mit mir?»

«Wohin?»

«Etwas unterschreiben.»

Er hat sich bei der nach wie vor Unbekannten wenigstens mit einem

Schulterzucken entschuldigt und folgte Krebs in die Küche. Es überraschte ihn, wie eng und bescheiden der Raum eingerichtet war, wo man für sechzig Personen kochte. Die Wirtin am Ofen kam ihm noch müder vor als sonst, den Gruß erwiderte sie jedoch mit einem krampfhaften Lachen. Er dachte, daß er schon wieder eine Übernahme von Bett- und Handtüchern bestätigen muß, man schikanierte hier damit mehr herum als beim Militär. Krebs aber hat sich zu ihm wie ein Verschwörer gebeugt.

«Können Sie Deutsch?»

«Nicht viel.»

«Ich kann ein bißchen Tschechisch radebrechen», sagte er in mährisch-slowakischem Akzent, «haben Sie sich beschwert? Wegen Essen oder Zimmer?»

«Ich? Nein.»

«Wissen Sie, meine Frau ist krank, aber wir schaffen doch alles...!»

«Ja», bestätigte er und verstand weiterhin nichts.

«Zwei Herren sind da, möchten Sie sprechen.»

«Und warum?»

«Na, der Flüchtlingsfonds macht Stichproben, Kontrollen, es gibt weniger von euch, und so ist die Konkurrenz groß.»

Es dauerte eine Weile, bis es ihm gelang zu erklären, daß man um Logiergäste auch mit Schlägen unter die Gürtellinie kämpft. Dazu gehören auch anonyme Anzeigen, die überprüft werden, ohne daß die Wirte es erfahren. Seine Frau und er, beteuerte Krebs, kämpfen hier als letzte ums Überleben, er solle an sie denken, wenn er den Herren Rede und Antwort steht.

Mein Gott! staunte der Korporal, wir beißen von ihrem Brot ab, und sie müßten ohne uns hungern, ist das nicht verrückt?

«Wo sind die?» fragte er.

«Spazieren. Sie sollen nach oben zum Wald.»

«Und es ist denen egal, daß wir gerade beim Essen sind?»

«Herr Vágner», bat der Wirt, «meine Frau macht Ihnen später ein Spezialschnitzel...»

Er fand die beiden in seiner beliebten Mulde, in der er jeden Morgen turnte. Es waren leger gekleidete Männer, etwa vierzig, die Leinenjacken hatten sie abgelegt und wärmten sich ganz zivil in der Sonne, doch er witterte sogleich, daß sie einen Rang haben mußten. Nicht einmal aufgestanden waren sie, sie erhoben sich nur leicht, um ihm die Hand zu reichen, und winkten ihm freundlich, er solle es sich ebenfalls bequem machen. Warum nicht? dachte er, besser, als vor ihnen strammzustehen.

«Sprechen Sie Deutsch?» fragte der Linke.

Diesmal hat er gleich glatt verneint, sollen sich einen Übersetzer holen! wurde er bockig, obwohl ihm der Dolmetscher Mládek den Besuch des hiesigen Militärs voraussagte und ihm empfahl, keinen Blödsinn zu machen, auf dem Spiel stehe sein Asyl. Um so geringer war seine Lust zu raten, was sie von ihm wollten, und wie ein Hilfsschüler zu stottern.

«Doch Ungarisch ja», verblüffte ihn der Mann in jener Sprache.

«Ein wenig...»

«Bei der Feier Ihrer Flucht mit den Grenzbeamten haben Sie doch unentwegt geredet, nur haben die Leute Sie nicht verstanden.»

«Sind Sie vom Flüchtlingsfonds?» ließ er sich also äußerst ungern auf ungarisch ein.

«Nein, halten Sie uns eher für... Kollegen.»

Tonos mißtrauische Reaktion bewog ihn, ein kleines bißchen deutlicher zu werden.

«Wir haben einen höheren Rang, aber das ändert sich, wie Sie wissen, beim Militär schnell, Sie können uns noch überholen!» er lachte auf, griff nach der Jacke, zog aus der Brusttasche einen Ausweis und ein gefaltetes Papier, «soviel Deutsch verstehen Sie gewiß, um sich von unserer Vollmacht für ein Gespräch mit Ihnen zu überzeugen.»

Aus dem Dokument sah ihm dasselbe Gesicht starr entgegen, und auf dem Papierwisch fand er seinen Namen samt Geburtsdatum. Er überlegte, wie er sich zu verhalten habe.

«Ich habe doch alle Fragen schon im Lager beantwortet.»

«Sicher, nur daß wir nichts mit Ihrem Asylantrag zu tun haben. Nebenbei, wollen Sie hierbleiben oder nach Übersee?»

«Falls ich hier studieren darf...»

«Und warum sollten Sie nicht dürfen? Sie sind jetzt in einem freien Land.»

«Dann möchte ich gern bleiben.»

«Und sich dabei gewiß der Gesellschaft, die es Ihnen ermöglicht, dankbar erweisen, durch Ihre Loyalität.»

Darauf konnte er nur nicken.

«Sehen Sie!» lächelte ihn der Mann an, nahm ihm das Papier wieder ab und steckte es in die Tasche, «und wir bieten Ihnen dazu die erste Gelegenheit.»

Er forderte den Rechten mit einer Geste auf, und der zog unter seiner Jacke eine Aktentasche hervor, aus der er eine Landkarte herausnahm und auf dem Gras ausbreitete, nachdem er sich flüchtig davon überzeugt hatte, daß niemand hier hereinschaut.

«Erkennen Sie das?» fragte wieder der Linke.

Der Korporal glotzte auf eine detaillierte Stabskarte, die er natürlich wie ein Buch lesen konnte. Er sah das ihm vertraute, gegliederte Terrain, durch das sich der Fluß schlängelte. Er kannte ihn besser in der Alufolienausführung auf dem Plastikmodell.

«War das Ihr Abschnitt?»

«Hej...»

«Wir möchten Sie bitten, darin alle technischen Einrichtungen einzuzeichnen, Beobachtungsposten, Unterstände, Türme, Fallen, Hindernisse und so weiter, Sie wissen doch am besten, was. Kinderleicht für Sie.»

«Man hat es jetzt sicher verändert», wehrte er sich schwach, «wenn jemand türmt, wird alles sofort umgemodelt.»

«Wahrscheinlich. Trotzdem sagt jede solche Information viel aus und läßt Schlüsse auf das ganze Konzept des Grenzschutzes zu... soweit ein solches Wort für eine Grenze gebraucht werden darf, die vor den eigenen Bürgern beschützt wird.»

Er schaute zu dem anderen auf, der ihm einen ungewöhnlichen Stift reichte.

«Er ist transparent», führte es ihm der Linke auf dem Kartenrand vor, «trägt dick auf, aber unter der Farbe kann man gut lesen.»

Der Korporal saß weiter ohne Regung da. Was soll ich ihnen sagen, heilige Maria? Er hat ihren Rat nicht abgewartet und schaute dem Mann direkt in die Augen.

«Ich denke, daß ich das nicht darf.»

«Und wieso denn?»

«Habe geschworen.»

Es dauerte einige Sekunden, bis der Mann kalt lächelte.

«Und dennoch sind Sie desertiert!»

Der Karatekämpfer in ihm verstand, seinen Meister gefunden zu haben. Der neue Griff folgte prompt.

«Fühlen Sie sich auch hier vielleicht an Ihren Eid gebunden? Sie haben ebenfalls geschworen, bereit zu sein, wann und wo auch immer, ich zitiere: ‹alle Kräfte zur Verteidigung des sozialistischen Vaterlandes einzusetzen›, und Sie haben einen Spezialkurs für Nahkampf absolviert. Sollen wir Ihre sogenannte Flucht in diesem Zusammenhang verstehen?»

«Nein, das nicht!» erschrak er.

«Beruhigen Sie sich», ließ der Mann ihn aufatmen, «aus Protokollen und Gutachten geht mehr oder weniger hervor, daß Sie nur außerordentlich naiv sind. Doch so müssen es gerade die nicht sehen, die über Ihren Asylantrag entscheiden.»

Es wurde ihm klar, daß er erpreßt wird, und er wurde ärgerlich.

«Eben haben Sie behauptet, daß das nicht zusammenhängt!»

«Natürlich nicht», wich der Mann blitzschnell aus, als er merkte, daß der Gegner seinem Angriff standhielt, «jedenfalls nicht so weit, daß jemand Sie der Spionage verdächtigen dürfte. Hier gilt: Im Zweifel für den Angeklagten. Aber es geht doch um Ihre Moral! Sie haben eben die Kenntnisse, die Sie sich im Dienst erworben haben, zu Ihrer erfolgreichen Flucht genützt. Wenn Sie die keinem anderen anvertrauen, haben Sie einen jeden auf dem Gewissen, der in diesem Abschnitt ergriffen, verletzt, oder am Ende sogar getötet wird, so was haben Sie selbst erlebt.»

Er hat erwartet, daß man ihm gleich wieder den ersten Mai in die Schuhe schieben wird, doch soweit gingen sie nicht. Noch nicht!

«Nun, wie sehen Sie die Sache, Herr Vágner?»

Wehmütig beobachtete er die sonnendurchglühte Voralpenlandschaft, in die er sich bereits den fünften Tag einfühlte. Kaum hatte er geglaubt, hier seinen Frieden finden zu können, waren sie wieder da. Zwar fuchtelten sie nicht mit der Pistole wie der Scherg, aber auch sie wollten, Gott soll sie strafen! seine Seele zertreten.

«Ich... muß darüber erst nachdenken...»

Vor allem mußte er sich irgendwo Rat holen, doch davon durften diese Geheimniskrämer nichts wissen, sie wären imstande, mit ihm ein ähnlich krummes Ding zu drehen wie die Abwehronkel bei uns! Der hier war nicht auf den Kopf gefallen, er maß ihn mißtrauisch und warnte.

«Es liegt in Ihrem Interesse, bis dahin zumindest zu kooperieren, indem Sie unsere Besprechung für sich behalten. Die Geheimhaltungsregeln haben Sie zu Hause bestimmt respektiert, schon aus Angst vor Strafe. Also halten Sie sie, wenn wir an die Beweggründe Ihrer Flucht glauben sollen, auch hier ein, aus Anstand der freien Welt gegenüber.»

Weil sie nicht weiter redeten, versuchte der Korporal aufzustehen.

«Gehen Sie ruhig», erlaubte es ihm der Linke, während der Rechte die Karte sorgfältig zusammenlegte, «und sagen Sie, wenn's nötig wäre, es war die Fremdenpolizei, Ihre Daten zu ergänzen. Wir lassen von uns hören.»

Er ließ sich langsam in das Gras nieder, stellte sein Gesicht zur Sonne und schloß die Augen. Dann fügte er hinzu, als verabschiedete er sich von einem Freund.

«Auf bald, Herr Vágner.»

Der ehemalige Korporal erreichte die Pension mit leerem Kopf. Erst dort wurde ihm klar, daß er sich den Namen im Ausweis nicht gemerkt hatte, und schlimmer noch, er hatte gar nicht gefragt, welche Firma da mit ihm überhaupt verhandelt. Bin ein Ochse! beschimpfte er sich, ein ausgewachsener Depp! Doch er wollte sie nicht noch einmal sehen.

Sie sagten «bald». Also: bis dann.

Auf das Schnitzel hatte er keinen Appetit, der Magen begann ihn schon wieder zu schmerzen. Er betrat die Pension von vorne und kehrte, um die scharzen Gedanken zu vertreiben, über die Treppe mit die Stufen zu die Familie Mayer zurück.

8. ——— *Am Nachmittag des selben Tages im Zentrallager*

Obwohl Bobina in ihrem Element war, wußte sie um so besser, daß sie möglichst schnell von hier weg muß. Sie stieß hier auf Wesen, von denen sie in Böhmen so viel hörte: Mädels und Weiber, die sich verrechnet haben, blöd genug, um allein zu fliehen oder schon unterwegs den Scheich eingebüßt und keinen neuen gefunden zu haben; hier hatten sie nicht die geringste Chance mehr.

Falls überhaupt noch einige buckelfreie und zweiäugige Einspänner ihre Nase hierher steckten, genügte es denen, so sah es Bobina mit ihren Augen, den Verein nur flüchtig zu überblicken und gleich die Kurve zu kratzen. Nicht daß die Frauen hier aufgehört hätten, auf sich zu halten, im Gegenteil, bis auf die Handvoll, die es versuchte, sich einen Nebenverdienst zu verschaffen und dabei eine örtliche Bekanntschaft aufzureißen, hockten sie von morgens bis abends auf den Betten, nähten an ihrer bescheidenen Garderobe und duschten dreimal täglich. Vergeblich! Es hat ihr später eingeleuchtet: Sie rochen nach Mißerfolg.

Hier wußte sie es noch nicht zu benennen, doch erahnte sie scharfsinnig, daß auch an ihr bald das Schicksal der anderen wie Rost und Schimmel kleben würde. Sie mußte sogar gleich zweimal fort: Zuerst von hier weg und dann anderswohin. «Von hier weg» hieß: In eines der kleinen Hotels rings um Wien, wo sie das Asyl in einem Milieu abwarten könnte, das sie nicht brandmarken wird. Und «anderswohin» bezeichnete ein bisher unbekanntes Ziel, wo auf sie ihr Lebensglück wartet.

Es wäre für sie ideal, von hier weg und anderswohin von ein und demselben Kerl begleitet zu werden. Sie war bescheiden, es mußte nicht gleich der Climb sein, es würde sie nicht einer amüsieren, der nur Geld scheffelt und abends vor Erschöpfung auf die Schnauze fällt; mit einem normalen Burschen wäre es schon getan, geschickt im Leben und flott im Bett, der sich auskennt, sie gern hat, ihr ein Haus baut und Kinder macht und ein gutes Gefühl gibt. Nur, wie schon die Oma zu sagen pflegte: «Wenn das Wörtchen ‹wenn› nicht wär', wär' mein Vater Millionär!» So ein Mann war hier im Lager nicht aufzugabeln.

Zur Baracke Ausschau zu halten, kamen meist gleich arme Teufel, meistens Langhaare, na, wart mal, Bübchen, dachte sie sich und ging schnell in Deckung, damit sie keinem ins Auge fiel, du wirst noch dein blaues Wunder erleben, wenn man dir auch in der freien Welt sagt, du sollst deinen Schmutzhals waschen! Eigentlich war sie froh, daß sich ihrer der alte Schwätzer angenommen hatte, im Vergleich mit dem hiesigen Angebot ist er noch ein Licht! gestand sie ihm insgeheim zu, als sie sogar erlebte, wie einige von den Weibern ihn fixierten, sie wußte gleich, warum: Er roch nach Kohle!

Der Sonderling, noch immer auf Volldampf wie ein Vierziger, zog und widerte sie gleichermaßen an. Seine unverschämte Prahlerei störte sie dabei am wenigsten. Abstoßend an ihm war eigentlich nur etwas so Unschuldiges wie die Haut. Als er im Kasino die Wette nach oben schraubte, bemerkte sie es noch nicht, sie war zu erregt, doch kaum hatte er verloren, schüttelte sie sich vor Ekel: Auf dem grünen Tuch des Tisches bewegte sich wie ein Krustentier die Hand eines Greises, auf der grauen Haut Bäche von Adern und dazwischen kleine Leberfleckinseln. Dieses Bild hat Bobina gekannt.

Als sie mit Jarina Jiráková, der heute die Hälfte von Nijork gehörte, in Stralsund war, hängte sich ein Tschechoamerikaner an sie beide, der ähnliches von sich behauptete. Wahrscheinlich gab er nur an, doch er hatte tatsächlich genug, um in der Dädäerr, in der er noch dazu schwarz wechselte, den Granden zu spielen. Er war auf Miezenjagd, weil aber die deutschen Mädels ihm allesamt irgendwie «nicht durchgebacken» waren, wie Jarina und sie auch feststellten, griff er sofort nach den beiden, den «böhmischen Jungfern», wie er bezaubert rief.

Ihnen wurde gleich klar, daß sie hier klasse Spaß und obendrein noch einen urigen Urlaub haben könnten, der vorher im Eimer zu sein schien, denn es goß und goß und weit und breit am Strand nur eine einzige anständige Disco, Zutritt nur mit Westmoneten. Sie sehnten sich keineswegs danach, im Wasser nur deswegen zu frieren, weil es salzig war. Wenn der so rumhängt und will was hinblättern, soll er uns haben, aber beide! beschlossen sie und waren stolz auf sich. Zwei südböhmische Buchteln wagten es mutig, ein Spielchen mit einem stinkreichen Weltmann zu spielen, das wohl nicht einmal die Loren samt der Cardinale hingekriegt hätte: Sie machten ihm vor, sich gleichzeitig in ihn verknallt zu haben, und er hat deswegen keine bekommen.

Sie hatten zu tun, nicht gleich loszubrüllen, als er sie nacheinander auf das Parkett schleppte, um ein Stelldichein zu verabreden, von dem die andere nichts wissen sollte. In ihrem Erholungsheim brüllten sie dann vor Lachen. Er mußte schon vor lauter Wollust wahnsinnig geworden sein, kaufte für sie den Intershopladen fast leer, von den T-Shirts bis zu vergoldeten Kettchen, immer haben sie darauf bestanden, gleichmäßig bedacht zu werden. Aber jedesmal, wenn er sich sicher war, daß die eine oder andere endlich erscheint, und die Portiers seines Hotels bestach, endete es gleich: Entweder kamen sie miteinander, und die Geladene hat ihm hinter dem Rücken der anderen bedeutet, sie habe sie nicht loswerden können, oder man hinterließ ihm eine Nachricht, die jeweils eine würde von der anderen aus Eifersucht bewacht. Er hat es lange geschluckt, bis er auf einen ziemlich logischen Gedanken kam.

Er teilte es sowohl der einen wie auch der anderen beim Tanz mit und hörte mit einem Schlag auf, lächerlich zu wirken. Sie hätten ihm längst sagen können, warf er ihnen vor, sie seien keine verliebten Backfische, sondern Damen, die damit ihre Brötchen erwerben, nun gut! sie haben sich eine Woche lang nur ihm gewidmet, er wisse es zu schätzen. Sie sollen morgen abend gemeinsam kommen, dann aber Schluß mit dem Spiel, er möchte eine Nacht auskosten, wie er sie ihnen zutraut, er sei gewillt, sich großzügig zu zeigen. Sein Angebot verschlug ihnen den Atem: Hundert Dollar für jede, auf dem tschechischen Schwarzmarkt ein Reichtum!

Natürlich kannten sie die Preise im Liebesgewerbe nicht und erfuhren erst später, daß er es sich für ein besseres Trinkgeld gutgehen lassen wollte, eins haben sie jedoch richtig begriffen: Aus Spaß wird Ernst. Sie beschlossen, ihn wenigstens noch ein letztes Mal reinzulegen. Sie kamen wie immer über die Feuertreppe angesaust, die für sie geöffnet war; die Nachtportiers, Stasikerle, klar doch! haben sie längst kennengelernt und sich mit ihnen auch jetzt verabredet. Der Brunfthirsch erwartete sie im japanischen Kimono, irgendwelche Duftstäbchen angezündet, er öffnete die Sektflasche und gab sich verärgert, echten Schampus führte man hier nicht.

Sie wußten, daß er lügt, die jungen Portiers luden sie bereits zweimal, als sie rauswitschten, zu einem Glas Champagner ein, auch das sollte er jetzt büßen. Sie verlangten das Bare auf den Tisch. Tschechische Mädel, protestierte er, und so zu einem Landsmann! Keine Heimatliebe, verlauteten sie, er hat erkannt, daß sie Gewerbe treiben, soll er sich also auch an die Regeln halten. Er zog die Brieftasche, versicherte sich aber noch, daß es ohne Limit laufen wird, sie haben sich beinahe verraten, als sie keinen Schimmer hatten, was es bedeutete, doch versprachen sie mit Handschlag, wie einst auf dem Jahrmarkt, und er fischte zwei Hunderter heraus, der schiere Mammon für sie.

Es stellte sich der peinliche Augenblick ein, als sie sich ausziehen mußten. Obwohl es ihnen sonst nichts ausmachte, Bobina hat sich nur mit dem allerersten Jungen geschämt, sie hat es damals nicht erwartet und hatte keine allzu gute Wäsche an, verspürten jetzt beide, das sagten sie sich hinterher, Scham, nicht vor dem Lustmolch, sondern vor sich selbst, sie kamen sich in der Tat wie Huren vor. Er wartete ab, bis sie nackt waren, und dann trat er feierlich aus dem Kimono, unter dem er von Anfang an nichts anhatte.

Sie nannten ihn unter sich Onkel, schon um sich nicht in dem Erholungsheim zu verplappern, in dem doch jeder jeden denunzierte, so täuschten sie vor, hier Verwandtschaft zu haben, und der Onkel nahm die Gestalt eines Dädäerr-Bonzen in Urlaub an, der seine Nichte mit ihrer Freundin auf den Prominentenstrand einlädt, niemand wagte nachzufragen. Sie schätzten ihn auf über Fünfzig, doch dank dem Wetter haben sie ihn nie in der Badehose gesehen, immer nur in Sportanzügen oder Jeans, er hatte eine ganz ordentliche Figur, und auch des Geldes wegen schien er ihnen nicht allzu lächerlich, auch wenn sie ihn an der Nase herumführten. Ausgezogen war er ein Greis.

Jarina und Bobina hatten Großväter und sahen oft alte Männer im Freibad, na, und was! doch hier stand einer, der sie befummeln und in sie das steifgewordene Ding hineinschieben wollte, das sie natürlich längst gewohnt waren, nur gehörten zu ihm untrennbar Jungs mit sonnengebräunter Haut und einem festen Bauch zwischen der schmalen Taille. Der «Onkel» war plötzlich ein leichenblasser Tätschelgreis, bis auf den Schwanz hing an ihm alles herunter, selbst der Busen, mit dem er sogar alten Frauen ähnlich war. Am schlimmsten fand jedoch Bobina seine Haut, gräulich, zusammengeschrumpft, mit einer Landkarte von Äderchen und dunklen Flecken. Sie hatte Angst, falls er sie anfaßt, erbrechen zu müssen.

Er hat es nicht geschafft, den Portiers hat gewiß die Lauschanlage gedient, vielleicht sogar eine versteckte Kamera, rechtzeitig ertönte das abgesprochene Türklopfen. Der Nackte erstarrte, legte den Finger auf den Mund, sie sollten mäuschenstill bleiben, und wollte den Schlafenden spielen, doch das Klopfen ging in Poltern über, und dann war die Stimme des einen Pförtners zu hören, der ihn beschwor, sich doch zu melden. Heiser krächzte er zurück, er wollte nicht gestört werden. Im Hotel, flüsterte der draußen in das Schlüsselloch, sei die Sittenstaatspolizei erschienen, mache Stichkontrollen, und hätte der Meister dort mehr als eine Frau, könnten allesamt Probleme kriegen.

Der Ami wickelte sich in seinen Kimono und flennte verzweifelt an der Tür, falls der Portier die Mädchen wegbringe, werde er es ihm reichlich vergelten, er zog aus dem Portjuchhe einen weiteren Hunderter, während Bobina und Jarina rein in die Kleidchen hopsten und der Banknote nach durch die Tür hinausschlüpften, ohne sich noch einmal umzudrehen. Sie beglückwünschten sich gegenseitig, den Alten vom Hals zu haben, verpaßten den Jungs einen Kuß, versprachen ihnen, sich morgen zu treffen, und rannten nach Hause, wo jede ihren Schatz in den BH einnähte, sie lachten nicht mehr darüber. Mir is' so koddrig, sagten sie beide und gingen sofort ins Bett.

Am Morgen fühlten sie sich wieder wohl, das Hotel und die Disco mieden sie meilenweit und haben ihr Vergnügen in der Wohnung eines der Portiers gehabt, dessen Frau zusammen mit den Kinderchen zur Abwechslung in Böhmen zur Erholung war. Auch der Kollege erschien, und die beiden zeigten sich gar nicht knickrig, als sie für ihren Hunderter echten Schampus samt Kaviar anschleppten. Das Rogenzeug schmeckte den Mädchen ungefähr wie Schuhputz, was sie den edlen Spendern freilich nicht verrieten. Weil aber jede von ihnen glücklicherweise einem anderen gefiel, verschwand dann ein Paar mit der Decke in die Küche, und alle vier haben vergnügt genossen, was dem Mäzen entgangen war. Die Portiers führten ihnen anschaulich vor, was «ohne Limit» bedeutet, und Jarina faßte es am nächsten Morgen zufrieden zusammen.

«In einer Nacht die ganze Woche nachgebumst!»

Nach Hause fuhren sie als die einzig Vergnügten des ganzen Gewerkschaftsvereins. Einige Neider versuchten ihnen wenigstens anzuhängen, sie wären bei den dädäronischen Häuptlingen ein und aus gegangen, doch kein normaler Mensch glaubte ihnen, bei den Funktionärstrotteln hat es Jarina sogar geholfen, kurz darauf ließ man sie zu einem Uronkel nach Amerika, wo sie bei einer Grillparty Richard Climb, den soeben senkrecht startenden Sohn eines betuchten Onkelfreundes kennengelernt hatte, und Jarina wurde zur Königin.

Während Bobina auch nur ihre Adresse fehlte, und Strniště hat sie bis jetzt aus Gründen nicht beschafft, die sie langsam begriff. Sie hat bereits gemerkt, hab' doch noch alle Tassen im Schrank! daß er ihr nachstellt, und ebenso, daß sein wahres Gesicht das vom Kasino und von der Nachtbar war, wo es ihm die Haue eingetragen hatte. Auch dabei hat er sich gehalten, versuchte sogar, sie zu schützen, das durfte sie ihm nicht vergessen, darum kümmerte sie sich dann selbst um ihn, wie es sich gehörte. In der Not frißt Bobi Köche...

Am Freitag war er bereits wieder auf den Beinen, brach zur Frauenbaracke auf, doch seltsamerweise rief sein blaues Monokel anstatt Spott echtes Interesse hervor, war es nur der Geruch von Geld oder auch der Bisam eines echten Kerls? Wie ist er als Koch dazu gekommen? War er überhaupt einer? Ein Zauberer war er bestimmt, und nicht nur, weil er unter einer Jacke Hosenträger abzuschneiden wußte, er war wahrscheinlich, was man einen Lebenskünstler nennt, nur:

Er hatte auf den Armen und sicher auf dem ganzen Körper Äderchen und Flecken, die sie an das Ekelpaket von Altfleisch in Stralsund erinnerten, und die bloße Vorstellung widerte sie an, daß sie sich mit ihm küssen oder sogar mit ihm schlafen müßte.

Darüber zerbrach sie sich den Kopf, als sie ziellos durch das Städtchen trödelte, um die Zeit totzuschlagen, bevor sie sich mit dem Zauberer am Tor trifft, damit sie den Schuft einsperren lassen, bis er blau wird wie seines Opfers Auge. Sie ging an der Post vorbei, auch die Deutschmark hatte sie mit, doch all ihrer Courage zum Trotz wagte sie es nicht, mit bloßem Handgefuchtel und tschechischem Gequake eine so komplizierte Verhandlung zu führen. Da kam der Dolmetscher aus der Post.

Während des Amtsgesprächs vom Mittwoch weckte er ihre Angst, vor allem stimmte mit seinen Augen etwas nicht, etwa frisch von der Klapsmühle zurück? Doch danach sprach er mit ihr so freundlich, daß er ihr die Sinnesverwirrung nahm, die sie meistens nur vor Behörden befiel, dann leider so heftig, daß sie immer etwas ganz schön verpatzte! Ein paarmal hat er sogar für sie eine bessere Antwort gefunden und erst die zu Protokoll gegeben.

«Schon da?» fragte er jetzt überrascht, «es geht erst um drei los.»

«Nee, ich wollte mir nur ein bißchen die Beine vertreten.»

«Schon gegessen?»

«Jo, gerade.»

«Und keine Lust auf einen Kaffee?»

Sie hörte daraus die Stimme der Heimat, und die Einladung dieses Mannes hat sie zweimal gefreut.

«Na klaro, ein Kaffietschko immer.»

Das winzige Café lag zwei Häuser weiter. Als sie die vollgestopfte Auslage der Kühltheke sah, schlug sie die Hände zusammen wie vor dem Christbaum.

«Oh du liebe Omi! Und das in einem solchen Kaff? Wie sieht es dann in Wien aus?»

«Sie waren noch nicht da?»

«Konnte ich denn?»

«Jede Stunde geht die Straßenbahn hin.»

«Aber, hör'n Sie doch! Ich klappere doch kein Wort Deutsch. Hinter der ersten besten Ecke würde mich jemand stehlen!»

«Und Ihr Freund? Geht es ihm noch immer schlecht?»

«Was heißt hier Freund...?»

Ein wenig geschämt hat sie sich doch, hast ihn verleugnet wie Petrus den Jesus! hätte die Oma gesagt.

«Ich habe es nicht böse gemeint», entschuldigte er sich.

«Ich doch auch nicht!» beeilte sie sich die Peinlichkeit zu mildern.

«Und auch noch keine Kameradin gefunden?»

«Irgendwie nicht. Aber schau'n Sie mal, wenn ich Sie schon jetzt erwische: Bin gerade auf Suche nach einer alten Busenfreundin, ich möchte gern zu ihr.»

«Ist sie in Österreich?»

«I wo, in Nijork, sie hat einen echten Geldsack ergattert.»

«Und haben Sie ihre Adresse? Oder wenigstens die Telefonnummer?»

«Eben nicht, aber dort muß sie jeder kennen. Wenn Jarina erfährt, daß ich hier bin, findet sie todsicher einen für mich.»

«Wen meinen Sie?»

Paß auf! warnte sie Mutter Achtsamkeit, du kennst ihn nicht. Sie vernebelte es.

«Na den, der für mich die Bürgschaft leistet oder so.»

«Ich spreche jeden Tag mit New York», sagte er, als wäre es die selbstverständlichste Sache der Welt, «mit den Organisationen, die von uns Flüchtlinge übernehmen, schreiben Sie mir auf, was Sie wissen, ich werde nach ihr fragen. Oder noch besser, ich gebe ihr Nachricht, sie soll Sie anrufen.»

«Aber wohin?»

«Zu mir ins Büro.»

«Aha... aber ich möchte lieber irgendwohin in eine Pension.»

«Ledige wollen meistens hier bleiben», wunderte er sich.

«Da wüßte ich nicht, warum.»

«Es ist näher nach Wien von hier aus und damit leichter, so sagt man, einen Partner zu finden.»

«Jo? Und könnten Sie mir nicht sagen, wo? Ich hab' hier kein Mannsbild erblickt, mit dem ich mich irgendwohin hinsetzen möchte, also bis auf Sie!» fügte sie schnell hinzu.

«Und auf den Herrn Strniště», erinnerte er ordnungshalber.

«Nur daß ich mit dem beinahe um meine Visage kam.»

Er entschuldigte sich bei ihr, für eine Weile etwas erledigen zu müssen, und sagte ihr, sie sollte sich inzwischen etwas an der Theke aussuchen, doch sie kannte sich nicht aus, und für die Kellnerin war sie einfach Luft. Du Alpenziege! wütete sie rachsüchtig, auf mich wartet die Welt, während du hier ewig Kaffeesatz ausschütten wirst!

«Hat Ihnen denn nichts zugesagt?» fragte der Dolmetscher sie erstaunt, als er wieder da war.

«Aber jo, was ist das dort, die zwei braunen Hütchen mit dem Weißen drinnen?»

«Das ist ein Biskuit in Schokolade mit Schlagsahne», verriet er ihr, «in Böhmen hieß es Indianer.»

«Jee!» lachte sie, «Indianerin nannte ich doch die Dünne, die mit mir die Kurve gekratzt hat. Sie war ein echter Tuschkasten», erklärte sie noch, gleichzeitig aber kam ihr ein anderes Gesicht in den Sinn, «wer war eigentlich der Junge, der mit den beiden dorthinfuhr?»

«Der Slowake? Ein Flüchtling wie Sie.»
«Solo getürmt? Vor Frau und Kind etwa?»
«Er ist ledig.»
Herrschaftszeiten, bangte sie, ihm nach, und zwar hoppla, ein solcher Einspänner bleibt nicht lange links liegen! Mit vollem Mund überlegte sie, wie das einzufädeln sei, doch der Schokoindianer war schneller zu Ende.

«Ich habe den Ermittler gesprochen», verlautete der Dolmetscher, «der Täter wird bereits verhört, wir können gleich hinein. Die Zeugen müssen getrennt aussagen, und mich braucht Herr Strniště dabei nicht, ich werde die Zeit sparen.»

Es lag nur über die Straße. Unterwegs hat er sie belehrt.

«Es läuft, Fräulein Havránková, folgendermaßen ab: Wenn Sie den Verhandlungsraum betreten, sehen Sie vier Männer, drei davon werden soeben dorthin gerufen, es sind Gerichtsbeamte. Und Ihre Aufgabe ist es, auf den Täter zu zeigen, falls Sie ihn erkennen.»

«Na, das ist leicht!» lachte sie auf, «oder werden sie alle eine dicke Halskette umhaben?»

«Nein», lächelte auch er, «wahrscheinlich keiner, aber haben Sie keine Angst, ihn zu erkennen, Fräulein Havránková, er kann Ihnen nichts mehr antun...» er bemerkte, daß das Mädchen noch immer grinste, «was ist daran so lustig?»

«Daran nichts, nur daß Sie der erste sind, der mich je Fräulein nannte, das ganze Leben lang war ich Běla, Bobina oder Genossin. Der Blödstein von Reiseleiter sagte sogar Varhánková zu mir!»

Nach der Feststellung ihrer Identität im Vorraum dauerte der Hauptauftritt kaum eine Minute. Sie hatte drei Gesichter vor sich, bemüht, finster auszusehen, und eins, das unverfälscht finster war. Es half ihm nicht viel, daß er eine scheinheilige Miene machte und sich wie fürs Begräbnis angezogen hatte.

«Der da!» donnerte sie los, daß der Richter zusammenfuhr, «der ist es, der zwang mich, mit ihm zu tanzen, und dann knallte er ihm von hinten die Flasche drauf. Er hat ihn noch auf dem Boden getreten!»

Als der Dolmetscher zu Ende übersetzt hatte, sah das Muskelpaket aus, als wollte es losheulen. Mit ihrer Unterschrift legte Bobina noch eins drauf, und auf der Straße freute sie sich.

«Er hat es samt Zinsen zurück. Wieviel brummt man ihm auf?»

«Bestimmt ein kräftiges Bußgeld», meinte der Dolmetscher.

«Waas!» sie wollte ihren Ohren nicht trauen, «man locht ihn nicht ein? Haben Sie 'ne Ahnung, für was man bei uns eingebuchtet wird?»

«Leider, leider eine sehr gute», sagte er und verließ das Thema, «ich fahre Sie ins Lager, ja? Wir werden Herrn Strniště wissen lassen, Sie hätten bereits ausgesagt.»

Sie ließ sich gern fahren, und der Gedanke nistete sich in ihr ein, dieser gutmütige Barsch könnte ihr neben der Jarina auch noch den Slowaken organisieren.

Der Zauberer auf der Bank neben dem Eingang trainierte mit gekauften Tischtennisbällen Palmage. Die Finger gehorchten ihm mustergültig. Als er den Wagen hörte und darin das Mädchen sah, fielen ihm die Bälle aus der Hand. Er sammelte sie wieder auf und überlegte, wie man den Dolmetscher weglotsen könnte, um das Mädel aufzuklären. Was Bobina siegesgeschwellt auf ihn niedersausen ließ, raubte ihm die Sprache. Schon aus seiner afrikanischen Jugend wußte er, daß gewisse Vereinbarungen unter vier Augen die Kraft eines Gesetzes haben, und wer sie mit Füßen tritt, wird auf eine Art bestraft, gegen die es keinen Schutz gibt.

Vor Erregung vergaß er, das Taschentuch vor den Mund zu halten, und Bobina sah das verwüstete Gebiß.

«Wer hat Ihnen das wieder angetan?» erschrak sie.

«Der wackelte schon vorher.»

Er verhielt sich weiterhin wie mondsüchtig, weil er sich immer noch keinen Rat wußte.

«Etwas nicht in Ordnung?» fragte der Dolmetscher.

«Fast alles nicht», bestätigte er, weil er keine andere Wahl hatte, «ich habe mit ihm nämlich ein Geschäft gemacht. Jawohl!» unterstrich er es, «denken Sie von mir, was Sie wollen, Herr Mládek, aber ich bin nicht zwanzig, hab' in der Welt bereits was erlebt. Bevor ich aus so einem Schmerzensgeld heraushole, liege ich auf dem Brett. So habe ich ihn lieber eigenhändig abkassiert für das Versprechen, daß wir ihn beide nicht erkennen.»

«Warum haben Sie ihn dann überhaupt angezeigt?» verstand der Dolmetscher nicht.

«Warum! Ist doch klar! Ohne Messer auf der Brust hätte ich von ihm höchstens neue Dresche bezogen, käme ich ihm damit. Sie haben ihn selbst kennengelernt, würden Sie von ihm Erkenntlichkeiten erwarten?»

«Nein», gab Mládek zu, «aber was wollen Sie jetzt tun? Für Täuschung der Behörde könnte gemeinsam mit Ihnen auch Fräulein Havránková asylunwürdig befunden werden. Wollen Sie für immer eine staatenlose Person bleiben?»

«Ich in keinem Fall», erklärte das Mädchen resolut, «also, was machen Sie nun damit, Herr Strniště?»

«Bringen Sie mich dahin», entschied der Zauberer, «die besten Tricks fallen mir erst vor Publikum ein!»

Bobina ließen sie im Wagen, wo sie mittlerweile nervös an den Nägeln kaute. Er mußte nur seine Grundpersonalien diktieren, die nicht aus der Reihe tanzten: Aus dem Lande geflohen, in dem er geboren wurde, nach der Umleitung über die Hälfte der Welt fragte hier niemand. Dann hat man auch ihn in das Zimmer geführt, in dem mit dem Verdächtigen wieder die drei Gerichtsangestellten figurierten. Sein Auge, der Arm in der Binde und besonders das schwarze Loch im Gebiß machten auf die Richter sichtbar Eindruck. Mitleidsvoll forderten sie ihn auf, den zu bezeichnen, der ihn so zugerichtet hatte. Ohne zu zögern, zeigte er auf den Zuhälter.

«Bitte, der!»

Der Angezeigte brodelte vor machtloser Wut.

«Sind Sie sich dessen vollkommen sicher?»

«Bitte, vollkommen.«

Ein Glück, freute er sich, daß Blicke nicht töten können, sonst wäre ich jetzt ein toter Mann und könnte diese Weltnummer nie zum Applaus führen!

Die drei Überflüssigen durften gehen, und hier schien alles entschieden zu sein bis auf die Art, wie Strniště vom Bruder des Verratenen aus der Welt befördert werden wird. Es blieb nur noch zu unterschreiben, als der Zauberer ehrfürchtig fragte.

«Bitte um Entschuldigung, aber darf ich noch etwas fragen?»

Er rief Neugier hervor.

«Jawohl ...»

Ganz unerwartet bemächtigte sich der Zeuge der Rechten des Angeklagten mit seiner gesunden Linken.

«Tut mir wahnsinnig leid!» er ruderte mit seiner Hand, «bitte um Verzeihung!»

Alle waren perplex.

«Damen und Herren», wandte er sich galant auch an die Schreiberin, und auf die Zunge sprangen ihm, Ella hopp! die nötigen Worte, «die vorherige Zeugin wußte nicht, daß ich dem Herr Geld schulde. Er hat es mir, gleich wenn ich abgehauen, geliehen, damit ich für meinen Job Auto kaufe. Ich hab' es ihm in der Bar nicht retourniert, wie ich versprach, und er war bös und dann noch ein wenig mehr bös, wo ich mit schuld bin, weil ich in Allee weiter nicht zahlen wollte. Also, Herr Rat, werde Summe vor Ihnen rückzahlen, damit wir sind quitt.»

Gleichzeitig zog er mit der gesunden Hand ein Bündel Tausender hervor und zählte sie gekonnt zwischen den Fingern ab.

«Ajnscwajdrajfirfinfsexsibnachtnojncénajncéncwajcéndrajcénfircénfinfcén, sein so gut und nachrechnen.»

Der Schläger hielt die Banknoten, als bissen sie ihn, er sah darin eine neue Hinterlist. Auch der Untersuchungsrichter wurde nicht schlau daraus.

«Warum haben Sie nicht gleich bezahlt, Sie hätten sich damit erspart...»

«Weil übertrieben vorsichtig, haben etwas getrunken, da zähle ich ungern Geld, doch die darauf bestanden, so begann Rempelei, und ich mich wahrscheinlich von Baum gestoßen, dort, bitte, viel Bäume.»

«Ich verstehe aber nicht, warum Sie sich an die Behörde gewandt haben!»

«Na, weil vielleicht von Schlag so erschüttert, aber wie sehen, wenn wieder bei sich, gebe ich ehrlich zu und zahle.»

«Nun, aber die Zeugin vor ihnen», raffte sich der Amtmann auf, «die Sie selber vorgeschlagen haben, hat doch gesehen, daß Sie von dem Beschuldigten von hinten mit der Flasche niedergeschlagen wurden und daraufhin noch getreten. Soll ich das als falsche Zeugenaussage verstehen?»

«Nein, das nein!» verteidigte er sie, «es war dort schrecklich schlecht sehen, muß ihr entgehen sein, daß ich die Flasche aus Auto mitgenommen, wollte sie dann in Tohuwabohu werfen weg, ausholte und treffe mich so von hinten... ich kann nicht zeigen, es war gerade Rechte.»

Er führte die Schlinge vor.

«Und die hat wer verletzt?»

«Auf die ich gefallen und dabei auch meine Kopf und Auge getroffen.»

«Und Zahn ausgeschlagen», fügte der Richter ironisch hinzu, «also sieben auf einen Streich!»

Strniště senkte niedergeschlagen das Kinn. Der Richter wußte schon, daß der Gewalttäter ihm entschlüpft, weil da wieder ein Flüchtling es mit der Angst bekam. Der Kläger war umgefallen, und wo kein Kläger... also gab er zu Protokoll, niemand habe etwas gesehen und soweit jemand etwas gesehen haben sollte, sah er es falsch, so daß auch das Amt keinen Grund sieht, den Fall nicht abzuschließen.

«Hier, unterschreiben!» befahl er dem Zauberer.

«Jawohl», gehorchte dieser dienstbeflissen, «und, bittescheen, könnte auch der Herr unterschreiben, daß er die Summe in Ordnung erhalten hat?»

In ein paar Minuten wurde er zum Inhaber einer Bestätigung, daß Herr Kirchlechner, Eduard, fünfzehntausend Schilling erhalten und Herrn J. Strniště gegenüber keine weiteren Forderungen mehr hat. Nachdem der Reuige seine Linke noch einmal geschüttelt hatte, flanierte der örtliche Eduard, dessen Aufgeblasenheit sofort zurückkehrte, in die Freiheit.

Als Bobina ihn erblickte, verkroch sie sich vor Schreck unter den Autositz.

«Ist er denn getürmt?» fragte sie die Ihrigen.

«Herr Strniště», sagte der Dolmetscher mit kaum verhülltem Despekt und startete, «hat sich bei ihm entschuldigt.»

«Waas?»

«Und zahlte ihm alles zurück, was er von ihm bekommen hatte.»

«Machen Sie keinen Quatsch!»

Der Zauberer, der bislang besorgt umherschaute, ob man sie nicht verfolgte, fing, als sie losfuhren, zu strahlen an.

«Sachte, Herrschaften! Einer hat die Faust, der andere ein Hirn. Das Präsentchen habe ich mir zurückgeholt, versteht sich.»

Wie bei einem Kartentrick öffnete er zwischen den Fingern einen Fächer von Tausendern.

«Mit der Linken!» verkündete er stolz, «das soll mir mal einer nachmachen mit seiner Ungeschickten.»

Dabei zog er den rechten Arm aus der Schlinge und riß sich von der Stirn das Pflaster ab: Unberührte Haut glänzte auf. Aus dem Mund kratzte er eine schwarze Folie heraus, unter der wieder der Zahn erschien.

Bobina klappte den aufgerissenen Mund wieder zu und wieherte aus vollem Hals vor Lachen.

Als sie ins Lager einfuhren, sprach der Dolmetscher.

«Fräulein Havránková, packen Sie ein, Sie werden noch heute wie gewünscht in die Pension verlegt. Herr Strniště kommt auch mit. Ich glaube, hier würden Sie kaum noch Ruhe finden.»

«Prima!» freute sich Bobina und rief im stillen, mein kleiner Slowak, bin schon im Anmarsch!

«Fein», stimmte der Zauberer zu und schaute auf sie, da werde ich dir, mein Füchslein, vorführen, daß der Hase kein Lügenmaul ist… «ich muß nur», fügte er laut hinzu, «die Reifen kaufen, dann karren wir uns doch selbst hin.»

«Lassen Sie mir das Geld dafür da, heute transportiere ich Sie dahin», verwarf der Dolmetscher den Vorschlag, «ich möchte nicht, daß Sie ähnlich wie in Linz enden. Ich war nämlich damals dabei.»

«Sie?» staunte der Zauberer.

«Ich fuhr mit Ihnen in dem allerletzten Zug aus Böhmen, ja! nur damals hatte ich noch Haare, sie sind mir erst später als nachträglicher Gruß aus den Uranminen ausgefallen, in denen ich meine zehn Jahre verbüßt habe; dort ist auch mein Auge geblieben, darum meinen so viele, ich hätte einen heimtückischen Blick, das macht das Ersatzglas! Ich habe in dem Bahnhofsrestaurant dort alles versucht, daß Sie nach Wien weiterfahren, doch Sie wollten um jeden Preis weiterspielen.»

«Was habe ich dort gespielt?»

«Karten. Und zwischendurch gezaubert. Höchstwahrscheinlich haben Sie es dann durcheinandergebracht, so daß man Sie dann zur Strafe in den falschen Zug gesetzt hat.»

9. *Am selben Nachmittag in Wien*

Karel Markalous wurde noch ein weiterer Ärger beschieden. Er erwartete den fliegenden Kellner an der Türschwelle und redete schon auf ihn ein, als er noch in dem sich öffnenden Aufzug stand.

«Haben Sie dort angerufen?»

«Was…?» stockte der Jüngling, mit seinen Utensilien rückwärts aussteigend, «ach ja… jawohl.»

«Den Regierungsrat gesprochen?»

«Der war nicht da.»

«Haben Sie meine Nachricht der Sekretärin vorgelesen?»

«Das ja.»

«Und was hat sie gesagt?»

«Nichts.»

«Wie nichts? Sie hat doch nicht wortlos aufgelegt.»

Er ließ den Mann noch immer nicht herein.

«Sie sagte, sie wird es ausrichten... Darf ich's Ihnen jetzt hineinbringen?»

«Pardon», er trat zur Seite und folgte ihm in die Küche, bis ihm plötzlich die alte Idee durch den Kopf schoß, «gewiß haben Sie Schillinge, Münzen!»

«Jawohl.»

«Könnten Sie hier ein paar Minuten warten? Ich probiere es mal selbst aus der nächsten Telefonzelle. Ich habe immer noch keinen Schlüssel und kann nicht anders reinkommen.»

Die Bitte schien den jungen Mann aus der Bahn zu werfen.

«Das darf ich nicht, ehrlich, ich habe einen strengen Zeitplan, die Firma könnte Kunden verlieren, in unserem Geschäft geht es eng zu.»

Markalous hatte einen anderen Einfall.

«Würden Sie dort noch einmal anrufen?»

«Gern, sobald ich mit dieser Runde fertig bin», versprach er erleichtert.

Er bekam einen Fünfziger.

«Den Rest behalten Sie für sich. Fragen Sie wieder nach dem Regierungsrat, aber richten Sie unter allen Umständen der Sekretärin einen Satz aus. Einen einzigen: Ingenieur Markalous ist entschlossen, Schlag drei die Wohnung zu verlassen und eine Presseerklärung zu geben. Können Sie sich das merken?»

Der Kellner wiederholte den Satz fehlerlos und verschwand mit den Resten von gestern. Jetzt oder nie! wußte Markalous, und wieder erscholl es in ihm: Die Würfel sind gefallen. Er wollte sich nicht mehr mit der Wache am Fenster verrückt machen, haute das Essen hastig rein, legte sich auf das gemachte Bett und versuchte, zur Ruhe zu kommen. Die Phantasie erlaubte es ihm nicht. Ist etwas Unvorhergesehenes passiert? War Gerda nicht am Ende sogar ein Lockvogel der Österreicher, die seine Loyalität prüfen und ihre Verhandlungslage verbessern wollten? Beim besten Willen konnte er sich jedoch Waschitschek als Kopf einer solchen Verschwörung nicht vorstellen.

Oder anders: Jemand aus der österreichischen Branche, dem die Kooperation der beiden staatlichen Konkurrenten ein Dorn im Auge war, stieß auf seine Verbindung mit Gerda und ging ihr nach, gibt es hier nicht erstklassige private Sherlocks? War es so schwer, Gerdas China-Konnektion zu eruieren und ihr die Daumenschrauben anzulegen? Was, wenn sein Spiel inzwischen aufgeflogen war und anstelle des Regierungsrats sich die Polizei einstellt?

Und was wäre, spann das Gehirn die schreckliche Vision weiter, wenn die Tschechoslowakei seine Auslieferung beantragen würde? Wie steht es eigentlich um Prag und Wien in dieser Hinsicht? Plötzlich konnte er nicht einmal mehr schlucken, so trocken war seine Kehle, er schnellte hoch und lief ins Bad, trank direkt aus dem Wasserhahn, als ihn noch tiefgebeugt ein Klingeln erstarren ließ. Gleich darauf hörte er den Schlüssel im Schloß. Man kommt mich holen! Was nun? Gedächtnislücke vortäuschen, stur bleiben oder gleich auspacken?

«Hallo!» rief jemand.

Er wollte nicht, daß man ihn in dieser kläglichen Verfassung findet, er raffte sich, so gut er konnte, zusammen, stopfte die Hände in die Taschen, um das Fingerzittern zu verbergen, und versuchte, ihnen mit fester Miene entgegenzutreten.

In der guten Stube stand nur Kolowiczyni mit dem Schlüsselbund in der Hand.

«Ich muß mich kolossal bei Ihnen entschuldigen, erst heute ist mir aufgegangen, daß ich ihn nicht dagelassen habe. Ich kann Ihnen nicht sagen, wie leid es mir tut!»

Markalous dachte wirr nach, ob er den Lügner anschreien soll, doch er fand keine Kraft dazu.

«Was war los?» schoß er bloß heraus.

«Was soll losgewesen sein...» der Gast war die Begriffsstutzigkeit selbst.

«Seit Freitag stecke ich hier und warte!»

«Wir haben vereinbart, ich erscheine, sobald die Sache unter Dach und Fach ist!»

«Doch nicht, daß ich hier fünf Tage allein herumhocken soll! Noch dazu ohne Telefon!»

«Lieber Herr Ingenieur, seit unserem Treffen sind keine drei Tage verstrichen!» wehrte sich der Regierungsrat pedantisch, «darüber hinaus war es Ihr ausdrücklicher Wunsch, den Fall ein bißchen auf Eis zu legen. Haben wir dafür nicht das Maximum getan? Haben wir Ihnen nicht jede

Menge Komfort geboten? Bis auf die Schlüssel, ich gestehe den Fehler, doch Sie selbst wollten ja nicht hinaus, ging übrigens Ihr Fernseher?»

Er war einem jener Ausbrüche nicht fern, vor denen sich einst seine Frau und Tochter am meisten fürchteten, an was sollten wir erkennen, warf ihm Zdena später vor, daß du auf Hundert bist? ohne Warnung sprang er auf, kippte mit dem Fuß den Stuhl um und knallte die Tür zu. Zum Glück verstand er seine Position hier zu gut, er beherrschte sich aus aller Kraft.

«Ja», brummte er, «mir war danach nicht gerade zumute...»

«Wollen wir uns denn nicht mal setzen? Sie sind ja richtig aufgeregt!»

Er setzte sich und beruhigte sich langsam. Nach Hiobsbotschaften schaute es nicht aus.

«Unsere Verhandlungen», schlug Kolowiczyni einen optimistischen Ton an, «verliefen wie geplant, ohne daß Sie sie auf irgendeine Weise negativ beeinflußt hätten.»

Vor allem habe ich sie mir selber einfallen lassen, sie aufgepeppelt und unterschriftsreif für beide Seiten gemacht! dachte er sich bitter, doch darauf wollte er von sich aus nicht aufmerksam machen, auch habe ich sie beinahe selbst versaut! fiel ihm rechtzeitig ein, ich sollte mein Abseilen erst nach der Unterzeichnung planen, obwohl wiederum: Wieviel wert wäre ein Vertrag mit der Unterschrift eines frischgebackenen Emigranten? so behielt auch sein Glaswerk eine Chance, nein, er hat das gedeichselt, wie es am besten ging!

«Wir haben natürlich auch über Sie gesprochen, und Ihr Botschafter gab Herrn Hofrat vertraulich zu, dies ist unter den mysteriösen Umständen tatsächlich die optimale Lösung gewesen, auch wenn er persönlich von Ihrer Unschuld überzeugt bleibt.»

Der Berichterstatter verstummte, als erwartete er ein Lob.

«Ja», sagte Markalous ungeduldig, «und weiter?»

«Alles in Butter. Das gemeinsame Communiqué und Ihre Absenz haben dazu beigetragen, daß nach ihrer vergeblichen Schnüffelei auch die Medien das Interesse verloren haben. Der Faktor Zeit wirkt hier, wie Sie gewiß schon gemerkt haben, besser als bei Ihnen die Zensur!»

Darüber lachte Kolowiczyni herzlich.

«Und wie geht es weiter mit mir?» wollte Markalous wissen.

«Auch in der Hinsicht habe ich eine gute Nachricht für Sie. Der Asylantrag ist auf dem ministerialen Weg gestellt worden, und es besteht kein Zweifel, daß er, wie es bei uns seit den Tagen der Monarchie heißt, wohlwollend beschieden werden wird. Alles immer unter der Voraussetzung, daß Sie bei Ihrem ‹no comment› bleiben, frage Sie, wer wolle, und biete, was er wolle. Im Gegenzug gelang es Herrn Hofrat, für Sie eine Zulage zu erwirken, die er hinsichtlich Ihrer einmaligen Hilfe bei der Rettung des bedrohten Unternehmens im Haushalt unterbringen konnte. Hier, besorgen Sie sich dafür die notwendigste Ausstattung!»

Mechanisch nahm er das Kuvert entgegen in der Erwartung eines prinzipiellen Vorschlags. Bevor er es noch in der Sakkotasche verschwinden ließ, bat ihn der Beamte diskret.

«Würden Sie freundlicherweise nachzählen? Damit Sie mir diesen Beleg unterfertigen können...»

«Aha, natürlich...!» er zählte wiederholt bis einundzwanzig nach, bis ihm klarwurde, daß man sich eins zu sieben an die deutsche Währung hielt, es entsprach zweitausend D-Mark.

«Sicher zu wenig», entschuldigte sich Kolowiczyni, »doch Sie erhalten noch das übliche Taschengeld für Flüchtlinge, es sind einige hundert Schillinge monatlich.»

Bevor er seine Verwunderung äußern konnte, hatte er die Unterschrift schon geleistet, und der Regierungsrat legte gleich wieder los, als wollte er jeder Frage zuvorkommen.

«Zu dieser Art Aushilfe bewog uns auch die Tatsache, daß Ihr Koffer von der tschechischen Delegation für verschollen erklärt wurde, obwohl ihn, wie Sie es uns so glaubwürdig machten, vielmehr Ihre Kollegen im Besitz haben müßten, doch Sie werden verstehen, daß wir es nicht ermitteln konnten. Aber scheßko jenno! Bald kaufen Sie sich was Besseres, mit Ihren Kenntnissen erwartet Sie zweifellos ein glänzender Job. Jawohl, Herr Ingenieur, meine angenehmste Mitteilung besteht darin, daß Sie von nun an ein freier Mann sind, wozu ich Ihnen aufrichtig, wiewohl mit einem Quentchen Neid gratulieren möchte!»

Und er erhob sich, obwohl er erst jetzt mit dem Wesentlichen anfangen sollte. So fragte Markalous direkt.

«Und was soll ich konkret... findet sich für mich etwas bei Ihnen?»

Das hat den Regierungsrat geradezu umgeworfen.

«Bei uns? Wie meinen Sie das?»

«Ich könnte dem Projekt von dieser Seite aus auf die Beine helfen...»

«Das würden, so befürchte ich, Ihre Landsleute nicht zulassen. Übrigens, auch unsere Ministerien dürfen nur österreichische Staatsbürger einstellen.»

«Und wann werde ich einer sein?» fiel ihm zum erstenmal ein, nicht zu glauben! warf er sich vor, an was ich bisher alles nicht gedacht habe!

«Da in Ihrem Falle sicher Ausnahmen zur Geltung kommen können, ich meine den Passus über die Leistungen zugunsten der Österreichischen Republik, würde ich sagen, in einem Jahr.»

«Ein Jahr?» es kam ihm vor wie im nächsten Jahrtausend.

«Spätestens! Aber Sie haben sich doch um Gottes willen für sich keine Beamtenkarriere vorgestellt, das ist zum einen ausgeschlossen, unsere Vorschriften ziehen leider nicht in Betracht, daß ein älterer Mensch klüger, sondern nur, daß ein junger Beamter rentabler ist, vor allem aber: Wissen Sie, was unsereiner verdient?»

Natürlich hat er es nicht erfahren, in diesem Land nach dem Einkommen zu fragen, das wußte er bereits, war ein schlimmerer Fauxpas, als verborgenen Krankheiten nachzugehen, die Frage war rhetorisch gemeint, und der Regierungsrat fuhr gleich fort.

«Ein Mann wie Sie hat die besten Aussichten bei den großen Privatfirmen, die muß ich gerade Ihnen wohl kaum vorstellen, Sie kennen sich da besser aus, meine Domäne war Stahl, bevor die Branche so stagnierte, daß ich Vater Staat am Rockzipfel festhielt. Sobald Sie Interesse äußern, wird man sich bei Ihnen die Klinke in die Hand geben.»

Das österreichische Süßholzraspeln kannte Markalous nur allzu gut, jetzt sollte es wohlriechend die Tatsache überdecken, daß unter seinem Seil das Netz verschwindet.

«Sodann», drängte der Gast, «gehen wir? Zu packen haben Sie nicht allzu viel?»

«Und wohin eigentlich?...»

«Ach», schlug er sich gegen die Stirn, «hab' ich Ihnen ja noch nicht gesagt. Wir haben selbstverständlich durchgesetzt, daß Sie nicht ins Lager müssen, obwohl es dafür eine strenge Vorschrift gibt. Unten wartet ein Taxi, bezahlt versteht sich, es wird Sie in ein nettes Hotelchen bringen, wo Sie ungestört abwarten können, bis Sie das Asyl erhalten und sich Ihre Zukunft einrichten werden. Ich kenne das Etablissement nicht, dafür aber den Ort, früher führte eine Bundesstraße hindurch, die man inzwischen verlegt hat, so daß dort jetzt göttliche Ruhe herrschen muß, die brauchen Sie am meisten. Mit gesunder Luft noch obendrein.»

Er begriff, daß man ihn aus diesem Quartier vertreibt, das ihm jetzt als eine Kleinausgabe des irdischen Paradieses erschien.

«Und könnte ich nicht in der Zwischenzeit hierbleiben...?»

«Nämlich...» machte Kolowiczyni ihm durch eine mitleidige Grimasse deutlich, wie sehr er es bedauert, wie wenig er aber daran ändern kann, «diese Wohnung, ganz neu, wie Sie sehen, wurde mittlerweile verkauft, der Makler wartet nur noch auf die Schlüssel, und außerdem», er ermunterte ihn jetzt, «jenes Hotel steht Ihnen ganz umsonst zur Verfügung, für beliebige Zeit, inklusive Vollpension, es ist eine spezielle Einrichtung, unser Land reicht auf diese Weise eine helfende Hand den politischen Flüchtlingen. Das ist zwar nicht so ganz Ihr Fall, doch dank Hofrat Waschitschek, der Sie herzlich grüßen läßt, werden Sie die besten Benevolenzen genießen. Sodann...!»

10. Am selben Nachmittag in Wien

Terezie Čierniak irrte nicht darin, daß ihre Beichte auf Magda stark einwirkte, es hätte sie jedoch geschockt, hätte sie geahnt, in welcher Richtung. Die Tochter hatte mit dem ihr eigenen Temperament und ihrer Dickköpfigkeit beschlossen, den Lebensfehler der Mutter auf keinen Fall zu wiederholen. Es gibt nur einen Gabo! wußte sie, und er wird der Meine sein! Blieb nur zu überlegen, wie.

Bis Mitte September durfte sie nichts. Solange du nicht volljährig bist, dröhnte es in ihren Ohren, hast du zu tun, was man dir sagt! Die Gewißheit, daß sie über den Geliebten die Oberhand gewonnen hatte, verließ sie. Aus den Augen, aus dem Sinn! diese Weisheit galt auch in der Slowakei. Sie hat es erlebt, wie verrückt die Weiber nach ihm waren, wie lange kann eine Liebe überdauern, die nicht täglich von Küssen genährt wird, und hauptsächlich: die noch nicht von einer Liebesumarmung besiegelt wurde?

Sie hütete sich, ihre Qualen erkennen zu lassen, auf keinen Fall! auch hier zwang sie sich dazu, sich genauso klug zu benehmen wie immer dann, wenn sie etwas erreichen wollte. Dazu gehörte die Kunst, ihre beiden Haupteigenschaften zu zähmen, um den wahren Zustand ihres Inneren nicht zu verraten. Offenen Krieg führte sie nur dann, wenn sie ihn gewinnen konnte.

Das letztemal kam es zu einem, als sie den Eltern zunächst ganz friedfertig meldete, daß sie am verlängerten Wochenende zwischen dem siebten und neunten Mai an den Orava-Stausee zum Surfen möchte. Nein, nicht mit Kameradinnen, fügte sie hinzu, als wäre es die selbstverständlichste Sache: mit einem Freund. So erfuhren sie, daß ihr Augenstern eine Bekanntschaft mit dem Nachkommen des Gynäkologieprofessors Babraj hat, ein Medizinstudent.

Das allein schon war ein Grund zum Alarm, doch Terezie bekam bald zu Ohren, daß der Junge sich bereits den Ruf eines Sammlers von Frauenherzen erworben hatte, für die er prinzipiell keinen Gegenwert anbietet. Sie nahmen die Tochter ins Gebet, wie denn dieser Ausflug aussehen soll, und sie erklärte ihnen, die Babrajs besitzen an dem See ein Sommerhäuschen, direkt am Wasser. Die Alten kommen natürlich nicht mit, gab sie voller Freude bekannt, Gabo nimmt nur noch einen Kollegen samt Freundin mit. Und wie da geschlafen wird? forschten die Eltern. Na, sie mit dem Mädchen, das versteht sich doch von selbst.

Nach dieser Information haben sie ihr begreiflich machen müssen, daß eine solche Art von Ausflug für sie noch nicht in Frage kommt. Sie verstand sie eine Weile nicht, wiederholte, seit langem surfen und schwimmen zu können, warum also jetzt diese Angst? Als sie ihr das auf den Kopf zu sagten, war sie so gekränkt, wie sie es noch nie erlebt hatten. Wer erlaubt sich, schrie sie die Eltern an, Gabriel Babraj für einen Mädchenkiller zu halten! Eine gemeine Nachrede, zu ihr benimmt er sich wie ein Gentleman. Aber nicht nur das: Wie können sie überhaupt auf den Gedanken kommen, daß sie, die gerade ihre Eltern kennen sollten, mit jemandem schlafen würde, den sie erst einige Tage kennt!

Ein solches Wort aus ihrem Mund verwirrte sie am meisten, sie berieten flüsternd miteinander die ganze Nacht, bis Terezie den Ehemann dazu brachte, daß er nachgeben muß. Verbieten wir es ihr, behauptete sie, steigt sie mit ihm absichtlich ins Bett, so aber würde sie sich uns verpflichtet fühlen. Er verstand es als Erpressung, konnte nicht schlucken, daß er die Jungfräulichkeit seiner Tochter retten sollte, indem er sie mit einem stadtbekannten Hurenbock in dessen Hütte schickt, doch er gab nach, und Magda taute langsam auf.

Die Eltern haben wenigstens darauf bestanden, daß der junge Mann sie, wie es sich gehört, bei ihnen zu Hause abholt. Sie versprachen sich davon, daß dann auch er auf sie Rücksicht nehmen muß.

«Es ist Herr Babraj gekommen, um das Surfbrett mitzunehmen», meldete dann Magda hämisch.

Er trat mit einem Blumenstrauß ein, was ihm Terezie geneigt machte, während der Doktor, der feige vortäuschte, davon eigentlich nichts zu wissen, wieder kleinmütig wurde. Der Knabe war von Natur aus so beschaffen, wie er in jungen Jahren mit aller Kraft sich zu sein bemühte, immer erfolglos, jedes Weibsbild haben ihm, so klagte er bei sich, gerade solche Hengste ohne Moral und Gefühl mühelos abspenstig gemacht; später ließ er es sich ab und zu mit einer Patientin gutgehen, doch keine, die ihn wollte, war der Typ, nach dem er sich sehnte; es kamen Dutzendficks heraus, durch keine wahre Leidenschaft geadelt.

In der Nacht auf Sonntag hatte er dann einen fürchterlichen Traum. Er sah darin seine Tochter beim wilden Kopulieren mit irgendeinem Mann, dabei unverschämt alle die Positionen wechselnd, die er aus Pornoheften kannte, wie sie ihm Kollegen in der Klinik zeigten, er selbst wagte es nie, sich welche zu kaufen. Mit Terezie wechselte er jahrelang zwei Grundstellungen, oben und unten, alle Versuche um andere endeten damit, daß es ihr weh tat, was er seiner Ungeschicklichkeit zuschrieb; er sehnte sich danach, die interessantesten der abgebildeten Positionen mit den flüchtigen Liebhaberinnen auszuprobieren, die er jedoch zu wenig kannte, um sich das zu erlauben. In diesem Traum erstarrte er vor Schreck und Ekel, so daß er unfähig war einzugreifen. Als sich der Mann wollüstig umdrehte, während sie ihn schamlos unten küßte, hat er zu alldem sich selbst erkannt.

In dem Bewußtsein, jeder Psychiater würde in ihm einen libidinösen Inzestuösen enthüllen, nahm er für die zweite Nacht ein schweres Barbiturat und war noch am nächsten Abend benommen, als der junge Babraj die Tochter wieder ablieferte. Er lauerte im ersten Stock hinter der Gardine, um den Grad der Beschädigung der Tochter abzuschätzen. Sie hat wie eine Prinzessin abgewartet, bis der Junge das Brett losgebunden und allein heruntergeholt hatte, worauf sie ihm, der Vater glaubte seinen Augen nicht, die Hand reichte, und ihre Lippen sagten klar Ahoj. Den Eltern verpaßte sie den wie üblich beiläufigen Kuß, und ihre Sorge war es, wann es Abendbrot gibt.

Natürlich vertraute sie ihnen nicht an, wie es in Wirklichkeit war, denn dann hätten sie Gabo niemals mehr über die Hausschwelle gelassen. Als sie sich am Samstag interessierte, wann sie denn das zweite Paar aufpicken würden, versprach er ihr eine Überraschung. Er hatte einen gebrauchten kleinen Fiat Polski, doch aus erster Hand, die Fahrt ging schnell während des Gesprächs vorüber, auch ihr erstes eigentlich, sie haben sich kurz vorher in einer Disco kennengelernt. Das Häuschen stand vereinzelt, ein Fertighaus aus dem Import-Montagebau, zwei Schlafzimmer oben, unten die gute Stube, groß, mit offenem Kamin und mit einem Hi-Fi-Turm samt weiterem Zubehör, alles Westmarke.

Man hatte niemanden aufgepickt, und keiner wartete auf sie. Magda schaute schon durch, aber es gelang ihr, keine Fragen zu stellen, beim Auspacken des Essens zu helfen und bei der Vorbereitung der Feuerstätte. Dann gingen sie, da sich draußen nicht einmal ein Blättchen rührte, statt zu surfen spazieren, sie schlenderten am Ufer entlang, wobei ihr die ironische Aufmerksamkeit der Nachbarn nicht entging, mit denen sich Gabo grüßte. Sie hielt Neugier und Zunge im Zaum, auch dann noch, als er das kalte Abendessen richtete, die Flasche aufmachte und das Feuer entfachte. Da verspürte sie, wie der sechste Sinn in sie reinfuhr, mit dem sie alles gewann.

Sie aßen, sie tranken, sie schmausten, die Flammen loderten und wärmten angenehm, der Abend war kalt. Er ging ihr auf den Leim, gab er später zu, wie noch keiner zuvor, er war sich gewiß, sie habe seine Überraschung ganz normal akzeptiert und würde es nicht ablehnen, die Nacht mit ihm auf die gleiche Tour zu verbringen wie die zahlreichen Vorgängerinnen, die hier schnell wechselten. Jawohl, vertraute er ihr nach einiger Zeit an, er sei zunächst ein bißchen enttäuscht gewesen, denn er hatte ursprünglich den Eindruck gehabt, nach Jahren wieder eine Jungfrau geangelt zu haben, und plötzlich saß hier ein selbstsicheres Mädchen vor ihm, das sich verdammt gut auskannte.

Er hat seinen Irrtum erst bemerkt, als er nach zwei Hits zum Hüpfen einen zum Schmiegen auflegte, bei dem er sich an sie drücken konnte, bis er ihr einen wilden Kuß auf den Hals verpaßte. Er dachte sich, nachdem sie zur Seite trat, sie wolle ihn bereits zur Couch abschleppen, und bereute es in der Tat, daß es so eilig voranging; da stellte er schon fest, daß sie sich wieder an den Tisch setzte.

«Was ist los?» wunderte er sich, und gleich fiel ihm die schlimmste Möglichkeit ein: Sie habe ihre Tage! doch zum Glück schaffte er es nicht, die Frage zu stellen, wie er ihr ebenfalls später verriet, als sie keine Geheimnisse mehr voreinander hatten, bis auf das einzige.

«Gabriel Babraj», sagte sie ganz ungezwungen, so wie sie vorher mit ihm gesprochen hatte, «mir ist egal, wieviel Mädchen hier vor mir waren, weil ich dich nicht kannte. Weil du aber mich auch nicht kennst, will ich dir verraten, daß ich grundsätzlich nur mit dem schlafe, den ich liebe, und ich liebe nur den, aus dem ich mir etwas mache.»

«Du gehst mit einem?» fragte er verdutzt, mit dieser Wendung hatte er nicht gerechnet.

«Nein. Das würdest du daran merken, daß ich nicht hier wäre.»

Noch immer hoffte er, es sei nur ein Spiel, die meisten Mädchen hatten einen Trick, von dem sie glaubten, er mache aus ihnen ein interessantes Rätsel, ihm jedoch reichten ein paar Minuten, um dahinterzukommen, und es war aus mit dem Geheimnis, er hatte es, so prahlte er vor den Kollegen und gab es auch Magda zu, als er ihr später ihre Einzigartigkeit bestätigen wollte, «aus ihnen herausgebumst wie Joghurt aus dem Becher, mehr war nicht drin».

«Magduška», probierte er es mit der sinnlichsten Stimme, «der Mai ist die Zeit der Liebe, warum könntest du mich nicht lieben, ich halte doch so viel von dir, du von mir nicht?»

«Noch habe ich keinen Grund dazu», sagte sie und staunte über sich selbst, «noch gefällst du mir bloß, was bei mir die erste Stufe darstellt.»

Er setzte sich näher zu ihr und legte schmusig seine Hand über ihren Nacken, auch ihm gefiel sie, sogar verdammt gut, er bekam auf die kluge Schönheit immer mehr Appetit.

«Versuchen wir doch, die übrigen Stufen zu überspringen», schlug er vor, «ich weiß, daß wir es miteinander schrecklich schön haben werden, du wirst sehen. Oder...» fiel ihm wieder die unglaubliche Variante ein, «hast du etwa noch keinen...?»

«Nein», sagte sie, als antwortete sie auf die Frage, ob sie nicht Hunger hat, «noch nicht.»

«Nein...!» flüsterte er, «das ist aber perfekt, daß du auf mich gewartet hast. Hab keine Angst, ich werde schrecklich vorsichtig und zart sein...»

«Ich habe keine Angst. Ich will es bloß nicht, weißt du?»

«Du willst nie mit jemand...?» er war baff.

«Das nicht, das will ich schon, aber nicht heute mit dir.»

«Aber warum nicht?» flehte er geradezu, und sie stellte mit Staunen fest, daß sie über ihn eine immer größere Macht gewann, obwohl es gerade umgekehrt sein sollte.

«Weil ich dich nicht kenne.»

«So lern mich doch kennen!» hauchte er heiß und versuchte, sie diesmal ordentlich zu küssen, so, wie dem noch keine widerstehen konnte.

Seine Lippen stießen auf einen harten Mund. Als er ihn mit der Zunge aufbrechen wollte, rückte sie von ihm leicht ab, und er hörte sie ruhig sagen.

«Du hast drei Möglichkeiten.»

«Welche...?»

«Entweder du vergewaltigst mich, oder du schmeißt mich raus, oder wir verleben hier zwei prima Tage, die wir bald gern wiederholen können. Und eines Abends fangen wir vielleicht miteinander zu schlafen an, ohne zu wissen, wie.»

Natürlich entschied er sich für die dritte, denn er begriff, daß er sich sonst für ewig blamieren würde. Sofort war sie wieder zugänglich, tanzte mit ihm ganz toll, auch auf Tuchfühlung, fürchtete sich nicht zu trinken und wurde doch nicht betrunken. Weil er allzu schnell trank, in der Hoffnung, sie doch noch irgendwie ins Bett zu kriegen, wurden zuerst seine Augen schwer, und er war froh, als sie schlafen gingen, jeder auf sein Zimmerchen, versteht sich.

Sie zog das Nachthemd über, falls sie in der Nacht, an ihm vorbei, mal nach unten Pipi machen gehen müßte, rief ein frohes Ahoj! und schlief sorglos ein wie bei Mutti.

Früh morgens bereitete sie das Frühstück, und es griff ihr ans Herz, wie süß er aussieht, noch ganz verschlafen: Aus einem Don Juan wurde in weißer Trainingshose und schwarzem T-Shirt ein haariges Pandabärchen. In diesem Augenblick faßte sie den Beschluß, sich ihm zu geben, sobald sie sich ihrer Sache sicher sein wird, und ihre Sache war: Es hinzukriegen, daß dieser Bursche sein ganzes Leben lang nur neben ihr aufwachen möchte.

Ein beträchtlicher Wind kam auf, sie surften auf der riesigen Wasserfläche des Stausees, er bewunderte ihre Geschicklichkeit und führte ihr seine Extrakünste vor, die sie ihm schnell nachmachte. Am Nachmittag fuhren sie bereits im Tandem und haben selbst die schärfsten Kurven bewältigt. Sie hatte ein Paradestück von Badeanzug aus dem Devisenladen, in dem gut zu sehen war, daß sie ungeachtet ihrer Gertenschlankheit was anzubieten hatte. Als er sie mit seiner nassen Hand an der Taille festhielt, wollte sie vor Glücksgefühl singen, aber sie hat sich natürlich beherrscht. Am Abend hat er die Spielregel eingehalten, es hat ihn bereits amüsiert. Ich war an was ganz anderes gewöhnt, gestand er ihr zwei Wochen später, Hochspannung, Blitz und Kurzschluß, mit dir funkt es unentwegt, stark im Anspruch, aber super!

Vom Schlafen wurde nicht mehr gesprochen, doch es war klar, daß es darauf hinsteuerte. Sie hat auch die nächste Runde nach der Rückkehr gewonnen, als sie nie von sich aus anrief und sie auch nie nachfragte, was er macht, wenn sie ihn nicht sieht. Bald kam er zu dem Schluß, sie interessiere sich für ihn zu wenig.

«Bist du auf mich gar nicht eifersüchtig?» fragte er beunruhigt.

«Warum?» erwiderte sie mit einem genialen Satz, der dann zu seinem Hirngespinst wurde, «wir sind doch freie Menschen, keiner zwingt uns, zusammen zu sein; falls dir danach ist, mit einer anderen zu gehen, geh doch, das ist deine Sache.»

«Und du?» hakte er vorsichtig nach.

«Na, für mich gilt dasselbe, oder?»

«Aber ich will doch mit keiner anderen mehr...» gab der eroberte Eroberer klein bei.

«Um so besser», sagte sie und jauchzte im stillen.

Kurz vor der Abfahrt hielt sie es nicht mehr aus und vertraute dieses Wunder Katarina an, der Mitschülerin und Busenfreundin aus ihrer Straße, mit der sie den gleichen Schulweg hatte. Die war fast außer sich, als sie nun erfuhr, daß Magda mit Babraj noch nicht geschlafen hatte.

«Na so was! Wie hast du das geschafft? Er ist doch ein Sexualmaniak!»

«Auch jetzt?» entschlüpfte es ihr.

«Soweit ich weiß nicht, alle staunen, daß du ihn dir gepflückt hast, es kursiert das Gerücht, du wärst entweder eine Hexe oder Dynamit im Bett.»

Sie lachten, und Magda platzte beinahe vor Stolz und Glück.

«Daß du nur nicht endest wie bei Jack London», warnte Katarina sie.

Und sie erzählte ihr die Geschichte des berühmten Amerikaners, in der ein Liebespaar die ganze Stadt mit seiner Glut fasziniert, die aus ihnen jahrelang lodert, niemals und nirgendwo haben die beiden für etwas anderes Augen als für sich selbst. Wir haben die Götter besiegt! prahlen sie. Das Rezept verraten sie nicht: Sie haben nie etwas miteinander gehabt, damit sie nie aufhören, sich nacheinander zu sehnen.

«Doch eines Tages», schloß die Freundin, «schauten sich die beiden an, und in ihren Augen war Asche, alles ausgebrannt, sie fühlten nichts mehr füreinander. Und die Götter lachten! Also paß auf», warnte sie noch einmal, «damit du und Gabo nicht ähnlich endet.»

Das hat sich in ihr festgesetzt, doch es ergab sich nicht, es ihm noch zu sagen. Beim letzten Telephongespräch vor ihrer Abreise, in dem er ihr seine Liebeserklärung machte, jetzt bin ich die erste aller Frauen! beschloß sie, daß es gleich nach der Rückkehr geschehen muß. Mit diesem

Ziel konnte sie von ihm wegfahren, darauf wollte sie ihn zwischen den Zeilen auf einer ihrer Postkarten vorbereiten. Doch jetzt war sie entführt worden und unterwegs nach Amerika.

Am Anfang kam sie sich völlig verloren vor. Es fehlten ihr außer den paar Wochen zur Volljährigkeit auch Paß und Geld, mein Russisch ist hier nichts nutz, Französisch für die Katz! Keinen kennt sie hier und will auch keinen kennen, er würde sie doch nur verpetzen. Schrittweise kehrte ihr Mut zurück: Ich befreie mich selbst! Die Reise der Eltern nach Wien bestimmte auch den Zeitpunkt: heute!

Mein Plan ist höllisch einfach, ermunterte sie sich: Ich gehe in die tschechoslowakische Botschaft und bitte, daß ich heim darf. Die müssen doch wissen, wie man mich dorthin schaffen kann! Wenn man ihr nicht erlaubt, daß sie in die alte Wohnung darf, die jetzt unerlaubt groß ist, fragt sie die Tante in der Altstadt. Später beginnt ohnehin das gemeinsame Leben mit Gabo. Und die Eltern? Sie haben Miro und sind noch jung genug, sich ein neues Kind anzuschaffen. Falls die amerikanische Staatsbürgerschaft so schnell zu bekommen ist, können sie bald zu ihr fahren, wie es die anderen auch tun. Für alles ist noch Zeit, nur für eines nicht: Gabo, mein Goldfisch, du darfst nicht wegschwimmen.

Während der Reise unterhielt sie sich mit den Eltern, bis sie ihre eigene Verlogenheit stutzig machte. Nein! verteidigte sie sich selbst, das ist die gleiche List, die sie gegen mich benutzten, ich will eben nicht ähnlich verlogen sein wie sie, die vor allen ihren Niederlagen zu fliehen versuchen in der törichten Hoffnung, sie würden sie dadurch los. Ich verhalte mich prinzipientreu, wenn ich es ablehne, ein falsches Opfer zu bringen, das nur alles Lebendige und Schöne zunichte macht, oh nein, mich werden die Götter nie auslachen!

Lange irrten sie durch die Stadtmitte, bis sie endlich eine Parklücke fanden. An der Wand des gegenüberliegenden Hauses war eine riesige Neonreklame installiert, und obwohl sie gerade unbeleuchtet war, konnte man doch eine Windmühle erkennen.

«Vati?» fragte Miro, «ist das eine Bäckerei?»

Sie überquerten die Straße zu den Auslagen mit Farbfotos, von denen ihnen ohne Warnung nackte Busen weißer, gelber und schwarzer Frauen auf Glanzpapier entgegenleuchteten, von dem Fotografen in ungewöhnlichen, lasziven Positonen verewigt.

«Bohdan!» stockte Terezie, «das ist doch ein Bordell!»

Die bisherigen Ferienreisen hatten sie nicht zu den Tempeln der Unzucht geführt, selbst Doktor Čierniak wußte nicht, wie man sich dazu stellen sollte, es war doch ein Teil der Welt, die er ständig für die bessere erklärte.

«Nein!» behauptete er wenigstens, «das ist ein Nachtklub mit künstlerischem Programm, du siehst doch, alle sind in Tanzpositionen.»

«Die da macht Striptease», behauptete Magda, auf ein langbeiniges Mädchen zeigend, das mit beiden Handflächen von dem Schenkel einen Seidenstrumpf herunterrollte, während auf der Stuhllehne bereits ihr BH hing.

«Ein Striptease mit Anstand ist längst zu einer der Formen gesellschaftlicher Unterhaltung geworden!» beharrte der Vater auf seiner Meinung, «ähnlich wie die Effkaka-Strände in der Dedeer!»

Das konnte Magda bestätigen, sie wußte von Katarina, daß einige ihrer Bekannten, Kinder von Parteibonzen, Striptease veranstalteten, sobald die Eltern nach Prag verdufteten. Das letzte Pfand, kicherte die Freundin, ist das Jungfernhäutchen!

Die Eltern schritten eilig weiter, bis Miro sich als Spätzünder bestätigte.

«Was ist ein Bordell?» fragte er.

«Weißt du denn nicht», überlistete ihn der Vater, «was ich zu dir sage, wenn in deinem Zimmer alles so herumliegt? Daß du da was hast? Ein Bordell.»

«Aber hier lag doch nichts herum?»

«Wieso nicht? Hast du nicht die Wäsche herumliegen sehen?»

So bekam die Tochter in einem Augenblick, in dem sie vielleicht für immer die Familie verließ, einen Lachanfall.

«Ihr seid gemein», sagte Miro beleidigt, fing die übliche Kopfnuß, und man stand vor der Oper.

Die Čierniaks wollten die Kinder nicht dabeihaben, vor allem Magda nicht, geschickt haben sie ihr Miro anvertraut, sie sollen einen Spaziergang zum Stephansdom machen, dessen Turmspitze bereits zu sehen war, auch auf dem Rückweg können sie sich nicht verlaufen! Sie hatten keine Ahnung, wie lange sie bei den Amis warten müssen, sie gaben den Kindern was fürs Eis und auch den Reserveautoschlüssel, sollten ihnen die Füße weh tun, könnten sie sich hineinsetzen.

Als man auseinanderging, konnte Magda nicht widerstehen: Obwohl sie sich das strengstens verboten hatte, drehte sie sich noch einmal nach ihnen um. Auf Wiedersehen, Vati, auf Wiedersehen, Mami, wie lange werde ich euch wohl nicht umarmen? Bleibt mir nur um Gottes willen beide gesund... es juckte sie in der Nase, schnell schritt sie in die andere Richtung los.

Der Bruder machte ihr den Abschied leichter, er war wieder einmal unerträglich wie die Blattern. Um jeden Preis sollte sie ihm helfen, das zu beschaffen, worauf er Schilling für Schilling die ganze Woche sparte und was er sich bereits seit einem Jahr sehnlich gewünscht hatte, nachdem er es bei einem Mitschüler sah. Die Kostbarkeit, die ein Diplomatenvater gerade aus Wien mitgebracht hatte, wurde Künstliches Kotzen genannt und sah danach aus. Abwechselnd mit der Künstlichen Scheiße kam es besonders bei Verwandtenbesuchen zum Einsatz, die Leute versanken in den Boden vor Scham, dies wäre vielleicht ein Produkt ihrer Sprößlinge.

Miro lehnte es ab, vorzeitig zum Auto zurückzukehren, und sie konnte es nicht vor ihrem Gewissen verantworten, daß die Eltern mit einemmal beide Kinder verlieren sollten. Sie hat gemeinsam mit ihm ein Kaufhaus abgesucht und einige Souvenirgeschäfte, als der gesuchte Gegenstand sie endich aus dem Schaufenster eines kleinen Lädchens mit der Aufschrift SCHERZARTIKEL anlachte. Listig machte sie ihm dann das Angebot, er solle mit ihr nach einer schicken Strumpfhose suchen, was er natürlich ablehnte, er wollte sich seines prächtigen Kaufs erfreuen. Im Wagen setzte er sich wichtigtuerisch hinter das Steuer und stellte das Kotzen hinter der Windschutzscheibe zur Schau. Magda hat kurz seine Mähne gekrault.

«Mach's gut», nahm sie Abschied auch von ihm, «nicht daß du mir die Nackedeis da anstarrst!»

Sie war sich sicher, er wird gleich dahin abzischen, sobald sie hinter der Ecke verschwunden ist. Es gelang ihr, bis dorthin langsam zu schlendern, an den Schaufenstern vorbei, in die sie sogar hineinschaute, ohne etwas wahrzunehmen. Ihr Geist eilte ihr bereits voraus, die Sinne waren wachgerüttelt, die Muskeln gespannt; so wie sie bei Wettbewerben auf den Startschuß wartete, war auch jetzt ihre ganze Persönlichkeit auf den Kampf ausgerichtet, der sie binnen kurzem zwingen wird, von sich alles zu geben.

An der Ecke überzeugte sie sich nur, daß der Knirps ihr nicht nachspionierte, wie er es mit Vorliebe zu tun pflegte, wenn sie sich zu ihren ersten Stelldicheins schlich. Gleich darauf lief sie los. Obwohl es gar nicht nötig war, flog sie geradezu, als würde sie in Bratislava der letzten Straßenbahn nachjagen, und drückte krampfhaft die Handtasche, in die sie in

Rohlau noch heimlich alles hineingestopft hatte, was sie sich zurechtlegte, Zahnbürste und -pasta, Ersatzhöschen und T-Shirt, Handspiegel, Kamm und Creme. Gabos Foto trug sie ständig bei sich, sie hat es aus einer Kollektion ausgewählt, die er ihr beim Abschied aufzwang, wobei sie ihn wieder verunsichert hatte, als sie statt eines Porträts die Aufnahme wählte, auf der er vom Sprungbrett ins unsichtbare Wasser fiel, beinahe nicht zu erkennen.

Als er sich wunderte, meinte sie witzig, sie möchte nicht sein totes Gesicht mit sich führen, um nicht die vielen Gesichter des lebenden zu vergessen, und daß sie sich zumindest einreden kann, er flöge so zu ihr. Den wahren Grund verriet sie nicht: Er war auf dem Bild fast nackt, und sie stellte sich dabei in ihrer neuen Gemütsverfassung vor, wie es sein wird, wenn er statt ins Wasser in sie versinkt.

Soeben flog sie zu ihm, vom Glauben beflügelt, die Liebe kann nicht nur die Grenzen sprengen, sondern kann ihr auch helfen, daß sie sich mit den Menschen fremder Sprache verständigt. Sie hat es versucht, sobald sie über die Rolltreppe an den ruhig fahrenden Wienern vorbei in eine geräumige Unterführungspassage runtergehopst war, in der sie sofort die Orientierung verlor; dieser Mangel quälte sie nicht weniger als die Sprachbarriere. Paß auf mich auf, warnte sie auch schon Gabriel, laß mich nie allein, ich tue nur einen Schritt, und du wirst mich nie finden!

Sie mußte damit rechnen, und ihr Plan setzte voraus, daß sie mit Charme, vielleicht habe ich so was! wie könnte ich Gabo mir sonst einfangen? jemanden dazu bringt, sie dorthin zu führen, zu fahren oder, wenn's sein muß, auch zu tragen, von wo man sie nach Hause befördern kann. Da kam aus dem Schallplattenladen mit vollem Rohr «Yesterday» von den Pilzköpfen, dazu hatten sie und Gabo das erste Mal getanzt; daß das Schicksal jetzt ihre persönliche Erkennungsmelodie wählte, gab ihr die Kraft dazu, es anzupacken. Sie suchte sich einen Altersgenossen aus, der mit einer vollgestopften Tragetüte vor den Füßen direkt unter dem Lautsprecher wartend stand. Nun: Glück auf!

«Ahoj!» lächelte sie ihn freundlich an, bemüht, nicht zu schnell wie gewohnt zu plappern, sondern sorgfältig zu artikulieren, «weißt du nicht, wo die tschechoslowakische Botschaft ist?»

Schaut mich an wie ein Depp! fuchste es sie, und sie versuchte es auf französisch, wobei ihr das entscheidende Wort nicht einfiel.

«Tu ne sais pas ou... est...» in ihrer Not griff sie nach dem unbestreitbaren «Tchécoslovaquie...»

Vielleicht hatte er den Eindruck, sie stelle sich ihm vor, weil er ihr die Hand reichte und wiederholte Wien, Wien, auf jeden Fall war es nicht der, den sie suchte, und so drückte sie ihm zwar die Hand, lief aber weiter. Sie hörte in der Pension diesen alten Professor behaupten, jeder dritte Wiener verstehe Tschechisch, dann muß er auch Slowakisch verstehen; nach dem Gesetz der großen Zahl, meldete sich der Mathelehrer in ihrem Kopf, je größer die Quote, um so größer die Chance! Sie stellte sich an den Rand des Menschenstroms und versuchte es der Reihe nach.

«Bitte, sprechen Sie Tschechisch?» fragte sie auf slowakisch nacheinander eine schöne alte Dame, zwei Männer in irgendwelchen Uniformen, einen Jüngling mit Geige, eine Frau mit Kind im Wagen, der zu Hause Golf genannt wurde, eine schlecht gefärbte Blondine, oder ist das jetzt die Mode hier? einen langhaarigen Freier mit einem Schleifchen am Zopf; die Antworten haben sich nur in der Form unterschieden, vom verneinenden Kopfschütteln über kurzes Aufbrummen bis zur Abfuhr, die Blondine hielt sie vielleicht für eine Bettlerin; auf Tschechisch biß keiner an.

Das Mathegesetz versagte auch in der zweiten Runde, und Magda entging nicht, daß sie ein Polizist forschend beobachtete. Wer weiß, wofür er mich hält! eine Panik bemächtigte sich ihrer, er könnte ihre Dokumente sehen wollen, wie es in Bratislava gang und gäbe war, damit der Jugend nicht zu sehr der Kamm schwillt, er nimmt mich mit, und was dann? Mit einer neuen Menschentraube entkam sie seinen Augen auf die gegenüberliegende Seite und suchte Hilfe, bereits unsicher, die tolle Erkennungsmelodie war gerade verklungen, endete etwa auch ihr Befreiungsversuch?

Sie bemerkte einen eleganten älteren Herrn, der sie lächelnd beobachtete, er nickte ihr sogar zu. Durch diese Gunst ermutigt, versuchte sie den üblichen Satz. Auch er hat nicht verstanden, ließ es sich jedoch wiederholen und fragte selber.

«Was ist Wysslanetztwy?»

Das gesuchte Wort sprang in ihrem Gedächtnis auf.

«Ambassade! Tschechoslowakische l'Ambassade.»

«Ach ja, Sie wollen Adresse? Adresse der tschechoslowakischen Ambassade?»

Sie nickte eifrig, es kam ihr wie das Spiel Heiß und Kalt vor.

«Kein Problem, gemma Telephonbuch schauen, kommen Sie!»

Das hat sie begriffen und war nur überrascht, warum er sie nicht zu der Reihe von geräumigen, verglasten Telephonzellen führte, die sie weiter in der Passage sah. Nur ein paar Schritte entfernt war jedoch auch hier ein Telephon, ein altes Modell in der Wandnische, die erst zum Vorschein kam, als ihr Begleiter einen Plastikvorhang zur Seite schob; er wies auf vier dicke Telephonbücher unter dem Apparat, ließ ihr den Vortritt und schob sich auch hinein.

«Welches ist das?» sie zeigte auf die Papierklötze.

Da umarmte er sie, drehte sie zu sich und fing an, sie zu küssen.

Er überraschte sie so, daß sie sich anfangs überhaupt nicht rührte. Dann fand sie sich in einer Zange. Er war unerwartet stark und drückte sie mit ganzem Körper an den Münzapparat, bis sich die Wählscheibe schmerzhaft in ihren Nacken bohrte. Mit der Zunge erzwang er sich Zutritt in ihren Mund, und sie drohte zu ersticken. Sie versuchte, durch die Nase zu atmen, und mit Augen, die aus ihren Höhlen traten, sah sie, ein winziges Stück von ihr entfernt, Menschen gehen, jemand kam beinahe herein, doch er wollte die Liebenden nicht stören und ließ den Vorhang wieder fallen, Wahnsinn! hämmerte ihr im Kopf, es geschah am hellichten Tag! er vergewaltigt und erwürgt mich vor den Augen von ganz Wien...

Es gelang ihr, in die Zunge richtig reinzubeißen.

Er heulte auf wie ein Wolf und ließ sie sofort los, sie schlüpfte zwischen ihm und der Wand heraus, riß dabei den Riemen der Handtasche ab, schnappte sie jedoch und raste davon wie von Sinnen, stieß gegen die Menschen, die ihr verärgert nachriefen, fuhr treppauf und war unentwegt bemüht, natürlich vergebens, aus dem leeren Mund die abgebissene Zunge herauszuspucken, habe ich sie verschluckt? bei dieser Vorstellung war ihr zum Erbrechen, ein Glück, daß sie bereits wieder an der frischen Luft der dichtbevölkerten Straße war. Sie suchte nach einem Gully und drehte sich im Kreis wie ein Wellensittich auf der Stange, als der Mann sie wieder umarmte.

«Lassen Sie mich», jaulte sie auf, «Hilfe!» da schaute sie schon in die nicht minder erstaunten Augen ihres Vaters.

In dem verwirrten Kopf setzte sich als erster der Mathelehrer wieder durch: Selbst die scheinbar kleinste Wahrscheinlichkeit ist keine Nullwahrscheinlichkeit! diese sekundenschnelle Erinnerung vermochte es zu verhindern, daß sich Magda den Eltern an die Brust warf und wie ein Schloßhund losheulte, sofort tauchte Gabo vor ihr auf und ihr Ziel, das sie nicht gefährden durfte, sie verblieb im Wettkampf, zwar durch einen Fall erschüttert, doch mit ungebrochenem Glauben an den Gesamtsieg.

«Ich wollte euch ein Stück entgegenkommen», log sie wie gedruckt, «und habe mich ein bißchen verfranzt.»

11. *Am Abend des selben Tages in Graz*

Einmal waren sie alle drei tatsächlich in Bulgarien. Vor zwei Jahren war Milan mit dem Regisseur eines neuen Streifens über das Drehbuch so zerstritten, daß er überstürzt ersucht hatte, seine Rolle anders zu besetzen. Um ihm endlich eine Lehre zu erteilen, hat man dem Wunsch ganz unerwartet entsprochen, und weil Dora mit Petřík ursprünglich die Ferien bei den Außendreharbeiten verbringen sollte, konnte er in so kurzer Zeit keine ihrer sonst üblichen Sommerwohnungen wieder bekommen. Die Rezeptionistinnen weinten fast, ihren Leinwand- und Bildschirmliebling nicht einquartieren zu können, aber sie hatten schon zu fette Bestechungsgelder kassiert.

Ein Kollege informierte ihn über eine ganz anständige Wohnung in einem bulgarischen Städtchen an der Küste. Milan kriegte es mit zwei Telegrammen hin und brach mit der Familie gleich auf, um seinen Ärger rasch in den Wellen des Schwarzen Meers abkühlen zu können. Nach dem fürchterlichen Herumgerüttel auf der kaputten jugoslawischen Autobahn und über die Staubstrecken Bulgariens gelangten sie zu einem Häuschen, das ihnen gefiel. Der Kollege hat nicht übertrieben, auf der Etage gab es zwei große Zimmer, verbunden durch eine breite Tür und sogar ein europäisches WC, bei schlechtem Wetter hätte er dort auch lernen können. Es war jedoch strahlend schön, und sie haben dort bloß übernachtet, den Rest der Zeit verbrachten sie am Strand.

Alles war hier primitiv, ein Stand mit Kebab für Hunderte von Menschen, einmal am Tag kam ein Verkäufer mit halbverfaulten Melonen vorbei. In der einstigen Gärtnerei Europas war es für Milan nur ein weiterer Beweis, daß im Sozialismus selbst auf dem Nordpol das Eis ausgehen würde. Zur nächsten Latrine mußte man einen Kilometer laufen, so pinkelten sie ins Wasser, und alle Gebüsche herum mieden sie schon der Nase nach. Dafür glänzte der Himmel makellos wie Blech, und das warme Meer schien ihnen erstaunlich sauber, die paar tausend Pißstrählchen, behauptete Milan, waren wie die Kirsche für den Ochsen.

Kurz vor der Abfahrt aus Prag setzte er sich wieder einmal in den Kopf, aus Petřík am Meer einen Sportler zu machen. Er hat Dora losgeschickt, dem Sohn eine Taucherbrille mit Schnorchel zu besorgen, dazu Flossen. In den Spezialgeschäften hat man sich je nach Laune entweder entschuldigt oder sie ausgelacht. So ging er also höchstpersönlich auf die Suche, und schon im ersten Laden ließ man ihn sogar aus den vollen Regalen des Handlagers auswählen. Er nahm gleich zwei Sets mit, und für ein Autogramm bekam er außerdem einen Preisnachlaß auf einen nichtvorhandenen Warenmangel.

Als er selbst die Ausrüstung ausprobierte, fing das Malheur an. Der Junge, dem er erst vor einem Jahr in einem Prager Freibad nach allerlei Szenen das Schwimmen ohne Schwimmflügel beibrachte, kam um nichts in der Welt mit dem Atmen durch den Schnorchel zurecht. Er mogelte, versuchte lieber, lange den Atem anzuhalten, und mußte daher um so häufiger Wasser schlucken. Bald keuchte er nur mehr und hustete, klagte, das Salzwasser beiße ihn bereits im Hals, und Milan nannte ihn einen Waschlappen.

Auf den einzigen Wasserhahn, aus dem nur ein dünnes Rinnsal kam, bewegte sich den ganzen Tag lang eine Schlange zu, und niemand durfte sich mehr als eine Flasche abfüllen. Wegen Petřík mußten sie immer wieder dorthin. Dora tat er leid, aber sie wußte, daß Milan im Grunde recht hatte, und vor allem wär sie glücklich, daß er die Zeit fand, sich dem Sohn einmal intensiv zu widmen. Um dem Jungen Verschnaufpausen zu verschaffen, schickte sie ihn öfter Wasser holen und täuschte selbst Interesse vor: Sie tauchte gemeinsam mit Milan.

Als Belohnung trug sie ein unvergeßliches Erlebnis davon. Obwohl sie eigentlich auf der Wasserfläche dümpelte und nur das Gesicht mit dem Atemrohr unter Wasser hatte, kam es ihr vor, als befände sie sich tief unten, inmitten einer unbekannten Welt. Die Wasseroptik verwandelte die Entfernungen und Größen von Steinchen, Muscheln, winzigen Fischen, Seeigeln, auf die man nicht treten sollte, aber hauptsächlich von menschlichen Körpern und Gesichtern, die ihren Weg kreuzten. Mit den Schnorcheln und Brillen ähnelten sie nicht irdischen Wesen, manchmal hat sie nicht einmal Milan erkannt.

Einmal schwamm sie lange neben ihm auf das offene Meer zu, bis sie die Kühle zum Zittern brachte, und dann auch die Angst, als sie entdeckte, daß sie ein ganz fremder Mann führt. Dazu kam noch die Wahrnehmung des Gehörs.

Der ganze Lärm des Strandes, das Geschrei und Gelächter aus Tausenden von Kehlen, die Turbinen der sowjetischen Militärjets, die laut Milan «das badende Volk gegen die Aggression des verwilderten Westens» beschützen sollten, und auch die Schrauben der Wachboote, die aufpaßten, «daß eben dieses nicht geschlossen in die Türkei wegschwimmt», das alles floß zu einem seltsamen Klang zusammen, der nicht von diesem Planeten zu sein schien. Obwohl sie gleichzeitig von einer angenehmen, warmen und milden Bewegung des Wassers gewiegt wurde, kam es ihr immer wieder vor, als ob in dieser wankenden Lage eine geheimnisvolle Kraft sie in eine andere Dimension hineinziehen könnte, in der dieser Klang seinen Ursprung hatte. Einige Male tauchte sie verängstigt auf, um sich zu versichern, daß sie sich nach wie vor in der Nähe ihrer beiden Lieben befindet.

Am Ende blieb ihr von Bulgarien ein Schreck zurück. Als in ihrem Zimmer, zum Glück am letzten Tag, infolge der andauernden Dürre kein Wasser mehr aus der Leitung kam, gingen sie es mit dem Krug aus dem Keller holen. In der Mittagshitze schlief dort im Geruch feuchten Betons auf leeren Kartoffelsäcken die ganze Familie des Hausbesitzers samt dem durchsichtigen Großvater, der Großmutter und zwei Säuglingen, fünfzehn Leute pferchten sich in diesem Raum zusammen!

Bis jetzt dachten sie nicht darüber nach, wo all die Menschen, die man auf dem winzigen Hof traf, eigentlich schlafen, wenn sie ihre Zimmer vermietet hatten. Nun erkannten die Čechs, daß sie die Besitzer unter die Erde vertrieben haben, als reiche Touristen aus dem Wunderland Tschechoslowakei, man möchte heulen! empörte sich Milan, wir Bettler sind für die da Amerikaner. Dora ließ in der Wohnung zurück, was sie entbehren konnte, doppelt erleichtert fuhren sie mit halbleeren Koffern den Tag danach heim. Obwohl Bulgarien dieses Mal bloß als Vorwand diente, bekamen sie Gänsehaut beim bloßen Gedanken, sie könnten wieder dort enden.

Der verschüttete Klang des unermeßlichen Organismus Meer ertönte wieder, als sie am Mittwoch abend aus dem künstlichen Schlaf emportauchte. Auch in den nächsten Tagen, vielleicht kam es von den Medikamenten, hörte sie ihn weiter, mal schwächer, mal stärker, wie Ebbe und Flut. Gesichter erschienen ihr, zunächst undeutlich, sie wurden schärfer und verschwammen wieder, als zögen sie gemeinsam mit ihr unter Wasser dahin.

In diesem seltsamen Zustand dämmerte sie, schlief und träumte gleichzeitig. Sie wußte seit dem Erwachen, daß Petřík tot war, sie las das in Milans Augen, sobald sie scharf sah, und verstand an den kommenden Tagen nicht, warum spricht er mit ihr darüber nicht. Sie hat sich sogar, als sie in der Nacht wach wurde, an sein Schweigen bei Tag wie an eine Hoffnung geklammert, daß ihr Sohn noch immer existiert, sie dachte nicht zu Ende, wie das möglich wäre, doch sie fühlte sich darüber so erleichtert, daß sie einschlafen konnte.

Als sie jedoch am Morgen zaghaft bei ihrem Arzt nachfragte, bestätigte er ihr auf seine liebenswürdige, aber irgendwie teilnahmslose Art, daß Petřík nicht mehr da ist. Sie war nicht fähig, über diesen Widerspruch Klarheit zu gewinnen, es widerstrebte ihrem Denken und Fühlen. Und da Milan dazu beharrlich weiterschwieg, schwebte sie auch in den nächsten Tagen leicht unter dem Spiegel ihres Bewußtseins und lauschte dem majestätischen Klang, der sie diesmal barmherzig vor irgendeinem nur zu erahnendem Schrecken schützte.

Es kam ihr sogar selbstverständlich vor, daß Milan die weitere Reise über den Ozean organisiert, denn ohne sie, dachte sie sich bitter, wäre dieser Tod noch unsinniger; so sprach sie zwar matt, aber schlüssig mit dem Konsul und unterschrieb die notwendigen Papiere. Mit einem bestimmten Gefühl wußte sie sich jedoch keinen Rat, es wuchs in ihr an, seitdem ihr der Wunsch kam, die Mutter zu sehen, besonders seit dem Augenblick, als Milan deren Ankunft bestätigte. In der Nacht auf Sonntag hat sie sogar nachgezählt, wieviel Stunden sie beide voneinander trennen, und tagsüber prüfte sie manchmal nach, wie lange noch. Sie kam sich wie in der Kindheit vor Heiligabend vor, als sie den Anzeichen himmlischer Vorbereitungen nachspürte. Das letzte war immer das dritte Besteck, die Mutter hat sich nie nach einem neuen Partner umgesehen, unter dem Weihnachtsbaum aß mit ihnen symbolisch der Tote.

Zu dem zusätzlichen Besteck wurde jetzt der zweite Stuhl, den am Dienstag früh die hübsche, die ganze Zeit über besonders bemühte Schwester brachte. Unvermittelt fiel Dora ein, ob die nicht etwas mit Milan hat, was machte er eigentlich an all diesen langen Abenden? Nein, das konnte er vielleicht doch nicht... oder doch? Ja! sicher betrügt er sie, das ist ihm ähnlich! Er bleibt auch danach der gleiche! Die banale Vorstellung rief in ihrer Seele endlich ein Beben hervor, das dort dank dem Schock und den Tabletten nicht einmal der Tod des Kindes verursacht hatte. In diesem Zusammenstürzen und Hinunterkrachen kam sie zu dem Schluß, der zweite Stuhl am Bett werde überflüssig.

Jahrelang hat er an mir wie an einer Marionette gezogen, knetete mich wie Nudelteig, umwob mich zum Ersticken wie eine Spinne; wenn ich vor Verzweiflung weg wollte, drang er in meinen Trotz, als wäre er aus Papier, redete und redete auf mich ein, bis er aus mir den letzten Funken Willen herausgeredet hatte. Jetzt mache ich mit ihm, was ich längst schon wollte! Sie wurde sich plötzlich der dritten Person bewußt, vorher stritt sie im Geist mit ihm, jetzt auf einmal über ihn, aber sie heftete sich hartnäckig daran und baute eifrig einen Wall um sich herum, an dem sich dieser Mensch, so fing sie an, ihn zu nennen, die Zähne ausbeißt.

Es ist Schluß mit seinem Hokuspokus, meine Mutti kommt zu mir! wiederholte sie sich schon fortwährend, als erwartete sie ein allmächtiges Wesen, das jeden bösen Zauber bannt. Es näherte sich ihr mit jeder Tasse Milch, die hierzulande noch wie frisch gemolken roch, wie sie die Mutter ihr in ihrer Kindheit bei den Bauern kaufte. Die eigentliche Schutzpalisade hämmerte sie aus den Bildern ihres Söhnchens zusammen, die sie aus dem Album ihres Gedächtnisses abrief; in der Abfolge quälender Momentaufnahmen erblickte sie immer neben Petřík diesen Menschen, der ihm keine Ruhe ließ, bis er ihn zu Tode gehetzt hatte.

Er hebt das Kind im Garten der Alterchen in die Krone des Apfelbaums, Petřík hält sich krampfhaft an den Ästen fest, fürchte dich nicht! so hört der Schwindel auf! er fängt an, ihn an den Händchen um seine Achse zu drehen, an den Fersen gestützt wie ein Diskuswerfer, der kleine Körper hebt zentrifugal in die Waagrechte ab, genug, genug! fleht das dünne Stimmchen, halt aus, du wirst Kosmonaut! vom Einkaufen kommt Dora zurück, wo ist Petřík? in der Speisekammer! der Raum hat kein Fenster, sie führt den blinzelnden Jungen heraus, was hat er verbrochen? nichts! ich bringe ihm Mut bei! er zwingt ihn, Purzelbäume zu machen, doch der Junge kippt während der Rolle zur Seite, habe Kopfsausen! er drückt ihm den Kopf wieder zu Boden, du mußt! sonst werden dich alle auslachen! er hält ihn unter dem Bauch im Freibad, beweg die Arme! sie werden dich tragen! er läßt ihn los, das Kind schluckt und spuckt Wasser, so lernst du es am besten! mit den Schwimmflügeln schleppt er ihn zur Tiefe, dort nimmt er sie ihm ab, und obwohl er ihn diesmal hochhält, hat Petřík Furcht in den Augen, in einer Woche schwimmt er zwar, aber nur, weil er muß, das Wasser macht ihm keine Freude mehr, er baut für ihn ein Tor und trainiert ihn, paß auf! ich kicke voll drauf, weich nicht aus und schlag ab! der sausende Ball haut den kleinen Torwart um, und der Schütze wiehert, Plánička ist gegen dich ein Stümper! unter dem Weihnachtsbaum erscheinen Jahr für Jahr Schlitten, Schlittschuhe, Ski, Bogen, Schläger, ein Kinderfahrrad sogar, dieser Mensch spart nicht beim Auftreiben seiner Foltergeräte, fall nicht stets um, steh es durch, heb gut ab, drück die Knie durch, hol aus, spiel zu, schieß los, tritt, schwimm, spring, lauf, fahr, schnell, Tempo, finish, jetzt geht's um die Goldene!

Peter, Petřík, Petříček, mein Sohn, mein Söhnchen, meine Liebe, meine Freude, du Armer, du mein kleiner Märtyrer – er war's, der dich getötet hat! Er!!

Er kam nicht gleich dahinter.

Endlos lang saß er allein im Ärztezimmer, hatte dabei den Siedepunkt erreicht, ich renne hinein und jage die Gifthexe weg! und auch den Gefrierpunkt, ich verliere des Professors letzte Sympathien, und was dann? Zu lesen oder lernen hatte er keine Lust, spazieren zu gehen keine Kraft, er wußte nicht recht, wie man hier Kaffee macht, und schämte sich, einen aus dem Schwesternzimmer zu holen, traute sich nichts und nirgendwohin, er hing herum und wartete, bis er von der Spannung des ganzen Tages im Sitzen einschlief. Ihre Ankunft hat ihn geweckt.

Es muß peinlich gewesen sein, wie er vor ihnen aus dem Sessel beinahe in Hab-acht-Stellung emporschnellte und wie eine geblendete Eule mit den Augen blinzelte, ein paar unendliche Sekunden wußte er nicht, was los ist, auch dem Primarius war es unangenehm, er entschuldigte sich, er habe zu klopfen vergessen und keine Ahnung gehabt. Das schlimmste war, daß sie dabeistand und durch ihn hindurchsah, was war dagegen sein Abservieren der beleidigten Schwester.

Es wurde ihm wenigstens klar, daß er endlich zu Dora darf, er verließ die beiden eiligst, auf dem Gang bog er zu den Klos ab und wusch am Waschbecken sein Gesicht in kaltem Wasser. Die Trockengeräte nahm er nicht wahr, wischte sich in alter Manier mit dem Taschentuch ab und ging mit einem Lampenfieber zu ihr, wie er es noch nie erlebt hat.

Sie lag auf dem Bett, das man frisch gemacht hatte, die Hände auf dem Bauch gefaltet, als betete sie, die offenstehenden Augen schauten zur Decke, ähnlich wie am frühen Morgen, als er wegging. Er trat an sie heran, neigte sich, um sie zu küssen, bemüht, die schreckliche Nadel zu übersehen, die immer noch in der Ader steckte. Sie bewegte den Kopf zur Seite, ganz leicht, aber es reichte, damit er ihre Lippen nicht finden konnte.

«Ich bin's», sagte er, obwohl sie ihn sah, wie ruft man einen abwesenden Geist zurück? «ahoj, Dořička, wie geht es dir?»

Daß sie nicht einmal auf das zärtlichste Wort reagierte, jagte ihm Angst ein. Er griff übers Bett nach der baumelnden Klingel, um Hilfe herbeizurufen, da bewegte sie ihren freien Arm. Als wollte sie sich ausstrekken, schob sie die Hand unter den Kopf und fischte ein Kuvert hervor, gab es ihm und faltete wieder die Hände zusammen, das alles, ohne den Blick von der weißen Zimmerdecke abzuwenden.

«Was ist das?»

Als er wieder keine Antwort erwarten konnte, schaute er sich das Papier an. MILAN ČECH sagten die Großbuchstaben, zuerst durchzuckte es ihn. Ähnliche Briefe, im Theater vom Portier überbracht oder von der Post befördert, machten ihn wahnsinnig. Seinen Beischläferinnen hat er natürlich strengstens verboten, ihm je eine einzige Zeile zu schreiben, in solchen haben ihm meist irgendwelche Irrlichter anonym ausgemalt, was er mit ihnen treiben könnte, wenn er nur möchte.

Dora las seine Post nicht, aber einige Briefe waren absichtlich so unbestimmt adressiert, daß sie sie öffnete, und obwohl sie ihm glaubte, war sie von ihnen doch verletzt, leider stimmten sie mit anderen ihrer Erfahrungen überein. Jetzt wurde ihm von der Vorstellung übel, daß gerade in dieser Lage wieder eine solche blöde Kuh auftauchte, und er hatte die rachsüchtige Schwester in Verdacht. Er hatte noch ein paar gepfefferte Worte auf der Zunge, als er las.

Ich kehre mit Petřík nach Hause zurück. Geh, wohin Du willst. Du wirst mich nie wieder überreden. Du hörst von mir kein Wort mehr. D.

Zum zweiten- und zum drittenmal las er die vier Sätze. Seine Hände zitterten. Was nun? Soll ich weinen? Vor ihr aus dem Fenster springen? Über den Gang rasen und wie ein angeschossener Löwe brüllen? Die Armseligkeit all dieser Ideen deprimierte ihn nur noch mehr, er spürte recht gut das Kasperletheater darin. Er schaute immer noch auf das große D, als hätte er den Buchstaben nie vorher gesehen. In den seltenen Briefen, man war ja doch beinahe immer zusammen! die sie ihm zu den Außenaufnahmen schrieb, hat sie «Ř» benutzt, nur er allein wußte, daß es DoŘička bedeutete, diesen Namen durfte er jetzt nicht mehr aussprechen, er hätte peinlich falsch geklungen.

«Dora...» er fand endlich seine Stimme, «ich werde dir nicht schildern, wie ich mich fühle...» Scham durchlief ihn, was kann ich ihr schildern, als Mutter konnte sie sich nur noch schlimmer fühlen, doch gerade dieses Leid vereinte sie, «wir haben beide einen Sohn verloren, und ich…» er suchte nach Worten, «ich habe ihn doch nicht weniger geliebt. Und jetzt habe ich auch niemanden außer dir, da gebe ich lieber das Theater auf, Dora! Ja, ich werde hingehen, wohin du willst, weil ich mit dir gehen will, und wenn der Weg über den Knast führen sollte…» er spürte, daß er zu lange spricht und vor allem wieder melodramatisch, doch er konnte den Schluß nicht finden.

Er war verzweifelt, wußte genau, daß er für eine Zeit weg muß, wenn er noch ein wenig Würde bewahren will, und wollte wenigstens noch einen guten Abgang hinlegen, um sie nicht wie ein Schwächling zu verlassen, denn den konnte sie am wenigsten brauchen.

«Ich werde um dich nicht mit Mutti kämpfen, Dora…» zum ersten Mal benutzte er für die Schwiegermutter diesen Namen, «doch solange ich dein Mann bin, kümmere ich mich um unsere Sachen allein, selbstverständlich so, wie du es willst. Bis später.»

Daraufhin ging er schnell fort, er wollte nicht erleben, wie sie ihn weiterhin keines Wortes und Blickes würdigt. Gleich hinter der Tür überfiel ihn ein wütendes Selbstmitleid. Sie kam tatsächlich hierher, um mir Dora zu nehmen! Sie ist auf dem besten Wege, es durchzusetzen! Und der Professor hilft ihr! das mußte er verhindern. Unrecht und Zorn trieben ihn wie eine Explosionsmischung durch den Gang, trotzdem gelang es ihm, die Hand anzuhalten, die bereits auf die Klinke des Ärztezimmers fallen wollte. In dem Gebäude kehrte schon die abendliche Ruhe aller Spitäler ein, und in der Stille, in die aus der Elektrouhr die Zeit hineinzutropfen schien, hörte Milan durch die Tür die schrille Stimme, die er so haßte, sie spricht wie ein Partisanenkommandant! so beschrieb er sie vor Freunden. Ohne Skrupel hörte er zu. Sie hat mir den Krieg erklärt, also soll das Kriegsgesetz gelten!

«Was für Probleme er damit haben wird, ist seine Sache, jedenfalls ist es ein großzügiges Angebot, das er nicht einmal verdient», sprach sie in bemerkenswert gutem Deutsch, sie hat ihn früher so wenig interessiert, daß sie diese Kenntnis jetzt als geheime Waffe einsetzen konnte, «letzten Endes leben dort fünfzehn Millionen Menschen ziemlich gut, davon einige tausend Schauspieler.»

Er verstand die gedämpfte Entgegnung des Primarius nicht, erst wieder ihre Antwort.

«Also bleibt er hier, die beste Lösung überhaupt!»

«Natürlich ist das Doras Meinung», sagte sie kurz darauf, «ich habe nicht die Absicht, sie zu etwas zu überreden, allerdings jeden ihrer Wünsche zu erfüllen.»

Da sind wir eben zwei! rief er ihr lautlos zu, bewegte sich aber nicht, er wollte aus ihrem Mund erfahren, was hier vorgeht. Eine Erinnerung an die jugoslawische Werkstatt schoß ihm durch den Kopf, wo sie auf ähnliche Weise vom Hof aus dem einseitigen Telefongespräch zuhörten, bevor man ihnen das Letzte abknöpfte und sie in die Röhre schickte. Es war vielleicht auf die Minute genau eine Woche her, damals waren sie noch drei, oh Gott Petřík, oh Gott Dora, oh Gott...

«Sie meinen», hörte er die Schwiegermutter, «wenn er nicht zustimmt? Seine Unterschrift auf der Transferliste, wurde mir gestern in Wien gesagt, ist leider nötig, doch verweigert er sie, um so besser für Dora. Sie kehrt um so leichter zurück, ihn wird sie nur noch hassen, und die Trauer fällt schneller von ihr ab. Für solche Gräber ist sie noch zu jung, glücklicherweise. Alle haben sie immer geliebt, sie heiratet wieder und kann noch einen Haufen Kinder kriegen!»

Er wurde rasend. Jetzt renne ich rein und schreie ihr alles ins Gesicht, was die Kupplerin verdient. Der Professor mußte wohl auf und ab gehen, seine Stimme war jetzt dicht an der Tür.

«Sie sind sehr hart, gnädige Frau. Sind Sie auch gerecht?»

«Das bin ich! Dora war das bravste und fröhlichste Wesen. Dieser Egoist, Hysteriker und dazu noch Schürzenjäger hat ihr alles genommen, Selbstvertrauen, die Freunde, die Lust am Leben und jetzt auch noch die Heimat und ihr Kind. Sie aber hat noch mich, und ich gebe ihr alles zu rück, das schwöre ich!»

Dieser leidenschaftliche Haß traf ihn. Als der Professor unerwartet öffnete und er ganz plötzlich von Angesicht zu Angesicht vor ihnen stand, fand er kein Wort, das zu dieser wahren Tragödie paßte, größtenteils von ihm selber inszeniert. Doras Mutter schenkte ihm keinen Blick und reichte dem Primarius die Hand.

«Ich danke für alles, Herr Professor. Ich werde sie also jeden Tag zwischen zehn und elf besuchen und von vier bis sieben, wenn Sie es nicht anders entscheiden. In der Zwischenzeit finden Sie mich am ehesten im Hotel. Gute Nacht.»

Sie ging so resolut ab, daß Milan eilig zur Seite treten mußte, doch zielte sie nicht auf den Lift zu, vor dem sie hätte warten müssen, energisch stieg sie treppab, noch lange klang das Echo ihrer Absätze nach.

«Kommen Sie herein», lud ihn der Primarius ein und deutete, er solle sich setzen.

Er folgte ihm, doch blieb er stehen und reichte ihm niedergeschlagen den Brief. Der Professor hauchte auf seine Brille und putzte sie mit dem Zipfel seines weißen Mantels, dann studierte er den Zettel.

«Wahrscheinlich Tschechisch, nicht?»

«Ja, natürlich, Verzeihung, ich bin schon völlig...»

Er übersetzte den Text ins Englische, das sie sprachen, wenn es um Genauigkeit ging, im übrigen bat er den Arzt, mit ihm Deutsch zu reden. Seine Augen hingen an ihm.

«Eine Kreisverteidigung», sagte der Professor.

«Gegen mich?»

«Gegen das Leben an sich. Sie verkörpern es.»

«Und wie soll ich sie durchstoßen?»

«Das geht nicht. Sie muß es selbst tun.»

«Die Mutter ist mit ihr dadrin! Sie läßt es nicht zu, verstehen Sie das nicht?»

«Darin liegt Ihre Chance. Daß sie auch die Mutter vertreibt. Dann beginnt sie wieder normal zu denken und wird einen machbaren Ausweg wählen, es liegt an Ihnen, ob Sie es sein werden. Es ist etwas wie Fieber, das eigentlich die Krankheit liquidiert.»

«Wie lange kann das dauern?»

Der Primarius zuckte die Schultern.

«Tage? Wochen?»

«Manchmal. Auch Monate.»

«Doch einiges muß jetzt entschieden werden... Petříks Begräbnis, das Asyl, Amerika!»

«Sie hat doch schon entschieden, und ich glaube, sie tat es von allein, er soll zu Hause begraben werden.»

«Ich habe genauso viel Recht zu bestimmen», er nahm auf, was er erlauscht hatte, «wo mein Sohn begraben werden soll!»

«Das haben Sie.»

«Und falls ich nicht zustimme, kann er nicht überführt werden!»

«Das kann er nicht.»

«Na, dann?»

«Falls Sie unser Gespräch mitgehört haben, wissen Sie auch, welche Konsequenzen das haben könnte, darin bin ich mit Ihrer Schwiegermutter einer Meinung.»

Er spürte, wie er rot wurde.

«Mein Freund, nur Ruhe. Alles, was man von Ihnen in diesem Augenblick verlangt, ist, ich wiederhole es noch einmal, Disziplin. Ihnen ist ein Unglück passiert, aber Ihre Frau ist darüber hinaus noch schwer traumatisiert, das sollten Sie verstehen und sich danach verhalten.»

«Und wäre es nicht möglich... einen Psychiater hinzuzuziehen?»

«Was versprechen Sie sich von ihm? Daß er ihr das Kind zurückgibt?»

Schon wieder war er am Ende. Womit ist ein freier Fall zu stoppen, wenn es nichts gibt, woran ich mich halten kann? wie lange werde ich dieses Hinunterfallen noch aushalten? wann beginne ich, unzurechnungsfähig zu werden? wie erkenne ich das? wenigstens zu ahnen, wohin ich stürze!

«Herr Professor...» bat er so flehentlich, wie er es das letztemal vielleicht vor zwanzig Jahren getan hatte, damals zitterte er davor, nicht in die Oberstufe zugelassen zu werden, wenn zu seiner Klassenherkunft noch eine Fünf in Naturkunde kommt, «Herr Professor, ich bitte Sie, helfen Sie mir...!»

Vom Gang drang lautes Frauenlachen herein, wahrscheinlich die hübsche Schwester, der es gelungen war, ein dankbareres Objekt ihres Interesses zu finden.

«Lieber Freund», sprach der Primarius beinahe so unglücklich wie er selbst, «ich kann ihr oder Ihnen Glukose oder Valium geben, doch ich bin nicht der Allmächtige, um euer beider Störfall zu beheben. Das Schlimmste der ganzen Sache ist, daß ihr beide mir so ans Herz gewachsen seid, daß ich mich an etwas Ähnliches höchstens noch bei zwei oder drei meiner Schüler erinnern kann. Also versuche ich, von meinen Grundsätzen einmal Abstand zu nehmen und über meinen Schatten zu springen. Milan... darf ich Sie so nennen? Sie wissen, ich heiße Franz, Sie haben momentan nur eine Wahl, an der Sie nicht vorbeikommen: Mit ihr nach Hause oder in die Staaten ohne sie. Das ist eine klassische Situation, in der nur entweder oder gilt, tertium non datur. Und für Sie ist das heute ebenso einfach: Entweder der Traum von Freiheit und Erfolg oder Dora! mit dem Risiko, versteht sich, daß es sowieso zu spät ist. Und ich möchte hinzufügen: Für was immer Sie sich auch entscheiden werden, Sie können fest mit meiner freundschaftlichen Anteilnahme rechnen, beides ist ähnlich schwer, wenn nicht unmöglich.»

12. *Am selben Abend in Rohlau*

Diesen Abend sollte Tono Vágner, der ehemalige Korporal, bis ans Ende seines kurzen Lebens nie vergessen.

Es fing kurz vor sechs an, in einem der Läden im Ort, in dem er sich davon überzeugte, daß sich die Familie Mayer auch in diesem österreichischen Nest mit allerlei Delikatessen versehen könnte. Als er ungläubig die erste frische Ananas erforschte, die ihm je vor Augen gekommen war, vernahm er in der Nähe einen metallischen Regen. Sofort half er, die Münzen einzusammeln, die vor seinen Füßen herumkreisten, und stieß dabei wie beim Billard mit dem Kopf gegen den jener Frau, der er sich bis jetzt nicht vorzustellen vermochte.

«Jesus, Verzeihung!» er war konfus und faßte sich an die Schläfe.

«Sie müssen verzeihen», sie hielt sich die Stirn.

Es kam ihnen lachhaft vor. Er reichte ihr das Geld.

«Zwei Gehirnerschütterungen à zehn Schillinge!» zog sie Bilanz.

Sie kehrten gemeinsam zurück. Aus der Nähe betrachtet war sie älter, als er dachte, doch nicht weniger anziehend, einfach sexy. Manche, das wußte er bereits, behalten es über die Rente hinaus.

«Ich heiße Tono», holte er das Versäumte nach, «Anton Vágner.»

«Freut mich, Mara. Silverová.»

«Ein ungewöhnlicher Name», bemühte er sich um Konversation, «Pragerin?»

«Ja.»

«Ich bin Slowake.»

«Das höre ich», sagte sie höflich.

Er versuchte, seine Ungeschicklichkeit zu überspielen.

«Wann sind Sie getürmt?»

«Ich bin ausgewandert.»

«Aha, so was kann man auch?»

«Unter bestimmten Umständen.»

«Ich bin schon eine Woche da», begann er wieder, damit die Rede nicht zum Stehen kam, «und Sie?»

«Das dritte Jahr.»

«Ach, mein Gott! Und die ganze Zeit im Lager?»

«Nein, ich wohnte in Wien.»

«Aha... aber warum sind Sie dann hier?»

«Um ein bißchen frische Luft zu schnappen.»

Daraus wurde er keinesfalls klug, doch sie sah sichtlich keine Veranlassung, etwas zu erklären, und er käme sich aufdringlich vor, sie auszufragen. Sie kamen der Pension näher, und ein ungewohntes Bild fesselte seine Aufmerksamkeit. Vor dem Eingang standen wohl alle Tamilen und Rumänen, beide Völkerschaften sprachen zwar leise, aber erregt miteinander und fuchtelten mit den Händen. Der Korporal schaute auf die Uhr, das Abendessen mußte im Gang sein.

«Was ist los?» rief er.

Die Antwort kam von einigen Stimmen, die er natürlich nicht verstand.

«Nix essen?» probierte er sein frisches Deutsch.

Daraufhin sagte die junge Frau ein paar Worte und wurde sofort zum Mittelpunkt eines wilden Haufens, von den einen wie den anderen umringt. Er begriff, daß sie auch Englisch und Französisch kann, es blieb jedoch keine Zeit fürs Bewundern oder für Minderwertigkeitskomplexe, denn sie hat ihm kurz erklärt, beide Gruppen sollten von jetzt an sozusagen in der zweiten Schicht essen.

«Warum denn?»

«Der Neue hat es ihnen verkündet, er hat sich zum Haupt der Selbstverwaltung machen lassen.»

«Ach, der?» verstand er, «dieses Arschloch!»

Unhöflich betrat er vor ihr das Gebäude und den Speiseraum, traf dort auf dieselbe Tafel wie mittags.

«Hinein in die Burg, hinein!» rief der Ministerialportier aus, «endlich allein!»

«Und die da draußen?» wollte der Korporal wissen.

«Die sind zu dem Beschluß gekommen, erst nach uns zu fressen, wie sie es aus ihren Walacheien gewöhnt sind.»

«Freiwillig?» fragte er die anderen, deren Schweigen ihn zu fuchsen anfing.

«Ich habe sie in unser aller Namen höflich gefragt, und sie waren einstimmig dafür.»

«Ich persönlich habe nichts dagegen», sprach die Frau, die Tono hierher begleitet hatte, «wenn wir hier alle gemeinsam essen.»

«Ach, Sie sind es, die von dieser Charta?» sagte das Faß aggressiv, «es ist schon herum, das haben sich doch die alten Bolschis ausgedacht. Sie sind auch so eine!»

«Sie meinen, eine aus der Partei ausgeschlossene Kommunistin? Das bin ich.»

«Na, da haben wir's. So was müssen wir auch nicht am Tisch haben.»

Er ließ den Blick über seine Untertanen schweifen, um sicherzugehen, daß sein Wille hier nach wie vor Gesetz war.

«Ich lade mich nicht dazu ein», sagte sie ruhig und ging, um sich in die Ecke zu setzen.

»Silverová, Silvera», forschte der neue Herrscher weiter mißtrauisch nach, «war Väterchen nicht ursprünglich ein Silberstein?»

Auch der Blick des Korporals schwenkte über die Gesichter, und er glaubte, eine Vision zu haben, Jungfrau Maria, reicht es denn auch in der freien Welt, wenn ein Gewalttäter sein Maul aufreißt, und alle bescheißen sich?

Die meisten Anwesenden haben ähnliches empfunden, doch neben dem Zahnarzt waren auch noch ein Oberkellner und ein Verkäufer aus dem Ostrauer Devisengeschäftsamt samt Familien hier, durch ein peinliches Zusammentreffen von Umständen ebenfalls Parteimitglieder, sie hatten keine Lust, die Aufmerksamkeit des Rächers auf sich zu ziehen. Lydia hielt Václav an der Hand, du nicht! baten ihre Finger, Professor Klößlein schämte sich in seinen leeren Teller hinein und schimpfte auf die zögernden Kanadier, die ihn hier noch immer schmoren ließen.

«Schauen Sie, vielleicht könnten auch Sie später essen? Uns läuft», nickte er seiner aufgedunsenen Gattin zu, «bei den Bolschis die Galle über, auch wenn man sie gekocht serviert.»

Krebs kam mit der Suppenschüssel und tat, als wäre nichts gewesen, der Korporal wurde stinksauer: Ohne den Wirt könnte der Kerl sich hier nicht so breitmachen! Er nahm es also selber in die Hand.

«Und mir wiederum», erklärte er klangvoll, «hängen die Leute zum Hals heraus, die erst in Österreich gegen den Kommunismus kämpfen, und Antisemiten», er machte es mit dem zweiten Schlag perfekt, «sind mir zum Kotzen.»

Stille trat ein, auch Krebs blieb stehen. Der Portier lief puterrot an.

«Was hast du gesagt?»

«Noch gar nicht alles«, der Korporal wurde noch bockiger, marschierte zum Fenster, machte es auf, und mit einer Geste, die selbst Taubstummen verständlich sein mußte, lud er die Draußenstehenden ein.

«Hallo, hierher! Platz genug für alle! Kommt zu Tisch, alle Rassisten können uns!»

Dann war er überrascht, wie der Mann es geschafft hatte, sich so schnell hierher zu wälzen, er ragte über ihm wie der Golem.

«Nimm das sofort zurück!»

Aus dem Augenwinkel sah der Korporal, wie vom Dorfplatz her ein kleiner Konvoi heranfuhr, der Geländewagen, der ihn vor einer Woche hierher gebracht hatte, dahinter ein Wiener Taxi. Er zwang sich, wie es ihm die eiserne Regel seines Sports befahl, den Rivalen auf seinen Vorteil aufmerksam zu machen.

«Mache Karate und bin dazu noch...»

«Nimm das zurück, oder ich garantiere für nichts», krächzte der Kerl und hob die Hand.

«Alle haben gehört, daß ich Sie gewarnt...» versuchte er deutlich zu sagen und betete gleichzeitig, der Portier möge es überhören.

Der schlug bereits zu. Was für ein Holzkopf er war, bewies auch der Schlag, ohne Gehirnanwendung, bloß mit bierbäuchiger Muskelkraft. Eine einfache Deckung genügte vollauf, und ein Griff aus dem Anfängerkurs: Er hat die Energie des starken Schlags in die des eigenen mächtigen Rucks einbezogen, der dicke Körper schien zunächst zu schweben wie eine große Aufblaspuppe, einige Bruchteile von Sekunden segelte er schwerelos am Kopf des Korporals vorbei zum Fenster hinaus und landete mit dumpfen Plumpsen auf dem dichten Rasen an der Außenwand.

Die gelben und braunen Zuschauer klatschten begeistert.

Die Tischgesellschaft erstarrte zu einem lebenden Bild.

Ingenieur Karel Markalous bekam im Taxi die Bestätigung dafür, daß er sich nun auf dem Abfallhaufen der Gesellschaft befand.

In dem Geländewagen wandte sich Josef Strniště an den Dolmetscher.

«Was Ruhigeres hätten Sie nicht auf Lager?»

Drei der anwesenden Frauen, Mara Silverová, Bobina Havránková und Magda Čierniaková möchten dem jungen Slowaken am liebsten einen Kuß verpassen. In diesem Augenblick verkörperte er für sie das ritterliche Mannestum.

Zwei von ihnen sollten ihm Liebe bringen, eine den Verderb.

V

DIE SCHWERE LAST DER FREIHEIT

Der dreizehnte Tag

Montag, den 4. Juli 1983

1. Dora und ihre Lieben

Dora war immer verliebt, soweit sie sich erinnern konnte. Vergessene Bilder, jetzt von der Mutter wiederbelebt, setzten in ihrem Gedächtnis, wenn sie abends allein blieb, Romane in Gang, als liefe ein zum Stehen gebrachter Film wieder an. Sie staunte, welche Stürme von Gefühlen sie erlebt hatte, ehe die Begegnung mit diesem Menschen sie lahmlegte...

Sie kam zur Erkenntnis, daß der erste Mann, nach dem sie fieberte, ihr toter Vater gewesen war. Warum das geschehen konnte, erklärte sie sich aus der Art, mit der die Mutter noch heute ihre Erinnerungen zelebrierte. Für eine Nachkriegsidealistin der Revolution war er die Reinkarnation des heldenhaft gefallenen Vaters und die Verkörperung männlicher Tugenden schlechthin. Die reife Dora konnte sich leicht hinzudenken, daß die Mutter sicher von ihrer einzigen erotischen Erfahrung geformt war, was sie auf die Tochter übertrug. Ganz scharf tauchte es in ihr auf, wie sie sich in das Schlafzimmer schleicht, um dort über das kühle Glas mit der schwarzen Schleife quer übers Eck das Antlitz eines jungen Offiziers auf Mutters Nachttisch zu küssen.

Auch fühlte sie bis jetzt die Verlegenheit, die sie über dem schmalen Band von Vaters Gedichten empfand, ihr Jahre vorher als Geschenk der Geschenke zur Volljährigkeit versprochen. Rasselnde Reimereien, die Werte besangen, welche in der Zeit kurz darauf ihre Gültigkeit verloren,

Stalin, führ uns, Vater, Held,
sonst die Welt in Trümmer fällt!

verhalfen Dora dazu, daß sie später dem aggressiven Spott dieses Menschen leichter zugänglich wurde...

Lange davor, als das Porträt hinter dem Glas von wirklichen Männergesichtern verdrängt wurde, hat sie der Klassenlehrer Klein bezaubert; auch ihn hat die Mutter aus der Vergessenheit hervorgerufen, ohne zu ahnen, welche Rolle er damals in der Seele ihrer Tochter spielte. Klein war komischerweise eine lange Latte, doch die sichtbarste Eigenschaft des jungen Mannes war seine Unfähigkeit, sich mit der Welt Rat zu wissen. Seine Scheu und Unbeholfenheit schrien geradezu danach, mißbraucht zu werden, was die Klasse auch fleißig tat. Die Kreide, in Wasser eingeweicht, um jeden Versuch, an die Tafel zu schreiben, zu vereiteln, die Türklinke, mit geriebenem Graphit bepudert, mit dem er sich dann unversehens Kinn und Nase verschmierte, als auch die Kollektivlüge, er prüfe einen nicht durchgenommenen Stoff, gehörten zu den üblichen Martern.

Dora litt mit ihm. Sie konnte noch die Quälgeister, mit denen sie das natürliche Band verbündete, ein wenig mäßigen, doch wagte sie es nicht, sich aus der Gemeinschaft auszuschließen, nicht einmal ihre allseitige Beliebtheit hätte sie vor den Folgen eines Verdachts schützen können, er gefiele ihr vielleicht. So nahm sie an seiner Verfolgung teil, und in der Verwirrung gegensätzlicher Gefühle verliebte sie sich in den Klassenlehrer.

Heute konnte sie über jene Verliebtheit lächeln, doch damals hat sich diese in ungeheuerlichen Taten geäußert. Dazu gehörte, daß sie an Abenden, die sie angeblich im Kino verbrachte, hinter der Ecke der Villa, in der er wohnte, lauerte, um zu erleben, was er für Augen macht, wenn er dort einen Strauß Feldblumen findet; hauptsächlich aber büffelte sie jede freie Minute Mathe, um ihm Freude zu bereiten. Ihre einsame Mühe war vergeblich, er gab den ungleichen Kampf auf und ließ sich in seine mährische Geburtsstadt versetzen. Eigentlich fühlte sie sich damals sogar erleichtert, wenn auch bei weitem nicht so wie jetzt, als sie endlich diesen Menschen vertrieben hatte...

Am besten erinnerte sie sich an den dritten, der sie auf das Abitur in Englisch vorbereitete. Die Mutter hatte ihn durch ein Inserat gefunden. Erst als sie ihn besuchten, wurden sie damit konfrontiert, daß er im Rollstuhl sitzt. Er war Jugendmeister im Abfahrtslauf gewesen und mit einem Ski im Schutznetz hängengeblieben, das ausdrucksvolle Gesicht und die athletische Figur gehörten einem Gelähmten. Dora hatte die Mutter im Verdacht, er sei ihr lieber als andere, ihm konnte sie die Tochter ruhig anvertrauen.

An die Sympathie männlicher Umgebung gewöhnt, verstand sie die sich mehrenden Vertraulichkeiten des neuen Lehrers als Ausdruck einer Freundschaft. Die hat sie betont erwidert, damit er sah, daß er für sie nicht weniger attraktiv war als seine gesunden Altersgenossen. Es wurde zur Gewohnheit, daß er sie bei der Stunde an der Hand hielt, wenn er sie drückte oder streichelte, galt ihr das als Kritik oder Lob. Als er sie nach einem Monat an sich zog und küßte, verwahrte sie sich nicht dagegen. Er war nicht der erste, und sie küßte sich mit Jungs zärtlich recht gern.

In der nächsten Stunde hat er sie kein einziges Mal berührt. Als er ihr nicht einmal zum Schluß die Hand reichte, wollte sie bestürzt wissen, was los ist. Er sei doch ein Krüppel! antwortete er, könne doch nicht von dem schönsten Mädchen, dem er je begegnete, verlangen, daß es sich lebenslänglich für ihn opfert. Obwohl es ihr vorher nie in den Sinn gekommen war, entfuhr ihr, das Leben mit ihm müsse für keine Frau ein Opfer sein, vielmehr ein Geschenk. Hastig ging sie und dachte weiter nur mehr daran.

Sie war nicht so naiv, als daß sie sich die Klippen dieses Zusammenlebens nicht vorstellen konnte. Ihre entgegenkommende Natur führte sie nichtsdestoweniger unaufhaltsam zu einer schicksalhaften Entscheidung. Sexualität hatte ihr bislang nur wenig zu sagen, sie fühlte sich von ihr vielmehr abgestoßen, es war für sie eine trübe Begleitung reiner Gefühle. Die Vorstellung, sie könnte mit ihm nur geistig zusammenleben, zog sie hingegen zu ihm…

Vor der nächsten Englischlektion bekam sie vor Aufregung Fieber. Die Mutter wunderte sich, warum sie einem Privatlehrer so eingehend versichern mußte, die Tochter liege tatsächlich zu Bett. Er sei außerordentlich sensibel! behauptete Dora, und könnte sich ihr Nichtkommen so auslegen, als möchte sie sich von dem Anblick seiner Verunstaltung einige Zeit erholen. Nach drei Tagen des Halbwachseins hat eine Entscheidung sie erleuchtet und wieder gesund gemacht.

Sie rief ihn an, als die Mutter aus dem Haus war, sie liebe ihn, wolle sich aber auch seiner Gefühle sicher sein. Er hat sich dazu mit Worten bekannt, die sie noch nie gehört hatte, wie sie auch bis jetzt niemandem ermöglicht hatte, sie auszusprechen. Er versicherte ihr, für ihn sei ebenso der tiefste Ausdruck von Liebe die Hochstimmung des Herzens, das würde sie gerade ihm, er lächelte bitter, gewiß glauben. Es bleibe nur die Frage, ob auch sie einer ähnlichen, fast klösterlichen Enthaltsamkeit fähig wäre, damit er mit ihr sowohl ohne Eifersucht als auch ohne Gewissensbisse leben könnte, er habe sie um etwas gebracht.

So haben sie sich eigentlich telefonisch verlobt. Dora stand die keinesfalls leichte Aufgabe bevor, die Mutter von der Richtigkeit eines so riskanten Schrittes zu überzeugen. Nein, Zweifel stellten sich nicht ein, aber sie mußte für den voraussehbaren Zusammenstoß Kräfte schöpfen.

Er gab nur nachmittags Stunden, am Morgen studierte er für sich, um ordentlicher Professor für Englisch zu werden. Weil sie keine funktionierende Telefonzelle fand, erschien sie unangemeldet bei ihm.

Im Schloß steckte der Schlüssel, vielleicht jener der Pflegerin, die ihn vormittags versorgte. Dora machte auf, ohne zu klingeln, und als sie die nicht gerade mehr junge Frau, der sie hier einmal begegnet war, nicht in der Küche fand, klopfte sie kurz an die Wohnzimmertür und trat ein. Was sie erblickte, hielt sie für ein Trugbild: In dem Rollstuhl, in dem er immer saß, schwankte wild eine seltsame nackte Kreatur mit zwei Paar ineinander verkrallten Beinen. Endlich erkannte sie die Pflegerin, in den Schoß des jungen Mannes eingezapft, ihre mehligweißen Brüste umflossen sein Gesicht.

Blutrot geworden, konnte sie die Augen nicht von dem barbarischen Kampf wegreißen, der sich jeder Vorstellung von Liebe entzog, bis er im heiseren Aufschrei der beiden gipfelte, Raubvögel! schüttelte sie sich vor Ekel und wurde mit Entsetzen soeben entdeckt.

«Dora...» noch immer rang er nach Atem, «ich flehe dich an, denke dir nichts, ich bezahle sie dafür...

«Du rufst die Mutter an», befahl sie ihm, «und sagst ihr, du hast keine Zeit mehr, mir weiter Stunden zu geben!» Damit warf sie den Schlüssel auf den Teppich und verließ die Wohnung für immer!

Bald darauf und noch lange danach machte sie sich Vorwürfe, es kam ihr brutal vor, mit einem Geschöpf so umzuspringen, das sich die natürlichsten Gaben des Lebens aus Not kaufen mußte. Vielleicht wäre sie sogar reumütig zurückgekehrt, hätte er sich zur Wehr gesetzt. Er jedoch hat ohne Widerrede den Befehl ausgeführt. Es blieb ihr auf der Netzhaut das Bild eines geilen vierbeinigen Körpers haften, das sie quälte, wann immer sie ihn einer neuen Untreue verdächtigen mußte, diesen Menschen.

Dank jenem Schock hat sie sich für lange Zeit in einen Traum verliebt. Im «Kino des anspruchsvollen Zuschauers» lernte sie in dem Film «Rot und Schwarz» einen Schauspieler kennen, der nie alt wurde, weil er mit einem knabenhaften Gesichtsausdruck starb. Sie hat den Film mehrmals gesehen, vor allem wegen der Szene, in der er in Gegenwart des Ehemanns unter dem Tisch die Hand der tugendhaften Madame de Renal packt und sie krampfhaft festhält. Gerard Philippe wurde für sie zum Maß der Schönheit und des Geistes. Um so weniger verstand sie jetzt, wie sie nach ihm dieser Mensch auch nur als Schauspieler für sich einfangen und gefangen halten konnte!

Die ersehnte Ankunft der Mutter verlieh ihr die Kraft, sich aus der langjährigen Versklavung zu befreien. Da sie ihn nur allzu gut kannte und damit rechnen mußte, daß er alle bewährten Hebel in Bewegung setzt, gab sie ihr ganzes Ich der Mutter in Verwahrung, ließ sie handeln und ordnete sich zur Abwechslung jetzt wieder unter sie, um sich so gegen die eigene Schwäche abzusichern. Es geschah aber etwas, womit sie nicht gerechnet hatte: Er unternahm nichts, wogegen sie sich hätte verteidigen müssen, zweimal täglich kam er fragen, wie es ihr geht, und als er keine Antwort erhielt, verschwand er leise. Um so maßloser bemächtigte sich nun die Mutter ihrer, als würde die Tochter wieder zur kleinen Dorlinka.

Das hatte auch Vorteile, so war sie sich sicher, daß dieser Mensch sie nicht in einem unbewachten Augenblick irgendwohin entführt, wo er sie wie immer brechen würde. Doch es war nicht das, was sie sich vorgestellt hatte, als sie die Mutter herbeiwünschte: in ihr nämlich eine Freundin zu finden, die auch ihre eigene Erfahrung als Frau endlich respektierte. Die Mutter hat ihren Mann verloren, sie den Sohn, sie möchte nicht behaupten, das sei mehr, aber immerhin war es genug, daß sie als erwachsen anerkannt wurde.

Es hat ihr eingeleuchtet, daß sie diesem Menschen am sichersten nach Böhmen entkäme, wohin er ihr kaum folgen könnte, dort müßte er sich vielmehr um sich selbst sorgen. Diese Überlegung, kaum ausgesprochen, hat die Mutter so blitzschnell aufgenommen, daß Dora mit ihr nicht Schritt zu halten wußte. Sie war noch nicht mit sich selbst im reinen und eigentlich auch mit diesem Menschen nicht, um einen so unwiderruflichen Schritt in der Gewißheit zu unternehmen, daß sie dazu lebenslang stehen kann. Darum war sie dem Primarius dankbar, der ihr ihren Betrug duldete, obwohl er ihn längst durchschaut haben mußte.

Seit Donnerstag fehlte ihr nichts ... bis auf Petřík ... doch diese Wunde konnte, wenn überhaupt, nur die Zeit schließen. Sie hatte kein Fieber, der Blutdruck war wieder normal, das Herz schlug nicht mehr wie verrückt, die Hitzewallungen legten sich, langsam wie die Ebbe schwächte sich auch der unirdische Klang ab, bis er ganz entschwand, sie schlief schon leidlich ohne Tabletten, und langsam kehrte auch der Appetit zurück. Auf Fragen, wie sie sich fühlte, antwortete sie bei den Visiten dennoch nur ausweichend.

«Also den Umständen entsprechend gleich?» pflegte es der Professor zusammenzufassen.

Sie nickte und durfte sich einen ganzen weiteren Tag der Verantwortung entziehen. Am Samstag sah sie ein, daß diese Tage gezählt sind, und so schlug sie lieber von sich aus vor, um sich mündiger zu fühlen, am Montag abend abzureisen. Hartnäckig bestand sie auf der komplizierten Nachtverbindung, als ob sie sich von der Dunkelheit und Müdigkeit verspräche, zusammen mit dem Rattern der Räder würden sie auch den Anprall der trostlosen Zukunft abfangen.

Auch heute schlief sie wieder schlecht, dreimal weckte sie das pochende Blut, immer an Petříks kleines Herz erinnernd. Wie kam es, daß vor allem ich ihn nicht gründlich untersuchen ließ? Es wäre tröstlich, dieses Versäumnis ausschließlich diesem Menschen vorhalten zu können, doch es wäre eine Lüge, ich, allein ich war verantwortlich! ähnlich wie ich einst die Sorge um meine eigene Gesundheit in den Wind geschlagen habe, damit sie mich nicht hinderte, aus dem vollen zu leben, habe ich auch die seine auf die leichte Schulter genommen...

Darunter litt sie und erwartete in Angst, wann dieser Mensch ihr rachsüchtig den Vorwurf machen wird, sie schleiche sich aus der Verantwortung und strafe ihn für ihr eigenes Verschulden. Ab vier Uhr schlief sie nicht mehr ein, und in der Früh war sie fahl vor Müdigkeit. Die Mutter, die diesmal ausnahmsweise noch vor der Visite kam, ihre Sachen einzupacken, war schockiert.

«Du willst doch nicht etwa hier weiter bleiben?»

Sie hat keinen anderen Gedanken, empfand Dora schmerzhaft, als mich nach Hause zu schaffen, und wenn ich aus dem letzten Loch pfeifen sollte. Sie zerbricht sich nicht einmal den Kopf, was ich dort mit mir anfangen werde. Ihr reicht es, daß dort dieser Mensch nicht sein wird, um das bereits als Garantie meines Glücks anzusehen! Sie löschte mein Bedürfnis, von Petřík zu sprechen, doch sie selbst spricht kein Wörtchen über die Bedingung, die die Rückkehr ohne diesen Menschen mit sich bringt: daß ich gewiß nicht bei fremden Eltern wohnen bleibe und somit zu ihr zurück muß.

Denn nichts erschien Dora unmöglicher, als weiter bei den Alterchen zu wohnen, um sie jeden Tag an den Verlust des Sohnes und des Enkels zu erinnern. Gleichzeitig warnte sie alles, sich auf Gnade und Ungnade der Mutter auszuliefern. Aus diesem Entweder-Oder gab es kein anderes Entkommen, als diese Flucht vor sich fortzusetzen, die ihr bis heute der Primarius ermöglichte.

Der kam allein noch vor der Visite, wie er das versprochen hatte.

Die Mutter erwartete er hier nicht, begrüßte sie jedoch mit aller altmodischen Förmlichkeit.

«Guten Morgen, gnädige Frau», er deutete einen Handkuß auf der ihm gereichten Rechten an, bevor er sich an Dora wandte, «na, wie geht es? Wollen wir nach Hause?»

«Nicht genug geschlafen», antwortete statt ihrer die Mutter, «gewiß vor Aufregung. Je schneller sie zu Hause sein wird, um so schneller schlüpft sie in ihre alte Haut zurück, sie sollte schon heute fahren.»

«Wenn Sie gestatten», sagte er so höflich wie unwiderruflich, «ich möchte mich davon selbst überzeugen.»

«Aber natürlich», sie machte schnell ihren Fehler wett, «soll ich hinausgehen...»

«Wenn ich bitten darf», nahm er das Angebot an.

Ausnahmsweise hat sie ihre Selbstsicherheit verlassen. Verwirrt fragte sie, ob sie auf dem Gang warten solle. Er gab ihr den Rat, zur üblichen Zeit wiederzukommen, vorsichtshalber vorher anzurufen, falls Dora sich noch bei den Untersuchungen befinde, die Entlassung käme ohnehin erst nachmittags in Frage.

«Jawohl, gewiß», sie nahm sich im Weggehen zusammen, «ich hoffe, Sie werden von dem Herrn Čech die unterschriebene Vollmacht zur Überführung bekommen, auf Wiedersehen, Dorlinka-Liebling, ich halte dir die Daumen und freue mich auf dich.»

Als sie allein waren, legte der Primarius ein Päckchen auf den Stuhl, das er dabei hatte, schaute sich die Eintragungen an, setzte sich auf die Bettkante, maß Dora den Puls und fragte.

«Also, wie geht es tatsächlich? Objektiv gesehen ist Ihr Zustand zufriedenstellend, aber ich bin kein Hellseher. Wollen Sie weg oder lieber noch hierbleiben? Beides nehme ich, versteht sich, auf mich. Also?»

Sie sammelte alle Kraft zusammen für diese Entscheidung, lieber ein Ende mit Schrecken, als ein Schrecken ohne Ende, das pflegte zwar dieser Mensch zu sagen, doch darin hatte er ausnahmsweise recht.

«Ich fahre...»

«Wegen der Mutter?»

Sie schüttelte energisch den Kopf.

«Wegen Petřík... daß er hier nicht ewig warten muß...»

Er kommentierte das trocken wie immer, wenn sie erregt war, es war der ihr schon bekannte Damm, den er jeder Rührung entgegensetzte, vielleicht auch der eigenen.

«Liebe Dora, verstecken Sie sich nicht hinter den Toten. Im Augenblick geht es um Sie und Ihren Mann.»

Dieser Mensch ist noch immer mein Mann! erschrak sie, da muß etwas geschehen!

«Ich trete keinesfalls in der Rolle eines Fürsprechers auf, für Ihr gemeinsames Schicksal trug er die volle Verantwortung. Nur liegt sie jetzt bei Ihnen.»

«Wieso?» wandte sie empört ein.

«Weil er die Entscheidung, die bei ihm lag, bereits getroffen hat!» er zog aus der Tasche des weißen Kittels ein dünnes Bündel länglicher Papiere, «Ihre Fahrkarten. Er kommt zum Abendzug mit dem Sarg.»

Sie konnte nicht glauben, daß dieser Mensch so leicht aufgeben würde, sie roch Verrat.

«Und dann?»

«Er fährt mit Ihnen. Sie wissen doch», reagierte er sofort auf ihren heftigen Unmut, «ich mische mich aus Prinzip nicht in das Leben anderer ein, aber als ehemaliger Flüchtling weiß ich, was auch Sie wissen: daß er viel riskiert.»

«Ich habe ihn nicht darum gebeten!»

Sie selber staunte darüber, wie aus ihr die Mutter sprach. Aber ich darf nicht nachgeben!

«Dadurch wiegt alles nur noch schwerer, spüren Sie das nicht, Dora? Darf ich fragen, ob Sie sich überhaupt ein weiteres Leben mit ihm vorstellen können?»

«Ich weiß nicht», sie wurde unsicher, aber sie faßte sich wieder, «eher nicht.»

«Dann sind Sie ihm vielleicht diese Information schuldig. Damit er weiß, womit er dort zusätzlich rechnen muß.»

«Ich will ihn nicht sprechen!» flog es aus ihr heraus.

«As you like it», schloß er das Gespräch ab, in der Sprache, in der sie sich am häufigsten verständigten, und erhob sich vom Bett, «und gerade darin liegt Ihre Verantwortung.»

Sie wußte, daß sie mit ihm zum letztenmal so privat spricht, und verstand in diesem Augenblick, was er hier für sie bedeutet hatte, nicht nur als Arzt. Zum erstenmal hatte sie jemanden wie einen Vater gehabt. Obwohl er sich vor allem gehütet hatte, was an Einmischung erinnern könnte, wurde er zu einem Vertrauten, der auch den Zustand der Seele überwachte. Er dämpfte Emotionen, um Dora dann wieder aus der

Apathie wachzurütteln, mit jedem Besuch räumte er in ihr etwas von den Trümmern weg und legte ein Stück Sicherheit auf. Sie konnte es sich nicht denken, ihn für immer als Freund zu verlieren, auch jetzt wollte sie ihn überzeugen.

«Mit ihm... ich kann mit ihm einfach nicht sprechen!»

«Hat es jemand verboten?»

«Meinen Sie... nein! Doch die Mutter befürchtet, er könnte mich wieder überreden, und davor habe ich selber Angst. Ich ließ mich doch immer... und dafür mußte der arme Petřík büßen, wissen Sie.»

«Wenn sich ein so starker Mensch wie Sie überreden läßt, jawohl! Sie sind sehr stark, Sie lehnen es nur ab, sich dazu zu bekennen, schon daran gewöhnt, die anderen für Sie entscheiden zu lassen! wenn sich jemand so Intelligentes und Erfahrenes überreden läßt, heißt das immer, daß er einen Grund dafür hatte. Und wenn er einem Gespräch ausweicht, gesteht er die Schwäche der eigenen Position ein, die keine Konfrontation mit einer anderen verträgt. Es droht die Gefahr, daß es erst ans Tageslicht kommt, wenn es schon zu spät ist. Aber da überschreite ich wieder meine Kompetenz. Ich weise die Oberschwester an, die Entlassung vorzubereiten.»

Krampfhaft versuchte sie, auf ein anderes Problem auszuweichen.

«Ich bin hier nicht versichert. Wie soll ich es Ihnen...?»

«Oh, wir schicken die Rechnung an das Außenministerium, es wird nicht das erste Mal sein. Ich werde dafür sorgen, daß sich unsere Republik Ihnen gegenüber genauso wohlwollend verhält, wie sie es aus lauter Angst bei diversen arabischen Waffenschiebern tut.»

Er reichte ihr die Hand. Sie suchte nach Worten, die er verdiente.

«Innigsten Dank», sagte sie schließlich eher unbeholfen, «für alles...»

«Gern geschehen», er griff nach seinem Päckchen und war schon an der Tür, als er sich erinnerte, «Moment, das gehört Ihnen.»

«Was ist das?»

Er wartete, bis sie aus dem Seidenpapier ein schwarzes Kostüm auspackte.

«Für die heutige Reise, nein!» er kam neuen Dankesworten zuvor, «das ist von ihm.»

Daß sie diesem Menschen noch jetzt für etwas dankbar sein sollte, zwang sie zum Angriff.

«Aber die Gelder sind von Ihnen, nicht?»

«Nein, er hat den Anhänger seiner Mutter verkauft, den er sein ganzes Leben getragen haben muß. Nun, Dora, wir sehen uns noch am frühen Nachmittag, um Abschied zu nehmen.»

2. *Der Alchimist*

Die Woche in der Pension Krebs war für Karel Markalous die schlimmste, ein Martyrium. Die komplizierte Scheidung, die ihn beinahe die Tochter gekostet hätte, der schändliche Verrat seiner zweiten Frau als auch Dutzende Kalamitäten anderer Art, das alles wurde barmherzig mit Freuden aufgewogen oder wenigstens mit Aufregungen, die ihm seine immerwährende Liebe stets brachte – das Glas.

«Wenn die wüßten, daß ich ohne Glas kaum leben kann, würden sie mich dafür bezahlen lassen, daß ich arbeiten darf», scherzte er ernsthaft.

Daß sie das wußten und ihm trotzdem nach heimatlichen Maßstäben einen fetten Kavalierslohn zahlten, war ein Geschenk des Himmels, mit Hilfe dessen er seinen, wie er es nannte, sexualschöpferischen Zyklus finanzieren konnte. Pedantische Eintragungen darüber haben ihn mit den Jahren davon überzeugt, daß das keine Einbildung war. Absolute Spitze war er bei den Frauen, mit denen er es nach Belieben treiben konnte, da hatte er Ideen, gute Laune und Charme. Nach einer Woche Abstinenz wurde er zerstreut, leicht erregbar und ging selbst ergebenen Mitarbeitern auf die Nerven. Schon zwei Wochen reichten ihm zur Unzurechnungsfähigkeit: Es fiel ihm nichts ein, er rief Konflikte hervor und machte Fehler.

Er hat diese Kausalität rechtzeitig entdeckt und sich abgesichert; neben den jeweiligen Favoritinnen hielt er sich für Notfälle ein paar erotische Samariterinnen, die er entlohnte, wie es im Lande des gesunkenen Kulturniveaus zur Sitte wurde: mit einem Päckchen ausländischem Kaffee oder mit Strumpfhosen aus westlichen Ramschwochen.

In Rohlau lief nichts. Wenn er sich die Rumäninnen wegdachte, von ihren ganzen Familien überwacht, und wenn er nicht die minderjährige Slowakin dazurechnete, gab es hier nur drei Weibsstücke, die in Betracht kamen: Der tittigen Verkäuferin aus Budweis schaute die Gier aus beiden Augen, doch die hatte sie ausschließlich für den slowakischen Raufbold übrig, der fähig wäre, auch ihn durch das Fenster zu schleudern.

Die interessante Pragerin ließ ihn nicht daran zweifeln, mit ihm nie! man hat ihn nicht vergeblich Alchimist genannt, daß er nicht wußte: Gegen die Chemie hilft auch körperliche Gewalt nicht! Vor der einsamen wolgadeutschen Russin, die sich hier unwissentlich wie ein Verkaufsobjekt ausstellte, hatte er Angst: Sie roch auf tausend Schritt nach unbefriedigter Mütterlichkeit.

Sobald er das alles registriert hatte, betrat er den Speiseraum nicht mehr. Er ging auch früher nicht in Betriebskantinen, mit seinen Weibern aß er in anständigen Restaurants, und mit ausländischen Partnern, die selbstverständlich ihn einluden, tafelte er in den besten Lokalen; zwischendurch genügten ihm Brötchen mit Salami und eine Flasche Bier. Aus dem Kolowiczynĭ hat er ein bindendes Versprechen gepreßt, ihn umgehend in Deutschland und Italien zu empfehlen. Als er sich eine Cordhose, eine Jacke und drei pflegeleichte Hemden kaufte, beschloß er, sich mit Hilfe der ministerialen Gelder in Rohlau allein zu verpflegen, es konnte ja nicht lange dauern.

Die ersten zwei Tage hatte er ohnehin keinen Hunger. In Streßsituationen schloß sich sein Magen, und das kam ihm nicht ungelegen; in den letzten Jahren schämte er sich wiederholt vor den Frauen, dicker zu sein, als es ihm anstand, und unternahm wilde Hungerkuren. Bei dem widerlichen Pensionsinhaber, der sich versichern kam, ob er noch da wohnte, hat er durch die Tür eine Magenverstimmung vorgeschützt.

Von den zwei Beisln, die in Rohlau überlebten, diente eins der Jugend, das andere dagegen hatte ein Niveau, das er daheim nur aus Prag kannte. Zwei Abende hintereinander speisten hier zwei hübsche Mittvierzigerinnen, denen der Kellner äußerst höflich begegnete. Unbestritten hat Markalous ihr Interesse geweckt, so daß er, als sie am Freitag auch Mehlspeise verzehrt hatten, galant darum bat, sich zu ihnen setzen zu dürfen, er wolle mehr über ihre Gemeinde erfahren.

Er durfte für sie Wein bestellen, und das Gespräch hat sich hoffnungsvoll entwickelt. Rohlau, erfuhr er, sei ein Refugium von Unternehmern aus Sankt Pölten geworden. Sie beide, vorzeitig verwitwet, haben sich zusammengetan und führen erfolgreich eine Baufirma. Sie waren erfreut, in ihm einen Erfinder aus dem Glasfach kennenzulernen, und in ihm wuchs der Eindruck, er könnte sie beide haben. Sie vermuteten, er sei hier auf Urlaub, seinen Akzent hielten sie für niedlich. Den Umschlag führte der Lokalbesitzer herbei, als er zu ihnen trat und erzählte, was ihn die neue elektronische Warnanlage gekostet habe.

«Und das alles für nichts und wieder nichts», schloß er düster, «bevor die Nachtwächter von Gendarmen da sind, liegen wir längst mit durchgeschnittener Kehle da.»

«Von wem?» fragte Karel Markalous dumm.

«Sie wissen's nicht?» fragte die attraktivere der beiden Damen, «man hat uns hier Flüchtlinge in den Pelz gesetzt, machen Sie einen weiten Bogen um die Pension Krebs, entweder verschwindet etwas aus Ihrer Tasche, oder Sie fangen sich etwas ein.»

«Läuse!» erklärte ihm die andere.

Er war so schockiert, daß ihm nicht einfiel, wie er sich elegant aus der peinlichen Lage zieht, wenn man ihn fragt, wo er hier eigentlich...

«Und wo wohnen Sie hier eigentlich?» hörte er die erste, in deren Augen er zuvor bereits eine Einladung gelesen hatte.

Unvorbereitet stammelt er wie in der Schule etwas von einem Wiener Ministerium und den Weltfirmen, die um ihn ein Tauziehen veranstalteten, so daß er hier auf das Resultat warten muß; sie beobachteten ihn mit wachsendem Staunen, bis er es total errötet ausspuckte: Er sei, nur vorübergehend, versteht sich, und bloß aus technischen Gründen! in der erwähnten Pension einquartiert, in der er natürlich, wie die Damen sehen können, nicht einmal zu Tisch gehe...

Die gastfreundlichen Augen wurden kalt, die zweite hat noch eine Weile über Nichtigkeiten geplaudert, doch bald machte gerade sie die plötzlich schweigsame Freundin darauf aufmerksam, sie wollten doch noch... sie verabschiedeten sich so definitiv, daß jeder Zweifel ausgeschlossen war. Er wünschte sich noch ein Viertel Rotwein zur Beruhigung, doch der Inhaber, vorher die Bereitwilligkeit selbst, hat ihn nicht allzu freundlich darauf hingewiesen, daß er gern in die Falle möchte.

Samstag früh legte sich Karel Markalous einen Vorrat Brot, Salami und Bier zu; das Wochenende wollte er auf dem Zimmer überstehen und sich durch Arbeit ins Lot bringen. Die Suche nach den Chemieformeln, die ihm die kritischen Tage in Wien zu bewältigen half, endete hier mit einem Fiasko. Er kam sich wie ein Jagdhund vor, der die Spur verloren hat und nur seinen eigenen Schwanz hetzt. Schon in Prag vor der Abfahrt war er enthaltsam gewesen, darüber hinweg half ihm jedoch das Bewußtsein, er schone sich für die Nächte mit Gerda. Der Mittag mit ihr in Wien war dann jener Happen, der nur Hunger weckt.

Alles in allem wirkte das hier auf ihn wie eine Überdosis Stickstoff, er wurde schlapp an Leib und Geist, unfähig, schlüssig zu denken und zu handeln. Als am Sonntag abend die einzige schwache Glühbirne in seinem Kämmerlein durchbrannte, fand er nicht einmal die Kraft, sich von unten eine neue zu holen. Nie vorher hatte er sich so miserabel gefühlt. In der Dunkelheit, die zur Not die Trostlosigkeit dieser Bleibe überdeckte, erinnerte er sich von neuem des auf den Stephansdom kletternden Arbeitslosen und konnte mit eigenen Sinnen die Verzweiflung verspüren, stärker als das stärkste Schwindelgefühl, das den Körper zur letzten Hoffnung treibt; offensichtlich konnte der Mann mit der Mediengeilheit seines Chefs rechnen. Er sah sich dort oben selbst kleben, eine Menschenfliege, für keine Spinne interessant.

In der Nacht veränderte sich seine Situation, ohne daß sie sich verbesserte. Er geriet wieder in den Keller der Sázaver Feuerwache, in den ihn die SS-Leute zu ausgewachsenen vermeintlichen Banditen gesteckt hatten. Es hat ihn vorübergehend beruhigt, daß das alles, was ihn quälte, das Problem mit Zdena, Gerdas Betrug, das Schweigen des Ministeriums und der Rausschmiß aus Rohlaus besserer Gesellschaft nur das Hirngespinst einer üppigen Knabenphantasie sei. Angst klemmte ihn jedoch ein, als er davon ableitete, daß er dann tatsächlich eingekerkert war und morgen früh zusammen mit der Brücke zerfetzt werden würde...

Diesmal hat ihn ein Klopfen gerettet. Es war halb zehn, er lag in Kleidern auf dem Bett, und hinter der Tür hörte er eine Stimme.

«Hallo! Sind Sie da?»

Er hat den Wirt erkannt. Die vorige Gefahr galt also nicht, um so mehr die jetzige. Er hat eine weitere schlechte Nachricht erwartet, und für so was hatte er es nicht eilig.

«Moment... warten Sie...»

Er kämmte sich mit dem nassen Kamm und dachte niedergeschlagen daran, was ihn jetzt noch obendrauf treffen könnte. Asyl abgelehnt? Was dann? Darf man ihn denn nach Hause abschieben? Er war bemüht, nicht allzu kläglich zu wirken, als er endlich öffnete. Der Grobian schaute ihn jedoch vielmehr respektvoll an.

«Also sind Sie es doch... Der Herr, der unlängst in der Zeitung stand?»

Er nickte, doch statt einer weiteren Frage bekam er von Krebs ein Papier, auf dem mit ungelenker Hand eine Nachricht gekritzelt war, die der Wirt nun laut wiederholte.

«Man erwartet Sie in Wien. Um zwölf, ‹Hotel Continent›, Zimmer eintausendeins.»

«Aber wer?»
«Den Namen habe ich nicht verstanden, klang irgendwie Englisch.»
«Aha... wann fährt der nächste Bus?»
«Längst weg. Aber ich kann Ihnen ein Taxi bestellen.»
«Und wer zahlt das? Habe keine Ahnung, um was es geht!»
«Es findet sich immer einer, der dorthin fährt», sagte Krebs erbötig, «ich frage nach.»

Nach Wien kam er umsonst und rechtzeitig, wenn auch mit Glück. Mit seinem klapprigen Minibus hat ihn mit anderen der ältere Mann mitgenommen, den er ursprünglich für den Vater der jungen Tittigen hielt; offensichtlich war er aber ihr Ersatzhirsch, aus dem sie Gelder zog, er schien die Tasche davon voll zu haben. Nichtsdestotrotz hatte sie es ganz unverschämt auf den Slowaken abgesehen, auch der fuhr mit. In der ersten Serpentine landete sie auf seinem Schoß, als sich auf rätselhafte Weise der Mitfahrersitz aus den Angeln hob. Der Fahrer hielt an, und verdrossen reparierte er ihn.

In der Panik, zu spät zu kommen, erklärte Markalous, er werde jetzt zur Autobahn vorauslaufen. Als sie ihn einholten, zu seinem Glück bald, er rang nach Atem, hatten sie sich um ein ungleiches Paar vermehrt, das er aus seinem Fenster oft beobachtet hatte. Aus der Nähe erkannte er, daß die Frau, irgendeine Musikerin, zwar einen ganzen Kosmetiksalon beschäftigen mußte, doch jugendliche Vitalität ausstrahlte. Unauffällig schätzte er den Jüngling an ihrer Seite ab, er könnte den Dampf eines Kreisbullen haben, aber wahrscheinlich keine Technik, ob ich's ihr mal statt seiner besorge...? du Ferkel! pfiff er sich zurück, du solltest dich kastrieren lassen, bevor du eine auf der Straße umstößt!

Er versuchte lieber zu raten, wer ihn ruft und warum. Wird er etwas über die Unbekannten erfahren, die ihn reingelegt haben? Wird man ihm den Preis für seine Auferstehung nennen? Droht dabei irgendeine Gefahr? Nein, tröstete er sich, nur lebendig und gesund habe ich einen Wert. An und für sich blieb ihm keine andere Wahl, bestenfalls konnte er nur noch in Rohlau versauern.

Als er auf dem Wiener Gürtel anzuhalten bat, stieg auch die bemalte Frau mit ihrem Inseminator, wie er ihn für sich nannte, aus. Er hörte, daß die beiden ebenfalls ins Zentrum wollten, damit sich jedoch der blinde Alarm seiner Drüsen nicht wiederholte, verabschiedete er sich schnell und nahm erst eine Ecke weiter ein Taxi. Dann haben ihn wieder

Mädchen erregt, die herausfordernd an den Straßenecken posierten. Der Chauffeur bestätigte: Auf dem Gürtel haben sich jetzt Prostituierte niedergelassen, die aus ihren Standorten in der Stadtmitte wegmußten.

Er war froh, als ihn die klimatisierte, zu dieser Stunde leere Halle des Luxushotels verschlang. Der Portier hat sich den Hauscomputer nicht einmal angeschaut.

«Jawohl, einsnullnulleins ist zehnter Stock.»

Es war sogar noch Zeit, so leerte er gemächlich ein Glas echten Pilsner Urquells in der Tagesbar, bevor er nach oben fuhr. Die Nummer fand er gegenüber dem Lift. Er drückte den Klingelknopf und zögerte, als die Tür aufging: Der Mann mit Stiernacken wirkte auch in seinem Zweireiher gewalttätig. Stumm schaute er auf den Ankömmling, bis Markalous zu sich kam und sich vorstellte.

«Come in!» befahl der Starke, schloß den Sicherheitsriegel und zeigte auf eine mächtige Sitzgarnitur, «sit down!»

Selbst diese Höflichkeit klang wie eine Anordnung. Er versank also in der Polsterung, während der Gastgeber stehenblieb und seine Kinnbakken sich in Bewegung zeigten. Er kaute! Nach einer Weile hielt Markalous es nicht mehr aus.

«Sie möchten mich sprechen...»

«O no, not me.»

Worum geht es? Er verlor die Übersicht, bin ich hier richtig? Und falls ja, was will man hier von mir? Das sagte ihm gleich eine Frauenstimme im Lautsprecher.

«Mister Markalous may come in.»

«Yeah!» bestätigte der Kauende und öffnete die Verbindungstür.

Bodyguard, begriff er. Das nächste Zimmer war als Interimsbüro eingerichtet, eine Sekretärin tippte emsig, die andere stand bereits, um ihn zu begrüßen.

«Mister Hutcheson erwartet Sie.»

Der dritte Raum diente für Sitzungen. Durch die Tür, zum Balkon geöffnet, erblickte er die Domspitze und entsann sich der Fliege.

«Hallo!» rief ihm ein Sechziger zu, mit seinem Igelschnitt erinnerte er an Generäle aus amerikanischen Filmen, er trat aus einem Appartement heraus, in dem Markalous ein Bett erblickte, und drückte ihm fest die Hand, «very pleased. English or German? Nehmen Sie Platz!»

«Wie Sie wollen», sagte Markalous, an dem Mann fesselten ihn die Augen, die einem arglosen Kind zu gehören schienen

«Nun gut, also deutsch, es ist meine Muttersprache, die Eltern waren Wiener. Zur Sache. Unsere Firma kennen Sie?»

«Welche...?»

«United Glass and Ceramics.»

«Chicago...?»

«Natürlich.»

«Verzeihung...», blinzelte Markalous, «sind Sie etwa Mister Hutcheson von United Glass and Ceramics?»

«Man hat Ihnen doch die Einladung übermittelt?» wunderte sich nun der echte Gastgeber.

«Es nahm sie jemand entgegen, der nicht Englisch kann.»

«Doch Sie haben sich für das Treffen mit uns interessiert gezeigt?»

Verdutzt schüttelte er den Kopf.

«Habe keine Ahnung... aber vielleicht», fiel ihm ein, «hat man Sie aus dem österreichischen Ministerium benachrichtigt?»

«Man hat mich über eine delikate Umleitung verständigt, doch never mind, ich bin froh, Sie kennenzulernen, und es freut mich, daß Sie unseren Laden kennen.»

«Sie sind doch die Nummer eins in der Welt!»

Es klang fast weihevoll, und der Partner fühlte sich geschmeichelt.

«Möge es so sein! Nun, wir wiederum kennen Sie. Wir haben allerseits gehört, Sie gelten hinter dem Eisernen Vorhang als einer der Spitzenglaser.»

Eine so lustige Auszeichnung, die erste nach seinem tiefen Fall, dazu noch aus einem so berufenen Mund, wirkte auf Markalous wie eine Heilsalbe. Um so leichter fiel es ihm, sie bescheiden abzulehnen. Noch immer standen sie. Hutcheson setzte sich nicht an die Stirn des Tisches, sondern auf einen der seitlichen Stühle und zeigte auf den ihm gegenüber.

«Deswegen haben wir uns mit Ihnen beschäftigt. Wir haben vermutet, daß die sonderbare Legende nur Ihren Überflug vernebeln soll, und gewartet, bei wem Sie landen. Statt dessen stecken Sie in einem Flüchtlingshotel. Wie soll man das verstehen?»

«Daß das Märchen», Markalous fand zu seiner Form zurück, «leider stimmt und mich jemand auf eine Weise angeknickt hat, der man nur schwerlich Glauben schenken kann, zu allem verbreite ich jetzt noch Mißtrauen.»

«Auf was tippten die Herren von der hiesigen Staatspolizei?»

«Wahrscheinlich auf einen westlichen Geheimdienst.»

«Und die Herren vom Ministerium?»

«Gewiß auf westliche Konkurrenz. Vielleicht sogar auf Sie.»

«Hat man uns genannt?»

«Nein, man hat ganz allgemein Firmen erwähnt, die mit uns im Wettbewerb waren.»

«Das war doch auch die Samurai Incorporated aus Osaka.»

Markalous hob die Schulter.

«Was meinen Sie selbst?» fragte Hutcheson.

«Seltsam... danach hat mich bis jetzt eigentlich noch niemand gefragt.»

«Aha? Nun?»

«Ich habe keine Beweise.»

«Manchmal führt einen die Nase richtig.»

«Mein Land, also mein ehemaliges, hat auch Konkurrenz im eigenen Lager...»

«Die Ostdeutschen, meinen Sie? Dann würden sich unsere Gefühle treffen.»

«Es verwirrt mich, daß ihr Angebot diesmal keine Chance hatte.»

«Darum vielleicht der Versuch, Sie sogar mit einem Rammbock herauszuschlagen, um den eigenen Anspruch auf die Führungsposition im Comecon zu stärken.»

Das Gespräch stellte Markalous zufrieden, er kam aber nicht dahinter. Sein Gegenüber mischte die Karten, ohne zu verraten, was gespielt werden soll.

«Nicht ausgeschlossen», erwiderte er reserviert.

«Haben Sie eine andere Vermutung?»

«Nein...»

«So bleiben wir doch bei der wahrscheinlichsten. Heben Sie den Fehdehandschuh diesseits des Vorhangs auf, wie ein freier Mensch.»

«Ja, und wie?»

«Ich biete Ihnen die Stelle eines Spezialberaters in meinem Stab an. Sie werden die Entwicklung im Osten auswerten, damit wir bei der nächsten Runde nicht ähnlich enden wie eben durch Ihr Hinzutun in Österreich, never mind! wie Sie sehen, hat gerade diese Niederlage unser Interesse an Ihnen geweckt. In dieser Position könnten Sie auch mit Erfolg danach fahnden, wer Ihnen die Falle gestellt hat. Mir ist klar, daß Sie über das Angebot in Ruhe nachdenken möchten. Ich erwarte Sie», er schaute auf eine massive Armbanduhr mit Mondphasen, «zwei Uhr dreißig. Für ein

Ja bekommen Sie einen dreijährigen Vertrag mit einem Zehntausend-Dollar-Gehalt, dreizehnmal jährlich...» er stand auf, «bis dann!»

Er verabschiedete sich mit einem kindlich freundlichen Lächeln, und federnd schritt er in die privaten Gemächer.

Karel Markalous war allein und stellte fest, das Treffen hat achtzehn Minuten gedauert. Sein Gehirn errechnete, daß jede davon ihm zwanzigtausend Dollar einbringt... sagt er Ja... er blickte zu dem entfernten Turm hin, auf den er nicht mehr klettern mußte... sagt er Ja... er wunderte sich nur, was sich in ihm dagegen stemmte, dieses Ja direkt herauszuschreien. Warum überhaupt diese Frist? Was ist das für eine Prüfung? Ist das Angebot etwa verführerisch überzogen, damit er seine Unfähigkeit offenbart, sich und auch die anderen richtig einzuschätzen? Er hat oft gehört, daß die Amerikaner solche Spielereien betreiben, und bekam es mit der Angst: Wird er zum Schluß Harakiri machen?

Er zwang sich, das Zimmer zu verlassen, der Sekretärin und dem Leibwächter zuzuwinken, sich mit dem Lift in die Halle zu befördern und auf die Straße hinauszugehen. Der Übergang aus dem künstlichen Klima in die Julihitze setzte ihm zu. Im Hotel wollte er nicht bleiben, wer weiß, wer mich beobachtet? Wahrscheinlich sehe ich genauso unsicher aus, wie ich mich fühle, das wahre Gegenteil eines amerikanischen Managers! Was fange ich in den zwei Stunden an?

Auf ein Essen verschwendete er keinen Gedanken, ein Bier hätte ihn nur abgestumpft, Kaffee vertrug er nicht, Kinos spielten noch nicht, Moment! auf dem Bahnhof läuft Porno, früher ging er manchmal nachts hin, bevor es die besseren Hotels auf dem hauseigenen Fernsehkanal eingeführt hatten. Als er ein Taxi anhielt, erinnerte er sich der Tageshuren. Warum Schatten auf der Leinwand, wenn man hier Frischfleisch kriegen kann?

Der Taxifahrer hat ihm statt ihrer eine Einrichtung im Ersten Bezirk empfohlen, zwar ein wenig teurer, doch unvergleichlich solider, die Mädchen hätten Format und wöchentlich Untersuchungen und der Gast spare sich die Zuhältertücken. Sollte der Ausflug erfüllen, was er sich von ihm erwartet hat, durfte es nicht auf das Geld ankommen, die ministeriale Brandschatzung konnte nicht passender und nutzbringender ausgegeben werden!

Das alte Haus lag in einer engen, stilvollen Gasse, in die keine Bistros oder Boutiquen eingedrungen waren. Um so verblüffender nahm sich dort eine rote Laterne aus, die am hellichten Tag über der halbgeöffneten

Tür hing. Die ginge nie zu, belehrte ihn der Fahrer, nicht einmal am Karfreitag und am Heiligen Abend, da herrschte geradezu Hochbetrieb mit den Vereinsamten. Erst in dem vornehmen Gang des Patrizierhauses stieß er auf eine schwere Eichentür mit Klingel. Der Mann an der Tür war eine Frau, freundlich lud sie ihn ein, Schulter und Schritt verrieten jedoch, daß sie ihn erfolgreich rauszuschmeißen wüßte.

Der Salon, in den sie ihn begleitete, ähnelte Markalous' beliebter Weinstube auf der Nationalstraße in Prag, in deren dunklen Grotten, wie er die Nischen nannte, er sich tagsüber gern seine Nachtfalter einfing. Hier bildeten sie die Vordielen der Separées. Inmitten des Raums, dessen Akustik die zottigen Teppiche und dicken Gobelins dämpften, war eine runde Bar; auf hohen Stühlen schwebte ein Dutzend Mädchen in gewagten Kreationen in der Luft.

Markalous war zum ersten Mal in einem Bordell, ein Amateur! beschwor er sich in Männerrunden und fügte im stillen hinzu: nur undank der Armseligkeit meiner Spesen. «Gelsomina» hat seine Erwartungen nicht enttäuscht. Es gefiel ihm das Milieu und auch das Mädchenensemble, in dem alle weiblichen Grundtypen vertreten waren, vom beinahe kindlichen bis zu dem mütterlichen, vom kalten nordischen bis zum glühenden südlichen. In der klassischen Rolle der Mama trat die Barfrau auf, eine Lesbe wie die an der Tür! schätzte er sie ein, muß nicht weit ausholen zu einem Schlag, fehlt nur der Sheriffstern.

«Keinen Alkohol», antwortete er auf ihre Frage.

Sie leierte Namen reiner Früchtecocktails herunter. Er kannte sich nicht aus und nickte einfach bei irgendeinem. Während sie mixte, taxierte er unauffällig die Frauen, die sich lebhaft miteinander unterhielten. Komisch: Statt Erregung erlebte er Scheu. Warum vor Huren, wenn ich mich nie schämte, mich ungehemmt vor echten Damen zu exhibieren? Gleich fand er eine Erklärung: weil er wirklich ein Amateur war und hier auch die Jüngste schon Priesterin des ältesten Gewerbes.

«Wünschen Sie Gesellschaft?» fragte die Sheriffin, als sie ihm ein nach Ananas duftendes Glas brachte, so höflich, als wäre er vielleicht hierher zum Zeitunglesen gekommen.

«Ja», unterdrückte er seine Verlegenheit, «natürlich.»

«Haben Sie eine bestimmte Vorstellung, oder überlassen Sie es mir?»

«Gerne...»

Er wollte sich lieber führen lassen, als sich zu blamieren. Und wunderte sich, als sich zu ihm ausgerechnet das Mädchen setzte, das ihn vorher am stärksten anzog, mit langem blonden Pferdeschwanz. Das erste Bild, mit dessen Hilfe er sich in der Pubertät erregt hatte, stellte eine Schönheit zu Pferde dar, nur in langes Haar gehüllt; er bekam fürchterliche Prügel, als der Vater in seinem Lieblingsbuch nur eine zackige Scherenspur fand.

«Ahoj», grüßte sie in Tschechisch, «sollte ich hier einen Landsmann vor mir haben?»

Die Sheriffin hatte zu allem noch ein vorzügliches Gehör! Sie sei aus Brünn, sagte das Stutenmädchen, habe Philosophie studiert und mit ihrem Verlobten das Weite gesucht, der jedoch umkehrte, so daß sie auf die schnelle für Wohnung und Studium verdienen müsse. Ihre Stimme war rauh, für eine mährische Studentin sprach sie ein ungepflegtes Tschechisch und sah nach dreißig aus, war aber ein helles Köpfchen, scharfsinnig und vor allem sein Lieblingstyp. Er verdarb ihr das Spiel nicht. Sie duzte ihn, das gehört hier zur Sache! ließ Sekt kommen und verheimlichte ihm nicht, daß sie nur ein Glas trinkt, und den Rest schreibe man ihr gut. Ebenso natürlich fragte sie, wie er es gern möchte.

«Hier springt es wie beim Telefonzähler», erklärte sie ihm, «am schlimmsten endet, wer nicht im voraus eine Pauschale ausmacht.»

«Und das darfst du mir verraten?« er war erstaunt.

«Erstens hast du mir 'ne volle Pulle bestellt, warum soll ich also da zu dir link sein? Und zweitens versteht uns niemand.»

Sie half ihm, wie sie sagte, sich schnell die Hörner abzustoßen, bald war er ohne Hemmungen, und es amüsierte ihn, den bevorstehenden Akt zu planen; ich bringe mein physisches Muß und Soll in Übereinstimmung mit ihrem Marktwert! Der Spaß war teuer, doch heute war es ihm die Sache wert. Sie machten zwei Nummern «ohne» aus, à tausend, wobei sie ihn belehrte, daß die naiven Touristen aus Amerika und Japan darunter Kondom verstünden, während es sich hier um eine listige geschäftliche Beschreibung des Umstands handelt, daß das Mädchen sich überhaupt auszieht; Pariser war hier Bedingung.

Er zahlte im voraus, und als das Klirren der altmodischen Registrierkasse auch zweitausend für Drinks anzeigte, wollte er einen Irrtum reklamieren, doch die Brünnerin warnte ihn rechtzeitig: Die Preisliste hing zwar im Schatten, aber öffentlich vorhanden, der Sekt kostete hier eben einfach fünfzehn, der Saft fünf Hunderter. Zur Sexkonsumation begab er sich in das Separée, ganz verspiegelt, selbst an der Decke, und fast ganz von einer schneeweißen Couch eingenommen.

«Eine Dusche vorher?» fragte die Philosophin.

«Nein», die Hose drückte ihn bereits, «ich möchte nur dich.»

Sie entkleidete sich viel schneller als er, trainiert wie ein Soldat! bewunderte er es, schaltete auf Mattlicht um und legte sich neben ihn.

«Also, zeig doch!»

«Was...?»

«Ihn doch! Er kriegt ein Strümpfchen.»

Er erinnerte sich nicht mehr, wann er so was das letzte Mal anhatte, er verlor darin das unmittelbare Gefühl, doch das vergaß er gleich, so gut war sie! Sie hat sich im Nu seinen Gewohnheiten angepaßt. Normalerweise wußte er, wenn es ihm gefiel, die Lust meisterhaft zu verlängern, doch gegen die Philosophin kam er nicht an, sie verstand es, ihn in ein paar Minuten zum Gipfel zu führen. Nach ihm kam er ein wenig schmerzlich zu sich, dank dem blöden Gummi! im ganzen war sie aber erste Klasse, er wollte sie dafür küssen. Sie wich aus.

«Was ist...?»

«Hier wird nicht geküßt.»

«Nicht einmal für einen Zuschlag?» scherzte er.

«Dafür gibt es keinen Tarif.»

«Und wie hoch schätzt du es?»

«Küssen lassen wir uns nur privat, darin steckt unsere kleine Freiheit.»

«Ziemlich groß», meinte er, «sie macht aus all dem einen rein animalischen Akt.»

«Darin liegt doch der Witz! Darum kann auch hier eine Frau ganz Frau bleiben.»

Er kippte sich neben sie auf den Rücken und sah sie beide von der Decke auf sie herunterschauen.

«So komm jetzt auf mich drauf!» bestellte er.

Sie wechselte ihm den Kondom und warnte ihn.

«Telephon.»

Er hörte und verstand nichts.

«Willst du den Taxameter laufen lassen? Für einen Tausender gibt es nur eine Normalnummer.»

«Das heißt?»

«Keine Extrawürste.»

«Eine andere Stellung ist noch keine Extrawurst!»

«Normal ist normal: Weib unten.»

«Und was kostet... wie nennt man sie hier?»

«Dragoner. Fünfhundert obendrauf.»
«Hübsch teuer!»
«Relativ. Dasselbe hast du für den Fruchtcocktail hingeblättert.»
«Auch wieder wahr. Muß ich zu der Kasse dort?» er grinste.
«Nicht doch. Kannst bei mir nachzahlen.»
«Geht's auch danach?»
«Bei uns ausschließlich im voraus!»
«Meinst du, die gucken dabei zu?» er wurde nervös.
«Nein», sie beruhigte ihn auf eine merkwürdige Weise, »höchstens hören sie zu.»
«Abhören im Bordell?»
«Keine Angst, es ist hier nicht wie drüben. Aber ich kann mich so wehren, wenn du mehr von mir willst oder mir zum Spaß ein bißchen die Gurgel zudrückst.»
«Ist dir das mal passiert?»
«Ja, ein Bimbo hat es versucht.»
«Wer?»
«Ein Neger, er wollte es gratis auf französisch. Als ich nein sagte, würgte er mich, bis die Chefin mit Tränenspray kam.»
Französisch! Die Vorstellung elektrisierte ihn, eine Sensation! das können in Böhmen die wenigsten.
«Kann ich auch nachbestellen?»
«Das kostet allerlei, von wegen Hygiene, verstehst?»
«Wieviel?»
«Fünf.»
«Bon! Das geb' ich.»
«Fünf Tausender! Hast du die?»
Nach den Ausgaben in Rohlau blieben ihm elftausenddreihundertzwanzig übrig, auf den Schilling genau. Vier davon ließ er bereits hier, wenn er sich's leistet, bleiben ihm achtzehnhundertzwanzig, damit kann er, wenn er bei Hutcheson durchfällt, seine Todesanzeige in jenem Schmierblatt im voraus zahlen, bevor er auf den Stephansdom steigt.
«Bon, bereit.»
Mit dem übergezogenen Kondom spazierte er zur Jacke am Kleiderhaken und zählte die Banknoten auf das Nachttischchen. Als er den bescheidenen Rest in das Portemonnaie zurücktat, sagte sie anerkennend.
«Du gefällst mir. Es gab hier Kerle, die Taschen geschwollen, doch davor schreckten sie zurück. Komm her!»

Mit dem Blick zur Decke legte sie den Finger auf den Mund, und geschickt befreite sie ihn aus der Gummiklemme. Zug um Zug, sagte die Geste.

Er erlebte eine herrliche Zeit, die Philosophin, zum Glück nur eine angebliche, hat ihn darin bestätigt, daß es auch im Lieben einen himmelweiten Unterschied gibt zwischen Freundschafts- und Meisterschaftsspielen. Wie ihm die Summe mit Recht astronomisch vorkam, so war er sich hinterher sicher, daß er dafür kaum je etwas Besseres bekommen könnte als das Finale auf französisch.

Sie ließ ihn aufatmen und duschen. Er hat genug bezahlt, erklärte sie ihm, um sich Zeit zu lassen. Zur Eile zwang ihn erst der Blick auf die Uhr.

«Respekt», sagte sie, «bist kein Jüngling mehr, aber bumst für zwei.»

«Ich habe einen Gratiswunsch», sagte er beim Abschied, «es steht mir gleich ein Alles oder Nichts bevor, kannst du mir ein tschechisches Busserl fürs Glück verpassen?»

«Gib her!» sie nahm seinen Kopf in die Hände und klebte ihm einen ehrlichen Schmatz auf den Mund, «das war ein echtes mährisches, Hals- und Beinbruch, und komm wieder!»

Er war wie neugeboren, und noch unterwegs in der Taxe wußte er, was er sagen muß. Ein Wahnsinnsrisiko! aber nur wer wagt, gewinnt, wenn ich schiefliege, verdiene ich ohnehin nur den Turm.

Er wurde wie vorher in das gleiche Zimmer hineingeführt, Hutcheson stand diesmal bereits da, bot ihm keinen Platz an, und in den Augen war kein bißchen von der kindlichen Güte mehr.

«Na», kläffte er nahezu, «ist die Antwort Ja?»

Karel Markalous sprach noch kürzer.

«Nein.»

Augenblicklich verstand er, daß er ins Schwarze traf, der Big Boss machte keine grimmige Miene, eher schien er interessiert.

«So. Und verraten Sie mir, warum?»

«Ich halte das Angebot für unzureichend.»

«So! Und Ihre Vorstellung?»

«Ein fünfjähriger Vertrag auf zwanzigtausend Dollar fünfzehnmal im Jahr. Vorschuß für drei Monate gleich.»

Hutcheson strahlte wieder.

«Mister Markalous, jetzt darf ich es sagen. Hätten Sie akzeptiert, hätte ich mir gedacht, Sie sind nicht ‹der› Fachmann, oder doch ein bißchen unkoscher. Jetzt glaube ich Ihnen sogar auch die unsinnige Story. Well, Sie haben den Job. Karel ist Charles, stimmt's? Say Bob to me!»

Mächtig hieb er mit der Rechten ihm auf die Schulter, als schlüge er ihn zum Ritter.

Mit einem Scheck in der Tasche hat sich Karel Markalous noch im Lift sein Soll und Haben zusammengerechnet.

Auf der Ausgabenseite standen neuneinhalbtausend Schilling für das Bordell.

Auf der Einkommenseite kamen zu den ursprünglichen dreihundertneunzigtausend noch eine Million und hundertvierzigtausend Dollar dazu.

3. ——— Der Zahnarzt und seine Familie

Bohdan! Rechts, der Waldweg!»

«Da gibt's doch eine Tafel... Einfahrtverbot!»

«Stell den Wagen davor ab, und laß uns ein Stück zu Fuß gehen!»

«Na, fein...»

Er bog von dem steilen Sträßchen ab und rammte beinahe eine im Schatten eingeparkte Straßenbaumaschine.

«Na, siehst, stellen wir uns davor, Platz genug.»

Gehorsam folgte er ihr und sicherte alle Türen des Simca ab, während Terezie aus dem Koffer die Tasche mit der Decke fischte; die hat sie dort gestern heimlich hingetan, als die Kinder weg waren. Sie stiegen den lehmigen Weg zum Waldkamm hinauf, und obwohl im Schatten gehend, waren sie in der Mittagshitze bald in Schweiß gebadet.

«Diese Partei...» überfiel ihn selbst hier seine zur Zeit schwerste Sorge, «diese verdammte Partei könnte uns alles vermasseln...»

«Bohdan, laß deine ewige Schwarzmalerei sein! Und was ist mit Dolomanský? Er war doch im Bezirksausschuß. Und die Slobodas, die waren beide im Verein! Und Amerika hat sie alle trotzdem aufgenommen.»

«Vor zwei Jahren war das, da könnte sich inzwischen mancherlei geändert haben. In diesem Fragebogen wird die kommunistische Partei gleich nach der Nazipartei aufgeführt, und unter den Terrororganisationen...»

«Für die Parteien hat man einfach nur eine Rubrik! Und was, wolltest du sie verleugnen? Das würde uns das Genick zweimal brechen, sie haben sicher den besten Geheimdienst.»

Bedrückt stimmte er ihr zu. Damit er sich nicht weiter wie zum Schafott schleppte, wo sie sich doch beide Freude bereiten wollten, schlug sie einen sorglosen Ton an.

«Dann hätte der Beamte uns gleich gesagt, daß wir keine Chance haben, er wäre dann einen Fall losgeworden. Und er hat uns doch gute Ratschläge gegeben!»

«Der ist ein zu kleines Herrchen, warum soll er sich mit unserem Gejammer sein Leben schwermachen, dafür wird dort ein anderer bezahlt, der uns dann in einem Monat in den Hintern tritt...»

«Immer den Teufel an die Wand malen! Warum denn? Du hast so geschickt Dubček und Hippokrates ins Spiel gebracht, die wissen schon, wie es bei uns zugegangen ist. Wer einer guten Sache helfen wollte, der mußte einfach rein!»

«Alles hat diese Charta so schrecklich verdorben», lamentierte er wehmütig, «ein paarhundert Leute, die sowieso nichts zu verlieren hatten, haben das dem ganzen Volk eingebrockt, so ein Ami kann sich doch jetzt denken, daß alle, die des Schreibens mächtig waren, sie sorglos unterkritzeln konnten. Und andererseits, wer in der Partei geblieben ist, muß ein Lump sein.»

«Die Kommunisten», tröstete sie ihn ganz verschwitzt weiter, «sind sogar in Amerika erlaubt, da müßtest du schon etwas Bestimmtes auf dem Kerbholz haben.»

«Wenn die Amis in Bratislava mit der Nachfragerei anfangen, wird die nächste Verwandtschaft uns schon aus purem Neid schön miesmachen!»

«Bohdan! Die Hitze steigt dir zu Kopf! Die können doch nicht Haus für Haus abfragen, und von unsereinem gibt es Tausende, man kann höchstens Stichproben machen.»

«Bei meinem Pech wird der Stich eben mich treffen...»

«Na und?» sie verlor die Geduld, «hast du etwa jemanden hinter Gitter gebracht? Oder um seine Stelle oder ihn nicht behandelt? Und wenn die wirklich nachforschen, was kommt dabei heraus? Daß du ein Durchschnittsslowake bist, von denen dort zwölf auf ein Dutzend gehen!»

Er keuchte den Hang hinauf und schüttelte den Kopf.

«Weiß nicht, ob's besser ist, von der Gattin zu hören, daß man eine Null ist...»

«Ich meinte doch nur», setzte sie sich schwach zur Wehr, «wie der das sieht, ich weiß doch am besten, was du für ein guter Mensch bist.»

«Gut... auch Brot ist gut!»

«Nicht jedes!» sie versuchte, die Situation zu retten, «weißt doch, zu Hause konnte man fast keins runterkriegen, aber du... du warst immer so schmackhaft, Schatz!»

Sie nahm ihn tröstend bei der Hand und führte ihn vom Weg fort, der sich zum Himmel zu erstrecken schien, in den Kiefernwald hinein, in dem es stark nach Harz duftete; die frischen Stümpfe zeugten von einer sorgfältigen Durchforstung. Sie schlugen einen Kreis über die Höhenkurve, bis ihr eine Ecke gefiel: von oben durch ein Dickicht abgeschirmt, nach hinten ein steil abfallender Waldhang. Auf einer kleinen Ebene faltete sie sorgfältig die Decke auseinander, die diesem Zweck in allen Ferien diente.

«Wann haben wir das letztemal...?» versuchte sich Terezie beim Aufknöpfen ihres Leinenrocks zu erinnern, «ein Monat beinahe...»

In Bratislava pflegten sie sich meistens am Samstag nachmittag zu lieben, nachdem sie die Kinder ins Kino oder zu ihren Kameraden geschickt hatten. Über den Fluchtvorbereitungen ging jedoch jede Menge Zeit und Energie drauf. Wie gewohnt faltete er auch hier im Walde seine Kammgarnhose in der Bügelfalte; sie haben sich wie Leute gekleidet, die nach Sankt Pölten zur Post telefonieren fuhren, damit sie niemand von den Landsleuten in der Pension abhören konnte, so hatten sie den Kindern erklärt.

Die nackte Terezie kniete bereits auf der Decke.

«Wie möchtest du's...?»

Immer hatte sie dabei geflüstert, ihr Liebhaber aus Karlsbad lächelte darüber, du tust doch nichts Staatsfeindliches! sie war mit ihm zu kurz zusammen, damit er sie von dem Gefühl befreien konnte, Sex sei unanständig. Bei Tageslicht kam auch noch die Scham dazu, solange das Verlangen nicht überwog.

«Wie du möchtest», er ließ ihr den Vortritt, dankbar, wie sie ihm den zunächst beklemmenden Brotvergleich erklärt hatte.

«Ich würde gern so bleiben...»

Sie hielt es grundsätzlich für seine, die männliche Art, doch heute kam sie sich wieder einmal stärker vor und hatte keine Hemmungen.

Eine gewisse Zeit hörten sie nur ihr beschleunigtes zweifaches Atmen. Sie hatte die Augen zu, rief wie üblich das Bild des jungen Stephan herbei, der sie als einziger mit Seligkeit sättigen und tränken konnte; da er in der Erinnerung nicht alterte, wurde er von Jahr zu Jahr begehrenswerter, nur sein Gesicht verschwamm, nahm nach und nach neue Züge an, hier hat sie ihn mit dem kräftigen jungen Slowaken verglichen. Doktor Čierniak sah zu, wie sich über ihm ein Körper auf- und ausschüttelte, zwar ebenfalls mit zunehmendem Bäuchlein, aber nach wie vor weiblich, und er legte ein schnelleres Tempo vor, um sie nach Gebühr zu beglücken. Sehr bald geriet er jedoch außer Atem und war froh, als sie sich dann, befriedigt, auf ihn legte.

«Ging's... dir... gut?» rang er sich die Frage ab.

Lügend nickte sie, wie so oft, wenn sie bangte, er könnte einen Infarkt bekommen. Jetzt war er an der Reihe.

«Darf ich dann bei dir...?»

«Um Gottes willen, nein, bin gerade in der Mitte, das wär' eine Katastrophe!»

«Du mußt die hiesige Pille nehmen!»

Vor den heimatlichen fürchtete sie sich, sie verursachten Krebs, hier schreckte sie der Preis, so viel Geld für so wenig Musik verpulvern, die uns noch spielt...!

«Werd' ich...» versprach sie ihm in der Tiefe des Waldes, weit weg von Apotheken.

Jetzt kullerte er herauf, stützte sich rücksichtsvoll auf den Ellenbogen, um sie nicht zu drücken, und tummelte sich, damit es ihm gelinge; es zerstreute ihn, daß er aufpassen mußte, aber es hat geklappt, er fiel zu rechter Zeit ins Gras neben der Decke und versuchte wieder seine aufgebrachte Lunge unter Kontrolle zu bringen. Dann versicherte er sich.

«Hat's dir gefallen?»

Auf die immer gleiche Frage gab sie über Jahre die immer gleiche Antwort.

«Sehr...»

«War ich... schmackhaft?» fragte er heute neu.

«Natürlich!» bestatigte sie, «selbstverständlich. Wie immer!»

Ihr Schweiß lockte die Mücken an, sie beeilte sich, sich als erste anzuziehen. Das rauchfarbene Gelee auf den sonnenbestrahlten Waldkleebüscheln beruhigte sie. Mit einem Tüchlein, das zur Ausrüstung ihrer «Sextasche» gehörte, wischte sie auch ihm die Oberschenkel ab. Solange seine Schlaffheit andauerte, war er mit sich selbst im Frieden und mit dem Leben versöhnt. Die Mücken weckten sein Gedächtnis.

«Vielleicht sollte ich mir einen Zeugen besorgen...»

«Zeugen?» hörte sie auf zu flüstern, «wozu?»

«Na, daß ich engagiert war...» er war von seinem Einfall gefesselt.

«Versteh dich nicht...»

«Ich hab' doch regelmäßig Free Europe gehört, und einmal brachte Dolomanský die Zeitung, na, wie hieß die, die der Kanadaslowaken?»

«Ich habe sie nicht gesehen, du hast sie dann verbrannt...»

«Aber vorher richtig gelesen! Und ich habe politische Witze verbreitet!»

Er tat ihr leid, wie er sich auch nackt um das Wohl der Familie kümmert.

«Das ist wahr, Schatz! Zum Beispiel die Polizeiwitze!»

«Dafür sperrt man dort noch immer ein! Kannst du dich schnell an einen erinnern?»

«Den mit der Streife! Den hast du aus der Praxis heimgebracht und den Slobodas beim Kanasta erzählt.»

«Wie ging der?»

«Was ist bei uns eine Polizeistreife? Vier Mann, einer kann lesen, der zweite schreiben, der dritte rechnen... und der vierte...?»

«Ich hab's: Der bewacht die drei Intellektuellen, daß sie nicht das Regime stürzen! Hör mal, der Slowake, dieser Vágner. Den Landsleuten wird er wohl helfen, sonst wäre er ein Feigling! Was kann ihm schon passieren, wenn er schreibt, ich hätte als Parteimitglied viel riskiert?»

«Versuchen kann man's», sie wollte ihm nicht die ganze Hoffnung nehmen, obwohl der junge Mann, der ihr so gefiel, nicht aussah, als wäre er zu falschem Zeugnis bereit.

«Fein, dann red mit ihm!»

«Ich...?»

«Es scheint, daß er auf Weiber fliegt, dir wäre er sicher gefällig!»

«Bohdan», sie staunte, «du redest wie ein Kuppler!»

«Während du wahrscheinlich eine Zimperliese aus dem Internat bist? Ich müßte mich ihm selbst anpreisen, begreifst du nicht den Unterschied?»

«Doch», sie gab auf; auf alle Fälle bekam sie von dem ewig eifersüchtigen Ehemann den Segen, sich mit dem anziehenden Jüngling zu treffen.

«Magda keinen Mucks davon!» befahl er überflüssigerweise; sie hatte nicht die Absicht, sich vor ihrer Tochter aus Scham in die Erde zu verkriechen.

«Es ist höchste Zeit...» erinnerte sie.

«Nach Pölten müssen wir doch nicht!»

«Ich lasse ungern Magduška allein...»

«Ich bitte dich, was könnte sie da schon anstellen? Sie benimmt sich ganz normal.»

«Und wie sie vorige Woche in Wien fast verlorenging...?»

«Sie verfranzt sich überall.»

«Deshalb paßt sie auch normalerweise gut auf. Wären wir ihr nicht zufällig begegnet, hätten wir sie überhaupt gefunden?»

«Weißt du, was du da sagst?»

«Ich fürchte, es sitzt bei ihr im Kopf.»

«Terka, jetzt wirst du närrisch. Was könnte sie drüben schon ohne uns anfangen?»

«Vielleicht verläßt sie sich auf ihren Freund...»

«Freund? Daß ich nicht lache! Heute endlich rede ich persönlich mit ihr!»

«Ich bitte dich, was möchtest du ihr sagen?»

«Nicht viel. Ich verpasse ihr ein paar Ohrfeigen, die sie längst verdient hat, wenn du nicht wärst!»

«Das tust du nicht!»

«Das tue ich sehr wohl!»

«Bohdan...»

Nach einem Streit, der an Leidenschaft weitaus den jüngst erlebten Akt übertraf, rang sie ihm das Versprechen ab, er würde morgen mit Magduška wie ein liebender Vater reden. Sie kehrten zurück, verstimmt, sämtliche Liebe war am Kleegras eingetrocknet! dachte sie traurig. Ein Geräusch wurde nun zunehmend stärker, das sie unbewußt die ganze Zeit registrierte. Unten stellten sie fest, daß es von dem abgestellten Vehikel kam, das inzwischen bereits eine breite Rille zwischen Waldweg und Straße gegraben hatte.

Sie konnten nicht weiter. Höchst unfreundliche Arbeiter verwiesen sie ungerührt auf herumliegende Drainageröhren. Als Doktor Čierniak protestierte, sie müßten von hier weg, verwies man sie schroff auf das Einfahrtverbot; dann nahm das Paar aus dem Osten niemand mehr richtig wahr.

Sie brauchte ein paar Tage, um ihren Mißerfolg und den Schock zu verdauen. Ich habe mich wie eine blöde Kuh benommen! verurteilte sie sich, es ist eine himmelschreiende Dummheit davonzulaufen, ohne zu wissen, wohin! Gabo hat die zwei geistreichen Ansichtskarten erhalten und sonst nichts, er kann sich jetzt wer weiß was denken. Am Montag, dem vierten Juli, sollte er abends nach Hause kommen, wußte sie, um am Tag danach als Trauzeuge eines Kommilitonen zu fungieren, man hat ursprünglich auch sie eingeladen; ihre Fahrt in den Süden wurde vom Gedanken getrübt, wie viele Nebenbuhlerinnen jetzt ihre Abwesenheit auszunutzen versuchten. Wenn Gabo erfährt, sie sei von den Eltern für ewig entführt, wird er sich an sie nur noch mehr klammern. Gemeinsam denken wir uns schon am besten aus, wie und wohin ich türmen soll! Irgend jemand müßte allerdings Schmiere stehen, wenn sie sich abends zu jener Telephonzelle schleichen wird, aus der man angeblich die ganze Welt anrufen kann, falls man dazu das nötige Kleingeld hat, was das zweite Problem war: Sie müßte sich was auf lange Sicht borgen. Die Landsleute waren meist mit ihren eigenen Sorgen eingedeckt oder aber nicht vertrauenswürdig. Am ehesten bot sich der sympathische Bratislaver Junge an, doch schon bei der Vorstellung, sie sollte ihn als Postboten ihrer und Gabos Liebe anwerben, wurde sie rot. Da kam schon eher die interessante Tschechin in Betracht, mit der der Slowake die ersten zwei Tage am Tisch saß, bis er, was Magda seltsamerweise zufrieden stimmte, dem deutschen Lehrbuch den Vorzug gab. Leider hat er sich bald darauf der einfältigen tschechischen Ladnerin angehängt, was Magda seltsamerweise sauer machte. Der ekelhafte Pförtner, den er so prächtig zurechtgestutzt hatte, rief der Frau ein rätselhaftes Wort nach, vor Jahren wurde es zur Zielscheibe einer so mächtigen Fernsehkanonade, daß auch zwölfjährige Gören die Ohren spitzten. Sie haben dabei kläglich wenig herausgefunden, weder in der Schule noch zu Hause, weshalb sie es wieder vergaßen. Auf jeden Fall war es mit einer Sache verbunden, von der sie nur soviel wußte, daß sich jeder für sie heimlich begeistert, doch öffentlich zu ihr zu stehen, sich nur die geheimnisvolle «Charta 77» traut. Als die Mutter jetzt am Samstag abend unauffällig, wie sie glaubte, Tasche samt Decke für die zarte Stunde mit dem Vater im Auto versteckte, erriet die Tochter, daß sie und Miro am Montag nachmittag allein sein werden. Die Eltern haben sie mit den üblichen Fesseln schwachsinniger Kartenspiele aneinandergebunden; das konnte hier schwerlich gleich gut funktionieren wie bisher auf Campingplätzen. Sobald sie abgerauscht waren, angeblich nach Sankt Pölten, verführte Magda den Bruder leicht dazu, außerirdische Zivilisationen bekämpfen zu gehen. Im Vorraum des hiesigen Supermarkts standen Spielautomaten, wo er sich ab und zu einen Planeten zur Vernichtung auswählen durfte. Als ihm jetzt die Schwester fünf Kriege im voraus bezahlt hatte, dachte er sich, ob er nicht gleich mehr herausholen sollte. Gewieft hat er überlegt: Läßt sich hier Magduška mit einem Jungen ein, wird sie mich öfter schmieren. Er machte sich an die erste Schlacht mit dem Roten Planeten und ließ die Schwester Schwester sein. Sie fand schon heraus, daß die Tschechin sogar an sonnigen Tagen auf ihrem Zimmer bleibt, was sich auf ihr morgendliches und abendliches Laufen gar nicht reimte. In der Pension herrschte Mittagsstille, als sie das Ohr an den Türpfosten legte. Sie hörte nur das eigene Blut rauschen. Schläft sie? Na und? Ein Mensch in Not darf doch! Mutig klopfte sie an. Der Schlüssel drehte sich. Die Tschechin sah nicht verschlafen aus.

«Ich bin Magda Čierniak», sprudelte sie erregt heraus, «wirsinddieslowakenbitteschönichmußsieunbedingtsprechendarfichrein?»

Sie durfte. In dem engen Raum haben die auf dem Schrank liegenden Lederkoffer ihre Aufmerksamkeit erregt, einfach Spitze! Aufgeräumt hat sie nicht gerade... nein! das machen die Bücher aus, scheinbar nur so hingeschmissen, aber aufgeschlagen wie im Arbeitszimmer von Gabos Vater... sie verspürte einen Stich, doch gelang es ihr, nicht gleich mit ihren Wehwehchen herauszuplatzen. Noch dazu zog sie die unbekannte Schrift der Bücher an, ihre Seiten sahen wie Graphiken aus.

«Ist das Chinesisch?»

«Nein, Hebräisch.»

«Aha, so sind Sie wirklich eine Jüdin?» fragte sie ohne Skrupel.

«Auch das nicht. Ich interessiere mich nur dafür.»

«Ist das nicht wahnsinnig schwer? Ich habe bereits Schwierigkeiten mit Französisch gehabt, und erst recht mit Russisch, die haben statt des Alphabets Möbel!» sie zitierte wenigstens ihren Gabo.

«Das sind Sie jetzt los.»

«Aber nur, um wieder Englisch pauken zu müssen!»

«Wollen Sie nach Amerika?»

«Die Eltern wollen.»

«Natürlich», lächelte sie, «aber Sie freuen sich vielleicht auch darauf!»

«Nein, ich wollte nicht weg, verstehen Sie mich?»

«Ich glaube, ja.»

«Das habe ich erwartet. Sie auch haben nicht weggewollt, nicht wahr? Und dazu haben Sie Ihren Grund gehabt! Ich weiß nicht, was in die Meinen gefahren ist, wir hatten alles, wonach es uns nur wünschte, der Vati war sogar in der Partei. Und mir nichts dir nichts müssen wir jetzt vor den Kommunisten fliehen! begreifen Sie das?»

Die Tschechin zuckte die Achseln.

«Also ich nicht! Mir konnten auch die ganzen Dissidenten gestohlen bleiben...» sie faßte sich an den Mund, «Verzeihung!»

Die Tschechin lächelte ermutigend.

«Ich meine nur, daß das alles nicht mein Problem war, also warum muß ich dann deswegen den Gabo verlieren? Gabriel ist mein...»

Die Tschechin nickte verständnisvoll.

«Ich bin nämlich», schüttelte Magda ihr ganzes Unglück heraus, «noch nicht volljährig!»

«Ach so? Und wieviel fehlt noch?»

«Blöde vier Monate und etwas. Und deswegen muß ich mein ganzes Leben verspielen? Bitte», platzte es aus ihr heraus, «helfen Sie mir!»

Die Tschechin schüttelte verlegen den Kopf.

«Aber wie kann ich Ihnen...»

«Sie sind doch von dieser Charta?»

«Ja... nun...»

«So kennen Sie also», Magda flüsterte plötzlich, «Herrn Balúch!»

«Von wo?»

«Aus Bratislava doch!»

«Nein... wahrhaftig nicht.»

Das konnte Magda nicht fassen.

«Der hat diese Charta doch auch unterschrieben! Gabo hat ihn mir noch kürzlich in der Straßenbahn gezeigt, und wir beide haben ihn mit Absicht gegrüßt, alle anderen hatten Angst. Aber wie kommt es, daß Sie ihn nicht kennen?»

Die Gefragte hat offensichtlich das Lachen unterdrückt. Ich rede Stuß, erschrak Magda, sie schmeißt mich raus...

«Hunderte von Menschen haben mitunterzeichnet, Magda, meistens haben sie sich untereinander nicht gekannt, nur ein Gedanke hat sie verbunden. Setzen Sie sich!»

Dankbar ließ sie sich auf den einzigen Stuhl fallen, die Tschechin nahm Platz auf dem Bett.

«Was für Gedanken? Niemand wußte es, oder man wollte es uns nicht sagen.»

«Wir waren uns einig, daß jeder Mensch das Recht hat zu leben, wie es ihm und wo es ihm gefällt, solange er dem Leben eines anderen nicht in die Quere kommt.»

«Genau das denken wir uns mit Gabo auch. Und jetzt soll zwischen uns das Meer liegen! Die Mami meint, wenn er mich wirklich liebt, kann er nachkommen, aber was passiert, wenn er glaubt, daß ich ihn mit Absicht verlassen habe? Was soll ich dann tun?»

«Da kann ich Ihnen schwer...»

«Können Sie mich wenigstens nicht duzen?» bat Magda.

«Kränkt es Sie nicht am meisten, daß man Sie wie ein Kind behandelt?»

«Das ja...»

«So seien Sie froh, daß ich es nicht tue. Warten Sie... hat er kein Telephon?»

«Doch! Und gerade heute ist er wieder daheim.»

«Na dann, los!»

«Gerne... nur... ich hab' kein Geld fürs Telephon.»

«Kein Problem, ich werde für genug Schillinge sorgen.»

«Super, aber ich müßte für die Eltern eine Ausrede finden. Helfen Sie mir dabei auch?»

«Für einen so guten Zweck denken wir uns schon etwas aus. Vielleicht eine Einladung, mit mir Joggen? Sie sind bei mir», sie griff zum Nachttisch, «gewesen und wollen sich was zu lesen holen!»

«Was ist das?» Sie untersuchte das dicke bedruckte Heft.

«Eine Exilzeitschrift, Erzählungen, Gedichte, auch slowakisch. Vielleicht lesen Sie tatsächlich was davon?»

«Aber ich habe keine Ahnung, wie ich Ihnen das alles...»

«Gute Taten gehen in eine gemeinsame Kasse, Magda. Vielleicht hilft im Austausch jemand einmal auch mir.»

«Und Sie...» Magda wurde aufmerksam, «brauchen es gerade auch?»

«Ach, nein» wich die Tschechin aus, «am besten helfe ich mir selber. Ein gewisser Baron Münchhausen behauptete, daß er sich am Kragen seines Mantels aus dem Schlamm herauszog. Man nannte ihn einen Lügner, aber mir ist ein paarmal beinahe dasselbe gelungen.»

Wollte sich Magda nach diesem Gespräch den Kopf zerbrechen, wie sie die Zeit bis zum Abendessen herumbringen wird, so hatte sie bald so viele andere Sorgen, daß sie Gabo vergaß. Sie hat die Eltern um vier erwartet und längst schon mit Brüderchen «Schwarzer Peter» gespielt. Miro klagte ständig über schlechtes Blatt, verlor eine Schachtel Zündhölzer und fing zu mogeln an, so daß Magda diese stinklangweilige Beschäftigung aus gutem Grund beenden konnte. Sie blätterte in der geliehenen Zeitschrift und war verwundert, daß sie keinen von so vielen Autoren kennt, Miro schlief vor Trotz ein, Spitze! freute sie sich, noch bevor ihre Armbanduhr zeigte: fünf vorbei! Der Vater war die Pünktlichkeit selbst, ausgeschlossen, daß er sich ohne ernsthaften Grund verspätete. Um halb sechs wußte sie nicht mehr, was sie las, um sechs suchte sie den einzigen Menschen auf, dem sie gerade zu vertrauen gelernt hatte. Die Tschechin war bemüht, ihr und Miro das Warten zu verkürzen, indem sie den beiden zu allem nur Erdenklichen Fragen stellte, bis sie mit ihnen zum Abendbrot hinuntergehen konnte. Da war Magda bereits vor Angst unfähig zu essen, so daß der unersättliche Miro auch das zweite Fleischlaberl verputzte. Ursprünglich wollte sie Gabo noch vor acht anrufen, da schaute er sich für gewöhnlich die Sportnachrichten an. Als noch um halb acht von den Eltern jede Spur fehlte, jagte ihr der bloße Gedanke an das bestellte Gespräch Schrecken ein. Ihr Gehirn spielte verrückt. Das ist die Strafe! für den Kummer, den du ihnen bereitet hast, denn die Flucht ist dir ja nur zufällig danebengegangen! Mit der unbegreiflichen Verspätung wuchs auch die Vorstellung der Ursache. Sie erinnerte sich an einen Film, in dem Kinder fröhlich ihren Eltern zum Abschied winken, die unweit hinter der Kurve von der Felsenstraße ins Meer stürzen. Die Zeitlupenaufnahme des fallenden Autos klagte sie an: War ihnen das passiert, als ich mir gerade diese neue Hinterhältigkeit ausdachte? Ihr schlechtes Gewissen malte ein anderes düsteres Bild: Im schwarzen Kostüm führt sie den schwarz angezogenen Miro, wohin? kein Zweifel! aus dem Augenwinkel erblickte sie Gabo, schwarz stand ihm göttlich, aber gleich traf Magda die Erkenntnis: Es war ihr Entflammen für ihn, das ihr die zwei Goldigsten geraubt hat, die sie nie mehr haben wird. Die Tränen drangen in ihre Augen, als ihr eine klügere Gehirnzelle riet, endlich aufzuhören, sich wie eine Hysterikerin zu gebärden, sie befinde sich doch nicht bei einem Begräbnis, sondern bei Tisch! Sie vernahm die Stimme der Chartistin, die mit dem Bruder tratschte, die Gefühllosigkeit der beiden verletzte sie aufs neue. Und wenn in der

Tat... wenn ihnen doch etwas... wenn sie wirklich nicht mehr... was werde ich tun? Zurück nach Hause, natürlich, aber weiter? Zehn Jahre wird es dauern, bis Miro für sich selber sorgen kann, da bin ich schon dreißig! Von wem darf ich jetzt verlangen, daß er mich mit einer so unmöglichen Zugabe heiratet, und wer nimmt mich dann noch? Sie stand am Rand einer Schlucht, aus der die Einsamkeit sie angrinste. Vielleicht aber, regte sich in ihr eine Hoffnung, sind sie nur verletzt, und das Schicksal wartet auf meine Reue, damit es sich zur Barmherzigkeit neigt? Wenn dem so ist, worauf warte ich? Ach, Vati, ach, Mami, wenn ich euch noch lebend und gesund wiedersehe, werde ich euch die gehorsamste Tochter sein, die je unter der Sonne lebte. Ihr habt recht, wie ihr es schon immer und in allem gehabt habt, wer weiß, wie Gabo im Innersten seiner Seele ist, von Gabos kann ich noch genug antreffen, euch aber nie mehr, meine liebsten Schätze... Sie drei sind als letzte im Speiseraum geblieben, als die Eheleute Čierniak eintrafen.

Damit Krebs mit dem Abendessen gnädig sei, wiederholten sie auch ihm erregt, vor allem aber zutiefst gedemütigt, wie sie unterwegs auf einem Waldparkplatz ausgestiegen sind, um sich nach Pilzen umzuschauen, und in der Zwischenzeit hob man vor ihrem Simca eine Drainagegrube aus, so daß sie Stunden warten mußten, bis sie wieder zugeschüttet war, und waren verzweifelt, was mit den Kinden sein wird, sie sind der Frau Silberstein... pardon, Frau Silverová, unendlich dankbar, daß sie sich ihrer angenommen hat.

«Jawohl», fügte Magda hinzu, «Frau Mara hat deshalb ihre Runde bei Tageslicht verpaßt, ich werde jetzt mit ihr laufen, falls ihr nichts dagegen habt, habt ihr doch nicht?»

Zehn Minuten später trabten sie im Sportdreß auf den oberen Wald zu. Erst als die Dunkelheit, der die schwindende Mondsichel nicht gewachsen war, sie ohne jeden Zweifel verschlungen hatte, bogen sie scharf nach unten ab zu der beleuchteten Box auf dem Dorfplatz, der vergeblich ein Stadtplatz sein wollte, nicht einmal die modernisierten Fenster konnten das Dörfliche der Anwesen verleugnen, großstädtisch, ja geradezu weltmännisch wirkte auf Magda nur die verglaste Kabine mit einem Drucktastenapparat. Den Blick von der Pension hierher verstellte glücklicherweise der Schlauchturm der Feuerwehr. Die Tschechin drückte sich hinein mit Magda, die den Hörer hielt, während die Mäzenin den Münzschlitz fütterte; der Digitalrechner zeigte bald 100 an.

«Ich mach's nur kurz...» piepste Magda voll Schuldgefühl.

«Bei der Liebe soll der Mensch mit nichts sparen», erklärte Mara, «mehr paßt da jetzt nicht rein, aber nur ein Wink, und ich bin schon zum Nachfüllen da, die Nummer?» sie wählte nach Magdas Diktat eine Zahlenreihe und wartete ab, bis der Ton kam, «los, sprechen Sie, bis Sie sich ausgesprochen haben! Viel Glück!»

Sie schlenderte zur gegenüberliegenden Seite des menschenleeren Platzes, und Magda versuchte, sich auf dem metallenen Grau des Apparats das Bild seiner Wohnung abzurufen. Sei zu Hause! beschwor sie ihn, und heb als erster ab! Plötzlich meldete er sich ganz nah und erwartungsvoll.

«Gabriel Babraj...»

«Magda...» sagte sie.

«Ich hab's gewußt! Das ist aber phantastisch! Ich hab' zwei Postkarten auf einmal bekommen, und dann eine Woche Schluß. Was ist los? Liebst du mich nicht mehr?»

Sie beobachtete, wie auf dem Zähler langsam die Schillinge tröpfelten, und war selig, daß sie ihn noch lange hören wird.

«Bist du allein?»

«Nein, aber macht nichts. Sollen sich daran gewöhnen, daß ich in fester Hand bin. Und du?»

Glücklich lächelte sie, nach vierzehn Tagen das erste Mal.

«Schämst du dich zu reden?» verdächtigte er sie, «wen hast du da?»

«Etwa tausend Leute. Ein ganzes Dorf und ein langes, breites Tal. Bin in einer Zelle.»

«Du verschwendest alle deine Devisen», bangte er als Kavalier, «ich ruf' zurück, wo bist du schon?»

«Ein Stückchen weg von dir, in Niederösterreich.»

«Wieso...? Seid ihr denn nicht...»

«Gabo!» überschüttete sie ihn mit ihrem Leid, «die Meinen haben mich verschleppt! Sie zwingen mich nach Amerika, Gabo!»

Mara Silverová zündete sich eine dünne Zigarette an, von der Ossi noch unlängst fröhlich verlautete, der Mensch sauge daraus weniger Schadstoffe, als wenn er nicht rauchte... ach, wo ist der Schnee von gestern... Jetzt existierte er nur einen Katzensprung entfernt in ihrer gemeinsamen Wohnung, und dennoch eigentlich hinter der Milchstraße.

Sie rauchte und rasselte unwillkürlich in den Taschen der Trainingsjacke, die in den hiesigen Hügeln sogar nach einem Hitzetag gut zu ertragen war, mit Schillingstücken, bereit, sie in den Taxameter einzuwerfen, der den Versuch zweier junger Leute vermaß, zusammenzuheften, was andere ihnen zerrissen hatten. Obwohl sie ziemlich weit weg stand, damit das Mädchen wußte, daß sie nicht mithört, sah sie es dort wie ein Fischlein im hellbeleuchteten Aquarium. Magdas Lippen, Augen, Hände, die sich den Hörer überreichten, als glühte er, nervöse Schultern und auch die schmalen Beine, immer die Stellung wechselnd nach Art der Fohlen, spiegelten den nicht nachlassenden Überdruck der Seele. Dann hat sich Magda mit der gerade freien Linken die Stirn bedeckt, und Mara begriff erst nach einer Weile, daß sie weint.

An der Zigarette gemessen, müßten die Münzen auslaufen, doch sie wagte es nicht, Magda zu stören. Sie überließ es dem Schicksal und stand weiter, wie bestellt, Schmiere, um eventuelle Telephonhungrige zu vertrösten. Es wehte ein Wind von Süden, so daß sich im nördlich gelegenen Tal die weißen und roten Lichter auf der Autobahn ganz lautlos voranschoben. Die Tonkulisse besorgten Grillen. Mara hat einst mit Oskar ausgemessen, daß sich der Lautpegel ihrer Musik so gut wie nicht verändert, als wären sie gleichmäßig über der ganzen böhmischen Landschaft ausgesetzt worden. Die Grillenordnung galt auch hier, leider im Unterschied zu den menschlichen Ordnungen...

Die Tür der Telephonzelle schlug knallend zu, Magda ging auf sie zu und heulte hemmungslos.

«Glaubt er dir nicht?» duzte Mara sie vor Aufregung und zog ein Taschentuch aus der Hosentasche.

Magda schüttelte den Kopf und schneuzte sich fleißig.

«Soll ich ihn anrufen?»

«Nein, nein!» raffte sich das Mädchen auf, «er... glaubt mir und er... liebt mich und er... stellt morgen sofort den Visumsantrag. Falls es sich hinziehen sollte, schickt er Viky, einen Kommilitonen, wenn der nach Italien fährt, er läßt mich über ihn wissen, was und wie weiter. Man gibt uns Amerika nicht so schnell, nicht?»

«Ganz gewiß nicht. Wie das hier zugeht, hast du mindestens ein Vierteljahr Zeit, jedenfalls bis zum Ende der Ferien.»

Sie fiel der Frau, die sie noch bis heute mittag kaum kannte, um den Hals und hat beinahe ihr Trommelfell zum Platzen gebracht, als sie ihr ins Ohr schrie.

«Ich bin soo glücklich!»

5. Der Zauberer

Daß es heiß wird, ahnte Josef Strniště bereits seit Montag abend. Daß es brenzlig ist, war ihm erst ab Freitag morgen klar, als es zu spät war: Um elf Uhr sollte er am Bahnhof Wien-Mitte seinen neu beschuhten Minibus übernehmen.

Er war Zeuge, wie der junge Slowake auf Bobina schon beim ersten flüchtigen Treffen im Zentrallager Eindruck machte. In Rohlau hat er sie noch dazu mit einer Nummer begrüßt, mit der nicht einmal ein Zauberer konkurrieren konnte. Als kurz nach dem Fenstersturz der Dolmetscher Mládek einige Flüchtlinge und Krebs zu Protokoll nahm und dem dicken Duo befahl, Sack und Pack aufzunehmen, bevor er sie wegbrachte, wurde der Rächer zum Helden des Tages. Auf gemeinsames Verlangen hat der weichliche Professor aus Brünn ihm, dem fast Jüngsten hier, das Amt des Pensionsältesten übertragen.

Der Zauberer schöpfte wieder Hoffnung, als der Slowake sich in die «Marta von der Charta» verknallte und Bobina kaum noch wahrnahm, so daß ihm zum Glück ihre herausfordernden Blicke entgingen. Zwei Tage durfte Strniště, dessen Herz jubelte, beobachten, wie das von Bobina blutete, wann immer sich das Läuferpaar früh morgens und abends zum Wald begab. Dann aber mußte etwas passiert sein. Die Frau machte ihre Runde erst vor dem Mittagessen allein und aß mit dem brabbelnden Brünner. Da konnte der Bursche Bobina nicht mehr übersehen, sie signalisierte ihm ihr Interesse vielleicht sogar mit den Ohren.

Als der Zauberer, wie vereinbart, am Freitag um sechs Uhr früh an ihre Tür klopfte, hörte er nur ein Rascheln. Hat er mich überholt? doch es war nur eine ernste Warnung. Die verschlafene Bobina teilte ihm barsch mit, sie hätte ihre, er weiß schon was, bekommen und habe keine Lust, sich in seinem Knochenbrecher durch und durch rütteln zu lassen.

So hat er das Reiseprogramm auf ein Minimum beschränkt. Weil Mládek darauf bestanden hatte, er müsse die Lagergegend meiden, hat ihm der Fahrer der Werkstatt sein Auto nach Wien gebracht. Anschließend hat er zu seiner Freude auch jenen Mann gefunden, der ihm vor vierzehn Jahren das Engagement in Österreich vermittelt hatte. Er residierte noch unter der gleichen Adresse, wühlte aus dem Archiv seiner Agentur die Unterlagen von damals heraus und hielt die Flucht des Zauberers für einen extravaganten Trick, was Werbung betrifft.

Sobald er eine Assistentin und ein Programm zusammengestellt haben wird, versprach er ihm, werde er ihn je nach Genre geeigneten Interessenten anbieten. Der beste Anfang wäre, auf einem der Luxusschiffe einzuspringen, dort würde doch immer einer von der Seekrankheit weggerafft, und fähige Illusionisten seien lange im voraus ausgebucht. Strniště versicherte ihm, selbst während eines Trommelfeuers Wasser in Konfetti verwandeln zu können, und meldete ihm als Assistentin gleich, ein toller Künstlername fiel ihm soeben ein, Miß Bibi Rabe an. Er schaffte es, rechtzeitig zum Mittagessen zurückzukehren, während Bobina reichlich verspätet kam.

«Ich habe mich verquatscht», schrie sie, gemeinsam mit dem Slowaken den Speisesaal betretend, «mit dem Tono da, stellen Sie sich mal vor, er ist in Montur getürmt und wurde beinahe abgeknallt!»

Der Zauberer hätte lieber gehört, wo sie so lange steckten und warum sie so verspätet erschienen, doch intelligent genug, fragte er nichts. Er ertrug auch das, daß sie ihn weiterhin siezte, während sie mit dem anderen wie selbstverständlich wieder auf Du und Du war. Seine Erfahrung gab ihm die Sicherheit, daß er mit so einer Rotznase schon zu Rande kommen müßte. Doch die verbliebenen Reste der leichtsinnig erworbenen blauen Flecken haben ihn trotzdem gewarnt: Sei helle, daß du nicht auch durchs Fenster fliegst!

Nur ein Idiot, wußte er, klebt sich an sie und macht sich ganz unmöglich. Listig hängte er sich an ihn. Er verführte ihn locker zu einer unendlichen Partie Billard, indem er ihn wiederholt durch Erfolge köderte, und hörte sich dabei, ohne mit der Wimper zu zucken, seine naiven Weltanschauungen an; dich, bemitleidete er ihn, wird ein jedes Regime an die Wand stellen, und eine Demokratie läßt dich zu Tode quatschen. Beides langweilte Bobina schrecklich, doch sie fand kein Abwehrmittel. Dann spendete der Zauberer zwei Flaschen Wein und schilderte dem ehemaligen Korporal farbig seine Jahre in der Fremdenlegion, bis dem Objekt des zweifachen Interesses die Augen zufielen.

Am Sonntag war er da, wo er sein wollte. Der gefährliche Slowake hielt ihn schon für einen guten Kumpel und respektierte, daß Bobina mit dem Recht des ersten ihm gehörte. Der Zauberer ahnte: Das Mädel hat das Spiel bei ihrer Ausgebufftheit durchschaut, wußte sich nur keinen Rat dagegen. Am eigenen Leib hat er erfahren, daß sie für eine Landpomeranze erstaunlich viel Stolz hat; dieser arbeitete ihm jetzt zu.

Was er brauchte, war die Gelegenheit, sich mit ihr in einer ruhigen

Stunde für die nächsten zehn Jahre zu verständigen. Nach den letzten zwei Wochen, meinte er, den Schlüssel zu ihr zu kennen: Sie gehörte zum Plebs, aus dem sie nur ein Wunder oder Zauberei herausholen konnte, und sie war sich dessen bewußt. Normalerweise müßte sie für das bloße Interesse eines Kerls, wie er es war, dem Himmel danken, ähnlich wie es seine ledige Mutter Josefa Bodláková für den gräflichen Koch Strniště tagtäglich tat.

Das Hindernis, die trübe Quelle, aus der sie falsche Hoffnung schöpfte, war eine ähnlich behämmerte Kameradin, deren Fötzchen aus einem Jahrhundertzufall einen amerikanischen Milliardär bezauberte. Die Wahrscheinlichkeit einer Wiederkehr war gleich Doppelnull, doch Bobina nahm dies für bare Münze. Von daher diese alberne Sehnsucht nach Australien oder Südafrika, wo sie nur schlimm und noch schlimmer enden mußte!

Er dagegen konnte ihr hier und heute garantieren, worum sie neunundneunzig von hundert Lagerweibern ums Leben beneiden würden: dickes Geld, leichte Arbeit, sogar mit allabendlichem Applaus, und auch die Sorge um ihr körperliches Wohlbefinden, wie sie es bei viel Jüngeren schwerlich antreffen könnte: Über seinen Josefik hat sich bis heute keine beschwert! Er suchte nur nach Ort und Stunde, um ihr ein Angebot zu unterbreiten, zu dem sie unmöglich nein sagen konnte.

Er hat die Offensive und den Ansturm auf Montag eingeplant, um alles generalstabsmäßig absichern zu können. Ungestört würden sie zweifellos an den blinden Armen der Donau sein, in den Rücken könnte ihm allein ein tückischer Regen fallen. Gegen ihn hat er sich technisch gerüstet: Er hat den Sonntag vormittag, an dem der Slowake Deutsch lernen wollte und Bobina vorhatte, in die Kirche reinzugucken, zu einem Besuch der örtlichen Tankstelle mit Reparaturwerkstatt ausgenützt. Den Inhaber beruhigte er, er wolle sich nur ein paar Schlüssel leihen, den Rest besorge er an Ort und Stelle persönlich.

«Und was wird's, wenn's wird?» spionierte der zuschauende Tankwart, als er nach einer Stunde den Sinn der Operation noch nicht durchschaute.

Strniště war eben dabei, das Werkeln an dem Mitfahrersitz zu beenden.

«C'est tout. Komm her!»

Er lud ihn ein, auf dem reparierten Sitz Platz zu nehmen, und schob sich selber hinter das Steuer.

«Du jetzt ein Mädchen, compris?» er umkreiste mit beiden Händen über der eigenen Brust einen mächtigen Busen, «Sexbombe, ich hab' dich bei Anhalter aufgepickt, aber du gar nicht heiß auf mich, also sag' ich, bin müde, kurze Pause! Halte, wo kein Mensch, aber wie in das blöde Auto an dich ran? Na, wie?»

Der Mann von der Tankstelle zuckte mit den Achseln und Strniště hob den Zeigefinger.

«So!»

Er zog sich in seine Ecke zurück, die Arme gekreuzt, die Augen geschlossen. Der Mann schaute begriffsstutzig auf ihn, bis er mit seinem Sitz weich nach hinten umkippte. Augenblicklich lag der Zauberer auf ihm und flüsterte ihm verführerisch ins Ohr, «nichts passiert, Fräulein?»

Beide platzten vor Lachen, während er sich wieder aufrichtete. Der Mann aus Rohlau war begeistert von der simplen Vorrichtung, die man mit dem Fuß bediente.

«Klasse! Das würde hier manchem passen.»

«Kauf mir Patent ab! Keine Angst, war nur Witz, laß mich hier gratis reparieren!»

Während der ganzen Zeit beobachtete er die Kirche. Als die ersten Gläubigen herauskamen, fuhr er vor und wartete, um das Mädchen galant zur Pension zu befördern, unterwegs wollte er sich für morgen verabreden. Sie erschien nicht. Er trat mit begründetem Verdacht ein und sah nur den Gärtner, der der Orgel lauschte, gewiß produziert sich wieder seine Sextante... Bobina nirgends? Ich Trottel, im Kopf nur heiße Scheiße!

In der Pension zwang er sich, langsam hinaufzusteigen, um nicht im falschen Moment außer Atem zu kommen. Suchen wollte er zuerst bei ihm, dann bei ihr, und weiter? Soll ich etwa, er geriet bei der bloßen Vorstellung ins Schwitzen, im Wald herumrasen, um die zwei in einem Dikkicht bei der Sache zu erwischen? Er war erleichtert, als sich der Slowake gleich meldete.

«Herein doch!»

Das Bild sah anders als erwartet aus: Sie hockte neben dem Konkurrenten auf dem stubengerecht gebauten Bett und hob nicht einmal den Kopf, sie glotzte in ein Buch, sprach aber als erste.

«Guutään Taak, ich lerrne dajtsch!»

Soviel Gewieftheit hat ihn verdrossen. Er verbarg es nicht.

«Seit wann bist du auf Sprachen scharf?»

«Warum sollte ich blöder sein als die Bambusboys?»

«Daß du es mir nicht gesagt hast? Er fängt selbst erst an.»

«Aber er bot sich an, Sie nicht.»

Wiederum hat er sie davon überzeugt, daß sie ihm nicht über sein kann. Er hat sie reingelegt, als er nach dem Lehrbuch griff und das Kommando übernahm, ohne daß sie merkten, daß er ihnen nur ein paar Worte voraus war. Nach dem Mittagessen bot er sich wieder an, der Slowake traute sich nicht, es abzulehnen, und sie, sauer und unbefriedigt, redete sich auf Kopfschmerzen heraus, Sie wissen's doch! habe ein Nikkerchen dringend nötig. Von der Langweilerfamilie Mayer hatte auch der Zauberer bald die Nase voll.

Immerhin gelang es ihm noch vor dem Abendbrot, Bobina für den morgigen Ausflug nach Wien zu gewinnen: Er wird versuchen, für sie das von Diamanten strahlende südafrikanische Büro ausfindig zu machen, auf das ihre Kameradinnen im Lager Oden sangen, doch das Hauptziel wird die Hauptpost werden, wo sie Jarina ausfindig machen und vielleicht gleich anrufen werden. Finden sie die Nummer nicht, wollte er die Operation Donau-Ufer durchführen, sonst sollte das Warten auf die Verbindung einen guten Grund für ein Diner im geeigneten Restaurant abgeben, aus dem eine Treppe ins Hotel führte.

Als er am Montag nach dem Frühstück den Motor anließ und ungeduldig wartete, bis Bobina aus ihrem Zimmer noch schnell ihre versteckten D-Mark holt, nur auf eigene Kosten! sie wurde stur, warum denn nicht? dachte er sich, um so schneller wird sie pleite sein! kam Krebs aus der Küche angerannt und bat ihn, einen Kerl nach Wien mitzunehmen, den der Zauberer kaum kannte; der Wirt setzte sich weiter für den Mann ein, er war in den Zeitungen! doch der Magier redete sich heraus, er müsse anderswohin. Für seine Lüge wurde er prompt bestraft: Bobina brachte den Slowaken mit.

«Pepi», duzte sie ihn wie immer, wenn sie etwas von ihm wollte und wenn es kein anderer hören konnte, «der Tono muß dringend ins Lager, da könnten wir ihn wenigstens nach Wien mitnehmen, oder?»

Er konnte nicht nein sagen und mußte demnach auch den komischen Spinner mitfahren lassen, von dem hier die Fama ging, Agenten aus Prag versuchten, ihn zurückzuholen. Er war dabei, aus ihm mindestens herauszukriegen, was daran wahr sei, aber noch ehe es dazu kam, hüpfte sein Fahrzeug in einer ausgewaschenen Rinne vor der Einfahrt auf die Hauptstraße, der linke Fuß rutschte auf den geheimen Auslöser neben der Kupplung, und Bobina stürzte direkt in den Schoß des hinter ihr sitzenden Jungen.

Bevor der Zauberer den Sitz wieder festmachen konnte, eilte der Sonderling voraus, doch plötzlich wollten auch diese Organistin und ihr Scheich mit, und für den Kauz hielt er wieder an, so daß er schließlich einen ganzen Zirkus gratis nach Wien transportierte. Als letzten hat er den Slowaken an der Staatsoper abgesetzt, von wo die berühmte Badener Straßenbahn fuhr, und konnte aufatmen, als das Mädchen nicht verlangte, den Jungen auch noch ins Lager zu fahren. Sobald sie zu zweit blieben, bemächtigte sich ihrer wieder die helle Begeisterung über den Glanz der Boulevards und das Brodeln der Stadt.

Auf die Buren mit ihren Diamanten verging Bobina irgendwie der Appetit, also hat er glücklich direkt vor der Post eingeparkt. An einem Spezialschalter hat man ihnen den zuständigen Teil des New Yorker Telephonbuchs ausgehändigt, und sie entdeckten darin ungefähr fünfzig Climbs, darunter leider keine Jarina. Wie ihr Alter mit Vornamen hieß, hat Bobina glatt vergessen.

«Aber, Herrschaftszeiten, er ist doch Millionär», wiederholte sie bis zum Ermüden, «das muß doch da irgendwo stehen.»

Er hat sich blind einige Nummern aufgeschrieben, um sie am Abend auszuprobieren, jetzt sei es dort noch unanständig früh morgens, sie könnten inzwischen etwas zu sich nehmen; ja, sie habe Hunger wie ein Wolf! schrie sie begeistert, bis sich Passanten umdrehten, er hat ihn bereitwillig gestillt. Er staunte darüber, was in sie hineingeht, wenn sie bestellen darf, was ihr schmeckt, er fütterte sie freigebig, bis sie nach einem Germknödel mit Mohn, Zucker und Butter schrie, bin voll! dann legte er mit seiner ernsten Rede los.

«Schau mal, warum hast du wieder geflüstert, als du mich am Morgen vor dem Burschen geduzt hast?»

«Hab' ich geflüstert?»

«Ja. Bei dir merkt man's gleich. Normalerweise bist du gut hörbar. Hast du dich etwa für mich geschämt?»

«Warum sollte ich dich duzen, wenn ich dich sonst sieze?»

«Du duzt mich ja gerade!» triumphierte er.

«Und wenn schon, was soll's? Was willst du damit andeuten?»

«Ich frage nur.»

«Wenn du glaubst, ich hab' einen Grund, dann hab' ich keinen!»

«Na, fein.»

«Ähnlich wie du kein Recht hast, hinter mir herzuspionieren!»

«Von was redest du da?» er war gekränkt.

«Du spionierst hinter mir her und bewachst mich!»

«Erlaube mal!»

«Ich erlaub's eben nicht, denn wenn hier was überflüssig ist, dann ein Ersatzvater. Einer hat mir gereicht.»

«Wäre auch das letzte, worauf ich bei dir scharf bin.»

«Joo? Und das erste wäre was?»

Er sah den Punkt, an dem der Streit zu Ende gehen und er zur Sache kommen sollte.

«Warum sollst du dich in der Welt herumschlagen und dem Glück nachjagen, wo es nicht ist, wenn es schon hier sitzt.»

«Hier seh' ich nur Sie sitzen», sie siezte ihn verächtlich wieder.

«Mich meine ich auch.»

«Und das Glück besteht aus was?»

«Am Freitag hat man mir versprochen, wenn ich ein gutes Programm auf die Beine stelle, und da genügen mir ein paar Wochen! bereise ich damit die ganze Welt. Und mit mir meine Assistentin, die ich noch nicht habe. Also bist die erste, der ich ein Engagement anbiete.»

«Und was ist das?»

«Eine Helferin. Der Zauberlehrling im Rock.»

«Ich kann aber nicht zaubern...»

«Das bringe ich dir schon bei. Auf die Plakate kommst du als Bibi Rabe! Rabe heißt Havránek!»

«Und schaff' ich das?» sie war interessiert.

«Sonst würde ich dich nicht fragen. Hast Köpfchen und ein flottes Mundwerk, du wirst tutti paletti die Sprachen plappern wie ich. Der Haken liegt anderswo.»

«Wo?»

«Mein Kapital sind meine Tricks. Ich darf sie keinem verraten, der damit zur Konkurrenz überlaufen könnte.»

«Und was soll das heißen?»

«Daß du bei mir bleiben müßtest.»

«Wie lang?»

«Zunächst für immer», lachte er, «dann wird man sehen.»

«Ihr für immer hat einen kurzen Atem, was mir so von Ihnen zu Ohren gekommen ist. Wie bald würden Sie vor einer Neuen damit angeben, daß Ihr letztes Häschen zweiundzwanzig war?»

«Das läßt sich absichern.»
«Joo, und wie?»
Er näherte sich dem Zielband.
«Daß ich dich nehme.»
«Daß was?»
«Daß wir beide heiraten.»
«Und mit wem?»
«Miteinander.»
Sie fing zu kichern an.
«Warum lachst du? Ich meine es todernst», er hob drei Finger zum Schwur, «bei meiner Seel!»
«Nee... nee...» sie lachte weiter, aber krampfhaft, erkannte er, «das sollte Jarina hören... oder meine Omi und die Mutter! Weißt du...» über die Backen flossen ihr Tränen vor Lachen, «daß du der erste bist, der mir, na... einen Antrag macht?»
«Und was ist daran so komisch?»
Gleich kam er ihr verdächtig vor.
«Warum willst du das? Um das Gehalt dieser Assistentin zu sparen?»
«Einen Dreck», lehnte er die Verdächtigung ab, wie sie es verdient hatte, «da wirst vielmehr du auch meins kassieren. Ich will doch nur das Angenehme mit dem Nützlichen verbinden, und bei mir ist es höchste Eisenbahn, unter die Haube zu kommen. Das kannst du noch als Witwe ein paarmal schaffen, also wo liegt dein Risiko?»
Wahrscheinlich leuchtete es ihr ein, sie gab keine weiteren Giftigkeiten von sich und schüttelte nur ungläubig ihren hochtoupierten Stachel. Er schmiedete das Eisen weiter.
«Freu dich, daß dich so ein wählerischer Kerl haben will, und schlag ein, daß mein Spezialprogramm steigen kann.»
«Was für ein...?»
«Na, die Gala! Zuerst muß ich dir wie ein Vater eine anständige Robe verpassen, dann wie ein Trauzeuge ein anständiges Hotel kaufen und schließlich dich als Bräutigam zu einem Vermählungsdiner ausführen, mit Sekt und Tanz», er streckte ihr die flache Hand entgegen, «na?»
«Es klatscht alles zu schnell auf mich runter», sie rührte sich nicht.
«Von wegen klatschen! Klatsch mir in die Hand», drängte er.
Seine Rechte war nach wie vor zu ihr ausgestreckt, als möchte ich eine Kuh kaufen...! aber er zog sie schnell zurück, vor allem wegen der Haut, die ist irgendwie älter als ich...!

«Also, was hast du mir zu sagen?»

Auf die marktschreierische Geste reagierte sie mit überraschender Herzlichkeit.

«Schau mal, Pepi... ich danke dir, aber das ist nun wirklich nicht so einfach... laß mich ein paar Tage in Ruhe und drängle nicht. Von meiner Omi kenn' ich den Spruch: Je mehr du sollst, um so weniger mach, und was du nicht darfst, tu erst recht! Wir werden sehen, jo?»

Weitere Attacken waren sinnlos. Er griff zu seinem Ersatzplan.

«Bleibt es wenigstens bei unserem Abendessen mit Schwof? An der Donau soll es ein gemütliches Lokal geben!»

Nach zwei Flaschen und einem Schlaftrunk obendrauf, rechnete er, sollte es an den stillen Donauarmen keine Probleme geben.

«Warum nicht. Wenn's dir also nichts ausmacht...»

«Mir macht's nichts aus», versprach er großzügig.

«Bist aber nett!» belohnte sie ihn, «weißt, ich hab' ihm in Rohlau für dich versprochen, daß wir ihn auch zurück mitnehmen, er soll wieder an dieser Oper warten. Der Slowake, meine ich.»

6. — Bobina

Bobina war ratlos.

Daß sie ihre Jungfernschaft mit fünfzehn wie einen Milchzahn verlor, als ein Schönling von Lehrling sie auf dem Weg vom Kino im Weidengebüsch an der Moldau auf den Rücken legte, hab's so schnell verloren, Tempo hundert, daß ich's am nächsten Tag dort fast suchen wollte! hat sie gelehrt, die Sache auch weiterhin wie Brezelbacken hinzunehmen. Der Gute gab ihr später ein paar Ahojs! und knickte andere, bis er ihr irgendwann aus den Augen kam. Weitere Liebhaber blieben ihr noch weniger haften, obwohl sie immer die Wahl hatte.

Die Jungen flogen auf ihre gesegneten Reize, die zum Glück Form hielten. Logisch bevorzugte sie die Strammen, den übrigen riet sie zu verduften. Aber auch so fand sie keinen, mit dem sie viel mehr als die paar gewöhnlichen Nummern erlebte. Und das soll alles sein? dachte sie, jedesmal von neuem enttäuscht, und wunderte sich, warum man davon so viel Geschrei machte.

Von der Leinwand und dem Bildschirm ertönten Seufzer der Liebe und Stöhnen der Leidenschaft, von denen sie in sechs Jahren Bumsen keinen Laut vernahm. Auf sie haben sich die Liebemacher, kaum entkleidet, gelegt, ein bißchen mit ihr rumgeturnt, und schon waren sie dabei, die Hose wieder hochzuziehen, sie hätten eine Maloche, ein Match oder einen Treff mit Kumpeln beim Budweiser. Weil sie wußte, daß es keiner Freundin besser erging, verwies sie die Filmgefühle ins Reich von Omis Märchen.

Nur einmal erlebte sie, was diesen Gefühlen ein wenig nahekam. An ihrer Theke erschien ein blondhaariger Riese, gut zwei Meter hoch! mit einer Blablasprache, die die Leiterin der Herrenabteilung für Schwedisch hielt. Sie schnappten auf, daß er ein T-Shirt wollte, doch man hatte nur die kleinsten Größen am Lager. Bobina hatte eine Erleuchtung, sie holte aus der Damenetage die Extranummer für Schwangere, die selbst an ihm noch herumflatterte. Die Gewitzte erntete Lob, und der Schwede zwinkerte ihr zu.

Es ging auf sechs, sie schaute, daß sie pfeilschnell wegkam, und irrte sich nicht: Er stand draußen. Leicht überwanden sie die Sprachbarriere. Er wartete dann vor dem Wohnheim, bis sie sich in ihr bestes, weil auch einziges Kleid warf, mit einem lustigen Rock, den sie selbst aus bunten Fetzen zusammengenäht hatte; sie sah wie eine verluderte Zigeunerin aus, wußte aber aus einem im Kaufhaus umlaufenden Magazin, daß das der letzte Schrei der westlichen Mode war.

Mit seinem Schlitten fuhr er sie nach Krumlov. Er stopfte sie in dem neuen Hotel wie eine Gans, bis sie zu platzen drohte, und dann sorgte er auf dem Parkett für neuen Appetit, auf ihn selbst. Ganz selbstverständlich führte er sie umarmt am grüßenden Portier vorbei auf sein Zimmer, nicht jenen unähnlich, die sie aus Filmen kannte. Sie spürte, daß sie nun auf der Schwelle einer anderen, unendlich glanzvolleren Welt stand, die es also doch gab! Zum erstenmal kleidete sie sich in freudiger Spannung aus, jene Wunder zu erleben, die ihre Leinwandfrauen stöhnen und schluchzen ließen. Er trug sie auf Händen ins Bad.

Es gefiel ihr noch, als er sie in dem angenehm heißen Wasser auf sich legte. Bald aber fror sie am Hintern, sein mächtiger Körper hat den größeren Teil der Wanne ausgefüllt. Vor allem ahnte sie nicht, wie sie sich dabei benehmen soll. Ist das wohl Schwedenbrauch? Aber warum passiert dann nichts? Wie kommt es, daß er sich so schrecklich beherrschen kann? Sie verzweifelte über ihre Dorftrottelei. Plötzlich ist sie fast ertrunken. Er fuhr mit den Beinen aus der Wanne und mit dem Rumpf ins

Wasser, so daß ihr Kopf mit seiner Brust unter den Wasserspiegel geriet. Sie wollte raus, konnte aber nicht, weil er sie eisern festhielt, vergeblich zappelte sie, und die Luft ging ihr fast aus, als er sie losließ.

Lange hustete sie das Wasser aus der Lunge, 'ne schöne Macke hat der! sicherheitshalber entschlüpfte sie ihm dabei und schnellte wie ein Fisch direkt in den Bademantel hinein, dann wartete sie, was nun. Er brachte sie auf das breite Bett, doch auch dort ließ er sie in Unsicherheit, was er eigentlich vorhat, er drückte sich ganz unüblich an sie und schnaufte, bis er sie, wieder so überraschend, ganz schön zu würgen anfing, sie hatte alle Hände und Füße voll zu tun, um ihm diesmal wie ein Wiesel unter das Lager zu entkommen.

Sie ahnte inzwischen, was los ist: Er war, wie sagt man da? impotento! und versuchte, sich Erregung durch Grausamkeit zu besorgen. Ein armer Kerl eigentlich, nur, was galt, waren seine zwei Meter, und Bobina fielen andere Filme ein, in denen Mädchen, in eine ähnliche Patsche geraten, schlimm endeten. Sie versuchte also, ihn künstlich hochzubringen, und damit er ihr nicht weiter weh tat, legte sie selbst Hand an sich, ich habe losgelegt, vertraute sie später Jarina an, als sie es schon lustig fand, wie eine alte Hure, hechelte und rollte mit den Augen, als käme es mir, sobald er mich nur anschaut, er hat zwar keinen Ständer gekriegt, aber wenigstens ist er, von dem ganzen Theater erledigt, endlich eingeschlafen!

Am nächsten Morgen hat er sie noch obendrein gefuchst: Weg war er, und auf dem Nachttisch ließ er ihr wie einer echten Öffentlichen ein paar tschechische Zehner, die er wohl in den Taschen fand. Erniedrigt schlüpfte sie an dem Portier vorbei, fuhr per Bahn zurück, steckte zu spät und kam so auch noch um die Prämie. In jenem Erlebnis sah sie die Bestätigung, daß sie ein irres Glück haben wird, wenn ihr bescheidener Traum von einem einfachen Mannsbild in Erfüllung geht, der dafür sorgen möchte, daß es auf sie nicht wie über ein Stoppelfeld von allen Seiten bläst, alles andere ist Gequatsche!

Daß Jarina zu ihrem Märchenprinz gekommen war, hielt Budweis lange für ein Gerücht. Nicht einmal Bobina glaubte daran, nie ist eine Nachricht gekommen, sie könnte sich doch eine Ansichtskarte leisten! Erst ein hundertmal befummeltes amerikanisches Magazin öffnete ihr die Augen: die Jiráksche an der Seite eines wie aus Holz geschnittenen Ehemannes in einer Haifischkarosse, auf einer Luxusyacht und im Hubschrauber beim Landen auf dem Dach ihres Wolkenkratzers.

Aber auch dann war Bobinas Plan, in dem Jarina die Rolle der Brautwerberin für einen weiteren Geldsack spielte, nur eine andere Art des Lottoscheins, in dem sie Woche für Woche die gleichen Zahlen ankreuzte, um vielleicht eines Tages die sechs Richtigen zu treffen. Erst die unvorgesehene Flucht brachte die alte gute Kameradin in Reichweite, sie rechnete vor allem mit ihr. An Australien und andere Traumtalien glaubte sie selbst nicht, die einzige Chance war Amerika und jetzt natürlich auch der Pepi...

Da lief ihr der Tono über den Weg, und Bobina war ratlos.

Er hat sie bei der kurzen Begegnung, als Mládek ihn mit der Indianerin und dem Gärtner aufs Land fuhr, so auf die Palme gebracht wie vorher nur der Schwede. Den gemeinen Witz vom Großvater konnte er sich gespart haben, slowakischer Blödhammel, der! wütete sie, bevor die Hosenträgerszene in der Bar und das Alleegemetzel ihr andere Sorgen bescherten. Als sie nach ihm dann beim Dolmetscher fragte, wußte sie bereits, daß er ihr im Kopf herumspukte als der Mann, auf den sie schon immer wartete. Durch jenes Heldenstück, mit dem er sie in Rohlau begrüßte, hat er das bestätigt.

Bobina war ratlos, weil sie sich zum erstenmal echt verliebt hat.

Sie kam zu diesem Schluß, als die kurz gestutzte Fuchtel aus Prag sie plötzlich wahnsinnig störte, die in ihrem vorgerückten Alter immer eine Sportlerin spielte, um mit Männern in den Wald laufen zu können. Nach der Indianerin hat auch sie hier einen beschlagnahmt, der zu ihr Mamilein sagen könnte und nach dem Gesetz der Natur Bobina gehörte. Den Gärtner verschmerzte sie, auch ein Gestörter! aber der Slowake hatte alle vier Ps: Prächtig, pratzig, putzig, rundherum prima. Nur gehörte er nicht ihr. Warum fliegen hier die Jungen auf Mumien, wenn es so was wie mich gibt?

Sie war davon so benommen, daß sie sich ihrer nach dem Essen zweitgrößten Leidenschaft widmete: Sie schlief zwei Tage durch. Sie war erfreut, daß sie bei der Ankunft das Zimmerchen am Ende des Gangs im zweiten Stock neben den Tamilen und Rumänen bekam. Der Zauberer hat es beinahe geregelt, daß der Wirt sie in seine Nachbarschaft nach unten umquartiert hätte, aber das ließ sie nicht zu. Falls ich es mir mit diesem netten Rausschmeißer einmal gutgehen lassen sollte, werden uns die Zigeuner und die Bambusboys am wenigsten stören. Doch als sie dann zum viertenmal die beiden Champions im Laufschritt auf den Wald zurennen sah, riß sie sich den Slowaken, schließlich habe ich auch meinen Stolz! trotzig aus der Seele.

In dieser Stimmung versprach sie dem Zauberer, ihn am Freitag nach Wien zu begleiten, zum Abholen des Autos, dann wird man schon sehen. Kurz darauf glaubte sie ihren Augen nicht, doch alles hat es ihr bestätigt: Zwischen den beiden ist es aus! Wer da wen abserviert hat, wäre zwar interessant zu wissen, doch jetzt galt es nur, ihn schnell zu schnappen, schneller als das ziemlich hübsche Biestchen mit dem Teufel im Körper, das sogar wie er Slowakisch sprach.

Den Zauberer hat sie überlistet, als sie ihm erst in der Früh absagte, daß es ihm nicht mehr gelang, die Abfahrt zu verschieben. Sobald der Postbus vom Dorfplatz abzischte, warf sie sich in Schale, was hier soviel bedeutete, wie die Haare möglichst hoch aufzubürsten und sie mit Lack in ein steifes Stoppelfeld zu sprayen. Abgehetzt schleppte sie sich zum Wald, schon so zeitig war es recht warm, und versteckte sich hinter den Bäumen, für den Fall, daß er wieder mit der Alten angehopst käme. Er erschien jedoch allein, und in der Mulde quälte er sich seine Turnereien ab, bis ihr von seinem Muskelspiel die Augen aus den Höhlen traten. Dann trat sie selbst aus dem Wald und gab sich überrascht.

«Jee, ahoj, was treibst du denn da?»

«Ein bißchen Gymnastik...» er war ehrlich überrascht.

«Bißchen? Du reißt dich doch auseinander.»

«Bin an härteres Training gewöhnt.»

«Um Leute aus dem Fenster zu schmeißen?»

«Nur gewisse», grinste er, «und niemals Weiber.»

«Hab' ich bemerkt. Mit denen läufst du herum, und dann läßt du sie sitzen, was?»

«Wenn sie nicht mithalten!»

«Und was machst du mit denen, die zu faul sind zu laufen?»

Schon längst hörte er damit auf, die Fußspitzen über den Kopf zu heben, und schaute sie sich gründlich aus der Nähe an. Wie sie es mit Jarina gelernt hatte, streckte sie die Schultern unauffällig nach hinten, damit auf Kosten des Po der Busen auffiel.

«Irgendwas findet man schon», sagte er bedeutungsvoll, «schlimmstenfalls Pilze.»

«Oh du liebe Omi, wo? Die sammle ich für mein Leben gern!»

Sie haßte es, auf dem Dorf mußte sie immer irgend etwas sammeln, neben den Pilzen Beeren aller Art und im Winter wenigstens Kleinholz; seit sie erwachsen war, hat sie auf den Wald gehustet, jetzt aber wollte sie darin ihn pflücken.

«Weiß nicht», gab er zu, «bin hier noch nicht dazu gekommen.»

Er lief nicht zur Pension, sondern begleitete sie, erzählte von seinem Lernen und welch phantastische Pilze es an der menschenleeren Grenze gab. Die Fuchtel frühstückte mit den Schlitzaugen und nickte ihnen zu, ob er sie doch noch bumst? Bobina holte dann aus ihrem Zimmer eine große Plastiktüte, er sein Militärmesser, das er als Andenken behalten hatte, und bald konnte sie aufatmen: von Pilzen keine Spur. Sie setzten sich in den Schatten und plauderten ganz gemütlich. Vergeblich wartete sie, daß er mit irgendwas anfängt, bis sie beide das Mitagessen versäumt hätten. Fortsetzung folgt! beschloß sie.

Der Zauberer machte zunächst eine Miene, als hätte er in Sauerampfer gebissen, dann aber hat er Bobina schon wieder reingelegt. Anstatt ihr einen Vorwand zu einem Ausbruch zu liefern, drehte er sich den Slowaken um den Finger, mag der Junge noch so klug und stark sein, wie er will, staunte sie, er läßt sich von ihm wie ein Weib einwickeln! alles in ihr kochte vor Wut! doch sie war machtlos, wollte sie sich nicht selbst als blöde Kuh hinstellen.

Bis Sonntag gingen sie zu dritt miteinander, sie kam sich langsam wie ein Kiebitz vor. In der Not hat sie sich den Besuch der Kirche einfallen lassen und lauerte neben der Tür. Als der Minibus zur Tankstelle fuhr, sauste sie gleich zu dem Slowaken. Weil er nicht gleich aufmachte, bekam sie es mit der Angst: Er hat sie also drin! so einen Tiefschlag wollte sie nicht erleben und lief weg; fast in ihn hinein, als er halbnackt aus dem Badezimmer kam, das Handtuch um den Hals, mit dem er sich sofort bedeckte, ganz und gar wie eine keusche Jungfrau!

«Ahoj!» grüßte er sichtlich erfreut und fragte gleich idiotisch, «suchst du Pepi?»

Der Filou hat auch ihm das Duzen angeboten! Sie verwahrte sich gegen den Verdacht.

«Nee, der repariert sein Auto an der Tankstelle.»

«Aha, und braucht er mich?»

«Keine Ahnung. Ich kam zu dir, falls es dich nicht stört.»

«Nein», versicherte er, doch er verstand nichts, «und warum?»

«Um dich zu fragen», sagte sie aufs Geratewohl, «ob ich nicht mit dir Deutsch lernen kann.»

«Na klar... nur daß ich selber noch schwimme.»

«Um so mehr konnte ich mithalten, oder?»

«Fein... kannst du warten? Ich ziehe mich schnell an.»

Er ließ sie tatsächlich auf dem Gang stehen, und sie grübelte, ob auch er nicht zufälligerweise eine gleiche Macke hätte wie der Schwedenschlappschwanz, nein! verwarf sie den Verdacht, der da ist ein Baum von Mann, nur vielleicht scheu. Da sie nicht gerade prüde war, hat sie sich einen guten Rat erteilt, halt dich zurück, Mädel, daß du's nicht überspannst! er darf nicht das Gefühl bekommen, du wärst ein Leichtes. Deutsch war die Lösung. Als er sie in das militärisch aufgeräumte Zimmer reinbat, hielt sie ihren Appetit auf ihn im Zaum und lernte der, die, das.

So fand sie der Zauberer. Zwei wissensdurstige Schüler, über einem Buch auf dem musterhaft gemachten Bett hockend wie in der Klasse. Er bekam nicht mit, daß sie soeben noch von ihm redeten, als es ihr ziemlich schnell gelungen war, ihren Lehrer vom Unnötigen zum Wichtigen zu bringen. Nachdem er sie nicht mehr über die bestimmten Artikel aufklären durfte, verlangte er bestimmte Informationen.

«Also gehst du nicht mit ihm?»

«Wie kannst du fragen?« sie war gekränkt, «schau ihn dir doch an!»

«Erstens sehe ich, er ist ziemlich gut erhalten...»

«Du selbst hast ihn Opa genannt!»

«Weil er mich fuchste. Und zweitens pappst du ständig an ihm.»

«Na, vielleicht er an mir, nee? Klebt wie die Wurst an der Butter!»

«Mir schien's, du hast nichts dagegen!»

«Was willst du damit sagen?» erhitzte sie sich, «daß ich mich von ihm aushalten lass'?» und gleich stockte sie: Herrschaftszeiten! Pepi wird ihm doch nicht erzählt haben, daß er mir diese Wäsche gekauft hat...

«Um Gottes willen, das nicht!» entschuldigte er sich jedoch, «ich mache nur meinen Kameraden nicht ihre Mädchen abspenstig...»

«Niemand bittet dich hier darum, daß du ihn jemandem abspenstig machst», sagte sie wütend, «aber was für ein Kamerad von dir ist er denn? Eben genau das hatte er vor, als er rauskriegte, was du für ein Anstandspinsel bist: daß du nicht mit mir gehst!»

«Aber das wollte ich doch gar...» er verstummte, weil ihm in diesem Augenblick aufging, was für ein Hornochse er ist, «oder wärst du vielleicht interessiert?» fragte er wieder dumm, als würde ich daheim Dollars zum Wechseln anbieten! erschrak er über sich.

«Dir bringen die Mädel einen Antrag mit Stempelmarke?» frage sie bissig, bevor sie noch rechtzeitig Schritte vom Gang vernahm. Deswegen hat sie der Zauberer wie fleißige Nachsitzer vorgefunden. Was ihm entging, vertiefte Bobinas Sorge: Der stramme Bursche errötete schuldbewußt! Als sich der mit allen Wassern gewaschene Pepi an sie herangemacht hatte und sich zum Schulmeister erklärte, sagte sie, sie wolle jetzt ihre Haare waschen, und ließ die beiden zusammen sitzen, wie warme Brüder! schnaubte sie vor Wut auf dem Weg zu ihrem Bau, aber ich tricks' dich aus, du Hexenmeister!

Sie fand Gelegenheit, Tono nach dem Abendessen zu fragen, ob er nicht nach Wien wollte, nein! sprang er gleich an, aber ins Lager, er warte hier vergeblich auf Mládek, habe ernsthaft mit ihm zu reden. Da riet sie ihm, wo er sich morgen hinstellen soll, daß man ihn aufpickt, warum diese Geheimnistuerei? stank es ihm, ach, mein Slowake, mit dir wird es eine Mordsarbeit werden, bis du die tschechischen Finten spitzgekriegt hast, ohne die ein einfacher Mensch nicht überleben kann!

Um ihn zu überzeugen, wie fälschlich er sie verdächtigte, brachte sie ihm telegraphisch kurz bei, daß eine Busenfreundin in Amerika mit ihr Pläne hat, sie bat ihn, er solle bei dem Dolmetscher anfragen, ob er schon eine Nachricht hätte, die darf ihr Tono aber erst ausrichten, wenn sie wieder allein sind, der Zauberer schickt sich an, auch das kaputtzumachen. Somit hat sie ihm geschickt zu verstehen gegeben, daß er sich mit seinem Interesse beeilen muß.

Sie führte dann die beiden absichtlich wieder zum Billard, um ihnen dann bald zu eröffnen, ihr fielen die Augen zu. Sie wußte zwar, Tono würde noch nicht anklopfen, doch vor dem Zauberer hat sie sich lieber eingesperrt. Sie hatte die Absicht, auf Vorrat auszuschlafen, in der Hoffnung, daß sie bald dafür nicht mehr viel Zeit haben wird.

Der Montag lief wie geschmiert. Der Zauberer mußte die Bescherung schlucken, wenn der Slowake jetzt sein Kumpel war! Auf sie wartete eine angenehme Überraschung: Nach hundert Metern Fahrt kippte sie auf einmal samt Sitz dem Tono in den Schoß; noch ehe sie anhielten, konnten seine Hände ihr Angebot gründlich taxieren: Das hat ihn so mitgenommen, daß er schon wieder rosig anlief.

Sie hat ihm gestern zusätzlich versprochen, ihn um sechs wieder dort aufzunehmen, wo man ihn zuvor abgesetzt hatte. Und wenn es mir nicht gelingt? quälte sie die Sorge, er wird's mir heimzahlen und für Ersatz sorgen, der würde nicht lange suchen müssen. Also beschloß sie, zum Zauberer, wenn sie allein sind, so nett zu sein wie nur möglich, sich unverbindlich anmachen zu lassen, während sie ihn in Wirklichkeit am Schnürchen führt. Das gelang ihr auch, solange er nicht seine Rede hielt.

Sein Angebot, zusammen mit ihm zu zaubern, verstand sie als einen neuen Trick; er hat erkannt, daß ich nicht auf ihn stehe, und lockt mich mit Süßholz ins Bett! hat er sich genug amüsiert, hinterläßt er unter dem Kissen nicht einmal ein paar Schillinge, die er sich aus den Taschen kratzt. Der Heiratsantrag hat sie jedoch erschlagen. Seine Seriosität mußte sie nicht bezweifeln, es stand in ihrer Macht, mit der Gegenleistung abzuwarten, bis sie tatsächlich unter der Haube war. Er schaute, von seiner Haut abgesehen, gut erhalten aus und hatte einem Weib sicher was zu bieten, doch allzu wählerisch konnte er nun wieder auch nicht sein, er liegt schon auf dem Wühltisch!

Auf einmal brachte er den bescheidenen Traum in Griffnähe, der ihr noch gestern nur mit Mordsglück erfüllbar schien! jetzt hatte sie es, mußte daran glauben, auch wenn sie noch so zögerte, es lag nur an ihr, einzuschlagen oder ihn sein zu lassen und auf eigenes Risiko einen Besseren abzuwarten. Der Magier war zwar ein halbgemauserter, aber immer noch ein tüchtiger Spatz in der Hand, der Tono eine schöne Taube auf dem Dach. Wer weiß, ob er sich bei ihr niederläßt, und wer kann ihr garantieren, daß sie ihn fängt und hält?

Alles, was ihr in dieser harten Welt, die auf Mädel wie sie mißgünstig blickt, zum Überleben verhalf, waren: Omis Ratschläge, das Schicksal der Mutter und die eigenen warnenden Erfahrungen; das alles riet ihr, anzunehmen und rauszuschlagen, was nur ging. Als damals in Stralsund die Gefahr drohte, mit dem «Onkel» ins Bett hopsen zu müssen, hat sie mit Jarina eine Weisheit ausgetüftelt, die ihr bis heute gültig schien: Ein Weib muß nur herhalten!

Sie konnte sich vorstellen, im schlimmsten Fall zweimal in der Woche die Augen zuzudrücken und mit ihnen dann um so häufiger einen zu verschlingen, mit dem es sie freuen würde. Welcher Mann würde es nicht begrüßen, wenn er dazu nicht einmal heiraten müßte? Also sprach alles dafür, sich nicht zu zieren, als stünden Bräutigame bei ihr Schlange, sondern darauf zu schauen, daß sie die besten Bedingungen herausholt, solange der Bewerber heiß ist.

Soweit die Stimme der Vernunft. Das Herz und der Körper zogen sie jedoch wie scheuende Pferde zu dem Slowaken hin. Es ist ihr nicht entgangen, daß er ganz anders behämmert ist, als man es bei einem, der nur so mit dem Finger schnipsen und sich alles nehmen konnte, erwarten würde. Er zerbricht sich den Kopf darüber, ob er irgendeinem Strniště nicht ins Gehege kommt, nur weil der ihn zum Billard eingeladen hat!

bringt er es fertig, mit mir geheim zu schlafen, wenn ich mal Frau Strniště bin?

Der alberne Name war der letzte entscheidende Tropfen. Josef Strniště hätte gestaunt, wie gerade sein reiches Angebot ein armes Mädchen dazu brachte, weiterhin Běla Havránková bleiben zu wollen, mit der Aussicht auf die unsichere Taube. Wenn es mir gelungen ist, ermutigte sie sich, daß mir einer seine Hand anbot, wird es mir schon glücken, den anderen wenigstens zu verführen, Herrschaftszeiten!

Den unerwartet gewonnenen Vorteil nützte sie aus, sich den Zauberer so zu unterwerfen, wie es nur ging; warum gleich Nein sagen, wenn man gar nichts sagen muß und sich weiter seiner Gunst erfreuen kann? Mutig bat sie ihn also, für Tono an der Oper anzuhalten, und war stolz, als er nachgab.

Tonolein, der Liebling, wartete da schon und machte nichts falsch; ahnungslos, wie er war, mußte er nicht erröten. Der Zauberer gab sich erwartungsgemäß wie ein Weltmann, er nahm sie in Sankt Pölten in die anständigste Wirtschaft mit, in die sie sich in ihrer legeren Kleidung wagen konnten. Aus dem Kauf von schicken Klamotten wurde natürlich nichts, das einzige, was Bobina leid tat. Vergolten hat das ihr das Erlebnis auf dem Parkett.

Zuerst schwang sie das Tanzbein mit dem Zauberer, den sie durchtrieben selbst aufforderte, Tono würde sich das kaum trauen! Strniště taute auf, als sie sich ihm während einer langsamen Piece an den Hals hing und ihn ihre ausstellungsreifen Brüste versengten, frei im Auslauf ihres T-Shirts treibend. Er hat sie so an seine Taille gedrückt, daß sie das Verlangen seines Josefiks spüren konnte. Sie ekelte sich zwar vor ihm, doch hielt sie bis zur letzten Note durch, um auf gleiche Weise mit ihrem Auserwählten schwofen zu können.

Auf das Feuer folgte eine kalte Dusche, als der Zauberer bemerkte, daß seine Braut sich an den Nachfolger drückte, als sollte er sie aus dem Feuer retten. Wenn ihm jedoch der Tänzer den Rücken zuwandte, sandte Bobina ihm einen so beschwörenden Blick, daß er sich ihrer Gunst sicher fühlte, bis sie sich wieder in der nächsten Drehung gerade auf den Slowaken legte. Damit ihn diese Wechselgüsse nicht aus der Balance warfen, zog er aus der Tasche sein Kartenspiel und übte einen Trick, bei dem den Pikbuben bei der Herzdame immer der Treffkönig ersetzen sollte, für den er sich seit der Fremdenlegion hielt.

Auf dem Parkett bekam Bobina gleich zu Beginn die erwünschte

Nachricht von Mládek: Frau Climb macht Ferien auf der Yacht, von einem verläßlichen Boten bekommt sie nach ihrer Rückkehr die Telephonnummer der Pension Krebs. Bobina jedoch nahm den Körper wahr, den sie zum erstenmal an ihrem eigenen fühlte, für andere Informationen hatte sie keine Sinne frei.

«Hörst du mich?» fragte er; er tanzte steif, als führte er vor, daß nicht er es ist, der sich da so drückt.

«Joo!» es ärgerte sie, daß sie sich ihm schon wieder aufdrängen mußte, «bin nicht taub, aber du bist eine lahme Ente, hast du einen Hexenschuß?»

«Was hast du?» er war beleidigt.

«Schiebst du jede so weg?»

«Schieb' dich doch nicht.»

«Hast du Angst, er könnte dich ausstechen? Du mit deinem Tschudo?»

«Es heißt Judo, und ich mach' Karate! Ein Karatekämpfer darf seine Überlegenheit nie ausnützen!»

«Wie ich das sehe, ist er dir überlegen. Wenn du dich nicht einmal traust, dich an mich zu drücken.»

«Und warum sollte ich?»

«Gestern hast du gesagt, du hast Interesse an mir?»

«Ich? Ich hab' gefragt, ob du es hättest?»

«Und ich hab' gefragt, ob du's mit der Stempelmarke brauchst. Normalerweise reicht es, wenn eine 'nen Blick wirft, erst recht, wenn sie sich so ranhängt.»

«Vorher hast du dich so an ihn rangehängt!»

Er kann eifersüchtig sein! jubilierte sie, jetzt muß ich's ihm direkt sagen, oder ich schaff's nie.

«Jo», gab sie zu, «damit ich mich auch an dich ranschmeißen kann, kapiert? Jetzt kann er sich gar nichts denken!»

«Du hast abgestritten, daß du mit ihm gehst», verriet er mehr und mehr, wie es um ihn bestellt war.

«Klaro nicht.»

«Warum also sollte er sich dabei was denken.»

«Weil er mir mittags einen Antrag gemacht hat.»

Der Satz traf in eine Drehung, so daß sie dem Zauberer einen weiteren Zuckerblick senden konnte. Der Spatz pickte ihr aus der Hand, die Taube war im Anflug.

«Was hat er...?»
«Na, will mich heiraten!»
«Und du?»
Es kam geradezu nervös, interessant! dachte sie, sobald ein Weib in feste Hände kommen soll, steigt sie sofort im Preis. Wieder drückte sie ihn an sich.
«Falls du es nicht spürst, ich schmeiß' mich jetzt an dich ran.»
«Damit er sich dabei nichts denkt!»
«Na klaro.»
«Jesusmariaundjosef, wie soll sich da einer noch auskennen.»
«Zum Beispiel so, daß ich dich nicht...» es lag ihr daran, es richtig auszusprechen, «kom-pro-motieren will, wenn ich nicht weiß, ob du mit mir gehen willst?»
«Und wenn du es weißt, sagst du's ihm?»
«Jo, aber vorher merkt er das selbst.»
«Wie? Wenn der dich genauso rausschmeißt?»
«Zum Beispiel, wenn er demnächst auf dein Zimmer schnüffeln kommt, ist es zu.»
Endlich! sie verspürte im Rhythmus der geschmeidigen Musiknummer auch sein greifbares Interesse. Plötzlich zog er sie an sich, und Bobina nahm angetan eine erfreuliche Veränderung wahr, den engen Jeans zum Trotz bemerkbar.
«Blöd ist», er hatte wieder ein Problem, «daß ich so dicht an ihm wohne...»
Sie platzte beinahe los. Über soviel Rücksichtnahme und daß er es so nach Opas Art im Bett haben wollte, wo es doch ringsherum Wälder wie Wolken gab.
«Erstens kann es ihm wurscht sein, und zweitens, komm heute zu mir nach oben, ich lass' auf!»
Dem Zauberer gelang der Trick, neben der Dame erschien jedesmal der Treffkönig. Vom Parkett her weht es längst nur noch kalt. Warum geht mir eine gewöhnliche Dorfbuchtel so auf den Geist? Hab' ich denn Hitler, Hunger, die Legion und den Knast überlebt und soll eine fesche Emigration nicht meistern? Nur... er wurde unsicher, wer war Pepe le Tcheco, und wer bin ich? Der Treffkönig ist tot, wie ein Platzhirsch getroffen, es blieben nur noch die Hörner...

7. Lydia und Václav

«Auf Wiedersehen, Václav», sagte die Pianistin.
«Auf Wiedersehen, Liduška», sagte der Gärtner.
«Mach's gut!»

«Hauptsache, du machst es gut!»

«Also, bis mittag!» versicherte sie sich.

«Bis mittag», versicherte er ihr.

Sie trat auf die Fußspitzen, um ihn küssen zu können.

«Also ahoj!»

«Ahoj!»

Dem täglichen Brautritual gemäß lächelte sie ihn noch an, bevor sie das Zimmer verließ und er sich ans Fenster stellte. Vor der Pension schaute sie zunächst über das Haus zum Gebirgsmassiv auf, hinter dem sich alle Wolken bildeten, und dann zum Fenster.

«Es wird schön werden», meldete sie, «nachmittags gehen wir wieder mal aus.»

«Da freue ich mich», flüsterte er nach unten.

«Ich auch!» strahlte sie nach oben.

Die hohen Absätze, die sie nur im Wald nicht anhatte, trugen sie flink über die steile Abkürzung zu der Kirche hinauf, er hörte sie noch lange auf den Steinstiegen nachklappern. Er wußte, daß sie sich nicht mehr umdreht, ihrer Mutter gehorsam, die sie mit Geboten für jede Gelegenheit ausgerüstet hatte. Ein anständiges Mädchen, lautete dieses, dreht sich nur um, wenn es Hilferufe hört.

So weit war er noch nicht, obwohl er sich Tag für Tag armseliger vorkam. Äußerlich hat sich nichts verändert, sie war so zu ihm, wie er es seit den Eltern nicht mehr erlebt hatte, und dennoch spürte er, daß sein Anteil an ihrer Gemeinsamkeit um so mehr schwindet, je mehr Lydia bemüht war, ihn zu betonen.

Er ließ sich überzeugen, daß es nur Zeitverlust wäre, sich hier ähnlich wie die Rumänen oder Tamilen für eine miserabel bezahlte Arbeit anwerben zu lassen, die Erkenntnis machte auch ihn betroffen, daß ihre Ohnmacht brutal von manchen Rohlauern ausgenutzt wird, die bei der Messe in den ersten Bänken saßen; aber er glaubte nicht, daß er bei allem Fleiß das bewältigen kann, wofür Lydia ihn vorbestimmt hatte, die Rolle ihres Managers.

Warum sollte sie neben der Agentin in jeder Stadt Leute bezahlen, damit sie tausenderlei Dinge ungern und schlecht erledigten, wenn sie sich auf das Konzert mit dem Bewußtsein konzentrieren könnte, daß dies jemand gern und gut schafft? noch dazu, sie lachte, für das Geld, das mir eigentlich bleibt! wenn schon eine Familie, warum nicht auch eine Firma?

Es kam ihm so vor, daß sie sich seiner, wenn auch unbewußt, ein wenig schämt. Und daß dieser Aufstieg ihre Bedingung ist, wenn sie bei ihm bleiben soll, und er darum keine Wahl hat. Er gärtnerte mit Freuden, Pflanzen waren ihm seit Jahren die liebsten Gesellschafter, er verstand schon langsam ihre grüne Sprache, wußte aber auch, daß er sie nicht verlieren würde, wenn er auf etwas anderes umsteigt, sie konnten sein Vergnügen bleiben; hat Lydia nicht von einem Gärtchen über den Dächern von Wien geträumt? Er möchte für sie die tausenderlei Dinge gut und gern erledigen, nur fürchtete er, daß alles danebengeht.

Für die Bibel, die sie tatsächlich täglich wie einen spannenden Roman las, hat sie ihm auch ein Buch gekauft: Deutsch für den Selbstunterricht. Damit Menschen verschiedener Sprachen daraus lernen konnten, erklärte man die Worte mit Zeichnungen, es erinnerte an ein Hilfsmittel für Sonderschulen. Noch schlimmer war, daß ihm nicht einmal das half.

Lydia durfte wochentags am Morgen in der Kirche üben, danach war sie bereit, mit ihm zu lernen. Er lehnte das ungewöhnlich entschieden ab, und sie spürte, daß er sich vor einer wachsenden Abhängigkeit von ihr fürchtet; sie wollte das Problem des Altersunterschieds nicht dadurch vertiefen, daß sie ihm noch als Lehrerin erscheint. Was sie nicht wußte: Rasch bereute er seine Absage, allein kam er sich wie der Nackte im Dornbusch vor. Immer wenn er die eigenen kinderleichten Aufgaben kontrollierte, die nach den Bildern geschriebenen Sätze, fürchtete er den Augenblick, in dem ihn Lydia als hoffnungslosen Tolpatsch entlarvt.

«Ich sein Mann. Meine Namen bin Václav Rada. Ich sein hier auf Besuche. Sprechen tschechisch, nichts verstehen Deutsch. Ich nein allein. Mein Fraus Namen bin Lida. Sie sein kommen mit ich. Ich bleiben hir mit sie und haben sich gut.»

Als er den Absatz mit dem Schlüssel verglich, glühten seine Ohren. Er riß die Seite aus dem Heft, zerfetzte sie in Stückchen, verbrannte sie im Aschenbecher, und erst die Asche brachte er zum Wegspülen aufs Klo. Dadurch belehrt, schrieb er auf losen Blättern weiter, die er in ähnlicher Weise vernichtete, erst die gelungenen Versuche trug er ins Heft ein, so daß er sich wie ein Schüler beim Abschreiben vorkam. Die neue Sprache, die ihm doch jeden Tag die Tür ein bißchen weiter aufmachen sollte, wurde ihm zu einem wachsenden Hindernis.

Morgen für Morgen, solange sie nicht in der Kirche war, folgte er ihr mit den Augen, immer verzweifelter, daß diese begabte, gebildete, erfahrene und für ihn einfach wunderbare und unersetzliche Frau in dieser neuen Welt, die ihr bald zu Füßen liegen wird, wie schon heute er, bald die Geduld und überhaupt die Lust verliert, sich mit einem ungehobelten Bauern abzugeben.

Das einzige, was ihm ein wenig Sicherheit bot, waren seine Umarmungen, dabei redete er sich ein, sie gehörte ihm uneingeschränkt. Aber es genügte, daß sie wieder angekleidet war, daß sie sich der fremden Sprache spielend bediente, die sich ihm so spöttisch verweigerte, und sie ergriff wieder, weil er ihr dabei kaum helfen konnte, die Zügel ihres gemeinsamen Lebens, wurde so unnahbar wie damals, als er in Klíčov zum erstenmal die Hecke schnitt, während sie himmlisch spielte...

Auch heute war sie schon lange verschwunden, und er stand noch immer am Fenster, niedergeschlagen in der Vorstellung, hier eines Tages vergeblich nach ihr Ausschau zu halten. Barmherziger Gott, ich habe dich nie gebeten, daß mich Věra liebt, was eigentlich verrät, ich litt nicht vor Liebe, sondern aus gekränkter Eitelkeit. Ich weiß nicht, warum du mir Lída gegeben hast, aber ich bitte dich, stell mir nicht die Prüfung, daß du sie mir wieder nimmst. Auch sie benötigt Schutz, und wenn du uns beieinander läßt, mußt du dich bis zu unserem Tod nicht um zwei deiner Schäfchen kümmern...!

Es wurde ihm bewußt, daß er mit Gott sündhaft handelte, und so zog er das Deutschbuch hervor, um Buße zu tun mit dem, was ihm am schwersten fiel. Da klopfte es.

Lydia präludierte. Von den vier Stunden täglich, die der liebenswürdige Pfarrer Thoma ihr einräumte, verbrachte sie die erste mit der Lockerung des kleinen Fingers. Obwohl ihre Gönner sie seinerzeit davon überzeugten, sie sei fit, wußte sie besser Bescheid: Der dreifach gebrochene Finger blieb schwächer, was rein buchhalterisch bedeutete, daß sie nur mit fünfundneunzig Prozent ihrer technischen Kapazität spielen konnte. Sie schuftete bereits in Klíčov und nahm sich vor, daß sie hier ihrem Geliebten und ebenso denen, die sie zugrunde richten wollten, ein Comeback vorführt, wie es die Welt nicht erlebt hat.

Die ungeahnte Komplikation, die Margrits Vertrag mit Prag in sich barg, ängstigte sie nur kurze Zeit. Überschlafen wurde sie ihr zu einem neuen Ansporn. Sie zweifelte nicht, daß die Freundin alle Hebel in Bewegung setzen und ihre Beziehungen mobilisieren wird, um ihr zu einer Chance zu verhelfen. Die dann voll zu nutzen, wie alle die vorigen, war ganz allein ihre Sache, und der war sie sich sicher. Was sie anfangs für ein Handicap hielt, die Andersartigkeit der Orgeltastatur, verarbeitete sie psychisch in einen Vorteil. Es ist, Vašek, wie einen Lauf mit Ballast zu trainieren, wenn ich dann mal an einem guten Flügel sitze, werfe ich den Rucksack mit den Ziegeln weg! Hauptsache ist, daß sie keine Zeit verlor. Margritka wollte sich in einer Woche melden, und der Interessent wird es schon zu arrangieren wissen, daß sie richtig üben kann.

Ihr kleiner Finger hatte das Seine bekommen, und Lydia ging zum Repertoire über, als unten die Kirchentür knarrte. Sie wechselte das Register, sie selbst hatte dem Pfarrer vorgeschlagen, Kirchenmusik zu spielen, wenn ein Gläubiger eintritt, was sie aber nur zweimal erlebt hatte. Der Besucher blieb jedoch nicht stehen und ging auch nicht zum Altar hin, seine Schritte kamen eilig über die krächzende hölzerne Wendeltreppe zu ihr hinauf. Sie hörte auf zu spielen und erkannte bereits Václavs aufgeregte Stimme.

«Lída!» er stand schon neben ihr, und keuchend richtete er ihr aus, «Frau Procházková rief an, du sollst heute vorspielen!»

Er war begeistert. Sie verstand nicht.

«Was? Vor wem? Und wer hat es dir...»

«Ein Anruf für dich kam, man hat mich geholt, es war deine Margrit, nur habe ich sie natürlich nicht...» er verschluckte das Wort, «aber da sah ich diese Frau, die Chartistin, sie hat mit ihr gesprochen und sich Notizen gemacht. Hier...!»

Er reichte ihr einen Zeitungsfetzen. Sie las.

15 Uhr vorspielen/?/Wien 1, Schlaggasse 1–3, Oase, Anruf und Gruß von Frau Prohaska, dringend, auch wenn mit Taxe, sie bezahlt.

«Was ist Oase? Ein Studio? Konzertagentur?»

«Ich weiß nicht...»

Sie wurde immer nervöser und barscher.

«Sie mußte doch auch gesagt haben, was ich spielen soll!?»

«Entschuldige», sagte er zerknirscht, «ich konnte mit ihr nicht selbst sprechen...»

Sie schüttelte gereizt den Kopf, und er verzweifelte, daß seine böse Vorahnung sich schneller erfüllt, als er glaubte. Er atmete erst auf, als aus der Sakristei der Pfarrer kam, offensichtlich überrascht, daß sie zu spielen aufhörte.

«Irgendein Problem?» fragte er hinauf.

«Ich komme runter», antwortete sie, in der Kirche wollte sie nicht laut reden.

Václav eilte ihr nach mit dem kläglichen Gefühl eines Hündchens, das nichts anderes kann, als seinem Frauchen zu folgen. Unten mußte er dann herumstehen und auf das Ende des Gesprächs warten, von dem er nichts verstand.

«Meinen herzlichen Glückwunsch!« freute sich der Geistliche, als sie ihm mitteilte, was ihr bevorsteht.

«Nur daß ich», beschwerte sie sich, «gar nicht weiß, für wen und was ich spielen soll, bin doch gar nicht vorbereitet.»

«Ich möchte mich nicht für einen Fachmann ausgeben», wandte er ein, «aber ich sitze jedesmal in der Sakristei, wenn Sie spielen, jawohl, ich entschuldige mich dafür, aber vielleicht kann meine Meinung Sie jetzt ein bißchen stärken. Klavier habe ich besonders gern, ich spiele mir oft Schallplatten vor, und so glaube ich, Sie sind eine Spitzenmusikerin, Frau Gutenberg.»

Es schmeichelte ihr natürlich, doch ihre Furcht war damit nicht beschwichtigt.

«Die Orgel und das Klavier sind, wie man in Böhmen sagt, Himmel und Dudelsack!»

«Wenn ich Sie richtig verstehe, meinen Sie mit dem ersten die Orgel. Aber wenn Sie sich des himmlischen Instruments so sicher sind, um wieviel sicherer müssen Sie es als irdischer Dudelsackspieler sein. Und falls meine laienhafte Begeisterung Sie nicht beruhigen kann, gebe ich Ihnen auf den Weg mit, was Sie ohnehin verdient haben.»

Er segnete sie.

Sie hatten sich gerade umgezogen, als unter ihrem Fenster ein Auto losfuhr. Der Zauberer fuhr wahrscheinlich nach Wien, und sie konnten sich nur noch vor den Kopf schlagen. Ist da wirklich der Himmel am Werk? staunte Lydia bald, als der Minibus noch vor der Hauptstraße anhielt, die Besatzung ausstieg und der Chauffeur irgend etwas im Wagen reparierte. Sie holten den Bus ein. In Wien ließen sie sich vor dem Zentrum gemeinsam mit dem stummen Mitbewohner absetzen, den sie in der Pension so selten gesehen hatten, sie hat die ganze Reise seinen Blick gespürt, jetzt brummte er nur einen Gruß und verschwand.

Schlaggasse haben sie im Stadtplan gefunden, aber links liegen lassen. Sie hatten noch Zeit, und sie wollte damit beginnen, Václav mit Österreich bekannt zu machen.

«Es wird deine Heimat sein, sie verdient es, daß du sie kennst, um so mehr, als es deinem Vater noch gelungen ist, als Österreicher zur Welt zu kommen.»

Eine plötzliche Erinnerung führte sie mit ihm in die Kapuzinergruft, wo die toten Habsburger liegen; als sie ihm schilderte, wie man den verstorbenen Herrschern den Eintritt verwehrt, solange der Herold nicht ihre endlosen wohlklingenden Titel vergißt und sie nur schlicht «arme Sünder» nennt, begleitete sie Johann Christophers Geist. Eben hier hat er sie damals während seines Erzählens unerwartet geküßt; sein Fehler! vertraute sie Margrit an, wäre es in seiner intimen Wohnung geschehen, wo sie sich oft Platten anhörten, hätte er sie gekriegt, so vorgewarnt schaffte sie es aber, die Zugbrücke hochzuziehen, der erste Kuß blieb auch der letzte und ich dem Ilja...

Da merkte sie, wie er zu ihr seltsam aufschaut.

«Ist was...?» schnell kehrte sie in das Jetzt zurück.

«Du hast auf einmal aufgehört zu reden...»

«Ja? Entschuldige, es fiel mir ein, ich sollte Margrit besser anrufen...» dumme Ziege! beschimpfte sie sich, schon wieder lügst du, zertrümmere endlich deine Altärchen! «komm her, Vašek, da stehst du vor einem leichten Mädchen, das es am weitesten gebracht hat: Den Porträts ihrer adeligen Liebhaber nach wärst du ihr Typ gewesen, hättest du bei ihr als Leibsoldat gedient, müßtest du mit Sicherheit oft die Wache im Kaiserbett gehalten haben!»

Eben das, dachte er sich bedrückt, tu' ich bei dir, aber was, wenn du mal einen Adligen triffst! Woran denkst du immer so fest, daß du zu reden vergißt?

«Schau mal», rief sie belustigt, «ist das nicht wie bei uns daheim?»

Von dem mächtigen Sarkophag hatte ein Unbekannter Tourist die Namenstafel aus Bronze gestohlen, es blieb nur ein helleres Rechteck mit vier Löchern nach den Schrauben übrig. Sie wurde ersetzt von dem Deckel eines Schuhkartons, auf dem holprig mit einem dicken Stift ungewandt geschrieben stand MARIA THERESIA.

Gut gelaunt erreichten sie die gesuchte Hausnummer, wo sie eine Überraschung erwartete. «Oase» war ein Restaurant, auf den ersten Blick erstklassig; davon zeugte die elegante Eingangstür und auch die Menükarte in einer Vitrine, auf Büttenpapier handgeschrieben. Sie vergewisserten sich vor dem Hauseingang, doch unter den Namensschildern der Mieter fand sich keine Firma.

«Vielleicht sollt ihr euch hier nur treffen», meinte Václav.

Es schien, als hätte er recht. Sobald sie durch die Diele mit einer Mahagonigarderobe durch waren, jetzt mit einem dunkelroten Vorhang zugezogen, was Lydia an die Puppenbühne in ihrer Geburtsstadt erinnerte, hörte sie Margrits temperamentvolle Stimme, und schon sah sie die Freundin auch. Sie saß in einer der Boxen des ausgedehnten und trotzdem gemütlichen Speiseraums, der durch diverse Ebenen und zahlreiche Säulen gegliedert war. Mit ihr wartete da ein fleischiger Mann in Schwarz mit langem gezwirbelten Schnurrbart und glattrasiertem Schädel. Sie waren allein, ein paar Kellner deckten ringsherum Tische für den Abend, und die Sonne, die in die Fenster prallte, verriet den aufgewirbelten Staub.

«Da bist du ja», das mollige Geschöpf sprang auf, «endlich!»

«Um drei, hieß es!» sie wollte sich verteidigen.

«Ich weiß, ich weiß!» winkte Margrit mit ihren Händchen ab, «nur daß der Herr Tschikora vorzeitig weg muß, das ist sie also!» rief sie dem Kahlkopf zu, als wäre er begriffsstutzig, «und das hier», sie wandte sich feierlich zu ihr, «das ist der berühmte Herr Tschikora!»

Als er sich erhob, wurde sichtbar, daß er noch um einen Kopf größer ist als Václav, er hat ihre Hand, die sie ihm reichte, mit den Fingerkuppen von unten genommen, hob sie hoch bis zu einem Zentimeter von seinem Mund entfernt und ließ sie wieder fallen. An diese Begrüßungszeremonie, die tun so, als ob sie sich bei mir anstecken könnten! war sie von Wien her schon gewöhnt. Sie wollte ihm Václav vorstellen, doch die Agentin ließ keine Zeitverschwendung zu.

«Lydia, ich erkläre dir alles später, jetzt ist nur das wichtig, daß der Herr Tschikora dich liebend gern kennenlernen will. Er nämlich», sie verneigte sich leicht gegen den Mann, der sich bereits niedergelassen hatte, ohne auf Lydia zu warten, «bereut es, einer der wenigen Menschen in Europa zu sein, die dich noch nie haben spielen hören, aus Zeitgründen, versteht sich.»

Die Pianistin glaubte, Margrit nach all den Jahren gut zu kennen, selten erlebte sie die Freundin so aufgeregt, beinahe devot. Tschikora, Tschikora, forschte sie in ihrem Gedächtnis, ein Produzent? ein Kritiker? es fiel ihr nichts ein, außer Chicorée, doch sie war so viele Jahre von allem hier weg; wenn es Johann Christopher zu einem großen Tier gebracht hatte, wieviel neue Leute sind in der Branche inzwischen aufgetaucht? Doch eins blieb ihr weiter unbegreiflich.

«Du hast doch meine Platten und die Rundfunkaufnahmen...»

«Ja, schon, aber ich habe davon geschwärmt, wie du ‹in Zivil› bist, das kann auch die allerbeste Aufnahme nicht vermitteln. Der Herr Tschikora möchte dich persönlich hören.»

«Wann?»

«Jetzt gleich!»

«Aber... ich konnte bis heute nur an einer Orgel üben!»

«Es geht um den Eindruck, Lydia, ich weiß doch am besten, wenn du dich ans Klavier setzt, bezauberst du jeden!»

Was führte sie da für Reden? Nie im Leben hörte sie von Margrit, daß sie jemanden bezaubern sollte. Doch sie glaubte ihr aufs Wort, zwanzig Jahre lang, warum soll ich gerade jetzt Schwierigkeiten machen, wo sie mir aus der Patsche helfen will?

«Also, wo...?» versöhnte sie sich mit dem Schicksal.

«Na, hier doch!»

Sie zeigte in die Richtung, in der nur Tische standen. Der Mann mit kaiserlichem Schnurrbart schnipste mit den Fingern, und die Bewegung seines Daumens reichte, daß der Ober, der regungslos den Reigen der Kellner überwachte, loseilte und einen zweiten Theatervorhang auseinanderschob, der vorher mit den roten Wandtapeten verschmolzen war. Auf dem Podium erstrahlte ein Stutzflügel in der Farbe frischgefallenen Schnees, dahinter fehlt nur noch eine Negerin, entrüstete sich Lydia, und das soll ich sein...?

«Darauf kann ich doch nicht im Ernst...»

Öfter hatte sie miterlebt, wie Margrit in ihrem Interesse den Widerstand aller brach, die sich ihr in den Weg stellten. Nun traf es sie selbst.

«Lydia, ich könnte dir sehr lange aufzählen, was alles ich nicht im Ernst kann, nur, damit kommen wir nicht vom Fleck. In außerordentlichen Situationen muß außerordentlich gehandelt werden! Du bist doch Profi!»

«Und eben darum weiß ich...»

Die Freundin unterbrach sie geradezu brüsk.

«Ich bitte dich, hör auf zu reden, das kann ich besser, und spiel so, wie nur du es kannst!»

Lydia suchte Hilfe bei Václav, in seinen Augen stand jedoch die reinste Verwirrung, und sie konnte nicht noch mehr Öl ins Feuer gießen, indem sie anfinge, sich mit ihm auf tschechisch zu beraten. Der unbekannte, doch offensichtlich einflußreiche Herr Tschikora machte eine teilnahmslose Miene. Also bitte! die Wut packte sie auf all die kaltherzigen Zuschauer fremder Schicksale, und sie erhob sich, ich mache mir euretwegen nicht in die Hose!

Absatzklappernd marschierte sie zu dem Flügel, hob den Deckel mit Schwung hoch, wenn sich hier schon keiner zu bemühen geruhte, schlug ein paar Akkorde an und war gleich eine Sorge los: Unter der Konditorglasur steckte kein schlechtes Instrument, und es schien frisch gestimmt zu sein. Dann warf sie einen strengen Blick ins Lokal, in dem noch immer das Personal umherschwärmte, mit Besteck und Geschirr klirrend, und wartete bedeutungsvoll mit den Fingern über der Tastatur.

Herr Tschikora reagierte erstaunlicherweise schnell und richtig. Mit einem weiteren Fingerschnipsen vertrieb er die Störer. Als wollte sie sich ihren inneren Überdruck von der Seele spielen, wählte sie das Radikalste, das sie kannte: Chopins Etude c-Moll. Revolution über euch! Vom Lampenfieber und Streß eines Konzerts frei und wieder einmal am Klavier, hörte sie vom ersten Schlag an, daß sie gut spielt, geradezu bravourös. Immer mehr vergaß sie die Anwesenden und erlebte jene Lust, die ihr vor Václav als die bessere Art des Liebens erschien, bei der genügte sie sich selbst, ich bin ein Fakir, ich klettere ein Seil hoch, das in der Luft hängt, wie man spielt, so fühlt man sich! sie stieg weiter empor, und plötzlich mußte sie mit den Schultern die Hände abstoßen, die sie zurückreißen wollten, bis sie begriff, sie gehörten Margrit Prohaska.

«Lydia, Lydia!» sie schüttelte die Freundin.

«Was ist los...?» sie kam zu sich.

«Es ist genug! Der Herr Tschikora bittet, ob du nicht etwas vom Blatt spielen könntest?»

«Und was...?»

«Na etwas, warte...» sie wühlte im Notenstapel auf dem Beistelltisch, «zum Beispiel, das da!»

Lydia schaute auf den Auszug und traute ihren Augen nicht: eine Tanzkomposition, zwar aus den Sechzigern und darum bereits ein bißchen klassisch, doch nichtsdestotrotz nur ein Schlager.

«Das ist doch...»

«Das ist doch egal! Ich habe dem Herrn Tschikora geschildert, was du für eine absolute Musikerin bist, daß du aus jeder Note ein Ereignis machen kannst!»

«Ich bitte dich», sie verbarg ihre Gereiztheit nicht mehr, «was für ein Ereignis soll ich aus einem Gassenhauer machen?»

«Und ich bitte dich», flüsterte Margrit gebieterisch, «mach mir das Leben nicht noch schwerer, ich bin doch deinetwegen hier, es fällt dir schon kein Zacken aus der Krone!»

Und ging mit strammen Schritten zurück, um klarzumachen, daß für Diskussionen keine Zeit sei.

Lydia kannte das Stück, es war in Nachtbars zu hören, in die Ilja sie nach den Konzerten ausführte, damit sie «auf andere Noten käme». Sicher hat sie dazu auch oft getanzt, doch nie war es mehr als eine Klangkulisse, es wäre ihr nie eingefallen, daß es dazu sogar Noten geben könnte. Jetzt lagen sie vor ihr auf dem Ständer, und sie sollte sie spielen. Gut, ihr sollt es haben! entschied sie sich widerspenstig, wenn ein Ereignis, dann ein Ereignis!

Ohne zu ahnen, was daraus werden sollte, ging sie daran, die einfältigen Nötchen in die Tasten hineinzudrücken. Auf dem kurzen Weg zwischen Augen und Fingern gab sie ihnen jedoch eine neue Stimmung und Bestimmung. Nach einigen Sekunden Bargeklimpers, in denen sie das Thema vorstellte, fand sie, was sie suchte und was einzig und allein ihres Niveaus würdig war. Ähnlich wie vor endlosen Jahren bei den ausgelassenen Abenden im Konservatorium fing sie jetzt an, geistreich zu parodieren; ohne eine Note auszulassen, veränderte sie Rhythmus und Farbe, nach acht Takten eines Musizierens à la Mozart folgten nacheinander Hommagen an Bach, Wagner und Strawinsky, von denen sie sich dann über Ragtime, Boogie und Rock dorthin durchgerungen hatte, woher sie gekommen war: zu dem armseligen Schlager. Sie war mit sich selbst zufrieden.

«Bravo», klatschte Margrit heftig mit ihren Händchen einer Stoffpuppe, «du bist einfach klasse!»

Dann bemerkte Lydia, wie sich Herr Tschikora erhebt, mein Gott, ein Klotz von Mann! staunte sie wieder, Václav sieht neben ihm wie ein Schuljunge aus, aber Moment! wohin geht er? der Ober öffnete ihm mit Verbeugung die Tür zur Straße, und sobald der geheimnisvolle Zuhörer verschwand, wimmelte das Restaurant wieder von dienstbaren Geistern, die schwere Vorhänge zuzogen. Im Handumdrehen saß man am hellichten Tag im Nachtlokal.

«Hierher, zu uns», rief Margrit, «wir können es uns noch eine Weile bequem machen. Sage deinem Burschi, er soll sich endlich auch hinhokken!»

Lydia bemerkte erst jetzt, daß Václav die ganze Zeit wie in die Ecke gestellt stand.

«Entschuldige, Vašek!» bat sie ihn, «ich selber weiß nicht, um was es geht, setz dich hin und hab noch ein wenig Geduld...»

«Kein Problem!» beruhigte er sie, «mach, als wär' ich gar nicht da!»

Er fühlte, daß er damit ziemlich genau die Rolle beschrieben hat, die er neben ihr spielte, ohne die Hoffnung, jemals ein gleichberechtigter Partner zu werden.

Dankbar lächelte sie ihn an, doch ein einziger Gedanke beschäftigte sie.

«Kannst du mir erklären...» sagte sie zu der Freundin.

«Jetzt schon alles, Lydia, nur sag mir noch eines zuvor: Glaubst du mir so wie früher?»

«Was für eine Frage!»

«Jahrelang sehen wir uns nicht, und dann sag' ich dir, ich kann dich nicht vertreten.»

«Das habe ich doch verstanden. Und du hilfst mir weiter.»

«Und du glaubst mir auch, daß ich es mit dir nach wie vor genauso gut meine?»

«Aber ja doch...»

«Hast ein Gefühl der Entfremdung zwischen uns, oder bin ich noch immer ein bißchen deine Schwester?»

«Margrit, von was redest du da?» protestierte sie, doch innerlich gestand sie sich ein, daß ihre Beziehung sich verändert hatte, das bisher blinde Vertrauen war durch eine Art Wachsamkeit geschwächt, eigentlich hat sie schon Václavs empörte Bemerkung auf dem Busbahnhof wachgerufen...

«Also gut», beruhigte sich die Agentin, «was ich dir jetzt sage, nimm mal nur als Bericht und Vorschlag eines Menschen, der dich aus ganzer Seele gern hat und für dich die bestmögliche Lösung sucht. Ich gehe davon aus, daß du dir deinen Hübschen erhalten möchtest?»

«Gewiß... sobald er ein bißchen Deutsch gelernt hat, wird er mir helfen, du weißt, wieviel praktische Probleme es bei Konzerten gibt...»

«Jawohl, jawohl», unterbrach sie Margrit, «jedenfalls würdest du aus begreiflichen Gründen froh sein, wenn du nicht vom Gehalt eines Gärtners leben mußt, sondern er eher von deinem... Mädchen! er versteht uns nicht, also können wir offen miteinander reden. Bei eurem Altersunterschied bist du es, die die Kasse zusammenhalten muß, wenn möglich eine volle! Ich bezweifle nicht, daß er nach dir verrückt ist, hab' doch erlebt, wie du den armen Johann Christopher betört hast, aber sicher ist sicher, das weißt du!»

«Was willst du damit...»

«Gleich wirst du's begreifen. Mein liebes Schwesterchen, seit unserem Treffen hab' ich geschrieben, gehandelt und telephoniert im Grunde nur in deiner Sache.»

«Ich bin dir dankbar...»

«Nun wart doch mal ab, zuerst schau dir das an!»

Sie öffnete ihre riesige Handtasche, in der sie neben Kosmetika oft sogar Ordner mit Geschäftskorrespondenz mit sich schleppte, und manchmal auch Noten ihrer Schützlinge. Sie zog ein Blatt heraus, auf dem eine Kolonne Namen stand, jeder abgehakt und mit Datum versehen.

«Das ist die Liste aller seriösen Konzertagenturen in den deutschsprachigen Ländern. Wenigstens zwei Jahre gibt es kein freies Konzertpodium für dich.»

«Aber», sie sträubte sich dagegen, «es gibt doch auch...»

«Rundfunk und andere Medien, hier!» sie legte ein anderes Blatt vor, «dito.»

Lydia schaute auf die Papiere, doch die Buchstaben zerflossen vor ihren Augen.

«Hast du auch mit...» obwohl Václav nichts verstand, wollte sie nicht, daß der Name hier zum zweitenmal fiel, «mit ihm?»

«Nun, den habe ich als einzigen ausgelassen. Ich weiß nicht, wie es bei euch zugeht, aber hier wendet sich kein Weib an den Mann um Hilfe, den es abserviert hat. Ein Jahr lang kam er zu mir, um sich auszuweinen, dann wurde er wahrscheinlich auch auf mich sauer, seitdem er zum Chef gekürt wurde, ist das Wiener Studio für mich zu.»

«Das tut mir leid», sagte Lydia, um etwas zu sagen.

«Ach, ich habe mir eine Unmenge Feinde selbst gemacht und aus weit schlimmeren Gründen.»

Sie zuckten zusammen, als hinter ihrem Rücken ein Knall ertonte. Ein blutjunger Kellner entschuldigte sich für seine Ungeschicklichkeit. Margrit Prohaska sah eine Champagnerflasche und erschrak zum zweitenmal.

«Ich habe nichts bestellt!»

Schon war der Ober da und verbeugte sich zu Lydia.

«Herr Tschikora läßt seine Empfehlung ausrichten und Dank für das schöne Erlebnis!»

«Ein Kavalier!» strahlte die Agentin, «wir lassen danken! Siehst du, Lydia? Er hat deine Klasse verstanden. Zum Wohl, Prost, a Schluckerl!»

Lydia hat das Glas nicht berührt. Sie schaute zu dem weißen Klavier, und ihr dämmerte ein Verdacht.

«Ihr zwei wollt, daß ich im Orchester spiele, ist dem so? Margrit, Gott weiß, ich will dir keine zusätzlichen Probleme machen, aber... ich werde lieber warten und in Rohlau üben, bis sich etwas für mich findet. Wenn ich wirklich Klasse sein soll, will ich mich nicht in der Orchestergrube begraben lassen...» sie sagte es eher flehentlich, keinesfalls gekränkt, und war verwirrt, in den Augen der Freundin statt Verständnis Kühle zu sehen, «was schaust du so, verstehst du mich nicht?»

«Du verstehst mich nicht! Wer spricht hier vom Orchester? Weißt du, wieviel Pianisten hier Schlange stehen, daß einer sie nimmt? Dutzende!»

Lydia fühlte sich erleichtert.

«Entschuldige, ich habe dich falsch verstanden. Wer also ist dein Herr Tschikora?»

«Der Herr Tschikora ist, wie man hier zu sagen pflegt, ein Nobelhotelier.»

»Aha... und warum mußte ich vor ihm wie im Zirkus auftreten?»

«Sei nicht böse auf ihn, er ist einer der letzten Millionäre, die Künstler noch schätzen. Er wollte und will dir, auch meinetwegen, einfach helfen.»

«Und womit?»

Das Personal verschwand, ließ jedoch den ganzen Saal erleuchtet.

«Lydia, würdest du mir nicht am Herzen liegen, hätte ich mich irgendwie herausgeredet, damit du deine Lage selbst begreifst. Aber warum sollst du Zeit und Nerven verlieren? So sage ich dir, was dich vielleicht verletzt, lieber selber, weil ich für dich gleichzeitig einen Ausweg suche. Nach der langen Pause bist du momentan out! Auch ich würde wenigstens ein Jahr für die Vorbereitung einer anständigen Tournee für dich brauchen. Außerdem hast du ja deinen kleinen Finger... jawohl, ich hab's herausgehört.»

«Weil du es weißt!» beschuldigte sie die Freundin, tief getroffen.

«Hätte ich es nicht gewußt, würde ich mir denken, daß du nicht genug gearbeitet hast; weil ich es aber weiß, erlaube ich mir zu sagen: Du müßtest üben, als gälte es das Leben, um wieder in die alte Form zu kommen. Nun kommen aber jährlich Dutzende von jungen Talenten aus der ganzen Welt neu dazu, einige davon Spitzenklasse. Es genügt ein bißchen Pech, daß dir dein Comeback, der ganzen Plagerei zum Trotz, nicht gelingt.»

«Ich habe mich nie vor einem Risiko gefürchtet! Seit der Kindheit nicht!»

«Weil du immer ein Schutznetz unter dir hattest! Jawohl, mein Liebchen, wie dein Staat auch immer war, darüber müssen wir uns nicht unterhalten, Hungers konntest du da nicht sterben, dort drüben können sogar Niemande ganz gut leben, wenn sie die richtigen Parolen nachplappern. Nur, du hast dich nach Freiheit gesehnt, und zu ihren Regeln gehört nun mal, was in jedem anständigen Zirkus gilt: Niemand hält dich von oben fest, und nichts sichert dich unten ab. Wir hier tanzen auf dem Seil jeder allein und auf eigenes Risiko, was du wohl früher nicht bemerkt hast. Hier hat die Freiheit einen konkreten Preis in Geld, ohne Geld kannst du hier unfreier sein als bei euch.»

Lydia war jetzt an Philosophieren nicht interessiert, noch immer verstand sie das Wesentliche nicht.

«Was will der Mensch eigentlich von mir?»

«Der Herr Tschikora? Der will nichts, er bietet dir nur was an: Siebenhundert Schillinge für jeden Abend an seinem Klavier.»

«An welchem...?»

«An dem da», zeigte die Agentin auf den weißen Stutzflügel, sie war endlich zum Kern der Sache gelangt und sprach unverblümt, «und nicht nur das: Er bietet dir weiter volle Versicherung an und natürlich auch Abendessen. Bei ungefähr sechsundzwanzig Arbeitstagen macht das etwa achtzehntausend brutto, aber das Trinkgeld verdoppelt das alles mindestens noch. Alles in allem nicht weniger als dreißigtausend pro Monat netto, Schwesterchen! Du wirst eine reiche Braut werden!»

Lydia war sprachlos, Margrit setzte die Offensive fort.

«Wenn du mir jetzt sagst, daß du das früher an einem Abend verdient hast, werde ich dir sagen müssen, daß du hier hättest bleiben sollen, als ich damals vor dir kniete, oder dir drüben die Obrigkeit nicht zu verärgern, wenn du dir schon die Finger brichst!»

«Dasselbe sagte mir Ilja», schoß es aus Lydia heraus! «und seitdem war er für mich nur Luft...»

«Wenn mich mein Gedächtnis nicht täuscht», trumpfte Margrit auf, «war er es, der dich verließ, und ich bin dabei, ihn zu verstehen, bleib sitzen!» sie verstand richtig den Ansatz von Lydias Bewegung, «und hör mal richtig zu, denn nur von mir erfährst du, wie du tatsächlich dastehst! Ich könnte dich monatelang an der Nase herumführen, doch früher oder später würdest du dort ankommen, wo du jetzt bist, und dann wäre es zu spät, denn eins kann ich nicht: Statisten anheuern als zahlendes Publikum. Beleidige mich nicht mit dem Verdacht, ich hätte dich hier als eine gemeine Barpianistin verkauft! so eine bekäme die halbe Gage. Ich habe Tschikora davon überzeugt, daß er ein Experiment riskieren muß. Das Abendessen hier fängt mit Sekt an, ein Geschenk des Hauses, und diese dreißig Minuten gehören nur dir, die berühmte Lydia Gutenberg wird spielen, was ihr gefällt, und ich garantiere, es wird eine Stille herrschen wie im Konzertsaal, ich kenne meine Wiener gut, sie schätzen alles, was in einem fetten Preis inbegriffen ist. Du wirst eine Fürstin der höheren Kunst für Leute mit niederem Geschmack, die sonst zu so was nicht einmal mit zehn Pferden herbeizuschaffen wären. Und daß du ihnen nach dem Essen zum Tanz spielen wirst, so zauberhaft witzig, wie du es eben vorgeführt hast, wird sie darin bestätigen, daß du eine wirkliche Künstlerin bist, eine große Lebenskünstlerin nämlich. Lydia! Sag nicht gleich trotzig nein, schlaf darüber, ich irre mich nicht, es ist nicht nur eine Lösung deiner momentanen Situation, sondern auch eine Idee mit Zukunft, weil sie der guten Musik neue Räume öffnet. Und damit auch zwischen uns beiden Klarheit herrscht: Umsonst kann ich es nicht machen, das darf man in der Branche nicht! aber anstatt der üblichen fünfundzwanzig Prozent nehme ich von dir nur zehn!»

Václav hat sie in einem solchen Zustand noch nie erlebt. Als die Agentin zu reden und reden anfing, hat es Lydia die Sprache verschlagen. Sie hielt zerdrückt das Taschentuch in der Hand und stierte auf die Tischdecke. Obwohl er nicht die geringste Ahnung hatte, was sich da abspielte, sah er, daß sie todtraurig ist, das reimte sich keineswegs mit dem, was er miterlebte: Margrit war von ihrem Spiel begeistert, und der Glatzkopf mit dem Riesenschnurrbart sah zufrieden aus. Warum Lydia in eine solche Depression verfiel, blieb ihm verborgen.

Nachdem es der molligen Kugel nicht gelungen war, sie aufzuheitern, redete sie beschwörend auf ihn ein und ärgerte sich, daß er sie nicht verstand. Das brachte Lydia dazu, sich wieder zu beherrschen, sie wollte ihn nicht länger in einer so unmöglichen Lage lassen. Sie versprach wenig überzeugend, über das alles nachzudenken.

Im Auto, das Margrit um die Ecke geparkt hatte, schwieg sie jedoch erneut, während die Agentin den Mund nicht zubekam. Auf dem Busbahnhof löste sie ihnen auch diesmal die Fahrkarten, umarmte Lydia und brach dabei in Tränen aus. Dem Gärtner reichte sie dafür nur die Hand und bedeutete ihm mit geballten Fäustchen, daß er auch für Lydia stark sein müßte, die, mimte sie daraufhin noch, sollte sie bald anrufen, wann sie beginnen will. Weinend verließ sie die beiden. Lydia brauchte eine gute halbe Stunde und drei Zigaretten, die er ihr im Automat ziehen mußte, bis sie fähig war, ihm begreiflich zu machen, was er als nichtsahnender Beobachter miterlebt hatte.

«Und was», wollte er genau wissen, «stört dich am meisten...?»

Sie seufzte verletzt, als hätte sie die dümmste Frage unter der Sonne gehört, und er versank weiter in Nichtigkeit.

«Wenn du es nicht willst, so laß es doch sein...»

«Bitte», schnitt sie ihm das Wort ab, «lassen wir es für morgen, ich bin plötzlich schrecklich müde...»

Sie hielt die Augen bis Rohlau geschlossen. Er kannte sie gut genug, um zu wissen, daß sie in Erregung nie schlafen kann, wann immer er in Klíčov bei Tagesanbruch verschwand, schlief sie wie ein Murmeltier, hier fand er, von dem Haushahn aus dem Schlaf gerissen, sie bereits zweimal mitten in der Nacht, wie sie auf die Decke stierte, so umfaßte er jetzt ihre Schulter und beobachtete bedrückt die vorbeilaufende Landschaft, die ihm auch beim sechstenmal nicht bekannter vorkam. Du bist hinter deinem Glück hergefahren, Lída, Liebste, siehst du jetzt vielleicht, daß es drüben blieb? Aber, was soll ich tun? Niemand gab ihm Antwort, auch der Himmel schwieg.

In der letzten Kurve vor dem Dorf richtete sie sich auf, brachte die Haare in Ordnung und bat ihn, allein zu Abend zu essen, sie habe keine Lust. Er protestierte nur schwach, war ausgehungert und fühlte sich vor allem unerwünscht. Er litt. Warum verbinden sich zwei Menschen, wenn nicht für solche schweren Stunden? Ihr Verhalten bestätigte seine Unfähigkeit, ihr irgend etwas zu bedeuten, traurig wollte er sie zumindest ins Zimmer begleiten. Auf der Treppe begegneten sie der wolgadeutschen Riesenfrau, zum erstenmal hier strahlte sie.

«Wissen Sie, was passiert ist?» meldete sie Lydia, in ihrer Begeisterung übersah sie deren Zustand.

«Ist Ihr Mann...?» Lydia zwang sich, Interesse zu zeigen.

«Nein, ich habe eine Bratsche bekommen!»

«Was?» sie verstand die Russin nicht.

«Ich räume hier bei einer Familie auf und habe um Erlaubnis gebeten, auf einer Bratsche zu spielen, die da herumstand. Durch Zufall, aber war es überhaupt ein Zufall?» sie bekreuzigte sich, «fiel mir ein, ein Lieblingsstück des verstorbenen Sohnes vorzuspielen, und ich habe sie gekriegt. So hat man sie mir geschenkt. Ich bin unendlich glücklich! Glauben Sie, wir könnten mal gemeinsam spielen?»

«Verzeihen Sie», Lydia griff nach dem Geländer, falle ich in Ohnmacht? sie war sicher, todesbleich auszusehen, dieses Angebot war der Nagel zum Sarg der «berühmten Pianistin», es steht mir also demnächst Hausmusizieren mit Laien bevor? und warum stützt mich Vašek nicht? er betrachtet die hochgewachsene junge Frau, die einer Fruchtbarkeitsgöttin gleicht, wie ein Heiligenbildchen und sie ihn wie ein Muttertier, das nach Sättigung giert... «Entschuldigung, mein Kopf tut mir weh, wir reden ein anderes Mal... laß auch du dich nicht aufhalten», schlug sie unmißverständlich auch ihm vor und strengte sich an, die Stufen schnell und sicher zu nehmen.

«Ich bringe es für uns beide nach oben...» versuchte er es noch.

Sie wandte sich um und sah, was in ihren Alpträumen geisterte: Václav mit einer anderen, die zu ihm gehörte dem Alter nach, dem Aussehen, dem Glauben und auch der Fähigkeit, ihn mit dauerhafteren Lebensfrüchten zu beschenken als mit Musik, alles wurde plötzlich von roter Farbe verschlungen, sah so aus, wie sie es aus der Dunkelkammer eines vertrauten Photoateliers kannte, was ist, Vater, warum rufst du mich? die Blässe konnte ihr Václav nicht anmerken, wie immer hatte sie ganz dunkles Make-up aufgetragen, aber die Bitterkeit darüber, daß er sie so leicht sich selbst überläßt, hat ihren Trotz nur verstärkt.

«Nein, danke, ich wünsche euch beiden guten Appetit.»

Die Beine haben sie gerade noch aufs Zimmer getragen. Abzuschließen gelang ihr nicht mehr, wie sie war, fiel sie aufs Bett und wollte sterben.

Er hatte von dem Abendessen nichts. Die Russin war zwar eine angenehme Tischnachbarin, aber sie bemühte sich, mit ihm Russisch zu sprechen, und hat ihn einer weiteren Unzulänglichkeit überführt. Dazu kam es in der Küche zu irgendeiner Panne, wie ziemlich oft in den letzten Tagen. Nach der Suppe verging eine Dreiviertelstunde, bis die Schinkenfleckerln kamen. Auf den Nachtisch wartete er nicht mehr, entschuldigte sich und eilte nach oben.

Lydia fand er im Zimmer nicht vor, nur ihre Sachen, über das Bett verstreut. Beunruhigt ging er hinaus, sie auf dem Gang zu suchen. Beide Toiletten waren frei. Die Tür zum Bad fand er verschlossen. Er klopfte leise.

«Lída... bist du es?»

Keine Antwort!

«Lída, mach auf, ich bin es...»

Von unten summte leise der Speiseraum, auch das Fernsehen war bereits zu hören. Auf der Etage herrschte Grabesstille. Er geriet in Panik.

«Wenn du dich nicht rührst, brech' ich die Tür auf! Liduška!»

Er war schon im Anlauf, als sich der Schlüssel drehte. Er drang in den Raum ein, an dessen Wänden, jahrelang nicht gestrichen, zigmal gebrochene Röhren der Wasserleitung und der Heizung dunkle Flecken hinterließen. Er erstarrte. Am Rande der abgenutzten Badewanne saß ein unbekanntes altes Weib. Das Gehirn weigerte sich, in ihm Lydia zu erkennen.

«Was ist mit dir...?»

Sofort erkannte er, daß sie nicht nur ganz abgeschminkt war, sondern anscheinend auch lange geweint hatte, das zerfurchte Gesicht unter zerzaustem Haar wurde noch von groben Kreisen unter den Augen entstellt. Der Instinkt einer Frau setzte sich in ihr durch, in dieser Not wollte sie nicht noch von Fremden gesehen werden.

«Mach zu...»

«Geht's dir schlecht? Soll ich nicht einen Arzt...»

«Mach zu und schließ ab!»

Er gehorchte, setzte sich zu ihr und legte den Arm um ihre Schulter.

«Liduška!»

«Geh weg!» heftig riß sie sich los.

Es verschlug ihm die Sprache, doch schrie sie auf, als widersetzte er sich ihr.

«Weg von mir, so weit es geht! Ich bin am Ende!»

«Wie kommst du auf so was...?»

«Ich weiß es! Ich habe versagt! Lauter Luftschlösser! Ich bin eine eitle Alte, die verrückt spielt. Ich habe tatsächlich geglaubt, daß ich noch auftreten kann und auch noch dich halten!»

«Du hältst mich doch!»

«Nein! Ich habe dich gesehen!»

«Wen...?»

«Dich mit der jungen Russin! Ihr paßt zusammen, ich könnte wirklich deine Mutter sein! Geh zu ihr!» sie verlor die Selbstbeherrschung und wurde hysterisch, «seid glücklich miteinander! Liebt euch und vermehrt euch!»

«Lída, beruhige dich, ich bin doch nur für dich da!» er versuchte sie von neuem zu umarmen.

«Laß mich, hörst du?» schrie sie laut, «geh zu ihr, geh schon!!»

Aus Verzweiflung und ganz gegen seine Natur gab er ihr eine Ohrfeige. Ihr Kopf flog zur Seite, und es klatschte so, daß er erschrak, hab' ich ihr weh getan? wird sie es mir je verzeihen? Doch er konnte nicht anders und führte zu Ende, was seine Absicht war, umarmte sie so fest, daß sie sich nicht bewegen konnte und flüsterte ihr ins Ohr.

«Jetzt hör du mal richtig zu: wenn du mich gern hast, hör auf, mich zu demütigen! Ich bin keiner, den du aushalten mußt, bin schon jetzt vor Gott dein Mann! Und auch Manns genug, um uns beide zu ernähren, wie es sich schließlich gehört... und meine Grobheit, verzeih sie mir bitte, ich habe mal gelesen, daß das in so einem Zustand hilft. Komm, Liduška, komm nun mal schön schlafen.»

Er spürte durch sein Hemd, daß sie wieder weinte, mit den Tränen löste sich jedoch der Krampf in dem zierlichen Körper. Wie die großen, rauhen Hände sie sacht streichelten, freute sich in ihr das traurige kleine Mädchen aus Bělá, Vater, ach Vater, wie hast du mich hier gefunden? Danke, daß ich noch hier bleiben kann.

8. —— Tono

Nur Anton Vágner allein wußte, daß er in Wirklichkeit Cyrano de Bergerac ist.

Er sah das Stück im Theater mit fünfzehn, und es hinterließ einen mächtigen Eindruck in ihm. Obwohl ihm Sentimentalität nie zu eigen war, wie sollte er in seiner Familie dazu kommen? riß ihn die Geschichte des reimenden Musketiers mächtig hin. Im fünften Akt, in dem er hinterhältig mit einem Holzscheit vom Dach niedergestreckt wird und eine Nonne, kurz vorher noch einem Falschen nachtrauernd, in dem Sterbenden endlich ihre wahre Liebe erkennt, verbarg Tono heftig naseputzend sogar tiefe Rührung, während ringsherum die Klassenkameraden, mit denen er die Jugendvorstellung besuchte, mit Papierbatzen schossen und blöd kicherten.

Dann hat man im Fernsehen den gleichnamigen Film gezeigt, und er verfiel dem Helden mit Leib und Seele. Anders als die meisten Altersgenossen hat er nie einen Vers geschrieben, in der Welt, in der Kanonen sprachen, interessierten ihn die Musen nicht. In Cyrano entdeckte er jedoch das Muster eines Mannes, wie es sie im Sozialismus nicht gab. Besonders begeistert haben ihn die Szenen, da der Held lieber hungert und dürstet, als vor den Mächtigen zu katzbuckeln, und mit seinem bedrohten Freund mutterseelenallein gegen einhundert Fechter antritt. Obwohl man ihm eine komplette Galerie leuchtender Vorbilder, Erbauer des Kommunismus, vor Augen hielt, versprach er sich, ähnlich tapfer und ehrlich zu sein wie der Gascogner. Die Jugendgreise aus dem Stadtkomitee und die Militärkopfeten ahnten nicht, daß diesen ewigen Nörgler keine feindliche Ideologie auf dem Gewissen hat, sondern ein dreihundert Jahre toter Fanfaron, den eine lange Nase verunstaltete.

Vernimm, stumpfnäsiger Mikrocephale,
Daß ich voll Stolz mit diesem Vorsprung prahle,
Der Mann von Geist, Charakter, Edelsinn,
Von Herz und Mut, kurz, alles, was ich bin,
Und was du nicht bist, du und deinesgleichen,
Dem ich sofort den Backen werde streichen.

Er hat sich damals das Büchlein besorgt und lernte eine Menge Verse auswendig. Andere kamen nicht mehr hinzu, aber diese genügten ihm reichlich, er kannte sie noch heute und rief sie sich aus dem Gedächtnis, wenn Schwermut ihn überfiel, das letztemal an seinem Schicksalsnachmittag auf der Wiese. Er kam zu der Einsicht, daß er zur Flucht reif war, noch bevor der verdächtige Grasmäher auftauchte. Seine Streitigkeiten mit der Familie und Zusammenstöße mit denen da oben spiegelten die anwachsende Beunruhigung wider, daß er so wenig weiß und daß sich daran kaum je etwas ändern wird, während vor ihm, nur einen Steinwurf entfernt, eine unbekannte, wahrscheinlich auch bessere Welt anfing.

Obwohl er mit allem Neuen immer schnell zurechtkam, war er trotzdem überrascht, wie leicht er diese so grundsätzliche Veränderung vertrug und den Aufenthalt in einem fremden Land meisterte. Das ließ vermuten, daß der Sprung in den Grenzfluß nur die Krönung eines langen, immer schneller werdenden Anlaufs war, bei dem er sich nach dahin abstieß, wo nach unbestätigten, aber vertrauenswürdigen Nachrichten noch immer Cyranos «unbefleckter Schild» galt, zu Hause nicht nur von den Halbstarken belächelt, sondern fast von allen.

Auch hier hat er vernünftigerweise mit Hindernissen gerechnet. Es hat ihn aber erschüttert, wie man gnadenlos seine Not ausnützte und ihn an die Wand drückte, ganz wie bei uns! Schon aus diesem Gefühl von Ekel versuchte er den ministerialen Pförtner gar nicht ordentlich zu verwarnen, sondern schmiß ihn gleich durchs Fenster. Die darauffolgende Untersuchung hinderte ihn daran, mit Mládek auch das Mittagsverhör in der Mulde zu erwähnen, so blieb er mit dem Widerspruch allein. Die Familie Mayer reichte nicht aus, der üppigen Freizeit Herr zu werden, aus der allerlei Zwangsvorstellungen erwuchsen. Nachts weckten ihn Magenschmerzen, Jesus Maria, in sein Gehirn hakte sich wie eine Fischgräte der Gedanke ein, ich habe doch nicht etwa Krebs…?

Zu Mara Silverová flüchtete er sich zunächst, um sich Hilfe zu holen. Sie war eine der Frauen, nach denen er seit der Pubertät schielte, wenn sie, selten genug, in seinem Milieu auftauchten, in Discos oder Bierkneipen, wohin sie mit Journalisten, Schauspielern und anderen Leuten aus besseren Kreisen kamen. Sie standen immer im Mittelpunkt, ihre Begleiter überboten sich geistreich im Kampf um ihre Gunst. Sie selbst waren wortkarg, doch ihre Worte fielen dann schwer wie ein Urteil. Er beneidete alle, die sie zu sich brachten, wo sich gewiß ihre Zunge löste, es mußte herrlich sein, ihnen zuzuhören, und phantastisch, sie zu lieben.

Als sie in Rohlau allein aus dem Lagerbus ausgestiegen war, spürte er sofort eine Möglichkeit, die nach seinem Verhör eine Notwendigkeit geworden war. Bis ich mich hier auskenne, werde ich mehr Scheiße gebaut haben als daheim! Er klammerte sich an Mara, weil er in ihr einen erfahrenen Verbündeten zu finden glaubte, gelingt es ihm, ihr Beschützer zu werden, was immer auch sich aus dieser Funktion entwickeln sollte.

Tono Vágner, obwohl für viele ein Don Juan in Person, war auch in Liebessachen Cyrano geblieben. Er schlief nur mit denen, die er gern hatte, solange sie ihm nicht einen Korb gaben, fast immer aus dem selben Grund: Er benimmt sich wie ein Irrer! welcher normale Bursche legt es schon andauernd auf Konflikte mit dem Regime an, das man nur betrügen kann, und zieht auch die Seine mit hinein? Mara hat jedoch gerade der Elan, mit dem er sich der Fremdlinge gegenüber dem Landsmann annahm, sichtbar imponiert, eigentlich hat sie ihn erst da zur Kenntnis genommen, obwohl sie sich kurz davor beinahe den Kopf einschlugen.

Als er sie am Dienstag wieder am Wald einholte, lief sie neben ihm weiter, und gern ließ sie sich von ihm seine flotte Morgengymnastik beibringen. Bei ihrer Schwungkraft hielt er Mara für knapp über Dreißig. Sie hat leidenschaftliche Lippen, beschloß er, aber sie werden von einer verdammt kritischen Vernunft beherrscht, wenn sie so oft den abwechselnd skeptischen oder ironischen Ausdruck der Augen verstärken.

Er bat sie, ihm etwas mehr über die Charta zu erzählen, mit der man ihn noch vor einer Woche bei der Schulung schreckte. Als sie dazu bereit war, pfiff er auf die langweiligen Mayers und ging auf Jagd. Diesmal kamen sie langsamen Schrittes zu seiner Mulde, in der heute keine Geheimhengste lauerten, sie setzten sich gegen Norden, wo ein leicht zitternder Dunst die Grenzhügel Mährens verschwimmen ließ, und sie hat ihm im heißen Vormittag ohne Zorn, eher amüsiert, Geschichten erzählt, bei denen ihn fröstelte.

Die Schicksale einer Handvoll Menschen, deren jeder für sich selbst und nur für die Ruhe des Gewissens beschloß, in Wahrheit zu leben und dem Bösen mit Hilfe eines leisen, aber konsequenten Neins zu trotzen, erinnerten ihn an seinen Helden. Es schreckte ihn, daß das in dem Land vorgegangen war, in dem er lebte, und daß er nichts davon gewußt hatte, schlimmer noch, er ließ es zu, daß diese Gascogner ohne Degen bedroht wurden, eingesperrt und in die Fremde verjagt. Die eigenen Streitereien erschienen ihm wie ein Spatzenkrieg, eine Bagatelle, wie sein Held es nannte, er schämte sich für sie. Er hat es ihr gesagt und bat leicht pathetisch darum, sie solle ihm für all die wunderbaren Menschen vergeben.

Es stimmte ihn noch trauriger, als sie nicht versuchte, ihm dieses Gefühl auszureden, ihr sinnlicher Mund verzog sich wieder einmal ironisch, das wäre zu billig! meinte sie, verzeihen kann sich nur jeder selbst, wenn er das gutmacht, was er zu verantworten hat! aber wie denn hier? wandte er ein, es gibt für einen jeden nur eine menschliche Situation, erwiderte sie schroff, die er überall mit sich trägt, manche dieser wunderbaren Menschen, sie lächelte ohne Humor, haben ihre Prächtigkeit verloren wie ein Fisch auf dem Trockenen seinen Glanz, aber jetzt Schluß damit, Themenwechsel. Sie war freundlich, aber so ungreifbar, daß er nicht einmal wagte, ihr von seinem Problem zu berichten.

Sie hat ihm auch den Nachmittag gewidmet, und er staunte unentwegt: Sie nahm unauffällige Steine in die Hand, die er immer am Weg höchstens gekickt hat, wenn sie nicht flach genug waren, um übers Wasser wegzuhüpfen, und bestimmte nicht nur ihr Alter, sondern auch die Art ihres Entstehens. Rohlau, die Talebene und auch der bläuliche Schimmer der Gebirge, alles zerfloß ihm in einer feurigen Masse, die im Orkan der Dünste duch Ozeane abgekühlt wurde, im höllischen Gepolter von Gletschern abgeschliffen, Millionen Jahre durch Bewuchs kultiviert und dann in einer Sekunde, die in dieser Ewigkeit die moderne Zeit darstellte, durch Absonderungen des Drecks der höchsten Zivilisation vergiftet wurde.

Jawohl, sie ist Geologin, aber freiberuflich, zu Hause? da hat man sie natürlich auch gefeuert, nein, hier arbeitet sie noch nicht, nicht immer muß es ein blödes Regime sein, was Leute zugrunde richtet, manchmal schaffen sie es von sich allein! diese Bruchteile des Kalk- und Schiefergesteins, sie hob zwei weitere umherliegende Zeugen der Vergangenheit auf, haben sich im Mesozoikum gebildet, also in der zweiten geologischen Zeit... Bis zum Abendessen hat er keinen einzigen persönlichen Ton mehr gehört, was ihr um so leichter gelang, als sie beim Siezen geblieben waren, er hat es zweimal versucht, sie wie versehentlich mit Du anzusprechen: Entweder hat sie es überhört oder wollte es überhören.

Später mußte er einsehen, daß er sich völlig verschätzt hatte. In so kurzer Zeit entwickelte er eine solche Sympathie zu ihr, daß er an einer Erwiderung seiner Gefühle nicht zweifelte. Daß sie die ihren nicht zum Ausdruck brachte, verstand er: Auch in dieser stinkenden Zivilisation gelten gewisse Formen, zum Beispiel, daß der Mann anzufangen hat. So lud er sie zu einem neuen Spaziergang am gleichen Abend ein, Sterne sind auch nur Steine, sie soll mir auch davon erzählen! er stellte sie sich vor, mit ihrem nach hinten gebogenem Kopf, ein Schritt würde ihm genügen, er war so groß, daß er seinen Mund genau auf ihre Lippen legt.

Sie entschuldigte sich: Sie möchte noch etwas schreiben, nein, keine Verse und schon gar nicht eine wissenschaftliche Arbeit, sie notiert sich, was der Tag so gebracht hat und was sie darüber denkt, o Himmel! das möchte ich mal lesen! fuhr es ihm durch den Kopf, es wäre nicht schwer, da ranzukommen... sofort war er sich selbst zuwider. Reumütig holte er in seinem Zimmer die verpaßte Deutschstunde nach, wurde dabei jedoch von dem Bild ihrer Lippen gestört, ich werde dir schon die Ironie und auch die Traurigkeit wegküssen, bis nur Liebe bleibt.

Es geschah dann auch am hellichten Tag, bei einem neuen Spaziergang, nachdem sie ihn ausgefragt hatte, wie er unter der Husákherrschaft in der Slowakei so gelebt hat; sie unterbrach ihn mit Bemerkungen, die zuerst mißtrauisch, dann anerkennend klangen, denn seine Konflikte mit den Mächtigen kamen ihr nicht so harmlos vor wie gestern ihm. Er habe mehr damit bewiesen, meinte sie, als Leute, die es sich eher leisten könnten. Er führte sie auf eine versteckte Schonung, die bereits einen Teil seines Rohlauer Zuhauses bildete: Schlaf- und Eßzimmer lagen bei Krebs, in der Mulde unter dem Wald der Sportraum und die gute Stube, die Schonung war sein Atrium, wo er in der Sonne lag, las und lernte oder in den Himmel schaute. Dieses tat jetzt Mara, auf dem Rükken im warmen Moos liegend, die Arme hinter dem Kopf verschränkt, sie hat keinen BH! durch ihr Lob seines Muts ermutigt, führte er ihn vor.

«Werden Sie sich ärgern, wenn ich Sie küsse?» fragte er plötzlich.

«Warum...?»

Er beugte sich über sie so, daß er ihre Lippen leicht berührte. Sie regte sich nicht. Er legte sich auf sie und küßte, so gut er konnte, drang mit der Hand unter ihr Trikot, und verzückt tastete er sich zu der Brust weiter. Da bewegte sie den Kopf, bis ihr Mund frei war.

«Sie haben mich mißverstanden. Ich habe Sie gefragt, warum Sie mich küssen wollen.»

Er hörte darin den Vorwurf, daß er sie überfiel, ohne sich ihr erklärt zu haben.

«Du gefällst mir schrecklich!» er wollte es wettmachen, «ich glaube, ich habe dich gern... sehr gern!» so hatte er das noch keiner gesagt.

«Und mich fragen Sie nicht?»

«Bitte, duz mich doch», er hielt das weiter für ein Liebesspiel.

Auch sie schob ihre Hand unter das Trikot, entfernte die seine sanft von ihrem Busen und führte sie in die Sonne zurück.

«Das Duzen muß in einer zivilisierten Gesellschaft die Frau dem Mann anbieten, besonders, wenn sie beinahe zweimal älter ist.»

«Du bist doch höchstens... ein paar Jahre voraus!»

«Schönen Dank für das Kompliment, Tono, leider könnte ich Ihre Mutter sein, in einem Jahr bin ich vierzig.»

Er glaubte ihr nicht. Vor allem wollte er sie erst recht.

«Aber du bist wie eine mit Dreißig! Und ist das nicht egal? Warum bist du nicht froh darüber», er blieb hartnäckig beim Du, das sie ihm näherbrachte, «daß du mich ganz wild machst?»

«Weil das nicht meine Absicht ist. Ich war Ihnen dankbar, daß Sie sich mit mir interessant unterhalten.»

«Aber passiert ist passiert, und ich empfinde es wirklich so, also warum sollte ich dich nicht küssen!»

Sie richtete sich auf, um ihn nicht weiter zu reizen.

«Zum Beispiel, weil ich einen anderen liebe.»

«Wen?» er konnte nur albern fragen.

Die Lippen verbogen sich bitter.

«Meinen Mann.»

Das reimte sich für ihn überhaupt nicht.

«Wo ist er?»

«In Wien», antwortete sie geduldig.

«Und warum bist du... warum sind Sie», kapitulierte er, «in Rohlau?»

Sie stand auf und putzte sich die Kiefernnadeln vom Rock.

«Entschuldigen Sie, Tono, ich wäre nicht darauf gekommen, daß ein junger Mann wie Sie eine so warme Sympathie für eine Frau in meinem Alter entdecken könnte, die mit ihm notabene vor allem von Gestein spricht. Falls ich es mitverschuldet habe, ist es mir peinlich, und ich werde es mir merken.»

«Nein!» protestierte er, «Sie waren gut zu mir, nichts mehr, aber erstens bewundere ich Sie für das, was Sie wissen und was Sie erlebt haben, und zweitens», er setzte seine Couragiertheit fort, «Sie gefallen mir wirklich mächtig!»

«Ich bitte Sie...!»

Er glaubte zu merken, daß sie sich geschmeichelt fühlt.

«Sie sind für mich schrecklich... sexy!»

«Da sind Sie aber weit und breit der einzige, der das glaubt!»

Lieber Gott, bat er sie auf diesem Umweg, erlaube mir, es dir gleich zu beweisen!

«Ganz bestimmt nicht», behauptete er laut, «vielleicht schämen sich andere nur, es Ihnen zu sagen, Sie sind so...»

«Was...?» fragte sie gespannt, als er nicht weitersprach.

«Jetzt zum Beispiel wirken Sie nur kalt und streng!»

«Das habe ich in der Tat schon gehört», sie lachte unfroh.

«Vielleicht, wenn Sie sich gegen manches nicht verweigern, wären Sie nicht so traurig...»

«Wer sagt, daß ich es bin?»

«Na, das sieht man doch, darum hab' ich auch geglaubt, daß Sie nicht dagegen wären, wenn ich Sie... wenn ich mit Ihnen... wenn ich zu Ihnen zärtlich bin. Und Sie und Ihr Mann...»

«Tono», unterbrach sie ihn, «zerbrechen Sie sich nicht den Kopf mit meinen Problemen, bleiben wir dabei, daß uns ein Irrtum passiert ist, und vergessen wir es. Und seien Sie mir nicht böse, wenn ich mit Ihnen nicht mehr ausgehen werde, solche Verstrickungen, darin habe ich leider Erfahrung, muß man mit einem Schnitt lösen, sonst ersticken Menschen darin. Setzen wir uns jeder an einen anderen Tisch, als ob nichts geschehen wäre, noch haben wir keine besondere Aufmerksamkeit erregt, grüßen wir uns freundlich weiter, so kommt alles am schnellsten wieder ins Lot.»

«Aber ich liebe Sie», beharrte er auf seinem Gefühl.

«Sie brauchen mich als Frau nicht, besonders nicht dazu, was Ihnen am meisten fehlen muß. Sie sind ein richtiger Mann, Sie haben drüben sicher auch Mädchen zurückgelassen, die sind für Sie am leichtesten zu ersetzen. Allein in unserer Pension bewundern Sie gleich zwei, und die lustige Südböhmin würde Ihnen liebend gern unvergleichlich mehr Freude bereiten, als bei mir zu finden wäre. Nehmen Sie es wie einen freundschaftlichen Rat an, und denken Sie von mir nichts Böses. Viel Glück, Tono!»

Er wußte nun, daß er überhaupt nichts mehr darf, wenn er sich nicht ganz unmöglich machen sollte. Aber als sie der grüne Vorhang verbarg, haben ihn Kränkung und Unrecht überwältigt. Putzt mich herunter wie die Genossin Lehrerin einen Erstkläßler! und empfiehlt mir noch dazu, wen ich statt ihrer bumsen soll! Vor Wut verging ihm der Hunger, er ließ das Mittagessen sausen, kann sein, so hoffte er einen Augenblick, sie macht sich Vorwürfe, kommt zurück und dann... ach, du blöder Ochse! beschimpfte er sich, du kannst dich gleich unterm Moos verkriechen und dort verfaulen, solche kommen nie zurück.

Aus Protest kam er erst zum Abendessen und fand sie im Gespräch mit Professor Klößlein, der in ihr eine Kollegin entdeckte. Er winkte Tono zu, er solle sich zu ihnen setzen; er wies es höflich ab, er sei den ganzen Tag nicht zum Lernen gekommen. So setzte er sich mit den Mayers an einen freien Tisch und schaute sich heimlich im Speiseraum um. Er stellte fest, daß Mara sich das doppelte Interesse nicht ausgedacht hatte, und über Nacht bildete er sich eine Meinung darüber.

Die jugendliche Slowakin sollte logischerweise Vorfahrt haben, sie war auch außerordentlich hübsch, aber ein Typ, den er «schwedisch» nannte: Danach fehlten Schwedinnen vorne und hinten wichtige Kurven, beim Sport bot man so vielleicht der Luft einen geringeren Widerstand, er aber war kein Wind. Das tschechische Mädchen hatte, wie er es bereits bei der kurzen Begegnung im Lager registrierte, das Erwünschte in Hülle und Fülle aufzuweisen. Auch das Sichbekanntmachen besorgte sie blitzschnell, sobald ihm Mara den Korb gab.

Ihren Intellekt konnte sie ihm natürlich nicht ersetzen, aber welche seiner Altersgenossinnen konnte das schon? Dafür, Mara irrte auch darin nicht, war das Mädchen heiß, ihn mit allem zu beschenken, worüber es verfügte: mit einem verlockenden Körper und einer gutmütigen Seele. Von der hat er sich bald überzeugt, auch wenn ihn oft die gnadenlose Sachlichkeit verwirrte, mit der sie ihre bescheidenen Interessen vor der Niedertracht der Welt verteidigte.

Daß er anfänglich zögerte, verschuldete Mara weiter durch ihre bloße Existenz, er wollte bei ihr nicht den Eindruck des Gemeindebullen erwecken, der nur das Springen sucht. Vor allem aber trug der Zauberer dazu bei, der deutete an, mit ihr zu gehen, so überzeugend, daß Tono es zunächst glaubte. Gemäß den Regeln seiner Sportsparte wollte er seinen klaren Vorteil nicht mißbrauchen, den ihm Alter und Aussehen verschafften. Der alternde Haudegen hat ihn mit seinem Schicksal, das sich wie ein Abenteuerroman in Fortsetzungen anhörte, an einen ausgedienten Musketier erinnert; sollte er ihm skrupellos seine letzte Mannestrophäe rauben?

Als sie ihm im Minibus wie eine reife Birne in den Schoß fiel, roch er einen Weibertrick und war froh, die beiden für einen halben Tag loszusein. Mit dem abendlichen Treff war er jedoch einverstanden, den Bus nach Rohlau hätte er nicht mehr erreicht. In der Straßenbahn nach Baden grübelte er über eine ähnliche nach, die vor dem Krieg dem Hörensagen nach aus Wien nach Bratislava führte. Den Schaffnern hat die Glocke geläutet, die Schwellen riß man aus, was gescheite Großväter verbunden hatten, schnitten blöde Väter durch, wickelten sich in Stacheldraht ein und zwingen uns, die Söhne, Wanderer wie Freiwild abzuknallen, die Welt ist auf dem Marsch in den Arsch!

Von einem Tag auf den anderen schob er den Brief an die Eltern vor sich her, lügen wollte er nicht und seine ersten Enttäuschungen schildern noch weniger. Am wenigsten sehnte er sich jedoch danach, daß ihn jemand aus der Familie überzeugen kommt und er vor ihm den Rest von

Respekt verliert. Morgen schreibe ich ihnen! versprach er sich zur Abwechslung in der «Badischen», die an den grünen Weinbergen dahinzischte, sobald ich diesen Knoten aufgelöst habe oder feststelle, daß ich ein Land weiter wandern muß.

Den Dolmetscher hat er am Lagertor getroffen, als hätten sie sich da verabredet. Als Mládek ihn angehört hatte, meldete er sie beide beim Direktor an. Der schwieg, solange sein Mitarbeiter nicht zu Ende war.

«Na ja», sagte er dann und schaute sich Toni an, «und Sie sind weiterhin nicht gewillt, die Pläne der Grenzvorrichtungen aufzuzeichnen?»

«Nein...» bestätigte der ehemalige Korporal.

«Schade, daß Sie sich nicht gemerkt haben, woher die Herrschaften kamen, aber wir dürfen annehmen, daß sie eine Vollmacht hatten. Logisch klingt auch deren Meinung, Sie hätten die gleiche Chance auch jenen gewähren sollen, die nach Ihnen flüchten werden.»

Tono wiederholte seinen wichtigsten Einwand.

«Wenn jemand von der Grenztruppe stiftengeht, wird alles total umgemodelt. Und außerdem glaube ich den Herren nicht, daß sie so wild drauf sind, Flüchtlingen zu helfen.»

«Na ja!» wiederholte der grauhaarige Mann nachdenklich.

Tono hörte das Mißtrauen heraus und wehrte sich mit einer Attacke.

«Was würden Sie an meiner Stelle tun?»

«Meine moralischen Maximen vor allem zu Hause durchsetzen.»

Tono spürte darin einen Schlag unter die Gürtellinie.

«Leicht zu sagen in Österreich.»

Unwillkürlich wandte er sich um Zustimmung an Mládek.

«Der Herr Regierungsrat», sagte der Dolmetscher, «war im Widerstand gegen die Nazis und saß dafür im KZ.»

Der Erwähnte ließ sich alles übersetzen und winkte ab.

«Na ja, das ist ein anderes Märchen. Persönlich respektiere ich Ihre Entscheidung. Ich verstehe sie sogar ganz gut. Nur müssen Sie dann auch die Folgen tragen können.»

«Dies ist doch ein demokratisches Land!» Tono gab nicht nach.

«Zweifellos. Bestimmt demokratischer als die meisten anderen. Aber auch hier spielen Emotionen eine Rolle. Jemand kann Sie für undankbar halten. Oder für arrogant. Oder für politisch labil. Und in den Zeiten, in denen das Asyl nur einer von zwei Flüchtlingen bekommt, könnten Sie leicht der zweite werden. Denn in einer Demokratie dürfen auch die anderen ihre Wertvorstellungen zur Geltung bringen.»

Tono rebellierte.

«Wenn Sie das Demokratie nennen, so muß ich sie mir woanders suchen!»

«Zum Beispiel wo?»

«Wo!» er breitete großzügig die Arme aus, «in Amerika!»

«Und dann? Ich meine, wenn es Ihnen auch dort nicht zusagt? Oder Sie ihnen? Die zwei Herren können gut Amerikaner gewesen sein. Werden Sie dann wie der Herr Kohn verlangen, daß man Ihnen einen anderen Globus bringt? Wollen Sie Berufsflüchtling werden? Leider haben wir nur diesen einen Planeten auf Lager. Junger Mann, wenn Sie so sehnsüchtig gegen alle Mißstände der Welt kämpfen wollen, müssen Sie zuerst irgendwo stehenbleiben, im Laufschritt geht das nicht. Also, zeigen Sie Stehvermögen, und kämpfen Sie es gleich bei uns aus!»

Er lächelte freundlich, während Mládek übersetzte. Tono konnte nicht bestreiten, daß etwas dran war. Dennoch sprach er seine Befürchtung aus.

«Und wenn ich das Asyl nicht bekomme?»

Radetzky hörte auf zu lachen. Zum erstenmal traf den einstigen Korporal sein unfreundlicher Blick.

«Jetzt benehmen Sie sich wie ein Beamter, der um seine Einstellung auf Lebenszeit bangt. Nun ja, so bleiben Sie halt staatenlos, es gibt Tausende davon.»

«Sie behaupten», fügte Mládek hinzu, «daß sich die Freiheit auf Ihrer Wertskala ganz oben befindet…»

«Das stimmt», blieb er dabei.

«Nur hat sie aber immer nur den Wert, den man bereit ist, für sie zu zahlen.»

«Herr Mládek», informierte ihn jetzt der Chef selbst, «bezahlte für seine Vorstellung von Freiheit ursprünglich mit lebenslänglich, zu diesem Zweck ist er sogar von Ihrer Botschaft in England in die Heimat zurückgekehrt und hat später aus dem gleichen Grund die Heimat für ein fremdes Ausland erklärt.»

Auf der Rückfahrt in der Straßenbahn klang ihm noch das Gespräch in den Ohren. Zur Lösung seiner Probleme verhalf ihm beim Warten auf den Minibus vor der Staatsoper ein älterer Mann, der aussah, als ginge er auf einen Maskenball: In ein langes weißes Gewand gehüllt, einen Lorbeerkranz auf dem Kopf, hielt er in einer Hand eine leuchtende Laterne, wobei die andere alle Passanten mit dem Victoryzeichen grüßte.

Tono staunte: Nicht alle grüßten den Narren zurück, doch er störte keinen, höchstens grinste jemand über ihn.

Bei uns, wußte Tono, wäre er längst auf der Alkoholikerstation, im Irrenhaus oder im Gefängnis wegen Aufwiegelung. Seltsamerweise hat ihm der Sonderling mehr von dieser Welt verraten als die zwei Amtlichen, die ja auch nur von Flüchtlingen lebten. Fein! entschloß er sich, man wird sich hier ähnlich an mich gewöhnen müssen! Und schon fühlte er sich besser. Bald haben ihn wieder Weiber interessiert, in Gestalt von Bobina, die ihm schon aus dem Wagenfenster winkte.

Das gestrige Gespräch über dem Lehrbuch hat ihn schwankend gemacht. Es gab keinen Grund, ihr nicht zu glauben, und in ihm rumorte es bereits, daß der Zauberer sie beide mit einem und demselben Trick verschaukelt. Als sie ihm dann auf dem Parkett in Sankt Pölten anvertraute, wie der sie schnellstens ins Bett bringen möchte, mittels eines Eheversprechens, aber ich bin nicht käuflich, weißt? war es aus mit der Solidarität, die männliche Eitelkeit probte einen Aufstand. Was denkt sich der alte Schieber? Sind wir denn hier in Afrika?

Ihre Wange an seiner Backe duftete, wer hatte so weise gesagt, das wertvollste Schönheitswässerchen ist die Jugend? ihr Körper an seinem Körper, mit diesem Dampf hat sie ein hübsches Häuflein von Burschen beisammen haben müssen! strahlte die Ungezähmtheit junger Stuten aus, noch dazu war sie Tschechin, und dennoch hat sie sich, schmeichelte es ihm, so wild um einen Slowaken bemüht!

Jede Drehung, bei der sein Blick auf den Zauberer fallen konnte, der sicher irgendeinen neuen Kartenbetrug austüftelte, ließ seine Rücksichtnahme immer überflüssiger erscheinen, Tatsache! der Gaukler hat sie mir bloß listig suggeriert, um mir vor der Nase ein Mädchen wegzuschnappen, das auf mich steht! er redete sich in eine Empörung hinein, die seine letzten Skrupel wegschwemmte.

«Also was?» meldete sie sich gekränkt.

Er erinnerte sich Gott sei Dank, wonach sie fragte.

«Also ja.»

«Was ja?»

«Ich komm' heute zu dir.»

«Du sagst es, als solltest du zur Schulung!»

Er drückte sie an sich, bis sie japste. Die Musik hat es gerade noch überdeckt.

«Das hoffe ich», er grinste lustig, mit einem Schlag von allen düsteren

Überlegungen der letzten Woche befreit, «ich hoffe sehr, daß wir eine interessante Lektion erleben werden und daß du mir eine Menge beibringst!»

Wie ausgemacht, wartete er, nachdem er sich von dem Zauberer im ersten Stock verabschiedete, zuerst eine halbe Stunde auf seinem Zimmer, bis er zur Eroberung aufbrach. Mit der Bravour eines Spähers erlaubte er keinem Fußbodenbrett und keiner Treppe ein Knarren, begegnete keinem Menschen und drückte lautlos die Klinke der letzten Tür.

Es war abgeschlossen.

Was ist los? er verstand das nicht, kratzte am Holz, das zweitemal noch stärker, dann klopfte er leise.

Nichts.

Aus den nächsten Zimmern drang durch die dünnen Türen vielstimmiges Schnarchen der verlorenen Kinder vom Balkan und von Fernost, die nur im Traum aus dieser kargen Gebirgslandschaft, in der sie niemand mochte, entschlüpfen und zu den vertrauten Meeren heimflüchten konnten. In Bobinas Zimmer schien Stille zu herrschen, als er aber sein Ohr ans Schlüsselloch legte, hörte er deutlich das tiefe Atmen eines schlafenden Wesens.

Er versuchte noch lauter zu klopfen. Als ihm klar war, daß er eher den ganzen Flur wecken würde als sie, gab er auf und schlich sich in das eigene Bett zurück, um wieder allein einzuschlafen. Himmelherrgott! er verzog die Mundwinkel wie Mara Silverová, da bin ich auf die Schnauze gefallen wie Cyrano bei Arras…

9. Milan und seine Liebe

Die Tragödien, lehrte der geliebte Meister seinen Schüler Milan, sind am erschütterndsten darin, daß sie sich vorwiegend aus Banalitäten zusammensetzen. Sie werden von einer Summe alltäglicher Vorgänge gebildet, wie das Anknüpfen eines zerrissenen Schnürsenkels oder die Suche nach einer sauberen Stelle im Taschentuch, und erst am Ende, beinahe unbemerkt, blitzt die Todeswaffe auf, nur so kann man es, Herr Kollege, glaubwürdig spielen…

Immer wieder ging er den Tag durch, an dessen Ende unbemerkt Petřík starb, er tat es in der reuigen Absicht, ein Vorzeichen der Katastrophe zu entdecken, das sie beide noch hätte warnen können. In der Erinnerung liefen jedoch nur die üblichen Szenen aus dem Familienalltag ab, wie sie sich über Jahre hin wiederholten... die üblichen? hat er die Seinen soweit gebracht, daß sie den dauerhaften Zustand von Hochspannung, die er auf sie übertrug, für üblich hielten? Dann aber hat er das Herz seines Sohnes schon seit langem zu Tode gehetzt...

Erschüttert mußte er entdecken, daß er das letzte freundliche Wort für ihn gefunden hatte, als sie in der Nacht an der ungarischen Landstraße anhielten und warteten, bis der Wildwechsel der Sommernacht vorüber war. Dazu kam aus dem Radio die Mitternachtshymne, und nur Gott, falls es ihn gab, konnte wissen, daß Petřík die nächste Nacht nicht mehr überleben würde... Eine schwache Ausrede!

Doras Reaktion, so hart und konsequent, verstand er als die gerechteste Strafe von allen möglichen, für ihn war sie jedoch die schwerste. Er sah jetzt nur ihr unbewegliches Gesicht, von den Überlegungen und Entscheidungen, die dahinter vor sich gingen, wurde er nur durch Boten benachrichtigt. Anfangs war er bemüht, die Krise durch erhöhte Aktivität zu überwinden, die sie beide so schnell und so weit wie möglich vom Ort des Unglücks wegführen sollte, damit sie es gemeinsam überwinden könnten; er im Kampf um den erfolgreichen Aufstieg auf der amerikanischen Leiter, sie durch ihre Teilnahme daran. Die Schwiegermutter hat ihn von der Bühne gefegt wie einen nichtigen Statisten.

Er erinnerte sich nicht an eine vergleichbare Machtlosigkeit und eine ähnliche Vereinsamung. Der Primarius war ihm nach wie vor ein äußerst aufmerksamer Gastgeber, im übrigen lehnte er ab, irgendeinen Einfluß auf Zustand und Entwicklung ihrer Beziehung zu nehmen. Wiederholt erlebte Milan das urplötzliche Aufkommen falscher Hoffnung, ich werde das einfach mit Dora beraten! dachte er sich, wie so oft in der Vergangenheit, und sank unmittelbar darauf in tiefe Depression: Dora ist kein Verbündeter mehr!

Zum erstenmal ergab er sich auf Gnade und Ungnade einem Regisseur, und obwohl es kein Geringerer war als das Schicksal selbst, litt er darunter schwer. So oft er sie auch spielen mußte, widerstrebten ihm die tschechowschen Helden, die sich den Schlägen und Launen des Lebens fast mit Vergnügen hingaben; er war überzeugt, daß diese zur Tat unfähigen Russen alle ihre Niederlagen sich selbst zuzuschreiben haben, sie haben es verdient, am Ende von dem Bolschewisten gefressen zu werden, und wir Tschechen sind dabei, uns ähnliches anzudienen! Nun war er einer von ihnen.

Er spürte, daß es ihn auf eine bestimmte Art bereichert hatte. Die Einsicht, wieder zum Objekt der Entscheidung anderer geworden zu sein, versetzte ihn zurück in die Zeiten, als auf ihn, das klassenpolitisch abgeschriebene Millionärssöhnchen ohne Millionen, keiner auch nur einen Groschen gesetzt hätte. Zum Idol des Publikums und der Frauen, von denen die beste ihn mit der Ehe ausgezeichnet hatte, wurde er dank der totalen Mobilisierung seiner ersten und letzten Fähigkeiten.

Nach langen Jahren des Schweigens meldete sich jetzt sein innerer kritischer Souffleur wieder. Er zwang ihn zu begreifen, daß Privilegien, wie schwer auch erworben, hier ihre Geltung verloren haben und er zu jenem festen Punkt zurückkehren müsse, von dem aus er schon einmal seine Welt bewegt hatte. Lege den Hochmut ab, den du dir an den Lorbeerkranz gehängt hast, kehre zur ursprünglichen Bescheidenheit zurück! Demut der Starken ist keine erloschene Asche auf dem Haupte, sondern, sobald die Krise verarbeitet ist, neuer Zündstoff.

Es gelang ihm, die Leidenschaften und den Haß der letzten Tage zu zähmen. Er entschuldigte sich bei der gekränkten Schwester so nachdrücklich, daß sie fast weinte und dankbar bereit war, ihm wieder alles anzubieten, wozu er ihr freilich keine Gelegenheit gab. Bei seinen Besuchen erwies er Dora Liebe und Teilnahme, aber er rang um sie nicht mehr mit Worten oder Blumen, die hat ihr Tag für Tag die Mutter gebracht. Und obwohl er nach wie vor bei dem Primarius wohnte, haben sie darüber nicht gesprochen, die allerschwerste Prüfung, doch er mußte sie bestehen, wenn er sich dessen Respekt verdienen wollte.

Das Problem war, wie die Zeit des Wartens überleben. Seitdem er sich zur Rückkehr entschlossen hatte, unterdrückte er mit äußerster Willensanstrengung Gedanken an die jüngsten Pläne, aber auch an die Gefahren, die auf ihn zu Hause warteten. Mein Lebensbereich endet mit der Spitze meines Stocks! pflegte der erblindete Soldat zu sagen, als er die Rolle probte, ging er einige Tage zu Hause mit einer Augenbinde herum, um sich in diese Psychologie einzufühlen; er hat, tauchte es vor ihm jetzt auf, Petřík angebrüllt, der auch «Blindekuh» spielen wollte... In Graz tastete er sich jetzt auf ähnliche Art vom Frühstück zum Mittagessen, vom Mittag- zum Abendessen, das übrige Leben lag außerhalb der Reichweite seines Stocks.

Aus der Lethargie weckte ihn in der Nacht auf Samstag eine Sorge, im Vergleich mit den anderen unwesentlich: Wie werden wir Petřík begleiten, in Pulli und Jeans? Obwohl er ängstlich sparte, ging das Geld langsam aus, und darum bitten wollte er aus Prinzip nicht. Er wußte sich Rat: Schlag neun stand er in der Altstadt vor dem kleinen Laden, der ihm aus den ersten Tagen im Gedächtnis geblieben war. Sobald die Frau, für ihre Jugend mit Gold reichlich behängt, das Rollo aufgezogen hatte, trat er als erster Kunde ein.

Sein Gesicht, das in Prag Tür und Herzen öffnete, hatte hier nur Nullwert. Als er auf die Glastheke seine geliebte Omegauhr legte, winkte sie unfreundlich ab.

«Neues kaufen wir nicht.»

Erleichtert tat er sie wieder auf das Handgelenk zurück und machte am Hals die Kette mit dem goldenen Stier auf, die ihm die Mutter noch im letzten Jahr der Familienfirma aus schwerem Gold machen ließ, komisch, daß ich sie leichter verschmerze als die blöde Uhr!

«Und das da?»

Sie erkannte die Qualität auf den ersten Blick.

«Das ja.»

«Wieviel kriege ich dafür...?»

Sie legte das Gold auf die Waage und prüfte unter der Lupe die Punze.

«Viertausend.»

«Wieviel kostet ein Kleid, bitteschön?»

«Ein Kleid?» war sie überrascht, «was für eins?»

«Für meine Frau ... ein schwarzes...»

«Es kommt auf das Geschäft an. Für das Kaufhaus sollte es reichen. Sind Sie Flüchtling?»

«Ja. Aus der Tschechoslowakei.»

Sie fragte nicht weiter, doch sie mußte etwas geahnt haben. Sie machte ein selbstloses Angebot.

«Sie können es bei uns als Pfand lassen. Dann können Sie es in sechs Monaten auslösen, vielleicht haben Sie noch früher Geld.»

Es war die erste gute Nachricht nach langer Zeit, und er dankte gerührt. Im Kaufhaus handelte er sachlich wie ein Garderobier, der aus dem Fundus die Darstellerin einer jungen Witwe zu bekleiden hat. Eine bereitwillige Verkäuferin, ungefähr von Doras Gestalt, hat ihm zwei Kleider sogar vorgeführt. Am passendsten stellte sich das billigste heraus; er empfand eine kindliche Freude, bis ihm sein Zweck wieder gegenwärtig wurde.

Er zeigte es dem Primarius und erntete ein unerwartet warmes Lob.

«By the way, was werden Sie anhaben?»

«Das weiß ich nicht...» gab er verlegen zu.

Mit höflicher Skepsis stimmte er zu, einen der dunklen Anzüge des Professors anzuprobieren, und wunderte sich, daß er paßte.

«Ich könnte schwören, Sie wären weitaus schlanker.»

«Greisenhafter Verlust an Substanz, lieber Freund, mein Vorkriegsanzug, ein echter Jud hebt alles auf! Das Kleid bringe ich Dora persönlich, wenn ich sie entlassen werde.»

Daß dies heute geschehen wird, bestätigte er telephonisch, sobald er von der Patientin zurück war. Für Milan war es das Läuten zum letzten Akt, den er noch über die Bühne bringen mußte: Diese Tragödie hatte auch ihre bürokratische Seite. Er zog sich den geliehenen Anzug an, schnürte die Schuhsenkel und putzte sich die Nase vor dem Amtsbesuch im Gebäude, wo bereits den dreizehnten Tag sein toter Sohn wartete.

Es befremdete ihn, daß das Büro der Pathologie sich von anderen Büros nicht unterschied, obendrein hat die Vormittagssonne es ganz gemütlich gemacht. Zwei von drei Tischen waren vorbildlich aufgeräumt, die dort arbeiteten, bräunten jetzt vielleicht an irgendwelchen Stränden. Das Mädchen, das den Betrieb aufrechterhielt, trug einen kurzen Rock und ein üppig geblümtes Blüschen; ihr Aussehen versuchte sie durch ernsthaftes Benehmen auszugleichen, das für ihr Alter gekünstelt wirkte. Sie verglich die Papiere aus dem Krankenhaus mit den eigenen, die sie ihm zur Unterschrift hinschob. Als er vergeblich nach einem Stift suchte, bot sie ihren an. Gehorsam unterzeichnete er die angekreuzten Rubriken, ohne sie verstanden zu haben und auch verstehen zu wollen, dann steckte er den Stift in die Brusttasche.

«Der gehört mir...» sie streckte schnell die Hand danach aus.

Er entschuldigte sich nachdrücklich.

«Macht nichts, das tut hier fast jeder!» sie lachte hell über die Zerstreutheit der Hinterbliebenen, noch als sie ihn informierte, «den Container liefern wir direkt zum Zug, ich meine den spezialgekühlten Sarg, den man uns wieder retournieren muß. Sie können ihn bereits von uns aus begleiten.»

«Gern», sagte er wie geistesabwesend und stand auf.

«Jetzt werde ich Sie in den Vorführraum bitten», sagte sie und betätigte die Sprechanlage auf dem Tisch, «Cech, Peter», las sie von dem Papier ab, «C wie Cäsar, Box Nummer zweiundzwanzig.»

«Gleich soweit!» näselte eine Männerstimme aus dem Lautsprecher.

«Aber», kam Milan zu sich, «mir ist gesagt worden, dies wäre nicht mehr nötig! Ich möchte ihn so im Gedächtnis behalten, wie er...»

«Wahrscheinlich hat man nicht gewußt, daß es sich um eine Auslandsüberführung handelt, bei der ist eine Identifikation unentbehrlich. Aber falls Sie nicht möchten», sie kam ihm entgegen, «kann es auch ein anderer Hinterbliebener tun», sie zog dabei einen langen Mantel aus dunklem Stoff an, der an dem Kleiderständer hing.

«Nein...» beeilte er sich, «ich selbst!»

Sie hat ihn gebeten, ein bißchen zu warten, bevor sie sich überzeugt hatte, daß alles in Ordnung sei, die Hinterbliebenen sind besonders kritisch! fügte sie beim Weggehen beinahe vorwurfsvoll hinzu. Ich werde ihn sehen! wurde ihm erst jetzt bewußt.

Wie kriege ich das hinter mich! Das verwirrte Gehirn dachte wie auf der Probe nach, wie soll sich ein Mensch verhalten, der sein totes Kind sieht? was soll er tun, was sagen? Bevor er sich etwas ausdenken konnte, kam sie, ihn abzuholen.

«Bitte. Er wartet auf Sie.»

Damit hat sie ihn total verwirrt, er folgte ihr mit leerem Gehirn über den langen Gang, der an einer eisernen Tür endete. Nachdem sie geöffnet war, wehte ihm Kühle entgegen, die ihn dann auch verschluckte, eine Wohltat! empfand sein Körper in der Junihitze, bis ihm gegenwärtig wurde, daß dies die Temperatur des Todes ist.

Inmitten des kahlen weißen Raums, von Neonröhren erleuchtet, befand sich auf einem niedrigen Podest ein Gehäuse, das einem Glashaus oder einem Aquarium ähnelte, drinnen war eine Bahre von massivem Metall, wie haben sie ihn, versuchte der wiedererwachende Verstand zu erraten, so schnell unter das schwere Glas gebracht? Der Aufzug! er begriff den Vorgang, die Kühlräume liegen da unten, die Toten schickt man mit dem Lift hier herauf, aber wo ist...?

Auf dem schwarzen Bezug lag eine blasse Puppe mit geschlossenen Augen in einem ihm fremden Hemd, die Gesichtszüge kamen ihm bekannt vor, und doch waren sie nicht die seines Sohnes, der Ausdruck, die Farbe der Haut, die ungewöhnliche Bekleidung, alles schloß aus, daß er es sein könnte, selbst bei seiner stillen Natur war er ein Wildfang im Vergleich mit dem Männchen unter dem Glas, ich wußte doch, er schüttelte den Kopf, es konnte nicht passiert sein...!

«Ist er das?»

Er nahm die Anwesenheit der Beamtin wahr, sie stand hinter ihm und fragte mit bemüht trauriger Stimme. Gegen seine Überzeugung nickte er.

Er könne hier eine Weile bleiben, bot sie ihm an, wahrscheinlich wie jedem anderen, und ihm fiel sofort ein, soll ich ihr ein Trinkgeld geben? er schämte sich und versuchte sich mit aller Kraft zu konzentrieren, um zu verspüren, was er sollte, es half nicht, bin ich tatsächlich so ein Monstrum, daß sich in mir nichts regt? Petřík! flüsterte er stimmlos aus den zusammengekniffenen Lippen, ich schwöre dir... aber was? er erinnerte sich ihres alten Schwurs: Ich soll auf der Stelle versinken, du bist nicht umsonst gestorben... aha? aber warum denn dann? Ohne jeden Zusammenhang tauchten wieder die Verse auf.

Von jedem ausgefallnen Haar
Nahm Abschied er
Als wär's ein Freund
Auf Nimmersehn verreisend...

Das Licht eines verloschenen Sterns, das immer noch durch das All fliegt! dachte er sich, als er den Text aufnahm, verblieben Petřík nicht einmal mehr hundert Stunden Leben, wie viele bleiben mir jetzt mit Dora? Der Organismus, der sich durch eine plötzliche Unempfindlichkeit dagegen sträubte, das blasse Männchen als den lebendigen Sohn von einst anzuerkennen, wurde durch die Vorstellung eines weiteren Verlusts wach, und es tat höllisch weh.

«Warten Sie!» es schien ihm, als hätte er aufgeschrien, wahrscheinlich hat er das aber ganz normal ausgesprochen, denn sie war keineswegs erschrocken, «ich gehe mit!»

Erleichterung überkam ihn, als die dicke Luft der erhitzten Straße voller Menschen gegen ihn prallte. Zum letztenmal begab er sich zum Mittagessen mit dem Primarius im Steyrischen Restaurant. Er hatte keineswegs Appetit, doch getraute er sich nicht, auf das Essen zu verzichten, um nicht Schwäche zu demonstrieren. Er staunte, wie geschickt der Professor jedes heikle Thema mied und dennoch ein sinnvolles Gespräch zu führen wußte. Eigentlich war es auch eine Therapie, sie zwang ihn dazu, das Weltall des eigenen Schmerzes als ein Körnchen eines anderen Kosmos zu verstehen, aus dem er noch Hoffnung schöpfen konnte.

«Ich hasse Abschiednehmen», sagte der Primarius erst beim Kaffee, nachdem er Milan detailliert die unbestreitbaren Vorteile der Atomenergie aufgezählt hatte, «Sie aber werde ich zum Bahnhof begleiten.»

Erst jetzt wagte er die Frage.

«Und Dora?»

«Die Mutter bringt sie.»

«Ich meine, was sie sagte...?»

«Nichts Neues. Doch: Das Kleid nahm sie an.»

Also nicht einmal danken ließ sie ihm.

«Und weiß sie, wie ich mich entschlossen habe?»

«Ich habe es ihr natürlich mitgeteilt.»

«Und sie?»

«Mein Eindruck war, sie hat es nicht erwartet.»

«Sie konnte doch nicht glauben, ich würde sie allein... entschuldigen Sie», er hielt ein, «ich will nicht wieder mit dem alten Lied anfangen, ich fahre und werde sehen.»

«Herr Herbert!» rief der Primarius ungewöhnlich laut, «bringen Sie uns zwei Remy Martin, aber XO! Das müssen wir... ach, lassen Sie uns lieber darauf trinken, daß wir uns überhaupt kennengelernt haben.»

«Sie sind nach Dora und einem Jugendfreund der dritte Mensch, der je hinter meine Kulissen schaute. Muß ein kläglicher Anblick sein!»

«Im Gegenteil!» widersprach der Professor, «Sie haben sich immer deutlicher auf eine Art gehalten, die man bewundern kann. Es gelang Ihnen, Doras Seele ihre Freiheit zu geben, Sie haben es gelernt, allein zu leiden, damit sie nicht für zwei leiden mußte. Falls es etwas gab, was Ihrerseits noch gutzumachen war, Sie haben es versucht. Doch die wahre Prüfung kommt erst, Milan, verlieren Sie dabei mit einem einzigen Fehler nicht wieder alles, was Sie bereits zurückgewonnen haben. Sie haben sich für die gemeinsame Rückkehr freiwillig entschieden, Sie können aber über vielem, was auf Sie dort wartet, in Verzweiflung geraten. Machen Sie ihr nur ein einziges Mal den Vorwurf, für sie ein vergebliches Opfer gebracht zu haben, nehmen Sie ihm selbst seinen Sinn!»

«Das wird nicht passieren. Glauben Sie mir!»

«Ich tu' es, doch Sie sollten es nicht allzu sehr tun. Sie neigen zu großen Vorsätzen und kompensieren dann ihr Nichterfüllen durch neue, noch größere. Rechnen Sie überhaupt mit der Möglichkeit, daß Ihnen dort nichts, aber gar nichts gelingt? Daß Dora Sie verläßt und damit auch alle Garantien ihrer Mutter zerrinnen?»

«Nein!» gab er zu, «wenn auch mehr aus Aberglauben, ich habe bis jetzt stets gewonnen, weil ich nie den Gedanken an eine Niederlage aufkommen ließ.»

«Diesmal ist sie leider wahrscheinlich. Wie wollen Sie sich absichern, daß es Sie nicht aus der Bahn wirft? Naturen wie die Ihre erinnern an Glühbirnen. Sie halten einen unglaublich starken Druck von außen aus, doch nach innen implodieren sie zu Glasstaub.»

Er hat recht! wußte Milan, denn die Großzügigkeit, für die er mich lobt, kommt von der Müdigkeit und wird aus der Leere getränkt, nur von diesem ihm zugeneigten Mann beseelt, was geschieht, wenn in ein paar Stunden der Bolschewist erscheint? Lebhaft stellte er sich die erste Fresse in Uniform vor, die ihm über dem Paß bissig zu spüren gibt, daß sie alles weiß, und sich darüber freut, wie man gerade den Meister in die Zange nehmen wird. Er schüttelte sich schon jetzt davor.

«Haben Sie Mut zur Angst, solange sie Sie vor einer endlosen Tapferkeit retten kann, für die Ihre Kräfte vielleicht nicht ausreichen werden. Man hat Sie schon einmal, haben Sie mir anvertraut, reingelegt, sie werden es wieder versuchen. Ein intelligenter Mann, der sich dem Feind ausliefert, muß eine klare Vorstellung davon haben, was dabei herauskommt. Danach richtet er sich dann ein: Entweder stellt er sich ihm bewußt, oder er unterstellt sich lieber gleich, oder aber er meidet weise das Dilemma, indem er sich gar nicht ausliefert.»

«Ich verstehe Sie», sagte Milan endlich, «und ich weiß, Sie haben recht. Das meiste aber, was ich vom Leben verlange, ist Dora. Lass' ich sie allein weg, würde hier nur meine körperliche Hülle bleiben, meine Seele wäre tot. Und weil sie fährt, muß ich einfach mit, alles andere werde ich dann sehen.»

Er verabschiedete sich für kurze Zeit vom Professor, er mußte noch packen. Den Koffer mit Doras und Petříks Sachen hatte er, wie ihn die Mutter am Tag nach der Ankunft ersucht hatte, bereits damals in ihr Hotel gebracht. Er staunte darüber, wieviel ihm verblieben war. Dora hat alles, was ihm das Liebste war, für ihn gerettet, vor dieser Selbstlosigkeit kam er sich noch schuldhafter vor. Beim Packen dachte er, endlich aus der Lethargie erwacht, an die Warnung des Professors.

Im Taxi warteten sie dann beide vor der Pathologie auf den Leichenwagen, folgten ihm schweigend, bis man sie durch den Güterbahnhof zu dem Bahnsteig lotste, auf dem der Zug mit Kurswagen nach Prag stand. Von neugierigen Blicken beobachtet, fuhren sie im Schrittempo zum Gepäckwagen. Dora und die Mutter warteten da schon, sie erhoben sich von der Bank.

Das erstemal seit dem Tunnel sah Milan Dora außerhalb der Krankenhausmauern. Das Leid verlieh ihrer Schönheit überraschend neue Züge, die Antike fiel ihm ein, sie war bislang von renaissanceartiger Anmut, jetzt ist sie antikisch streng geworden. Es hat ihn ermuntert, daß sie das Kleid von ihm angezogen hat, sicherlich gegen die Proteste der Mutter, doch ihn nahm sie gar nicht zur Kenntnis. Mit einem kleinen Strauß Feldblumen, o ja! Petřík hat sie so gern für sie gepflückt! sah sie starr den Männern zu, wie sie aus der langen Limousine den metallenen Container zogen, unsinnig groß für ein Kind, und ihn durch die zur Seite geschobene Tür in den Waggon setzten.

Sie kehrten mit einem Ausdruck von Leuten zurück, die eine schwere Last abgelegt haben, fragten, wer die Kopie des Lieferscheins hätte, und haben Milan dafür ein ganzes Bündel Dokumente ausgehändigt. Sie zögerten lang genug, daß ihnen an Milans statt der Primarius eine gefaltete Banknote in die Hand drücken konnte. Während die Leichenträger rückwärts wegfuhren, kam der Zugführer zu Milan, um sich aus den Papieren die für den Transport bestimmten herauszusuchen. Die amtlichen Auftritte schloß der Zöllner ab.

Der Eisenbahner schaute zu Dora hinüber. Wie auf einen Wink ging sie, nachtwandlerisch sicher, in den Gepäckwagen. Milan hat sich überwunden und blieb stehen. Er hob lieber den Kopf hoch, im Bahnhofslärm, auf der ganzen Welt der gleiche, glaubte er, ein Gepiepse zu hören. Die wandernden Augen entdeckten tatsächlich ein Schwalbennest auf einem Eisenträger, er wartete darauf, daß ein Stopp-Ruf käme! na, Kamera, wie war der Schwenk? recht passabel, Chef! na prima, die Szene ist gestorben, was drehen wir weiter? Statt des Skriptgirls hörte er jedoch das markante Deutsch der Schwiegermutter.

«Ich möchte sie gern an mich nehmen», sie wies den Primarius auf die Papiere in Milans Hand, «mit unseren Organen muß ich verhandeln.»

Der Professor, der inzwischen die Sachen des Schauspielers in Empfang genommen hatte und auch den Taxifahrer entlohnte, schlüpfte in die Rolle des Vermittlers zurück.

«Keine Frage. Gestatten?» Er nahm Milan die Dokumente ab, «die Gnädigste hat bestimmte Vereinbarungen mit den tschechoslowakischen Behörden getroffen.»

Milan sah nur Dora. Sie kam aus dem Waggon mit demselben geistesabwesenden Ausdruck wieder heraus.

«Ich danke Ihnen», sprach die Schwiegermutter zum Professor weiter, «für mich und Dora, wir bleiben in Ihrer Schuld.»

Sie reichte ihm die Hand. Er drückte sie leicht, doch machte er nicht einmal die Andeutung eines Handkusses. Sie ermahnte die Tochter.

«Der Herr Primarius verabschiedet sich.»

Er trat selbst zu Dora, legte beide Hände auf ihre Schulter, als wollte er sie in die Arme nehmen. Statt dessen sprach er leise zu ihr.

«Bleiben Sie gesund, liebe Dora! Und bleiben Sie sie selbst! Bye, bye.»

Sie erwiderte ebenfalls in Englisch und schaute zu Milan. Er sah, daß sie ihn ansprechen möchte, doch die Mutter kam ihr zuvor, faßte sie unterm Arm und winkte dem wartenden Träger, ihr zu folgen. Ein kleiner Paketzug voller Eilgut hat sie voneinander getrennt, nun wurde es Petřík zugeladen. Noch ehe Milan das alles in sich aufnehmen konnte, hob der Primarius seine Tasche.

«Und ich begleite Sie.»

Milan nickte und griff nach dem Koffer. Wieder erblickte er Dora mit der Mutter. Sie schritten nach vorn zur Zugspitze. Der Professor blieb vor dem nächsten Wagen zweiter Klasse stehen.

«Hier etwa?»

«Etwa hier...» er setzte das Gepäck in den Gang und blieb dann auf dem Bahnsteig gegen die Abfahrtrichtung stehen. Umgib mich, Nebel, er schaute auf seine Armbanduhr, zog das Taschentuch heraus und suchte nach einer sauberen Stelle, Tragödien, hörte er den verstorbenen Mimen, sind dadurch so erschütternd, daß sie sich vorwiegend aus Banalitäten zusammensetzen... er putzte sich die Nase.

«Ich möchte mich bedanken. Ohne Sie wäre ich nicht imstande...»

«Sich besinnen muß schließlich jeder allein», unterbrach ihn der Primarius, «Sie haben es hier geschafft, und so glaube ich, daß es Ihnen auch dort gelingen wird!»

Auf dem fremden Bahnhof tauchte vor Milan aus dem Gewirr von Geräuschen und Bildern jene Lösung auf, nach der er so lange gesucht hatte. Sie kam ihm wie ein Dreieck einfach vor.

«Ich weiß auch, wie.»

«Nämlich?»

«Ich lasse Theater und Film sein. Jawohl, ich spiele nicht mehr!»

«Sondern?»

Aus der Frage klang Mißtrauen. Er wollte es nicht mit neuer Kraftmeierei füttern.

«Das weiß ich noch nicht. Aber es leben dort Tausende, die lieber nicht tun, was sie gerne möchten, damit niemand sie erpressen kann.»

Er lebte auf, denn vor ihm tauchte ein Stützpunkt auf: sein Freund, der weiß, wie man der Macht trotzt; er wird gleich zu ihm fahren, bezweifelte nicht, daß ihm der Dramatiker verzeihen wird, und hörte bereits seinen Versöhnungssatz: Ftreite auf der finkenden Titanic find Lukfuf.

«Sie verlangen von sich selbst sehr viel», sagte der Primarius.

«Meinen Sie, ich bin wieder dabei, Worteworteworte zu erzeugen? Diesmal weiß ich: Wenn ich ihnen keinen wahren Inhalt gebe, ist es aus mit mir.»

Der Schaffner kam, die schweren Türen zuschlagend, sie donnerten wie Trauersalven. Auch Milan spürte jetzt Lindbergs Hände auf seinen Armen.

«Hals- und Beinbruch, lieber Freund, so sagt man es doch in Ihrem Beruf. Und vergessen Sie meine Adresse nicht.»

Er kämpfte gegen die Tränen, wie er es an englischen Filmhelden so bewunderte.

«Den Anzug schicke ich Ihnen gleich zurück...»

Der Primarius ließ die Hände fallen, damit er einsteigen konnte, doch er winkte mit ihnen heftig zum Protest.

«Kommt gar nicht in Frage. Wissen Sie, ich ließ ihn mir für meine Promotion in Prag schneidern, dort soll er sich auch zur verdienten Ruhe setzen!»

Der Schaffner stieg bei Milan ein und schlug die letzte Tür zu. Als sich der Zug in Bewegung setzte, machte der sonderbare Freund, war er überhaupt einer? kehrtum und ging auf die Unterführung zu, ohne sich noch einmal umzuschauen. Bald wurde die Stadt Teil eines schweren Traums.

Dora bewältigte die ersten Schritte außerhalb des Krankenhauses verhältnismäßig leicht. Sie hat sich dafür ab Samstag im Park vorbereitet, in dem sie heute dem Verbot zum Trotz für Petřík einen kleinen Strauß gepflückt hatte. Der Primarius hat auf ihre Bitte hin rechtzeitig die Psychopharmaka abgesetzt, er stimmte zu, daß sie mit ihren natürlichen Gefühlen zu leben lernen muß. Die haben sie ziemlich überrascht. Der Ekel vor diesem Menschen blieb zwar, doch er hat an Schärfe verloren, der Mensch war ihr einfach nicht mehr wichtig. Eine wachsende Unzufriedenheit hat sie in der Beziehung zur Mutter erlebt.

Sie war ihr dankbar, mit ihr kehrte die Kraft zu ihr zurück, ohne die sie diesen Menschen nie abschütteln könnte. Nach und nach, obwohl vielleicht unwillkürlich, legte die Mutter ihr jedoch langsam die alten Fesseln aus der Kinderzeit an. Daß sie wieder zu Hause wohnen wird, galt als eine ausgemachte Sache. Ähnlich galt auf einmal, Dora wird Karriere machen; jemand Einflußreiches versprach, ihr die erste freie Stelle als Simultandometscherin freizuhalten, von dort aus, Dorli, wird sich dir die Welt öffnen!

Die Mutter verhielt sich zur Macht kritisch. Damit bewies sie der Tochter Unvoreingenommenheit und versuchte, sie davon zu überzeugen, daß Begriffe wie Revolution, Partei und Kommunismus zwar vorübergehend von unwürdigen Personen in Zweifel gezogen werden konnten, dennoch bleiben sie auch weiterhin die Hoffnung der Welt, sie warten nur darauf, bis sich ihrer, auch gegen reaktionäre Demagogen wie diesen Menschen, reine und selbstlose Wesen annehmen, Dora ähnlich. Darum darf sie, ja muß sie, in den Dienst der Macht treten, um sie zu reinigen und den Sozialismus zu erneuern.

Sie verstand, daß die Mutter ihr wohl will, und außerdem war sie ihr dankbar, daß sie diesem Menschen einen Ausweg ließ: Er hatte die Möglichkeit, zu seiner Leidenschaft zurückzukehren, die ihn bald verschlingen wird. Die Jahre mit ihm haben sie jedenfalls von der großen Illusion, in der ihre Familie lebte, befreit. Auch ihr wurde übel beim bloßen Gedanken an ihre zukünftigen Brotgeber; ihre Niederträchtigkeit bewiesen in Böhmen noch immer die fremden Panzer, die sie gegen den schmächtigen Dubček gerufen haben.

Sie fand es natürlich, daß die Mutter von Scheidung sprach, sie war jedoch nicht mit dem hastigen Zeitplan einverstanden; unser Betriebsanwalt steht dir gleich zur Verfügung, Dorli, keine Angst! ich würde nie politische Schläge unter die Gürtellinie zulassen und auch keinen Mißbrauch von Petříks Andenken, den Geschmack hast du von mir geerbt, nur ein einziges Mal hat er dich im Stich gelassen, als du diesen Menschen trafst; auch seine Weiberjagden werden nicht breitgetreten, es würde dich herabsetzen, seine nachweisbare Unfähigkeit wird genügen, auch etwas anderes wahrzunehmen als sich selbst.

Zur Aufmunterung erinnerte die Mutter sie wieder und wieder an die Männer, die sich je danach sehnten, Dora Rosen auf den Weg zu streuen, erinnerst du dich an... hast du nicht vergessen, wie... weißt du noch, wer... als sie sich jene Männer vorzustellen suchte, spürte sie für einen Augenblick den Duft dieser vergangenen schönen Zeit, doch sie glaubte nicht daran, sie könnte zurückkehren, jetzt ist sie erwachsen, hörte sie von der Mutter, sie kann sich amüsieren, mit wem und wie sie will... doch die Vorstellung, daß die Mutter dabei gönnerhaft über den Flur den Fernseher laufen läßt, war ihr unerträglich.

Daß sie sich dennoch entschlossen hatte, aus dem Schutz der barmherzigen Spritzen herauszutreten und auch den Aufenthalt im Gehege zu beenden, in dem der Primarius jeden ihrer Wünsche zu seinem machte, war in der Tat nur die Rücksicht auf Petřík. Wie ein Alptraum weckte sie in der Nacht immer das Bild: der magere blaue Körper im ausfahrbaren Tiefkühlfach, wie sie es aus Filmen kannte; auch ihre Beine fröstelten, in diesen Augenblicken schien ihr die Glutstätte eines Krematoriums wie ein Ort der Befreiung aus der eisigen Dunkelheit in die Ewigkeit der Sonne.

Der Vorwurf des Professors war ungerecht. Sie hat sich bei dem Toten nicht versteckt, im Gegenteil, ihm zuliebe schickte sie sich an, den angenehmen Hafen zu verlassen und sich auf den Weg zu machen in das Unbekannte, in dem nichts wie früher gelten sollte, in dem weder die Mutter noch dieser Mensch sie je in Ruhe lassen werden und ihr einziges Glück unter dem grünen Gras des Grabes verschwindet.

Als sie die Blumen auf die gespenstische Kühlwanne im Waggon legte und wieder auf dem Bahnsteig war, erblickte sie Milan, jawohl Milan! sie begriff, daß es nicht mehr dieser schreckliche Mensch ist, sondern wirklich Milan, er war magerer geworden, aschgrau, aber um so mehr dem Mann ähnlich, den sie noch vor kurzem so liebte, daß sie zu jedem Opfer bereit war... zu jedem? weißt du überhaupt, was uns passiert ist? wollte sie ihn fragen, sie öffnete schon den Mund, da führte die Mutter sie bereits weg, nicht einmal vom Professor hat sie richtig Abschied genommen, was er eigentlich heute in der Früh von mir wollte?

Sie gab sich Mühe, sich an das Gespräch zu erinnern, doch fiel jetzt nach all den Erlebnissen eine zermalmende Müdigkeit auf sie. Sie hat nicht nur die Fahrt nach Wien verschlafen, sondern auch den wesentlichen Teil der Reise zu der Grenze. Da war sie bereits längst mit der Mutter allein im Abteil und durfte die ganze Bank als Couch benutzen, bis die Erinnerung sie weckte, mit der sie in Graz eingeschlafen war. Plötzlich wußte sie alles und erschrak.

«Wo sind wir? Doch nicht an der Grenze?»

Die Mutter las unter der Leselampe in einem Buch, so hat Dora sie seit der Kindheit gekannt; sie klappte es zu, bereit, sich schon wieder ganz der Tochter zu widmen.

«Fast. Wie geht es dir?»

«Es geht. Wie spät ist es?»

«Zwanzig vor zwölf. Wir haben Verspätung.»

Dora lernte es nie, mit einer Armbanduhr umzugehen, Milan hat es in einem Streit als Beweis dafür angeführt, daß sie nicht gewillt ist, die Realitäten des Lebens und der Welt zu akzeptieren, zu der doch neben der Zeit auch die Schwächen eines Mannes gehören. Er war im Recht! gab sie jetzt zu, von jeher versteckte sie sich im Wunschdenken, warum also einem Menschen mit einer Uhr das Leben noch schwerer machen, der die Zeit auch an ihrer statt ganze zehn Jahre lang messen und meistern mußte.

Der Primarius hat ihr am frühen Morgen eine Frage gestellt, auf die sie die Antwort gut kannte. Nur selten war sie sich einer Sache so sicher: Die Beziehung zu Milan, jawohl, er war weiter Milan, sie hat den blinden Haß abgewehrt, ist mit Petřík gestorben und kann nicht auferstehen! Aber wenn ich das so felsenfest weiß, warum warne ich ihn nicht, warum lasse ich zu, daß er so sinnlos mitfährt?

Der Zug bremste in der Grenzstation, ihr stockte das Blut, das Geknirsche der Bremsen erinnerte sie an... nein, oh, nein! Sie erhob sich und öffnete das Fenster. Der leicht gebogene Bahnsteig erlaubte den Blick auf den ganzen Zug. Vorne hängte man die Lok ab, hinten zeichnete sich undeutlich der dunkle Gepäckwagen ab. Nur zwei Leute waren ausgestiegen, sie grüßten sich mit ein paar Uniformen, die letzte Kontrolle vor dem Eisernen Vorhang ging vonstatten, die Männer erschienen kurz darauf, drückten Stempel in ihre Pässe und gingen weiter, ohne dabei einen Streit über irgendein Fußballspiel zu unterbrechen.

Dora griff nach der Handtasche und ging auf den Gang gegen die Fahrtrichtung hinaus. Augenblicklich war die Mutter aufgeregt hinter ihr her.

«Wohin gehst du?»

«Zu ihm...» sie war überrascht, so ruhig zu sein, das brauchte sie jetzt vor allem.

«Bist du verrückt geworden, Dorli? Willst du, daß er dich im letzten Moment aus dem Zug schleppt?»

«Ich will nicht, daß er dorthin fährt!»

«Was geht er dich noch an?»

«Du haßt ihn!» beschuldigte sie die Mutter, «du willst, daß er dort schlimm endet!»

Die immer beinahe unmenschlich disziplinierte Frau verlor die Selbstkontrolle.

«Er hat ihn getötet!!»

Aber auch Dora wurde leidenschaftlich.

«Mir reicht's! Er bleibt hier!»

«Du gehst mir nirgendwohin!» schrie die Mutter und packte ihren Arm.

Es fehlt nur noch, zitterte Dora, daß sie jetzt sagt, du bist eine dumme Fünfzehnjährige, die jeder an der Nase herumführen kann, und darum bleibst du mir im Abteil!

«Laß mich zu ihm!» sagte sie so hart, wie es von ihr noch keiner gehört hatte, «oder ich schreie!»

Die Mutter hat begriffen, daß sie dazu fähig war. Hastig suchte sie nach einer Sicherung.

«So gib mir deinen Paß!»

Dora machte die Tasche auf.

«Laß die ganze Tasche hier!» befahl die Mutter.

Sie weiß, daß mein Schmuck drin ist, von Milan und auch von ihr noch! Sofort nahm sie die Tasche von der Schulter herunter.

«Du bleibst hier, Mutti!» befahl sie noch und ging eilig fort.

«Dorli!» sagte die Mutter verzweifelt, «wenn du aussteigst, ziehe ich die Notbremse, hörst du...?»

Noch ehe sie die Verbindungstür aus der Hand ließ, nickte ihr Dora zu. Sie sah noch die Mutter sich in das Abteil stürzen und hörte, wie sie das Fenster herunterriß.

Niemand hat Milan Čech beim Nichtstun erlebt. Mein innerer Motor treibt mich selbst im Schlaf! behauptete er, dann träume ich wenigstens etwas! Wenn er nicht schlief, nicht spielte, nicht probte, nicht zechte oder sich nicht liebte, las er, lernte, diskutierte, stritt oder «beobachtete das Gezappel», er speicherte so Gesten und Akzente im Gedächtnis.

Von Graz über Wien bis an die Grenze reiste er jedoch im Zustand totaler Abgestumpftheit, er dachte weder an den toten Sohn noch an die verdorbene amerikanische Chance, noch an die Erniedrigung, die ihn zu Hause erwartete. Wie ein Autopilot führte ihn der Zauberspruch der vier Buchstaben, die den Namen DORA bildeten.

Er nahm die Menschen nicht wahr, die im Abteil wechselten, schaute nicht auf, als auf dem Gang der Junge mit dem Büfettwagen die Glocke schwenkte, er regte sich nicht während des Aufenthalts in Wien, er hatte keinen Hunger, keinen Durst, spürte weder Müdigkeit noch Erregung, er folgte Dora wie ein Sklave und hielt das für ebenso natürlich und notwendig, wie atmen zu müssen.

Als die österreichischen Zöllner zu ihm kamen und fragten, ob er zu dem Sarg gehörte, bejahte er, und zerstreut suchte er nach den Papieren, bis man ihn beruhigte, dies sei bereits Sache der Tschechen, sie salutierten und gingen weiter, über ein Fußballspiel streitend. Als sie ausgestiegen waren und ihre Stimmen sich zusammen mit den Schritten über dem Kies entfernten, schob er das Fenster herunter. Die Luft, von den Mitreisenden verraucht, stieg aus dem Abteil zu dem grauen Nebel der Milchstraße über dem spärlich erleuchteten Gleisgeflecht auf.

Mit einem Knall wurde die neue Lok angekoppelt, im Bahnhof sah er keine Menschenseele. Aus Gewohnheit schaute er auf seine gerettete Omega, doch das Gehirn war nicht einmal fähig, die Zeit zu entziffern. Seltsam… fiel ihm das erste Wort seit dem Grazer Bahnsteig ein, SELTSAM, er stellte es sich auch optisch vor und staunte über die Einheitlichkeit von Form und Inhalt, eine seltsam unsinnige Ansammlung von sieben Buchstaben in zwei Silben, ähnlich könnte man auch MASTLES schreiben oder LETSMAS, oder TASMELS, es wäre immer genau so seltsam… er hörte die Tür und Dora.

«Steig aus! Ich bitte dich, steig aus!»

«Ich…» er war durch ihren Auftritt außer sich geraten, «ich muß mit euch…»

«Niemand will es von dir!»

«Ich will es!» er nahm sich zusammen, «ich will bei dir sein!»

«Ich aber nicht! Und will nicht auch dich noch auf dem Gewissen haben!»

Der Bahnhofslautsprecher meldete scheppernd die Abfahrt des Schnellzugs nach… es folgten Verstümmelungen tschechischer Ortsnamen. Milan wußte, hier und jetzt entscheidet sich sein ganzes übriges Leben bis zum nahen oder fernen Tod.

«Dora!» sagte er, «ich liebe dich schrecklich.»

Es klang ihm erbärmlich, ein matter Widerhall feuriger Schwüre, die er unzählige Male ablegte, wenn er sie von neuem enttäuscht hatte; der Hirt aus dem Tatragebirge! resignierte er selbstironisch, der sein Dorf wiederholt falsch alarmierte, die Wölfe sind da; als sie kamen, ließ man ihn ungläubig den Wölfen zum Fraß.

«Ich beschwöre dich, glaube mir!» versuchte er es zum letztenmal.

«Gut!» sie verblüffte ihn, «ich will es dir glauben, wenn du hier bleibst. Tu einmal etwas, worum ich dich bitte, erpreß mich nicht und steige aus!»

Sie holte seine schwere Tasche aus dem Gepäckfach und war dabei, auch den Koffer herunterzuwuchten, der beinahe auf ihren Kopf stürzte, er mußte ihr helfen, da zog sie ihn schon mit der freien Hand auf den Ausgang zu, stieß mit der Tasche die Schwenktür weg und ließ sie dann fallen, um mit beiden Händen den schweren Sicherheitsgriff aufzudrükken.

«Geh!»

«Dora...»

«So geh doch!» schrie sie auf, wie er sie nur einmal erlebt hatte, als sie die rotweiße Pralinenetagere auf den Fußboden schmiß, «ich bin schon alle deine Komödien leid!»

Er gab auf. Er kletterte mit den Sachen auf den niedrigliegenden Bahnsteig hinunter, und das gerade unter einem Lichtmast.

Dora war erleichtert. Die Mutter muß ihn gut gesehen haben. Sie zog die Waggontür zu und schloß sie krachend. Dann erschrak sie über sich selbst: Ich werde so sein wie sie...!

Sie lief durch den leeren Wagen zurück, an seinem Ende blieb sie erschöpft stehen und stützte sich an der Wand ab. Sie hörte einen langen Pfiff. Der Zug ruckte an.

Als die Tür Doras Bild löschte, schaute Milan zur Zugspitze. Auch auf die Entfernung sah er deutlich den Kopf ihrer Mutter, die sich aus dem Fenster hinauslehnte. Sie triumphiert, wußte er, aber kein Zorn regte sich in ihm und keine Verzweiflung, seltsam, seltsam, mit Dora ging der Sinn all dessen verloren, was er erreichen wollte, doch daß er ihr gehorcht hatte und gegen das eigene Interesse aus dem höheren Gebot der Liebe handelte, gab ihm das Gefühl einer nie erlebten Aussöhnung. Jetzt wirst du mir endlich mal glauben, Dora, daß ich in der Tiefe der Seele besser bin, als ich dir erschien.

Er begriff, daß er zum erstenmal fähig war, auch ohne Publikum durch eine reinigende Katharsis zu gehen, die der Katastrophe einen Sinn gibt.

Der Zug beschleunigte zunehmend, schon war der Gepäckwagen da. Milan hob die Hand und berührte seine Wand, die Fingerkuppen wurden brennend von der rostigen Oberfläche des fahrenden Grabes gerieben. Ri-Ra-Rutsch, wir fahren mit der Kutsch, wir fahren mit der Totenpost, weil sie uns keinen Heller kost, Ri-Ra-Rutsch, bald bist du futsch, statt mit Kränzen bist du mit Eilpaketen umlegt, aber mein Wort gilt auch so: Wenn ich nicht dich, so wirst du mich erziehen, Petřík! Er schloß die Augen und sah ihn deutlich vor sich, doch schon zeigte die Luftströmung das Zugende noch vor dem Laut der sich entfernenden Räder an. Er machte die Augen auf und wollte ihnen nicht glauben.

Ein Stück weiter vorn stand Dora.

Er sprang über die Geleise, die sie trennten, und eilte auf sie zu, doch sie streckte die Arme gegen ihn wie gegen die Lok im Tunnel.

«Bitte, bitte, laß mich! Ich will endlich mal mir selbst gehören!»

VI

DIE HOFFNUNG STIRBT ALS LETZTES

Der siebzigste Tag

Dienstag, den 30. August 1983

1. Nach Mitternacht in Rohlau

Das Klopfen hat sie beim Besten unterbrochen.

Bobina zog soeben mit ermattetem Arm das Kissen an den Mund, um mit ihrem Liebesgekreische nicht die ganze Pension aufzuwecken. Der Klopfende war dabei, es an ihrer statt zu tun, nicht einmal in ihrer Verzückung konnten sie ihn überhören, mit einem Schlag ließen sie es sein. Sonst gingen sie sich im Wald lieben, doch im Fernsehen lief an diesem Abend «Ein Mann und eine Frau», und vom Bildschirm flimmerte soviel Leidenschaft, daß Bobina es nicht mehr aushielt. Tono wartete, bis er den Zauberer nebenan schnarchen hörte, schlich sich dann wie ein Geist eine Etage höher, und sie genossen sich hier entschieden besser als auf den buckligen Schonungen, als der Alarm sie auseinanderriß.

Der alte Mistkerl! tobte die Verkäuferin. Soll ich ihn auch aus dem Fenster? schäumte der ehemalige Korporal. Dann merkten sie, daß sie dem Zauberer Unrecht taten. Auf dem Gang murmelte Krebs.

«Hallo, Fräulein Havranek! Wachen Sie auf!»

«Joo...» sagte sie mit dem ungespielten Unmut einer ungesättigten Kreatur, «was ist los?»

«Ein Anruf unten.»

«Jetzt?» sie gewann Zeit, «wie spät ist es?»

«Viertel eins.»

Nebenan zwitscherten die aufgeweckten Tamilen. Sie zog den Morgenrock über, ihren Stolz, den sie für ihr Taschengeld auf dem Flohmarkt erworben hatte, schleuderte dem Nackten seine Wäsche zu, mit der er mittels einer lautlosen Fallschirmspringerrolle hinter dem Bett verschwand, und schloß auf. Der Grobian Krebs machte eine milde Miene, doch noch ehe sie ihn fragen konnte, warum er den Anrufer nicht sonstwohin schickte, es mußte einer dieser Langhaartypen sein, die sie mit Tono in der Tschechenkneipe getroffen hatte, erklärte er es bereits von sich aus.

«Es ruft Sie das Weiße Haus.»

Sie verstand sein gebrochenes Tschechisch, nicht aber, was er meinte.

«Welches weiße...?»

«Na, das in Amerika… wo der Präsident wohnt!»

Sie war im Bilde, die Leidenschaft wurde im Nu von Begeisterung verdrängt. Aber noch ehe sie diese in den Wandapparat in der Küche hineinschrie, hat die altvertraute Stimme sie verwarnt.

«Schweig, Bobi, halt die Schnauze und paß auf! Kann dich der Giftzwerg da hören? Er versteht ja Tschechisch!»

«Joo…» sie beherrschte sich.

«Mich aber nicht, oder?»

«Nee, das nicht…»

«Na, prima, er wollte dich nämlich nicht holen, die Frau Gattin wär krank und ähnliche Sprüche, ich hab' ihn zur Sau gemacht, daß ich von Rehgan anrufe. Ihr dürft da nicht einmal telephonieren?»

«Joo, das dürfen wir.»

«Was macht er dann so ein Theater?»

«Vielleicht, weil es so spät ist.»

«Spät? Wie spät?»

«Mitternacht vorbei.»

«Nanuu!» kicherte die Freundin in der Ferne, «da hab ich blöd gerechnet, ah joo: Ich hab' den Zeitunterschied von Njujork berechnet, nur, wir sind heute in Loßänschelies.»

«Aha… und das ist wo?»

«Auf der anderen Seite, schau dir mal 'ne Karte an, Blödianerin! Und nenn mich Frau Ämbässäder, der alte Depp soll Augen machen!»

«Joo, Frau Ämbässäder.»

«Prima!» Jarina hat irgendwo am Ende der Welt genauso gewiehert, wie Bobina das aus Budweis noch im Ohr hatte, «jetzt schau aber, daß du schnell ausquakst, was du dort zu suchen hast? Hat dich ein Ölscheich im Koffer rausgeschmuggelt?»

Krebs bediente Bobina sogar mit einem Stuhl und klappte dann hinter sich leise die Tür zu. Sie sprach nun, wie ihr der Schnabel gewachsen war.

«Ich war mit einer Reisegruppe, und der Reiseleiter hat mich gefuchst, da wurde bei mir eine Schraube locker. So ein Arschloch!»

«Pfui, Genossin, so redet man nicht mit einer Botschafterin!»

«Er ist weg, der Wirt.»

«Prima! Ich zünde mir nur eine an und lege die Beine auf den Tisch, und jetzt schieß los und laß nichts aus!»

In Bobinas Gehirn klingelte eine Warnung, die allen Habenichtsen zu eigen ist.

«Guck mal, soll ich dir nicht lieber schreiben? das wird doch einen Haufen kosten...»

«Sei nicht albern, du zahlst nicht und ich auch nicht, sondern Dick, mein Alter, der wird das von der Täx absetzen, na, von der Steuer, verstanden?»

Das hat sie nicht, doch auch sie legte die Beine auf einen Tisch und schilderte in gut dreißig Minuten ihren Schicksalsweg bis zum Klopfen gerade vor dem Höhepunkt der Freuden.

Das Mädchen auf der anderen Halbkugel grunzte vor Lachen.

«So bin ich eigentlich die Fickverderberin! Aber vielleicht habe ich dich vor einem Baby gerettet.»

«Vor einem was?»

«In Budweis nannte man es ‹Gottessegen›.»

«Ach so! I wo, bin auf dem Posten, fresse die Pillen von euch, die sind doch bombensicher, nee?»

«Null Ahnung. Ich lade scharf, aber wo nichts, da nichts.»

«Vielleicht liegt der Fehler beim Lieferanten, kannst du nicht einen anderen ausprobieren?»

«Jo, damit ist jetzt finito; Schluß aus, juh noou! Dick ist eifersüchtig wie ein Bison!»

«Wird er dich verhauen?»

«Schlimmer!»

«Rausschmeißen?»

«Mädel, der läßt mich vielleicht abknallen. Dafür gibt's hier Firmen.»

«Mach keinen Witz!»

Über Berge und Meere kam in die Küche ein Seufzer geflogen.

«Hör mal, davon kann man nicht am Telephon... Und was? Stellst den Antrag hierher?»

«Bin immer noch beim Asylgesuch, gerade heute soll man uns was sagen. Ich hab' auf dich gewartet. Hab' ich bei euch Aussichten?»

«Es kommt drauf an.»

«Auf was?»

«Auf Schwein oder deinen Scheich. Wie ist der?»

«Gerade war er einfach goldig.»

«Red nicht vom Bumsen, brauch' dringend Abwechslung! Und wie ist er sonst?»

«Ein Mordskerl, beim Militär war er was, ich weiß nicht, wie sich das schimpft, abstechen können solche.»

«Meinst du Kommandos?»

«Weiß ich nicht. Jedenfalls hab' ich selber gesehen, wie er einen Muskelprotz, gut zweieinhalb Zentner, durchs Fenster geschmissen hat.«

«Quatsch nicht! Und blieb ihm ein bißchen Platz für Hirn übrig?»

«Aber joo, ist schlau wie ein Affe. Will studieren.»

«Ja, dann hopp mit ihm in die Staaten, hier stimmt's genau für solche Nummern.»

«Nur, er hat eine Macke.»

«Ein Drogist?»

«Mensch, das nicht! Er ist nur der letzte Gerechte, will ständig alles verbessern.»

«Zum Beispiel?»

Soll ich's ihr sagen? überlegte Bobina, doch Jarina war auch weit hinter dem Ozean die einzige Adresse, der sie sich mit ihren Zweifeln anvertrauen konnte.

«Zum Beispiel hat er hier unlängst einen Aufstand angezettelt.»

«Spiel nicht verrückt, was für einen?»

«In der Pension gibt's auch allerlei Zigeuner und Schlitzaugen, die schuften schwarz bei verschiedenen Firmen, und er hat Wind bekommen, daß man sie auf den Arm nimmt, so hat er sie zum Streik angestiftet.»

«Shit! Damit wird er hier was erleben. Und du mit ihm!»

«Auch hier hat man ihn fast verdroschen.»

«Die Firmen haben Schläger angeheuert, nicht wahr?»

«Nee, sie haben einfach Flüchtlinge von anderswo beschäftigt, und verhauen wollten ihn die Unseren, nur trauten sie sich nicht, so haben sie ihn zumindest abgesetzt, er war so was wie ein Kopf der Selbstverwaltung, bin fast im Boden versunken, als sich gegen ihn die gelben Pranken erhoben.»

«Mädchen, da würde ich lieber den Rückwärtsgang einlegen. Für die Juässäj ist er ein armer Schlucker, du würdest mit ihm hart landen. Aber schau, alles Schlechte ist für etwas gut, einmal wirst du vielleicht dem Himmel danken.»

«Du hast gut predigen, wenn dir Wolkenkratzer gehören!»

«Mir gehört höchstens noch das Häufchen unter der Klobrille. Hier besitzt der Mann einfach alles, solange er sich nicht aus eigener Schuld scheiden läßt, damit ich ihm über meinen Lojer das ‹Esel streck dich!› vorspielen kann.»

«Irgendein Herzblatt von dir?»

«Wer?»

«Dein Lojer...?»

«Lojer heißt doch Rechtsanwalt, du! Nur, Dick hat beschlossen, daß ich die einzige Scheidenbesitzerin auf Mutter Erde bin, so daß ich ende wie ein geschundener Einspänner... wobei mir übrigens, gudd gräjschers! eine tolle Idee kommt, ich könnte doch antanzen, um dich von dort zu retten!»

Bobina in der Küche rückte vor Spannung näher an die Wand.

«Wie das?»

«Ich habe Dick mit Geschichten über dich vollgequatscht, da würdest du platt sein, ich hab' dich als Zeugen angeführt, daß ich die Tücken der Männerwelt schadlos überstanden habe, verstanden? Für ihn waren wir unentwegt beieinander. Aber weil er andererseits sicher sein sollte, daß er eine echte Sexy-Mieze ergattert hat, nicht? habe ich ihm auch geschildert, wie uns der Lustmolch damals vergeblich angehen wollte, dort in diesem... weißt du noch...?»

«Stralsund...»

«Schuur, nur die Deskboys habe ich taktvoll weggelassen, und wenn ich jetzt Dickchen die Mitteilung mache, du bist getürmt und steckst in der Patsche, muß er mich doch aus Dankbarkeit zu dir fahren lassen, nee? In seinem Offiss werde ich ausschnüffeln, wann er todsicher nicht mitkann, damit wir allein unseren Spaß haben.»

«Aber läßt er dich?» bangte Bobina, «wenn er so eifersüchtig...?»

«Joo, schon, er wird mich doch mit den Bodyguards absichern.»

«Mit was?»

«Na, mit den Leibwächtern.»

«Mannometer, du hast...»

«Hier, Mädchen, hier wird entführt wie bei uns geklaut, und die Climbsche wäre ein Supergewinnst, weil man weiß, daß Dick mir vor Geiz kein Öhrchen abschneiden läßt. So kommt ihn die Wache billiger, na, und die Scharfschützen ersetzen so auch den Keuschheitsgürtel, verstanden? Aber in Europa wären sie verloren wie Hänsel und Gretel, gemeinsam schaffen wir sie schon. Wott duh juh säj? Jäah, daarlink, ajem tohking wiss Bobina, juh noou?»

«Was? Ich verstehe keinen Ton!» rief sie aus Rohlau.

«Nichts, das war nur er, wir gehen Golf spielen, also tschau, Bobi, setz dein begonnenes Werk zum guten Ende fort, und such für mich inzwischen einen tüchtigen Schwanzmann aus, der gern eine bedürftige böhmischen Birne bebumst, aber aufpassen: Nie darfst du verraten, was für eine, damit er mich nicht bis zu meinem Tod erpreßt!»

«Und was soll ich beantragen?» schrie Bobina wie in Gottes freier Natur.

«Gleich wenn du Asyl kriegst, ersuche um einen Paß, Dick beschafft das Visum, also tschau, tschau, bambino!»

Viertel nach zwei, eine Stunde Telephon aus Juässäj! nichts könnte besser bezeugen, wie Jari im Geld badet. Bobina tauchte aus fernen Welten auf und roch plötzlich Gestank, ringsherum lag schmutziges Geschirr vom Abendessen herum, ein schöner Saustall, das ganze Europa! doch sie ging er nichts mehr an, sie hatte einen Klasse-Kumpel und damit ausgesorgt.

Siegesbewußt durchquerte sie die ganze Pension, die der Atem Dutzender Schläfer bald fortzutragen schien. Einen davon fand sie in ihrem Bett vor und mußte ihn schütteln wie einen Birnbaum, bis er zu sich kam. Verschlafen nahm er sie in die Arme und brummte wie ein Bär, er war angezogen eingeschlafen, so daß sie ihn ziemlich leicht ausbooten konnte, plötzlich war sie satt. Ein Schlucker oder nicht, fühlte sie glücklich, als ihr die Augen zufielen, er macht es mir einfach toll, mein Liebling, in diesem Punkt hab ich's besser als die ganze Jarina!

2. ——— *Am frühen Morgen in Rohlau*

Der Tag begann für ihn wieder einmal mit dem Unglück. Er rannte mit letzter Kraft, als dem Jungen die Taschenlampe aus der Hand fiel.

«Idiot!»

Das brutale Wort rief ein Echo hervor, es wurde stärker, verwandelte sich plötzlich in das unerträgliche Geknirsche der Bremsen und das Rattern metallener Massen.

«Nein, nein!» schrie er, «Petřík, Dora!»

Heute jedoch ertönte zugleich die Sirene des Krankenwagens, man wird ihn retten! erquickte sich sein Herz, Dora, er wird leben!

Da wurde er ganz wach und sah: die Jeans, über die Schranktür geworfen, weil er stets vergaß, die fehlenden Kleiderbügel zu kaufen, die brüchige Glühbirne, das verkommene Waschbecken, das abgewetzte Tischlein mit Stuhl, den ganzen Luxus dieser Stube. Wie immer nach dem Alptraum war sein T-Shirt durchgeschwitzt. Die Sirene entschwand jedoch nicht, mit ihr rückte ein starker Motor näher. Er gab sich nicht die Mühe, zum Fenster zu gehen, durch die zwei Luken konnte er nur einen Ausschnitt der steilen Wiese unter dem Wald sehen, auf der höchstens Kühe erschienen. Wer hat hier nach einem Arzt gerufen?

Die Omega-Uhr zeigte erst halb sieben, doch schlafen konnte er nicht mehr. Dora, sagte er wie gewohnt in die Richtung, wo hinter dem Berg Graz lag, Dořička, guten Tag, möge er uns wieder ein Stückchen näher zueinander bringen! Er hatte keine Lust, für die Dusche Schlange zu stehen, wusch sich hier und klopfte auf dem Weg hinunter an Maras Tür.

«Ich bin's.»

Sie öffnete in dem mongolischen Reiterkaftan, wie er ihren langen sandfarbenen Morgenrock nannte, mit einer Schnur umgürtet.

«Wie hast du geschlafen?» fragte sie.

«Als hätte ich Kohle abgebaut. Und du?»

«Ab fünf lese ich und schreibe so für mich.»

«Wir sollten lieber weiter Schach spielen.»

«Kein Leben ohne Schlaf, sagt man. Man muß es versuchen.»

«Wir sind der Beweis des Gegenteils: daß man nicht schlafen kann, ohne richtig zu leben...»

Er nickte zum Fenster hin, aus dem sie vor die Pension schauen konnte.

«Was ist los?»

«Man ist zu Frau Krebs gekommen.»

«Also doch! Die Arme... Kommst du bald? Habe Hunger...»

Sprach und erschauerte: So wenig trifft uns fremdes Leid! Auch Petřík trauern nur noch fünf Menschen nach, um so mehr muß sich etwas von seiner Unschuld in mir wiederfinden...!

Die Flüchtlinge, die sich in der Eingangshalle drängelten, machten den Weg frei für die Männer mit der Trage, auf der die Wirtin lag, die Gesichtsfarbe war von den weißen Zudecken nicht zu unterscheiden. Als letzter kam Krebs aus der Wohnung, geistesabwesend sprach er jeden und keinen an.

«Ich fahre mit der Gattin, komme zurück, sobald es geht, nehmt euch aus der Speisekammer das Essen...» da kam er wieder zu sich und versteckte die Hand mit dem Schlüsselbund hinter dem Rücken, als wollte er es verteidigen, «aber jemand muß dafür haften!»

Die Blicke derer, die ihn verstanden, richteten sich auf den alt-neuen Kopf der Selbstverwaltung, Professor Klößlein. Unglücklich breitete er die Arme aus.

«Ich... ich muß gerade nach Wien!»

Von oben kam die Pianistin. Sie war schon lange genug hier, und Krebs sah in ihr auch den Schützling des hiesigen Pfarrers. Er streckte ihr die Hand mit den Schlüsseln entgegen, als lieferte er eine Stadt auf Gnade und Ungnade den Marodeuren aus.

«Frau Gutenberg, ich bitt' Sie...!»

Sie nahm an, ehe Václav es ihr ausreden konnte.

«Liduška», wandte er dann besorgt in die sich entfernende Sirene ein, «du mußt doch üben...!»

Schon einen Monat durfte sie von Montag bis Freitag vormittags einen ganz ordentlichen Flügel in der Wohnung des Musiklehrers benutzen. Er verschwand am Morgen nach Pölten, und seine Frau half halbtags in der Kinderkrippe aus, zu Hause blieb nur eine taube Tante.

«Ach! Meine Finger werden sich mal ganz gern ein bißchen ausruhen.»

«Im Abwaschbecken? Da wirst du sie dir endgültig kaputtmachen. Ich bleibe hier und helfe dir.»

«Laß mich, Vašek, ich möchte wieder einmal nützlich sein!» erklärte sie ihm resolut, «ich bin nämlich auch ein Weib, falls du das vergessen hast.»

«Die Finger», ließ er nicht locker, «sind dein einziges, wie man hier sagt, Kapital.»

«Ich verspreche, daß ich achtgeben werde, aber du mußt einfach auf das Inserat gehen! Bei dieser Wegkolonne warst du wie auf einer Galeere, du hast dir die Rückkehr zu deinen Blümchen längst verdient, die haben dich so nötig wie ich!» sie zog sich zu ihm empor, dich zu küssen, lachte sie oft, ist gleichzeitig Gymnastik! dann nahm sie das gemeinsame Portemonnaie vom Hals, «haargenau fünftausenddreihundertzweiundzwanzig Schillinge hast du hier, ich habe bisher nicht einmal für einen Löffel Salz verdient, also schau dich endlich nach einem Motorrad um, ganz toll gebraucht!»

«Ich kann nicht alles auf einmal auf den Kopf hauen...»

«Vašíček, mach keinen Ärger, du mußt dich frei bewegen können und nicht immer nur sitzen und bitten, wer dich gefälligst mitnimmt. Und ich möchte wieder einmal durch die Landschaft sausen und mich an deinen Rücken drücken, du lange Latte.»

Das Frühstück hat sich verspätet, obwohl die Küche durch Mara Silverová Verstärkung bekam, wer zum Bus mußte, erhielt nur ein Stück Brot. Tono Vágner war dazu verurteilt, auf Bobina zu warten, die schon wieder einmal nicht pünktlich war, und glotzte in das Lehrbuch, um ein bißchen seinen bedrohlichen Rückstand aufzuholen; in der Tat jedoch grübelte er, wie sie jetzt noch rechtzeitig nach Wien gelangten, üblicherweise bekam man einen Tip von Krebs. Per Anhalter, da macht sie nicht mit, bin doch keine Nutte! schlug sie das schon einmal aus, aber mit mir doch? wandte er vergeblich ein, da stehe ich mit dir nur herum, erklärte sie, wie mit einem Zuhälter! Und schon wieder ein Taxi, kostet doch ein Heidengeld.

Wut keimte in ihm auf. Es gab bereits einiges, worüber er mit Bobina ernst reden wollte, und er war gewillt, sie heute schleunigst aus der schrecklichen Kneipe «Zum Grünen Ochsen» herauszuholen, in die sie mit aller Macht wollte, das geht doch unmöglich gut aus! um einmal das Gespräch zum Ende zu führen, das sie gewöhnlich mit ihrem heißen Busen erstickte... Gott im Himmel, eine Ordnung muß her, mit dem Asyl hört das Herumhängen auf!

Jetzt wird er sie jedenfalls zum Autostop verdonnern, selbst wenn er sie zur Bundesstraße tragen sollte! Als er das Mädchen im Rücken zu spüren glaubte, war er bereits in Rage und legte gleich los.

«Setz dich, ich hab' dir was zu sagen!»

«Ich dir auch», sagte der Zauberer, sich zu ihm setzend.

Nicht zum erstenmal, er hat sich schon öfters dazugesellt, als ob nichts geschehen wäre. Bobina war auf Tono wütend, der wird sich immer wieder anschmeißen, damit es nicht in die Augen sticht, wie er abserviert worden ist, doch er wird versuchen, dich zu lackmeiern, eh du dich umschaust! Sie hat den Zauberer sogar verdächtigt, daß er die Ziegelei vor dem Streik gewarnt hatte, zu einem so krummen Ding war er für Tono nicht fähig, doch er war auf der Hut.

«Was gibt mir die Ehre?»

«Hast du Lampenfieber?»

«Warum denn?»

«Ob wir das Asyl bekommen.»

«Das will ich hoffen, wenn es die drei bekommen haben, die hundertprozentig in der Partei waren...» er hat erraten, worauf der Kerl abzielte, «sollen Sie es heute auch abholen?»

«Ja», nickte der Zauberer unschuldig, «wozu hast du dich für danach entschieden?»

«Weiß ich noch nicht.»

«Mensch, du bist wie geschaffen für Amerika! Ein Selfmadman, wie er im Buche steht, dir würde ich für den Anfang sogar seelenruhig ein paar Dollar vorstrecken. Ich meine, du könntest dort mein Scout werden, der meine Tournee vorbereitet, und so!»

Dummer Intrigant, grinste Tono bitter, dort zieht mich doch auch sie hin...

«Herr Strniště», er entschloß sich definitiv, beim Sie zu bleiben, «ich bin kein Hänschen.»

«Was für ein Hänschen?»

«Aus der ‹Verkauften Braut›. Ich schiebe nicht mit Bräuten.»

«Oh Mannomann», der Zauberer schüttelte beleidigt den Kopf, «sehe ich wie ein Brautwerber aus? Ich bin manches, nur blöd nicht. Und du», er bleckte die Zähne, «hast noch nichts zu verkaufen, compris? Komme, aus alter Bekanntschaft zu fragen, ob du zur Fremdenpolizei mit mir möchtest.»

Hyäne der Wüste und des Dschungels! tobte es in Tono, er hat mich erwischt, und ich kann ihn nicht einmal zum Teufel schicken, damit sie mich nicht hinterherschickt!

«Wenn Bobina Lust hat...» sagte er sauer.

«Kennst du den, wie Kohn den Roubíček fragt, warum seine ledige Tochter im Park ein Kind stillt? Und Roubíček darauf: Tja, hat Lust, hat Zeit, hat Milch, warum soll sie nicht stillen?»

«Und was hat das damit...»

«Ich hab' Auto, du hast höchste Zeit, und Bobina hat Lust unentwegt, oder etwa nicht?»

Lachend eilte er in die Schlange, die sich hier das erstemal vor der Küche bildete.

Als sie ganz zu sich kam, wiederholte sie ihr tägliches Gebet. «Ich heiße Dora Javorová, bin jung, heiter, ledig, und alle lieben mich!»

Das hat ihr hier unwillkürlich ein Psychologe mit langen Haaren beigebracht, hübsch zu einem Zöpfchen geflochten, er hielt ihr in der Kantine Vorträge in Fortsetzungen über autogenes Training und Yoga, bis daraus ein Beitrittsangebot zu irgendeiner Sekte schlüpfte. Einige Worte haben Dora von jeher in Schrecken versetzt, neben Bakterien und Drogen eben Sekten, unlängst las sie von einem Massenselbstmord, den ein Tausend Wahnsinniger verübte, die den Tod sogar zunächst samt ihren Kindern geprobt hatten. Sie lehnte ab, aber es gefiel ihr, ihr eigener Psychiater zu sein, dieser Sorte hat sie auch nicht getraut: Fast alle, die sich an Milan klebten, schwammen in Krisen aller Art nur so herum und kamen zu ihnen, um sich auszuweinen.

Aus der englischen Broschüre, die ihr der steirische Sektierer lieh, noch bevor er sich ihr entpuppte, praktizierte sie vor allem das morgendliche Selbstgespräch, durch das sie sich in ihren Vorzügen bestätigte, damit diese aus ihrem Unterbewußtsein Kummer und Sorgen vertrieben. Zumindest den Schluß dieses Gebets redete sie sich nicht ein. Seitdem sie sich aufgerafft hatte und ihre beiden Ankertrossen auf einmal kappte, fühlte sie sich unermeßlich erleichtert.

Der Grund, warum sie nicht fähig war, mit der Mutter zu fahren, zugleich aber auch nicht, bei Milan zu bleiben, war eine neue Welle von Erschöpfung. Bleierne Müdigkeit, so spürte sie, ist keine Phrase, nach dem Aussetzen der Medikamente kam sie sich plötzlich wie ein Schwergewichtler vor, den man erbarmungslos mit Gewichten belastet. Auf der Staatsgrenze fehlte ihr nur noch ein Gramm, sie sehnte sich danach, vor die Räder des Gepäckwagens zu springen, um unter Petřík zu sterben und mit ihm verbrannt zu werden. Die Rücksicht auf die Mutter brachte sie auf die rettende Idee, vorerst allein zu bleiben.

Die beiden haben mit ihr glücklicherweise genug Mitleid gehabt. Milan ist es gelungen, die Nacht und die Rückreise nach Graz ohne weitere Erschütterungen zu bewältigen. Der Mutter schrieb sie gleich danach, sie benötige jetzt unbedingt eine neue Umgebung, begreif und verzeih! ich muß mich ganz allein wiederfinden, um erneut ich selbst zu werden, ich werde mich melden, deine dich liebende Dorli. Es half wahrscheinlich, daß sie nicht bei Milan blieb. Die Urne, schrieb die Mutter versöhnlich, habe sie neben denen ihres Mannes und Vaters beigesetzt, so habe sie ihre drei tragisch verschiedenen Lieben wenigstens in der Nähe, bevor sie selbst bei ihnen ruhen wird, bis dahin glaube sie, wird sie sich mit Dora wieder getroffen haben, jetzt wünsche sie ihr Kraft und Glück.

Milan fuhr gehorsam in das Zentrallager und von dort weiter. Er sei in Rohlau, rief er nach einer Woche den Professor an, ein gottverlassenes Bergdörfchen und eine Familienpension, dort könne er in Ruhe lernen, Dora muß sich keine Sorgen machen. Als der Primarius es ihr übermittelte, wagte sie nicht, ihm einzugestehen, daß sie sich gar keine macht, obwohl sie verstand, daß es Milan schlechter ging als ihr. Sie war ans Alleinsein gewöhnt, wenn ihre Männer außer Haus waren, dagegen mußte er fern dem Wirbel von Ereignissen und Menschen leiden. Es machte sie stutzig, wie gleichgültig ihr das alles war. Er war zwar nicht mehr «dieser Mensch», aber auch ihr Mann nicht.

Was ist geschehen? forschte sie anfangs bestürzt nach, er hat sich an Petřík nicht mehr schuldig gemacht als ich, vor allem die Mutter soll das Herz ihres Kindes kennen. Es war zum Tode verurteilt, er hätte ihn auf fremden Straßen erwischt, beim Baseball, im Meer, so aber liegt wenigstens seine Asche in heimatlicher Erde. Die einzige Erklärung klang ihr banal: In mir ist eine Saite gerissen, nachdem schon früher Milans Lügen und seine hysterischen Auftritte sie überspannt haben.

Die Schwester im Krankenhaus allein hat sie zwar davon überzeugt, daß sie ihn das letztemal ungerecht verdächtigte, beinahe kitschig klang die Geschichte, wie er sich keusch durch den Professor absicherte, damit er nicht einmal in Versuchung geriet. Die falsche Untreue rief jedoch all die wirklichen in Erinnerung und führte Petříks traurigste Rolle vor Augen: In der Wohnung eingeschlossen, war er eine arme Geisel, durch die Milan sie immer vor der Türschwelle zum Stehen brachte. Es gab keine Geisel mehr, es gibt keine Schwelle. Sie konnte wieder jung sein, heiter und ledig, frei für alle, die sie gern haben wollten...

Für alle Welt blieb sie in der Steiermark, damit der Primarius sie noch einige Wochen unter Kontrolle hatte; der berühmte Gatte könne nicht von der Provinz aus ihr künftiges Leben in Amerika in die Wege leiten, künstlerische Projekte, Kurs des Bühnenenglisch, Blablabla. Mit dem toten Petřík zusammen hat eigentlich auch Milan sie auf diese Weise vor der Aufdringlichkeit der Menschen geschützt. Mit der Ruhe kehrte ihre

Fähigkeit zurück, jeden zu bezaubern, der ihr begegnete. Der Krankenhausdirektor hat ihr geradezu entschuldigend eine leichte Arbeit in der supermodernen Wäscherei angeboten und dazu eine Kleinwohnung im Ledigenheim. Die Mitarbeiterinnen an den Waschapparaten bewunderten sie, und selbst Beamte aller Art schienen zu wetteifern, wie man allerlei Formalitäten für sie vereinfachen kann.

Der Primarius, dessen Anwesenheit sie an jedem Schreibtisch spürte, hinter dem die positiven Entscheidungen gefällt wurden, bewirkte andererseits, daß sie ganz selbständig sein mußte, so ängstlich hütete er sich, sich in ihre private Sphäre einzumischen, auch von Milan richtete er ihr nichts Neues aus. Sie bekam nicht heraus, ob er sie psychisch wachrütteln möchte, durch das Bewußtsein einer ungeteilten Alleinverantwortung, oder ob dieses Verhalten nicht einem überraschenden Mangel an Mut entspringt, ein fremdes Schicksal mitzuverantworten. Jedenfalls störte es sie nicht, im Gegenteil.

Sehr schnell lernte Dora Deutsch, so daß sie sich beinahe über alles verständigen konnte; sie hatte einen reichen Wortschaft, und ihr Akzent weckte in Sichtweite Jugoslawiens kein Befremden. Anders als in Böhmen haben hier die Mitarbeiterinnen und Mitwohnenden ihre Nasen nicht in fremde Angelegenheiten gesteckt, jede lebte fast egoistisch nur für sich, was Dora auch gefiel. Auch als alleinstehende Frau durfte sie sich in Graz frei bewegen oder in ein Restaurant gehen, ohne daß jemand es sich herausnähme, sie anzusprechen oder sie gar zu belästigen.

An den Abenden las sie vor allem, die Bücher holte sie sich von Zeit zu Zeit beim Primarius, er hat es mit einer flüchtigen Untersuchung verknüpft und mit einer Teestunde: Sie hörte nicht auf zu staunen, wie es ihm gelang, jedes brenzlige Thema zu meiden und dennoch nicht leeres Stroh zu dreschen, er sprach immer von anderen Sachen und dennoch eigentlich über sie; so als er sie erkennen ließ, wie lebendig in ihm nach Jahrzehnten noch seine Toten sind.

An freien Tagen fuhr sie einige Male mit dem Bus nach Süden, sorglos wanderte sie durch Wälder und Weinberge, schaute sich Feldblumen an und bestimmte wie in der Kindheit nach dem Pflanzenschlüssel, den sie sich hier zulegte, die unbekannten. Erst nach Stunden besann sie sich, was sie in diese bereits balkanische Landschaft geführt hatte. Eines Morgens begann sie ihrem Gebet zu glauben: Sie ist wirklich noch immer jung, ab und zu bereits heiter, ein wenig zwar noch verheiratet, doch schon wieder haben mich alle gern!

Sie bewältigte ihre geistige Selbsterziehung so, daß der bezopfte Psychologe über diese Methode nur staunen würde. In das Bewußtsein des jungen, heiteren, ledigen und geliebten Wesens paßte plötzlich ein totes Kind nicht mehr hinein. Bangte sie am Anfang, daß es sie bis ans Lebensende aus Traum und Freude wie ein ewiger Vorwurf wecken würde, so hatte sie jetzt ein gegensätzliches Problem. Mitte August verstieß sie gegen die Regel und beichtete es dem Primarius, als wäre es eine Sünde.

«Gestern», beschuldigte sie sich, «habe ich mich an ihn kein einziges Mal erinnert!»

«Dora, das ist keine Gefühllosigkeit, sondern die höchste Gnade unseres geheimnisvollen Schöpfers: Er setzt jedem Leid eine Grenze, sie heißt Aufnahmefähigkeit. Wenn die erreicht ist, ist das Faß einfach voll, und wir sind wieder dem Glück offen.»

«Aber nach acht Wochen...?»

«Bereits sechs Wochen sind bekanntlich die Grenze, nach der die Natur eine neue Befruchtung erlaubt.»

Auch heute also wachte sie mit diesem Selbstvertrauen auf. Sie duschte kalt, bis sie wach war, rieb sich mit dem Handtuch rot und frühstückte in dem kleinen Café des Heims Kakao mit Salzhörnchen und Butter; in Prag wechselten sie starken Kaffee oder dunklen englischen Tee ab, samt Petříks Ovomaltine im Devisenshop gekauft, Kakao roch nach keiner Vergangenheit. Gegenüber den Tagen vorher wurde es wieder wärmer, sie spazierte gemütlich zur Arbeit und trat in die Unterwelt ein, die nach heißer Sauberkeit roch.

Weiße Kachelwände, weiße Fußbodenfliesen, weiße Waschautomaten, schneeweiße Wäsche, zwischen alldem schwebten im Dunst wie rosige Masken Gesichter weiß gekleideter Frauen, das Prinzip des Schwarzen Theaters auf weiß! staunte Dora immer wieder, gern legte sie hier ihr Trauerschwarz ab. Doch bevor sie sich heute mit ihrer Schicht begrüßen konnte, rief man sie zum Telephon.

«Guten Morgen, Dora», sagte die vertraute weiche Stimme.

«Guten Morgen, Herr Professor!» sie wunderte sich, niemals rief er sie hier an.

«Verzeihen Sie die unpassende Zeit, aber unsere sonst blinden Behörden haben die Perle nicht übersehen, die ihnen in den Schoß fiel. Sie haben das Asyl bekommen.»

«Ich bin mir sicher, Sie haben sie von der Perle überzeugt. Danke!»

Trotz der gegenseitigen Sympathie blieben sie beim Sie.

«Den Bescheid sollen Sie gleich abholen. Ich habe Sie freibekommen, bei der Fremdenpolizei steht man oft Schlange.»

Sie zeigte sich dankbar mit einem deutschen Wort, das sie nur für ihn gelernt hatte.

«Sie sind ein Goldschatz!»

«Ich hegte auch unlautere Absichten dabei, ich wollte Sie bitten, abends zu mir zu kommen.»

Ist Milan da? witterte sie, um Gottes willen, nein…!

«Ich hätte gern, daß Sie die Rolle der Hausfrau übernehmen, keine Angst, ich will Sie nicht als Aushilfe mißbrauchen, ich habe ein anständiges Büfett bestellt, mit einen Kellner. Aber ich muß wieder einmal ein paar Kollegen einladen und möchte auf sie mit einer jungen, schönen Frau Eindruck machen, um im Wert zu steigen.»

Natürlich sagte sie zu, zog wieder den schwarzen Rock mit dem schwarzen Pulli an und stieg in die Welt der Sonne hinauf. Warten mußte sie nicht, der Primarius schien überall Patienten zu haben, man empfing sie bei der Fremdenpolizei, kaum daß sie angemeldet war. Als sie das Papier übernahm, fragte man noch, wann der Gatte käme. Sie wiederholte die verabredete Version, die Sekretärin schrieb alles wie bei einem Schuldiktat, während der Beamte dazu nickte.

«Wir schicken ihm das Asyl dorthin nach, versteht sich, aber Sie haben doch beide einen Amerika-Antrag laufen?»

Sie hat es bestätigt. Beim Abschied haben sie sich verständigt, die ohnehin schwierige Sache nicht weiter zu komplizieren, bevor sie nicht mit der Zeit wie zwei anständige Menschen bei voller Vernunft eine endgültige Entscheidung treffen.

«Wenn es so weit ist, müssen Sie beide zusammenfliegen, die Amerikaner bestehen darauf, sonst muß der Antrag von neuem gestellt werden. Also wünsche ich Ihnen viel Gl…» er verriet, Ihre Wunde zu kennen, als er sich rasch korrigierte, «Gute Reise».

Der kalte Hausflur führte sie auf die sonnigheiße Straße hinaus, doch in ihr fröstelte es weiter. Ich kann nicht mehr mit ihm! begriff sie mit Sicherheit. Was werde ich tun? Lasse ich ihn noch einmal wochenlang warten? Oder aber ich nehme das Risiko auf mich, daß er sich drüben meiner wieder bemächtigt? Nie mehr, niemals, nevermore…

«Hallo… Fräulein…!»

Erst als sie fast an ihn stieß wie in einem Stummfilm-Slapstick, erblickte sie den Rufenden, der sich aus dem Fenster eines weißen Sportwagens hinauslehnte, sie merkte nicht, daß er so dicht bei ihr angehalten hatte.

Scharf geschnittene Züge, blondes Haar, kurz und glatt, wasserblaue, aber warme Augen im langen sonnenbraunen Gesicht, Peter O'Toole! fiel ihr ein; ein Vierziger im sandfarbenen Pulli, über ein blaues Seidenhemd gezogen, sprach jedoch weiter Deutsch zu ihr.

«Wie komme ich zum ‹Hotel Erzherzog›?»

«Ganz einfach», sagte sie wie eine geborene Steierin, «rechts und geradeaus.»

«Leider jetzt Einbahnstraße», bewies er ihr die Unwissenheit eines Fußgängers, «und wenn ich geradeaus fahre, lande ich wieder hier, schon das drittemal.»

«Aha!» es leuchtete ihr ein, «Sie sollten eine Ampel früher nach rechts.»

«Gehen Sie nicht in die Richtung?» überraschte er sie.

«Eigentlich...»

«Da habe ich Glück, darf ich Sie zu mir her bitten?»

Sie saß bereits im Auto, als ihr bewußt wurde, daß sie ja gar nicht nach Hause wollte. Sie hatte jedoch frei und konnte es sich leisten, einem Nächsten zu helfen, der noch dazu so liebe Augen hatte. Ihr Tip war richtig, sie erreichten das Hotel in Kürze. Ehe der Livrierte noch in Schwung kam, stand der Fremde an ihrer Tür und half ihr hinaus. Sie nahm in seinem Blick eine Veränderung wahr.

«Bin Ihnen unendlich dankbar...» sagte er, wie ihr schien, ein wenig geistesabwesend.

«Nicht der Rede wert», wehrte sie ab.

«Sie haben mich aus einem Labyrinth hinausgeführt», faßte er sich wieder, «erlauben Sie mir, Sie zu einem Glas Champagner einzuladen, am Vormittag schmeckt er am besten.»

Das Mißverhältnis zwischen Dienst und Lohn verriet die wahre Absicht; an die steirischen Sitten gewöhnt, setzte sie zu einem distanzierten Abschied an... was ist mit mir los? mahnte sie sich, warum will ich ihn wie einen dutzendmäßigen Zudringling abfertigen, er ist angenehm und hat nur höflich gefragt, nichts mehr, gießt mir den Champagner nicht mit Gewalt in die Kehle!

«Bitte, bitte!» sagte er wie ein Bub und wirkte dennoch nicht peinlich, «gönnen Sie mir die Freude, ich bin nach langem wieder hier!»

Na und? drängte sich die nächste Reaktion auf den durchschaubaren

Versuch auf, eine Bekanntschaft zu machen, aber wiederum hat eine Gegenfrage sie verdrängt, ausgelöst durch den Fremdenpolizisten: Und wann will ich also beginnen, frei zu sein, wenn nicht jetzt?

«Warum nicht?» stimmte sie zu.

Er reichte dem Livrierten die Autoschlüssel mit einer Münze und seiner Visitenkarte, daß er die Koffer aufs Zimmer und den Wagen in die Garage bringt. Erst jetzt hat sie das westdeutsche Kennzeichen bemerkt.

«Lassen Sie mich raten!» bat er, als vor ihnen die Weinbläschen aufschimmerten, «Sie sind... Jugoslawin!»

Die altertümliche Bar war voller Sonne und bunter Pflanzen, Dora nahm einen Schluck, und die gute Laune brauste in sie hinein, warum soll ich es bestreiten?

«Wie haben Sie das erkannt?» sie ließ das offen.

«Ihr Akzent!» geriet er in Freude, «ist slawisch, und Ihr Kleid... für eine Witwe sind Sie zu jung, und für Südländerinnen ist schwarz seit ewig die bunteste aller Farbe. Die Frauen des Südens gefielen mir seit eh und je, doch Sie sind nach vielen Jahren die erste... wie darf ich Sie nennen?»

«Zorica», ohne zu zögern, sprach sie den Namen der Schwarzhaarigen mit flaumigem Schnurrbart aus, mit der sie oft zu zweit arbeitete.

«Wie?»

«Sso-rri-tsah!» sie legte es für ihn auseinander.

«Bedeutet das etwas?»

«Jawohl», erinnerte sie sich, «Morgenstern.»

«Slawische Namen sind so poetisch. Ich heiße Udo. Das bedeutet nichts, so könnte auch ein Hund heißen.»

Als verwandelte sich unter dem fremden Namen auch ihr Wesen, bekam sie Lust zum Spiel, auf das dieses unverbindliche Geplauder klar abzielte.

«Der Name ist eins der wenigen Dinge, für die wir nichts können. Übrigens Udo klingt unserem Wort ‹udatný› nah, und das meint tapfer.»

«‹Unser›» äußerte er eine unerwartete Kenntnis, «ist das serbisch oder slowenisch?»

«Kroatisch», entschied sie aufs Geratewohl.

«Und Udo meint tatsächlich...?»

«Es kommt dem am nächsten.»

Nun, so hast du es, Milanchen, getrieben, ich habe vollkommen vergessen, wie das ist, wenn ein Mann eine Frau angeht, lassen wir uns, Zorica, überraschen, was unser Tapfer-Udo sich für uns austüftelt, wenn er langweilig wird, reicht uns die glänzende Ausrede, wir müssen auf die Toilette, und ade!

«Ich habe nicht geahnt», er wurde ernsthafter, oder er täuschte es erfolgreich vor, «einen nomen omen zu tragen, in letzter Zeit habe ich vor allem Tapferkeit gebraucht...»

Na, heraus damit, behauptete sich Dora-Zorica, zeig uns, Spinnchen, dein Fangnetz.

«Etwa ein Pilot?» spielte sie naives Interesse, «oder ein Stuntman beim Film?»

Überraschenderweise schnitt er das Thema mit einer Redewendung ab, die ihr im Deutschen besonders gefiel: Leben als eine Schultafel, von der man Fehler wegwischen kann.

«Schwamm drüber. Verraten Sie mir lieber, warum ein Morgenstern gerade im steirischen Graz aufgegangen ist. Sind Sie hier vielleicht zu Hause?»

«Zu Besuch...» sie trat in eine neue Runde ein.

«Einkäufe? Arbeit? Kunst? Oder etwa Liebe? Das letztere wohl kaum? Da müßte ich traurig allein meinen Champagner trinken.»

«Noch langsamer als jetzt?» fragte bedeutungsvoll Zorica, Vorsicht, es fängt an, uns zu Kopf zu steigen! warnte sie Dora.

«Oh, nein!» er bemerkte ihr leeres Glas, «Freund!» rief er den Barmann zu Hilfe, der bereits von sich aus herbeieilte, auch er, wußte sie, hat die ganze Zeit die Augen nicht von mir gelassen, bin jung, heiter, ledig, und alle haben mich...

«Entschuldigen Sie», hörte sie ihn, «ich habe mich noch nicht ordentlich vorgestellt, Dozent Heilmann, mein zweiter nomen omen! aus Hamburg.»

Freundlich nickte sie ihm zu und sagte selbst nichts, wollen wir uns in Lügen nicht mehr verstricken als nötig, bewahren wir den Schleier des Geheimnisses. Statt nach ihrem Namen fragte er überraschenderweise ohne Umschweife.

«Sind Sie ledig?»

«Jawohl!» sprang es aus ihr; den Ehering warf sie im Krankenhaus in die Handtasche, die dann mit der Mutter davonfuhr, Milan trug ihn früher niemals, angeblich, damit Hamlet nicht versehentlich mit dem Ding am Finger fechte, und wie steht's mit dir, tapferer Udo, hast du ihn etwa in die Tasche gesteckt bei dem Entschluß, mich zu verführen? Listig streckte sie sich nach den Mandeln aus, er reichte ihr zuvorkommend die kleine Schüssel mit beiden Händen, an den sonnenbraunen Fingern kein Schmuck, kein verräterisches Streifchen. Schau, schau, ein Junggeselle, in diesem Alter! was bist du für einer, Peter O'Toole aus Hamburg, Don Juan oder Blaubart?

«Und sind Sie», er ergänzte die Frage, als schriebe er ein Protokoll, «vergeben?»

«Nein», sagte sie unbekümmert.

«Das darf doch nicht wahr sein...!» er drehte ungläubig den Kopf.

Der Barmann hörte alles, goß die Gläser mit der Miene eines Menschen nach, für den die Sonne verloschen ist, sie lächelte ihm zu, und er erstrahlte hinter dem Rücken des Hamburgers. Sie konnte kokettierende Frauen nie leiden, jetzt tu' ich das auch? zwei auf einen Streich, Zorica-Dorica! aber Vorsicht... ähnlich wie schon einmal lenkte er auch jetzt die Rede woanders hin, er hörte mit Plattheiten auf und schnitt ein fesselndes Gespräch über Landschaften und Leute in diversen Ecken der Erdkugel an.

Sie konnte nicht wissen, ob er sich die bizarren Schilderungen nicht nur so ausdenkt, und seine Augen hefteten sich so fest an sie, bis sie von allem nur ihr eigenes Bild in der Iris seiner hellblauen Augen wahrnahm, ob er mich hypnotisiert, um mir meine Hemmungen zu nehmen? Dummes Zeug! das verdanke ich nur mir selbst und dem zweiten Glas! Sie überließ sich dem Erzählen, und bald staunte sie ehrlich, lachte und litt, als er den Kult der Vogelmenschen auf der Osterinsel beschrieb, das Liebesritual der Eskimos oder die Hungersnot in Äthiopien.

Ihr ganzes Leben lang hörte sie Milan und die paar gemeinsamen Freunde in Prag ununterbrochen über nichts anderes als Kunst und Politik schwafeln, für eine echte Abwechslung hielt sie das Getratsche aus der Künstlergesellschaft keineswegs. In dieser steirischen Tagesbar öffnete sich vor ihr an einem alltäglichen Vormittag unerwartet eine funkelnagelneue Welt. Nach und nach beeindruckte sie immer mehr, daß in den Geschichten gänzlich jene Person fehlte, die zu Hause selbst das kürzeste Histörchen überragte: der Erzähler.

Nicht nur Milan, dessen Beruf Exhibitionen zum Inhalt hatte, sondern alle, denen sie je zugehört hatte, führten in allem, was sie sagten, vor allem sich selbst vor, das dominierende Wort hieß Ich. Dieser Weltenbummler, der mit seinen einzigartigen Erlebnissen mit Recht prahlen konnte, um eine unbekannte Kroatin zu beeindrucken, verschwand hinter ihnen vollkommen. Ihre tschechische Erfahrung glaubte an keine selbstlose Bescheidenheit. Bist du so raffiniert? grübelte Dora, wann wirst du dich endlich verraten?

Stell ihm eine Falle! schlug die andere ihr vor, deute ihm den banalsten Weg zum Herzen von Zorica an, wenn er dorthin aufbricht, verduften wir. Und wenn er besteht? So lassen wir dem Leben seinen Lauf! Sie richtete den Blick einer schmachtenden Fünfzehnjährigen auf ihn, wie sie sich am Schauspielereingang nach Milans Unterschrift drängelten, und es gelang ihr, bezaubert von sich zu geben.

«Wissen Sie, daß Sie Peter O'Toole schrecklich ähnlich sehen?«

«Und das ist gut oder schlecht?»

«Ich verehre Peter O'Toole», erklärte sie.

«Aha...» er geriet in Verlegenheit, «und wer ist das?»

Das darf doch nicht wahr sein! staunte sie mit seinen Worten.

«Ich würde es Ihnen beim Mittagessen sagen», schlug sie ganz ohne Scheu vor, «wenn ich nicht sofort einen Bissen kriege, falle ich betrunken unter den Tisch!»

4. ——— *Am selben Vormittag in Sankt Pölten*

In den Kopfhörern des Walkman klang die scharfe Stimme des jungen Laurence Olivier. Als Hamlet sprach er mit dem Schädel des Narren Yorick, doch Milan hat ihm schon einige Zeit nicht mehr zugehört. Zwischen dem Kopf des Zauberers am Steuer und dem des dösenden Professor Klößlein hing vor ihm am Horizont eine vielgliedrige Wolke, mit ähnlichen trieben sie oft ein Spiel: Australien! würde jetzt er melden, Bärenfell! vielleicht Dora hingegen, Petřík, jetzt bist du dran, was siehst du darin, na? Die Erinnerung traf ihn, wie oft er seinen Sohn schalt, er habe nicht die geringste Phantasie... er machte Hamlet aus und nahm die Hörer ab.

«Darf ich stören?» fragte der Gärtner neben ihm.

«Natürlich.»

»Ich wollte nicht vorhin, aber bald sind wir in Pölten, und ich würde mir gern ein paar deutsche Wörter aufschreiben... um mich verständlich zu machen...»

In der Hand hielt er ein geöffnetes Heftchen und einen Bleistiftstummel.

«Schießen Sie los», Milan war einverstanden, «ich werde Ihnen diktieren, wie man was sagt.»

Der Südböhme ist ihm in Rohlau als erster aufgefallen, weil er ihn nicht wie ein gefangenes Tier anglotzte; später hat es ihn noch amüsiert, daß der Grund dafür nicht in seinem Taktgefühl lag, der Mann, so stellte er fest, lehnte zu Hause das Fernsehen als die Quelle der Lüge und der Verderbtheit ab. Milan bewahrte ihm auch weiterhin seine Gunst, und die bekam er reichlich zurück, als sie im Paar mit dem Zureichen von heißem Asphalt für die Straßenbauer Schritt halten mußten: Václav Rada schuftete für drei. Jetzt schrieb er mühsam den deutschen Satz mit, wie er ihn hörte.

«Bin gelernter Gärtner mit langjähriger Praxis.»

«Lesen Sie es mir vor», fiel Milan ein.

Was der Gärtner von sich gab, war keiner Sprache ähnlich, er selbst merkte es.

«Meine Zunge will sich nicht biegen...» seufzte er bedrückt.

«Wissen Sie was?» Milan fand eine Lösung, «ich schreibe Ihnen das, was Sie sagen müssen, auf, und Sie zeigen es einfach vor», er nahm Block und Stift aus seiner Hand, «also?»

Der Zauberer fuhr großmütig von der Autobahn ab und brachte sie bis zum Bahnhof. Sie haben den dreien gewünscht, daß sie mit dem Asyl zurückkommen, der Professor wachte gar nicht auf. Als der blaue Minibus abfuhr, nahm Milan von dem Gärtner Abschied.

«Wiedersehen, um sechs an der Bushaltestelle, Hals- und Beinbruch! Den Weg kennen Sie?»

«Nein... aber ich werde mich schon durchfragen.»

«Zeigen Sie her», er nahm die Zeitung mit der angekreuzten Anzeige an sich, «ich frage für Sie.»

Zwei, die er um Rat fragte, stimmten darin überein, daß der komplizierte Weg schlecht zu beschreiben sei, sie sollten eine ungefähre Richtung halten und nachfragen. Milan war gekommen, um sich ein anständiges englisches Wörterbuch zu kaufen, dafür hatte er acht Stunden Zeit und ein inniges Bedürfnis nach guten Taten, eine jede von ihnen schien ihm Dora näher zu bringen. Falls es Gott sein sollte, der mich für meine Schurkereien bestraft hat, erkennt er vielleicht meine Bemühungen an, wenn ich gerade einem Gläubigen helfe...

Der Gärtner ließ sich gehorsam führen. Im gleichen Maße, wie er sich erleichtert fühlte, nicht allein herumirren zu müssen, sank sein Selbstbewußtsein wieder. Wie kommt es? quälte es ihn in letzter Zeit ununterbrochen. Daß die Studierten Selbstbewußtsein haben, war verständlich, von woher aber nahmen es die Einfältigen Gottes, denen er glich? Was gab diesem Koch, der sich Zauberer nannte, die Sicherheit, einen Haufen Geld zu gewinnen und zu verlieren, als wäre nichts passiert? Wo nahm sie diese primitive Verkäuferin her, aus einem Dorf, dem seinen ähnlich, daß sie nichts aus der Ruhe bringen konnte?

Er selbst war sich in Österreich nur einmal seiner sicher: in dem armseligen Badezimmer der Pension Krebs, wo er seine noch armseligere Liebe, gemartert wie eine Heilige, auch noch geschlagen hat. Die Überzeugung, daß eine solche Brutalität richtig und notwendig war, daß nur sie Lydia wachrütteln kann, jene Nacht zu überleben, in der Verzweiflung das Lebensband zu kappen drohte, war in dem Augenblick so stark, als stünde dahinter Gott selbst! Daran glaubte er bis heute, aber warum hat diese Kraft ihn sofort wieder verlassen?

Václav Rada konnte folgerichtig denken, er bestritt auch nicht, gewisse Vorzüge zu haben. Ich sehe gut aus... mahnte er sich, wenn er übermäßig bedrückt war, habe eine ausgezeichnete Kondition und bin ein fähiger Gärtner! eben dies hat ihm doch das Interesse und die erste Bewunderung Lydias eingebracht. Vor allem aber bin ich fest im Glauben, was ist also der Grund, daß die Summe aller dieser Kräfte Schwäche ist? Auf nichts in seinem Innern konnte er sich stützen, als bräche sein Geist in einer von Regengüssen aufgeweichten Wiese ein.

Das hat er Lydia nicht anvertraut, ein schlammiger Mann ist das letzte, woran es ihr fehlt, er hat es aber dem Wiener Pfarrer beim Kaffee anvertraut, zu dem er nach der vergangenen Beichte eingeladen war, während Lydia sich im Museum die Bilder eines ihr lieben flämischen Meisters ansah. Der Geistliche fragte ihn nach seiner Jugend in der Gegend, die er selbst kannte, er hat sich ausführlich nach den toten Eltern erkundigt und fragte ihn dann, ob das Problem nicht etwa in seiner Auffassung von Demut steckt.

Als die Eltern, überlegte der Priester, in den sauren Apfel bissen, ihm zu erklären, daß er Gott, was Gottes ist, nur heimlich geben darf, falls er nicht im Kerker des Kaisers enden will, haben sie ihm die Stafette der Demut überreicht, mit der die Christen der Gewalt meist wirkungsvoller trotzten, als sie es mit dem Schwert gekonnt hätten; die Eltern selbst wurden ihm ein Beispiel, wie Gottesfürchtigkeit in Demut es auch unter den Feinden möglich macht, die irdische Zeit zwar bescheiden, aber zugleich auch ohne die Pein der Märtyrer zu verbringen.

Dies, verbunden mit gutmütigem Charakter und friedfertigem Beruf, hat ihn vielleicht mit der Zeit dazu gebracht, überhaupt keinen Widerstand zu leisten, nicht nur gegen die Mächtigen der Welt, sondern auch gegen den alltäglichen Druck, den das Leben mit sich bringt. Nur Gott, sagte der Pfarrer, gehört das bedingungslose Ja, doch das geistige Rückgrat eines Menschen in jeder Situation, in der seine Existenz nicht bedroht ist, ist ein Nein zu allem, was ihn der Würde oder Ehre beraubt, weil er ohne sie auch vor Gott moralisch nackt treten würde.

Nach dem morgendlichen erfolglosen Gespräch mit Lydia war die Entscheidung des Schauspielers, ihn zu begleiten, der letzte bittere Tropfen, der den Becher falscher Demut zum Überlaufen brachte. Sicherlich war es richtig, als ich mich nicht gegen die Staatsmacht auflehnte, die mir durch Věras Vater Ultimaten stellte, aber in der Ehe mit ihr habe ich mich wie ein feiger Schwächling benommen. Auch wenn sie ohne Sakrament geschlossen war, sollte sie den von Gott gewollten Zweck erfüllen. Věras jahrelang geduldete Untreue konnte nur in seine eigene umschlagen; so führt falsch verstandene Demut sogar zur Sünde.

Und wie er sich, wenn es schon geschehen war, zu Lída verhält? So, daß er wieder einmal die ganze Verantwortung für den gemeinsamen Weg ihr auf die Schultern packte, wie auch jetzt auf den Schauspieler, als Vorwand dient ihm diesmal ein Alters- und sogar Klassenunterschied. Als hätte ich vergessen, woran ich glaube: daß ein jeder an jedem Morgen von neuem gleich unwissend über das ist, was ihm bevorsteht. Ein Gefährte ist derjenige, der seinen Gefährten schützt und von ihm geschützt wird, wenn sie sich zur rechten Zeit auch ein Nein zu sagen vermögen.

Bis auf jenen Augenblick im Badezimmer, gab Václav sich zu, gelang es ihm nur einmal, ihr nicht nachzugeben; in Klíčov, als sie sich anstrengten, den geringsten Fehler zu vermeiden, schlich er sich einmal im Schutze der Dunkelheit zu ihr, um sie nach langen drei Wochen wiederzusehen; trotzdem wollte er nicht mit ihr schlafen. Er faste, entschuldigte er sich, sie dachte an Krankheit, bis er ihr erklärte, er reinige Seele und Leib vor der Ankunft des Herrn zu Ostern.

Die verlegene Konsequenz, mit der er ihren Liebesversuchen widerstand, rief zuerst Verstimmung hervor, danach aber die erste Wende Lídas in ihrer Beziehung zum Glauben. Ich habe nicht geahnt, bekannte sie ihm, daß diese Begriffe einen Inhalt haben, den man erleben kann! Sie improvisierte für ihn auf dem Klavier Kompositionen, in denen das Osterlob erklang, sie fühlte sich dabei selbst, sagte sie beim Abschied, durch die Erkenntnis erhoben, wieviel christlichen Geist Martinu und Orff in sich bergen, deren Musik hat sogar die weltlichen Gelüste der Interpretin entschwinden lassen.

Im übrigen hat er ihr beständig nachgegeben, am folgenschwersten, als sie ihn in der «Quarantäne» zwang zu verheimlichen, daß er verheiratet ist, hätte er ihr damals Nein gesagt, würde er jetzt nicht den dritten Monat im Betrug leben und damit auch in Angst, die seine Unsicherheit nährte. Auch heute morgen gelang es ihm nicht, sein Nein durchzusetzen, als sie sich in den Kopf setzte, ihre Finger mit dem Geschirr zu schinden, auch fand er den Mut nicht, die Begleitung des Schauspielers abzulehnen, obwohl sie seine Unselbständigkeit nur bestätigte. Die Schwelle meiner Demut liegt bereits auf Ebene der Erde, bewertete er das bedrückt, jeder darf darauf treten!

Es ist ihm nicht entgangen, daß Lydia zwar weiter aufmerksam die Bibel liest, sie drängte sogar darauf, mit ihm gemeinsam beten zu dürfen! aber daß zugleich ihre ursprüngliche Annäherung an die Kirche zum Stillstand gekommen war. Der Priester in Wien riet ihm zu duldsamer Rücksicht, sie begriff anscheinend den Ernst eines solchen Schrittes! doch er sah darin nur die weitere Bestätigung seiner Unfähigkeit, für sie mehr zu sein als ein junger Mann, selig im Geiste, der sie ab und zu mit seinem Körper beglücken kann.

In solche quälenden Gedanken vertieft, folgte er blind seinem Begleiter, der nach dem verschlungenen Weg fragte. Als sie dann nur noch marschierten, sammelte er mühsam die zerstreuten Gedanken, um antworten zu können; der Schauspieler fragte jetzt ihn aus und tat es so eingehend und genau, als wollte er morgen Gärtner werden.

Milan hatte nicht damit gerechnet, daß er soviel Zeit verliert, bedauerte es aber nicht. Erst heute, als sie beide nicht von dem schnell erkaltenden Asphalt gehetzt wurden, war Milan von dem beachtlichen Wortschatz und geistigen Horizont des scheuen Altersgenossen eingenommen. Er fand sich darin bestätigt, wie niederträchtig und dumm all die Giftigkeiten waren, die ihm in Rohlau zu Ohren kamen: alternde Stute mit jungem Hengst. Obwohl er, wie er es gut konnte, scheinbar nach Nebensächlichem fragte, entdeckte er das feste menschliche Band; möge es bald auch uns verbinden, Dora...

«Ich danke Ihnen, Herr Čech», Václav wollte ihn nicht weiter aufhalten, als am Ende der Vorstadtstraße Gewächshäuser aufblitzten, «ohne Sie hätte ich das nie gefunden...» und blätterte unsicher in seinem Heftchen die Seiten mit den deutschen Sätzen auf.

«Wollen Sie nicht», entschloß sich der Schauspieler ganz plötzlich, «daß ich für Sie übersetze?»

«Schönen Dank!» er überwand die Versuchung, «einmal muß ich damit anfangen, mich selbst zu verständigen, ich komme mir wie ein Dorftrottel vor... höchstens...» er erschrak sofort über seine Kühnheit, «daß Sie nur, falls ich mir keinen Rat mehr...»

In Milan wurde auch die professionelle Neugier wach.

«Top.»

Sie irrten zwischen den Feldern von Sommerblumen umher, bis sie das richtige Treibhaus fanden, in das man sie auf dem Büro schickte. Schon von draußen vernahmen sie ein Gewitter. Zum Blitzableiter wurde ein pockennarbiger Ausländer, Blitz und Donner spie ein Glatzkopfmännchen, das an einen Gartenzwerg erinnerte.

«So viel Blödsinn auf einem Haufen, ich werd' noch wahnsinnig! Ich kann doch nicht hinter jedem Arsch stecken, um dieses Morden zu verhindern!»

Als er die Ankömmlinge bemerkte, die nicht nach Kunden aussahen, putzte er sie in einem Abwasch herunter.

«Und ihr da, was sucht ihr hier?«

Wortlos hielt Václav ihm sein Heftchen hin. Der Wüterich las.

GUTEN TAG

«Was soll das...?«

Der Gärtner schlug das Blatt um und zeigte ihm die nächste Seite.

ICH BIN GELERNTER GÄRTNER MIT LANGJÄHRIGER PRAXIS, KOMME AUF IHRE ANZEIGE

«Sie sind stumm?» fragte der kleine Mann verdutzt und setzte im Schreiton fort, «oder vielleicht noch taubstumm?»

Die Antwort enthielt prophetisch das dritte Blatt.

ICH BIN TSCHECHISCHER FLÜCHTLING UND KANN NOCH NICHT DEUTSCH.

Der Österreicher geriet erneut in Wut.

«Und hier ist keine Grundschule! Herrgottnochamol, soll ich mir zu all den Deppen auch noch Analphabeten auf den Hals laden?»

Das Fremdwort verstand Václav gut, es addierte und summierte seine vorherigen Überlegungen und traf ihn, so schien es ihm, in der wahren Mitte seines Ichs. Nie hat er ein Opfer der Verhältnisse aus sich gemacht, jetzt aber war er sich gewiß, daß unter normalen Umständen der Glauben kein Verbrechen ist, für das ein Mann im Alter Christi für ewig verurteilt sein darf, von allem auf der Welt nur eigene Sprache und Scheune zu kennen. Obwohl schon wieder zur Demut ermahnt, daß er in eine prächtige Großgärtnerei geraten war, wo sein Herz nur so lachte und er liebend gern arbeiten würde, war er auf einmal nicht mehr bereit, sich auch noch von einem kränken zu lassen, dem sein besseres Schicksal nur durch Gottes Gnade in den Schoß fiel. Vor Erregung wuchs er noch größer an und sprach in seinem ersten selbständigen deutschen Satz ein empörtes Nein aus.

«Ik najn analfabäten! Fragen Sie ihn», er wand sich heftig an den Schauspieler, «ob der Lateinisch kann!»

Nicht zu fassen! staunte Milan, er sieht tatsächlich aus, wie Hus vor dem Konzil in Konstanz auf den patriotischen Gemälden dargestellt wird! warum wir auf der Bühne das Pathos so scheuen? aber natürlich: Er spielt es nicht, er steht und fällt damit... gehorsam übersetzte er die Frage, deren Sinn ihm entging.

Dem Österreicher ebenfalls.

«Ob ich was...?»

Noch ehe er wieder wie ein Krampus aus dem Kästchen herausschnellen konnte, zeigte Václav Rada mit dem Finger auf die zarten Pflanzenschößlinge, in Rabatten vorgezüchtet, und gab einem nach dem anderen Namen.

«Geranium. Lamium. Orchis. Primula. Sedum spurium. Lycopodium...» er wandte sich zur anderen Seite und setzte wie ein Professor fort, der den Studenten ihre Unwissenheit demonstriert, «Fuchsia. Ornithogalum. Thymus vulgaris. Ranunculus sceleratus. Helleborus niger. Rosa pimpinellifolia...» daraufhin blätterte er in seinem Heftchen und las zornig vor, «Aufwiidrrsän.»

Er machte kehrtum wie beim Militär und marschierte auf die Tür zu.

«Halt!» donnerte der Wicht, «stehen bleiben! halten Sie ihn auf!» er stieß Milan wie einen Hausdiener an, «er ist auf der Stelle eingestellt.»

Die Samariterleistung verwandelte sich in ein einzigartiges Erlebnis.

«Herr Rada, warten Sie! Er nimmt Sie!»

Václav hielt an und streckte jetzt den Finger zum Österreicher hin.

«Er soll sich für den Analphabeten entschuldigen!»

«Ich entschuldige mich!» rief der Hitzkopf, die Wut hat ihn im Nu verlassen, er eilte, dem frisch Eingestellten versöhnlich die Hand zu schütteln, und wandte sich dabei an Milan, «auch Gärtner?»

«Nein, ich bin…»

«Macht nichts!» Details interessierten ihn nicht, «ich nehme Sie auch, als Aushilfe und Dolmetscher. Und du, du laß dich auszahlen!»

Dem armen Übeltäter ist es nicht gelungen, sich rechtzeitig davonzumachen.

«Was hat er verbrochen?» begriff Václav die Lage.

Milan übersetzte, was er verstand.

«Riß irgendeine Zusaat oder wie es heißt aus, weil er sie für Unkraut hielt.»

«Sagen Sie, Herr Čech, dem Herrn Betriebsleiter, daß ich mich um den Kollegen kümmern werde, ein fremder Rausschmiß so beim Antritt bringt kein Glück.»

«Er hat recht», gab der Rappelkopf kirre zurück, «da müßte ich sie alle der Reihe nach rausschmeißen. Aber sagen Sie wiederum ihm, daß ich hier kein Leiter bin, ich bin der Inhaber selbst!»

5. *Am selben Vormittag in Wien*

Als Schüler hat Karel Markalous nicht viel allzu frohliche Ferien verbracht. Der Fabriktechniker war zwar der niedrigste der Herrenränge, seine Familie durfte jedoch ihren Urlaub nicht zu Hause verbringen wie die einfachen Glaser und ihre Kinder, die sich endlich am Wehr austoben konnten. Seit der Hochzeit mietete der Vater ein billiges Zimmer bei einem verwandten Müller an der Oberen Moldau, Sommer für Sommer sind sie von dort einmal nach Linz gefahren, kauften Linzer Törtchen ein und schickten eine Postkarte der Oma nach Hause, damit der Postmeister herausposaunte, sie seien schon wieder im Ausland.

Er war auf der abgelegenen Mühle das einzige Kind, die ganze Zeit ohne Spielkameraden. Damit er nicht Bücher lesen müßte, die ihn langweilten, täuschte er vor, sich mit Rechnen zu beschäftigen, bis er tatsächlich in das Fangnetz der Zahlen geriet. Zur zweiten Schicksalsleidenschaft kam er auch an der Moldau, er war uber funfzehn. Zum Törtchenessen nach Linz konnten sie ihn nach dem Krieg nur zweimal mitnehmen, dann schloß sich der neue Käfig. In der Landschaft nistete sich die Armee ein, und er bastelte sich eine Angel als Vorwand, zum besseren Fang hinausgehen zu können: Er entdeckte Plätze, an denen sich die Grenzsoldaten mit Mädchen aus der Mühle trafen.

Bei der ersten Peepshow im Westen hat ihn die Erinnerung gerührt, wie er, an der rauschenden Moldau an die schuppige Baumrinde gepreßt, rhythmisch in das Stöhnen von Paaren onanierte, die er mit den Augen fraß, bis ihm das die Dämmerung verdarb. Eine so gemeine Sünde wagte er nicht einmal zu beichten, er hat sie verschwiegen und sich selbst einen Berg von Vaterunsern auferlegt, bis es ihm nicht mehr gelang, sie abzubeten, so daß er die revolutionäre Zeit zum Kirchenaustritt nutzte; das verhalf ihm noch dazu auf die Arbeiterförderschule und danach auf die Uni. Er heiratete mit zwanzig kopflos eine Mitschülerin, weil sie es ihm als erstes gemacht hatte, und als er seinen Mißgriff entdeckte, brach seine Manie aus...

Um die unerwartet langen Ferien in Rohlau konnte ihn die Hälfte der Menschheit beneiden, seine Freude teilte mit ihm jedoch keiner. Nach dem Abflug von Hutcheson vereinbarte er bei der Unterzeichnung des Vertrags mit dessen Wiener Rechtsanwalt, daß man die Bindung nicht an die große Glocke hängt. Sein Asylverfahren sollte wie jedes andere vonstatten gehen, vielleicht versucht auch die Konkurrenz ihn anzuwerben, eine ideale Gelegenheit, wie er so manches über deren langfristige Konzeptionen erfahren kann.

Er ließ seiner Begeisterung nur dadurch freien Lauf, daß er tausend Dollar an Zdena schicken ließ. Bis jetzt traute er sich nicht, ihr zu schreiben, er wußte auch nicht, was. Selbst die Überweisung via BANK OF AMERICA deklarierte er als Geschenk des Uronkels Schubert, der als Glasarbeiter Šubrt aus den Sázava-Auen während der Weltwirtschaftskrise ausgewandert war und sich seitdem nicht mehr gemeldet hatte. Sein Geist sollte Markalous zu Diensten sein, solange er sich bei Zdena nicht selber melden wird.

Der Rechtsanwalt hat ihm empfohlen, weiter in der Pension zu verbleiben, in der die Firma ihn gefunden hatte und wo ihn auch andere gleichermaßen finden können. Er zwang sich, ab und zu in den Speiseraum zu gehen, um keine überflüssigen Mutmaßungen zu wecken, kam jedoch unregelmäßig und immer als letzter, setzte sich an einen freien Tisch; soweit er nicht allein bleiben konnte, grüßte er und schwieg, bald hat vor ihm sogar der redselige Professor Klößlein kapituliert. Somit hat er sich die Möglichkeit verschafft zu verschwinden, wann er wollte, ohne daß jemand ihn entbehrte.

Aus Rohlau fuhr er einmal die Woche mit dem Frühbus, der längst nur noch Flüchtlinge hin- und herkarrte; die Schulkinder, die er früher transportierte, wurden jetzt in Wechselschicht von den Eltern in den Autos befördert, um nicht mit fragwürdigen Typen reisen zu müssen. Auf dem Pöltener Bahnhof erstand er Zeitungen und Fahrkarte erster Klasse, das Frühstück ließ er sich vom Schaffner ins Coupé bringen. Bevor er die FRANKFURTER ALLGEMEINE und FINANCIAL TIMES durchgeblättert hatte, kam er in Wien an und entfaltete sein Programm.

In Büchereien und Spezialbuchhandlungen war er hinter den neuesten Fachinformationen her. Gleichzeitig beschaffte er sich leidenschaftlich neue Garderobe, gewiß billiger, aber vor allem schicker als in Amerika, dort hab' ich für so was keine Zeit mehr! Mittags fastete er, nachmittags machte er Spaziergänge in dem Volks- und Burggarten, und abends trat er in die ewig offenstehende Tür unter der Laterne, hinter der die unzüchtige «Philosophin» auf ihn wartete.

Schon längst entrichtete er eine Pauschale, bei der kein Taxameter lief. Inklusiv war ein Abendessen für zwei, Champagner manchmal für drei, wenn ihn die Lust auf eine Triangelnummer überkam. Im Spiegelséparée durfte er dann nächtigen: Mit dem Flüchtlingsausweis in ein gutes Hotel zu gehen hieß die Schnüffelpresse reizen. In der Früh hat ihm dann Angelika aus Brünn, mit wahrem Namen Anči, zum Frühstück die, wie sie es nannte, letzte Ölung gespendet, und er machte sich auf den Weg nach Rohlau, um dort weiterhin wie ein Klosterbruder zu leben.

Der fette Betrag schmerzte ihn nicht, nur beim ersten Mal verspürte er eine gewisse Verlegenheit, daß er fast der Summe entspricht, die er Zdena überwies. Unsinn! verwarf er den Vorwurf, einerseits ist das mein einziger, unentbehrlicher Luxus, andererseits erhielt Zdena in Böhmen dank dem irren Verrechnungskurs Gelder, von denen sie und Zuzi ein halbes Jahr wie Königinnen leben können. Übrigens wird der Uronkel zu Weihnachten einen weiteren Tausender schicken!

Heute erwartete ihn noch ein zusätzlicher Genuß: die erste Anprobe seines maßgeschneiderten Anzugs. Vor einigen Wochen fesselte seine Aufmerksamkeit das Schild einer Schneiderei, FILIALEN IN PRAG UND KARLSBAD schmückte sich die Jugendstilzierschrift mit längst ausgefallenen Federn. Den Preis stellte er erst fest, als er die Bestellung unterschrieb, und die fünfundzwanzigtausend Schillinge haben ihn schokkiert, bis ihm sein Hirncomputer klarmachte, daß er hier nicht mehr zu zahlen hat, als für eine Nacht im «Gelsomina».

Im Preis inbegriffen waren auch einzigartige Erlebnisse beim Maßnehmen. Der Schneider, wie bei einem Geheimritual um ihn herumtänzelnd und darauf bedacht, ihn körperlich nicht zu berühren, verriet ihm zuerst, sein linkes Bein sei einen Zentimeter kürzer; dann fragte er, diskret flüsternd, auf welcher Seite der Herr das Glied trage, was er unmittelbar laut der Assistentin diktierte. Der Geschäftsführer hob die Augenbrauen, als Markalous seine Rohlauer Adresse nannte, ließ sie jedoch wieder sinken, sobald er den Anzahlungsscheck in Händen hielt.

Als man heute aus der Werkstatt das Gereihte brachte, erschien auf dem Auftrag zusätzlich der Titel Ing., man hat mich fixiert, durchzuckte es ihn, wie daheim, nur daß ich erst hier, wie absurd! was zu verbergen habe... er setzte jedoch voraus, daß die berühmte Schneiderei nur an der Deckung seines Kontos interessiert war. Ihr Benehmen war jetzt jedenfalls noch höflicher, was er mit der Bestellung eines Sportkomplets quittierte, mit der scherzhaften Bedingung, er müsse genauso anziehend aussehen wie eben der Dressman in dem Journal, mit dem man ihn dazu verlockt hatte.

Zufrieden steuerte er auf die Bibliothek zu. Die Luft war lau, die Stadt freundlich, er genoß die Atmosphäre, ähnlich der von Prag, sie wird mir fehlen! Vor Amerika war ihm ein bißchen bange, aus den Filmen schien es ihm wenig menschlich zu sein, sowohl im Ausmaß als auch nach den Sitten. Und Prag mit Wien? erinnerte er sich, sie täuschen die Wiege der Musen vor und haben mich gebissen wie ein Paar Werwölfe! Ein Gäßchen führte ihn zu einer malerischen Ecke. Vor dem Eingang in die Kellerweinstube lockten Tischchen und Stühle. Er bekam Lust, sich in dieser Ruhe ein Achtel trockenen Rosés zu genehmigen, und nahm Platz. Auf die Bedienung wartend, schloß er die Augen und reckte das Gesicht der Sonne entgegen.

Durch die Lider drang wohlige Wärme, in den Ohren hörte er sein eigenes Blut mit dem gedämpften Geraschel der Großstadt ineinanderfließen. In seliger Faulheit kam ihm der Gedanke, ob er nicht heute die gesamte Fachliteratur sausen lassen soll und hier beim Weinchen bleiben bis in den späten Nachmittag, ein Schulschwänzen nach dreißig Jahren! Zum erstenmal zog es ihn nicht allzu mächtig zur Brünnerin, da hilft nichts, mußte er zugeben, selbst mit dem besten Danner stellst du zwar ordentliches Glas her, aber doch nur Konfektion, wie können da routinierte Bewegungen wahre Leidenschaft wecken? Nach langer Zeit kam ihm plötzlich Gerda so intensiv in den Sinn, daß er sogar ihre rauhe Stimme vernahm, mit der sie ihn selbst am Telephon in Erregung zu versetzen wußte.

«Karel...»

Auf seine Augen fiel ein Schatten, der Kellner? dachte er sich, er schlug sie auf, um den Wein zu bestellen. Als er auf dem Stuhl gegenüber sie sah, glaubte er an eine Täuschung.

«Karel», wiederholte sie jedoch, «bist du mir schrecklich böse?»

Sie war es, obwohl nur die Stimme der feurigen Frau von einst gehörte. Diese hier hat das Haar in ein Kopftuch gefangen, und das graue Kleid mit dem hellen Überzieher beraubte sie weiter jeglicher Anziehungskraft; du bist der Sex in Person, der Sex im Angriff! behauptete er oft von ihr, jetzt erinnerte sie ihn an ein Pfauenauge, dem er einst an der Moldau aus brutaler Neugier den Staub von den Flügeln mit nassem Finger wegwischte. Auch diese Verwandlung hat ihn nicht gerührt, sobald er bei sich war, schaute er wild umher.

«Suchst du die Polizei?» verstand sie richtig, «ich bitte dich inständig, schenk mir eine Weile!»

«Kein Bedarf!» bekam er aus der trockenen Kehle heraus, bremste sich aber bereits: Wen kann ich schon rufen...

«Ich muß dir erklären...»

Er stand auf, um zumindest wegzugehen, doch sie griff nach seiner Rechten mit beiden Händen.

«Hör mal zu, ich flehe dich an, es ist in deinem Interesse!»

«Das hast du beinahe ruiniert. Laß mich!»

«Karel», sie ließ nicht los, «soll es lieber Hutcheson erfahren?»

Die Frage traf ihn. Aus dem Keller kam der Ober herauf und fragte nach den Wünschen. Diese Komödiantin, jetzt wußte er, woran ihn damals ihr toi-toi-toi erinnerte! traf den Touristenton.

«Zwei Kaffee», bestellte sie.

«Im Unterschied zu Deutschland», gab der Kellner sich wie ein Fremdenführer, «muß man bei uns auch sagen was für Kaffee, nur von den klassischen gibt es zehn, zum Beispiel...»

«Zweimal Melange!» herrschte sie ihn an.

«Jawohl, Gnädigste...» er verstummte und verschwand ins Unterirdische.

«Wer bist du?» Markalous fand die Sprache.

«Die du kennst. Gerda Vargasz.»

«So eine gibt es in Wien nicht, ich habe nachgeforscht!» bluffte er.

Sie griff in die unauffällige Handtasche und reichte ihm einen olivfarbenen Reisepaß.

«Ich bin doch eine Deutsche!»

Gereizt blätterte er im Dokument. Seine Wut verstärkte sich eher.

«Und wie geht's dem seligen Gatten?»

«Warte...» sie suchte weiter in der Handtasche und fand.

Er las eine Bestätigung, gegeben in Hamburg-Blankenese, daß Frau Gerda Vargasz, Witwe, der Steuerüberschuß ihres nach Autounfall am 23. 10. 1981 verstorbenen Mannes Arno zurückerstattet wird...

«Wenn ich ein Kaninchen will, wirst du es auch herausziehen? Warum hast du's mir nicht schon früher gesagt?»

«Weil ich damals gefahren bin...»

Er schluckte, griff sie jedoch gleich von neuem an.

«Gib lieber zu, was bist du noch alles, außer Diebin?»

«Das weißt du auch. Sekretärin und Dolmetscherin.»

«Bei Chinaglass!»

«Ja.»

«Und wohin, bitte schön, hat sich die Firma verduftet?»

«Das durfte ich dir als einziges nicht sagen.»

«Und jetzt darfst du es plötzlich?»

«Nein. Aber ich will es. Diese Firma hat man deinetwegen gegründet, ich bitte dich, laß es mich dir im ganzen erklären... In Wirklichkeit wollte dich ein anderes sehr bekanntes Unternehmen haben, das sich bloß absichern mußte, für den Fall, daß du ein Doppelspiel treibst.»

«Ich!» brauste er auf.

«Wart! Als ich meinem Chef erzählte, wie wir uns im Flugzeug kennengelernt haben, bat er mich, dich zuerst auf diesem Umweg zu überprüfen. Das doppelte Spiel habe ich mit denen gemacht, als du es warst, der mich aus der Trauer um Arno befreit hat. Ich habe ihnen verheimlicht, daß wir uns lieben, dazu war später eine bessere Gelegenheit. Mit gutem Gewissen habe ich gleich drei guten Herren gedient, den Interessen der Firma, den deinen und meinen eigenen.»

«Bei mir ist es dir nicht besonders gelungen!»

«Bei dir eben ja...» erinnerte sie ihn zurückhaltend, «machst du nicht gerade Karriere...?»

«Ach so! Darum hast du mir ein Sparbuch mit falschem Kennwort gegeben? Darum bist du verschwunden und hast mich in diese Wahnsinnssituation versetzt?»

«Du läßt mich nicht zu Ende...»

«Also, leg mit deinem neuen Märchen los!»

«Mein Chef hat mir verkündet, du bist Agent der russischen Wirtschaftsspionage.»

«Was??»

«Du bist mit mir nicht zufällig geflogen, deine Unterlagen waren nur ein Köder, um sich bei uns einzuschleichen, und ich war eine nichtsahnende Vermittlerin geworden.»

«Aber das ist doch...» er schnappte nach Luft und Worten, «absurd!»

«Jetzt weiß ich es selbst... seit Hutcheson dich nahm. Die Firma überwachte seine Kontakte während seines Wien-Besuchs. Als du von ihm zum zweitenmal weggegangen bist, mußte ich dich identifizieren.»

«Rückst du mal mit deiner obskuren Firma endlich raus?»

«Samurai Incorporated.»

«Osaka...?» er riß die Augen auf, «dieser Glasgigant?»

«Aber deine Agententätigkeit hat sich der hiesige Direktor für Südosteuropa ausgedacht, Herr Yamahota.»

«Warum...?»

«Karel, das Angebot, das er dir leider über mich machte, sollte in erster Linie euer Abkommen mit Österreich unterminieren. Er ahnte nicht, daß du bis zum Schluß loyal bleibst, vielleicht hat er befürchtet, daß er für so einen Fehler seine Stelle verliert, und wollte der Firma wenigstens deine Provision ersparen. Man hat uns beide hinters Licht geführt», sagte sie resigniert, «aber du hast es trotzdem geschafft.»

«Hat man dich rausgeschmissen?»

«Das macht man mit Zeugen nicht. Die werden bezahlt oder...» sie sprach nicht weiter.

«Dich bezahlen sie, wie man sieht, weiter, also wegen was beschwerst du dich?»

«Hast du vergessen», sie schnüttelte den Kopf, «daß du mich heiraten wolltest?»

Jawohl, eben das zu vergessen war er nach seinem tiefen Fall hartnäkkig bemüht. Wahrscheinlich mit Erfolg, denn er verspürte jetzt nur noch Bitterkeit. Und attackierte sie unbarmherzig weiter.

«War dir klar, was ich durchmachen mußte?»

«Ja, Karel, mir ist es nicht besser gegangen...»

Er hörte Verzweiflung daraus und merkte auch, daß sie sich nicht einmal mehr schminkte, wie eine perfekte Nonne! war aber nicht gewillt, in seine traurig berühmte Sentimentalität zu verfallen, der wahre Grund seiner ständigen Malheurs mit den Frauen. Er blieb unversöhnlich.

«Was willst du noch von mir?»

«Ich will es wiedergutmachen, damit du mir wieder glaubst!»

«Aha! Kriege ich das Geld von dir?»

Sie überzeugte sich, daß sie nach wie vor allein waren.

«Ich gebe dir mehr», sagte sie dennoch kaum hörbar, «die Unterlagen für die gesamten südöstlichen Geschäftsaktivitäten der Firma Samurai samt Geheimtöchtern.»

«Solche Papiere», überkam ihn erneut äußerstes Mißtrauen, «bekommen nur die Konzernobersten in die Hand!»

«Zuvor aber muß sie ihnen jemand schreiben», erklärte sie in schlichter Bescheidenheit, «ich möchte meine Schuld abtragen: Hutcheson wird dich für einen Propheten halten.»

Eine neue Falle? er stellte die Stacheln auf, wie soll man dem Glauben schenken, der einem seine Lügenkunst schon vorgeführt hat? doch ein Lügner wird immer bei etwas erwischt... Moment mal: Durch welch einen seltsamen Zufall hat sie mich hier gefunden?

«Was hat dich auf diesen Ort gebracht?» schnauzte er sie an.

«Ich folgte dir von der Schneiderei aus.»

«Wie konntest du wissen...?»

«Du bist dorthin von Hutcheson an dem Tag gegangen, als ich dich identifieren mußte. Ich rief dort dann an, ob du noch da wärst, und man sagte mir, daß du wiederkommst. Hast du jetzt Zeit?»

«Warum?» fragte er ratlos, nachdem auch dieser Versuch mißlungen war.

«Ich habe die Kopien bei einer Bekannten deponiert, für die ich im Sommer die Blumen gieße.»

Zusammen mit ihrem Notizbuch zog sie das einzige heraus, was sie außer der Stimme mit ihrer strahlenden Vergangenheit verband, das goldene Stiftchen mit einem Diamanten, das er bereits im Flugzeug sah, als er sich in sie verliebte. Auf ein herausgerissenes Blatt kritzelte sie wie damals mit ihrer winzigen Schrift eine Adresse.

«Es ist einer der Möchtegern-Wolkenkratzer in Alt-Erlaa, laß dich vors Haus fahren, sonst verläufst du dich. Und gib mir eine Stunde Vorsprung, wir sollten nicht gleichzeitig aufkreuzen...» sie stand auf, «ich werde dir für das Vertrauen immer dankbar sein, und du wirst es nicht bereuen!»

Als er allein war, schaute er zuerst auf die Uhr. Er hat hier alles in allem zehn Minuten gesessen. War er in der Sonne eingeschlafen? Jagt ihn Gerda im Traum wie die SS-Leute in Sázava? Und falls ich sie nicht geträumt habe: Warum hocke ich hier noch wie der letzte Idiot und überzeuge mich nicht selbst...! Er vergaß nicht, einen Hunderter unter den Aschenbecher zu legen, und lief ihr nach. An der zweiten Ecke hielt er zuerst Ausschau, wie er das von Krimis kannte.

Auf dem kleinen Platz erinnerte ein bronzener Lessing eher an einen Parkwächter. Er sah Gerda, an den Pkws vorbeischreitend, und sein Herz klopfte wie das eines Jägers. Steigt sie in einen der Wagen ein, ist sie überführt. Sie mied jedoch alle geparkten Autos und verschwand im nächsten Gäßchen. Er erreichte es im Laufschritt und hatte zu tun, sich hinter die Ecke zurückzuziehen. Sie stand nur einige Schritte vor ihm und wühlte in ihrer Handtasche. Er zählte bis zehn, bis er den Kopf vorsichtig wieder hinausstreckte, wann ruft jemand einen Bullen gegen mich?

Was er erblickte, hatte er am wenigsten erwartet. Die Frau, die ihn auch durch ihre Souveränität faszinierte, mit der sie ihr Witwenschicksal und ihren anspruchsvollen Job meisterte, drückte jetzt ein Taschentuch an die Augen, und ihre Schultern bebten. Ein eleganter alter Herr, der aus der Gegenrichtung auftauchte, blieb stehen und bot sichtbar seine Hilfe an. Ohne das Gesicht frei zu machen, schüttelte sie verneinend den Kopf und ging eilig weiter. Auf dem Katzkopfpflaster stolperte sie ein bißchen.

Karel Markalous folgte ihr in der Entfernung bis zur U-Bahnstation. Dann zerbrach er sich den Kopf, was nun.

6. *Am selben Vormittag in Rohlau*

Der Kater war aushäusig, die Mäuse tanzten.

Im Garten hinter der Pension galt das Krebsche Spielverbot generell und speziell für Ballspiele. Nicht einmal der allwissende Kloßlein ahnte, warum, die Fenster lagen weit genug entfernt und waren dazu noch vergittert, doch in diesem Punkt blieben alle seine Interventionen vergeblich. Rache für die Vertreibung! meinte er machtlos. Da es in der Nähe im Hügelterrain keinen anderen Spielplatz gab, wurden so die Enkel der Täter bestraft.

Als die auch heute nach dem Frühstück wie ein Bienenschwarm ausrückten, um einen Zeitvertreib gegen die nie endende Langeweile zu suchen, erklang das stumpfe Klatschen des gekickten Balls. Das runde Ding flatterte über das Feld weißer, brauner und gelber Gesichter, zum Himmel gereckt, aus zwei Dutzend Kehlen erscholl ein vielsprachiges Kampfgeschrei, und die Horde verwandelte sich in zwei Mannschaften. Ein paar Minuten Dribbling reichten aus, und die Angreifer, Verteidiger und Kapitäne standen fest.

«Schauen Sie», zeigte Mara Silverová von der Spülmaschine aus, in die sie das Geschirr räumten, Lydia Gutenberg, «die natürliche Auslese, jene entscheidende Kraft, die wir Kommunisten unterschätzt haben...»

«Sie sind immer noch eine...?» wunderte sich die Pianistin.

«Selbstverständlich nicht, aber ich muß damit leben wie die Deutschen mit ihrer Schuld.»

Miro Čierniak wurde für unnütz befunden und in das Tor gestellt, was ihn aus Unkenntnis mit Stolz erfüllte. Das hat nicht lange gedauert, denn Doktor Čierniak schöpfte Verdacht, und das Geschrei hinter der Pension führte ihn schnell an Ort und Stelle. Ohne sich um Regeln zu kümmern, zog er Miro aus dem Tor während des Spiels, damit er sich bei den Mitspielern nicht etwas fängt. Die haben es nur begrüßt: Als Goalman hat er bereits drei leichte Bälle nicht gefangen.

Miro erfüllte ihr Zimmer mit Geheul, bettelte, sie sollten dann doch an die Donau fahren. Der Vater hielt zum Glück an dem Prinzip fest, zu dem sich alle Flüchtlinge bekannten: keinen einzigen Gratisbiß verfallen lassen!

«Wenigstens nach dem Mittagessen», jammerte Miro, «wenn es so schöön ist...»

Magda, die auf der gemachten Couch bäuchlings lag, hörte auf, in dem auf dem Boden aufgeschlagenen Buch zu lesen, in der Not frißt der Teufel Fliegen, scherzte kürzlich ihre Bibliothekarin Mara, und du tschechische Dichter; doch sie beruhigte sich gleich, hast doch keine Chance, du Heulpeter, sie haben schon gestern ihre Sexdecke in den Simca geschmuggelt.

«Also gut», gab Doktor Čierniak ganz unerwartet nach.

Ohne ihre Leselage zu ändern, die sie mit Gabo erfunden hatte, ob uns so dünne Bande zusammenhalten? überlegte sie blitzschnell, wie sie dem Ausflug entkommen könnte. Einer der Wege dazu wäre ein Streit, sein Objekt stand an die Wand gelehnt.

«Vati, dann nehmen wir aber das Brett mit!»

«Fang jetzt nicht auch du noch an!» reagierte der Vater richtig, «bei dieser Hitze sollen wir uns damit abschleppen!»

«Ich merke nichts von Hitze.»

«Jetzt nach dem Asyl können wir jeden Tag das Visum und die Flugkarten erwarten, falls dir was passiert, verlieren wir am Ende noch Wochen.»

Die neue Ausrede war nicht weniger behämmert als die vorherigen.

«Was sollte mir passieren? Habe ich nicht in Konkurrenz gesurft?»

«Ich hab' dir schon erklärt», fuhr er auf, heftiger als sie wollte, «daß hier bis zu einem bestimmten Alter die Eltern entscheiden!»

Wow...! aber jetzt durfte sie nicht überziehen, sollte er nicht entscheiden, daß sie an die Donau zur Strafe fahren mußte, schwerlich hätte sie sich dann herausreden können. So klappte sie nur laut das Buch zu, damit über ihre Ansichten kein Zweifel bestand, mit Schwung erhob sie sich von der Couch, aber unterwegs zur Tür grüßte sie wohlerzogen.

«Ahoj.»

«Wohin gehst du?» des Vaters Gemüt näherte sich dem Siedepunkt.

«In die Küche, helfen. Zum Kartoffelschälen bin ich alt genug, oder?»

«Bohdan», mahnte ihn Terezie, als die Tochter fort war, «warum reizt du sie immerzu?»

«Ich? Ich sie?»

«Miro», schlug die Mutter dem Sohn vor, der inzwischen sein Schluchzen vergaß und mit Interesse zuhörte, «weil du so vernünftig begriffen hast, warum dich der Vati wegholte, dort ist das Kicken verboten, weißt du, und die Jungen kriegen noch Ärger! erlauben wir dir, daß du im Supermarkt einen Kosmischen spielst.»

«Juhuu», jubelte er, nutzte die Gunst der Stunde, daß sie allein streiten wollten, zum Erwerb der doppelten Summe, und weg war er.

Bevor es dem Ehemann gelang, seinem Zorn freien Lauf zu lassen, sagte Terezie bedeutungsvoll.

«Wir haben eine Fahrt zur Post geplant, damit wir uns lieben können. Trotzdem hast du Miro versprochen, an die Donau zu fahren.»

«Verdammt», sagte er unglücklich, «ich habe es vergessen, entschuldige!»

«Das tue ich, obwohl ich ungern um mein Liebesstündchen komme», setzte seine Frau feierlich fort, «weil ich weiß, daß wir beide damit unserem Kind dienen. Wir haben aber zwei Kinder, und zu ihr bist du ungerecht.»

«Terezie! Du weißt doch, warum sie nicht surfen darf!»

«Ich ja, aber sie doch nicht. Und weil sie nichts weiß, ist sie verbittert. Und du, anstatt nachsichtig zu sein, weil du am besten weißt, was sie nicht weiß, wedelst unentwegt wie mit einem roten Tuch mit ihrer Geburtsurkunde herum. Hast du so schnell alles abgeschüttelt? Bis vor kurzem hast du Angst gehabt, sie könnte zurückflüchten.»

«Ich habe Angst gehabt? Du warst es!»

«Wenn ein Elternteil Angst hat, soll es auch der andere haben!»

«Hast du etwas bemerkt?» er begann sofort, sich gemeinsam mit ihr zu ängstigen.

«Eben nicht, und das schreckt mich immer mehr, denn wenn sie sich etwas in den Kopf gesetzt hat, war es erst vorbei, wenn sie uns überzeugt hatte, oder aber, und darauf haben wir jetzt verzichtet, wenn wir gelegentlich sie überzeugten.»

«Wie sollen wir sie hier überzeugen, daß der junge Babraj ein Hurenbock ist?»

«Aber warum tut sie dann, als ob nichts...?»

«Vielleicht hat es sie einfach losgelassen. Aus dem Auge, aus dem Sinn.»

«So ist Magduš nicht. Darin ist sie nach mir geraten.»

«Was willst du damit sagen?» wunderte er sich.

«Und natürlich auch nach dir...!» verscheuchte sie das nicht alternde, wenn auch schon unscharfe Gesicht des Karlsbader Amors.

«Na gut, aber was sollen wir unternehmen? Haben wir beide nicht wie Freunde mit ihr gesprochen, ihr nicht vorgerechnet, was sie in Amerika gewinnt? Hab' ich ihr nicht versichert, sie darf mit achtzehn entscheiden, was sie tun und lassen will?»

«Sicher, aber... dann ist sie bereits dort, und du konntest ihr nicht versprechen, daß sie ihn nicht verlieren wird.»

«Das würde sie so oder so!»

»Du siehst Magduška nach wie vor nur mit den Augen des Vaters. Wärest du imstande, sie als Mann zu sehen...»

«Was willst du von mir? Blutschande?»

«...würdest du begreifen», sie ließ sich nicht unterbrechen, «warum der junge Babraj sie nicht für eines der Flittchen hält, die er wie Taschentücher wechselte. Es hat ihm eingeleuchtet wie auch mir, daß sie längst eine erwachsene Frau ist.»

«Sie ist keine Jungfrau mehr?» er war baff.

«Eben daß sie eine ist! Und in dieser Hinsicht ist sie reifer als ihre Mutter, die gleich der erste bekommen hat, dem sie begegnet ist.»

«Aber... das war doch ich!»

«Nur stell dir mal vor», sie eilte von dem dünnen Eis weg, «du wärest ein Schuft gewesen und hättest mich mit dem Kind sitzenlassen.»

«Daß Magduš kein Kind hat, beweist höchstens, daß der Hengst ein Präservativ benutzt.»

«Daß du dich nicht schämst!» entrüstete sie sich, «nein! ich wette, was du willst, daß er von ihr höchstens dann und wann einen Kuß gekriegt hat, und dadurch ist er nur gefährlicher! Sie hat es geschafft, daß er sich das erstemal richtig verliebt hat, und sie kommt sich um so mehr bestohlen vor. Einer muß mit ihr doch schließlich anfangen, warum nicht also ein so hübscher, kluger und umworbener Junge?»

Es war ihm zutiefst zuwider, in ihm bohrte der Verdacht, daß auch Terezie viel lieber einem attraktiven Playboy den Vorzug gegeben hätte. So wandte er wenigstens ein.

«Nun eben den schaffe ich ihr kaum ins Bett.»

«Dann gib aber wenigstens zu, daß sie Pläne schmieden könnte, wie sie zu ihm zurückkommt!»

«Und wir sind, wo wir waren! Sollen wir sie hier einsperren?»

«Im Gegenteil. Geben wir ihr mehr Freiheit.»

«Hältst du mich für verrückt?»

«Bohdan, die alte Weisheit besagt, am häufigsten wird aus dem Käfig geflüchtet, auch wenn er aus Gold ist. Ich meine eine solche Freiheit, daß sie den Jungen auf die bewährte Art loswerden kann: Sie verliebt sich in einen anderen. Dann aber können wir sie nicht überwachen wie Miro.»

«Und wo wäre in Rohlau, wie du es nennst, ein umworbener schöner Klugscheißer aufzutreiben?»

«Alle Vorzüge hat», Terezie ließ sich nicht beirren, «falls sie jemand sehen will, der Vágner. Darüber hinaus ist er auch noch Slowake.»

«Soll ich ihn zur Abwechslung bitten, meine Tochter zu ficken?»

«Bohdan!» sie war empört, «wie redest du da?»

«Als wir ihn als Landsmann gebeten haben, mir mein politisches Engagement zu bezeugen, wagte es dein Herr Vágner zu sagen, er sei nicht von Lüge zu Lüge geflüchtet.»

«Spricht das nicht für ihn?»

«Niemand hat mich so erniedrigt!»

«Und du kommst über deine gekränkte Eitelkeit nicht hinweg, auch wenn es um deine Magduška geht?»

«Terezie», er verlor wieder die Beherrschung, »heraus damit, wie stellst du dir vor, daß ich die Jungfernschaft meiner Tochter an den Mann bringe, wenn er hier mit einer anderen geht?»

«Weißt du was?» sie erzürnte sich wie nur selten, «behellige mich nicht mit deinen ewigen Launen, manchmal denke ich mir, du hättest deine Tage! Ich bin weder pervers noch blöd, aber es lassen sich wohl günstige Bedingungen schaffen. Wenn sie zu ihrem Gabo will, flüchtet sie, selbst wenn sie hinter Schloß und Riegel säße. Es ist ein kleineres Risiko, ihr Freiheit zu lassen: Solange sie zum Essen erscheint, soll sie machen, was sie will. Der Vágner gefiel ihr, sie sagte mir sogar, er sei zu schade für die böhmische Gans, vielleicht freunden sie sich an!»

Er schüttelte ablehnend den Kopf, doch er wußte nichts Besseres.

«Ach!» sie ließ den Wurm in seinem Kopf weiterbohren, «bis morgen wird sie uns vielleicht nicht türmen, was wolltest du mir da zeigen, Schatzi, bevor du Miro holen gingst?»

Er fühlte sich erleichtert. Er zog aus der Plastiktüte im Schrank die Prospekte aus Wien, die er übers Wochenende sorgfältig studiert hatte.

«Aber eigentlich wollte ich mit dir darüber erst im Walde... ich kann mich des Eindrucks nicht erwehren, daß man uns auch hier abhört.»

«Zu was wäre es gut für die?»

«Jeder lügt ihnen doch etwas vor! Na, hoffen wir, daß sie ausgerechnet an mir kein besonderes Interesse haben, ich möchte ungern, daß mir jemand dabei zuvorkommt!»

«Bei was eigentlich?»

Er hat immerhin die Stimme gedämpft, als er auf der Couch die Werbeunterlagen ausbreitete. Auf dem Glanzpapier waren diverse Zahnpraxen in Designs aller Art farbig abgebildet, von den nostalgischen bis zu den kosmischen, wie die staunende Terezie meinte.

«Und dennoch», unterbrach er sie eifrig, «fehlt überall, was eben unsereiner mit unverdorbenem Blick und Hirn gleich merkt...»

«Und zwar?»

«Na, rate mal!»

«Spann mich nicht auf die Folter, ich ergebe mich.»

«Der Fernseher!» verriet er ihr flüsternd, «aber an der Decke, weißt du, dort oben, wohin der Patient die ganze Zeit, wenn ich an ihm arbeite, stiert! Warum sollte er dort nicht etwas sehen, was seine Stimmung aufbessert? Mickymaus, Donald Duck? oder den Seemann Popeye, dem soeben ein Zahn mit dem Ankertau gezogen wird, wie wir es an Silvester bei den Österreichern gesehen haben!»

«Bohdan! Das ist tatsächlich eine fabelhafte Idee! Daß das noch niemandem eingefallen ist!»

«Ich muß sondieren», sagte er glücklich und beunruhigt zugleich, «ob man sich das patentieren lassen kann. Gerade solche Ideen haben aus einem Niemand von Schuster einen Bata gemacht, warum könnte es nicht mal ein Zahnarzt sein?»

7. *Am selben Vormittag in Wien*

Tono Vágner hat es bereut, nicht das letzte Geld in eine Taxe gesteckt zu haben. Josef Strniště, den er jetzt beinahe so wenig ertragen konnte, wie er ihn früher bewundert hatte, wartete nur ab, bis auch der alte Professor ausstieg, um den Freundschaftsdienst in Eigenwerbung zu verwandeln. Er führte dem Mädchen alles vor, woran es Tono zeitweilig fehlte: Geldmittel, Lebenserfahrung als auch weltmännischen Charme. Mit Ekel vor sich selbst stellte der ehemalige Korporal fest, daß er auf den abgetakelten Musketier eifersüchtig ist.

Dabei hielt er Bobina lange für ein Mädchen, das ihn gegen den gleichen Dienst von physischer Spannung befreit, was konnte man schon in Rohlau und mit ihr Besseres anstellen? pfui! rügte er sich, sie hat auf ihre Art Köpfchen, ist sauber und zu ihren Reizen auch noch lieb. Aber mit all dem zusammen hat sie ihn in brackiges Wasser geführt. Sie bestand darauf, mit ihm gemeinsam Deutsch zu lernen, aber er plagte sich mit ihr vergeblich und hat dabei nur selbst an Tempo verloren, du bist der Mühlstein an meinem Hals! stöhnte er, du mußt wählen, wehrte sie sich, was du mit mir lieber machst! und meistens verloren die Mayers.

Wie sich der Lauf des Sommers beschleunigte, nahm er sich vor, die Bremse zu ziehen, ich muß ordentlich pauken, falls ich eine Chance haben will! aber allen Vorsätzen zum Trotz lief es anders. Obwohl er nicht besonders auf Sex aus war, der Cyrano in ihm funktionierte auch als Asket, er konnte auch nur mit Gefühlen auskommen, brachte es Bobina doch dahin, daß er daran Gefallen fand. Bisher schlief er mit Mädchen, die er mochte, jetzt erlebte er, daß es auch umgekehrt geht: Wie er mit ihr schlief, wuchs seine Zuneigung.

Auch hat sie ihn bei der Pleite mit dem Streik abgestützt. Das Wehgeklage der Rumänen und Tamilen, sie schufteten bei der Sommerhitze als Aushilfen in der nahen Ziegelei für den Bettellohn von zwanzig Schillinge pro Stunde ohne Essen, hat ihn dermaßen zur Weißglut gebracht, daß er nach dem Abendbrot eine Sitzung einberief. Als Professor Klößlein es ihm ausreden wollte, bat er Mara Silverová zu dolmetschen, obwohl er noch nicht geschluckt hatte, daß sie es mit dem Schauspieler hat; die tollen Grundsätze gehen offenbar vor die Hunde, wenn jemand seine bekannte Fernsehvisage auf ein Weib wirft!

Er hat sich vor ihr zur Leistung eines geborenen Volksredners gesteigert. Er überzeugte die verängstigten armen Schlucker, daß sie sich mit vereinter Kraft das Dreifache an Lohn leicht erkämpfen werden, ihre Klassenbrüder hier hätten schon längst die wirksame Waffe des Streiks erfunden, auch sie sollen zu ihr greifen! Am nächsten Morgen führte er sie persönlich an und erlebte, wie nach drei Stunden ein Bus die Klassenbrüder aus der Pension in Kremsau zu der Ziegelei beförderte, die, ohne zu zögern, die Rohlauer ablösten, nachdem sie fünf Schillinge mehr pro Stunde erhalten hatten.

Bobina tröstete ihn, auch das ist dein Erfolg! aber die Rausgeschmissenen griffen noch vor dem Abendessen zu der wirksamen Waffe der Abstimmung und haben ihn schmählich der Funktion wieder enthoben, um die er sich vorher nicht gedrängt hatte. Als sie ihm, um ihn auf bessere Gedanken zu bringen, in der Nacht danach unter der Decke aus Sternen auf dem Bett aus Moos entgegenkreischte, aber dafür bist du im Bumsen Weltmeister! wußte er nicht, ob er weinen oder lachen soll. Aus Dankbarkeit begann er dann, sich mit ihr erst recht zusammenzutun.

Um sie von Zeit zu Zeit auf dem Parkett der Pöltener Disco zu schieben, allein das Taxi zurück kostete dreihundert! faßte er mit einer Handvoll der Tüchtigsten aus der Pension beim Straßenbau Fuß, zwar für ganze vierzig die Stunde, aber den kochenden Teer auf die glühende

Fahrbahn zu scharren war in der Augusthitze eine Mordsschinderei. Dafür hat er sie sogar in die Wiener Kneipe «Zum Grünen Ochsen» ausgeführt, auf die sie vom Hörensagen scharf war. Junge tschechische Emigranten, umweht von frischem Dissidentenruhm, haben sie freundlich aufgenommen, doch sie hatten fast alle eine Macke, und als sie sich mit Bier hatten vollaufen lassen, konnte Tono Bobina nur mühsam ohne Gewalt vor ihren wollüstigen Griffen schützen.

Damit er seinem verwischten Leben neue Konturen gab, setzte er sich als Grenze das Asyl. Sie hat unentwegt von Amerika gesabbelt, die Kameradin versinkt in Dollars, wird uns gern unter die Arme greifen! er soll dort studieren, sie macht einen Laden auf, kennt sich in drei Sortimenten aus, kann aber auch als Mannequin trippeln, hast du je gesehn, Tono, aber ehrlich joo? einen festeren Busen in dieser Nummerngröße? aufrichtig gab er zu, daß das nicht der Fall war, und durfte sich gleich an ihm erfreuen, auf Kosten der Mayers, versteht sich.

Mit solch verführerischen Ergänzungen ausgerüstet, gewann Bobinas einfacher Traum, wie sich das Warten in die Länge zog, an Anziehungskraft. Tono konnte sich bereits zeitweilig sich selbst vorstellen, als einen, zum Beispiel, und warum nicht? warum die Masse zwar geehrter, aber armseliger Wissenschaftsratten vermehren, wenn er zum Beispiel ein betuchter Farmer sein könnte, wie man sie hier im Fernsehen sieht, der Cowboy ist eine Art Gascogner! er sitzt abends auf der Veranda seiner Ranch, im Schoß zwei Jungen wie Eichen und gegenüber die Liebesspenderin, die immer Lust hat… dann erwachte sein Gehirn und sagte ihm, du Ochse!

Tono Vágner kannte die Welt nicht und erlebte nur wenig, dennoch hatte er eine ziemlich konkrete Vorstellung, wie er grundsätzlich mit seinem Leben verfahren möchte. Und wenn ich hundertmal auf die Schnauze falle, so will ich sie weiter frei aufmachen dürfen im Interesse aller, die Hilfe brauchen! Falls sie mich gern genug hat… und ich sie? aber doch, sie ist hier, nach Mara, versteht sich, die Beste für mich, und die Roxanas sind ausgestorben! dann aber soll sie es mit ihm, wie es ziemlich richtig die beiden im Lager vorgeschlagen hatten, hier durchstehen. Das aber mußte er ihr, wenn sie das Asyl kriegen, klarmachen, noch ehe sie mit ihrer Millionärin Ränke schmiedet.

Einstweilen jedoch führte der Zauberer das große Wort. Effektvoll schlängelte er sich durch den Irrgarten von Einbahnstraßen der Wiener Innenstadt und fabelte dazu sinnlos ein neues Märchen: Er habe in

Afrika ein Galadiner für Inspekteure der Fremdenlegion aus Paris vorbereitet und beim Braten der Fische dem schwarzem Personal beigebracht, wie man sie in Restaurants der Metropole richtig serviert, mit Zitrone im Maul und Petersilie hinter dem Öhrchen! danach widmete er sich den Beilagen, als sich die Kellner mit den silbernen Tabletts in Reih und Glied aufstellten, und dachte dann, ihn trifft der Schlag, er grunzte vor Lachen noch jetzt in Wien hinter dem Lenkrad.

«Die Schuhwichser bekamen selbst herausquellende Fischaugen, an ihren Ohren bimmelte die Petersilie, und in den Mäulern hielten sie angebissene Zitronen!»

Bobina platzte beinahe, so eine Kälberei! quälte sich Tono. Er hoffte nur, daß sie sich bei der Fremdenpolizei kein Loch in den Bauch stehen müssen und das gesparte Reisegeld danach im Prater verjubeln werden, wenn sie das fällige Gespräch geführt haben, dann verdreht er ihr den Kopf auf der Achterbahn, und die Nacht kriegen sie unter freiem Himmel hin, in dem daunengefüllten Schlafsack, den er heimlich bei den Polen am «Mexico» kaufte und jetzt als Überraschung in seinem Rucksack trug. Er hielt es für eine Schweinerei, daß gerade der, zu dem er sich so fair verhalten hatte, sein Mädchen anmachen möchte. Er trotzte dem nur matt, indem er sauer schwieg, wodurch er sich Bobinas Frage verdiente, ob er vielleicht auch in eine Zitrone gebissen hat. Er versuchte zu lachen, kam sich aber wie des Kochs letzter Schuhwichser vor.

Auf dem Gang, der durch seine Trostlosigkeit an die Ämter der einstigen Heimat erinnerte, herrschte der gewöhnliche Zustand des organisierten Chaos wie schon vor fünf Wochen, als sie hier auf die Unterredung mit tschechisch sprechenden Fremdenpolizisten warteten, die in Schroffheit wetteiferten. Sudetenländer! schätzte er sie damals ein und war verwundert, daß sein Mädchen, im ehemaligen Sudetenland großgeworden, davon keinen blassen Dunst hatte. Anhänglich hörte sie sich auch diesen Vortrag zu Ende an, einen jeden verstand sie als Vorspiel zum nächsten Beischlaf, sie hörte, bekannte sie ihm einmal, die Intelligenzler würden mehr schwatzen als bumsen, habe aber Schwein, Tono, daß du beides kannst.

Der Zauberer holte drei Wartenummern, und mit Hilfe einer kleinen Palmage verteilte er sie in der gebotenen Reihenfolge. Dann amüsierte er das Mädchen weiter und spülte den Jungen mit einem Wasserfall lustiger Geschichten weg, wobei er aufmerksam das Aufrufen verfolgte. Tonos Gereiztheit wuchs unter der Ungewißheit des Ausgangs. Die Bürotür verschlang Menschen mit Hoffnung, und sie spuckte viele von ihnen ohne sie aus. In einer Stunde zählte er ein gutes Dutzend Männer und Frauen, die blaß und weinend fortgegangen sind. Manchem ist gewiß unrecht getan worden, Gott im Himmel, und sie mucken nicht einmal auf! Die Guten im Lager wissen am besten, daß man hier ohne Asyl legal nicht einmal Kühe hüten darf! Hat jemand gegen mich hier angestunken? Ich werd' mich bestimmt zur Wehr setzen!

«War das nicht deine Nummer?» machte ihn Strniště aufmerksam.

«Ach, ja?!»

Vor Erregung nahm er auch den Rucksack mit, doch es entging ihm nicht, daß er von Bobina nicht einmal Hals- und Beinbruch! hörte. Er trat mit einer üblen Vorahnung ein. Drinnen saß ein Mann mit einem Gesicht wie ein altes Pergament, der ihn das letztemal mit seiner Bemerkung überrascht hatte, Tono müsse sich als Slowake im Unterschied zu den Tschechen nicht so viele Vorwürfe machen, die Vertreibung! erklärte er ihm. Auch heute machte er eine freundliche Miene, während er seine Augen aufschlug.

«Setzen Sie sich!» er sprach ihn in einem immer noch ordentlichen Tschechisch an, «Sie haben einflußreiche Fürsprecher.»

«Ich?» er begriff nichts, «ich kenne hier keine Sterbensseele.»

«Dafür aber offensichtlich viele Sie. Sie haben einige enttäuscht, die anderen haben Sie jedoch erst recht unterstützt.»

«Wer?»

«Es reicht, daß einer davon der Regierungsrat Radetzky ist. Unterfertigen Sie hier, daß Sie den Erlaß über die Gewährung des politischen Asyls durch die Republik Österreich in Empfang genommen haben.»

Erst als ihn die Tür verschluckte, regte sich in Bobina das Gewissen.

«Mannometer, ich hab' ihm nicht einmal Glück gewünscht!»

So hat sie ihm wenigstens beide Daumen gedrückt.

«Ich dachte», nutzte der Zauberer rasch die Gelegenheit, auf die er gezielt hinsteuerte, «daß du auch mal glücklich sein willst.»

«Na, und nicht?»

«Und wie wirst du's herzaubern! Bist nichts, hast nichts, sprechen tust mit Not Tschechisch und hängst dich an einen Spinner, hör mal, so hast du ihn doch selber genannt!»

«Tono ist vielleicht eine Nummer, aber sonst», stellte sie sich fest hinter ihn, «der anständigste Bursche, den ich je kannte!»

«Und was», lächelte er mitleidig, «kaufst du dir dafür?»

«Wenn Sie es wissen wollen, er gibt mir viel, viel mehr, als Sie je könnten.»

«Falls Du das Bett mitrechnest, so würde ich auch darin mit ihm Schritt halten.»

«Schlagen Sie ihm einen Wettbewerb vor!» warf sie höhnisch ein, «sobald er da rauskommt, ich hol' Ihnen inzwischen einen Sanitätswagen.»

«Ich hielt dich für schlauer», schüttelte er den Kopf.

«Halt Enttäuschung, na! Aber grämen Sie sich nicht darüber. Wenn wir das Papier haben, schieben wir nach Wien und von dort nach Nijork. Diese Jarina, die Sie nur wegwischen wollten, die hat nämlich angerufen! Sie pickt uns auf!»

Sie gewann die Oberhand, und ihn verließ die Kondition. Er sprach seine letzte vage Hoffnung aus.

«Und was, wenn er das Asyl nicht bekommt?»

Abrakadabra! dachte er verzweifelt, vielleicht wirkt es einmal wirklich?

«Wenn nicht er, wer denn dann? Es sei denn...» sie wurde scharlachrot, «Sie haben ihn vor Wut verpetzt. Für den Streik zum Beispiel? Als einen Bolschi? Dann aber», sie geriet in Zorn, «werd' ich Ihnen persönlich die Augen... Tono??»

Er sah geistesabwesend aus.

«Nein! Die haben dich faktisch...»

Er zeigte das Papier und erstrahlte erst jetzt.

«Da schau», der Zauberer war erleichtert, «ich verpetz' keinen!»

«Jungfrau Maria...» Tono warf die wochenlange Last ab, «ich hatte vielleicht einen Bammel! Nicht um mich, ich hätte mir schon einen Rat gewußt, aber um die da, verstehen Sie mich recht! Ob es hier Freiheit gibt oder nur einen anderen Mist. Aber sie... sind in Ordnung, das ist Spitze! Ja», er erinnerte sich, «der drin wartet jetzt auf Sie...»

Als der Zauberer die Bürotür hinter sich zumachte, sah er gerade noch, wie die zwei sich küssen. Schluß aus! ich kann sie abschreiben, wo aber, in Dreiteufels Namen, wo nehm' ich eine ähnlich Geschickte her? Muß ich wieder von vorne anfangen? Unkonzentriert hörte er sich etwas an, unterschrieb irgendwo und nahm das ersehnte Blatt entgegen wie die Einteilung zum Küchendienst. Als er aufgestanden war, griff der Beamte nach einem anderen Akt und fragte.

«Kennen Sie aus Rohlau eine gewisse Havránková, Běla?»

«Jawohl», antwortete er, immer noch benommen.

«Ist sie hysterisch? In ihrem Fall ist das Asyl nicht erteilt worden.»

Im Hirn des Zauberers donnerte Alarm, als hätten in der Festung Sidi Belem die Korporale mit ihren Eisenkrampen auf hängende Schienenstücke geschlagen. In der Sekunde war er wieder ganz da, bereit, keinen Fehler zu machen, der in der Wüste den Bau und im Dschungel den Hals kostete. Vor allem mußte er einen Aufschub erzielen.

«Gut, daß Sie das sagen! Sie leidet an epileptischen Anfällen!»

Der Beamte hob keine Braue, im Fach Ausreden könnte er seinen Doktor machen.

«Eine Krankheit ist für das Erteilen von Asyl nicht relevant.»

«Sie haben mich mißverstanden. Nehmen Sie sich das Mädchen nach dem Mittagessen vor, erst wenn wir sie geistig vorbereitet haben. Sie wollen doch nicht, daß es sie hier packt?»

«Schaffen Sie das bis drei?» das Trockengesicht wollte es nicht so recht glauben.

«Ich versuche es, nur...» er legte sein kostbares Papier auf den Tisch zurück, «muß ich einen Grund haben, daß ich wieder hierherkommen soll, darf ich sagen, daß man Sie abgerufen hat, bevor Sie mich abfertigen konnten?»

Sag doch ja, Bulle, du blöder, leck dir alle deine zehn Finger ab, daß ich für dich die Kastanien aus dem Feuer hole, wenn du Nein! sagst, finde ich keine Zeit, dir das Wasser abzugraben, und grabe ich es nicht ab, ist meine Assistentin und Konkubine definitiv perdu, jahrelang wird sie keinen ordentlichen Reisepaß zu sehen kriegen, Abrakadabra...

«Also gut», stimmte der Amtmann zu.

Die Knie und die Stimme des Zauberes haben sich rechtzeitig gefestigt, damit er den beiden auf dem Gang vortäuschen konnte, wie ihn die Verzögerung zwiebelte.

«Na fein», Bobina verabschiedete sich jäh, «also dann, einen Treffpunkt müssen wir nicht ausmachen, nach Rohlau kommen wir erst morgen zurück, wir beide allein.»

Besitzergreifend hat sie sich bei Tono eingehängt, damit Strniště endlich kapiert. Er aber wußte bereits, daß er kein übertrumpfter König mehr ist, sondern das Trumpf As in Person, das einzig und allein die verlorene Partie im letzten Stich für sie entscheiden kann.

Finis, punctum satis!» meldete Mara Silverová, als sie das letztemal mit dem Fuß die abgestoßene Schwingtür der Küche öffnete und die schmutzigen Teller herbeitrug, «alle leben und niemand hat sich beschwert, er wüßte auch nicht, bei wem.»

Lydia Gutenberg trocknete die letzten Töpfe und hatte für sie eine Nachricht.

«Jetzt nur noch zu Ende waschen, abtrocknen und aufräumen, neu decken und das Abendessen machen. Krebs hat angerufen, er käme zurück erst nachts.»

«Was ist mit ihr?»

«Na eben. Man hat ihm nichts gesagt.»

«Armes Weib!» Mara griff nach dem zweiten Geschirrtuch, «sie hat für zwei geschuftet, er sollte längst eine Hilfe beschaffen.»

«Sie hat vor kurzem erwähnt, daß sie sich's nicht leisten können. Sie haben es mit ihrer Steuererklärung irgendwie falsch gemacht, sie fürchtete, man könnte sie pfänden. So was geht hier?»

«Haben Sie es noch nicht gemerkt? Diese Welt ist deswegen reich, weil sie ganz hart ist. Und Steuerschulden werden hierzulande gleich geahndet wie bei uns Aufwiegelung. Falls Krebs keine gute Versicherung hat und keine Reserve, geht er bankrott.»

«Sie erschrecken mich, Mara. Welche Chance haben denn dann wir, die hier von deren Gnade leben?»

«Sie haben sicher eine. Ihre Schwierigkeiten im Beruf kann ich nicht beurteilen, aber eine enorme Stütze ist Ihr Mann.»

«Er ist nicht mein Mann...»

«Ich weiß, aber er benimmt sich besser als alle mit Trauschein hier.»

«Ist das Ihr Ernst?»

«Jeder sieht es. In dieser Hinsicht sind Sie weit und breit die einzige, wie man sagt, gebenedeite unter den Weibern.»

«Als es... nun, als es anfing», bekannte Lydia zu ihrem Erstaunen einer fremden Person, «habe ich nicht geglaubt, daß wir gemeinsam den Winter überdauern würden, es konnte ihm eine Weile imponieren, daß ihn eine reifere Frau liebt, auch das Klavier spielte dabei eine Rolle, es klang ihm vielleicht nach Weite und Ruhm, er hat nicht gleich erkannt, daß der bereits vergangen war. Egoistisch habe ich sogar seinen christlichen Glauben ausgenutzt, er kam mir als Grund für die Flucht stärker vor als ich selbst. Aber jetzt... weiß er von mir alles, wie es mit mir in der Kunst steht und wie ich aussehe, wenn ich mich abschminke. Ja, er benimmt sich mir gegenüber großartig, nur, statt glücklich zu sein, habe ich darum immer mehr Angst. Kürzlich», sie dachte einen Augenblick nach, ob das nicht zu weit geht, sprach es aber aus, «wollte ich nur noch sterben...»

Sie bekannte sogar, wie sie im Anprall neuer Hoffnungslosigkeit die steilen Turmleitern des Rohlauer Kirchleins bis zu den Glocken hinaufgestiegen war und gegen die Versuchung ankämpfte, sich auf die heiße Luft zu legen, die über dem malerischen Friedhof stand, mögen die Himmelsengel zeigen, ob sie gewillt sind, für sie ihre Flügel auszubreiten... Die Töpfe standen schon wieder in den Regalen, Mara hatte sich eine Zigarette angezündet und bot auch Lydia eine an.

«Ach, Pardon, Sie rauchen nicht!»

«Geben Sie mir doch bitte eine, ich habe immer nur aus Verzweiflung gepafft, achtundsechzig, dann, als ich mir den Finger arg gebrochen hatte, und das letztemal, als mich jemand verlassen hat.»

«Heute, so hoffe ich, haben Sie keinen Grund.»

«Dafür aber Lust. Falls Sie nicht irren, fange ich an, aus Glück zu rauchen.»

Sie machten es sich auf den einst weißen abgewetzten Hockern bequem. Der saubere Raum rief jedoch in Lydia eine andere Nostalgie hervor.

«Es dauert, bis ein Flüchtling wieder eine eigene Küche hat. Das Exil hat mich davon überzeugt, daß die Zivilisation an einer Feuerstätte entstanden ist. Ein Herd fehlt mir manchmal mehr als der Flügel.»

«Mir hat er nicht geholfen», sagte Mara, «im Gegenteil, mein Mann gewann plötzlich den Eindruck, daß ich ein Stück davon bin.»

«Sie waren verheiratet?»

«Waren? Ich bin es noch.»

«Und Ihr Mann blieb in der Tschechoslowakei...?»

«Nein. Er ist in Wien. In unserer Wohnung.»

«Nicht zu glauben!» staunte die Pianistin, «zu Hause konnte ich es nicht ertragen, wie jeder seine Nase in alles steckt, aber hier wochenlang zu wohnen, mit Menschen derselben Sprache und nichts, aber auch nichts über sie zu wissen...»

«Ich habe doch auch lange nicht geahnt, daß Sie zu den wenigen gehörten, die uns damals nicht verurteilten, dazu gehörte sicher mehr Mut als zu einer Unterschrift zusammen mit Gleichgesinnten. Also, Vertrauen gegen Vertrauen!» kam die gewöhnlich so zurückhaltende Mara Silverová ins Reden, als wollte sie Wochen des Schweigens aufholen, «mein Mann ist der Prototyp des tschechischen Intellektuellen aus Altprager Judenfamilien, als Kind überlebte er die Hölle von Treblinka, und wissen Sie, warum? er war so wunderschön, daß man in ihm den neuen Messias sah, der das Volk errettet, Dutzende von Juden setzten ihr Leben ein, um ihn zu verstecken, für den Samen! lachte er darüber, nach dem Krieg lockte man ihn nach Israel, doch er verliebte sich gerade in seine erste Frau und blieb; bald klappte der Käfig zu, Stalins Prozesse waren das Vorspiel zu den nächsten Pogromen, und Ossi, also Oskar, der Hebräisch studierte, bekam das Messer auf die Brust gesetzt: Bergwerk oder Fach- und Namenswechsel, aus Silberstein wurde ein gleichermaßen durchschaubarer Silvera und zur neuen Wissenschaft der dialektische Materialismus, Ossi war nie frustriert, er beschloß, wieder der Beste zu sein, und schaffte es spielend; er trat in die Partei ein, nicht aus Opportunismus, sondern weil er bei seinem Studium der politischen Praxis vielleicht als erster bei uns begriff, daß das monströse System erfolgreich nur von innen her zu zerschlagen ist, seine These bestätigten nach und nach die Niederlagen der Rebellen in Berlin, Ungarn und Polen, er fing an, seine Gedanken auch öffentlich zu formulieren, und das Ergebnis? zwei Parteirügen! ein Parteiausschluß nur deshalb nicht, weil es Mitte der Sechziger nicht mehr so leicht war, einen bereits bekannten Wissenschaftler für die Gedanken eines jungen Marx an den Spaten zu bringen, der schon Hitler von der Schippe gesprungen war; da verliebten sich längst massenhaft Studentinnen aller Fakultäten in ihn, in denen er ‹Diamat› vortrug, welch ein edler Name für so eine Afterwissenschaft, er war dem Apollo des Praxiteles in Olympia wie aus dem Gesicht geschnitten, es genügte, sich zu dem Alabaster eine Rabenmähne hinzuzudenken! auch ich war seine Schülerin, an der geologisch-geographischen, eine gute und vor allem eine gewiefte, nicht nur, daß ich die Weisheiten der Großrevolutionäre besser als Mendelejews Periodisches System der Elemente gepaukt hatte, sondern weil ich als einzige vorzutäuschen wußte, daß Dozent Silvera für mich als Mann Luft ist, während die Kommilitoninnen um die Wette versuchten, ihn zu verführen, habe ich gewartet, bis er es selbst bei mir versuchte, und als es geschah, hielt ich noch weiter durch und lehnte es ab, seine geheime Geliebte zu spielen, das hielt er nicht durch und ließ sich von seiner Frau scheiden, im Prager Frühling; wir haben es nach der Heirat noch geschafft, Israel zu besuchen, er wollte die Wiege seines Stammes kennenlernen, die er doch ursprünglich aufs neue bevölkern sollte, die Nachricht von Breschnews Panzern hat uns in Jerusalem ereilt, er hat ein Dutzend Angebote bekommen, doch bat er mich, wir sollten zurückkehren, bin ein genauso schlechter Jude, hat er es begründet, wie Kommunist! nur daß ich zu Hause noch etwas verändern kann, hier wohl kaum, er teilte die Begeisterung über den Sechstagekrieg, aber ihn schreckten die Orthodoxen, die sich anschickten, den Ton anzugeben, das Gedenken an die sechs Millionen zu Tode Gefolterter hindert mich daran, höre ich noch jetzt seine Worte, sie mit den Nazis zu vergleichen, doch ihre Indolenz und Intoleranz sind um so erschütternder, da sie sich nicht auf einen primitiven Salat rassistischer Gesetze stützen, sondern auf Moses Zehn Gebote, so hat es sich der Herr der Heerscharen doch nicht vorgestellt! als er Anfang Oktober wieder die Fakultät betrat, weinten selbst die Jungs, die Professoren umarmten ihn und faßten Solidaritätserklärungen ab, dieselben, wie Sie es sicher im voraus erahnen, die ein Jahr später seinen Ausschluß aus der Partei zur Kenntnis nahmen, in der sie selbst sich vor Angst mit Klauen und Zähnen hielten, als auch seinen Rausschmiß aus der Uni; damals habe ich ihn flehentlich dazu bewogen, seine Energie nicht in minderwertigen Sklavendiensten zu verlieren, sondern zu seinen Jugendlieben zurückzukehren, den Sprachen und Kulturen seiner Urheimat, die auf ihn ungeachtet der politischen Enttäuschung mächtigen Eindruck machte, aus meinem Aspirantengehalt können wir uns doch beide bescheiden ernähren, sei einfach ein Mann im Haushalt! wir führen der Welt die wahre Emanzipation vor, er nahm noch Arabisch dazu, und so hat es sieben Jahre lang funktioniert...» sie zündete sich selbst und auch Lydia, ohne zu fragen, eine neue Zigarette an, «ich habe, zugegeben, meine Habilitationsarbeiten nicht schreiben können über die potentielle Diamantenträchtigkeit des Gesteins im böhmischen Mittelgebirge, dafür war er für ein doppeltes Doktorat reif, das, es sei vorausgeschickt, ihn dann in Wien nicht ganz zwei Jahre gekostet hat, mittlerweile aber stellte sich das Siebenundsiebziger ein, das auch Sie teuer zu stehen kam, so können Sie sich vorstellen, wie man erst recht mit der Frau eines aus der Partei ausgeschlossenen Juden umsprang, der die Charta unterschrieb, ich war noch immer in der Partei, Ossi behauptete weiterhin, eine Erneuerung ohne Blutvergießen könne nur aus der Partei kommen, diesmal natürlich erst, wenn sie von Moskau ausgeht, heute klingt es noch absurder, wenn die Russen auch in Afghanistan stehen, aber damals habe ich daran geglaubt, ein besserer Glauben war nicht am Lager; Ende Januar rief mich der Chef meines Instituts zu sich und bat auch im Namen der Kollegen, mich selbst und sie alle nicht zugrunde zu richten, vergeblich wollte ich eine Erklärung von ihm, was eine Unterschrift meines Mannes mit den geologischen Untersuchungen von Mittelböhmen im Tertiär zu tun hat, von mir verlangte man jedoch nicht, die ‹Anticharta› zu unterschreiben, jemand besonders Perverses ordnete an, jegliches Forschen jenen Personen zu verbieten, die mit den Unterzeichnern der Charta in Verwandtschaft ersten Grades stehen, laß dich doch nur zum Schein von ihm scheiden! wagte der Chef mir vorzuschlagen, im Krieg haben das die Juden genauso gemacht... das war der erste der beiden schlimmsten Abende meines Erwachsenenlebens, die Erkenntnis, wie tief im Grunde anständige Menschen sinken können, nicht etwa weil man ihnen Folterwerkzeuge gezeigt hätte, sondern damit sie einmal im Jahr an die Adria durften, ich habe das auf meine Art gelöst, suchte einen Freund von Ossi auf, denn Ossi hätte mich rational davon überzeugt, daß ein Märtyrer pro Familie reicht und das andere Mitglied das Brot verdienen muß! und signierte die Erklärung der Charta ebenfalls, nur veröffentlichte man die Namen erst, wenn mehrere vorlagen, und das staatliche Wüten erreichte ein solches Ausmaß, daß ich vielleicht lange warten mußte, so habe ich das Gedankenverbrechen meinem Arbeitskollektiv in einem Schreiben mitgeteilt; Sie können sich unschwer vorstellen», Mara Silverová lachte beinahe amüsiert, «wie es das aufnahm, für die Parteiversammlung, auf der das verhandelt werden sollte, haben sich alle eine Krankheit genommen, alle bis auf einen, den armen Vorsitzenden, als dem ein Licht aufging, daß man ihn im Regen stehen ließ, zog er aus dem Schrank einen Ballon Mährischen, und wir ließen uns beide vollaufen, als dann die Putzfrau erschien, legte er in ihre Hände seine Mitgliedschaft und alle Ämter nieder, bevor er in die Ecke kotzte, ich wurde umgehend nüchtern, so daß wir ihn mit dem Paternoster in den Heizungskeller transportierten, wo sein Sohn sich seiner annahm, beim nächstenmal bin ich zu Hause geblieben, damit sie mich ohne weitere seelische Erschütterungen aus der Partei und somit auch aus dem Beruf ausschließen konnten, wonach ich mich Ossi anvertrauen konnte; für seine Reaktion habe ich mich zum zweitenmal in ihn verliebt; was haben wir momentan auf der hohen Kante? fragte er, aus diversen Verstecken habe ich etwa fünfhundert zusammengekratzt, dafür, erklärte er, hatten wir früher zu viert chinesisch speisen können, zu zweit müßten wir uns vollessen können wie Mandarine, die Kellner hatten uns fünf Jahre lang nicht gesehen, sie dachten, sie hätten Halluzinationen, der Name Silvera lief eben durch die Medienlandschaft samt Übersetzung Silberstein, sie haben uns trotzdem erstklassig bedient, taten einfach so, als kannten sie uns nicht, später drang zu uns die Empörung irgendeiner Gruppe westlicher Idioten durch, die auf Einladung von Partei und Regierung den realen Sozialismus bewunderten und sich dort für ihre schwarz gewechselten Kronen vollstopften, daß wir vor der Welt die Märtyrer spielen und dabei in der teuersten Kneipe Prags schlemmen, wir haben darüber ganze drei Jahre gelacht, in denen uns meine Mutter aus ihrer Rente durchfüttern mußte; Ossi hat sofort das häusliche Studium aufgegeben und ging auf die Jagd, wie er es nannte, um uns zu ernähren, Weiber sollen ohnehin daheim hocken und Leder kauen! damit wir als Parasiten nicht eingesperrt würden, betrieb er obskure Berufe, in denen man Dissidenten duldete, das Staatsunternehmen Fensterputzen hat so viele davon beschäftigt, daß man die Neulinge bald entlassen mußte, damit sie nicht die Stimmenmehrheit erhielten, als Parkplatzwächter auf der Nationalstraße hielt er nur einen Monat aus, weil ihm die Kollaborateure, die ihn von früher kannten, aus schlechtem Gewissen hohes Trinkgeld gaben, was nicht erwünscht war, er endete schließlich wie der kafkasche Gehilfe der Landesvermesser, das war das Größte, übers Wochenende fuhr ich zu ihm, während seine Ingenieure nach Prag verschwanden, so daß wir den schlichten Wohnwagen für uns allein hatten und die Flitterwochen repetierten, ja...» Mara Silverová drückte zerstreut, aber sorgfältig die Hälfte der Zigarette aus, um sich gleich eine neue anzuzünden, «eigentlich habe ich nichts Schöneres erlebt als die zwei Jahre, in denen man uns total alles genommen hatte, so daß nur wir selbst uns geblieben sind, was uns, denn auch Glück ist eine Droge, von der man immer mehr haben will! auf den Gedanken brachte, das Private durch das Öffentliche zu potenzieren, irgendwohin auszuwandern, wo aus uns wieder Bürger und Wissenschaftler würden, wir erwarteten als Ergebnis die höchstmögliche Intensität des Seins! das Weggehen war das einfachste von allem; weil der Westen, von dem neuerdings Kredite abhingen, keine Hinrichtungen zuließ und sich auch über Häftlinge mokierte, haben wir das, wofür andere Haus und Hof riskierten, umsonst bekommen, sozusagen im Schnelldienst, es genügte nur, die Staatsangehörigkeit aufzugeben, und wir durften sogar auch das meiste unseres geliebten Krams samt Büchern mitnehmen; Österreich hat uns freundlich empfangen, mehr aus bequemer Gleichgültigkeit als aus Sympathie, sie haben gewiß schon früher bemerkt, daß der Balkan am Flohmarkt beginnt, als Chartisten erhielten wir sofort Asyl, Wohnung und Unterstützung, er dazu noch die Möglichkeit, wissenschaftlich zu arbeiten, er konnte uns natürlich beide weitaus schneller aus der Nichtigkeit der Exilanten auf ein anständiges Niveau heben, das Hebräische, mit Arabisch kombiniert, die enzyklopädische Kenntnis beider Kulturen, der Ruf eines nach wie vor überzeugten Sozialisten, ausschlaggebend bei den hiesigen Söhnchen und Töchterlein aus reichen Familien, von der Geburt der Revolution im weitentfernten Nicaragua geblendet und blind gegenüber deren Agonie in der nachbarschaftlichen Tschechoslowakei, und natürlich auch sein Äußeres, er war plötzlich, Lydia, zehn Jahre jünger! das alles hat Ossis Durchbruch herbeigeführt; jetzt trat ich in den Haushalt ein, was zusätzlich bedeutete, hundertundein Scharmützel mit der österreichischen Bürokratie auszufechten und dabei den thematischen Ersatz für die Granaten und andere Boten aus den böhmischen Tiefen zu suchen, die im heimatlichen Ausland blieben, sichtbar jedoch war ich nur am Herd, und Ossi hat mich damit irgendwie verbunden; als ich den Fehler merkte und ihn das erstemal zu einem chinesischen Abendessen ausführte, in diesen Gegenden ist es ein proletarisches Vergnügen, und wir hatten längst ein anständiges Bankkonto, war es zu spät, unter seinen Studentinnen gab es wiederum eine besonders gute und gewiefte, der es gelang, ihm vorzutäuschen, daß er für sie als Mann nur Luft ist, bis er sich in sie verliebte, worauf sie es ablehnte, nur seine geheime Geliebte zu spielen, und so weiter, seconda volta, oder ein trauriges Lustspiel von der besprengelten Sprengerin...»

Als die Pause andauerte, begriff Lydia, daß die Beichte zu Ende war, doch suchte sie vergeblich nach passenden Worten. Mara rieb sich die Augen, gereizt vom Rauch, doch sie qualmte weiter.

«Eigentlich war ich dem lausigen Regime zu Hause dankbar, daß es mir Ossi so völlig preisgab. Doch dadurch war offensichtlich bloß ein physikalischer Prozeß eingefroren, der unter normalen Umständen schon früher abgelaufen wäre. Nur hatte ich vor einigen Jahren genügend Kraft gehabt, es sportlich zu nehmen, ich war früher eine leidenschaftliche Sprinterin, ich hätte trotzig gesagt, von uns aus! und einen anständigen Kerl schlimmstenfalls erneut einer anderen ausgespannt...

jetzt fand ich, daß ich das nicht mehr kann. Diesmal ging ich zu einem österreichischen Freund, der uns amtlich zu betreuen hatte, rückte mit der Wahrheit heraus, und er, obwohl ungern, verschaffte mir, worum ich bat. Am Morgen nach jener Nacht, in der Ossi zum erstenmal nicht zu Hause erschien, das war die zweite der schlimmsten, griff ich nach den längst gepackten Koffern, und Hals über Kopf, um diesen hervorragenden Vorwand nicht zu verlieren, fuhr ich in das Zentrallager, mit dem ich als Chartasignatorin vorher verschont geblieben war, na, und jetzt bin ich hier.»

«Und er?» Lydia kürzte die neue Pause ab.

«Er begriff das als einen hervorragenden Vorwand, gekränkt zu sein. So war auch er nicht gezwungen, mich in meiner Anwesenheit auszuschließen.»

Sie konnte nicht länger sitzen bleiben, und sobald sie aufgestanden war, zwang die Erregung sie, in der Küche auf- und abzugehen wie in einer Zelle.

«Und was...» Lydia wußte sich mit der fremden Last keinen Rat, «wollen Sie jetzt weiter tun?»

«Einstweilen lerne ich Hebräisch.»

«Aber Sie sind doch Geologin...?»

«Gewiß», grinste Mara sarkastisch, «nichts als Krampf, in lichteren Augenblicken komme ich mir wie eine verrückte Hexe vor, die den verlorenen Mann samt seiner Geliebten mit Hilfe ihrer geheimen Sprache bannen möchte, doch ich kann mir nicht anders helfen.»

«Schauen Sie mal öfter in den Spiegel!» schlug Lydia ihr vor.

«Was würde ich da schon sehen?»

«Was ich dort nicht sehen kann, auch wenn ich noch so teure Schminken auf mich patschen und mich zu Tode turnen würde. Ein junges Mädchen könnte nicht besser aussehen als Sie momentan. Sie haben keine Falten, Sie haben eine glänzende Figur, mich hat es nicht gewundert, daß hinter Ihnen der junge Tatraheld her war und nach ihm so ein Frauenkenner, für den ich den Herrn Čech halte. Wir hatten mit Václav das Gefühl, sie hätten es miteinander, Entschuldigung! ich spioniere nie, und erst recht tratsche ich nicht...»

«Ich habe noch immer genug Phantasie, um mir vorstellen zu können, daß wir unter normalen Umständen ein erfolgreiches Liebespaar wären. Nur sind die Umstände alles andere als normal, und wir zwei sind vielmehr ein Invalidenbund. Er ist nämlich ähnlich auf seine Frau fixiert, die das Unglück ihm entfremdet hat. Zwei Verlassene sind eine ebenso unglückliche Zweiheit wie zwei geschlagene Heerführer. Was für eine Erleichterung, jemanden kennenzulernen, der gewonnen hat wie Sie!»

Aus ihrer neuen Verlegenheit befreite Lydia das Telefon.

«Krebs!» sie ging abzuheben, «er versprach anzurufen, was wir kochen sollen und wieviel wir verbrauchen dürfen, ja? prosím?» setzte sie tschechisch fort, «Moment, per Zufall steht sie neben mir.»

Mara sah aus, als würde sie ohnmächtig.

«Ist das mein...»

«Nein! Irgendein Slowake.»

Die Chartistin griff nach dem Hörer, erleichtert und enttäuscht zugleich.

«Ja? Oh ja, sie wartet auf Sie! Wann ungefähr...? Passen Sie auf: Nach der Einfahrt in die Gemeinde biegen Sie links rauf zu der Kirche, sie wird da sein!»

9. *Am selben Nachmittag in Wien*

Im Taxi mobilisierte er seinen Zorn. Er versuchte den Gedanken zu vertreiben, daß sie durch ihren Verrat das Interesse des großen Hutcheson hervorgerufen hatte. Sie hat kein Mitleid verdient. Würden sich die Papiere als brisant herausstellen, nimmt er sie ohne Dank und Skrupel. Es freute ihn, daß die Leidenschaft vorbei war, die ihn so leicht zum Abschuß freizugeben pflegte. Die Bourgeoisie weiß, warum sie Bordelle unterhält, sie erspart sich damit eine Menge Scherereien! Aber nein, er war doch kein primitiver Bumser, er bedurfte einer Gefühlsbindung, auch Anči-Angelika hat ihm längst erlaubt, sie insgeheim zu küssen.

Im Schatten riesiger Hochhäuser fand er sich wieder. Im Profil ähnelte sie dem Eiffelturm, auch hier ist das Breitbeinige perspektivisch zu einer Geraden zusammengeflossen, wie die Betonbalkone, mit Grün berankt, nach hinten traten. Es schien, als wären die Wolkenkratzer aus dem Boden gesprossen und wüchsen noch immer weiter. Den Taxifahrer hat er mit einem reichlichen Trinkgeld entlassen, weil er sich in dem Irrgarten auskannte, aber unmittelbar danach wußte er sich keinen Rat mit dem Automaten, der den Pförtner ersetzte. In dem mächtigen Ameisenbau ging niemand rein und raus, das Schwärmen der Bewohner mußte in den unterirdischen Garagen vor sich gehen, eine alte Frau rettete ihn endlich, die ihr Hündchen Gassi führte. Drinnen drückte er an dem riesigen Paneel die richtige Taste, und aus der Tiefe des Hauses ertönte jene Stimme, die er einst die Signaltrompete der Liebe nannte.

Ein futuristischer Lift beförderte ihn blitzschnell in schwindelerregende Höhen, und am Ende eines indirekt beleuchteten Ganges zeichnete sich ein strahlendes Rechteck ab. In der geöffneten Tür stand niemand, das Tageslicht kam aus dem living room, aus dem wieder ihre Stimme kam, gleich verschleiert, obwohl jetzt durch keine Membrane verzerrt.

«Mach, bitte, zu und komm herein, bin mit den Blumen gleich fertig.»

Die Wohnungsinhaberin schien Lila zu vergöttern. Leicht hell violett waren nicht nur die Wände, die Decke und der dicke Teppich, sondern auch die lederne Sitzgarnitur, der Tisch und die Beleuchtungskörper. Das Interieur zwang ihn zu einer böhmischen Maßnahme, die, wie er sogar im «Gelsomina» erfahren hatte, im Westen eine abweisende Verlegenheit hervorrief: Er zog die Schuhe aus und trat in Socken ein. Heute zum zweitenmal hat er sie fast nicht erkannt.

Die reumütige Klosterfrau hat sich in die strahlendste Gerda verwandelt, an die er sich erinnerte. In dem Raum dominierte dramatisch ihr giftgrünes, leichtes Kleid, von den wieder befreiten rötlichen Haaren gekrönt. Sie trug ihre Liliput-Uhr, war gekonnt geschminkt, und ihr Parfüm betäubte ihn, mit einem Schlag wußte er wieder, wie er ihr verfallen konnte.

«Ich hab' mich ein bißchen aufpoliert», erklärte sie, mit einer kleinen Gießkanne in der Hand, auf der Schwelle eines verdunkelten Zimmers, in dem sich weiß ein Bett abzeichnete, «ich mußte dir vorher wie eine Laientragödin vorkommen, verzeih! Hier hast du es.»

Er zwang sich, in dem Leder Platz zu nehmen und sich auf das Dossier zu konzentrieren. Sie hat mir eine Ware angeboten, und weil sie ihren guten Ruf verloren hat, muß ich das Zeug unter die Lupe nehmen. Bald war er sich darüber im klaren, daß es alle Erwartungen übersteigt. Der strategische Bericht, für den Firmenolymp in Japan zusammengestellt, enthielt neben praktischen Vorschlägen, wie der Markt zu beherrschen sei, auch komplexe Daten über die ganze europäische Konkurrenz östlich und südlich des Rheins, es mußte eine Unmenge Geld gekostet haben, so etwas von den Eingeweihten bei unzähligen Staatsämtern und Privatfirmen zu erwerben.

«Zufrieden?» hörte er sie.

Er konnte sich nicht von der Augenweide trennen, die die Zahlenkolonnen boten.

«Wieviel Zeit habe ich? Ich muß mir manches davon notieren, oder besser noch: Ich möchte es kopieren.»

Absichtlich setzte er zu einem aggressiven Ton an, um sie an seinen moralischen Anspruch zu erinnern. Auch in ihrer altneuen Aufmachung hörte sie nicht auf, demütig zu bleiben.

«Es sind bereits Kopien, du kannst sie behalten... aber nach der Auswertung solltest du sie vernichten, falls du nicht mich vernichten willst.»

Er schaute zu ihr auf. Hinter der hohen Lehne eines Sessels sah sie wie eine moderne Büste aus, mit Haar und Kleid kontrastierte ihr weißer Teint.

«So sehr glaubst du mir?»

«Ich möchte nur Abbitte leisten, daß ich dir nicht geglaubt habe.»

«Nur so, für nichts und wieder nichts?»

«Für einen Wunsch. Daß du mir verzeihst...»

Er dachte nach. Hat sie nicht einen Beweis geliefert, der ihm bei Hutcheson unheimlich helfen wird? Soll er die Buße annehmen? Da tauchten die Gesichter von Zuzi und Zdena auf, die er ihretwegen umsonst verlassen hat. Wenn ich zu den eigenen so hart war, habe ich kein Gnadenrecht für Fremde!

«Du wirst verstehen», er blieb unversöhnlich, «daß es nicht von Herzen kommen kann.»

Sie nickte mit hängendem Kopf.

«So halte dich nicht mehr auf mit mir...»

Da war ihm klar, daß er sie zum letztenmal sieht, und es tat ihm plötzlich weh, wie dumm das Ganze endete. Er blieb sitzen, um wenigstens Interesse zu zeigen.

«Wo wohnst du jetzt?»

«Hier», überraschte sie ihn.

«Eine weitere Lüge?» in ihm kam der kaum unterdrückte Unmut wieder hoch.

«Nein, die Freundin ist Konsularbeamtin, derzeit in Argentinien. Es lohnt sich für mich nicht, eine Wohnung zu suchen, ich habe nämlich beantragt, daß ich zu meiner alten Mutter nach Stuttgart zurück darf, ich soll dort über eine Firmenconnection als Leiterin eines Luxusglasgeschäfts arbeiten. Mit der Zeit findet sich eine bessere Lösung.»

Gewiß! fiel ihm ein, sobald dich der erste Kerl so sieht, wie ich besessen, kauft er den teuersten Lüster und nimmt dich mit nach Hause... und warum, erregte ihn unerwartet ein Gedanke, wenn sie ihm so riskant für den Verlust des Vertrauens zahlte, warum sollte sie nicht auf eine viel natürlichere Weise den Verrat der Liebe abbüßen? Warum soll ich mir für teures Geld eine Prostituierte kaufen und diesen einmaligen Körper Fremden überlassen?

«Bon! Du darfst dir sicher sein», sagte er merklich freundlicher, wie die bekannte Erregung in ihm stieg, stärker als er, «ich werde die Unterlagen so benutzen, daß niemand merkt, von wo sie durchgesickert sind... nichts hindert dich daran, in Wien zu bleiben, ich werde auf der anderen Seite des Meeres sein...»

Da stand er bereits auf und sah, was bislang die Lehne verdeckte: In beiden Händen hielt sie ein Tablett mit zwei Glasflöten und einer Flasche... oh, nein! der berüchtigten Marke «Veuve Cliquot». Sie lächelte schuldbewußt.

«Eine dumme Frauenidee, ich möchte ausradieren, was zwischen den zwei Flaschen geschehen ist!»

Er pfiff auf seine Vorsätze, ging um das Sofa herum, nahm das Tablett und stellte es auf dem Tisch ab. Als er zu ihr zurückkehrte, hatte sie schon die Augen geschlossen, möchtest du so deinen Mann sehen? fragte er sie in einer ihrer ersten Nächte grob in einem Anfall von Eifersucht, das wollte ich! entwaffnete sie ihn, doch jetzt sehe ich selbst hinter den Lidern nur noch dich! sie liebten sich so immer, fast bis zum Ende, noch auf dem Gipfel der Leidenschaft runzelte sie die Stirn, krampfartig zog sie die Nüstern zusammen, und lange Sekunden hielt sie den Atem an wie ein Schwimmer, der in die Tiefe absinkt, um dann plötzlich die Augen aufzureißen und sich aus dem Verschlucken mit einem langen rauhen Schluchzen zu befreien, bei dem auch er seinen Höhepunkt erlebte... halt! rief jetzt der schwindende Verstand, hat es dir nicht gereicht? willst du ihr von neuem verfallen? aber da brachten ihn nach dem Parfüm auch ihre Lippen von Sinnen, und über alles siegte die Sehnsucht.

«Gerda!» er zog sie auf der Stelle auf den Teppich herunter wie ein Urmensch.

«Nein!» sie entwand sich ihm, «ich möchte es schön haben, zieh dich aus, ich ruf' dich!»

Sie verschwand im dunklen Schlafzimmer, dort mußten die Rollos heruntergezogen sein. Er warf seine Sachen auf den Boden, zum Glück gelang es ihm, die Knöpfe aufzumachen, sonst hätte er sich das Hemd aufgerissen. Sie war noch schneller, das Rascheln nebenan hörte auf, er wartete nicht ab und begab sich zu ihr, wollte den unerträglichen Druck loswerden, den hast du verschuldet, so schaff ihn auch weg, wie du's am besten kannst!

Sie hat sich ganz in das Bettuch gehüllt, und diese raffinierte Unnahbarkeit reizte ihn unheimlich. Wie rasend suchte er den Anfang oder das Ende des Lakens, aber der Körper, auf der Brust liegend, hat es ihm absichtlich nicht erleichtert, er mußte seine ganze Kraft einsetzen, um sich zu ihm durchzukämpfen. Er hat es geschafft, als er sich auf sie von hinten kniete und die schmalen Fußgelenke befreite. In der Kehrtwende konnte er schon das Gewebe leicht herunterreißen und fiel auf ihren nackten Rücken.

Die nächsten Augenblicke verbrachte er in Panik.

Zuerst entdeckte er, daß er einen Mann umarmt hatte. Der drehte sich um, nahm ihn mit muskulösen Händen in die Zange, bis er sich nicht rühren konnte, und dann drückte er die Lippen auf die seinen, so daß er kaum atmen konnte. Im Dämmerlicht gingen wilde Blitze los, und in sein Bewußtsein drang das Klicken eines Photoapparats. Nach einiger Zeit ließ der Griff nach, und er wurde bloß geblendet. Mit Krach flog das Rollo hoch, und das Zimmer war vom Sonnenlicht durchflutet.

Der nackte Junge, mit dem er sich auf dem Lager befand, war ein Asiate wie die zwei anderen Männer im Zimmer. Der Ältere trug, ungeachtet des warmen Tages, einen dunklen Zweireiher mit Weste, Schlips und goldener Nadel, der andere ein hellblaues Hemd aus Rohseide zu Jeans, um den Hals baumelte eine kantige Rolleiflex, er photographierte jetzt mit einer Leica, ihren Riemen um das Handgelenk gewickelt... ein Traum! einer meiner Träume, so schreckerregend der Wirklichkeit ähnlich...! er ließ sich weiter gefallen, daß der junge Mann ihn wie eine Puppe im Bett aufrichtete und ihn in der Umarmung weiter aus der Nähe anlachte. Unentwegt arbeitete der Auslöser.

«That's it», sagte der Ältere.

Der schlitzäugige Nackte erhob sich vom Bett, als wäre Feierabend, riß unter Karel Markalous das Handtuch heraus, auf dem sie beide lagen, und wickelte es um seine Hüften... Handtücher pflegte Gerda in die Hotelbetten zu legen, was war mit ihr passiert? der Junge ging jetzt in das Wohnzimmer, holte Markalous' Sachen und warf sie aufs Bett, als ekelten sie ihn an, dann verschwand er in einer anderen Tür.

«Wollen Sie sich nicht anziehen», fragte der ältere Mann auf englisch.

Auch im Schock begriff er, daß es vernünftig wäre. Mit zitternden Gliedern stieg er in die Unterwäsche, streifte sein Hemd über. In der Hose war er schon fähig, sich zu äußern.

«Wer sind Sie... Was soll das...?»

Der dunkel Gekleidete stand die ganze Zeit leicht nach vorn gebeugt da, wie früh morgens der Chef der Nobelschneiderei. Der Photograph lehnte sich an die Wohnzimmertür, und aus der zweiten kam in einem Leinenanzug der Athlet, der ihn geküßt hatte; er blieb dort stehen. Es gab keinen Zweifel, daß er sich in ihrer Macht befindet, aber wieso und warum? Der Ältere sprach das typische Japaner-Englisch, das mit der richtigen Aussprache auf Kriegsfuß steht.

«Ich möchte Worte kennen, Mista Marukaloous, die Sie für eine ausreichende Entschuldigung halten könnten, doch die Situation ließ uns keine andere Wahl.»

«Wer sind Sie?» wiederholte er dumpf und zog seine Socken an.

«Mein Name ist Yamahota, ich bin der geschäftsführende Direktor für Südosteuropa der Glasscompany Samurai Incorporated, Osaka.»

Karel Markalous traute seinen Ohren nicht. Der Japaner zog aus der Westentasche eine Visitenkarte hervor und übergab sie ihm mit einer neuen Verbeugung. Er nahm sie in Empfang und schaute sich den nichtigen Beweis dumm an. Er raffte sich zum Widerstand auf.

«Wo ist die Frau?»

«Welche?»

«Die mich hierher verschleppt hat. Die mich schon zum zweitenmal reingelegt hat! Sie muß Ihre Mitarbeiterin sein, wenn Sie sie so glatt ablösen konnten!»

«Wollen Sie nicht Platz nehmen?» fragte Herr Yamahota im Ton eines Gastgebers.

«Nein!» er staunte über seinen Mut, doch die Wut vertrieb die Angst, er verschluckte sich vor Gekränktheit, und der Japaner schien es gut zu verstehen.

«Ich wiederhole, daß ich unseren kleinen Betrug aufrichtig bedauere, doch wir mußten uns absichern für den Fall, daß Sie ablehnen würden.»

«Was ablehnen?»

«Unser Angebot.»

«Ich habe nur eine Vergewaltigung erlebt, dazu noch eine perverse!»

«Aber vorher haben Sie das Angebot nicht verabscheut, supergeheime

Unterlagen über unsere Geschäftsstrategien an die Firma Glass and Ceramics in Chicago zu verkaufen, was uns empfindlich getroffen hätte.»

«Ich werde mich mit Ihnen nicht unterhalten», trotzte er verbissen, «solange ich nicht weiß, warum sie mich hierher gebracht hat und was die widerliche Schmiere zu bedeuten hatte!»

«Obwohl Sie aus Regionen kommen, wohin die Erschütterungen der westlichen Welt nur gedämpft vordringen, konnte es Ihnen nicht entgehen, wie sich in unserer Branche die Konkurrenz verschärft hat. Wenn vor zwanzig Jahren noch rund hundert große Firmen im Wettbewerb standen, sind es heute nur noch einige wenige Trusts, die um den Markt kämpfen. Der Europäer begreift es besser am Beispiel Sport: Wir stehen im Semifinale, und man spielt K.o.-System, jedem geht es um das Überleben. Wollen Sie sich nicht doch setzen?»

«Nein», er stand, als läge darin sein Gleichgewicht.

«Wie Sie wünschen, so bleiben wir beide stehen. Unser Land ist nach der schlimmsten Niederlage der Geschichte mit einer minimalen Tradition gestartet, doch wir sind beharrlich und lernfähig. Wir haben schnell begriffen, daß es nicht nur um die Qualität geht, in der wir längst alle anderen überholt haben, sondern auch um die Oberhand an der geheimen Front, an der alles entschieden wird. Und dort sind Sie einer unserer Schlüsselmänner.»

«Was ist das für ein Unsinn!»

«Sie gehörten zu den wenigen Glasspezialisten im Osten, die wir in Evidenz hielten. Als uns die Nachricht über Ihre Vorlieben ermöglichte, eine erfolgreiche Sondierung durchzuführen und zu erfahren, daß Sie das Klima wechseln wollen, haben wir nichts dem Zufall überlassen. Es war zu spät, das Abkommen Ihrer einstigen Heimat mit Österreich zu verhindern, aber wir verfolgen ein wichtigeres Ziel. Sie sind, mit Verlaub, unser Köder geworden. Wir haben Sie über Mittelsmänner unserem größten Konkurrenten ausgeworfen, und er biß an!»

Herr Yamahota grinste so freudig, daß es Markalous an Hutchesons kindliches Lächeln erinnerte. Er lauschte weiterhin der wahnsinnigen James Bond-Story, sie konnte nichts gemeinsam haben mit einem armen tschechischen Glaser, der noch vor kurzem Brötchen und Dosenbier auf Hotelzimmer schmuggeln mußte, damit was für Strumpfhosen übrigblieb...

«Die Unterlagen, die Sie soeben studiert haben, sind unser Stolz. Ein Team von Fachleuten hat sie erstellt, und sie bilden die nächste Stufe der

Falle. Wenn sie unseren Rivalen in die Hände geraten, werden sie peinlich genau untersucht. Falls sich in einem bestimmten Zeitabschnitt ihre Richtigkeit bestätigt, wird man sie ernst nehmen, und sie beeinflussen die Kapazitäts- und Sortimentsstrategie unserer Konkurrenz, falsch versteht sich, als Vergeltung für die Zeiten, in denen wir schön an der Nase herumgeführt wurden. Nun, und der vertrauenswürdige Lieferant werden Sie sein.»

«Und wie sollte ich denen erklären können, wo ich zu so was gekommen bin?» er versuchte, dem sich zusammenziehenden Netz zu entschlüpfen.

«Sie geben nach Ihrem Antritt zu, was sie ohnehin ahnen, warum, meinen Sie, hätte man Sie sonst angeworben?»

«Was ahnen die?»

«Genau, was auch wir ahnen. Daß Sie nämlich ein ganz wichtiger sowjetischer Agent sind.»

«Ich!» schrie er auf, «aber das ist lächerlich! Ich schwör's!»

Der Japaner nahm ihn am Arm und führte ihn in den living room. Die Sonne stand fast schräg über der Mauer des Wienerwaldes. Auf dem Tisch lag das Tablett mit zwei Gläsern und einer Flasche...

«Keine Angst. Die Geheimdienste sind zu einem untrennbaren Bestandteil unseres Lebens geworden. Möglicherweise sind Sie ein naiver Mensch, den zur Flucht wirklich die Leidenschaft bewogen hat. Wahrscheinlicher aber ist, daß Naivität und Leidenschaft zu Ihrer Rolle gehören. Sei es wie es wolle: Sie sind in das große Spiel selbst eingetreten, sind also drin und können nur noch nach vorn. Bei einem Quentchen Courage und Fortune wartet ein toller Gewinn auf Sie. Wollen Sie sich tatsächlich nicht setzen?»

Er setzte sich, weil ihn die Füße nicht mehr trugen. Er fürchtete sich ganz animalisch, wie damals in dem Feuerwehrhaus. Gelang es ihm, sich dem Zugriff der allmächtigen Stasi zu entwinden, um in eine viel schlimmere Menschenmühle hineinzustürzen? Nicht einmal die ironischen Bondiaden, die er sich wegen ihrer Sexbomben anschaute, verheimlichten, daß darin die kleinen Handlanger ihren Lohn nur im Katalog grausamer Todesarten finden konnten.

«Was für einen Gewinn? Ich bin ein einfacher Glasmacher, ob Sie es mir glauben oder nicht. Und was, wenn die Amerikaner den Betrug entlarven?»

«Ach, solange es nicht um Waffen oder Drogen geht, ist das heute

Routine. Sie geben zu, daß die Russen Sie dazu gezwungen haben. Ihre Tochter und Ihre Enkelin leben doch in Prag! Chicago wird sich damit wohl kaum rühmen. Man läßt Sie in gegenseitigem Einvernehmen gehen, und somit auch mit Entschädigungsgeldern.»

«Nach einem solchen Abgang wird mir niemand mehr ein Stück Brot geben!»

«Bis auf jene Firma, die dann auch dank Ihnen die beste der Welt werden wird. Jawohl, Mista Marukaloous, es wird Samurai Incorporated sein, die Sie von jedem Verdacht reinwäscht, indem sie Sie in ihre Dienste aufnimmt. Das Dokument ist hier ...» er reichte ihm einen Umschlag, «in Ihrem ureigensten Interesse deponieren Sie es im Safe.»

Er las einen kurzen englischen Text, der ihm die Aufnahme in die Forschungsabteilung garantierte zu einem Termin, der erst später vereinbart werden sollte. Die Summe von fünfzehntausend Dollar im Monat vierzehn mal pro Jahr enthielt auch eine Klausel, daß sie jährlich nach dem Inflationsindex erhöht wird. Die aktive Tätigkeit war mit fünfundsechzig Lebensjahren limitiert, darauf folgte die Firmenpension. Er war außerstande zu verhandeln, aber die Erinnerung warnte ihn.

«Was kann ich noch glauben?»

«Es freut mich», lobte ihn der Japaner, «daß Sie wieder sachlich denken. Zweifel beseitigt am besten ein Vorschuß.»

«Das letztemal war er mit falschem Kennwort versehen.»

«Die konkreten Durchführungsmethoden sind mir nicht bekannt, aber auch so entschuldige ich mich wiederholt dafür. Ich spreche jetzt von einem Vorschuß in cash.»

Er sagte einen kurzen japanischen Satz, und der Junge, der im Bett die Gerda, oder wie sie auch heißen mochte, ersetzt hatte, brachte einen flachen Koffer. Herr Yamahota führte den Inhalt vor: ansehnliche Päckchen Hundertdollarscheine.

«Hunderttausend entspricht einem Halbjahresgehalt, dieser Betrag wird nicht angerechnet, er darf also als Beweis unseres ernsthaften Interesses verstanden werden. Möchten Sie nachzählen?»

Karel Markalous war nicht einmal dazu fähig.

«Macht nichts, unser Rechnungswesen irrt nie, beim Auszahlen sowenig wie beim Kassieren. Sie können auch das vertrauensvoll direkt in den Safe legen.»

Er reichte ihm den geöffneten Koffer so plötzlich hin, daß Markalous reflexartig danach griff; der Photograph machte blitzartig eine Serie von

Aufnahmen. Er mußte zur Kenntnis nehmen, ein Gefangener zu sein. Trösten konnte er sich nur damit, daß im Unterschied zu den Bauern, die von geheimen Schachbrettern spurlos verschwinden, er, der Glasjunge aus Sázava, ein amerikanisches Monopol begraben und seine letzten Tage als ein wohlhabender Rentner der zukünftigen Weltmacht Nr. 1 erleben wird. Eigentlich schmerzte ihn bei alldem am meisten seine erniedrigte Würde. Aus der Mühle in den Gully!

«Ich verstehe, warum Sie dokumentieren, wie ich Ihren Sold annehme, aber wozu die ekligen Bettphotos?»

«Geld stößt nicht mehr ab, es nimmt fast ein jeder. Für den Fall aber, daß Sie unser Angebot der Konkurrenz anvertrauen möchten, beweisen wir, daß Sie damit zu uns selbst gekommen sind, aus sehr persönlichen Beweggründen.»

«Ich nehme an», hilflos beleidigte er sie in ihrer Abwesenheit, «daß Sie von mir und Ihrem rothaarigen Biest einen ganzen Pornofilm haben!»

«Frau Gerda Vargasz», antwortete Herr Yamahota, als bereute er es zutiefst, «ist nicht unsere Mitarbeiterin, sie war uns bloß durch irgendwas verpflichtet und so liebenswürdig, uns einen Gegendienst zu leisten. Mit dem heutigen Tag hat sie ihn beendet und kehrt nach Ungarn zurück, steht also nicht mehr zur Verfügung.»

Neid überwog den Haß. Sie hatte höllisches Glück, während ich mich dem Teufel bis zu meinem Ende verschreibe! Goldiger Stephansdom! fiel ihm ein, von dem kann man schlimmstenfalls ins Fegefeuer fliegen…

10. *Am selben Nachmittag in Rohlau*

Für ernste Situationen hatte sie eine Knie-Ausrede parat, von Gabo wußte sie, daß es genügte, einen schlechten Tritt vorzutäuschen und danach bloß gut zu hinken, das Knie ist ein Rebus, ohne zu röntgen und manchmal auch damit, weiß sich der beste Chirurg oft keinen Rat, von einem Zahnarzt ganz zu schweigen! Vor Aufregung stellten sich jedoch ihre Tage ein, und sie mußte nichts mehr vormachen, ihr war sterbensübel. Auch die Mutter, so sehr Magduš ihr leid tat, fuhr lieber mit den Männern zum Fluß, denn hier hing nur Streit in der Luft.

Mara fand sie zusammengekuschelt im Bett und bot ihr selbstverständlich an, den Besucher bei der Kirche abzuholen und während der Unterredung hier sicherheitshalber Schmiere zu stehen. Als Magda sich eilends umzog und kämmte, schlug ihr Herz so heftig, wie sie es vor keinem Rennen erlebt hatte. Daß das Treffen mit Viki eine Entscheidung bringen wird, hat sie sich nicht bloß eingeredet, das ergab sich aus all den letzten Gesprächen mit Gabo.

Die tolle Zelle auf dem Rohlauer Dorfplatz hatte ihre eigene Nummer, die man selbst aus Australien hätte anwählen können. Einmal pro Woche rief er sie also zur vereinbarten Zeit von verschiedenen leeren Büros an, von denen abends wahrscheinlich die ganze Tschechoslowakei auf Staatskosten zu schwatzen pflegte, um sich mit ihr gegenseitig zu bestätigen, daß sie sich wieder um eine Woche mehr nach sich sehnten. Als Vorwand diente für Magda der allabendliche Lauf mit Mara bei jedem Wetter, so stärkt, lachte die Chartistin, Liebe die Gesundheit!

Obwohl bis über beide Ohren verliebt, was sie ihm jetzt den veränderten Umständen entsprechend oft versicherte, war Magda keinesfalls matten Geistes, und sie war hellhörig. Bei dieser Fernsprechliebe nahm sie auch mikroskopische Veränderungen wahr, schwerlich konnten ihr die atmosphärischen Störungen entgehen. War Gabo am Anfang «wahnsinnig», vielleicht bereit, die hochbewachten Grenzflüsse zu überschwimmen, so fühlte er sich Ende Juli «total sauer», weil nicht einmal die Beziehungen seines Vaters für eine Devisenzuteilung samt Ausreisevisum gereicht hatten. Mitte August war er nur noch «absolut down».

Sie komme sich vor, beklagte sich Magda bei Mara, der einzigen Vertrauten, der sie trotzdem ihre Fluchtabsichten nicht anvertraut hatte, als sinke sie machtlos in einem Luftballon, aus dem das Gas entweicht. Mara tröstete sie: Wenn die Gespräche so feurig sind, wie sie es schildert, müßten sie sich in der Luft halten; übrigens eine Liebe, die so schnell einschrumpft, würde sowieso nicht weit tragen. Magda schämte sich einzuwenden, es sei vielleicht ein Unterschied, ob ein Paar von sich ständig wiederholenden Erlebnissen ermüde oder aber durch das vergebliche Warten auf sie, bis die Götter lachen... Gabo kann gar nicht ahnen, für wen er, wenn überhaupt noch! dort bis heute fastet, ich werde möglicherweise, bangte sie oft, als Geliebte null und nichts werden!

Obwohl sie «davon» die Mädels stets schwärmen hörte und aus Filmen kannte, beinahe! wie man es macht, obwohl sie in der Nacht manchmal von wilder Sehnsucht, durchdrungen zu werden, schweißgebadet war, ahnte sie nur nebelhaft, was es eigentlich ist. Sie hörte, daß die

Defloration etwa wie Zahnziehen ohne Narkose sei, was ihr wenig sagte, doch von weiterem verriet ihr selbst Katarina, die Verslein schrieb, nicht mehr als: Es ist eine tolle Spannung... als möchtest du ununterbrochen niesen wollen! Nervös zählte sie die auseinandergehenden Paare ab, allein wie vielen Babraj den Laufpaß gab! man mußte unbedingt etwas haben oder können, hat sie es und kann sie das? wird sie es lernen? die Lösung des Rätsels vermochte ihr nur der eigene Körper zu verraten, wenn jemand ihn endlich ausprobiert.

Diese Probe möchte sie gerne hinter sich haben, solange sie glaubte, Gabo in ihrer Hexenmacht festzuhalten. Nachdem nur die blöde Geschichte mit dem Mann, der sie in der Unterführung belästigte, ihre Flucht verhinderte, war sie, sobald sie sich wieder besser fühlte, zu einem neuen Ausbruch bereit, doch Gabo hat sie verwirrt. Er hatte so unwiderruflich erklärt, ihr nachzukommen, daß sie fürchtete, es könnte durch die Abhörer noch vereitelt werden. Sie verwarf den ohnehin unklaren Plan und wartete zunächst geduldig, sich der Langwierigkeit der dortigen Behördenwege bewußt, dann begriffsstutzig, weil er sich nicht zu helfen wußte, sein Vater hat doch die höchsten Kontakte! bis ihr passierte, was sie nie für möglich gehalten hatte: Sie wurde unsicher.

Sie hat nicht gefürchtet, daß es bei ihm zu einer Abkühlung gekommen war, sie glaubte weiterhin, den Geliebten über Täler und Berge hinweg in ihrem Bann zu halten, sie würde doch spüren, wenn er sich von ihr wegbewegt. Doch wie die unbestimmte Zeit des Abflugs näherrückte, sammelte sich in ihr, Rinnsal nach Rinnsal, stille Panik an: Und was, wenn er es zeitlich nicht schafft? Wenn die Amerikaner ihnen zuvorkommen würden? Auf einmal wußte sie sich keinen Rat mehr und warf ihm in Gedanken vor, daß er sie mit vagen Andeutungen und unsicheren Versprechungen in beklemmender Unbeweglichkeit hinhalte.

Vor vierzehn Tagen, als sie in ihrer Not dem nahe war, Mara voll einzuweihen, wovor sie gleichzeitig Angst hatte, als träte sie damit ihre hart erkämpfte Selbständigkeit einem anderen Erwachsenen ab, hat ihr jedoch Gabo am Telephon äußerst geheimnisvoll angedeutet, Ende August werde auf dem Weg nach Italien über Rohlau ein Kollege kommen, den sie sehr wohl kannte. An jenem schicksalhaften Abend, als sie zum erstenmal Gabo traf, hat als erster dieser Junge sie zum Tanz aufgefordert, und obwohl er keinen Erfolg hatte, blieb er ihr zugetan, wir wissen voneinander! sagte sie sich immer, wenn sich in der Clique ihre Blicke trafen. Viktor, Viki genannt, war gewiß ein vertrauenswürdiger Bote.

Das plötzliche Unwohlsein hat Magda zunächst deprimiert, die Begegnung konnte sie jedoch nicht verschieben, und so beschloß sie, ihrem Charakter gemäß, es bewußt auszunutzen. Lieber als zu hören, was ich hören will, sollen mir die überempfindlichen Sinne sagen, wie sie es verstehen. Die Spannung lockerte sich, die Nervosität wich der Neugier. Magda war wachsam, aber hatte sich vollkommen in der Hand, als Viki endlich kam.

Er gehörte zu der Zucht hochgewachsener Schlanker oder abgemagerter langer Latten, wie man es nahm, denen am besten ausgewaschene Jeans und schlabbrige Pullis stehen. Er trug eine starke Brille für die Ferne, mit der er seltsamerweise dynamisch wirkte. Beim Basketballspielen mit Gabo setzte er sich Kontaktlinsen ein, einmal haben beide Mannschaften lange nach einer suchen müssen. Wenn er aus seinem Schnekkenhäuschen herauskam, konnte er amüsant sein, freundlich war er immer. Als sie ihn jetzt sah, freute sie sich darüber ungemein, warum nur, blitzte der Gedanke in ihr auf, bin ich nicht mit diesem ansehnlichen und anständigen Burschen gegangen? auch er lächelte ganz mild.

«Ahoj, Maggi!» grüßte er sie mit dem Namen, den er ihr damals selber gab.

«Ahoj...»

Die Hände haben sie sich natürlich nicht gegeben, ihr nickt euch wie Kühe zu! kritisierte der Vater einst die Sitten ihrer Generation, sie hat damals die Bemerkung hinuntergeschluckt, er und Mami leckten dafür jeden Ochsen ab.

«Setz dich!» lud sie ihn ein.

Er ließ sich auf einen der beiden Stühle nieder und maß den Raum, als wäre es eine Höhle unbekannter Wilder! kam es ihr vor; soll er doch! wenigstens erzählt er dann Gabo, in was er sie hier verkommen läßt.

«Wie geht's dir denn so?» fragte sie, als er nichts von sich gab.

«Klasse...» er erreichte mit dem Blick die Wand, an die das Surfbrett gelehnt war, «nur das hier hat man uns in Italien geklaut, wir waren gerade dabei, uns am Strand ein Plätzchen zu ergattern, und sie ließen es samt Dachträger mitgehen, da mußten sie nicht die Kette absägen. Sportler wahrscheinlich, sonst hätten sie mit dem Kofferraum angefangen.»

An der Geschichte interessierte sie nur eines.

«Bist du auf der Rückreise?»

«Klar.»

«Ich dachte, ihr fahrt erst dorthin!»

«Nein. Dort waren wir schon.»

«Aber Gabo hatte gesagt, du bringst mir eine Nachricht!»

«Bringe ich auch.»

«Vierzehn Tage alt?»

«Er wußte, daß wir zuerst ans Meer fahren», wehrte er sich, «die Meinen sind erst heute beim Onkel in Wien, so habe ich frei.»

«Klar», beherrschte sie sich, «dann gib's mir doch!»

«Was...?» reagierte er beinahe dümmlich.

«Er hat dir für mich einen Brief mitgegeben... oder etwa nicht?»

«Ja schon... doch die Meinen, weißt du, die hatten Schiß, so mußte ich ihn vor der Abreise...» er deutete dabei die Funktion eines Streichholzes und einer Klospülung an, «aber kein Problem», kam er ihrem Protest zuvor, «ich habe es vorher gelesen.»

Sie war sprachlos.

«Na ja, damit ich es dir ausrichten kann! Keine Sorge, ein Trappist ist im Vergleich mit mir ein Plappermaul.»

Dem ursprünglichen Vorhaben zum Trotz befahl sie ihren Sinnen: Jetzt keine Emotionen! Vor Viki wollte sie sich nicht wie eine Hysterikerin aufführen. Es gelang ihr, sachlich zu fragen.

«Und was hat er also geschrieben?»

«Also, außer dem, was man einer sonst so schreibt...»

«Geschenkt, das kannst du weglassen», trieb sie ihn gleich weiter, um nicht zu erröten.

«Daß er jedenfalls Medizin daheim zu Ende bringen will... daß die Schule bei uns trotz allem ein Niveau hat, und im übrigen ist sie umsonst, weißt du?»

«Weiß ich», sagte sie barsch, «ich hab' dort noch vor kurzem gelebt, weißt du?»

«Entschuldige!» jetzt lief er rot an, «ich wiederhole nur, was...»

«Klar», sie nahm sich zusammen, «mach weiter, er hat mir angedeutet, er würde mich durch dich wissen lassen, was und wie es zu tun wäre.»

«Klar, das stimmt... er meint, das mußt du am besten selbst abschätzen. Einige Studienfächer sind vielleicht besser in Amerika.»

«Was für Fächer denn?» schrie sie beinahe, «ich zerbreche mir doch nicht den Kopf, wo ich was studiere, sondern wie ich wieder nach Hause komme!»

Viki hielt die Hände krampfhaft gefaltet und sah flehentlich zu ihr auf, als drohe sie ihm mit Folterqualen.

«Na, das kann ich dir selber auch sagen!» legte er eifrig los, «daß du keine Papiere hast, ist kein Problem, die braucht man nur Richtung draußen, wenn du mal zurück bist, schmeißt dich keiner mehr raus, du bist nach wie vor Staatsbürgerin. Die Österreicher kontrollieren unsere Wagen nicht, und Wohnungen werden erst nach einem halben Jahr eingezogen, du tauschst sie gegen eine kleinere, und fertig.»

«Leute im Auto werden doch von den Österreichern kontrolliert!»

«Nicht, wenn sie im Kofferraum liegen...»

«Was!» auf Spannung folgte Begeisterung, «ihr nehmt mich mit?»

«Wir? Das nicht...!» erklärte er hastig, «wir sind bis unters Dach voll, und vor allem die Meinen, du weißt...»

«Gabo!» leuchtete ihr ein, «wann?»

«Nun...» er verstrickte sich weiter, «er weiß es noch nicht...»

«Und wann wird er das wissen?»

«Wenn ich es ihm sage... mir ist es erst unterwegs eingefallen...»

«Moment mal!» ihr begann es düster zu dämmern, «er selbst läßt mich nicht wissen, was ich tun soll?»

«Doch, doch... du sollst es abschätzen...»

«Viki», in ihr ging die Erkenntnis auf, «er hat dir für mich gar keinen Brief gegeben!»

«Ich habe ihn lieber gleich, du weißt...!»

«Warum lügst du mich an? Ausgerechnet mich, Viki?»

Mit brennenden Ohren gab er auf.

«Damit du nicht traurig bist...»

«Hab' ich noch einen anderen Grund dazu?»

Seine zusammengepreßten Handgelenke waren weiß geworden.

«Er mag dich ganz bestimmt, weißt du?»

«Aber?»

«Nur weiß er nicht, wie es weiter wäre.»

«Was?»

«Falls du alleine zurückkommst.»

«Und was?»

«Er möchte erst heiraten, wenn er fertig ist...»

«Wen? Hör bitte auf, wie ein Mondsüchtiger zu reden?»

«Na, er meinte, falls du vielleicht eure Wohnung nicht halten könntest, daß er...»

«Was er?»

«Daß du dann zum Beispiel ... vielleicht möchtest, daß er dich... und weil du noch ein Jahr zum Abitur hast...»

Ihre Sinne stritten miteinander, ob sie weinen oder wütend werden soll. Magda in der Mitte schaffte es, eisig zu verkünden.

«Ich kann mich nicht erinnern, daß ich ihn um seine Hand gebeten habe.»

«Gerade das habe ich ihm gesagt», Viki wurde lebendiger, «Maggi ist Spitze, sie wird alles allein deichseln.»

«Und er?» sie steckte noch immer zu sehr im Banne des einen, um die Hilfe eines anderen anerkennen zu können, «sagte was dazu?»

«Na... das, wie ich dir ausgerichtet...»

«Ich soll das selber abschätzen!»

«Ja.»

«Geht er dort mit jemandem?» sie ging ihn ganz direkt an, «ja oder nein?»

«Maggi», bat er, «laß mich nicht tratschen, frag ihn...»

Du würdest doch plaudern, wenn ich weiter in dich dringe! war sie sich sicher, doch die Seele spielte ihr eine Überraschung: Noch ehe der Schmerz losbrechen konnte, hat eine Müdigkeit Magda eingehüllt, ähnlich müssen Vaters Spritzen wirken! in die sich das ganze Warten, Hoffen und die Enttäuschung verwandelte. Und jener Instinkt, mit dem sie vor einem halben Jahr ihrer Erfahrung vorauseilte und begriff, wie sie Gabo gewinnt, verhalf ihr jetzt, sich ihn aus dem Herzen zu reißen ohne unsinniges Leiden, einfach Ahoj! Gabo Babraj, Lebewohl und kein Wiedersehen mehr.

«Wenn du möchtest», sagte Viki in die Stille, «würde ich dich dorthin fahren, der Onkel aus Wien kann mir einen Brief schicken, daß er zum Beispiel eine Erbschaft besprechen will, auf Devisen sind die Unsrigen ganz heiß, ich rechne, man wird mich lassen.»

«Warum sollst du das meinetwegen riskieren?»

«Für mich warst du immer eine klasse Kumpel, weißt du. Gleich als ich dich in dem Discoschuppen kennenlernte.»

Das hat sie gerührt. Vater und Mutter würden jetzt wahrscheinlich auch nicht erkennen, daß er mir soeben eine Liebeserklärung gemacht hat. Nur: Damals hat er sie leider mit Gabo tanzen lassen, jetzt wurde er zu seinem Pech ein Bote ihrer Niederlage, ich müßte mich vor ihm immer schämen...!

«Bist prima!» bedankte sie sich, «nur, daß ich mich auf Amerika eigentlich freue, weißt du? Ich hab' es schon ein bißchen abgeschätzt, und einige Studienfächer interessieren mich ziemlich.»

Auch diesen zweiten Korb nahm er sportlich hin, wie beim Basketball, wahrscheinlich rechnete er mit ihm.

«Na fein. Also ist nicht viel passiert.»

«Nicht viel.»

Aus dem Fenster betrachtete sie die ruhige spätsommerliche Landschaft und war über die Stille im eigenen Inneren verblüfft, es war doch ein Erdbeben, das Schönste brach zusammen, was ich erlebt habe, damit auch die meisten meiner Pläne, und ich lächle einem Brillentyp in Jeans entgegen, damit er dem Verräter und den Schadenfreudigen erzählen kann, wie egal es mir war.

«Und... soll ich etwas ausrichten...?»

«Klar, daß ich grüßen lasse.»

Sie spürte in der Tat keine Verzweiflung, nicht einmal Kränkung oder Unrecht, mehr ein Staunen über sich selbst: Wie konnte ich, die sich neben vielem anderen eine hellseherische Intelligenz zuschrieb, so danebenhauen beim Einschätzen eines Menschen. Alle haben recht gehabt, leider auch die Eltern! Gabriel Babraj ist ein gewöhnliches Windei, davon gehen in Bratislava zwölf auf ein Dutzend um, nur mein frommer Wunsch war der Vater des Gedankens, daß er ein Prinz für das ganze Leben sei.

Mit Recht! wollte sie schreien, lachen mich gewiß die Götter aus, bis ihnen der Bauch platzt! und dabei lächelte sie selbst dankbar einen Viki an, der ihr mit seinem Angebot einen tröstlichen Beweis lieferte, daß das Leben kaum begonnen hat. Es war ihr danach, die Augen zu schließen und sie erst in Amerika wieder aufzumachen, blitzschnell Medizin auszustudieren und mit einem Doktordiplom samt amerikanischem Paß zum nächsten Kongreß an die Donau zu fliegen, damit sie einem gewissen Slowaken, der behaupten will, sie einmal gekannt zu haben, sagen kann: Babraj, Babraj... kann mich nicht erinnern! Die Augen haben sich auf die Wand hinter Viki eingestellt, und die wunderbare Vision wurde von einem Einfall abgelöst.

«Hattest du dein Surfbrett in der Zollerklärung?»

«Ja, aber wir haben dort keinen einzigen Polizia gefunden, hoffentlich werden es die Unseren glauben.»

Vaters Dickköpfigkeit und Gabos Wortbruch sollten auf einen Schlag bestraft werden.

«Viki, weil du so prima zu mir warst, gebe ich dir gern meins, Vati hat es ganz überholt, bevor wir losfuhren.»

«Aber das kann ich doch nicht...» er machte große Augen.

«Du mußt!» befahl sie, «falls du es allein tragen kannst, ich hab' eine Knieprellung, weißt du?»

Und sie erlebte, wie es ist, wenn ein Ballonfahrer den Ballast abwirft, ich fliege dir schon davon, Gabriel Babraj, und was du liegengelassen hast, erinnerte sie der dumpfe Schmerz im Unterleib, kriegt ein anderer wie der hier das Brett und damit basta!

11. *Am selben Nachmittag in Wien*

Zuerst erging es ihr neben ihm geradezu königlich. Er kaufte ihr bei einem Italiener einen heißen Kuchen mit eingebackenen Tomaten, danach ein doppeltes Eis mit Schlag. Als sie den Eisberg vertilgt hatte, Tono mochte Süßes nicht, führte er sie in eine vornehme Gartenanlage im wahren Nabel der Stadt, wo sich dennoch rund um das Standbild irgendeines Generals auf einem scheuenden Pferd Menschen im Gras wälzen durften. Dort nahm die Seligkeit ein Ende, als er ihr verkündete, er würde mit ihr zu keiner Jarina fahren.

Und mag sie einen goldenen Waschtrog haben, erklärte er verbohrt, sie wird wohl kaum scharf darauf sein, zwei fremde Mäuler durchzufüttern, er jedenfalls läßt sich von keinem stopfen und wird sich erst dann von hier wegrühren, wenn er es sich von seinem Verdienst leisten kann. Bobina soll sich entscheiden, er ist gern für sie da, aber nur hier! Ihr kamen beinahe die Tränen, daß er sie so auszubooten droht. Der Zauberer, obwohl sie sich ihm so wütend widersetzt hatte, nährte nachträglich ihren wachsenden Zweifel.

Die Rausschmißszene, überzeugte sie sich bereits, die sie in Rohlau begrüßt hatte, war kein Zufall. Tono zog Konflikte auf sich wie ein Blitzableiter. Bei allem Respekt fuchste es sie mehr und mehr: Wer hat ihm eingetrichtert, daß er von morgens bis abends ständig die Welt retten muß? Warum macht es ihn nicht stutzig, wie wenig ihm die Leute dafür dankbar sind?

Natürlich mochte sie ihn gern, er war der Ihre, sie würde allen Weibern die Augen auskratzen, die ihn behexen möchten, doch gleichzeitig wußte sie nicht recht, was mit ihm anzufangen, solange er sie nicht gerade in den Armen hielt, was er von ihren bisherigen Beglückern mit Sicherheit am besten beherrschte. Aber immer, wenn sich ihr Kopf zu drehen aufhörte, wie sie fast unter dem Kissen erstickt war, kehrte die Verlegenheit zurück. Wozu ein Wasser, paßte zu seiner fruchtlosen Tatkräftigkeit ein weiterer Spruch der Oma, das weit von der Mühle fließt?

Sie selbst faulenzte nur im «siegreichen Sozialismus», für den faulen Kapitalismus würde ich gern schuften! was natürlich nicht heißen sollte, daß sie es wieder nur für andere Schlitzohren täte, wie er es direkt krankhaft zu tun bereit war, sei es in Rohlau oder in irgendeinem Niraca... Nigara... dieses Affenland, von dem er seit neuestem spinnt, kann man nicht einmal aussprechen! und wozu das Ganze? nur damit gerade seine Schützlinge ihn wie hier schließlich fertigmachen?

Sie bewunderte seine Muskelkraft, niemand durfte sich ihr gegenüber etwas herausnehmen, es hatte nur einen Haken: Er schützte sie allzu sehr. Das letztemal beim «Ochsen», als ein paar tschechische Burschen scharf auf sie waren, eigentlich eine stinknormale Sache, ein kleines Gezündel, aber nichts als Spaß! hatte sie zu tun, daß Tono nicht das Lokal auseinandernahm. Weil er eine Einladung zum Übernachten selbst von Unbeteiligten ablehnte, quälten sie sich mit der nächtlichen Straßenbahn bis an den Stadtrand und nächtigten in einem Heuschober, nichts dagegen, endlich einmal konnte ich mein Vergnügen zu den Sternen hinausposaunen, aber Mannometer! ich will nicht für immer im Heu kampieren, bin doch keine Kuh!

Weil sie den Zustand seines Geldbeutels kannte, hatte sie heute die Absicht, die brave Tour einzulegen, damit sie nicht wieder ebenda endeten. Falls sie tatsächlich aus der Krebserei herauswollten, wie sie den armseligen Kaninchenstall nannte, in einem Kaff, wo sich Füchse und Hasen gute Nacht sagten und die Menschen im Wald bumsen mußten, brauchten sie als erstes ein Dach über dem Kopf in Wien, und dabei konnten ihnen am ehesten genau diese Biersäufer helfen, die schon einige Jährchen am Ort waren. Zwei von ihnen prahlten damit, bislang keinen Finger krumm gemacht zu haben, so geschickt kombinierten sie die verschiedenen Hilfsprogramme.

Natürlich würde es sie nicht freuen, wie eine Bettlerin von Sozialhilfe zu leben, doch sie hoffte, auch für Tono herauszufinden, wie man am einfachsten Rohlau entkommen und die paar Wochen überleben könnte, die sie vom «Besseren» trennten. Dieses Erahnte und Erwünschte rückte nach dem nächtlichen Telephongespräch näher, und Bobina flog dem entgegen. Das Problem aber war, wie man auch den sich sträubenden Liebling dahin treten kann. Eine mächtige Fürsprache hat sie sich von ihren beiden unübersehbaren Vorzügen versprochen, du willst doch nicht, daß deine lieben Kälblein ein Fremder weidet, Tono!

Getreu ihrem Plan vermied sie Streit und bat ihn, er solle ihr wieder ein paar Bröckchen Deutsch beibringen. Er ging ihr auf den Leim, und sie brachte mächtig derdiedas durcheinander, wobei sie trotzdem Punkte einheimste, die sie für den Abend brauchte. Der Zauberer erschien nicht auf dem Gang, und der Beamte nahm sie gleich aufs Klopfen hin in Empfang. Tono setzte sich nicht einmal hin und war bereit, ihr, wenn sie rauskommt, den «Ochsen» gleich auszureden, oder sie muß sich einen BH kaufen, sonst endet es in der Kneipe wieder mit einer Rangelei! Als Bobina zurückkam, dachte er zuerst, daß sie vor Freude heult, bis er den wahren Grund verstand.

«Er... hat es mir nicht gegeben...»

«Was?»

«Das... Asyl», jaulte sie kläglich.

«Wieso?»

«Weil ich keine... Begründung habe!»

Er stellte sich den Pergamentmann vor und schäumte über.

«Na, dem geige ich was!»

Sie konnte ihn nicht daran hindern, sich in die Tür zu stürzen, und begriff in ihrer Ohnmacht, daß sie hier nun auf ewig einpacken kann.

Der Beamte war allein und saß ohne eine Verbindungstür in der Falle, Tono stützte sich mit beiden Händen auf seinen Schreibtisch und fragte von oben herunter.

«Wieso hat sie keine Begründung? Sie kann doch nicht zurück!»

Sein Gegenüber war sich seiner unvorteilhaften Lage bewußt und schlug einen versöhnlichen Ton an.

«Es schickt sie keiner dorthin...»

«Warum hat sie dann kein Asyl bekommen?»

«In ihrem Fall sind die Voraussetzungen nicht erfüllt, sie war weder politisch verfolgt noch beruflich oder aus Gründen der Religion.»

«Aber wie soll sie hier ohne Asyl leben?»

Der Fremdenpolizist besann sich wieder seiner Überlegenheit und wurde schroff.

«Nun, das hätte sie früher bedenken sollen.»

«Sie hat spontan gehandelt, ist ein junges, unerfahrenes Ding!»

«Es gibt genaue internationale Vorschriften, wer das Anrecht auf politisches Asyl hat.»

«Und woher soll das ein Mensch aus einem totalitären Land wissen?»

«Unkenntnis des Gesetzes entschuldigt nirgendwo in der Welt.»

Das selbstgefällige Amtsgehabe brachte Tono auf, provozierst du mich absichtlich? mal sehen, wer verliert die Nerven hier als erster?

«Warum nennen Sie sich dann ein Asylland?»

«Weil wir es sind, für solche wie Sie, zum Beispiel, auch wenn gerade Sie sich nicht allzu dankbar zeigen.»

«Ich bin nicht geflüchtet, um mich dankbar zu zeigen, sondern weil ich hier die Freiheit und das Recht suchte. Dazu müßte natürlich auf diesem Amt jemand sitzen, der versteht, was es heißt, seine Heimat zu verlieren!»

«Ein solcher sitzt hier», erregte sich der Beamte, «und es waren Tschechoslowaken, die meiner Familie alles geraubt und sie über Nacht hierher vertrieben haben!»

«Wann?»

«Sechsundvierzig!»

«Hab' ich mir gedacht», zog auch Tono den Degen, «ein Sudete!»

«Die Sudeten waren seit Menschengedenken meine Heimat.»

«Aus meinen Papieren müssen Sie wissen, daß ich da gedient habe. Vorher habt ihr den Tschechen alles geraubt und sie über Nacht vertrieben, die da ja auch immer siedelten. Schon vergessen? Der Führer! Auch nicht mehr im Gedächtnis? So einer mit einem Schnurrbart, an den sollten Sie sich besser als ich erinnern, Sie könnten einer von den feschen Kerlen in Lederhosen und weißen Strümpfen gewesen sein! Und ausgerechnet Sie lassen ein Mädchen ohne Asyl, das vor einer anderen Sorte Nazis geflohen ist? Sie sind der Oberdemokrat, der hier entscheidet, wen man verfolgt hat und was mit ihm geschehen soll? Na, fein! Dann stekken Sie sich auch mein Asyl an Ihren Trachtenhut, wenn ich es nur durch Protektion bekommen haben soll!»

Er zog aus der Brusttasche seiner Jacke das sorgfältig gefaltete Dokument und warf es auf den Tisch.

«Wie war doch der Gruß?» er schlug die Hacken in den Turnschuhen zusammen und streckte die Rechte vor, «Heitler!»

Als er die Tür aufstieß, hat er Bobina mitsamt dem Zauberer beinahe umgehauen. Ihre erschrockenen Mienen bewiesen, daß sie alles gehört hatten. Er war in voller Fahrt.

«Komm, Bobi! Von solchen Typen», er schloß den Zauberer ein, «brauchen wir nichts auf der Welt!»

«Du bist ein Ochse», zischte Strniště, um nicht noch mehr Aufmerksamkeit zu erregen, «ein Hornochse ohnegleichen! Bring ihn!» befahl er dem Mädchen, «in das Bistro gegenüber, und wartet da, bis ich komme, falls euch das Leben noch lieb ist! Herr Regierungsrat!» er verwehrte dem Beamten den Weg, der puterrot aus dem Zimmer kam, als wollte er eine Fahndung einleiten, «empfangen Sie mich, es geht auch um Sie, es haben sich ganz neue Tatsachen ergeben.»

Fünf Minuten genügten, die Früchte seiner fieberhaften Tätigkeit zu präsentieren. Indem er sich auf eine frühere Schilderung des Mädchens besann, rief er nach einer kurzen Suche im Telephonbuch von der nächsten Post die alte Pfarrköchin an. Sie war noch immer von der vorwitzigen Südböhmin angetan, die sie über das Meer als Ersatzoma mitnehmen wollte. Als er sich dann nach anderthalb Stunden wieder mit ihr in Verbindung setzte, hatte sie bereits das Zeugnis der Funktionäre beider großen Parteien parat über Bobinas unerschrockene Rebellion gegen die Schergen des Prager Regimes; zusammen mit einem Gutachten des Pfarrers bildete sie einen Beweis, der kaum zu erschüttern war.

Das begriff auch der Beamte, als er das umfangreiche Fernschreiben des Bürgermeisters las, samt sämtlichen vorläufigen Aussagen und Anträgen um eine positive Verbescheidung des oben angeführten Falles, mit vorzüglicher Hochachtung... Weil die grauenhaften Kränkungen seitens des ehemaligen Korporals glücklicherweise nicht zum öffentlichen Ohr gelangt waren, kam der Pergamentene hinter geschlossenen Türen zu der Ansicht, daß dieser bedauernswerte Ausbruch der Emotionen durch unvollständige Unterlagen verschuldet worden sei. Daraufhin kamen sie unschwer zur Übereinstimmung, und der Zauberer konnte sich zufrieden empfehlen.

Sein Mädchen fand er allein im Bistro, die Kaninchenaugen bezeugten, daß sie weiter ordentlich geflennt hatte. Dabei war sie ziemlich zahm geworden.

«Pepa, Herrschaftszeiten, was ist los?»

«Wo hast du ihn?» interessierte er sich zuerst, «hat er von seiner Blödheit Dünnschiß bekommen?»

«Nein, er wollte nicht hierher...»

«Aber nein! Und daß du da bist?»

«Ich bitte dich!» flehte sie, «wie sieht's aus?»

Absichtlich reichte er ihr zuvor ein anderes Papier.

«Aber das ist doch...»

«Ja, sein Asyl, das er denen dort wie der letzte Idiot in den Papierkorb geschmissen hat. Ich habe es geschafft, danach zu grapschen.»

«Und was ist mit mir?»

Hast du, Töchterchen, begriffen, was Hemd, was Rock ist? schöpfte er Hoffnung und legte zwei andere Blätter vor sie, eines war von ihm bekritzelt, das andere leer; er legte auch seinen Kuli daneben.

«Schreib das ab, compris?»

«Was soll das sein?»

«Dein Einspruch. Fünf Leute haben gesehen, daß man dich wie eine aufgeblähte Ziege hetzte, und ich bin der Kronzeuge dafür, daß dir der Reiseleiter mit Knast gedroht hat. Mach, schreib, er wartet drauf!»

Oh du liebe Omi, ich mach' mir die Hose naß! war ihr erster Gedanke, als der Zauberer die Reinschrift nach drüben wegbrachte. Sie ließ ihre Jeansjacke und das Bettlerzeug, wie sie das komische Hängetäschchen vom Flohmarkt nannte, auf dem Stuhl liegen und eilte hinter die Tür, mit dem Bild eines kleinen Mädchens auf dem Nachttopf verziert. Es wurde ihr leichter an Leib und Seele. Das bös verbaute Leben kam wieder in Bewegung, doch einer fehlte dabei. Tono, Liebling, was fang' ich ohne dich an? klagte das Herz, doch der Verstand redete ihr zu: Ist schon traurig, aber viel mehr, als du mit ihm anfangen könntest!

12. ______ *Am selben Nachmittag in Sankt Pölten*

Milan stieß die Hacke neben die eingehaute Schaufel und stellte die Kassette auf Rücklauf. Er schaltete das Gerät ein, setzte es wieder auf sein Taschentuch am Rande des Aushubs und schaufelte weiter den Lehm heraus. Der Hamlet-Auftritt, an dem er seit heute morgen arbeitete, paßte hierher, die Grube für die welken Blumen erinnerte an Ophelias Grab. Hier hörte ihn niemand, wenn er laut zu dem Tonband sprach. Er hat schon jede Nuance getroffen, sowohl rhythmisch als auch in der Intonation, nur daß es mir nicht bleibt! ach, lieber am Anfang wie Laurence Oliviers Hauspapagei reden, als daß mir noch ein Hauch von Tschechisch auf der Zunge bleibt.

Wie immer war er dabei gespalten. Ein Teil seiner selbst beschäftigte sich automatisch mit Englisch, der andere unbewußt mit Dora. Die zwei Monate haben sie ihm nicht entfernt, er erlebte sogar etwas wie eine geistige Rückkehr zu den Wurzeln ihrer Beziehung. Doras heftige Entfremdung konnte doch nicht nur ausschließlich von Petříks Tod hervorgerufen worden sein, irgendwo vorher mußte es eine Weiche geben, wo sie einsetzte. Er versuchte, es bereits in Graz zu entdecken, darum war er bereit, mit Dora nach Böhmen zurückzukehren.

Er nahm die Geste und den Satz, mit denen sie sein begeistertes Stolpern über die Gleise des Grenzbahnhofs stoppte, todernst hin. Der Waggon mit dem Sarg ratterte schon hinter dem Eisernen Vorhang, als er aus Dankbarkeit, daß sie nicht weggefahren war, seinen geheimen Schwur, den er Petřík geleistet hatte, auch für sie gelten ließ. Wenn ich ihre dringende Bitte nicht erfülle, wenn ich mich noch einmal in ihrem Leben wie eine Fischgräte verspieße, bin ich ein Schuft, und es ist mir nicht mehr zu helfen!

Er konnte sich damals vorstellen, wie Dora unter dem Bewußtsein leidet, was einige Meter von hier entfernt ihre Mutter erlebt, die auf keine irdische Weise, eine Ungeheuerlichkeit des entzwei gebrochenen Europa! für sie hierher zurückkehren durfte. Noch vor kurzem hätte er in jeder unvergleichlich leichteren Krise verlangt, daß die ganze Welt in seine Wunde blase, Dora, Freunde, seine Matressen. In dieser Nacht versuchte er, sich nur um sie zu kümmern. Damit er sie mit seiner physischen Anwesenheit verschone, bat er sich bei dem Stationsvorsteher, dem er ihre Geschichte angedeutet hatte, sogar zwei Kämmerchen des Dienstnachtlagers aus, an der toten Grenze gab es keine Hotels.

Um halb fünf reichte es, nur leicht an ihre Türen zu klopfen, beide schliefen nicht. Mitleidsvoll hat man für sie Kaffee gekocht und sie mit einer Kreditfahrkarte in den Wiener Zug gesetzt. Er füllte sich schnell, bald waren sie von pendelnden Studenten und Angestellten umringt, die über ihre Köpfe hinweg in einer unverständlichen Mundart von unbekannten Themen laut redeten. Auch der Schnellzug nach Graz war gut besetzt, was ihnen ermöglichte, die lange Fahrt ohne Spannung und Verkrampfung zu überstehen, wenn sie schon vor Erschöpfung auch jetzt nicht einschlafen konnten.

Er hat Dora im Bahnhofsrestaurant abgesetzt und den Primarius glücklicherweise gleich beim ersten Versuch ans Telephon bekommen. Dieser erschien in einigen Minuten, bestellte für sie Frühstück und bestand darauf, daß sie auch aßen. Als ginge es um eine alltägliche Angelegenheit, verständigten sie sich bei Kaffee und Croissants, daß Milan, wie es bereits der Plan in Prag vorsah, in das Zentrallager für Flüchtlinge bei Wien abreist, während Dora einstweilen hierbleibt.

Selbst auf der weiteren Reise über die gleiche Strecke, die er soeben gefahren war, schlief er nicht ein und geriet langsam in einen Zustand, der Schwerelosigkeit ähnlich, er kannte ihn von einigen triumphalen Schlußverbeugungen, bei denen sich die unerträgliche Spannung und Belastung schlagartig in eine Euphorie verwandelte, leichter als Luft. Von woher aber kam sie jetzt? Er blieb im Abteil allein, sein Zug kletterte das drittemal in vierundzwanzig Stunden in den Himmel über kühne Viadukte aus dem vorigen Jahrhundert, die er wieder nicht beachtete und nur als Metapher seiner Absicht verstand: Ich schlage eine Brücke, über die Dora und Petřík zu mir zurückkehren...

Geweckt hat ihn in Wien die Putzkolonne, er mußte mit einem anderen Zug ein gutes Stück zurückfahren. Der kurze Schlaf putschte ihn auf, er dachte normal, und doch wußte er, daß er ein anderer geworden ist, als er bis jetzt gewesen war; er ahnte schon, in wen er sich, für die Welt unsichtbar, verwandelt. Als er sich registrieren ließ, fiel ihm zum ersten Mal nicht ein, den in Böhmen üblichen Weg der Privilegienbeschaffung zu gehen; er hat es nicht versucht, im amtlichen Fangnetz wie ein prominenter Edelfisch zu zappeln, ganz normal schwamm er durch die kleinen Maschen in den großen Behälter des Gemeinschaftsschlafraums.

Zu Hause prahlte er damit, nie in der Partei gewesen zu sein, und bekam einen Wutanfall, als der verbotene Dramatiker ihm bei ihrem letzten Streit empfohlen hatte, auf diese Angeberei zu verzichten, dein Antikommunifmuf hat dich fo verblendet, daf du zum Mitglied einer anderen Mafia geworfen bift, genaufo gerieben...! Daß der Freund nicht irrte, bekam Milan zu spüren, als ihm jenes Zeitungsblabla, mit seiner Unterschrift versehen, die vermeintliche Unschuld raubte.

Darin lag jedoch auch der feste Punkt, auf den er sich hier stützen konnte: Er hatte doch die Lawine, die sie drei mitgerissen hat, nicht aus bloßer Ruhmsucht losgetreten; er floh vor allem in der Erkenntnis, daß er dort dem Teufel nur dann entschlüpfen konnte, wenn er das Theater aufgibt, und dazu fehlte ihm damals noch die Kraft. Jetzt, als sie sich nach der Katastrophe allmählich in ihm sammelte, sollte sie ihm als Beweis dienen: Nehme ich das ernst, was ich meinem Publikum für ernst ausgegeben habe, so gilt auch für mich, daß eine durch weltliche Strafe nicht sühnbare Schuld mit Moral reingewaschen werden muß. Durch eine Reue, deren Voraussetzung Demut ist.

Die Landsleute im Lager haben ihn gleich erkannt, und die anfängliche Achtung stürzte steil in Ächtung ab. Als ein paar neidische Männer, hier über Nacht ebenso militant wie zu Hause jahrelang feig, feststellten, daß er keinen besonderen Schutz genießt, ging eine Jagd an. VORSICHT, KOMMUNIST! schrieb man anonym mit Kreide auf den Kofferdeckel, und KEHR IN DIE ROTEN SERIEN ZURÜCK, die sie früher gewiß an die leuchtenden Bildschirme lockten wie Fliegen.

In der ersten Aufwallung von Wehmut war er geneigt, dem glühenden Haß ebenso erbittert zu trotzen, um ihnen zu zeigen, wie er sich in der Heimat seine nicht gerade kleine Freiheit erkämpft hatte, seit seinem Debut hat er doch keinen Kommunisten mehr gespielt, immer hat er eine Ausrede gefunden! so daß ihn die staatliche Mafia nur mißtrauisch leiden konnte, er bekam nie einen Staatspreis oder eine Auszeichnung! Er war sich gewiß, daß er sich spielend vor seinem ihm von jeher treuesten Publikum reinwaschen könnte, vor ihren Frauen und Töchtern. Doch bevor er sich dazu erhob, meldete sich leise Zbyněk in ihm.

Der geheimnisvolle Zwilling, der zwanzig Jahre vor ihm in seinem Zimmer gelebt hatte und in dessen astrale Existenz er einzudringen versuchte, als er seine Sachen trug und seine Verse und Tagebücher las, lud ihn schon wieder in die Eingeschlossenheit eines Sonderlings ein, in der man am besten der Grobheit der Zeitläufte trotzen konnte, soweit das Lebensziel nur ein stiller Anstand war. Milan wollte einst mehr, und darum mußte er damals den toten Bruder noch einmal begraben.

Das hatte er dreifach abgesichert. Er suchte sich jenen Freund aus, der ihn aus Zbyněks Eremitenhöhle in eine nie nachlassende Tatkräftigkeit riß. Er machte das extrovertierte Theater zu seiner Welt. Und er verbrannte die altmodische Gefühlsseligkeit des Bruders in jener erotischen Nacht mit der Dorfpostlerin und der Kleinstadtfriseuse. Auf diesen neuen Milan traf Dora. Er machte aus ihr seinen Magnetberg, der garantierte, daß er nicht in den weiten Meeren verschwindet, aber um so öfter und immer schamloser driftete er von ihr weg, um sich selbst und vor allem vielleicht dem Freund, mit dem er sich stets unwillkürlich maß, seine unvergängliche Freiheit zu demonstrieren.

Der Bruder kam nach Jahren aus dem Weltall in einer Nacht zurück, in der Milan an seinem Koffer die brutalste Aufschrift entdeckte: WIE LEBT DEIN SÖHNCHEN IM SOZIALISMUS, GENOSSE FUČÍK? fragte der Refrain seines unglücklichen Artikels. In seiner machtlosen Empörung traf ihn auch verdächtiger Geruch, gleichzeitig sah er aufgebrochene Kofferschlösser. Als er aufmachte, entwich ein ekliger Gestank: Auf der sorgfältig gefalteten Wäsche aus der steirischen Reinigung lagen Scheißhaufen. Der Beginn der Schulferien füllte die Schlafherberge ganz. Obwohl es noch nicht spät war, Milan kehrte gerade aus dem Fernsehzimmer zurück, rührte sich niemand, hustete oder schnarchte keiner. Alle waren also wach und warteten auf seine Reaktion. Aus Gewohnheit schloß er die Augen, damit er nichts sieht.

Er erzitterte, als ihm klarwurde, daß die Urheber ein breites Publikum hatten, sie mußten vor allen hier in den Koffer scheißen, sie putzten sich den Hintern und warfen das gebrauchte Papier dazu, während die anderen Schmiere standen, sollte er vorzeitig erscheinen! Was soll ich tun? Schreien? Sich auf die menschliche Solidarität der Anständigeren berufen? Sich beschweren gehen in der Hoffnung, daß jemand die Schuldigen heimlich anzeigt? Es drängte sich sogar eine theatralische Variante auf: sich wie üblich schlafen legen und den offenen Koffer neben dem Bett stinken zu lassen, jemand der unschuldig Betroffenen hätte dem bald Einhalt geboten.

Demut! flüsterte ihm in diesem Augenblick Zbyněk zu. Hast du dich etwa entschieden, nur dann demütig zu sein, wenn es dir paßt? Hic Rhodos, hic salta! hier bestehst du die Prüfung, und wenn nicht heute, dann niemals. Er klappte den Deckel zu und trug den Koffer bedächtig zum Toilettenraum, wo er zunächst den Atem beruhigte und dann mit aufgewühltem Magen lange Zeit verbrachte, bis er den schlimmsten Dreck beseitigt hatte. Im Waschraum säuberte er über eine Stunde die versauten Sachen. Bei dieser Prozedur war ihm, als flösse mit dem Schmutz gleichsam auch seine Demütigung fort.

Mit dem Berg ausgewrungener und auf dem Koffer gestapelter Wäsche betrat er den Schlafsaal, denn er konnte sie zum Trocknen erst morgen aufhängen; da hörte er einen seltsamen Klang, als seufzte ein riesiges Tier auf, so groß, begriff er, war die Erleichterung aller hier. Er glaubte, vor Erregung nicht einschlafen zu können, aber binnen kurzem bemächtigte sich seiner eine tröstende Müdigkeit. Er versank darin beinahe zufrieden. Und erwachte als Zbyněk.

Das hat er niemandem verraten, nicht einmal Mara Silverová, die später zu seiner Vertrauten wurde. Es gehörte zu dieser rätselhaften Verwandlung, der Primarius würde sich freuen! daß er aus seinem Privatleben gänzlich das Publikum verwies, er konnte und wollte sich mit seinen Gefühlen nicht mehr produzieren. Der erste Erfolg hat ihm nicht Dora nähergebracht, sondern überraschenderweise die verwilderten Landsleute. Beim Aufhängen der feuchten Stücke am Morgen trafen ihn keine Blicke der Abscheu, wiederum grüßten ihn alle. Einer erleichterte sein Gewissen und meldete den nächtlichen Vorfall. Milan wurde von dem Dolmetscher Mládek unverzüglich nach Rohlau gebracht.

Und seitdem, wie es ihn einst die Eltern lehrten, erlegte er sich von morgens bis abends Bedingungen auf, um durch deren Erfüllung dem Ende der höheren Prüfung näherzukommen. Auch jetzt memorierte er den anspruchsvollen Text und warf gleichzeitig wie eine Maschine volle Schaufeln des fetten Erdreichs hinaus, damit er sein heutiges Vorhaben erfüllt: sich unter das Niveau des Terrains zu graben.

«Verzeihung, Herr Čech...»

Über der Grube ragte der lange Gärtner auf und neben ihm der Zwerg von Chef, der den Aushub abschätzte.

«Heute machen wir früher Feierabend, ich muß noch was besorgen.»

«Prima...!» Milan stellte fest, daß der Grubenrand längst die Aussicht verdeckte, fertig! er warf das Werkzeug raus, und obwohl er ohne fremde Hilfe heraussprang, verrieten ihm seine Muskeln, daß es an der Zeit war, er schaltete das Kassettengerät aus und legte es in das Etui.

«Was war das?» interessierte sich der Gärtnereibesitzer.

«Hamlet. Auf englisch.»

«Was waren Sie dort drüben?»

«Schauspieler.»

«Aha», der Beruf begeisterte ihn nicht, aber die Tiefe der Grube hatte sichtbar auch Gewicht, «macht nichts, wenn der bei mir bleibt, nehm' ich Sie auch. Fünfmal die Woche acht Stunden mit einer Pause. Täglich zweihundertfünfzig auf die Hand für Sie und fünf für ihn. Übersetzen Sie das!»

Er rechnete sich die Möglichkeit seines Studiums dazu und die verbesserte Kondition obendrein, das Angebot kam ihm glänzend vor. Der Dorfkatholik war vielleicht scheu, aber offensichtlich nicht dumm.

«Schlagen Sie ihm, ich bitte Sie, dreihundert für Sie und sechs für mich vor, er spart doch die Versicherung.»

Der Chef schüttelte sogleich einen Gegenvorschlag aus dem Ärmel.

«Achthundert für beide, und teilt, wie ihr wollt!»

Er drehte sich auf dem Absatz seiner Gummistiefel um und eilte auf das Büro zu. Václav Rada war verlegen.

«Also, die drei kriegen Sie, Herr Čech.»

«Keinesfalls! Ich bin Ihr Lehrling.»

«Ich bitte Sie! Wer bin ich und wer sind Sie!»

«Die Rangordnung wird durch die Lage bestimmt. Ich bin hier eine Null, aus der nur Sie einen Zehner machen. Hören Sie mal», unterbrach er seinen Einwand, «darf ich Sie trotzdem duzen?»

«Aber, wie verdiene ich das...?»

«Mensch, soeben hast du aus mir etwas Nützliches für fünftausend monatlich gemacht! Wie man bei uns zu sagen pflegt: Milan ist mein Name.»

«Ich weiß... und ich bin der Václav...»

Der Schauspieler schüttelte den großen Handteller und wunderte sich, wie weich er bei aller Festigkeit ist.

«Also ahoj, Vašek. Was wollen wir denn besorgen?»

«Sie würden mir auch dabei helfen?»

«Ihnen nicht. Dir schon.»

In dem großen Musikgeschäft war Milan bemüht, das Gewünschte verständlich zu machen.

«Es soll eine als ob normale Klaviatur sein, nur ohne Klavier und also auch ohne Klang, aber die Tasten leisten den üblichen Widerstand, so daß man auch nachts Technik üben kann.»

«Sie meinen», versicherte sich der Verkäufer, «eine stumme Klaviatur!»

Als er vor ihnen die Einstellung des Widerstands prüfte, präludierte er mit geschlossenen Augen lautlos darauf und erfühlte dabei irgendeine Melodie, er wirkte wie ein stiller Irrer. Der Gärtner legte für das falsche Piano einen Fächer echter Hunderter auf die Theke und trug das Paket wie ein Heiligtum davon.

«Liduška wird überglücklich sein!»

Die ansteckende Freude rief in Milan die Sehnsucht hervor, etwas von Dora zu erfahren. Bis zur Busabfahrt blieben ihnen noch zwanzig Minuten, und sie kamen gerade an einem Postamt vorbei. Den Professor erreichte er zu Hause.

«Ja, ich werde sie heute sehen.»

«Kommt sie zur Kontrolle?»

«Nein, zur Feier. Sie hat heute früh das Asyl bekommen.»

«Wunderbar, hier läuft es auch. Ließen die Amerikaner etwas von sich hören?»

«Jawohl. Ihr Sprachkurs fängt am fünften November an. Man hat Sie angemeldet und ist bemüht, daß rechtzeitig alles in Ordnung geht.»

«Phantastisch... und, Frank», er unterdrückte seine Erregung, die sein Freund bei ihm so schlecht ertrug, «und was ist mit ihr?»

«In Ordnung.»

«Ich meine, wie fühlt sie sich...?»

«Sie beschwert sich nicht. Sie ist fleißig, bescheiden, beliebt, scheint mit der Wäscherei, dem Heim und der ganzen Steiermark zufrieden zu sein, als hätte sie nie anderswo gelebt.»

«Spricht sie ab und zu von mir?» er hielt es nicht aus.

«Nein.»

«Und wenn Sie davon anfangen?»

«Ich fange nicht an. Ich nehme zwar Ihren ständigen Stachel wahr, daß ich mich nicht bemühe zu vermitteln, aber ich weiß nicht so recht, was. Sie selbst zeigen ja keine Anstrengungen.»

Der ungerechte Vorwurf hat ihn empört.

«Ich lasse ihr Zeit! Sie waren dabei, als sie mich darum gebeten hat!»

«Aber, wie erkennen Sie, daß Sie ihr davon genug gelassen haben?»

«Wenn sie es mir selber sagt! Wenn ich etwas ganz sicher weiß, so ist es, daß ich ihr nie mehr suggestive Fragen stellen darf. Wissen Sie, was es mich kostet, Frank? Aber ich bezahle meine Schulden! In Prag war sie es, die mich über Wasser hielt wie ein Bademeister mit der Stange, jetzt versuche ich, sie zu halten, durch meine freiwillige Verbannung, in der ich wie ein Mönch lebe. Wer mich kennt, könnte sich für mich keine schwerere Buße ausdenken, verstehen Sie, Frank? Hören Sie mich?»

«Ja», sagte der Primarius nach kurzem Schweigen, «ich halte Ihnen die Daumen. Aber schreiben Sie ihr wenigstens mal.»

«Nein!» lehnte er asketisch ab, «ich würde vielleicht nur alles vermasseln.»

Als er jedoch die Gebühr zahlte, sah er am gleichen Schalter Telegrammformulare liegen. Das darf ich doch! Das Telegramm hat weder Handschrift noch Stimme. Das sollte ich sogar! So schrieb er in seiner üblichen Versalschrift Doras Adresse und den tschechischen Text

GRATULIERE LIEBE WARTE DEIN MILAN, dann strich er das mittlere Wort weg, zuviel Druck! und gab es als Eiltelegramm auf.

Unterwegs zum Bus wagte es der Gärtner nicht, ihn in seinem Nachdenken zu stören, erst als sie drinnen saßen und der Schauspieler ihm geistesabwesend zulächelte, duzte er ihn zum ersten Mal vorsichtig.

«Ist sie noch immer im Krankenhaus? Deine Frau…?»

«Nicht mehr als Patientin. Sie arbeitet dort.»

«Und…» Václav stockte, sprach es aber aus, «warum bist du nicht mit ihr?»

Die schlichte Aufrichtigkeit öffnete leicht die intellektuelle Barriere, mit deren Hilfe er seit eh und je beinahe panisch sein Privates zu schützen pflegte, und er bekannte vor dem Gärtner, was er höchstens dem besten Freund anvertrauen würde.

«Sie möchte allein sein…»

«Entschuldigen Sie», fing Václav Rada wieder ehrerbietig an, ihn zu siezen, «ich weiß, daß wir uns fast nicht kennen, und ich bin nur ein einfacher Gärtner, während Sie selbst in der Grube der berühmte Künstler bleiben, der vom Leben viel mehr kennt… aber nach einem solchen Unglück hätte ich meine Lída nie alleine gelassen, selbst wenn sie Steine nach mir werfen würde.»

13. ——— Am selben Nachmittag in Graz

Die Zorica in Dora hatte keine Vergangenheit und somit auch keine Hemmungen. Und weil auch der Mann namens Udo für sie ohne Vergangenheit war, konnte sie sich dem Mittag mit ihm nach der Laune der Seele und dem Bedarf des Körpers hingeben. Sie erquickte sich an seinen amüsanten Geschichten und spannenden Beschreibungen, inzwischen erfuhr sie, daß er sie als Arzt an Bord eines Luxusschiffs gesammelt hatte, das mit Touristen zwischen den Kontinenten kreuzte. Und er munterte sie mit einem fabelhaften Menü auf, das er für sie perfekt zusammengestellt hatte. Sie mußte nicht nachdenken, bloß genießen.

Auch der Ober im Hotelrestaurant war von ihr fasziniert, seine Gefühle entluden sich in hingebungsvoller Bedienung. Er flattert wie ein Schmetterling um uns herum! flüsterte sie, der tanzt doch wie ein Seehund!

korrigierte er sie und fügte die Schilderung von Seelöwenballetts im ewigen Eis hinzu, danach konnte auch sie den Kellner nicht mehr anders sehen. Der war nicht faul, aus dem Kellerarchiv den rosigen Nektar dieser Landschaft zu bringen, an einem heißen Mittag, versicherte er, kann man nur steirischen Schilcher trinken! er watschelte mit der Flasche um sie herum, und beide unterdrückten das Lachen.

Zum Eisdessert bestellte jedoch ihr Gastgeber noch einen zweiten Champagner.

«Zorica!» sagte er plötzlich ernst, als sie in dem gemütlichen Speiseraum allein blieben, auch der Ober hatte sich diskret zurückgezogen, «können Sie Wahrheit von Lüge unterscheiden?»

Sie wurde aufmerksam. Hatte er sie durchschaut? Sie konnte nur bejahend nicken.

«Glauben Sie mir dann, daß ich gerade sehr glücklich bin?»

«Sie sehen danach aus», ließ sie zu.

«Und werden Sie mir auch glauben, daß dem zum erstenmal nach langer Zeit so ist?»

«Danach sehen Sie aber nicht aus.»

«Nicht jedes Unglück prägt sich ins Gesicht ein... zum Gück!»

Auch das konnte sie bestätigen.

«Sie sind nach Jahren die erste Frau, die ich angesprochen und eingeladen habe.»

Machst du mir jetzt was vor? zweifelte sie. Auch nach zwei Stunden dauerte der ursprüngliche Eindruck an, er war ein anziehender Mann, ausgerechnet du solltest ein armer Schüchterling sein? Worin besteht dein Trick?

«Die anderen luden Sie ein?» provozierte sie.

«Schwamm drüber!» wiederholte er, «haben Sie abends Zeit? Ich möchte Sie liebend gern einladen!»

«Bin doch immer noch eingeladen!»

«Ich habe ein wichtiges Treffen. Dabei wird über meine Zukunft entschieden. Bitte seien Sie dabei!»

Seltsam, seltsam, wie dauerhaft beteuertes Interesse den Widerstand schwächt. Sie war dem Schicksal ziemlich dankbar, daß sie diesen Abend dem einzigen Menschen hier versprochen hatte, dem sie nicht absagen konnte. Sie schüttelte den Kopf.

«Ich bin vergeben.»

«Wieso denn? Als ich Sie fragte, behaupteten Sie...»

«Für heute abend», verbesserte sie sich.

«Dann kommen Sie danach! Bitte, bitte!»

Wie ist es möglich, daß all seine Knabenhaftigkeit nicht peinlich wirkt? Plötzlich fiel ihr ein, warum eigentlich? daß er ein sehr zärtlicher Mann sein muß! Wann haben wir uns das letztemal geliebt mit... Stopp! warnte Zorica, keine Namen! wir sind hier und jetzt, die Champagnerbläschen entbinden uns von Erdenschwere, warum die rostigen Anker werfen? Aber, wandte Dora ein, falsche Prinzessinnen müssen rechtzeitig vom Ball verschwinden!

«Es tut mir leid», sagte sie, «es ist in Laibach.»

«Fahren Sie mit dem Wagen?»

Sie nickte, eine gute Idee, sie gönnte ihr die Wahl der Zeit.

«Ich fahre mit Ihnen, darf ich?»

«Und das wichtige Treffen?» wunderte sie sich.

«Dieses ist mir wichtiger!»

Er legte seine Hand auf ihre. Endlich! durchzuckte es ihr gespaltenes Wesen, wir fürchteten schon, daß du es nicht rechtzeitig schaffst.

«Ich habe mich in Sie verliebt. Wie man sagt: auf den ersten Blick. Können Sie mir auch das glauben?»

Die bläulichen Augen leuchteten, wie sie es nur bei Tieren sah. Sie entschied sich, nach dem Gefühl zu antworten.

«Ja...»

«Und glauben Sie... haben Sie den Eindruck, Sie würden mich auch mögen können?»

«Das ist, als fragten Sie», sagte sie mit rauschhafter Leichtigkeit, «ob ich Geige spielen kann.»

«Und können Sie...?» er verstand nicht.

«Das weiß ich eben nicht!» sie lächelte völlig entspannt, «ich habe es noch nicht versucht.»

Sie betrat sein Zimmer, als wohnte sie hier auch, legte die schwarzen Sachen ab wie am Morgen in der Wäscherei, es störte sie nicht, daß er sie küßte und streichelte, sie ließ sich lieben, wenn auch fast ohne Leidenschaft. Alles überraschte sie durch seine Natürlichkeit... so stillt man eher Durst oder Hunger. Und sie irrte sich nicht, seine Männlichkeit war zärtlich, er kümmert sich vor allem um mich! empfand sie bald. Auf irgendeine Art, und sicherlich unter Beihilfe des Champagners, hat er sie dann aus der Lust in den Schlaf geleitet.

Sie wurde wach, als ihr ein schmaler Sonnenstrahl ins Auge schnitt, der durch die heruntergelassenen Jalousien drang. Er schlief noch. Auch jetzt, im Zustand der Ernüchterung, verabscheute sie ihn nicht; der jungenhafte Ausdruck hatte sein Gesicht nicht verlassen, und der Duft der sonnengebräunten Haut erinnerte sie an was? so bittersüß war doch... natürlich! die frischgemolkene Milch der Bergkühe in ihrer Jugend gewesen, wo ist sie geblieben?

Sieh mal, staunte sie, ein Weib über dreißig, und in der nackten Umarmung eines zweiten Mannes erst, warum fürchtete ich mich so sehr davor? wie eine fromme Frau vom Lande, die glaubt, die Hölle würde sie verschlingen; dann reichen zwei Stunden Geperle und Gerede, um Verbote und Hemmungen aufzulösen, und wenn es geschieht, grinst uns keine Schlucht voller kochender Kessel an: Die einzige Spur ist eine angenehme Mattheit der Sinne und der Glieder, ist das alles? ach, Milánek, warum hast du es mich nicht früher ausprobieren lassen, wie Untreue unverbindlich ist? es könnte alles anders sein... Sein Name machte sie wieder zu Dora.

«Zorica!» jetzt hörte sie ihren falschen.

Noch ehe er ganz zu sich kam, entschlüpfte sie seinen Armen und zog sich in Eile an. Auf einmal war er auf, und um hier nicht allein nackt zu sein, hielt er die Decke vor sich, es wirkte komisch.

«Was ist?» er war aufgescheucht.

«Halb sechs. Höchste Zeit für mich.»

Mit der Decke trappelte er barfuß auf sie zu.

«Ich bitte dich!»

«Aber ich muß wirklich weg!»

«Dann erlaub mir noch drei Sätze!»

Sie versicherte sich nur noch im Spiegel, daß die Haare in Ordnung waren, wollte keine Minute mehr verlieren: Das Spiel mußte gemeinsam mit Zorica sein Ende nehmen, damit Dora mit ihm keine Probleme haben würde. Na, aber dann zeig uns, Udolein, womit man die Frauen hinterher vertröstet!

«Vor drei Jahren ist meine Frau gestorben, sie war Italienerin. Seitdem habe ich mit keiner anderen geschlafen. Heute habe ich mich wieder verliebt und möchte dich heiraten.»

Sie fand keine Worte, darum fuhr er fort.

«Ich habe auch Letizia gleich beim ersten Treffen um ihre Hand gebeten und du... bist ihr unglaublich ähnlich!»

Gut, daß du es hinzugefügt hast! sie fühlte sich befreit, er hat mit seiner Seligen geschlafen! um so leichter werde ich vom Ball verschwinden.

«Zorica», er bemerkte seinen Fehler nicht, «was willst du mir sagen? Darf ich dir morgen nachkommen?»

Damit er sie freiläßt, durfte sie keinen Verdacht wecken. So lächelte sie unverbindlich.

«Ich habe nicht den Vorteil des Vergleichs. Ich brauche Zeit.»

«Wieviel?»

«Ich weiß nicht. Habe keine Erfahrung.»

«Ich möchte dich überzeugen, daß du keine Angst haben mußt! Wann und wo kann ich das?»

«Ich rufe an», versprach sie; sie gab acht, daß sie ihn weder siezte noch duzte, beides klänge gleich falsch.

«Warte!» er ließ die Decke fallen, und nackt, weil er jetzt beide Hände brauchte, holte er Visitenkarten aus der Brieftasche hervor, «alle meine Telephonnummern, ruf auch nachts an... wirst du?»

«Ja», log sie, weil er jetzt zwischen ihr und der Tür stand.

«Schwörst du es? Beim Leben aller, die du liebst?»

«Ich schwöre!» sie konnte sich das leisten, ihre Lieben waren tot.

«Ich kenne nicht einmal deinen Namen», er war untröstlich.

Habe keinen! dachte sie tschechisch und sprach es aus.

«Nemám!»

«Zorica Nemám?»

Sie hatte genug, nickte und streckte die Hand nach der Klinke aus.

«Nicht einmal einen Kuß?»

Sie hat sich überwunden, atmete dabei wieder den ungewöhnlichen Milchduft der Männerhaut ein, drehte den Schlüssel um und war schon am Verschwinden. Er war ohne Kleider machtlos.

Dennoch riß sie erst nach der zweiten Straßenecke, stets im Eilschritt, seine Kärtchen in Fetzen. Beim nächsten Gully beugte sie sich, damit auch der letzte durch das Gitter fiel, ade, du Sucher nach Ähnlichkeiten! In der Tat, Milan, in der Tat, ich machte dir zu viel Lärm um nichts, bis auf den Operettenschluß, zu dem du dich gewiß nie eingelassen hast, war es wirklich eine sommerliche Jausepause, es war einmal, es war keinmal, wo nichts, da nichts, Schwamm drüber.

14. Am Vorabend desselben Tages in Wien

Noch immer war er Soldat genug, um zu wissen, daß er eine Schlacht, aber keinen Krieg gewonnen hat. Das Mädel hatte Köpfchen, ein Wecker schrillte darin, als der Slowake ihr definitiv vorführte, daß er ein Depp ist, mit dem sie höchstens unter einer Brücke enden kann. Josef Strniště war aber zugleich auch ein erfahrener Mann, er kannte sich mit Weibern aus und erlebte, wie mächtig Libido an ihnen rüttelt. Seit seiner Niederlage auf dem Pöltener Tanzboden machte er fast nichts anderes, als das frische Pärchen zu beobachten.

Der Grünschnabel mit ein paar Monaten schlapper Präzenz, der einen altgedienten Legionärshaudegen und noch dazu einen Knastbruder auszustechen gedachte, zeigte dadurch wieder seine zum Himmel schreiende Naivität. Auch als Koch hatte Strniště in der Wüste, im Dschungel und im Kittchen Tricks erfahren, die in einer Volksarmee nicht einmal die Obristen kannten. Der gewesene Korporal konnte Habichtsaugen, Luchsohren und eine Spürhundnase haben, der Zauberer besaß das Fledermausradar. Er wachte auf, wann immer sich der Junge nach oben oder von dort herunterschlich, mit einem Blick auf die Armbanduhr maß er nostalgisch die Dauer des Liebesspiels.

Im Wald hätte er sie sogar beobachten können, es wäre unvergleichlich leichter gewesen, als sich bei der Übung in den Sanddünen von Sidi Belem ungesehen an den Sergeanten heranzuschleichen; mit einer ähnlichen Schockkur hat er einst die verräterische Majka aus dem Herzen vertrieben. Damals freilich hatte er zehn Jährchen weniger, zaubern durfte er ohnehin nicht, und Weiber flogen auf ihn; er bekochte sie aus Gestohlenem und versetzte sie in Verzückung mit einer privaten Sondereinlage, die ihn bestens weiterempfohlen hatte: Er hängte an seinen erwachten Josefik einen Kübel Wasser und umschritt so die Liebesgenossinnen, damit sie ihren Meister im voraus erkannten.

Die Dresche in der Lagerallee, obwohl eine der leichtesten, die er je bezog, hatte die schwersten Folgen: Sie traf seine Seele. Die Spätemigration, begriff er, gleicht einer neuen Hazardattacke auf eine schwerverteidigte Kote, er sollte mit seinen alten Knochen schaffen, was viele Jüngere geschafft hatten. Wenn ihn vor allem nicht ein erfolgreicher Pepino Divino rettet, erwartete ihn die Einsamkeit des Alters bei einer bettelarmen Unterstützung.

Ein Gänslein aus Budweis, mit dem einzigen sichtbaren Vorzug in der Brustgegend versehen, wurde zur Norne des Sieges oder der Niederlage. Er könnte zwar eine Suchanzeige im Zentrallager aushängen oder nach Weibern wie am Wühltisch im Kaufhaus an Sonntagen vor der jugoslawischen oder polnischen Kirche suchen, doch auch mit jeder anderen Anschaffung erwartete ihn die gleiche Krise, würde gegen ihn ein anderer Depp antreten, mit dem einzigen Vorteil: dem Datum der Geburtsurkunde. Falls er nicht wie der arme Mörder Lefêbre enden wollte, mußte er sich eine Partnerin für jetzt und immer erkämpfen.

Dem war er nach dem Kardinalfehler des jungen Rivalen bei der Fremdenpolizei nun nahe; im Bistro fand er statt der fauchenden Katze eine reuige Schülerin vor. Das Ausmaß seines Erfolges erlaubte ihm, auf großzügige Weise tatkräftig zu sein. Als er ihr listig versicherte, das Verfahren würde noch einige Wochen dauern, er verbürge sich jedoch für das Ergebnis, fragte er unerwartet.

«Wo sollt ihr euch treffen?»

«Wer?» sie verriet, daß sie nur an sich selbst denkt.

«Na, du und er.»

«Nirgendwo... also», es beklemmte sie plötzlich, mit ihrem Wohltäter über ihren Liebhaber zu sprechen, «wir wollten zum ‹Grünen Ochsen›.»

Die Kneipe kannte er, doch gerade heute war ihm nicht danach, unter den jungen Muskulaturen seinen beginnenden Verfall vorzuführen. Er hatte nicht vergessen, wie ihre Augen damals, als er ihr den Antrag machte, auf seinem Handrücken lange haften blieben: Keine Zauberei konnte der Haut des Kochs zurückgeben, was Natursäuren, Dampf und siedendes Wasser herausgelaugt hatten. Er machte ihr einen schlauen Vorschlag.

«Ich bring' dich dorthin. Du kannst es ihm geben.»

Tonos Asylurkunde lag immer noch auf dem Tischchen, und die Vorstellung verführte sie, bevor er hinzufügte.

«Wenn er nicht so in Rage ist, daß er es im Aschenbecher verbrennt.»

Auch das konnte sie sich ganz gut vorstellen. Und mehr noch: Tono konnte sie auch vor den Jungens prächtig abhalftern, sie hat ihn dafür genügend gekränkt. Sie solle sich endlich entscheiden, befahl er ihr noch auf jenem Amtsflur, ob sie Faschisten und Gauklern den Vorzug gibt oder aber ihm, der sie vielleicht nicht auf Rosen betten wird, aber dafür nie! niemals! klar? im Stich läßt; und wer gibt ihr das Asyl? wollte sie wissen; sie spreche, wurde er ausfallend, als wartete sie bereits auf die Rente! ohne Asyl leben bekanntlich Tausende hier und kriechen niemandem in den Hintern, sie solle ihn auf der Stelle nehmen oder lassen! verlangte er; so aufgebracht, wie sie war, kam er ihr plötzlich fremd und auch seine Sprache widerlich vor, du kapierst nichts, schnitt sie in das lebendige Fleisch, weil du eben ein Slowack bist! dann wurde er richtig rot und raste wortlos weg.

Sie betrachtete sich das Papier mit dem behördlichen Kopf und sah darin einen Faden, der sie beide noch zusammenbinden könnte, so hätte sie doch einen guten Grund, in sein Zimmer zu gehen und ihn zu überzeugen, daß ihnen der Zauberer nur die Tür zum gemeinsamen Zuhause öffnete... Quatsch! gab sie gleich vor sich selbst zu, mit Tono ist doch kein normales Zuhause möglich, in diesem Punkt hat Pepi recht, der ist meschugge und braucht eine Meschuggene, was ich nicht werden möchte, weil ich es nicht will, weil ich es nicht kann, weil ich, Mannometer, keine bin!

«Gib es ihm selber», entschied sie sich.

«Wie du willst!» er hakte zufrieden den Posten Vágner ab, «und wohin soll ich dich kutschieren?»

»Na, heim... also nach Rohlau, wohin denn sonst?»

«Fein. Nur, daß ich unterwegs einen kleinen Stopp einlegen muß.»

«Ich warte im Auto», schlug sie entgegenkommend vor.

«Warum denn?» er lockte sie auf seinen Honig, «ich schau' mich in einem Laden um, wo man Zauber verkauft.»

«Das kann man kaufen?»

«Kaufen kannst du, wofür du was hast. Verkaufen nur, was du kannst.»

Das Geschäft lag nicht wie üblich zu ebener Erde, sondern im zweiten Stock eines ehemaligen Palasts am Wiener Ring, der wie ein Faßreifen die Stadtmitte zusammenhielt. Die Tür machte ein Fräulein im Flitterkleid auf, als beträten sie ein Varieté. Der Mann, der sie empfing, trug einen Frack. Als der Zauberer ihm erklärte, warum er komme, wurde er gebeten, seine Zunftangehörigkeit zu beweisen. Obwohl die Zeitungsausschnitte, die er aus der Brusttasche zog, vergilbt waren und in einer unverständlichen Sprache verfaßt, stellten sie den Mann, der sich als Inhaber entpuppte, zufrieden.

«Sie verstehen gewiß, Herr Kollege, daß unsereins sich vor Kiebitzen schützen muß, die einem in die Karten schauen möchten.»

«Ich war eine ganze Ewigkeit nicht mehr hier», sagte der Zauberer, «jetzt soll ich wieder auf die Bühne und habe keine Sterbensahnung von den modernen Proprietäten.»

Bobina staunte mittlerweile über die Plakate, die an allen Wänden vom Fußboden bis zur Decke Tapeten ersetzten. Es waren hier bunte Bilder von Frauen, die über Sofas mit orientalischem Bezug schwebten, von lachenden Kindern in Schränkchen, von Dutzenden Säbeln durchbohrt, von Männern, mit dicken Ketten gefesselt und von der Brücke ins Wasser gestürzt, aus dem sie auf der zweiten Abbildung lebend emportauchten, mit den Fesseln in der Hand. Von überall her starrten Augen sie direkt an, die sie sogar aus dem Papier zu verhexen drohten, Arme hoben sich ihr entgegen, verbunden durch luftige Hufeisen aus Karten, die in gleichen Abständen von einer Hand in die andere flogen, Kaninchen hopsten aus Zylindern, und Tauben flogen auf.

Danach glaubte Bobi, das Königreich der Nacht betreten zu haben, als sie den beiden Männern in einen Saal folgte, dessen Wände und Teppiche samt Decke dunkelblau waren, mit goldenen Sternen verziert. Ringsherum standen niedrige, mattbeleuchtete Vitrinen mit Dutzenden von Gegenständen, die sie bisher nie gesehen hatte: Spielwürfel, groß wie Schachteln, schwere Messingringe, in eine Kette verbunden, ohne daß die geringste Schweißstelle zu sehen wäre, Gefäße aller Größen und Formen, sonderbare dicke Röhren, riesige Spielkarten, Trichter, Stäbe, Kugeln, Tücher, Taschen, Tische, sie konnte unmöglich den ganzen kunterbunten Trödel wahrnehmen.

Der Zauberer beäugte rasch die Kollektion, ab und zu fragte er, ein paarmal lobte er und versprach zum Schluß, hier bald reichlich einzukaufen. Jetzt gehe es ihm aber um das hier präsente Fräulein Bobi Rabe, das sich danach sehnt, seine Assistentin zu werden. Dürfte er ihr mit diesen Requisiten einige elementare Tricks vorführen und ihre Eignung testen? Der Mann im Frack, dem der Salon gehörte, stimmte lebhaft zu und schaltete den Scheinwerfer auf den Vorführtisch ein.

«Das hier», leitete der Zauberer seinen Vortrag ein, «sind alles ganz alte Hilfsmittel, die zur Ausstattung eines jeden Illusionisten gehören wie der Schulranzen mit Zubehör zu der eines Schülers. Zauberlehrlinge können sie überhaupt nicht entbehren, aber auch die Erfahrenen benutzen sie noch heutzutage zur Bereicherung ihres Programms, dessen goldenen Nagel natürlich jene Tricks bilden, die ein jeder Magier selbst erfindet.»

«Zum Beispiel du?» interessierte sie sich, und ihn erfreute es, daß sie ihn nur noch duzte.

«Ich stopfte eine Fahne in den Zylinder», er schmückte sich mit einer seiner wenigen eigenen Federn, «und zog eine Ratte hervor!»

«Pfui!» ein Schüttelfrost überkam sie, «und das hat irgend jemand gefallen?»

«Ja, weil auf der Fahne und auf der Ratte Hammer und Sichel zu sehen waren. Der Staatsanwalt hat das so gefressen, daß er mir als Honorar drei Jahre und drei Monate gab.»

Er verschaukelt mich schon wieder! es fuchste sie, doch sie mußte sich bei ihm ein bißchen einschmeicheln, am Morgen hab' ich ihn wie einen Pinscher heruntergemacht, und bis Jarina hier angehopst kommt, gibt's nur ihn.

«Aha, und wie macht man das?»

«Dabei muß eben eine Assistentin sein.»

«Da würde ich aber kotzen!» erklärte sie ihren frischen Vorsätzen zum Trotz.

«Und wie stehst du zu Kaninchen?»

«Die habe ich gern, Oma hielt sich welche.»

«Schnell zu ändern, ich wechsle zu Kaninchen.»

«Die passen aber zu der Russenfahne nicht», entdeckte sie gleich verschmitzt.

«Richtig!» lobte er sie dafür, «so daß wir hier eine andere nehmen, eine österreichische, und das Kaninchen, versteht sich, wird rot-weiß-rot sein.»

Er entschuldigte sich bei dem Inhaber, daß dieser sich eine exotische Sprache mitanhören muß, und lieh sich bei ihm ein paar Requisiten aus. In den nächsten zehn Minuten änderte das Mädchen seine Meinung. Der Zauberer nahm ein einfaches Päckchen Karten, verbog es in den Fingern einer Hand und ließ es wie der Magier auf dem Plakat in einem langen Bogen in die andere springen und wieder zurück. Der Zauberer griff nach den zusammengeketteten Messingringen, führte sie ihr vor Augen, und als sie an ihnen keine Spur von Nahtstellen fand, machte er sie mit mächtigem Ruckzuck locker und zog sie Bobina Stück für Stück über das Handgelenk, nahm sie dann wieder weg und hängte sie diesmal in ein Kreuz durch, das er gleich zerriß und die einzelnen Glieder wieder in die ursprüngliche Kette verwandelte.

Dann führte der Zauberer ihr seine leeren Hände vor. Gleich erschien jedoch zwischen Mittel- und Zeigefinger seiner Rechten eine rote Kugel, danach eine zweite zwischen dem Mittel- und Ringfinger, die dritte zwischen dem Ring- und dem kleinen Finger und endlich eine vierte zwischen Zeigefinger und Daumen, dann verschwanden sie eine nach der anderen, und zum Schluß zeigte er wieder die leere Handfläche vor. Der Mann im Frack schaute eher gelangweilt zu, dagegen war Bobina ganz aus dem Häuschen.

«Mich laust der Affe! Wie machst du das, Pepi?»

Ein Punkt! freute er sich, er punktete bei ihr zum erstenmal seit der unglücklichen Nachtbar, weiterhin sollte es ähnlich gut laufen wie einst mit Majka, Ventre Saint Gris! ein Vierteljahrhundert im Arsch, und er verrät jetzt der Nachfolgerin denselben Trick.

«Das ist eine Palmage. Schau mal, beide Kugeln hatte ich in der Linken.»

«Und wie sind sie dorthin gekommen?»

«So!»

Er ließ sie verschwinden, damit sie wieder abwechselnd in der Rechten, in der Linken und wiederum in der Rechten erschienen, und zeigte ihr es dann in Zeitlupe.

«Ah joo! Ich seh' schon!»

«Wo hab' ich sie jetzt?»

«In... in der... Linken!»

Er öffnete die Hand. Leer.

«In der Rechten!»

Auch dort waren sie nicht.

«Wo stecken sie dann?»

Er fischte nacheinander zwei aus dem Mund.

«Und die anderen zwei?»

Unheimlich geschickt nahm er mit den Fingern einer einzigen Hand das Kugelpaar in vier Halbkugeln auseinander und führte zwischen allen Gelenken zunächst die rote Stirnseite und im Handumdrehen die hohle schwarze Kehrseite vor.

«Herrschaftszeiten! du bist eine Kanone! aber», mit dem Respekt verspürte sie ein neues Mißtrauen, «wie soll ich das hinkriegen?»

Der Zauberer zog ein Nähetui aus der Tasche.

«Das Damentäschchen eines Hagestolzes. Paß gut auf!»

Er setzte auf den Zeigefinger einen Fingerhut, führte ihn zum Mund und legte ihn sichtbar zwischen die Lippen. Er schluckte ihn hinunter, und sie konnte beobachten, wie das Ding durch den Schlund nach unten rutscht. Den bloßen Finger steckte er dicht an den Hintern und entschuldigte sich.

«Pardonnez moi!»

Lautstark ließ er einen sausen und führte den Zeigefinger mit dem Fingerhut vor. Der Ladeninhaber lachte herzlich auf, Bobina stierte.

«Na, sag mal...»

«Das sag' ich dir gleich, das wird deine erste Lektion in Geschicklichkeit sein. Falls du sie bewältigst, hast du Talent, wenn nicht, bleibt dir noch immer deine Jarina, also, was soll's! Die ganze Kunst liegt in der Schnelligkeit, die das Publikum nicht erfassen kann. Schau her: Du fährst mit der Hand zum Mund, und wenn der Handrücken diesen schon zudeckt, biegst du blitzschnell den Zeigefinger nach unten, und der Fingerhut bleibt zwischen den Muskeln der Handfläche stecken, so! während der Finger im Mund liegt, schluckst du, und jeder glaubt zuzugukken, wie das Zeug nach unten rutscht. Na, und dann läßt du mit dem Mund einen fahren, sooo! und den Fingerhut ziehst du da unterm Hintern aus der Hand leicht wieder an. Changé passé, jetzt du!»

Nach fünf Anläufen hat sie das ganz anständig fertiggebracht, selbst den künstlichen Furz. Der Zauberer schaute zum Befrackten hinauf, und der klatschte beflissen. Sie geriet in Begeisterung.

«Du liebe Omi! Und das mit den Kugeln? Wann werd ich's können?»

«Spätestens in zwei Jahren.»

«Waas...?» ihre Begeisterung verflog, «so lange?»

«Dann aber wirst du schon die Ringe beherrschen und eine ganze Menge anderer Tricks, nur Kugeln und Karten dauern halt länger. Doch mir assistieren, das kannst du in sechs Wochen, ich denke mir ein paar kleine Tricks für dich aus, genauso leicht, wie schwer sie auch aussehen, und du wirst zaubern wie eine alte Hexe. Also, was?»

«Du, Pepi, schau mal, aber nur unter der Bedingung, daß du aufhörst, mit Autositze und andere Fallen zu stellen, joo?»

«Meiner Assistentin? Nie!»

In einer steckst du bereits, freute er sich, bis zum Asyl mußt du mir bei Fuß gehen, und ich hab' Zeit, dich kirre zu machen!

Hat's gefressen! lobte sie sich, was ich in Wien gelernt habe, kommt mir in Nijork zupaß! Und gebumst habe ich zum Glück gut für einen Monat im voraus.

Er wußte, daß Schluß ist, war aber nicht gerade unglücklich darüber. Der Graben zwischen ihnen beiden war nie in der richtigen Richtung zu überspringen, einer würde immer am falschen Ufer bleiben. Braves Mädchen, hübsch und gar nicht dumm, nur will es vom Leben was ganz anderes, einer würde hü, der andere hott sagen, schade! aber wieder geringerer Schaden, als wenn das erst später aufgeflogen wäre. Er ging nicht in den «Grünen Ochsen», um Scherben zu kitten, sondern damit sie sich bei ihm entschuldigen konnte. Du kapierst nichts, weil du ein Slowack bist...! der Schlag unter die Gürtellinie muß ihr schon leid getan haben, nach allem, was sie gemeinsam hatten, hat sie es doch verdient, ihm sagen zu können, Schau mal, war nicht so gemeint! er wird sie danach ganz normal grüßen, wie es ihm Mara Silverová beigebracht hat.

Er zweifelte nicht, daß sie kommen wird, schon allein, um ihm vorzuführen, was ihre Oma angeblich zu ihr zu sagen pflegte, wenn sie als Kind ihren Brei nicht aufaß, Willst nicht, laß sein, kriegt's ein anderer. Beim letztenmal blies ihr die Hälfte der Jungen hier ein Halali, es kam ihm so vor, als ob sie ihn absichtlich reizte, indem sie es ihnen ermöglichte, bevor sie gnädigst den Rückwärtsgang einlegte, so daß er statt einer Schlägerei Liebe im Heuschober erlebte. Heute könnte sie hier einen Striptease veranstalten, er würde ungerührt sein Schwarzbier trinken! Mit dem Asyl hat er wissentlich seine ganze Sicherheit wieder weggeworfen, der «Ochse» zog ihn als Zufluchtsstätte ähnlicher Naturen an.

Beim ersten Besuch dauerte es eine Weile, bis er begriff, daß die Langhaarigen um die Dreißig, in Hemden, die nach lange nicht ausgewaschenem Qualm und Schweiß rochen, keine ausgeleckten Hirne sind, sondern ein Stück Legende. Der tschechoslowakische Spätableger der Blumenkinder geriet als erster unter die Spitzhacke der Macht. Auch in Bratislava wußte man von dem Prozeß gegen eine Band, die keine dümmlichen Regimeschlager spielte, sondern nach eigenem Gusto verfuhr. Von «Free Europe» hörte er einst ihren Lärm, der ihn zuerst verwirrte, aber schon bald völlig hinriß: Die Worte, vielmehr gebrüllt als gesungen, brachten zum Ausdruck, was auch ihn kotzen ließ. Man hat sie verknackt, in der Heimat von Schwejk! für vulgäre Redensarten.

Sie waren kaum entlassen, hat man sie schon wieder eingebuchtet, diesmal wegen Schmarotzertum, und so immer rundum weiter, wobei man ihnen nach Art des Hauses erzieherisch andeutete, im Ausland würde es ihnen bessergehen, Horror! stellte Tono beim «Ochsen» fest, auf die einen läßt man schießen, die anderen verjagt man! Zwei führten ihm auf dem Handrücken ein rundes Fleckchen vor, heller als die andere Haut und ohne Haare, der Untersuchungsbeamte drückte darauf statt im Aschenbecher seine Zigarette aus, Irrtum! entschuldigte er sich gleich, aber da können Sie sehen, was für ein Pech Sie hierzulande ständig haben würden. Meistens waren es auch Unterzeichner der schwerverfolgten «Charta 77», doch ehe es ihm gelang, sie zu bewundern, hinderten sie ihn daran, so sehr sie nur konnten.

Es fing mit einem Fragebogen an, den sie mit ihm und Bobina ausfüllten, sobald sie sich hingesetzt hatten. Man kriegt dafür was in den Bauch und ein Bier vom CIA! warb man sie an, als er den Witz erklärt haben wollte, gaben sie zu, von irgendeiner Privatfirma für Meinungsforschung bezahlt zu werden, aber schau nur mal, was die interessiert: Für blödes Gewäsch über irgendwelche Stimmungen in der Bevölkerung zahlt nur ein Geheimdienst! Es war zu spät, die Kurve zu kratzen, so füllte er das Papier ungern und flüchtig aus.

Sie packten die Bogen ein und legten ihnen neue vor. In den ersten hätten sie über sich selbst Auskunft gegeben, jetzt sollten sie sich jemanden ausdenken, zum Beispiel eine, wieherten sie laut, Traktoristin aus der Dorfkooperative und einen Schaffner der Tatra-Seilbahn. Seine Einwände wiesen sie ab: Der Firmenkontrolleur, sobald er hier erschiene, hat die beiden zuerst Befragten doch nie gesehen, hat man hierorts mehr Durst als Flüchtlinge, füllt man Fragebogen auch untereinander aus und führt die Schnüffler mit Bärten und Verkleidung irre, anstelle von Abendessen kann man auch einen halben Meter Bier bekommen.

Er fragte, welchen Wert dann eine so gemogelte Forschung hat. Die Antwort war überraschend klar: einen Nullwert, und darum geht's auch! Die Kommunisten können sie zwar nicht riechen, doch der CIA ist auch nur so ein besserer KGB, Breschnjew und Réhgan schmieren gemeinsam die Maschine eines neuen Kriegs, und wir sind hüben wie drüben der Sand im Getriebe! Es hat ihn erschüttert, daß ein so blöder Geheimdienst möglicherweise einen Präsidenten informiert, hinter dem ein Köfferchen mit dem Code der Nuklearraketen hergetragen wird.

Über dem bekleckerten Tisch und einem neuen Bier, allein von Bobina verdient, nachdem er sich bereits gesträubt hatte, ihm falle nichts ein! war er dabei, die eigenartige Welt dieser Jungen kennenzulernen, in der

Kameradschaft über alles ging und keine äußere Autorität und Moral Platz fanden. Ihnen gegenüber, staunte Tono, war er mit seinem ganzen Bedarf an Freiheit ein engstirniger Spießer, und über seine Vorstellung von Musketierehre könnten die sich höchstens nur schieflachen. Sonst aber, das besagten untrüglich gerade ihre Scherze, war ihnen nicht nach Lachen zumute.

Man hat sie aus dem Haus der Heimat hinausgeworfen, damit sie mit ihrem verbissenen Ungehorsam nicht andere Altersgenossen ansteckten. Hier jedoch nahm Tono ihre unausgesprochene, aber dennoch hörbare Bitterkeit wahr, interessierte ihre Botschaft, für die sie sich zu Hause Hände verbrennen ließen, keinen Menschen. Ästerraich sollte Banausenreich heißen! urteilte einer der beiden Mißhandelten, dessen fettige braune Locken bis zur Hüfte reichten, über seine neue Heimat. Tono ahnte immer mehr, worin das Problem lag.

Er erinnerte sich des stillen Irren im weißen Gewand, der am hellichten Tag durch Wiens Mitte mit der leuchtenden Laterne und einer Glocke zog, auch er erweckte höchstens ein mitleidiges Grinsen, danke bestens! Tono wurde unruhig, ist dies vielleicht der satte Preis der Freiheit? Daß, wenn man alles, aber auch alles darf, niemanden noch etwas interessiert? Sind es, o Gott im Himmel, etwa gerade Schikanen und Verbote, die den Menschen zwingen, die Last des Kampfes gegen die Lüge auf sich zu nehmen?

Diese einfachen Jungen, der Lockige zum Beispiel war Drucker, der andere Angebrannte ein Gitarrenspieler, vertrieb man aus Schulen und Betrieben nur ein bißchen früher, schien es Tono, ehe sie dort selber Valet gesagt hätten; die erkannte Wahrheit hat sich in ihnen so verklemmt, daß sie von einem gewissen Punkt an nicht mehr gewillt waren, für den durch und durch verlogenen Staat einen Finger zu rühren. So folgten sie lieber einer Fata Morgana der Freiheit und der Wahrheit und fanden, was auch er fand: eine Uninteressiertheit und arrogante Naivität, die wiederum Unwahrheiten und Unfreiheiten anderer Art zeugten. Sie wurden wieder zu Outsidern, diesmal hoffnungslos.

Banausenreich, klar! Die musterhaften Bürger waren die Mayers aus dem Lehrbuch: In dreißig Lektionen hat sie nichts anderes interessiert, als was man wo saufen, fressen, kaufen oder verkaufen kann, und vor allem: wie man an allem verdient. Die Familie Mayer las keine Zeitungen und Bücher, besuchte keine Theater und Kinos, das alles ersetzte der Fernseher; sie stritten nicht über Politik, sie quälten sich nicht um der

Liebe willen, und am wenigsten interessierte sie, woher sie auf diese Welt kämen, wohin sie gingen und warum.

Ohne den Kurzschluß im Hirn zu bereuen, der seine Sicherungen so durchbrennen ließ, daß er mit einem Sprung das heimatliche Ufer verlassen hatte und mit einigen Schwimmzügen auf einem anderen Planeten gestrandet war, bis jetzt haben mich über ihn lauter Schwindler informiert, wie einen unmündigen Idioten! entledigte er sich doch sehr schnell der Illusion, daß hier die Probleme des Affenplaneten befriedigend gelöst würden, aus dem er hierher geschwommen kam. Das war offenbar der Grund, warum auch diese Gascogner, als Kadetten der Wahrheit hierher gelangt, jetzt ein Bier tranken, von Betrug bezahlt.

Als hätte sich die Energie, die es ihnen zu Hause ermöglichte, der Übermacht zu trotzen, den Hunderten Fechtern an der Porte de Nesle ähnlich, in ihnen nach dem Verlust des vertrauten Feindes verflüchtigt; den meisten von ihnen blieb nicht genug davon, um zu lernen, sich Deutsch zu verständigen. Obwohl Österreich wohlwollend dafür sorgte, daß sie nicht ins Lager mußten, und sie ohne Warten Wohnungen und Unterstützung bekamen, vielleicht allzuviel! dachte sich Tono, möglicherweise hat dies sie der letzten Schutzreflexe beraubt! führte sie die Unfähigkeit der sprachlichen und geistigen Kommunikation bis zur verstockten Aversion den Gastgebern gegenüber.

Wehrpalisade…! tauchte in ihm im Laufe des Abends das Bild auf beim Anblick des dichten Kreises von Gläsern; sie bestellten neue, noch ehe sie die alten leer getrunken hatten, ein Bier löscht das andere! verkündete der Häuptling Lange Locke, und ohne Bier wären wir alle ausgelöscht, also hau ruck! Auch aus Wehmut hatte Tono sie gern, obwohl sie dann, berauscht, Bobi anzumachen versuchten. Die gehörte nun der Vergangenheit an, er konnte sich also mit ihnen problemlos anfreunden. Der Jubel, mit dem sie ihn begrüßten, hat ihn erfreut, sie streckten ihm Gläser mit brombeerfarbenem Bier entgegen und luden ihn in ihren Kreis ein.

«Soldat…!» Bobina hat das letzte Mal seine Flucht geschildert, was ihm Respekt und einen Spitznamen eintrug, «hierher zu uns! wir haben eine große Sause, geradezu flippig! Wirtschaft, noch aine Biere! komm her, wo hast du die tittige Böhmenbuchtel gelassen, wer wird uns aus dem Slowakischen dolmetschen?»

«Was wird gefeiert?» er setzte sich hin, man goß ihm gleichzeitig Jod und Balsam in die Wunde.

«Ein reicher Onkel verläßt uns, geht nach Kanada», jubelte ein Rothaariger, im Clan wegen der Haarfarbe Fernet genannt, «will sich ein gutes Andenken sichern.»

Erst dann sah er hinter der Biermauer, wen er neben den baumlangen Kerlen zunächst übersehen hatte: Durch die dicken Brillengläser zwinkerte ihm freundlich Professor Klößlein zu.

«Also, bekommen?» freute sich Tono.

«Jawohl... ehrlich gesagt, ich hatte Angst, fuhr lieber geheim zum Konsulat...»

«Super! Ich hab' Ihnen gesagt, die Lügner werden den kürzeren ziehen! Man hat ihn von Brünn aus bei den Kanadiern angeschwärzt», teilte er der Runde mit, «er sei ein Spitzel, man hatte ihn sogar bei seiner Verlobten verpfiffen, die ihn dort jahrelang besuchte!»

«Stasihuren!» brummte die Riege fest einstudiert, «also drauf, Onkelchen!» fügte Fernet hinzu, «daß Sie bald wieder bumsen können. Schreibt Ihre Feder noch immer?»

«Ich hatte schon lange keine Gelegenheit mehr, mit jemand zu korrespondieren, meine Herren», sagte er verlegen, und sie tranken auf seine Tinte.

«Wirschaft!» mahnten sie im Chor Tonos Bier an.

Mit dem schlurfte ein Kerl langsam zu ihnen, der das letztemal nicht hier war, er donnerte das Krügel mürrisch auf den Untersatz.

«Mach dir vor Freundlichkeit nicht in die Hose», kümmerte sich ein Maler von Leinwänden, angeblich so riesig wie unverkäuflich; um Farben beschaffen zu können, malte er manchmal auch Zimmer aus, und im Glauben, seine Haare würden dadurch stärker, rasierte er sich jahrelang den Schädel kahl, wegen der abstehenden Ohren nannte man ihn die Fledermaus.

«Wos?» forschte der Wirt mißtrauisch.

«Nix«, brachte der Mehrzweckmaler den Großteil seines Wortschatzes zur Geltung.

«Edda hat die Bude an ihn verkauft, hast doch Edda gekannt?» fragte der Drucker Tono und klagte gleich los, «Edda war klasse, gab uns auch Kredit ohne Zinsen, nur leider hat sie akkurat einen Friedhof geerbt.»

«Was hat sie...?»

«Also, eher einen Blumenladen davor, sollen alle Goldgruben sein. Diese Laus», er nickte haßerfüllt zur Theke, «will nur österreichische Kundschaft haben, wir sollen sie angeblich von hier vertreiben. Nur, ohne uns kann er keinen Umsatz haben, der Blödian!»

«Dann kann er das hier ‹Zum Hornochsen› nennen», meinte einer.

«Mach, was du magst, Bier wirst du nicht melken», philosophierte die Fledermaus, «wenn er uns rausgeekelt hat, kriege ich erst das Gefühl, das Land der Väter wirklich verloren zu haben. Einstweilen, hau ruck!»

Sie stießen jeder mit jedem nacheinander so förmlich an, daß es Tono amüsierte, wie sie dadurch unwillkürlich jene Höflichkeitszeremonien kopierten, die sie gleichzeitig als Ausdruck verhaßter Spießigkeit verachteten.

«Wann fahren Sie eigentlich?» wandte er sich an Professor Klößlein, der, obwohl er hier der Mäzen war, sich duckte, als wäre er nur geduldet.

«In der Nacht», die Äuglein hinter den dicken Gläsern lächelten.

«Ich meine, nach Kanada.»

«Ja, ich auch. Ich fahre in der Nacht nach Rohlau, nach Kanada und überhaupt.»

Tono wurde klar: Obwohl der alte Mann wie ein Nüchterner spricht, ist er schon hinüber.

«Nach Rohlau nehme ich Sie gern mit!» sagte der Professor.

«Der letzte Bus ist weg», belehrte ihn Tono.

«Dies ist mir sehr wohl bekannt, weswegen ich mir eine Mietdroschke zu nehmen gedenke.»

Der leicht verwischten Aussprache zum Trotz bediente er sich nach wie vor einer erlesenen Wortwahl. Wir Mährer, hielt er unlängst über die Mohnnudeln einen Vortrag, wir halten den Volksschatz der Muttersprache weitaus mehr in Ehren als die Tschechen, die sich seiner titulär bemächtigt haben; ich bin wie ein Sohn, der des Vaters Saat weiter pflegt, während der Bruder den Acker in Brachland verkommen läßt, weswegen er mehr Zeit und Kraft gewinnt, jenen unters Joch zu bringen.

«Ein Taxi nach Rohlau kostet mindestens einen Tausender», warnte ihn Tono, «jemand läßt uns hier sicher übernachten.»

«Für das Onkelchen», schwor der Rotschopf bei seiner Seele, «ist ein jedes von unseren Betten frei, zusammen mit jedem Weib, das er dort antrifft.»

«Danke, Dank...» der Professor war gerührt, «aber ich fahre um jeden Preis ab, mein Entschluß steht fest, längst und unerschütterlich. Den zuständigen Obolus habe ich parat, ohne daß Sie, meine Herren, sich jetzt bescheiden müßten. Da ich Nichtraucher bin und mit Ausnahme von heute auch kein Trinker und mir ausschließlich nur Paperbacks kaufte, ist mir das meiste vom Taschengeld der ganzen zwei Jahren übrig geblieben. Die Banknote für die Taxe habe ich zur Seite gelegt, und der Herr Wirt weiß, bis zu welcher Höhe ich solvent bin, die Summe sollte für einen gelungenen Abend reichen.»

«Ihre Flugkarte haben Sie schon?» fragte Tono verwirrt.

«Flugkarte? Wozu?»

«Fahren Sie vielleicht nach Kanada per Schiff?»

«Per Schiff!» begeisterte sich der Professor, «jawohl, ich fahre mit einem Schiff, in dem es einen Fährmann und einen Hund geben wird.»

Der Tisch hieß diese Entscheidung lautstark willkommen und stieß darauf feierlich an.

«Wer von euch ist der Neffe?» wollte Tono von einem schweigsamen Nachbarn wissen, der bisher nie mit den anderen lachte.

«Welcher Neffe?»

«Wessen Onkel ist er?»

«Niemandes. Wir kennen ihn nicht einmal.»

«Warum zahlt er dann?»

«Hat in der Pension gehört, man spricht hier Tschechisch, so kam er, um hier zu feiern.»

Er fiel in sein Schweigen zurück. Umso mehr lärmten die übrigen. Die Rede kam auf die Zustände in der Heimat, in Österreich und in der Welt, sie war aufgeregt, doch anfangs ganz unschuldig. Das Lokal betrat ein Mann mit einem Dackel und fragte den Wirt etwas, der verneinend den Kopf schüttelte. Der Ankömmling hatte ergraute Schläfen, trug dennoch Jeans und darüber eine Leinenjoppe ein wenig zu jugendlichen Schnitts. Er schaute zu dem lauten Tschechentisch hinüber und nickte kurz. Tonos Nachbar und die Fledermaus erwiderten den Gruß und gerieten, sobald Mann und Hund verschwunden waren, unter wütenden Beschuß.

«Spinnt ihr?» empörte sich das Rothaar, «was grüßt ihr ihn?»

«Er hat zuerst gegrüßt, Fernet», verwahrte sich der Schweigsame.

«Und wenn der sich zu Tode grüßte, scheiß auf ihn!»

«Er ist auch ein Chartist», wandte die Fledermaus ein.

«Er ist eine Bolschewistenhure!» verurteilte ihn ein ganz Langer mit holländischem Vollbart, der letztesmal Tono zur Fälscherei anhielt.

«Längst ausgeschlossen!»

«Sich den Bolschewisten zu verschreiben ist wie Radeln lernen, du verlernst es nie mehr, sobald du ein Fahrrad hast, trittst du wieder!»

«Er hat doch einen prächtigen Kerl zur Frau», versuchte es die Fledermaus anders, «bei einem Schuft würde die nicht bleiben...»

«So bums sie doch, aber grüß ihn nicht! An seinen Händen klebt Blut!»

«Wenn ich so kühn sein darf, wer war der Herr?» fragte Professor Klößlein, «Ein gewesener Mörder?»

Unisono sprachen sie einen Namen aus, den Tono nie gehört hatte.

«Ach nein, der war das! Schade, daß ich ihm nicht sagen konnte...» der Brünner heftete die Augen wehmütig an die Tür, «er ist das Lamm, das hinwegträgt die Sünden...»

«Ein rotes Schwein is' er», gab der Vollbart bekannt, und die meisten stimmten zu.

«Wissen Sie, meine Herren», sprach der Professor, als stünde er vor Studenten, «in jener Partei waren manche, auch ich, den Sie mit Ihrer gütigen Bereitwilligkeit auszeichnen, mit ihm zum Abschied Bier zu trinken, und dabei habe ich den Verein erst mit meiner Flucht verlassen, die meisten Einwohner hatten tüchtig kollaboriert, doch ihn hat sich die Nation auserwählt als ihren bösen Geist, der alle zu allem verführte. Dabei hat der Mann, dessen Dichtung mir fürwahr fremd ist, seinen Lebensweg mit den Konflikten mit dieser Macht gepflastert, weswegen er nicht, wie man voraussetzen könnte, ein verdienter Nationalkünstler des Regimes, sondern ein Exilant geworden ist.»

«Exilant», stöhnte der Holländer, «ich werd' verrückt, er lebt auch hier wie die Made im Speck!»

«Von der Sozialhilfe? Oder von seinem Werk? Verzeihung, ich erlaube mir nur zu fragen. Persönlich verstehe ich die Leichtigkeit nicht, mit der er seinen Fluch überwindet, er muß entweder die Haut eines Nilpferds haben oder aber von der Besessenheit getrieben sein, das Unmögliche zu erreichen: als anständig anerkannt zu werden, zum Beispiel von Ihnen, meine Herren.»

«Seinetwegen will ich schon lange aus der Charta austreten!» erklärte der Rothaarige, «wir sollten es Havel schreiben: Entweder wir bleiben drin oder die bolschewistische Sau.»

«Fernet! Er hat die Charta mit Havel geschrieben», sagte die Fledermaus.

«Das sieht der Sau ähnlich!»

«Und du hast das sehr wohl gewußt! Warum also hast auch du unterschrieben?»

«Eine richtige Sache hört nicht auf richtig zu sein, wenn sie von einer Sau zusammengeschrieben wird, und Sau bleibt Sau, auch wenn sie zufällig eine richtige Sache schreibt!»

«Aber die Charta lebt eben davon», der Maler ließ nicht locker, «daß die Leute suchen sollen, was sie verbindet. Charta bleibt Charta nur, solange darin mit den anderen auch die Kommunisten bleiben, die anständigen, versteht sich.»

«Anständiger Kommunist ist allein toter Kommunist», behauptete der Bart.

«Ja? Und wer hat mit dem Prager Frühling angefangen?»

«Ja! Und wer hat ihn verschissen? Na nu? Herr Klößlein, sagen Sie es uns doch, wenn Sie also die Ehre haben, mit uns zu saufen! Waren es nicht wieder die Bolschis, oder schien es mir nur so, daß sie es waren, die den Schießbefehl verweigert haben, die Okkupation unterschrieben und sich gegenseitig hinausgeschmissen haben, so daß es heute bei uns noch schlimmer ist als unter Hitler, für tausend Jahre tot? Na, nun rühren Sie sich mal!»

«Der Prager Frühling», antwortete gehorsam der Aufgerufene, «wurde in der Tat von den einen Kommunisten angefangen und von den anderen vernichtet, wobei ich weder zu jenen noch zu diesen gehört habe, sondern zu der ewig schweigenden Masse, die der Hauptschuldtragende aller Katastrophen zu sein pflegt. Jedoch aus der Vogelperspektive der Geschichte betrachtet, war der Versuch der ersteren die Generalprobe für einen gelungeneren, der einmal das Gesicht dieses Planeten verschönern wird.»

«Das wird erst verschönert», empörte sich der Fragende, «wenn man alle Bolschis an die Laternen hängt.»

«Und wer wird so fleißig sein, junger Mann?»

«Keine Angst, es werden sich genügend finden, ich selbst mach's auch umsonst!»

«Hör auf mit der Angeberei, Jirka!» ließ ihn jetzt auch der Rotschopf allein, «du fällst schon beim Dentisten in Ohnmacht! Hör mal zu», winkte er dessen Protest ab, «hier wird niemand gehenkt, weil so was dann kein Ende nimmt. Die Bolschis sollten nach Rußland wegtreten, dort dürfen sie sich austoben.»

«Und was», überlegte der Professor, «wenn so ein neuer Frühling gerade dort entstehen würde? Gerade bei uns wurde doch bewiesen, daß ein gewaltloser Wechsel von der kommunistischen Diktatur zur Demokratie möglich ist, nur die russischen Panzer haben ihn verhindert. Wenn man einen ähnlichen Versuch in Rußland unternähme, würden zu dessen Ersticken unsere Panzer nicht reichen, und mehr noch: Ihre in unserer schwergeprüften Heimat würden verhindern, daß man eben dort eine hausgemachte Junta installiert.»

«Ich werd' verrückt«, versprach zum zweitenmal der holländische Jirka, «Sie rechnen also damit, daß uns der Russe befreit?»

Ein Sturm der Entrüstung unterstützte ihn.

«Ich, meine Herren, ziehe es nur als eine hypothetische Möglichkeit in Erwägung, die für uns die allergünstigste wäre. Vorausgesetzt, daß der Herr Jirka nicht vorher die in Betracht kommenden Reformatoren allesamt gehenkt hätte.»

«Wirtschaft«, die Fledermaus schnippte erregt mit den Fingern und war plötzlich wie vom Teufel geritten, «ich sage dir also, Jirka, und dir Fernet, was ich längst auf der Zunge habe: Für euch war die Charta eine Straßenbahn, nichts weiter.»

«Was quatschst du da...» verwahrte sich der erste.

«Ihr hättet sie selbst mit Stalin unterschrieben, weil ihr nur glimpflich in den Westen reisen wolltet! Und jetzt steigt ihr empört aus, weil euch der Schaffner stinkt.»

«Möchtest du was in die Fresse?» rief der andere.

Tono trank sein drittes Bier und war bereits benebelt, die Leute hier mußten ihm ein gutes Stück voraus sein, den Kampfhähnen glühten bereits die Backen, die Tischgesellschaft zerfiel in zwei Lager, es gibt eine Keilerei! dafür hatte er seine Nase in ländlichen Kneipen geschult, in denen er sich auf der Bank rechtzeitig zu seinen Brüdern schob, um nicht in der Mitte zu bleiben, wo es von allen Seiten hinhagelt. Der Wirt brachte mit dem nächsten Bier auch die Warnung.

«Meine Herren», fing er noch ziemlich höflich an, aber dann hat es schon geblitzt, «ich bin nicht die Edda, beim ersten Schlag oder Scherben rufe ich die Polizei, hier sind wir nicht im Böhmerwald, sondern im dritten Bezirk!»

«Leck mich!» rief ihm auf tschechisch der kämpferische Jirka zu, «wir sind zahlende Gäste, außer uns zwölf hast du hier ganze sieben Stück von den Deinen, ein klares Powerplay!»

Die Rede hat den Wirt starr stehen lassen; erst als die Runde zu ihrem Streitthema zurückkehrte, zog er sich hinter die Theke zurück und von dort in die Küche.

«Ihr Hausdeppen!» warnte der Drucker die Freunde, «er ist imstande, die Bullen aufzuhetzen, das Revier ist gleich um die Ecke!»

»Nimm's zurück!» verlangte der Bärtige vom Maler.

«Was denn?» stellte sich die Fledermaus begriffsstutzig.

«Die Straßenbahn mit dem Stalin!» schloß sich der Rotschopf an.

«Aber, meine Herren...» Professor Klößlein empfand jetzt seine Verantwortung für diesen Verlauf, den das von ihm spendierte Bier in Gang gebracht hatte, «auch diese Erscheinung hat etwas mit dem Meister zu tun, der vorhin hier vorbeikam, zu seinem Fluch gehört auch, daß er durch seine bloße Existenz die latent strittigen Ansichten polarisiert...»

«Hör mal, Genosse Onkel!» kränkte ihn jetzt der Gekränkte, «flieg nach Kanada zum Polarisieren, verdufte und stör hier nicht! Nimm's zurück, Fledermaus!»

«Hör mal, du», erwachte in Tono der Musketier, «benimm dich zum Herrn Professor anständig, bist sein Gast hier!»

Wenn etwas den aufschäumenden Zusammenstoß am schnellsten zum Siedepunkt bringen konnte, so war es das klangvolle Slowakisch. Der wütende Jirka reagierte so schlimm, wie er nur konnte.

«Kack nicht dazwischen, wenn Tschechen miteinander reden! Hier bist du ein Tatra-Dreck!»

Im Echo mit ihm hörte Tono nicht nur Bobina, sondern über den Abgrund der Jahre hin den Prager Taxifahrer, wie er ähnlich einen slowakischen Jüngling beleidigt. Jetzt war er groß, stark und trainiert.

«Und du», konterte er, «bist ein Bastard! Du betrügst die Firma, die dich bezahlt, beleidigst Leute, deren Bier du säufst, und beschimpfst einen Menschen nur, weil ihn die Mutter eine andere Sprache lehrte. Du bist ein Parasit und Faschist und so der Fleck auf eurer ganzen berühmten Charta!»

Der Rivale erhob sich bereits, auch der Rothaarige und ein weiterer Nachbar standen auf, die wollen mich zerdrücken wie ein lästiges Insekt! ich danke dir, Bergerac, daß ich mich deinetwegen auf der Matte geplagt habe! Nach strengen Regeln war er ihnen noch die Warnung schuldig.

«Ich mach' darauf aufmerksam, daß ich Champion...»

Die lange Latte mit Bart hat vor Wut nicht hingehört, er drang zu ihm hinter den Stühlen durch.

«Meine Herren, meine Herren», schrie der Professor, «Herr Vágner übertreibt nicht...»

Tono erkannte die einzige Möglichkeit, wie dem Massaker zuvorzukommen war. Er hob den Arm hoch, hoffentlich wird's ohne Training nicht weh tun! durchfuhr es ihn, als die Rechte nach unten sauste, da aber haute die Handkante die Stuhllehne wie ein Stäbchen entzwei.

Doch bevor jemand erschrecken oder nur Atem holen konnte, wurden sie allesamt von der österreichischen Polizei festgenommen, von der mit einemmal die ganze Kneipe voll war.

Obwohl sie nicht gerauft hatten, alle nur mit flammenden Augen dastanden und nur altes Holz daran glauben mußte, ging man mit ihnen wie mit einer Terroristenbande um. Von den Uniformierten war auch ein gutes Dutzend da, die Knüppel gezogen, sie ließen Handschellen zuschnappen und rempelten wie beim Hockey. Tono nahm ein älterer Muskelmann unter den Arm, der zu ihm seltsamerweise milde sprach.

«Komm!»

Hinter ihm führte man die anderen schmachvoll in Ketten ab. Bier im Blut und Unrecht in der Seele, daß man sie so brutal einbuchtet ohne einen Grund, mit einem Karatemeister hätte sich doch keiner geprügelt! das alles explodierte jetzt, durch den Spaziergang an der frischen Luft noch oxydiert, in einem Aufstand auf der Polizeistation.

«Von wegen Freund und Helfer, ihr seid wie die Unsrigen», schrie der bislang Wortkarge, der zum allgemeinen Pech ein verständliches Deutsch beherrschte, «die perfekte Gestapo!»

Von dem Altersgenossen in Uniform, der ihn hielt, fing er sich eine Ohrfeige ein.

«Warum schlägst du ihn?» brüllte der Drucker und bekam von seinem Engel auch eine, daß ihm die Locke flatterte.

«Kapitalistensau!» setzte der Rotschopf hinzu.

«Komm, komm!» der Begleiter drückte Tonos Arm grob zusammen und stieß ihn durch die gegenüberliegende Tür.

Er konnte noch erblicken, wie die Polizisten die Feldermaus und Fernet mit Knien in den Hintern traten, das Powerplay spielten jetzt sie, der Vorteil des Heimspiels! im Geklatsche der Ohrfeigen und im Gebrüll der sich wehrenden Tschechen gelangte er über den Gang in ein Büro. Als die Tür hinter ihm zufiel, bebte er vor Wut, also prr! meine Herren im Zentrallager, ihr könnt euch eure Vorträge und Ratschläge für Hosenscheißer sparen, ich bin doch nicht von den einen Schlägern zu den anderen geflüchtet!

«Bevor Sie mich anfassen», er fand die nötigen deutschen Worte, «gebe ich Ihnen zur Kenntnis, daß ich mich verteidigen werde, bin nämlich...»

«Und wie viele Dan hast du?» unterbrach ihn der Polizist.

«Einen.»

«Ich drei, damit du es weißt. Ich war hier der Champion, die Nummer mit dem Stuhl kann ich noch heute mit vier Ziegeln!» er zeigte ihm die Kante seiner Linken, gehärtet wie die Schneide einer Axt.

«So probieren Sie es mit mir aus...» er trotzte ohne Schwung, er hatte keine Chance.

«Auch Tscheche?»

«Slowake. Für Sie ist es wahrscheinlich dasselbe.»

«Die Tschechen können kein Ungarisch», wechselte der andere in diese Sprache.

Er sah sich gezwungen, dem Beispiel zu folgen.

«Ich auch nicht sehr viel...»

«Jedenfalls besser als Deutsch, wie ich höre. Ich bin aus dem Burgenland. Und du bist hier noch nicht lange, was? Beim ‹Ochsen› habe ich dich noch nicht bemerkt.»

«Ich war dort zum zweitenmal...»

«Und hoffentlich auch zum letzten.»

«Habe ich vielleicht Lokalverbot?» er war dazu noch gekränkt.

«Nein, aber gute Erziehung vielleicht. Man geht nicht wohin, wo man nicht gern gesehen wird.»

«Wir waren doch zahlende Gäste.»

«Der Wirt will keine Randalierer.»

«Keiner von uns ist einer. Die meisten sind Stammgäste!»

«Er rief uns zu Hilfe wegen dir. Entweder hättest du gegen die Karateregeln verstoßen, oder man hätte dich verdroschen. Und es wären noch mehr Stühle draufgegangen.»

«Was wäre wenn! Das ist noch lange kein Grund, um sie jetzt hier zu verdreschen, und übrigens», revoltierte wieder einmal sein Stolz, «duzen Sie mich nicht!»

«Ich duze dich als Träger eines höheren Dan!» beschämte er ihn, «und du belehre lieber deine Landsleute, sie haben sich die Abreibung selbst eingebrockt.»

«Genauso redet die Polente drüben.»

«Nur liegt der mächtige Unterschied darin, daß man euch dort bis zum Verfahren eingesperrt hätte, ihr würdet eine hübsche Zeit zu warten haben.«

«Während hier?»

«Mit euch ein Protokoll geschrieben wird, und dann warten wir ab.»

«Auf was?»

«Ob es euch nicht einfällt, uns zu verklagen. Und wenn die gesetzliche Frist abgelaufen ist, kommt es in den Reißwolf.»

«Schön ausgedacht. Was sagt das Gesetz dazu?»

«Daß wir euch dem Untersuchungsrichter übergeben können.»

«Werden Sie uns beschuldigen, daß wir Sie angegriffen haben? Das wäre ein verdammt falsches Zeugnis.»

«Ihr habt uns zweifellos angegriffen, verbal, nicht gehört, wie wir Gestapo beschimpft wurden? Ist doch ein deutsches Wort.»

Das konnte Tono nicht bestreiten.

«Alles andere ist Sache des Richters. Wenn er euch kennenlernt, wird er euch nicht allzusehr mögen.»

«Sie mag er gewiß lieber!»

«Da würdest du dich wundern«, kicherte der Polizist, «nur, daß es hier auch den Wirt und die Gäste gibt, die ihr gestört habt. Also, schreiben wir nun das Protokoll?»

Er hat es überlegt.

«Geben Sie mir Ihr Wort, daß auch die anderen nach Hause gehen können?»

«Falls sie unterschreiben, ja.»

Mit Anklopfen trat ein Junge in Uniform ein, dem zum Erwachsensein nicht einmal der eingerollte Schnurrbart verhalf. Auch fehlten ihm, merkte der ehemalige Korporal mit geschultem Auge, zwei Knöpfe am Rock, ein schöner Sauhaufen... im nächsten Augenblick tippte er, wer aus der Runde ihn so gerupft haben könnte.

«Die Tschechen», meldete der Polizist seinem Vorgesetzten ziemlich ratlos, «lehnen ein Protokoll ab, falls der da hierbleibt...» er wies mit dem Kinn auf Tono, «dann wollen auch sie hierbleiben...»

«Sagen Sie ihnen, aber wortwörtlich! genau dasselbe hat er bereits erklärt. Nach dem Protokoll gehen alle!»

«Ich gebe zu», las er dann den Satz vor, den er in die Maschine geklopft hatte, «daß ich in dem oben erwähnten Gasthaus im Laufe einer privaten Feier nach Biergenuß ohne böse Absicht Gäste gestört habe, und ich habe nicht die Absicht, die besagte Tätigkeit fortzusetzen.»

Tono unterschrieb mit gutem Gewissen und faßte zu den Tschechen eine neue Sympathie.

«Du wartest aufs Asyl, nicht wahr?» sagte der Träger des dritten Dan, «keine Angst, ich leite es nicht weiter. Und falls du in Österreich bleibst, merk dir, daß wir hier auch ein geheimes Gesetz der Vernunft haben.»

Bei dem festen Händedruck glaubte ihm Tono die vier Ziegel. Seiner Natur getreu sprach er jedoch seinen Zweifel aus.

«Und falls ein Polizist sie nicht hat, was dann?»

«Dann hat der Bürger halt Pech! Servus.»

Der jugendliche Schnauzbart begleitete ihn durch den Tatort des vorhergegangenen Scharmützels, er glich einer Zwergschule während der Schularbeit. Die Tschechen schrieben das Protokoll ab, das übrig gebliebene Uniformtrio spielte die lieben Herren Lehrer.

«Ahoj, Soldat», rief die lange Locke, «bist in Ordnung! Hier, der Jirka möchte sich bei dir entschuldigen, stimmt's, Jirka?»

«Scheiße!» war die Reue des Bärtigen.

«Das», stellte die Fledermaus klar, «heißt bei ihm sorry.»

«Die Straßenbahn bleibt bei dir!» maulte der Unversöhnliche.

«Falls du dort noch den Onkel findest», bat ihn der Rothaarige, «so pick ihn auf und nimm Kurs auf das ‹Knie›, das ist eine kleine Tagesbar vor der Deutschmeisterkaserne, sie sollen nicht zumachen!»

«Und falls dich dieses Arschloch von Wirt fragt», fügte der Drucker hinzu, «wie es uns geht, verrat ihm, er hat uns heute auf eine tolle Idee gebracht: Wir machen unsere eigene Bude auf und sorgen dafür, daß in seine kein Tscheche mehr hineinfurzt!»

«Und auch kein Slowake!» versicherte ihm der Maler.

Der Wirt vom «Ochsen» begriff seinen Fehler von sich aus. War zukkersüß, erklärte die Rechnung Posten für Posten und setzte den Schaden nicht drauf.

«Ein Stuhl, den ein Gast nicht ein bißchen kräftig anfassen kann, gehört nicht in eine Kneipe...»

Zu spät! wünschte ihm Tono, und zur Strafe warnte er ihn nicht, er soll in seinem schlechten Gewissen schmoren! Milde weckte er Professor Klößlein, den man sogar in der Küche auf eine Bank gebettet hatte und seinen Kopf auf Tonos Rucksack gelegt, damit er ein wenig schlummere, also hat Bobina das Bessere gewählt! stach es seinen Besitzer mit Verspätung. Er bezahlte aus Professor Klößleins Portemonnaie, überprüfte, was darin noch blieb, und fragte ihn dann korrekt, ob er noch zum «Knie» möchte oder tatsächlich mit der Taxe nach Hause.

«Zur Fähre!» verlangte der Professor verschlafen, «direkt zu der Fähre, sie warten dort schon, der Fährmann und der Hund...»

Bis zum Abend hat Dora Milan zum zweitenmal Glauben geschenkt. Wie wenig hat sie das Ereignis am Nachmittag berührt, um so mehr wucherte es in ihr später. Früher glaubte sie ihm nicht, daß er mit anderen ohne Gefühlsbande schlief, noch weniger konnte sie glauben, daß er dann ihr gegenüber an Selbstvorwürfen litt. Jetzt hat sie beides kennengelernt. Beim Lieben mit dem fremden Mann erlebte sie nur einen angenehmen Aufschwung der Sinne, ohne die höchste Verzückung wie mit Milan. Sie hatte jedoch ihr winziges Kämmerchen im Heim noch nicht erreicht, in dem sie sich vor allem deswegen so wohlfühlte, weil es sie an nichts und niemanden erinnerte, als sich ihr inneres Klima von Grund auf änderte. Das Behagen wurde von einer frontalen Störung abgelöst.

Das Getrenntsein, das zu ihrer Erleichterung alle respektierten, hat sie so aufgerichtet, daß sie es Woche für Woche mehr verspürte. Ärger und Wehmut wichen nach dem Gesetz ihrer Natur nach und nach den Erinnerungen an Tage des Verständnisses und der Liebe, davon hat sie zu Hause und in der Ehe reichlich erhalten. Daß Milan sich ihr für kurze Zeit in einen Fremdling und einen Feind verwandelte, hat zweifellos der Schock verursacht, auf den sie behandelt wurde. Seitdem sie an der Grenze ihren Wunsch aussprach, handelte er selbstlos, wie sie es zuvor nie erlebt hatte. Das zwang sie, sich Sorgen zu machen, was weiter.

Der beharrliche Gedanke, er sei nicht mehr ihr Mann, bedeutete nicht, daß sie ihn einfach verlassen könnte. Zu den noch bestehenden Bindungen gehörte auch der amerikanische Plan. Daß er mich nicht daran erinnert, ist rücksichtsvoll von ihm! Sie war sich bewußt, welche Konsequenzen es hätte, wenn sie aussteigen würde. Für seinen neuen Antrag hätte die Washingtoner Bürokratie die gleiche Zeit gebraucht. Sie versprach sich also selbst, nichts zu gefährden. Sobald das Amt entschieden hat, fliegt sie selbstverständlich mit ihm ab und hilft ihm, eine neue Existenz in einer Welt aufzubauen, deren Sprache und Geschichte sie ziemlich gut kannte. Für eine gewisse Zeit werden sie wieder den Tisch teilen … aber auch das Bett?

Vor dem heutigen Tag glaubte sie nicht, noch einmal Lust auf Lieben zu haben, ein solches Bedürfnis schien mit Petřík begraben zu sein. Sie vermutete jedoch nicht, daß Milan sie dazu zwingen würde, sie räumte ihm die Fähigkeit des ersten Leidens, das er nicht gespielt hat, ein. Sie glaubte an das allmähliche Entstehen eines Zustands des gegenseitigen Schutzes, getragen von Mitleid und Notwendigkeit. Und ohne Verbitterung, vielmehr erleichtert, erwartete sie, daß mit dem ersten Erfolg, den er sich auf der Bühne erschuften wird, auch seine wahre Natur aus der Betäubtheit erwache und sie beide an die alten Kreuzungen gelangen würden, wo sie ihn ohne Gewissensbisse wird verlassen können.

Von da an verlor sich die Vorstellung ihres eigenen Lebens. Wie kommt es, daß es mich nicht interessiert, was aus mir werden wird? Sie konnte ihm vieles vorwerfen, doch jahrelang hat er von ihr die alltäglichen Sorgen weggescheucht, selbst für den Haushalt hat er ihr mit der Zeit Aushilfen beschafft, ich verdiene nicht wie ein König, damit du wie eine Wäscherin rackerst! Als er ihr wieder einmal nachts huldigte, was für eine tolle Geliebte sie sei, seufzte sie, daß sie langsam nichts anderes mehr kenne, und bei ihren Hemmungen könnte sie sich nicht einmal damit durchbringen! Daran dachte sie unterwegs vom Hotel «Erzherzog» in ihr einstweiliges Zuhause. Jetzt habe ich nicht einmal mehr sie! erschrak sie, auch meine guten alten Hemmungen haben mich verlassen... Der galante Nachmittag mit ein bißchen Sex kam ihr plötzlich unbegreiflich vor, unappetitlich, widerlich!

In der Broschüre über autogenes Training wiederholte sich stets der Begriff «die statische Mitte der Persönlichkeit». Mochte der Autor nebelhaft was auch immer meinen, sie machte sich davon eine konkrete Vorstellung: Als Milan den Film über die Bergleute drehte, war sie Zeuge, wie prächtig die Filmarchitekten den Stolleneinsturz produziert haben: Sie berechneten die Tragkraft der Stützen in der künstlichen Mine so genau, daß es genügte, den Hauptbalken umzustoßen, und Dutzende andere brachen unter der Überlastung wie Streichhölzer in schneller Folge nacheinander durch. Noch vor zwei Monaten hätte sie geschworen, sie würde vor allem von ihrem Sohn und ihrem Mann gestützt. Den Tod des ersten hat sie jedoch mit einer verhältnismäßig leichten Erschütterung überlebt, den zweiten hat sie sogar selbst weggejagt und litt nicht darunter. Dann reichte es, ein paar Textilien abzulegen, und alles in ihr stürzte in einer Kettenreaktion ein.

Was sie bislang als ein dichterisches Bild verstand, das, verspürte sie jetzt physisch, existierte: reines Gewissen. Ob nun damit die Treue der christlichen oder bürgerlichen Moral gemeint war, für sie war es bis jetzt ein Begriff ohne konkreten Inhalt gewesen. Dieser, wußte sie jetzt zu spät, war die Ganzheit meiner Persönlichkeit und deren statische Mitte meine altmodische Ehrbarkeit. Nicht ein Verrat am Ideal, an der Heimat, an den Freunden, sondern ein paar Minuten des allermenschlichsten Genusses haben bewirkt, daß ich nicht mehr ich bin...

Gegen diese Erkenntnis erhob sich Protest in ihr. War es nicht er, der als erster verraten hatte und wiederholt verriet, was uns zusammengebracht und zusammengehalten hat? Erntet er also nicht, was er gesät hat? Darf der jemandem den Apfel der Erkenntnis zum Vorwurf machen, der selbst durch geheimen Frevel das Paradies längst plündert? Pfui...! ekelte es sie an, ich bin schon dabei, mich auf seine Art unbeholfen auf andere hinauszureden, obwohl nur ich es bin, die es heute zuließ, jemand anderer zu werden. Und diese naive feige Schurkerei, es auf einen gelogenen Namen zu buchen!

Sie näherte sich dem Heim für das Personal, als sich mit einem Schlag der Wellengang der abendlichen Kirchenglocken erhob. Bei diesem Klang stellte sie sich immer einen überirdischen Deckel vor, der die Stadt mitsamt ihr bis zur Mordendämmerung schützen soll, bei der er genauso lautstark abgenommen wird. Heute deprimierte er sie. Wem schlägt die Stunde? Milan, rief sie ihn zum ersten Mal seit dem Tunnel, wo bist du und weshalb noch immer? Warum hast du mich hier so ruhig allein gelassen? Ich bin dir heute beinahe entschwunden, Milan, was werden wir tun?

Zu Hause fand sie ein Telegramm vor, unter der schwellenlosen Tür durchgeschoben.

GRATULIERE LIEBE DEIN MILAN

Sie war der Ohnmacht nahe, ehe sie den Zusammenhang mit ihrem Asyl entdeckte: Er hat mit dem Primarius gesprochen! Ihre Reue wurde von Vorwürfen verdrängt. Erst das ist ihm das erste Lebenszeichen wert! Warum war er nicht hier? Was treibt er dort? Und mit wem? Nicht einmal die Dusche hat sie auf die Beine gebracht, sie fühlte sich elend, ein neues Gebet fiel ihr ein: Ich heiße Zorica Čechová, bin alt, untreu, traurig, und keiner kann mich noch gern haben.

Sie kämpfte dagegen an, nicht auf das Bett zu fallen und loszuheulen, sie durfte zu all dem Bösen nicht ihren letzten Wohltäter enttäuschen. Ermattet zog sie das schwarze Kleid von Milan an, und dabei überfiel sie die Überlegung, daß sie ihn anrufen sollte, er erfüllte doch nur ihren Wunsch! Doch was soll sie ihm nach zwei Monaten sagen? Eine Lüge? Bin wieder in Ordnung...? Oder die Wahrheit: Habe endlich mit einem anderen geschlafen...!

Weil sie nie vorher an Untreue dachte, grübelte sie nie darüber, wie er so was aufnehmen würde. Wie denn! Er müßte es schlucken, wie ich es mußte! Ob er das jedoch könnte? Komisch, aber seine Verrätereien veränderten ihn nicht, sie spürte weiterhin, daß er es ist. Er jedoch müßte sofort begreifen, daß ich es nicht mehr bin und nie mehr sein werde... es ist aus, Milánek! die letzte Naht ist geplatzt, alles vorbei zwischen uns beiden!

Oder? Oder doch anrufen und nichts davon sagen? Anrufen, widerrufen, herbeirufen, es neben und mit ihm gemeinsam noch einmal versuchen, mit der Patina des Lebens diesen haarfeinen Riß kitten? nicht gesagt ist nicht geschehen! eine Zorica gab und gibt es nicht! der Unbekannte war nur bis zu den Champagnerbläschen wirklich, von da an ein Trugbild, wir sind wieder wir, beide beschädigt, aber um so vorsichtiger, damit wir nicht noch mehr kaputtschlagen, weil wir allzugut alle kritischen Stellen kennen, Milan, Milan, SOS, save our souls!

Sie hat eine ganze Handvoll Kleingeld mitgenommen, sie rechnete damit, daß man ihn in jenem Hotel wird suchen müssen, bei welcher denn? stichelte sie, noch einmal pfui! jeder urteilt nach sich selbst. Das Telephon an der Pforte und auch die Zellen auf dem Weg waren jedoch besetzt. Sie durfte sich nicht verspäten, und so wollte sie ihn erst vom Professor aus anrufen, sobald der Abend in Gang gekommen war. Auf der Treppe dachte sie darüber nach, wie sie ihr schlechtes Aussehen erklären soll. Der Professor, seinen Gewohnheiten gemäß, küßte ihr die Hand, begrüßte sie aber überraschend.

«Mein Kompliment, Frau Dora, heute sind Sie die Frische selbst, das beste Geschenk, das Sie Ihrem Arzt machen können.»

Sie sah, daß er die Bewunderung nicht vortäuscht, und mußte sich mit dem Gedanken versöhnen, daß ihr Körper und ihr Bewußtsein verschiedene Wege gehen. Kurz darauf stellte sie erstaunt fest, daß der Professor einen runden Geburtstag feiert, stammelte Entschuldigungen und hatte für weiteres Nachdenken keine Zeit; zusammen mit dem Mietkellner nahm sie sich des Büfetts an, das man nach und nach aus tragbaren Kühlboxen auspacken mußte. Zwischendurch stellte ihr der Primarius nach jedem Klingeln neue Gäste vor.

Es waren lauter Männer und Ärzte, zwischen vierzig und sechzig, ehemalige Schüler und spätere Mitarbeiter, einige kannte sie als Patientin von den Visiten, die anderen waren bemüht, ihre Verspätung durch erhöhte Aufmerksamkeit wettzumachen. Sie kamen aus ganz Europa angereist, Dora paradierte in drei Sprachen, und der Primarius verkündete stolz: Die Medizin der Welt liege ihr zu Füßen! Es ging auf neun, höchste Zeit anzurufen! doch noch immer wußte sie nicht, was sie sagen sollte, jeder Satz kam ihr verkrampft vor, falsch und darum überflüssig.

So kriege ich es nicht hin, begriff sie, ich muß ihn einfach hören, dann werde ich entweder fühlen, was ich sagen soll, oder ich lege einfach auf. Sie steuerte auf das kleine Studio zu, das von der Feier verschont blieb, als der Kellner ihre Zustimmung zum Anzünden der flambierten Eisbombe erbat und gleichzeitig ein verspäteter Gast läutete. Der Primarius führte ihn zu ihr, als sie noch vor dem Kühlschrank gebeugt stand.

«Verzeihung», hörte sie eine ziemlich bekannte Stimme sagen, «ich bin irgendwie eingeschlafen!»

»Und dies, liebe Dora», sagte Lindberg, «ist ein besonders lieber Freund, der ähnlich wie Sie Lebenscourage lehren könnte. Mein früherer Schüler und Assistent, Dozent Heilmann, zur Zeit in Hamburg, ich überrede ihn soeben, mein Nachfolger zu werden.»

Sie wandte sich um und schaute erstaunt in das Gesicht, in dem sich Überraschung in Freude verwandelte.

«Aber wir kennen uns...» er stockte.

Noch bevor sie erröten konnte, kam der Professor dazwischen.

«Wollen Sie sie wirklich kennen, Udo? Sie beglückt uns hier erst seit einigen Wochen. Frau Dora Čech, ursprünglich aus Prag.»

Die wasserblauen Augen schienen über dem blendend weißen Kragen noch durchsichtiger, statt Verlegenheit oder gar Empörung sah sie jedoch helle Begeisterung in ihnen.

«Heilmann», sagte er, «sehr erfreut!»

Lügen haben kurze Beine... Schicksal, erfüll dich, kapitulierte Dora.

17. Am selben Abend in Rohlau

Wie immer spielten sie Schach.

Die Tschechen in der Pension bezweifelten nicht, daß der Schauspieler Čech mit der Chartistin geht, sie schrieben nach Hause und ins Ausland, was für ein Wüstling er sei: Das Kind zu Tode gehetzt, das Weib in die Klapsmühle verfrachtet, und hier bumst er Abend für Abend mit einer verwelkten Bolschewistin. Die neu angekommenen Frauen und Mädchen dachten sich genau wie Bobina, sie würden es ihm viel besser machen. Sie irrten, denn sie ahnten nicht, was eine Rochade heißt, geschweige ein Damengambit.

Mara und er wußten beide, wie sie durchgehechelt werden von Leuten, die sie ehrfürchtig begrüßten, es war ihnen aber egal. Seit dem Augenblick, als sie sich kennengelernt hatten, atmeten sie beide auf: Sie haben einen Verbündeten gefunden. Als sie auch auf ihre alte Liebe zum Schach kamen, spielten sie die ersten Partien im Gesellschaftsraum, um das Dekorum zu wahren. Geduldig hat er dabei das ständige Ausfragen ausgehalten, das Getratsche, wer wohin möchte, wo man wen nimmt, was wieviel kostet und wer zu Hause ein Spitzel war: alle bis auf die gerade Anwesenden! apathisch unterschrieb er Ansichtskarten, bis ihn einmal Mara wissen ließ, einen Doppler roten Bauernweins gekauft zu haben, und ihn auf eine Partie zu sich lud. Dankbar nahm er an, und sie sind auch weiter dabei geblieben, soweit irgendein anspruchsvoller nächtlicher Film ohne Konkurrenz einer seichten Show in einem anderen Programm nicht das Fernsehzimmer leergefegt hatte, das sie dann allein mit ihrer Flasche besetzten.

Der Doppelliter wurde für sie zum Zeitmaß, eine Weinuhr! nannte ihn Mara, und gleichzeitig auch ein Tiefenmesser der Depression, nach mehr als eineinhalb Litern wünschten sie sich: Überleb die Nacht! Sie waren einander geistig ebenbürtig, Maras enzyklopädisches Wissen der materiellen Welt wurde von seiner Kenntnis der Charaktere und Geschichten aufgewogen, wir sind eine sich gegenseitig stützende Antiselbstmordgesellschaft mit totaler Haftung, erklärte er, als sie sich ihrer beider Schicksale erzählt hatten, jawohl! bestätigte sie, wir sind Kundschafter in den sich gegenüberliegenden Lagern; sobald du mir das Fungieren der männlichen Eitelkeit klarmachst und ich dir die Mechanismen des weiblichen Egoismus, schaffen wir es spielend, von «unsere Leut», wie Ossi sagt, heiß geliebt zu werden…!

Bisher hatten sie dazu keine Gelegenheit, weil sie einträchtig darauf warteten, daß die beiden Abtrünnigen sich auch nur rühren, und waren froh, nicht jeder für sich allein warten zu müssen. Auch heute spielten sie seit dem Abendessen beinahe wortlos zwei Partien mit wechselndem Erfolg. Im Endspiel der dritten, obwohl es ihr um den Gesamtsieg ging, krempelte sich Mara wie bei jedem Zug den Ärmel ihres «Reiterkaftans» auf und zog seine Dame zurück.

«Du riskierst matt.»
«Aha», er korrigerte es, «danke.»
«Dort auch.»
«Verdammt», er versuchte sich zu konzentrieren, «und was bin ich hier?»
«Matt.»
«Schon wieder? Shit!»
«Nerven behalten, Milan, du hast noch eine Chance!»
Er studierte das Brett, entdeckte sie jedoch nicht.
«Dann möchte ich wissen, wo?»
Sie zog an seinem verbliebenen schwarzen Springer.
«Aha, schau her! Aber das ist doch...»
«Schachmatt», sie legte ihren König flach, «hast gewonnen.»
«Unsinn! Du hast für mich gezogen.»
«Für mich aber auch. So daß ich auch verloren habe.»
«So sind wir einander Opfer und Henker zugleich!» zitierte er den Klassiker, trank den Rest Wein aus dem Zahnputzglas, und beim Nachgießen aus dem Doppler zischte er, «o weh, meine armen Muskeln!»
Sie zündete sich eine an, öffnete seinetwegen das Fenster, und beide dämpften die Stimmen.
«Willst du dich da weiter so schinden?»
«Klar. Ich verdiene, ich lerne dabei und ich halte mich fit, ein idealer Mix. Und der Bursche Václav ist klasse. Stell dir vor, am Ende hat er mich total überrumpelt.»
Er gab das Gespräch im Bus wieder bis zu dem Bild vom Steinwerfen. Sie ließ langsam den Rauch aus.
«Es wird schon stimmen!» urteilte sie.
«Warum hast du's mir dann nie gesagt...?»
«Weil du mich wieder in meiner Weisheit bestätigt hast. Eigentlich ist es auch eine Pose.»
«Du und eine Pose?» verteidigte er in ihr sich selbst.
«Ich wollte doch überhaupt nicht weg von ihm! Ich habe erwartet, daß er mich schon nach zwei Tagen vermissen wird und mich spätestens in einer Woche hier abholt. Du etwa von Dora nicht?»
«In der Tiefe der Seele, ja...»
«Heute habe ich mich selbst enthüllt. Ich habe dieser Pianistin ein komplettes Klagelied vorgesungen. Ossi spielte darin zugleich den Prinzen und den Schuft. Es hat mich so mitgenommen, daß ich ihn anrief.»

«Nein!» er verheimlichte sein dummes Telegramm, «und er?»

«Ein junges Ding hat abgenommen.»

«Aha... und du?»

«Aufgelegt, um nicht loszuheulen. Sie ist bei uns eingezogen.»

«Sie könnte ihm auch nur einen Besuch gemacht haben.»

«Nein! Ossi nimmt immer selbst ab, ein Reflex aus den Zeiten, in denen er heimlich mit mir ging. Jawohl, Genossin, brummte er in seinem samtenen Baß, wenn er nicht allein war, die Zwischenprüfung müssen wir auf morgen vertagen, gleiche Zeit, gleicher Raum! das bedeutete, um fünf bei seinem Freund, dem Maler... Nein, sie war allein bei uns, und das sagt mir alles. Auch daß Ossi, wenn ich geblieben wäre, mit ihr anderswo schlafen würde und zum Schluß vielleicht doch das Ganze aufgegeben hätte, er ist auch nicht mehr zwanzig.»

«Wenn sie die Frechheit hatte, sich in deine Wohnung einzuschleichen, hätte sie ihn dir sowieso abspenstig gemacht, denn was ist es hier schon für ein Problem, eine andere Wohnung zu mieten?»

«Vielleicht hast du recht, aber es ärgert mich, daß ich das Feld geräumt habe, hätte ich es nicht getan, bliebe ich der Stützpunkt, zu dem er jederzeit zurückkehren könnte. Jetzt darf er sich einreden, daß ich ihn verlassen habe.»

«Dann geh doch hin! Kehr zurück und schmeiß die Nutte raus, oder verjag sie beide, willst du ewig in Rohlau stecken? Was fängst du hier an, wenn auch ich weg bin?»

Sie zündete eine an der anderen an und schwieg bedrückt.

«Mara...!» er sprach sie so nur selten an, der Klang des Namens rief schmerzhaft einen ähnlichen in Erinnerung, «ich habe den Verdacht, du willst total aufgeben, Mara! Gib's zu, vor uns allen hier, du bist schwer depressiv!»

«Wenden wir das Blatt! Erklär lieber du uns allen, warum du nicht zu ihr fährst.»

«Wir alle sprechen jetzt von dir!»

«Eben. Ich will verstehen, warum Ossi nicht zu mir fährt.»

«Ich muß doch warten, bis sie mich ruft. Er wartet wahrscheinlich, bis du zurückkommst.»

«Scheint sich beim Warten nicht zu langweilen. Hast du keine Angst um deine schöne Dora? Ihr muß es doch von uns allen am schlimmsten gehen. Warum paßt du nicht auf sie auf, statt auf mich?»

Er schenkte sich nach und schüttelte entschieden den Kopf.

«Dora ist anständig!»

«Und du bist rührend!» fuhr sie ihn an, «hast du mich nicht mit einer ganzen Litanei deiner Untreuen vollgebeichtet, und sie soll die Heilige Jungfrau sein? warum? Ihr primitiven Raubtiere!» sie fiel rückwärts auf das Bett, auf dem sie immer saß, weil sie ihm den einzigen Stuhl überließ, «müßt täglich frisches Fleisch haben! Ich bitte dich, verrate mir, aber ohne große Umschweife! ist es wirklich mehr, nur so flüchtig neue und neue Körper zu entdecken, als mit einem einzigen Falte für Falte und Gedanke für Gedanke gemeinsam alt zu werden, bis sich zwei menschliche Einsamkeiten durchdrungen haben? Ist das nur einfältige Weiberromantik? Erklär es mir, du bist Ossi ähnlich, er war nur um soviel anständiger als du, daß ich von seinen gewöhnlichen Abenteuern keine Ahnung hatte!»

«Sei mir nicht böse», fing er vorsichtig an, «ich könnte Nebel verbreiten und zitieren, was dazu diverse Dichter an Sahne geschlagen haben, aber... es steckt vielleicht kein anderes Geheimnis dahinter als die Suche nach Abwechslung, damit der Mensch mit neuer Lust zurückkehrt... eigentlich das Prinzip der Jahreszeiten, deswegen erlaubt der weise Islam vier Frauen.»

«Danke dir für das rücksichtsvolle Beispiel, du hättest auch ein gröberes wählen können, zum Beispiel von gesunder Wechselernährung, aber wenn dem so ist, warum könnte nicht auch Dora eine Abwechslung suchen? Wärst du nicht froh, daß sie zu dir mit neuer Lust zurückkehrt?»

Er senkte plötzlich resigniert den Kopf.

«Die ganzen Jahre lang weiß ich, daß Dora, wenn sie einmal weggeht, nie zurückkommt. Darum bin ich immer auf Knien vor ihr gerutscht, um sie aufzuhalten...»

«Und warum rutschst du nicht jetzt in Graz vor ihr auf den Knien? Selbst wenn sie Steine nach dir werfen würde?»

Weil ich Zbyněk bin, sagte er nicht. Er wählte andere Worte.

«Die Helden der antiken Tragödien vergewaltigen ihre Mütter, töten ihre Kinder und beleidigen ihre Götter wie der übelste Abschaum. Und dennoch ist ihnen die Möglichkeit einer Erlösung geboten. Entweder sie gewinnen die Einsicht und sind über sich selbst entsetzt, das ist die reinigende Katharsis, oder es siegt die Bosheit in ihnen, und die Erinnyen jagen sie zu Tode. Ich weiß, wenn ich zu ihr fahren würde, rede und bete ich sie wie üblich in Grund und Boden, und dann bin ich wieder obenauf und ganz der alte und kriege Lust, die Abwechslung zu suchen, bis ich zu einem Zyniker werde und sie zu einem Trümmerhaufen. Ich muß riskieren, es dem Schicksal zu überlassen, damit es urteilt, ob ich die Einsicht gewonnen habe, damit es entscheidet, ob es mich bestraft oder mir ein letztesmal verzeiht. Ich habe mich für einen Weltmeister gehalten, jetzt beginne ich, menschlich auf mich zu achten. Meine Erfolge sind bis jetzt eher kurios, zum Beispiel, daß ich mich nicht auf dich stürze, obwohl du mich gerade jetzt mächtig anziehst, du bist genau mein Typ! aber im Entsagen entdecke ich einen neuen Lebenswert und damit auch die Hoffnung: Vielleicht verspürt sie es und bleibt bei mir aus freien Stücken? Falls ja, hätte dieser Tod einen höheren Sinn gehabt...»

«Ich wünschte, du hast recht...» sagte sie nach einer Weile, «möge es dir gelingen. Ich fürchte nur, wir zerbrechen uns den Kopf mit Partien, die für uns beide längst beendet sind. Was aber dann, wenn es uns klarwird? Was dann?»

Der «Küchentag» riß Lydia aus den eingefahrenen Tagesabläufen. Und die Beichte der Chartistin holte sie aus der freiwilligen Einzelhaft, die sie sich auferlegt hatte, damit Václav sie mit ihr teilen mußte. Ursprünglich aus Angst vor möglichen Rivalinnen, dann aus Furcht, die neidische Welt könnte eben das beschädigen, was zwischen ihnen beiden in den Wochen nach ihrem Verzweiflungsanfall entstanden war. Mara führte ihr vor, um was sie hier Václav und sich jetzt brachte. Die Luft der Zweisamkeit wird bald verbraucht, man muß sie mit dem Sauerstoff anderer Schicksale anreichern, soll nicht alles in ihr ersticken.

Zuerst aber verblüffte Lydia die andere, als sie ihr in der kurzen Pause vor der Ausgabe des Mittagessens die eigentliche Ursache ihrer Flucht erklärte: Sie durfte nicht auftreten, warum das? begriff die andere nicht, eigentlich Ihretwegen, lachte die Pianistin und erklärte ihr den Grund. Nein! dann aber gehört sie, begeisterte sich Mara, zu der Handvoll der Glorreichen, bis jetzt ist sie keinem persönlich begegnet, bis auf Milan, der sich damals listig psychiatrisieren ließ, darf sie Lydia küssen? Aus der gegenseitigen Bewunderung entstand eine gemeinsame Offenheit.

Als das Telephon ihr Gespräch beendete, wußte Lydia, daß sie eine Freundin hat. Komisch! bis auf Margrit, mit der sie vor allem die Profession verband, war sie nie mit einer Frau vertraulich, angefangen mit den Schwestern, von den Kolleginnen ganz zu schweigen. Zutiefst war ihr die weibliche Geschwätzigkeit zuwider. Klatsch und Tratsch ekelten sie, nicht weniger verabscheute sie die Vorstellung, daß jemand Vertrauliches über den Zustand der eigenen Seele selbst verbreiten kann. Die intensive Siesta in der Küche überführte sie des Irrtums. Zum erstenmal laut ausgesprochen, verlor die Sorge um Václavs Beziehung zu ihr das drohende Ausmaß, es war, als machte sie in den einsamen Klíčover Nächten Licht an, und aus den Gespenstern wurde das Kleid auf dem Bügel oder der Vorhang im halbgeöffneten Fenster. Wie dann Mara, diese so intelligente und bislang äußerst zurückhaltende Frau, durch den Schwall der Worte den Damm ihrer Depression zum Einsturz brachte, das zeigte Lydia den Ausweg aus einer Sackgasse.

Obwohl sie besten Willens war, sich dem Katholizismus entgegenkommend zu fügen in Demut und auch in freudiger Erwartung, wie einer besonders wichtigen und prächtigen Komposition, die sie exakt interpretieren möchte, stieß sie dennoch an eine Barriere, über die sie nicht hinwegkam, obwohl sich diese einladend öffnete. Angezogen von den so begehrenswerten Kräften wie Vašek, der Bibel und dem geahnten Gott, wollte es ihr dennoch nicht gelingen, eine bestimmte Schwelle zu übertreten, als käme ich in der Krinoline zu einer schmalen Tür…!

Es fiel ihr nicht schwer, mit Václav zu beten, morgens, vor dem Schlafengehen oder dem Abendbrot, wenn sie es auf dem Zimmer einnahmen. Mit dem Allerhöchsten sprach sie sogar oft allein, die Direktheit und Einfachheit dieser Verbindung bewunderte sie am meisten; mit der Schamhaftigkeit eines Eindringlings brachte sie Fürbitten nur für andere aus, nie bat sie ihn, er solle ihr Václav erhalten, und unterdrückte auch ihren dringenden Wunsch, er möge ihm die Scheidung nicht erschweren, es war ohnehin keine kirchliche Ehe…! Um so mehr schien ihr jeder hinderlich, der zwischen ihr und Gott amtlich vermitteln sollte.

Damit hatte ihr einstiges Hussitentum nichts zu tun. Neben der Bibel las sie jetzt auch ein wunderbares Buch, im Pöltener Antiquariat entdeckt, «Die Ketzer und Rebellen»; zum ersten Mal nahm sie die Geschichte von Johannes Hus ohne die tschechische Nationalsauce wahr, gewürzt mit heuchlerischen Träumen, wie gut wir gewesen wären, wären alle anderen nicht so schlecht gewesen! Sie stellte fest, daß das Konzil eigentlich die erste Konferenz für Sicherheit und Zusammenarbeit in Europa war, und der tschechische Magister konnte selbst einigen brillanten Reformköpfen als ein starrsinniger Dissident vorkommen, der mit seiner kategorischen Forderung nach absoluter Reform nur ihren Verderb beschleunigte, wie wir, fragte sie sich, die Achtundsechziger?

Zugleich aber hat das Buch sie in ihrem grundsätzlichen Widerstand einem Apparat gegenüber gestärkt, der Gott ähnlich verwaltet wie eine Hofkamarilla einen zwar gerechten, aber schon lange abwesenden König, bereit, ihn zu töten und auszustopfen, sollte er wieder erscheinen, damit sie weiter eigensüchtig in seinem Namen herrschen konnte. Lydia sah keinen großen Unterschied zwischen dem Gehorsam mancher Diener der Kirche und der Partei, selbst viele heimatliche Priester, Mitglieder des traurig berühmten Kollaborantenvereins «Pacem in terris», gaben dem Kaiser eher und mehr als Gott. Es hat sie nicht beruhigt, daß die Weltkirche längst überwiegend dem Frieden und den Armen dient, noch zu meinen Lebzeiten hat sie gerade in der Slowakai die Massenmörder gesegnet, und in der Zahl der gewaltsam Erlösten überholten Rote die Schwarzen nur deshalb, weil auf der Welt die Gesamtzahl derer, die man töten kann, gewaltig angewachsen war!

Nachdem Václav ihr mit Hilfe der liebenswürdigen Ohrfeige den Vater zurückgab, also die Urteilskraft, öffnete sich Lydia seinem Glauben auch aus Dankbarkeit. Damit er sie nach seiner Scheidung in der Kirche heiraten konnte, hab' ich etwa gehofft, daß der Himmel sie deshalb beschleunigt? suchte sie den Rohlauer Pfarrer einmal ohne Noten auf. Er nahm sich mit Freuden der Aufgabe an, sie für die christliche Taufe vorzubereiten. Er imponierte ihr sowohl mit seinen Musikkenntnissen als auch mit seinen Predigten, nur wenige Prager Poeten verfügten über die Vorstellungs- und Ausdruckskraft dieses einfachen Priesters ohne Beziehungen, der diese Gaben in einem Gebirgsnest vergeudet...

Vergeudet? korrigierte sie ihre Meinung, nachdem gerade er, die Güte selbst, von der Kanzel herab die Ausbeutung der Flüchtlinge durch hiesige Bauern scharf verurteilte. Auf dem Höhepunkt der Ernte donnerte er darüber drei Sonntage hintereinander, die zwei Reichsten sah Lydia sogar von der Orgel aus zum Bußgang in die Sakristei schreiten; sie kehrten wie begossen zurück, und der schwarze Stundenlohn erhöhte sich in der gesamten Pfarrgemeinde durch Flüsterpropaganda um fünf Schillinge, ein Geschenk des Himmels! lobpriesen die Entwurzelten. Dennoch blieb der Pfarrer für Lydia ein Problem.

Sie hat seit ihrer Flucht drei Pfarrer kennengelernt, und obwohl sie die nur kleine Wahrscheinlichkeit einräumte, daß die Mehrzahl der anderen das Format des Wiener und des Rohlauer hätten, war sie zwar bereit, ihnen Ehre zu erweisen, doch keinem vermochte sie zu beichten. Ein ehrliches Bekenntnis ihrer Zweifel, ihrer Verwirrungen oder ihres Verlangens legte sich in ihrer Kehle aus dem selben Grunde quer, aus dem sie nicht einmal in der schwersten Krise einen Psychiater aufsuchen konnte. Es stieß sie ab, in beiden Fällen von einem Mann verhört zu werden, in der Kirche durfte sie nicht einmal sein Gesicht sehen, obwohl sie vor ihm ihre Seele entblößen sollte.

Natürlich ist es, erklärte sie es sich, nur ein Mangel an Glauben, daß zu ihr durch die Stimme ihres Musikfans Gott spricht, aber um so schlimmer! Der Widerspruch zielte zu einer Spaltung, bei der sie, so änstigte sie sich, einen der beiden schwer erkämpften Werte verlieren wird, entweder die Liebe oder die Wahrheit. Wie anders als einen Verrat konnte sich Václav ihre Mitteilung erklären, sie habe sich den Eintritt in die Kirche überlegt. Trotzdem hielt sie es für ausgeschlossen, ihn zu belügen. Etwas vorzutäuschen, was sie nicht fühlt? Sich zu einer Verstellung zwingen? Nur halbwegs zu beichten und den Rest einem Gebet anzuvertrauen? Du bist Petrus, der Fels! kannte sie bereits die Gründungsformel der Kirche, wie könnte ich die meine auf einem Betrug gründen?

Bevor sie vom Zweifel befallen wurde, versprach sie sich von der Kirche, daß sie ihr die verlorengegangene Familienwärme zurückbringe. Als seine Eltern starben, erzählte ihr Václav, und seine Ehe auseinanderbrach, wurde die Kirche sein einziger Trost. Wie die anderen geheim Praktizierenden fuhr er alle Vierteljahre in die Kirchen am anderen Ende Böhmens und Mährens zur Beichte, selbst die Slowakei hat er ausprobiert, doch hat er sich dort mit dem Pfarrer sprachlich nicht allzugut verstanden. Gleichzeitig waren es, wie einst mit dem geheimnisvollen Apostelsoldat Tomaš, seine einzigen menschlichen Kontakte, den meisten seiner Mitbürger durfte er nicht trauen. Erst in ihr, bekannte er Lydia, entdeckte er nach Gott auch einen Menschen fürs Gespräch.

Wenn sie sich taufen ließe, versprach er ihr begeistert, als sie ihm ihre Absicht bekanntgab, wird auch sie in den Priestern aufmerksame Zuhörer finden, die mit ihr über alles sprechen können, was er ihr zu seiner Schmach nicht zu erklären vermag! Nur, mein Vašíček, verzweifelte sie, als sie es durchdachte, wem soll ich von dir erzahlen, damit er mir den Rat gibt, wie ich dich in meinen alternden Armen festhalten kann? Der gesuchte Jemand tauchte beim Geschwirrwaschen aus dem Küchendunst auf: Sie fand eine Freundin.

Schon während der Vorbereitung des Abendbrots hat sie vor Mara ihr Dilemma ausgebreitet. Die Frage enthält doch selbst die Antwort, erklärte die frischgewonnene Vertraute überzeugend, wer nicht kann, der kann eben nicht! Hätte Lydia es damals über sich gebracht, die peinliche Erklärung zu unterschreiben wie die meisten Künstler, hätte sie sich das Exil gespart. Daß sie für ihren Mut und alle Schikanen mit einem feschen Burschen belohnt wurde, bezeugt die Existenz einer höheren Gerechtigkeit. Als Atheistin beneidete Mara die Christen in der Charta um die Hilfe, die Gott und seine Institutionen für sie darstellten. Ossi, der nichtgläubige Jude, hat sich lange gequält, daß er mit ihr seine Frau betrog, gewiß leidet er heute ähnlich, daß er sie betrügt! während ein gemeinsamer, ebenfalls verfolgter Freund, ein glänzender katholischer Dichter, fröhlich die Frauen seiner Nächsten aus der Charta begehrte und zwischendurch fleißig beichtete.

Sie begreife nicht, fuhr sie ihren Vortrag fort und wog dabei wie in einem Labor die siebzig-Gramm-Portionen Salami ab, neben Lydia, die auf einer kleinen Kreissäge sechzig mal drei Brotscheiben abschnitt, worin das Problem steckt! Hätte sie, Mara, einen Václav gehabt, einen Mann wie aus einem Guß, der an Lydias Seite bald seinen natürlichen Intellekt entwickeln wird! und nicht einen zwar geliebten, aber launischen und noch dazu verwöhnten Genius Oskar, hätte sie nicht jenes armselige Abschiedsspielchen getrieben, sondern wäre mit ihm schnell ins reine gekommen.

Als sie das Abendessen mit Erfolg ausgeteilt hatten, verband sie noch mehr, daß sie zusammen, wie Mara es bezeichnete, den alternden Trottel vergewaltigten, der mit Václav und Lydia aus der Reisegruppe geflohen war. So oft hat er damit angegeben, was ein guter Koch aus dem Krebsschen Budget alles herausholen könnte, also soll er es ihnen einige Tage vorführen! Er sträubte sich, er müsse mit seiner Assistentin, wie er plötzlich das Mädelchen nannte, das mit dem entlaufenen Slowaken ging, ein Zauberprogramm einstudieren, ausschlaggebend war dann gerade ihr Warum nicht? Er wird dann keine Zeit für Gelüste haben, kalkulierte Bobina, und Tono sieht, daß ich nicht selbstsüchtig bin, vielleicht gibt er zu, daß er sich alles selbst eingebrockt hat. Also ging der Zauberer mit Mara ungern die Speisekammer mustern.

Beim Essen auf dem Zimmer, mit einem Gebet begonnen, schilderte Václav Lydia seinen Tag. Er scheute sich, mit seinem Erfolg zu prahlen, dafür aber lobte er Milan Čech, so ein Künstler und spricht mit mir wie mit seinesgleichen! Lydia war weniger gerührt, vielmehr verärgert: Wenn er sich so unterschätzt, rügte sie ihn, erniedrigt er auch sie, die ihn als ihresgleichen wählte.

«Sei mir nicht böse», bat er sie, «ich mach' dir ein Geschenk.»

«Du hast das Motorrad!» entsann sie sich, «in dem Durcheinander hier habe ich dich nicht kommen hören, wo steht es?»

«Wahrscheinlich noch immer auf dem Verkaufsplatz. Heute blieb mir keine Zeit mehr dafür. Doch ich habe», er zog unter dem Bett das Paket hervor, «für dich eine Engelsmusik beschafft.»

Gespannt sah er zu, wie sie auf dem Bett die Schnur mit seinem Pfropfmesser durchschneidet.

«Mein Gott, das ist doch... o nein! du bist so lieb!» sie küßte ihn stürmisch, «ich freue mich...» sie wußte, daß auch dieses Spielzeug den Flügel nicht ersetzen kann, doch eine Hilfe war es auf jeden Fall, und vor allem hat sie seine Fürsorge beglückt, «ich fürchtete, ich bleibe ewig die Ältere, und jetzt bist plötzlich du der Häuptling... so daß ich dir sagen kann», wagte sie den Sprung im Bewußtsein, wenigstens Mara Silverová neben sich zu haben, «was mich schon lange bedrückt...»

Es überlief ihn kalt. Was er befürchtete, war da! Wird er erfahren, daß er nach der Rückkehr zu seinen geliebten Blumen sie nicht mehr braucht? Lydias ernsthaft konzentrierte Miene bestätigte ihm: Er wird ein Urteil vernehmen. In schuldbewußtem Ton beschrieb sie vorsichtig die Kurve ihrer Gefühle und Überlegungen, ohne daß er begriff, was sie ihm eigentlich sagen wollte.

«Du hast mir geholfen, lieber Václav», kam sie zum Schluß, «daß ich keine Heidin mehr bin. Ich habe angefangen, an Gott zu glauben, so kann ich dich also nicht belügen. Im Geiste der Wahrheit bekenne ich dir, daß ich nicht imstande bin und es kaum je sein werde, in deine Kirche einzutreten. Wirst du mich deswegen weniger lieben?»

Er war immer noch so erschreckt von seiner Erwartung, daß der Sinn ihrer Rede erst verspätet zu seinem Gehirn drang. Er konnte nicht sofort antworten, was wiederum ihre Befürchtungen weckte.

«Verurteilst du mich dafür...?»

«O nein...» ihm fiel ein Stein vom Herzen, sie schickt mich nicht fort, sie gibt nur zu, daß ihr die Gnade des Glaubens fehlt, das bedeutet nichts anderes, als daß die Mission andauert, «nein, Liduška, wie dürfte ich strenger sein als Er? Und Er bestraft die Menschen nicht dafür, auf welche Weise sie sich ihm zuwenden. Du bist so gut und fleißig, daß du Gott bereits durch dein Dasein lobst, dazu spielst du für ihn unentwegt so schön! Er wird deine Ferne zur Kirche nicht für Mangel an Demut halten, sondern als Scheu verstehen. Hab keine Angst, Lída!»

Sie schaute in das männliche Gesicht, das sie oft voller Leidenschaft sah, jetzt wohnte Verklärung darin, als wäre er der bevollmächtigte Sprecher des Allerhöchsten, danke, Vašek, danke, mein Gott, sprach sie darum beide an, danke, daß ich euch habe und daß ihr seid, wie ihr seid!

«Wollen wir lesen?» schlug sie vor, «heute erwartet uns die Vertreibung aus Ägypten, das wird uns ziemlich nah sein.»

«Spiel mir lieber was!» bat er zu ihrer Überraschung; er zeigte auf das Instrument auf dem Bett.

«Aber das kann man nicht hören...»

«Na eben! Niemand kommt sich beschweren, daß du die Nachtruhe störst.»

«Und was hast du davon?»

Er trug bereits Teller und Besteck auf die Fensterbank und stellte die Klaviatur auf den Tisch vor sie hin. Stolz führte er sie vor.

«Der Widerstand läßt sich einstellen!»

«Ja... und was möchtest du hören, oder besser gesagt, was willst du nicht hören?»

«Was zu dem Tag paßt. Etwas Glückliches und natürlich etwas, was ich kenne. Zum Beispiel dieses Klavierkonzert von Chopin.»

«E-Moll? Also gut!»

Sie lockerte ihre Finger und schlug auf die Tasten. Damit er sich orientieren konnte, sang sie leise die leitende Melodie, und als er sich dazugesellte, er hat ein außerordentliches Gehör! versuchte sie, mit der Stimme auch den Kontrapunkt anzudeuten. Zunächst Lydia und später auch Václav vernahmen den immer stärker werdenden Klang des Klaviers und des Orchesters, wie sie ihn von der Langspielplatte in Klíčov kannten, langsam gingen in ihnen alle Alltagsklänge der Pension unter. Kein Wunder! spürten sie beide ähnlich, wenn mit uns der Himmel musiziert...

Doktor Čierniak konnte dieser Tag gestohlen bleiben.

Als sie ohne Tochter zur Donau kamen, setzte sich Terezie trotz seiner Warnung den glühenden Strahlen aus, mir gefällt es nicht, wandte er seit Jahren ein, wenn du kaffeebraun bist, und Busen und Nabel sind weiß, siehst wie ein Zebra aus! Wie erwartet, bekam sie Kopfschmerzen, die Tochter hat seit Mittag gezetert, als wäre die Menstruation eine Todeskrankheit, und Miro überspannte den Bogen, als er ein drittes Eis erpressen wollte. Er kriegte ein paar verpaßt, und Doktor Čierniak ging zum Fernsehen hinunter, um sich andere Gedanken zu holen.

Es lief eine amerikanische Serie mit einem kahlköpfigen Polizisten, und der Saal war bumsvoll, er bekam den letzten Stuhl neben einem frisch geflüchteten Paar aus Pardubice. Ein wildbebarteter Mann hat ihm schon gestern erzählt, wie er sich auf dem Rückweg von Italien vor der tschechischen Grenze rasieren sollte, um mit den Blödmännern keinen Krach zu kriegen, daß sein Paßbild nicht stimmt, als ihm aufging, daß sie auf den nächsten Ausflug wieder Jahre werden warten müssen. Sie haben keine Kinder, ihre Eltern wird man zu Besuch ausreisen lassen, da sie in dieser ihrer Scheißpartei sind, und er betreibt ein goldenes Handwerk, warum sollte er sich dann auf Befehl rasieren und nicht, wann es ihm gefällt?

Der Doktor half ihnen bei dem Film, die gesprochenen Szenen zu verstehen. An Fremdsprachen, lachte der Mann aus Pardubice, beherrsche er bis jetzt nur ein einziges Wort Russisch, BOAKA! er hat mal von einem Patienten eine Flasche gekriegt und erst beim Trinken entdeckt, daß das im Kyrillischen Wodka bedeutet. So kam ans Tageslicht, daß der Zuwachs Zahntechniker ist. Einander nähergebracht hat sie auch die einheitliche Meinung über die Exoten, die auf dem Fußboden herumsaßen: Wir sind bestimmt keine Rassisten, aber die Österreicher sollten in einer solchen Pension nicht mixen, was kulturell nicht zusammenpaßt! Der Rausschmeißer Vágner war zwar nicht da, dennoch zog es Doktor Čierniak vor zu flüstern: Österreich wird es noch bereuen, dieses Pack wird hier hängenbleiben und so den hiesigen Intelligenzquotienten abrutschen lassen, ein Glück, daß es ihn nichts angeht, er wartet auf Amerika und habe, klopf, klopf, klopf, eine Hoffnung.

Und wohin dort? interessiert sich der Tscheche, und die Zielstation imponierte ihm nicht, Kalifornien? da wimmelt es nur so von schwarzen Mäulern und vor allem von Bohnenfressern, Mexikanern also! wenn Amerika, dann nur der Nordosten! der Techniker hatte seine ehemaligen Tennispartner fast in allen Staaten der Union und behauptete, sich auszukennen. Nur, trumpfte Doktor Čierniak auf, in Kalifornien muß er dafür sein Diplom nicht nostrifizieren lassen, er kommt angeflogen und legt gleich los.

Wo hat er einen solchen Quatsch her? lachte ihn der Techniker unverblümt aus, nostrifizieren muß er dort überall, dafür gibt es ein Gesetz, mit dem sich die Einheimischen gegen den Zustrom der Konkurrenten wehren, sonst wäre Amerika längst von Zahnklempnern überlaufen, die sich nur gegenseitig plombieren könnten. Doktor Čierniak behauptete, er habe Berichte aus erster Quelle! er beschrieb das Treffen in Bratislava, das ihn zur Flucht bewogen hatte. Der Kerl, erklärte der Tscheche, muß ein übler Spaßvogel gewesen sein, er müsse mindestens mit zwei, vielmehr mit drei Jahren rechnen, in denen er praktisch wieder zum armen Schüler wird, und, falls er drüben keinen betuchten Onkel habe, in irgendeinem Restaurant Geschirr waschen, um das zu finanzieren. Die Kinder würden inzwischen in einer billigen Mischschule landen, von dem schwarzen Schwarm als weiße Krähen unentwegt gepickt.

Warum, riet der Techniker, bleibe er in seinem Alter nicht vor Ort? Er habe im Lager eine Menge Ärzte kennengelernt, die schon eine Woche nach der Flucht auf den Notaufnahmen schufteten, hier ziemlich kläglich besetzt, weil jeder von den Hiesigen sich selbständig macht. Na, eben! zog Doktor Čierniak den Schluß weiter, er müßte ebenda bis zur Erteilung der Staatsbürgerschaft versauern und sich danach noch für die Kassen krummlegen; er habe auch im Konsulat nachgefragt, und der Beamte wußte nicht einmal, was eine Nostrifizierung ist, in den USA kommt es doch, er zitierte wieder frei seinen Verführer, auf das Können, nicht auf ein Papier an.

Der Tscheche gab auf, es sei seine Sache! und interessierte sich nur noch, weil sie inzwischen längst allein saßen, ob der Doktor ihm auf ein Bier in die Kneipe folgen würde. Der lehnte ab, die Gattin habe Kopfschmerzen. Eine Hölle, beschwerte sich der Techniker bei dem, wie er meinte, gleichermaßen Betroffenen, die meine auch! Bier trinke er normalerweise nie, doch in diesem Nest könne man sonst nur noch bumsen, nicht wahr? Natürlich ging Doktor Čierniak mit diesem Schwarzseher nicht. Im Zimmer schliefen die Kinder unter den Decken wie Hummeln im Winter, Terezie war dabei, aus ihren Schmerzen emporzutauchen. In ihrem Gatten konnte sie lesen.

«Was ist mit dir?» flüsterte sie besorgt.

«So ein Trottel hat mich wütend gemacht!» flüsterte auch er, «der neue Tscheche, bewachsen wie ein Strolch, versucht mir da einzureden, ich kann in den Staaten nicht praktizieren, bis ich nicht alle Prüfungen wiederholt habe! Dieser Wichtigtuer!»

Verstimmt zog er sich aus, die Hose hängte er hier den Bügelfalten nach über den Rahmen des Innenfensters, der Schrank war übervoll. Sie wußte nicht, wie sie ihn aufmuntern sollte, sie selbst hat ein Gefühl nicht verlassen, daß sie nach wie vor nicht genau wissen, woran sie sind.

«Solltest du nicht», meinte sie vorsichtig, «noch einmal nachfragen?»

«Was redest du da!» schon der Schein der Kritik reizte ihn, «du hast doch daneben gestanden, als ich fragte! Auch der Pilsener Kollege hat es bestätigt!»

Wütend fegte er irgendein T-Shirt von der Stuhllehne, die hier ausschließlich ihm dienen sollte, hängte sein Oberhemd darüber, und, in der Unterhose, drückte er das letzte Quentchen Zahnpasta auf die Bürste, alles hat sich heute gegen mich verschworen!

«Na ja...» versuchte sie es noch einmal, «der Beamte sah nicht so aus, als würde er sich besonders auskennen, und der aus Pilsen hatte es aus dritter Hand. Wie wenn...» sie wagte, ihren Nachtmahr loszuwerden, «wenn das unser Mann gar nicht wußte?»

«Ih hitte hih», sprach er mit der Zahnbürste zwischen den Zähnen, «wah doch a Awehikaneh.»

«Eben deswegen muß er damit auch keine Erfahrung haben...»

Da war er bereits verärgert, soweit die Zahncreme es zuließ.

«Wist mih auh hu Anks einjahen?» er spuckte den Schaum wütend aus, «für den Anfang haben wir wohl genug, um nicht...» er verstummte und stierte mit geöffnetem Mund, aus dem lautlos die Schaumbläschen perlten, auf die Wand zwischen Waschbecken und Schrank.

«Wo, wo...?» der Rest von Schaum drang ihm in die Kehle, er verschluckte sich und spülte wild die Mundhöhle aus.

«Bohdan, was ist?» sie erblaßte.

«Da... da...» er zeigte auf die leere Wand, «da... das Ding?»

Da begriff sie: Wo sie die weiße Wand sah, sollte sie das dunkle Brett sehen. Sie war entsetzt wie er.

«Gott... wie kommt es... wie ist es...»

»Ge... ge...» er kämpfte gegen Atemnot, «gestohlen, als wir an der Do... Donau...»

»Aber hier war doch...»

«Magduš!» rief er bereits, «steh auf, wach auf, hörst du!»

Er zog der Tochter die Decke weg, und als sie sich verschlafen dagegen wehrte, klopfte er sie auf die Wangen, als müßte er sie aus der Narkose wachrütteln. Trotzdem kam sie nur mühsam zu sich, und die Eltern sprachen zu all dem noch beide auf einmal.

«Das Surfbrett!»

«Ist weg!»

«Wo ist es?»

«Sprich doch!»

Da war sie bereits voll da und entschlossen, den Streit zu gewinnen, in dem das Recht auf ihrer Seite stand.

«Viki war da...»

«Welcher Viki, zum Teufel?»

«Viktor Balúch, Gabos Freund!»

«Und was soll er damit...»

«Ich hab's ihm gegeben.»

«Was?»

«Na, das Brett doch!» steigerte sie die aggressive Verteidigung, «es war doch meins! Und surfen durfte ich sowieso nicht!»

Dann erschrak sie aber, als sie selbst im schwachen Licht der Glühbirne sah, wie sich aus Vaters Gesicht die Farbe verflüchtigt, wie er sich mit der rechten Hand die nackte Brust in der Herzgegend reibt. Er wollte sich auf seinen Stuhl setzen, doch er verpaßte ihn knapp und platschte mit einem Röcheln auf den Fußboden.

«Bohdan!» schrie Terezie Čierniak auf, zum Waschbecken eilend, «atme tief! Atme, Schatz!»

Magda schaute aufgescheucht zu, wie die Mutter das größte Handtuch ins fließende Wasser taucht, beim Auswringen das ganze Zimmer bespritzt und damit über Vaters gepeinigtes Gesicht fährt, den Nacken und die Brust.

«In deinem Brett», klagte sie dabei der Tochter in das gequälte Atmen ihres Mannes, «hat Vati in Mast und Kiel mehr als zweieinhalb Kilo Zahngold versteckt!»

18. Am selben Abend in Wien und in Rohlau

Professor Klößlein bat darum, einen kleinen Spaziergang zu machen und die erste Taxe in der Stadtmitte zu nehmen. Dem hat Tono gern zugestimmt. Er wollte den Kopf lüften von dem weggeworfenen Asyl, von dem verlorenen Mädchen und von allen Tschechen und Österreichern, denen er heute begegnet war. Der sympathische Mährer bot die beste Lösung. In Rohlau kommentierte er unentwegt mal dieses mal jenes, wissend und witzig, aber die Stunde, die sie jetzt unterwegs vom «Ochsen» her verbrachten, hat Tono geradezu begeistert. Scheinbar von

Thema zu Thema springend, schuf der Professor ungeahnte Zusammenhänge zwischen ihnen; in die Verwirrung, in der Tono aufgewachsen war, brachten sie Logik, sie verliehen vielen belächelten Dingen Sinn, und vielen anderen, allzu laut gepriesenen haben sie ihn aberkannt. Als riesige Schulwandtafeln dienten dem Professor die Wiener Paläste und Kirchen, an ihnen erklärte er das gleichzeitige Entgegenströmen der Slowaken sowie der Tschechen samt Mährern in zwei künstlich getrennten Flußbetten der Monarchie, die nach seiner Meinung übermütig den beiden slawischen Völkern, von ihr wie von einem biblischen Wal verschlungen, das Recht auf Selbstbestimmung vorenthielt, obwohl sie ihnen befahl, in allen verlorenen Schlachten von Solferino bis Königgrätz für sie zu bluten. Was für eine wunderbare! streckte der Professor seinen Arm zu der Galerie steinerner Figuren auf dem Parlament hinauf, Wiege des vereinten Europas hätte sie sein können, dessen westlicher Teil damals in blutigen Zwisten hin- und hergerissen wurde. Irgendein Dorfbursch aus Hodonín hat dies laut dem Professor als einer der ersten begriffen, noch während der Kanonade des Weltkriegs Numero eins mahnte er den neuen Kaiser Karl, den Fehler des verblichenen Greises Franz Josef zu korrigieren und die Tschechen samt Mährern und auch die Slowaken zu gleichberechtigten Völkern zu erheben; erst als die Wiener Krieger und die ungarischen Grafen, vom größenwahnsinnigen Glauben an den Sieg noch immer berauscht, nur neue Formen des alten Jochs anboten, gab der größte aller Mährer den berühmten Befehl, die Unterdrückten sollten die kaiserlichen Fahnen verlassen und hinter der gegnerischen Front legendäre Legionen bilden, die einen selbständigen Staat erkämpfen sollten, wen er wohl damit meine? ach! Tono möge verzeihen, er habe vergessen, daß den jüngeren Generationen schon der Klang des namens Masaryk gestohlen worden sei! Hier, sprach der Professor gerührt unter dem mächtigen Standbild der Kaiserin Maria Theresia, habe er seine Liebe getroffen! es dauerte eine Weile, bis Tono begriff, daß sein Begleiter jetzt eine kanadische Wissenschaftlerin meint, die er vor zehn Jahren zum erstenmal in dem gegenüberliegenden Naturwissenschaftlichen Museum gesehen hatte, vor einer Wunderapparatur, die das Leben von Meteoriten erforschte, jawohl, diese rätselhaften Steine leben, als himmlische Boten wurden sie mit der Gabe der Sprache versehen, sie zu verstehen wurde dem Professor zur Lebensfreude, zur Leidenschaft und zum Leiden. Ebenso wie die Frauen zu verstehen! das erlernte er so gut, lachte er jetzt, daß er im voraus erahnte, wodurch er die jeweilige enttäuschen würde, weshalb ihm lebenslange Einsamkeit drohte, bis ihm die richtige ebenfalls ein Himmelsbote brachte, das Herz der Kanadierin habe er auf eigenartige Weise gewonnen, prahlte er vor Tono, entschuldigen Sie, es zieht mich heute zu Bilanzen aller Art, wenn ich ermüde, lassen Sie mich plappern und denken Sie an Ihr Mädchen, ich bin ein bißchen hinüber, wo ist eigentlich das Fräulein Bobinka? wie Milch und Blut, richten Sie ihr meine Empfehlung aus! Cathleen hatte damals einen prächtigen Kerl dabei, einen Meteoriten, in Alaska heruntergestürzt, einen dreißig Kilo schweren Rollstein von astronomischem Wert, ein Mietwagen sollte sie damit am Montag zum Direktflug nach Frankfurt bringen, doch das Museum schloß seine Tore am Sonntag abend, und die österreichischen Hausmeister bildeten sich schon immer ein, daß sie gleich nach dem Kaiser kommen. Die Verzweiflung der schönen Dame, schilderte der Professor, auf dem Grasanger wie ein Hund hinter einem vergrabenen Knochen herschnüffelnd, habe in ihm eine Idee geboren: Er bot ihr an, den tollen Stein über Nacht sicher aufbewahren zu lassen; sie war begeistert und lud ihn zum Abendessen ein, bei dem sich ihre Umlaufbahnen vereinten... als, schweifte der Professor ab, ihr später böse Zungen aus Brünn bis nach Vancouver seine angebliche Geheimagentage steckten, litt er am schlimmsten darunter, dieses edle Frauenwesen könnte ihm ihr Vertrauen entziehen...! damals also, am frühen Morgen, der Professor kehrte zu dem entscheidenden Ereignis zurück, und Tono erblickte einen Glanz in seinen Augen, ist sie mit dem Mietwagen genau hierher, zu dieser Stelle gefahren und fand mich vor ihrem Juwel, Joseph! stöhnte sie vor Bewunderung auf, ich bin Joseph, wissen Sie? Heilige Jungfrau! entdeckte Tono, natürlich muß er auch einen Vornamen haben, also Joseph, Joži Klößlein... Joseph, wie haben Sie das hierher geschleppt? zwei Kollegen haben mir gestern geholfen, ach! und wo war der Meteorit über Nacht? na, wo wohl? verriet er ihr siegesbewußt, hier doch! was? auf dem öffentlichen Platz? hat er vielleicht den Verstand verloren? keineswegs! sie soll logisch denken: Wer stiehlt schon einen herumliegenden, häßlichen und schweren Klumpen? höchstens ein Geologe, und der würde bei ihm Wache halten, um ihn am Dienstag ins Museum zu rollen... der Professor erzählte den Schluß sitzend, er streichelte den Grasflecken mit der Hand, als hätte darauf, dachte sich Tono, ein geliebter Hintern geruht und nicht bloß ein Stein. Lebwohl, rief der Professor sich erhebend, mein Museum! auch dort ist der Giftpfeil aus Brünn hineingeflogen, kollegial hat man ihm darüber berichtet und versichert, daß sie von der Verleumdung keine Silbe glauben, aber als er vorschlug, während des Wartens auf das Visum unentgeltlich auszuhelfen, ließen sie nichts mehr von sich hören, bemerkenswert! machte der Professor Tono darauf aufmerksam, auch die unanständigste Macht hat auf die Beamten einer anständigen einen faszinierenden Einfluß, als spürten sie den Bisam einer verwandten Rasse; auch er habe zu ihr gehört, doch aus dem Rudel verbissen, stieß er ohne Zweifel den Geruch schwächerer Individuen aus, die von den stärkeren in der Not verschlungen werden dürfen... Masaryk! der Professor schritt bereits marschartig weiter, und Tono hat ihn mit Mühe vor einer lautlos rasenden Straßenbahn zurückgerissen, danke, mein Junge, danke, mußte nicht sein! Masaryk also ist nicht nur eine Legende, sondern wie Hus auch die Quintessenz der nationalen Moral und wird zweifellos aus der künstlichen Vergessenheit zurückkehren, Tono möge ihm verzeihen, wenn er ihm jetzt keine slowakische Persönlichkeit ähnlichen Kalibers nennen kann, welch eine Herausforderung, daß er selbst zu einer heranreife, er lernt und hat Mut, sich dem Bösen zu widersetzen, und würde er zu einem großen Slowaken, möge er sein Tun der schicksalhaften Verbundenheit seines Volkes mit den Tschechen widmen, deren keineswegs schlimmste Gattung die südlichen und die schlesischen Mährer sind. Noch ehe sie die Wiener Burg durchquerten, erfuhr Tono von dieser Schicksalhaftigkeit mehr als vorher seit seiner Geburt. Dem Beispiel Masaryks zum Trotz, trauerte jetzt der Professor, fanden sich leider genug tschechische Als-ob-Demokraten, die nach dem Ersten Weltkrieg den kaiserlich-königlichen Übermut übernahmen, die Slowakei wurde für sie ein koloniales Reservoir billiger Rohstoffe und Tagelöhner, ein Wasser auf die Mühle jener Slowaken, die zu Hause selbst Beute machen wollten; diese haben sich in der tragischen Stunde von München abgespalten, und ihre heutigen geistigen Erben verschweigen, daß sie als einzige in Europa den Hitlerschergen, ihren Kriegsverbündeten, eine Geldprämie für jeden abtransportierten slowakischen Juden entrichteten; erst der slowakische Aufstand, in dem wie immer die Tapferen verbluteten, verhalf den Kollaborateuren, sich mit einem Sprung zu den zukünftigen Siegern zu retten, für eine Weile schmiedete Stalin die tschecho-slowakische Leidbruderschaft, indem er die einen wie die anderen gleichermaßen dezimierte, doch bald nach dem Tod des Tyrannen schlug wieder die Stunde der übermütigen Tschechen! Den Begriff «Übermut» hob der Professor wiederholt als Quelle alles Bösen hervor. Der Präsident des Durchschnitts, Novotný, beleidigte glücklicherweise die Slowaken zur rechten Zeit, damit sie sich mit den empörten tschechischen Reformern verbünden konnten, der Slowake Dubček wurde zum Symbol, weil er der devastierten und deprimierten Gemeinschaft angeboten hat, was sie am meisten entbehrte: den Anstand; den aber zermalmten bald sowjetische Panzer und kündigten die Ära der übermütigen Slowaken Bilak, Husák und Konsorten an. Bis dato also, der Professor blieb aufs neue gerührt vor einer Säule inmitten der breiten Straße stehen, Graben genannt, haben sich unsere beiden Stämme weh getan, wie es nur ging, und falls die Geschichte ihnen noch einen Versuch gönnt, sollten sie ihn als ein reifes Paar, von gegenseitiger Untreue erschöpft, zum Züchten der vernachlässigten Früchte ihres Zusammenlebens ausnützen! An dieser Pestsäule, wechselte der Professor wieder auf das private Gleis, haben wir uns zum erstenmal geküßt, und zwar hier, auf der am schlechtesten einsehbaren Seite, an die sich nichtsdestotrotz unter die präferierte und deshalb besser situierte habsburgische und magyarische Heraldik ein echter böhmischer Löwe durchprankt, das zweischwänzige Symbol unserer Männlichkeit, es tut mir leid, Tono, daß hier das Doppelkreuz der slowakischen Doppelfrömmigkeit ganz fehlt! es war in jener Nacht, als Cathleen noch nicht ahnte, daß für die Sicherheit ihres Schatzes aus dem All im Wert von einer halben Million Dollar Wiens pinkelnde Hündchen sorgen, deshalb konnte sie noch an mir Gefallen für ein ganzes künftiges Jahrzehnt finden. Die ersten fünf Jahre, der Professor eilte weiter durch die pulsierende Nacht, lockte es sie alle sechs Monate nach Brünn, bis sie sogar den berühmten tschechischen Zungenbrecher «Strč prst skrz krk», beherrschte, und obwohl es dabei blieb, haben wir beide nichts entbehrt, als plötzlich die Parteivorsitzende im Institut, mit fünfzig immer noch ledig, erklärte, eine solche Beziehung sei des Mitglieds einer Partei unwürdig, der Hüterin der besten Traditionen des Volkes und der Familie. Er schlug eine einfache Lösung vor, er sei ein alter Junggeselle und Cathleen eine Witwe, längst habe sie ihm die Ehe angeboten, der Staat würde sich für einen billigen Ausreisepaß eine teure Rente sparen. Daraufhin hat sie kein Visum mehr erhalten, und bei ihm hat es drei Jahre gedauert, bis der Kopf der Husákschen Normalisierung in seinem Institut auf der Dienstreise nach Wien ihn als Begleiter brauchte, der dessen Beschränktheit zu vertuschen hatte; er vertuschte also und gab ihm zum Schluß bekannt, er kehre nicht mehr zurück, danach hat er zum erstenmal einen Mann erlebt, der zu ihm kniend flehentlich die Arme emporstreckte. Ist das nicht wunderschön? atmete der Professor durch, als sich vor ihnen der Ausblick auf den beleuchteten Stephansdom auftat, hier, in diesem Hotel, pflegten sie abzusteigen, dreimal kam sie nach Österreich zu ihm angeflogen, ihre Zimmer gingen auf den Dom hinaus, aber sie haben kaum aus dem Fenster geschaut, wissen Sie, sagte der Professor scheu und dennoch stolz, ehe ich sie getroffen habe, war ich als Mann bereits im Ruhestand! mit ihr war es, als paddelte er gegen die Zeit, er hat sich wieder in voller Rüstung gefühlt, und nach Rohlau kehrte er nur zurück, um die tote Zeit des Wartens zu überleben, bis die Behörden in Ottawa Vernunft annehmen. Mehr und mehr, gab er vor Tono zu, bangte er, daß die niederträchtige Intrige Wirkung zeigen und er zur persona non grata in jenem Lande würde, das Cathleen nicht auf Dauer verlassen konnte, weil sie dort außer ihrer Universität auch ihre alte Mutter hatte; er nämlich habe, leider nicht gleich nach seiner Flucht, aus falsch verstandener Korrektheit um Asyl in Österreich angesucht, und sollte Kanada ihn aus dunklen Gründen ablehnen, hätte er auch hier keine Chance mehr, dann müßte er selbst die entwurzelten Jungen im «Ochsen» beneiden, die ihn heute so liebenswürdig aufgenommen hatten; auf ihn würde ein lebenslängliches Rohlau warten. Hier, er schaute auf die Steinfliesen unter seinen Füßen, hier in dem markierten Grundriß der ursprünglich romanischen Basilika, damit wir immer unseren Ausgangspunkt finden können! hätten sie sich das letztemal verabschiedet, als sie hergeflogen war, um ihm persönlich schwarz auf weiß die Brünner Gemeinheit vorzuführen, Joseph, merk dir, du bist in der freien Welt, und ich stehe dir bei wie dieser Turm da! dann war ihre Mutter erkrankt, und er mußte es hier allein schaffen, Tono ahne nicht, wie leer die Tage waren, als er die Leitung der Selbstverwaltung in der Pension abgeben mußte, er möge ihm verzeihen, daß er sie wieder auf seine Kosten übernommen habe nach seinem unverdienten Mißerfolg mit dem Streik, allein diese lächerliche Funktion habe ihn noch über Wasser gehalten, als alles andere wegzuschwimmen schien. Er sei nie ein glühender Optimist gewesen wie der Dichter mit dem Hund, der heute beim «Ochsen» die Leidenschaft aufbranden ließ, im Gegenteil: Als Wissenschaftler habe er über die gebotene Skepsis verfügt und sich keine Illusionen über das Exil gemacht, was er darin jedoch erlebte und in den zwei Jahren ringsum sah, habe den Rest seines Glaubens erschüttert; hätte er noch einmal die Wahl, wäre er zu Hause geblieben, Husák hin, Husák her, Cathleen her, Cathleen hin; obwohl selbst kein Suizidtyp, begreife er, warum hier so mancher in Verzweiflung versank, und gerade das sind Morde, die der Westen, ebenso übermütig wie dumm, nicht sieht! In diesem hohen Dom, der Professor verbeugte sich zu den metallenen Platten des verschlossenen Tores, ruhte vor siebenhundert Jahren der tschechische König Přemysl Ottokar II., golden und eisern genannt, die Habsburger haben seinen auf dem Marchfeld verbluteten Leichnam zur Schau gestellt, damit der Tote die Angst vertreibe, die sein Name den Siegern noch immer einjagte; hier sollte die heillos überlastete Fremdenpolizei dieser Republik zur Abschreckung die zu Tode geschleifte irdische Hülle des Unbekannten Emigranten ausstellen, damit sie das verlockende Bild der Erfolgreichen verscheucht und statt dessen die einsame Hoffnungslosigkeit all derer verkörpert, denen nicht mein Glück begegnete, so daß sie nicht fanden, was sie suchten, und verloren, was sie hatten...

Dann stand Professor Klößlein noch lange Minuten stumm vor dem Portal, während Tonos Aufmerksamkeit einer Reihe wartender Taxen galt, die sich bedenklich rasch verkürzte; nach Wochen fing es an zu tröpfeln. Als da nur noch zwei Wagen übrig blieben, erlaubte er sich, den Begleiter aus seinen Gedanken zu reißen.

«Wie bitte?» er kam zu sich, «jawohl, natürlich, es ist Zeit, mein König, es ist Zeit», er wandte sich zu den Hotelfenstern, «meine Liebe, es ist Zeit, Herr Vágner.»

Der Taxifahrer zog die Karte zu Rat und hielt die Banknote für ausreichend. Aus dem Portemonnaie fiel dabei eine kleine Münze heraus und rollte unter das Auto. Der Professor bestand darauf, daß der Wagen ein Stück vorrückt, Tono konnte das Geldstück kaum sehen.

«Ein Groschen», er reichte ihn dem Professor, «nicht der Mühe wert.»

«Mit einem Groschen», erklärte dieser, «kommen Sie manchmal weiter als mit einem Tausender. Fahren wir! Ich liebe Mietdroschken, ich möchte weiterhin nur mit ihnen fahren!»

Damit schlief er ein. Es fing zu regnen an, der Fahrer schwieg, die Schweibenwischer schläferten ein, auf der Autobahn überkam auch Tono der Schlaf. Endlose Zeit schien dahingegangen zu sein, seitdem er hier heute früh mit seinem Mädchen fuhr. Die Erlebnisse verbanden sich miteinander und schichteten sich aufs neue wie in einem sich drehenden Kaleidoskop, bis der Film riß, als das Auto plötzlich anhielt. Er sah die Silhouette der Rohlauer Kirche, und der Taxifahrer fragte, wo er sie absetzen soll. Die Pension schlief tief. Der Mitfahrer war nicht zu wecken, Tono schüttelte ihn und rüttelte ihn auch mit seinem Namen auf.

«Herr Professor... Herr Professor Klößlein!»

Da öffnete er die Augen und rügte ihn streng wie einen nachlässigen Studenten.

«Aber ich heiße doch nicht so! Diesen geistlosen Spitznamen verpaßten mir Ihre Vorgänger, als ich es ablehnte, eine Denunziation zu unterstützen, die Krebsens würden beim Fleisch mogeln; mich hat man zu Hause mit Klößlein auch recht gut ernährt! sagte ich damals unvorsichtig, mein wahrer Name...» er ließ sich aus dem Wagen in den Regen helfen, «ist Jaravý! merken Sie sich das endlich, Vágner, Jaravý, so ein schöner, ehrlicher, würdiger mährischer Name! Ich will nicht mehr anders genannt werden! Sie werden mich doch nie mehr anders nennen, gelt, mein Freund?»

«Nein...»

«Da bin ich froh, da bin ich glücklich, mir ist nach Singen zumute, kennen Sie das?»

Er intonierte mit einem überraschend klangvollen Bariton ein wehmütiges mährisches Volkslied.

Ich kaaam, dich zu lieben,
wo waarst du geblieben...?

«Leise, seien Sie still», bat ihn Tono, während das Taxi schon wendete, «es ist Mitternacht...»

«Mitternacht, Mitternacht!» rief der Professor begeistert, «ich habe noch die Mitternacht erlebt!» und sang aus voller Kehle weiter.

Ohneee meine Lieder
freust duu dich nie wieder...

Der Taxifahrer fuhr an ihnen vorbei und grinste mitleidsvoll zu Tono hin, gab Gas und flog in die Serpentinen hinein, als fliehe er vom Ort einer bösen Tat. An der dunklen Stirnseite des Hauses öffneten sich die ersten Fenster.

«Nicht so laut!» war Tono bemüht, den Professor zu beschwichtigen, «hier wird geschlafen!»

Der jedoch holte noch tiefer Atem und sang um so lauter.

Lieb miiich, Liebste, weiteeer,
nach mir kommt kein Zweiteeer...!

«Still! Ruhe!» ertönten die ersten empörten Stimmen aus der Dunkelheit, «seid ihr verrückt, ihr besoffenen Säcke, weckt nicht die Kinder!»

Tono steckte ratlos im Regen und zwischen den Fronten.

«Ruhe da unten! Schluß endlich! Maul halten!» tobten die Fenster.

«Das habe ich neunundfünfzig Jahre getan», rief der Professor, «und was habe ich davon? Ihr wißt nicht einmal, wie ich heiße! Ich heiße Jaravý, Jaravý, Jaravý! Und jetzt will ich singen!»

Ein Spritzer traf auch Tono, jemand hatte den Inhalt einer Schüssel oder einer Vase ausgeschüttet, gottlob keinen Nachttopf, vertröstete er sich und wollte ihn auch nicht abwarten. Er hob den Krawallmacher mit kräftigen Armen und trug ihn spielend unter den Schutz des Daches über dem Eingang. Professor Jaravý wurde still und fügsam. Während über ihren Köpfen die Schimpfworte verhallten und die Fenster krachend zuschlugen, sagte er, als wollte er sich wie immer verabschieden.

«Ich danke Ihnen für den wunderschönen Abend. Gute Nacht.»

Tono folgte ihm, wie er brettsteif in den Oberstock steigt, bereit, ihm falls nötig zu Hilfe zu kommen. Die Schritte verklangen jedoch in der Diele. Er hörte noch den Schlüssel, die Tür, dann blieb nur das Geräusch des Regens. Die Kehle war ihm ausgetrocknet, er sehnte sich nach einem Schluck Wasser aus dem Leitungshahn beim Ausschank. Als er Licht machte, scheuchte er eine zusammengekuschelte Person auf, sie kniff die verheulten Augen zusammen. Soll der verrückte Tag kein Ende nehmen?

«Ahoj», grüßte er verlegen, «ist dir was passiert?»

«Nichts...» Magda Čierniak rieb sich die Augen mit den Handrücken.

«Ein Taschentuch?» bot er ihr an, «ganz sauber!»

«Danke», sie nahm es und putzte die Tränen weg.

So begann sich auch sein Schicksal zu erfüllen.

19. *Am nächsten Tag in Rohlau*

Der Morgen fing mit neuem Geschrei an. Es schrien der Hahn und eine Polin. Jemand hat in der Nacht ein Stück der Wäscheleine so rabiat abgeschnitten, daß auch die Reihen frischer Windeln herunterfielen, die hier eine neu angekommene Krakauerin abends aufgehängt hatte.

Als Krebs nach seiner Rückkehr nachmittags die ganze Pension kontrollierte, entdeckte er auf der Kellertreppe einige Bogen Briefpapier, mit einem Steinchen beschwert, auf denen mehrere Aufrufe standen.

NEVSTUPOVAT S DĚTMI! NICHT MIT KINDERN EINTRETEN! DON'T ENTER WITH CHILDREN! NE PAS ENTRER AVEC DES ENFANTS! NO ENTRARE CON BAMBINI! LASCIATE OGNI SPERANZA!

Im Keller entdeckte er den Erhängten an der Rolle, mit der man die Fässer hinunterläßt.

Der Dolmetscher Mládek kam am nächsten Morgen mit der Nachricht, es lägen keine Angaben über Verwandte in der Heimat vor. Denen, die er hier kannte, verriet er noch, der Tote habe bei sich einen Groschen und zwei Briefe gehabt: eine höfliche Entschuldigung des kanadischen Immigrationsamts, das Asyl und ein Einreisevisum könnten nicht erteilt werden, und ein Schreiben von irgendeiner Cathleen unterschrieben, sie glaube zwar unerschütterlich an seine Unschuld, doch wüßte sie sich dennoch keine Hilfe mehr für ihn, sie sei jedoch sicher, daß er mit seinen glänzenden Kenntnissen in Österreich Fuß fassen und auch sein persönliches Glück finden würde, God bless you, love from…

Professor Joseph Jaravý wurde ungeachtet der Proteste einiger Ortskatholiken, nachdem die Gerichtspathologie die Leiche freigegeben hatte, am nächsten Freitag in einer Ecke des Rohlauer Friedhofs begraben. Der Pfarrer, der mit ihm an vielen Abenden Dispute darüber führte, ob am Anfang zuerst die Allmaterie oder der schöpferische Geist gewesen sei, las für ihn sogar eine Messe. Die Bewohner der Pension haben sich beinahe verspätet, denn im Hause führte am gleichen Morgen die Polizei eine dramatische Haussuchung durch. Die wolgadeutsche Russin spielte auf dem Cello ein Stück, um das sie der Lebende so oft bat, bis es die anderen kaum noch hören konnten, Fibichs «Poem»; Lydia an der Orgel schloß sich ohne zu zögern an.

Mara und Milan ließen den erschütterten Tono in allen Einzelheiten den Abend in Wien beschreiben. Beide bestätigten sie ihm dann.

«Er hat Ihnen seinen Tod dreimal angekündigt. Der Fluß war Styx, der Fährmann Charon und der Hund Zerberus. In der griechischen Mythologie hatten die Toten für die Fähre in die Unterwelt mit einer Münze zu zahlen, die ihnen von den Zurückgebliebenen auf die Zunge gelegt worden war. Er hatte seinen Groschen in der Tasche.»

«Wahnsinn!» warf sich Tono ganz niedergeschlagen vor, «wäre ich nicht so ungebildet und stur, könnte er noch leben…»

VII

REINGEWINNE, REINVERLUSTE

Der hundertsechsundzwanzigste Tag

Dienstag, den 25. Oktober 1983

Schweren Herzens entschied sie sich, Václav zu belügen. Die wachsende Unsicherheit zusammen mit allem, was sie quälte, drohte jetzt zum Sprengstoff zu werden. Sie wurde zunehmend nervöser und kannte sich gut genug, um zu wissen: Wenn es knallt, wird es zu spät sein, es wird enden wie mit Ilja! Václav verdiente gut und schien jeden Tag mit den neuen Knospen in seinen Gewächshäusern aufzublühen, er übertraf sich in Gefälligkeiten, aber das Selbstvertrauen, das er nach der Szene in der «Oase» erwarb, verließ ihn wieder; Lydia wußte zwar, was ihn bedrückt, kannte jedoch kein Mittel mehr, wie sie ihn überzeugen könnte.

Komisch! Bis jetzt erlebte sie und kannte auch von anderen nur Konflikte, durch schlechte Eigenschaften der Partner ausgelöst. Ilja hat sie wegen ihrer angeblichen Überheblichkeit verlassen, mit der sie es abgelehnt hatte, sich den Spielregeln der politischen Notwendigkeit unterzuordnen, Lydia hätte ihn früher oder später sitzengelassen wegen seines völligen Mangels an Rückgrat. Margrit Prohaska ließ sich von ihrem Mann scheiden, weil er soff, womit sie nur seiner Scheidungsklage zuvorgekommen war, daß sie mit jedem von ihr vertretenen Genie fremdgeht… Lydia ahnte, daß Beneš, der geriebene PRAGOKONZERT-Mephisto, Margrit auch mit den Fotos frischer Männertalente gewonnen hat!

Lydia und Václav entfremdeten sich jedoch durch eine Abneigung, die sie paradoxerweise nicht gegeneinander, sondern gegen sich selbst empfanden. Sie verabscheute ihr Alter, das ihn nicht störte, er gehörte zu den Männern, die sich ihr Leben lang danach sehnen, in der Geliebten auch die Mutter zu finden, was Lydia ergriff. Er war aber unglücklich, daß er kein Intellektueller war, obwohl sie nach all denen, die sie erlebt hatte, mit keinem dieser Sorte den Tisch teilen wollte, schon gar nicht das Bett. Sie waren also ein ideales Paar und trotzdem auf dem Wege, sich zu verlieren.

Am meisten trug Lydias wachsende Vorahnung dazu bei, es ginge ihr unabwendbar abhanden, womit sie ihn an sich gezogen hatte. Damals vor einem Jahr waren wegen des feuchtkalten Wetters nur wenige Wochenendhäusler aus Prag gekommen, übrigens versicherten sie ihr längst alle, daß ihr Musizieren zu Klíčov gehörte. So standen ihre Fenster offen, und vom Klavier aus, selbst ungesehen, beobachtete sie den Gärtner, den zu finden so mühsam gewesen war. An Schwarzarbeiter gewöhnt, hat sie keine Wunder erwartet, doch es ärgerte sie, daß der gutgebaute junge Mann für ihr Geld mehr herumsteht, als die Hecke schneidet. Sie überlegte, ob sie ihm überhaupt eine Jause servieren soll. Und gerade die hat ihr Leben verändert.

Wenn sie erlaubte, bot er ihr dabei ganz unerwartet an, käme er in einer Woche wieder, um die Arbeit umsonst zu Ende zu führen, am besten vielleicht, wenn sie nicht dabei sei, er habe heute, entschuldigte er sich errötend und ahnte nicht, daß er sie kaum mehr auszeichnen konnte, ununterbrochen zuhören müssen, bis jetzt habe er nicht gewußt, was ihm Musik bedeutet...! Obwohl er auch nach einem Jahr kein Kenner wurde, hatte er für Musik wirklich einen seltenen Sinn, er wußte Edles von Trivialem zu unterscheiden, ohne sagen zu können, warum. Gott muß die Musik gleichzeitig mit der Vegetation geschaffen haben, wagte er einmal seine Gefühle sehr anschaulich auszudrücken, sie versorgt die Welt mit Sauerstoff, man kann sie auch ohne Übersetzung verstehen, und er selbst erkenne doch auch im unbekannten Saatkorn, ob daraus Unkraut oder eine Kultur aufgeht.

Mit dem anbrechenden Herbst wurden ihre Umarmungen in Rohlau nicht kälter, nur ruhiger; sie wurden seltener, wie sich beide mit der Zeit sicher waren, sie seien ihnen eine Freude und nicht ein Kitt, der sie zusammenhält, ihre Körper müssen sich nicht mehr beweisen, was die Seele bereits weiß. Unvermindert sehnte sich Lydia danach, sich auch diesem Mann, den sie erst nach ihrer Glanzzeit getroffen hat, als jene zu zeigen, die seine Vorgänger so bewundert hatten. Der Traum, der sie anspornte, begann sich zu verflüchtigen, als von Margrit auf ihr langes Entschuldigungsschreiben überhaupt keine Antwort kam. Selbst die Bibellektüre hat sie deprimiert: Vor dem Auge Gottes fand sie die ewig gleiche Geschichte der menschlichen Niedertracht und konnte nicht jene Art Güte verstehen, die so etwas zuläßt.

Als Frau Krebs erkrankte, sprang Lydia spontan für sie ein und gewann dabei ihre erste Freundin, Mara. Daß sie aber in der Küche weitermachte, verriet ihr etwas vom wahren Zustand ihres Inneren. Wenn sie auch mit Vašek witzelte, sie wolle mit der Zulage des Flüchtlingsfonds ihren Rentenanspruch begründen, und ihn dann ernsthaft überzeugte, sie möchte sich von der Musik etwas erholen, war ihr selbst klar, sie würde in der Küche keine Minute länger bleiben, spürte sie in ihrem Spiel noch irgendeinen Sinn.

Natürlich war es auch Mitleid, was sie dort hielt. In kurzer Zeit erlebte sie einen zweiten Schock, als die Pension am Morgen des Tages, an dem Professor Jaravý bestattet werden sollte, buchstäblich überfallen wurde. Von Lärm geweckt, sahen sie und Vašek mit eigenen Augen, was sie sich nur unter Kommunisten vorstellen konnten: Das Gebäude war von Gendarmerie umstellt, und zahlreiche Zivilisten waren beinahe dabei, die Tür aufzubrechen; als Krebs in zerknittertem Pyjama noch rechtzeitig öffnete, überschwemmten sie das Haus.

Nur dank Mara Silverová, die sich den Respekt des Kommandanten der Aktion erworben hatte, durften sie das Fruhstuck austeilen, unter der Aufsicht zweier Männer, während andere in der Küche und in der Speisekammer die Vorräte aufnahmen. Die meisten haben die Wohnung von Krebs durchsucht, den Dachboden und Keller, in dem sich der Unglücksrabe aus Brünn kürzlich erhängt hatte. Den Flüchtlingen befahl man barsch, auf ihren Zimmern zu warten, Mara ging als Dolmetscherin mit. Sie fragten überall, ob der Wirt bei ihnen irgend etwas versteckt hält, stichprobenweise schauten sie in Schränke und Koffer hinein. Die Balkaner fertigten sie schleunigst ab, den Amtsnasen roch dort die Luft zu schlecht. Mara verrieten sie, es seien zwei Anzeigen gegen Krebs eingegangen: wegen betrügerischer Machenschaften bei der Verköstigung und wegen Steuerhinterziehung. Darum seien hier sowohl die Wirtschaftspolizei wie auch das Finanzamt erschienen.

Sie war empört. Seit zwei Monaten lebe sie hier und müsse die erste Anschuldigung entschieden ablehnen, wer hat sich beschwert? Die Anzeigen seien anonym gewesen, sie jedoch, wurde sie belehrt, seien vom Gesetz verpflichtet, ihnen nachzugehen, übrigens, man finde bei solchen Gelegenheiten immer etwas, und Zufallsfunde seien oft die interessantesten. Und was, wenn Krebs unschuldig ist? griff Mara sie an, wüßten die Herren, daß seine Frau sich im Spital befindet und er um die Aufrechterhaltung des Unternehmens kämpft? Jawohl, fertigte man sie schroff ab, eben dann komme manch einer auf die schiefe Bahn!

Nach einer weiteren Intervention einiger Flüchtlinge ließ man sie zum Begräbnis gehen. Nach der Rückkehr fanden sie das Haus leer und Krebs betrunken vor. Václav und Milan brachten ihn zu Bett, und die Pension begann ohne ihn zu laufen. Nein, bestätigte er tags darauf, man habe nichts gefunden, was Schwarzeinnahmen bestätigen könnte, die Kostgängerliste stimme mit den Überweisungen des Fonds überein, nur in der Speisekammer seien kleine Differenzen festgestellt worden, gewiß unsere Schuld! verzweifelten Lydia und Mara. Resigniert winkte er ab. So lief es noch eine gewisse Zeit, solange der Koch am Herd stand, der sich für einen Zauberer ausgab, ein echtes Wunder führte er ihnen vor, wenn er sie wie unter vier Sternen beköstigte; eines Abends legte er jedoch den Kochlöffel weg, und nicht einmal das Mädel mit dem Mundwerk, das ihn sonst fest in der Hand hatte, konnte ihn zu irgend etwas bewegen.

Das Zentrallager schickte eine Aushilfe und forderte Krebs auf, innerhalb von zwei Wochen für Ersatz zu sorgen, sonst müßte man ihm die Flüchtlinge wegnehmen. Er schloß die Wohnung ab und fuhr einfach weg, ohne jemandem zu sagen wohin. Nach dieser Nachricht kam Mládek wieder und schlug vor, alle gleich zu übersiedeln. Manche nahmen das Angebot an, ihre Großen Ferien hatten erst angefangen, für die Altinsassen lohnte sich ein Umzug, der nicht mit einer definitiven Lösung gekoppelt wäre, nicht, einige wollten zudem auch Krebs unter die Arme greifen. Bei der ersten Fahrt auf Vašeks Motorrad, funkelnagelneugebraucht, wie er das Vehikel stolz nannte, lotste Lydia ihn zum Pöltener Krankenhaus.

Die Krebs, abgemagert und überhaupt arm dran, bestätigte, daß ihr Mann sie täglich besuche und sich bemühe, seine Tochter, bei der er wohne, zu überreden, den Familienbetrieb weiterzuführen, der Schwiegersohn aber sei dagegen, weil auch in Österreich der Staat alles fressen wird, als Postler sei er schon auf der richtigen Seite! Beim Abschied ließ sie Lydias Hand nicht los, als wollte sie sich an ein Ufer ziehen; den Gatten schicke sie zurück, und sobald sie gesund sei, versprach sie, würde sie die beiden wie ihre Mütterlein in Böhmen bekochen.

Auf dem Rückweg, Václavs Taille umfangend, verspürte sie schmerzhaft die Entfernung, die sie von einer ähnlichen Fahrt zur «Goldenen Krone» trennte. Wo sind die Ziele geblieben, zu denen sie hierher aufbrach und ihn mit sich zog? Die nächsten Tage quälte sie wie verrückt ihren Körper mit Gymnastik und übte bis zum Umfallen sowohl auf dem Flügel des Gönners als auch zu Hause auf der stummen Klaviatur, für die sie jetzt so dankbar war. Dem Geber hat sie natürlich verheimlicht, daß sie sich wahrhaft abplagt, um einen anderen Mann zu bezaubern, und gerade den, der sie als erster um ihre Hand bat.

Das Telephon in der Küche war abgesperrt, den Schlüssel trug Mara

Silverová bei sich, kürzlich zum Kopf der Verwaisten gewählt, doch auch ihr wollte sich Lydia nicht anvertrauen, eine mögliche Niederlage jagte ihr Angst ein, sie wollte zunächst allein mit ihr bleiben, frei entscheiden, was sie mit sich selbst beginnen soll. Sie rief also an, als Václav zur Arbeit war, von dem Dorfplatzautomaten aus. Die meisten Münzen waren durchgefallen, bis sie endlich bei der Auskunft die richtige Nummer herausbekam; dafür aber hörte sie dann die Stimme, die ihr einst die Liebe erklärte, gleich.

«Guten Tag», sagte sie, wie sie es einstudiert hatte, damit sie ihn ganz neutral ansprechen konnte, bis alles von selbst klar wäre, «ich entschuldige mich für die Störung, ich möchte nur ganz kurz grüßen.»

«Lydia!» sagte er. «Willkommen! Auf deinen Anruf freue ich mich seit zwei Wochen!»

«Wie kommt es, daß du mich erkannt hast, und wieso freust du dich?» fragte sie, selbst erfreut.

«So schön zu böhmakeln, das kannst nur du, und ich vermisse es seit Jahren.»

Zum erstenmal bezweifelte sie Margrits Behauptung, dieser Mann habe sich an ihr gerächt. Und als sie auflegte, weil die letzte Zehnschillingmünze bald durchfiele, wußte sie schon, daß er inzwischen geheiratet hatte und geschieden war, und sie spürte auch, daß er sie immer noch mag.

Seit ihrem Entschluß, diesen Plan zu verheimlichen, war es ihre größte Sorge, wie sie nach Wien käme. Wenn sie einen Spaziergang durch Pöltener Läden vortäuschte, würde Václav sie hinfahren wollen, und sie konnte doch unmöglich auf dem Sozius in einem Kleid und vor allem mit einer Frisur flattern, womit sie noch nach einem Jahrzehnt vor Johann Christopher bestehen wollte. Der Bus aus Rohlau, so ein Pech! fuhr eine Viertelstunde vor Vašek ab. Es half ihr ein Zufall, als hätte die Lüge sogar der Himmel akzeptiert.

Der Schauspieler Milan Čech mußte dringend zum Morgenzug, er fuhr nach Graz, um seine Frau zu holen, mit der er am Freitag nach Amerika abfliegen sollte, und Václav bot sich an, früher aufzustehen. Das genügte, daß sie, frisiert und angezogen, wie sie sich am besten fühlte, den Bus gerade noch erreichte. Sie dankte Gott, daß niemand heute mitfuhr. Und mehr als die Lüge peinigte sie die Frage, ob sie dem alten Verehrer auch jetzt gefallen wird…

Václav Rada hat zu Milan Čech eine echte Zuneigung entwickelt. Auch er hat seit seinen Schultagen keinen aufrichtigen Freund gefunden, und den Schauspieler für einen solchen zu halten, das traute er sich nicht; obwohl sie in den letzten Wochen ganze Tage gemeinsam verbrachten, siezte er ihn zumindest im Geiste weiter, jedenfalls wagte er es nicht, mit ihm zum zweitenmal so kühn vertraulich zu sprechen.

Fünfmal in der Woche fuhr er ihn mit dem Motorrad in die Gärtnerei, wo er schnell zur rechten Hand des Inhabers geworden war, er verteilte die täglichen Aufgaben an die Bulgaren und Polen, die hier schon vor ihm schwarz eingestellt waren, und bot Milan wiederholt eine leichtere Arbeit an. Der lehnte es entschieden ab, wollte weiter seine Gruben graben, und dies allein! bat er sich sogar aus. In Prag, erklärte er dem Gärtner, habe er mit Sport völlig aufgehört, da er bei soviel Beschäftigung selten zum Schlafen kam. In Pölten entdeckt er die Freude an Bewegung wieder, Woche für Woche verbessere sich seine Kondition, das tue auch dem Gehirn gut!

Václav erfuhr, daß die englische Stimme, die den Grabenden aus dem Tonband begleitet, nach Hamlet nun Richard dem Dritten gehört; ein Patient von Milans Freund, einem Arzt aus Graz, war Techniker im steirischen Landesstudio und überspielte den Originalton von Fernsehfilmen. Wann immer Václav sich der Grube näherte, hörte er, wie Milan, manchmal mit Musik, gemeinsam mit dem englischen Darsteller sprach. Am meisten jedoch überraschte Václav, daß ein so berühmter Künstler sich in Zivil nicht groß aufspielt, sondern fortwährend etwas fragt.

Was er ihm dann während der Pausen auf diese Fragen ausführlich antworten mußte, hielt Václav für langweilig, es ging fast immer um Blumen, Bäume und andere gewöhnliche Dinge. Er sei nicht zum Theater gegangen, behauptete Milan, um Kasperle zu spielen, sondern Menschen! das Malheur so manches Kollegen bestehe darin, daß er von ihnen nur wenige kennt, und höchstens noch solche aus der Branche, die guten Schauspieler seien immer leidenschaftliche Zuschauer gewesen, weil sie stets das Gezappel beobachteten, bevor er Václav traf, habe er keine Ahnung davon gehabt, wie sich ein Gärtner ausdrückt und verhält! Václav fragte nicht mehr, wozu dies gut sein könnte, und antwortete gehorsam. Dabei kam die Rede auch auf Věra.

Milan als einzigem hat er seine Befürchtung anvertraut: Bestimmte Umstände haben es mit sich gebracht, daß er bei dem Aufnahmegespräch seine Ehe nicht angeführt hatte, jetzt hat er Angst, für falsche Angaben soll einem das Asyl entzogen werden! Darüber hinaus hat Věra, er erklärte es nicht näher, doch Milan reimte es sich zusammen, obwohl jung und hübsch, keine Hoffnung, noch einmal zu heiraten, und gibt ihm deshalb die Scheidung kaum; ihr Vater, der sich als hoher Polizist etliches leisten kann, könnte der Tochter die Auswanderung zum Ehemann verschaffen, damit er als Rentner bei Besuchen den verrotteten Kapitalismus genießen kann.

Der Schauspieler beobachtete ihn wie ein Marsmännchen: Habe er schon was dagegen unternommen? Er wüßte nicht, was, gab der Gärtner zu, nicht einmal der Wiener Pfarrer konnte ihm einen Rat geben, und Lydia wollte er damit nicht belästigen, sie hat genug eigene Sorgen.

«Mir scheint es klar wie Kloßbrühe zu sein», erklärte Milan, «wir schreiben ihr einen Brief. Das heißt: Du schreibst ihn, ich mache für dich ein Konzept.»

«Ich will mit ihr nichts mehr zu tun haben...»

«Wirst du auch nicht mehr, morgen bringe ich dir den Text.»

Es war Anfang September. Sie saßen zwischen einer Plantage mit Spätgemüse und einer Hube Herbstblumen im warmen Gras, machten das Mittagspicknick, abwechselnd für sie beide von Lydia oder Mara zubereitet.

«Ich möchte nicht», stockte Václav, «daß jemand dritter...»

«Ich bin ein Grab, wie meine Mistgruben!» beruhigte ihn Milan, «aber bitte, spring schnell mal ins Büro für Stift und Papier, ich schreibe es gleich auf.»

Das Opus entstand in wenigen Minuten.

Věra! Diese Nachricht überbringt Dir eine Vertrauensperson, die Du sehr gut aus der Vergangenheit kennst, ich wollte, daß es niemand liest, der es nicht lesen soll! Ich habe schon das Asyl und auch eine Stelle, alles wie geplant. Sobald Du Dich für Dein Kommen entschieden hast, benutze den verläßlichen Weg, den ich damals Deinem Vater anvertraut habe, er wird Dir mit Rat und Tat beistehen. Es grüßt Dich Václav.

Der Gärtner las zu Ende und geriet in Verlegenheit.

«Nun, weißt du... ich möchte nicht...»

«Lügen. Ist allerseits bekannt. Aber wo hast du hier eine Lüge?»

«Welchen Weg soll ihr Vater kennen?»

«Hast du ihm damals nicht anvertraut, daß du mit der Reisegruppe fährst?»

«Aha… und wer ist die Vertrauensperson, die Věra so gut…»

«Der Postbote», grinste Milan, «nur wird dem Schwiegervater einfallen, daß dieselben Fragen den Stasileuten eingefallen sind, die das vor ihm gelesen haben; eben als Polyp kennt er am besten seine Grenzen, es genügt, daß jemand einen Pick auf ihn hat, er kennt doch die miesen Kerle von sich selbst her.»

«Und was meinst du, wird er tun?»

«Ich würde meinen, er tut alles, um sich von dem Verdacht schnell reinzuwaschen. Vašek, es ist nur ein Trick, keine Lüge. Wenn du selbst die Bedrohung spürst, geh wenigstens an die äußerste Grenze deiner Möglichkeiten, du bist auch Lydia verpflichtet!»

Der Gärtner schrieb den Brief ab, und Milan ging mit ihm zur Post, damit er sich das nicht noch überlegte. Seitdem geschah nichts, und es kam nicht einmal die Rede darauf. Lydias Bemerkungen hat Václav entnommen, daß Herr Čech selbst den Kopf voll hat: Der näherrückende Abflug nach Amerika blieb unsicher, solange seine Frau sich nicht entschieden hat, ohne sie hätte er den Antrag erneut stellen und noch einmal warten müssen, dann hätte er auch irgendeinen unerläßlichen Kurs versäumt, der nur im Winter lief.

Erst am letzten Freitag abend erlebte er den Schauspieler auf dem Gipfel des Glücks: Er erhielt die Nachricht, Dora würde mit ihm fliegen, am Dienstag sollten sie sich nach einem Vierteljahr Trennung wiedersehen und alles vereinbaren. Václav wünschte es ihm von Herzen, war zugleich aber traurig, daß er ihn verliert. Vor dem Bahnhof schlug er ihm vor, ihn am Abend hier zu erwarten, doch Milan winkte ab: Er ahne nicht, wann er zurückkäme, und habe sich mit der Schaufel genug verdient, um sich zum erstenmal in Österreich leisten zu können, was er sich in Prag tagtäglich leistete: ein Taxi!

Weil er es in Rohlau nicht geschafft hatte, frühstückte Václav dann im Bahnhofsrestaurant. Beim Kaffee dachte er darüber nach, wo er sich mit Lydia in einer Woche befinden wird, wenn Krebs tatsächlich zumacht. Sein kleiner Wüterich von Chef schmeichelte sich bereits bei ihm ein, er sollte bei ihm ordentlich eintreten, er wäre versichert und gewinne den Rentenanspruch! Das Angebot war verlockend, er würde es jedoch nie wagen, seine Liebste in Sankt Pölten zu binden, es kann sich zehnmal um den Titel der Metropole Niederösterreichs bemühen, für Lydia bleibt es zwei Nummern zu klein!

Lustlos fuhr er zur Arbeit los. Als auf der nächsten Kreuzung die Ampel auf Grün sprang, erblickte er plötzlich Lydia. Fast drehte er verbotswidrig in die Gegenrichtung, sein Gehirn hat es jedoch rechtzeitig verhindert: Er hat sie doch im Bett verlassen, zu dieser Stunde machte sie ihre anspruchsvolle Gymnastik, die sie unlängst wieder aufgenommen hatte. Die Doppelgängerin hat seine Laune etwas verbessert. Als er vor den Alten trat, den Tagesverlauf zu besprechen, klingelte das Telephon, und er wurde verlangt. Zum Glück war es eine tschechische Stimme, Deutsch verstand er im Hörer nach wie vor schlecht, doch seine Freude dauerte nicht lange. Der Dolmetscher Mládek rief aus Rohlau an, er sei mit dem Direktor Radetzky gekommen, um die dortige Lage zu besprechen, sie müßten dringend auch mit ihm reden, hätte er zu Mittag Zeit? Sie würden auf der Rückfahrt bei ihm vorbeikommen.

Ja, er würde warten, sagte er beklommen, sonst aber sei, er erhoffte sich ihre Hilfe, Frau Gutenberg da... Die sei leider ebenfalls verreist, teilte ihm Mládek mit.

«Aha...» sagte er darauf tonlos, mehr fiel ihm nicht ein.

«Es geht um Ihren Stand.»

«Ja... ich weiß...»

«Wir müssen da etwas richtigstellen.»

«Jawohl, natürlich...»

«Also mittags.»

Václav legte den Hörer so verwirrt auf, daß der Chef, der nichts verstand, fragte.

«Was Unangenehmes?»

«Man kommt aus dem Zentrallager zu mir...»

«Paßt doch gut!» freute sich der Österreicher, «ich werde die Leute gleich um Sie ersuchen! Warum sollen Sie noch länger von Amtsgnaden darben, wenn ich Sie gut ernähren kann, samt Ihrer... was ist sie eigentlich?»

«Meine Frau», antwortete er trotzig, «sie ist meine Frau, nur verheiratet sind wir noch nicht...» und werden es auch nie sein! kam es ihm zum erstenmal in den Sinn.

«Ich stelle sie auch ein», lockte ihn der Chef, «teilen Sie ihr eine leichte Arbeit zu, falls sie geschickte Finger hat, könnte sie die Frühaussaat pikieren.»

Er führte es anschaulich vor, gewohnt, sich mit ihm mittels Gebärden zu verständigen, obwohl der Gärtner Deutsch immer besser radebrechte.

«Ist Pianistin.»

«Ihre Sache! Spielen kann sie doch abends.»
«Ist Konzertpianistin, abends tritt sie auf...»
«Na und? Ich stelle sie tagsüber ein, abends kann sie machen, was sie will!»
Václav Rada wechselte lieber das Thema.
«Sollten heute Dahlien rausnehmen, Sonntag Nachtfrost hat kaputt gemacht, kann nicht mehr verkaufen.»
Und ich bin auch kaputt! fröstelte ihn.

Lydia sah ihn früher als er sie, er kam herunter, um sie an der Pförtnerloge abzuholen. Was für eine Ungerechtigkeit, daß den Männern das Alter sogar guttut! Ihm hat es die schlanke Figur nicht verdorben, nur das Gesicht mit interessanten Falten versehen und die dunklen Locken mit hellen Streifen durchnäht, was würde mich so ein Melieren beim Friseur kosten! Hättest du damals so ausgesehen, Hänschen Christopherchen, hätte ich mich mit dir sicher zusammengetan... und wäre längst von dir geschieden!
Sie paßte auf, was sich in seinen Augen spiegelt, nein, atmete sie auf, keine Enttäuschung, sie nahm sogar Bewunderung wahr und ein nicht erloschenes Interesse; mache ich mir also nur überflüssige Probleme, wenn auch er, ganz gewiß verwöhnt von Frauen und durch seine Position, es sich offensichtlich noch einmal von mir sagen ließe? Sie durfte jetzt keinen Fehler machen, zwang sich, gleichermaßen zurückhaltend zu sein, wie er sie kannte. Still lachte sie vor sich hin.
«Also, da bist du!» begrüßte er sie ziemlich gerührt.
Er gab ihr keinen formellen Handkuß, sondern zog sie fest an sich und küßte sie richtig, vor den glotzenden Mädchen am Empfang.
«Wie machst du das? Siehst zehn Jahre jünger aus als damals! Bist du so verliebt? Wem ist das gelungen und warum mir nicht? Bis heute habe ich deshalb Minderwertigkeitskomplexe.»
«Ach, Christopher, laß gut sein! Du bist auch nicht ins Kloster gegangen, hast sogar für eine Scheidung Zeit gefunden, wahrscheinlich wegen einer anderen, nicht wahr?»
«Verzeih mir den billigen Stuß, das beweist nur meinen intellektuellen Niedergang, der mir mit einer tschechischen Frau nicht passiert wäre.»
«Und warum bist du nicht längst gekommen, eine zu finden?»
«Weil ich, zugegeben, ein Feigling bin! Ich fürchte mich vor den Kommunisten. Seitdem ich weiß, wie sie auch mit dir umgesprungen sind, ver-

trage ich noch weniger unsere linken Zungendrescher, die ihren Frust den reichen Papis gegenüber dadurch abreagieren, daß sie diverse Kubas anbeten, obwohl sie dort nie gewesen sind. In die Tschechoslowakei fahren sie zu Staatsbanketten und kostenlosen Studienaufenthalten, oder sie machen dort das Geschäft ihres Lebens und kommen wieder hierher, für immer neue Lideri Maximi zu demonstrieren. Für dich macht nicht einmal deine Frau Prohaska einen Finger krumm, die früher so reizend reaktionär war. Heute hat sie das Monopol für die Tschechen und ist somit superprogressiv. Daß du da bist, habe ich nicht von ihr erfahren, sondern von Pfarrer Thoma.»

«Das ist doch...»

«Der Pfarrer aus Rohlau, jawohl. Er schrieb uns einen Brief, die Kopie habe ich dabei, aber komm, lesen kannst du das beim Kaffee.»

In der Kantine heulte sie beinahe los. Der Geistliche machte die Musikredaktion des ORF auf die Kulturschande aufmerksam, daß in seiner Kirche aus Mangel an anderen Möglichkeiten Frau Lydia Gutenberg üben muß. Er glaubte, ein glänzendes Talent entdeckt zu haben, erfuhr jedoch bald, daß sie einst der Stern des europäischen Konzerthimmels war, bevor sie Auftrittsverbot bekam, von dem Regime, das alle menschlichen und göttlichen Werte zunichte macht; ihre Schallplatten sind ausverkauft und aus irgendwelchen Rechtsgründen nicht neu aufzulegen, es fällt ihm ein, daß das ORF alte Aufnahmen von ihr haben könnte, und er bittet um Mitteilung, wann sie ausgestrahlt würden, damit er sie in Hi-Fi-Qualität mitschneiden könnte; vor allem aber sollte man der Künstlerin neue Auftritte ermöglichen. Mit christlichem Gruß und der Bitte, daß er als Fürsprecher anonym bleibt...

«Wahrscheinlich solltest du nicht das falsche Gefühl bekommen, er habe es aus Mitleid unternommen, ich glaube jedoch, du sollst wissen, wer hier wer ist! Ich wollte dir gerade schreiben, ob ich dich besuchen darf, als du angerufen hast.»

«Margrit hat es mir ausgeredet, dich zu benachrichtigen, du hättest mir nicht verziehen, daß ich dich...» sie fand das rechte Wort nicht.

«Man ist immer aufs neue erstaunt über die menschliche Perfidie. Ausgeredet hat sie es dir, damit du ihren neuen Akquisitionen keine Sendezeit wegnimmst.»

Vašek! endlich erinnerte sie sich an ihn, du hast vielleicht eine Nase gehabt... Laut sagte sie:

«Du weißt überhaupt nicht, wie ich heute spiele.»

«Ich schätze, so wie du aussiehst: besser als je vorher.»

«Ich habe mir einen Finger gebrochen...»

«Also daraus macht deine Margrit im Gegenteil kein Hehl. Ich ließ sie anrufen, ob sie dich noch immer unter Vertrag hat. Wo du steckst, erfuhr mein Redakteur zwar nicht, dafür aber, daß du einen schweren Unfall gehabt hast, so daß sie dich nur schweren, überschweren Herzens leider, leider Gottes nur zeitweilig, einstweilen, bis auf weiteres... ekelhaft!»

«Seit Jahren bin ich wie wild dabei, ihn durch Üben wieder flottzumachen», sie schluckte die Bitterkeit.

«Weißt du was? Überlaß es meinem absoluten Gehör, meinem einzigen Stolz, zu erraten, welcher Finger es ist, erst dann wollen wir darüber reden, ob es ein Problem ist. Aber mal mir im voraus keinen Teufel an die Studiowand.»

«Christopher! Ich appelliere an deine Aufrichtigkeit, die einst dein Aushängeschild...»

«Nicht die Bohne hat sie mir geholfen», unterbrach er sie, «damals hast du bei mir eine viel wesentlichere Eigenschaft vermißt: mindestens fünf Jahre!»

«Jetzt hast du sie also doppelt, und ich beschwöre dich: Urteile, als hättest du mich nie gekannt! Wenn ich keine Chance habe, will ich es wenigstens ganz sicher wissen.»

«Das schwöre ich dir, Lydia, denn dann werde ich es wieder wagen, um deine Hand anzuhalten, und du wirst keine Ausrede mehr finden, mich wie früher so scheen behmisch Jenytschek Kryschtufek zu nennen.»

Mládek kam allein, um Václav abzuholen: Direktor Radetzky wartet im Wagen, man würde Herrn Rada in einer Stunde wieder zurückbringen, versprach er dem Chef. Auf dessen Ersuchen antwortete er mit einer Frage.

«Herr Rada arbeitet hier mittlerweile aus alter Bekanntschaft und gratis, nicht wahr?»

«Wie sonst?» der Gärtnereibesitzer hob nicht einmal die Braue, «könnte ich es mir leisten, Leute schwarz zu beschäftigen?»

«Und die da?» Mládek deutete zum Dahlienfeld, «auch Bekannte?»

«Verwandte!» gab der Chef zurück, «die selige Gattin hatte Verwandtschaft von der Nordsee bis zum Schwarzen Meer.»

«Nichts geht über Familie! Bestimmt fühlen sich alle bei Ihnen wie zu Hause.»

«Fragen Sie mal Herrn Rada! Obwohl der Onkel seiner Mutter meine Urgroßtante heiratete, will ich ihn trotzdem ordnungsgemäß einstellen, um Vater Staat ein wenig zu entlasten.»

«So funktioniert das hier!» ärgerte sich der Dolmetscher unterwegs, während Václav wie zur Hinrichtung ging, «einen armen Schlucker überfällt man aufgrund einer anonymen Anzeige wie einen Terroristen, und ein Schlaumeier fährt Vollgas, weil er richtig geschmiert hat. Aber gut, daß Sie eine so glänzende Referenz haben, sie wird Ihnen bald zupaß kommen.»

Sie erreichten den Geländewagen, der Václav einmal nach Rohlau brachte. Der grauhaarige Regierungsrat reichte ihm die Hand.

«Schon gegessen?»

«Nein, aber ich habe keinen Hunger...»

«Dafür aber wir!»

Im nächsten Gasthaus bestellte er sich also auf ihre Rechnung das Billigste: Blutwurst mit Sauerkraut. Radetzky befahl doppelten Schweinebraten, Mládek wollte bloß Salat. Schande! rügte ihn der Direktor, fünfzehn Jahre nach der Zwangsarbeit und noch immer hält Ihr Magen das Strafregime ein: Fraß erst nach Schicht! dagegen lernte er, aus dem KZ zurück, zuallererst auf normale Art zu essen, zu saufen und zu bumsen! Lachend schaute er auf die Armbanduhr.

«Eins. Rufen Sie gleich diese Nummer an, Herr Rada, der Apparat ist an der Theke.»

«Wer ist das?» der Name Rudolf Rosenhain auf der Visitenkarte rief in ihm eine entfernte Erinnerung wach.

«Ein gebürtiger Tscheche, Sie werden ihn kennen. Herr Mládek erzählte ihm von Ihnen beiden.»

«Was hat er wem...?» Václav verstand nichts.

«Er möchte Sie allein sprechen. Er hat nämlich außer anderem auch in Wien einen großen Garten, und es wäre eine Lösung auch für Frau Gutenberg.»

Er wollte keine peinlichen Fragen stellen, so ging er telephonieren.

«Ja, bitte?» sagte jemand.

«Gutn Tak», verführte es ihn ins Deutsche, «ich bin der Rada Václav...»

«A jo», sprach die Stimme in einem Tschechisch, das ihm aus südböhmischen Dörfern vertraut war, «habe die Ehre, Sie sollen wohl ein Rosenhainscher sein.»

Gleich wußte Václav, daß auf der Visitenkarte die deutsche Form des Familiennamens Róznhajn stand, die er so oft über dem Tor «seines» Schlosses sah.

«Ich war Gärtner in Klíčov...»

«Ich habe mir den Park im Vorjahr ang'schaut, wie ich nach Jahren wieder hab' hindürfen. Sie hab' ich nicht g'sehn, Sonntag war's, aber ich hab' mir g'sagt, jo, hier ham's gute Gärtner.»

«Ich war dort allein...»

«Hier täten's nicht amal drei. Aber is' wurscht, hören S' mal, mein Lieber, möchten S' auch hier mit mir zammenarbeit'n?»

«Ich weiß nicht...» sagte er heiser.

«Wissen S' nicht, ob S' möcht'n?»

«O nein, das nicht!» erschrak er, «ich weiß nicht, ob ich es kann?»

«Na, das wird uns dann schon der Garten selbst g'sagt ham, gelt? Also sei'n S' g'scheit, und b'such'n mich, ich schau' grad nach: vielleicht schon morg'n früh? Sie soll'n bald umziehen, ham's mir g'sagt, so geht's in eim Aufwasch, ein paar ganz gute Flügel ham mir hier auch.»

«Ja», mehr bekam er nicht heraus, «vergelt's Ihnen Gott?»

«Seg'n S' Gott», sagte der unsichtbare Fürst und legte auf.

«Hat geklappt!» stellte der Regierungsrat zufrieden fest, als Václav benommen zum Tisch zurückkam, «Sie haben tatsächlich gute Ideen, Herr Mládek.»

«Wenn ich einen erstklassigen Gärtner verkaufen will, der ein gebürtiger Tscheche, ein frommer Katholik und ein ehemals Rosenhainscher ist, der obendrein eine schöne Frau und Spitzenpianistin hat, wie kann die arme Durchlaucht da Nein sagen?»

«Das erinnert mich daran», sagte Radetzky, «daß wir noch das Wichtigste zu erledigen haben. Es kam über unsere Stelle ein amtliches Schreiben aus der Tschechoslowakei, Herr Rada...»

Er zog es aus der Aktentasche und legte es vor ihn zwischen das Besteck hin.

Sie hat im voraus gewählt, wovon er besonders viel hielt, für ihn war diese Komposition schon immer der Klavierhimalaja, er konnte sie also nicht verdächtigen, daß sie sich das Leben leichter machen will. Sie spielte Mussorgskys «Bilder einer Ausstellung», auswendig wie bei ihren Konzerten. Man postierte sie so, daß sie in den Regieraum sehen konnte, doch sie vergaß ihn schnell. Wie immer, wenn sie sehr gut war, dachte sie an nichts, mit den ersten Anschlägen tauchte noch kurz ihre Lieblingsvorstellung auf, wie sie auf dem Fakirseil nach oben klettert, doch dann trat sie nur noch in die Musik ein wie in ein Element, mit dem sie sich völlig verband.

Als sie zu Ende gespielt hatte, fühlte sie sich wie nach ihren besten Abenden, beinahe unkörperlich, und sie staunte, daß sie von dem Flügel nicht zu der futuristisch durchbrochenen Decke hinaufgeschwebt war, deren unzählige Flächen, groß und klein, den trocknen Klang ohne Echo gewährleisteten. Dann erblickte sie hinter dem Glas Johann Christopher, wie er, für sie unhörbar, mit dem Tonregisseur und dem Tontechniker sprach. Die offensichtliche Unbeteiligtheit des Trios hat sie nervös gemacht, waren die Mikrophone überhaupt eingeschaltet? Ließ man sie nur proben? So gut werd' ich nie mehr sein!

«Hallo», sie fand den Mut zu fragen, «war es zu hören?»

Der Regisseur kam aus dem Lautsprecher mit donnernder Stimme.

«In Ordnung. Kompliment. Ich verabschiede mich.»

«Warte dort», beugte sich Johann Christopher zu der Verständigungsanlage nieder, «bin gleich bei dir.»

Alle haben sie den Regieraum verlassen und das Licht gelöscht, aus der Dunkelheit glühten nur die grünen und roten Augen der Kontrollämpchen. Mit dumpfem Geräusch öffnete sich die schwere Studiotür. Lydia schaute ihm gespannt entgegen.

«Du bist glänzend», fing er an, «im Inhalt und in der Form. Hast ein schönes Stück Weg hinter dich gebracht.»

Dem Lob, entging es ihr nicht, fehlt die echte Begeisterung.

«Aber...?» sie war begierig, sein Urteil zu hören, bis ihr der Gedanke kam, «du hast den gebrochenen erkannt...?»

«Nicht nur ich, wir alle drei. Und paradoxerweise weil du wie ein Gott gespielt hast. Es war der kleine Finger, was? An der Linken.»

Dann hat er nur erregt gewartet, bis Lydia sich meldet. Wo ist sie denn? bangte er. Am späten Nachmittag gab er seinen Untergeordneten eine der üblichen Lektionen, darüber selbst staunend bereits auf deutsch, vielmehr in einer Sprache, die sie gemeinsam für Deutsch hielten und die geeigneter schien als ihr unterschiedliches Slawisch.

«Fojcht mus bis an vurcl!» brachte er ihnen gerade richtiges Gießen bei, «aber nix fíl! vasr vénik: šlecht, vasr fíl: ales kaput! vasr mus akurát vi in apotéka.»

Da kam klar zu seinem Ohr, wie eine Polin flüsternd ihre Landsmänner fragte.

«Was sagt er...?»

Er hörte darin seine eigene Machtlosigkeit vor noch vier Monaten und fühlte eine stolze Dankbarkeit: Du hast mir geholfen, Herr, aber ich war auch nicht faul! Ein Alarm aus dem Büro des Gärtnereibesitzers hat ihn unterbrochen.

«Herr Rada! Watzlaw! Telephon! Gattin!»

Angst überkam ihn. Ist ihr was passiert? Ruft ein Krankenhaus an? Sein Chef aber sprach mit ihr, und sein schmeichelnder Ton deutete keine Katastrophe an.

«Wenn er bei mir einsteigt, Frau Rada, garantiere ich ein prima Wohnen, Sie können wählen, ob in der Stadt oder im Grünen... er ist schon da, also reden Sie ihm gut zu!»

«Lída», legte Václav gleich los, «wohin bist du gefahren?»

«Woher weißt du...?» sie wurde unsicher.

«Man hat mich aus Rohlau angerufen...»

Sie fragte nicht einmal, wer, schien andere Sorgen zu haben.

«Ich mußte nach Wien. Kannst du hierherkommen?»

Der verdächtigen Einladung versuchte er zu entkommen.

«Heute wird doch in Rohlau gezaubert. Die beiden haben gebeten, daß wir kommen...»

«Ich weiß, aber ich muß noch heute mit dir reden!»

Er selbst hätte dazu zwei gute Gründe gehabt, doch er ahnte jetzt, daß sie ihm nicht mehr viel helfen konnten. Er sah die Frau an der Kreuzung vor sich, sie war es! frisiert und herausgeputzt. Er kannte sie gut, sie könnte den Frühbus nicht erreichen, wenn sie die Reise nicht vorausgeplant hätte, aber zu wem und warum? Er versuchte, sich seine Hoffnungslosigkeit nicht anmerken zu lassen.

«Ja... wo?»

«Wirst du die ‹Oase› finden? Das Lokal, wo ich vorspielen mußte?»

«Um Gottes willen», nahm er diesen Namen eitel in den Mund, «du hast doch nicht etwa...»

«Dein Chef hat mir das Blaue vom Himmel versprochen, wenn du bei ihm bleibst. Er soll dir lieber eine Krawatte und ein Sakko leihen. Du findest mich dort ab halb acht. Also dann!»

«Lydia!» rief er, aber er war bereits in der Leitung allein.

Sie hatte aufgelegt und sagte zu Christopher, der wie geistesabwesend durch das Fenster seines Büros auf die Straße schaute, während sie hinter seinem Schreibtisch saß.

«Vielleicht wird er damit fertigwerden.»

Er sagte nichts, und sie verstand, daß ihn die Probleme ihres Gefährten momentan nicht interessieren konnten. Bei diesem neuen Sturz versuchte sie, sich an der Vernunft festzuhalten.

«Eigentlich ahnte ich schon lange, daß es nur ein frommer Wunsch war.»

«Ohne fromme Wünsche», munterte er sie endlich auf, «würde die Menschheit noch heute auf den Bäumen hocken. Ich weiß, daß du mein Angebot erst verarbeiten mußt. Aber glaub mir, nur so kannst du glücklich sein.»

Er hat recht, Vašek, und wenn du mich liebst, begreifst du es auch...

Sein kleingewachsener Chef holte ihm zu der Krawatte Sakko und sogar ein Oberhemd bei einem Nachbarn, fragte nicht, was da gefeiert werden soll, nur einen Rat hatte er parat.

«Auf jeden Fall bestellen Sie Sekt. Meine Frau liebte mich immer, wenn ich ihr Sekt bestellte. Aber keinen trockenen, der schmeckt wie moussierender Essig!»

Im dichten abendlichen Verkehr mußte er sich auf der Autobahn konzentrieren, aber er ertappte sich immer wieder dabei, wie benebelt zu fahren, sofort hinter Sankt Pölten war ihm nämlich eingefallen, worum es geht: Sie hat es einfach nicht mehr ertragen können, von einem einfachen und noch dazu jüngeren Arbeiter versorgt zu werden. Sie hat sich gedemütigt und den Job angenommen, den die Agentin ihr seinerzeit angeboten hatte. Auf einmal war er entschlossen, alles zu riskieren, um das zu verhindern, entweder werde ich sie wegholen, oder ich verliere sie, aber wenn ich sie davon nicht überzeuge, dann von nichts mehr. Ich werde in dieser Beziehung das fünfte Rad am Wagen bleiben, ein ewiger Milchbart vom Lande, ab und zu gut fürs Bett!

Die Fahrt hat er überlebt, das Nachtlokal gefunden; er parkte ein und betrat den erhabenen Vorraum gewiß als erster Gast mit einem Motorradhelm, er las das in den Augen der Garderobenfrau. Doch unter dem Parka trug er eine Bekleidung, an der schwerlich etwas auszusetzen war, so nahm sie das ungewöhnliche Stück in Verwahrung. Da hörte er das Klavier. Was nun? Sich direkt Lydia gegenüber setzen und sie stumm beobachten, bis sie es nicht mehr aushält und zu ihm hinkommt? Oder sie gleich bitten, aufzuhören und mit ihm wegzugehen? Er war in dieser Situation völlig hilflos. Schon in der Lokaltür versperrte ihm ein Ober den Weg. Ahnte sie im voraus, daß er durchdrehen könnte?

«Hat der Herr reserviert?»

«Ich möchte meine Frau sprechen!»

Es war kein Wunschdenken mehr, das Papier in seiner Tasche rückte dieses Ziel in greifbare Nähe, und er war fest entschlossen, es nicht preiszugeben. An dem Ober vorbei ging er auf das Klavier zu, das Lokal war noch fast leer, niemand beobachtete ihn, er gelangte bis ans Podium, anreden mußte er sie nicht. Ohne das Spiel zu unterbrechen, lächelte ihm eine völlig fremde Frau über den Teller mit einem Fünfzig-Schilling-Köder hinweg freundlich zu. Er muß sie ziemlich verblüfft angestiert haben: Auch in ihrem Gesicht spiegelte sich Ratlosigkeit. Der Ober kam angesaust.

«Ihre Gattin scheint die Dame da drüben zu sein, nicht...?»

An dem Tisch, an dem sie schon einmal saßen, sah er Lydia ihm zuwinken. Vor ihr brannte eine Kerze, und in dem Weinkübel wurde wieder eine Flasche gekühlt.

«Diesmal nur Sekt», entschuldigte sie sich, «dafür aber ein guter, ein trockener!»

Sie hatte hier lange genug gesessen, um zur Ruhe zu kommen und Worte zu finden, sich zu besinnen, was sie ihm sagen wird. Sie berichtete Václav, daß sie einen alten Verehrer ihrer Musik angerufen hatte, um ihn als Fachmann nach ihren Aussichten zu fragen. Bei einem Vorspielen habe sie besser bestanden als erwartet, das ORF würde mit ihr eine Matinée veranstalten, aber mit großen Konzerten könne sie nach der langen Pause und bei der heutigen Konkurrenz kaum rechnen. Er habe ihr einen Ausweg angeboten: Sie besitze das Diplom einer der besten europäischen Schulen, also solle sie dozieren! Ein, zwei Jahre auf dem Lande, dann könne sie sich zu einem Lehrstuhl-Wettbewerb überall in Europa anmelden, mit der Praxis müßte sie sich spielend durchsetzen.

«Und jetzt halt dich fest! Er rief vor mir die Musikschule in Sankt Pölten an, morgen nachmittag werde ich erwartet, seit September ist man dort auf der Suche nach einem Pädagogen für die talentiertesten Schüler, bis jetzt hat ihnen keiner gefallen! Vašek! Dein Chef kann sich nach einer Wohnung für uns umschauen!»

Er schüttelte den Kopf, und Lydia erzitterte: Hat sie für ihn den letzten Zauber verloren?

«Bist du so sehr enttäuscht...?»

«Nein, es kommt mir eher komisch vor. Ich soll morgen in Wien vorstellig werden.»

Als er seine Gesichte zu Ende erzählt hatte, war sie hell begeistert.

«Heil dir, Vašek! Des Fürsten Gärtner ist in seiner Branche auch ein Solist.»

Er war überrascht, wie gut der moussierende Essig schmeckt, er hat ihm Mut gegeben, den Mann hierherzuwinken, der durch seinen Frack nobler wirkte als alle Gäste zusammen.

«Herr Óbr», befahl er, «noch ajn Flasche!»

«Ich bitte dich», staunte sie, «es ist noch was drin!»

«Soll sich abkühlen!»

«Und wie stellst du dir die Rückfahrt vor?»

«Fahren wir halt nicht. Es gibt genug Hotels hier!»

Sie war überrumpelt, ich, eine leidenschaftliche Liebhaberin von Hotels, bin schon so weit, daß ich es für ein Sakrileg halte, für bloßes Übernachten Geld rauszuschmeißen!

«Wir haben doch Grund zu feiern, Liduška!»

Ich wohl kaum! beklagte sie sich im stillen, doch er fuhr fort.

«Stell dir nur vor, man hat hier die ganze Zeit gewußt, daß ich verheiratet bin.»

«Wieso...?»

«In der Aufregung habe ich es schon damals in der Quarantäne im Fragebogen angeführt.»

«Nein! Und was?»

«Nichts! Sie haben sich», er lachte, «wahrscheinlich gesagt, daß sie mich bei dir lassen sollen, damit ich nicht verlorengehe.»

Sie hat seine Mitteilung noch nicht richtig begriffen, als er auf den Tisch den Bescheid aus Budweis legte.

«Inzwischen hat man mich zu Hause im Schnellverfahren zu zwei Jahren verurteilt, für Republikflucht, und Věra ließ sich von mir blitzschnell scheiden. Ich bin ledig, und hiermit frage ich deshalb die erste, die ich sehe: Nimmst du dir einen geflohenen Verbrecher?»

Mein Gott! liebe Mutti! zwei Heiratsanträge an einem Tag, und das in meinem Alter, was für ein Mädel habt ihr da zur Welt gebracht!

Wenn du nicht zurückkehrst», beschwor sie der Zauberer, «gehen wir beide unter!»

«Ich komm' doch zurück.»

«Schwör es beim Tod deiner Oma!» forderte er sie auf, er hat von ihr hundertmal gehört: Die Omi sagt das, die Omi sagt jenes... von niemandem sprach sie so viel.

«Ich schwör's!» ruhig hob sie zwei Finger hoch, der Hammel hat noch nicht kapiert, daß sie nur noch in mir lebt!

Jarina hat erst am vorigen Freitag angerufen, früher, beklagte sie sich, ließ Dick sie nicht weg, jetzt aber soll sein Kollitsch Jubiläum feiern, sie werden Cola mit Rum saufen und auf Felsen kraxeln, etwa zehn von uns beten, kicherte sie über die halbe Welt, daß nicht der Falsche runterfällt, ein Witz, was? was denn? hab' ich euch schon wieder wachgemacht? wer soll sich in euren verrückten Zeiten auskennen, euer Tattergreis hat nicht einmal aufgemuckt! Also dann: Sie würde am Montag früh angeflogen kommen, Bobi soll um eins zum Löntsch im Hotel sein, «Rosenhain», schreib den Namen mit! es wär' eine passable Bude, sagt man hier, dem Boß hat früher das halbe Böhmen gehört, ein echter Fürst und dazu noch Lebemann, kennt ihn denn Bobi nicht? wär' der nicht zu haben? macht nichts! dann aber einen tüchtigen Böhmer und: Kein Wort von irgendeiner steinreichen Climbschen, juh noou! sie kann sich keine trabbels leisten, aber sie will auf alle Fälle gut gebumst haben, der Dachs kommt auf seine Kosten, bin aufgelaufen wie eine Talsperre! jetzt aber soll Bobi aufpassen: Sie, Jarina, muß ihre Schleier abschütteln, was gemeint ist? na, meine zwei sizilianischen Pistolinis, so daß, merke: Guck dich mal dort in der Nähe in den Kneipen um, wir brauchen eine, wo die vom Lokal das Klo nicht sehen können, von dort aus werden wir verduften, und dann ist es ihr Bier, wenn es platzt, schmeißt Dick sie raus!

Sie verabschiedete sich von Bobina hastig, sie muß gleich eine Party geben und ihren Negern noch etwas Mumm in die Rippen blasen, die sind hier, Mädel, schlimmer als die Kommunisten, du sagst einem schwarzen Kellner, daß er sich den Hosenschlitz zuknöpfen soll, und er zieht gleich fröhlich seinen Pimmel raus, und meuterst du ein bißchen, bist du ein Rassist! jo, und der Pimmel, du wirst dich totlachen, ist hellrosa... du, Jaruš! Bobina gelang es endlich, sich mit ihrer Frage durchzusetzen, und was soll mit ihr geschehn; hat sie ihr Asyl? fragte Jarina, noch immer nicht? na, macht nichts, sie werden schon alles zusammen austüfteln! versprach die Kameradin, jetzt höre sie schlecht, rauscht bei dir das Meer so? interessierte sich die Rohlauerin aus Budweis, joho, lachte sich die hinter dem Meer tot, dir rauscht es auf dem Dach! wir schwätzen doch über Satellit, du blöde Kuh! wie der Dichter sagt: Bumst dich mal ein Satellit, kriegst du keine Beibies mit, bai bai, darlink!

Zwei Tage war Bobina nicht zu gebrauchen, bin aufgescheucht wie eine Henne! und Ratschläge konnte sie sich höchstens von der Oma holen, nur daß du, Omi, ums Verrecken auch nicht helfen kannst...! Nichts hat hier bis jetzt bei ihr geklappt, bis auf die paar Tricks, die der Zauberer ihr beigebracht hat, und sein Heiratsangebot, das ihr allerdings Tag für Tag nur noch fürchterlicher vorkam; zwei Stunden Proben mit ihm waren reichlich genug, so was für Jahre um sich zu haben? Brrr!

Dabei hat das Zaubern sie ziemlich amüsiert, immer wenn er eine neue Nummer vorführte, diesmal schon mit den Requisiten aus Wien, bewunderte sie ihn, manchmal staunte sie sogar und klatschte. Aber als sie zum hundertstenmal dieselbe Bewegung wiederholen sollte, nur damit er es zum hundertundeinsten Mal stoppte, verlor auch der beste Zauber seinen Zauber, ganz gewöhnliche Schinderei, ich apportiere ihm wie ein Fiffi! Solange er sich noch in irgendeiner Runde aufspielen konnte, war er zu ertragen, privat war es stinklangweilig mit ihm, ein Beweis, daß er sich seine ganze wilde Vergangenheit aus den Fingern gesogen hat. Seiner Natur nach war er ein Kochlöffel!

So wie er auf sie setzte, hat sie auf Jarina gesetzt. Sobald Jari irgendeinen Dreh erfindet, Mannometer, sie haben Wolkenkratzer, da kann sie doch einer guten Kameradin zuliebe irgendeinen schmieren! dann Ade, Rohlau! ich werd' hier gern das zweitemal alles, was ich hab', liegen und stehen lassen, wenn ich nur weit weg kann. Aber was, wenn es schiefgeht? Denk an ein Hintertürchen, Bělinka, pflegte ihr die Oma zu raten, und so hielt sie bereits Ausschau nach einem Reservereifen. Es gab hier insgesamt drei davon.

Den Schauspieler Čech bewachte diese Chartistin für sich, und außerdem machte sich Bobina keine Illusionen, ihn festhalten zu können. Mit Miezen wie ich legt er mal gern eine Nummer ein, doch lieben tut er sicher nur die Obergescheiten! Soll er sie haben. Mit einemmal hat sie der sonderbare Vogel von Ingenieur für sich eingenommen, als er sich von Pepi vorführen ließ, wie man eine Patience legt, doch die meiste Zeit glotzte er dabei in ihre Auslage, den hiesigen Mumien zum Trotz lief sie ohne BH herum. Lange Sekunden staunte sie, nein! er würde mir vielleicht vor Pepis Augen da reingrapschen! Dann bemerkte er ihren Blick, eine kurze Weile fixierte er sie, dann senkte er seine Augen auf die Karten, und das war's.

Komisch! grübelte sie in der Nacht, er kann nicht viel jünger sein als Pepi, aber er riecht danach, daß er mit den Weibern kann, mit Pepi ist es wahrscheinlich ein bumm-bumm und fertig, auch der Tono war kein Kasanowa, zärtlich und stark, das schon, aber ein bißchen hrrr, mit mir müßte man schön langsam, eben auf eine Ingenieurtour vielleicht! Der selige Klößlein erzählte von dem Kerl eine verwickelte Geschichte, die sie vergessen hatte, er selbst habe sie aus einem Blättchen, dem man nur das Datum glauben kann. Auf jeden Fall hatte er Schneid und ein extra prima Oh de Koloin und damit bestimmt auch viel Kies, für sein Alter noch straffe Haut, und zu alledem wartete er auf Amerika, sag doch was! funkte sie ihm zweimal ein Signal, probieren wir's miteinand! Er sagte nichts, und vor einer Woche verschwand er auf Nimmerwiedersehn.

Noch bevor sie zu Jarina aufbrach, klopfte sie das letztemal den Liebling Tono ab. Seitdem es mit ihnen aus war, sagten sie sich höchstens Ahoj, sie hat sich beim Begräbnis des Alten aus Brünn um Versöhnung bemüht, sie drängte sich so nah zu ihm, daß er an seinem Ellenbogen ihren Busen spüren mußte, doch er führte sich auf, als wäre ihm ein Bruder gestorben, für sie hatte er keinen Blick. Kurz darauf machte er sich an die slowakische Blattlaus heran, an was hält er sich da fest, wenn er unter ihr liegt? belächelte sie die flache Rivalin eifersüchtig. Dabei wußte sie, daß Tono kein Schürzenjäger ist, mitsamt seinen Muskeln war er eigentlich aus Porzellan, ich hab' mich an ihn damals auf dem Parkett wie in einer bumsvollen Straßenbahn randrücken müssen! Die Kleine schien ihr durch und durch schwindsüchtig zu sein, die macht bestimmt Gedichte! ihr erfahrenes Auge stellte zwischen ihr und Tono keinen Funken Leidenschaft fest. Sie sind nur Kumpel! Oh du liebe Omi, ob er nicht wartet, bis ich mich bei ihm entschuldigt habe? Aber gern! Vielleicht fährt er zum Schluß doch noch mit!

In der Früh lief er immer allein. Sie ließ sich am Sonntag von dem letzten Bambusboy wecken, der hier übrig blieb; als man die Gelben in ein anderes Heim expedierte, tauchte der alte Kauz beim Abendessen auf, als wäre nichts geschehen, niemand verstand ihn und er auch keinen, aber er lachte so dankbar mit dem zahnlosen Mund, daß man ihn hier weiter leben ließ. Bobina hörte ihn oft nebenan mit seinem hohen Stimmchen brabbeln wie einst die Oma, sie fühlte sich heimisch und schlief dabei gern ein. Jetzt begriff er ihren Wunsch und klopfte sie rechtzeitig aus den Federn.

Tono war im Speiseraum allein und goß sich Tee ein. Wie, wenn ich jetzt auf ihn springe und ihm einen Kuß verpasse? Geht's ihm wie mir, treiben wir es schon bald im Wald! Eine freudige Ungeduld überkam sie.

«Ahooj, Tono, ist bei dir frei?»

Er zeigte ziemlich gemein auf die leeren Nebentische.

«Dort ist noch freier.»

«Warum bist zu mir so…?» fragte sie wehmütig.

«Was, so?» er süßte den Tee und rührte um.

Sie setzte sich zu ihm.

«Warum sprichst du nicht mit mir?»

«Über was denn?»

«Du weißt doch, daß ich das mit dem Slowack nur so dahingeplappert habe! Sonst habe ich dir doch nichts Schlimmes angetan, eher Gutes! Oder?»

Er hieb in die Powidelbuchtel rein, als wollte er eher ersticken, als einen Laut von sich geben.

«Er wollte mir nur helfen, der Pepi, wie auch dir! Du hast mir nicht gerade geholfen, Tono, warum bist du also so böse mit mir?»

Er schluckte den ganzen Happen auf einmal runter, um doch reden zu können.

«Ich bin nicht böse. Nur helfen kann ich dir auch heute nicht, also ahoj.»

«Tono, ich hab' mit ihm nichts», demütigte sie sich, «er brauchte eine Assistentin, um sich einem Agenten vorzuführen, ich hänge bei ihm drin, er beschafft mir doch das Asyl, aber wenn du möchtest, können wir, wie wir's geplant haben, von hier einfach verschwinden…»

«Bin keine Straßenbahn, weißt du?» benutzte er den Spruch vom «Ochsen», «mal zum Einsteigen gut, mal zum Aussteigen, wie es einem gerade paßt.»

«Ich bin aber nicht ausgestiegen, du warst es! Schau…» seine Hartnäckigkeit zwang sie zum Rückzug, als wollte sie ihre Niederlage aufschieben, «ich möchte schrecklich gern, daß du am Dienstag bei meinem Auftritt dabei bist, damit du nicht glaubst, daß ich so blöd bin, wie ich aussehe…»

«Das glaube ich nicht», er trank mit einem mächtigen Schluck die Tasse aus und stand auf, «für meinen Geschmack bist du mir sogar zu schlau.»

Als sie sich auf dem Zimmer ausgeheult hatte, ging sie weiter zaubern, um die Zeit totzuschlagen, die sie noch von Jarina trennte, jetzt schon ihre letzte Hoffnung. Von der Reise nach Wien erzählte sie dem Zauberer erst abends. Als er mit seinem Lamento fertig war und sie bei der armen Oma geschworen hatte, am Dienstag rechtzeitig hier zu sein, schlug er vor, sie dorthin zu bringen. Und warum eigentlich nicht? überlegte sie, wozu soll ich mich im Bus zweimal durchrütteln lassen?

Schlau hat sie ihm eingeredet, Jarina wohne in einem Hotel, von dem sie gehört hatte, daß es das berühmteste ist, die Sachertorte kannte sie schon aus Budweis. Also, danke! verabschiedete sie sich eilig heute vormittag vor dem prunkvollen Eingang; als er zu einem weiteren Vortrag ausholen wollte, wiederholte sie, dann morgen um drei auf dem Pöltener Bahnhof, jo? sie schlug die Autotür zu und schritt an den sich verbeugenden Türstehern vorbei in die Halle und weiter, wo sie auf dem noblen WC Pipi machte, auch ihre Seele war erleichtert, hab' dir Verschwindibus gemacht, du Hexer!

Am Empfang hat man auf ihrem Papierfetzchen den verstümmelten Hotelnamen entziffert, schrieb ihn richtig auf und schickte sie der Nase nach. Das Ziel vor Augen, entdeckte sie bereits im ersten Kaffeehaus das ideale Klo, wie Jarina es sich wünschte: Über den hinteren Salon konnte man in die andere Straße entweichen. Zufrieden überquerte sie im Wahnsinnsverkehr einen riesigen Platz und einen weiträumigen Hof, um dann an der hohen Auffahrt vergeblich ans Tor eines Palastes zu pochen, in dem sich das Hotel befinden sollte, bis sie den Eingang in einem Seitenbau entdeckte, wo sie eher den Hausmeister vermutet hätte.

Dort genügte es, Climb! zu sagen, und alles verbeugte sich, ein schwarzhaariger Junge in Uniform wiederholte Koffr, Koffr! bis sie begriff und ihm ihre Plastiktüte unter die Nase hielt, damit er die Zahnbürste und das Nachthemd sah, in dem sie ihr Sexy-Set versteckte, worauf er danach griff und sie vor ihr zum Lift trug. Im zweiten Stock schloß er ein Zimmer voller polierter Möbel auf, zeigte ihr ein Bad, größer als die Küche zu Hause, und führte vor, wie man aus einem winzigen Kästchen ein Dutzend Fernsehprogramme herbeizaubern kann. Weil er dann immer noch herumstand, reichte sie ihm die Hand. Er war so viel Freundlichkeit nicht gewöhnt, sein Kinn fiel herunter, und er ging.

Sie schaute zum Fenster hinaus und staunte auch. Vor ihr lag ein blühender Park, unter Sonnenschirmen schlürften Damen in Hüten mit Strohhalmen farbige Getränke, Herrschaftszeiten, ein Märchen! und dann betrat ihr Zimmer in der Tat das Kasperl, in allen Farben schillernd von der breiten Mütze über das Wams bis zur Hose, mit einem Schnürsenkel unter dem Knie gebunden, es schrie, Ahoj! und es war Jarina. Sie küßten sich und schrien wechselweise.

«Na komm, ist ein Hammer, das läuft jetzt dort, joo? ein Kasperl?»

«Was für ein Kasperl? Das ist ein Page!»

«Was für ein Page?»

«Der Page. Wo Fürsten, da Pagen, nee?»

«Ach soo! Das ist ein Jux, hast's selbst zusammengenadelt?»

«Mich laust der Affe! Das ist Yvsanloran!»

«Was soll es sein?»

«Der teuerste Disajner auf der Welt, du Budweiserin, du! hab' ich am Ärport gekauft, Flughafen also, ich erzähl's dir später, jetzt tröst' mich, daß wir drei Tage lang bumsen werden!»

Erst als sie sich losließen, bemerkte Bobina zwei dunkle Gestalten im Vorraum.

«Das sind sie, meine Schatten, kommt her, ihr Blödmänner», winkte Jarina ihnen freundlich zu, «kham in, goehäd, avanti subito! damit meine Freundin staunen kann, was ich mit mir herumschleppen muß, der da ist Raffaele und dieser hier Adelmo, hast je zwei so unähnliche Brüder gesehen?»

Der Ältere war ein schlanker Dreißiger mit einem Adlerhaken, unter dem pomadisierten Haar steckten gleich glänzende Kohleaugen. Der Jüngere war ein untersetztes Fäßchen mit fortgeschrittener Glatze, auf der Mäusedaunen wehten.

«Hallo», begrüßte sie Bobina, sie sahen nicht danach aus, auch grüßen zu wollen, der Köhler schaute sie sich sogar mit einer kaum unterdrückten Abneigung an, bis es sie fuchste, «ist ihm was?»

«Nichts, er ist nun mal so, der Job schlägt aufs Gehirn, juh noou? etwa wie einem Hund, der eine Metzgerei bewacht und immerzu das Fleisch sieht und riecht, das er nicht fressen darf.»

«Hat der Hunger?» fragte sie einfältig.

«Joo, auf mich! Stell dir mal vor, für ein Herrchen das Weib zu hüten, das er selbst bumsen möchte, guck dir seinen Adamsapfel an!» sie riß ihre Mütze vom Kopf und warf sie aufs Bett, mit der anderen Hand löste sie flott ihren strohfarbenen Dutt auf, «hast du's gesehen, wie er schluckt, die Italiani fliegen auf Blond wie Bienen auf Honig, und noch mehr, wenn's bis zum Arsch reicht, sie stellen sich vor, wie die Titten darin herumbimmeln, der Gute muß davon jedesmal naß sein!»

«Hör mal», sorgte sich Bobina, «versteht er dich sicher nicht?»

«Dann hätte er mich schon längst umgebracht, nicht wahr, Raffik», sprach sie ihn an, «er steht dir schon wieder, oder?»

Er beobachtete sie wie ein gereiztes Raubtier. Bobina erinnerte sich.

«Du hast gesagt, dein Alter wär' schrecklich eifersüchtig, was sagt er dazu?»

«Gud greischers, davon hat er keinen blassen Schimmer, sonst würde er ihn abräumen.»

«Auch Italiener?»

«Mütterlicherseits, vom Vater ist er Ire, der denkbar blödeste Koktajl, die Iren schmeißen mit Bomben herum, und die Italos sind meistens von dem Verein, den ich vor denen nicht nennen will, es endet mit ‹fia› und fängt mit ‹Ma› an, setz dir das selber zusammen.»

«Joo, du meinst…»

«Nicht aussprechen, blöde Kuh! Raffik knallt aus seiner Pistole auf hundert Schritt einen Pinienzapfen ab, und Adelmik… Adelmo, zeig meiner Freundin dein Messerchen, dein najf, najf.»

Zack! dem Fäßchen sprang eine lange Schneide aus der Hand, Bobina hatte nicht einmal bemerkt, wo er das lange Messer vorher versteckt hielt.

«Bene», rief Jarina, «é basta, siesta, gou eweij!»

Sie scheuchte sie wie Hennen weg, der Jüngere schaute zum Bruder hinauf, der Ältere nickte düster, und beide verließen den Raum.

«Gehn sie bummeln?»

«Das wär' der Traum, nee, einer bleibt auf dem Gang, der andere bei der Rezeption, ausruhen darf ich mich von denen höchstens im Flugzeug, weil ich först klaas fliege und sie ekonomier, ich sag' dir, zum in die Hose machen! Hast das Fluchtklo gefunden?»

Bobina beruhigte sie. Sie werde bei ihr schauern und sich umziehen, sagte Jarina und warf das Pagenkleid ab, das Paar hatte im Vorraum einen tollen Hängesack zurückgelassen, nackt führte sie der Freundin ein dünnes schwarzes Hemd vor, das man sich von vorn und von hinten bis zum Schritt runterziehen und unten in der Mitte zu einem Höschen zusammenknöpfen konnte, ist das nicht niedlich? freute sie sich, ein Bereitschaftsmodell! hier das selbe für Bobina, wenn wir auf einem Zimmer enden, sollten wir richtig aussehen! Sie packte auch zwei Hosenanzüge aus, kannst dir einen wählen, den hast du von Dick, aber er läßt ausrichten, du bist für mich verantwortlich wie früher, was ich ihm versichern konnte! Sie wieherten beide. Der Spiegel führte Bobina vor, wie sie sich herausgemacht hatte.

Prächtig gelaunt saugte sie unter einem Sonnenschirm an dem Drink, den Jarina für sie bestellte, Wejtr, Wiskisaur! schon ein wenig beschwipst beschrieb sie um so farbiger die Gesellschaft vom «Grünen Ochsen», in der sie nach Herzenslust ihre Auswahl treffen würden, alle haben ihre Bude, versicherte sie der Freundin, das letztemal versuchte ein jeder, sie anderswohin abzuschleppen, sie aber habe das Slowakenanhängsel mitgehabt, eifersüchtig wie Jarinas Dick, deshalb hat sie ihn gestern lieber laufenlassen.

Im Restaurant zerbrach sie sich den Kopf darüber, warum um ihren Teller herum ein Dutzend Silberbestecke liegt. Jarina hatte kaum die Menükarte geöffnet, groß wie eine Zeitung, und schon leierte sie auf den Kellner in Englisch die Bestellung herunter. Sie verkündete Bobina, sie habe für sie das gleiche befohlen, was sie selbst in Njujork täglich fressen muß, ein Menju aus Kwisiehn nuwell! redete sie unverständlich, das ist jetzt der Renner, sie dagegen läßt sich alles kommen, was sie auf der Karte Ungesundes fand! Sie fing mit Sülze an, verputzte Kartoffelsuppe, spachtelte Schweinebraten, und mit Germknödeln machte sie den Punkt, während man Bobina Teller auftrug, auf denen sich hinter einem Kartöffelchen ein Furz von Fleisch mit einem Spuck von Sauce versteckte, und statt einer Portion Salat kamen zwei Distelblätter.

Sie haute dazu tüchtig Weißbrot rein, so daß sie zum Schluß auch keinen Hunger mehr hatte, doch sie wunderte sich, das kriegt Jarina laufend? joo, es ist jetzt «in», also die Mode, angeblich nimmt man danach ab, doch wären die Amis aus den Restorents heimgekehrt, reißen sie sofort die Kühlschränke auf und stopfen sich wie Gänse voll, zum Schießen! Und je weniger auf dem Teller, desto mehr auf der Rechnung, Wejtr, Wejtr! wieder erschien der Ober und reichte ihr nochmals das Segel von Glanzpapier, Bobina soll sich die Preise anschauen! doch die glotzte und konnte keine finden, Ajoo, Moment, Bobi, ein Nobellokal! die Preise sieht nur, wer zahlt! Wejtr, Wejtr! man brachte eine andere Karte, und Bobina ging zu Boden.

Die Vorspeise hat ihr Monatstaschengeld gekostet, der Hauptgang das dreifache, bitte dich, wie kann ein Normaler so was hinblättern? sie sei manchmal auch geplättet, gab Jarina zu, aber eine Climbsche darf halt nicht in eine Billigkneipe, damit sich nicht irgend jemand denkt, der Climb hat finanzielle trabbles, denn dann könnte er sie bald echt haben! Aber wozu denn hier in Wien? wandte Bobina ein, warum nicht lieber am Abend die Moneten den ewigen Schnorrern vom «Ochsen» zuschieben? welche Moneten? grinste Jarina, sie zahle hier alles mit kaard, es sei schon eine Mordsleistung gewesen, zweihundert Dollar in bar zusammenzukratzen, paß auf, von irgendwoher zerrte sie und steckte Bobina unter dem Tisch ein Bündel Banknoten zu, die mußt du noch heute wechseln in, was habt ihr da eigentlich, Mark? damit wir was für Taxen und Pipapo haben! Beim Kaffee schien durch die Glaswand Sonne auf die beiden, und Bobina merkte: Die Freundin, obwohl höchstens um zwei Jahre älter, sah aus wie um die Dreißig.

«Guckst dir meine Fassade an?» Jarina war es nicht entgangen, «und was dann noch, wenn mich der Tschetläck packt, das ist so ein Duselzustand, wenn du gegen die Globusdrehung fliegst, jo, Mädel, das ist der Preis für Dick, er ist ein harter Ami im Bikbisniss, du liegst mit mir in Ketschäßketschkän! sagt er mir oft, so ein Kampf, echt gemein, juh noou? du läßt nur einmal locker, und schon liegst du flach, vielleicht hat er Milliarden, wirklich weiß das nur sein Lojer und nur am Abend, in der Früh ist alles anders, wenn die neue Börse kommt, nein, ist kein Portemonnäee, sind Aktienkurse, davon erzähl' ich dir morgen, irre ist, daß du nie was vom Manni siehst, das ist der Witz, wenn du was verdienst, hast zwei Möglichkeiten, du schmeißt das Manni fast allesamt dem Gawerment als Täx in den Rachen, oder du steckst's gleich in ein neues Bisniss, und aus diesem Karussell kommst nur, wenn du abkratzt oder bist pleite, was aufs selbe rauskommt, manchmal ist's ein Tornado, so daß du in fünf Minuten ein Bettler bist oder eine Milliarde obendrauf hast, die aber macht dir nur neue trabbels, du mußt nämlich wieder irgendeine Kampäni kaufen und weitere tausend Mäuler durchfüttern, manchmal steckt so viel Manni im Bisniss, daß man uns alle Konten zusperrt, bei einem muß der Schwarze Peter immer hängenbleiben, und die Bänk paßt schon auf, daß nicht bei ihr, ich hab' schon Dick mit Augen wie Stecknadelköpfe erlebt, wie er eine Woche nicht schlafen konnte, hat Limit bis Freitag gehabt, da ist unser Penthaus-Personal mit dem Lohn dran, was? wir haben so ein Häuschen, nur zwei Stock, auf der vierzigsten Etage in Dick seinem neuen Wolkenkratzer in Mänhättn, und wenn sich herumgesprochen hätte, daß unsere Negerlein ihr Manni nicht gekriegt haben, könnten wir zwei uns nur noch am Händchen packen, und schwups, herunter! aber am Freitag früh sind die Kurse in Tokio so hochgeklettert, daß wir am Montag wieder eine neue Kampäni kaufen mußten und dazu einen Helikopter, prima Kaffietschko hat hier euer Fürst», sie schlürfte die letzten Tropfen heraus, «bei uns schmeckt er wie Apotheke! wollen wir noch eine? Wejtr, Wejtr! jo, in Budweis würden sie mich vor Neid fressen, wie hoch ich mich plaziert habe, aber ich hetz' herum wie eine aufgedunsene Ziege, vormittags treibe ich meine netten Neger an, wenn sie mit mir Versteck spielen, um ihre faulen Ärsche nicht bewegen zu müssen, mittags koche ich wie verrückt, weil Dicky von Mammilein verzogen worden ist, nachmittags verkünstle ich mein Haar, die Nägel und die Visage, und schon sind die Paarties und Rauts da voller schrecklicher Leute, die aber zu Tode gekränkt wären, wenn sie sich nicht gerade mit uns langweilen dürften, in der Früh krieg' ich Dicks Orders, wann, tuu, srie, juh noou? Nummer drei ist super: die Aperitiffs mit diversen Irrwischen von der Kunst, den Zeitungen und so ähnlich, du kannst im Kartoffelsack hin, bist immer ‹in›, Nummer zwei ist Löntsch mit Doofis vom Bisniss, also Koktailfummel und Normalbischuh, damit ihre Provinzpomeranzen nicht wegen mir sauer werden, na, und die Nummer eins, das ist ein Dinner oder Bankett und also eine Schlachtrüstung, da werd' ich von einem Gannmän bewacht von der Inschurenz, was? na, das ist ein Scharfschütze von der Versicherung, der nur mein Kolljä anglotzt, Dick hat's mir zur Hochzeit gekauft, im Sonderangebot für eine glatte Million, dabei hat er gleich genauso große Diamanten reserviert für ein Bräßlätt, Ohrringe und einen Ring für jedes Bäbi, das ich ihm schenke, und damit haben die trabbels erst recht angefangen; obwohl wir Nacht für Nacht gerackert haben, weit und breit keine Blüte, juh noou? ich wußte, ich bin okeeh, aber Dick, wo sich für Sportsmän und Superstier hält, hat mich zwei Jahre lang mit Pillen stopfen und mir den Hintern rundum vollspritzen lassen, bis ich ihm zugeredet habe, selber einmal zur Untersuchung zu gehen, er kam ganz eingeschrumpft zurück, nie hab' ich ihn so erlebt, irgendein Vorahn hat ihn mit mangelnder Motiliti von Spermen beglückt, wie? hab' keinen Schimmer! ich stell' mir nur vor, er hat nur zwei davon, und die sind matt! so wie er ist, hat er das von Grund auf angepackt, zuerst hat er unsere Tschörtsch eingeschaltet, wir beide sind Katholen, aber unsere Tschörtsch ist superkatholisch, und blechst du Manni, von dem die Tschörtsch prosperiert, was? na, Tschörtsch ist halt die Kirche, die unsere hat ihr eigenes Tiewie, da mußt du nicht einmal hingehn, na, und wenn du anmeldest, daß du trabbels hast, sagt so ein Tschörtsch durch das Tiewie den Millionen zu Hause, sie sollen jetzt gleich für Sistr änd Brasr Climb beten, keiner fragt warum, aber beten tun alle, und das soll dann Gott tatsächlich hören! aber bei uns ist auch dabei Null herausgekommen, also hat Dick das Ding selbst in die Hand genommen, mit irischem Scharm und italienischer Konsekwenz, was der schlimmste Mix ist, den man sich vorstellen kann, sein Dakter hat ihm einen Zeugungsplan nach meinen Tagen und Temperaturen ausgerechnet, sollte bombensicher sein, wenn man alles haargenau einhält! vorm Einschlafen hat Dick den Plan und mein Thermometer studiert, und sein Pee Cee was? ein Kompjuter halt, spuckte die Zeit aus, in der die beiden Spermaten von ihm munter genug wären, mein Ziel zu treffen, dann hat er den Wecker eingestellt, der mal um sechs, mal aber schon um drei gekracht hat, die Hölle! früher hat er mit Lust gebumst und machte es mir faktisch gut, nur was kann schon ein Kerl, mitten in der Nacht aufgescheucht, mit einem Weib ausrichten, das so hart pennt, wie wir beide, juh noou? eine Weile hat uns angetrieben, daß ich bald schwanger bin und wir uns Ruhe gönnen können, nur wurde aus den schönen Bewegungen bald eine Strafe, so wie wenn du unentwegt Schlagobers fressen mußt, es hat immer länger und länger gedauert, ehe er ihn hochkriegte, und mir tat es immer mehr weh, bis er ihn reinbugsierte, in der Früh waren wir unausgeschlafen, und er konnte doch seinem Aufsichtsrat nicht erzählen, sorry, hab' meine zwei Spermaten getrimmt, also fingen wir an, uns anzukeifen, bis ich ihm den Vorschlag gemacht habe, ich hab's gerade in der Njujorkpost gelesen, er soll sich das nach Lust selber machen, in den Pariser hinein, in mich kann es dann zu einer christlichen Zeit mein Dakter reinhauen, nur müßte man die Bescherung immer gleich tief einfrieren, Dick hat mich beinah zur Schnecke gemacht, in seiner Familie, brüllte er wie von Sinnen, entspringt niemand aus dem Fritschidär! also wenn ich jetzt zurück bin, bumsen wir weiter nach dem Wecker, ich hätte nie geglaubt, Bobi, daß mir einmal zum Kotzen sein wird, wenn ich mich an große Diamanten nur erinnere, und das bringt mich auf den Punkt, warum ich eigentlich hier bin, Wejtr, Wejtr, gif mie se bill!»

Im Vorraum saß wie ausgestopft der düstere Raffaele, mit seinen starren Augen kam er Bobi wie eine Eule aus dem Schulkabinett vor. Er begleitete sie beide auch im Lift, und Jarina fing plötzlich an, sich hochzurecken, bis ihre Brüste die Seidenbluse zu zerreißen drohten. Bobina hat gesehen, wie das dunkle Gesicht geradezu erbleichte, und war besorgt. Ob sie nicht mit dem Feuer spielt? fragte sie die Freundin, und warum denn nicht? wandte Jarina ein, es sei fast ihr letzter Spaß und Raffik wisse, daß er nur sich selbst einäschern würde.

Auf Jarinas Zimmer dann, im Vergleich damit hatte Bobina ein bescheidenes Kämmerchen, schmiedeten die beiden schnell einen gemeinsamen Plan und gingen dann einstweilen auseinander. Seit dem letzten nächtlichen Telephonanruf hatte Bobina eine schwache Vorahnung, die jetzt in ihr wuchs: Der geplante Vorstoß zu den Männern zielte auf einen Ort, an dem sie lange nicht gewesen war. Für Wenns und Abers war es jedoch zu spät. Sie steckte die inzwischen erfolgreich umgetauschten Schillinge in die Tasche ihres Trenchs, den ihr zu ihrer Begeisterung Jarina auch überließ und in dem sie sich so wohlfühlte, daß sie ihn nicht einmal in jenem Kaffeehaus auszog.

Jarina, ganz Feuer und Flamme, kam früher angesaust als abgemacht. Ihre Begleiter namen am Eingang Platz, sie warf ihren Umhang aus weichem Leder, der muß was gekostet haben! über einen Stuhl an Bobinas Tisch und teilte ihr den Stand der Aktion mit: Die Pistolini meinen, sie hätten sich hier auf einen Drink getroffen, vorher ließ sie sich durch Raffik einen Tisch im Sacher reservieren, warum grinst du so? auch sie, schilderte Bobi, redete einem Onkel ein, der sie hierher fuhr, sie würden bei Sacher essen! die Ältere sah darin ein gutes Omen, es zündet bei uns zweien noch immer gleich, nur weiter so!

Sobald sie den Wiskisaur geschlürft hatten, Wejtr, Wejtr! das wird uns auf die Beine bringen, kannst du dich noch an unsere alte Parole erinnern? Alkohol tut uns wohl! begibt man sich sachte und lässig aufs Klo und dann trara weg! mindestens drei Ecken weiter, dort schnappt man sich ein Taxi. Den blöden Italinos bleibt nichts anderes übrig, als im Hotel zu warten und später bei Dick das Maul zu halten, andernfalls würde sie sagen, sie habe doch hinten keine Augen im Kopf, soll ich die Bewacher bewachen? und sie wären rausgeflogen. Kriege sie das fertig? konnte es Bobina nicht glauben, klar doch! hätten die Oberwasser, fliege doch ich, so läuft das, mein Bäbi, das Ämerikanplej.

Die falsche Ruhe nutzte Bobina, rasch ihre eigene Lage zu schildern. In einer Woche schließt die Pension, ihre Freunde machen sich dünn, sie wird zurück ins Frauenlager müssen oder sich dem erstbesten verschreiben, der daherkommt, könnte sie nicht irgendwie auf die krumme Tour mit ihr direkt nach Nijork? Klar doch, das wird man tutti frutti ausbrüten, beim Frühstück, ja? jetzt will ich's nur noch in Reih und Glied...!

Sie solle auch den Trench dalassen, zischte Jarina beim Aufstehen, und Bobina erschrak, ist er dann futsch? doch gleich leuchtete ihr ein, daß auch die Freundin ihr teures Leder nicht ohne weiteres hierlassen wird, wenn die Brüder dann heulend nach Hause gehen, nehmen sie bestimmt alles mit. Nur mit den Handtaschen schleppten sie sich gespielt langsam auf die Klos zu. Als die Wand sie verbarg, brachen sie aus. Vielleicht liefen sie noch im Leben nie so schnell und so weit. An zwei Ecken schauten sie sich um, in Butter! weiter! hinter der dritten Ecke stand wirklich das rettende Taxi.

«Gouähed», keuchte Jarina dem Fahrer kurz vor dem Ersticken entgegen.

Sie drückten sich nach hinten, beide von derselben Seite her, als gäbe es keine andere Tür, fielen auf die Hinterbank und drückten die Köpfe unter die Fenster. Der Wagen blieb jedoch stehen.

«Gou, gou», schnaufte Jarina weiter, bis ihr ein perfektes Englisch zu Ohren kam.

«Would you like to tell me, where to, Mam?»

«Ach so! Bobi, wie heißt die Spelunke?»

«Zum Grünen Ochsen...»

«Grien Ox, grien Ox!»

«You're welcome.»

Erst hinter der zweiten Ampel tauchten sie vorsichtig empor. Die Luft war rein, sie platzten los. Jarina flippte geradezu aus.

«Hurrej, wi häf dan it. Die Pistolini bewachen unsere Klamotten!»

Bobina verging im Nu das Lachen, unauffällig schaute sie nach, was ihr von ihrem Taschengeld übrig geblieben war. Jarina plauderte auf Englisch mit dem jungen Fahrer.

«Er sagt», übersetzte sie, «daß man sich dort in der Kneipe immerzu prügelt, so hab' ich ihm klargemacht, heute soll da um uns gerauft werden.»

Bobi beobachtete den Taxamter mit dem Geld in der Hand und atmete dann erleichtert auf: Er hat um drei Schillinge früher angehalten. Sie gab alles, was sie hatte.

«Is' gut», bestätigte sie großzügig.

Durch die geöffnete Tür drang aus dem Lokal Lärm auf die Straße heraus.

«Da kocht es!» das Mädchen aus Amerika freute sich.

Reinfall Nummer zwei! merkte Bobi schon an den Stimmen, der Blick hinein bestätigte es: Der «Grüne Ochse» wurde in der Zwischenzeit zum Türkentreff, oder wer sonst hier Krawall machte. Frei war nur an der Theke, auf die Jarina gleich zuschoß.

«Hierher! Hier haben wir den besten Ausguck! Wejtr!» rief sie dem Wirt zu, den Bobina auch nicht kannte, vor Monaten stand eine Frau da, «tu Wiski saur. Wir trinken auf kuraasch!»

Der Wirt kannte leider das Getränk und goß ein, ehe Bobina in der Lage war, Jarina alles zu erklären.

«Nämlich... unsere Jungs sind heute irgendwie nicht da...»

«Wieso...?»

«Weiß ich nicht, aber ich seh' keinen, dies da ist irgendein Gesocks, schau dir doch die Fressen an!»

«Und wo sind die Unseren?»

«Haben vielleicht das Lokal gewechselt.»

«Dann muß es der Wirt wissen!»

«Möglich, nur ich...»

Von der Straße kam ihr Taxifahrer und bestellte einen Espresso.

«Hör mal», wußte die heißhungrige Jarina sich zu helfen, «der wird uns gleich weiterschieben!»

Erst jetzt stellten sie fest, daß er ein Hübscher war, die Jeans machten seine Taille schmal und der kimonohaft geschnittene Blouson seine Schultern breit. Bobina jedoch wurde von einer Sorge gequält; die Becher, die vor ihnen erschienen, haben sie nur noch vertieft.

«Nun, wie du da von den Klamotten gesprochen hast...» knüpfte sie an das Tschin-tschin-Prost der Freundin an, «also in meinem Trench, den du mir gegeben hast, weißt du? da drin waren die Schillinge, die ich eingetauscht habe...»

«Macht nichts», Jarina klammerte sich bereits an die zukünftigen Freuden, «du hast doch noch was?»

«Das hat der schon bekommen», sie deutete auf den Taxifahrer, der seinen Kaffee schlürfte.

«Nou problem, schau, für dies leihen wir uns was bei ihm, und dort werden uns doch deine Kumpel freihalten.»

«Hab' dir doch erzählt, daß die immer blank sind.»

«Na, dann lass' ich meine Uhr da. Und morgen fruh muß mir der Hajniss was borgen.»

«Welcher Hajniss?»

«Hajniss ist eine Durchlaucht, du blöde Gans! dem doch unser Hotel gehört! wie man bei uns zu den Roten Genossen sagte, so heißt ein Fürst hier Durchlaucht, Hajniss auf englisch, das hat mir bei der letzten Paartie irgendeine Tante von ihm beigebracht, habe ihre Visitenkarte dabei, um Grüße zu bestellen, da sag' ich einfach, er soll mir was leihen, er kann, so hört man, niemandem was abschlagen, schon gar nicht, wenn der weiblichen Geschlechts ist. Hällou, hällou», rief sie den Jungen.

Abgeschlafft, aber ein Weib wie ein Peitschenknall, sah Bobina. Der Taxifahrer übernahm die Zeche ohne Widerspruch, der Wirt verriet ihnen, wohin die Tschechen gezogen sind, und bat, sie von ihm zu grüßen, es sah nicht so aus, als ob ihm die Levantiner ans Herz gewachsen waren. Man fuhr weiter, und der Taxameter überschritt schon einhundert, als sie vor einem Bistro hielten, darüber ein Schild KOLINEK.

«Sänk juh», Jarina war erfreut und sprach einige Worte als Zugabe, «ich habe ihn zu einem Kaffee eingeladen», informierte sie dann die Gefährtin, «ehe wir uns eine bessere Begleitung beschaffen.»

«It's closed, Mam», sagte er, das Lokal war so dunkel wie die ganze Straße, «it's their restday.»

«Komm mal, Bobi», Jarina war endlich niedergeschlagen, «das ist Essig, die haben heute ihren Ruhetag! Du machst mich fertig, ich fliege über den ganzen Ozean! Shit, wo finden wir irgendeinen Freier?»

«Zum Beispiel hier», bot sich der Taxifahrer an.

Sie waren beide fassungslos und sagten zweistimmig.

«Sie können Tschechisch?»

«Keine Kunst, wenn ich Tscheche bin.»

Jarina war so wütend, daß sie ihn sogar duzte.

«Warum hast nichts gesagt? Läßt Damen Intimitäten ausbreiten!»

«Du hast so losgelegt auf englisch», grinste er familiär, «daß ich es nicht wagte, der Kunde ist König! Bist du in den Staaten verheiratet?»

«Jo», sie beruhigte sich schnell.

«Mit einem Ami?»

«Jo.»

«Und willst, wie ich deinen diskreten Andeutungen entnehme, wieder mal einen angenehmen Abend mit einem tüchtigen Landsmann verbringen, zwecks Auffrischung der Muttersprache?»

«Joo», taute Jarina auf, «du kannst zwischen den Zeilen lesen!»

«Und du bist von wo?» fragte er Bobina, ihren Busen betrachtend.

«Ich bin im Juni getürmt, warte noch immer aufs Asyl.»

«Und hättest auch gern was Flottes?»

«Jo.»

«In diesem Fall», er drehte sich wieder nach vorn und stellte den Taxameter ab, «erlaube ich mir, euch einzuladen. Hab' zu Hause genug Vorrat an Schnaps, Essen und Musik.»

Er fuhr gleich los, während Jarina hinten freudig die Freundin anschubste, die wiederum dem Himmel dankte: Der Bursche sieht besser aus als der Beste aus der Chartasippe! Dann kam sie auf den Makel.

»Hör mal... wie heißt du?»

«Mirek.»

«Hör mal, Mirek, wir sind aber zwei.»

«Prima, daß du mich darauf aufmerksam machst, ich war schon erschrocken, daß ich doppelt sehe, aber schau mal, falls ich dich nicht amüsieren sollte, kannst du ruhig was lesen.»

«Stralsund!» erstrahlte Jarina.

«Wie bitte?» er verstand natürlich nicht.

«Zu uns beiden war schon vor Jahren ein anderer Herr ähnlich liebenswürdig.»

«Mit Erfolg?» äußerte er ein ungeschminktes Interesse.

«Wirst viel zu tun haben, um nicht tief im Feld der Verlierer zu enden.»

Eine kleine Zweizimmerwohnung in einem alten Haus nahm sie auf, mit schwedischen Möbeln perfekt eingerichtet. Er bereitete einen Whisky sour für sie, von den bisherigen der beste, weil doppelt stark. Erfahren drehte er die Heizung auf, und noch ehe sie zusammen mit dem Alkohol ihre Wirkung zeigte, erzahlte er, er sei hier das fünfte Jahr, im Sommer fahre er Taxi und über den Winter gehe er von dem Kies auf Weltreise, dabei studiere er gemächlich Diplomatie. Bald war ihnen heiß wie in der Sauna, er legte in das Gerät im Hi-Fi-Turm eine Compactdisc mit verführerischer Musik.

«Machen wir ein Pfänderspiel», fragte er höflich, «oder ziehen wir uns gleich aus?»

«Hast du keinen Kumpel?» überraschte Bobina sie beide und sich selbst, aber plötzlich schämte sie sich, meine Güte, dafür bin ich irgendwie zu alt...

«Natürlich habe ich einen, aber wir verlieren nur Zeit, und was, wenn er nicht paßt? Außerdem soll ich doch den Champion aus Stralsund überrunden, oder?»

«Kinder», rügte sie Jarina, die Anzughose aufknöpfend, «quatscht, wenn ihr in Wien allein seid, ich hab' schon einen sitzen und will bumsen, bevor mich der Tschetläck erwischt und ich einschlafe.»

«Ich gehe Pipi machen», gab Bobina also bekannt, wenn's läuft, hoffte sie, schlüpf' ich vielleicht besser rein.

Der Taxifahrer und Diplomat, schon im Slip, zog eine kluge Couch auseinander, Jarina, bereits in ihrem schwarzen, durchsichtigen Futteral, hob das Bein hoch, um Bobina die Patentknöpfe vorzuführen, als es klingelte.

«Wer ist das?» wunderte sich der Gastgeber am meisten.

«Wohl ein Freund, der auch Freude will», Jarina war begeistert, gleich aber besorgt, «hoffentlich keine Freundin!»

«Ich wüßte nicht...» verblüfft ging er zur Tür, «wer ist denn das?» fragte er vor dem Guckloch und machte arglos auf.

Die Mädchen glaubten, im Kino zu sein: Weggeschmettert flog der Junge in das Zimmer hinein und lag im Nu auf dem Fußboden. Raffaele drückte ihm die Pistole an die Schläfe und Adelmo die Schärfe seines Schlitzers auf den nackten Nabel; er stierte auf den Berührungspunkt, während der ältere Bruder fasziniert auf Jarinas nackten Busen schaute, der schon aus dem Boddy herausgequollen war. Sie kam als erste zu sich, quetschte ihn zurück und schimpfte die Eindringlinge auf englisch aus. Ins nächste Atemholen ließ Raffaele sich vernehmen.

«The boss called you.»

Das reichte, daß sie zusammenklappte, mit einem Schlag nüchtern wurde und sich schnellstens anzog.

«Mach doch!» forderte sie Bobina auf, «shit, Dick ist hinter mir her...!»

Erst an der Tür steckten die Italiener ihre Waffen ein, und kurz bevor sie zugeschlagen wurde, erblickte Bobina den Jungen, er lag bewegungslos da, sicher noch immer im Schock, kein Wunder, ich hätte mir in die Hose...! Draußen wartete ein Wagen, hinter dem Steuer auch ein bekanntes Gesicht, der aus dem Hotel, der ihre Tüte getragen hatte, was macht der da...? aha! er kann diesen Raffik verstehen, ein Landsmann, und vielleicht auch einer aus dieser Fia Ma?

Jarina war total hinüber, unterwegs brachte sie nur ein paar Worte heraus: Sie hat Dick gesagt, sie gehe heute ganz früh schlafen, hat mich noch nie geweckt, juh noou? wenn er mich nicht gerade befruchten will, Bobina soll aufs Zimmer gehen und auf sie warten, Hauptsache, die zwei

Typen flippen nicht aus! jedenfalls bist du mein Kronzeuge und mußt sagen, was ich dir sage, damit es stimmt, sonst halt den Schnabel! Im Hotel gingen die Entführer wieder brav hinter ihnen, als Jarina samt Gefolge den Lift verließ, piepste sie nur Ahoj! und seitdem hat Bobina sie nicht mehr gesehen.

Sie wartete und schaltete vor Aufregung nicht einmal den Fernseher ein, irgendwann schlief sie ein und wurde am hellen Tag wach, angekleidet und auf der Couch. Das schöne Bettchen, für sie gemacht, hatte sie keine Sekunde ausgekostet. Unterwegs in das Bad sah sie einen Umschlag, halbwegs unter die Tür geschoben. Sie erinnerte sich des Schweden aus Krumlov, Herrschaftszeiten, hab' ich vielleicht Pech! In dem Umschlag mit fürstlichem Wappen waren jedoch nicht einmal die Schillinge, die in dem Trench steckten, und der Mantel war auch futsch! nur ein krakeliges Gekritzel.

Ahoj, nur in Eile, bin auf der Jagd nach dem Flugzeug. Raffik ist zum Glück eingefallen, daß er vor Dick behauptet, Du hast mir zu viel eingeflößt, und auch der Hotelempfang blieb bei der Stange. Ich habe dann am Telephon ziemlich gut einen Kater vorgespielt, trotzdem will er mich zu Hause haben, kommt selbst gleich dorthin, möchte verstärkt zeugen. Ich weiß nicht, wie Raffik uns entdeckt hat, aber er hat mir wahrscheinlich die Scheidung erspart; in Fahrt, wie ich war, habe ich dann ihn rangelassen. So habe ich hier doch noch gebumst, und darüber hinaus habe ich ihn in der Hand. Will nur hoffen, daß er jetzt nicht auf Dick eifersüchtig wird und mich abmurkst. Vernichte den Brief, ich melde mich, bislang ist Dick nämlich vor allem auf Dich sauer, also sei mir nicht böse und Ahoj, Deine traurige Jarina

Kein Wort, wer das Hotel zahlt, soll ich mich über den Garten verdrükken? sie hat jedoch nicht die richtige Tür gefunden und verfranzte sich zu der Pförtnerloge, in der man sich vor ihr wieder verbeugte und sie zum Frühstück führte. Man zeigte auf einen Tisch, der sich unter Leckereien nur so bog, doch sie wußte nicht, ob das nicht extra geht, so schlürfte sie lieber nur Kaffee aus und ging mit aufgeblähter Tüte weg. Auf dem Weg durch die vornehmen Räume zum Ausgang machte sie ihre Rechnung auf.

Im Eimer, wahrscheinlich für immer, war Jarina und mit ihr das ganze Amerika. Ihr blieb der Hosenanzug, der Sexbody mit Patentknopfen, das Kasperlkleid, das sie hier nur zum Fasching tragen konnte, leere Taschen und... oh du liebe Omi: der Zauberer: Der blaue Minibus stand direkt gegenüber dem Hotelausgang, und den Schlafenden entdeckte sie hinten. Wecken mußte sie ihn, was sollte sie hier sonst anfangen? Aber wehe dem, so schwor sie, der es noch wagt, mich zum drittenmal ins Hotel zu bringen, der kriegt mich nie mehr hinaus!

Josef Strniště blies zur letzten Schlacht. Mehr als fünfzig Jahre trotzte er den Elemten und den Menschen auf drei Kontinenten, und jetzt sollte seine Welt in einem Miniland einstürzen, das als Symbol des Wohlstands und des Friedens galt? Sollte er ausgerechnet hier, statt zu Lebensfreude zu gelangen, an den Bettelstab kommen und zu Schrott werden? Es wird nie geschehen, daß Pepé le Tcheco und sein Josefik aus der Schlacht flüchten! Doch zunächst hat sie sich für sie beide schlecht entfaltet.

Die Eroberung eines jungen, ansehnlichen Mädchens war in seinem Alter, das wußte er und richtete sich danach, mehr als von der Potenz der Drüsen von anhaltender Zahlungsfähigkeit bedingt, die in den Augen der Auserwählten verschiedene Mängel wettmachen würde. Von den drei Finanzquellen, mit denen er rechnete, war der große Gewinn beim Roulette von seiner inneren Stimme abhängig, der er nicht befehlen konnte, sondern nur zuhören, bis sie ihn ruft. Zwei Säulen, die er für felsenfest gehalten hatte, fingen an, bedenklich zu wackeln.

Den ersten unerwarteten Schlag steckte er ein, als er seinen Agenten zu dem vereinbarten Probeauftritt des Duos Pepino Divino and Bibi Rabe für Dienstag abend nach Rohlau einladen wollte; die Bekannten aus der Pension, kurz vor dem Auseinandergehen, sollten der magischen Féerie den Vorteil des Heimspiels beim Publikum verschaffen. Er machte einen Fehler, als er in der Agentur einen unwirschen Jungen in Jeans mit der scharfen Erklärung bestrafte, er werde nur mit dem Chef sprechen. Merde! konnte ich ahnen, daß er es inzwischen selber war?

Auftritte auf Kreuzschiffen? das hätte ihm der Vater versprochen? der Junior zog ein Gesicht, als wollte ihn ein Hochstapler reinlegen, und obwohl er ihn in der alten Kartei fand, wechselte er den Ton nicht. Der Vater sei auf den Kanarischen, teilte er ihm schroff mit, genieße dort die Rente... Rente! erinnerte sich der Zauberer bei dieser Erwähnung, vielleicht hat es Paris bereits ins Lot gebracht, ich muß auf dem Rückweg nachfragen... Der Nachfolger war schließlich gnädig gewillt, sich die letzte Akquisition des Vaters anzuschauen, doch den Termin hat er geändert, er komme Dienstag bereits um fünf auf der Rückfahrt von Linz vorbei, man soll sich danach richten, aber Schiffsmagier, das sage er im voraus, sind eine Kaste, in die nur die Crème de la Crème kommt.

Erst spät merkte er, daß es der dreizehnte war. Leider besuchte er auch die französische Botschaft. Diesmal mußte er nicht stundenlang warten, man hat ihn gleich empfangen, sogar zu zweit. Doch der Gedanke, zugegeben: behämmert! sie würden ihn als Zugabe zur Pension noch auszeichnen wollen, erwies sich als grundfalsch. Ein hartes Verhör erwartete ihn, und aus den Fragen ging hervor, daß die zwei von Spezialdiensten waren, über die Legion wußten sie mehr als er.

Den Sinn der Ausfragerei verstand er rasch: Seit jenen Tagen ist eine Menge Zeit dahingeflossen, und so mancher Schlaumeier konnte sich für einen der Gefallenen ausgeben, um dessen Anspruch zu vernaschen. Er hat sie deshalb mit überzeugenden Details überschüttet, worauf er eine häßliche Überraschung erlebte: Die Rente bekäme er, eröffneten sie ihm eisig, falls er nach Paris käme, um die Neugier des ermittelnden Militärrichters zu befriedigen. Sein plötzlicher Antrag, erfuhr er, habe nämlich eine dreißig Jahre schlafende Akte ans Licht befördert.

Vor dem Fall von Dien Bien Phu hat man eine ganze Einheit vermißt, die willkürlich einen völlig unsinnigen Vorstoß auf eine aufgegebene Kote unternahm. Zurück kam kein einziger Mann, und als nach Kriegsende der Vietmin dem Roten Kreuz die Liste der Gefangenen und Toten übergab, befanden sich unter den im Kampf Gefallenen alle Angehörigen jener Einheit, bis auf einen einzigen: Das war er. Weil er so glaubwürdig seine Teilnahme an jenem Unternehmen bestätigt, zwingt er sie zu überprüfen, ob die Einheit nicht vorsätzlich in einen Hinterhalt gelockt worden war. Der Umstand, daß er nicht nur überlebte, sondern sogar zurück in die Heimat durfte, und daß er sich nicht schon früher gemeldet habe, sei milde gesagt, unüblich und rieche nach Desertion.

Vielleicht wollte die sparsame französische Republik auf diese Weise nur einen Esser abschrecken. Er konnte sich jedoch gut einen Richterprotz in Uniform vorstellen, der imstande war zu glauben, das ruhmreiche Frankreich hätte einen heiligen Krieg gewonnen und Weltmacht bleiben können, gäbe es nicht einen roten Agenten Strniste Joseph. Von den wenigen historischen Figuren blieb ihm am stärksten ein armer Hauptmann namens Dreyfus im Gedächtnis, er aber kannte niemanden, der ihn von den Teufelsinseln zurückholen würde.

Nun hoffte er nur, daß sie, wenn er hier nicht mehr auftauchte, die eingesparte Rente über das Risiko stellen würden, er könnte seine Ehrbarkeit doch noch beweisen, und daß sie den Österreichern nicht unter der Hand empfehlen, ihn per Schub zurück zu seinen angeblichen Brotgebern zu schicken. Es hat ihn gefröstelt, und er hat auf diese Säule nicht mehr gesetzt.

Um so angestrenger bereitete er das Einstundenprogramm aus den besten Nummern vor, die ihm seine beiden Meister vererbt hatten. Deswegen mußte auch das lästige Kochen aufhören. Die ehemalige Verkäuferin enttäuschte seine Erwartungen nicht, habe eine Nase! lobte er sich, wenn ihnen gemeinsam ein neuer anspruchsvollerer Trick gelungen war. Jawohl, er mußte stets ihre angeborene Faulheit brechen, aber wenn sie einmal auf den richtigen Kniff kam, blieb er in ihr wie in einem Sparschwein stecken, wo war da die ganze Majka! Um jeden Preis mußte er sie bald ins Bett kriegen, damit sie wußte, wie tüchtig er auch da ist, und endlich mit ihrem Phantasieren von Luftschlössern aufhörte.

Die Nachricht, daß die Tussi aus Amerika tatsächlich und so bald kommen würde, stürzte ihn in Panik. Er hat inzwischen vieles über einen Bauhai namens Climb herausgekriegt, für dessen Frau war es ein leichtes, für eine gute Freundin eine Flugkarte und ein Visum zu besorgen. Ihm blieb der einzige Trumpf, den er sich schon fünf Wochen lang für den letzten Stich aufsparte: Bobinas Asyl. Sie habe wieder ihre Epileptischen, behauptete er vor dem Beamten, um das Papier für sie abholen zu dürfen, es hat ihn zwei Opernkarten gekostet, die er ihm einfältigerweise versprochen hat, bin Duzfreund des Tenors! und für die er eine ganze Nacht anstehen mußte, um schließlich festzustellen, der Sänger müsse für jede Note einen Schilling kriegen.

Das verheimlichte Dokument war die einzige Sicherheit, daß man ihm das Mädchen nicht so ohne weiteres entführen kann, obwohl sie nur bei Mládek nachfragen müßte, was ihr zum Glück nicht einfiel. Jetzt war eine andere Gefahr zu bannen, aber wie? Ventre Saint Gris! er hat noch eine Verschnaufpause gewonnen, als er sich ihr als Fahrer nach Wien aufzwang, er müsse, dämpfte er unterwegs ihren Verdacht, zu den Franzosen, sie wollten ihm für seine Legionszeit eine Ehrenrente spendieren! Als sie im Hotel Sacher verschwand, bog er nur eilig um die Ecke, ließ den Wagen frech am Trottoir bei der Grünanlage mit dem vorbereiteten Zettel STÖRUNG stehen und war rechtzeitig zur Stelle, als sie wieder herauskam, jetzt entkommst du mir nicht mehr, du Lügnerin!

Es war einfach, sie in dem Menschengewühl zu beschatten, einmal ist sie ihm in ein Café entglitten, er hat jedoch gleich den zweiten Ausgang entdeckt, Drill ist Drill! dann folgte er ihr ohne Zwischenfälle bis zum wahren Ziel. Ein qualvolles Warten begann für ihn, bei dem er beinahe klein beigegeben hätte. In seinem ganzen Leben konnte er sich nicht an ähnlich demütigende Stunden erinnern wie hier, als er sich auf dem großen Hof vor dem Palais-Hotel hinter den geparkten Autos versteckte. Noch nie hat er eine Frau so überwacht. Höre ich schon das letzte Läuten? Er versuchte sich einzureden, es gehe um sie, was wird mit ihr in Amerika, wenn sie ihre Gönner nicht mehr amüsiert, ich dagegen mache aus ihr eine wahre Zauberin.

Vor Müdigkeit übersah er, daß sie beinahe bis zu ihm kam, nur wie durch ein Wunder hat sie ihn nicht bemerkt, er konnte sich gerade noch hinter dem nächsten Wagen verstecken und ihr dann in die Wechselstube und anschließend bis zu dem Café folgen, wo sie schon mittags gewesen war. Ist alles schon vorüber? Hat man sie nur mit ein bißchen Klimpergeld und vielen guten Wünschen abgefertigt? Sollte er jetzt auftauchen? Er behielt die Nerven und erlebte, wie drei Personen hineingingen, ein Tuschkasten und zwei merkwürdige Typen, bei denen er sich nichts dachte, bis die Bemalte im Fenster neben Bobi aufkreuzte, von Sinnlichkeit triefend, das Maul wie eine Fotze! das muß sie sein. Da hatte er sich schon einen Vers darauf gemacht, was die Visagen sein könnten, die an der Tür hocken blieben.

Auf den Trick der Mädchen ist er nicht reingefallen, er kannte das andere Schlupfloch und patrouillierte an der Ecke. Als sie herausrannten, liefen sie wie verrückt, doch die Ältere hatte noch weniger Dampf als er, er hielt Schritt mit ihnen und hatte sein übliches Massel: Das Taxi, in das sie reinsprangen, fuhr nicht gleich los, und er schnappte sich rechtzeitig ein anfahrendes. Atemlos bedeutete er dem Mann am Steuer.

«Dort vorn in dem Wagen ist meine Tochter... sie kifft, ich möchte wissen, woher sie den Stoff hat.»

Der Taxifahrer war alt, dachte vielleicht an die eigenen Enkel und stimmte zu, der Süchtigen aus sicherer Entfernung nachzufahren.

«Slowene?» riet er den Akzent des Kunden.

Der Zauberer murmelte unbestimmt, wollte nichts riskieren, hatte allen Pfiff nötig, um abzuschätzen, was die beiden unternehmen wollen und wie er handeln soll. Beim «Ochsen» war er nie, wußte nur, daß dort der Pechvogel Klößlein sein letztes Bier getrunken hatte, was würde ich mir eingießen lassen, wenn ich ähnlich auf die Nase falle? er verjagte die schwarze Wolke, hatte keine Zeit dafür. Werden die zwei da drinbleiben? Er kann es sich nicht leisten, das Taxi die ganze Nacht über zu halten, schafft er es, mit dem Minibus herzukommen?

«Soll ich da mal reinschauen?» bot sich der Fahrer an, nachdem das Lokal auch den Kollegen verschlungen hatte, offensichtlich wollte er nicht von fremdem Unglück profitieren.

Noch bevor er die Frage bejahen konnte, kam das ganze Trio wieder heraus und fuhr wieder los. Die suchen einen Dealer! wollte der mitfühlende Alte wissen, als der Wagen vorn kurz bei einem dunklen Bistro anhielt. Die Irrfahrt endete vor einem alten Mietshaus am Praterstern, in das die drei in ausgelassener Stimmung eintraten, da wird gespritzt, prophezeite der Taxichauffeur, da wird gefickt, wußte Josef Strniště. Er wartete, bis in dem zweiten Stock das Licht anging, und ließ sich zum Sacher bringen, er fährt mit der Mutti wieder hin auf eigenen Reifen, enttäuschte er den Taxler.

Wie er vermutete, fand er die Leibwächter, die sich als Italiener entpuppten, am Empfang des Hotels «Rosenhain», verstört wie verlorene Kinder. Als sie ihm beim Leben ihrer Mütter geschworen hatten, nicht zu verraten, woher sie den Tip hatten, beschafften sie sich vom Hotel einen Wagen, und er führte den kleinen Konvoi zum Tatort, wobei er betete, daß die Vögel inzwischen nicht ausgeflogen wären, die hysterischen Makkaroni wären imstande, ihn abzustechen. Doch die Fenster waren erhellt, und er hoffte nur, daß der Pißschwanz zuerst die Überseeische hernimmt, nein, ich werde auch noch eifersüchtig! schämte er sich, doch der Gedanke machte ihn echt krank, daß jemand an ihren prallen Titten herummacht und sie nur auf die schnelle fickt, wie ein Bock von der einen auf die andere springend, während er aus ihr eine Künstlerin und Dame machen und sich lebenslang um sie kümmern wollte.

In welcher Situation sie ertappt wurden, erfuhr er nicht, doch das Tempo, mit dem man sie auflud, bewies eher, daß sie zur rechten Zeit kamen. Vorsichtig fuhr er ihnen nach, versicherte sich, daß sie Bobina nicht gleich auf die Straße schmissen, und bettete sich dann in dem Wagen, den er so einparkte, daß sie direkt auf ihn stoßen mußte, auf einer dünnen Matratze zum Schlaf. Er sei gestern bei den Franzosen fürstlich bewirtet worden, überzeugte er sie, als sie ihn weckte und verhörte, erst bei Tagesanbruch sei er hierher gefahren, damit sie sich nicht allein nach Rohlau plagen muß, wenn er schon sowieso da sei, und wie ging es ihr so? prima Zeit gehabt, log sie hartnäckig, Jarina wollte zwar, daß ich in Wien bleibe, aber ich hab' dir doch versprochen, und übrigens, bin jederzeit eingeladen, wenn mir danach wäre...

So hatte er sie wieder in seiner Macht, und an ihm lag es jetzt, seine Zauberkunststücke zu zeigen.

Die Vorstellung war schlechter besucht, ist aber besser gelaufen, als er erwartet hatte. Zu der unpassenden Zeit fehlten fast alle Bekannten, aber der gute Pfarrer hat ein paar Einheimische mit ihren Sprößlingen angeschleppt. Alle amüsierten sich und staunten, bis auf zwei: Der Wirt Krebs hatte sich bereits am Nachmittag vollaufen lassen und störte ab und zu mit seinem Geschnarche; und der Juniorchef der Wiener Agentur brachte den Zauberer mit seiner Miene aus dem Konzept, die auch bei den besten Tricks regungslos blieb, ein Glück, daß ihn wenigstens der Busen der Assistentin, die seidene Kasperlbluse spannend, anzog, diese hat sie dem Zauberer als ein witziges Kostüm vorgeschlagen, was der zu seinem Frack für ganz passend hielt.

Bobina bestätigte ihr Talent, ohne eine Panne näherten sie sich dem Schluß. Er hat soeben den Eisberg in der ersten Reihe, jetzt oder nie! dazu gebracht, eine Karte zu ziehen und sie verdeckt dem Publikum zu zeigen; er mußte sie mit einem Filzstift unterschreiben und in das Päckchen wieder einmischen, wobei er weiter die Melönchen in Seide anglotzte. Als er das neu gemischte Kartenspiel von ihm übernahm, warf es der Zauberer heftig gegen die Decke und fing den fallenden Stapel wendig auf. An dem schmuddeligen Deckenanstrich blieb der Karobube kleben, gut konnte man den Namen des jungen Idioten lesen, Gruntorad.

Diesmal klatschte auch er, weil er nicht wußte, daß Bube in Karo eine männliche Hure vermeldet! Der Zauberer verbeugte sich und schielte zu Bobina, wie es ihr gefallen hat. Er wurde schwach: Sie fraß mit den Augen den Slowaken, der soeben geruhte, sie mit seinem Besuch zu beehren. Na wartet, ihr zwei, ich führe euch noch eine Glanznummer vor!

«Auf ähnliche Weise, sehr verehrtes Publikum, kann man auch Träume sichtbar machen, was ich Ihnen jetzt an meiner Assistentin demonstrieren werde. Wovon träumt sie, die schöne Bibi Rabe? Wir werden es gleich erfahren! Halten Sie, Bibi, die Karten in Ihrer Hand, damit ans Tageslicht kommt, woran Ihr Herz krankt.»

Es stand nicht im handgeschriebenen Programm, und sie witterte Verrat, mit dem Rücken zum Publikum zischte sie.

«Mach keinen Scheiß, Pepi!»

«Und jetzt retournieren Sie mir die Karten, damit wir das Objekt Ihrer Sehnsucht erkennen.»

«Ich sag' dir, mach keinen...»

Das Päckchen stieß wieder gegen die Decke und kehrte in seine Hand zurück, doch oben blieb diesmal nichts hängen, dafür trudelte ein gefaltetes Papier in Kreisen zum Fußboden herunter. Der Zauberer fing es auf und führte es vor, von links nach rechts und zurück.

«Wonach Ihr Herz stöhnte, Fräulein Bibi, war das Asyl!»

Als er ihr das Blatt reichte, fiel sie aus der Rolle und stierte ungläubig auf das Schriftstück, auf dem der Name Běla Havránková prangte, da schaust du! triumphierte er und verbeugte sich spöttisch vor dem einzigen, der nicht klatschte, hast kapiert, daß du gegen mich nicht ankommst, du hirnloser Kraftmeier?

«Und nun, sehr verehrtes Publikum», setzte er, durch den Sieg beflügelt, in seinem eingepaukten Deutsch fort, «unsere Paradenummer! sie hat heute Weltpremiere zu dem kommenden Staatsfeiertag jenes Landes, dem wir, meine Assistentin und ich, unseren Dank zum Ausdruck bringen möchten für unser aller neues Zuhause, voilà!»

Bobina schaltete das Tonbandgerät wieder ein, diesmal ertönte die «Schöne blaue Donau». Der Zauberer zeigte die leere Hand, schloß sie wie zu einer Tüte und zog aus ihr eine riesige rot-weiß-rote Fahne aus feiner Seide heraus. Noch leichter stopfte er sie in seinen leeren Zylinder.

«Abrakadabra.»

Mit dem Zauberstab beschrieb er einen Kreis um den Zylinder und streckte ihn der Assistentin entgegen, die ein Kaninchen an den Ohren herauszog. Das blendend weiße Bäuchlein und der weiße Rücken strahlten zwischen Kopf und Bauch, die der Zauberer bereits am Sonntag mit Anilin hellrot angemalt hatte. Er genoß den Beifall und gleichzeitig den eiligen Abgang seines Rivalen. In einer Nacht und einem Tag schaltete er die gesamte Konkurrenz aus und beherrschte das Spiel allein. Das alles vermasselte Krebs, der nach seiner Rückkehr aus Pölten den Alkoholspiegel auf gleicher Höhe hielt, als wollte er so einen ständig schmerzenden Nerv abtöten. Plötzlich aufgeweckt, nahm er der überraschten Bobina das angestrichene Tier aus der Hand, drückte es an die Brust und bemitleidete es wie ein Klageweib.

«Ach, du mein Österreich, ach, mein armes kleines Österreich, was hat man dir hier angetan? Womit hast du das verdient? Wodurch haben wir uns eingebrockt, daß es jedem fremden Absahner hier besser geht als uns? Sie haben unseren Leuten den Boden gestohlen, den sie tausend Jahre beackert haben, sie haben sie vertrieben und ließen sie dabei wie die Fliegen abkratzen, und jetzt sollen wir sie füttern und bedienen, bis sie was Besseres gefunden haben, und uns bleiben nur Schulden! Wer hat sie hierher gerufen, und wer schafft sie uns vom Hals?»

Wild fuchtelte er mit der Hand herum, in der er die arme Kreatur barg, die das nicht lange überleben konnte, er trat gegen den funkelnagelneuen Zaubertisch, mit teueren Requisiten behängt, und in das Klirren des Glases und das Weinen der erschrockenen Kinder brüllte er.

«Weg mit euch, verschwindet mit euren faulen Tricks, ihr Nichtstuer, ihr Bettler, ihr Kaninchendiebe!»

Das Tierchen hat der Pfarrer gerettet, dessen Autorität sich der Wirt nicht einmal im Suff zu widersetzen wagte. Während die Nachbarn Krebs auf dem Weg in seine Wohnung stützten, gab es der Geistliche dem Zauberer zurück.

«Er...» stammelte der erschütterte Strniště, «er hat mir das Vieh doch selbst verkauft...»

«Verzeihen Sie ihm», bat der Geistliche, «so wie auch wir unseren Schuldigern verzeihen! Natürlich sind Sie in Rohlau und in ganz Österreich als unsere Brüder willkommen!»

Eine Weile später, als sie sich auf ihrem Zimmer wusch und abschminkte, von widersprüchlichen Gefühlen hin- und hergerissen, daß sie Erfolg hatte und das ersehnte Asyl bekommen, dafür aber den Liebling Tono für immer verloren, wollte sie sich mit dem Amtspapier trösten, es war ihre erste echte Lebenssicherheit. Der Pepi ist schon wirklich ein Wundertäter, vor allem weiß er, wo es langgeht! Dann machten sie zwei Daten stutzig.

Ihr Asylbescheid war am neunzehnten September ergangen und vier Tage später dem Überbringer ausgehändigt, dieser Tag blieb ihr haften, sie kauften in Wien die Zauberproperäten, wie sie es aussprach, und sie mußte dann in einem Lokal warten, bis er irgendwas «bei den Franzosen» regelte. Dieses Arschloch ließ mich fünf Wochen hängen! ich konnte längst in Nijork sein und mir den gestrigen Reinfall erspart haben! na, warte, ich zahl's dir heim, darauf kannst du Gift nehmen, du wirst dich noch mehr wundern als der verfaulte Schwanz in Stralsund!

Dem Zauberer zahlte es bereits das Schicksal heim, das die Gestalt von Gruntorad angenommen hatte.

«Das Schiff vergessen Sie besser!» riet er ihm erbarmungslos, «Sie bieten bloß alte Hüte an. Aber weil sie eine nette Assistentin haben, probiere ich mal, Sie an Herrengesellschaften zu verkaufen, Parties auf der Chefetage, Abituriententreffen, Kameradschaftsabende und so weiter, die zahlen nicht übertrieben, aber wenn zum Schluß sie mit dem Zylinder herumspaziert, wird sie aus ihnen genug herausholen, daß Sie gut auskommen können. Wenn ich Sie wäre, würde ich mit ihr einen Entschädigungsvertrag abschließen, für den Fall, daß sie dabei gut unter die Haube kommt, womit zu rechnen ist. Also: Nehmen Sie an, oder lassen Sie's sein, ich mache es nur dem Vater zuliebe!»

Bobina hat das Schicksal ans Telephon in die Küche gerufen.

«Wer?» sie ließ sich den Namen wiederholen, und als er ihr nichts sagte, noch weiter erklären, wem er gehört.

«Ah joo! weiß schon!» dämmerte es ihr, «wieso haben Sie sich an mich erinnert...? morgen abend? na, noch nichts, und wo... na klar weiß ich, wo das ‹Sacher› liegt...» dabei witterte sie einen Schmu, «hören S', ist das vielleicht zufällig eine Verarschung? nein? was wollen Sie mir schikken? ein Taxi? Mensch Meier! also jo, aber er soll lieber nicht bis hierher, ich mache um sieben einen Sprung zum Supermarkt, kennen Sie doch! Moment mal, und zurück? wird man sehen... auch wahr, na fein, also dann... was? ah jo: tschao!»

3. ———— *Der Sexbesessene*

Das Kuriose war, daß er das Asyl als letzter erhielt und daß sein Visum noch immer nicht da war, ungeachtet des herzlichen Empfangs bei dem amerikanischen Konsul, der ihn seiner Unterstützung versicherte, wie sie der neue Mann seines persönlichen Freundes Bob Hutcheson verdiene. Er konnte sich den Grund denken: Je höher die Fürsprecher, um so mehr würde er abgeklopft, wer weiß, ob neben den Wahrheitsfirmen FBI und CIA nicht auch Hutcheson überprüfen ließ, ob er sich vielleicht eine Ostlaus in den Pelz setze. Er beruhigte sich damit, daß niemand gegen ihn von früher etwas haben kann, weil es da einfach nichts gab. Und sein Märchen hielt besser stand als je zuvor, die Japsen hatten kein Interesse daran, daß die geheimnisvolle Gerda plaudert.

Dennoch hat ihn wenigstens jede Woche einmal sein Traum von der Feuerwache geweckt, bin reif für den Psychiater! kann ein normaler Mensch immer das gleiche träumen? Früher erwachte er zumindest in das bekannte Leben, jetzt blitzte es in ihm auf, daß er Diener zweier Herren geworden ist, die beide ein verdammt hartes Regiment führen. Erneut versuchte er, sich mit Arbeit zu zerstreuen, doch gelangte er rasch an einen Punkt, wo er sich allein nicht mehr genügte. In Prag hatte er ein Labor aus der Zeit der Postkutsche gehabt, das verdammte CHINAGLASS wählte er doch, um mit Hilfe moderner Technik heimlich über seiner eigenen Sache zu brüten! Selbst die primitiven Geräte und vor allem sein kleiner Computer fehlten ihm hier, er mußte nur warten, und das machte ihn verrückt.

Das Bild seiner Mutter tauchte vor ihm auf, wie sie in den Ferien auf der Mühle, während er schlief, zum Vertreib der Langeweile und schwarzer Gedanken darüber, womit sich soeben ihr Mann wohl amüsiert, Patiencen legte. Er kaufte sich in Rohlau Spielkarten, doch sein Gehirn, das sonst die kompliziertesten Zahlenreihen festzuhalten vermochte, war ganze zwei Tage außerstande, sich an die simplen Regeln zu erinnern. Ungern wandte er sich an den Mann, der sich hier so lange für einen Zauberer ausgegeben hatte, bis er sich über Nacht als Koch entpuppte. Nichtsdestotrotz hat er ihn hier oft gesehen, wie er mit Karten manipulierte, er muß verschiedene Spiele gekannt haben.

Der Kerl führte es ihm im Speiseraum vor, wozu auch das Mädel aufkreuzte, das zur Zeit mit ihm zu gehen schien, es setzte sich neben den stehenden Männern hin und kiebitzte. Aus der Vogelperspektive erblickte Karel Markalous in dem lockeren T-Shirt ihre beiden Dinger. Apparate! anders wußte er die Brüste nicht zu nennen, er konnte sie bis zu den prallen Brustwarzen sehen, und es verließ ihn sein Gehör. Der Koch versank in das Umwenden von Kartenreihen und sein eigenes Geschwätz, so konnte er die Gaben der Natur weiter bestaunen, Titten wie für eine Expo, und außerdem riecht das Mädchen auch gut! da merkte er, daß auch sie ihn unverwandt beobachtete, wahrscheinlich lange schon... wird es ihr Macker sein, der mich als erstes verhaut? er bekam schon zu Ohren, daß der Mann sich noch im Lager schrecklich geprügelt hätte... dann zwinkerte sie ihm jedoch zu.

Karel, paß auf! offensichtlich eine typisch tschechische Fickbiene, um die du immer einen Bogen gemacht hast, damit sie dir keine fremde Frucht aufbrummen, diese sonst so braven und fröhlichen Mädel, die es sicher mit Lust und somit gern trieben, versuchten dabei, passabel unter die Haube zu kommen. Daß diese Räuberbraut, die allein hier bereits zweimal wechselte, ihn jetzt mit all ihren vier Augen anstierte, vernahm er als ein gutes Zeichen, doch vor einer Antwort hütete er sich.

Auch ihn hat das Leben gelehrt, daß Niederlagen stinken; und ein Leichengestank muß auch aus ihm entströmt sein, nach dem ersten Verrat der Dame mit dem Decknamen Gerda, so hat er sich nachträglich den Wechsel im Verhalten der österreichischen Behörden erklärt: Für die Mißgunst des Schicksals und der Macht haben die Beamten einen Riecher wie Spürhunde. Den verräterischen Duft legte er wahrscheinlich erst bei der Brünner «Philosophin» ab, Hutcheson hat er nicht mehr gestört. Das Zwinkern des Mädchens, dem er so unanständig in den Laden schaute, bestätigte es. Auch diese junge Hübsche roch seinen Erfolg. Rohlau wurde erträglicher.

Dennoch verließ er es, ohne sich von irgend jemandem zu verabschieden, einen Tag nachdem er sich endlich das amerikanische Visum abholen konnte. Man hat es ihm am dritten Dienstag im Oktober erteilt, und er rief aus dem Wiener Büro von GLASS & CERAMICS Hutchesons Sekretariat an, er werde am ersten anfangen und möchte die Zeit bis zum Abflug in einem ordentlichen Hotel verbringen, um sich gehörig vorbereiten zu können. Er hat das O. K. erhalten, und der Wiener Bürochef wurde angewiesen, sich seiner anzunehmen. Unmittelbar darauf hat man für ihn eine Suite im Hotel «Sacher» reserviert.

Er ging in seine Nobelschneiderei und bat, daß man ihm dorthin mit den fertigen Anzügen und Hemden noch einen Stapel T-Shirts, Slips, Taschentücher und Socken liefert. Unweit davon kaufte er ein Set anthrazitfarbener Koffer aus Laminat, hauptsächlich deshalb, weil der Verkäufer darauf herumsprang, um ihre Stabilität vorzuführen, ähnlich, so stellte er sich vor, werden einmal Panzer zur Probe über mein Glas rollen! Ein vorletztes Mal ließ er es sich im «Gelsomina» gutgehen. Angelika verriet er nichts, sicher ist sicher! verdächtig oft berichtete sie ihm von Kolleginnen, glücklich mit Kunden verheiratet, mein liebes Mädchen, dachte er sich, wie soll ich vergessen, daß während einer Woche mehr als drei Dutzend Schwänze in dir wirtschaften? Er hatte vor, sich mittels eines anständigen Schmucks, nachträglich übersandt, wortlos abzumelden, damit er bei ihr auch zukünftig einkehren könnte.

Nach dem üblichen erotisch kulinarischen Frühstück setzte er sich in den Zug, doch verließ er ihn nicht wie üblich in Sankt Pölten. Aus einem augenblicklichen Impuls fuhr er nach Linz weiter. Er irrte durch die Stadt, bis ihn der Faden von Kindheitserinnerungen zu einer Konditorei führte, deren altmodisches Flair nicht ausschloß, daß er gerade hier mit der Mutter Sommer für Sommer Schokolade mit Schlag trank. Duft und Geschmack von Linzer Törtchen haben ihn gerührt, er knabberte an zwei Teigkreisen, mit Marmelade dazwischen und mit Zucker bestreut, so langsam, als schützten sie ihn, solange er davon aß, vor allen Fallen der Welt.

Ein Taxi nahm er sich erst wieder in Pölten, ich muß endlich ein bißchen sparen! und traf oben in Rohlau ein, pünktlich, wie er es wollte, die Insassen stopften sich gerade mit dem Abendessen voll. Ein paar Minuten reichten ihm, seine bescheidene Habe in Plastiktüten zu verstauen, das meiste davon sollte eine Wiener Tonne verschlingen. Er hat auch sämtliche Papierfetzchen aufgelesen, obwohl er alle Zahlen weiterhin fest im Kopf hatte, selbst die des Postsparbuchs tauchte ihm oft im Gedächtnis auf, obwohl sie für die Katz war. Von niemandem beobachtet, warf er die Tüten in das Taxi, bei dem Säufer von Wirt meldet er sich telephonisch ab! Vor den Serpentinen drehte er sich um, und es tat ihm ein bißchen leid, daß er sich des Angebots der T-Shirtauslage nicht bedient hatte; als jedoch die triste Ansichtskarte vom ersten Felsen weggewischt wurde, atmete er auf: Es hatte nur wenig gefehlt, und er hätte dem erfolglosen Klößlein an der Friedhofsmauer Gesellschaft geleistet.

Die Woche in Wien hat ihm das Vierteljahr der Ungemütlichkeit reichlich ersetzt. Als fauler, vermögender Tourist, eine Kostprobe meiner Doppelrente! hat er zum erstenmal Sehenswürdigkeiten besucht, noch nie hatte er dazu Zeit und Lust. Er ging in die Oper, und als es ihm lächerlich vorkam, wie eine dickwanstige Matrone ein junges schwindsüchtiges Pflänzchen vortäuscht, verließ er die Loge und erlebte ein paar Schritte weiter einen prächtigen Striptease. Dabei überkam ihn kein Verlangen, die ganze Woche hat er sich kein einziges Mal ins «Gelsomina» gesehnt, übrigens hätte er auch eine Hotelhosteß haben können, doch die Stimme, der er nach Linz gefolgt war, flüsterte ihm zu: Hast Große Ferien, Karlchen, ruh dich aus, von Schule wirst du noch genug haben! Er gehorchte.

Für Samstag bestellte er sich den größten möglichen Leihwagen, einen Luxus-Citroën, um sich an die Straßenkreuzer zu gewöhnen, die auf ihn drüben warteten. Im Ausflugstempo steuerte er donauaufwärts, bog nach Norden ab, doch bis zur böhmischen Grenze, wo er sentimental und symbolisch seiner Zdena und seiner Zuzi zuwinken wollte, kam er nicht: Plötzlich fröstelte ihn bei dem Gedanken, er könnte entführt werden. Blödsinn! wie sollte man mich hier finden? und wer sollte mich suchen? Leider nicht einmal Zdena... trotzdem brach er südostwärts auf und prägte sich ein, daß er seiner Bank einen Auftrag geben muß, damit der Uronkel Schubert Weihnachtsgeld nach Prag schickt.

Er hielt vor einem Weinlokal im Herzen der Wachau an. Der Inhaber, ein Mann mit scharfgeschnittenen Zügen und grauem Igelschnitt, an einen k. u. k. Rittmeister erinnernd, kam den einzigen Gast im Garten freundlich fragen, ob er nicht lieber in die Wärme möchte, nein! er möchte ein letztesmal einen europäischen Sonnenuntergang erleben, und wie wär's mit ein bißchen Sturm dazu, fragte der Wirt. So erfuhr er, daß «Sturm» der junge Wein ist, und er trank langsam und in kleinen Schlukken das pikant kalte Gebräu, das wirklich seine Sinne stürmte, um schnell danach alle Stellungen wieder zu räumen, gelockert wie selten beobachtete er dabei den orangefarbenen Diskus, solange dieser nicht hinter dem gegenüberliegenden Abhang hinuntersegelte, gefolgt von einem Schwall feuchter Kälte.

Im Zustand eines Nirwana kam er in Wien an und entdeckte das beste Kaffeehaus seines Lebens, ganze zwei Tage und Abende verbrachte er da, nachträglich der Partei und der Regierung dankend, diese Einrichtung in seiner Heimat vernichtet zu haben, er hätte sonst nie zu Ende studiert, bin doch ein geborener Kaffeehausfaulenzer! Er wurde zum Liebling der Chefin, weil er so gierig die echten böhmischen Buchteln vertilgte, die sie hier bis tief in die Nacht in kleinen Pfännchen buk, ganz wie die Mutter! er hat mit ihr fest vereinbart, sich kurz vor dem Abflug hier eine frische Ladung zu holen, um damit wie ein richtiger tschechischer Märchenhans in die Welt zu wandern.

Donnerstag vormittag holte er sich in der Wiener Vertretung das Tikket Wien–Zürich–Chicago für übermorgen und nahm zufrieden die erste Klasse zur Kenntnis. Er machte mit ihnen aus, wann man ihn im Hotel abholen solle, und ging durch die Fußgängerzone Richtung «Gelsomina», zum letztenmal. Schräg gegenüber sah er das Postamt, in dem er damals läuten hörte, daß er betrogen worden war. Er wollte sich überzeugen, ob hinter dem Schalter noch dieselbe Norne sitzt, wurde jedoch im gleichen Moment auf englisch angesprochen.

«Excuse me, können Sie uns freundlicherweise sagen, wo wir uns befinden?»

Zwei Männer im klassischen englischen Raglan, wie er ihn seit kurzem selbst trug, standen rechts und links neben ihm und hielten ihm einen Wiener Stadtplan vors Gesicht. Er suchte darin bemüht den Standort, als dieselbe Stimme auf deutsch zu ihm sagte.

«Herr Ingenieur Markalus, wir haben einen Haftbefehl für Sie, hier mein Dienstausweis.»

Unter dem Daumen, der die Karte hielt, steckte eine Plastikkarte mit Photo, Nummer und Stempel der österreichischen Republik, sein blokkiertes Gehirn war außerstande, sich etwas davon einzuprägen.

«Bitte...?»

«Die Sache wird sich höchstwahrscheinlich schnell klären, darum wollten wir kein Aufsehen erregen, das brauchen gerade Sie doch am wenigsten. Kommen Sie freiwillig mit?»

«Aber...»

«In Ihrem Interesse», fügte der andere hinzu, «wir haben keine Veranlassung, Ihnen zu schaden.»

«Und was soll ich...?»

«Begleiten Sie uns ganz normal», der Mann zeigte auf das nahe gelegene Ende der Fußgängerzone, «zum Wagen.»

Auch das gelähmte Hirn begriff, er hatte keine Wahl. Im Gehen fuchtelten sie weiter mit dem Stadtplan, bis sie ein gewöhnliches Fahrzeug aufnahm, er hat nicht wahrgenommen, welche der Billigmarken es war. Am Steuer wartete ein Fahrer, der gleich startete. Auffällig konnte nur sein, daß sie sich im Fond zu dritt zusammendrückten. Markalous steckte dazwischen.

«Wir setzen Ihnen jetzt eine Brille auf.»

Sie sah wie eine Sonnenbrille aus, aber kaum hatte er sie vor den Augen, sah er gar nichts mehr. Seitdem sprach keiner im Wagen. Die Vorstellung vom Samstag, die ihn zum Abbiegen von der Grenze zwang, sprang ihn wieder an. Nein, dies sind keine Polizisten, der Ausweis war falsch! ich befinde mich in der Gewalt einer illegalen Macht, aber welcher? Das Auto bremste ab und zu und hielt auch an, wahrscheinlich an den Ampeln, der Fahrer hielt sich immer in seiner Spur und fuhr langsam, wollte anscheinend keine Aufmerksamkeit erregen. Karel Markalous urteilte nach den Passagen der Sonnenwärme, daß sie nach Südwesten fuhren. Der Stadtverkehr verebbte. Er stellte sich die riesige Fläche des Wienerwalds vor, und es überkam ihn Angst, unter irgendeiner Grasscholle zu enden. Er hielt die Stille nicht mehr aus.

«Wo fahren wir eigentlich hin?»

«Nur Ruhe», sprach der rechte Nachbar wie ein Zahnarzt, «bald sind wir so weit.»

Kurz darauf hupte der Chauffeur und bog scharf ab. Ein Tor knirschte, und unter den Rädern prasselte wie Feuer der Sand. Erst ein ziemliches Stück weiter blieben sie stehen.

«Steigen Sie aus», befahl der Mann rechts und faßte bereits fest seinen Ellenbogen, «und behalten Sie die Brille auf jeden Fall auf, sie ist Ihre Rückfahrkarte.»

Er erinnerte sich eines unerwünschten Zeugen aus irgendeinem Mafiafilm, den man bei lebendigem Leib in die Mauer einer Talsperre einbetonierte, er hatte Mühe, sich auf die zitternden Beine zu stellen und zu gehen, sie haben es erkannt, denn auch der andere hat ihn aufgefangen und abgestützt. Sie führten ihn über eine kurze Treppe und dann durch einen längeren Gang, in dem ein Läufer ihre Schritte dämpfte. Eine Klinke knackte, er stolperte fast über eine Schwelle, dann ließen sie ihn los und gingen fort.

Eine gewisse Zeit geschah nichts. Eine Versuchung überfiel ihn, stärker als Angst: die undurchsichtige Brille anzuheben. Kaum hatte er sie angefaßt, erschrak er vor einer neuen Stimme in seiner unmittelbaren Nähe.

«Nehmen Sie sie ruhig ab.»

Er tat es und mußte nicht einmal blinzeln; draußen vor den Fenstern eines Jugendstilsalons stand eine Mauer Sträucher, hier herrschte Zwielicht. Gut aber konnte er den Mann sehen, der in einem reich geschnitzten Lehnstuhl saß und ihm einen gegenüber anwies. Er war schmal und noch ziemlich jung, doch alles an ihm verriet einen Mann mit Befehlskraft. Er sprach fließend Deutsch mit einem Akzent, den Markalous nicht einzuordnen vermochte.

«Oder lieber Englisch?» fragte er wie Hutcheson, «es ist, soweit ich weiß, Ihre stärkere Sprache...!» er ging dazu über, nur der Akzent blieb, »nehmen Sie doch Platz. Wann wollten Sie nach Chicago fliegen, Herr Markalous?»

Das schwache «h» deutete auf einen Franzosen hin, im Gegensatz zu diesen und den Deutschen konnte er aber das verflixte «ou» aussprechen, wo kommt er her? Er mußte sich zusammenraffen, um einigermaßen respektiert zu werden. Er setzte sich.

«Könnte ich zuerst fragen...»

«Ich habe als erster gefragt!»

«Ich hab' vielleicht das Recht...»

«Momentan nur ein einziges: mir zu antworten! Daraus wird sich ergeben, ob Sie noch irgendwann andere Rechte haben werden. Also: Wann wollten Sie fliegen?»

Er begriff, daß Widerstand zwecklos war. Wenn ich ihn nicht provoziere, erfahre ich mehr! Er begnügte sich also mit dem Recht des Gehorsams.

«Übermorgen...»

«Das Ticket!»

Er reichte es der ausgestreckten Hand. Der Mann steckte es kurzerhand in seine Brusttasche.

«Das können Sie vergessen.»

Die Tragweite dieser Mitteilung lähmte Markalous wieder. Er fand kein passendes Wort.

«Wollen Sie nicht den Haftbefehl sehen?»

Er nickte schwach. Sein vis à vis griff in dieselbe Tasche und zog ein zusammengefaltetes Papier heraus. Der Text war in einer ungewöhnlichen Sprache abgefaßt, Karel Markalous benötigte einige Sekunden, bis er sie erkannte. Es verblüffte ihn total.

«Das ist Tschechisch...»

«Jawohl, ist doch in Prag ausgestellt. Sie sind noch immer tschechoslowakischer Staatsbürger, Markalous!»

Der Name ohne die Anrede «Herr» nahm das Urteil vorweg. Er raffte sich aufs neue zusammen.

«Österreich hat mir Asyl erteilt! Und die Vereinigten Staaten ein Visum.»

«Beides rechtlich irrelevant, Sie unterliegen immer noch der Rechtsprechung Ihrer Heimat.»

«Aber nur», er kämpfte, «auf ihrem Hoheitsgebiet!»

«Ohne Zweifel. Aber das ist nur eine Frage von einer knappen Stunde.»

Seine Vorahnung! Eine schreckliche Beklemmung befiel ihn.

«Wollen Sie mich dorthin entführen? Sind Sie Tscheche...?»

Der andere maß ihn beinahe mitleidsvoll.

«Sie wissen wahrscheinlich, daß in Ihrer Heimat auf eine besonders verabscheuungswürdige, weil aus Gewinnsucht betriebene, strafbare Tätigkeit einer Unterwanderung der Volkswirtschaft die Todesstrafe steht. Nein, ich bin kein Tscheche, ich handle im Auftrag. Persönlich macht es mir keine Freude, Sie an den Henker auszuliefern. Jede Profession hat ihre Regeln, auch ein Wirtschaftsspion hat ein Recht auf Gnade, soweit er bereit ist, den verübten Schaden abzubüßen. Sind Sie es?»

Die Zunge gehorchte Markalous nicht.

«W… wie?»

«Zweimal dürfen Sie raten.»

Selbst einmal schaffte er es nicht.

«Also, ad eins: Sie haben jetzt Zugang zu den zwei stärksten Glastrusts der Welt. Eigentlich eine Leistung, für die sich James Bond nicht schämen müßte.»

Es wunderte ihn nicht einmal, daß man hier seine Gedanken liest.

«Allein dafür verdienen Sie das Angebot, das dieser Vertrag darstellt.»

Er zauberte aus derselben Tasche, der Amateur aus Rohlau könnte bei ihm in die Lehre gehen, ein weiteres Papier. Er half dann Markalous aus seiner Ratlosigkeit.

«Sie verpflichten sich hiermit, über einen vereinbarten Weg laufend Informationen über Ihre amerikanischen und japanischen Arbeitgeber zu liefern. Den Gegenwert stellt Ihre Straflosigkeit dar, garantierte Rückkehr, falls Sie auffliegen sollten, und ein Monatsgehalt von fünftausend Devisenkronen, die für Sie angelegt werden. Im Vergleich mit Ihren anderen Einkünften gewiß eine Bagatelle, aber vielleicht kommt sie jemandem zu Hause zupaß.»

«Und wo ist die Garantie…?» er holte Atem.

«Die Garantie müssen vor allem Sie selbst leisten, denn es gibt hier noch ad zwei: eine Bedingung sozusagen auf Kopf und Kragen. Sie dürfen niemandem im Westen Ihr Werk preisgeben.»

«Was für ein Werk…?»

«Ihr neues Glas, Herr Ingenieur.»

Vor seinen Augen wurde es dunkel. Weiß er oder blufft er? Er log jetzt sehr überzeugend, weil er begriff, daß ihm jetzt drohte, wogegen das Einbetonieren ein barmherzig kurzer Prozeß wäre. Verzweifelt versuchte er, sich aus der Schlinge zu ziehen.

«Ich mache Glas seit Dutzenden von Jahren, doch ich habe nie geahnt, daß ich es so hervorragend kann…»

Der Mann lächelte ironisch.

«Haben Sie noch das Sparbuch von Ihrer Favoritin?»

Das rothaarige Gespenst tauchte wieder auf!

«Ich habe es vernichtet... das Kennwort war falsch!»

«Wenn Sie sich die Nummer notiert haben, können Sie das Geld gleich abheben, obwohl es sich um eine für Sie heute bedeutungslose Summe handelt. Das Kennwort ist ZUZI.»

Ein exotischer Name! hörte er die Frau am Schalter, als Deutsche las sie es nicht Susi, sondern Tzutzi, aber das bedeutet doch...! Er hat sich auch im stillen verhaspelt.

«Angeblich nicht nur ein Kindername», der Mann schaute ihn streng an, «sondern auch eine Abkürzung?»

Jetzt wußte er es: Wenigstens zweimal ertrank er mit Gerda im Sekt, wahrscheinlich allein, und sie täuschte die Trunkenheit nur vor, um es aus ihm im Saufgelalle herauszuquetschen... ZUZI oder «Zvláštní ultra zpevněné infrasklo», also spezielles ultrafestes Infraglas. Er hatte sein Lebenswerk heimlich mit dem Namen der Enkelin getauft.

Der Mann stand auf und öffnete die in einen Jugendstilschrank eingebaute Bar. Aus einer funkelnden Kristallkaraffe goß er ein geschliffenes Gläschen voll und brachte es dem Zusammengebrochenen.

«Trinken Sie, dieser Cognac wird Ihnen guttun. Jetzt brauchen wir vielleicht keine Zeit mehr zu verlieren. Ich glaube, Sie sind zum Vorteil der Menschheit vom Glas besessen und zu Ihrem Schaden auch vom Sex, aber auch kein Narr Gottes. Die Welt steuert auf einen Krieg zu, der ihr mit Verderben droht, falls man dabei Kernwaffen benutzen wird. Die Chance unserer Seite, Sie sind ja noch immer Kommunist! liegt im Übergewicht konventioneller Kräfte. Falls Ihre Idee zur Realisation führt, wie das unsere Experten erwarten, wird Glas für uns zum geheimen Stahl, was ein von niemandem geahntes Anwachsen unseres Potentials bedeuten würde. Haben Sie daran tatsächlich nicht gedacht?»

«Aus Glas», sagte er dumpf, «baut kein Mensch einen Panzer...»

«Dafür aber unzerstörbare Deckplatten und ganze Fabrikkomplexe, wodurch sämtliche Metallproduktion für Waffen frei wird. Wer sagt übrigens, daß Ihre Idee limitiert ist? Hat man Sie in der Familie nicht mit Recht einen Alchimisten genannt? Das ist der Grund, warum wir mit Ihnen erst hier verhandeln, obwohl wir Ihr geniales Projekt schon lange verfolgen. Ein so glänzender Geist wird doch langsam verstehen, warum das ganze komplizierte Spiel, eine geheimnisvolle Verführerin, falsches Kennwort, die raffiniert konstruierten Angebote an die schärfsten Konkurrenten und zum Schluß die Entführung hierher, obwohl es möglich gewesen wäre, Sie ganz bequem in Prag hochzunehmen. Also?»

Er schüttelte den Kopf.

«Weil diejenigen, die Verantwortung tragen, für Sie begriffen haben, daß Sie Ihr berühmtes ZUZI nie aus der Schale eines Traums hinausführen würden. Es hätte Jahre gedauert, bis sie Ihnen ein Labor ausgerüstet hätten, wie die von Hutcheson, und Rechner entwickelten, den japanischen ebenbürtig. Darum hat man eine kompliziertere, aber viel effektivere Variante vorgezogen: Sie zu ihnen zu bringen. Jetzt sind Sie an den Quellen der Informationen, wie es momentan keine besseren gibt, und können sie sich zunutze machen. Ein Jahr lang werden Sie nichts von uns hören, damit Sie zur Ruhe kommen und sich in Sicherheit fühlen. Für den kommenden Sommer suchen Sie sich wie andere reiche Europäer in den USA ein Haus in Italien, hier!» er griff endlich auch in die andere Tasche und gab ihm eine Visitenkarte, «ein Makler aus Neapel, er wird Ihnen jedes Jahr eine andere Villa vermieten, nehmen Sie sie samt Personal, es werden unsere Leute sein, auch immer andere, erst dort schreiben Sie dann Ihre Berichte. Falls Sie eine akute Gefahr spüren sollten und Rat benötigen, dann hier!» er reichte ihm eine zweite Visitenkarte, «ein Kaufmann in Chicago, der Ihnen vorteilhaft einen fast neuen, was fahren Sie gern zur Zeit? Citroën, nicht? verkaufen wird; er hat eine große Reparaturwerkstatt, und die besseren Kunden lädt er, falls sie warten müssen, zu einem Drink ein. Er ist der Schalter für die menschliche Rohrpost, die Sie jederzeit zurückbefördert, aber einen Rückzug wünsche ich Ihnen erst hinter dem Zielband: Sie werden dann der erste Spion sein, der einen Nobelpreis bekam. Fragen?»

«Wie...» er kam zu sich, «soll ich Ihnen das alles glauben?»

«Sie werden müssen», sagte der Unbekannte, «aber um es Ihnen zu erleichtern», er ging zu einer niedrigen Kommode, der er ein Kuvert mit aufgebrochenen Siegeln entnahm, «bitte!»

Er erkannte es sofort, er hatte es in Prag eigenhändig versiegelt, was er jedoch als erstes herausholte, war ein verblaßtes Foto. Das Gesicht einer jungen Frau blickte ihn an, noch nicht gequält durch die ewigen Seitensprünge ihres Mannes und später durch die Scheidung des Sohnes, die sie um die Gunst der einzigen Enkelin brachte.

«Ihre Mutter, angeblich von Ihrem Nachttisch in Prag, stimmt's?»

Er nickte.

«Behalten Sie es, es könnte Ihnen Ihre Tochter zugeschickt haben, die anderen Souvenirs bleiben natürlich hier, aber schauen Sie sich die auf jeden Fall an.»

Im Umschlag befanden sich ferner Hochglanzphotos. Sie bebilderten den Weg, den Karel Markalous in Österreich zurückgelegt hatte: die Umarmung mit Gerda im Parkhaus des Flughafens, das glückliche Verlassen des Hotels, in dem er soeben mit Hutcheson einig geworden war, das Treffen mit der Büßenden in der malerischen Ecke Altwiens; im Bett mit dem japanischen Beau haben die Photoblitze in seinem Gesicht einen Ausdruck hervorgerufen, aus dem jeder, der es wollte, ausgelebte Leidenschaft herauslesen konnte, und am Ende der Serie übergab ihm der lächelnde Herr Yamahota den Koffer voller Geld.

«Das für den Fall, daß Sie auch uns reinlegen wollen. Man gewöhnt sich so leicht daran.»

Jawohl! stellte er erstaunt fest, meine Finger zittern nicht einmal mehr, und kein Frösteln überläuft meinen Rücken, als hätte sich der Organismus der anwachsenden Belastung angepaßt. Plötzlich hat er sogar auch nüchtern gedacht.

«Man rechnet dort aber ganz automatisch mit Spionen, einer aus dem Osten wird um so schärfer bewacht. Welche Chancen hat ein totaler Amateur?»

«Die größte. Erfahrene Agenten stolpern meistens über Routine. Ihr Vorteil besteht paradoxerweise darin, daß Sie nicht wissen, was man nicht darf und was man muß. Wenn die Amerikaner Sie einmal überprüft haben, werden sie vertrauensselig. Und die Japaner sind zu pfiffig, als daß sie Sie nervös machen würden. Bald werden Sie sich ganz natürlich benehmen. Ach, bis auf das eine: Sie müssen unbedingt Ihr Geschlechtsleben kanalisieren, Sie wissen doch, Ihre Achillesferse!»

«Kanalisieren...?»

«Es gibt kultiviertere Worte, aber dieses ist präzis. Mit Frauen droht Ihnen das Desaster. Wenn Sie es so oft haben müssen, suchen Sie sich eine ebenso disponierte und heiraten Sie.»

«Sie meinen die da...?» er schaute erschrocken auf das zuoberst liegende Photo mit Gerda.

«Für Sie keine Agentin! Sie brauchen eine nichtsahnende Frau, die selbst jeglichen Verdacht zerstreut. Kennen Sie so eine? Mit wem haben Sie jetzt am meisten...? natürlich denke ich nicht an die Hure aus Brünn, von der Hände weg, ab sofort! Die arbeitet vielleicht längst für andere! Gibt es denn unter den übrigen geflohenen Tschechinnen kein sinnliches Exemplar, das Ihnen Leben und Seele verschreiben würde, falls Sie ihr statt des schmutzigen Flüchtlingslagers die weite Welt anbieten?»

Da leuchteten rettend die großen, wohlriechenden Titten in einem zu weiten T-Shirt vor ihm auf.

«In der Pension hat eine Interesse gezeigt, doch die ist erst zwanzig...»

«Hübsch?»

«Ja...»

«Dann her damit! Sie werden Ihre Bettbombe haben, und niemandem fällt ein, daß Sie Zeit, Kraft und Lust für anderes haben könnten!»

«Sie hat noch kein Asyl... und wird's mit dem Visum...?»

«Kein Problem, schreiben Sie mir den Namen auf. Schaffen Sie es noch, sie bis übermorgen anzustechen?»

«Keine Ahnung, ich wohne eine Woche nicht mehr dort.»

«Können Sie sie nicht anrufen? Sie möchten den Abschied von Europa nicht alleine erleben. Laden Sie sie ins ‹Sacher› ein, ein Sexmaniak wie Sie, das soll jetzt ein Kompliment sein, muß doch über Nacht jedes Weib weichkriegen. Mit einer Liebe auf den ersten Blick rühren Sie auch Hutcheson zu Tränen, er wird seine Hebel in Bewegung setzen, um sie rüberzubekommen.»

Er konnte sich nicht helfen: Diese Vision hat ihn spürbar erregt.

«Der Wiener Konsul ist sein Freund!»

«Sehen Sie, dem Mutigen gehört auch Glück. Hutcheson soll den Hochzeitszeugen machen, einen besseren Securitytest kann man sich nicht ausdenken!»

Vor Aufregung nahm er einen Schluck zu sich. Der Cognac war phantastisch weich, ein verläßlicher Zünder. Er löste ihm die Zunge.

«Bon, ich hatte schon Angst», er nickte zu seiner femme fatale auf dem Bild, «Sie würden mich sicherheitshalber an sie binden...»

«Gerda Vargasz aus Gamburg», der Mann ließ seinem Akzent freie Bahn, und Markalous wußte mit einem Schlag Bescheid, Karlchen! rief die Mutter warnend, Vorsicht, ein Russe, ein Russe! «ehemals Schauspielerin», und Karel hörte wieder ihr ‹toi-toi-toi!› «arbeitet für uns nicht mehr. Sie hatte einen Autounfall, den sie leider nicht überlebt hat.»

Noch einmal griff er in die Tasche und zog ein goldenes Stiftchen mit einem Diamanten heraus und auch die «Medici»-Uhr.

Mit Schrecken wurde Karel Markalous klar, daß sie auch Zdena und Zuzilein immer in der Hand haben werden, doch die geworfenen Würfel konnte er nicht mehr zurücknehmen.

Sie war nicht so verbohrt wie die meisten ihrer Mitschüler, um zu behaupten, daß den Erwachsenen das Kollaborieren mit den Kommunisten das Hirn total erweicht hätte und daß diese deshalb mit nichts und niemals recht haben könnten. Es frappierte sie trotzdem, wie schnell und präzis sich die Vorhersage der Eltern über die Eintagsfliegendauer ihrer ersten Liebe bewahrheitet hatte. Lieber gab sie es vor ihnen nicht zu, damit sie sich nicht weitere Prophezeiungen einhandelte.

Sie hat fast einen ganzen Sommer und noch dazu Vikis Besuch gebraucht, um zu der Einsicht zu kommen, daß sie fast nach Bratislava zurückgeflohen wäre, einem Traum folgend, der nur in ihr lebte. Und ausgerechnet an jenem Tag, an dem sie unwissentlich Vaters Schlaganfall verursacht hatte, radierte in ihr den ganzen Gabo ein anderer Junge total aus, zu ihrem Erstaunen jener, der für sie, der gemeinsamen Sprache zum Trotz, bis dahin Luft war, als er sich von diesem überlauten und sichtbar nimmersatten tschechischen Weibchen vernaschen ließ, deren ganzer Verstand in ihrem T-Shirt frei baumelte.

Als er im Speiseraum beinahe über sie stolperte, machte er das Licht wieder aus und setzte sich zu ihr, doch er benahm sich nicht wie einer der üblichen Mädchenkiller, der sein Opfer auf einem Teller serviert vorfindet. Er hat bemerkt, daß sie keines Wortes fähig war, und so redete er allein bis Tagesanbruch; dennoch war er weder aufdringlich noch langweilig. Besonders eingenommen hat sie seine Beschreibung des nächtlichen Bummels mit Professor Jaravý, warum ging von ihm, grübelte Tono, so eine Trauer aus, wo er sich doch riesig freuen sollte?

Der Tod des Professors hatte auf Tono niederschmetternd gewirkt. Ich sollte bei ihm bleiben, vielleicht hätte er es mir gesagt, gegen Verzweiflung ist ein erlösendes Gespräch das beste, sie läßt dann nach wie Fieber! Magda konnte sich bei ihm unverzüglich revanchieren: Er hätte es ohnehin getan! wofür soll ein alter Mann leben, der Heimat, Arbeit, Liebe und Ehre verloren hat? Ein wenig hat sie damit ihr Gewissen beschwichtigt, vielleicht hat er wirklich nach Tono gesucht und ihn nicht gefunden, weil der bereits im Speiseraum ihr Wehwehchen bepustete.

Sie hat schon vorher unbewußt begonnen, Gabo von sich abzutrennen, und den Rest schickte sie mit dem Surfbrett weg. Am Ende jener Nacht kam sie ziemlich besänftigt auf das Zimmer, wo sie den Vater fand, mit schweren Schlafmitteln zur Ruhe gebracht, und die Mutter völlig verheult, nachdem sie stundenlang zwischen Kirche und Wald ihre Tochter gesucht hatte; statt ihr Vorwürfe zu machen, drückte sie Magda ans Herz, o Gott, Magda, und was? Gold kommt, Gold geht, aber wir haben uns nur einmal! Um so stärkere Vorwürfe machte sich Magda später, daß sie Tono unnötig aufgehalten hatte.

Das war das erste Band ihrer Freundschaft, die sich schnell entfalten konnte, als sie erkannte, daß er mit dem unmöglichen Busenprotz gebrochen hatte. Danach begann sie, ihn richtig zu entdecken. Obwohl er hier jede Frau für sich einnahm, einschließlich, sie merkte es, ihrer Mutter! hat ihn diese Bewunderung keineswegs in einen eingebildeten Laffen verwandelt, von denen es in ihrer Schule und im Sportklub nur so wimmelte, von den Cliquen der Funktionärssöhnchen, die große Künstler spielten, nicht zu reden. Es entging ihr nicht, daß seine beachtlichen Muskeln von einem verläßlichen Verstand gesteuert wurden. Diese Verbindung wurde, und dadurch hat sich rückblickend vieles für sie geklärt, von zwei seltenen Eigenschaften beherrscht: Tono war beinahe altmodisch fair und hoffnungslos romantisch.

Es hat sie nicht überrascht, daß er ihr bei der morgendlichen Gymnastik, die manchmal das Quartett der sympathischen Tschechen mitmachte, vorzuführen wußte, wie man mit dem Körper umgehen soll, damit er nicht vorzeitig rostet; sie staunte erst dann, als er ihr eines Abends beim Spaziergang am Waldrand ganz unerwartet Verse vorzutragen begann. Nicht von ihm! beeilte er sich zu erklären, die sind von einem Franzosen, aber er habe sie sich schon längst zu eigen gemacht, sie solle ihn nicht belächeln, aber er denke, viel mehr in das Zeitalter des Degens zu passen, gefochten hat er nur deshalb nicht, weil er dazu nicht die Figur hatte, Sie, Vágner, sagte man, höchstens mit einer Deichsel!

Sie hat sich an seinen Zusammenstoß mit dem widerlichen Dickwanst erinnert und an den Streik in der Ziegelei, nichts daran schien ihr zum Lachen zu sein, und sie schätzte ihn neu ein. Sie ließ sich an den nächsten Abenden die Geschichte des häßlichen Musketiers erzählen und rezitieren und ist auch dem langnasigen Zauber verfallen. Die blöde Kuh von Roxane! urteilte sie dagegen über das Objekt der zweifachen Anbetung, Christians schöne Larve mit Cyranos Geist zu verwechseln! Und was mit Gabriel Babraj? ging sie mit sich selbst ins Gericht.

Auch sie haben die Gegensätze in Tono anfangs verwirrt: Bei aller Kraft war er scheu bis schamhaft, und dennoch hat er sich verbissen in fremde Konflikte gestürzt, um all denen beizustehen, die er im Recht sah. Entscheidend war, daß nichts von dem, was er tat oder sagte, ein Zeichen von seichter Schalheit trug, für die sie ihre meisten Altersgenossen verachtete. Er hat in mir Gabo wie eine Kerze ausgepustet! wiederholte sie sich ungläubig. Eine nahe Seele! fiel ihr ein, als er sie bei einem der abendlichen Streifzüge über eine vom Regen schlammige Wiese leicht in seinen Armen trug, wird er mich küssen...? er hat sie wieder auf die Beine gestellt und nicht einmal bei der Hand genommen, das hat sie verdrossen, was hat er gegen mich?

Das Herumziehen mit Tono haben die Eltern glücklicherweise nicht verdorben, hätte Magda sie nicht gekannt, müßte sie sich jetzt fragen, wollen die uns zusammenbringen? so verstand sie es als Versuch, die angeschlagenen Beziehungen zu kitten, und war von ganzer Seele dafür. Aus Prinzip blieb sie bei ihrer Meinung, daß es zu den wenigen ihrer Rechte gehörte, das Brett zu verschenken, es war auch eine Strafe Gottes für diese ewige Heimlichtuerei. Daß es den Vater so mitgenommen hatte, erweckte in ihr statt Vorwürfen Zweifel: Wie würde er sich wohl benehmen, falls uns einmal was wirklich Schlimmes passieren sollte? Die wenigsten Leute fliehen aus der Heimat mit einem Klumpen Gold!

Um auf andere Gedanken zu kommen und ein bißchen den Verlust zu ersetzen, ließ sich der Vater in einer Zahnklempnerei in Sankt Pölten einstellen. Er stand früh auf und ging früh zu Bett, vor Müdigkeit hörte er nicht einmal den Hahn. Weil sie ihn jetzt so selten zu sehen bekam, bemühte sie sich, nett zu ihm zu sein. Die Mutter hat mit dem protestierenden Miro gebüffelt, mal dies, mal jenes, damit er hier nicht total verluderte, und Magda ließ sich mit Tono zur Weinlese anwerben, solange man pflückte, war sie von der Früh bis in die Nacht mit ihm zusammen und entdeckte einen weiteren Vorzug an ihm: Er hatte nie Launen!

Mit ihm ist es immer lustig, und ich kann mich jederzeit verlassen... auf was eigentlich...? daß er sich mir gegenüber nie etwas herausnimmt... warum eigentlich nicht? Warum ist er denn mit mir immer zusammen? Was fühlt er für mich? Bald wurde ihr klar, daß sie damit nur die wahre Frage unterdrückt: Warum bin ich mit ihm so oft zusammen, und was fühle ich für ihn? Springe ich nur vom Regen in die Traufe, vom Schlamm in die Pfütze, vom Teufel zum Luzifer, von Gabo zu Tono, von Irrtum zu Irrtum? Als die Trauben in den Bütten lagen, ging sie absichtlich nicht mit Tono zur Weinpresse, sondern blieb in Rohlau, um mit sich ins reine zu kommen.

Dann schneite den meisten der Wartenden das amerikanische Visum ins Haus, und ihre Beklemmung verriet ihr den Zustand ihrer Seele: Ich werde ihn verlieren! Nordamerika, erklärte er einst, als sie ihre Kenntnisse von der Welt verglichen, hat bereits zweimal die Weltzivilisation gerettet, hat also das Anrecht, endlich selbst zivilisiert zu werden, manchmal steht es Rußland nicht nach in der Art, wie es seine Vorstellungen von Glück anderen aufzwingt! Sie stritt mit ihm darüber in Fortsetzungen bis in die vorige Woche, als er die kurze Mitteilung erhielt, sein Visumantrag sei abgelehnt worden.

Er hat ihr vom Julibesuch der beiden Nachrichtendienstler erzählt und mußte sie dann bremsen, ja, es ihr ausdrücklich verbieten! an Mládek zu schreiben, daß man Tono in Schutz nehme, was ist das für eine Gerechtigkeit? ihn ließ man drüben nicht studieren, während ihr Vater, ein Parteimitglied, für Amerika gut ist! gibt man auch dort denen den Vortritt, die den Mund halten, denunzieren und lügen? Sie hat akzeptiert, daß sie das nicht tun darf, doch sie beruhigte sich nicht mehr. Täglich zitterte sie, wenn unter der Kirche die gelbe Pelerine des motorisierten Postboten erschien, jeder Tag des Aufschubs der Abreise bedeutete für sie die Hoffnung, daß die Sache mit Tono sich irgendwie noch gut lösen würde.

Da wußte sie bereits mit Sicherheit, daß sie ihn gern hat. Fühlt auch er, wurde sie kleinmütig, für mich etwas mehr als nur Freundschaft? Mache ich nicht den gleichen Fehler, der mich möglicherweise, ich bereue es nicht, aber es ist gut zu wissen! Gabo gekostet hat? Ist Tono nur so zurückhaltend, weil ihr zögerndes Verhalten bei ihm jedes Verlangen nach Vertraulichkeit vergehen läßt? Babraj hat sich immerhin rangemacht! Wie aber macht sich ein anständiges Mädchen an einen Jungen ran?

Ist Tono wirklich so scheu, oder gibt er ihr höflich zu verstehen, daß sie nicht sein Typ ist? Und das ist sie offensichtlich nicht, gab sie sachlich zu, wenn er sich hier auf Anhieb die dralle Person angelacht hat. Wie soll ich das herauskriegen und mich dabei nicht unsterblich blamieren? Dann brachte der Postbote das befürchtete Urteil zu lebenslangem Glück in Amerika, und zum Philosophieren blieb keine Zeit mehr. In ihrer Not klopfte sie nach dem Mittagessen wieder bei Mara an.

Diesmal hat sie bei ihr nicht mehr das gemütliche Durcheinander aufgeschlagener Hefte und herumliegender Bücher gefunden. Die Chartistin war dabei, die Reste ihrer Habe aus den Schränken in den tollen Koffern zu verstauen.

«Ich möchte hier nicht versauern», erklärte sie Magda, «ich mache mich morgen als erste dünn, und trauern werdet ihr, hoffe ich wenigstens», lachte sie.

Magda hat etwas über einen Mann gehört, den Mara verlassen haben soll, aber sie wollte sich nicht neugierig in fremde Angelegenheiten mischen, wenn sie doch nicht helfen konnte. Dafür bedrückte sie aber die plötzliche Gewißheit, Mara höchstwahrscheinlich nie mehr zu sehen. Und wie wird es mir erst ergehen, sie war am Verzweifeln, wenn ich Tono verliere? Kann ich es irgendwie verhindern? Zu dieser Frage wollte sie jetzt unauffällig gelangen.

«Ich möchte mich bei Ihnen schrecklich bedanken...» holte sie zu ihrem Thema wie von ungefähr aus.

«Für was, bitte ich dich?»

Magda hat sie schon längst erfolgreich überredet, sie als die Jüngere zu duzen, sich von ihr jedoch weiterhin siezen zu lassen, sie könne nicht anders!

«Daß Sie mir mit... dem aus Bratislava geholfen haben.»

«Na, eher abgeholfen.»

«Aber doch nur, weil ich mit ihm dank Ihnen ein paarmal reden konnte. Sonst hätte ich für immer geglaubt, daß ich in ihm einen Menschen fürs Leben verloren habe, wenn ich nicht erlebt hätte, wie er sich plötzlich vor Schreck windet, ich könnte zurückkommen und seinen Harem auflösen.»

«Siehst du», seufzte Mara, «ein Verlust wird oft zum Gewinn, schade, daß unser Herr Professor nicht abgewartet hat, bis er erkannte, was er dabei gewonnen hat.»

«Ich habe das so erkannt: Eines Tages bin ich aufgewacht, und er war... einfach futsch! nicht ein Schimmer von Trauer blieb übrig. Als hätte es ihn nie gegeben.»

«Da beneide ich dich, das war mir leider nicht vergönnt; eine Zigarette?» sie zündete sich eine an, «ach, entschuldige, du rauchst doch nicht.»

«Könnte ich es einmal probieren?»

«Warum gerade jetzt?»

«Mit jemandem muß ich anfangen, warum dann nicht mit Ihnen?»

«Warum solltest du müssen? Keiner zwingt dich. Und warum soll ich dich verführen?»

«Weil ich mir Sie ausgewählt habe. Wie viele Menschen haben das Glück, sich ihren Verführer selbst wählen zu dürfen?»

«Ich habe dich gewarnt!» betonte Mara Silverová und bot ihr eine dünne Filterzigarette an, «paß auf!» sie entzündete ein Streichholz, «wenn du zu tief Atem holst, verschluckst du dich am Qualm und verdirbst dir den Geschmack, und atmest du zu wenig ein, mußt du überhaupt nicht rauchen, dann hast du nichts davon.»

Magda holte absichtlich sehr tief Atem und glaubte dann, sich bis zum Ersticken aushusten zu müssen. Mara holte ihr ein Glas Wasser, sie löschte den Brand mit einigen Schlucken und rauchte tapfer weiter, vorsichtig jetzt und damit ohne Ergebnis.

«Zwing dich nicht dazu», riet die Ältere, «heute wird es nicht mehr besser.»

Gerne gehorchte sie und fragte schon direkt.

«Ist es genauso schlimm, wenn aus einer Jungfrau eine Frau wird?»

«Das hängt... das ist sehr... eigentlich erinnere ich mich nicht mehr so genau.»

«Wie kann man so etwas vergessen?»

«Wenn du das Pech hast, es mit jemandem zu erleben, den du leicht vergessen kannst.»

«War es denn nicht Ihr Mann?»

«Ossi? Ach nein, den habe ich erst an der Uni kennengelernt, da hatte ich schon einige Bekanntschaften hinter mir.»

«Ich begreife», Magda verheimlichte ihre Enttäuschung nicht, «daß sich jemand... jemand Einfacherer daran nicht erinnern kann, dem es ziemlich egal ist, mit wem, aber daß auch Sie...?»

«Mit wem, weiß ich natürlich, es war ein ziemlich durchschnittlicher Junge aus der Abiturklasse, hinter dem wir trotzdem alle her waren, und er hat uns auch der Reihe nach genommen, eine behauptete, auf seinem Tisch zu Hause hätte sie die Sitzordnung der Mädchenklassen gesehen, die meisten Namen darauf bereits abgehakt.»

«Und was war an ihm so toll?»

«Heute, glaub' ich, gerade das.»

«Wie konnten Sie also... ich meine, Sie alle...?»

«Ich zum Beispiel habe geglaubt, ich werde die erste, in die er sich wirklich verliebt, womit öffentlich erwiesen wäre, ich habe etwas, was den anderen fehlt, frag mich heute nicht, was es sein sollte! Daß ich nichts anderes weiß, beweist nur, wie aufgeregt ich gewesen sein muß. Aber wahrscheinlich und hauptsächlich werde ich das aus Scham unterdrückt haben, daß ich einen solchen Schatz so unnütz vergeudet habe!»

Genauso, begriff Magda, könnte ich nach zwanzig Jahren beschreiben, wie mich irgendein Meister von Bratislava und Umgebung entjungferte, von dem ich eigentlich nie einen anderen Gedanken gehört habe, als daß Politik Scheiße ist und ein intelligenter Mensch sich von ihr nicht abmurksen läßt, wenn er zu etwas gezwungen wird, nickt er halt und denkt sich das Seine. Auch den Herrn Balúch von der Charta hatte in der Straßenbahn eigentlich sie allein begrüßt...!

«Was ist los?» Mara sorgte sich, «es tut mir leid, daß ich so oberflächlich gewesen bin, aber was soll ich damit!?»

«Ach nein, seien Sie mir nicht böse! Ich war nur wieder einmal dumm. Meine Jungfernschaft haben vor einem ähnlichen Sammler gerade meine Eltern noch gerettet, als sie mich hierher entführten. Nur daß hier plötzlich ein Neuer aufgetaucht ist, der mir der Richtige zu sein scheint. Wie lange soll eine Frau mit diesem Schatz herumlaufen, wenn sie sagen kann, sie weiß, wem sie ihn gibt?»

«Magda», Mara warf die Hände in die Höhe, «was willst du von mir? Das muß dir doch dein Ich selbst sagen!»

«Und was soll dieses Ich tun, wenn es sich schon entschieden hat und der Betroffene sich nicht rührt? Wie kann man feststellen, ob er nicht will oder nur übertrieben anständig ist? Und falls er es sein sollte, was dann?»

«Willst du damit sagen, Tono hat dich bis heute noch nicht geküßt?»

«Nein!» daß der Name fiel, befreite Magda von ihren Hemmungen, «so daß ich mir denken kann, als Frau interessiere ich ihn gar nicht. Dafür er mich um so mehr, nur: In drei Tagen bin ich in Amerika! Was soll ich tun?»

Mara Silverová war in Verlegenheit. Trotzdem wagte sie einen Rat.

«Zum Beispiel, es ihm sagen.»

«Wie denn? Ähnlich wie mein Erster zu mir? Warum kannst du mich nicht lieben? Oder: Wir werden es schrecklich schön miteinander haben, keine Angst, ich werde ganz vorsichtig sein?»

Sie brachte es ganz erregt heraus und schämte sich nicht mehr.

«Stell dir mal vor, Magda, daß er, Kerl hin, Kerl her, dir ähnlich ist und Angst hat, sich zu blamieren. Gib ihm wenigstens ein Signal!»

«Soll ich ihm zuzwinkern, oder was? Ich weiß ehrlich nicht!»

«Komm mit mir», Mara streifte ihre Pantöffelchen ab und zog Mokassins an, «mach schnell! Du weißt, wo er arbeitet? Ihr wart doch da gemeinsam!»

«Ja, aber...»

«Wir gehen in die Küche ans Telephon, ich besorge dir die Nummer, und du bestellst ihn dir irgendwohin, wo ihr allein seid. Sag ihm, du möchtest mit ihm sofort reden.»

«Und was möchte ich mit ihm reden...?»

«Na, was wohl! Daß du in drei Tagen wegfliegst.»

«Er arbeitet bis fünf, und früher fährt sowieso nichts von dort...»

«Liebe Magda, falls er dir das antwortet, kannst du ihn dir ruhig aus dem Kopf schlagen. Und wenn er kommt, wie ich annehme, mußt du schon selbst entscheiden, was er dir wert ist, damit du dich einmal nur bei dir selbst beschweren kannst.»

Gleich nach dem Besuch der beiden Chargen in Zivil begann er zu ahnen, daß sein Weizen hier nicht blühen wird. Österreich verhält sich zur Tschechoslowakei, vertraute er sich später Magda an, wie ein Positiv zum Negativ, nur daß schwarz weiß ist, und umgekehrt. Es ist fast total anders gleich! Wo bei uns ein Tohuwabohu war, herrscht hier mustergültige Ordnung, und was mich daheim erwärmte, bringt mich hier zum Frieren. Bei uns funktioniert nichts, und alle leben davon, schimpfen, denken sich prima Anekdoten aus und freuen sich über jeden Schmarren. Hier läuft das Leben wie am Schnürchen, doch niemanden amüsiert es allzu sehr, nichts gefällt ihnen, nicht einmal stolz sind sie auf sich selbst!

Nachträglich war er heilfroh, daß der Zauberer ihm den weggeworfenen Asylbrief zurückholte, Hitzkopf! schimpfte er mit sich, dein Dampfkessel hat dich hierhergetrieben, Vorsicht, daß er dich nicht zurücktreibt! Jetzt konnte er sich wenigstens einen Konventionalpaß besorgen und sich von hier wegrühren. Aber wohin eigentlich? Er schloß auch die anderen deutschsprachigen Länder aus. Er schöpfte Verdacht, daß die langweiligen Mayers überall sind, wo diese Sprache zu Hause ist, wie kann hier auch jemand lachen, wenn am Ende eines jeden Witzes, weil die Grammatik es so will, statt der Pointe ein Zeitwort stehen muß?

Um nicht zum Gefangenen des Deutschen zu werden, kaufte er sich nach dem Beispiel des Schauspielers Čech ein Tonbandgerät und einen Kurs Englisch für Anfänger. Die Familie Smith war ungleich lustiger. Auch keine Einsteins, aber wenigstens mit Sinn für Humor. Amerika hat er ein bißchen wegen Bobina beantragt, aber viel mehr aus Trotz, um erneut zu überprüfen, ob es einem auch dort irgendwelche Geheimonkel vermasseln können. Die Amis, fand er bald heraus, sind bei den jungen Leuten hier fast genauso schlecht angeschrieben wie bei uns die Russen. Mit der Wahl seines Ziellandes versöhnte er sich dann wegen Magda Čierniak.

Sehr schnell wußte er, daß er nie vorher so ein prima Mädchen getroffen hatte. Daß sie Slowakin war, hielt er für eine Sensation, das Tüpfelchen auf dem i. Er war auf die Tschechen eifersüchtig, daß sie solche Rassemädchen in Hülle und Fülle haben: nicht affektiert, nicht zimperlich und dazu nicht provinziell, selbst die Bratislaverinnen kamen ihm kleinbürgerlich vor im Vergleich mit der einfachen Kellnerin aus Břeclav, und trotzdem, von der Klasse der Prager Mädchen; sie ging natürlich viel eher in Richtung Bobina, Mädels vom Stamme «Nimm und Mach», die Vorliebe dafür haben ihm bisher seine Kameraden eingeimpft, wenn sie sich über die «Bügelbretter» lustig machten.

Als ihn jedoch nach dem Begräbnis von Professor Jaravý die Eheleute Čierniak als Landsmann zu einer Fahrt an die Donau einluden, damit er sich zerstreute, hat sie der Tote so gerührt? den ganzen Sommer lang haben die mit mir nicht gesprochen, seit ich ihre «illegale Tätigkeit» nicht bezeugte! konnte er plötzlich sehen, wie sehr er sich geirrt hatte: Der elastische einteilige Badeanzug führte ihm einen zwar schlanken Mädchenkörper vor, aber echt anziehend, nirgendwo fehlte ihr etwas.

Und als er das erstemal mit ihr zum Frühsport startete und sie noch am selben Abend auf dem schmalen Bergweg entlang der steilen Wiese spazierengingen, der in klaren Nächten hell schimmernd wie ein halsbrecherischer Steg über dem tiefen Tal zu hängen schien, schüttelte er über sich selbst den Kopf: Wie konnte er hier zwei Monate an ihr vorbeigehen und inzwischen herumschlafen, und nicht nur das! sogar eine gemeinsame Zukunft hegen mit einer, deren Horizont zwischen Bettpfosten begann und endete!

Auch wenn Magda behauptete, sich bis zur Flucht nur um Sport gekümmert zu haben, zu etwas anderem konnte man doch kein Vertrauen haben! hier hat sie Informationen jeder Art nur so in sich eingesogen wie ein Schwamm, o nein! den kann man ausquetschen, sie sog sie in sich wie Erde die Feuchtigkeit, die das Grundwasser bildet! Sie war das erste weibliche Wesen, dem er sein Vorbild vorzustellen wagte. Und sie hat ihn wieder nicht enttäuscht: Aus den Versen, die er ihr sprunghaft und mit vielen Auslassungen, er hatte sie schon lange nicht mehr gelesen, vortrug, haben auf sie den stärksten Eindruck nicht die Liebesszenen gemacht, sondern die Passagen, die er selbst am meisten mochte.

Diese ließ sie sich von ihm nach und nach aufschreiben und sorgte später für Aufregung bei einer Bergtour mit den Tschechen, die Tono, nachdem er ihnen seinen letzten Spaziergang mit dem Herrn Professor geschildert hatte, bei sich aufnahmen. Zuerst hat ihn Maras Anwesenheit bedrückt, doch sie benahm sich ihm gegenüber genau so freundlich wie die Pianistin, der Gärtner und der berühmte Schauspieler, der trotz allem kein Snob war. Er schätzte sie alle und war glücklich, sich bei ihnen wie schon bei Magda als Sportinstruktor nützlich zu machen.

Bei jenem Ausflug, als sie sich im Windschatten unter dem Gipfel auf einem herausgeschmuggelten Bettlaken ein prächtiges Picknick gönnten, erinnerten sich Mara und Lydia daran, in was sie Milan Čech gesehen haben auf der Bühne, auf dem Bildschirm und auf der Leinwand. Er zählte dann nostalgisch die Rollen auf, die ihm für immer davongelaufen sind, neben dem Bolschewisten arbeitet auch die Zeit gegen mich! und fügte sehnsuchtsvoll jene hinzu, die er dort, over the ocean, verkörpern mochte: den Richard sofort, viel später den Lear und zu jeder Zeit dazwischen den Cyrano... Magda und Tono schauten sich begeistert an.

Sie werden bald auseinandergehen, sagte Lydia Gutenberg, deswegen ein unbescheidener Wunsch: Sie möchte noch einmal Milan Čech live hören. Er lehnte nicht ab, es wird eine Dernière und eine Première zugleich sein, verkündete er sogar: das letztemal in Europa und zum erstenmal auf englisch. Nachdem er ihnen das Stück erläutert hatte, trug er ihnen an einem klaren Herbstnachmittag und auf einer Bergeshöhe, von der aus sie bis zu dem böhmisch-mährischen Hügelland sehen konnten, Richards Rede vom ununterdrückbaren menschlichen Trieb nach Macht über andere vor. Eigentlich spielte er gar nicht, er schob nur die linke Achsel mit dem Schulterblatt nach vorne, und sofort wurde er selbst in Bergschuhen und dem Pulli zu einem Krüppel mit Leib und Seele, aus seinen Augen zischte die gleiche Bosheit, vor der auch sie alle auf der Flucht waren.

Und Cyrano? bat Lydia weiter. Könne er einen Monolog daraus? leider nein, er memorierte fast immer nur das, was er brauchte, doch jetzt wird er sich, gleich nach der Ankunft, eine englische Übersetzung beschaffen, falls Amerika so sentimental ist, wie gemeinhin behauptet wird, sollte dort gerade dieser Held Gehör finden. Schon die ewig aktuelle Tirade aus dem zweiten Akt, von der persönlichen Freiheit, die über allem steht, auch wenn der Mensch sie teuer bezahlen muß! vielleicht der beste Text von Rostand... Schade, daß er nicht... da unterbrach ihn Magda, wohl wissend, daß der scheue Tono es nie riskieren würde.

Soll ich ein Loblied singen auf gefüllte Taschen?
Soll eines Hofmanns Lächeln mich erhaschen?
Soll ich stets forschen: Werd' ich anerkannt?
Hat der und jener lobend mich genannt?
Niemals! Stets rechnen, stets Besorgnis zeigen,
Lieber Besuche machen als Gedichte,
Bittschriften schreiben, Hintertreppen steigen?
Nein, niemals, niemals, niemals! – Doch im Lichte
Der Freiheit schwärmen, durch die Wälder laufen,
Mit fester Stimme, klarem Falkenblick,
Den Schlapphut übermütig im Genick,
Und je nach Laune reimen oder raufen!

Zum erstenmal erntete sie Beifall für etwas anderes als für Tempo und Geschicklichkeit. Selbst Milan Čech klatschte.

«Phantastisch. Cyrano im Jeansrock! Wolltest du auf die Schauspielschule?»

«Nein, Tono hat es mir beigebracht, es hat mir so gefallen...»

Damals hat Tono zum erstenmal Wehmut ergriffen, daß dieses schöne und lebendige Wesen, an das er sich in letzter Zeit so eng anschloß, in ein paar Tagen über das Meer in einem Land verschwindet, in das er nicht folgen darf und in dem sie auf den Glücklichen aus Bratislava warten wird, der als erster kam. Davon hat ihn ihre Mutter schon an der Donau diskret in Kenntnis gesetzt, und der Gascogner in ihm respektierte dessen Vorrecht ebenso wie damals das des Zauberers bei Bobina. Er hat doch selbst ihre Verzweiflung erlebt, sie muß den Jungen vergottert haben, wenn sie seinetwegen in dem dunklen Raum so heulte.

Tono versuchte auch darum nichts, weil er kein Gran Hoffnung hatte und nicht noch die letzte Prise Selbstbewußtsein verlieren wollte. Er hat sich wie sein Vorbild mit der Rolle des «alten Freundes» abgefunden, «der Späße macht». Darin hat ihn auch Magdas plötzliche Entscheidung bestätigt: Nach der Lese, bei der sie beide miteinander vom Morgen bis zum Abend immer so fröhlich waren, ist sie auf einmal mit ihm nicht weiter zu der Weinpresse gegangen, sondern in Rohlau geblieben. Da war er bereits bis über beide Ohren verliebt und hätte beinahe auch gekündigt. Sein Verstand hat ihm jedoch eingegeben, bleib! Er mußte schnell mit dem Ablegen beginnen, um später nicht auf einmal zu viele Ankertrossen kappen zu müssen.

Nach der kalten Dusche aus Amerika war er von der Idee besessen, all den betuchten und teilnahmslosen Ländern Ade zu sagen und sich irgendwohin zu begeben, wo es noch immer um etwas geht, wo es noch immer einen Sinn hat, wenn es darauf ankommt, sein Blut zu vergießen, das man hier wie eine Ware verkauft. Ein österreichischer Künstler hat ihm imponiert, der den verhungernden Abessiniern half, doch er war seiner Natur nach alles andere als ein Missionar, schade um meinen Dan, meinen Degen! Dann hörte er im Fernsehen immer häufiger den Namen Nicaragua und im Weinberg die Meinung von seinen hiesigen Altersgenossen, meist Studenten, daß eben dort endlich eine Revolution siegt, echt gerecht!

Der Name klang auch gut, und das Land war richtig gelegen, von Meeren umschlossen und zumindest auf der Weltkarte in seinem Notizbuch einen Sprung von Magdas Kalifornien entfernt... Er hat sich einige Broschüren besorgt und entflammte bald für die Jungs, die, anfangs nur mit bloßer Begeisterung, eine blutige Diktatur gefällt hatten und jetzt den Versuch unternahmen, einen modernen Staat zu gründen, indem sie zunächst den Indianern Lesen und Schreiben beibringen wollten, die noch immer mit dem Blasrohr jagten. Er kaufte sich einen weiteren Kurs auf Kassetten. Spanisch. Ich komme auch ohne die zweite Erdkugel aus, Herr Mládek! es sei denn, Magduš wäre dort...

Die Abende nach dem Fernsehen verbrachten sie nach wie vor gemeinsam, selbst bei Regen bummelten sie hin und her über ihren «Hängesteg». Hartnäckig hat er sich jegliche Erwähnung seiner Pläne oder ihrer Abreise verkniffen, bis zum Umkommen redete er mit ihr über alles, was nicht weh tat. Er berichtete, was er hörte, was er las, was er sich erdachte oder durchdachte, alles, bis auf das, woran er ständig dachte: ob und wie er ihr verraten soll, daß er nicht mehr ohne sie sein will.

Sie stimmte mit ihm überein, hatte Einwände, stritt mit ihm und stellte Fragen, auf die er oft mit einem ehrlichen «Ich weiß nicht» antwortete, und er wurde immer trauriger darüber, daß die Fragende, bevor er ihr eine Antwort beschaffen kann, hinter sieben Bergen und einem Atlantik verschwunden sein wird. Die Buschtrommeln der Pension meldeten die Flugbrücke bereits für die nächste Woche, die glücklichen «Amerikaner» saßen auf ihren Koffern, als müßten sie auf ein vorbeirollendes Flugzeug aufspringen. Als er, offensichtlich das letztemal, am Sonntag neben Magda in der Kirche Platz nahm, um Lydia Gutenberg zu hören, die zum Abschied eine Messe begleitete, war Tono so weit, die Stunden am Metermaß abzuschneiden wie einst beim Militär die Tage.

Um so mehr zwang er sich eisenhart, weiter zur Arbeit zu gehen, wäre ich jetzt bei ihr, würde ich nur dummes Zeug reden oder tun, was alles kaputtmachen würde! sie soll ihn in guter Erinnerung behalten, wer weiß, vielleicht macht ihr Verlobter einen Fehler, und sie wird sich dann auf einen Kameraden aus Rohlau besinnen... da hat ihn der Winzer mit düsterer Miene von der Presse ans Telephon ins Haus gerufen, wir sind hier kein Amt, laß dich abends in der Pension anrufen! und wer sich meldete, war sie.

Sie möchte mit ihm reden! ihre Erregung sagte ihm alles, könnte er gleich zu ihr? aber klar! prima! und wo? es fiel ihnen nicht gleich was Passendes ein, auf meiner Schonung? kam ihm der Gedanke, gut, ich gehe sofort hin! Halt! bremste er sie, er kann doch zu dieser Stunde aus der Wachau nur per Anhalter kommen, werde wer weiß wieviel Zeit brauchen, macht nichts, sie wartet dort, also ahoj! Er legte auf und lief zu dem Winzer, er muß gleich weg! ist er verrückt? er hat keinen Ersatz! ich komme morgen früher! aber die anderen nicht! falls er geht, schoß der Winzer ein schweres Geschütz ab, braucht er gar nicht wiederzukommen! er ging, und beiden tat es weh, diesen Streit nicht ungeschehen machen zu können.

Ohherrgottimhimmelheiligemaria! keuchte er, an der Hauptstraße ankommend, macht, daß etwas kommt! Bereits der zweite Wagen hielt, und auch nach der Fähre steuerte er in seine Richtung. Die alte krumme Straße bergauf legte er im Dauerlauf zurück, und als er an der Pension vorbei zum Wald spurtete, dachte er, sein Herz würde zerspringen. Das fiebernde Gehirn bot ihm sogar ein farbiges Bild an: Das rote Ding dreht sich wie ein Kreisel, bis es Magda Čierniak vor die Füße fällt.

Während der ganzen Zeit war sie nicht fähig, einen vernünftigen Gedanken zu fassen. Als sie ihn durch die Bäume sah, schwer im Laufschritt über den Hohlweg von der Pension zu ihr aufsteigend, verfiel sie in Panik. Wie erkläre ich ihm, warum ich ihn so gehetzt habe? Ihr Kopf war so leer wie einst die Wohnung in der Bratislaver Villa vor der Ankunft der Möbel, bis heute lachte man über ihren Satz von damals, Mami, Vati, stellt hier nichts rein, es soll für immer so schön weiß bleiben.

Die letzten hundert Meter legte er verlangsamt zurück und pustete den verbrauchten Stickstoff aus dem Körper, wie er es ihr beibrachte, früher kann man nicht denken! Sie stand nur da, aber ihr Denken sprang trotzdem nicht an. Und so, als er endlich bei ihr war, sein Ahoj! herausbekam und eine Erklärung erwartete, warum er fast die Lunge und sicher seine Stelle opfern mußte, gehorchte sie in ihrer Not Maras Rat.

«Tono... ich fliege in drei Tagen weg...!»

«Ja... ich hab's mir gedacht...»

Warum hat sie mich gerufen? forschte er hastig, doch nicht, um mir das zu sagen, woran ich bei jedem Schritt denke! was braucht sie?

Warum sagt er nichts mehr? verzweifelte sie, der Augenblick, in dem alles ohne Worte entschieden werden konnte, mit einer einfachen Bewegung aufeinander zu, war vorüber! Nein! er wollte einfach nicht! Und ihr blieb nichts übrig, als sich vom Peinlichen zum Üblichen zu retten.

«Hab' ich dir da keine Probleme gemacht?»

«Nein!» log er, «morgen geht's sowieso zu Ende, die werden schon allein auskommen...»

Sie schämt sich! merkte er, was will sie denn von mir? Soll ich sie fragen oder ihr Zeit lassen, daß sie von sich aus anfängt?

Soll ich mir ausdenken, warum ich ihn gerufen habe, zum Beispiel, er soll mir, wie versprochen, einen Konditionsplan aufstellen? oder es ihm überlassen, was er jetzt tun oder lassen will? Nimmt mich das Ganze so mit? Sie war völlig außer sich.

Über wen wir noch keine Silbe verloren haben, funkte sein Gehirn, ist ihr Galan, o Jesus, soll ich hier vielleicht einen Briefkasten spielen, solange sie noch keine Adresse hat?

Was ist los? ihre letzten Sicherheiten brachen, warum zieht er sich auch jetzt von mir zurück, als hätte ich einen Buckel oder die Pocken, bin ich so häßlich und widerlich geworden, daß er nicht einmal einen Funken Interesse zeigt, was ich von ihm wollte? Kam er vielleicht angerast, um mir als Kamerad Erste Hilfe zu leisten und dann wieder zu verschwinden?

Da stellte er ihr eine Wahnsinnsfrage.

«Hast du heute Nachrichten gehört?»

Niedergeschlagen schüttelte sie den Kopf, denn das war nun wirklich das allerletzte, was sie heute interessierte.

«Der Cowboy hat Grenada überfallen!»

Das war sein Spitzname für den amerikanischen Präsidenten, Breschnew war für ihn der Muschik, den zweiten haßte er dafür, daß er mündige Völker im Kerker hält, den ersten beschuldigte er, sie zu erpressen, doch heute dachte er nicht daran, Magda politisch aufzuklären. Die Meldung im Morgenjournal, die er im Bus gehört hatte, hat ihm einen Ausweg aus seiner Machtlosigkeit gezeigt, jetzt griff er nach ihm und hielt daran fest.

«Warum gerade Spanien?» fragte sie, um nicht wie dumm herumzustehen, und sofort verfluchte sie sich, den Schnabel je aufgemacht zu haben.

«Nicht Granada sondern Grenada, diese Insel in der Karibik doch. Jetzt schnappt er sich bestimmt auch die Sandinisten, diese prima Jungs in Nicaragua, du weißt noch, nicht?»

Ja, kombinierte er dabei, sie will, daß ich hier seine Briefe annehme und ihr nachschicke, aber inzwischen hat sie gemerkt, was mir mit ihr passiert ist, und es ist ihr plötzlich peinlich.

Nein, resignierte sie, er hat mich soeben durchschaut und gibt mir auf seine Art zu verstehen, daß ich nicht sein Typ bin und zur richtigen Zeit verschwinde.

«Aha...» sie gab auf.

«Ich fahre dorthin», entschloß er sich auf der Stelle, «meine Ausbildung kommt ihnen zupaß.»

«Welche Ausbil...?» sie erschrak, als sie begriff, «du willst kämpfen?»

«Falls der Cowboy es probiert. Alle, die an den Sozialismus glauben, müssen jetzt beweisen, daß er noch immer die Hoffnung der Unterdrückten und Armen ist, obwohl die Iwans und die Unseren ihm so schrecklich zugesetzt haben...» nein, er mogelte nicht, trotzdem wußte er, daß er jetzt vielmehr aufschreien müßte wie Bergerac vor der Schlacht bei Arras «Zwei Tote räche ich, die Liebe und das Glück... und beides bist du!» statt dessen fuhr er fort, «nach Hamburg komme ich per Anhalter, und die Seereise arbeite ich auf dem Schiff ab.»

Sie glaubte ihm aufs Wort und versetzte sich aus diesem lieblichen, kleinen Wald in jenen schrecklichen Dschungel, den sie aus allerlei Filmen kannte, eine wilde Schießerei, bei der er aus Lianen emportaucht, in den Händen eine schwere Waffe, auf der Stirn eine schmutzige Binde, blutgetränkt, fauchend rast er, wie sie ihn soeben hier laufen sah, da aber, da bricht er zusammen und fällt, unendlich langsam fällt er und fällt und...

«Magduš... was ist mit dir?»

Plötzlich stand er ganz nah bei ihr.

«Was soll mit mir...?»

«Du hast die Augen geschlossen!»

«Ich...» sie fand keine anderen Worte, «fliege in drei Tagen weg!»

«Ja... ich werde hier alles tun, was du brauchst!»

«Was...?» sie verstand nicht.

«Ich weiß doch», bekannte er tapfer, «du hast in Bratislava eine Liebe, die du heiratest, wenn du volljährig bist.»

«Woher hast du denn das?» sie war bestürzt.

«Als wir gemeinsam beim Baden waren, hat mir deine Mutter anvertraut, du möchtest vielleicht zu ihm zurück. Sie bat mich, dich ein wenig abzulenken...»

Das ist unglaublich... das kann nicht sein!!

«Du hast mich überwacht??»

«Das nicht!» jetzt erschrak auch er, «ich wollte dich auf andere Gedanken bringen...»

«Das ist dir gelungen! Vielen Dank!»

Sie fing an zu laufen, auf und davon.

«Magduš!»

Er startete hinterher, doch sie floh wie ein Wiesel, vom Frühsport mit ihr hatte er die Erfahrung, daß er sie in einem so kurzen Sprint nie einholen kann, und wenn! wie würde er sie in dem Galopp anreden oder bereits unter den Fenstern der Pension aufhalten können? So blieb er im Wald zurück und zerbrach sich den Kopf, was das in Gottes Namen alles zu bedeuten hatte. Womit hatte er sie so gegen sich aufgebracht? Warum hat sie ihn so dringend gerufen, wenn sie dann nichts, aber auch gar nichts... Jesus Maria! fiel ihm das Unglaubliche ein, hat sie von mir vielleicht erwartet... geht es ihr etwa ähnlich wie... bin ich nicht am Ende ein zum Himmel schreiender Hornochse??

Er lief zur Pension hinunter. Der Simca stand noch nicht da. Aus dem Speiseraum hörte er Beifall klatschen, aha! dort produziert sich Bobina mit ihrem Hexenmeister. Zwei Stufen auf einmal nehmend, raste er zur Tür der Čierniaks, die sich ihm bisher immer freundlich öffnete. Abgeschlossen! Kein Klopfen half. Sie ist in die Vorstellung, damit ich nicht mit ihr sprechen kann! Er betrat den Speiseraum, nahm aber nicht wahr, was da vor sich ging, er suchte im Publikum, und als er ausschließen konnte, daß sie sich da versteckt, ging er rückwärts wieder raus.

Bobina winkte er zur Entschuldigung. Wenn es für ihn im eigenen Leben ein Rätsel gab, so war es der peinliche Umstand, daß er je mit ihr schlafen und sogar träumen konnte, wenn neben ihm die ganze Zeit über die einzigartige und einzige Magduš Čierniaková atmete, die er jetzt verdient verlieren wird, falls es stimmt, daß er nicht geruht hatte zu bemerken, auch er wird von ihr vielleicht, möglicherweise, kann sein… um Gottes willen, wie erfahre ich das?

Die Eltern hatten sich glücklicherweise verspätet, und der Bruder nahm an der Zaubervorstellung teil, so konnte sie sich einsperren, unter die Bettdecke kriechen und sich ausheulen. Einige Minuten lang erstickte sie beinahe an den heruntergeschluckten Tränen, als sie Klopfen hörte. Es konnte nur er sein, und ihr fehlte vor allem am wenigsten, daß er sie tröstet. Sie wollte das bißchen ihrer Ehre retten, um ihm eine Erinnerung wert zu bleiben. Der wehmütige Zorn auf die Mutter wich bald der Selbsterkenntnis, sie habe wegen Babraj ohnehin nichts Besseres verdient.

Später, als die Augen keine Tränen mehr hervorbringen konnten, ich hab' alle, die mir für die ganze Zeit meiner Minderjährigkeit gebührten, auf einmal rausgeweint! hat sie an sich eine Veränderung entdeckt: So wie sie unglücklich war, war sie trotzdem nicht deprimiert, im Gegenteil, als hätte die Niederlage sie zum Handeln aufgerüttelt, das sie wettmachen würde. Mit den Tränen haben seltsamerweise auch Unlust und Angst sie verlassen, bis dahin an den Wechsel aus dem vertrauten Heim in die fremde Welt gebunden. So, und jetzt bin ich erwachsen! begriff sie. Amerika? Her damit! Die Jungfernschaft ist mir zwar geblieben, aber zumindest die Naivität lasse ich hier zurück. Damit schlief sie ein.

Ein Poltern weckte sie. Die Mutter war einem Schlaganfall nahe, als Magda öffnete, Miro versucht seit einer halben Stunde hereinzukommen! Kopfschmerzen hat sie, war Magdas Erklärung. Sie hat halt auch genug von all dem hier! bedauerte die Mutter sie und sorgte sich nur noch um ihren Mann, sie brachte ihm ein Becken mit warmem Wasser, damit er seinen Kreislauf in Ordnung bringt. Magda machten die Ringe um seine Augen stutzig, heulte er denn auch? Warum denn?

«Jetzt wird es nicht mehr lange dauern», gab dann die Mutter den Kindern bekannt, «wir fahren sogar früher.»

«Wie früher? Fliegen wir nicht am Freitag mit den anderen?»

So erfuhr sie, man habe ihre Familie bevorzugt für ein anderes Flugzeug vorgesehen, das Nonstop nach Kalifornien fliegt, und zwar schon morgen abend, aber zu keinem hier ein Mucks davon! jetzt nehmen sie alle bis auf Miro eine Tablette, um morgen ausgeschlafen das Packen zu schaffen. Der Jüngste hatte schon sein Abendbrot gehabt und war sofort weg, die anderen hatten keine Lust zu essen. Magda täuschte vor, daß sie die

Tablette nachspülte, ließ sie aber geschickt in die Hand rutschen und stopfte sie hinter die Matratze. Obwohl ihr bei jener Nachricht Hände und Füße so zitterten, daß sie für die barmherzige Decke dankbar war, breitete sich in ihr plötzlich Ruhe aus.

Tono, liebster und einziger Tono, flüsterte sie beinahe hörbar in das dreifache Schnauben, selbst wenn du mich nicht magst, ich kann nicht so einfach von dir weggehen, du ahnst nicht, was dir gelungen ist, Tono, du hast die Leine entzweigerissen, an der mich mein erster großer Irrtum ins Abseits führte, du hast mich von der Hundehütte losgebunden, die sich meine Heimat nannte, und darum möchte ich dir auch meine letzte Last aufbürden, ob es dir gefällt oder nicht, bitte nimm sie, Tono!

Sie hustete laut. Der Atem der Schlafenden hat sich nicht verändert, auch als sie sich im knirschenden Bett aufsetzte. Halb zehn, von unten war schwach der Fernseher zu hören, in beiden Stockwerken rauschten Duschen, Klos und Wasser aus den Hähnen, die Pension lebte wie an jedem Abend, und nichts deutete darauf hin, daß sie in ein paar Dutzend Stunden wie ausgestorben sein sollte. Magda stand auf, zog nur Jeans und Pulli auf den nackten Körper und schlüpfte in Turnschuhe mit blanken Füßen. Durch den Türspalt konnte sie bis zu seinem Zimmer am Ende des leeren Ganges sehen. Lebwohl, Jungfer Magduš, segnete sie die Fortgehende, ich hoffe, ich bin dich heute für immer los!

Er lag auf dem Bett in der Trainingshose und paukte spanische Vokabeln, um müde zu werden und einschlafen zu können. Der Verstand hat ihm inzwischen eingeredet, er habe im Wald total verrückt gespielt, habe mir eingebildet, daß ich das Gras wachsen höre. Ein Glück, daß er sie dann nicht gefunden hat, das wäre die Schlappe aller Schlappen gewesen... jemand klopfte leise bei ihm.

Er konnte an einem Daumen abzählen, wer das ist. Er hat es erwartet, seitdem sie ihm am Sonntag beim Frühstück aufgelauert hatte. Weil er ihr zutrauen konnte, die ganze Hütte aufzuwecken, stand er auf, um das zu verhindern, er öffnete und sagte leise, aber hart.

«Hör mal, Bobina...»

Es war Magda. Sie hat nicht gewartet, bis er sie hereinbittet, sie schlüpfte hinein und klappte die Tür hinter sich zu, seinen Irrtum hat sie in ihrer Aufregung schier überhört.

«Tono! Wir fliegen schon morgen!»

Sicherheitshalber schwieg er. Er versuchte, sie zu umarmen. Sie legte ihm ergeben beide Arme um den Hals und den Kopf auf seine Schulter. Er zog sie an sich. Sie standen regungslos, zum erstenmal die Nähe der Körper und den Duft der Haut wahrnehmend. Dann küßte er sie doch noch zuerst, und sie staunte wie: auf die Lippen und auf die Augen, auf die Lippen und auf die Schläfen, auf die Lippen, auf die Stirn und in beide Mundwinkel, als wolle er die Küsse aussäen, damit sie mir bleiben! Sie sah wieder, wie spielend er die Attacke des dicken Gewaltmenschen stoppte und ihn aus dem Fenster wie ein zum Lüften bestimmtes Federbett schmiß, welch eine Kraft! freute sie sich, und welche Zärtlichkeit...

Da brannte sie bereits. Er fühlte, wie sie sich von ihm zurückzieht, und ließ sie sofort wieder los.

«Ist was?»

«Heiß...»

Sie verschränkte die Arme und zog in einem Schwung den Pulli über den Kopf und in Aufwallung eines Gascognermuts auch die Jeanshose und die Schuhe aus. Sie stand vor ihm im Lichtkegel der Deckenlampe nackt, kein bißchen verschämt, im Gegenteil: Für diese Minute, lobte sie sich, lief sie den ganzen Sommer über jeden Nachmittag auf versteckte Schonungen, um auf dem Körper nicht die drei mehlweißen Zielscheiben zu behalten, hier hast du mich, mein Erster, wie Gott mich geschaffen hat, und immer noch unmündig! also willst du oder willst du nicht? Da war sie sich jedoch bereits sicher, daß er sie nicht mehr wegschicken wird.

Mein lieber Gott! auch dazu rief er ihn, denn er konnte seine Blindheit nicht verstehen, sie ist doch eine Wucht! die Hüften schmal, aber vollkommen weiblich, perfekter Busen, der zu ihrer Figur paßt, wie hat sie den so versteckt?

Es kam ihr ganz natürlich vor, ihn zu fragen.

«Gefalle ich dir?»

Seine Bewunderung konnte sie im voraus an seinen Augen ablesen.

«Mächtig», sagte er begeistert, «schrecklich, ich... ich habe keine Worte.»

«So leih dir ruhig welche!»

«Lieber möchte ich dich wieder umarmen...»

Sie war gerührt, daß er noch jetzt um Erlaubnis bittet.

«Ich bitte darum! In Bratislava gibt es seit langem keinen mehr. Es gibt nur dich, Tono, und nur noch heute, weil man mich morgen schon wieder entführen wird.»

«Ich finde dich überall!»
«So fang gleich an zu suchen! Und sperr lieber zu...»

Er liebkoste sie und schmuste mit ihr lange, der siebente Himmel! sie bebte vor Wonne, wovor hatte ich Angst... dann aber preßte sie bereits mit aller Kraft die Zähne zusammen, um nicht zu schreien, diese erste Zigarette tut aber weh! Doch sie war glücklich und stolz! Volljährig bin ich noch nicht, aber schon eine Frau.

Er war bei aller Leidenschaft behutsam und hat erkannt, daß da etwas nicht stimmt. Dann sahen sie gemeinsam die Bescherung.

«Keine Angst», beruhigte sie ihn, «ich wasch' das schon aus.»

Als er sich das zusammenreimte, war er total fertig.

«Ich werd' verrückt! Du hast noch nie mit einem...?»

«Ich habe doch auf dich gewartet!» erklärte sie ihm siegesbewußt, «aber länger ging das nicht mehr, weißt du? Es kam mir behämmert vor, daß es ein wildfremder Ami bekommen sollte. Also, sei mir nicht bös!»

5. *Die Lebensmüden*

Doktor Čierniak aß und trank weiterhin normal, schlief passabel und meldete regelmäßig der Gattin, er habe Stuhl gehabt. Für eine gewisse Zeit hatte er sogar eine Stellung angenommen, eine Zahnarzthilfe, die in Rohlau wohnte, fuhr ihn täglich nach Sankt Pölten und zurück, so daß er seinen Simca schonen konnte, für den er noch immer vergeblich einen Käufer suchte. Er half in der Poliklinik aus, damit die ständigen Kräfte die herbstlichen Meere genießen konnten. Er wurde anständig bezahlt, war sehr beliebt und noch unglücklicher als bisher.

Der nächtliche Anfall hat ihn auf die Dauer gekennzeichnet. Obwohl er der Tochter bald verziehen hatte und sie gleich den neuen Besitzer anschrieb, die Eltern wären schrecklich verärgert, er sollte netterweise versuchen, das Brett auf irgendeine Weise wieder hierher zu befördern, und obwohl das entschwundene Gold bei allem Wert nicht mehr als eine Reserve für Onkel Zufall darstellte, so hat dieses Ereignis die Nadel in Doktor Čierniaks innerem Kompaß von Hoffnung auf Zweifel umschlagen lassen.

Dem kalifornischen Zahnarzt schrieb er gleich zweimal, der erste Brief blieb ohne Echo, der andere, Expreß Eingeschrieben, kam mit dem Vermerk zurück: Return to sender. Das Konsulat noch einmal zu belästigen, dazu fand er keinen Mut, sie würden mich noch genauer unter die Lupe nehmen, und ade, Amerika! bangte er. Er fragte also österreichische Kollegen aus, die jedoch keine Ahnung hatten. Und in der nächsten Pension in Kremsau befand sich zum Unglück kein Arzt.

Am meisten erschütterte ihn aber die kurze Rückkehr in seinen Beruf. Auch wenn er dort schnell beweisen konnte, daß die tschechoslowakische Schule noch immer Klasse hat, mußte er täglich feststellen, daß sie trotzdem vorsintflutlich ist. Sein Können stieß an Unkenntnis moderner Apparaturen, Instrumente, Materialien und Medikamente, ich muß mich hier von morgens bis abends an den Rockzipfel der Schwestern halten! Er fragte nur, wenn es unvermeidlich war, aber das war es beinahe unentwegt. Und in den Staaten, schreckte man ihn unwillkürlich, hätten sie dank der gewaltigen Konkurrenz von all dem hundertmal mehr, Österreich ist ein Dorf!

Doktor Čierniak hatte gerne studiert, und an Sprachen hatte er wenigstens soviel gelernt, um zahnärztliche Zeitschriften entziffern zu können, die ihm ab und zu ein dankbarer Patient, ein Parteikader, mitbrachte; und jedesmal in den Ferien verschwendete er darauf ein bißchen von den teuer erworbenen Devisen. Hier erlebte er, daß er dennoch nichts weiß, und obendrein hat ihn unverhofft die Zeit eingeholt. Wie konnte ich nur, überfiel ihn an einem Nachmittag eine solche Übelkeit, daß er sich statt nach der Kantine plötzlich nach frischer Luft sehnte, wie konnte ich mich in meinem Alter und ohne genaue Informationen auf einen solchen Wahnsinn einlassen?

Wie habe ich es überhaupt gewagt, die Frau von der Familie, den Sohn von den Freunden, die Tochter von der ersten Liebe zu trennen, und die beiden Kinder noch dazu von ihrer Sprache, für die fixe Idee, dorthin zu kommen, zu sehen und zu siegen? Er hat sich erst jetzt ausgerechnet, daß ihm, wenn er wirklich den alten Lehrstoff für die Zulassung bewältigen sollte, zwei Jahre nicht reichen würden, dazu kamen noch alle die Neuheiten und selbstverständlich ein intensiver Englischkurs, damit er nicht wie der letzte Türke stottern muß.

Und während dieser ganzen Zeit, sollte sich die unheilvolle Prophezeiung des Zahntechnikers erfüllen, der ebenso verschwunden war, wie er aufgetaucht ist, anscheinend von einem österreichischen Zahnarzt abgeholt, müßte Doktor Čierniak außerdem seine Familie ernähren. Aufgewachsen in schwierigen Verhältnissen, war er nicht verwöhnt und hat nie eine Arbeit gescheut, aber: Wann sollte er lernen? Bin nicht mehr zwanzig...! Er hat sich insofern ermannt, daß er seinen Zustand vor der Familie geheimhielt, sogar vor Terezie. Als seine Appetitlosigkeit eine Woche lang andauerte, beriet er sich vertraulich mit einem Arzt.

Der Internist der Poliklinik ließ von ihm alle nötigen Labortests machen und teilte ihm dann mit, er sei kerngesund bis auf das Cholesterin, das wir natürlich alle tödlich zuviel haben, nachdem die Weltgesundheitsorganisation heimtückisch, hahaha! die zulässigen Werte nach unten senkte, hat der Kollege nicht vielmehr Probleme mit dem Exil? Kaum hatte Doktor Čierniak erwähnt, er habe einen Antrag für die Vereinigten Staaten gestellt, setzte der andere eine Beerdigungsmiene auf.

Amerika! Da seien seine Beschwerden nicht erstaunlich, er selbst ginge lieber für einige Zeit ins Kittchen als für immer dorthin, eine Hölle! tagsüber hartes Ringen mit der Riesenkonkurrenz um jeden Patienten, und abends gießt man Ihnen im besten Lokal Champagner in Plastikbecher ein! Von einer Nostrifizierung wußte er nichts, hielt sie jedoch für wahrscheinlich, warum bleiben Sie nicht hier? Doktor Čierniak wechselte das Thema und bedankte sich. Der Österreicher winkte ab, mich haben meine Eltern bei euch gemacht, die Mutter hat mich im Bauch hierher getragen, ein Tscheche zog sie auf ein Fuhrwerk aus dem Fußmarsch heraus, auf dem Hunderte abgekratzt sind, so vergelte ich es ihnen nur! Der Zahnarzt hatte keine Kraft mehr, ihm zu sagen, er sei Slowake.

Inzwischen wußte er bereits: Das österreichische Boot war voll. Als Aushilfe würde man ihn gewiß überall nehmen, doch bis zur Staatsbürgerschaft wäre er auf die Ersatzbank verwiesen, die heimischen Kandidaten hatten Vorrang. Doch auch danach würden die Privatpraxen rar wie Trüffeln sein, über alles herrscht die Kammer, und schlimmer noch: Ist er in irgendeiner Partei? fragte ihn diskret der Chef seiner Abteilung, nein! versicherte er ihm übereilt, das sollte er! lautete der überraschende Ratschlag, er kann es sich auswählen: Hier haben die Schwarzen das Sagen, in Wien die Roten, in Kärnten die Blauen, sonst ka' Chance!

Mehrere Parteien hielt er immer für die schönste Frucht der Demokratie, jetzt war er verloren. Zahlt man auch Mitgliedsbeiträge? Und ob! hier in Pölten achtet man zusätzlich auch auf die Frömmigkeit, hat Doktor Čierniak eine Vorstellung, wie hoch die Kirchensteuer ist? Das hatte er nicht und staunte dann. Er war ratlos, wie er sich im Falle der Notwendigkeit entscheiden sollte. Er versuchte, in der Kantine alle Zeitungen durchzulesen, doch obwohl sie sich gegenseitig mit Pech und Schwefel bewarfen, schienen sie ihm gleich: Alle waren gegen die Kommunisten. Und hätte er rein zufällig die richtige Wahl getroffen, was dann?

Warum rackerten sie sich an der Poliklinik ab, wenn sie sich selbständig machen konnten? fragte er nacheinander drei Kollegen. Wisse der Neuling aus der «Tschechei», man hielt hier trotz der Nachbarschaft Slowaken für Slowenen! wieviel momentan eine moderne Praxis kostet und wieviel ein Beschaffungskredit? Allein der Jahreszins schien ihm astronomisch zu sein, und wenn die Praxis nicht läuft? Dann helfe nur eine reiche Gattin, jeder vernünftige Mensch betreibe hier «Gütertrennung», damit sie ihn nach der Pleite ernähren könnte. Und liefe der Laden gut, plage man sich zu Tode, einen weiteren Zahnarzt dürfe man hier nicht einstellen, und Zweidrittel vom Gewinn hole sich... ob er bereits das hiesige Steuersystem kenne? Er kannte es nicht, aber der Besuch des Staates in der Pension Krebs genügte ihm.

Er hielt sich zu Hause für einen Fleißigen, er war der einzige, bei dem die Patienten nicht halbe Tage warten mußten, und dennoch hatte er bei aller Arbeit gut leben, dreimal täglich duftete für ihn in der Personalecke Kaffee, hier und da konnte er zwischendurch für Terezie importiertes Obst besorgen; wenn ihm ein Weib auf dem Stuhl gefiel, verlangsamte er die Arbeit, um sich ein Schwätzchen zu erlauben, und konnte sich mit ihm, wenn die Helferin eine rauchen ging, ein Rendezvous verabreden, ein paarmal gelang es ihm sogar, während der Mittagspause im Ärztezimmer ein Schäferstündchen einzulegen.

In Sankt Pölten hatte er das Gefühl, am Morgen von einer riesigen Maschine verschlungen zu werden, selbst die Arbeitspausen beherrschte ein strenges Reglement, und am Nachmittag wurde er wie eine ausgequetschte Zitrone ausgespuckt. Den Kaffee schlürfte er kalt mit der linken Hand, während die rechte mit dem Bohrer vor Ermüdung sank, und in den Augen der Patienten las er Mißtrauen, wie kann einer kurieren, der nicht einmal richtig sprechen lernte; selbst die, denen er geholfen hatte, blieben weiterhin unpersönlich. Und niemand gab hier dem Arzt mehr als ab und zu die Hand.

Terezie entdeckte seinen inneren Zusammenbruch diesmal ausnahmsweise spät. Daß er zur Arbeit ging, stellte trügerisch die vormaligen Zustände wieder her. Auf einmal hatte sie Zeit für sich, auch wenn sie für Miro eine Art Ersatzschule eingerichtet hatte. Magda lernte freiwillig mit dem slowakischen Jungen, der ursprünglich ihr so gefiel; nachträglich schämte sie sich, als sie hörte, daß hier die tschechische Musikerin «Spätlese» heißt. Bohdans Einfall zahlte sich aus: Der Soldat war von Grund auf anständig, benahm sich so, wie sie ihn darum gebeten hatte, und übte einen guten Einfluß auf Magduška aus.

Mit Erleichterung verfolgte sie, wie sich bei ihrer Tochter der Kamm legt, der ihr neben dem jungen Babraj so geschwollen war, sie war wieder angenehm mädchenhaft und manchmal fast kindlich. Dank sei Gott, dem Herrn, ertönte in ihr die verschollene Stimme ihrer eigenen Jugend, die später in der Jugendverbandsbegeisterung zum Verstummen kam. Der Instinkt sagte ihr, die Gefahr ist vorbei, wenigstens hier, mit Übersee wollte sie sich jetzt noch nicht den Kopf zerbrechen. Sie ließ Magda so oft und wohin auch immer gehen, sie spürte, daß Tono sie nicht enttäuscht. Eine gewisse Befürchtung hat ihr jedoch ihr Mann eingeflößt, was Magdas Beziehung zu dieser Silverová betraf.

Terka kennt ihn doch! berief er sich auf sie, er war doch nie ein Rassist, hat die hiesigen Exoten ausschließlich aus hygienischen Gründen gemieden, aus dieser Frau jedoch strömt kilometerweit jüdische Überheblichkeit, und warum lebt sie eigentlich hier, wenn sie in Wien Mann und Wohnung hat? auch die Lektüre, die sie Magda gibt, ist voll von perversem Sex, kann Terezie ausschließen, daß sie nicht andersrum ist? Verdirbt sie unsere Magduš nicht?

Das hat sie ihm ausgeredet, die Frau ist doch pausenlos mit diesem Schauspieler zusammen, denkt Bohdan etwa, die würden auf ihrem Zimmer Schach spielen? Sie selber befürchtete weitaus mehr, daß ihre Tochter sie mit dieser Frau vergleiche; die Tschechin war gleichaltrig, besaß jedoch Bildung, Charme, Sex-Appeal und die Kraft, einen erfolgreichen Ehemann zu verlassen und sich im Handumdrehen einen berühmten Liebhaber zu verschaffen. Terezie war eifersüchtig, daß Mara sie durch ihre bloße Existenz zu einer Provinzhenne degradiert.

Bis zu einem bestimmten Moment klammerte sie sich an eine Sicherheit, mit der sie die Rivalin zu schlagen vermeinte: Was immer die zu haben schien, sie hat einen guten Mann halten können, der sie auch nach zwei Jahrzehnten noch immer begehrt... da erstaunte sie darüber, daß er sie schon die dritte Woche nicht um ihren gemeinsamen Montag bat, und das, obwohl er um vier zurückzukommen pflegte und der herbstliche Wald noch immer einladend war. Hat er mit irgendeinem Weib angebandelt? überlief es sie kalt, aber sie beruhigte sich wieder, nein! wir sind einfach aus dem Gleis, ich habe selber nicht daran gedacht! Sie nahm sich also der Vorbereitung des festlichen Aktes an.

Das Lieben auf dem Moos hat sie verworfen, auch durch die Decke könnten sie sich verkühlen. Eine prächtige Gelegenheit klopfte selbst an die Tür. Ausgerechnet die Silverová kam mit der Bitte, Magda am Sonntag mit ihnen zu einer Wandertour in die Berge mitgehen zu lassen, auch drei starke Männer sind dabei, Herr Čech, Herr Rada und Herr Vágner, es kann da nichts passieren. Miro sehnte sich plötzlich, ein Eroberer zu sein, und quengelte, mitgenommen zu werden, aber mit größter Freude! nickte die Tschechin, Terezie kam es im Augenblick gelegen.

Als sie jedoch mit Bohdan eine Flasche süßen italienischen Sekts getrunken hatte, blieb ihr die Beglückung verwehrt. Statt mit seinem Körper beschwerte Bohdan sie mit seinem Problem. Nicht einmal seine Aussprache, von den lauwarmen Bläschen verwischt, hat es gemildert, sein unzusammenhängender Wortschwall hatte Hand und Fuß. Sie kannte ihn das neunzehnte Jahr, er war sehr tüchtig, aber so gut wie ohne Courage. Er war fähig, sie alle gut zu ernähren, sich eine Villa zu verdienen, ja sogar die riskante Flucht zu unternehmen, aber nur solange ihm das Glück winkte, anders verlor er sein ganzes Selbstvertrauen und gab innerlich auf.

Sie schaffte es, daß er sich mit dem Verlust des Goldes abfand, höhere Macht! beschwor sie ihn, zählt nicht. Sich nach der Nostrifizierungspflicht rechtzeitig zu erkundigen stand allerdings in seiner Macht, er konnte sich dann nur bei sich selbst beschweren, und das würde er kaum überleben. Sie saß mit einemmal ernüchtert auf dem durchgelegenen Bett, auf dem sie wieder einmal zivilisiert geliebt werden wollte, betrachtete die Wand, auf der noch immer der Schatten des Surfbretts zu kleben schien und hat begriffen, daß das Schicksal der Familie von jetzt an in ihren Händen liegt. Die Lust zu lieben war ihr vergangen.

Doktor Čierniak entschloß sich über Nacht, in Pölten aufzuhören, wollte nicht in seiner Verfassung jemandes gesunden Zahn extrahieren. Der Verfall der Persönlichkeit, erschauderte sie, beginnt bereits hier, wie soll er damit dort drüben fertigwerden? Sie behauptete vor den Kindern und der Umgebung, er leide schwer unter Föhn, über diesen Alpdruck beschwerten sich hier viele. Selbst das Essen trug Terezie ihm hinauf, und er hat sich selbst eine Schlafkur verordnet. Auch sie verlor dann langsam die Nerven. Er flüchtet in den Schlaf, und wir? Was wird aus uns? Dann tauchte vor ihr ein rettendes Gesicht auf.

Den Mann mit den sonderbaren Augen haben sie hier einige Male verfehlt, vor allem ist ihnen nie der Gedanke gekommen, ihn zu fragen. Kaum daß sie am letzten Freitag, im voraus angemeldet, in seinem Büro im Zentrallager Platz nahmen, hat Mládek es ihnen bestätigt.

«Aber selbstredend! Für alle medizinischen Fächer ist in Kalifornien eine Gesamtprüfung vorgeschrieben, ohne die das alte Diplom wertlos ist. Mit Ihrer Erfahrung haben Sie jedenfalls einen gewaltigen Vorsprung, verglichen mit jungen Studenten, statt in zehn werden Sie in zwei Jahren fertig, neben einer Beschäftigung maximal drei. Und wenn Sie sich auch nicht im idealen Emigrationsalter befinden, das liegt so um dreißig, warten immerhin noch zwanzig und mehr Berufsjahre auf Sie.»

Er fügte noch viele aufmunternde Worte hinzu, die bei Bohdan leider nicht ankamen. Beim Abschied hängte sie sich bei ihm ein, damit er sich stützen konnte, sie spürte zu gut die Unsicherheit seiner Schritte. Als er den Simca startete, zitterten auch seine Hände. Er stellte den Motor wieder ab und sagte kläglich.

«Ich schaff' es nicht, Terka...»

Und sie wußte, daß er nicht nur die Rückfahrt nach Rohlau meint. Sie beobachtete die Allee vor dem Lager, an einen Balkankorso erinnernd, ein paar Einheimische, die da durch mußten, verbargen ihren Widerwillen kaum. Eine Verzweiflung stieg in ihr auf und brachte den verdrängten Vorschlag aus dem Unterbewußtsein herauf, der dort bei seinem Selbstbekenntnis am Sonntag gekeimt war. Er soll mich ruhig in Grund und Boden schreien! vielleicht wird davon die Glocke zerspringen, unter der er wie ein Käse zerläuft... Sie betete kurz und sprach es aus.

Er jedoch wandte sich zu ihr, und in seinem gepeinigten Gesicht las sie die Erleichterung.

«Du hast recht...»

Damit hatte sie überhaupt nicht gerechnet, und Angst überkam sie, sie machte den Versuch, ob sie es ihm nicht gleich ausreden könnte, erkannte aber bald, daß sie wahrscheinlich nur seinen längst gereiften Wunsch ausgesprochen hatte. Jetzt war er vollständig verändert. Er fuhr sofort los und hielt bei der ersten Telephonzelle an. Als wollte er sich dagegen absichern, daß keiner von ihnen es sich noch einmal überlegt, fand er im Telephonbuch die Nummer und zwang Terezie, einen Besuch zu vereinbaren, wenn's geht, gleich! Dann warf er Münzen nach, hörte mit und sprach aufgeregt vor, was sie sagen sollte, sie wunderte sich, es ohne Hysterie geschafft zu haben.

Zuerst verhandelten unerzogene Lümmel mit ihr, zweimal haben sie sogar aufgelegt! bis man sie endlich mit irgendeiner Frau verband, die zwar ebenso barsch sprach, dafür aber schnell schaltete. Sie sollen sich am Dienstag vierzehn Null Null einfinden, befahl sie wie ein Offizier, sämtliche Papiere dabei! Doktor Čierniak nickte und trat als erster aus der Zelle. Sie hatte erwartet, daß sich Zweifel seiner bemächtigen würden, und war bereit, ihn mit aller Kraft für die Reise über den Ozean zu ermuntern, diesen Anruf kann uns doch niemand beweisen, und wenn, so haben mir die Nerven versagt!

Er kam auf das Gespräch mit keinem Wort zurück, nicht unterwegs, nicht in der Pension. Nur die Schlafmittel setzte er ab, verbrachte dafür aber fast das ganze Wochenende im Fernsehzimmer, bis ihr einleuchtete, er befürchtet, sie könnte davon anfangen. Sie freute sich wenigstens über seine Entspannung und beschloß, von sich aus auf das Thema nicht zurückzukommen. Am Montag abend war sie sich fast sicher, daß er jenes Telephon überhaupt vergessen will.

Als heute früh der Postbote für fünf Familien und Einzelpersonen den Reisebescheid der amerikanischen Flüchtlingsorganisation brachte, waren auch sie dabei. Der Abflug, stand darin, findet am kommenden Freitag, dem 28. Oktober statt, am fünfundsechzigsten Jahrestag der Gründung der ehemaligen Republik; dadurch solle symbolisiert werden, daß der Staat, der einst ihrer unterjochten Heimat die Freiheit gewährte, sie ihnen jetzt wenigstens auf seinem eigenen Gebiet anbietet.

«Also dann los!» forderte Doktor Čierniak seine Frau auf.

«Nach Amerika?» versicherte sie sich.

«Nach Wien doch!»

Auch diesmal schwieg er während der ganzen Fahrt, und das wußte sie sich nur mehr mit seiner tödlichen Furcht zu erklären, daß ihm niemand, und am wenigsten sie! diesen Notausgang versperrt, ohne den, schien es ihr, ihm nichts mehr geblieben war. Ihr Herz tat physisch weh, wir sind armselige Mäuschen, die aus freien Stücken in die Falle gehen, nur weil sie draußen den Kater erblickt haben ... auch sie schwieg also, jetzt konnte sie nicht anders, als ihm beizustehen.

Vorsichtshalber haben sie weit von ihrem Ziel entfernt geparkt, beim Technischen Museum, wortlos erreichten sie das Gebäude, vor dem niemand herumstand, die Amtsstunden waren längst vorbei. Sie klingelten wie vereinbart am Haupteingang und hörten eine durch die Anlage entstellte Stimme, mit der in Filmen Roboter sprechen. Sie gaben ihren Namen an, und der Roboter erschien in der Tat: ein Primitivling, treues Abbild des Regimes, in das er hier die Tür zu öffnen pflegte.

«Dort Platz nehmen!» er zeigte grußlos in eine verglaste Koje, «sie läßt euch holen.»

An Schweigen war sie schon gewöhnt, doch die lange Stunde des Wartens hat sie zermürbt, mit ihr begann zweifellos der Bußgang, der ihnen auferlegt sein wird, gib, lieber Gott, bat Terezie, daß es nicht noch viel schlimmer kommt!

Es hat sie ebenso grußlos eine auseinandergegangene junge Frau abgeholt, stieg vor ihnen ächzend die Treppe hinauf, zeigte auf eine Tür und verschwand um die Ecke. Um ihren Mann zu stärken, war Terezie bemüht, aktiv zu sein, auch jetzt war sie es, die klopfte, und mußte es wiederholen, bis sie eine Anweisung zu hören glaubte. Sie fanden eine fleißig schreibende grauhaarige Frau vor, zu der die resolute Stimme aus dem Telephon paßte. Diese ertönte dann in der Tat, als sie mit dem Kinn zu zwei Stühlen wies, ohne den Blick vom Papier zu nehmen.

«Setzen Sie sich!»

Das Zimmer war sparsam und häßlich mit den heimischen Möbeln eingerichtet. Das einzige farbige Fleckchen war ein Plakat zum 1. Mai. Von der Stirnwand herunter schaute streng durch dicke Brillengläser Staatspräsident Husák die Eheleute an. Die Frau unter ihm schrieb unendlich lange, vielleicht zehn Minuten. Terezie beobachtete aus den Augenwinkeln das dunkelrot gewordene Gesicht ihres Mannes, zu Hause mußte sie unentwegt lüften, hoffentlich fällt er mir hier nicht noch in Ohnmacht! Er war unauffällig darum bemüht, was er seinen Patienten empfahl, tief Atem holen! er wußte, daß ihm jetzt nicht einmal der stärkste Luftzug helfen würde, ich habe einfach panische Angst...

«Na, bitte», sagte die Frau, als sie es nicht erwarteten, und so leise, daß man sie vor Müdigkeit und Anstrengung kaum hören konnte. Sie mußte sie noch lauter auffordern, «ich höre!»

«Ich habe mit Ihnen gesprochen...» fing auch diesmal Terezie an und wurde sofort unterbrochen.

«Jawohl. Deswegen will ich Ihren Mann hören.»

Das Tschechisch hat ihm zugesetzt, mit einem Slowaken könnte er sich sicher besser verständigen, doch sie durften nicht wählerisch sein, sie kamen als Bittsteller.

«Ich...» raffte er sich auf, «also wir beide!» er hegte die Hoffnung, daß Terezie auf das Weibliche in dieser Frau einwirken könnte, «möchten einen Fehler wiedergutmachen...» er stockte in Erwartung irgendeiner entgegenkommenden Reaktion, sie aber legte die zusammengefalteten Hände auf den Tisch und maß ihn genau so wie der Präsident über ihr, «einen Kardinalfehler! Wir waren...» nach einer kurzen Verfinsterung tauchte in seinem Gedächtnis der Text wieder auf, den er zwei Tage lang mühsam zuammengebastelt hatte, «jawohl: verblendet, vielleicht haben wir diese Welt mit den Augen unserer Kinder gesehen, die Lichter, die Schaufenster, die Reisemöglichkeiten, als hätten wir nicht die Quellen dieses Luxus gut gekannt, die Ausbeutung und das Elend...» als er das in Rohlau paukte, kam er sich zeitweilig wie ein dämlich quatschender Abiturient vor, hier aber klang es wirklich so, wie es sollte, «wer konnte ahnen?» stellte er die rhetorische Frage, die ihnen den Ablaß verschaffen sollte, «daß man uns, statt uns zur Vernunft kommen zu lassen, gleich das Asyl und das Visum aufgedrängt?»

Durch die Verbindungstür betrat ein sportlich angezogener junger Mann den Raum. Doktor Čierniak stockte, doch die Frau forderte ihn trocken auf.

«Weiter.»

«Ich war», er hatte wenigstens Atem holen können, «immer fortschrittlich gesinnt, nie war ich zum Beispiel dem Opium der Religion verfallen, schloß mich aktiv den Jugendverbändlern an und trat früh der Partei bei, und das eben ist es, was ich mir am meisten vorwerfe», redete er der Genossin Klassenlehrerin ein, «daß ich als Kommunist versagt habe. Ich bin bereit, meine besten Kräfte einzusetzen, um mir das Vertrauen der Genossen wieder zu erwerben.»

Sie unterbrach ihn ironisch.

«Haben Sie denn erst jetzt erfahren, daß Sie Ihren Beruf dort drüben erst in ein paar Jahren ausüben können, wenn überhaupt?»

Er machte den Mund lautlos auf, was soll ich sagen? Sie hat darauf gar nicht gewartet.

«Es kann Ihnen ein Trost sein, daß Sie nicht der erste sind, Genosse Doktor.»

Die Anrede, die ihm im Laufe der Zeit unangenehm, zuwider und eklig wurde, bis er sie in Rohlau gerne vergessen hatte, ertönte plötzlich hoffnungsvoll. Die Frau Konsulin war jedoch noch nicht zu Ende.

«Aber wenn Sie schon aus diesem Fehler den richtigen Schluß ziehen, halten Sie es dann auch fur Ihre Pflicht, jene Kollegen zu warnen, die möglicherweise dabei sind, ihn aus Unkenntnis auch zu begehen?»

«Natürlich!» schoß er heraus, «selbstverständlich!»

«So machen Sie es gleich hier, solange Ihre Erfahrung frisch ist. Ich werde inzwischen mit Ihrer Frau die Formalitäten erledigen. Ihre Dokumente haben Sie natürlich mit dem Asylantrag abgegeben?»

Die Frage galt schon Terezie, die schuldbewußt nickte.

«Die Österreicher», sprach die Beamtin beinahe freundlich, «sind zum Glück kooperativ. Flüchtlinge stellen hier kein Geschenk dar, man muß ihretwegen den eigenen Leuten den Brotkorb höher hängen. Die Asylbescheide haben Sie natürlich mit!»

«Ja, ja...» er war in wenigen Sekunden durchgeschwitzt, bis er sie in der linken Tasche fand, wo er als Linkshänder nie etwas verwahrte, im Austausch nahm er mechanisch ein Blatt an, das die Frau zuvor beschrieben hatte, und hörte hinter seinem Rücken eine männliche Stimme.

«Also komm, Genosse!»

Der junge Mann in der Sportjacke dirigierte ihn in das Nebenzimmer. Er schaltete zwei kleine Scheinwerfer ein, auf einen häßlichen, ziegelrotfarbenen Stuhl gerichtet, dahinter an der Wand hing ein österreichisches Plakat: eine Pferdedroschke mit der Kulisse des Stephansdoms. Vis à vis stand auf dem Stativ eine Videokamera.

«Ich bin der hiesige Korrespondent des Tschechoslowakischen Fernsehens», stellte sich der Sportsmann vor, «nehmen Sie Platz, ausstrahlen tun wir es erst nach Ihrer Rückkehr, versteht sich.»

«Was...?»

«Die Genossin hat für Sie ein paar Gedanken zu Papier gebracht, Sie halten es in der Hand, aber Sie müssen das nicht berücksichtigen, es ist ganz Ihre Sache. Erzählen Sie frei von der Leber weg, was Sie drückt. Wenn es nicht klappt, fahren wir es noch einmal, wir haben Zeit.»

Zurück fuhr er langsam und hörte nicht auf zu reden, sie erkannte, daß er während der ganzen Zeit des Schweigens nachgedacht hat, er hatte alles bis ins Detail ausgetüftelt, was, wo, wann und wie gemacht werden muß, auch diesmal dürfen die Kinder nicht die geringste Ahnung haben! du mußt sie unterwegs immer mit etwas beschäftigen, damit sie bis zum letzten Augenblick nichts merken, aber natürlich geht das! Magduš hat doch nicht den geringsten Orientierungssinn, und Miro ist ein Kind, mit dem schaffst du es immer, bleib von deinem Sitz neben mir zu ihnen gewandt, und wenn ich ein gefährliches Straßenschild sehe, huste ich kurz, so! damit du die beiden auf dich ablenkst.

Als er zu Ende war, versuchte sie, sich das im Kopf zurechtzulegen. Nach einigen Minuten wollte sie ihm noch ein paar Fragen stellen, und da sah sie, wie erbsengroße Tränen über seine Backen rollen. Sie erschrak, er würde die Gewalt über das Steuer verlieren, und zwang ihn, auf den nächsten Parkplatz abzubiegen. Weil sie da allein waren, verlor er die Beherrschung vollkommen und brach in lautes Schluchzen aus.

Nie hat sie das mit ihm erlebt, sie ahnte nicht, daß auch erwachsene Männer herzzerreißend wie Kinder weinen können, hilflos saß sie da, wußte nicht, was mit ihm weiter. So nahm sie ihn wenigstens in die Arme, fühlte, wie die Jacke ihres einzigen Kostüms naß wird, und ihr schreckliches Leid über seine Erniedrigung fand dann auch Worte.

«Bohdan, quäl dich nicht! Du bist wirklich ein anständiger Mensch, schuld ist die Welt! Wir haben uns richtig entschieden, damals wie heute. Wir haben etwas gewollt und haben dazu nicht die Kraft, vom doppelten Bösen ist das bekannte das bessere. Übrigens ist alles für hundert Jahre aus, und die schaffen es offenbar, alles zu besetzen, warum sollen unsere Kindeskinder in der Ferne den ganzen Wahnsinn von Anfang an erleben, bei uns kennt man wenigstens die Schleichwege, man weiß Bescheid. Du hattest den Mut, es zu probieren, du hast jetzt auch den Mut, es abzublasen, weil es nicht aufging, wer dürfte dich verurteilen, fünfzehn Millionen werden dich begreifen! Die Wohnung haben wir noch, das Gold finden wir wieder, deine Tochter wird dir die Hände küssen, weil sie ihre Volljährigkeit mit ihrer Liebe feiern kann, und in mir hast du eine treue Frau, solange der Tod uns nicht scheidet, Schatz...»

Er schluckte die Tränen hinunter, und in seine gepeinigte Seele trat langsam Frieden ein.

6. *Die Liebeskranken*

Er kam mit dem gleichen Zug am gleichen Bahnsteig an. Sechzehn Wochen! rechnete er unterwegs zusammen, genau sechzehn Wochen, also einhundertundzwölf Tage. Der Tisch im Bahnhofsrestaurant, an dem sie damals saßen, war auch heute frei. Er bestellte wieder einen Kaffee und ein Croissant. Noch bevor man es ihm brachte, multiplizierte er im Kopf: Hundertzwölf mal vierundzwanzig sind zweitausendsechshundertachtundachtzig Stunden mal sechzig sind hunderteinundsechzigtausendzweihundertachtzig Minuten, in denen er sie nicht zu sehen und zu hören bekam. Und in denen er ihr dennoch ähnlich ergeben war wie einst am Anfang: aus innerem Bedürfnis.

Kaum hatte er sie damals kennengelernt, wußte er, daß mit ihr in seine Existenz ein neuer Wert eintritt. Obwohl sie ihm nie, nicht einmal indirekt irgendeine Beschränkung auferlegt hatte, schätzte er sich plötzlich aus ihrer Sicht ein und zähmte sich selbst. Die Aggressivität des künstlerischen Ehrgeizes und der männlichen Eitelkeit ließ er nicht weiter fruchtlos in ästhetischen Querelen und erotischen Affären explodieren, er verwandelte sie in eine positive Energie, mit der er sich selbst erneuerte.

Fie hat deinen verfliffenen Charakter wie einen Reifen gegen einen befferen aufgewechfelt, hat es nach einem Jahr sein Freund, der Dramatiker bewertet, nur ob ef ihr gelingt, den alten raufzufmeifen? Das gelang ihr nicht, bereute jetzt der Büßer, ich habe ihn wieder aufgezogen, warum eigentlich? Was zwang mich, sie mit Frauen zu betrügen, die in jeder Hinsicht nur ihr Schatten waren? Für Mara hat er eine pseudophilosophische Begründung gefunden, sein Bedürfnis nach Veränderungen wurde vom Theater reichlich gedeckt. Warum also?

Obwohl er sich selbst auch ein gerechter Verteidiger sein wollte, fand er bei ihr keine Schuld. Was er ihr rückblickend vorwerfen konnte, waren verzweifelte Abwehrreaktionen, die aufhörten, sobald er nicht mehr tobte. Nie hat sie sich gerächt, nichts zahlte sie zurück, auch Vorwürfe machte sie nicht und hat sich bei keinem beschwert. Und dennoch hat er zu jenen Zeiten seine Seitensprünge als totale Notwendigkeit aufgefaßt, beinahe als einen Akt der Selbstverteidigung. Wovor?

Die Trennung von Dora, die sie sich ausgebeten hatte und die er so konsequent einhielt, bis er Mißfallen bei dem sonst prinzipiell parteilosen Primarius erregte, hielt er für eine Art Reue, die nicht nur Sühne bedeutet, sondern und vor allem Suche nach den Ursachen. Nur in seiner Einsicht sah er Vergebung. Er war überzeugt, daß er sich verändert hat, konnte dennoch nach wie vor den wahren Grund der Entfremdung nicht benennen, die dann in jenen freien Fall mit all den tragischen Konsequenzen übergegangen war.

Seine Bettbekanntschaften vergaß er rasch, nur wenige schrieben sich in sein Gedächtnis ein, aber gerade hier in dem Bahnhofsrestaurant, in dem er Dora zum letztenmal gesehen hatte und wo er jetzt auf das schicksalhafte Treffen mit ihr wartete, erinnerte er sich lebhaft, wie er sie das erstemal betrog. Es geschah vier Jahre nach der Hochzeit, gerade mit ihrer ehemals guten Freundin Lada, die letzte, auf die er es als Junggeselle abgesehen und die er zur Hamletpremiere eingeladen hatte, sie sollte ihm die erste Belohnung für die Wochen der Entsagung werden. Statt der krank gewordenen Mutter nahm sie Dora mit...

Dieser bizarren Zusammenhänge wegen besann er sich ausnahmsweise auf das Arrangement der Eingangsszene. Sein Freund, erst unlängst verboten, aber noch nicht als Todfeind verschrien und deshalb ein reizvolles Objekt des gesellschaftlichen Interesses, feierte eine seiner ersten Auslandspremieren, zu denen er nicht mehr reisen durfte. Er hatte sich angewöhnt, zu solchen Anlässen aus Südmähren genug Wein kommen zu lassen und neben den ähnlich Betroffenen auch ein paar Leute aus den «Strukturen» einzuladen. Diese Snobs, für die ein solcher Abend eine kitzlig spannende Safari ersetzte, die sie in der Regel kein zweitesmal mitmachten, beneideten Milan um seinen Vorteil: Er darf sich rausreden, ein Mitschüler des Verfemten gewesen zu sein, während sie politischer Sympathien verdächtigt werden könnten. Keine Angst, parodierte er den Dramatiker, ihr werdet dafür, fobald er zum Präfidenten wird, den Tapferkeitforden bekommen, wohingegen er mich erfiefen läfft, weil ich von ihm eine ganze Menge Fachen weif!

Bei jener Feier stieß er nach Jahren auf Lada. Sie saß in einem Schaukelstuhl neben dem Kamin, in einer Hand ein Glas, in der anderen die Zigarette. Er wußte von Dora, sie sei frisch mit dem schwedischen Botschafter verlobt, der sich im Nebenzimmer mit dem Gastgeber unterhielt, sie warteten auf einen Anruf aus dem Stockholmer Theater. Die anderen tanzten. Milan ertrug es nicht, wenn sich an ihn nach Schweiß riechende Weiber klebten, Antierotik! er hat mit Dora vereinbart, daß er bei ähnlichen Gelegenheiten aus Prinzip stehen bleibt. Um so öfter forderten sie die anwesenden Männer zum Tanz auf, immer war sie die am meisten gefragte Tänzerin, kein einziges Mal ist sie sitzen geblieben.

Wie ist es denn? hörte er Lada, der Mann der schönsten und klügsten Frau in Prag zu sein? Noch ohne Verdacht antwortete er mit seinem Bonmot, es sei schmeichelnd, mit ihrem Glanz falle doch auf ihn das Prädikat des guten Geschmacks. Ob ihm nicht, setzte sie unschuldig fort, der Verlust seiner schauspielerischen Persönlichkeit drohe? Mir? in welchem Sinn? Wenn man beiseite lasse, daß ihm die eigene Frau gerade jetzt die Show stiehlt, müsse der Glanz solcher Makellosigkeit des Körpers und der Seele auch den Partner veredeln, bald werde er nur noch Erzengel spielen können! Gereizt sagte er schroff, er habe in sich noch immer Hölle genug. Oh, nein? und wann mache er Führungen?

Die heimtückischen Augen haben in ihm eisige Wut entfacht, mit der er Beleidigungen wirkungsvoller zurückzuzahlen wußte als andere mit Zorn. Du Biest! dachte er sich, du armselige Angeberin, du Null, die sich einer schwedischen Eins angeschissen hat, ich werde dich schon auf dein echtes Maß zurechtstutzen! Morgen, ließ er sich wie ein Produktionsleiter vernehmen, der Tagesdispositionen verkündet, um drei nachmittags hier, falls die Courage sie nicht verlasse. Die Frau des Dramatikers war mit ihrer Tochter bei den Eltern in Mähren zu Besuch, Milan ersuchte den Freund in der Küche vor dem Abschied, er solle ihn hier nach der Probe erwarten und dann für eine kurze Stunde spazierengehen; er könne auch für länger! hatte den Dramatiker die sich überraschend anbahnende Kollision völlig eingenommen, nicht nötig, lehnte Milan ab, dafür müßte sogar ein Halbstundenhotel gut sein.

Als Lada mit aparter Verspätung an der Tür klingelte, führte er sie in das Zimmer, wo sie gestern miteinander gesprochen hatten. Auf dem Teppich schimmerte ein ausgebreitetes Bettlaken, schweigend fing er an, sich auszuziehen. Sie kämpfte um ihr Gleichgewicht, fragte, ob man nicht wenigstens etwas trinken und die Rollos herunterziehen wolle. Er fuhr sie an, den Verlauf der Führung bestimme von jeher ausnahmslos der Fremdenführer, und legte sich nackt als erster auf den Boden. Um sich nicht lächerlich zu machen, zog auch sie sich aus und hat sich noch nicht zu ihm gelegt, als er sie mit Wucht auf den Rücken warf und ohne Umschweife nahm, bis sie vor Schmerz einen Schrei ausstieß. Dann aber war sie gerade von dieser animalischen Brutalität hingerissen.

Sie schrillte vor Wonne, mit weit aufgerissenen Augen überließ sie sich dem Sturm, während im Auge des Orkans sein kühler Verstand registrierte, ich bin ein erfahrener Handwerker, der seine Arbeit verrichtet! mehr als physisch war er dabei von dieser Gefühlskälte erregt, der er dabei zum ersten Male fähig wurde. Als sie dann, inzwischen einige Male befriedigt und fast zerschlagen, ihm heiß flüsterte, Jetzt du! wie ihr zu ihrem späten Sieg über Dora nur noch das Erlebnis seiner Liebesohnmacht fehlte, stand er auf, verschwand für lange im Bad, wo er duschte, und begann sich, als er zurückkam, wortlos anzuziehen.

Was mache er da...? fragte sie vom Boden herauf. Sie sehe doch, trotz ihres Du siezte er sie weiter, die Führung sei zu Ende! Was aber werde mit ihm? sie begriff ihre Lage noch immer nicht, er könne ruhig bei ihr bleiben, sie erfülle ihm gerne auch andere Wünsche... Herzlichen Dank, sagte er, er habe keine. Aber das sei doch... ist es nicht sogar ungesund...? Sie solle sich keine Sorgen machen, versetzte er ihr den letzten Stoß, seiner wahren Persönlichkeit dürfe ihn ausschließlich die schönste und klügste Frau Prags entledigen. Lada leuchtete endlich ein, daß er sie zur Hure degradiert hatte, und sie vermochte nur mehr schwach zu fragen, warum er das tue.

«Sie wollten doch in meine Hölle rein, oder?»

Das frappanteste daran war, daß er sie sich auch künftig dorthin einlud und ebenso andere nach ihr, als wären sie einem Hasardspiel verfallen, bei dem einmal doch ihre Zahl fallen muß. Sie fiel nicht, und gerade das verlieh seinem Drängen Überzeugungskraft, wann immer Dora ihn verlassen wollte, meistens, nachdem eine der Beleidigten, die hat er immer als erste verdächtigt, sich mit einem anonymen Brief rächen wollte. Eigentlich habe er mit keiner etwas gehabt! schwor er, nur eine sommerliche Jause! behauptete er das letztemal, gerade das hat sie damals am meisten empört.

Er war jedoch davon überzeugt, und der coitus interruptus wurde zu seiner Liebesmasche, um so mehr verausgabte er sich in seinen Gefühlen beim Lieben mit Dora. Oder aber war es mein größter Betrug, der an mir selbst? Die «Philosophie» eines unverbesserlichen Hurenbocks, von eitler Angst genährt, daß er neben Dora seine Unwiderstehlichkeit tatsächlich verlieren könnte? Hat eine gewisse Lada vielleicht den Nagel auf den Kopf getroffen?

Verspätet entdeckte er den wahren Grund seiner damals so schnell anwachsenden Launenhaftigkeit und des Jähzorns, deren Folgen am Anfang nur der Verlust von Rollen und Bekannten waren, später jedoch schon Kalamitäten wie der Bruch mit seinem besten Freund, das riskante Einverständnis mit jenem Zeitungsartikel vor den Wahlen sowie die schicksalhafte Entscheidung fortzugehen. Aber auch das hätte nicht mit einer Katastrophe enden müssen, hätte er sich nicht gerade während ihrer Flucht wie ein total Wahnsinniger benommen; es hätte gereicht, das Maß ihrer aller Erschöpfung zu bemerken, etwas zum Essen zu kaufen und das letztemal im Wagen zu übernachten, am nächsten Morgen hätten sie vielleicht eine andere Lösung gefunden oder ausgeruht den Tunnel glatt passiert wie so viele vor ihnen.

Er spielte mit der Hölle, und sie blieb in ihm! Sie hat ihm wieder den Charakter verdorben, und er versuchte soeben, ihn selbst zu reparieren… lange schon saß er da im Bahnhofslärm über der leeren Tasse und dem Teller voller Krümelchen. Die Omega zeigte ihm, daß er noch eine Stunde Zeit hat, doch ihm war nicht danach, zum Primarius zu gehen, er würde mir ohnehin nichts sagen und ich nur um so nervöser werden! Dann erinnerte er sich, er habe noch etwas zu erledigen.

Das Lädchen hatte bereits auf, die mit Gold behängte Frau erkannte ihn nicht: Er hatte sich in Pölten am Freitag eine dunkelbraune Hose und ein gleichfarbenes Hemd mit einer sandgelben Jacke gekauft, nachdem er den monströsen Gedanken verworfen hat, in dem schwarzen Anzug zu erscheinen, in dem sie ihn zum letztenmal gesehen hatte.

«Grüß Gott», hieß sie den hoffnungsvoll wirkenden Kunden willkommen, «womit kann ich Ihnen dienen?»

«Guten Tag… ich möchte nur was auslösen.»

«Jawohl», sie maß ihn forschend, «haben Sie den Schein?»

«Aber gewiß.»

Sie suchte im Tresor und dann in einem dicken Buch auf der Theke.

«Ein goldener Anhänger, ach, Sie sind doch der Flüchtling! Sie wollten damals Ihrer Frau ein Kleid kaufen.»

«Ja.»

«Deswegen habe ich ihr das Ding unlängst herausgegeben, sie zeigte mir ihren Ausweis. Ich habe Sie nicht erkannt», mit einer Handbewegung von den Schuhen bis zu den Schultern bewertete sie die Veränderung seines Äußeren, «offensichtlich geht es Ihnen bei uns gut? Ich hoffe, ich habe Ihnen keine Überraschung verdorben?» sorgte sie sich, aber es klang daraus deutlich auch ein anderes Interesse.

«Jedenfalls werde ich Sie nicht verraten», versprach er ihr beim schnellen Fortgehen, «mir haben Sie eine Freude gemacht.»

Dora hat den Schmuck meiner Mutter ausgelöst! das einzige Stück, das er nur dann ablegte, wenn er mit entblößter Brust spielen mußte. Diese Geste gab ihm die Hoffnung wieder. Der Nachricht, die ihm der Professor, wie üblich kurz angebunden, telephonisch ausgerichtet hatte, konnte man entnehmen, daß Dora sicherlich mitfliegen wird, doch die Einladung zu einem persönlichen Treffen deutete darauf hin, daß es da noch etwas zu besprechen gab. Er erwartete Bedingungen und war im voraus entschlossen, eine jede zu erfüllen. Eine jede, Dora! ich habe unserem Petřík etwas versprochen, und dieses Versprechen ist das erste, das einzuhalten mir gelungen ist.

Durch das Haupttor betrat er den Krankenhauskomplex, in dem er das letztemal seinen Sohn gesehen hat. Die drei Monate, die er im Lager und in der Pension unter Menschen in Grenzsituationen verbracht hatte, genügten zum Beweis, welch eine reale, ja praktische Bedeutung moralische Werte haben, die sich auf der Bühne durch das endlose Proben in einen Teil von Fiktion verwandelten, so daß sie schließlich bei aller Glaubwürdigkeit so unwirklich waren wie das vorgeführte Stück.

Haben oder Nichthaben von Moral bedeutete für manche Flüchtlinge ihr Sein oder Nichtsein. Die kampferprobten Veteranen wie der Koch aus Budweis konnten zwar mit Beharrlichkeit Weltmeister markieren, durch die Fassade von Kies und Tricks leuchtete jedoch die Leere, während dieser scheue Gärtner, der fest an Gott glaubte und damit an Wahrheit und Liebe, eine Sicherheit ausstrahlte, die sogar einer viel reiferen Frau, dazu noch Künstlerin, Hoffnung einflößte. Aus dem Zahnarzt, der sich hier unvergleichlich leichter hätte durchsetzen können als ein Schauspieler, drang sichtbar Panik, während seinem jungen slowakischen Landsmann wegen seiner Unbezähmbarkeit tausend Gefahren drohen konnten, nur eine einzige nicht, der Verlust seiner Integrität, und warum? weil er selbst ein Teil der Werte geworden war, für die er zu jeder Stunde in den Ring trat.

Diese Werte, so glaubte Milan, galten nun wieder auch ganz für ihn, und die Bestätigung dafür sollte Doras Rückkehr zu ihm werden. Es war doch die Bedingung! ermunterte er sich, als er schon die Treppe zur Inneren Abteilung hinaufging, ich habe die Bedingung erfüllt...!

Die elterliche Erziehung, obwohl so widersprüchlich, hat prinzipiell auf körperliche Strafen verzichtet, der tote Zbyněk... ach! fiel ihm erst jetzt ein, sie haben doch einen Sohn verloren, genauso wie ich! und der hat sich in ihre Seele zwanzig Jahre lang eingeschrieben, wurden sie darum so schnell zu den Alterchen? das tote Kind verfolgte sie auch deswegen, weil sie es ein paarmal auf die alte Art verprügelt haben. Milan wurde also nach der Methode von Bedingungen erzogen.

Wenn du deine Zähnchen putzt, erzähle ich dir ein Märchen. Wenn du dein Breichen aufgegessen hast, bekommst du ein Stück Schokolade. Wenn du dein Tischlein aufräumst, darfst du spielen gehen, und wenn du dabei deine Kniechen nicht aufschürfst, kannst du morgen länger draußen bleiben. Wenn du deine Schulaufgaben fertig hast, darfst du lesen, wenn du brav liest, brauchst du nicht das Geschirr abzutrocknen, wenn du das Geschirr abtrocknest, wirst du was Schönes träumen. Er reagierte wie ein normales Kind, mal gehorchend, mal nicht, und ziemlich bald entschlüpfte er der elterlichen Pflege: Sie haben erkannt, daß er stärker geworden war.

Was ihm aber blieb, war der unerschütterliche Glaube an Kausalitäten, die er selbst erfolgreich in Gang setzen kann, wenn er sich eine dementsprechende Bedingung auferlegt und sie selbstverständlich auch erfüllt. Den Hamlet bekomme ich, haderte er mit dem Schicksal, wenn ich ihn vorher gelernt habe! Die Premiere klappt, handelte er mit ihm zu Zeiten eines drohenden Mißerfolgs, wenn ich bis dahin mit dem Rauchen aufhöre, mit dem Saufen, mit dem Huren, je nachdem, was ihm gerade die höchste Selbstverleugnung abverlangte. Die Fastenfristen waren kurz und gesund; mit seinem Talent und seinem Fleiß verbunden, führten sie immer zum Erfolg.

Ohne es in Worte zu kleiden, verspürte er in dem Augenblick, als man ihn im Lager so fürchterlich erniedrigt hatte: Dora wird mich wieder lieben, nur wenn ich zum Zbyněk geworden bin, weil sie dann nicht zu diesem Menschen zurück muß, der sie so oft enttäuschte und ihr so oft weh tat, sondern zu seinem Doppelgänger, von alldem unbelastet, was sie von seinem schlimmen Bruder erlitten hat. Als er jetzt die Innere betrat, bemächtigte sich seiner zum erstenmal die Sorge: Wie wird Dora sie beide unterscheiden?

Wie wird sie einen inneren Wandel in ein und demselben Gesicht lesen können? Wie kann sie Zbyněk in Milans Stimme hören, wie soll er ihn für sie sichtbar machen, wenn er auf Worte verzichten muß, alle habe ich zu Stroh gedroschen! und auf Berührungen, auf die habe ich keinen Anspruch! Was immer auch Milan sagt, wird gegen Zbyněk benutzt. Auf der letzten Stufe überkam ihn Skepsis: Und was, wenn diese kindische Bedingung diesmal nicht aufgeht? Was dann?

Seine einfältige Regel von der stärkeren Widerstandskraft der Menschen mit Moral wurde von dem hochmoralischen Professor Jaravý in Zweifel gezogen, der demütig seinen schmählichen Spitznamen und eine falsche Beschuldigung zu erdulden wußte und dann nicht überlebte, daß er einer Frau keine Liebe mehr wert war. Dora, erbarme dich…

«Herr Tschech! Was für ein Besuch!»

Über dem Tablett voll mit Medikamentendöschen strahlte ihm die Krankenschwester entgegen, die das Pech hatte, als erste an seinem Zölibat zu scheitern. Sie schien ganz und gar vergessen zu haben, daß er sie bis aufs Blut beleidigte, in ihren Augen flammte das nicht erloschene Interesse, komm zurück, sendeten sie, alles vergeben! doch er als Eremit hatte nur eine einzige Sehnsucht, für die es keinen Ersatz gab. Er wechselte mit ihr ein paar nette Worte, und dabei klopfte er bereits an die Tür des Ärztezimmers. Der Professor erkannte ihn nicht gleich.

«Lieber Freund! Aus Mallorca zurück?»

«Aus einer Gärtnerei, in der ich Abfallgruben ausgehoben habe.»

«Den Tip sollten sie einem Reisebüro verkaufen, Sie sind ein neuer Mensch!»

Milan winkte der Schwester, die da noch immer entzückt herumstand, und schloß die Tür hinter sich.

«Wo kann ich sie sehen», wollte er gleich wissen.

«Ich habe Ihnen beiden meine Wohnung angeboten, aber sie meinte, hier wäre es besser. Ich rufe sie gleich an.»

Er wählte eine Nummer, und Milan sah sich das Zimmer an, in dem er die schrecklichste Nachricht seines Lebens erhalten hatte. Es war nur gerecht, in diesen Wänden auch die beste zu hören.

«Zimmer vierhundertvier, bitte... Liebe Dora, er ist da. Ja... bis bald...» er legte auf, «sie nimmt gleich eine Taxe, wird in ein paar Minuten hier sein; was darf ich Ihnen anbieten?»

«Ich dachte, ihr Zuhause wäre hier im Krankenhaus...»

«Ja, aber sie hat mit der Arbeit aufgehört und wohnt seit Freitag im Hotel.»

«Für Flüchtlinge?»

«Nein», sagte der Primarius lapidar, «im ‹Hotel Erzherzog›.»

Milan erinnerte sich an die großzügig gestalteten Räumlichkeiten, in denen er den Konsul Rick mit seiner Frau traf, und aus diesem Kurzschluß entstand die neue Frage.

«Zahlen das schon die Amis...?»

«Lieber Milan, es könnte Ihnen so vorkommen, als ob ich total gefühllos wäre. Die wahre Erklärung, warum ich beinahe panikartig nicht nur jeden Eingriff, sondern auch die geläufigsten Informationen meide, ist sehr einfach. Hätte ich nur Sie kennengelernt, stünde ich auf Ihrer Seite gegen Dora. Hätte ich nur sie getroffen, würde ich Dora gegen Sie verteidigen. Aber es ist mir passiert, daß ich euch beide gleich mag, gewissermaßen wie meine späten Kinder, und mir graut, ich könnte in eurer schwierigen Beziehung, gleichviel wie, einen Prozeß bösartiger Wucherungen hervorrufen. Deshalb überlasse ich euren Zwist der höchsten Instanz und euch beiden selbst. Verzeihen Sie den Fatalismus einem Mann, der ähnlich schicksalhaft den Holocaust überlebte, die Sperrfeuer und das atlantische Gewässer. Ich tue für euch, was in meiner Kraft steht: Ich mache euch Kaffee und Tee und halte dann die Daumen.»

Sie wird nicht fliegen! begriff er, und der ganze Superkurs in New York konnte ihm jetzt gestohlen bleiben. Ich warte weiter, meine Liebste!

Als Dora noch klein war, wollten alle Männer sie verwöhnen. Dann hat sie Milan Čech geheiratet und hat es nie erlebt. Neben dem braven Petřík war ihr eigener Mann, der tagtäglich im Beifall des Publikums und in der Bewunderung der Frauen badete, ihr zweites enfant, sogar terrible, das sie ununterbrochen und erfinderisch nervte und quälte, um sie sich zwischendurch immer aufs neue mit leidenschaftlicher Liebe zu sichern. Zum Schluß war sie wieder glücklich und deshalb geneigt, ihm zu glauben, daß sie dank diesen Abgründen neue Höhepunkte erleben.

In Graz hatte sie genügend Zeit und Ruhe dahinterzukommen, daß sie auf die primitivste Weise mit Gefühlen erpreßt wurde. Die anfänglich uferlose Aversion gegen ihn, durch die Ankunft der Mutter ausgelöst, hatte sich gelegt, seine Rücksicht, die sie zunächst für einen neuen Trick hielt, verhalf ihr dann sogar, sich aus der Bevormundung der Mutter, des Staates und auch des Todes zu befreien. Dafür war sie ihm dankbar wie jedem anderen, der sich zu ihr anständig benommen hatte, nicht weniger, nicht mehr.

Nach wie vor kannte sie ihn zu gut, als daß ihr entgehen konnte: Es geht in ihm ein verspäteter Prozeß der Reife vonstatten, auf den sie beinahe zehn Jahre gehofft hatte. Jetzt hat sie das nicht berührt. Eigentlich ist er mir so fremd wie vor «Hamlet»! war ihr eingefallen, als sie zum erstenmal durch die steirische Sommerlandschaft einsam wanderte. Der Schauspieler Čech. Der berühmte Milan Čech. Na und? In der Welt laufen Tausende Berühmtheiten herum, soll ich des einen wegen verrückt werden, der zufälligerweise meinen Weg kreuzte?

Als der Sommer dahinging und das angesagte Visum unabweisbar näher rückte, überfiel sie trotzdem immer öfter die Frage: was dann? Statt nachzudenken, wie sie zu beantworten wäre, wenn dieser Čech sie selber stellt, unterdrückte Dora sie. Und jedesmal blinkte im Gehirn eine sonderbare Warnung auf: nur keinen Fehler... nur keinen Fehler machen! Aber welchen? Statt es zu enträtseln, zwang sie ihre Gedanken, sich lieber schnell mit der Form irgendeiner Blüte zu beschäftigen, mit der Farbe des Horizonts, oder sie schaltete sie für eine Weile ganz ab, wie ein gefährlich überhitztes Gerät, und trödelte nur so herum.

Dann hat sie unerwartet ein Mann angesprochen, einem anderen berühmten Schauspieler ähnlich, lud sie zu Champagner ein, zum Mittagessen und ins Zimmer, schlief mit ihr, erklärte ihr seine Liebe und bot ihr die Heirat an, und als sie ihm gekonnt vom Ball entschlüpft war, fand er sie wie in dem abgedroschenen Märchen gleich wieder.

Ihr Zusammentreffen bei Professor Lindbergs Geburtstagsfeier war eine absurde Fortsetzung des intimen Nachmittags. Als sie sich im anfänglichen Schock nicht verrieten, mußten sie beide die Komödie weiterspielen. Jedesmal, wenn sie sich an diesem Abend einander näherten, zum Glück nie allein, waren sie um einen small talk bemüht wie alle anderen, bis sie dann beinahe zweifelte: Ist der Mann, dem sie hier die politische Situation in der Tschechoslowakei erklärt, der gleiche, der sie vor einigen Stunden als erst der zweite in ihrem Leben liebte? Was wird er sich von mir wohl denken? Daß ich eine Animierdame bin? Zum Glück hat er nur Essen und Trinken bezahlt. Glaubt er vielleicht, ich wäre eine Nymphomanin, ewig unersättlich? Habe die Ehre!

Sie kam nicht darauf, was sie ihm sagen soll, und um Mitternacht mußte sie sich zugeben, daß sie eines solchen Gespräches gar nicht fähig ist. Besser Feigheit, als sich auf ewige Zeiten unmöglich zu machen! Sobald der Kellner ging, bat sie den Jubilar, auch entlassen zu werden, sie müsse morgen früh zur Arbeit. Sie lehnte ein Taxi und die Begleitung einiger Kavaliere ab, er meldete sich nicht zu Diensten, seht, seht! sie möchte allein einen Spaziergang machen in einer der letzten Städte, in der sich eine Frau so was bei Nacht noch leisten kann. Sie gab gut acht, womit er sich verabschiedet.

«Richten Sie, bitte, ihrer jugoslawischen Bekannten aus», sagte er, vor den anderen ihre Hand drückend, als knüpfte er an ein vorher geführtes Gespräch an, «sie soll sich keine Sorgen machen und dem Arzt vertrauen, das Ergebnis kann nur positiv sein.»

Irgendein Piefke habe schon dreimal angerufen, berichtete ihr am nächsten Abend die Pförtnerin im Heim. Bald meldete er sich wieder, ja, er habe es aus verschiedenen Raststätten an der Autobahn versucht, jetzt sei er schon nördlich von Frankfurt.

«Vor allem möchte ich mich bei Ihnen für die Lektion bedanken. Ich habe mich wie ein echter Germane benommen, kein Wunder, daß Sie anonym bleiben wollten. Nur eine Frage: Sind Sie auch als Dora frei?»

Es gefiel ihr, daß er den Primarius nicht ausgefragt hat, und sie sagte ihm kurz die ganze Wahrheit.

«Nein. Ich habe einen Mann, der in einem Flüchtlingshotel in Niederösterreich wartet, bis wir das Visum für die USA bekommen. Auf der Flucht haben wir unser Kind verloren, und ich habe ihn gebeten, daß ich damit allein fertigwerden darf.»

Deutschland schwieg.

«Sind Sie noch da?» fragte sie.

«Ja, es hat mir die Sprache verschlagen. Ihr schwarzes Kleid... in solch einem dauerhaften Schockzustand kann Alkohol zum Doping werden, ruft Euphorie hervor, sprengt innere Sperren. Ich bitte Sie, mir zu verzeihen!»

«Ich bin erwachsen», sagte sie.

«Ja... erlauben Sie mir eine Frage: Wollen Sie auch weiterhin allein bleiben?»

«Ich weiß nicht», sagte sie wahrheitsgemäß.

«Könnten Sie mich in Ihrer Nähe vertragen?»

«Das weiß ich auch nicht. Eigentlich weiß ich jetzt nur das eine», lachte sie verlegen, «meine Füße tun weh, in dieser Telephonzelle gibt es keinen Stuhl.»

Schnell entschuldigte und verabschiedete er sich. Drei Tage lang hat ihr die Pförtnerin sieben langstielige rote Rosen ausgehändigt, von irgendeinem Boten gebracht. Am vierten Tag, als sie vom Kino zurückkam, saß er mit Rosenstrauß vor dem Heim in dem ihr bekannten Auto. Ob er sie zum Abendessen einladen dürfe? Nein danke, längst gegessen. Also zu einem Glas Wein? nur einem, wirklich! Auf keinen Fall, morgen am Montag ist in der Wäscherei der schwerste Tag. Ja, natürlich, und wird sie irgendwann einmal Zeit haben? Sie wollte sich nicht zieren und ging mit ihm eine Weile im nahen Park spazieren.

Dort erfuhr sie, daß er, der nach seinem Studium Schiffsarzt, Autor wissenschaftlicher Bücher und mit fünfundvierzig der Chefarzt einer großen Chirurgie in Hamburg-Altona geworden war, in seiner Freizeit Fallschirm springt und an riskanten Aktionen von Greenpeace zur Rettung der Nordsee teilnimmt, sich von allen seinen Funktionen abgemeldet hatte und einen in Jahren aufgesparten langen Urlaub antrat. Er würde hier, sagte er ihr, eine Zeitlang bleiben. Darum wolle er sie jetzt auch nicht lange aufhalten und wünsche Gute Nacht, er habe sich in dem bekannten Hotel einquartiert und wird dort auf ihre Nachrichten warten.

Lange fand sie keinen Schlaf. Was soll sie damit? Der seltsame Liebesnachmittag hat sie zu nichts verpflichtet. Wieder einmal will mich jemand erpressen, also, das nicht! sie war verärgert, und damit schlief sie ein. Den ganzen Tag über legte sie sich während der Arbeit Worte zurecht, die er sich kaum einrahmen lassen wird, falls er heute wieder ihre Zufluchtstätte belagert. Soll er sich doch einen Detektiv mieten, der ihm nach dem Photo seiner Letizia ein Double besorgt, ich spiele keine zweite Besetzung! Doch er stand nicht da.

Nach zwei Tagen versumpfte ihre Kampfstimmung in Verwirrung. Hutmacher Vašák! versuchte sie über sich selbst zu lachen, aus dem ganzen Schwejk, den sie nicht besonders mag, obwohl Milan mit ihm sein jeweiliges Publikum zum Brüllen zwang, gefiel ihr eine Stelle gut, die jetzt zur Lage paßte: über einen gewissen Hutmacher Vašák, von dem man Pläne schmiedete, wie man ihn am besten aus einer Tanzveranstaltung rausschmeißen kann, wenn er erscheint. Und wißt ihr, was uns der Lump angetan hat? empörte sich Schwejk, er kam nicht!

Meint er es so, wie er es sagte? Wartet er wirklich im Hotel, bis sie ihn anruft? Da kann er lange warten. Je verbissener sie sich gegen ihn wehrte, desto lauter wurden ihre Zweifel. Was hat er mir angetan? Ich habe ihm doch nicht verboten, hierher zu kommen, und ihm auch nicht gesagt, daß sein Warten sinnlos ist. Zuerst lege ich mich ihm für ein Mittagessen hin, und dann spiele ich eine hochmütige Prinzessin? In diesem Widerspruch zappelte sie weitere zwei Tage. Am Freitag war sie so aufgeregt, daß sie im Hotel anrief, um anonym nachzufragen, ob er dort noch wohne. Widerstandslos ließ sie sich dann verbinden.

«Ach», sagte er, als sei das Ganze nicht total verrückt gewesen, «großartig, daß Sie anrufen, gerade habe ich Hunger bekommen, wollen wir nicht zusammen essen gehen?»

Er holte sie ab und fuhr mit ihr in ein kleines französisches Restaurant am Rande der Stadt, in dem er sich schon auskannte, also hat er auf mich im Hotel gewartet, oder trieb er sich in der Gastronomie herum? das fragte sie ihn natürlich nicht, wie auch er nicht fragte, warum sie sich nicht früher meldete. Er war der angenehme und anregende Gesellschafter, wie sie ihn im Gedächtnis hatte. Er nahm ihr die Abneigung gegen Schnecken und Austern ab und wußte sich ohne jede Verkrampfung so zu benehmen, als hätte ihre Bekanntschaft erst bei dem Lindberg-Abend angefangen und als ob bis jetzt die größte Vertraulichkeit zwischen ihnen gewesen wäre, daß er sie beim Aussteigen aus seinem Wagen an die Hand nahm.

Er gab zu, seinen Lehrer und Freund über sein Hiersein noch nicht informiert zu haben, er will nicht lügen und zugleich auf keine Weise ihr Leben komplizieren. Bis auf weiteres sei er hier incognito. Meistens gehe er erst am späten Abend aus, den Tag über lese er und schreibe, wozu er seit Jahren nicht mehr gekommen sei, sein Warten auf sie hat er taktvoll nicht erwähnt. Gespannt versuchte sie zu erraten, wie er sich verabschieden wird. Wird er wieder alles ihr überlassen? Er fragte aber, ob sie am Sonntag nicht einen Ausflug machen möchte.

Der Spaziergang durch den Altweibersommer auf dem Kamm des Pack enthüllte ihr außer anderem, daß Udo auch schweigen kann. Unwillkürlich erinnerte sie sich an die raren Ausflüge mit Milan, er fuhr dabei in seinen Tätigkeiten fort, die ihn gerade beherrschten, laut memorierte und übte er den jeweiligen Text und weihte sie in seine Reflexionen und Konflikte ein, wir haben uns phantastisch entspannt! lobte er die Unternehmung, während sie oft abgespannt war wie nach dem Hausputz. Dieser Mann ging hinter ihr, damit sie das Tempo bestimmen konnte, und sie vernahm ihn eigentlich nur dann, wenn sie wollte.

Sie lag weiter auf der Lauer und ließ erneut drei Tage verstreichen, bis sie bei ihm anrief, sie hatte mit dieser künstlichen Pause ihre Schwierigkeiten, hatte keine Lust mehr, diese Komödie weiterzuspielen. Es ist an der Zeit, sich zu revanchieren, so lade sie ihn dorthin ein, wo sie sich getroffen hatten, in sein Hotel. Sie war entschlossen, mit der verworrenen Geschichte am Ort ihres Entstehens Schluß zu machen, so hebt man einen Zauberbann am besten auf! ihn zu bitten, daß er wegfährt und sie nicht zwingt, ein neues Problem zu lösen, wenn sie nicht einmal mit dem alten fertig ist.

Sie griff zu ihrem Sparbuch und kaufte sich ein passendes Kleid; aus mit Schwarz! sie hat die Trauer ohnehin unterbrochen! das elegant einfache Kostüm war dezent beige. Er kommentierte es nicht, doch sichtlich machte ihm ihr verändertes Aussehen Schwierigkeiten. Was denn! sie sträubte sich im voraus, wirft er mir etwa vor, ich sehe nicht mehr wie seine Letizia aus? Sie wollte gerade zu ihrer Rede ansetzen, als er das Photo einer unbekannten Frau vor sie hinlegte; mit einem dramatischen Profil kontrastierte scharf der Blick, wehrlos, gleichsam wund.

«Das ist sie», sagte er.

«Aber...» verstand sie nicht, «wo ist hier irgendeine...»

«Ähnlichkeit mit Ihnen? Die Augen, aber nur ein wenig, es muß Ihr augenblicklicher Ausdruck gewesen sein, am Abend habe ich Sie dann beinahe nicht wiedererkannt. Verzeihen Sie mir die Taktlosigkeit, Dora, sie war mir sehr bald bewußt. Jetzt wissen Sie wenigstens, daß mich zu Ihnen etwas ganz anderes gerufen hat. Wollen Sie mich heute nach Hause schicken?»

«Ja», gab sie zu.

«Nur, mein Zuhause ist momentan in Ihrer Nähe, wissen Sie! Schikken Sie mich dennoch nach Hamburg?»

«Wie lange wollen Sie hier noch bleiben?»

«Bis Sie mich davonjagen oder bis Sie selbst abreisen. Weil: Wenn Sie sich das noch überlegen sollten, würde ich Ihnen alle meine Angebote wiederholen. Störe ich Sie hier zu sehr? Sie müssen mich ja gar nicht zur Kenntnis nehmen...!»

Milan! rief sie ihn, warum schweigst du so hartnäckig? Ja, ich bat dich um Zeit, aber warum hast du dir nichts einfallen lassen, warum schreibst du nicht, rufst du nicht an, womit willst du mich diesmal reinlegen? Weil du mit Petřík das Instrument verloren hast, mit dem du mich so oft geschlagen hast, versuchst du es jetzt mit dem anderen Ende des Stocks? Soll ich dich bitten, soll ich den Kopf in das alte Joch von allein stecken, damit du es mir zum Vorwurf machen kannst, wenn ich mich dort in der nächsten Runde gegen deine Hysterien und Tücken verteidige?

«Ihr Schweigen...» fing er resigniert an, aber ihr wurde in dem Augenblick klar, daß sie soeben grundlos einen Menschen vertreibt, der ihr bislang nur Gutes erwiesen hatte, und deshalb milderte sie ihre ursprüngliche Absicht ab.

«Mein Schweigen sagt nur, daß ich Ihnen keine Befehle erteilen will, ich kann Sie weder wegschicken noch festhalten, ich bin nicht Herr meiner selbst. Jetzt spreche ich nicht von meinem Mann, sondern von meinem Ich, ich kenne mich in ihm nicht aus, doch handeln kann ich nur so, wie es das zuläßt.»

«Ihr ergebener Diener», versicherte er ihr erleichtert, «ist auch der Diener Ihres Ichs.»

In den nächsten Tagen ließ die Spannung zwischen ihnen nach, und sie freundeten sich an. Sie schätzte seine Rücksichtnahme, er erkannte genau, wann sie Lust hatte, mit ihm auszugehen, und wann nicht, nema Problema! machte er die Jugoslawen nach, als sie sich einmal entschuldigte, sie wolle für sich bleiben, er wünschte ihr schöne Träume, sie solle ihm mal ein Lebenszeichen zukommen lassen, was sie auch immer öfter tat. In der dritten Woche waren sie fast jeden Abend zusammen, aus Vorsicht fuhren sie in die kleinen Beisln der benachbarten Dörfer.

Nie stellte er ihr dumme Fragen, war nicht bemüht, sie zu erheitern oder zu trösten. Wenn sie schweigsam war, verstand er es als Herausforderung, den ganzen Dialog selbst zu bestreiten, an dem sie nur stumm teilnahm. Sie hörte sich gern an, wo er was gesehen, gegessen, getrunken und gefühlt hatte, ein Vierteljahr nach der Flucht wurde sie zu einer staunenden Steierin vom Lande, die er über die weite ferne Welt aufklärte. Plötzlich wurde sie von ihr eingenommen und ertappte sich dabei, keine Sehnsucht nach Prag mehr zu haben, sie rief sich jene Bilder ins Gedächtnis, ohne die sie vor der Flucht glaubte, nicht leben zu können, und es tat nicht weh; als hätte der große Jemand mit Petřík jenen Nerv aus ihr entfernt, in dem die Zentrale ihrer Empfindlichkeit lag.

Ende September bestellte er nach Absprache mit ihr von Freitag auf Sonntag zwei Zimmer im «Ausland», im benachbarten Kärnten; in Warmbad, dem Kurort von Villach, hat sie einen unvergeßlichen Tag im überdachten Pool ihres Hotels verbracht. Über eine lange Rutschbahn glitten sie in das sprudelnde Wasser zwischen jubelnden Kindern hindurch. Er war ausgelassen, als wäre er eins von ihnen, in zehn Jahren mit Milan hatte sie nie eine so vollkommene Entspannung erfahren.

Wie sonnenbraun er ist! bemerkte sie erst heute, von einem Dreitausender, verriet er, ist dort noch zu Pfingsten Ski gelaufen, sie könne es nicht? er werde es ihr noch in diesem Winter beibringen, und auch das Fallschirmspringen... verlegen verstummten sie; Dora, weil sie sich zum erstenmal daran erinnerte, was ihnen beinahe zu zerreden gelungen war: daß sie diesen athletischen Körper schon nackt erlebt hatte. Gleichzeitig war sie über die Reaktion ihres eigenen erstaunt. Was will es, mein Ich...? Ihre Erregung wuchs den ganzen Tag über an und erreichte am Abend die kritische Grenze. Ich muß sofort weg von ihm oder... oder? Als er sie in der Nacht wie immer vor ihrer Tür zum Abschied auf beide Wangen küßte, bot sie ihm auch die Lippen.

Zum erstenmal schlief sie mit ihm als sie selbst. Wieder erwachte sie früher als er und spürte den Duft von Milch, da wußte sie schon, daß es keine sommerliche Jause mehr war, sondern ein Ereignis, das ihr Leben verändert. Bis zum gestrigen Tag war dieser Mann nur eine Überlegung, eine Möglichkeit, die sie jederzeit von sich weisen könnte; ihr Partner aus Fleisch und Blut hieß noch immer Milan. Das hat sich jetzt dramatisch gewandelt. Mit dem Schauspieler Čech haben sie noch irgendwelche amtlichen Papiere verbunden, mit diesem Mann die Berührung seiner und ihrer Haut, der sie sich jetzt nicht mehr widersetzte.

Nein, sie erlebte mit ihm nicht Himmel, Hölle, Paradies, wie sie die Vereinigungen mit Milan für sich nannte, die sie des Atems und des Bewußtseins beraubten, am stärksten immer dann, wenn sie sich nach Katastrophen versöhnten, die sich sogleich von neuem anbahnten. Aber sie hat jenes wahnsinnige Lieben nicht entbehrt, denn erst Udo entdeckte ihr, daß ihre Leidenschaft auch Zärtlichkeit und Harmonie heißen kann. Das hat er ihr freigebig geboten, und sie konnte nicht genug daran haben, als wäre sie süchtig geworden.

Als Liebhaber hat sie Milan ohne Selbstvorwürfe aufgegeben, sie konnte sich vorstellen, daß er, was das betrifft, nicht unter Mangel leidet, es mußte da genug tschechische Frauen und Mädchen geben, gerne bereit, dem verehrten Idol sein Warten angenehmer zu machen. Weiterhin fühlte sie sich jedoch für seine amerikanische Chance mitverantwortlich. Anfang Oktober erfuhr sie vom Primarius das wahrscheinliche Datum des Abflugs und hatte mit Udo eine grundsätzliche Unterredung, in der er allen ihren Vorschlägen zustimmte. Sie gewöhnte sich langsam an eine Beziehung, in der sie die Entscheidungen trifft.

Sie gab unverzüglich ihre Anstellung auf, um sich ihren eigenen Angelegenheiten widmen zu können. Sie mußte dabei das Heim verlassen, und Udo hat für sie ein anderes Zimmer im «Erzherzog» gemietet. Sie hat es mit der Bedingung verknüpft, das Versteckspiel müsse aufhören. Dozent Heilmann rief also am Tag darauf Professor Lindberg an, er sei wieder da und erlaube sich, ihn zum Abendessen einzuladen, er möchte sich gern zu seinem ehrenvollen Angebot äußern, in seiner Nachfolgerschaft der erste Kandidat zu werden.

Dora war sicher, daß der Primarius gleich alles verstand, als er sie zusammen sah, obwohl er sich nichts anmerken ließ. Udo entschuldigte sich, ihn erst jetzt zu informieren: Er wollte Dora nah sein, ohne daß diese Nähe sie zu etwas verpflichtet oder sogar kompromittiert hätte. Nachdem sich aber aus einseitiger Ergebenheit eine gegenseitige tiefe Zuneigung entwickelte, sei er der erste, der davon erfährt; Dora werde alles tun, um ihrem Mann das Leben nicht zu komplizieren und seinen Abflug zu gefährden, erst wenn alles geregelt sei, lasse sie sich von ihm scheiden; dann wollten sie heiraten, und Graz sei sehr von der Vergangenheit belastet, deshalb hätten sie sich für Hamburg entschieden, das sei auch in Deutschland eine besondere Welt, wie er selber wisse.

Der Professor erwiderte, daß er seine Absage unter diesen Umständen verstehe und von dem Angebot absehe. Dora ist nicht entgangen, daß er sich danach weniger ungezwungen über andere Sachen unterhielt als bei ihm üblich. Am nächsten Tag hat sie ihn besucht, ob er ihr böse sei? so schuldbewußt fragte sie vielleicht zum erstenmal seit der Schulbank. Warum sollte er? Weil sie es vor ihm so lange verheimlicht habe...

«Eigentlich habe ich es vor Ihnen beiden verheimlicht», sagte er, «mein Geburtstag war ein Tag der Zufälle, und diese Stadt ist ein Dorf, aus meinem Taxi habe ich Sie vor dem ‹Erzherzog› aus Heilmanns Wagen aussteigen sehen und dachte mir, daß Sie sich bereits länger kennen müssen, obwohl es für mich unbegreiflich war, wie. Ich habe damals sogar gegen meine Gewohnheit vor Milan erwähnt, er solle sich endlich bei Ihnen melden, was er nicht tat, ob zum Schaden oder Nutzen, weiß der Himmel. Apropos, Ihre gestrige Einladung habe ich ausgerichtet, er kommt Dienstag früh.»

Dora trat in einem hellen Kostüm ein, das ihre schmale, aber vollkommene Weiblichkeit hervorhob. Auch ihre ungewöhnliche Frisur hat ihn stutzig gemacht, das Haar hatte sie in einem dicken Knoten geflochten, wie einst tschechische Patriotinnen, ach! erinnerte er sich, so hat er sie doch kennengelernt? diesmal jedoch unterstrich es die Ruhe, die sie ausstrahlte, sie ähnelte vielmehr den selbstbewußten Feministinnen von heute; es steht ihr gut! gab er zu und wußte gleich, daß diese Veränderungen einen tieferen Grund haben müssen als nur die einhundertzwölf Tage.

Er sieht gut aus! atmete sie auf, sie fürchtete, er könnte, sei es gespielt oder wirklich, in einem Zustand kommen, der nach Mitleid rief und sie zu unnötiger Härte zwänge. Mit wem wohl hat er sich so wunderschön gebräunt... aber was geht mich das an? ich will mich von ihm scheiden lassen und bin eifersüchtig? dummer weiblicher Urinstinkt, mit dem wir stets alles verlieren! sie stellte sich Udo vor, der nicht weniger attraktiv war und dabei vor allem anderen sie sah!

«Ahoj!» grüßte sie ihn, wie sie es gewöhnt waren, doch sie reichte ihm nur die Hand.

«Ahoj...» lachte er mild, als er sie drückte, wann haben wir uns die Hand gereicht? vielleicht nur damals, zum erstenmal, soll es etwa heißen, daß wir uns... abergläubisch dachte er lieber nicht zu Ende, «geht es dir gut?» fragte er sinnlos, weil er es vor Augen hatte.

«Ja. Und dir?»

«Ich kann mich nicht beklagen», benutzte er das Stichwort seines ehemaligen Freundes, «ich wüßte nicht, bei wem.»

Sie lachte auf, und ihm wurde ein bißchen leichter.

«Wollen wir uns nicht setzen?» schlug sie vor.

Auf dem Tischchen standen mit den Tassen zwei Thermoskannen, bestimmt Kaffee und Tee, sie dachten nicht daran, es auszuprobieren.

«Also», fragte sie, «wann geht die Maschine?»

«Freitag mittag. Aber das bedeutet nicht», fügte er schnell hinzu, «daß ich nicht noch warten könnte, im Februar fängt ein neuer Kurs an.»

«Kommt nicht in Frage», sagte sie kategorisch, «du hast schon ein ganzes Vierteljahr verloren, du mußt schon den ersten schaffen!»

«Momentan», er bemühte sich um höchste Sachlichkeit, «hängt das nicht nur von mir allein ab.»

«Ich weiß. Wir müssen zusammen fliegen.»

«Hat man es dir auch gesagt...?»

«Ja. Ich wollte dir schreiben, aber es fielen mir nicht die Worte ein, dir übrigens auch nicht. So direkt gelingt es mir vielleicht besser. Ich... habe mein ganzes Leben lang irgend jemandem gehört, zuerst angeblich dem Vater, dann der Mutter, dann gleich dir und Petřík. Ich habe mich bereits damit abgefunden, daß mir kein eigener Wille beschert worden ist. Das ist meine größte Mitschuld: daß ich zustimmte, auch wenn sich in mir alles sträubte. Diesen Willen habe ich jetzt in mir ausgegraben zu einem sehr hohen Preis, und darum darf ich vielleicht nicht auf ihn verzichten...!»

«Du fliegst also nicht mit...» er fand sich bestätigt, und die eigene Reaktion verwunderte ihn, er war nicht erregt, enttäuscht und vor allem nicht gekränkt, sondern versöhnt, eigentlich habe ich das die ganze Zeit erwartet, und meine naive Bedingung, mir selbst gestellt, war nur der Ausdruck einer festen Entscheidung, aus dem Marasmus herauszukommen, denk dir, meine Liebste, daß du das Licht warst!

«Den Kurs mußt du unbedingt schaffen, Milan, doch vorher bin ich dir noch eine Erklärung schuldig. In meinem Leben», sie wollte das schnell hinter sich bringen, also verzichtete sie auf weitere Umwege, «erschien ein Mensch, der mir zunächst nur dadurch half, daß er gut zu mir war und hatte mit mir Geduld, jedenfalls war er der erste, der mir das Gefühl gab, daß er nur für mich existiert. Daraus entstand eine feste Beziehung.»

Selbst in seiner Demut war er beklommen. Mara hatte recht... er wußte sich mit dieser Eröffnung keinen Rat. Weil sie nichts weiter sprach, wandte er ein.

«Warum hast du mir das nicht schon früher...»

«Eine Zeitlang war es nur eine Freundschaft. Aber selbst wenn ich geahnt hätte, was daraus wird, hätte ich mich gefürchtet, daß du sofort kommst und unsere Agonie kein Ende nimmt.»

«Dora!» ungeachtet seines Vorsatzes flüchtete er aus alter Gewohnheit in Worte, «ich bin nicht mehr, der ich war...»

«Milan!» unterbrach sie ihn zu seinem Glück, «immer, aber auch immer sind wir auf die gleiche Art gescheitert! diesmal haben wir die einzigartige Gelegenheit, bei Gesundheit und in Frieden auseinanderzugehen, wie es Petříks Andenken verdient.»

Das wagte er nicht zu bestreiten.

«Willst du dich scheiden lassen?» fragte er.

«Er möchte es, hat aber zur Kenntnis genommen, daß es von dir abhängt, falls du das nicht willst, muß er mich so nehmen, wie ich bin.»

Warum warst du nie so anspruchsvoll mir gegenüber! erhob er einen stillen Vorwurf, wenn ich auf diese Entschiedenheit gestoßen wäre, hätte ich es nie gewagt, mich so schrecklich aus der Hand zu lassen.

Sie ahnte, was er sich denkt, doch gegen die Wehmut half ihr die Vorstellung, an die sich zu klammern sie entschlossen war, was ihr bis jetzt auch gelang: wie sie umarmt und gehätschelt wird, wenn sie von dieser traurigen Expedition zurückkommt, ungerecht? nicht doch, nicht doch, Milan, diesen Vorteil habe ich zum erstenmal, und wie oft hast du ihn gehabt!

«Jetzt aber, Milan, müssen wir unsere Abmachungen über Amerika treffen. Ich habe dir einen Vorschlag zu machen, einen ganz guten, glaube ich.»

Er hat ihre Idee ohne Widerrede hingenommen, sie stellte das Beste im Schlimmsten dar, er wußte dazu keine Alternative. Sie hatten sogar eine Tasse Kaffee miteinander getrunken und sich dann ganz freundschaftlich bis Freitag verabschiedet. Als sie weg war, sagte ihm die Omega, daß seine zehn Jahre mit Dora in neunundzwanzig Minuten zu Ende gegangen waren. Er hat in diesem Zimmer auch das letzte all dessen verloren, womit er aus der Heimat aufgebrochen war, und es tat nicht einmal weh, danke dir, Zbyněk, Bruder, für deine Hilfe, schade, daß sie dich nicht mehr kennenlernen konnte...

Draußen hinter dem Fenster zog etwas seine Aufmerksamkeit auf sich, ach, sieh! auf dem verblichenen Herbsthimmel verharrte eine einsame markant geformte Wolke, aufpassen! jeder sage, woran sie ihn erinn... nein! die Spiele sind zu Ende, das Wolkenspiel, das Spiel mit Bedingungen, alle Liebes- und Lebensspielereien. Merkwürdig jedoch: Was folgt, ist kein lebloses Vakuum, sondern ein unklarer, nurmehr getarnter, aber trotzdem verlockender Beginn. Ich habe endlich einmal mein Wort gehalten! Ich habe zwar dafür nicht bekommen, wonach ich mich sehnte, auch noch Dora ist mir verlorengegangen, dafür allerdings zurückerhalten, womit ich nicht mehr gerechnet hatte: mich selbst...

Der Primarius trat ein. Milan erschien der immer verschlossen unbeteiligte Mann ausgesprochen nervös. Er setzte sich und goß sich aus der Thermoskanne Tee in die Tasse mit dem Rest von Doras Kaffee.

«Zigarette?» er bot sie Milan zum erstenmal seit dem Junigespräch auf dem Dach an.

«Nein, danke...» und weil er mit keiner Frage rechnen konnte, sagte er selbst, «wir haben beschlossen, miteinander auseinander zu fliegen.»

Er erklärte es mit wenigen Worten. Lindberg nickte. Unerwartet äußerte er sich dazu.

«Tut mir leid. Für euch beide.»

«Mir auch», Milan wog vorsichtig die Worte ab, «aber es ist nur meine Schuld... und um diese Erkenntnis bin ich reicher als davor... Weil Sie mir auch beigebracht haben, daß man abseits der Bühne ohne Publikum und Monologe auskommen soll, will ich nur noch zufügen: Früher flüchtete ich zum Theater vor mir selbst, weil ich in mir nur Verwirrung und Verkrampfung fand. Jetzt, so glaube ich, bringe ich endlich etwas Eigenes ins Theater ein. Das stärkt meine Hoffnung, daß es mir dort gelingt.»

Der Professor hatte inzwischen gemerkt, was er trinkt. Er wusch die Tasse unter dem Wasserhahn aus und goß sich neuen Tee ein.

«Ich möchte Sie, Milan, etwas anderes fragen. Als ich nach dem Krieg», das Thema Dora verdrängte er also bereits, «ich brauchte dazu zehn Jahre! Deutschland wieder besuchte, man bot mir einen Lehrstuhl in Hamburg an, war ich über Berlin geflogen. Ich nahm mir eine Taxe und ließ mich kreuz und quer von Ort zu Ort kutschieren, wo ich rein theoretisch auf die Spuren meines entschwundenen Lebens hätte stoßen müssen, ich sage gleich, daß ich nur alte Krater und neue Wahr- und Warnzeichen des Wirtschaftswunders fand. Dafür hätte der Chauffeur, der mich fuhr, meine Familie recht gut kennen konnen, seinem Alter und Aussehen nach war er der Prototyp eines Halsabschneiders für alle Regime. Zunächst wollte ich gleich wieder aussteigen, der Anblick seiner Visage hatte bei mir eine echte Tachykardie ausgelöst, aber dann bin ich gerade deswegen geblieben. Wenn meine Familie solche Leute bis zum letzten Atemzug ertragen mußte, durfte ich nicht so zimperlich sein, notabene, wenn mir nichts drohte. Ich sprach jedenfalls nur englisch mit ihm, er verstand das Touristen-basic gut. Diese Zeitgenossen haben jedoch eine Nase für ihre Opfer, und so fragte er mich beim Zahlen auf einmal berlinerisch, sin Se Emigrant? Ja, antwortete ich also in der gemeinsamen unverwechselbaren Mundart, Jude? roch er unfehlbar, Ja... Wie lang nich hier jewesen? Zwanzig Jahre... und wissen Sie, Milan, was er zum Schluß von sich gab? Müssen Se nich bereun, ham Se nix versäumt.»

Milan goß sich den Rest des Kaffees nach, er war österreicherisch gut und stark, elektrisierte das Hirn. Diesmal kam es ihm in Ordnung vor, daß er hier von etwas anderem redet, als er eigentlich sollte... und war es von etwas anderem? Frank spricht doch gerade davon!

«Damit komme ich erst zu meiner Frage, Milan. Genau genommen war ich kein wirklicher Exilant, das ist für mich einer wie Sie, der sein Land aus Überzeugung verläßt. Unter Todesdrohung emigrieren ist keine Sache der Wahl, so weiß ich, daß ich im Zwist mit meiner deutschtreuen Familie recht behielt: Sie hat man wie Ungeziefer vertilgt, während ich auf ihre Mörder ein paar Dutzend Bomben werfen konnte und kann noch heute so manchem helfen, ohne Schmerzen zu leben und an Altersschwäche zu sterben. Aber ich war Zeuge von Tragödien echter Emigranten, deutscher Antinazis, jetzt meine ich nicht Berühmtheiten, sondern Menschen wie mich. Im Gegensatz zu mir kehrten sie unmittelbar nach dem Gemetzel zurück, um ihrer undankbarer Heimat mit Rat, Fleiß, Geld und Einfluß zu helfen. Und viele stießen an eine Wand des Hasses, nicht minder heftig als jener, vor dem sie ins Exil gingen. Während wir, sagte man ihnen ins Gesicht, durch Schrecken und Schande waten mußten, habt ihr euch in der freien und satten feindlichen Welt gesonnt! zig Millionen können nicht emigrieren! deshalb war es die höchste moralische Pflicht eines Patrioten, mit seinem Vaterland durch dick und dünn zu gehen, sie seien eben keine gewesen! Zwei meiner Freunde nahmen sich deswegen das Leben. Ich glaube Ihnen jetzt, Milan, daß Sie Ihren Amerika-Traum verwirklichen werden. Fürchten Sie nicht, falls es Gott gäbe und die Verhältnisse sich änderten, Sie sind noch jung genug, um es zu erleben! daß ein ähnlicher Haß auch Sie treffen würde?»

Nie hatte Milan sich diese Frage gestellt, und trotzdem war er nicht überrascht, daß er die Antwort sofort wußte. Es sprachen die vier Monate aus ihm, die er nicht einer laborähnlichen Analyse der menschlichen Psyche bei den Theaterproben widmete, sondern in der Gemeinschaft guter und mieser, starker und gelähmter, entschlossener und verzweifelter Menschen erlebt hatte, die mit dieser Frage einschliefen und erwachten. Das Ausmaß ihrer aufgeputschten Leidenschaften reichte von der ständigen Hilfsbereitschaft des Dolmetschers mit ausgeschlagenem Auge bis zu den anonymen Beschmutzern seines Koffers.

«Nein!» erwiderte er entschieden, «lasse ich beiseite, daß diese Möglichkeit einer Null gleichkommt, weil der Bolschewist nie einen Fuß Gebiet und eine Prise Macht freiwillig abgeben wird, so werde ich trotz allem, was mir widerfahren ist, weiterhin glauben, daß ich in meiner persönlichen Situation mit der Flucht das getan hatte, was ich tun sollte, alles andere war das Schicksal! Ich kann mir die Schadenfreude oder auch nur Erleichterung vieler meiner Kollegen vorstellen, die jetzt guten Gewissens in neuen Scheißstücken spielen und neue ‹Antichartas› unterschreiben werden, der Čech hat bewiesen, daß unsereiner nicht anders kann und, der Familie wegen, auch nicht darf! Ich sehe das aber anders: Den Emigranten die heilige Heimat vor den Augen zu schwenken darf nur, wer auf ihrem Territorium seinen Fußbreit Vernunft und Gewissen aktiv verteidigt hat. Von solch Tapferen haben sich jedoch daheim tausend gefunden, und dazu sollen auch die gezählt werden, die den Mut nicht hatten, sich aufzulehnen, aber wenigstens soviel Anständigkeit, sich in die Stille zurückzuziehen. Die Mutigen machen also drei bis vier Tausendstel der ganzen Bevölkerung aus. Alle anderen haben sich mit dem Regime arrangiert, wenn auch die meisten wie ich im hochmütig naiven Glauben, zu den Anständigeren zu gehören, nur: Kann man ein wenig Jungfrau bleiben? Dagegen jeder, aber auch jeder, der bewußt den Sprung aus dem vertrauten Käfig in die völlig unbekannte Welt wagt, wo nur auf wenige ein Rettungsnetz wartet, zeigt persönlichen Mut, den seine Landsleute längst verloren haben, wodurch die ganze Gesellschaft bereits genetische Schäden aufweist. Sollte ich wirklich einem begegnen, der die Emigration ähnlich dumm beschuldigen würde, frage ich ihn, an welche Tschechen er sich aus dem ganzen Jahrhundert des Dreißigjährigen Krieges erinnert, als das geschlagene Böhmen in Agonie lag, er kann nur Emigranten nennen! An ihrer Spitze der Mann, der die tödlich bedrohte tschechische Sprache und Bildung in den Rest Europas rettete, das er dann zum Dank als erster das Lernen lehrte. Comenius, der Präzeptor der Nationen, hat seine eigene aus dem Grab geholt! Das wird meine Antwort, sollte das Wunder geschehen und ich nach Hause zurückkehren, wo mir frischgebackene edle Ritter und Patrioten der zwölften Stunde Vorwürfe machen würden. So wie es heißt, der Krieg sei die Fortsetzung der Politik mit anderen Mitteln, kann man sagen: Das Exil ist die Fortsetzung einer Nation im anderen Land...» Milan schaute auf seine Uhr, «entschuldigen Sie mich jetzt, Frank, ich habe eine Chance, den früheren Zug zu nehmen. Vielen Dank für Ihre technische Hilfe. Daß Sie uns keine künstliche Beatmung verordnet hatten, ist Ihr größtes Verdienst. Sie haben es mir ebenfalls abgewöhnt, um etwas zu bitten, also fordere ich Sie einfach auf: Kommen Sie, wenn es so weit ist, zu meiner ersten Premiere nach New York, oder wer weiß, wo ich mich durchspielen werde. Ich bezweifle, daß diese Verbrecher meine Alterchen hinfahren lassen, aber Sie will ich dort auf jeden Fall haben, denn dann brauche ich nämlich mein Publikum wieder!»

«You are welcome, Milan!» sagte der Primarius, «ich bin dabei.»

Beim Abschied umarmten sie sich spontan, nur für eine schnell vergangene Sekunde, aber Milan wußte, daß der schmächtige alte Mann gerade seinen Schatten übersprungen hatte.

Im Zug schrieb er zum letztenmal aus Europa den Alterchen, er meldete sich jetzt musterhaft einmal pro Woche und bedankte sich für naive Ratschläge, die zum Inhalt ihres leergewordenen Lebens wurden. Dann öffnete er das Gangfenster, um sich endlich die berühmten Ingenieursbauten am Semmering anzuschauen. Dabei hat ihm offensichtlich der Luftzug zugesetzt. In Wien wußte er, daß er erhöhte Temperatur hat, in dem Taxi von Pölten nach Rohlau bekam er Schüttelfrost.

In erbärmlichem Zustand klopfte er bei Mara, die vor ihm erschrak.

«Das schreit nach einem Wickel!» entschied sie zu seiner Überraschung, «zieh dich gleich hier sofort aus, ich wickle dich in das nasse Leintuch, bei Krebs hole ich weitere und auch ein paar Decken.»

Die nächsten zwei Stunden steckte er in der tiefsten Kindheit, fühlte beißende Nässe und fürchterliche Hitze, aber gleichzeitig war es ihm wohlig, er kam sich wie im Knäulchen vor, seine zwei Liebsten lagen hier mit ihm in engster Umarmung, wie einst die Mutter las ihm Mara etwas vor, und wie einst nahm er den Inhalt nicht wahr, nur die Melodie der Sprache, seltsam, seltsam! unentwegt suchte ich nach einem Bruder und finde zum Schluß statt seiner...

Als sie ihn angestrengt trockenrieb, störte weder den einen noch den anderen, daß er nackt wie ein Kind war.

«Ich danke dir, Schwester...» er nahm sie in die Familie auf und schlief bald tief ein, um am Morgen allein, aber gesund zu erwachen.

7. *Nachspiele*

Mara Silverová schrieb einen Brief.

Liebe Liduška,

Du hast neben Milan das größte Verdienst daran, daß ich nicht an Deiner Statt zu den Rohlauer Glocken hinaufgeklettert bin, um auszuprobieren, ob die himmlischen Engel ihre Flügel auch für eine Gottlose ausbreiten würden. Du hast mir davon einmal so suggestiv erzählt, und meine Hoffnungslosigkeit wuchs und wuchs, wie sich der Tag unserer Trennung näherte. Die Mutter ist mir gestorben, ohne mich besuchen zu dürfen, Ossis Kinder hassen mich, wie es sich gehört, und jetzt entschwindet mir auch meine neue Familie, am weitesten mein Brüderchen Milan! (schade, daß seine schöne Dora nicht ahnt, was für ein prächtiger Kerl aus ihm geworden ist, und der ewige Schaden, daß seine Bekehrung gerade mich traf, er hätte mich von Ossi schnell kuriert!) Aber es geschah halt nicht, und ich habe mir im Bus wie eine Wahnsinnige drei Worte wiederholt: Und was dann? Wenn ich dann feststelle, daß bei uns das Fräulein tatsächlich wohnt! Mich in der Küche mit Gas abmurksen? Hier ist es sicher detoxiziert. Tabletten? Wo kriege ich so viele her ohne Rezept? Also dann, jawohl, der klassische Aderlaß! (Ossi hat sich sein ganzes Leben lang mit dem Messer rasiert und beim Einseifen dazu gesungen, einer der Gründe, warum ich ihn liebte.) Wie Du siehst, haben alle in Betracht gezogenen Todesarten ein gemeinsames Ziel: eine seelenlose Mara Silverová dramatisch und manierlich hingelegt in der Küche, im Schlafzimmer oder in der Badewanne, als verkörperter und in der letzten Variante auch blutiger Protest gegen den Verrat der Liebe. Daß ich Dir schreibe, nimmt der Nachricht die Spannung. (Jetzt ahnst Du schon, daß ich überlebt habe.) Die Pointe wird Dich dennoch überraschen.

Ich habe geläutet. (Ich war nie eine Ehefrau, die schnüffelt und überfällt.) Niemand machte auf, doch die Schlösser hat man nicht gewech-

selt. Schon mit der Nase habe ich mich von meiner Niederlage überzeugt, auch wenn kein Parfümduft auf sie hindeutete, sondern ein Geruch von Moder. (Er mußte sie lieben, weil er bei mir nicht die kleinste Schlamperei vertrug!) In der Küche ein Berg von schmutzigem Geschirr, im Schlafzimmer Wäsche von Staub verkommen. Dafür im Bad ein Beautyshop, ich staunte, wieviel von diesem Zeug heutzutage ein dreiundzwanzigjähriges Ding braucht. Auch Ossi hielt Schritt mit der Zeit, vielleicht weil sie ihm keine neue Rasiercreme kaufte (er war nie in einem Laden), ließ er sich einen elektrischen Rasierer besorgen. (Frage bitte bei Vašek nach: Kann man dabei singen?) Das Rasiermesser habe ich zwar gefunden und abgezogen, aber in diesem Saustall, Liduška, ließ es sich auf keinen Fall sterben! An der Tür hing wie gewöhnlich der Stundenplan des Herrn Professors, der seiner braven Schülerin gleich daneben, ich hatte bis zum Abend Zeit. Die Vision trieb mich, daß sie meine bleiche Leiche in einer blitzblanken Wohnung finden werden, so wie Ossi sie kannte und mochte. Es dauerte ein paar Stunden, bis ich aufgeräumt hatte, gefegt, gewaschen, Wäsche gewechselt, und während der Schufterei kam es auch zu einem Wechsel der Gefühle (Unrecht und Wehmut sind nicht die besten Energiequellen). Ich bekam eine Wut und schließlich auch einen höllischen Hunger, mit dem konnte man keine Todesgedanken mobilisieren! So ging ich im Regen zum Meinl am Graben (mein kulinarisches Mekka). Als unsere Wohnung der Duft von Ossis Lieblingsspeise, Boeuf Bourguignon auf südböhmische Hausfrauenart durchzog (das Rezept schicke ich Dir bei Gelegenheit, damit wirst du Václav bis zum Lebensende an Dich fesseln können!), war die Szene meiner Selbstabtötung perfekt. Ich habe für zwei gedeckt, ein Leichenschmaus. Es blieb mir nur noch, eine Bekleidung auszusuchen, für die Badewanne passend. Dabei entdeckte ich, daß die Nachfolgerin meine Sachen in zwei Schubladen der Kommode gepfercht und sich selbst im Schrank breitgemacht hatte. Ich wählte einen lustigen bunten Pulli mit einem Papagei aus Flittern, den er an mir besonders gern hatte, damit sich meine Todesmaske davon gebührend abhebt.

Sie sollten um sieben kommen, aber als ich mich um halb fünf zu meinem letzten Abendmahl hinsetzte, rasselte der Schlüssel, und sie standen, die Regenschirme in der Hand, mitten in der Küche, ein köstlicher Anblick. Er machte Miene wie der ewige Jude, dem man soeben ein Dekret für eine Dauerbleibe ausgestellt hat, sie, ein alabasternes Albinchen (er kehrte zur Rassereinheit zurück!), das Haar bis zum Hintern, bewegte die Nüstern wie ein Pferd. Ich mußte das Programm abändern und beschloß, ermordet zu werden. Grüß dich! sagte ich zu ihm (tschechisch), bist gerade rechtzeitig da, ach, war ich begeistert (schon deutsch) wir haben Besuch? freut mich, ich bin Ossis Frau, möchten Sie mit uns essen? ich decke gleich noch auf. Rasch setzte ich den dritten Teller samt Besteck dazu und lud sie beide liebenswürdig zu den dampfenden Schüsseln ein. (Wahrscheinlich habe ich den falschen Beruf gewählt, oder war mein plötzliches Talent Milans Eingebung?) Sie sah aus, als wollte sie lieber mich fressen, und schmiß ihm einen Blick zu, daß er mich als erster beißt. Nur daß Ossi (wie ich hoffte) es wie immer der Situation überließ, daß sie sich von selber löst. Setz dich, Ruth! schlug er ihr vor. Du bleibst? sie wollte es nicht glauben. (Sie kannte ihn überhaupt nicht!) Wir sind eingeladen worden! belehrte er sie. Er hypnotisierte sie mit den Augen, daß sie mir vorführt, was Niveau und Selbstbeherrschung ist. Aber sein Ruthchen hatte das einfach nicht drauf (und eine Sexkönigin war sie auch nicht). Ich habe keinen Hunger, verkündete sie. Aber du wolltest doch, daß ich für dich koche, und Mara kann das am besten von allen! (Er klebte mir auch diese Ohrfeige, um sie auf Trab zu bringen.) Doch das Fräulein war nicht so helle. Dann gehe ich also, gehst du mit? forderte sie ihn auf. Nach dieser Leistung konnte natürlich ein Kerl wie Ossi, notabene vor mir, sich nur noch an den Tisch setzen und ihr eine letzte Chance geben. Ich bleibe hier, bleibst du auch? Da drehte sie durch. Meine Sachen lasse ich holen! sie warf unsere Gästeschlüssel auf den Tisch. Mir tat sie beinahe leid (er ließ es sie alleine ausbaden, der Schuft!), aber letztendlich sollte ich hier doch sterben und nicht Erste Hilfe leisten.

Alles lag an mir. Was nun? Ihm zu geigen, wofür ich ihn halte? Ihn wählen zu lassen, ob er sich entschuldigen will oder zu ihr ziehen? Der Gedanke kam mir, wie er sich verhielt, als ich mit meiner Chartaunterschrift unsere letzten Sicherheiten in die Luft jagte: Er lud mich zum Abendessen ins Chinarestaurant. Diesmal hatte ich sogar selbst gekocht! Ich rührte also die Sauce um und fragte, wie viele Kartoffelknödel er haben will. Wie üblich, sagte er, aber als er sie (drei Stück) bekommen hatte, nahm er mich bei der Hand, in der ich die Gabel hielt, und fragte mit einem aufrichtigen Vorwurf (Chuzpe!). Wo warst du so lange? Warum hast du mich darin zappeln lassen? Für manche Sachen bin ich nicht mehr jung genug. In der Nacht war er es aber! Es grüßt Dich aus dem Wunderland und auf ein Wiedersehen zu viert (für den Bruder springt der Gatte ein) freut sich *Deine Mara*

Magda war traurig und glücklich.

Der Morgen verlief, wie sie es mit Tono bei Tagesanbruch vereinbart hatte. Er trabte sehr früh zu ihrem Ort im Wald los, wo er bleiben sollte, bis sie weg waren, besser als in dieser Nacht konnte sie sich von ihm nicht mehr verabschieden. Ganz unerwartet fing es an zu gießen, so daß sie sich im Geiste für diesen Einfall bei ihm entschuldigte. Um so mehr erwärmte es sie, daß bei ihrer Abfahrt am oberen Waldrand unerwartet eine winzige Gestalt erschien, die mit dem Taschentuch wedelte. Sie drückte dann die Lider fest zusammen, bis zum Flughafen werde sie sie nicht aufmachen, er soll der letzte sein, den ich hier gesehen habe! Damit hat sie sich in ihre Ecke zusammengekuschelt und täuschte Schlaf vor.

Der Regen, gegen das Wagendach trommelnd, erinnerte sie an die Nacht ihres Näherkommens im Speiseraum und rief dann Bild um Bild hervor, als wenn der Vati seine Urlaubsdias an die Wand warf. Die Szenen der letzten Stunden waren in ihr noch ganz lebendig. Sie hielt die Arme vor der Brust verschränkt, die sie jetzt leicht drückte, um sich noch einmal seine Hände vorzustellen. Tono, liebster Tono! flüsterte sie so laut, daß es von den Regen- und Motorgeräuschen kaum noch überdeckt wurde, was für ein Glück, daß ich dich getroffen habe, und welch eine Freude, daß ich dich wiedertreffen werde!

Von der Volljährigkeit haben sie nur einige Tage getrennt, aber sie bereute nicht, sie hier nicht mehr mit ihm zu erleben, seit gestern war sie eine Frau, und das unbekannte Amerika hat sie jetzt noch mehr angezogen, sie wollte schnellstens herauskriegen, welche Möglichkeiten es ihr und auch ihm bietet. Ich schaffe es, dort hinzukommen! versprach er, und sobald er dort sein werde, könne ihn niemand mehr ausstechen, selbst wenn er zum ersten amerikanischen Partisanen werden sollte! Er kriegt es in einem Vierteljahr hin, über Mexiko, und sollte es sie früher nach ihm verlangen, dann noch schneller! Sie glaubte ihm jedes Wort und versank damit in den Traum; sie hatte viel nachzuholen.

Auch Miro war selig. Er hat für die Reise gleich drei Comic-Hefte mit Asterix und eine Tüte voller toller Gummibärchen bekommen, die Vater sonst scharf verbot, ein Dynamit für die Zähne! Er blätterte und kaute, bis auch ihm die Lider zufielen.

Terezie bedrückte vor allem Angst um den Mann, ein vorzeitiges Verraten bedeutete wahrscheinlich einen neuen Krach, diesmal mit beiden Kindern, würde es Bohdan noch überleben? sie fürchtete, daß er nur einen Schritt vom Infarkt oder Schlaganfall entfernt ist. Wie so oft in letzter Zeit betete sie still, damit ihr schwieriges Vorhaben gelänge und sich auch lohne.

Doktor Čierniak hatte zwei Schlaftabletten für die Nacht und in der Früh noch eine Beruhigungspille genommen, er steuerte in einem barmherzig gedämpften Zustand, aus dem er sich immer wieder mit wildem Kopfschütteln reißen mußte, um nicht einzunicken und vielleicht die Familie gleich auszulöschen. Obwohl er sich zusammen mit Terka felsenfest sicher war, daß sie nicht anders handeln können, wurde er dennoch das schlechte Gewissen nicht los und damit auch die Angst, die geliebte Magduš für immer zu verlieren.

Sie wollte doch zu dem Ihren! wiederholte er sich zu seiner Entschuldigung, an die er jedoch selbst nicht allzusehr glaubte, ging sie nicht eigentlich mit diesem Vágner? reine Freundschaft! schwor seine Frau bei ihrer Seele, doch sollte er sie nicht dennoch fragen? Vielleicht wäre es ihm gelungen, ihr den Irrtum zu erklären, dem sie unterlegen waren, möchte sie mit Negern zur Schule gehen und drei Jahre lang arm wie eine Kirchenmaus sein, bis er zum zweitenmal ausstudiert hat? Sie hätte doch das Opfer anerkennen müssen, denn für den Preis der eigenen Erniedrigung retten sie ihre und Miros Zukunft!

Ohne Probleme umfuhren sie Wien über die südliche Autobahntangente, auch am Flughafen vorbei, bereit, vor den Kindern zu behaupten, der wäre nur für Binnenflüge, der für internationale Verbindungen läge weiter entfernt! doch es war nicht nötig. Die Gefahr bildeten weiterhin nur Straßenschilder, zum Glück ziemlich selten, mit der sinkenden Zahl der Kilometer, die sie von dem Ort trennten, aus dem sie geflüchtet waren. BRATISLAVA 8 KM verriet soeben eine Tafel in einem mittelalterlichen Städtchen mit mächtigen Toren. Er hustete zur Probe und überzeugte sich: Terezie, halb zu den schlafenden Kindern gewandt, hatte die Augen wie auf Stielen. Daß ich sie habe! Wenigstens ein Mensch, den ich glücklich gemacht habe und der mir das jetzt mit unerschütterlicher Treue vergilt … in letzter Sekunde riß er das Steuer herum und wich einem Frontalzusammenstoß mit einem Brummi aus.

Kurz danach husterte er wieder, hinter der sanften Kurve erschien und wuchs schnell die österreichische und dann die tschechoslowakische Grenzstation heran. Die Eheleute verließen sich fest darauf, daß die Papiere, die sie gestern von der Konsulin bekommen hatten, nachdem sie die notwendigen Erklärungen unterschrieben, sie diesseits der Grenze nicht aufhalten würden; ihr Wagen war jedoch in der einzigen Spur noch immer der dritte, als Miro wach wurde. Verschlafen beobachtete er die Prozedur, sie erweckte sein Interesse.

«Vati, das ist doch die Grenze, oder?»

Der Augenblick der Wahrheit war da. Hauptsache, Magda wird nicht wach!

«Jeder Flughafen hat eine Grenze!» erfand die Mutter, «denn bei ihm beginnt eigentlich schon das Ausland.»

Sie rückten auf den zweiten Platz vor. Miro rieb sich die Augen.

«Aber dort steht doch ČSSR.»

«Wo?»

»Na, dort.»

«Siehst du etwas, Bohdan?» versuchte Terezie Zeit zu gewinnen.

«Nein.»

«Auf der ovalen Tafel», kämpfte Miro, «Magduš!»

«Weck sie nicht auf, hörst du!» mahnte ihn der Vater leise, «das wird nur eine ähnliche Abkürzung sein!»

Sie waren an der Reihe, aber Magda war schon wach, und Miro verteidigte hartnäckig seine Gewißheit.

«Da sind ja auch unsere Fahnen, guck mal, Magduš!»

«Laß sie in Ruhe, hörst du», schrie ihn die Mutter verzweifelt an.

Der Österreicher studierte ihre Ersatzpapiere. Doktor Čierniak fühlte sein Herz im Hals schlagen, unerträglich wurde auch der Druck in der Brust; um sich von ihm zu befreien, streckte er die Hand aus dem Fenster. Der Zöllner verstand es als Zeichen der Ungeduld und untersuchte die Dokumente, als hätte er nie etwas Spannenderes gelesen.

Magda kam zu sich, und der erniedrigte Miro beklagte sich bei ihr.

«Der Vati hat sich verirrt, statt zum Flughafen fährt er nach Hause!»

Das betäubte Gehirn sprang langsam an.

«Vati... wir fliegen nicht nach Amerika...?»

Ich sterbe! wußte Doktor Čierniak und gab bereits alles auf, als er in den Fingern die Papiere fühlte. Der Österreicher gab sie ihm zurück.

«Hat es Ihnen bei uns nicht gefallen?» interessierte er sich.

«Magduš!» bebte Mutters Stimme, «Magduška, Liebling, sei uns nicht bös, es geht nicht anders!»

Der stumpfe Blick des Fahrers war der Grund, daß der Uniformierte nicht mehr fragte. Er winkte sie durch und drückte den Knopf.

«Nein!» fuhr Magda auf, «ihr kehrt zurück!»

Der Schlagbaum ging in die Höhe, als die Tochter am Türgriff rüttelte. Irgendwie von Hellsichtigkeit geleitet, hatte der Vater in Rohlau die Kindersicherung eingestellt.

«Der Gabo wartet auf dich!» rief die Mutter.

Doktor Čierniak trat aufs Gas, der Simca zuckte mächtig los, doch der Motor starb nicht ab, sie brachen zu den wehenden Fahnen auf.

«Hilfe!» sie kurbelte das Fenster hinunter, in ihrer Aufregung schrie sie slowakisch, «Hiilfee!»

Der Grenzbeamte hörte es zu spät, und außerdem verstand er nicht. Er reckte zwar die Arme hoch, sie sollten stoppen, doch der Wagen entfernte sich zu den Bewaffneten drüben und mit ihm auch der Schrei.

«Tonoo! Tonooo!»

Karel Markalous glaubte nun, daß Herr Yamahota die blutige Wahrheit gesprochen hat.

Es blieb ihm nur noch der Marsch nach vorne oder der direkt Gerda nach. Als man ihn mit der Blindenbrille auf der Nase wieder dorthin geliefert, wo man ihn entführt hatte, taumelte er ins Hotel und schüttete die Hälfte der Minibar in sich hinein, bis er absurderweise wieder nüchtern denken konnte.

Das Rätsel, in dem sich zunächst nichts reimte und später immer weniger, war mit einem Schlag ohne Geheimnis. Unter allen Schleiern trat die allerschlimmste Braut ans Licht. Er war ihr ausgeliefert auf Gnade und Ungnade, konnte sich nirgendwo auf der Welt vor ihr verbergen; im Falle von Ungehorsam genügte eine absichtliche Indiskretion seines wahren Chefs, und überall würden ihn Spezialisten der beiden westlichen Firmen aufspüren, wählen durfte er dann nur zwischen Kugel und Schlag in den Nacken.

Der tiefen Depression versuchte er aktiv zu trotzen: Er probierte die Idee aus, die den Mann in der Villa so beeindruckt hatte. Das Mädchen, das er angerufen hatte, war hörbar lustlos und zunächst abweisend, glücklicherweise kam er auf das Zauberwort Taxi. Da sagte sie zu, und an seinem dunklen Horizont leuchtete wenigstens eine Vision auf, daß er morgen nach einem Vierteljahr mit einem hübschen Mädchen unentgeltlich vögeln wird… um sie auf Ehefrau zu testen! Er bestellte beim Empfang den Hotelwagen und anstandshalber auch ein zweites Zimmer.

Zuvor aber widmete er sich seinem Problem Nummer eins. Wie im Falle seines «Unfalls» Zdena erfährt, daß im Safe einer Wiener Bank für sie ein Koffer mit hunderttausend Dollar deponiert ist. Zwei Stunden lang wechselte er vom Taxi auf die U-Bahn und zurück, bis er das Gefühl gewann, allen Augen entkommen zu sein. Im Wartezimmer eines rein zufällig gewählten Notars hat ihn jedoch wieder der Mut verlassen: Jeder konnte ihn verraten!

In Zeitnot hinterlegte er dann den Safeschlüssel in einer anderen Bank mit der Ordre, wem ausschließlich dieser ausgehändigt werden darf. Den neuen versteckte er einstweilen in einem kleinen Stofflippizaner mit Wiener Wappen, in einem Souvenirgeschäft erstanden, bis ihm was Besseres einfallen würde. Die Einsamkeit, die ihn überflutete, mußte sich vielleicht von den Tagen der Mühle an der Moldau in ihm gestaut haben, in einem solchen Zustand bin ich noch nie gewesen, ich werde dort drüben wie ein Kind im Hochwasser enden... er wartete auf irgendeine dumme Buchtel aus Budweis wie auf ein Erbarmen. Möge es nur keine Schlampe sein! wünschte er sich. Möge sie nicht total blöd sein! Und Hauptsache: Möge sie es mir anständig machen! Und natürlich: Möge sie in der knappen Zeit Ja sagen!

Es überraschte ihn, wie sie gekleidet war. Das elegante Hosenkostüm deutete auf guten Geschmack und mehr noch: üppige Frauenformen reizen am meisten im strengen Herrenschnitt! hat ihr das dieser Schlawiner oder der Slowake gekauft? Na, damit ist jetzt Schluß, Mädel, du kommst in feste Hände, die dich beim Fremdgehen schön auseinandernehmen würden! Sie punktete auch damit, daß er sofort Lust auf sie bekam. Er mußte sich nur noch durch das Abendessen quälen, das sie nimmersatt verlängerte, während er nur an das eine dachte.

Er überstürzte jedoch nichts, sie muß den überzeugenden Eindruck gewinnen, daß ich trotz der Hektik Zeit genug hatte, mich in sie zu verknallen! Sie verweilten auch noch in der Bar, wo sich dann der Tanz mit ihr in einen Beinahe-Beischlaf wandelte, es hat ihn begeistert, wie sie ihm entgegenfederte. Als er sie dann endlich in der Suite bei Kerzenlicht wie eine Zwiebel schälte und zu dem schwarzen Body vorstieß, ein Möschen auf Patentchen! das kennt man nicht einmal im «Gelsomina»! wußte er, daß er gewonnen hat.

Im Bett hat sie seine Erwartungen übertroffen. Solange er noch ein erotisches Tagebuch führte, bevor seine erste Frau dahinter gekommen war und mit der kleinen Zdena aus dem Fenster srpingen wollte, benutzte er für die wechselnden Liebhaberinnen Zeichen. Kreis bedeutete, versteht sich, eine Null, Kreuz Begabung oder wenigstens Bemühung, Sternchen waren Stars und das Dreieck wie in der Geometrie Vollkommenheit selbst. Den Maßstab für Dreieck setzte Gerda. Die Südböhmin war schon jetzt ein klarer Stern mit dem Vorzug der frischen Jugend. Auch der echte James Bond hätte anerkennen müssen: Sie pariert wie vom Blatt, sie weiß, wann zu halten und wann zu reiten ist, und daß sie dabei wie eine Wildkatze faucht und brüllt, spornt einen Kerl an!

Sie haben wenig geschlafen, und nachher hat er sie fast brutal wecken müssen, weil er bald abfliegen sollte, doch er hat es damit wettgemacht, daß er ihr bei einem opulenten Frühstück auf dem Zimmer die Ehe anbot, aufrichtig überzeugt, daß sie zumindest in einer Hinsicht klappen wird. Sie hat sich verschluckt und fragte wieder, ob er sie nicht, Mannometer, nur verscheißert? Er setzte sich also an den pseudoantiken Sekretär und schrieb aufs Hotelpapier einen Brief für die Wiener Vertretung seiner Firma, man solle morgen für sie auf seine Rechnung ein nettes Hotelzimmer bestellen, solange sie auf das amerikanische Visum warten muß; er legte noch einen Scheck dazu, für deine Ausgaben und als Aussteuer! und sie stierte auf die Summe, die er sonst für eine Nacht im «Gelsomina» zu zahlen hatte, na, ich spare noch dabei!

Sie hat sich ihm auch in der Zeitnot auf der Stelle erkenntlich gezeigt, womit sie nur konnte, und ihn hat erneut gefreut, daß es nicht wenig war. Als er sie in das Hoteltaxi setzte, liefen ihr die Tränen in Strömen herunter; zu alldem hatte er also noch das Gefühl, eine gute Tat getan zu haben. Er kehrte nach oben zurück, rechtschaffen müde. Längst war alles gepackt, er konnte sich noch für ein paar Minuten angezogen aufs Bett werfen und ein bißchen verschnaufen, erste Liga! schätzte er die Gesamtleistung ein, nein: Europacup! Die Erregung legte sich, und ihm kam wieder voll zu Bewußtsein, in welcher Patsche er steckt.

Das Mädchen Bobina hat nichtsdestoweniger seine Optik verändert, er sah sein Schicksal weniger tragisch. Die Welt ist so! Und seit der Nacht im Keller der Feuerwache verändert sie sich systematisch zum Schlechteren. Die Träume, von den Deutschen in den Gaskammern nicht erstickt, haben die Kommunisten in den Schädeln der Träumenden zerschossen. Er ist vor ihnen geflohen und hat sich hier gleich mit einer neunköpfigen Hydra eingelassen, die aller Unterschiedlichkeit der Slogans und Fahnen zum Trotz gleichsam um die Versklavung sämtlicher Erdbewohner bemüht ist.

Früher oder später, dieses Wissen hat ihn mit dem Leben versöhnt, wird so mancher zu einem Markalous werden, und falls er beim Auszählspiel drankommt, bleiben auch ihm nur die zwei Möglichkeiten: nach vorn oder zu Gerda. Ihm war es schon passiert, und er ist trotzdem heil durch drei tödliche Stromschnellen gekommen, noch gestern nacht und heute früh durfte er sich prächtig lieben, und seine Überlebenschance dauert unvermindert an, die dreifache Leine sichert ihn, genauer gesehen, dreifach ab, und er sollte deswegen nicht minder glücklich sein wie an jenem Morgen, als man ihn aus der modrigen Dunkelheit in den nach Flieder duftenden Tag entließ.

Irgendein böhmischer König, er wußte nicht mehr, welcher, geriet auf ein ähnliches Karussell, durch Verwandtschaften und Ehrenworte gebunden, mußte er, wollte er oder nicht, von einem Krieg in den anderen ziehen. Er hat es als sein irdisches Los angenommen und ließ sich auf das Wappenschild malen ICH DIEN! Also werde ich drei Herren dienen, doch vor allem mir selbst: Ich will jedes Körnchen Lebensfreude aufpikken, das ich in meiner Reichweite erblicke…

Der österreichische Vertreter von GLASS & CERAMICS brachte ihn persönlich zum Flughafen in Schwechat, um ihm bei der Abfertigung am VIP-Schalter zu assistieren. Karel Markalous hat sich zu der Treppe in das Untergeschoß umgedreht, wo an der Wende vom Frühling zum Sommer sein Fall anfing… Fall? mitnichten! ich schaffe es schon, Zdena, Zuzi, meine allerliebsten Mädchen!

«Here your are», sagte sein Begleiter vor der automatischen Tür, hinter der er zu seinem Sprung ins Dunkle ansetzen sollte, ein Dreisprung sogar! «in Chicago holt Sie Ihre künftige Sekretärin ab, Miß Sheffield, sie hat ein Photo von Ihnen, und für Sie ist dieses bestimmt», er reichte ihm in der Sichthülle eine Farbaufnahme, «she is quite a pretty girl!»

Er sah nur das rote Haar, und ein Blitz durchzuckte sein Gehirn wie damals, als er in der Sázaver Kindheit mit einer Pinzette ausprobieren wollte, ob er sehen kann, wie der elektrische Strom aus einem Löchlein der Steckdose in das andere fließt. Jetzt muß er blaß geworden sein.

«Fühlen Sie sich nicht wohl?» sorgte sich der Begleiter.

Er zwang sich dazu, das Bild genauer zu betrachten. Unter der rötlichen Färbung lächelte ihm eine strahlend schöne Frau um die Dreißig entgegen. Sie war Gerda nicht einmal entfernt ähnlich, und dennoch war sie es! eine Neuausgabe dieser fleischfressenden Pflanze, auch eine sinnliche Göttin der Leidenschaft und des Verrats. Wem wird sie wohl dienstbar sein? Ihr gegenüber hatte Bobina eine vergleichbare Chance wie ein Rammler gegen eine Tigerin…

«Well», wünschte ihm der Repräsentant, «enjoy your flight and happy landing, Sir!»

Und er ging durch das enge Pförtchen der Paßkontrolle mit einer plötzlichen Vorahnung, auf diesen Kontinent nie mehr zurückzukehren, nicht lebendig, nicht tot.

Lydia kam zum Abschied nach unten.

Der Bus, vom Flüchtlingsfonds gemietet, fuhr die letzten nichtmotorisierten Insassen in ihre neuen Zufluchtsstätten. Die Pension Krebs, dachte sich Lydia, war eine glücklichere Titanic! dem einzigen Toten legte sie gestern mit Vašek einen Armvoll Chrysanthemen aufs Grab. Als letzte stieg die Russin in das Rettungsboot, das Futteral mit dem Cello trug einer der untersetzten russischen Juden für sie, die es in Wien abgelehnt hatten, weiter nach Israel zu fliegen, und ihren Asylantrag in Österreich gestellt haben; sie sind ganz zuletzt hier angekommen, im Wirbel eigener Sorgen nahm Lydia sie kaum zur Kenntnis, jetzt freute sie sich.

«Ihr Mann?»

Das Erröten in dem rundlichen Gesicht hat nicht gereicht, die große Frau fing an zu weinen.

«Nein... aber ich habe es nicht mehr ausgehalten, verstehen Sie mich?» beichtete sie ungefragt, «ein Jahr habe ich keinen Mann gehabt, und auf meinen werde ich vielleicht noch viele Jahre warten müssen, wenn man ihn überhaupt rausläßt, meinen Sie, ich bin schlecht...?»

Lydia erinnerte sich, wie sie auf diese Frau von barockem Korpus und mit ihren einladenden Lippen einmal schrecklich eifersüchtig gewesen war, daß sie sich beinahe mit Václavs Pfropfmesser töten wollte. Vor Scham und aus Mitleid hat sie die Russin umarmt.

«Oh, Gott, das nicht! Schlecht ist die Macht, die uns mit Füßen tritt, uns Heimat und Arbeit stiehlt, uns zwingt, Helden zu spielen oder sich aus menschlicher Schwäche zu ergeben. Lieben Sie diesen und warten auf den Ihren, wie es Ihnen der Körper und das Herz befehlen! Doswidanja», sie kratzte ihre bescheidenen Russischvorräte zusammen, «mnogo schtschastja!»

Lieber Herrgott, erschrak sie im gleichen Augenblick, ich darf wirklich nicht in deine Kirche, wozu habe ich sie nur verleitet?

Die verweinte Sünderin hat ihr aus der Umarmung des Geliebten bis zu den Serpentinen gewunken. Der Regen, der schon den zweiten Tag nicht aufhörte, verstärkte sich, schwere Tropfen rissen die übriggebliebenen Blätter von den Bäumen, auf das ganze breite Tal legte sich eine dicke Wolkendecke. Lydia ging versonnen durch das Haus. Offenstehende Türen erlaubten intime Einblicke in die verschiedentlich versauten, oder aber sauber geputzten Zimmer, eine Darstellung des Charakters der letzten Benutzer. Die Tamilen hinterließen blankgeschrubbte Fußböden, die Rumänen Müllhaufen, von denen sich leider die Räume einiger Tschechoslowaken nicht unterschieden.

Tonos Tür blieb abgeschlossen, er hatte mit Krebs ausgemacht, hier für Kost und Logis als Hausmeister bis zur Übergabe des Objekts zu bleiben, Lydia hat er anvertraut, daß er hier den Brief mit Magdas neuer Adresse erwarten will. Die beiden taten ihr leid, ein halbes Leben waren sie sich in der gleichen Stadt nicht begegnet, so ein Pech! und kaum im Ausland ineinander verliebt, sind sie schon durch einen Ozean getrennt. Ihre Sachen hatten hier auch noch der Koch und sein vorlautes Mädchen, verlorene Kinder der selben Busfahrt wie sie und Václav; über die Ungleichheit des Paares wagte gerade sie nicht zu urteilen, jedenfalls waren diese beiden tschechische Tausendsassas, die sich vielleicht sogar dem Tod enttricksen können.

Im leeren Speiseraum fand sie den Wirt, er spülte die Pressionsröhren des Bierschanks, die mit anderem Krimskrams nächste Woche abgeholt werden sollten. Ein geflüchteter Pole hat die Einrichtung gekauft, der jetzt nach Kraków zurückkehren wollte, um dort einen eigenen Betrieb aufzumachen. Auch er blieb einstweilen da, nächtelang stritt er im Nebenzimmer mit seiner Frau, Mutter eines kleinen Kindes, es herrschen dort doch die Generäle! beschwor sie ihn, bist du noch bei Verstand? Er schrie zurück, er besitze jetzt die Schänke und die Ausrüstung für ein ganzes Hotel, die Heimat würde ihn mit offenen Armen empfangen, dies sei ihrer beider Haupttreffer!

Auch Krebs freute sich über die paar hundert Dollar, auf den ersten Blick schön schwer zusammengekratzt, die höchste Banknote war ein Zehner, einige Makler sondierten hier bereits, wie man die Pension in Eigentumsappartements verwandeln könnte, die Einrichtung wollte niemand, der Pole ersparte ihm den Sperrmüll. Er selbst zog zu seiner Tochter, eigentlich ganz überflüssig! beklagte er gestern bei Lydia, bald würde er mit seiner Frau auf dem hiesigen Friedhof wohnen.

«Also, wie?» fragte er Lydia in der bedrückenden Stille, die hier eingezogen war, «Pölten oder Wien?»

«Wien natürlich. Mein Mann müßte sonst um fünf Uhr früh aufstehen, und wir hätten nichts mehr vom Leben. Wenn man mich in der Pöltener Musikschule, wie es scheint, aufnimmt, verlege ich meine Stunden so, daß ich es bequem mit dem Zug schaffe.»

Sie hatte sich in das näher kommende Geräusch eines Motorrads eingehört, aber wo war das Mietauto, das Václav hierher lotsen sollte, um ihre Siebensachen in die fürstliche Dienstwohnung zu schaffen?

«Der Postbote», wußte Krebs.

Sie ging mit ihm nachsehen. Er hatte recht, der Junge mit gelbem Regencape fuhr vor, einen aufgedunsenen Bauch vor sich, natürlich die vollbeladene Tasche, vor dem Regenguß versteckt. Er wartete unter dem Eingangsdach, bis der Wirt die Post durchgesehen hatte; dieser gab ihm die meisten Sendungen zurück, damit sie ins Zentrallager umgeleitet würden. Einen Brief reichte er Lydia, er war von Mara. Neugierig riß sie den Umschlag auf.

Liebe Liduška,
Du hast neben Milan das größte Verdienst daran, daß ich nicht an Deiner Statt zu den Rohlauer Glocken hinaufgeklettert bin…

Da schaltete ihr Gehirn auf das Gespräch um, das nebenan der Postler mit Krebs führte.

«Er ist von hier, Gustl, bestimmt! Ich habe ihn ein paarmal gesehen und auch auf dem Motorrad getroffen. Einer mit Autotelephon fuhr per Zufall vorbei, hat gleich einen Unfallwagen und die Polizei gerufen.»

Aus den Augen des Wirts konnte sie den Rest ablesen.

«Wo…?» fragte sie heiser.

«In der zweiten Kurve, ist ausgerutscht, und der Wagen hinter ihm konnte nicht so schnell bremsen…»

Sie schoß hinaus und rannte durch die Regenketten hindurch, ihr Haar war sofort an den Kopf gepatscht, ihr Kleid an die Brust geklatscht, als liefe sie aus einer Dusche heraus, ich habe keinen BH! schämte sie sich eine Sekunde und raste weiter mit aller Kraft, gut, daß ich wenigstens die Sandalen anhabe… Neben ihr tauchte plötzlich was Gelbes auf.

«Steigen S' auf, ich bring' Sie hin.»

Sie umschloß den fremden Körper im nassen Cape und wurde über die Kiesausfahrt auf der Asphaltstraße gerüttelt, o Gott, o mein Gott, nie habe ich dich um etwas für mich gebeten, jetzt aber zeig, daß du allmächtig bist und mich, die Halbbekehrte, ein bißchen gern hast…

Václav hörte das Flüstern.

Flüstern tut nur der Teufel, rügte ihn die Mutter. Warum sprechen sie vor mir nicht lauter? Er machte die Augen auf, und eine Weile sah er nichts, bis er erkannte, daß alles ringsherum weiß war.

«Grüß Gott!» wurde die Stimme laut, und eine zweite schloß sich an, «Gott sei Dank!»

Er lag in einem Zimmer mit sechs Betten, drei davon leer; die Sprechenden sah er nur schemenhaft gegen das Fenster. Sie sagten noch etwas, doch außer dem Grußwort verstand er nichts, auch schienen sie nur einen Vokal zu kennen, «o». Dann blendete in seinem Gedächtnis der unendliche Augenblick auf, in dem das Vorderrad seiner Maschine in ein Loch durchfiel, in einer Pfütze verborgen, und das ganze Motorrad sich von hinten hochstemmte, bis ihm klarwurde, daß er direkt auf den Kopf stürzte, und obwohl er den Schutzhelm aufhatte, ließ er die Lenkung los und schützte den Kopf mit den Händen... Die Hände! wo sind die? Als wäre ihm an ihrer Stelle ein komischer Tisch gewachsen.

Niedergeschlagen stellte er fest, daß sein linker Arm im Rechteck an die Brust gegipst war und auch der rechte vom Ellbogen ab in Gips steckte. So begriff er, daß er auf dem Kopf keinen Helm mehr hat, sondern einen steinharten Verband.

Nach Jahren war ihm danach zu weinen. Eine Krankenschwester kam noch rechtzeitig herein.

«Wer hat hier geschellt?» fragte sie beinahe vorwurfsvoll.

«Er ist wach!» riefen die beiden anderen gleichzeitig.

Sie beugte sich über ihn und war sanft wie eine Amme.

«Können Sie sprechen?»

Er unterdrückte die Tränen und nickte.

«Nein, nein, schön vorführen!»

«Ich kann... sprechen...»

«Wunderbar! Also darf ich Ihre Frau zu Ihnen lassen? Sie sitzt schon eine Ewigkeit hier.»

Heftig nickte er und erkannte dann Lydia kaum. Sie war längst wieder trocken, doch ihrem Haar und Kleid hatte es nicht viel geholfen. Aber was war mit ihrem Gesicht? sie sah wie eine Puppe aus...!

«Vašek, Vašíček! Schau mich nicht so an, war naß wie eine Feldmaus, aber um so schöner habe ich mich für dich schminken wollen. Ich hatte ganze fünf Stunden Zeit...» sie küßte ihn auf den Mund, was über die Gipsklippen gar nicht leicht war, «ich bin so glücklich!»

«Du bist glücklich, daß ich gebrochene Hände habe oder was sonst noch alles...?»

«Ich bin glücklich, da du nur gebrochene Hände hast und ein paar Knöchelchen, die wieder gut zusammenwachsen werden. So bin ich für einige Wochen wieder der Häuptling. Jetzt gleich werde ich dich sogar füttern. Nimm das, mein lieber Václav, hin, als wärst du der Hiob!»

«Hiob», lächelte er sie versöhnt an, «würde mich beneiden.»

Bobina war außer sich.

Nach Art der Oma schnippte und zwickte sie sich, um daran glauben zu können. Sie fuhr zu diesem ihr fast unbekannten Kerl in der Absicht, sich den Bauch vollzuschlagen und ein bißchen zu bumsen, aus Trauer über Tono und Wut auf den Koch. Er hatte sie nicht nur prima gefüttert, sondern auch dann im Bett toll losgelegt, er hatte sich wie ein Wilder auf sie gestürzt und hat's gekonnt, eine gute Stunde wußte sie nicht, wo oben und unten ist, er verlangte selbst, schrei wie du kannst! dann weiß ich wenigstens, daß ich nicht allein bin.

Sie hörte auf, ihre Höhepunkte zu zählen, er war unverwüstlich, blieb selbst dreimal bei ihr, kurz vor meinen Tagen, ein Glück! dann verfiel er ohne Übergang in tiefen Schlaf, wohlig müde wartete sie ab, bis er sich ausgeklinkt hatte, schob ihn vorsichtig zur Seite und kuschelte sich noch eine Weile im kühlenden Damast des Luxusbettes, wie sie es bei dem ganzen Wirrwarr mit Jarina nicht genießen konnte.

Als er sie, mit Gewalt geweckt und entsprechend verdrossen, beim Frühstück fragte, ob sie mit ihm in Amerika so weitermachen möchte, verstand sie lange nicht, daß er sie heiraten will. Als er ihr dies mit einem Brief und einem saftigen Scheck bewiesen hatte, ließ sie ihrer Freude den natürlichen Lauf. Dabei bestätigte er von neuem, daß er ein Weib wie ein Töpfer seine Vase kneten und drehen kann. Erst von ihm kriege ich eine Schulung, wie man es richtig treiben kann! Sie haben sich aus dem Wohnraum durchs Schlafzimmer bis ins Bad durchgeliebt, wo er sie auf das Marmorwaschbecken setzte und ihren Mund mit seiner Zunge knebelte, sonst kommt noch die Kripo, daß ich dich morde!

Erst in den Serpentinen vor Rohlau kam sie zu sich und ließ sich absetzen, sie wollte beim Zauberer keinen Verdacht erregen, um leichter verduften zu können. Bald beschimpfte sie sich, weil sie den Kilometer nur mit größter Mühe schaffte, so höllisch taten ihr die Huften weh. Der erste, den sie vor der Pension erblickte, war dieser Lump.

Sie hütete sich vor einem Streit, der wäre fähig, ihr das Asyl wieder wegzuzaubern. Also verabredete sie mit ihm, morgen in eine Pension in Wien umzuziehen, wenn sie ihr eigenes Zimmer kriegt. Sie bricht dann zum gemeinsamen Essen auf, setzt ihren Klotrick noch einmal ein, mit einem Taxi holt sie ihre Sachen, und trara! Glück auf, Frau Ingenieur!

Zum vorletztenmal schlief sie sich am Nachmittag in ihrem Kämmerlein aus und ließ sich am frühen Abend gnädigst ins Kasino kutschieren. Dort gefiel es ihr damals im Juni, dort wird sie am besten ihren Verlobungstag mit sich selbst feiern, Herrschaftzeiten, oh du liebe Omi, und auch du, liebe Mutti! ich krieche unter die Haube, der Meine hat keine Kratzerwolken, aber Zaster hat er genug, und die Hauptsache, ich muß nicht fortwährend an Kerle denken wie ein hungriges Hundeweibchen, weil es mir Karlíček klasse besorgt! will er überhaupt Kinder haben? na, ich werd' lieber nicht fragen und mach' Schluß mit der Pillenfresserei, bei mir wird sich kein mattes Sperma motten, die arme Climbsche soll in meine Kinderwagen glotzen!

Der Zauberer war erleichtert.

Als er sie sah, hörte sein Zittern auf. Ihr Verschwinden hatte er erst am frühen Morgen bemerkt. Als er Krebs dazu zwang, ihre Dachstube mit dem Universalschlüssel aufzumachen, es muß ihr was passiert sein! erntete er ein Grinsen. Er lief dann vor der Pension hin und her, bis er sie herbeigewartet hatte. Wo war sie? zerbrach er sich den Kopf, und mit wem? In Pölten in der Disco, geruhte sie ihm mitzuteilen, bei einer Kellnerin übernachtet. Es war sinnlos, das nachzuprüfen, sein Schicksal hing an einem Fädchen, auch diese Kote mußte er jetzt im Sturmangriff nehmen, diesmal freiwillig. Es blieb nur das Roulette übrig.

Wo man mit ihnen vor einem Vierteljahr solche Umstände gemacht hatte, obwohl er damals mit Banknoten gepolstert war, hieß man sie heute wie einen Staatsbesuch willkommen, wenn die wüßten! stöhnte er, wenn sie ahnte, daß er beinahe blank ist... Die Zeit, in der er sie überwachte, fehlte ihm bei seinem Unternehmen, die Proprietäten kosteten einen Batzen Geld, und zum Schluß legt mich ein eitler Milchbart rein, der den großen Agenturboß mimen will! Der Vorschuß futsch, die Rente futsch, o Roulettegott, du wirst mich raushauen!

Er hatte alles in allem die letzten drei Tausender in der Tasche, und so war zunächst große Vorsicht geboten, um das Kapital zu stärken. Das war dumm. Das Roulette kennt kein Du mußt! wußte er aus Afrika, gleich sagt es dir wie eine Frau, Kommst nicht ran! Beim Roulette war entscheidend, die Nerven zu behalten und eine Eingebung zu bekommen, wann man in eine bombensichere Serie einsteigt, es war so riskant wie früher ein Sprung auf die fahrende Straßenbahn: Falsche Einschätzung, und schon liegt man unter den Rädern.

Um sich von der Verkrampfung zu lösen, gab er mit der Geste eines Grandseigneurs fünf Hunderter Bobina und schaute wohlwollend lächelnd zu, wie sie die in fünf Spielen verpulverte. Sie setzte riskant auf Nummern, und bei jedem Verlust freute sie sich: Hab' Glück in der Liebe! Dann nahm er ihren Platz ein und bat sie, hinter seinem Rücken zu stehen. Es war stinklangweilig, er gewann und verlor nur Hunderter, das Säulchen der Jetons wuchs langsam, kein Ruhmesblatt, ich bin daneben, daneben in allem, daneben wie noch nie!

Aber er mußte sich durch diese Flaute durchquälen, die Kunst des echten Spielers besteht darin, immer das zu gewinnen, was er braucht, man muß sich halt mehr tummeln. Schuften! schuften! putschte er sich auf, hab' immer noch nur Fünftausend, kriege ich nicht endlich eine Serie, muß ich hier täglich her wie in eine Fabrik. Er ackerte weiter, und seine Nase schnupperte nach dem Duft des gewinnbringenden Risikos.

«Bist du da?» wandte er sich bei einem Mini-Gewinn zu ihr um.

«Jo», sie war sauer, «aber ich amüsier' mich nicht, spielst wie eine Schlafmütze.»

«Alle Tage ist kein Sonntag, frag deine Oma», wehrte er sich.

«Aber nein», ließ sich eine Männerstimme an ihrem Ohr vernehmen, «Tschechin?»

«Jo...» sie schaute aus der Nähe in das gegerbte Gesicht eines Vierzigers, den eine leichte Alkohofahne umwehte, «sind Sie von hier?»

«Keine Spur! Ich halte mich von den Roten so weit weg, wie es nur geht. In Australien.»

«Und was treibt Sie hierher? Heimweh?»

«Kenn' ich nicht! Dafür ist es dort viel zu schön, und ich hab' eine Känguruhfarm.»

«Nee!» ihr ging ein Licht auf, «kennen Sie vielleicht eine Danuš?»

«Wer soll das sein?»

«Eine aus der Lehre. Einer aus Australien hat sie eingesackt, auch mit Känguruhs.»

«Also, das werd' ich nicht sein, ich bin gerade angekommen, mir eine Tschechin zu holen.»

«Aha, und wo haben Sie die?»

«Bin noch auf der Suche. Sie gehören zu dem old boy da?»

«Er ist mein Bekannter», verwahrte sie sich, «führt mich aus, weil mein Bräutigam nach Tschikago mußte.»

«Also dann kann ich Sie zum Drink einladen? Vielleicht könnten Sie mir eine andere aus der Lehre beschaffen.»

«Joo», sie hatte vom Roulette die Nase voll, «in Budweis schwirren ganze Schwärme davon!»

Ihr Peitschenknall zeigte Wirkung. Der Zauberer riß sich von seiner Gelähmtheit los und legte sich ins Zeug. Er setzte jetzt Tausender ein, gewann und verlor, hatte jedoch bereits acht davon, sieben Jetons für das «Geschäft» und einen, falls ich noch einmal von der Pieke auf anfangen müßte, in der Tasche... Dann kam die Serie.

Wie damals gewann er auf dem schwarzen Feld das Doppelte der Einsätze und ließ alles liegen. Von einem Tausender war er mit sechs Sprüngen bei vierundsechzig. Das Glück muß man hier gerochen haben, der Tisch war sofort umlagert.

«Alles oder nichts!» verkündete er Bobina, als die Kugel zum siebten Mal loslief, «spuck mir über die Schulter!»

Als sie es nicht tat, drehte er sich wieder um und erschrak vor einer Greisin, die sein Spiel mit einem Lorgnon verfolgte, Oma Pech! Den Einsatz zurück.

«Rien ne va plus!» meldete der Croupier, noch bevor der Zauberer die Hand regen konnte.

Mutlos beobachtete er, wie die Kugel über die Fächer ratterte, und wußte im voraus: Bin draußen! Die Kiebitze steuerten schon auf andere Tische zu, die Pechgroßmutter verschwand, Bobina hat bei seinem Waterloo zum Glück gefehlt, aber er hatte noch immer die siebentausend plus einen. Aux armes, Pepé, gegen das Schicksal! Drei Spiele wartete er ab, bei denen Rot fiel, wann? wann? beschwor er seine innere Stimme, bis sie sich meldete, hopp oder tropp! Er schob das Säulchen auf Schwarz. Fall doch! bat er die Kugel, du kannst mich nicht im Stich lassen, bin dein Mann, jahrelang hat man mich nicht rangelassen, ich sehnte mich danach, die Bank eines Superkasinos zu sprengen, Millionen zu gewinnen, aber ich geb's auf, mir reicht heute auch dein Limit, damit ich aus der Klemme bin und das Mädel krieg', ohne sie kann ich nimmer, fall doch, du mußt... als er das dachte, entsetzte er sich über die Lästerung, doch es war zu spät.

Wieder fiel Rot.

Also hast mich doch erwischt, Lenin...

Er fand Bobina an der langen Bar mit einem Typ, der ihn an einen Metzger erinnerte, und es wahrscheinlich auch war, was täte er sonst mit allen diesen Känguruhs, deren Photos er unablässig vorführte, als hätte er sie selbst gezeugt? Er konnte aber nicht auftrumpfen, da er außerstande war, auch nur das zu bezahlen, was Bobina hier trank. Nun, sie soll sich hier ja amüsieren, er trinkt einen Kaffee und probiert es noch mal mit dem letzten Tausender, bei Dien Bien Phu war ich noch schlimmer im Arsch, alle hatte man schon mit ungelöschtem Kalk bestreut, nur ich hatte dieses Massel-Dusel-Schwein gehabt, und das kommt heute wieder! Da mußte der Australier mal und steckte die Brieftasche, die bis jetzt auf der Theke lag, in seine Jacke. Und den Zauberer überfiel eine Versuchung, von der er seit jenem Diebesjahr in Afrika wie einst auch seine Mutter für immer geheilt zu sein glaubte, jetzt wurde er von ihr fast erstickt, wie vorher von dem Entschluß, sein ganzes Hab und Gut auf das schwarze Feld zu setzen.

»Hast du ihm gesagt, wer wir sind?» nahm er Bobina ins Gebet.

«Nee, er hat nicht gefragt.»

«Dann halt weiter den Mund, wenn dir dein Leben lieb ist, hab' soeben Limit gewonnen und mach' mit dir Halbe-Halbe, wenn du mich gleich wegbringst, damit ich nicht wieder alles verspiele. Ich geh' zum Schein pinkeln und verschwind' von dort direkt zum Wagen. Seil dich in fünf Minuten genauso von dem Känguruh ab!»

Von woher kennt er das? stockte sie und schöpfte Verdacht, daß er auch hinter dem Reinfall mit Jarina steckt, na warte, du Simsalabums, morgen mache ich dir den Strich durch die Rechnung, klaro!

Er bummelte im Vestibül herum, als atmete er die frische Luft von draußen ein. Dann war er rechtzeitig an der Toilettentür, als sein Mann herauskam, er grüßte ihn wie einen alten Kumpel.

«Hallo! war's schön?»

«Das Beste, auf das die Menschheit je kam», hickste der Tschechoaustralier und ist ihm prächtig entgegengekommen, als er ihm selbst die Hände auf die Schulter legte, «du bist mir doch nicht bös, daß ich sie so ein bißchen anmache, du gehst doch mit ihr, isn't it right?»

Der Zauberer nahm ihn genauso freundlich in die Arme und klopfte ihm auf die Schulter.

«No problem, kummer dich um sie, ich mach' mal 'nen Abstecher.»

Der Landsmann ging wackelig zu Bobina ab. Also, nun fix! Die Luxustoilette war leer, er schloß sich in einer Kabine ein, holte die Brieftasche hervor und zählte blitzschnell die Hundertdollarscheine: viertausend... das Herz fing an zu trommeln, doch nicht vor Freude, Josef, meldete sich seine Scham, so endest du? Wie ein Langfinger? Das darfst du nicht, das ist Schande! Und nicht nur Schande, das ist dein Ende, da kannst du nicht mehr raus, Mannomann!

Er hörte die Tür, in die Toilette kamen zwei oder drei Männer, schweigsam erledigten sie ihre Sache an den Muscheln. Er blieb mucksmäuschenstill und fuhr fieberhaft im Selbstgespräch fort. Daß du keinen Kies hast? Du bist doch noch ein Koch! Daß du sie verlierst? Na und? Bist doch beinahe ein Opa, schick den Josefik in die verdiente Rente, seit du da bist, kommt der dir doch kaum mehr hoch, laß sie laufen, gib Ruh, es gibt hundertundeine Art, wie du's dir gutgehen lassen kannst, befleck auf deine alten Tage deine Magierehre nicht! Und auch nicht das Andenken deines Paten, des Grafen, der mit verschränkten Armen zu ertrinken wußte, laß ab, Pepé le Tcheco!

Zuerst wollte er die Scheine einstecken, die Fingerabdrücke mit Klopapier abwischen und das Portemonnaie hinter der Kloschüssel verstekken, jetzt stopfte er die Dollars wieder rein. Ich kann nicht! ich schicke es ihm postwendend wieder zu. Mit Kundschafterohren registrierte er die Bewegungen draußen. Als wieder absolute Stille herrschte, verstaute er das Ding in der Zaubertasche, an der Innenkante seiner Jacke angebracht, und machte auf. Merde... bin ein Idiot...!

Vor der Kabine standen zwei schwarze Ordner und der australische Tscheche.

«That's him!» er wirkte vollkommen nüchtern.

Sie ergriffen ihn und fanden die Geheimtasche gleich, als hätten sie den gleichen Schneider.

«The whore at the bar», rief der Känguruhmann, «is his assistant!»

Josef Strniště raffte sich auf.

«Ist unschuldig, ich schwör's! macht ihr das Leben nicht kaputt.»

Bobina war so verblüfft, daß sie sich ohne Widerstand von zwei anderen Schwarzen vom Barhocker herunterziehen und mehr geschoben als gehend in die Eingangshalle befördern ließ. Ihre Begleiter täuschten gekonnt vor, ein leicht angesäuseltes Trio zu sein. Dann stand sie dem aschgrau gewordenen Zauberer gegenüber und sah etwas in seinen Augen, was sie dort nie erwartet hätte: Tränen.

«Du Sau! Einen Landsmann bestehlen helfen.»

Den Australier mußte man halten, daß er ihr keine klebte.

«Ich hab's gefunden!» entsann sich Josef Strniště zu spät.

Du liebe Omi... es ging ihr alles auf, der alte Kretin! Wie soll ich aus dem Kittchen heiraten! Ehe sich noch jemand versah, lief sie los, auf die Eingangstür zu, die offenstand. Drei stürmten hinterher, aber sie streifte die Schuhe ab und rannte um ihr Leben über die Freitreppe hinunter zur Straße und dann zu irgendeinem Wäldchen hinauf. Die Verzweiflung verlieh ihr unglaubliche Kräfte, die Entfernung zwischen ihr und den Verfolgern vergrößerte sich sogar, sie aber ahnte nicht, wohin sie floh, und ihr Gekreische, das sie ganz unbewußt von sich gab, markierte ihre Spur.

Milan erblickte sie mit einem großen Koffer.

Sie wartete am Treffpunkt mit einer Gruppe von Flüchtlingen aus den anderen Pensionen. Er dachte sich, daß sie von diesem Mann hierher gebracht wurde. Doras Vorschlag war ebenso gut wie einfach, zu ihm gehörte auch der Koffer. Ehe ihn die Landsleute erkennen konnten, kam sie ihm entgegen. Sie gaben sich wieder die Hand.

«Hast du in dem Koffer was Wertvolles?» informierte er sich.

«Ich überhaupt nicht. Der Professor hat seinen Kleiderschrank durchgewühlt und schickt dir noch einiges für den Anfang. Auch einen Smoking wohl.»

«Ich werde mich bei ihm bedanken...»

Mit einem Mal hörte er seinen Namen, der auch noch der ihre war. Ein Angestellter der amerikanischen Flüchtlingsorganisation rief die Flugteilnehmer auf. Sie beide waren am Anfang des Alphabets.

«Čech, Milan!» ertönte es zum zweitenmal.

«Hier...» sie kehrten zu der Gruppe zurück, und seitdem wurde er zum Mittelpunkt der Aufmerksamkeit, wie in Prag.

«Čechová, Dora!»

Sie nahmen die Flugkarten in Empfang, und der Beamte rief vier Namen Čiorniak auf, ohne daß sich jemand meldete. Noch bevor die Liste zu Ende gelesen wurde, mußte Milan eine Reihe von Postkarten signieren und die ewigen naseweisen Fragen beantworten. Dora war verblüfft, wie ruhig er dabei war, schaffe ich das auch...?

«Das Visum bekommen Sie bei der Paßkontrolle», erfuhren sie, ihre Maßnahme war also nicht umsonst.

Sie gaben alle drei Koffer auf, die Coupons wurden an sein Ticket geheftet; sie bekamen Bordkarten und schoben sich zu der Barriere weiter, an der man zum letztenmal überprüfte, ob die Paare und Familien in der Zusammensetzung abfliegen, in der sie ihren Antrag gestellt haben. Erst dann sahen sie die ersehnten Reisedokumente. Österreichische Soldaten mit Baretten und Waffen, unweit von hier die Abfertigung des Tel-Aviv-Flugs bewachend, erinnerten an den Zustand der Welt. Die ängstlichen Amerikaner mißtrauten allem und kontrollierten doppelt. Doras letzte Mission in ihrem gemeinsamen Leben mit Milan war: sie dennoch zu überlisten.

Die Flüchtlinge unterschiedlicher Nationalitäten besetzten beinahe die ganze Touristenklasse der Maschine nach Frankfurt; in der besseren flog nur ein halbes Dutzend Männer mit Aktenkoffern, während sie hier hinten von Plastiktüten, Taschen und Ranzen förmlich zugeschüttet waren, die Stewardessen drückten beide Augen zu. Was Milan bei sich doch noch befürchtete, trat nicht ein. Er war im voraus mit allem einverstanden und dadurch nicht betroffen, er zählte die restlichen Minuten nicht, suchte nicht nach geeigneten Worten, kein Krampf beklemmte ihn.

Ihnen beiden half, daß sie zum erstenmal flogen, sie wurden von dem natürlichen Staunen des Menschen ergriffen, daß eine so riesige Masse vom Boden abheben und sich dann in der Luft halten kann. Es faszinierte sie, wie unter ihnen rasch die plastische Landkarte wächst und sich nach hinten wegschiebt, die frontale Störung rückte ostwärts, bald brachen sie aus den Regenwolken aus, eine Fernsicht öffnete sich ihnen. Allgemeine Aufregung entstand, von links stürzte alles zu den Fenstern rechts, nach einem Durchblick über die Köpfe der Sitzenden suchend; man konnte nach Böhmen schauen und nahm Abschied davon, je nach Charakter und persönlicher Geschichte mit Tränen oder mit Schimpfworten. Milan schaute nach links.

An Doras Halbprofil vorbei bot sich ihm ein hinreißender Blick auf die Alpenketten, die Bergmassive stiegen vom dunklen Grund über grauen Fels zu den weißstrahlenden Spitzen hinauf, dem Schnee! Der Kapitän meldete neben anderem, die Außentemperatur betrage minus fünfzig Grad; Dora dachte an Petříks Kühlschranksarg, und Frost überkam sie. Ihr kurzes Erzittern genügte, daß Milan herausfand, wie die Lüftungsdüsen zu drosseln seien. Er ist nicht weniger aufmerksam als Udo… erst da wurde ihr bewußt, daß sie ihren Mann die letzte Stunde sieht.

Seit ihrer Entscheidung hatte sie nur Erleichterung verspürt. Jetzt wurde sie unerwartet von Beklommenheit abgelöst. Was ist los? warnte sie sich, werde vielleicht ich hysterisch, wenn er sich dagegen zu wehren weiß? Sie hat mit Sicherheit erwartet, daß er sich gegen sie etwas ausdenken wird, und seit ihrem Treffen in Graz hat sie sich dagegen gerüstet, um ihre Stacheln aufzurichten gegen den geringsten Versuch, wie so oft vorher, ihre Willenskraft zu zerrütten. Im äußersten Notfall würden ein paar Schritte genügen, Udo saß vorne; dein Mann kennt mich nicht! überzeugte er sie, und du wirst mich in deiner Nähe haben.

Nur: Es war überflüssig und ihr jetzt auch plötzlich peinlich, eine solche Mobilmachung gegen eine Attacke, die nicht stattfindet! wieder einmal der Hutmacher Vašák... Sie kannte Milan besser, als er ahnte, hat manchmal seine Anfälle und Seitensprünge früher erwartet, als sie ihm überhaupt einfielen, deshalb wußte sie, daß er ihr jetzt keinen ausgeglichenen Mann vorspielt, er ist es! gestand sie sich und rätselte: So viele Jahre war sie gerade darum bemüht, und dann veränderte er sich so in der Zeit, in der sie nicht mit ihm war... bin ich daran also mitschuldig gewesen? Oder hat ihn die Wunde nach Petřík so gezeichnet?

Vielleicht, möglicherweise, eher, bestimmt! es geschah doch soviel auch mit mir... und plötzlich wurde ihr bang: Haben wir etwa unsere Naturen vertauscht? Hat sich in den Jahren unseres Ringens nicht seine Wildheit in meine Versöhnlichkeit verwandelt und meine Ganzheit in seine Zerrissenheit? Daß er so zum Erben ihres besseren Ichs würde, war für sie ein schwacher Trost, sie wünschte sich geradezu, daß er endlich was verbräche, wodurch er sie beruhigen und sie darin bestätigen würde, daß es nach wie vor sie ist, die fühlt, wie sie fühlen soll, und tut, was sie tun muß.

«Ißt du nichts?» er riß sie aus ihren Gedanken, die Stewardeß hat inzwischen die Tischchen heruntergeklappt und Plastikkartons mit den Erfrischungen serviert.

Sie schüttelte den Kopf, sie hatte keine Lust.

«Ein Schluck Wein? Es gibt auch Sekt...»

«Nein!» die Vorstellung von Bläschen war ihr plötzlich zuwider, «dann lieber schon ein bißchen Wein...»

Er erbat ihn, schenkte ein und entschuldigte sich.

«Verzeih, aber ich muß etwas essen, ich habe nichts gefrühstückt und wäre bald groggy...»

Einige Meter vor ihr schwebte in der Luft auch der Mann, der sie nach einer ähnlichen Erklärung zum Tisch und dann ins Bett eingeladen hatte... eigentlich habe ich mich selbst eingeladen!

Milan hat das Sandwich aufgegessen, hob das Glas mit dem Roten, um ihr wie gewöhnlich zuzuprosten... auf was? im Kopf wirbelte ihm doch noch ein Sog von Worten und halben Sätzen, Dora, Dořička, meine Liebe, ich danke dir für! verzeih mir, womit ich! denke nur an! du warst für mich! wann immer du auch! wir bleiben ewig verbunden durch! falls dir mal! wir werden noch! uns beide wird nichts! nie! alles war die reinste Wahrheit, nur ausgesprochen hätte es sicher wie eine neue Lüge geklungen.

«Also darauf!» sagte er lieber.

Was soll ich ihm nur sagen, quälte sie sich im gleichen Augenblick, etwas sollte ich, ich bin es doch, die ihn allein zurückläßt, Milan! danken muß ich! es war auch meine! in meiner Erinnerung wirst immer! nie werde ich auf! falls jemals du! wann auch immer, wo auch immer, unser trauriges Band wird niemand... der Gedankenwirbel wurde jäh unterbrochen.

«Ach!» sie stellte erregt das Glas ab, «beinahe hätte ich...» sie zog die Handtasche vom Schoß, nahm einen Lederbeutel daraus und schüttete die goldene Kette mit seinem Sternzeichen auf das Tischchen, «daß deine Mutter dort bei dir bleibt...!» und ich auch! sprach sie nicht aus.

Er stellte das Glas ab, um sich den Schmuck mit beiden Händen um den Hals festzumachen. Dann stieß er endlich mit ihr an.

«Danke Dora, jetzt ist sie auch von dir.»

Dir sei Dank! sagte sie im stillen, daß du wenigstens das gesagt hast.

Der samtene österreichische Zweigelt dämpfte die aufgebrachten Sinne, sie nippten und beobachteten schweigend, wie der Wellengang der Alpen nach Süden abdriftet und langsam verschwindet, von Seen abgelöst. Dann meldete der Kapitän den Beginn des Landungsmanövers, und sie wurden wieder von Wolken verschlungen.

In Frankfurt ging es Zug um Zug, er erinnerte sich eines französischen Films, in dem man den Deliquenten zur Guillotine im Laufschritt jagte, damit er keine Zeit hatte, in Panik zu geraten. Von den Passagieren hinter ihnen gedrängt, durchquerten sie gemeinsam die inzwischen leer gewordene erste Klasse, warum hat Udo mir eigentlich diese Begleitung eingeredet, hatte er Angst, daß ich ihm wegfliege? und wie wollte er mich aufhalten? Ein paar Sekunden kämpfte sie gegen den Gedanken an, es auszuprobieren und der Reisegruppe in den Transitraum zu folgen.

Die Gereiztheit wuchs in ihr im Flughafenbus, als sie Udo sah, wie er ihr inmitten fremder Köpfe mit den Augen Mut einflößen will. Warum spiele ich in dieser neuen Komödie? Warum habe ich nicht den Mut, sie einander vorzustellen? Sie gestand sich ein: Am Dienstag hat sie Milans wesentliche Veränderung bemerkt und war verunsichert; was, wenn die Konfrontation Udo nicht besteht? Sie schämte sich für die Schwäche, aus der sie das Geleit zugelassen hatte, ich bin es, die diesmal ihr Publikum heimlich mitführt!

In dem überfüllten Bus stand Milan dicht bei ihr, sie fühlte, wie er sich gegen die Deckenstange stemmte, um ihr mehr Platz zu verschaffen, warum rückst du von mir weg? weißt du, daß du dabei bist, mir wieder zu gefallen, Milan Čech? Und was wäre, wenn du mir jetzt, wie damals nach Hamlet, den Vorschlag machen würdest, fliegen wir ein bißchen durch die Luft, ja? Oder wenn du mich auf der Stelle umarmen und mir wie immer sagen würdest, ich lasse dich nicht eher los, bis du mir versprichst zu bleiben? Ich habe nämlich ein Ticket bis nach Amerika...

Sie ist noch schöner als früher, sah er, auch sie ist durch diesen Tod reifer geworden, nie werde ich sie vergessen können, sie tritt in mich ein wie Zbyněk und Petřík, für immer werde ich eine Verbindung von uns vieren bleiben, der erste hat mir ein Beispiel gegeben, der zweite hat mich des unmenschlichen Egoismus überführt, und sie hat spät, aber dennoch aus mir einen Menschen gemacht, als sie mich verließ, ja, verließ! denn sie gehört nicht mehr mir, nicht mit Leib und nicht mit Seele, sie ist nicht mehr da, nur eine lebendige Erinnerung, und so wird auch ein trauriger Abschied ausfallen.

Die Gruppe bekam Anweisung, wann und wohin man sich zum Überseeflug begeben müsse, und da noch Zeit war, zerstreute sie sich, das riesige Areal zu bewundern. Das war der verabredete Augenblick, Dora hat jedoch in Graz nicht daran gedacht, daß er inmitten strömender Menschenscharen kommen könnte. Am meisten störte sie der unsichtbare Beobachter. Sie geriet in Panik. Was soll ich nun? Ihm wie vor den Premieren auf die Stirn ein Kreuzzeichen machen? Oder ihm nur die Hand geben und wortlos gehen? Oder aber mich an seinen Arm hängen und bitten, er soll mich mitnehmen, Udo hin, Udo her!

«Also ahoj», sagte er, «ich danke dir sehr, Dora, für diese Hilfe, halte dich nicht mehr auf. Dem Scheidungsantrag werde ich mich anschließen, meine Adresse bekommt Lindberg. Viel Glück.»

«Dir auch...» sagte sie mit letzter Kraft, «Hals- und Beinbruch.»

Sie wandte sich um und ging irgendwohin, stolperte, wie sie blindlings auf das Rollband trat, ließ sich wegtragen, ging auf das zweite und dritte über, bis der unendliche Gang jäh an der Paßkontrolle endete, im Kopf öde und leer, wo bin ich? was weiter? Jemand nahm sie unter den Arm, sie kannte ihn von irgendwo, ein Mann mit wasserblauen Augen wischte ihre Wangen mit seinem Kavalierstuch voller Milchduft, der, wie sie seit einigen Tagen wußte, von einem teuren Eau de Cologne kam, und führte sie wie eine Blinde in irgendeine Zukunft.

«Das Papier», kümmerte er sich, «du hast doch das Papier für die Grenze!»

Sie fand es, kam durch und durfte nicht mehr zurück.

Milan kaufte kernlose Mandarinen, er konnte sie kiloweise essen, schickte, alles in seinen Großbuchstaben, eine lustige Grußkarte an die Alterchen und eine andere dem ewigen Freund.

FLIEGE ALLEIN IN DIE STAATEN, DU HAST IN ALLEM RECHT GEHABT, VERZEIH MIR UND DENK AN DEINEN M.

Angestrengt marschierte er über die unendlichen Korridore, um sich für die sieben Stunden in Hockstellung vorzubereiten, und zwang sich mit zunehmendem Erfolg, sich darauf zu freuen, daß er bald den Ozean sehen kann. Beim Einsteigen nutzte er aus, daß im Gedränge zwei Hostessen kontrollierten, er gab beide Bordkarten ab und zeigte überzeugend vor sich hin, seine Frau sei bereits durch, mein letztes Schauspiel in Europa...

Der Walfischbauch des Großraumflugzeugs war voll und jeder Flüchtling mit sich selbst beschäftigt. Alle Toilettenanzeigen leuchteten, und bei den Hunderten von Menschen hat niemand bis zum Start bemerkt, daß Dora fehlt. Er legte auf ihren Sitz den Mantel und schloß die Augen. Er war müde, aber froh, daß er alles so überstanden hat, wie er es sich vorgenommen hatte. Was hätte ich getan, fiel ihm ein, wenn sie sich plötzlich doch noch entschieden hätte mitzufliegen?

Gut, daß sie es nicht getan hat! es würde nur schlimm enden, sie haben ihren Krug zerbrochen, zunächst er und dann auch sie, nicht mehr zu kitten, so wie sie damals die kostbare Karlsbader Schale auf den Boden schmiß, ein Warnzeichen, das er nicht ernst genommen hatte. Sie war bereits entfernt wie die Toten, und er dachte an sie mit Zärtlichkeit, solange das Flugzeug nicht auf Höchsttouren vibrierte und die Masse Metall sich von der Erde abhob.

In diesem Koloß war das wieder ein Urerlebnis, es hat ihn mit einem geradezu barbarisch elementaren Stolz auf den Geist erfüllt, der über die Materie siegt. Kurz danach wurde es durch ein komisches Genrebild abgelöst: Auf dem blanken Kopf des Reisenden vor ihm erschien eine Hand, die sorgsam ein dünnes Büschel Haare ordnete, damit der Schädel gleichmäßig bedeckt sei. Woran mich das nur...? ach ja!

Von jedem ausgefallenem Haar
Nahm Abschied er
Als wär's ein Freund
Auf Nimmersehn verreisend...

Dora saß neben dem Fahrer.

Dozent Heilmann mietete einen bequemen Volvo, wenn du willst, ruh dich da hinten aus, Liebling, für heute mußt du genug haben! In den Gepäckraum legte er nur seine Koffer, alle ihre Sachen sollte das Hotel in Graz an die Caritas weitergeben. Udo schlug vor, ihr neues Leben damit anzufangen, daß sie sich alles ganz neu zulegt, von den Slips an, Liebling! zuerst hat es ihr gefallen, jetzt schwankte sie: Habe ich nicht allzuviel Eigenes abgelegt? Nur die Haut ist mir geblieben...

Als sie vom Primarius Abschied nahm, hat sie sein Wunsch überrascht: Möge ihr Selbstvertrauen nicht so rasch welken, wie es aufblühte, sie werde es noch brauchen. Daß er mit keinem Wort Milan oder Udo erwähnte, entsprach seinen Prinzipien, gleich hat er jedoch gegen sie verstoßen, als er den Wunsch wiederholte und hinzufügte, falls es ihr aber doch abhanden kommen sollte, möge sie es sich gleich hier wieder holen, wo es in ihr entstanden ist, mein Haus ist auch Ihr Haus, Dora! Er hat sie aufgemuntert und zugleich beunruhigt.

An was, kam ihr am letzten Abend im «Erzherzog» in den Sinn und sie fragte ihn, sei denn seine Frau...? Habe er ihr das noch nicht gesagt? er stockte ein wenig, sie solle ihm verzeihen, er habe es sich verboten, daran zu denken, Dora jedoch kann es natürlich wissen: Letizia wurde mit den Jahren immer depressiver, bis sie Hilfe bei Drogen suchte; weil sie aus dem italienischen Süden stammte, bezog sie diese heimlich und preiswert direkt von der Mafia, er habe dagegen angekämpft, wie es nur in seiner Macht stand, auch Lindberg habe ihnen phantastisch geholfen, doch sie habe sich dann den «goldenen Schuß» gesetzt.

Er war sehr mitgenommen, als er das erzählte, und an diesem Abend hegte sie die Hoffnung, zwei ähnlich Verletzte werden sich besser verstehen. Heute früh hatte sein erstes Geschenk sie überrascht: eine goldene Damenuhr... Jetzt, unterwegs nach Hamburg, als sie neben ihm ihr Leben bilanzierte, während er zu ihrer Zerstreuung allerlei Beobachtungen aus seinen unzähligen Reisen schilderte, du wirst das alles bald selbst erleben, Liebling! keimte ein Verdacht in ihr: Hat er vielleicht der armen Letizia ihr Selbstvertrauen genommen? Hat sie sich nicht in die tödliche Illusion gerade vor ihm geflüchtet?

Von Anfang an bewunderte ich, wie unpersönlich er von Geschehnissen berichten kann, an denen er teilgenommen hat, aber was, wenn... wenn dieser scheinbare Vorteil ein von mir falsch begriffenes Zeichen mangelnder... sie schreckte zurück: Er ist doch ein so unglaublich vielseitiger, durch und durch erfolgreicher Mann! kann es einem solchen denn an Persönlichkeit mangeln? Oder aber doch?

Wann, forschte sie hartnäckig nach, fragte er sie etwas Grundsätzliches? Noch als Zoriza, aber dann? eigentlich nie mehr! Bisher hat sie es für einen Beweis von Rücksichtnahme gehalten, aber was, wenn es nur eine Unfähigkeit war, fremdes Schicksal anders zur Kenntnis zu nehmen als einen einverleibten und untergeordneten Teil der eigenen Existenz, eines Ich, das bereits soviel weiß, daß es an anderen Wahrnehmungen nicht mehr interessiert ist? Kann er überhaupt zuhören oder im Leben bloß Monologe führen, wie Milan es nur auf der Bühne tat? Weiß er zu streiten oder ist er aus Gummi? Ja, mit Milan habe ich gekämpft, aber der Krieg war das Leben! werde ich in Udos liebenswürdigem, rechtschaffenem, verzeihendem und alles verstehendem Frieden leben können, in dem sich ganz unerwartet schon jetzt eine wohlgeordnete Langeweile abzeichnet? Was weiß ich eigentlich von diesem Mann?

Da wurde es dramatisch dunkel. Alle auf der Autobahn schalteten die Scheinwerfer ein, doch auf der Windschutzscheibe erschien noch kein Tropfen. Was rauscht hier denn so? Allmählich hat sie die Stimme der Tiefe wiedererkannt, der sie zum erstenmal an der bulgarischen Küste begegnet war und später wieder im steirischen Spital, warum aber jetzt und hier? Ohne daß er es merkte, beobachtete sie das Profil des fremden Mannes im matten Glanz des Armaturenbretts, seine Lippen bewegten sich ununterbrochen, gerade bekam sie etwas von einem Vogelmenschen zu Ohren, ein Vogelmensch? von wo denn? von der Osterinsel? bitte, Herr Lehrer, das hatten wir doch schon...! Sie versuchte nach vorne zu schauen, aber die Autobahn durchschnitt eine gleichfalls monotone

Ebene, ein Orientierungstalent hat Milan mir immer bescheinigt, in was für eine Wüste habe ich mich jetzt selbst verschleppt? stopp, ich übertreibe maßlos! höre das Gras wachsen! einem braven Menschen setze ich mir nichts, dir nichts einen Eselskopf auf, und was wünsche ich mir hier zu sehen, einen Auwald? ja, ja! eben den! aus dem auf Wackelbeinchen Ricken und Kitzen über die Fahrbahn stolpern... Wo bist du, Sechzehnender? Wohin bist du verschwunden, Pechkind, mein Kleines! Und was siehst du gerade jenseits der Wolken aus dem Fenster über meinem leeren Sitz, mein Liebster? Milan! Milan, es ist mir ein Fehler passiert, doch man kann nichts mehr machen.

Mit wem werde ich alt? Bei wem werde ich sterben?

Tono gelangte nach Angern per Anhalter.

Die Ausrüstung trug er in einem unscheinbaren Bündel aus Zeltplane: Eine kleine, aber scharfe Drahtzange, einen Hammer, ein Klettereisen, ein festes, wenn auch dünnes Stahlseil; auch eine wasserdichte amerikanische Taschenlampe mit einem Strahl dünn wie Laser, sicherheitshalber hatte er das Glas noch blau gefärbt. Eine mondlose Nacht hatte er umsonst abgewartet, denn wer ahnte, daß es bedeckt mit Schauern sein würde! So war es wenigstens doppel gesichert: Das Brausen des Regens bildete die Tonblende, und die Hunde waren weniger zuverlässig, das Wasser machte viele Geruchsschichten frei, so liefen sie oft alten Spuren nach. Den Ort fand er leicht, und an seinem Erfolg zweifelte er nicht. Er kannte den Kompanieabschnitt so gut, daß er blindlings durchkonnte. Sie waren zwar imstande, die Fallen auszuwechseln, doch kaum dazu, in vier Monaten sich neue einfallen zu lassen, er verdächtigte sie vielmehr, aus lauter Faulheit keinen Finger gerührt, geschweige denn, das Bewachungssystem geändert zu haben. Auch wenn sie den Stundenplan der Wachen gemischt hätten, mußte er bald dahinterkommen, es reichte, eine Weile auf der Plane zu liegen und die erste Patrouille abzuwarten. Die kritische Stelle war gleich die Felswand hinter der Wiese, von der er getürmt war, doch es ging nur um die letzten fünf Meter unter dem Gipfel, wo er sich einhaken und ein bißchen mit dem Seil arbeiten mußte. Die Drahtsperre war kein Problem, er wird das Loch so tarnen, daß man es nicht einmal bei Tagesanbruch entdeckt. Er wußte sich auch mit dem glattgeharkten Streifen des feinen Sandes Rat: Er wird an seine Schuhe und Hände Hirschhufe binden, von Rohlauer Jägern erworben, er ließ sich die Spur genau zeigen und aufzeichnen und lernte eine Woche lang den Hirschgang, falls ich nicht stolpere und mich da so lang wie breit abdrücke, wird man es mir auch am Morgen abkaufen. Er mußte nur die Schnüre ausfindig machen, durch die die Signalraketen abgefeuert werden, das braucht Geduld, man muß halt ordentlich tasten, bums! sprühte die erste los, aber nur in seinem Kopf, mit dem er gegen einen der Balken unter den Fischerkaten stieß, prima! freute er sich, mit den Fingern die Beule reibend, wenn ich nichts sehe, sehen die einen Dreck! Er hat sich unter der Kate umgezogen, wo es nicht regnete, obwohl es nun egal war, er war längst naß, er zog die Neopren-Haut über den nackten Körper, höllisch kalt! doch sobald sie seine Wärme aufsaugt, wird es besser. Er legte den Spezialgürtel an, und in die Karabinerhaken hängte er die Instrumente, jedes Stück in einen Beutel, den er selber zusammengeschustert hatte, damit sie nicht klimperten. Zum Schluß rollte er die Jeans, den Pulli und die Schuhe in die Plane, band sie wieder zum Ranzen, setzte ihn auf den Kopf und befestigte ihn dort mit seinem Riemen, den er unterm Kinn zusammenschnallte. Er konnte aufbrechen. Die Armbanduhr leuchtete elf, eine Zeit, in der es beinahe keiner probiert hatte, aus Aberglauben setzte man auf die Wolfsstunde, in der jedoch den frisch aufgezogenen Wachen nichts übrigbleibt, als zu bewachen, während ihre Vorgänger noch den Kopf voll vom Tag haben, vom Fernsehen und von den Mädchen. Unter normalen Umständen müßte er es in neunzig Minuten in die äußere Zone des zivilen Gebiets schaffen, bis vier legt er im Indianermarsch fünfundzwanzig Kilometer zurück und wird zur Stecknadel im erstbesten Strohhaufen. Am Nachmittag wird er mit dem ermüdeten Schritt eines Schwarzarbeiters den Pendelbus nach Bratislava besteigen. Das übrige wird Magduš bestimmen. Er traute sich zu, sie über den gleichen Weg zurückzuführen. Mit so einer Frechheit werden die doch nicht rechnen! Er konnte es nicht erwarten, wie sie ihn begrüßen wird, wenn er sich kurz am Telephon meldet, oder besser: Er wird ihr zur Sicherheit am frühen Morgen unweit des Hauses auflauern. Ihr Brief zerriß ihm das Herz, er würde kommen, selbst wenn sie nicht seine Geliebte wäre. Aber sie war es und sollte wissen, daß sein Wort gilt. Wie früher vor jedem Meisterschaftskampf sammelte er auch jetzt die zerstreute Energie, immer stellte er sich beim Betreten der Matte vor, ich bin ein Bündel von Energie! Und wie immer vor den Kämpfen meditierte er auch jetzt und hier über sich selbst. Es war um so leichter, weil er auf dem gegenüberliegenden Ufer hinter dem Regenvorhang sich selbst vorstellen konnte, wie er in der Junihitze, zuerst noch unbewußt, dann schon gezielt, ein ähnliches Bündel hierher richtet, wieder erlebte er verlangsamt die Sekunden, als er auf den Fluß zurannte, das Magazin wegwarf und gleichzeitig sprang und dann ums Leben schwamm, die Muskeln im Rücken zusammenziehend, als könnten sie tatsächlich eine Kugel abstoßen. Was hat er erreicht seit jenem einundzwanzigsten Juni bis zu diesem Freitag, dem zwölften November? Mehr oder weniger Deutsch gelernt, ein bißchen Englisch und Spanisch, ein paar tausend Schillinge verdient und vergeudet, zum Vormann der Pension geworden und zu ihrem schwarzen Schaf, sich mit einer Weltmacht angelegt und dennoch Asyl bekommen, das dann weggeschmissen, doch zum Glück nicht verloren, so daß er es heute dem Rohlauer Pfarrer zur Aufbewahrung anvertrauen konnte. Er hat sich vor einer klugen Frau blamiert, sich wie um die Goldmedaille mit einem Mädchen geliebt, das ihn dann Slowack schimpfte, hat eine Persönlichkeit begraben und sich gleichzeitig in ein Persönchen verliebt, das er Monate vorher nicht zur Kenntnis genommen hatte, so total verknallt, daß er sie jetzt aus dem belagerten Arras befreien will. Was war das alles? Habe ich mich wie ein erster Gascogner oder wie der letzte Ochse benommen? Unternehme ich gerade etwas, was ich muß, oder bin ich total verrückt? Und was, wenn's schiefgeht? Diesen Gedanken verjagte er, mit ihm konnte man weder schwimmen noch klettern, geschweige denn hüpfen wie ein Hirsch. Nur das hämmerte er seinem Gehirn ein, um sich daran zu erinnern, falls es hart auf hart kommen sollte: sich nicht aufgeben! In seinem Falle konnte man ihm fünfzehn Jahre Festung aufbrummen! dann schon, befahl er sich, lieber durchgesiebt wie der Junge im Mai! gebe Gott, daß der Scherg das Kommando hat...! Er nahm die letzte Ölung vor: Auf den Gummihandschuh drückte er aus der Tube schwarze Creme und machte damit sein Gesicht unkenntlich. Dann brach er schleichend zu seinem ersten Zielpunkt auf, der am Wasser schimmerte, die Tafel hatte er im Juni nicht bemerkt, unter der Aufschrift STAATSGRENZE stand ein mit zwei Wellenlinien unterstrichenes Wort MARCH. Was ist das? Der Fluß Morava auf Deutsch! ging ihm auf, und er verstand den Zusammenhang. Ganze Monate lang diente er, und auch jetzt kriecht er über jenes Marchfeld, auf dem seine letzte Schlacht der, wie hat ihn Professor Jaravý genannt? der eiserne und goldene König kämpfte. Und ich, Tono Vágner, obwohl ein Deserteur, trete auf sein Schlachtfeld als ein einsamer Soldat, der dennoch siegen wird. Es ist Zeit, mein König, es ist Zeit, Magduška, es ist Zeit, Korporal! Er glitt ins Wasser, geräuschlos wie eine Schlange, mühsam einen Ausstoß unterdrückend, es war mordseisig und strömte stark, angeschwollen unter dem andauernden Regen, hat ihn dem scharfen Kraulen zum Trotz mitgerissen und zur Seite gezogen. Er brauchte ein paar Minuten, bis er das heimatliche Ufer berührte, und mußte dort noch einmal so lange liegen, um zu sich zu kommen. Dann hob er den Kopf und sah seine Wiese, zum zweitenmal gemäht, wie viele etwa haben sich hier gegenseitig bewacht? grinste er. Hinter dem niedrigen Gras herrschte undurchdringliche Dunkelheit, doch er wußte: Sein Felsen ragt da und wartet auf ihn. Hier zog er sich wieder um, den Neopren-Anzug vergrub er unter einer ausgehöhlten Flußweide und verbarg ihn gut unter Steinen, Magduš wird es brauchen! Seine Muskeln waren bereit, sein Magen gab Ruh! Also los! Damit es besser vonstatten ging, flüsterte er seine Lieblingsstrophe.

Ich weiß, ihr triumphiert und bleibt im Rechte;
Was liegt daran? Ich fechte, fechte, fechte!
Entreißt mir nur den Lorbeer und die Rosen!
Mir bleibt ein Gut, trotz aller Stürme Tosen,
Das niemals ward befleckt im Kampfgefild'
Und das ich heut' am Ende meiner Tage,
Getrost zur blauen Himmelsschwelle trage;
Dies Gut, es ist… mein Wappenschild.

Ein Bus amerikanischer Touristen, die eine Ausstellung über Prinz Eugen von Savoyen in einem frisch renovierten niederösterreichischen Schloß besichtigt hatten und hinterher mit Schweinshaxen und Bier beköstigt wurden, kehrte jetzt über eine kaum befahrene Straße entlang dem sich schlängelnden Strom der March nach Wien zurück. Farmer aus Ohio und ihre Frauen wollten um jeden Preis den berüchtigten Eisernen Vorhang sehen, von dem sie ihr Leben lang so viel gehört hatten, doch die mondlose Nacht und der dichte Regen machten einen Strich durch die Rechnung.

Die österreichische Reisebegleiterin war ehrlich bemüht, den vereitelten Genuß durch einen Vortrag über die Schrecken des Kommunismus zu ersetzen. Leider piepste sie sehr einschläfernd, und ihre gespenstischen Geschichten von einer Todesgrenze, die sich nur ein paar Meter weiter links befinden sollte, konnten sie vollgefressen und angeheitert kaum glauben.

Sie hatte auch darin Pech, daß die roten Tschechoslowaken sich gerade in dieser trostlosen feuchtkalten Novembernacht entschlossen hatten, ein lustiges Feuerwerk zu veranstalten. Zuerst war es nur eine einzige rote Rakete, die die Landschaft aus der Dunkelheit herausriß, doch bald folgte ihr ein bunter Reigen grüner, blauer und orangefarbener, und zwischendurch strahlten blendendweiße Lichter, die sich schaukelnd unter winzigen Fallschirmen herunterließen. Mit einem Mal sahen sie alles: das Flüßchen, auf diesem Ufer mit komischen kleinen Buden auf Stelzen umsäumt, und auch die malerischen Felsen auf der anderen Seite. Alle waren bezaubert. Der ganze Bus klatschte.

Auch die Kommunisten sind Menschen, freuten sie sich, der Osten ist gar nicht so düster, wie es in ihren Zeitungen steht. Mit dieser guten Botschaft bogen sie von dem Fluß auf Wien ab, doch noch lange saßen sie, die Hälse nach hinten gedreht, bis die letzte Rakete verglühte, es war ihr stärkstes Erlebnis in Europa, an das man sich in Ohio noch lange erinnern wird.

Ende

Zu tschechischen Lauten und ihrer Schreibung

Der Schrägstrich ´ bezeichnet einen langen Vokal: á *(Václav) wie in ‹Schlag›, Frauennamen enden mit* ová *(Silverová);* í *(Lída) wie in ‹Liebe›,* ý *(Jaravý) als* i *gesprochen, wie in ‹Havarie›. Der Diphthong* ou *(Markalous) hat den Stellenwert des* ow *im Englischen ‹know›, ‹Bowling›.*

Der ‹Hátschek› ˇ *über* č *bezeichnet ein* tsch *wie in ‹Tschad›, über* ě *ein* je *wie in ‹jedermann›, über* ř *drückt er die Verschmelzung des* r *mit einem stimmhaften* sch *wie in ‹Dvořák› aus, über* š *bezeichnet er einen stimmhaften Zischlaut wie in ‹Schrei›.*

V *(Vágner) gilt im Anlaut und im Wortinnern (Bratislava) als* w *wie in ‹Wagen›, im Auslaut (Jaroslav) als* ff *wie in ‹Haff›;* z *(Zuzi) wird als stimmhaftes* s *wie in ‹Rose› gesprochen.*

INHALT

I. ANFANG DER GROSSEN FERIEN

Der Tag davor

Montag, den 20. Juni 1983

II. DAS SCHMALE TOR ZUR WEITEN WELT

Der Tag

Dienstag, den 21. Juni 1983

III. DER ERSTE TAG IM ZWEITEN LEBEN

Der Tag danach

Mittwoch, den 22. Juni 1983

IV. DIE ALTE HEIMAT SCHLÄGT ZURÜCK

Der siebte Tag

Dienstag, den 28. Juni 1983

V. DIE SCHWERE LAST DER FREIHEIT

Der dreizehnte Tag

Montag, den 4. Juli 1983

VI. DIE HOFFNUNG STIRBT ALS LETZTES

Der siebzigste Tag

Dienstag, den 30. August 1983

VII. REINGEWINNE, REINVERLUSTE

Der hundertsechsundzwanzigste Tag

Dienstag, den 25. Oktober

Dieser Roman enstand mit Unterbrechungen in der Zeit vom 18. 4. 1984 bis 28. 8. 1990 hauptsächlich an folgenden Orten:

Wien – Emmetten – Anacapri – Steyr – San Nazzaro – Fuchsbau am Wörthersee – Rust – Villach-Warmbad – Zürs – Zell am See – Karlovy Vary/Karlsbad, Pupp – Sázava nad Sázavou – München, Eden Wolff

VON PAVEL KOHOUT SIND ERSCHIENEN

Romane:

Aus dem Tagebuch eines Konterrevolutionärs
Mit Graphiken von Pravoslav Sovák, 1969

Weißbuch in Sachen Adam Juráček, 1970

Die Henkerin, 1978

Die Einfälle der heiligen Klara, 1980

Wo der Hund begraben liegt, 1987

Tanz- und Liebesstunde
Eine deutsche Romanze, 1989

Dramatische Werke:

Theaterstücke
So eine Liebe, 1957; Reise um die Erde in 80 Tagen, 1961;
August August, August, 1967

Drei Einakter
Krieg im dritten Stock, 1970; Brand im Souterrain, 1974;
Pech unterm Dach, 1974

(Die Daten bezeichnen das Jahr des Erscheinens
oder der Uraufführung)